印度古代史诗
摩诃婆罗多
MAHĀBHĀRATA
[印] 毗耶娑 著
（六）

黄宝生
葛维钧 译
郭良鋆

中国社会科学出版社

猎人遮罗误以为躺在那里实施瑜伽的黑天是一只鹿，用箭射穿他的脚掌，迅速跑上前去，想要拾取猎物。(16.5.20)

这样说罢,大臂者(坚战)没有回头看他,继续往前走,只有那条狗跟随他。我已经多次你提到那条狗。(17.2.26)

目　录

导言 ·· 黄宝生（1）
《教诫篇》内容提要 ································ （1）

第十三　教诫篇

施舍法篇（第1—152章）·························· （3）
毗湿摩升天篇（第153—154章）················ （482）

第十四　马祭篇

马祭篇（第1—96章）······························· （491）

第十五　林居篇

林居篇（第1—35章）······························· （645）
见子篇（第36—44章）······························· （684）
那罗陀来临篇（第45—47章）···················· （696）

第十六　杵战篇

杵战篇（第1—9章）································ （705）

第十七　远行篇

远行篇（第1—3章）································ （723）

第十八　升天篇

升天篇（第1—5章）································ （733）

译后记 ·· 黄宝生（743）

导　言

一　关于《教诫篇》

在《和平篇》中，毗湿摩为坚战讲述了王法、危机法和解脱法。但坚战听了毗湿摩的长篇教诲后，心中仍然不能平静。于是，毗湿摩继续开导坚战，回答坚战提出的种种问题，安抚坚战痛苦的心。在这次教诲结束后，毗湿摩死期已到，离开了这个世界。这些内容构成《教诫篇》，共有一百五十四章。前一百五十二章称作《施舍法篇》，是毗湿摩对坚战的又一次长篇教诲；最后两章称作《毗湿摩升天篇》，描写毗湿摩逝世，般度族为他举行葬礼。

毗湿摩对坚战的这次长篇教诲冠名为"施舍法"，但其中包含的内容十分庞杂。诚如《教诫篇》精校本编者丹德卡尔（R. N. Dandekar）所说："本篇内容之庞杂，简直可以说太阳底下的任何话题都能囊括其中，予以讨论。史诗的编者们似乎看出《教诫篇》是自由发挥他们说教癖好的最后一次机会。确实，他们也最大限度地利用了这次机会。"

按照《摩诃婆罗多》精校本首任主编苏克坦卡尔（V. S. Sukhtankar）的说法，《教诫篇》是这部史诗中留下婆利古族增订痕迹最多的一篇。苏克坦卡尔在《婆利古族和〈婆罗多〉——文本历史研究》[①]中，发掘这部史诗中贯穿始终的颂扬婆利古族的材料，证明这部颂扬刹帝利王族的史诗在成书过程中，曾经一度被婆利古族垄断，加入了大量颂扬婆利古族和抬高婆罗门种姓地位的内容。在本篇中，第4章讲述婆利古后裔利吉迦凭借自己的威力，让妻子生下食火仙人，

---

① 《苏克坦卡尔纪念文集》第1卷，孟买，1944年版，第278—337页。

让岳母生下众友仙人。在第 14 章和第 83 章中提到婆利古后裔持斧罗摩先后二十一次杀尽世上的刹帝利①。第 31 章讲述由于婆利古说话的威力，毗陀诃伐耶由刹帝利变成婆罗门。第 40 章至第 43 章讲述惟有婆利古后裔毗补罗能够保护女人的贞洁。第 85 章讲述婆利古诞生于祭火中，既是大梵天的儿子，也是伐楼拿神的儿子。第 97 章和第 98 章讲述太阳神向婆利古后裔食火仙人赠送阳伞和鞋子的故事。第 102 章和第 103 章讲述友邻王登上天王宝座后，得意忘形，侮辱众仙人，结果遭到婆利古诅咒，从天国坠落，变成一条蛇。第 141 章中讲到婆利古后裔行落仙人降服因陀罗，让双马童享用苏摩酒②。

一般说来，《摩诃婆罗多》起源于颂扬刹帝利王族的英雄颂歌，原始作者是宫廷歌手"苏多"。但在漫长的成书过程中，婆罗门祭司也参与其中，甚至起到主导作用。传说中的《摩诃婆罗多》编订者毗耶娑就是婆罗门仙人。从《摩诃婆罗多》的插入成分看，既有大量颂扬刹帝利的英雄传说，也有大量颂扬婆罗门的神话传说，而有关婆罗门教的宗教、哲学、政治和伦理教诲，更是婆罗门祭司的专长。婆利古族只是婆罗门祭司阶层的突出代表而已。

在《教诫篇》中，借毗湿摩之口，引用各种传说，反复称颂婆罗门地位至高无上。第 28 章至第 30 章讲述摩登伽的故事，说明婆罗门的地位难以达到。第 4 章和第 31 章分别讲述众友和毗陀诃伐耶仰仗婆罗门仙人的威力，由刹帝利变成婆罗门。第 138 章至第 142 章中，风神向国王作武·阿周那讲述一系列故事，说明婆罗门优于刹帝利，应该永远受到尊敬和崇拜。在本篇中，毗湿摩向坚战明确表示："般度之子啊，对我来说，在这个世界上，没有比你更亲爱的人了。可是，婆罗多族雄牛啊，对于我，婆罗门却比你更亲爱。"(13. 8. 12) 黑天也教导坚战说："无论在今生，还是在来世，任何幸福都可以溯源于婆罗门。……无论在今生，还是在来世，婆罗门都高于其他众生。"(13. 144. 7—9)

本篇中特别强调婆罗门的生命和财产不可侵犯，以及品质优秀的婆罗门最有资格接受施舍。在第 121 章至第 123 章中，毗湿摩引用毗

---

① 这个传说在《森林篇》第 116 章和第 117 章中有充分描写。
② 这个传说在《森林篇》第 122 章至第 125 章中有充分描写。

耶婆和慈氏的对话，说明施舍的功德甚至高于知识和苦行。从第58章至第85章谈论的都是"施舍法"，详细描述各种施舍（土地、房屋、母牛、公牛、食物和水等）所能获得的各种果报，尤其称颂施舍母牛的功德，以至认为"世界上没有比施舍母牛更高的施舍"。（13.79.16）这是因为在史诗时代，母牛是重要的生活资料，也是财富的象征。刹帝利通过战争掠夺和征收赋税获取财富，吠舍通过经商或从事农业获取财富，而婆罗门主要通过接收施舍获取财富。因此，颂扬"施舍法"，最大的受益者自然是婆罗门。在史诗中，经常描写刹帝利国王在完成祭典后，向婆罗门祭司慷慨施舍财物，作为祭祀酬金。

当然，施舍作为一种社会公德，也能起到扶危济困、救助老弱病残的作用。毗湿摩指出："对于贫穷无助者的呼求无动于衷，不加救助，是邪恶的人。"（13.58.9）而"对于那些由于贫穷而陷于尴尬境地，以及由于缺乏生活手段而备受煎熬的人，能够施以援助，使他们免于饥饿，是无与伦比的人"。（13.58.11）施舍已经成为史诗时代高尚人物的基本品德之一，也可以说是一种调整社会财富分配的伦理方式。

与慷慨施舍接近的另一种品德是善待客人。热情好客是原始部落社会的道德风尚，体现人际关系中的互助精神，在史诗时代依然受到推崇。在《摩诃婆罗多》中，对于这种品德的称颂和描写随处可见，已经成为不言而喻的行为规范。但是，婆罗门在说教中，常常喜欢把这种品德推向极端。本篇第2章中讲述妙见王子通过严格奉行待客之道而战胜死神。他要求妻子奥伽瓦蒂："无论客人有什么愿望，都要设法使他得到满足，即使要你奉献自身，你也应该毫不犹豫地去做。"（13.2.42）结果，奥伽瓦蒂将自己的贞洁奉献给了一位婆罗门客人。为了强化善待客人的教条，不惜牺牲妇女的贞洁。而保持贞洁正是婆罗门竭力提倡的妇女美德。婆罗门说教中的这种偏颇最能说明婆罗门的实际利益所在。这是由婆罗门经常游方化缘的生活方式决定的。

本篇中涉及的论题还有祭祖、斋戒、婚姻法、继承法、儿子的种类、妇女的本性、四种姓、杂种姓、四个生活阶段、知识手段、善行、不杀生、朝拜圣地、业报和轮回等。其中许多论述就像关于施舍和善待客人的说教那样，念念不忘突出婆罗门的地位和利益。但是，

3

需要我们留心的是，婆罗门提供的各种行为规则和道德说教，未必都符合社会实际情况，有些只是他们的一相情愿或主观偏见。我们以本篇中的妇女观和婚姻法为例说明这一点。

本篇中第38章至第43章论述妇女的本性，将女人说成是"罪恶的渊薮"。（13.38.12）"烈火、灯焰、摩耶制造的幻象、利刃、毒药、毒蛇和死神，所有这些都集于女人一身。"（13.40.4）为此，还制造了一个神话，说是世上的人们原本都遵守正法，能成为天神，由此造成众天神恐慌。于是，应众天神请求，梵天此后创造女人是"为了扰乱世人的理智"。（13.40.7）"生主赋予女性床铺、座椅、装饰品、饭食、低贱的行为、卑俗的语言以及肉体享乐。这样的女人，男子是无论如何控制不住的。"（13.40.12、13）诸如此类贬损女性的言论极其刻薄和偏激，明显违背生活真实。人类行为中的善和恶，从来不能归诸性别。倘若以善恶作为尺度，那么，在男权社会，男性作恶绝对超过女性。即以淫欲为例，在《摩诃婆罗多》中更多的也是婆罗门仙人和刹帝利王公勾引或强迫未婚少女或有夫之妇，而不是相反。尤其值得注意的是，在《摩诃婆罗多》中，塑造有黑公主、贡蒂、甘陀利以及莎维德丽和达摩衍蒂等一系列品德高尚的女性形象，与上述贬损女性的言论大相径庭。

接着第44章至第46章论述婚姻法，其中提到五种婚姻方式，相当于《摩奴法论》中的梵天式、生主式、健达缚式、阿修罗式和罗刹式。梵天式是婆罗门为女儿选择合适的丈夫。生主式是刹帝利为女儿选择合适的丈夫。健达缚式是女儿自己选择丈夫。阿修罗式是用金钱购买儿媳。罗刹式是抢亲。前三种方式得到肯定，后两种方式遭到否定。但从《摩诃婆罗多》中的情况看，像莎维德丽那样得到父亲允许自己选择丈夫是特殊例子，一般的少女都享受不到这种权利。所谓的举行选婿大典，由女儿"自选"丈夫也是徒有其名，因为丈夫是谁，最终取决于比武结果。黑公主嫁给般度族五兄弟并不是她自己选定的，而是接受选婿大典上比武的结果。正因为如此，安芭不能如愿嫁给自己的心上人，而怨恨父亲举行选婿大典。至于抢亲，在史诗时代依然是流行的婚姻方式。毗湿摩以抢亲方式，为奇武王娶妻安必迦和安波利迦。安芭正是毗湿摩这次抢亲行动中的牺牲品。阿周那也是听从黑天的建议，采用抢亲方式娶妻妙贤。

另外，在婚姻法中提到婆罗门可以娶三个妻子，刹帝利可以娶两个妻子，吠舍可以娶一个妻子。这种规定也企图突出婆罗门的地位。但从《摩诃婆罗多》中的情况看，刹帝利娶妻的数目并不限于这种规定，十车王娶有三个妻子，阿周那娶有四个妻子，而黑天娶妻无计其数，倒是婆罗门常常只娶一个妻子。还有，关于结婚的年龄，提到三十岁的男子应该娶十岁的女子，或二十一岁的男子应该娶七岁的女子。然而，在《摩诃婆罗多》中并无这种童婚现象。因此，涉及婆罗门教规的一些说法，必须结合《摩诃婆罗多》中提供的具体材料加以考查。

最后应该提及的是，本篇中同时包含对毗湿奴和湿婆两位大神的大量赞颂。其中，第17章是《湿婆千名赞》。另外，第143章中有毗湿摩对黑天的赞颂，第145章和第146章中有黑天对湿婆的赞颂。史诗时代的婆罗门教处在从吠陀时代的多神崇拜向一神论转化的过程中。在史诗时代，已经形成三大主神（梵天、毗湿奴和湿婆）崇拜，但最终没有发展成一神论。婆罗门教中的毗湿奴信徒竭力将毗湿奴推崇为至高之神，而湿婆信徒竭力将湿婆推崇为至高之神。或者说，在婆罗门教内部存在两种一神论，而没有形成统一的一神论。这种状况在本篇中得到充分体现。《摩诃婆罗多》在总体上更推崇毗湿奴，经常称颂毗湿奴是宇宙之主，是世界万物的创造者、保护者和毁灭者，也是包括梵天和湿婆在内的一切天神的创造者。在《和平篇》的《毗湿奴赞颂》（第321章至第329章）中，称述梵天生于毗湿奴的恩惠，楼陀罗（湿婆）生于毗湿奴的愤怒，"代表创造和毁灭两条道路。"（12.328.17）但《摩诃婆罗多》并不排斥对湿婆的颂扬，在本篇中也把湿婆推崇为至高之神："他从自己的右胁生出了梵天。梵天是一切存在物的创造者。为了保护世界，他从自己的右胁生出了毗湿奴。毗湿奴是世界主宰。而当时代末日来临，这威力无限的大神又从自己的身体生出了楼陀罗。"（13.14.182）这既反映史诗时代婆罗门教信仰的现状，也表明《摩诃婆罗多》编订者们对婆罗门教内部宗派信仰差异的宽容态度，不强求一律。

二 关于《马祭篇》

在举行毗湿摩的葬礼后，坚战为毗湿摩和迦尔纳之死深感内疚，哀伤不已。毗耶娑劝告坚战说，消除一切罪孽的最好办法是举行祭祀。坚战同意举行马祭。由于大战刚结束，国库空虚，坚战接受毗耶娑的建议，前往雪山搜集从前摩奴多王举行盛大祭祀后遗留的大量财宝，用来举行祭祀。

在此期间，激昂的遗孀至上公主生下一个死婴（那是由于在大战中，这个腹中的胎儿曾被马嘶的法宝击中）。黑天救活这个死婴，取名继绝，因为他诞生在婆罗多族几乎灭绝之时。继绝作为阿周那的孙子，是般度族留下的惟一根苗。

坚战从雪山取回大量财宝后，开始举行马祭。按照规则，首先放出一匹祭马，让它随意周游世界。阿周那追随和保护这匹祭马，先后征服三穴国、东光国、信度国、摩揭陀国、梵伽国、崩德罗国、盖罗拉国和车底国等所有国家和地区。阿周那所向披靡，战无不胜，只是在摩尼城曾被褐乘王用箭射死。褐乘王是阿周那从前自愿流放森林时，娶曼奴罗国公主花钏为妻，生下的儿子[①]。褐乘王本来不愿意与阿周那交战。而阿周那激励他，作为一个刹帝利，即使面对父亲，也要履行战斗的职责。阿周那死后，花钏和褐乘王母子也准备绝食至死。这时，阿周那的另一位妻子蛇女优楼比用蛇族的"救命珠"救活了阿周那。她指出阿周那这次会死于自己儿子之手，是由于他在婆罗多族大战中采用不正当手段杀死毗湿摩，遭到众婆薮神诅咒而造成的。

周游世界一年后，阿周那和祭马回到象城。毗耶娑选定吉日，正式举行马祭大典。世界各地的国王应邀参加马祭。祭司们筑起祭坛，竖起祭柱。他们杀死祭马，让德罗波蒂（黑公主）坐在祭马旁边。十六位祭司将分割的祭马肢体投入祭火。坚战向婆罗门和国王们慷慨布施金银财宝。马祭结束后，坚战沐浴净身，涤除一切罪孽。

---

① 参阅《初篇》第207章。

6

以上是《马祭篇》的故事主线，其间插入有摩奴多王故事、《续歌》和优腾迦故事以及作为马祭余波的猫鼬故事。

摩奴多王故事（第4—10章）讲述古代摩奴多王请求天国祭司毗诃波提为自己主持祭祀。而天王因陀罗惧怕摩奴多王的功德和威力超过自己，不同意毗诃波提担任摩奴多王的祭司。于是，在那罗陀仙人指点下，摩奴多王去找毗诃波提的弟弟商婆尔多，说服他担任自己的祭司。商婆尔多原本也是天国祭司，因受到哥哥毗诃波提排斥，如今在大地上游荡，行踪不定。摩奴多王讲述事情原委后，商婆尔多同意担任他的祭司。商婆尔多让摩奴多王前往雪山敬拜大神湿婆，由此获得大量金子，然后准备举行祭祀。看到摩奴多王事业顺利，兴旺发达，毗诃波提忧心忡忡，请求因陀罗干预。因陀罗先后派遣火神和健达缚持国劝说摩奴多王同意让毗诃波提取代商波尔多担任他的祭司，摩奴多王坚决拒绝。于是，因陀罗动用武力，而商婆尔多轻而易举地消解了他的金刚杵的威力。最后，商婆尔多使用咒语，让因陀罗和众天神前来出席摩奴多王的祭祀。这场祭祀规模盛大，留下大量金制的器皿，也就是现在毗耶娑建议坚战前去取来用于马祭的金子。

这个故事中有几点值得注意：（1）商婆尔多是大神湿婆的信徒；（2）作为婆罗门祭司，商婆尔多的威力甚至胜过天王因陀罗；（3）人间业绩显赫的国王也会对天王因陀罗构成威胁；（4）天神（包括天国祭司）的道德水平与凡人相差无几，同样嫉贤妒能，为了维护和抬高自己的地位，千方百计压制他人。

《续歌》（第16—50章）讲述黑天即将返回多门城时，阿周那请他为自己再次宣讲《薄伽梵歌》，因为当时大战在即，自己心情恶劣，听完之后，没有记住。黑天责备阿周那没有理解和接受《薄伽梵歌》，并说明自己当时是运用瑜伽力讲述这种至高的梵的学说，现在不可能再复述一遍，只能就这个问题再讲述一些古老的传说。黑天为阿周那宣讲的内容包括悉陀和迦叶波对话、那罗陀和提婆摩多对话、祭官和耶提对话、婆罗门和遮那迦对话、老师和学生对话等。这些教导统称为《续歌》(Anugītā)，意思是《薄伽梵歌》(Bhagavadgītā)的续篇。

这些教导中涉及的主题有轮回转生、善恶业报、善人和智者的行为、不杀生、瑜伽论、数论、解脱论、三性、自我（灵魂）、我慢（自我意识）、五大元素、各种感官、四个生活阶段、各种梵的理论和知识之路的重要性等等。虽然按照黑天的说法，《续歌》讲述的是与《薄伽梵歌》同样的道理，但论题比较杂乱，在理论的有机统一和表述的清晰顺畅方面，都不能与《薄伽梵歌》相比。其中有些晦涩和费解之处。这一方面与神秘主义的表达方式有关，另一方面也可能由抄本讹误造成。这种抄本讹误靠校勘并不能完全克服。

优腾迦故事（第52—57章）讲述黑天在返回多门城途中遇见婆罗门仙人优腾迦。优腾迦指责黑天有能力而没有制止俱卢族和般度族之间的战争。黑天向他说明，命中注定的事，凭借智慧和力量都无法逃脱。可是，优腾迦仍然想要诅咒他。黑天便向优腾迦描述自己的无上威力，展现自己的宇宙形象，平息他的怒气。最后，黑天赐给优腾迦一个恩惠：只要沉思他，就能在荒漠中获得水。后来有一天，优腾迦想要获得水，便沉思黑天。这时出现一位摩登伽（旃陀罗贱民），以排尿的方式供给他水。优腾迦拒绝接受，摩登伽也就消失不见。优腾迦认为这是黑天蒙骗他。于是，黑天显身，向他说明事情真相：黑天请因陀罗将甘露化作水，赐给优腾迦。因陀罗认为凡人不能享用喝了能长生不死的甘露。在黑天的坚持下，因陀罗便幻化成摩登伽，以这种方式赐给优腾迦甘露。而优腾迦不理解，失去了这次机会。最后，黑天表示，以后优腾迦一旦需要水，空中就会出现"优腾迦云"，赐给他水。

这个故事表明优腾迦为人正直，敢于指责黑天，同时也暗示他不能透过现象看清本质。正因为如此，他识别不了因陀罗施展的幻象，失去了享用甘露的机会。

讲完这个故事，又追述优腾迦从前拜师求学的故事。优腾迦长期侍奉老师乔答摩，直至自己年老时，才请求老师允许自己离去，并按照惯例询问老师，自己应该支付什么"酬金"？乔答摩不仅不要优腾迦支付"酬金"，而且让他重新变成十六岁的青年，并将自己的女儿嫁给他。但优腾迦一心想要支付"酬金"，便询问师母阿诃莉雅想要什么礼物？她要求优腾迦取来国王绍陀沙的妻子的耳环。于是，优腾迦冒着生命危险，好不容易获得那副耳环。不料，在返回的途中，耳环被蛇叼走。在因陀罗和火神的帮助下,他直达地下蛇界,逼迫蛇族交出耳环。然后,他平安回到老师家,兑现诺言,把耳环交给师母。

其实,这个优腾迦拜师求学的故事已在《初篇》第3章中讲过,现在又重新讲述,只是细节上有些不同。这表明史诗作者们对这个故事的重视。它体现印度古代尊师重道的传统。印度古代采取口耳相传的教学方式,学生通常要住在老师家中,一边侍奉老师,一边跟随老师学习。待学业完成后,学生离开老师家,并向老师支付"酬金"。优腾迦一贯忠心耿耿,侍奉老师;在得到老师允许离开时,又不辞千难万险,一心一意要向老师支付"酬金",报答师恩。按照婆罗门教的品德标准,他堪称尊师的典范。

猫鼬故事(第92—96章)讲述马祭结束时,一只半边身子呈现金色的猫鼬从洞穴中钻出,用人的声音说道:"这场祭祀还抵不上俱卢之野拾穗者的一把面粉。"在场的婆罗门惊讶不已,追问它为何贬损这场严格按照经典规定的祭祀。猫鼬便讲述自己的亲身经历:在俱卢之野,有位婆罗门以捡拾谷穗维生。一次遇到饥荒,他将捡到的一把麦子磨成面粉,平分给全家四口人。这时,来了一位客人。婆罗门及其妻子、儿子和儿媳,依次将自己的一份面粉奉献给这位饥饿的客人。实际上,这位客人是正法之神的化身。他称赞这位婆罗门纯洁的施舍,其功德胜过举行马祭或王祭。于是,正法之神用天车将婆罗门一家接往天国。而猫鼬发现"由于面粉的芳香,水的浸润",自己半边身子变成了金的。然后,它又来到这个大祭场,希望看到自己的另半边身子也变成金的。但是,在这里没有发生这样的奇迹。因此,它认定这场马祭还抵不上那位婆罗门的一把面粉。

作为猫鼬故事的补充,有因陀罗和祭司们之间的一场争论:应该用动物还是植物祭祀?还有关于投山仙人在祭祀中坚持不杀生的故事。因此,这个猫鼬故事的主旨是颂扬苦行精神,批评杀生祭祀。这样,《马祭篇》前后对待祭祀的态度似乎自相矛盾。这是因为《摩诃婆罗多》经历了漫长的成书过程,随着社会中苦行主义思潮的发展,不杀生观念逐渐融入《摩诃婆罗多》。而史诗作者们采取兼容并蓄的态度,既坚持崇尚祭祀,也允许批评杀生。

三 关于《林居篇》

坚战登基为王之后，仍然让持国和甘陀利享有最高荣誉。他当众宣布道："谁服从持国的命令，他就是我的朋友；谁违抗他的命令，他就是我的敌人，应该驱逐。"（15.2.4）这样，在维杜罗、全胜和儿子尚武的精心侍奉下，持国认为自己在坚战统治时期得到的快乐"胜过在难敌统治时期得到的快乐"。（15.13.19）出于对坚战的喜欢，他还主动向坚战提供关于国王职责的教诲。

然而，怖军始终不能宽恕持国纵容儿子难敌的过错，背着坚战，一有机会，就要冒犯这位瞎子老王。持国忍受了近十五年后，再也不能忍受。他请求坚战容许他过林居生活。在前往森林之前，持国为在俱卢族和般度族战争中死去的、以难敌为首的持国之子们以及其他勇士们举行祭奠。怖军对此举表示异议，认为这些俱卢族敌人不配享有死后的幸福。而阿周那宽容大度，为这次祭奠提供费用。

维杜罗、全胜和贡蒂陪同持国和甘陀利前往森林。临行前，坚战五兄弟挽留母亲贡蒂。而贡蒂决心已定，执意要陪伴持国和甘陀利住在森林里，实施苦行，侍奉这两位老人。她向儿子们解释说，过去，他们遭逢不幸时，她仿效古代刹帝利妇女维杜拉，激励他们渡过难关。如今，她并不渴望享受儿子们赢得的王权，而愿意依靠苦行达到丈夫的圣洁世界。

持国生活在净修林中，许多仙人来看望他。而在象城，坚战五兄弟也思念母亲贡蒂。他们带着所有在大战中幸存的寡妇和孤儿到净修林探望，见到持国王、甘陀利、贡蒂和全胜，而维杜罗不在场。坚战询问维杜罗在哪里？这时，维杜罗在远处出现。坚战赶上前去，向他表示问候。维杜罗没有答话，而运用瑜伽，将自己的生命力注入坚战，直到自己变成无生命的躯壳，靠在身旁的一棵树上。

维杜罗去世后，坚战在净修林中陪伴持国、甘陀利和贡蒂，整整过了一个月。一天晚上，毗耶娑仙人施展苦行威力，让大战中阵亡的勇士们从恒河中显身，与在世的父母妻儿相会。毗耶娑也赐给持国天眼，让他见到所有儿子和其他战死疆场的人。度过这一夜后，那些阵亡的勇士们又沉入恒河，返回天国。有许多妇女也投身恒河，追随丈夫前往天国。

坚战五兄弟返回象城后，又过了两年。一天，那罗陀仙人来访，告知坚战，持国、甘陀利和贡蒂已经死于森林大火，而全胜逃脱森林大火，前往雪山去了。坚战五兄弟悲痛欲绝，前往恒河，为持国、甘陀利和贡蒂举行祭奠仪式。

在这一篇中，维杜罗、持国、甘陀利和贡蒂都结束了各自艰难的一生。

维杜罗是由毗耶娑代替奇武王与一位首陀罗侍女生下的儿子，因此，在王室中的地位低于他的两个哥哥持国和般度，成为他俩的侍臣。但他是一位大智者，精通正法。虽然在般度去世后，他效忠持国，但始终为整个婆罗多族的利益着想。在俱卢族和般度族的王权之争中，他一贯依据正法，仗义执言，谴责难敌的倒行逆施。他暗中帮助般度族躲过葬身紫胶宫的灾厄。他责备持国纵容儿子难敌作恶，一再要求持国下令召回流亡森林的坚战五兄弟，以至激怒持国，将他逐出宫中。但持国很快意识到自己此举轻率，又将维杜罗召回。此后，维杜罗依然利用一切机会规劝持国，谴责难敌，为般度族主持公道。纵然他苦口婆心，竭尽努力，也未能阻止大战爆发。大战结束后，持国悲痛欲绝，维杜罗向他讲述一个婆罗门进入大森林的寓言故事①，指出"智者们早就知道生活之轮如此运转，因而他们能够斩断生活之轮羁绊"。(11.6.12) 这表明维杜罗深切体会人生的悲苦和险恶，企盼解脱。最后，他陪同持国、甘陀利和贡蒂前往森林过隐居生活，也是如愿以偿。在森林中，他彻底弃绝尘世生活，也远离持国、甘陀利和贡蒂，独自修炼严酷的苦行。他与坚战同为正法之神的化身，而先于坚战抛弃肉身，结束化身下凡的使命。

持国天生眼瞎，由弟弟般度继承王位。这一切在最初似乎合情合理。但等到双方有了儿子后，就隐埋着一个将来由谁的儿子继承王位的问题。般度早逝，由持国摄政。以坚战为首的般度五子和以难敌为首的持国百子长大成人后，臣民们依据品德和武艺，认定般度五子应

---

① 参阅《妇女篇》第5章和第6章。

该继承父亲的王位。此时，难敌迫不及待，企图霸占王位。持国虽然表面上有所顾忌，但心底里完全赞同，听任难敌施展阴谋诡计。从此，持国陷入了俱卢族和般度族的王权之争的泥潭，不能自拔。他双目失明，生性软弱，无法控制局面。每当危急关头，迫于压力，他也从中调和，规劝难敌罢手。而难敌冥顽不化，刚愎自用，他也无可奈何。同时，他始终心存侥幸，盼望难敌获胜。因此，婆罗多族遭遇这场劫难，他作为摄政王，负有不可推卸的责任。在大战中，他一直担惊受怕。战败后，他不断追悔和自责，哀叹一切都是命中注定。最后，他无法排遣内心的创痛，自愿选择过林居生活，在森林大火中了结一生。实际上，他也是一个通晓正法的人，并非不明事理，只是溺爱儿子，权迷心窍，身不由己，走向黑暗的深渊。这样，持国天生眼瞎这一生理特征，也就成了盲目迷恋权欲的象征。

甘陀利是犍陀罗国公主，奉父母之命，嫁给天生眼瞎的持国。为了表示忠于丈夫，她自愿终生用围巾蒙住自己的双眼，发誓"绝不比自己丈夫享受更多"。（1.103.13）虽然，与持国一样失去视觉，但她对世事的认识比持国清楚，心胸开阔，不像持国利令智昏，心胸狭窄。她热爱自己的儿子们，也爱护贡蒂的儿子们。在俱卢族和般度族的王权之争中，她始终保持清醒的头脑，一再规劝持国和难敌。在大战期间，持国或喜或忧，情绪完全由战局的形势控制。而甘陀利总是告诫难敌：哪里有正法，哪里就有胜利。但在这场战争中，她终究失去了所有的儿子，悲痛难忍。她满怀愤怒，想要诅咒坚战，只是由于毗耶娑的劝阻才作罢。她心里明白：她的儿子难敌和哥哥沙恭尼是挑起这场战争的罪魁，他们的毁灭是咎由自取。尽管如此，当坚战向她请罪时，从她蒙眼的围巾里漏出的愤怒眼光仍然伤害了坚战的脚指甲。她虽然宽恕了坚战，却不能宽恕黑天，认为他有能力阻止这场灾难却不阻止。她向黑天发出了严厉的诅咒，预言他的家族在三十六年后也将遭到与俱卢族和般度族同样悲惨的命运。此后，她一如既往，仁慈地对待坚战五兄弟，视同自己的儿子。这是一位充满爱心又富有理智的高尚母亲形象。

贡蒂生下后，就被过继给贡提波阇王。她在养父家中的职责是供奉神祇和服侍客人。以脾气暴躁闻名的敝衣仙人对她的服侍表示满意，赐给她一个得子咒语。她出于好奇，试了试这个咒语，结果召来太阳神，受孕生下迦尔纳。如果我们拨开神话的迷雾，可以将这个私生子理解为是贡蒂"服侍"婆罗门仙人的产物①。少女未婚生子并不光彩。贡蒂慑于道德舆论，遗弃了迦尔纳。

后来，贡蒂嫁给般度，也算是一桩美满婚姻。不料，般度在狩猎中杀死一对正在交欢的麋鹿，遭到幻化成麋鹿的仙人诅咒，从此禁绝房事。贡蒂和玛德利一起跟随般度隐居森林。为了解除般度没有后嗣的苦恼，贡蒂征得般度同意，使用得子咒语，召来天神，由她和玛德利为般度生下五个儿子。这也是史诗作者对般度没有生育能力而借种生子作出的神话说明②。

贡蒂含辛茹苦，抚育般度五子成人。此时，婚前的私生子迦尔纳原本已经隐埋在贡蒂的记忆深处。不料，迦尔纳突然出现在俱卢族比武的较场上，向阿周那发出挑战。贡蒂认出迦尔纳是自己的儿子，顿时昏厥过去。但迦尔纳从小由车夫收养，成了"车夫之子"，因而被剥夺比武资格。难敌乘机拉拢迦尔纳，封他为盎伽王。这样，迦尔纳成了难敌的忠实盟友，与坚战五兄弟作对。从此，迦尔纳成为贡蒂终生难以治愈的心病，无法摆脱的梦魇。

般度族受到俱卢族迫害，贡蒂与般度五子一道落难流亡，备尝艰辛。后来，般度族获得一半国土，建都天帝城。难敌又设掷骰子骗局，迫使般度五子流亡十三年。贡蒂为了不拖累般度五子，留在象城维杜罗家中，长期忍受与儿子们分离的痛苦。在大战爆发前夕，她表现出一个刹帝利妇女的本色，委托黑天向坚战五兄弟转述古代英雄母亲维杜拉的故事，激励儿子们忠于刹帝利职责，勇敢战斗。她也亲自去找迦尔纳，向他透露出身秘密，恳求他站在自己弟弟们一边。但迦尔纳不能原谅贡蒂的遗弃行为，也不能放弃自己的人格尊严，拒绝了贡蒂的请求。

---

① 迦尔纳曾对持斧罗摩说过："我这个车夫之子是婆罗门和刹帝利的混血儿。"（12.3.26）在《教诫篇》第2章中讲到妙见王子之妻奥伽瓦蒂将自己的贞洁奉献给了一位婆罗门客人，可以作为印证。

② 印度有学者推测坚战是维杜罗的儿子。参阅迦尔维（I. Karve）：《时代末日》第5章，新德里，1974年。在本篇中，维杜罗去世时，运用瑜伽，将自己的生命力注入坚战，也是重要佐证。

迦尔纳在大战第十七天，战死在同母异父弟弟阿周那的箭下。这是对贡蒂的重大精神打击。在大战结束后，她向坚战公开了迦尔纳的出身秘密。尽管受到坚战严厉责备，但对她来说，长期积压在内心的苦恼总算得到部分宣泄。贡蒂的一生，生活对她实在严酷。如今般度族胜利了，她又有多少精神快乐可言。她一生只知尽到妻子和母亲的职责，忍辱负重，无暇顾及享受作为王后的幸福。最后，她决意跟随持国和甘陀利隐居森林，在苦行生活中了却残生。

因此，在这一篇中，当我们读到他们出发前往森林时，由贡蒂引路，蒙住双眼的甘陀利把手搭在贡蒂肩上，瞎子老王持国把手搭在甘陀利肩上，怎不令人肃然起敬？读到贡蒂在森林大火中与持国和甘陀利同归于尽，怎不令人悲悯叹息？

四　关于《杵战篇》

在大战结束的第三十六年，黑天和雅度族遭到毁灭。事情的起因是黑天的兄弟娑罗纳恶作剧，让黑天的儿子商波装扮成孕妇，戏弄来访的众仙人。众仙人诅咒商波会生下一根铁杵。第二天，商波果真生下一根铁杵。尽管这根铁杵被捣成铁屑，扔进大海，但这些铁屑长出灯心草。后来，雅度族在海边饮酒作乐，萨谛奇和成铠酒醉后言语不和，引发雅度族内讧。雅度族人自相残杀，随手抓来的灯心草都变成铁杵。黑天意识到命定的时刻来临，也参与这场铁杵混战，促成雅度族毁灭。然后，他独自坐在地上沉思，一个猎人误以为他是一头睡鹿，放箭射中他的脚底。这样，黑天结束了下凡生涯，返回天国。

黑天去世后，阿周那来到多门城，为婆薮提婆、大力罗摩和黑天举行葬礼。然后，他带领雅度族后宫眷属和多门城的孤儿寡妇们撤离多门城，来到俱卢之野，让黑天的孙子弗吉罗担任天帝城国王。

在《摩诃婆罗多》中，黑天是一位最富有神奇色彩和神秘意味的人物，是全书的灵魂和核心。黑天完全知道自己是毗湿奴大神化身下凡。早在大战之前，黑天作为般度族使者前往象城与俱卢族谈判，难敌企图逮捕他，他就展示过自己作为宇宙之主的神奇形象①。在大战开始时，黑天向阿周那说明自己的大神身份，并向他展示自己的大神形象②。大战结束后，黑天也向优腾迦展示过自己的大神形象③。但是，这些都只是表明他的原始身份而已。在婆罗多族大战的全过程中，他基本上是以化身的身份，按照凡人的方式行事的。如果他仍然按照天神的方式行事，也就失去了化身下凡的意义。

在人间，黑天是雅度族婆薮提婆的儿子，一位刹帝利王子。他的姑母贡蒂嫁给般度，因此，他与般度五子是表兄弟关系。他又怂恿阿周那采取抢亲的方式，娶了他的妹妹妙贤。这样，亲上加亲，在俱卢族和般度族的王权之争中，他坚定地站在般度族一方。他成了般度族的主脑，俨然是列国纷争时代一位足智多谋、精明强干的政治家。

他利用姻亲关系，借助般度族的力量，消灭了欺凌和威胁本族的仇敌——摩揭陀国王妖连。而妖连的盟友车底国王童护又在般度族王祭上寻衅滋事，辱骂毗湿摩和黑天，黑天当众列数童护的罪状，以示忍无可忍，杀死童护。这样，他既保障般度族的王祭顺利完成，又消灭了自己的宿敌。沙鲁瓦王为童护复仇，围攻雅度族多门城。待黑天消灭沙鲁瓦王之后，才知道般度族五兄弟已经流亡森林。他前往森林安慰般度族五兄弟，并发誓为在掷骰子骗局中受辱的黑公主报仇："天可坠，山可崩，地可裂，海可枯，黑公主啊！我的话决不会说了不算数！"（3.13.117）

般度族流亡十三年期满后，难敌不肯归还属于般度族的一半国土。黑天明知不存在和平解决争端的希望，仍然作为般度族的使者前往俱卢族谈判，目的在于争取舆论。大战爆发后，阿周那临阵动摇，黑天便说出一大套哲理（《薄伽梵歌》），消除阿周那的疑虑，激发他的斗志。在敌强我弱的形势下，黑天为了取胜，常常不顾武士战斗规则，成为阴谋诡计的教唆者。他在战前曾经当着难敌和阿周那的面，许下不亲自参战的诺言。但当阿周那不忍下手杀害毗湿摩时，他却按捺不住，先后两次跳下阿周那的战车，想要亲自动手。最后，阿周那

---

① 《斡旋篇》第129章。
② 《毗湿摩篇》第33章。
③ 《马祭篇》第54章。

躲在束发身后，用箭射死毗湿摩。在萨谛奇即将被广声杀死时，黑天怂恿阿周那放暗箭，射断广声的手臂。般度族谎称德罗纳之子马嘶战死，促使德罗纳丧失斗志，从而杀死德罗纳。这个计谋也是黑天策划的。黑天还指使阿周那趁迦尔纳的战车车轮脱落之机，射死迦尔纳；又指使怖军用铁杵打断难敌的大腿，战胜难敌。

这类违背武士战斗规则的行为，不仅遭到广声、迦尔纳和难敌的指责，也遭到黑天哥哥大力罗摩的指责。但黑天总是理直气壮地辩解说，首先是难敌违背正法，施展阴谋诡计，长期迫害般度族，将般度族逼到绝境。确实，黑天深谙人间的行为方式。他知道在军事实力不对等的情况下，依靠通常的战斗规则，般度族不可能战胜俱卢族，因此，必须运用计谋。他是站在更高的立场上看待"正法"，正如《和平篇》中毗湿摩所说："怎样对待别人，别人就会怎样对待他，以计谋对计谋，以友善对友善，这是法则。"（12. 110. 26）而且，对于处在危难中的般度族，运用计谋也符合《和平篇》中毗湿摩教诲的"危机法"。

在黑天的支持下，般度族最终取得了胜利。但这场战争付出的代价是沉重的，不仅是生命和财富的代价，也包括道德的代价。大战结束后，甘陀利前往战场吊唁俱卢族和般度族死难者，当面指责黑天对这场劫难负有责任，并诅咒黑天的家族在三十六年后也将遭到与俱卢族和般度族同样的悲惨结局。黑天一方面否认甘陀利的指责，另一方面也认可甘陀利的诅咒。因为他认为自己已经完成化身下凡的历史使命，甘陀利的诅咒恰好为他选定了结束尘世生涯的时间。

黑天和雅度族勇士们结束尘世生涯也是采取凡人的方式，由恶作剧、酗酒和口角酿成自相残杀的灾祸。雅度族遭到与婆罗多族类似的悲惨结局，显然含有因果报应的意味，也是甘陀利当初发出这个诅咒的本意。但黑天始终坚信自己导演的这场婆罗多族大战是惩恶扬善的正义事业。这充分说明人类社会的发展错综复杂，善中有恶，恶中有善，对历史事件的判断只能权衡利弊，从大处着眼。谁要想在人类历史中寻找绝对的"善"和完美的"正义"，犹如井中捞月，肯定会失望。

五 关于《远行篇》

得知黑天逝世和雅度族灭亡的消息，般度族五兄弟和黑公主一致决定结束他们的尘世生活。坚战指定尚武（持国之子）为摄政王，继绝（阿周那之孙）为王位继承人。坚战也让雅度族王子弗罗吉（黑天之孙）在新都天帝城登基为王。然后，般度族五兄弟和黑公主前往雪山。以雪山为起点，右旋绕行大地一周，又回到雪山，登临天神居住的弥卢山。在登山途中，黑公主、偕天、无种、阿周那和怖军相继倒下死去，先于坚战升入天国。最后，因陀罗驾着天车前来迎接坚战，鉴于他的伟大功德，破例允许他带着肉身升入天国。

在黑公主、偕天、无种、阿周那和怖军相继倒下时，怖军逐一向坚战询问他们倒下的原因，坚战指出黑公主倒下是由于偏爱阿周那，偕天倒下是由于过于为自己的智慧骄傲，无种倒下是由于过于为自己的美貌骄傲，阿周那倒下是由于对自己的威力过于自信，怖军倒下是由于贪吃。坚战的这些回答含有淡淡的幽默，表明他坦然地接受妻子和弟弟们的死亡。而坚战说出黑公主倒下的原因时，淡淡的幽默中似乎还带有苦涩味。

在史诗时代，印度通行一夫多妻制，像黑公主这样一妻多夫是违背社会习俗的特例。阿周那在黑公主的选婿大典上，通过比武赢得黑公主。他们五兄弟将黑公主带回家，母亲贡蒂误会了他们说的话，以为他们带回了什么食物，随口说了句："你们大家共同分享吧！"（1.182.2）这样，黑公主就成了般度族五兄弟的共同妻子。黑公主的父亲木柱王得知这个消息后，深感不安，怀疑这桩婚姻的合法性。而毗耶娑向木柱王作出神话化的解释，说是在黑公主的前生，大神湿婆许诺她来世获得五个丈夫。[①] 这样，黑公主是吉祥天女的化身，象征般度族的共同财富和幸福。

一妻五夫怎样共同相处，确实是个难题。在那罗陀仙人的建议下，般度族五兄弟共同约定："我们兄弟中，若有一人和木柱王之女

---

① 参阅《初篇》第189章和第157章。

（黑公主）单独在一起，其他兄弟就要回避；如谁不回避，上前见了，他就须去林中过十二年梵居生活。"（1. 204. 28）有了这个协定，黑公主和般度族五兄弟得以和睦相处。然而，有一次，阿周那为了救助一位遭到盗匪抢劫的婆罗门，迫不得已，闯进坚战和黑公主的屋中取武器，违反了规则。事后，他不接受坚战的挽留，坚决履行协定，甘愿流放森林。这个事件隐约透露般度族五兄弟对待共同妻子黑公主的复杂心理。

　　黑公主在理智上可以对五位丈夫一视同仁，但在长期的共同生活中，日积月累，难免会产生感情上不同程度的差异。在般度族五兄弟中，是阿周那凭借自己的武艺在选婿大典上赢得黑公主，这一点首先就能取得黑公主的好感。后来，阿周那违反规则，自愿受罚，流放森林十二年期满，带回新娘妙贤，黑公主心生嫉妒，哭哭啼啼，表明她深深爱着阿周那。而坚战曾在掷骰子赌博中，将她押作赌注，输给难敌，令她蒙受耻辱。在《马祭篇》第89章中，还有这样一个细节描写：坚战询问黑天，阿周那具有一切吉相，为何总是受苦？黑天告诉坚战，阿周那没有任何过错，只是两条大腿粗了点，表明他长期出征。黑公主听到黑天这样说，狠狠地望了望黑天，表明她不乐意听到黑天挑剔阿周那体形上的瑕疵。联系到《摩诃婆罗多》中这类细微而含蓄的描写，对于坚战在这最后关头一语点破黑公主特别"偏爱阿周那"，我们并不觉得特别惊讶。

　　黑公主是《摩诃婆罗多》中最富有反抗精神的妇女形象。当坚战将她押作赌注输掉后，难敌派听差召唤她到赌博大厅，她不服从。于是，难敌派难降强行将她拽到赌博大厅。在赌博大厅上，坚战五兄弟束手无策，而她不畏强暴，奋力抗辩。直至无耻的难降强剥她的衣裳，矛盾激化，持国才出面干预，放回坚战五兄弟和黑公主。般度族被迫流亡森林时，坚战五兄弟的其他妻子都回娘家避难，惟独她与坚战五兄弟共患难。她念念不忘般度族和她本人蒙受的奇耻大辱，经常提醒坚战要报仇雪恨。在乔装隐匿摩差国毗罗吒宫中时，她不能忍受国舅空竹的欺辱，坚决要求怖军杀死空竹。大战前夕，她看到坚战一心想争取和平解决，便向出使俱卢族的黑天表达自己主战的强烈愿望。大战结束后，坚战内疚于心，精神不振，而她坚持认为俱卢族罪有应得，勉励坚战担负起国王的责任。尽管黑公主性格刚烈，在家庭生活中依然是个贤妻良母。坚战登位后，她照样侍奉贡蒂和甘陀利。

阿周那和怖军是般度族的两员主将。阿周那在五兄弟中武艺最高强，怖军也为般度族屡建战功，但两人性格迥然有别。怖军从小就虎头虎脑，不甘忍受难敌兄弟们的欺侮，疾恶如仇。阿周那善于思索，遇事冷静。黑公主在赌博大厅当众受辱，怖军怒不可遏，指责坚战不该将黑公主押作赌注，要取火焚烧坚战掷骰子的手。阿周那当即劝说怖军要维护本族的名誉，不要帮倒忙。面对难敌和难降的无耻行为，怖军忍无可忍，当众发誓要撕开难降的胸膛喝血，要打断难敌的大腿。在流亡森林期间，怖军经常和黑公主一起与坚战争辩，主张尽快复仇。而阿周那听从毗耶娑的建议，前往雪山修炼苦行，取悦天神，从而获得天国武器，为未来的战争做好准备。在争取盟友的备战期间，黑天将他本人和他的军队分作两份，让阿周那和难敌挑选，阿周那理智地挑选黑天本人。在大战中，面对复杂的局面，阿周那也时时考虑到道义，不愿卤莽行事。但他充分信任黑天，听从黑天的指导，努力履行自己的职责。黑天如同阿周那的灵魂，阿周那也由此成为般度族的顶梁柱。而怖军一心复仇，无所顾忌，在战争中杀尽难敌兄弟们，实现撕开难降胸膛喝血和打断难敌大腿的誓言。即使在大战取得胜利后，怖军仍然不肯宽宥和体谅失去儿子们的老王持国。

在《摩诃婆罗多》中，阿周那是因陀罗的化身，怖军是风神的化身，因此，他俩的能力和性格分别与这两位天神相应。同时，阿周那和黑天的前生是两位古老的仙人那罗和那罗延。因此，他俩在人间成为亲密无间的朋友。而从大战开始时，黑天向阿周那宣讲《薄伽梵歌》，显示自己的神圣形象后，黑天又成为阿周那的精神导师。这样，阿周那和黑天的关系也象征人信仰神，皈依神，与神合一。

坚战是正法之神的化身。在《摩诃婆罗多》中，史诗作者将他塑造成列国纷争时代贤明君主的形象。作为刹帝利王族的长子，他的职责是执掌王权，治理国家。但他通向王权的道路艰难曲折。他渴望获取王权，又不愿违背正法，长期置身王权和正法的矛盾旋涡中。

他在少年时代与骄横的难敌兄弟们相处时，就善于忍让。受到难敌迫害，全家在独轮城避难时，母亲贡蒂为拯救房东婆罗门一家，派怖军去消灭罗刹钵迦。坚战首先想到以后要靠怖军打败难敌，不愿意让怖军去冒险。而听了母亲的解释，知道保护婆罗门是刹帝利的职责，也就表示同意。后来，持国分给般度族一半国土，坚战也心安理得，建都天帝城。难敌设置掷骰子骗局，他出于礼貌，接受邀请。然而，他也怀着侥幸心理，希望赢取财富和王权，结果越陷越深，输得精光。黑公主当众受辱，奋力抗辩，而他默默忍受这一切，认为必须遵守赌博规则。在流亡期间，无论怖军和黑公主怎样责备和埋怨，他都坚持要信守诺言，完成十三年的流亡期限。期间，难敌前来羞辱他们，却被健达缚们掳走。坚战不计冤仇，命令弟弟们救出难敌。又有一次，信度王胜车劫走黑公主。黑公主盼望杀死胜车，而坚战顾念胜车是持国的女婿，放走了他。十三年流亡期满后，难敌不守信义，拒绝归还属于般度族的一半国土。双方来回谈判。坚战为了避免流血战争，作出最大让步，提出只要归还五个村庄就行，而难敌一意孤行，宣称连针尖大的地方也不给。结果，大战爆发。由此可见，长期以来，在般度族和俱卢族的王权争端中，坚战忍辱负重，对俱卢族已经做到仁至义尽。

　　大战爆发后，坚战面对敌强我弱的军事形势。俱卢族有十一支大军，般度族只有七支大军，而且，俱卢族阵营中有毗湿摩、德罗纳和迦尔纳这样一些无与伦比的大勇士。因此，在黑天的唆使下，每逢战斗关键时刻，般度族都不顾武士战斗规则，运用计谋取胜。坚战也参与其中。他本是一个以"说话诚实"著称的人，也向德罗纳谎称他的儿子马嘶死了，致使德罗纳万念俱灰，坐以待毙。大战最终获得胜利，但坚战从此摆脱不了负罪感。尤其得知迦尔纳是自己的异父同母兄长，更是痛心疾首，忍不住严厉责备自己一向敬爱的母亲。他精神沮丧，追悔不已，一心希望隐居森林。在众人的劝说下，才勉强登基为王。此后，他即使聆听了毗湿摩的长篇教诲，又举行了涤除罪孽的马祭，也能善待持国和甘陀利，但始终不能获得内心的平静。

　　坚战的精神悲剧在于他以遵奉正法为己任，却又无法以合乎正法的手段获取王权。他必须投身这场战争，否则，在这世上，邪恶横行，正义不能得到伸张。而为了取得战争胜利，他又必须施展计谋，杀死敌方阵营中的长辈、亲友和老师。这样，他虽然最终获得了王权，却失去了精神快乐。这些有违正法的行为成了他心头永远抹不去的阴影。尽管如此，在众天神的眼中，坚战是人间遵奉正法的楷模，因陀罗破例允许他带着肉身升入天国。

六　关于《升天篇》

坚战到达天国，看见难敌已经在那里，而没有看见自己的弟弟们和黑公主。他气愤地转过身，要求带他到弟弟们那里。经由一条恶浊的路，他被带到地狱，发现弟弟们和黑公主在那里遭受折磨。他满腔悲愤，决定放弃天国，与弟弟们一起呆在地狱。这时，因陀罗告诉他，他的弟弟们和黑公主已经进入天国。正法之神也解释说，这是因陀罗制造的幻象，因为所有的国王，包括坚战在内，在人间有过欺骗行为，都应该见见地狱。正法之神还告诉坚战说，这是他对坚战的第三次考验。第一次在般度族兄弟们流亡森林期间，坚战的弟弟们喝了魔池里的水，倒地死去。正法之神化身药叉，让坚战选择复活哪一位弟弟。坚战为表示公正对待两位母亲，选择玛德利之子无种①。第二次在般度族兄弟们远行升天途中，正法之神化身为狗，始终跟随坚战。坚战不忍心丢下这条忠心耿耿的狗，向因陀罗要求带着它一同升天。② 这一次，坚战宁可呆在地狱，也不愿与弟弟们分离。正法之神对坚战的品德深感满意，带领他到达天国恒河。坚战在恒河里沐浴后，摆脱凡人的身躯，也摆脱人间的仇恨和烦恼。在众天神簇拥下，坚战进入天国，会见弟弟们和黑公主，并得知他们和其他许多勇士都是各位天神的化身。

《摩诃婆罗多》全书故事至此告终。最后，歌人（厉声）向寿那迦讲述人们吟诵《摩诃婆罗多》能获取的功德，称颂这部圣书包罗万象，"有关正法、利益、爱欲和解脱，这里有，别处也有，这里没有，别处也没有。"（18.5.38）他还特别指出，毗耶娑大仙创作这部圣书后，教儿子苏迦诵习这四首诗："数以千计父母，数以百计妻儿，已经经历生死轮回，其他的人们也都如此。／数以千计快乐场，数以百

---

① 参阅《森林篇》第297章。
② 参阅《远行篇》第3章。

计恐怖地,每天都在影响愚者,而不影响智者。／我高举双臂,大声呼喊,却没有人听我的。从正法中产生利益和爱欲,为什么不履行正法？／不能为了爱欲、恐惧或贪婪,甚至不能为了活命抛弃正法。正法永恒,苦乐无常。灵魂永恒,因缘无常。"(18.5.47—50)这四首诗展示毗耶娑悲天悯人的情怀,体现《摩诃婆罗多》的创作宗旨。它们是对婆罗多族大战经验教训的总结,也是对世人的忠告和警示。

毗耶娑确认正法、利益、爱欲和解脱是人生四大目的或要义。人为了生存,必须追求利益。人为了繁衍,必须追求爱欲。人也在实现利益和爱欲的过程中获得快乐和幸福。但是,人类生活在群体社会中,追求利益和爱欲,又必须合乎正法。正法是约定俗成的人类行为规则,包括法律、道德、义务和责任。社会秩序依靠正法维系,以免人类在利益冲突中同归于尽。

按照《摩诃婆罗多》,正法分为共同法（sādhāranadharma）和分别法（svadharma）。共同法是所有人都应该遵守的普遍行为规则,诸如仁慈、公正、诚实、宽容、不发怒、不杀生、孝顺父母、尊敬老师和善待客人等等。分别法是各类社会成员应该遵守的特殊规则,诸如有关种姓、生活阶段、祭祀、布施和婚姻等等的规则。然而,有规则,总会有例外。面对纷繁复杂的社会现象,不能将任何规则绝对化。憍尸迦仙人坚持说真话,结果为盗匪指路,殃及无辜[①],这是不能将共同法绝对化的典型事例。众友仙人在饥荒年代,为了维持生命,严重违背种姓法,偷窃旃陀罗贱民的不洁食物[②],这是不能将分别法绝对化的典型事例。

依据现实生活经验,毗湿摩一再强调"正法微妙",也就是强调社会和人生的复杂性。正因为"正法微妙",坚战才会这样向毗耶娑表白道:"履行正法和统治王国,两者经常产生矛盾,我为此感到困惑,百思不得其解。"(12.38.4)而毗耶娑说服他去请教毗湿摩。毗湿摩躺在"箭床"上,向坚战讲述了王法——国王在正常时期的职责,又讲述了危机法——在危机时期可以采取的非常手段。毗湿摩明确指出:"由于地点和时间的原因,正法变成非法,非法变成正法。"

[①] 参阅《迦尔纳篇》第49章。
[②] 参阅《和平篇》第139章。

(12.39.31)"国王想要取得成功，就要兼用正法和非正法两种手段。"(12.81.5)

围绕"正法微妙"，《摩诃婆罗多》充分展示了人类生存方式的困境。坚战为了谋求般度族的和平生存，向难敌作出最大限度让步，也未能阻止战争。而难敌遵循刹帝利武士征服世界、追求财富的使命，也始终坚信自己的事业是正义的。在战前，般度族是受迫害的一方，而在战争中，他们面对军事力量占据优势的俱卢族，每逢关键时刻都采用诡计取胜。按照"正法微妙"的观念，般度族此时此刻采用诡计，符合"危机法"。而难敌遵守武士战斗规则，战死疆场，也符合刹帝利正法，得以升入天国。

《摩诃婆罗多》呈现的人类社会充满利害冲突，种姓与种姓之间，同一种姓内部之间，个人与个人之间，国与国之间。一旦利害冲突的双方各执己见，矛盾激化，结果往往是两败俱伤，人类自身遭受毁灭性打击，就像般度族和俱卢族大战一样。坚战即使登上王位，面对战争的悲惨后果，内心充满痛苦，忧伤地说道："胜利对我来说如同失败。"(12.1.15)史诗作者最后安排般度族兄弟和俱卢族兄弟在天国相遇。只有摆脱了凡俗之身，摒弃了人类的卑微生活和自私心理，泯灭了愤怒和仇恨之情，才能享受真正的和平和安宁。

史诗作者对人类社会的洞察是深刻的。但他们提出的"正法"论难以解决人类生存方式的困境。他们的"正法"论建立在种姓社会的基础上，具有明显的历史局限性。因此，在史诗的结尾，毗耶娑为人类社会不能普遍履行正法而痛心疾首，"高举双臂，大声呼喊"。同时，面对难以解决的人类生存方式的困境，史诗作者也推荐"解脱法"。"解脱法"对于人类社会的矛盾冲突具有缓和作用。但是，人类社会的存在和发展不可能依靠"解脱法"。对此，史诗作者心里也是明白的。事实上，人类有史以来的社会，无论是农业社会或工业社会，封建社会或资本主义社会，在一个国家内部或在世界范围内，都没有解决社会自身的不平等问题。社会主义试图解决这个问题，但前进的道路也是漫长而艰难的。这就决定人类社会仍将在矛盾冲突中存在和发展。人类必须运用智慧，努力按照符合时代发展要求的"共同法"（伦理规范）和"分别法"（律法），履行社会职责，争取在每个历史阶段最大限度地实现人类社会的公正、和平、繁荣和幸福。

本卷包含《摩诃婆罗多》最后六篇，由葛维钧译《教诫篇》，郭良鋆译《马祭篇》第1—50章，我译《马祭篇》第51—96章、《林居篇》、《杵战篇》、《远行篇》和《升天篇》，并对本卷译文作了校订。

黄宝生

《教诫篇》内容提要[①]

（1）坚战向毗湿摩求教，说尽管他已经在《和平篇》里劝导过自己，自己还是无法成功地恢复内心的宁静。他认为自己应该对婆罗多大战所造成的悲惨劫难负责。负罪的意识使他寝食不安。尤其使他悲痛的是，正是由于他的缘故，毗湿摩陷入了如今这样的悲惨境地。见坚战悲不自胜，毗湿摩便继续对他进行开导，希望能帮他解除内心的痛苦。他告诉坚战，世界上没有一个人可以自由地行使个人意志；人不过是命运手中的工具，而命运的安排又总是微妙难测。为了说明这个普遍的真理，毗湿摩给他讲了一个故事，里面的角色有乔答弥、死神、捕鸟人、蛇和时间。老妪乔答弥的儿子被蛇咬死了，一个捕鸟人想惩罚咬死孩子的蛇。但是乔答弥要求他放掉它，说无论谁都不可避免受制于命运的安排，即使是把蛇杀掉，她的儿子也不可能死而复生。蛇自己也争辩说，当它咬那孩子的时候，它并不是在实现自己的自由意志，而是死神迫使它去这么做的。可是死神又说，他也并非独立不羁。他要听命于时间，务使世上的事情都能按照时间也即命运的安排来实现。毗湿摩对坚战说，这个故事的意思，就是无论是他，还是难敌，都无需为过去发生的一切负责。从来还没有谁能够躲避注定要发生的事情。命运是全能的；人类乃至一切众生，都得服从其精妙运作。听了这样的开导，坚战焦虑不安的心平静下来。他准备再向他的祖父请教一些其他问题。

（2）坚战问毗湿摩："是否有过家主战胜死神的事？如果有，他靠的是什么德行呢？"为了回答坚战的问题，毗湿摩讲述了居住在俱卢之野的妙见和奥伽瓦蒂的故事，讲他们如何通过严格奉行待客之道而战胜了死神。他的结论是，对于一个家主来说，没有比来客更加值

[①]《教诫篇》内容提要的作者是本篇精校本编者丹德卡尔（R. N. Dandekar）。

得敬拜的人了。

（3）坚战的下一个问题有关众友仙人的行迹。谁都知道，对于三个较低种姓（刹帝利、吠舍和首陀罗）的人来说，要想达到婆罗门种姓的地位是不可能的。那么出身刹帝利的众友又是怎样变成一个婆罗门的呢？坚战信手举出了众友的若干业绩，如杀死极裕仙人一百个儿子，创造无数的鬼怪，建立拘湿迦家族，解救犬阳，帮助陀里商古，将企图扰乱自己苦行的罗姆芭变成石头，等等。他的问题是众友何以能在一生之内改变身份，成为婆罗门。

（4）本篇讲述了众友如何变成婆罗门的故事。仙人利吉迦给了他的妻子贞信和她的母亲（伽亭王之妻）两份不同的祭品，它们可以使贞信生一个婆罗门，使她的母亲生一个刹帝利。但是祭品被调换了。贞信的母亲吃了含有婆罗门能量的祭品，结果生下了众友。通过利吉迦所给予的恩惠，众友不仅成了一个婆罗门，并且成了一个婆罗门世系的始祖。他的儿子们也成了众多族系的先人。本篇最后列出了这些儿子的名号。

（5）毗湿摩告诉坚战，慈善为怀，有同情心，是人的最高品德。为了说明这点，他讲了一个鹦鹉的故事。这只鹦鹉在它赖以栖身的大树枯萎时，不但没有舍弃它，反而甘愿留在树上，听凭自己的身体随着大树一起衰弱下去。

（6）这一章尝试回答一个永恒的问题，即命运和个人努力，究竟哪一个更加强而有力。虽然毗湿摩似乎倾向于认为个人努力更为重要，但他最后的结论还是：任何事业上的成功都离不开好运和努力两个因素。

（7）本篇讨论的主题是善业的果报。毗湿摩在这方面的观点之一是，一个人在其肉身未灭，环境未变的情况下，就可能获得在同一肉身，同一环境下所做业的果报。他还列举了种种行为所能带来的不同果报，只是行为和果报之间并不一定有内在联系。

（8）毗湿摩在这一篇中谈了什么人值得崇拜和礼敬。他说，他对婆罗门所怀的感情，比对其他任何可爱、可敬的人都深。婆罗门和刹帝利的关系，犹如丈夫和妻子。他还顺便对于刹帝利（而不是婆罗门）何以成为大地之主做了一个有趣的说明。

《教诫篇》内容提要

(9) 一个人许诺送给婆罗门礼物，但却未能践言，那么他自己的任何希望都将落空。为了说明这个道理，毗湿摩讲了一个豺和猿的故事。

(10) 在这一篇中，坚战提了一个有趣的问题。他问，一个人如果指教了低种姓者，他是否应该受到惩罚？毗湿摩说，答案无疑是肯定的。他讲了一个故事，说一个仙人就是因为教给一个首陀罗怎样举行祖祭，便失去了他原应得自苦行的果报，并在来世生为一个国师，也就是说，降低了自己的地位。一个婆罗门如果教导了首陀罗，或者从一个低种姓者那里接受了教导，他就一定会陷入不幸。

(11) 艳光公主曾经当着黑天的面问吉祥天女："哪里是你常去的地方？"吉祥天女回答说，她经常与这样的人在一起，他们积极努力、精勤做业、道德高尚、仁爱宽厚、美丽、勇敢、饱学、虔诚。

(12) 在这一章里，坚战引进了一个奇怪的话题，问题提得也有些突兀。他问毗湿摩："在男女交合时，男人和女人，哪一方获得的快乐更大？"毗湿摩给他讲了古时候王仙朋迦湿瓦那的故事。这位王仙由于因陀罗神施计而变女身。后来因陀罗又想施恩于他，答应让他恢复男身。但是他宁可保持女身。因为，他承认，在欢合之时，他作为女人所得的快乐远在作为男人之上。

(13) 毗湿摩在这一章里告诉坚战，人若想平稳地度过此生和来世，应该避免十种过失，其中属于身的有三种，属于口的有四种，属于意的有三种。

(14) 坚战要求毗湿摩告诉他湿婆大神的所有名号。毗湿摩转又请求黑天来讲。黑天在讲述之前，先说了他为使自己的妻子瞻波瓦蒂生子而修苦行时是如何有幸目睹湿婆丰采的。指引他去见湿婆大神的是婆罗门优波曼纽。优波曼纽告诉他，许多人，像金座、毗陀优波罗婆、百面、大梵天等等，都曾谋求湿婆的好感，并从他那里获得了恩惠。优波曼纽本人也曾受到过湿婆的垂顾。他对黑天讲述了湿婆是如何在他面前现身的，他自己是怎样用赞美之词称颂大神，以及湿婆又是怎样满足了他渴求的恩典的。

(15) 黑天继续说他的故事。他告诉毗湿摩等人优波曼纽如何教给他若干祷词，并使他加入他们的行列，以及他是怎样在坚持苦行五

3

个月之后，见到了湿婆。最后，他热情称颂湿婆，并从湿婆和他的妻子乌玛那里得到了恩惠。

（16）优波曼纽得知此事后，又对黑天讲了仙人当棣的故事。当棣坚持苦行一万年，以求湿婆神的青睐。他后来去到优波曼纽的净修林，向他诵出了湿婆的一千个名号。

（17）优波曼纽在黑天面前诵出湿婆的一千个名号。

（18）本章列举了毗耶娑、蚁垤、食火仙人之子（即持斧罗摩）、阇吉舍毗耶、迦尔戈耶、波罗奢罗、迦罗婆等仙人如何由于称赞湿婆大神而得益。通过诵唱湿婆的一千个名号，四种姓的人均可获得与其地位和身份相当的好处。

（19）本章谈的是另一个主题。坚战问毗湿摩："人在结婚之后，夫妇二人共同遵行的法是什么？"像过去一样，毗湿摩仍旧用讲故事的方法，通过寓意来回答坚战的问题。故事说，八曲仙人想娶伐陀尼耶的女儿苏波罗婆。伐陀尼耶表示同意，但他要求八曲先到北方去，在见识过那里的种种事象之后，再回来同苏波罗婆结婚。

（20）于是八曲仙人出发向北，去到施财宝者（即财神）的地界。他在那里住了一天年，享尽种种快乐。再往前走，他又到了一处比财神的宅第更加华美的金宫。在那里，他看到了一位老妇。老妇希望同他欢合，答应把周围所有的好东西都送给他。

（21）八曲仙人用种种理由坚决地拒绝了老妇的顽强要求，说他们不能结婚。但老妇却仍要嫁他。后来老妇将自己变成了一个年轻女子，八曲感到难以自持。他的内心发生了激烈的斗争：是该同这个女子结婚呢，还是该继续保持对于伐陀尼耶女儿的忠诚？最后，他终于决定坚持后者。

（22）这时老妇告诉他，她是北方的化身。前面的考验是她故意设计的，同时也是为了告诉他，妇女即使到了老年，还会有情欲的冲动。八曲仙人表现出了非凡的自我控制能力，这使所有的神明都很高兴。伐陀尼耶想测验他在婚姻上是否忠诚不贰，结果他证明自己完全可以信赖。八曲仙人自北方返回，伐陀尼耶将女儿嫁给了他。

（23）坚战又问毗湿摩："什么样的人有资格获得施舍？"毗湿摩回答道："那些认真履行自己种姓职责的人。"接着，他解释了陌生人、有学问的人、姻亲、苦行者和行祭的人怎样做才能有资格获得施舍。为了说明问题,他引用了大地女神、迦叶波、火神和摩根德耶的不同观点。毗湿摩还澄清了其他一些问题,包括正法的内容有什么;什么是至纯至洁的行为;实践法、利、欲的合适时机,以及何为善、恶等。

(24) 本章谈的是祭祀神明和祖先的规矩,特别提到了与这类祭祀相关的施舍问题。毗湿摩详细讲述了举行这两种祭祀的时间、可以邀请的来宾、祭司的职能、祭仪的顺序、施主和受施者由于施舍得当或不当而获得的善报或恶果,等等。

(25) 坚战问:"在什么情况下,一个人没有杀婆罗门,却应视作犯了杀婆罗门罪?"毗湿摩没有直接回答他的问题,而是向他转述了毗耶娑的有关说法。毗耶娑举出了如下的情况:邀请一位婆罗门到自己家里,以便对他有所施舍,但等他来了却又拒不给他任何东西;无理断绝一位无辜婆罗门的生计;无端使干渴的母牛喝不到水;不肯将自己的女儿嫁给一个合格的青年——犯了这些,或者另外类似大过的人,都应视作是犯了杀婆罗门罪。

(26) 毗湿摩引用鸯耆罗的话,列举了重要圣河的名称,并说明了在这些河中沐浴所能获得的功果。

(27) 毗湿摩睡卧在箭床上,坚战和他的兄弟们陪侍在他的周围。众仙人前来对他表示敬意。仙人们走后,般度诸子对毗湿摩再行敬拜,然后请他讲讲哪里是最为纯洁神圣的地方。为了回答这个问题,毗湿摩引用了两位仙人的谈话。这两个婆罗门一个发誓以拾穗为生,一个成就非凡。毗湿摩强调说,真正神圣的是那些恒河水流过的地方。在宗教上最有效验的求福手段,莫过于留住在恒河岸畔,在恒河水中沐浴,饮用恒河的水,或者在恒河岸上修习苦行。

(28—30) 这三章讲的是摩登伽的故事。毗湿摩讲这个故事,为的是使坚战深刻地认识到,婆罗门的地位是很难达到的。人只有一辈子一辈子连续不断地做过畜生、杂种姓人或者旃荼罗、首陀罗、吠舍、刹帝利、有名无实的婆罗门、"背箭者"等,并且每一种都做过极长的年头,才能最后生为真正的婆罗门。这个道理是因陀罗告诉摩登伽的。摩登伽是一个旃荼罗,他坚持修习极其艰难的苦行,以求最

5

后跻身于婆罗门之列。

（31）但是，刹帝利变成婆罗门的例子还是有的，其中一个就是众友。在这一章里，毗湿摩讲了毗陀诃伐耶是如何从刹帝利变成婆罗门的故事。迦尸国的国王诃罗耶湿婆同婆蹉国的国王海诃夜之间经常发生摩擦和斗争。在一次战斗中，迦尸国提兀达萨的儿子刺穿王打败了海诃夜家族的毗陀诃伐耶。毗陀诃伐耶逃到仙人婆利古的净修林，仙人庇护了他。刺穿跟踪而来，要求仙人把毗陀诃伐耶交给他。为了保护毗陀诃伐耶，婆利古对刺穿说，他的净修林里没有刹帝利。刺穿知道毗陀诃伐耶就在这里，但他还是宣称自己的任务已经完成，因为毗陀诃伐耶在他的追逼下不得已放弃了自己的种姓。这样，就因为婆利古说了上面的话，毗陀诃伐耶便改变了身份，成了梵仙即婆罗门。毗陀诃伐耶的儿子名伽罗陀萨摩多。接着，毗湿摩历数了伽罗陀萨摩多后代子孙的名字。

（32）坚战在这一章里问毗湿摩什么样的人应该受到尊敬。为了回答他的问题，毗湿摩引用了那罗陀仙人和婆薮提婆之子的一番对话。那罗陀认为，那些崇拜神明的人、具有苦行功的人、精通吠陀经典的人，以及行祭者和教师，都是值得尊敬和崇拜的。

（33）毗湿摩告诉坚战，对于一个国王来说，敬重婆罗门并保护他们，是最高的法。

（34）毗湿摩还告诉坚战说，真正保护国家安全的是婆罗门。婆罗门一向是胜过刹帝利的，就像婆利古的后人胜过陀罗江喀的后人，鸯耆罗的后代胜过尼波的后代，婆罗堕遮的后裔胜过毗陀诃伐耶的后裔一样。世上的知识统统集中在婆罗门身上。当婆薮提婆之子向大地女神询问一个过家居生活的人怎样才能洗除他的罪愆的时候，大地女神回答说：最好的方法就是侍奉婆罗门。

（35）婆罗门生来就是有大福气的。他有能力护佑他人，也有能力诅咒他人。毗湿摩告诉坚战，世上的婆罗门各不相同，有的像雄狮，有的似猛虎……许多部落的人都是因为缺少婆罗门而沦落为小人（即首陀罗）。神之所以为神，魔之所以为魔，原因就在于有无婆罗门。

（36）天帝释扮作一个丑陋的苦行者来到商波罗面前，问他靠的是什么本领当上了本族的首领。商波罗回答说，他一向遵从婆罗门的指教，对他们从来不怀恶念。他还同时告诉天帝释说，婆罗门取得成功，靠的是他们的苦行。

（37）这一章又回复到什么人有资格得到施舍的问题。坚战提到的三种人——陌生人、曾经同自己生活过很长时间的人、远道而来的人，毗湿摩说都应该得到施舍。至于施舍何物，完全可由施主自己决定，原则是不应使受施者感觉难受。不过，也有若干类型的婆罗门，是施主们需要小心避开的。

（38）本章坚战提出讨论的一个有趣问题是妇女的性情，水性杨花是她们众所周知的特点。为了说明坚战的问题，毗湿摩举出了那罗陀仙人和一个名叫五髻的女人之间的对话。五髻的观点是女人浑身瑕疵，而其最大的疵点，就是她们太过沉浸于自己的情欲。

（39）坚战似乎是基本上同意五髻的看法。他还进一步说道，女人常会欺骗男人，把真理说成是谎言，把谎言说成是真理。讲解处世经论的著作很可能就是受女人性情的启发而写成的。尽管如此，男人还是会被女人弄得昏头昏脑。这究竟是为什么？怎样才能把女人管住呢？

（40）前述有关女人的看法，毗湿摩也表同意。接着，他又向坚战述说了一个毗补罗的故事。因陀罗迷恋上了美女卢吉，她是仙人提婆沙尔摩的妻子。有一次，仙人出去行祭，便把妻子托付给了自己的学生毗补罗。为了完成任务，毗补罗钻进了卢吉的身体，以她的肢体为肢体，控制了她。

（41）毗补罗的确成功地吓退了前来骚扰的因陀罗。提婆沙尔摩回来以后，毗补罗告诉他因陀罗来过并且已被赶走，他十分高兴。

（42）后来，在去往瞻波城的路上，毗补罗听到两人拌嘴，其中一人在赌咒的时候提到他的名字，透露出他未来会有不祥的命运。他还看到六个玩骰子的人，他们也用同样的话发誓赌咒。毗补罗心想，这一定是因为自己没有将曾经钻入师母身体的事报告师父带来的结果。

（43）最后，提婆沙尔摩还是原谅了他的学生，因为他当时做事的信念和动机都是好的。

（44—46）接下来的三章讨论有关婚姻的法。讨论涉及了各种不同的主题，如婚姻的类型、适当的新娘年龄、议婚问题、彩礼问题（这里毗湿摩谈到了他是如何为奇武夺来两个女子做新娘）、婚姻的缔定、遗产问题等。毗湿摩还说在任何情况下都要尊重妇女。

（47）本章讨论财产继承的细节问题，谈到了身份不同的儿子可以获得的财产应该有何不同。

（48）本章讨论顺婚和逆婚问题，以及杂种姓的产生和杂种姓的不同性质。毗湿摩在讨论中申明了两个观点。一个是，人所属的社会等级是由他的行为来决定的；另一个是，通过善行，人可以提高他的社会等级。

（49）这里讨论的是儿子的不同种类，同时提出并讨论了为"收养子"、"迦尼那"（未婚即已在娘家怀孕生育的儿子）和"阿陀瑜塔"（母亲在婚前为他人所怀，而在婚后属于法律上的父亲的儿子）举行圣礼的事。

（50）坚战在本章提出三个问题，即目睹他人的悲况会有什么样的感情，看到共同生活过的人陷入悲境会有什么样的感情，以及母牛的神圣表现在哪里。为了回答坚战的问题，毗湿摩讲述了关于友邻王和行落仙人的传说。昔日，当行落仙人在水中修炼苦行的时候，他对周围的鱼群产生了很深的友情。有一次，一帮打鱼人撒下网去，将行落仙人和鱼群一同捞了上来。渔夫们很想弥补自己无意中犯下的罪过。但是行落却不愿丢下曾经同他长久生活在一起的已经死去的鱼儿而独自离开。问题提到友邻王那里。

（51）行落仙人请求友邻王出一个合理的价钱，把他和鱼儿从渔夫的手里一齐买下。但是，无论友邻王出什么价钱都抵不上那伟大仙人的内在价值。最后，还是一位正巧来到的贤者解决了这个问题。他说婆罗门其实是无价的，而母牛也同样无价，所以，婆罗门只有用母牛来换才行。于是，友邻向行落提出拿母牛换他，行落果真欣然同意。本章以行落仙人对于母牛的赞颂作结。

（52）以下五章讲述的是有关食火仙人之子罗摩的故事。婆利古之子行落仙人预见到一件不利的事将要落到自己家族的头上，因为他的家族中将会有一个成员身上出现刹帝利的性格。他决定前去把拘湿迦家族统统烧死，因为正是这个家族将要导致自己后代的性格变化。于是，他来到拘湿迦家，说自己要住在他的家里，因为他发誓要做一件事。拘湿迦和他的妻子按照待客之道为行落备办了一切，然后又尽职尽责地在一旁照他的嘱咐服侍他。二十一天过去，行落忽然消失不见了。

（53）夫妇俩四处寻找，不见踪影，等回到家里，却看见他就在床上躺着。过了一段时间，行落再次消失，后又重新出现。后来，他放出神火，烧毁了为他奉上的一切。不过，面对他的古怪行为，拘湿迦夫妇毫无嗔怒之意。相反，他们总是想方设法，为他把一切做得圆满停当。见此，行落又要求他们亲自挽车，拉着他在城中游荡。这样奔走不停，又过了五十天。最后，行落对他们的服务表示满意，答应给他们一项恩惠。他来到恒河岸畔，自己留下，让他们返回城去，次日再来。

（54）第二天，拘湿迦夫妇如约来到恒河岸边，发现那里矗立起了一座宏伟的宫殿，其中天国的珍玩应有尽有。行落本人则躺卧在一张名贵的金床上。但是，当他们欣喜地奔向仙人时，仙人和金床却忽然不见了。通过这样的方式，行落仙人向拘湿迦显示了苦行之功的无比能力。

（55）拘湿迦问行落仙人他所做的一切究竟是为了什么。仙人回答说，他曾想毁灭拘湿迦的家族，以避免未来婆利古家族里注定发生的种姓混合之事。但是，面对行落的种种刁难，拘湿迦表现出来的良好行为打破了他的计划。行落仙人告诉拘湿迦，他的孙子将会在婆利古家族的帮助下，变成一个婆罗门。

（56）婆利古家族的食火仙人将要娶拘湿迦的孙女为妻。他们生下的儿子叫持斧罗摩。这位罗摩将会履行刹帝利的职责。而拘湿迦家族的伽亭将会生下一个儿子众友。众友则注定成为一个婆罗门。

（57）坚战还是在为婆罗多大战所造成的毁灭性灾难而悔恨。他深怕般度族人会因为这一罪行而落入地狱。他想去修习苦行，所以请毗湿摩就此给他一些忠告。毗湿摩对他讲了各种苦行带来的不同结果，特别细述了施舍的善报，同时劝告他不要抱弃世的观念。

（58）毗湿摩在这一章里继续详述种种施舍的不同果报。他告诉坚战，施舍是最好的祭祀方式。他还告诉坚战，对于刹帝利来说，最重要的责任就是保护婆罗门，并为他们服务。

（59）毗湿摩认为，施舍不肯开口乞求的婆罗门，比起施舍开口乞求的婆罗门，远为可取。一个刹帝利的坚定，表现在他对他人提供的保护上。一个婆罗门的坚定，表现在即使急需，也不肯向人乞讨任何一件东西上。

（60）毗湿摩进一步指出，施舍优于祭祀。因为施舍本身就是目的，而祭祀则不过是达到目的的手段。帮助那些需要帮助的婆罗门，胜过举行祭祀，像是王祭、马祭之类。一个国王应该分担一部分他的臣民所犯的罪责，如果他的臣民没有得到很好保护的话。他也可以分享一部分臣民的善行带来的福果，如果他们得到了很好保护的话。

（61）这一次坚战的问题是："可以施舍的东西很多，什么是最应该施舍的呢？"针对这个问题，毗湿摩回答：土地的施舍高于任何其他的施舍。这是毗诃波提告诉因陀罗的。

（62）毗湿摩又引用那罗陀仙人的话说，在国王给予婆罗门的施舍中，最好的是食物。

（63）坚战要求毗湿摩讲一讲施舍和星宿的关系。毗湿摩向他复述了那罗陀仙人和提婆吉之间的对话。在他们的对话中，那罗陀讲了在不同星宿所指的不同日子各应施舍什么东西，以及由此可得什么样的果报。

（64）什么是最好的施舍？毗湿摩在本章就这个问题引用了几个人的观点。

（65）在这一章里，毗湿摩详细叙述了施舍鞋子、芝麻、一块土地（引用的是大梵天给了众神一块土地，供他们祭祀之用的典故）、房屋、母牛、公牛、食物等所能得到的不同果报。

（66）毗湿摩强调，没有比食物和水更高的布施。

（67）坚战请求毗湿摩就施舍问题再多谈谈。毗湿摩给他讲了阎摩和婆罗门舍罗敏的故事。故事中，阎摩向舍罗敏仔细讲述了可以带来功德的各种施舍，比如施舍芝麻，施舍水、灯、珍宝和衣物等等。

（68）坚战表示特别希望再听一听有关土地施舍的说法。毗湿摩说，施舍三种东西可以得相同的果报：母牛、土地和言词。母牛应该

《教诫篇》内容提要

施舍给那些有学问而又子孙很多的婆罗门。在任何情况下都不能侵犯婆罗门或者他们的财产。

（69）为了说明前一章末尾所述的观点，毗湿摩对坚战讲了尼伽王的故事。尼伽王由于占有了婆罗门的财产而蒙受耻辱，尽管他的占有是无意识的。一个婆罗门的母牛走失了，进了尼伽王的牛群。尼伽王将这头母牛和其他的牛一起施与了另外的婆罗门。为了这一失误，尼伽王在死后受到了惩罚。他受到诅咒，要以蜥蜴之身生活一千年。一千年后，他将为婆薮提婆之子所救，并去往天国。

（70）坚战希望毗湿摩再多讲一些关于施舍母牛所得果报的事。毗湿摩给他讲了仙人优陀罗吉、他的儿子那吉开陀和阎摩王的故事。有一次，优陀罗吉由于儿子那吉开陀粗心大意而一时恼怒，便咒他说："见阎王去吧！"结果那吉开陀应声倒地。优陀罗吉后悔不迭。后来，儿子又在父亲泪水的浸泡下还阳，并对父亲讲述了死去这段时间发生的事。他说自己确实去了阎摩的属地。在那里，阎摩带他去看了种种为世上善人保留的美好世界。阎摩还告诉他，那牛奶流淌成河，酥油堆积如山的地方，是为世间曾经施舍牛奶的人准备的。不过，施舍时应当注意，只能在适当的时机，按照一定的仪规，把具有一定品质的牛施与那具有一定品格的人。此外，阎摩又向那吉开陀说明了可以用替代物施舍的事，如施舍酥油做的牛、芝麻做的牛或水做的牛等。

（71）为了满足坚战想了解"母牛世界"的愿望，毗湿摩讲了梵天和因陀罗之间一段关于它的对话。

（72）在谈话中，大梵天对因陀罗说明了如何达到母牛世界，以及施舍母牛的种种别的果报。

（73）在这一章中，梵天特别强调了那种明知故犯，偷窃母牛，或者为了贪求财利而出卖母牛的人会受到怎样的惩罚。

（74）毗湿摩向坚战叙述了遵守誓约、克制欲望和学习吠陀等所能获得的善报。

（75）本章的主题还是施舍牛。毗湿摩介绍了曼陀多和毗诃波提之间有关施舍牛的对话。毗诃波提向曼陀多详细说明了施舍牛应该遵守的种种仪规。毗湿摩还列举了某些国王通过施舍母牛而上达天国的

11

事情。

（76）本章继续施舍牛的话题。毗湿摩告诉坚战什么样的母牛施舍以后可以得到什么样的果报。在谈到施舍迦比罗母牛时，毗湿摩提到了湿婆大神接受公牛作为坐骑的典故，以及众神一致奉他为"兽主"的事。

（77）与施舍母牛一事相关的还有一个极裕仙人和美奴之子的故事。美奴之子问极裕仙人，世上最值得颂扬的神圣之物是什么。极裕回答说，是关于牛的秘不外传的圣诗。此外他还提到了有关牛的吠陀颂诗和秘咒。

（78）极裕仙人告诉美奴之子，神和人为实现自身的纯洁，常要使用牛粪。他还列举了施舍迦比罗母牛、楼昔尼母牛、舍波罗母牛、白色母牛、黑色母牛或烟色母牛所能获得的各种果报。

（79）极裕仙人宣称，世界上没有比施舍母牛更高的施舍。就是母牛用它身体的各个部分保证了祭祀仪式的顺利实施。

（80）极裕仙人认为，世上没有任何东西比母牛更吉祥。他还说，早在古昔之时，毗耶娑已经向苏迦指出了这一点。

（81）坚战向毗湿摩请教吉祥天女住在母牛粪溺之中是何缘故。毗湿摩告诉他，吉祥天女曾要求住在母牛中间，但母牛不愿收纳，因为她生性善变。吉祥天女坚持恳求，表示只要和母牛身体相关，任何令人厌恶的部分都行。最后母牛动了恻隐之心，决定让她住在自己的粪溺之中。

（82）在这一章中，毗湿摩指出了施舍母牛在宗教上的重要性。因陀罗曾经问过大梵天，为什么母牛世界会在众神世界之上。大梵天告诉他，母牛高于众神，是因为母牛通过不同的方式抚育着众生。陀刹的女儿苏罗毗（牛的祖先）修习苦行而并无所求。梵天很高兴，便赐她一项恩惠，让她永生不死，并且居住在三界以上的地方，而她的儿子和女儿们（公牛和母牛）也将以这样或者那样的方式做有益于人类的事。

（83）坚战问道："为什么黄金的施舍物会那么贵重？"为了回答坚战的问题，毗湿摩向他讲述了黄金起源的故事。当初他曾在恒河边上举行祖祭。他在祭祀过程中的表现，说明他已充分掌握了献祭仪式的种种细节。祖先们对此十分高兴，又指示他在祖祭时于施舍土地和母牛之外，加施黄金，因为施舍黄金可以使祖先得以净化。接着毗湿摩又叙述了持斧罗摩的故事，说他曾经二十一次从大地上清除刹帝利，并且举行了马祭。但是，他却因为自己的行为而失去了内心的宁静。于是他向仙人请教，问他们什么是最好的净化物。极裕仙人说，施舍黄金是一个好办法，然后通过故事告诉他为何如此。有一次，湿婆的精液同火神的精液混合了。而同时，阿修罗多罗迦也正在侵扰诸神。

（84）雪山神女（湿婆之妻）为了上面精液混合之事而诅咒众神，说他们将断子绝孙。但是，在她发出这一诅咒时，火神恰不在场。于是，当众神为受多罗迦的欺负而来找梵天时，梵天告诉他们火神将能通过恒河女神生一个儿子迦缔吉夜；迦缔吉夜长大后会把多罗迦收拾掉。本章也顺便提到了青蛙失去辨味能力的故事，大象长出向后卷曲的舌头的故事，以及鹦鹉失去说话能力的故事。

（85）本章是上面故事的继续，说到了婆利古、鸯耆罗、迦毗等如何诞生的典故。极裕仙人告诉持斧罗摩，黄金也生自火神，所以也是最为神圣吉祥之物。这一章的末尾讨论了不同情况下施舍黄金所能得到的不同果报。并以持斧罗摩向婆罗门施舍黄金结束。

（86）坚战问毗湿摩说："多罗迦是怎样被制服的呢，既然他是不可伤害的？"毗湿摩向他重复了极裕仙人讲给持斧罗摩的故事，并说恒河女神得到火神所植之胎以后不胜其苦而将他排出。此胎后为吉提迦所养，生下后取名缔吉夜。缔吉夜成年后成为神军统帅，并在斗争中杀死了多罗迦。毗湿摩最后说，黄金是和缔吉夜一起诞生的，所以价值很高。

（87）本章讨论的主题是祖祭的仪规。祭祀祖先在次序上甚至先于祭祀神明。毗湿摩在这里列举了在不同日子举祭所可获得的不同果报。

（88）坚战问："祖祭上祭献给先人的供品应该是什么？"毗湿摩在回答中为他列举了包括不同肉类在内的种种供品，以及祭献它们所得的各种果报。他特别指出，芝麻是最上一等的供品。

（89）毗湿摩引述阎摩对兔丸国王所讲的话，向坚战讲解如何进行求福祖祭。这类祖祭要在不同星宿所指的不同时日举行，以求满足不同的愿望。

（90）本章继续有关祖祭的话题。毗湿摩告诉坚战，可以敦请婆罗门来主持祖祭，不过对他们的资格要事先做一番查验。他提到了三种婆罗门，即其行为足以玷污婆罗门社会的、能够净化婆罗门社会的和应该排除在婆罗门社会之外的。他还讲述了同祖祭有关的其他规则。

（91）坚战又问："是谁立下祖祭规矩的？祖祭上有什么东西应当避免供奉？"毗湿摩向他讲述了阿多利家族的尼弥的故事。为了纪念死去的儿子师利摩陀，尼弥在仔细考虑以后，举行了祖祭。后来他又为做了以前无人做过的事而感到不安。这时，他的先人阿多利出现了，安慰他，并且向他传授了行祭的正确方式。

（92）毗湿摩说，举行祖祭的习惯就是从尼弥的时代开始的。他还通过一个传说故事解释了为什么行祭之始要先将供品奉与火神。最后，他又进一步对祖祭和供品在若干细节上的要求做了说明。

（93）毗湿摩强调，对于一个婆罗门来说，即使他正在实行斋戒，也不必拒绝参加祖祭的邀请。毗湿摩在本章还解释了苦行观念，举出了若干生活中应当遵守的教诫。

（94）在这一章里，毗湿摩讲了传说中弗栗沙达毗同七位仙人关于施主和受施者的谈话。众仙人拒绝接受弗栗沙达毗的施舍，尽管他们非常需要这些施舍物。因为，倘若一个婆罗门接受了施舍，他所有由苦行而得的果报就会丧失。对于仙人们的拒绝，弗栗沙达毗十分恼怒。于是，他便派女妖雅度陀尼前去杀害他们。

（95）七位仙人在极裕仙人之妻无碍的陪同下，继续游方，希望找到可以果腹的食物。他们来到一片长满莲花的池塘，雅度陀尼就守护在池塘边上。她允许他们采集莲藕，条件是他们必须各自报上自己的姓名。知道了他们的姓名，她就可以通过法术加害于他们。仙人们已经看透她的诡计。他们各自用一种怪异的方式报上自己的姓名，结果她既无法听懂，也无法记住，反倒被七仙人在路上结识的一位名叫狗友的朋友杀死，化成了灰烬。仙人们采集的莲藕忽然丢失了，原来是狗友偷走了它们。狗友实为因陀罗所扮，他是来测验这些仙人的。

最后，仙人们去了天国。故事说明戒贪而不随意受施乃是最高的正法。

（96）本章与前章的故事有相似之处。前一章中莲藕丢失后，仙人们曾一一发誓，说自己没有偷。本章故事说，众仙人来到大地朝圣，投山仙人的莲花在一处圣地丢失了。他怀疑他的同行者，而仙人们则争相赌誓，以证明自己的清白。与前一章相同，在各个人的不同誓言中，正法的内容间接地得到了反映。

（97）为回答坚战的问题：在祖祭和其他宗教仪式上施鞋施伞的习惯是怎样形成的，毗湿摩讲述了食火仙人和他的妻子莱奴迦的故事。故事说，有一次，莱奴迦抱怨她的头和脚被太阳炙得疼痛难耐。食火仙人大为光火，便想用他的利箭惩罚太阳。

（98）太阳神扮作婆罗门下凡，恳求食火不要动手。食火仙人动了恻隐之心。太阳神遂以鞋子和伞相赠。

（99）在这一章中，毗湿摩为坚战讲了植树造林和修建池塘所能获得的果报。

（100）本章讨论的主题是家居法。为此，毗湿摩讲述了大地女神和婆薮提婆之子（即黑天）之间有关这个题目的对话。

（101）坚战在本章提出的问题是施灯的起源和果报。毗湿摩转述了古时候摩奴和苏伐罗那之间有关的谈话。摩奴以太白和钵利之间更加古老的一番谈话为基础，向苏伐罗那介绍了同施舍植物、鲜花、香和灯等有关的各种说法。

（102）本章中毗湿摩讲述了一则有关友邻王的传说，同时继续讨论前章的问题。友邻王曾经通过自己的虔诚行为获得了天王的地位。但是他后来变得傲慢起来，以致开始侮辱仙人们。婆利古和投山二仙准备给他一番教训。

（103）友邻王放弃了施舍灯火之类的慈善行为。他甚至让投山仙人为他驾辕拉车，还拿脚踢他的头。这时，藏在投山头发里的婆利古仙人对友邻发出了诅咒。立刻，在婆利古的诅咒下，友邻变成了一条土蛇。不过后来，友邻还是改恶从善，重新施舍灯火，终于在坚战的帮助下，摆脱咒语的束缚，重返天庭。

（104）这一章讨论有关侵夺婆罗门财产的问题。在这里，毗湿摩转述了一段旃荼罗和刹帝利的谈话。旃荼罗讲了一个故事，说某国王在祭祀仪式上使用的苏摩汁是从滴上过牛奶的苏摩榨取的，而这奶又是属于一头被人从婆罗门那里偷来的母牛的。于是，饮用了国王苏摩汁的婆罗门便入了地狱，尽管他不过是无意识地间接触犯了不能侵夺婆罗门财产的戒条。本章提到的其他内容还包括不能贩卖苏摩，傲慢自负是做人的大恶等。

（105）毗湿摩在回答坚战的问题时说，每个人都会由于自己生时行为的不同，而在死后去往各不相同的世界。为了说明问题，他引用了一段有关智者乔答摩和婆薮之主（即因陀罗）的传说。在这个传说里，后者乔扮成国王持国，对前者讲述了什么样的生前行为，会使人去往什么样的死后世界。

（106）毗湿摩认为，最高的苦行是戒斋。据传说，跋吉罗陀就是通过实行斋戒而去往梵天世界的。

（107）坚战在本章提出的问题是使人长寿或短寿的原因是什么。毗湿摩答道，一切皆在于人的行为。接着，他解释了什么样的行为才算是好的。

（108）毗湿摩在这一章里讲的是兄长应该怎样对待弟弟，以及弟弟又应该怎样对待兄长。

（109）坚战又回到斋戒问题上来。毗湿摩引述了很多以前莺耆罗仙人告诉他的话作为对坚战问题的回答。他仔细地罗列了不同日期实行的斋戒所能带来的不同果报。

（110）毗湿摩继续前面的话题，说举行祭祀并不是所有人都能做到的，但斋戒可以使人获得与行祭相同的果报。

（111）本章的主题是沐浴圣地。毗湿摩告诉坚战，不同的沐浴之地各有所长，但最神圣的却是人自身的心智。真理就是那里的水。他说，沐浴圣地实有两种，一种是心智上的吉祥神圣之地，一种是大地上的吉祥神圣之地。

（112）坚战表示非常想知道有关众生轮回的事。毗湿摩指示他向正好来到的仙人毗诃波提请教。在对毗诃波提施礼如仪之后，坚战问道："对于一个人来说，谁是他始终不渝的伴随者呢——那在他死后还紧跟着他的伴随者？"毗诃波提答道："凡人无不孤身而生，孤身而死，只有正法在他死后还跟着他。"接着他解释了何以会是这样。坚战又问："精液是怎样产生的？"毗诃波提回答："当地、水等体内元素摄取食物，获得满足以后，精液就会产生出来。"然后他又进一步说明了生命是怎样表现为肉体的，以及肉体死亡之后，生命又到哪里去了。最后，仙人举出了人的种种行为，以及人又如何因为这些行为而在其后的一辈子又一辈子里，生而成为不同的物种形态。

（113）在这一章里，毗诃波提向坚战讲解了人如何使自己从以往所犯罪愆的后果中解脱出来。这里他特别强调了施舍的作用，尤其是食物的施舍。

（114）在谈话结束时，毗诃波提讲了六种"通向正法的门户"及其所能带来的功德。这些"门户"是：从不伤害众生、谨依吠陀行事、注重静思、调伏诸根、修炼苦行、敬事师父。

（115）毗诃波提离开以后，坚战请毗湿摩专门讲一下不杀生的问题。毗湿摩告诉他，不杀生的美德表现在四个方面，即思想上，语言上，行为上和取食上。此外他又指出了食肉的恶果。

（116）毗湿摩继续谈食肉问题。他援引了若干权威方面的论述，以证明自己的观点，即食肉乃是大恶。他还举出不少国王的名字。这些国王由于拒绝食肉而在来世去了天国。

（117）毗湿摩也谈到了一些情况，在这些情况下，人被允许食肉。

（118）针对坚战的问题：人为什么极难捐弃生命，毗湿摩说，众生中的任何一种只要生到这个世界上来，就天然具有求生惧死的倾向。为了证明他的观点，他引用了蠕虫和黑仙岛生（即毗耶娑）之间的一番对话。

（119）靠了毗耶娑的恩德，也靠他自己的善行，蠕虫先后完成了一系列转生，一生比一生高，最后生为刹帝利。他向毗耶娑汇报了自己转生过程的种种经历。

（120）当蠕虫终于转生为婆罗门时，毗耶娑对他说了谁能多做善事，就能获得善生的道理。通过毗耶娑之口讲了如上的道德教训之后，毗湿摩告诉坚战，那些在俱卢之野捐躯的战士们忠诚地履行了他们的法，因此已经获得巨大的功德。

（121—123）这一次坚战的问题是："在知识、苦行和施舍这三者之中，哪种最为重要？"为了回答坚战的问题，毗湿摩引述了毗耶娑和慈氏之间的一次对话。在他们的对话中，毗耶娑称颂了施舍，而慈氏则对知识和苦行赞美有加。毗耶娑最后作结，说乐善好施的人无论今生或来世都有福运，而施舍食物的人定会在来世去往梵天世界，乃至更高的世界。

（124）毗湿摩在这一章里引据了羯迦夜族的妙思和香蒂利的谈话，内容涉及一个妻子应当如何对待她的夫君。

（125）坚战问毗湿摩："抚慰和施舍，哪一种更胜一筹呢？"毗湿摩说，情况是因人而异的。为了说明抚慰的作用，他讲了一个婆罗门的故事。这个婆罗门被罗刹抓住了，后来又通过抚慰罗刹的办法使自己脱了身。

（126）在以下的九章中，毗湿摩讲了黑天如何践行一个十二年期誓约的故事，讲了湿婆大神的伟力，其妻乌玛心中的疑惑，以及乌玛和湿婆之间的对话。黑天在履行誓约的过程中，向众仙人揭示了毗湿奴威力的奥秘。然后，他也请众仙人讲述他们见到过的奇迹。

（127—133）那罗陀仙人讲了湿婆大神和他的妻子乌玛的一次谈话。在谈话中，湿婆向乌玛解释了为什么他会生出第三只眼，为什么他朝向南方的面孔狰狞可怕，为什么他盘发结髻，为什么他的脖颈呈现青色，为什么他要手把战弓，为什么他选择公牛作为坐骑，为什么他要住在墓地里。后来，应乌玛的请求，他又讲了家居者应当遵守的五种法、四种姓不同的法、所有种姓都应遵行的法、林居者的法、仙人应行的法以及四行期不同的法，等等。大神还讲解了人的社会地位是为了什么原因而出现下降或得到提升的。面对乌玛的提问，他也回答了有关轮回的羁绊、可以使人得入天国的嘉德懿行、善行和恶行，以及给人带来知识、健康及其他特质的条件等问题。

（134）最后，大神湿婆就有关女性的法请教乌玛。乌玛同众河流商量之后，回答了他。

（135）坚战问道："谁是世界上的惟一之神？什么是一切法中的最高之法？"毗湿摩回答："婆薮提婆之子（即毗湿奴）是惟一之神。念诵毗湿奴千名颂是最高的法。"本章随后罗列了毗湿奴的一千个名号。

(136) 坚战问谁应当受到尊敬和崇拜。毗湿摩说，婆罗门应当永远受到尊敬和崇拜。接着他对婆罗门做了热情的赞颂。

(137) 毗湿摩讲了有关风神和作武·阿周那的传说故事。通过这个故事，他要证明婆罗门永远是高于刹帝利的。风神就曾设法使作武·阿周那相信这一点。

(138) 风神赞颂婆罗门，力图使作武·阿周那认识到自己的局限性。

(139) 风神向作武讲述了鸯伽、大地女神、迦叶波、优多帖、婆陀罗和伐楼拿的故事。

(140) 风神又讲了投山仙人和他火烧檀那婆的故事，以及极裕仙人和众阿提迭的故事。

(141) 他继续讲下去，这次是关于婆罗门阿多利和天光的故事，以及行落仙人和双马童的故事。

(142) 风神最后讲的是陀尼和婆罗门的故事。听了如上这些故事之后，作武·阿周那心悦诚服，表示将永远尊敬婆罗门，为他们服务。

(143) 坚战问毗湿摩为什么婆罗门应该受人崇拜。毗湿摩对坚战说，他已经感到十分疲弱，最好请黑天来回答这个问题。接着，他对黑天做了一番称颂。

(144) 坚战拿自己的问题向黑天请教。黑天向他复述了当初对自己的儿子波罗底优那说过的话，讲他同敝衣仙人的一段交往。敝衣仙人曾经用种种无理的方式折腾他和他的妻子艳光，但是他们不仅没有生气，而且始终毫不怠慢地为他服务。最后敝衣仙人抚慰了他们，并且给了他们许多恩惠。

(145) 坚战请求黑天把他从敝衣仙人那里得来的知识传授给他。黑天没有直接满足他的要求，而是赞颂起湿婆大神的丰功伟绩来，诸如捣毁了陀刹的祭祀，打出了跋伽的眼球，敲掉了普善的牙齿等。众神看到湿婆可怕的形象后，一齐唱起了颂扬他的舍陀卢陀利耶圣诗。接着，黑天又赞美了他摧毁阿修罗三座坚固城池的业绩，最后说明，前面故事中的敝衣，实际是湿婆大神的化身。

19

（146）黑天念诵湿婆神的光荣名号及他伟大的业绩。

（147）坚战忽然转而探讨另一问题，即各种知识手段和吠陀经典相比较，究竟谁更可靠。毗湿摩确认吠陀经典绝对可靠。

（148）毗湿摩描述那些遵行正法和拒绝正法的人的不同表现和不同命运。他们一种称作善人，一种称作恶人。

（149）坚战说，常常见到人努力了却未获得成功，行善了却未兴旺发达，苦学了却未得到快乐。面对坚战的困惑，毗湿摩告诉他，对于将要在未来发生的事情来说，起决定作用的只能是人的宿业和他的本性。

（150）毗湿摩继续教导坚战：人必须不断地做业，同时坚信善行必能获得善报。在这里，时间是真正的推动之力。它监督着一切，绝不允许正法导致非法结果的事情发生。

（151）坚战这一次提出的问题是，人怎样才能远离罪恶和种种缺点。毗湿摩告诉他，应该在每日的晨昏之际念诵诸神世系和仙人世系。本章提供了这两个世系所包含的大量名号，涉及诸神及其配偶、各种神灵、神圣的观念、神圣的实体、圣河、圣地、仙人以及王仙等等。

（152）在历数了以上诸神诸仙人等之后，毗湿摩开始安静下来。这时毗耶娑告诉他，坚战和他的兄弟们在听了他的教诫以后，已经获致内心的平静，现在可以让他们回自己的都城去了。于是毗湿摩祝福般度诸子，并嘱坚战在太阳从南行改往北行的时候再来俱卢之野，那是他离开世界的日子。在黑天、持国、甘陀利、诸弟和其他人的陪伴下，坚战返回了象城。

（153）坚战如嘱在毗湿摩弥留之际来到俱卢之野。毗湿摩安慰持国说，事情只要是注定发生的，就不可避免；希望他对待般度诸子如同己出。然后他转向黑天，请求他永远引导和保护般度诸子。最后，他请世界之主允许他离世而去。

（154）本章描述了毗湿摩的逝世和为他举行的葬礼。坚战和其他人一起向恒河岸边走去。恒河女神浮出汹涌的河水，为失去了可爱的儿子毗湿摩而悲伤欲绝。她说，他是连持斧罗摩也不能战胜的，但却死在了束发的手里。黑天安慰她说，毗湿摩本是一位婆薮神，在暂居人间以后，已经往生天国，复归为婆薮神中的一员。恒河女神恢复了平静。葬礼结束后，众人各自返回。

丹德卡尔

第十三　教诫篇

施舍法篇

一

坚战说：

祖父啊，据说内心的宁静非常精妙，形式也多种多样。然而，我已经做了这样的事，内心便再也无法宁静下来。（1）在这个问题上，许多达致宁静的方式你已经讲过了，但是，无垢者啊，面对我自己的行为，仅凭种种有关内心平静的知识，又如何能获得宁静呢？① （2）看到你的身体上刺满利箭，伤痛难忍，再想想我曾经做过的许多恶事，英雄啊，我又如何能够使心情宁静呢？（3）看着你的肢体满是红色的鲜血，犹如高山上涌动着的泉水，人中之虎啊，我就沮丧无力，正像雨季萎谢的莲花。（4）我们这些人在沙场上敌对厮杀，使得祖父你陷于如此的惨境。在我经受过的痛苦之中，无论哪一种都不能同这相比。其他王公，带着他们的王子和族人加入战争，结果也是一样。（5）受死神和愤怒的控制，我们和持国的儿子们做了应该谴责的事，等待大家的会是什么样的命运呢？（6）是我给你和我的朋友们带来了死亡。看着你们在大地上痛苦挣扎，我再也不能获得内心的宁静。（7）

毗湿摩说：

人的自身并不是由它自己来决定的，你怎么能把这种自身看作是行为的原因呢？有福之人啊！人的行为超越于感官之上，是十分微妙的。（8）在这方面，人们常常引用摩哩提逾（死亡之神）和乔答弥同时间、捕鸟人和蛇之间的对话来说明问题。（9）贡蒂之子啊，从前有

---

① 战争造成了巨大的悲剧，坚战认为他自己对此负有重要责任，故无法获得内心宁静。

位老妪名叫乔答弥,过着平静的生活。一天,她发现自己的儿子被蛇咬死了。(10)一个名叫阿周那迦的捕鸟人气愤不过,便用弓弦把咬人的蛇绑了起来,送到乔答弥跟前,对她说:(11)"就是这条邪恶的蛇杀害了你的儿子。有福之人啊,请告诉我用什么办法把它处死。(12)是把它丢到火里,还是把它碎尸万段?这个杀害孩子的有罪东西,不能让它再活下去了。"(13)

乔答弥说:

快放掉它,你这个缺乏知识的人。它不值得你杀掉,阿周那迦。人只要想到命运是不可避免的,就不会再徒然为自己加重负担。(14)那些由于履行正法而减轻了负担的人,能够渡过这个汪洋世界,犹如一叶扁舟漂过水面。而那些犯有罪愆而背上重负的人,则会沉入水底,好像一支落水的箭。(15)杀死了它,我的儿子并不会因此而复活;不杀它,对于人又有什么伤害呢?谁愿意处死这个有生命的东西,而使自己去往无尽的死亡世界呢?(16)

捕鸟人说:

我知道,世上人们苦难深重,并不总是能够正确地区分善恶。你的话充满教益,但只是对有自制力的人来说才起作用。至于我,还是要杀死这条邪恶的蛇。(17)追求利得的人大多不在意命运。注重实际的人总希望立即解除悲痛。忧伤的人永远没有幸福。所以,还是把这条蛇杀死吧,这样你的忧伤就可以解除。(18)

乔答弥说:

不,我们这种人是不会痛苦的,因为善人总能从正法中得到快乐。我的孩子也不是长生不死的。法就是如此。我不赞成你的道理。(19)婆罗门是不允许自己发怒的,因为愤怒能够导致痛苦。好人啊,拿出你的慈悯之心,宽容这条蛇,放掉它吧。(20)

捕鸟人说:

杀死恶蛇,得利在人;人也会因此而变得高贵和不朽。通过这种有力的表现,福祉会马上降临。积极精进,努力向命运索取吧。杀死这条可诅咒的蛇,功德将归于你。(21)

乔答弥说:

抓住并且打死敌人能得到什么好处呢?或者说,不放过手中的敌

人，就能获得内心的宁静吗？仁善的人啊，我为什么不能宽容这条蛇？我有什么道理不放掉它？（22）

捕鸟人说：

乔答弥啊，理由是应该保护多数，反对个别，而不是保护个别，反对多数。凡是懂法的人都会弃绝邪恶的家伙。请你杀死这条有罪的爬虫吧。（23）

乔答弥说：

捕鸟者啊，杀死这条蛇，我的儿子也不会复活。我也看不出杀死了它，能获得什么别的功德。因此，捕鸟者啊，还是给这蛇放一条生路吧。（24）

捕鸟人说：

众神之王在杀死弗栗多后获得了最好的一份祭品。① 持三叉戟的大神由于摧毁一次祭祀而获得了他自己的一份祭品。② 请仿效诸神的榜样，杀死这条蛇吧，不要犹豫。（25）

毗湿摩说：

尽管捕鸟人反反复复地劝说乔答弥杀死那蛇，有福之人啊，她并没有使自己的心陷于罪恶。（26）蛇被紧紧地捆绑着，呼吸困难。这时它勉强支撑着，发出微弱的人声：（27）"阿周那迦啊，你真愚蠢，我有什么罪过？我不能自己做主，也没有自由意志。我是被死神送到这里来为他办事的。（28）有他的命令，我才咬了孩子——不是因为愤怒，也不是有这个愿望。捕鸟人啊，如果这是罪过的话，那也是他的罪过。"（29）

捕鸟人说：

爬虫啊，即使你做恶事是受了别人的支配，但作为手段，你也不能逃脱罪责。（30）一件陶器做出来，陶匠的木棒、陶轮以及其他工具等，作为手段，是起了作用的。同样，蛇啊，你被当作手段，也就有了责任。（31）你犯了罪恶，就应该死在我的手里。蛇啊，何况你

---

① "众神之王"指太空、雷雨之神因陀罗。弗栗多是邪恶的干旱之神。
② "持三叉戟的大神"指湿婆。仙人陀刹为毗湿奴举行了一次大祭，遍邀诸神，惟独没有请湿婆。湿婆知道后愤而将诸神打得七零八落，摧毁了祭祀，迫使陀刹承认他的权威，并得到了丰厚的供品。

已经承认自己作了别人犯罪的手段。（32）

蛇说：

陶匠的木棒、陶轮以及其他工具，都没有自己的意志。你得承认，我也同样受制于人，而自己并不是事情的原因。（33）要是照你的看法，互相都起作用，那么何是原因，何是结果就辨别不清了。（34）即使如此，过错也不在我。所以我不该杀。我没有犯罪。如果你认为这里有罪行存在，那也是因缘和合。（35）

捕鸟人说：

即使你不是第一原因，也不是行为者，但你毕竟是孩子死亡的直接原因。所以，我仍然认为该杀死你。（36）爬虫啊，即使你认为这件恶事与你无关，你不是原因，但是你毕竟杀死了孩子，因此你就应该去死，这难道还要多说吗？（37）

蛇说：

无论原因存在还是不存在，倘使没有结果出现，也就不曾有过行为。你自己就存在于原因之中，尤其是我说过的原因。①（38）捕鸟人啊，如果你确实认为我不过是由另外的原因所驱使的工具，那么，为毁灭一个生命负罪责的就应该是别人，而不是我。（39）

捕鸟人说：

愚蠢的家伙啊，你杀死孩子，罪大恶极，我一定要杀掉你。何必这样喋喋不休。你是必定要死的，你这邪恶的蛇！（40）

蛇说：

捕鸟人啊，祭司行祭，将祭品投入火中，在此生和来世都没有果报。我的事也应该这样看才对。（41）

毗湿摩说：

受死神驱使而行动的蛇说过这些话后，死神自己出现了。他对蛇说：（42）"蛇啊，我也是受时间②的推动而驱使你去做事的。你和我都不是这个活生生的孩子死去的原因。（43）云总是被风吹向这里，吹向那里。蛇啊，我也同云一样，惟时间的意愿是从。（44）任何东

---

① 此颂意思不十分清楚。
② 这里的时间兼有命运的意义。

西，只要是由善、忧、暗①构成的，都不可能脱离时间而存在。它们一概存在于众生之内。（45）无论是在天空，还是在地上，无论是能够动的，还是不能动的，都不能脱离时间而存在。蛇啊，世界就是时间的产物。（46）在这个世界上，无论是行动，还是停止，其间的变化全都在时间的影响之下。自古以来人们就这么看。（47）太阳、月亮、毗湿奴、水、风、百祭（因陀罗）、火、空、大地、密多罗、植物、婆薮诸神、（48）河流、大海，以及存在和非存在——蛇啊，所有这些东西的产生与毁灭也一概是由时间来掌握的。（49）知道这一点，蛇啊，为什么还要把罪责归谗于我呢？如果你的看法不谬，算我有罪，那么你不同样也有罪吗？"（50）

蛇说：

死神啊，我既不说你有罪，也不说你无罪。我只不过说，我是在你的驱使下去做事的。（51）至于时间，说它有罪责也好，无罪责也好，应该对此进行考查的不是我。我们无权做这种事。（52）无论如何，我应该设法使自己从罪责中解脱出来。我也有责任说明死神是无罪的。（53）

毗湿摩说：

于是，蛇对阿周那迦说道："你已经听到死神是怎样说了。我既然是无罪的，你就不应该再捆着我，折磨我。"（54）

捕鸟人说：

曲行者②啊，我确实听到了死神的话，也听到你说了些什么。不过，蛇啊，你并不因此就躲开了罪责。（55）死神和你，都是孩子死去的原因。我认为，你们两个共同造成了孩子的死亡。我不会把孩子的死因硬归给你们，如果确实不是你们造成了孩子死亡的话。（56）呸！你这邪恶而又残忍，总是伤害无辜的死神。我也要杀死你。你自身罪孽深重，还要促使别人犯罪。（57）

死神说：

我们两个都是身不由己。时间掌握着我们，指示我们去做事。你如果认清了这点，就不会怪罪我们了。（58）

---

① 善、忧、暗为数论哲学中"自性"（原初物质）的三种性质，即所谓三德。
② 指蛇。因蛇弯曲行走，故用此名。

捕鸟者说：

如果你们两个，死神和蛇，都受时间的控制，那么我倒想弄明白，你们的快乐和愤怒又是从哪里来的呢？（59）

死神说：

任何事情，只要是受愿望驱使去做的，都有时间在后面推动着。捕鸟者啊，我在前面已经说过，只有时间才是一切的原因。（60）我们两个完全听命于时间，做时间指定我们去做的事。因此，捕鸟者啊，无论如何不要怪罪我们。（61）

毗湿摩说：

大家在责任问题上莫衷一是，这时，时间来到了这个地方。他对蛇、死神和捕鸟者阿周那迦讲了如下一番话。（62）

时间说：

捕鸟者啊，众生中无论是谁，他的死亡都不是我，不是死神，也不是这条蛇造成的。我们都没有责任。（63）阿周那迦，诚然我们的行为起了作用，但这行为不是死亡的原因。导致死亡的不是什么别的原因，而正是这个孩子自己的宿业。（64）众生的死亡，是由其往昔的宿业引起的。业是毁灭之因。我们一切众生无不受着自己业的制约。（65）凡世上的人都体现着业的承袭性，也是业的连续性的象征。业总是在互相推动，正像我们人总在彼此影响一样。（66）一个工匠可以用一团泥巴随意捏成不同的形象。同样，人类也能够通过自己所做的业来达到一定的境界。（67）正如阳光和影子总是彼此连接，不会分离一样，通过自己的行为，行为者和他所做的业也是永远连接在一起的。（68）所以，我、死神、蛇，以及你，还有这位婆罗门老妇人，大家统统不是孩子的死因。（69）

毗湿摩说：

国王啊，在时间如此这般解释过后，婆罗门老妇乔答弥确信世人要承担本身业的后果，遂对阿周那迦说道：（70）"时间、蛇和死神都不是使孩子死去的原因。这孩子是由于他自己的业而注定遭遇死亡的。（71）我过去所做的业也是我儿子死去的原因。现在，时间和死神都可以离开这里了。阿周那迦，把蛇也放掉吧。"（72）于是，死神、时间和蛇都各回原处。阿周那迦的怒气消了，乔答弥也不再悲伤。（73）国王啊，听了这些，你可以摆脱悲伤，使内心归于宁静了吧。人中雄牛啊，你应该知道，人人都是由于本身业的不同而分别进入三界的。（74）普利塔之子①啊，悲剧并不是你，也不是难敌造成的。你应该知道，这些大地上的国王遭到杀戮，是时间起作用的结果。（75）

护民子说：

听过这番话后，坚战便不再烦恼。接着，这位精气充沛、通晓正法的国王又提出了如下问题。（76）

以上是吉祥的《摩诃婆罗多》中《教诫篇》第一章(1)。

二

坚战说：

祖父啊，智慧广大，精通所有圣典的人！我已经听清这个伟大的故事，最有知识的人！（1）不过，国王啊，我还想多听听这种把法和利放在一起讲的故事。请你再讲一些。（2）大地之主啊，是哪位家主依靠法的力量战胜了死神？请你依照事实，把他的事情全部讲给我听。（3）

毗湿摩说：

一个家主依靠法的力量战胜了死神——这个古代的故事确实一直在人们口中流传着。（4）生主摩奴有一个儿子，名字叫做甘蔗王。这位国王像太阳一般光彩照人。他自己又生了一百个儿子。（5）婆罗多后裔啊，其中第十个儿子名叫十马。他以法为魄，勇敢无畏，作为国王，统治着称作玛喜湿摩提的地方。（6）十马王也有一个儿子。这个儿子恪守正法，全心全意地热爱真理，修习苦行，无时不以施舍为乐。（7）这个人称酒马的儿子统治着大地，是它的主人。他既娴于兵法战阵，又深嗜吠陀圣典，常习不辍。（8）酒马的儿子名叫闪光王。他吉人天相，精气充沛，胆识非凡，臂力过人。（9）闪光的儿子也是

---

① 普利塔即贡蒂。普利塔之子这里指坚战。

君王，名叫妙雄。他以法为魄，富甲天下，俨然又是一位天王（因陀罗）。（10）妙雄的儿子在沙场上从无败绩，故名难胜。难胜之名，无人不晓，各种武器，无一不精。（11）难胜的儿子名叫难敌。王中俊杰啊，难敌像天神因陀罗，伟岸壮美，闪着火焰般的光彩，堪称大王。（12）他有着同因陀罗一样的英雄气概，每上战场，从不怯阵，勇力不凡，罕有其匹。（13）在他治下的城镇和其他地区，到处可见丰富的谷物、众多的牲畜和各种珠宝财物。（14）在他的王国里，任何地方都看不到困苦和贫穷，百姓也没有病容或者羸弱之相。（15）他为人谦和有礼，说话温馨入耳，也不知妒忌为何物。他控制了自己的感官，以法为魄，从不伤人，胆大英勇，但又毫无倨傲之态。（16）他内心虔诚，慷慨大方，充满智慧，言而有信。他乐善好施，精研吠陀和吠陀支①，崇敬婆罗门，待人从无亵慢之心。（17）婆罗多后裔啊，神河那尔摩达由于她的本性而向这最杰出的人示好，这条河吉祥、神圣，河水清凉。（18）于是，他就借这条河生了一个女儿。这个女儿长着一双蓝莲花般的眼睛，名字叫做妙见。国王啊，这女孩确是十分美丽。（19）坚战啊，难敌的女儿天生丽质，以往还没有一个女郎的相貌可以同她相比。（20）结果，连火神本人也爱上了她。他扮作一个婆罗门，登门向国王求婚。（21）国王想："这个穷乞食者同我不是一个阶层"，便不愿意将自己的女儿嫁给这个婆罗门。（22）于是，取供者便从国王盛大的祭祀仪式上消失了②。难敌懊悔地对周围的众祭司说道：（23）"我一定是做了什么错事；要不就是你们做了错事。诸位婆罗门雄牛啊，为了这，火神从祭仪上消失了，正像为小人做的好事也会消失一样③。（24）我们的错误显然不小，就是因为它，火神消失了。犯错的不是你们，就是我。请好好想想吧！"（25）

听国王这样说，婆罗多族雄牛啊，婆罗门就不再说话。他们集中精神，去寻求火神的帮助。（26）这时，取供者现身在他们的面前。

---

① "吠陀支"又称"六支"，指六种有关正确诵读、理解吠陀经典和进行吠陀祭祀所必需的知识：语音学、词源学、语法学、诗律学、天文学和礼仪学。

② 在祭祀仪式上，献给神和祖先的供品总是要投入火中的，故火或火神又称取供者。取供者从祭仪上消失即祭火熄灭了，是了不得的大事。

③ 意思是小人不把旁人为他做的好事当作一回事。

他浑身上下，通体发光，灿若秋日。（27）伟大的火神对那些杰出的婆罗门说道："我是为了自己而来找难敌王的女儿的。"（28）诸婆罗门闻此颇感惊奇。他们及时起身，向国王转述了火神的话。（29）聪明的国王听到婆罗门的汇报后，非常高兴，说道："好吧！"（30）可是国王渴望得到光彩照人的火神作为聘礼，遂要求道："火神啊，那你就永远留在我们这里吧！"神圣的火神回答说："好吧！"（31）由于这一段因缘，时至今日，光彩照人的火神一直都留在玛喜湿摩提。后来，偕天在各地征战时，还亲眼看到过他①。（32）难敌王给他的女儿穿上新衣，装扮停当，把她送到伟大的火神那里。（33）火神依照吠陀圣典规定的仪式迎接公主妙见，就像在苏摩祭上收取祭品一样。（34）火神见公主外表秀丽、举止端庄、出身高贵、貌美非凡、神采奕奕，大为满意，遂考虑让她怀孕生子。（35）不久，公主为火神生了一个儿子，同样取名妙见。这个孩子在小小的年纪就已经掌握了全部有关大梵的不朽知识。（36）当时还有一个国王，名叫奥伽瓦陀，是尼伽王的祖父。他有一个女儿，叫做奥伽瓦蒂；还有一个儿子，叫做奥伽罗陀。（37）奥伽瓦陀自愿地把自己美如天仙的女儿嫁给有学问的妙见做妻子。（38）此后，妙见王子便同他的妻子奥伽瓦蒂居住在俱卢之野，享受着家居期的生活②。（39）国王啊，这个正做家主的人宣称："我可以战胜死神！"人主啊，这个聪明而又精力旺盛有如火焰的王子确信他可以做到这点。（40）国王啊，这个火神之子对他的妻子奥伽瓦蒂说："请你不要做任何有违上门客人意愿的事。（41）永远记住，无论客人有什么愿望，都要设法使他得到满足。即使要你奉献自身，你也应该毫不犹豫地去做。（42）啊，美臀女，这就是我不断在心中反复思量的生活信条。因为，对于一个家主来说，没有比殷勤待客更高的美德了。（43）如果我的看法在你的行为规范中还有一定地位的话，那就永远把这一点记在心中吧，并且不要动摇。（44）天佑者啊，无瑕者，倘若我的话对你还有一定权威的话，那就不要慢待来客，无论我是近在身边，还是远在他乡。"（45）听了王子的这一

---

① 参阅《大会篇》第28章。
② 古代印度雅利安男子一生通常要经历四个阶段，家居期居第二。在这个阶段，一般是25岁到50岁之间，他结婚、生育、养活家人，并进行必要的祭祀活动。

番话，奥伽瓦蒂双手合十，放在额头，对他说道："无论如何，我一定照你的话去做！"（46）国王啊，这时死神打定主意要制服妙见。他暗中跟着他，等待他的疏忽之时。（47）

一天，火神之子妙见出去寻找柴薪，一位举止高贵的婆罗门客人来到奥伽瓦蒂家门口，对她说：（48）"啊，美丽的女子，如果你恪守家居期生活的法，遵行有关准则的话，那么，我今天就希望得到你给予一个客人的待遇。"（49）听到婆罗门这么说，国王啊，声誉卓著的公主便按照吠陀圣典规定的礼节，将客人请进家门。（50）奥伽瓦蒂先给这位再生者让座，并且送上濯足的水，然后趋前问道："请问您有何贵干？我能为您有何奉献？"（51）于是，这位婆罗门对美丽的公主说道："天佑者啊，我要做的事同你有关，要你听从我意，毫不犹豫。（52）如果家居期生活的法所规定的准则你愿意遵守的话，那么，公主啊，就请把你自己的所有物奉献出来吧。"（53）听到此话，公主遂把种种令人生羡的东西拿出给他。谁知这再生者除了她自己以外，别的全都不要。（54）这时，公主想起了丈夫往日的嘱咐，便面带羞色，对这位婆罗门雄牛说道："好吧。"（55）于是，她想着自己丈夫希望做一个合格家主的话，同那位婆罗门仙人去了僻静处。（56）不久，火神之子打好柴，返回家中。而可怕的死神则一直在他的近旁，就像亲密的朋友一般。（57）火神的儿子回到家里，便叫奥伽瓦蒂的名字，但是不见回答。于是他就不断地呼喊着："你到哪里去了？"（58）这时，这个对丈夫十分忠贞的女子正被那再生者的双手紧抱着。她没有回答自己的丈夫。（59）这个贞节的女子内心羞愧，心想："我已经被玷污了。"于是她保持沉默，无论如何不再回应自己的丈夫。（60）然而妙见还是在不断地呼唤她："我贞节的妻子在哪里？她到哪里去了？多么让人担心啊。（61）这个素来真诚，品行端正，对于夫君无比忠诚的人，为什么今天不像往常一样，带着微笑来回答我了？"（62）这时，那个就在这茅草屋中的婆罗门发了话。他对妙见说："火神之子啊，你知道吗，我，一个婆罗门客人，来到了你家。（63）啊，无上之人，我受到了你妻子种种合乎迎客之道的招待。她是个内心坚定，注重诺言的人。（64）这个面貌姣好的女子依殷勤待客的规矩招待了我。现在，就在这里，我尊敬的人啊，想说什么，你就说吧！"（65）这个死神手里藏着一把锤子，跟在妙见后头，心想："这个人不守诺言，我就杀死他。"（66）然而妙见克服了妒忌，压下了怒气，不让它们在思想、行为、眼神和话语中表现出来。他微笑着对死神说道：（67）"婆罗门魁首啊，希望你获得了很好的享受！这也使我获得了最高的满足。因为，作为一个家主，尽全力侍奉客人，就能得到最高的功德。（68）有学问的人说过：'对于一个家主来说，除了使一个客人在离开之前受到应有的侍奉之外，没有更高的功德。'（69）我的生命，我的妻子，以及其他一切为我所有的东西，都可以奉与我的客人。这就是我发过的誓愿。（70）我说的这些话是真实无疑的。婆罗门啊，就是通过这种诚信，我达到了对于我自身的把握。（71）地、风、空、水，以及第五种——火，再加上智慧、灵魂、心、时间和方位，这就是十德。（72）优秀的守法者啊，这十德存在于人的身体之内，始终监视着人的善、恶之行。（73）这个就是我今天所说的话。如果我的话属实，愿诸神保佑我。倘若我说了谎，让他们毁灭我。"（74）

话犹未了，婆罗多后裔啊，就听到四面八方传来声音："这是实话！""不是谎言！"声音在空中反复回荡，经久不绝。（75）这时那再生者也从茅屋中出来。他一现身，就像一阵大风骤然吹起，沛乎天地之间。（76）他的话音也响彻三界，首先呼唤这个懂法人的名字，然后说道：（77）"啊，无瑕者，我乃是法①。祝愿你有福。我是来测验你的。我已经知道你是一个诚实的人，因此对你十分满意。（78）你战胜了死神，征服了他。他曾经跟随在你之后，寻找你的懈怠疏漏之处。（79）最好的人啊，你的妻子忠于夫君，圣洁无比，如今三界之中，甚至没有人敢于抬眼看她。（80）她受到你美德的保护，也受到她自己忠于夫君的美德的保护，不可侵犯。她说的话也不会有人违逆。（81）她凭借自己的苦行而具备了出言必合吠陀的能力。她是为使世界纯洁而来的，日后将变为一条最伟大的河流②。（82）她将会只用半个身体随你而行，而另外半个将成为称作奥伽瓦蒂的河流。因为

---

① 在古代印度神话中，死神常常指中国人熟知的阎摩，有时也指毗湿奴。他司掌正义，故又称法王。这里自称为"法"，就是这个意思。

② 可能指婆罗私婆蒂河。

她掌握了瑜伽。（83）通过苦行，你可以偕同你的妻子一齐到达所有各个世界，那是人去了便不再返回的永恒而又不会毁灭的世界。（84）即使是带着如今这样的肉身，你也可以进入那些世界。你征服死神，已经达到了至福境界。（85）你凭借着自己的勇力，获得了思想的速度，超越于五种元素①之上。你执守家居者的法，克服了爱欲和愤怒。（86）王啊，这位公主由于敬从你，也克服了情爱、欲望、怠惰、痴迷、敌意和妒忌。"（87）

毗湿摩说：

高贵的毗耶瓦萨耶②驾着一辆精美绝伦的车子，由千匹白马拉着，来到他的面前。（88）死神、灵魂、诸世界、五大元素、智慧、时间、心智、天空、欲望和愤怒——所有这一切都被征服了。（89）啊，人中之虎，你一定要在心中记住，对于家主来说，在他的虔诚行为之中，没有什么比敬事来客更重要了。（90）圣贤们说，受到恭敬待遇的客人会在心中称道家主的美意，而这对于家主来说，其好处远胜过做一百次祭祀。（91）若是一个值得尊敬的客人到来，而主人却没有以恭敬的态度招待他，这个遭到慢待的客人就会把主人原有的善德带走。（92）儿子啊，一个家主战胜了死神——这就是我讲的最了不起的往昔的故事。（93）这个最了不起的故事可以给人带来财产、荣耀和寿命。一个在世上有所追求的人应该知道这个故事。它可以使他摆脱一切恶劣的行为。（94）婆罗多后裔啊，一个有学问的人日复一日讲述这个妙见的故事，就可以达到幸福的世界。（95）

以上是吉祥的《摩诃婆罗多》中《教诫篇》第二章(2)。

三

坚战说：

人之主啊，如果对于三个种姓的人③来说，真正的婆罗门境界是

---

① 指古代印度哲学家所说的组成世界的五种粗大元素地、水、火、风、空。
② 毗湿奴神和湿婆神都用过这个名号，这里系何所指，不太清楚。
③ 这里指四种姓中除婆罗门以外的另三种，即刹帝利、吠舍和首陀罗。

非常难于达到的，那么，大王啊，伟大的刹帝利众友，（1）是怎样达到婆罗门境界的呢？以正法为魂的人中雄牛啊，我迫切想听到个中内情。祖父啊，请如实告诉我吧。（2）祖父啊，凭借苦行之功，那勇力无比的人一下子就杀死了同样伟大的极裕仙人的一百个儿子。（3）当全身充满怒气时，他又创造了无数的鬼怪和威力强大的罗刹，个个如同足以摧毁一切的时间之神。（4）伟大的拘湿迦家族曾经涌现出上百位梵仙。是他建立了这个家族，并使它广受婆罗门的衷心称扬。（5）利吉迦的儿子犬阳善操苦行。在行将作为摩诃色陀罗祭①的牺牲被杀的时候，也是由于众友的帮助，他才被解救下来。②（6）在诃利旃陀罗③的祭祀仪式上，他凭借自己的威力令众神满意，成为聪慧的众友的儿子。（7）人中之王啊，由于没有向兄弟中最年长的提婆罗陀④表示敬意，他（众友）的五十个儿子受到诅咒，成为"烹狗者"⑤。（8）甘蔗王的后代陀里商古⑥被自己的朋友抛弃，后被众友好心带上天堂，在南方头朝下倒吊着。⑦（9）众友仙人有一条宽阔的河流，称作憍湿吉。这是一条幸运河，一条福惠河，王仙们常去沐浴，梵仙们亦总是结伴前往。（10）头梳五髻，名叫罗姆芭的天女虽然广受景仰，但是她企图破坏他的苦行，结果受到他的诅咒，变成了石头。⑧（11）往昔，极裕仙人由于惧怕众友，曾将自己捆绑起来，跳入河中，结果绳索脱开，复又出水上岸。（12）正因为如此，由于极裕仙人的故事，

---

① 这是一种大苏摩祭。
② 故事是阿逾陀王安波利沙行祭时，牺牲被因陀罗偷走了。他遍寻无着，遂购得婆罗门利吉迦的儿子犬阳以为替代。临举祭时，众友教给犬阳若干向阿耆尼、因陀罗和毗湿奴等神发出吁求的诗句，使他免得一死。
③ 诃利旃陀罗为远古印度日种王朝的第28代国王。
④ 即犬阳。他成为众友的义子后，得名提婆罗陀。
⑤ 一种对于贱民的称呼，常指旃荼罗。
⑥ 诃利旃陀罗之父。
⑦ 陀里商古希望举行一次祭祀，求取功德，以肉身升入天国，遭到国师极裕仙人和他的儿子们的反对。极裕的儿子甚至将他贬为旃荼罗（贱民）。他的朋友也离开了他。后众友击败极裕的儿子，帮他升入天国。在天国他遭到因陀罗和其他神明的反对。众友发出威胁，众神不得不同意，但商定他要头朝下吊在空中，和众星一同闪耀。
⑧ 罗姆芭为一天女，十分美丽，被因陀罗派去引诱众友，以破坏他的苦行，结果遭他诅咒，变作石头一千年。

这条宽大而神圣的河流便以断索河著称。①（13）国王啊，他用美好的语言称颂可敬的众神之首②。受到赞美的因陀罗心中高兴，便解除了他所遭受的诅咒。（14）他居于北方的天空，在乌达那钵陀的儿子陀录瓦③和众梵仙④之间，永不停息地撒播着他的光芒。⑤（15）哦，俱卢族的后代啊，上面说的一切，以及其他若干事情，都是众友的行迹。我的好奇就此产生，因为他是一个刹帝利而不是婆罗门。（16）这究竟是怎么回事，婆罗多族雄牛啊，请如实告诉我。何以没有改换身躯，他就能变成一个婆罗门呢？（17）国王啊，你能把这一切如实地讲给我听吗，就像当初把摩登伽故事的来龙去脉讲给我一样？（18）婆罗多族雄牛啊，摩登伽生为旃荼罗，就不能获得婆罗门的地位⑥。为什么这个人却能呢？（19）

以上是吉祥的《摩诃婆罗多》中《教诫篇》第三章(3)。

四

毗湿摩说：

普利塔之子啊，请听我如实地告诉你古时的众友是怎样取得婆罗门和梵仙地位的。（1）婆罗多族俊杰啊，婆罗多族中曾经有一个国王，名叫羊斗。他是一个常行祭祀，守法知责的人。（2）他有个儿子，是一个伟大的国王，名叫阇诃奴。阇诃奴具有伟大的灵魂，他的女儿就是恒河。（3）他的儿子叫信度堆波。这儿子威名远扬，优长不减其父。信度堆波的儿子是一位王仙，孔武有力，叫作鹤马。（4）他

---

① 众友和极裕斗法是古代印度传说中的著名故事。极裕曾为与国王争路而诅咒后者变食人罗刹。时众友隐身在场，遂使使罗刹先吃掉了极裕诸子。懊恼之余，极裕企图自杀，但百试不得遂愿。方法之一即自缚后跳入急流，但是却被流水脱去绳索，将他送上河岸。

② 指因陀罗。

③ 陀录瓦意为北极星。传说陀录瓦是摩奴之孙，乌达那钵陀和苏尼蒂之子。他身为刹帝利，却经常参加婆罗门仙人的活动，最后自己也成了仙人。他曾修炼极严厉的苦行，受到大神毗湿奴的赏识，使他升天而成为北极星。

④ 这里指北斗七星。

⑤ 这里说他是一颗星星。

⑥ 摩登伽的母亲是婆罗门，父亲是首陀罗。

的儿子名叫瓦罗薄。瓦罗薄遵行正法，似乎本人就是法的化身。瓦罗薄儿子叫拘湿迦，他光彩照人，就像千眼大神①一样。（5）拘湿迦的儿子是伽亭王。他英俊无比，臂力过人，但膝下无子，于是便到树林里去住。（6）住在树林里，这个好人得了一个女儿。他给她取名贞信。在这块大地上，没有一个人的美丽可以同她相比。（7）后来，有一个人向她求婚。他是婆利古家族的后代，行落仙人的儿子利吉迦。利吉迦洒脱俊美，勇武非常，并且以苦行功夫深厚而知名远近。（8）但是，杀敌者伽亭王认为利吉迦太穷，不愿意把女儿嫁给这个具有伟大灵魂的人。（9）这位王中第一的伽亭拒绝了利吉迦的求婚，可是在他就要离去时又对他说："你如果能够给我送来娶亲的聘礼，你还是能够得到我女儿的。"（10）

利吉迦说：

王中之主啊，为了您的女儿，我需要送给您什么样的聘礼呢？请坦率告诉我吧，要什么样的东西，要多少。（11）

伽亭王说：

哦，婆利古族后代啊，请你给我一千匹骏马，它们的皮毛要闪着月亮的光泽，奔跑起来要有风一样的速度，而且个个要有一只黑色的耳朵。（12）

毗湿摩说：

于是，王啊，这行落仙人的儿子，婆利古族之虎②便向伐楼拿发出吁求。伐楼拿是阿提底之子，众水之主。利吉迦说：（13）"神中之王啊，我请求你给我一千匹骏马，它们要有一只黑色的耳朵，月光般的皮毛和风一般的速度。"（14）阿提底之了伐楼拿神回答说："好吧！现在，只要你一动要它们的念头，它们就会立即出现。"（15）利吉迦的脑中出现想要的念头。顷刻之间，一千匹皎如月光的骏马便从恒河水中精神抖擞，奔腾而出。（16）从此以后，曲女城附近高高的恒河岸便被人们称作马津。（17）优秀的默祷者利吉迦心中高兴，把马中这最漂亮的一千匹呈献给了伽亭王，作为聘礼。（18）伽亭王大吃一

---

① 千眼大神是因陀罗的别号。传说他曾引诱仙人乔答摩的妻子，被后者诅咒，身生一千个印记，状如女子性器。后来它们变成眼睛，他亦随之得号"千眼"。

② 指利吉迦。

惊，但是他又怕违约而遭诅咒，只好将女儿梳妆打扮停当，送给这位婆利古家族的后代。（19）这位梵仙中最优秀的人按照礼节执起她的手，同时这女子也因遇到这样的夫君而欢喜异常。（20）婆罗多后裔啊，这位婆罗门仙人见她举止娴雅，十分满意，遂打算给这娇艳绝伦的妻子一项恩惠。（21）女孩把这一切告诉了自己的母亲。母亲对这个眼睛低垂的女儿说：（22）"孩子啊，你的丈夫一定也能给我一点什么好处。让那位本领不凡的大苦行者给我一个儿子作为他的恩惠吧。"（23）国王啊，做女儿的于是就快快跑到利吉迦的面前，把母亲的愿望和盘托给了他。听过以后，利吉迦对她说：（24）"你和她都将生出品质优异的儿子。亲爱的人啊，你的母亲和你的愿望都可以实现。（25）美丽的人儿啊，你也将生一个品德高尚，受人称赞的儿子。他将成为传宗接代的人。你的弟弟也将成为传宗接代的人。（26）你们在月事方尽的时候前去沐浴，她要抱住一棵阿湿婆陀树；而你，亲爱的人，则抱住一棵乌敦钵罗树①。这样你们的愿望就能实现了。（27）笑容可掬的人啊，你和她还可以享有两件受到圣诗净化的祭品，然后就可以得到儿子了。"（28）贞信高兴极了，赶快将利吉迦的话告诉了她母亲，并且说了享有祭品的事。（29）听过女儿的话后，这位母亲对贞信说道："孩子啊，我向你叩头请求。你要听我的话。（30）丈夫给你的受过圣诗净化的祭品，你要把它给我，而你则拿原定给我的那个。（31）此外，笑容可掬的人啊，如果我——你的母亲的话还有权威的话，那么，无可指摘者啊，我们就把树也互相对调了吧。（32）你高贵的丈夫一定会设法让你生一个了不起的儿子。因此，美腰的人啊，我已属意于你的祭品和你的树。怎样才能得到一个优异的兄弟呢——你应该作如是想。"（33）

坚战啊，这位母亲和贞信如此这般按既定主意做过以后，两个人的身孕就逐渐显露出来。（34）看到自己的妻子身孕显露，这位大仙人和婆利古族俊杰心中不快，便对贞信说道：（35）"很明显，你已经调换了祭品，而且清清楚楚，美丽的人啊，也调换了树。（36）我已经把全部婆罗门的能量放入了你的祭品，也把所有刹帝利的勇力放入

---

① 阿湿婆陀树和乌敦钵罗树是两种不同的无花果树。

了你母亲的祭品。(37) 我这样做，原本是为了使你生一个美德广为三界所知的婆罗门，而她能生一个超群出众的刹帝利。(38) 如今，你和你的母亲做出了调换的事，那么她将会生一个出类拔萃的婆罗门，(39) 而你，美丽的人啊，将会生一个业绩非凡，使人生畏的刹帝利。光彩照人的女子啊，你不应该为了母女情深而做这样的事。"(40) 听到这话以后，贞信的内心充满了忧伤和痛苦。这位面容姣好的女子瘫倒在地，就像一根美丽的藤条从中折断一般。(41) 苏醒过来以后，她低头匍匐在丈夫的面前。这位做了妻子的伽亭王女对那位婆罗门雄牛说道：(42) "优秀的知梵者啊，请原谅我——你的妻子。婆罗门仙人啊，做一件好事，让我别生刹帝利儿子吧。(43) 假若事已不可挽回，就让我的孙子，而不是我的儿子，成为令人生畏的刹帝利吧。婆罗门啊，请赐予我这个恩惠。"(44) "好吧！"这位大苦行者对他的妻子说。不久，她果然生了一个不同凡响的儿子，取名食火。(45) 伽亭王美丽的妻子也生了一个儿子，取名众友。由于仙人利吉迦给了他超自然力，王中魁首啊，这位梵仙成为一个知梵者。(46) 虽然身为刹帝利，但作为大苦行者，众友取得了婆罗门的地位，成为一个婆罗门世系的奠基人。(47) 众友是具有伟大灵魂的人。他的儿子们发展了他的世系。这些苦行者和知梵者建立了众多的不同族系。(48) 尊敬的摩图禽陀、勇武的提婆罗陀、阿伽税那、沙恭达、跛波鲁和时路，(49) 著名的耶若伏吉耶、发过大誓愿的司图那、兀录伽、阇摩使和仙人散陀瓦耶那，(50) 可敬的耳胫、大仙人伽罗瓦、仙人霹雳和著名的舍棱伽耶那，(51) 罗罗陀耶、那罗陀、古尔遮穆克、瓦都离、穆婆罗以及岁刹颈，(52) 莺可梨伽、佘伽婆哩陀、湿罗瑜波、悉陀、净光、遮羯罗迦、摩录弹陀伐耶、伐陀坷那耶若伏吉耶和阿湿缚罗耶那，(53) 舍耶摩耶那、伽罗吉耶、查巴利、妙闻、迦梨昔罗陀、全闻、钵罗宝罗瓦和担度，(54) 大仙人迦比罗、仙人陀罗伽耶那、乌波加诃那和阿周那耶那，(55) 马罗伽密陀利、金目、江喀利、巴婆鲁瓦诃那、苏底、毗扑地、苏多和苏棱伽，(56) 阿罗提、那摩耶、瞻贝耶、优迦耶尼、那瓦弹度、钵迦那喀和舍由那罗提，(57) 舍由卢诃、美鱼、湿哩辛、迦尔陀比、优伽尧尼、阿陀贝禽，以及大仙人那罗地恩——所有这些圣者都是众友的儿子，他们深通梵学。(58) 哦，坚战王，身为刹帝利的大苦行者众友成为了婆罗门，因为利吉迦曾将无上之梵的精力置入了他母亲的祭品。(59) 婆罗多族雄牛啊，我已经把众友出生的故事全部如实地讲给你听。他具有太阳、月亮和火神的精力。(60) 王中魁首啊，如果你还有什么不清楚，请告诉我。让我来帮你弄明白。(61)

以上是吉祥的《摩诃婆罗多》中《教诫篇》第四章(4)。

五

坚战说：

祖父啊，我想听你谈谈关于仁慈、正法和虔诚的问题。请你把它们全面地为我讲一讲。(1)

毗湿摩说：

在迦尸王的国度里有一个猎人。有一天，他想要打鹿，便身携毒箭，离开了自己的村庄。(2) 为了寻找猎物，他来到一处大森林。忽然，他看到不远处有一只鹿，就把箭搭在了弓上。(3) 但是他感到弓弦不好控制，结果，虽然意在射鹿，箭却飞向了一棵大树，射进了树身。(4) 带毒的箭十分锐利，射出的力量也很大。果子和树叶纷纷坠落，树很快就枯萎了。(5) 有只鹦鹉一直住在这棵大树的树洞中。由于对大树感情很深，尽管眼看着它凋萎下去，它还是不肯离开自己的家。(6) 这只生性仁义，心怀感激的鹦鹉就这样不吃不喝，不言不语，呆在树上，身体也同大树一样逐渐地衰弱下去。(7) 降巴迦者[①]发现这个品行高贵，个性伟大的鹦鹉竟能置苦乐于度外，表现得超凡出众，大为吃惊。(8) 天帝释（因陀罗）暗自奇怪："这个鸟儿生为禽兽，何以却能有禽兽本不具备的仁慈之心呢？(9) 不过，这似乎也不值得大惊小怪。因为在所有有气息的生物中，都能看到这种情况。"(10) 于是，天帝释就扮成人的样子，穿上婆罗门的衣裳，降临大地。他对那只鸟说：(11) "哦，鹦鹉啊，你这禽鸟中的最上者，陀

[①] 指大神因陀罗。巴迦为一恶魔名。他曾纠集一支大军与因陀罗作战数日，最后失败被杀。因陀罗亦因而获得"降巴迦者"的名号。

刹仙人的好孙女,我想问一问,为什么你不离开这棵正在枯萎的树呢?"(12)见到有人发问,鹦鹉便点头施礼,然后说道:"非常欢迎你,众神之首!我通过苦行所得的功力已经认出了你。"(13)千眼大神对于鹦鹉的苦行功夫十分称道,说:"不错!不错!你看的完全正确。"(14)诛灭波罗者[①]虽然知道这只鹦鹉卓有功德,广行善事,但还是询问他不肯离开的原因:(15)"这棵干枯的树既没有了树叶,也没有了果实,已经不可能作为鸟儿的庇护所。树林这么大,为什么你还要固守在这里?(16)在这个大树林里,树洞被稠叶覆盖的树木那么多。一棵漂亮而又足够你在上面往来嬉游的大树实在不难找到。(17)这棵树的树液行将耗尽,已经繁荣不再,奄奄一息,没有用处。智慧者啊,请你凭借自己的判断力,好好想一想,还是放弃这棵靠不住的树吧。"(18)这只生性仁义的鹦鹉听了天帝释的话后,长长地叹了一口气,用微弱的声音说道:(19)"啊,沙姬之夫[②],无论存在或毁灭,天命都是不可违背的。天神之主啊,请听我的陈述吧。(20)我是在这棵树上诞生的。也是在这棵树上,我获得了好的品德。在我的幼年时期,是这棵树保护了我,使我免遭敌人的袭击。(21)无瑕者啊,我是虔诚的,以仁慈为我的不倦追求。你为什么要干预我,让我放弃同情心呢?(22)同情是善人恪守大法的标志。同情总是能给善人带来快乐的。(23)众神总是请求你解除有关法的疑惑。我的主上,这就是为什么他们推举你做自己首领的原因。(24)啊,千眼大神,你不应该让我为了自己的好处而放弃这棵树。过去它在有用时,曾经哺育过我。为什么现在我要抛弃它呢?"(25)良善的言词使得降巴迦者十分高兴。为鹦鹉的同情心所打动,他对这个懂法的鸟儿说道:(26)"请你选择一个恩惠吧。"于是那个鹦鹉就做了一个出于同情心的选择:让这棵大树永远地活下去。(27)天帝释终于明白这个鹦鹉对于那棵大树的感情究竟有多执著,知道了它完美的情操。他很高兴,转瞬之间,便使大树上下布满了甘露。(28)它变得枝繁叶茂,果实累累,看上去让人赏心悦目。靠了鹦鹉不变的忠诚,大树恢复了

[①] 指因陀罗。波罗是一个阿修罗,在更古的吠陀文献中称瓦罗。他为因陀罗神所杀,所以因陀罗又称"诛灭波罗者"。

[②] 指因陀罗。沙姬是因陀罗的妻子。

原有的美丽。(29) 而鹦鹉，伟大的国王啊，由于慈悲为怀，在生命终结以后，便和天帝释生活在同一个世界上。(30) 因此，人中之王啊，只要有虔诚的人相伴，任何事情都能够办到，就像大树有鹦鹉在身边，终得好运一样。(31)

以上是吉祥的《摩诃婆罗多》中《教诫篇》第五章(5)。

六

坚战说：

哦，祖父，你这有大智慧，精通所有学问的人啊，请告诉我，命运和人的努力，究竟哪一个更强呢？(1)

毗湿摩说：

古代传说中有一段极裕仙人同梵天的谈话，坚战啊，可以引来说明你的问题。(2) 远在古昔，可敬的极裕仙人也曾向他的祖父提出过这个问题：命运之力和人事之力，哪一个更强大。(3) 这位祖父，出生于莲花的神中之神，用甜蜜而又充满意义的话回答了他：(4) "万物无不由种子产生。没有种子，就没有果实。人们一向都说：种子产生种子，果实也是由种子产生出来的。(5) 一个农民在他的田地里播种好的种子，他就会得到好的果实；播种坏的种子，就会得到坏的果实。(6) 田地里如果不播种，便不会有果实产生出来。同样，如果人不做业，命运也无从发生作用。(7) 人所做的业可以比作田地，而命运则可比作种子。只有种子和田地两者互相结合，才会有庄稼生长出来。(8) 世界上无时不发生在人们眼前的，是做业者享受由他自己的业带来的果报这个事实，只不过有的已经成熟，有的尚未成熟。(9) 人可以从良善的业获得福惠，从罪恶的业获得苦难。业只要做了，总会有果报；不做也就没有果报。(10) 积极做业的人会得到稳定的立足点，成为有福的人。懒于做业的人则会被生活抛弃，结果就像在伤口上撒盐一样受苦。(11) 通过苦行，一个人可以得到美貌、幸福和各种宝物。任何人，只要做业，必有所得。不肯做业的人，是不会从命运得到什么的。(12) 智者精勤做业，就能得到一切，得到享受和地位，乃至上达天堂。（13）所有天上的发光体、天神、龙、药叉、月亮、太阳和风，都是人通过自己的行为升迁到如此地位的。（14）无论财物、朋友，王者的地位、家族的财产，抑或人的福祉，都是不肯做业的人无法得到并加以享受的。（15）获得福祉，婆罗门凭借的是高尚的行为，刹帝利凭借的是勇力，吠舍凭借的是自己的劳动，首陀罗凭借的是对于别人的服从。（16）任何利得都不会降临到吝啬者、软弱无能者、怠惰者、不遵行法规者、缺乏勇力者和不修苦行者的头上。（17）即使尊贵如毗湿奴，也要在大海中修炼苦行，从而创造出连同众提迭和众天神在内的三界。（18）如果一个人的业不能带来果报，那么一切业也便没有果报可言。如果世人全都依靠命运，那么他们就统统变得冷淡而无所谓了。（19）一个人不去做他应做的业，而仅仅依赖命运，其行为就像妇女同一个没有生育能力的丈夫结婚一样白费工夫。（20）如果人世间只有命运在起作用，那么大家对善行与恶行的区别就不会在意，如同在天国一样无忧无惧。①（21）人做了自己的业，命运就会引他走向未来。而如果不做业，那么仅仅命运是不可能给任何人带来任何东西的。（22）我们可以看到，即使是在天界，天神的地位也不是永远稳固的。不依靠业，神怎么可能巩固他自己的以及别人的地位呢？（23）在这个世界上，诸神并不是对于任何人的善行都肯承认的。因为害怕别人胜过自己，他们总有一种保持自身强大的愿望。（24）在仙人和天神之间一向有斗争。说没有命运存在是不对的。因为促使人行动的正是命运。（25）然而，既然是命运促使人行动，那么业是怎样产生的呢？即使在天国世界中，也是有种种狡诈行为的。（26）

"一个人的自我是他的朋友，也是他的敌人。一个人的自我是他的善恶行为的见证人。（27）在人做过的善业中倘有部分存在缺欠，还是能够带来善果的。但是，恶业却不可能为人带来利得。（28）众神以善行为自己的庇护地。借助种种善行，可以得到一切。遵行善道的人，命运是不会亏待他的。（29）古时候，迅行王从天堂跌下来，

---

① 本颂原意不很清楚，注释家亦各有说法。这里的翻译略作了一些变动。

落到地上，但是由于他外孙的善行，又重新返回到天堂。①（30）王仙补卢罗婆娑，古代的婆罗门说他是伊罗的后代。这位大地之主据说也是升到了天堂。（31）憍萨罗王美奴之子由于举行马祭和其他祭祀活动而备受敬仰，但是因为受到大仙人的诅咒，便降到了吃人罗刹的地位。（32）马嘶和罗摩尽管身为牟尼之子和持弓战士，并未因为他们在此世的善行而进入天堂。（33）婆婆王举行过百种祭祀，其地位有如因陀罗第二，但是仅仅因为说了一句谎话，便被罚下了地狱的底层。（34）毗娄遮那的儿子钵利王受正法之网的约束，被毗湿奴用神力送往地下世界。②（35）镇群王循着天帝释的脚印走。他杀死了婆罗门女，何以却没有为命运所责罚？③（36）梵仙护民子无意中杀了婆罗门，又受到过杀害童子过失的玷污，为什么却没有遭到命运的责罚？（37）古代的王仙尼伽王曾举行大祭，向婆罗门赠牛，也还是挡不住他后来变成蜥蜴。④（38）王仙敦杜摩罗⑤在吉里瓦罗迦城⑥举行萨陀罗祭⑦时已届耄年，结果他等不及祭祀给他带来功德，先就昏昏睡去了。（39）般度诸子的王国被武力强大的持国诸子抢去了。他们重新夺回它，靠的不是命运，而是勇力。（40）那些发过严格誓愿的圣者把苦行和戒行结合在一起。他们发出诅咒，为什么靠的是命运之力，而不是业报之力？（41）在这个世界上，对于恶人来说，即使是艰难得到的东西，也会统统失去。命运是不会帮助那些贪婪愚钝之人

---

① 迅行王由于傲慢而被罚出天国，头朝下栽落大地。他的四个外孙正在举行祭祀。依靠他们行祭的功德，他又回到了天国。

② 此说本自如下故事：钵利王曾凭苦行之力而战胜因陀罗，将自己的统治范围扩大到整个三界。众神求毗湿奴帮忙收回地盘。毗湿奴化作侏儒，请求钵利王给他三步之地。钵利王慨然应允。不料毗湿奴两步便量去了天、地二界。钵利王追悔莫及。后毗湿奴出于对他善意的尊重，将地下世界留给了他。

③ 镇群王犯了杀婆罗门罪以后，心理失去平衡，到处请教婆罗门如何赎罪。贤者因陀楼陀让他虔心朝圣并恪守正法（一说举行马祭），后他终于赎罪成功。

④ 尼伽王曾向婆罗门施舍一千头牛。当最后一头舍给波罗伐陀后，又来了阿那罗陀。此时波罗伐陀正好到树林里去，而把牛放在了池塘边。尼伽王忘记了此牛已经有主，遂将它再次舍给了阿那罗陀。后二婆罗门为牛的所有权争吵起来，只好去找尼伽对质。守门人又恰好没有向国王通报他们的来到。于是二婆罗门诅咒他变蜥蜴一千年，并预言一千年后黑天来到，触其身体后，始得恢复人形。后果然如此。

⑤ 古代印度日种王朝国王鸠伐罗湿缚，因杀阿修罗敦杜而得此名。

⑥ 古代印度摩揭陀首府，即王舍城。

⑦ 一种大苏摩祭，要延续十二天以上。

的。(42)即使是星星之火，一旦遇到了风，也会变成熊熊烈焰。同样，命运只要同人所做的业结合起来，它的作用就会大大加强。(43)随着灯油逐渐耗尽，灯火也就趋于熄灭。同样，人所做的业越少，命运的作用也就越小。(44)在这个世界上，一个人即使获得了大量财富，拥有众多靓女和种种享乐手段，只要不积极做业，他还是不可能长期享受他们。然而，一个人只要勤于做业，以求善德，不管这善德如何微小，他的财产还是会有命运为他守护，不致流失。(45)天界优于人间世界。在这个世界上，人们的家中哪怕有着多得不可胜数的财富，但相对于诸神的世界，看上去仍不过像坟墓而已。不做业，便没有果报，命运也无法起作用。(46)使人走上邪路的，并不是命运的力量。就像学生跟着自己的师父走一样，命运也总是跟着个人所做的宿业走。只要有人通过其自主行动在不懈地做业，这些积累起来的业就会引导这个人的命运，使之发生作用。(47)无上圣者啊，我已经讲述了人努力做业从而获得果报的道理，这些道理我一向认为是正确无误的。(48)有了自身的努力，有了命运的作用，按照业报的规律，人就可以走上通往天国之路。"(49)

以上是吉祥的《摩诃婆罗多》中《教诫篇》第六章(6)。

七

坚战说：

婆罗多雄牛啊，我想知道与善业相应的善报是怎样的。最杰出的伟大人物啊，请你告诉我！(1)

毗湿摩说：

坚战啊，请你听好。我将告诉你众位仙人的秘密，讲讲他们如何怀有这样或者那样的愿望，而这些愿望又是怎样在来世得以实现的。(2)请你听好，我要讲他们以何样之身，做了何等之业；尔后又获得了何样之身，得到了何等之果；(3)还要讲他们在什么样的状况之下，做了哪些好事或者恶事，而在以后的这一生或者那一生中，又是被安排在怎样的生存环境之中。(4)由五根所做的业是从来不会消失的。这五根以及第六种——灵魂，乃是所做业的见证人。（5）一个人应该用他的眼服务于别人，用他的心服务于别人，用他甜美的语言服务于别人，应该追随客人，敬拜客人——这就是用五种供品所做的祭祀。（6）一个人能把好的饭食施舍给长途跋涉，疲惫不堪的旅客，尽管以前从未见过他，这个人就会获得大功果。（7）一个人如能在露天安睡于一席之地，必将在来世得到广厦和舒适的床席。一个人仅以麻片或树皮衣蔽体，亦将会在来世得到美服和漂亮的装饰品。（8）一个人若能勤行瑜伽，常修苦行，来世就会有坐骑代步，车乘载游。一个人倘能常卧于祭火之旁，来世将能获得与国王一样的勇武。（9）一个人放弃了各种美味的享受，等待他的将是家道兴旺。一个人放弃食肉，他就会有很多子嗣和牲畜。（10）一个人如果能修如下苦行：长时间头朝下倒悬、长时间生活在水中、长久地幽居独处，他就可以达到任何他想达到的目的。（11）一个人如果能够为尊贵的客人提供住宿，为他准备洗脚水、床铺、灯盏和食物，他所做的就是用五种供品进行奉祭。（12）一个人在沙场上，以英雄之姿，卧于英雄之床①，他就可以进入那永恒的世界，在那里一切欲求都可以获得满足。（13）人民之主啊，人可以通过施舍获得财富，通过沉默获得对自己命令的服从，通过苦行获得种种生活享受，通过梵行获得长寿。（14）美貌、权力和健康，统统是不伤害众生的结果。以果实和球根为生的人，可以得到王权。以树叶为生的人，可以升入天堂。（15）古人说，人可以由禁食而得到王位，并且在任何时候都能获得幸福。坚持真理的人，可以升入天国。严格遵守宗教习俗的人可以生于望族。（16）以蔬菜为生的人，可以得到庞大的牛群。食草过活的人，可以走上通往天国之路。避免与妻子同房，并能一日沐浴三次，或者以吸食空气为生，可以获得同行祭一样的功德。（17）一个再生者如能以食水为生，坚持实行火祭，居于荒野，那么他就能够获得王国。通过绝食，一个人可以进入天堂。（18）如果一个人能够在十二年内实行禁食，遵守各项宗教规定，坚持到圣地沐浴，国王啊，他就会得到某种比英雄还高的地位。（19）一个人读完所有的吠陀圣典，就会立即从痛苦中解

---

① 指战士捐躯后所卧的箭床。

脱出来；如果他的思想和他的行动都合乎正法，那么他就能够上升到天界。（20）有些欲望是愚蠢的人难于放弃的。这些欲望缠附着他们，有如经年不愈的痼疾，甚至也不因年老体衰而稍歇。一个人如果克服了这些欲望，他就能获得幸福。（21）一只牛犊能够在千万头母牛中找到自己的母亲，同样一个人所做的业也能够紧随着他。（22）正如树上的花、果，不催促也不会错过它们自己开花结果的季节一样，一个人所做的业也不会错过报应的时机。（23）随着人的衰老，他的头发会变白。随着人的衰老，他的眼会昏花，耳会失聪，牙齿也会脱落。人衰老了，惟一不会衰老的是他的欲望。[1]（24）可以使生主愉悦的行为，就是一个人能够用以愉悦自己父亲的行为。可以祭献给大地的行为，就是一个人能够用以愉悦自己母亲的行为。可以用来敬拜大梵的行为，就是能够用以愉悦自己师父的行为。（25）对于一个人来说，具备这三种懿行，就是敬守了全部的正法。违背了这些操守，一个人的行为就无所谓好的果报了。（26）

护民子说：

俱卢族雄牛们[2]听了毗湿摩如上这一番话后，十分惊奇，一时心中欢喜，高兴异常。[3]（27）

祭祀时不能正确地诵念圣诗，举行苏摩祭时不能按规矩奉献祭品，向祭火中投献祭品时不能谨守规则，所有这一切都不会带来有益的结果。（28）国王啊，上面我说过了人的善恶可以带来不同果报的教理，它乃是古代仙人宣示的观点。你还希望知道什么别的吗？（29）

以上是吉祥的《摩诃婆罗多》中《教诫篇》第七章（7）。

---

[1] 此颂与上下文不合。
[2] 指俱卢族的王子们。
[3] 此颂为护民子插话，下面两颂仍为毗湿摩所说。

八

坚战说：

婆罗多后裔啊，什么人值得尊重？什么人值得敬仰？你自己敬仰什么人？你最向往的又是什么？国王啊，请把这一切告诉我。（1）当你陷入巨大不幸的时候，你的心到什么地方去寻求依托呢？请将这个人类世界以及来世的一切讲给我听吧！（2）

毗湿摩说：

我喜欢这样的再生者，他最了不起的财富是关于梵的知识，他以自己的信仰为天国，以勤奋地学习吠陀为苦行。（3）我喜欢这样的人，在他的家中，无论老人，还是孩子，都能肩负起祖先留下的重担，从无倦怠的表现。（4）我喜欢具有种种知识的人，能够自我节制的人，说话温和的人，道德学问皆好的人，知道那永恒的神圣音节[①]的人；（5）还有那种在稠人广众之间讲话有如鸿鹄[②]，声音低缓有如云中沉雷，出语吉祥而又动人心弦的人；（6）以及，坚战啊，在宫廷上，大家乐于洗耳恭听他们发音正确的演讲，而其内容又能给今生和来世带来幸福的人。（7）我喜欢这样的人，他们具有学问和品德，受人尊敬，经常在集会上聆听演说。（8）坚战啊，为了使婆罗门高兴，虔诚的人们把烹制精美，干净而又有益健康的食物送给他们——国王啊，我对于这样的人始终喜欢。（9）坚战啊，勇赴战场容易，施舍财物而不心存抱怨却很难。在这个世界上，英雄和勇敢的人成百上千，而其中只有在施舍上堪称英雄的才真正是卓荦不凡。（10）有福者啊，如果说我确很富有的话，那么任何一个婆罗门却都在我之上。他们出身于良好的家庭，又都谨守道德，一心致力于学问和苦修。（11）般度之子啊，对我来说，在这个世界上，没有比你更亲爱的人了。可

[①] 即"唵"。

[②] 据说，如果把奶同水混合起来喂鸿鹄的话，它能把水留下而仅仅把奶喝掉。这里比喻有学问的婆罗门即使是谈世俗的问题，也能够滤除粗劣的语言，而仅用优美的，富有教育意义的语言来使听者受益。

是，婆罗多族雄牛啊，对于我，婆罗门却比你更亲爱。（12）俱卢族的后代啊，婆罗门对我来说更亲爱。确实，我死后会前往我的父王福身居住的那些世界。（13）对我来说，我的父亲也没有婆罗门更亲爱。即使是我的祖父或者别的亲友，也是一样。（14）我今生对婆罗门没有任何欺诈行为，无论大小，这是善人们都知道的。（15）由于我对婆罗门所做的善意的身、口、意业，现在我丝毫不感到痛苦。（16）人们说我"亲近婆罗门"。对于这种说法我深感满意。因为，这是一切虔敬行为中最高的虔敬形式。（17）我看到了许多纯净无瑕的世界在等待着追随婆罗门的人。亲爱的人啊，我很快就要永远地到那里去了。（18）坚战啊，在这个世界上，妇女的法是依其夫君为转移的。她的夫君就是她的神，她的归宿，而非其他。对于刹帝利来说，婆罗门的地位也是一样。（19）假定有一个刹帝利年高一百，有一个婆罗门年仅十岁，且已知这两人是父子关系。那么这两人中，必定婆罗门为父。（20）一个女子，如果他的夫君不在，则应视他的弟弟为主人。同样，大地在没有找到婆罗门的时候，便令刹帝利为王。（21）俱卢族俊杰啊，婆罗门应该受到孩子一样的保护和师父一样的尊敬，应该像祭火一般受到照顾。（22）婆罗门一心致力于正义和德善。他们追求真理，以为众生谋求福利为己任。但是，在愤怒的时候，他们也会像毒蛇一样厉害。因此，人们对于婆罗门应该无时无刻不尽心侍奉。（23）坚战啊，一个人应该始终对两件事心存畏惧，那就是威力和苦行①，要对它们避之惟恐不及。（24）这两者的效验迅不及防。大王啊，具有苦行功夫的婆罗门在愤怒时杀伤力是很大的。（25）如果婆罗门不发怒，这两者还能抵消。而如果这两者互相冲突，威力则被摧毁，无所剩余。②（26）正如牧人手拿棍棒，坚定地立于牛群之中一样，刹帝利也应该永远坚定地保卫婆罗门和吠陀圣诗。（27）正如父亲应该保护儿子一样，有梵天之力的人③也应该保护婆罗门。他应该经常到婆罗门家中看看，了解他们是否缺乏生活之资。（28）

以上是吉祥的《摩诃婆罗多》中《教诫篇》第八章（8）。

---

① 威力属于刹帝利，苦行属于婆罗门。
② 此时刹帝利的威力不敌婆罗门的苦行之力，故被摧毁。
③ 指刹帝利。

九

坚战说：

祖父啊，智慧不凡者，在这个世界上，那些先前答应给予婆罗门施舍，而后来又糊里糊涂不肯践诺的人，将会怎样呢？（1）最为信守正法的人啊，请实实在在地告诉我，在这里，人的责任是什么呢？那种然诺在前，毁之在后的人一定本质不好。（2）

毗湿摩说：

答应了施舍又不肯拿出来的人，无论东西多少，他们自己的任何愿望都将不会实现，就像性无能的人不会再有后代一样。（3）从生的那一天起，到死的那一天止，婆罗多后裔啊，这种负罪的人无论做了什么好事，向祭火中投献了什么祭品，都将统统白费。（4）婆罗多族俊杰啊，这是那些通晓法论的人所说的话。他们通过自己高超而又条理清晰的理解力达到了这一认识。（5）那些通晓法论的人还说，这样的人可以通过奉献一千匹黑耳马来洗刷自己的罪愆。（6）婆罗多后裔啊，人们经常引用一个古代的传说，那是一段豺和猿的对话。（7）炙敌者啊，当他俩还是人身的时候，他们是好朋友。但是在他们死后，一个投了豺胎，一个投了猿胎。（8）一天，猿看到豺在一块坟地里吃死尸，便回想起他们前生的情形，说道：（9）"你前生做了什么可怕的恶业，使你到墓地里来吃这腐臭的尸体？"（10）见猿这么问起，豺便答道："我曾经许诺向一位婆罗门施舍，但是后来没有做到。（11）猿啊，就是由于这一恶业的缘故，我投入了这罪恶之胎。每当饥饿难耐之时，我就不得不吃这样的食物。"（12）国王啊，这是我从我的婆罗门教师那里听来的，当时这位知法者正在讲古时候那使人深受教益的故事。（13）般度之子啊，人民之主，我也从黑天那里听到过这个故事，当时他正在对一些婆罗门讲述它。（14）婆罗门一向是这样教导我的。既经许诺给予施舍，就应该履行自己的诺言。人不应当做那种使婆罗门徒然期待的事情。（15）大地之主啊，据说，一位处在焦急期待中的婆罗门，就像是一团熊熊燃烧的火焰。（16）国王啊，一个人由于使婆罗门陷于期待而让他愤怒的人，婆罗门盯住他的眼光会把他像干草一样烧成灰。（17）但是，婆罗多后裔啊，如果一个人使婆罗门高兴了，那么这婆罗门便会用好言祝福他，给他带来的好处，犹如有一位常在身边的医生护卫着他的健康一样。（18）他会使他的儿子、孙子、牲畜、亲戚、大臣、城镇和王国保持他们所期望的宁和与平静。（19）这就是婆罗门了不起的精力，堪比照耀大地，闪着千道光芒的太阳的能量。（20）坚战啊，如果一个人希望在来世过上上等的生活，那么，婆罗多族俊杰啊，他就应该在答应施舍婆罗门以后，切实实践诺言。（21）毫无疑问，通过向婆罗门施舍，一个人可以升入最高的天堂。应该肯定，丰富的施舍是人可以做的最好的业。（22）天神们和祖先们都是靠我们在这个世界上给婆罗门的施舍过活的。因此，有知识的人应当记住向婆罗门施舍。（23）婆罗多族俊杰啊，人们都说婆罗门是最有价值的人。无论何时，一个婆罗门到了，他都应该毫无例外地受到别人的尊崇。（24）

以上是吉祥的《摩诃婆罗多》中《教诫篇》第九章(9)。

一〇

坚战说：

王仙啊，我想知道，一个人出于友谊，或者感情，向低出身的人[①]做了某种指示，他是不是就因此而犯了错误。（1）祖父啊，在这方面，我希望得到你充分的解释。正法的事情微妙而难解。不少人在这方面暴露过他们的愚蠢无知。（2）

毗湿摩说：

国王啊，请你听好，我就要把过去从仙人那里听到的话一五一十地讲给你。（3）对于任何低等出身的人，都不应该给他们什么指示。一向就有的说法是，一个老师如果指教了这种人，他就犯了大错。（4）国王啊，婆罗多族雄牛！请听我把事情的本末细细地说给你，

---

① 这里仅指非再生者，如首陀罗。

说一说过去有人如何因为错说了话而遭殃。坚战啊,事情发生在大雪山山坡上,一个美丽的净修林里。(5)这个净修林内各种各样的树木生长无数,散发着醉人的芳香。不同的灌木和攀缘植物分布在这里那里。动物和鸟类在这儿愉快地生活着。(6)树林里繁花似锦,成道的人吟诵圣诗的声音和游方艺人悦耳的歌声往来回荡。四处散布的,还有大批潜心宗教的人和修习苦行的人。他们使净修林大为增色。(7)大批的婆罗门聚集在这里,他们精神焕发,有如炽热燃烧的太阳。此外还有各色的苦行者、约束自身的人和遵行严格戒条的人,婆罗多族俊杰啊,还有行过了入教礼的人和达到了很高宗教境界的人。(8)在这里愉快相处的还有大批的矮仙和过禁欲生活的人。婆罗多族雄牛啊,净修林中到处是琅琅的诵读吠陀的声音。(9)有一天,一个首陀罗鼓足勇气来到这个净修林。他是一个对众生抱有同情心的人。来到以后,林中的苦修者们对他礼敬如仪。(10)婆罗多后裔啊,首陀罗看到了这么多分属于不同集体,遵行着各种仪节的圣者,个个能力非凡,如神一般,心里十分激动。(11)婆罗多族雄牛啊,有了如此见识,这个首陀罗萌发了参加禁欲生活的意愿。于是,婆罗多后裔啊,他便匍匐下来,摸着这里一位族长的脚,对他说道:(12)"再生者雄牛啊,请施我仁爱,让我也习修正法吧。世尊啊,请你为我讲述正法,并且使我也成为一个苦行者。(13)世尊啊,我在种姓上是低贱的,因为我生为首陀罗。最好的人啊,我愿意在这里为你服务。请向我这希望你收留的人显示你的仁慈吧!"(14)

族长说:

一个首陀罗住在这里,过弃世苦行的生活是不可能的。不过,如果你愿意,留在这里为我们服务还是可以的。(15)

毗湿摩说:

国王啊,听到圣者这么说,首陀罗思忖起来:"我应该如何办呢?我无限信仰正法。就这样吧。我将设法做我喜欢做的事。"(16)于是他走到一块远离净修林的地方,在那里用树枝树叶搭了一间小屋,筑起祭坛和神庙。婆罗多族俊杰啊,他就这样安顿下来,过起禁欲的生活,并且感到满意。(17)他在自己的神庙里沐浴,遵行种种宗教戒条,制作祭品并将它们投入祭火,以此表示对于神明的崇拜。(18)

他按照经典的要求自律，仅以野果充饥，并且控制自己的感官。除了附近生长的野果和草本植物，他从不享用其他食物。（19）他还按照常规款待到他这里来的客人。就这样，他在这里生活了很长时间。（20）这一天，有个圣者来到他隐修的地方，想认识他。他对这位仙人礼敬如仪，热情欢迎，使他非常高兴。（21）来访的仙人具有非凡的潜能。他深明正法，完全地控制了自己的感官。两人做了很多使人惬意的讨论。仙人也问了他许多问题。（22）婆罗多族雄牛啊，就这样，为了看望首陀罗，这位仙人多次来到他的隐修地。（23）后来有一次，人中雄牛啊，首陀罗对这位苦行者提出了要求，他说："我想为我的先人举行祭祀。能不能请你好心教给我怎样做呢？"（24）"当然可以。"这位婆罗门回答道。婆罗多族雄牛啊，于是这个首陀罗便将自己沐浴干净，并给仙人取来了濯足水。（25）婆罗多族雄牛啊，他还取来了祭祀用的圣草和其他的野生草本植物，以及净化过的座位。（26）他把座位的头部朝南放。仙人发现他的做法不合规矩，便对他说：（27）"应该让座位的头部朝东，而你在沐浴干净后应该朝北坐。"于是首陀罗便按照仙人的话，一一改正过来。（28）接着，他又依照这位苦行者的指点，将圣草等物逐一安排停当，按着规矩献礼行祭。（29）这样，在外来仙人的帮助下，首陀罗为他的先人举行了祭祀，走上了正法之路。首陀罗的心愿实现后，仙人便离开他，回自己原来的住处去了。（30）此后在很长的时间内，这位首陀罗苦行者一直过着严格禁欲的生活。最后，他在净修林中去世。由于生前所做的功德，来世他投生在一个王中之王的家族里，成了一个了不起的人物。（31）孩子啊，至于那位仙人，在他死去之后，也作为婆罗门，投生到一个国师的家庭中。（32）这以后，前生分别为首陀罗和圣者的两个人便一步步成长起来，成为通晓各种知识的人。（33）前生为仙人的婆罗门一心致力于"吠陀"和《阿达婆吠陀》[①]的学习，并在宗教轨仪的应用、吠陀圣典的节录以及天文学等方面下大工夫。他也愉快地潜心于数论的钻研。（34）婆罗多后裔啊，父王死后，前生为首陀罗的王子沐浴洁身，灌顶为王。此后不久，他又任命前生为仙人

[①] 婆罗门教发展的初期，所谓吠陀经典只包括《梨俱吠陀》、《夜柔吠陀》和《婆摩吠陀》，《阿达婆吠陀》尚不在内。

的婆罗门作自己的国师。(35)婆罗多族雄牛啊,任命后者为国师以后,他的日子过得愉快而幸福。他以正法为准则统治国家,尽力保护他的臣民。(36)每天,当国王接受国师的祝福,或在后者主持宗教仪式的时候,他总是看着国师,露出微笑,甚至会情不自禁地大笑起来。就是这样,国王不断地冲着国师发笑。(37)国师发现国王动不动就冲着他笑,终于忍不住发怒了。(38)这一天,在一个僻静无人的地方,国师见到了国王。他先用轻松愉快的谈话使国王感到高兴。(39)婆罗多族雄牛啊,然后,国师就对这人中之王说道:"杰出的人啊,我想求你给我一份恩惠。"(40)

国王说:

最优秀的再生者啊,我可以给你一百种恩惠,何以你只要求一种呢?凭着对你的友情和对你的无限尊敬,我没有什么不可以给你。(41)

国师说:

国王啊,如果你高兴的话,我只要一份恩惠。大王啊,请你保证把真实情况告诉我,不说假话。(42)

毗湿摩说:

坚战啊,听到国师这么说,国王答道:"好吧!只要是我知道的,我一定把真情告诉你。然而要是我不知道,我将什么话也不讲。"(43)

国师说:

当你每天接受我祝福的时候,在我主持不同宗教仪式的时候,或者在我进行其他向神灵祈愿的祭仪的时候,你总是看着我发笑,这是为什么呢?(44)看着你对我笑,我的心中就有一种羞耻的感觉。国王啊,你已经答应我坦率回答,那么请你不要对我说假话。(45)你这样做一定是有原因的。你绝不会无缘无故就发笑。我十分想知道其中的原因。请你如实告诉我。(46)

国王说:

婆罗门啊,既然你这么问起,我就不得不据实相告了,尽管这件事本不应对你讲。再生者啊,请你集中精神,注意听。(47)再生者中最优秀的人啊,我要告诉你我们前生发生的事情。我还记得那一生的情况。婆罗门啊，请你全神贯注，听我讲。（48）我在前生是一个首陀罗，但一直在修炼极为严厉的苦行。而你，再生者中最优秀的人啊，则是一个苦行功夫极深的仙人。（49）婆罗门啊，无垢者，由于对我抱有好感，并且怀着帮助我的意愿，你曾指点我如何为我的先人举行祭祀。最高明的贤者啊，在献礼行祭和如何铺排圣草这样的事情上，你也指导过我。（50）由于做了违规的事，你转生而为国师。① 我则生为国王。智慧之主啊，看吧，这就是时间流转迁变之功！你因为在我的事情上给了我指导，所以便得了这样的果报。（51）婆罗门啊，正是出于这个原因，我才对着你笑。再生者中最优秀的人啊，虽然对着你笑，我却丝毫没有轻慢不敬之意。你是我的老师。（52）看到这种迁变，我实在非常难过。我的心也在火烧般地灼痛。我记得我们的前生，所以我才会看到你时对你笑。（53）就是为了你教导过我，你强大的苦行力被摧毁了。丢掉你眼前国师的职位，努力争取求得一个更好的来世吧。（54）再生者啊，争取吧，以免来世再堕入更坏的胎胞之中。婆罗门啊，最好的人，尽量拿走这里的财物吧，尽力使自身保持纯洁！（55）

毗湿摩说：

于是，国王辞退了婆罗门，并赐给他无数的财物。他则把他所得到的金钱、土地和村庄统统送给了其他的婆罗门。（56）这个再生者中最优秀的人拂去了一时的烦恼，力行古昔先贤的严格教诲，将各色财物广施出去。（57）这位再生者四出朝圣，时时散财给婆罗门，使自身愈趋净化。后来，他巡游到自己前生去过的净修林，在那里长时间修习严厉的苦行。（58）王中俊杰啊，结果这位婆罗门获得了无上成就。他受到了那个净修林中全体居住者的尊敬。（59）王中俊杰啊，前面说的就是一位仙人陷入巨大烦恼的故事。结论就是，一个婆罗门是不能教导低种姓人的。（60）国王啊，婆罗门应该永远避免做这类教导的事。做这类事情的再生者必将陷入烦恼的境地。（61）所以，有鉴于那位国王阐明的教训，从那个婆罗门的遭遇看，一个再生者应当永远也不抱教导任何低种姓人的愿望。（62）婆罗门、刹帝利和吠

---

① 何以生为国师就意味着地位的降低，不很清楚。可能是像这位婆罗门这样有功德的人本应能够升入天国。

舍，这三个种姓是再生者。国王啊，教诲他们，一个婆罗门是不会陷入罪过的。（63）总之，一个优良的人不应对任何低等人做任何方面的教导。正法之为物，微妙难测，阅历不足者无法理解。（64）因此，牟尼多以闭口沉默为规诫，往往参与宗教仪节而一言不发；如此还会受到称扬。国王啊，为怕说出错话，他们对任何事都不置一词。（65）一个人即使是深通正法，集各种优点于一身，以真理和诚信为理想，也未必不会因言语失当而栽倒，以至铸成大错。（66）给人教导的事在任何时候，对于任何人都不可为。被教导者犯了什么过失，教导他的婆罗门也就犯了同样的过失。（67）所以，一个有知识的人如果意欲教人正法，则必须事先反复思考，不然所施的教导正确错误参半，就会给他带来祸害。（68）如果是应人之请而施以教诲，也要事先将正反各面考虑周全，以期通过施教为自己赢取功德。（69）如上我讲了有关施行教导的种种问题。因为教导他人而自陷苦恼的事时有发生，所以无论何时何地，还是以不做此事为好。（70）

以上是吉祥的《摩诃婆罗多》中《教诫篇》第十章(10)。

— —

坚战说：
婆罗多族雄牛啊，亲爱的人，吉祥天女经常光顾的是什么样的男人和女人呢？祖父啊，请你把这方面的事告诉我。（1）

毗湿摩说：
那么就将我所看到的和听到的讲给你吧。艳光公主也曾当着提婆吉之子①的面提出过这个问题。（2）一天，艳光公主看到了吉祥天女。吉祥天女的脸庞美如莲花，放着火焰般的光彩。看到她，那徽旗上带有摩竭罗形象者②的母亲出于好奇，便面带微笑，眼中透着愉快的神

---

① 提婆吉是黑天的母亲。传说黑天是毗湿奴神的化身，所以这里的黑天实际也指下文的毗湿奴。
② 指始光。他是黑天和艳光公主的儿子。

色，走到那罗延的近旁①，问道：(3)"众生中有哪些是你经常访问的对象？有哪些又是你不常和他们在一起的？你对于三界之主和无数众生都是爱而亲近的。伟大的天仙之女②啊，请你把上面我问的事如实地告诉我吧！"(4) 吉祥天女正在徽旗上有金翅鸟形象者③的身旁。她面如圆月，光彩照人，经艳光公主如此询问，遂轻吐言词，其声甜美如蜜，销人心魄：(5)"我经常与之在一起的，是那些讲求真理、温和亲切、大胆勇敢、积极努力、精勤做业的人。我不去接近的是那些懒于做业的人，还有那些出言不实、种姓混杂、忘恩负义、朝三暮四、偷盗成性和怨恨师长的人；(6) 公主啊，还有那些缺乏精力、力量、勇气和精神，那些喜怒无常的人，那些内心愿望沉睡不醒，以及诸如此类的人。(7) 公主啊，我不愿和他们在一起的，还有从不为自己追求任何东西的人，内在自我已经虚弱不堪的人，以及小有所得即心满意足的人。(8) 我乐于与之常在一起的，还有那些遵行正法的人，通晓正法的人，敬事长辈的人，善于自制的人，深明事理的人——总之，那种心灵伟大的人。(9) 至于女性，我喜欢与之常在一起的，有惯能忍耐的人，善于自制的人，虔诚敬神并且尊重婆罗门的人，说话实在的人，满足于自身状况的人。(10) 我要弃之而去的女性，是家中什物散乱而置若罔闻的人，总是对自己的丈夫反唇相讥的人，东邻西舍常串的人，缺乏羞耻心的人，以及其他类似的人。(11) 我要弃之而去的女性，还有那种六神无主的人，不懂清洁的人，好舔嘴角的人，缺乏恒心的人，好拌嘴的人，总是困倦思睡的人，喜好躺卧的人，以及其他类似的人。(12) 我乐于与之常在一起的女性，还有诚实可信的人，外表好看的人，容貌动人的人，有德行的人，惟夫命是从的人，注重道德的人以及注意修饰的人。(13) 我希望经常看到的，有车乘、姑娘、装饰品、祭祀仪式、撒播时雨的云、盛开的莲花和秋季夜空的繁星，(14) 小山、牛圈、树林、湖泊、白日盛开着蓝莲花的池塘、回响着天鹅的低鸣和麻鹬动人啼哔的河流。(15) 我

---

① 那罗延为毗湿奴的名号之一。吉祥天女为毗湿奴之妻。所以这里"走到那罗延近旁"也就是走到吉祥天女面前。
② 传说吉祥天女是仙人婆利古的女儿。
③ 指毗湿奴。他的坐骑是金翅鸟。

希望常能看到的,还有宽阔的山坡、美丽的池塘、修炼苦行或成就圆满的再生者、一望无际的水域、被前来洗浴的狮子和大象搅浑的河水、高兴的大象、健壮的牛群,人中之王啊,以及狮子宝座和善良的人。(16)我还会常住在这样一些房舍里,那里的主人常向火中投献祭品,或敬重母牛、婆罗门和神明。我总是前去住在这样的房舍里,那里的主人能够在一定的节令向神明献花。(17)我愿意与之常在一起的,还有那些不断学习吠陀经典的婆罗门,那些热心正法的刹帝利,那些勤于耕作的吠舍,以及那种忠心服侍高等种姓的首陀罗。(18)不过,我全部存在的具形之身仍旧是一心同那罗延在一起的,在他的身上集中体现了正法、婆罗门虔敬之心和使人产生眷慕情怀的特质。(19)公主啊,尽管我没有能够以我的具形之身同上面提到的那些常在一起,我的精神却是与之同在的。所有能够与我同在的人,全都获得了正法的滋养,获得了名声、财富和其他所欲之物。"(20)

以上是吉祥的《摩诃婆罗多》中《教诫篇》第十一章(11)。

一二

坚战说:

在女人和男人结合时,哪一方面获得的快乐更大些呢?国王啊,你能把实际情况告诉我,以解除我的困惑吗?(1)

毗湿摩说:

我知道,古代的传说中曾经提到过这样的事。当时在天帝释和朋迦湿瓦那之间就此有过一场争论。(2)古时候有一位国王,名叫朋迦湿瓦那。他凡事恪守正法,曾以王仙知名。但是,这位国王没有子嗣。人中之虎啊,于是为了求子,他举行了一次祭祀。(3)这位孔武有力的国王要举行的祭祀名叫颂火神祭,是一种因陀罗神不喜欢的仪式。然而这确实是巴望得子的人们通常要行的祭祀。(4)无与伦比的众神之主因陀罗发现朋迦湿瓦那举行了颂火神祭,便设法在这位颇具自制能力的王仙身上找空子。(5)国王啊,此后一天,朋迦湿瓦那外出狩猎。天帝释自忖:"机会到了!"遂用神力使这位王仙变得头脑昏乱。(6)被因陀罗弄得昏头昏脑的国王独自骑着一匹马四处乱转。这时他饥渴难耐,但是已无法找到方向了。(7)这勇敢的国王受着饥渴的煎熬,虽已十分疲乏,却还在奔来跑去。忽然,他看到一片美丽的大湖,荡漾着清澈的湖水。他马上跳进湖水,开始饮他的马。(8)马匹饮足之后,这位最优秀的国王把它拴在一棵树上,自己又跳入水中,洗浴起来。不料,一洗之下,他发现自己变成了女子。(9)看着自己的女儿身,国王忽觉异常羞赧。他的身心同时感到不安,深深地陷入沉思:(10)"我还怎样骑马呢?我还怎样回到城里去呢?由于举行了求子的颂火神祭,我得到了一百个儿子——我自己的亲生儿子!(11)这些儿子个个生得精壮无比。那么我又怎样对他们讲呢?怎样对我的妻子们和我的亲戚们说呢?怎样对城乡居民说呢?(12)精通正法真理而又世事洞明练达的仙人们说过,温顺、纤弱、胆小易惊本是女人的特点,而奋斗、粗鲁、英雄气概则是男人的特点。(13)现在,我的男子气概消失净尽,而脂粉味道却无端而至,究竟是为了什么?带着这身女人气,我如何还能再骑上马去?"(14)国王啊,尽管已经变为女身,这位百姓之主还是费力地爬上马去,走回城里。(15)他的儿子、妻子、仆人和城乡居民见到他的样子,都十分惊诧,纷纷议论:"这是怎么回事?"(16)这位已经变作女人的王仙,这一向辩才无碍的人对聚拢来的人说道:"我曾经带着大批的军队出城打猎。不料命运作怪,使我头脑发晕,迷失了方向。我转来转去,进入了一片可怕的森林。(17)在那令人恐怖的大森林里,我饥渴难耐,意识也渐渐失去。这时我发现一个美丽的大湖,湖水清澈,各种各样的鸟儿在上面盘旋。(18)我毫不犹豫就投身湖中洗浴,显然又是命运作祟,让我变成了女人身!"说着,他流露出对于儿子、妻子和自己财富的难以割舍的感情。(19)这位如今已经变作女人的大王对他的儿子们说道:"孩子们,愉快地享受这个王国吧!我自己要到森林里去了。"于是,他给自己的一百个儿子举行了灌顶礼后,出发去了森林。(20)

亲爱的人啊,在森林里的一处隐修地,一个苦行者接待了这位女子。在这个隐修林里,她为苦行者生了一百个儿子。(21)她把这一百个儿子带到王国中原来的儿子面前,对他们说:"你们是我身为男人时生的儿子，而这些是我身为女人时生的儿子。（22）孩子们啊！现在你们要在一起，像亲兄弟一样共同享受这个王国。"听了父亲的话，二百个兄弟表示遵命。（23）众神之主因陀罗发现国王的儿子们像亲兄弟一般享受着这个国家，大为气恼，心想："我的计谋不但没有伤到这个王仙，反倒给他带来了好处！"（24）于是，这位号称"百祭"的神王扮作婆罗门模样，来到王城。为了在国王的儿子之间制造不和，他当着他们的面说道：（25）"做兄弟的哪能总把兄弟情谊保持到底，即使是一父所生也做不到。迦叶波的儿子，那些天神和阿修罗们，就曾为了争夺王权而彼此打得不可开交。（26）你们是朋迦湿瓦那的孩子，而那些人不过是一个苦行者的儿子。说到天神和阿修罗，他们毕竟还是属于同一个父亲迦叶波吧。如今，你们袭自父祖的王国，却要由那些苦行者的儿子来分享了！"（27）因陀罗的分裂计谋果然得逞，那些儿子们很快陷入了内斗。女苦行者听到此事以后，感到非常忧伤，于是失声痛哭起来。（28）这时，因陀罗装成婆罗门的样子，来到她的面前，问道："面容姣好的妇人啊，是什么痛苦的事使你这样悲伤，痛哭流涕呀？"（29）看到眼前的婆罗门，这个女人用悲哀的声音说道："婆罗门啊，时间杀死了我的二百个儿子。①（30）婆罗门啊，我以前曾经是一个国王，有一百个儿子。最优秀的再生者啊，他们个个生得眉清目秀而又勇武剽悍。（31）有一次我外出狩猎，不意进入了一片茂密的森林，在里面转来转去，失去了方向。我跳进一个湖中洗澡，最优秀的婆罗门啊，却就此变成了女人身。我只好回城将王国委与众子，自己来到这个树林里。（32）后来，我为一个伟大的苦行者生了一百个儿子。婆罗门啊，他们全生在这个净修林里。长成后我把他们带回到京城。（33）再生者啊，在时间的作用之下，他们彼此敌视，厮斗起来。婆罗门中的魁首啊，我这个被命运折磨的人就是为了这个而悲伤。"（34）因陀罗看着这个痛苦不堪的人，用生硬的语言说道："美丽的妇人啊，过去你曾给我带来难以忍受的痛苦，（35）愚蠢的人啊，因为你对我不敬，举行了使因陀罗不快的祭祀。智慧短浅的人啊，我就是因陀罗。你既然对我表现出敌意，我对

---

① 参见本篇第1章。

你也是一样。"（36）发现眼前就是因陀罗，这位王仙马上匍匐在他的双脚之间，头面礼足，请求道："请发善心吧，最伟大的神！我举行祭祀不过是为了求子。神中之虎啊，请你原谅我。"（37）见到她匍匐在自己的面前，因陀罗高兴了，决定给她一份恩惠："你希望我使你的哪些儿子复活呢，有福的国王啊——是作为女人生的呢，还是你作为男人生的呢？"（38）这位女苦行者双手合十，虔敬地回答天帝释道："婆薮之主啊，就让那些我作为女人生出的儿子复活吧！"（39）这个回答使因陀罗神吃了一惊，便再一次问她："为什么你不喜欢自己作为男人生出的儿子呢？（40）为什么你对于作为女人生出的孩子更有感情？我想听听其中原因。你能不能把它讲给我呢？"（41）

女人说：

女人往往怀有较强的感情，而男人则不然。因此，天帝释啊，请你让那些我作为女人生出的儿子复活吧！（42）

毗湿摩说：

听到这话以后，因陀罗高兴起来，对女苦行者说道："既然如此，那么，说实话的女子啊，就让你全部儿子都复活吧。（43）王中魁首啊，再给你一个恩惠吧。高尚之人啊，你希望要什么呢？做男人，或者做女人，哪一个是你最乐意的呢？"（44）

女人说：

婆薮之主啊，天帝释，如果你高兴的话，我愿选择女人身。（45）

毗湿摩说：

听到此话，因陀罗神再一次问这个女人："有力的国王啊，为什么你要放弃男人的性别，而偏偏喜好女人的性别呢？"（46）见到因陀罗这么问，这位已经变作女身的国王回答说："女人在同男人结合的时候，总是获得更大快乐的一方。天帝释啊，这就是我为什么要保留女人性别的缘由。（47）最优秀的神啊，我说的确属实情。处此女人之身，我获得了更大的快乐。赖此女人之身，我获得了很大的满足。天王啊，你可以走了。"（48）"就这样吧！"对女身国王说过这话之后，因陀罗便起身告辞，回天国去了。因此，伟大的国王啊，对于你所问的问题，答案是女人得到的快乐更大。（49）

以上是吉祥的《摩诃婆罗多》中《教诫篇》第十二章(12)。

一三

坚战说：

在日常生活中，一个人应该怎样做，才能给自己带来福利？人的生活究竟应该是个什么样子？这方面有什么行为准则可依吗？（1）

毗湿摩说：

有些业人应当避免去做，它们在身体方面有三种，在言语方面有四种，在意念方面也有三种，算来总共十种。（2）损害其他生物的生命、偷窃他人财物和同他人的妻子有染，这三种是由身体所犯的罪，应当统统避免。（3）不正当的闲扯、粗暴的语言、诽谤和欺骗，王中魁首啊，这四种是由言语所犯的罪过，既不应当让它们说出口，也不应当让它们进入头脑。（4）不觊觎他人的财物、同情热爱一切众生、深信做业必有果报，这三种是可行的意念行为。（5）因此，人不应通过身、口、意去做任何恶事。谁做了好事，谁做了恶事，他们都会各食果报。（6）

以上是吉祥的《摩诃婆罗多》中《教诫篇》第十三章(13)。

一四

坚战说：

祖父啊，你曾经听说过为伊沙①和商部②所上的种种名号。有力者啊，请把那些表示大福的名号全部告诉我吧。（1）

毗湿摩说：

大神毗湿奴啊，众神和众阿修罗之主！湿婆神具有宇宙形象，请你说一说同他有关的情况吧，那是坚战提出来，希望我回答的问题。（2）古时候，仙人当棣曾经称颂过这位大神的一千个名号。当棣

---

① 伊沙意为主，是湿婆的名号之一。
② 商部意为福德，也是湿婆的名号之一。

是由梵天所生,并且在梵天世界里当着大神梵天的面说出这些名号的。(3)请你将这些名号诵出,让这里以岛生①为首的众仙人听一听。他们都是以苦行为财富的人②,是谨守戒条,善于自制的人。(4)有力者啊,请你把他的名号讲出来吧。他性多喜乐,具有无上福祉,是亘古不变者、宇宙创造者,是祭司、保卫者,是火焰,又称髡首者或盘发者。(5)

婆薮提婆之子说:

伊沙的业绩和成就是不可能获得真正理解的。(6)无论是以金卵③为首的诸神,还是包括因陀罗在内的各位神明;无论是众大仙人,还是其他眼光敏锐,善察一切者,都无法见其首尾。那么,以常人的识见,想去理解伊沙的成就,怎么可能呢?(7)不过,可敬的人啊,为了戒行之主④,我还是要将这位世尊,这位杀阿修罗者的若干特征,原原本本,说给你们。(8)

护民子说:

说过这番话后,婆薮提婆之子首先入水沐浴。待自身洁净之后,他就开始讲述那智慧不凡,灵魂伟大之神的种种特征。(9)

婆薮提婆之子说:

众婆罗门首领,还有你,坚战,亲爱的人;以及你,阿波迦的后代⑤,请你们安静下来,听我讲说那世界之主⑥的名号。(10)过去,我曾经见到这位大神,那是由于商波的原因。⑦见到他很不容易。可尊敬的人啊,我是达到三昧境界以后才看到他的。(11)商波罗⑧被智

---

① "岛生"是毗耶婆的一个名号。

② 即苦行功深的人。

③ 金卵指创造之神梵天。按照古代印度教传说,最高本体梵为了创世,先造出水,然后把自己的种子投入其中。种子变成太阳般灿烂的金卵,梵天即在金卵中诞生。

④ 湿婆的名号之一。

⑤ 这是毗湿摩的一个名号。阿波迦为一圣河名。据说在该河岸布施婆罗门,其功德可与布施千万婆罗门相比。

⑥ 毗湿奴、湿婆、梵天和火神等都可以称作"世界之主"。这里指湿婆。

⑦ 商波是黑天(这里的"婆薮提婆之子")的儿子。为了得到这个儿子,他到喜马拉雅山坡修炼于严厉的苦行,以取悦于大神湿婆。后者后来将儿子作为恩惠给了他。下文说的即是此事。

⑧ 商波罗为一阿修罗。摩陀那死后,其妻为商波罗所据。摩陀那再生为黑天和艳光之子始光。商波罗在始光生下六天后将他劫去,抛入大海。始光变鱼逃生,长大后杀死商波罗,复娶原妻。

慧不凡的始光①杀死以后十二年，瞻波瓦蒂前来找我。（12）原来，瞻波瓦蒂看到波罗底优那和遮卢代始那等艳光公主的儿子以后，自己也想有个儿子。② 坚战啊，于是她便来到我的面前，对我说了如下的话：（13）"啊，永生不灭者，请你给我一个儿子，他要雄武有力，天下无敌，容貌伟岸，纯洁无瑕，像你一样。请马上给我一个儿子，再不要耽搁。（14）三界之内，没有你得不到的东西。雅度族的后代啊，你还可以创造另外一个世界，只要你乐意。（15）十二年饮风为生，身体干枯，你取悦于兽主③，让艳光公主生了不少儿子：（16）遮卢代始那、苏遮卢、遮卢韦沙、耶首陀罗、遮卢湿罗瓦兄弟、遮卢耶沙兄弟、波罗底优那和商部。（17）请你像当初给了艳光公主那么多漂亮而又勇健的儿子一样，也给我一个武力出众的儿子。"（18）听过公主的这番话后，我对这位纤腰的美人说："公主啊，我一定按照你的话去做。不过，请允许我离开一段时间。"她回答道："去吧，到常胜的湿婆那里去吧。（19）梵天、湿婆、迦叶波、河流、满足心愿之神、田地、药草、传达祭祀意义的圣诗、众位仙人和大地，（20）大海、奶牛、北斗星、私头婆④、祖先、行星、诸神之妻、天女和神母，（21）摩奴期、牛群、月神、太阳、诃利、莎维德丽、关于梵的知识、季节、年份和夜晚，（22）刹那、穆呼罗陀⑤、罗婆⑥、瞬间和由迦⑦的循环往复——他们都将保护你，给你带来幸福，无论你去到什么地方。雅度族的后人啊，愿你一路平安。无瑕者啊，愿你无处不小心谨慎。"（23）经她如此祝福以后，我便向这猴王的女儿道别。我还

---

① 艳光公主的儿子，即下文的波罗底优那。
② 黑天为争著名的婆耶曼陀迦宝石，曾与猴王（一说熊王。梵文原字有二义）瞻波瓦陀大战二十一天。后瞻波瓦陀失败，只得以宝石为嫁妆，将女儿瞻波瓦蒂许与黑天。婚后瞻波瓦蒂多年未育。
③ 兽主为湿婆名号之一。
④ 圣诗中所用的叹词。
⑤ 印度古代计时单位，为一天的 1/30，即 48 分钟。
⑥ 印度古代计时单位，有 1 穆呼罗陀的 1/4000 或 1/5400 等说。
⑦ 印度教所描绘的宇宙图景中的计时单位，又译作"时"，计有圆满时、三分时、二分时和争斗时四种，各合 1728000 年、1296000 年、864000 年和 432000 年。四个由迦（时）连续出现。争斗时毁灭后复有圆满时诞生。如此循环往复，至于无穷。作为古代印度天文学的计时单位，在《吠陀支天文篇》中，1 由迦等于 5 年。在后来彝日的《苏利耶历数书》中，1 由迦等于 180000 年。

到世上最好的人,我的父亲那里去,到母亲和国王阿护迦①的跟前去。(24)我告诉了他们持明王的女儿怀着强烈愿望对我所说的话,并带着依依不舍之情向他们告别。然后,我又去了伽陀②和武力非凡的罗摩③那里。(25)见到这些至亲好友,并请他们许我离开以后,我想起了金翅鸟。它带着我飞向大雪山。到达以后,我便将它放了回去。(26)

在那里,在无与伦比的大雪山,我看到了种种奇妙的景色。那里有对于苦行者来说最理想的净修所。(27)这地方属于伟大人物优波曼纽,他是韦耶珂罗钵陀耶的后代。这块诸神和健达缚交口称赞的地方,到处笼罩着虔诚的宗教气氛。(28)这里生长着陀沃④、迦久薄⑤、迦沌波⑥、可可树、究罗拔伽⑦、盖陀伽⑧、蒲桃、波吒罗⑨、榕树、伐楼那迦⑩、瓦茨那薄⑪、苹罗婆⑫、松树、猴栖树、波离耶罗⑬、娑罗树、陀罗树⑭、(29)还有枣树、衮陀⑮、布那揭⑯、无忧树、芒果树,以及肉托果、摩图迦⑰、瞻部伽⑱、面包果树等等。(30)各种各样的树上,长满了形态各异的花朵和果实。到处是花丛、灌木和攀缘的藤条,大串的香蕉装点在树间。(31)树上挂着的果实,为大大小小的鸟儿提供了丰富的食物。祭火所余的灰烬按规矩堆放在一定的地方,

---

① 阿护迦为大仙人阿多利之孙。
② 黑天的同父异母弟。
③ 有三个罗摩。这里指的是黑天之兄大力罗摩。
④ 一种树木,种属不详。
⑤ 一种榄仁树属植物。
⑥ 一种长有橘黄色花的树木。
⑦ 一种苋属植物。
⑧ 一种露兜树属植物。
⑨ 一种紫葳属植物,开玫瑰色喇叭花。
⑩ 植物种属不详。
⑪ 植物种属不详。
⑫ 一种孟加拉苹果属植物。
⑬ 植物种属不详。
⑭ 一种扇形棕榈。
⑮ 素馨的一种。
⑯ 植物种属不详。
⑰ 一种雾冰草属植物。
⑱ 一种含笑属植物。

更为树林增添了另一种美。(32)羚羊、大象、老虎、狮子和豹子生活在一起。鹿和孔雀各处走动。蛇和山猫到处可见。大象成群结队地走,水牛和猴子也经常到这里来。(33)大象的太阳穴上粘着五颜六色的花瓣和花粉。微风传送着天女的歌声,让人心旷神怡。(34)溪流的潺潺声、鸟儿清脆的鸣叫声、大象的吼声、紧那罗①轻柔的歌声、修道者琅琅的诵经声,英雄啊,所有这些声音混成了一片。(35)很难想象还会有什么地方会比这里更美丽。净修处布满大小湖泊,还有宽阔的房舍,用来保护圣火。到处都铺着拘舍圣草。(36)国王啊,日夜流过这里的还有圣洁而吉祥的河水,她是阇诃奴的女儿②。住在这儿的都是人格伟大,奉守正法,在大仙人中出类拔萃的人物,而其精神力量的强烈,亦堪与熊熊火焰相比。(37)卜居在此的苦行者中,有的只以空气为食,有的仅仅以水为生,有的发愿永远不断地默诵经文,有的为净化自身而采用特殊的沐浴方式,有的无休止地坐禅,有的以食烟为生,有的以火为生,有的以奶为生。如此这般非同凡响的婆罗门,这里那里,到处皆是。(38)另外,有的仿效牛的方式生活③,有的以石头为取制食物的惟一用具,有的以牙齿代臼钵,有的单以取食光线为生,有的只吃泡沫,有的模仿鹿的方式来生活④。(39)这些苦行者生活在一起,各自采用不同的禁欲方式,都是十分折磨人的。我走近前去,准备进入,一面张大眼睛,四面观看。(40)这是一个受到众神和众位伟大人物崇拜的去处。婆罗多后裔啊,湿婆和其他大神,以及道德行为高尚的人也崇拜它。国王啊,那净修处放射着光彩,看上去就像日间太阳的光轮一样。(41)蛇和猫鼬一起玩耍,鹿和老虎共同游戏,就像朋友一般。这是因为苦行者光芒闪耀,他们的伟力把这些动物吸引到了一块儿。(42)众生生活在这个举世无双的净修林内,无不心情愉快。这里,第一流的再生者们个个精通吠陀和

---

① 紧那罗,古代佛典亦译"人非人"、"疑神"、"歌神",是一种人身马首的天上精灵,善于奏乐歌舞。
② 即恒河。阇诃奴为远古印度补卢族的国王,曾将国事付与王子,自己到林中隐修。一次,恒河泛滥,淹没了他的净修地。盛怒之下,他把恒河一饮而尽。后应跋吉罗陀王的要求,他又将河水从耳朵放出,并收养她为女儿。恒河因此而得"阇诃奴之女"的称号。
③ 即无论吃food还是饮水,都不用手。
④ 即从不有意去寻找食物,而是看到什么吃什么,并且不用双手。

吠陀支①。(43)进去以后,在众多以善操各种艰难苦行而著名的仙人圣者中间,我看到了一位道行出众的净修者,头上盘着辫子,身着树皮衣裳。(44)由于饱满的精神和苦行的结果,他的周身像火焰一般放着光芒。这位婆罗门中的佼佼者就是优波曼纽。他由自己的学生环侍着,神态安然,看上去十分年轻。我向他俯首敬礼。他对我说:(45)"欢迎你来到这里,长着莲花眼的人!今天你来了,我看到我们的苦行是有结果的。你是值得尊敬的人,而你却来向我们致敬!你是值得去看的人,而你却愿意来看我们!"(46)我双手合十,向他施礼,并且一一询问了林中鸟兽、祭火、正法和他的学生的情况。(47)

寒暄过后,这位可敬的长者以十分优雅而又异常甜美的声音对我说了如下的话:"黑天啊,你一定能够得到一个传宗接代的人,没有疑问。他会长得像你一样。(48)阿陀叉迦②,你要全力以赴,修习十分严厉的苦行,并且取得众生之主伊舍那③的欢心。此时,这位大神正在这里同他的妻子们一起游玩。(49)遮那陀那(黑天)啊,过去,正是在这里,诸神以及诸位仙人倚仗他们的苦行、梵行、对真理的追求和对本身的自制,获得了无上之神的欢心,高高兴兴,达到了他们期望的目的。(50)这位不可思议的大神是精力和苦行的体现。杀敌者啊,你有求于他,而他也正同他的妻子住在这儿,吐纳着世上善善恶恶的存在之物。(51)名叫金座的阿修罗是檀奴的后代。他力大无比,可以撼动弥卢山。他曾从沙尔婆(湿婆)那里获得只有诸位大神才有的伟力,并享有它达上千万年。(52)他的长子以曼陀罗这个名字广为人知。这个儿子从大神(湿婆)那里获得恩惠,竟能同天帝释争雄达百万年。(53)这是古昔的事啦,美发者(黑天)啊。毗湿奴的轮宝和'摧毁者'(因陀罗)的金刚杵尽管厉害,击在这'行星'④的身上,却成了段段碎片。(54)'行星'震动了聪明而又强有力的众神。他们杀败了获得过湿婆恩惠的阿修罗首领们。(55)另一个使沙

---

① 参见第2章第17颂注。
② 大神毗湿奴的称号。
③ 原意为"统治者",这里指湿婆大神。
④ 指曼陀罗。行星原意为"执"、"抓"。传说它们会利用魔力将人抓住。九大行星(不是现代天文学中的九大行星)中的罗睺和计都吞吃日、月,则是造成日食、月食的原因。这里称曼陀罗为行星,含有贬意。

尔婆高兴，从而获得了恩惠的是毗陀优波罗婆。沙尔婆让他做三界之主。结果，他保持这个地位达十万年。沙尔婆还对他说：'你可以长期随侍在我的左右。'（56）此外，这位大神又给了他一千万个儿子。作为万物永恒之主，他还把拘舍岛施给毗陀优波罗婆，作他自己的王国。（57）还有一个名叫百面的大阿修罗，他是梵天的创造物。他在长达一百年的时间里，坚持用自己的身肉当作祭品投入火中。商迦罗（湿婆）对此十分赏识，便问他：'我可以给你做什么呢？'（58）百面回答道：'请让我具备超自然的瑜伽力吧。最伟大的神啊，请给我永不衰退的力量。'（59）远古之时，强大的自有（梵天）为求子嗣，曾经凭瑜伽力而入定三百年。（60）后来，大神湿婆给了他一千个具有无穷伟力的儿子。黑天啊，现在你应该知道这位众神称颂的瑜伽之王是如何行事的了。（61）另又据说，古时候摩珂梵①慢待了众矮仙人。这些矮仙非常愤怒，通过苦行取得了德高望重楼陀罗神（湿婆）的欢心。（62）高兴之余，这位最高之神和宇宙之主便对众矮仙说：'你们可以通过苦行创造出一只金色的鸟儿，它将夺走因陀罗的苏摩汁。'（63）也是在过去的时候，盛怒之下，大神使世上的水全都消失了。诸神只好举行一种称作七食钵的祭祀，取悦大神，得到他的恩惠后，方得从别处为大地寻到水源。（64）阿多利的妻子是一个通晓吠陀经典的人，她抛弃了自己的丈夫。她说：'我无论如何再也不受这位牟尼的管束了！'说过这话以后，她就去寻求大神的保护。（65）由于害怕自己的丈夫阿多利，她绝食了三百年。为了使跋婆（湿婆）高兴，三百年来她一直睡在木棍上。（66）大神终于高兴了，笑着对她说：'你将会有一个名字袭自你的家系的儿子。他将能赢得他希望得到的名声。'（67）美发者啊，还有一位名叫奢揭罗耶的，是个正派人。他为了崇拜跋婆，实行了九百年的心祭。（68）世尊跋婆因此十分高兴，便对他说：'你将会成为著作家。孩子，你的美名将在三界之内长久传播。你的家族也会永远繁衍下去，并有众多的大仙人为它增光。'（69）另一个例子是萨瓦罗尼。他是一位生长在圆满时②的著名

---

① 意为慷慨之神，指因陀罗。
② 四时之说可见第23颂注。四时之中，以圆满时为最善。此时的人生而有德，社会生活融洽和乐。

48

仙人，已经在这里修炼了六千年苦行。（70）世尊楼陀罗现身在他的面前，对他说：'无瑕者啊，我对你很满意。你将成为一个举世闻名的著作家，并且长生不老。'（71）

"摩陀瓦（黑天）啊，我过去曾经亲眼见到过神中之神，那威力无穷的兽主（湿婆）。亲爱的人啊，请听我讲。（72）请听我详细地告诉你吧。我是通过对于自我身心的严格控制才得以见到那位大神的。他精力无限，备受尊崇。（73）无瑕者啊，我将把一切毫无保留地讲给你听，告诉你我是如何从神中之神、大自在天那里得到我的所需之物的。（74）亲爱的人，在远古时代，在圆满时，有一位名声显赫的仙人，名叫虎足。他以对吠陀和吠陀支融会贯通而著称于世。我是他的儿子。烟氏晚出于我，是我的弟弟。（75）有一次，我和烟氏一路玩耍，来到一处净修林。这里尽是灵魂清净的牟尼。（76）在那里，我看见一只母牛正在挤奶。那流出的奶汁，尝起来就像是甘露。（77）摩陀瓦啊，在家里，母亲却总是把饼子放进水中搅开，当作饮料拿过来，对我们说：'你们俩的牛奶。'（78）可是，亲爱的人啊，一旦有机会真正吃过从母牛身上挤出的奶，这带着饼子味道的东西就变得索然寡味了。（79）回到家里，由于稚气未脱，我就对母亲说：'给我些加牛奶的东西吃吧！'（80）听到这话，母亲一下子变得忧虑而悲伤，怀着母子的亲情把我搂在怀里。摩陀瓦啊，她吻着我的头，对我说道：（81）'孩子，为什么灵魂清净的牟尼要喝牛奶呢？这些人长期住在森林里，平常靠球茎、块根、野果这样的东西充饥就行了。（82）孩子啊，不去取悦于那畸形眼者①，那普施恩惠，永不毁灭的斯塔奴②，一个人怎么能得到牛奶、美服和其他世上的享乐呢？（83）因此，孩子啊，应当永远将全副身心托庇于商迦罗。儿子啊，通过归心于他，你的愿望就能实现。'（84）经过母亲这番教诲，杀敌者啊，我便把自己的全部忠心献给了大神，以他为我的最终志向，绝不旁骛。（85）此后，怀着使神圣的商迦罗满意的愿望，我狠修苦行，一千年间，坚持只用脚的大拇指尖着地。（86）头一百年，我以果子为生。第二个百年，我吃落叶。第三个百年，我只喝水。此后的七百年，我便仅靠空

---

① 畸形眼者为湿婆名号。湿婆有三只眼睛。
② 湿婆的称号之一。斯塔奴意为稳定不动，这里指他在修炼苦行时身体如树干般毫不动摇。

气维持生活。（87）见我如此，大神，这威力无比的普世之主，感到心中满意。他将自己扮成天帝释的样子，以此办法来试验我，看他是不是我从所有神明里选出来的惟一崇拜对象。他身生千眼，手持金刚杵，看上去光彩照人。（88）身下的巨象长着四根长牙。它浑身雪白，双眼红睁，鼻子卷起，双耳上挺，愤怒狂躁，令人生畏。（89）端坐在象背之上，浑身透出无限的精力，可敬的大神闪发着光芒。他戴着美丽的冠冕和臂镯，来到我在的地方。（90）在他的头顶上方，是一顶白色的华盖。环侍周围的，是众多天女。来自天上的健达缚们则在诵唱赞歌。（91）这位天神之王对我说道：'最优秀的再生者啊，你使我感到满意。我可以给你一种恩惠。把你心中的需要提出来吧！'（92）听到天帝释这样说，我的心中并无高兴的感觉。于是，黑天啊，我只好用以下的话来回答神中之王：（93）'我不想从你这里得到恩惠，也不想从其他神明那里得到。敬爱的天神啊，我只想从大神湿婆那里获得恩惠。我说的确是实情。（94）只要兽主说一句话，我就情愿变成任何东西，无论是一条蛆虫，还是一棵长满枝条的大树。而如果不是来自兽主的恩惠，即使是统治三界的大权，我也不希罕。（95）在商迦罗的命令之下，我情愿变作虫豸，变作鸟。但是，天帝释啊，我无论如何还是不愿意从你手中得到施舍，哪怕给我的是整个三界。（96）只要那众人崇仰的伊沙，那额头有新月，头发盘结在顶上的兽主对我仍不满意，我就情愿上百回地忍受那凡有肉体者必会遭受的痛苦打击，诸如老、死、生等。（97）楼陀罗神光似烈火，灿烂如日月。他是第一的，无限的，独一无二而又脱离生死的三界核心。人既生于普天之下，不取悦于他而获得恒久的安宁，怎么可能呢？'"（98）

天帝释说：

你不向别的神明寻求恩惠，其中自有原因。那么，你只信伊沙，说到底，原因中的原因究竟是什么呢？（99）

优波曼纽说：

"有什么必要还找其他原因呢？伊沙本身就是原因中的原因。我从来没有听说过另外还有谁的象征物[①]曾经像他的那样，受到诸神的

[①] 指林伽，即代表湿婆的男根形象。形式可以是独石柱，泥塑锥形物或具有类似形状的自然物，如圆柱石、小山等。

崇拜。（100）除了大自在天，另外有谁的象征物曾经受到过，而至今还在受到全体神明的崇拜吗？倘若听到过，请你告诉我。（101）一个神明，假如他的象征物一直受到梵天、毗湿奴、你，以及其他众神的崇拜，那么他就一定是最伟大的。（102）拘湿迦之子（因陀罗）啊，我就是想对大神乞求恩惠，或者死亡。天帝释啊，诛灭波罗者，请离开吧；或者留下——请你自便。（103）我的愿望只是从大自在天那里获得恩惠，或者，哪怕是诅咒也行。我并不想从别的神明那里求取任何恩德，哪怕这些恩德正是我想得到的。"（104）

对众神之主说过上面这番话后，我陷入痛苦，感到浑身不适。一个想法使我烦恼："我为什么没有凭着我的行为获得楼陀罗的青睐呢？"不料，一刹那间，我发现眼前因陀罗的大象变成了公牛①。（105）它的颜色像天鹅般雪白，又像茉莉花或者明月，莲花或者乳海。（106）它体躯巨大，长着黑色的尾巴。眼睛黄褐，像似蜂蜜。周身装饰着纯金的绳链。（107）它的眼睛很美，鼻子很大、肩部宽厚，耳朵、髋部、肋间和胁部也长得很好看，形体煞是漂亮，动人怜爱之心。（108）隆起的峰肉既厚又宽，几乎占据了整个肩背，看上去像似积雪覆盖的山峰，又如天空白云的尖顶。（109）端坐在公牛背上的是令人崇仰的神中之神，还有他的妻子女神乌玛。大神如望日的圆月，散射着光芒。（110）由他充沛的精气燃起的火焰，有如云中不时激发的闪电，又似一千个太阳同时升起，高悬在晴空之上。（111）这神主的能量如此巨大，大到可比无边的劫火，准备在由迦之末，烧毁一切众生。（112）他的能量一时遍塞苍穹，绚烂夺目，使人难以睁眼观看。我的内心一阵慌乱，暗想：这是怎么回事？（113）

不过，光芒万丈，充满十方的时间不长。转瞬之间，通过神中之神的幻力，一切又复归于原状。（114）这时，我才真正看到世所景仰的大自在天斯塔奴。他端坐在公牛之上，辉煌明亮，犹如无烟之火，使人眼目一清。陪伴这无上之主的是他四肢柔美，妍丽可爱的妻子雪山神女。（115）这伟大的灵魂又名青颈。他是精气的化身，不依附于任何外物而存在。斯塔奴长着十八条手臂，浑身上下，遍着华美的装

---

① 公牛是湿婆的坐骑。这里意味着因陀罗变成了湿婆。

饰。(116)他穿着白色的衣服，套着白色的花环，涂着白色的油膏，插着白色的旗帜，戴着白色的圣线。(117)簇拥着他的是一班天界的随从，他们同他本人一样，个个勇武。随从们载歌载舞，欢喜雀跃。(118)白色的钩镰形冠冕戴在他的头上，犹如秋夜天空明朗的新月。额间的三颗眼睛，犹如三个太阳同时当空，金光逼人。(119)大神的身体闪耀着纯白的光。身上满镶宝石的花环，由纯金的莲花编织而成，光彩夺目，非常漂亮。(120)大神身携的利箭，是他全部能量的体现。乔宾陀啊，我看到了跋婆的无限能量！(121)这伟大神明的弓状如彩虹，放射着千道光芒。它以毕那迦这个名字著称于世，看上去像一条大力蟒蛇。(122)蟒蛇强健有力，长着七个头和尖利无比、布满毒汁的牙齿。它的颈部宽厚雄壮，配上绳索扭绞而成的弦，透出强烈的阳刚之气。(123)利箭闪烁着太阳般刺人的光芒，堪比无情的劫末之火。兽主的弓箭神力强大，可怕无比。(124)这举世无双的利箭，箭身硕大无朋，威力无法形容，一旦离弦，即如火花迸射的烈焰，谁个见到，无不战栗觳觫。(125)它有独足、巨齿、千头、千腹、千臂、千舌、千眼，火焰从它的体躯内不断喷出。(126)无论是梵天、那罗延（毗湿奴），还是因陀罗、阿耆尼、伐楼拿，巨臂英雄啊，与此相比，他们的武器一概相形见绌。天上地下的任何刀枪，无不触之即崩，碎成万段。(127)过去，大神曾经在刹那之间将阿修罗的三座城池化作灰烬；而这，乔宾陀啊，也不过是他谈笑之间的一箭之功。(128)毫无疑问，仅仅用眨眼时间的一半，大自在天便能把整个三界彻底摧毁，包括那里所有的动物和不动物。(129)此外，亲爱的人啊，我还看到过一件稀奇神妙，难见其匹的武器。在这个世界上，它所向披靡，连梵天、毗湿奴和众天神也难以抵挡。(130)这件神秘的武器同前一种威力相当，或者更有过之。在整个三界之内，它以舒罗（三叉戟）这一名称为人所知。它的拥有者称作舒林。(131)一支三叉戟在手，将它投掷出去，足以把大地统统烧毁，或使海洋全部干涸，甚至叫整个宇宙彻底毁灭。(132)古代优婆那娑的儿子曼陀多精力旺盛，勇武非凡。作为一代转轮圣王，他曾征服过整个三界。但是他却在三叉戟的打击下，失败而亡。(133)乔宾陀啊，这位大王膂力过人，勇敢无畏，其武运之盛，犹如大神天帝释。然而他还是败在了罗刹王罗波那的手里①。（134）三叉戟的锋刃尖利无比，任何人见到，无不汗毛倒竖，恐惧非常，僵立不动，眉皱三道。（135）三叉戟就像无烟的火焰，劫末升起的太阳。它的柄部是一条巨蛇，其模样难以形容，或者不如说像末日之神②的拘人之索。乔宾陀啊，我看到了这件武器，它就在大神楼陀罗的手中。（136）我还看到了第三件武器。这是一柄利刃战斧。过去，大神因为对罗摩很满意，曾将战斧付与他，好让他去铲除刹帝利。在一场激烈的战争中，罗摩杀死了权倾当时的转轮王作武。（137）王啊，乔宾陀，就是用这柄战斧，食火仙人之子，不知疲倦的罗摩三七次③铲除了刹帝利。（138）楼陀罗将这柄装饰着一尾游蛇的战斧挎在肩上。它的利刃闪耀着逼人的光芒。舒林④佩带着它，就像有团烈火在身一样。（139）无瑕者啊，我见到过智慧过人的大神拥有的无数种神奇武器。不过，在这里我只能就最出名的为你描摹一二。（140）

　　大神对我现身时，他的左边是世界之祖梵天。他乘坐在神车之上。拉车的是一只天鹅，车速足堪同人的思想比快慢。（141）在同一边的还有那罗延。那罗延坐在金翅鸟上，手持法螺、轮宝和仙杖。（142）在女神乌玛边上的是室建陀⑤。他乘坐在一只孔雀上，肩上挎着一杆长枪，威武雄壮，直如火神第二。（143）在大神的前面，我看到了难底⑥。他站在那里，手持三叉戟，气宇不凡，竟似商迦罗第二。（144）以自有为首的诸位摩奴，以婆利古为首的众仙人，以及以天帝释为首的众天神等统统来到这里。（145）天神们围在这位具有伟大灵魂的大神身边，向他致敬，一再唱诵各种称扬赞美的颂歌。（146）大梵大起身向跋婆唱的是"罗弹多罗"⑦。那罗延趋前向大神伊沙唱的是"遮依湿陀萨门"⑧。天帝释唱的是最重要的吠陀圣诗

---

① 罗波那从湿婆神那里借来了三叉戟。
② 指阎摩。
③ 即二十一次。
④ 这里的楼陀罗和舒林都是指湿婆。
⑤ 室建陀为战神，是湿婆的儿子。
⑥ 难底是湿婆的侍卫。
⑦ 一种娑摩吠陀圣诗。这种著名的圣诗据说有治疗昏厥症的功效。印度神话说，极裕仙人曾用这种圣歌使失去知觉的因陀罗神苏醒过来。
⑧ 也是娑摩吠陀圣诗。

"百楼陀罗"①。(147)梵天、那罗延和神中之王憍尸迦②,都具有伟大的灵魂。他们光彩照人,就像是三丛祭火。(148)众所宗仰的大神湿婆走在诸神之间而又君临于他们之上,犹如秋日浓云中闪光的太阳。见此情状,我也开始用赞美之词称颂德高望重的大神:(149)"向你致敬,伟大的神、众神之上的最高神!向你致敬,天帝释——身着天帝释的衣服,扮作天帝释形象的大神!(150)向你致敬,那紧握金刚杵③,浑身棕色,永远手持毕那迦弓,携带着宝剑和三叉戟的大神!(151)向你致敬,那一袭青服,梳着卷曲的黑发,上身着黑色鹿皮衣的大神,那黑半月第八天的主宰者!(152)向你致敬,那肤色白,着白衣,身涂白灰的大神,那一心致力于白业④的大神!(153)人称你是神众之中的婆罗门,楼陀罗中的蓝和红⑤,一切众生的灵魂,数论哲学中的神我⑥。(154)人称你是圣洁者中的最高贵者,瑜伽行者中的最成功者和不会解体者,四行期中的家居期⑦,宇宙诸统治者中最高的一位,药叉群体中的俱比罗⑧,所有祭祀仪式中的毗湿奴⑨。(155)人称你是众山中的大弥卢山,诸大仙人中的极裕仙人,众星辰中的明月,众天体中的太阳。(156)你是森林野兽中最伟大的狮王,家养牲畜中人人崇奉,举世膜拜的公牛。(157)在众阿提迭中,你是可敬的毗湿奴⑩。在众婆薮神中,你是波婆迦⑪。在众羽族之中,

---

① 赞颂楼陀罗的圣诗,提到他的一百种特点。诗在《夜柔吠陀》。
② 即因陀罗。
③ 金刚杵为因陀罗的武器。本颂和前一颂提到金刚杵和因陀罗,皆与前面第88颂以后湿婆扮作因陀罗的情节有关。
④ 白业是纯洁的业,也即人做的善事。相反,黑业是污浊的业,也即人做的恶事。印度教将人所做的业分作黑、白等的理论与佛教大略相同。
⑤ 蓝和红为湿婆的名号之一。楼陀罗这个名字可以专指湿婆,也可指称共十一位的一群神。本颂楼陀罗一名用的是复数。
⑥ 数论是印度古代哲学的重要派别之一。神我为该哲学的基本概念之一,是一种具有意识特征的东西;也有人认为是灵魂。与它相对应的是具有物质性质的自性,或称原初物质。
⑦ 古代印度教规定,一个再生者一生应该分成四个时期来度过,即梵行期、家居期、林栖期和遁世期。其中家居期是过普通家庭生活的时期,最长,也是最具根本意义的时期。
⑧ 俱比罗在古代印度神话中有多种身份,其中比较重要的有财神和药叉首领等。
⑨ 这里毗湿奴的意思是最重要的祭祀。
⑩ 阿提迭是"神母"阿提底众多儿子(有六、七、八、十二等说)的总称,伐楼拿、毗湿奴等皆在其列。
⑪ 婆薮神是若干神的总称。这里的波婆迦可能是指火神阿耆尼,或者太阳神苏利耶。

你是金翅鸟。在众蛇之中，你是无限①。（158）在诸吠陀中，你是《娑摩吠陀》。在《夜柔吠陀》圣诗中，你是'百楼陀罗'。在所有的瑜伽行者中，你是娑那陀鸠摩罗②。在数论哲学家中，你是迦比罗③。（159）在众风神中，你是天帝释④。在众多的先祖里，你是法王⑤。在众多的世界中，你是梵界。在一切归宿之中，你是解脱之道。（160）在众多海洋之中，你是乳海。在诸山之中，你是喜马拉雅山。在诸种姓中，你是婆罗门。在众多的婆罗门中，你是举行过圣礼的再生者。在世界之中，你是首屈一指的毁灭者迦罗⑥。（161）在世界上，你还是其他众所周知的无上精力的具体体现。我确信，你是一切存在中最受爱戴的一位。（162）向你致敬，辉煌卓越的神！向你致敬，对崇拜者施与仁爱的神！向你致敬，瑜伽行者之主！向你致敬，宇宙起源之因！（163）希望你能对我满意。我是你的崇拜者，无助而又可怜。永恒的存在者啊，请你看在我软弱无力的分上，庇护这个执著的追随者吧！（164）无上之主啊，由于无明，我做过错事。敬爱的大神伊沙啊，请你原谅我所有的过失。（165）你改换了容貌而我没有认出来。因此，众神之主啊，我甚至没有敬上待客之物和濯足之水。"（166）

这样表示过后，我便无限虔诚地向伊沙那⑦敬献了濯足的水和其他待客的物品。我双手合十，将我的一片忠心奉献在他的面前。（167）此时，亲爱的人啊，一阵吉祥的花雨自天而降，空气中充满了天香。天雨落在我的头上，清凉而宜人。（168）来自上天的乐工敲响了他们的天鼓。和风吹来，清香飘拂，令人心旷神怡。（169）由妻子陪同而来的大神十分高兴。这位以公牛为标志者⑧开始对同来的

---

① 无限是蛇王湿舍的一个名号。
② 娑那陀鸠摩罗（永童）是传说中的古代贤者，梵天的四个儿子之一。
③ 迦比罗是数论哲学主要的早期哲学家之一，著有《数论经》。
④ 在吠陀圣书中，风神摩录多占有重要地位。他们是天帝释的盟友；亦有说法是天帝释的兄弟。
⑤ 法王即阎王。在印度古代神话中，他是太阳神毗婆薮之子，第一个凡人。
⑥ 迦罗意为时间，亦引申而有命运、死神等义。此后184颂的迦罗则强调时间具有不可抗拒的力量。
⑦ 即湿婆。
⑧ "以公牛为标志者"是湿婆的名号之一。

55

三十三天神①说话。他的话使我浑身激动：(170)"请所有天神看一看这位了不起的优波曼纽，他对我的虔诚信仰崇高、神圣而专注，始终如一，从未稍移。"(171)黑天啊，在场的天神听到手持三叉戟的大神如此说过以后，全体双手合十，向以公牛为标志者躬身致敬，并且说道：(172)"崇高的伊沙，神中之神，世界之主，宇宙之王！让这位最优秀的再生者获得他所渴望的一切果报吧！"(173)听到众神和众婆罗门等这样说，卓越辉煌的湿罗婆②，伊沙，商迦罗似乎对我一笑，然后说道：(174)"亲爱的优波曼纽啊，我对你很满意。看着我吧，贤者的魁首，聪慧的仙人，我已经考验过你，知道你对我的信心十分贞固。(175)你对我表现出虔诚的信仰，使我感到非常高兴。因此，今天我要使你梦寐以求，渴望实现的一切成为现实。"(176)全能者啊，听到大神的这一番话，我兴奋异常，不觉泪水滚滚，浑身的毛发也竖立起来。(177)我双膝触地，不断地向大神顶礼膜拜，并用由于兴奋而变得结巴的声音对他说道：(178)"神明啊，今天我获得了新生，因为今天我的苦行获得了果报。我亲眼看到了大神，他就站在我的面前，那么清楚。③(179)这位大神威力无比。即使是天上的神明，不经虔诚的崇拜，也无缘看到他。如今我看到了。难道还有什么人比我更幸运吗？(180)有学问的人总是沉思这些最高的论题：永恒、所谓第二十六谛④、高于其他的最胜者、不灭者，如此等等。(181)大神世尊是世上一切真实存在之首。他长存不灭，知道所有存在的运行规律。他是全人类的宗祖。(182)他从自己的右胁生出了梵天。梵天是一切存在物的创造者。为了保护世界，他从自己的左胁生出了毗湿奴。毗湿奴是世界主宰。而当由迦末日来临之际，这威力无限的大神又从自己的身体生出了楼陀罗。(183)此时楼陀罗会采取具有巨大能量的迦罗和彻底烧光一切的劫火的形式，把整个宇宙，连同其中所有的动物和不动物，统统毁灭。(184)这位大神可以创造

---

① "三十三天神"是古代印度神话中常用的套语。具体地说，则指十二阿提迭，十一楼陀罗，八婆薮和双马童。
② 湿罗婆为湿婆的名号之一。后面的两个也是他的名号。
③ 下面的话虽对湿婆所说，但使用的是第三人称。
④ 即神。

宇宙，包括其中的动物和不动物。而当一劫之末到来的时候，他也会出现，将曾经存在于记忆中的一切席卷而去。（185）他无远弗届，为一切众生的灵魂。他存在于一切众生之中，又是一切众生的起源。他无时无刻无处不在，然而连众神也见不到他。（186）如果我能使你满意，如果你要给我恩惠，那么，商迦罗啊，就让我对你的虔诚信仰永远存在，不会改变吧！（187）伟大的人主啊，神中之神！让你的恩典使我具备认识过去、未来和今天的智慧吧。（188）让我和我的亲友能够永远吃上牛奶饭。让你的形象永远为了我而留在这个净修处吧！"（189）

那能量巨大，无限光辉，世所宗仰的大神，那一切能动物和不动物的主宰听到我这样说，遂回答道：（190）"你将摆脱艰难困苦，并且长生不老，不会死亡。你还会成为一个道德高尚，通晓一切的人。此外，你还会有一副漂亮优雅的外貌。（191）你将永远年轻。毁灭将与你无缘。你还会有火焰般无限的能量。牟尼啊，无论任何地方，只要你需要，就会有乳海出现在你的面前。（192）只要你有想喝牛奶的愿望，牛奶也会即时出现在你的面前。你和你的亲友将会享受到牛奶饭，还有甘露加在饭里。（193）当一劫将尽的时候，你和你的亲友可以前来找我。最优秀的再生者啊，我会永远留在你们的净修处。（194）请站起来，我的孩子！我将会随时满足你的愿望，而不让你多所企盼。婆罗门啊，什么时候你想见我，我就会来到你的面前。"（195）对我说过如上这一番话，并且施与我恩惠以后，世尊伊沙那，这像千万个太阳同时照耀的大神，便消失不见了。（196）黑天啊，就是这样，我借助于三昧的力量，见到了神中之神。我也得到了那具有伟大智慧的神明所说的一切。（197）请看吧，黑天，看那些就在你面前的悉陀、仙人、持明、药叉、健达缚和天女们；（198）看那些令人赏心悦目，挂满了花朵和果实的树木；看那繁茂的枝叶，以及应时的花卉。巨臂啊，看看这一切吧，没有一样不带着美妙的天国气象。（199）

以上是吉祥的《摩诃婆罗多》中《教诫篇》第十四章(14)。

一五

优波曼纽说：

诃罗（湿婆）曾经施惠于成千的仙人和其他人。摩陀瓦啊，为什么那可敬的大神不能给你恩惠呢？（1）你是虔诚、仁慈的人，而且信仰贞固。众神的聚会是值得你这样的人欢喜赞叹的。让我教给你一些祷词吧。诵念这些祷词，你就可以见到商迦罗（湿婆）。（2）

黑天说：

于是我对他说："婆罗门啊，伟大的圣者！凭着你给我的恩惠，我一定能够看到那三十三天之主，那诛灭提底之子的神。"（3）这样，到了第八天，这位婆罗门便按照规则为我举行了加入他们行列的仪式。我从他那里接受了一支木棍，并且依照要求，削去头发，用酥油涂抹了全身。我换上破布和树皮做成的衣衫，用草制的围腰护住下体，手里拿着一把拘舍草。（4）在最初的一个月内，我以野果为生。第二个月，我就只喝水了。在以后的第三、第四和第五个月里，我则仅食空气。（5）我还练习单足着地，手臂上举，时间虽长，也不觉累。后来，婆罗多后裔啊，我终于看到天上出现了灿烂的光芒，就像同时升起了一千个太阳。（6）般度之子啊，在那光芒的中央，有一片像似深蓝色群山的云彩。云中装饰着道道彩虹，周围是翩翩飞翔的仙鹤。雷电闪过云层，好像开了一孔孔光亮的窗户。（7）云端站立着可敬的大神，浑身上下，万道金光。旁边是他的妻子。他和自己的爱侣在一起，由于严厉的苦行、巨大的能量、无上的美貌和绚丽的光彩而辉煌夺目。（8）这神圣的大自在天站立在云端，放射着炫目的光芒。他和他的妻子在一起，就像是太阳的边上陪伴着月亮。（9）啊，贡蒂之子，看到诃罗，这天上众神的庇护者、一切苦难的解除者，我吃了一惊，吓得两眼大睁，浑身的毛发都竖起来了。（10）他长着尖利的獠牙，头戴冠冕，身被虎皮，一手持三叉戟，一手握棍棒，头上盘结着一绺发辫，臂上戴着漂亮宝钏。挎在肩上的圣线是一条蛇，携在身边的还有毕那迦和金刚杵。（11）他的胸前戴着色彩斑斓的花环。花环下垂，直达他的脚踝之间。我看到了这位大神，他就像秋季晨曦中的一轮朗月。（12）他的周围是众多的精灵。在他们的环侍之下，他又像是秋天的太阳，光耀刺目，不可直视。（13）这位控制了自己感官的大神骑在他的神牛背上，十一位楼陀罗陪侍着他，称颂他通过自己的行为积攒的善业。（14）众阿提迭神、众婆薮神、众沙提耶神、众毗奢神和双马童，所有这些神明一齐唱着各种各样的赞歌，称颂这位万能之神。（15）尊贵的百祭（因陀罗）、毗湿奴、阿提底的两个儿子和大梵天，他们在跋婆（湿婆）的面前唱着罗弹多罗圣歌①。（16）此外还有无数的瑜伽大师、神仙和带着孩子的梵仙，（17）以及大地、天空、星宿、恒星、月、半月、季、夜、年和刹那，（18）穆呼罗陀、尼弥沙②、轮转不停的由迦和各种神圣的知识和学问，乃至所有的方位③，国王啊，他们都在对这位瑜伽的施予者、父亲和师尊俯首致敬。（19）永童④、诸呋陀、历史传说、摩利支⑤、鸯耆罗⑥、阿多利⑦、补罗思迭⑧、补罗诃⑨和迦罗都⑩，（20）还有七摩奴、苏摩、阿达婆⑪、毗诃波提⑫、婆利古、陀刹、迦叶波⑬、极裕和迦叶，（21）呋陀圣诗、帝刹⑭、祭祀、陀乞那⑮、祭火、祭品和祭祀用具，坚战啊，他们一概现出身形，立在大神的面前。（22）所有的百姓之主、蛇、河流、高山、一切神明的母亲以及他们带着女儿的妻子，（23）成千的圣者、上万的蟒蛇，还有众多的山岳、大洋和所有的方位，他们全

---

① 见前章第147颂注。
② 或称一瞬间，即眨眼所用的时间。
③ 古代印度讲方位有四方、八方、十方等说。
④ 参见前章第159颂注。
⑤ 印度古代著名的生主之一。
⑥ 印度古代的著名仙人。
⑦ 印度古代的著名仙人。
⑧ 印度古代的著名仙人，梵天的"心生子"之一。
⑨ 印度古代的著名仙人，梵天的"心生子"之一。
⑩ 印度古代的著名生主，梵天的"心生子"之一。
⑪ 印度古代的著名牛丰，梵天的长子。他是第一个举行火祭的人。
⑫ 为一重要的呋陀神祇，虔诚和信仰的化身。作为众神的祭司，在人间的婆罗门进行献祭活动时，会在天上为人类求情。
⑬ 印度古代的著名生主。
⑭ 意为祭祀仪式前的准备。
⑮ 意为付给为人主持祭仪的婆罗门的酬资。

都向这人神之主鞠躬致敬,而他则内心沉静,不露声色。(24)善好歌咏,娴于管弦的健达缚和天女吟唱着天乐,赞美这奇迹之神跋婆。持明、檀那婆、俱希迦和罗刹等也在称颂大神。(25)大王啊,一切众生,无论是动物,还是不动物,都在用意、口、业表达对于这全能之主的崇拜。就是在这样的氛围中,这位称作沙尔婆的三十三天之主出现在我面前。(26)婆罗多后裔啊,看到伊沙那在我的面前现身,整个世界,包括众生之主天帝释在内,都朝我望着。(27)

然而,那时我是没有能力去直视大神的。见此情状,这位大神便首先对我开了口。他说:"抬眼看吧!黑天,请你说话!"(28)我低下头去,对大神表示崇敬感激之情。他的妻子,女神乌玛,看了十分高兴。接着,我以赞颂之词,对那受到以梵天为首的众神称扬的大神斯塔奴说道:(29)"向你致敬,一切存在的永恒本原!仙人们称你为吠陀之主,圣贤们说你是苦行,是善、忧、暗,同时也是真理自身。(30)你是大梵天、楼陀罗、伐楼拿、阿耆尼、摩奴、跋婆、陀多①、陀湿多②、毗陀多③。你是无所不在的一切之主。(31)全体众生,无论是动物,还是不动物,都诞生于你。你是一切众生的起源,也是一切众生的毁灭者。(32)仙人们都说,你超越一切感觉对象,也超越全部心智、七风和火,以及住在天上的神明。(33)可敬的大神啊,人们也毫不怀疑,你就是吠陀,你就是祭祀,你就是苏摩、陀乞那、祭火、投入火中的祭品和其他一切行祭的用品。(34)祭祀的功德、慷慨的施舍、吠陀知识的学习、戒行、自制、知耻、声誉、光荣、满足、成功,所有这一切都是由于亲近了你才得以实现的。(35)而欲望、嗔怒、恐惧、贪心、傲慢、糊涂、忌妒、苦恼、疾病,可敬的大神啊,也都产生于你。(36)你是众生的各种行为,你是宇宙的解体之因,你是天下第一重要之物,你是万物永不枯竭的源泉,你是无上心智的诞生地,你是自然之性,你是永恒不灭之体,你是未显者,你是净化者,无所不在。你是发出千道金光的太阳。(37)在所有品性中你第一重要。你是生命的维持者,你是伟大的灵魂,你是思

---

① 意为维持者。
② 意为工匠,指上天精于营造之神。
③ 意为命运安排者。

想，你是梵，你是宇宙，你是慈悲，你是自在者。（38）你是智力、智慧、认知、认识、理解、意志和记忆。正是通过这些词语构成的名号，你将自己伟大的灵魂示现给世人。（39）学识丰富的婆罗门深知如上道理，所以就避免了陷于无明而不得自拔。你是众生的中心，因此仙人们把你当作灵魂来崇拜。（40）到处有你的手臂和腿脚，有你的眼、头和脸面。到处有你的耳朵。你遍布世界上的一切地方。（41）人们在尼弥沙或者其他通过太阳运行来计算的时间单位中做业，你就是种种宿业的果报。你是永恒之光。你是驻于众生心中的布卢沙①。至轻至细的伊沙那无处不到。你是永不消逝的光辉。（42）悟性、思想，乃至整个世界都依靠你，以你为指归。那些深入禅定的人，那些久习瑜伽的人，那些坚持真理的人，以及那些制驭了感官的人，他们也都依靠你，以你为指归。（43）知道你坚定不移，知道你存于一切众生心中，知道你具有无穷之力，知道你是远古的布卢沙，知道你能将身形作无穷变幻，知道你灿如黄金，知道你是智者的最后归宿——知道所有这一切的人，必定具有大智慧，乃至超智慧。（44）人固有形体，但若能明白七种精妙实体②和你的六种特点③，并且严格按照基本的规则去做瑜伽，就是有智慧的人，就能进入你伟大的灵魂。"（45）我对跋婆这痛苦的解除者说完以上这番话后，普利塔之子（坚战）啊，包括动物和不动物在内的整个世界便发出了一阵狮子吼④。（46）此时，众多的天神和阿修罗、众婆罗门、众蟒蛇、众毕舍遮⑤、众祖先、成批的鸟儿、罗刹和精灵，以及所有的大仙人们，统统对大神躬身致敬。（47）芬芳的花雨自天而降，纷纷扬扬，落在我的头上。和风徐来，吹得人身心舒畅。（48）可敬的商迦罗（湿婆），这世界的安排者，看看女神乌玛和我，又看看百祭，然后对我说道：（49）"黑天啊，我知道你对我们怀着虔诚的信仰。杀敌者啊，一定要做对你自己有益的事。你确实使我非常高兴。（50）黑天啊，你

---

① 布卢沙意为男人，在这里指一种被人格化了的使万物带有生机的本原。
② 七种精妙实体为：大（或觉）、五种细微元素和自我。
③ 六种特点为：全知全能、充实自足、独立无待、具有无限的知识、无限的权力和无误的权力。
④ 发出狮子吼是表示对如上一番话表示赞同。
⑤ 印度古代神话中的一种魔鬼。

可以选择八种恩惠。最好的人啊,我将会满足你的要求。告诉我你需要什么,不管它们多么难得。"(51)

以上是吉祥的《摩诃婆罗多》中《教诫篇》第十五章(15)。

一六

黑天说:

他的话使我大喜过望。我克制住自己的情绪,低低地俯下身去,对那精力无比,备受崇敬的大神说道:(1)"我希望获得的恩惠是:在正法上信念坚定、在战场上克敌制胜、获得最高的荣誉、具有无比的力量、一心致力于瑜伽、常得与你亲近以及能有成百上千的子嗣。"①(2)听了我的话,商迦罗说:"好吧,我答应你!"(3)接着,乌玛又对我说了话。她是沙尔婆之妻、世界之母。她承载天下并使天下一切保持纯洁,同时又是世上所有苦行的容纳者。这控制了自己灵魂的女神对我说道:(4)"无瑕者啊,尊敬的大神已经赐你恩惠。你的儿子将以商波为名。你还可以从我这里得到八种恩惠,我一定将它们给你。"般度之子啊,我于是对她俯首致敬,并且说道:(5)"我所希望的是:不对再生者②发怒、父亲的恩惠、一百个儿子、最大的快乐、热爱家庭、母亲的恩惠、内心的宁静和优异的能力。"(6)

女神说:

你将得到满足,高贵的长生者。我说的话从来不会有错。你将会有一万六千个妻子。你对她们的爱和她们对你的爱将永远不会减弱。(7)你的族人也将对你表示出至高无上的热爱。我也会给你漂亮的外表。你的家中,将会每天都有七千宾客用餐。(8)

婆薮提婆之子(黑天)说:

婆罗多后裔啊,天神和女神给了我如上的恩惠以后,刹那间便消失不见了。怖军的长兄啊,其他神众也随之而去。(9)俱卢族俊杰啊,以上我所讲的,就是同优波曼纽有关的奇妙故事,他是一个具有

---

① 这里只提出了七项要求。原文如此。
② 再生者可以指婆罗门、刹帝利和吠舍三种姓,也可以仅指婆罗门。这里是指婆罗门。

超人精力的婆罗门。（10）优波曼纽对神中之神致敬之后，对我说道："妙誓啊，在施恩上，没有谁比沙尔婆更慷慨；在战场上，没有谁比沙尔婆更强悍；在神明中，没有谁比沙尔婆更崇高；在宇宙各处，也没有哪里比沙尔婆那里更值得向往。（11）亲爱的人啊，据说，在圆满时，有一个仙人名叫当棣。为对大神进行崇拜，他深深地沉入三昧，达一万年。大神因此十分高兴。结果怎么样呢？请听我说。（12）结果他见到了大神，并用种种赞词对这位神中王者进行了颂扬。他说：'你是纯洁者中的最纯洁者。你是一切道中的最上之道①。你是精力中最强大的精力。你是苦行中最高的苦行。（13）你受到广慈（健达缚）、金眼（阿修罗）和多祭（因陀罗）的敬拜。向你致敬，强有力者！你广施神恩，你代表最高的真理。（14）向你致敬，强有力者！你放射着千道光辉，幸福亦依你而存在。弃世者由于害怕生、死之苦而精进努力，对于他们，你就是解脱的施予者。（15）连大梵天、毗湿奴、诸神明以及众仙人也无法参透你的真正本性，像我们这样的人如何敢指望能理解你？（16）世上的一切始而注定诞生于你，继而注定依存于你，所以你又被称作命运，称作布卢沙，称作梵。（17）熟知往世书的神仙们说，你就是这样，一神而三身。你是阿提布卢沙、阿提阿陀摩、阿提朴陀、阿提提婆陀、阿提楼迦、阿提毗若那和阿提耶若。②（18）智慧的人能够认识到连天神也不明白的事实，认识到你存在于所有个体的内在自我之中。他们可以由此获得解脱，达到摆脱烦恼的至高境界。（19）至于那些不想认识你的人，强有力者啊，则会一次又一次地陷入生死轮回，不能自拔。你是通往天国，通往解脱之门。在这里，你是拒绝者，又是解脱的施予者。（20）你是解脱，你是天国，你是欲望，你是愤怒，你是善，你是忧，你是暗，你是下面的世界，你是上面的世界。（21）你是梵天，你是毗湿奴，你是楼陀罗，你是室建陀，你是萨毗多，你是伐楼拿，你是摩奴，你是陀多，

---

① 道指众生在轮回中可能去往的不同归宿，如兽道、人道等。
② "阿提"这个前缀有"在上"、"在内"的意思。阿提布卢沙意为占有从头到脚人的整个肉体身躯。阿提阿陀摩意为占有内在的精神自我。阿提朴陀指耳、鼻、眼、口等器官。阿提提婆陀指天上的日、月等。阿提楼迦指占有一切世界。阿提毗若那指占有意识。阿提耶若指在内心进行虔诚的祭祀。

你是毗陀多,你是财神。(22)你是大地,你是风,你是火,你是水,你是语言,你是觉悟,你是思想,你是心智,你是业,你是真理,你是谬误,你也同时是存在和非存在。(23)你是感觉器官,你也是感觉对象,你是超越于物质世界之上的,你是超越于一切存在之上的,你也是超越于一切非存在之上的,你是不可动摇的,你是可以思议的,你也是不可思议的。(24)凡是那可以称为至上的梵,可以称为最高本体,可以视为数论和瑜伽学说的终极目的的东西,都可以毫无疑问地看作是与你同一的东西。(25)如今我达到了目的,我达到了那惟有至善者才能达到的目的。那是一种奖赏,一种惟有用知识使自己变得纯洁从而达到觉悟的人才能求得的奖赏。(26)我曾经在很长的时间内是一个愚钝不堪,缺乏意识的人。因为我不像那些充满智慧的人一样,认识到你是无上之神,是真正的永恒存在。(27)经过许多世代,我才终于获得机会,亲眼见到你。你对于你的崇拜者一向眷顾。凡是认识到你的伟大的人,都能够享受到不朽的永生。(28)对于神、阿修罗和人来说,你从来就是神秘难测的。梵是隐藏在内心深处的,即使是神也很难探知。(29)

"'你是万众敬仰的大神。你可以做任何事。你同时面对所有方向。你在一切众生的自我之内。你无所不察,无处不往,无事不知。(30)你创造生命,维持生命。你自身就是生命的体现。你是生命的施主,同时又为生命提供归宿。你创造身体,养育身体。你自己也具有身体。你经受身体带来的苦乐,也为有形体者提供归宿。(31)你是无上之主。那些达到阿提阿陀摩境界的,那些潜心禅思,认识本我的,以及那些渴望摆脱再生之苦的人视你为归宿。(32)你为一切众生指定或善或恶的归趣。你也为一切众生决定生死安排。(33)你是强有力者,能使那些希望成就自我的仙人得以如愿。你是强有力者,能使那些追求解脱的再生者获得解脱。(34)你创造了以"善"为第一的所有世界以及天堂的居住者①,并把自己分作八身,支持和养育这些

---

① 即天神。

世界。①（35）世上的一切都起源于你。世上的一切都依存于你，并在最后复归于你。因此，你是惟一永恒的存在。（36）对于渴望真理的人来说，你就是真理的所在。在所有的存在物中，以你为最高。你是解脱的最后境界。对于信从本我理论的人来说，你就是无上之福。（37）伟大的主啊，那些包括婆罗门在内的已经获得圆满成就的人将你藏在隐秘之处②，使得神、阿修罗和普通人都无法认识你。（38）尽管你就藏在他们的内心之中，这些糊涂的神、阿修罗和人还是不能清楚地认识你的存在。（39）对于通过虔诚的信仰而认识了你的人，那隐藏在每个人内心的大神就会在他面前显现出来。（40）认识了你，一个人就不再有生死轮回之虞。理解了你，一个人就明白他再也没有什么更高的知识值得追求。（41）一个人获得了可以得到的最高之物，他就会发现再也没有更高的东西在前面了。人对于灵魂的精妙达到了最高的认识，就同时达到了永不毁灭的境地。（42）一个人服膺数论哲学，深入了解三德要义，谙熟数论经典，对于它的微妙理论乐而不疲，同时又精通古训，这个人就能从束缚下解脱出来。（43）那些熟悉吠陀的人把你当作吠檀多学问所探讨的惟一对象。那些不断调息的人低声地默念祷词，能够通过禅思进入你。（44）那通往天道的门户，称作阿底迭③。那通往祖道的门户，称作旃陀罗摩私④。（45）在年和由迦等等概念中，另有各种不同的计时单位。在当前的状态中，又有存在和非存在。至于不同的趋向，则包括着南、北等等。（46）古昔的时候，生主⑤用众多的赞词来称颂你。为求子息，他曾向以蓝和红为名号的你发出吁求。（47）精通《梨俱吠陀》的婆罗门唱着圣诗歌颂你的业绩。在祭仪上，祭司们按照三种要求⑥一面将祭品投入祭火，一面吟诵着夜柔圣诗。（48）那些志虑纯洁，通晓圣歌的婆罗门唱着

---

① 这里"分作八身"似乎意味着有八个世界要支持。不过，在印度古代传说中，常有二界、三界、七界、十四界等，而无八界之说。所说七个世界是菩、菩婆、私瓦、摩诃，旃那、陀波、萨陀耶等。大神的八个存在形式是水、火、祭祀、太阳、月亮、空间、地和风等。
② 这里可能是指艰深难解的宗教经典。
③ 意为太阳。
④ 意为月亮。所谓天道和祖道是人死后的不同归趣，顾名思义，即分别属于天神和属于祖先的道路。一般认为，照规定举行祭祀的人死后走祖道，追求解脱的人死后走天道。
⑤ 生主之名曾用于多个神明，这里一般认为指梵天。
⑥ 即记载在古代天启和传承两类文献中的规定和有关禅定的要求。

65

娑摩圣歌赞颂你。你是祭祀产生的根本之因。你是人们心目中的无上之主。(49) 黑夜和白昼是你的耳朵和眼睛,半月和整月是你的头和臂。季意味着你的勇力,苦行意味着你的坚忍。年是你的下腹、大腿和足部。(50)

"'你是死神,你是阎摩,你是火焰,你是时间,你是毁灭世界之力,你是时间的原初之因,你就是永恒的时间自身。(51) 你是由星宿和行星陪伴的太阳和月亮,并有大气充满其间。你是北极星。你是称作"七仙人"的星座①。你是七大世界②。(52) 你是宇宙之魂。你是摩诃忒③。你是不可思议者。你是纷繁的自然界以及非自然界。你是上至大梵下至草芥的大宇宙。你是众生的始原。你是存在和非存在。(53) 你是八种自性④,你又高于这些自性。世上的任何东西,即使是圆满的整体,也不过是你这伟大神明的一部分。(54) 你是最高的,恒久不衰的喜乐。你是世上一切的最后归宿。你是所有善者追求的无上存在。(55) 你是摆脱了诸般烦恼的境界。你是永恒的梵。你是惟有精通各种经籍和吠陀支而后始能达到的禅定境界。(56) 你是最终的迦湿陀⑤。你是不能再小的迦罗⑥。你是最高的成就。你是最佳的归趣。(57) 你是至深的宁静。你是无上的寂灭。一个虔诚的人在得到你的认可以后,就会认为他已经完成了自己的使命。(58) 你是满足的状态。你是成功的感觉。你是天启。你是传承。你是学识渊博,自身已经达到超然境地的人所追求的永恒目标。(59) 那些经常依例行祭的人,那些怀有特殊目的而举行祭祀的人,那些在祭祀时广施财物的人,不灭者啊,你就是他们追求的神圣归趣。(60) 那些以不断祈祷,以向火中投献祭品,以履行种种戒条,以严格自制,以弃绝肉体等等方式实行苦行的人,尊敬的大神啊,你就是他们希求的归

---

① 即大熊星座。
② 参见前35颂注。
③ 摩诃忒意为"大",是数论哲学中的重要概念。这种哲学认为,现象世界是从最高实体"原初物质"演化而来的。处在混沌状态的"原初物质"由于失去平衡而开始演化,首先产生的就是"大",此后则是感觉、思想、物质成分等等。
④ 自性是数论哲学的主要概念之一,又曾按照现代说法译作原初物质。数论哲学认为自性可以分化成八个方面,即地、水、火、风、空、心、觉、自我意识。
⑤ 迦湿陀意为界限、目的、顶点。
⑥ 迦罗意为任何一件东西的微小部分。

趣。（61）那些摒弃一切行动，那些对一切淡然处之，那些希望同一于梵的人，不灭者啊，你就是他们的归趣。（62）那些渴望不复陷入轮回再生的人，那些对于尘世的一切漠然视之的人，那些灭除了个人情感的人，不朽者啊，你就是他们的归趣。（63）对于那些潜心钻研形而上和形而下学问的人来说，尊敬的大神啊，你就是他们的归趣，那种纯洁无瑕，不可言传，摆脱了一切无谓牵缠的最后归趣。（64）古代传说表明，吠陀、法论和往世书都指出了五种归趣。全能之主啊，只有通过你的恩惠，众生才会获得好的归趣，此外别无可能。'（65）

"以上就是当棣这位大苦行者献给不朽的伊沙那的称美之词。他也歌唱了古代创世主歌唱过的至高的梵。（66）受到赞美的大神湿婆十分高兴。他对当棣说道：'无论是梵天、百祭、毗湿奴，还是所有的神和大仙人，他们都不知道你。（67）你将恒久长存，永生不灭，并将摆脱所有的痛苦。你将会拥有充沛的精力和美好的声誉，并且具备神圣的知识。（68）仙人们将会纷纷来拜访你。由于我的恩惠，最优秀的再生者啊，你的儿子一定会成为经文作者。（69）你还有什么别的要求吗？我可以在今天满足你。告诉我吧，孩子，你还有什么愿望？'于是当棣双手合十，对大神说道：'让我对你的信仰永远贞固吧！'（70）受到神明和仙人高度崇仰的大神满足了他的要求，然后在会众的一片赞叹声中，消失不见了。（71）高贵的大神和随来的诸神离开以后，雅度族的首领（黑天）啊，仙人当棣便来到我的净修处，对我讲述了前面发生的事情。（72）最优秀的人啊，当棣向我提到的那些广泛流传的大神名号，请听我告诉你。这对你是很有用的。（73）老祖宗（梵天）曾经在吠陀中说到过大神沙尔婆的一万个名号。在我们的圣典里提到过的，有一千个。（74）不可毁灭者啊，神中之主！大神的名号一般是隐秘而不为人知的。端赖于大神（梵天）的厚爱，当棣知道了它们。"（75）

以上是吉祥的《摩诃婆罗多》中《教诫篇》第十六章（16）。

一七

婆薮提婆之子（黑天）说：

亲爱的坚战啊，这位婆罗门仙人优波曼纽集中精神，双手合十，对我从头讲起了大神所有的名号。他说：（1）"我将用种种在全世界普遍流传的名号称颂斯塔奴（湿婆），它们有的出自梵天之口，有的出自诸仙人之口，有的则具载于吠陀和吠陀支这样的典籍里。（2）为神力陶冶过的仙人当棣，曾经虔诚地用这些名号来称颂大神。这些名号真实有效，能实现一切目的，许多出类拔萃的人物都使用过。（3）用这些名号呼唤那无与伦比，天下第一，恩被众生，纯洁无瑕，代表天国的大神的，都是些把握真理，举世闻名的圣者。这些名号自梵天神界[①]流传开去，遍播宇宙，无处不闻。（4）它们自梵天宣布后，便是至高无上，神秘莫测，永恒不灭的。我将要向你宣说它们，雅度族中最优秀的人啊，请你集中精神，仔细倾听。（5）你是这无上之主的崇拜者，你将大神跋婆（湿婆）置于其他诸神之上。正因为如此，我才让你听到他的名号，使你知道大神就是永恒的梵。（6）由于沙尔婆大神的伟大业绩多不胜数，所以世上没有一个人能够将它们完完全全地列举出来，即使他一刻不停地说上一百年。（7）就是在天神之中，也没有一位能够找到大神的头、中、尾。雅度族的后代啊，谁有本领将大神的全部特征彻底地描述出来呢？（8）有限的词句怎么能表达大神的丰富业绩？那就让我依靠他的恩惠，竭尽全力来表达吧。（9）不过，未经大自在天（湿婆）同意而对他进行赞颂是不行的。只有经过跋婆（湿婆）的同意，一个人才可以对他加以颂扬。（10）我将要提到若干大神的名号。这位神明具有伟大的灵魂，他无始无终，是宇宙一切的本源。至于他来自何处，则隐秘而不为人知。（11）他是施恩者，永远处在人们的企望之中。他具有各种各样的形象，也具有无与

[①] 大神的名号是在梵天神界创造的。

伦比的智慧。请听我将要提到的这些名号吧，它们是从莲花生者①的口中传下来的。(12) 伟大先祖的名号有上万个，我只能从中选出一部分来告诉你，就像从牛乳中搅出酥油一样。(13) 金子是山石的精华，蜂蜜是花朵的精华，门陀②是酥油的精华。同样，我将要提到的名号也是从千万名号中抽出的精华。(14) 这些大神名号中的精华可以洗除一切罪恶。聆听它们，其功德一如聆听四吠陀经。它们需要细心地理解，尔后排除杂念，牢记心间。它们能够抚慰心田，予人福惠，驱除罗刹，具有无比纯洁的性质。(15) 可是，它们只能讲给崇拜大神，真诚地信仰大神的人听，而不能讲给那些缺乏信仰，不信大神，也不曾控制自身的人。(16) 大神毕那紧（湿婆）是众生的灵魂。那类对他表示怨愤的人，黑天啊，一定会连同他们的前辈和后代统统堕入地狱。(17) 我将要对你宣说的大神名号，可以说，就是禅定，就是瑜伽，就是最高的冥想对象，就是需要时时默祷的东西，就是知识，就是最紧要的秘密。人在弥留之际如能想到它们，就能去往最高的归趣。(18) 它们就是纯洁，就是快乐，就是福祉，就是高贵，就是无上之物。巨臂啊，我将要对你讲的，就是赞词之中最高的赞词。(19) 它们是在古老的年代里，由大梵天这所有世界的祖先创造出来，并置于一切天国赞词的首位的。(20) 从此以后，这称颂具有伟大灵魂的大自在天的赞词就流传下来，并以赞词之王著称。后来，这赞词之王又从梵界传到天国，在那里受到众神明的普遍崇奉。(21) 先前，当棣从天国得到赞词之王，于是人们都认为是当棣创造了它。以后当棣又把赞词之王从天国引入人间世界。(22) 它是所有吉祥之物中最吉祥的一种。它可以涤除人犯的所有罪愆。巨臂啊，我将要向你诵唱这一切赞词之中最高的赞词。(23) 它是梵中之梵，它是优中之优。它是精力中的精力，它是苦行中的苦行。(24) 它是宁和中的宁和，它是光耀中的光耀。它是自制中的自制，它是智慧中的智慧。(25) 它是天神中的天神，它是智者中的智者，它是祭祀中的祭祀，它是吉祥中的吉祥。(26) 它是楼陀罗中的楼陀罗，它是主中之

---

① 指梵天。在古代印度神话中，梵天的诞生有多说，其中之一为生于开在毗湿奴脐部的莲花之中。

② 一种精炼的奶油。

主。它是瑜伽行者中的瑜伽行者,它是始因中的始因。(27)所有的世界都产生于它,并在毁灭后复归于它。这些名号属于称作诃罗(湿婆)的大神,他是一切众生的灵魂,具有无限的精力。(28)请听我对你讲沙尔婆(湿婆)的一千零八个名号吧。人中魁首啊,谁听过这些名号,他的一切愿望就可以统统实现:(29)

"不可动摇者、定如桩柱者、力大无穷者、灿如日光者、无与伦比者、恩惠施予者、高不可攀者、众生之魂、名满宇宙者、一切、创造一切者、跋婆①,(30)头发缠结在顶者、身穿兽皮者、发髻高耸者、②肢体完美无缺者、一切存在物的创造者、诃利③、眼如羚羊者、宇宙一切的毁灭者、宇宙之主,(31)始发者、止步者、④自我制御者、无限长久者、不可变易者、游于墓地者、游于天空者、游于牧场者、周游不息者,(32)遍受礼赞者、业绩不凡者、酷修苦行者、利乐众生者、以癫狂外表为掩饰者、一切世界众生之主,(33)形象无边者、身躯巨大者、形象多不胜数者、名声无远弗届者、灵魂伟大者、无所不在者、形象多变者、侏儒、摩奴,(34)世界保护者、内在灵魂、慈善者、诃耶伽罗陀足⑤、至纯之性、伟大无比者、制驭自身者、自我约制的支持者,(35)无所不为者、自有、始端、始端的创造者、收纳者、⑥千眼之神、眼睛异样者⑦、苏摩、群星创生者,(36)月亮太阳之道、计都⑧、行星、行星之首、木星、山石、山体、创造者、放出射鹿之箭者⑨、无瑕者,(37)苦行之力巨大者、苦行之力可怕者、品格高贵者、使人胆怯者、年的创造者、圣诗、作为

---

① 跋婆有起源、存在、世界等义。作为湿婆名号之一,它包含着一切无不源出于他,而在宇宙解体时又复归于他的意思。
② 前二者是游方僧或苦行者的典型装束,用以说明湿婆是苦行之神。发髻高耸如角则是他从印度河流域文化带来的特征。
③ 诃利义为黄褐色,亦有狮子、骏马等义。汉译佛典译诃利为狮子。印度教将它用作名号时,可能也是取狮子义。
④ "始发"和"止步"的意思是一切运动皆始于他,亦止于他。
⑤ 原文意思为马驴,也即骡。神话传说中湿婆的车乘是由骡子牵拉的。
⑥ 世界开始时,一切创生于他(前面的"始端"亦是此意)。世界毁灭时,一切复归于他。
⑦ 湿婆额头长有第三只眼,故名。
⑧ 参见《沙利耶篇》第五十五章第10颂注。
⑨ 生主神陀刹举行大祭而没有邀请他的女婿湿婆,其女萨蒂忿而自杀。湿婆盛怒之下破坏大祭。大祭化作鹿形逃走。这里讲的是湿婆用箭追射它的事。

判别尺度者、无上苦行,(38)瑜伽行者、禅定大师、伟大的种子、饱含男性精种者、苦行之力巨大者、金精种、全知全能者、善种子、骑牛者①,(39)身有十臂者、从不眨眼者、青颈②、乌玛夫君、具有种种形象者、身备无上品质者、大力英雄、雄强无敌者、伽那,(40)伽那创立者、伽那之主、衣八方者③、欲望之神、至纯之性、最高圣诗、世间一切创始者、毁灭者,(41)手持水罐者、手握强弓者、手中拿箭者、手托乞食钵者、霹雳、杀百、宝剑、三刃枪、巨大武器,(42)手拿长柄勺者、身材标致者、精力无限者、精力创造者、收纳者、顶戴头巾者、容颜美丽者、高傲者、谦恭者,(43)身量高大者、发色古铜者、良师、黑天、化形母豺者、体现一切事物者、髡首者、携钵者、水罐,(44)非生④、化形大象者、身携香气者、扇贝发型者、精液向上者⑤、林伽朝上者、朝上仰卧者、天穹,(45)顶有三髻者、身穿破布树皮衣者、楼陀罗、天军统帅、遍在之神、白昼行动者、黑夜行动者、震怒可畏者、精力充沛者,(46)诛杀母象者、诛杀提迭者、世界、世界建立者、德行之源、化形狮虎者、身被柔软兽皮者,(47)世间命运掌握者、吼声巨大者、无处不居者、居于交叉路口者、夜行者、行走幽灵中间者、行走众生中间者、大自在天,(48)化形各类众生者、财富无数者、宇宙一切支撑者、不可度量者、归宿、善舞者⑥、常舞不停者、令人跳舞者、无舞不跳者,(49)使人畏惧者、苦行之力巨大者、众生束缚者、山间行走者、天空、生有千手者、胜利者、行动者、无可指摘者,(50)易怒者、内心宽容者、祭祀破坏者、贪欲消除者、陀刹祭祀的破坏者、善于忍耐者、善守中道者,(51)众生精力夺取者、诛灭波罗者、快乐者、以财富为形象者、征服者、优异者、发音低沉者、深不可测者、勇力和坐骑公牛之力皆不可测者。(52)

---

① 指他以公牛难底为坐骑。
② 众神和阿修罗搅乳海搅出了剧毒药迦罗拘吒。为了救世,湿婆将它吞下,结果烧黑了喉咙。
③ 以八方为衣也即以空旷的宇宙为衣,指湿婆充满宇宙,无远弗届。
④ 他是自在的,并非由生而来。
⑤ 参见后面第八十三章,第40—47颂。
⑥ 湿婆是著名的舞王。

"伟岸如榕树者、榕树、栖于榕树叶上者①、遍在之神、修炼严厉苦行者、棕色马拥有者、深知应机而动者、(53) 毗湿奴使之欢心者、祭祀、大海、牝马之口②、食祭品者之友、精神镇定者、食祭品者、(54) 精力巨大者、精力可怕者、胜利者、胜利时机判断者、天体运行者、成道、和平、战争、(55) 顶上束发者、削去头发者、头发缠结在顶者、火焰、存于众生肉体者、进入众生头脑者、强有力者、身携竹笛者、身携陀利小鼓者、时间、迦罗迦阵迦吒③、(56) 群星运行规律掌握者、功德不断积攒者、导致解体者、难以动摇者、生主、手臂伸向各方者、现身部分者④、面向各方者、(57) 众生解脱者、神众、身着金色铠甲者、生于男根者、步伐雄健者、步履宽阔者、广受赞美者、(58) 乐器无不弹奏者、所有乐音喜爱者、化形蟒蛇者、居于山洞者、金项链佩戴者、熟悉波浪者、(59) 三十三天所有三世一切之业的掌握者、众生羁绊解除者、阿修罗首领束缚者、战场敌人清除者、(60) 数论哲学爱好者、衣裳不整者、贤德之辈所侍者、善于攻击敌人者、确定应得之份者⑤、无可比拟者、懂得祭祀份额者、(61) 无处不住者、无处不行者、衣裳不整者、婆薮神之首、不死之神、黄金、黄金制造者、祭祀、保持者⑥、最高支撑者、(62) 眼睛血红者、巨眼者、目光所及必胜者、知识渊博者、聚集者、分离者、做业者、身穿蛇皮衣者、(63) 最高之神、最低之神、具有身体者、体躯增大者、一切欲望赋予者、永恒恩惠体现者、妙力、身强力大者、(64) 天穹形象体现者、宇宙毁灭者、取形蟒蛇者、取形飞鸟者、楼陀罗形象、日光、阿提迭、光芒四射者、壮丽辉煌者、(65) 神速如光者、速度巨大者、快如思想者、夜行者、住于一切众生者、与幸运同在者、有益教导提出者、毁灭者、(66) 圣者、世上灵魂之主、应与共食者⑦、施舍千牛者、众鸟之王、有翼者、光辉灿烂者、所有

---

① 据说当世界毁灭，只剩下一片汪洋时，湿婆就坐在榕树的叶子上休息。
② 南极海下有一个地洞称牝马之口，是去往冥界的入口。
③ 这个字总的意思是"最高之神"。
④ 意为世上的一切都是湿婆的存在形式，而每一个体都只不过是这一存在形式的微小部分。
⑤ 意为湿婆依照众生中不同个体所做的业，给他们一份相应的果报。
⑥ 他是一切世间当报之业的保持者。
⑦ 有罪者无权与人共食，共读，共祭祀。湿婆是无瑕者，故人们应该与他共食。

家宅之主,(67)时而癫狂者、动人爱怜者、实现目的之力、瓦摩提婆①、慈祥者、东南神象,(68)夺人瑜伽功法者、成道者、一切目的实现者、乞食游方者、形如乞食者、有长牙者、温文尔雅者、不朽者,(69)大军帅、毗沙佉、六十门类②、众牛之主、手持金刚杵者、顶门杠③、善于迷惑敌军者,(70)秩序、秩序制定者、时间、摩豆、摩豆伽罗、无法动摇者、苏摩、力军、四行期内常受崇拜者。(71)

"谨守梵行者,遍游世界者、无处不游者、知善行者、伊沙那、伊湿婆罗④、时间、夜游者、携弓者,(72)喜主、欢喜、喜乐、喜增、毁薄伽目者⑤、时间、知梵者中第一,(73)四面之神、巨大林伽、可爱林伽、林伽监护者、神众之首、世界管理者、由迦运转的推动者,(74)种子监管者⑥、种子制造者、一心追随无上我者、力大者、历史传说创作者、劫波⑦、慈悯、水之主,(75)登跛、阿登跛、毗登跛、顺从者、使人顺从者、贤哲、时间创造者、兽主、伟大创造者、灵丹妙药,(76)不可摧毁者、无上之梵、具有伟力者、武力强大者、尼底、阿尼底、纯洁、纯洁之魂、膜拜对象、心中所愿,(77)广施恩惠者、眠中美梦、宇宙之镜⑧、制敌者、吠陀作者、经书作者、博学多识者、沙场破敌者,(78)身驾浓云者⑨、令人恐惧者、令人屈从者、烈火之焰、巨焰、无边浓烟、祭仪、祭品,(79)雄睾、商迦

---

① 意思是如意之神。瓦摩提婆是一位古代印度仙人的名字。《梨俱吠陀》中有数十首圣诗是他作的。

② 指探求宇宙奥秘的六十种学问。

③ 意为保护者。

④ 意为主、王、最高存在。

⑤ 薄伽为女神阿提底的12个儿子之一。传说诸神聚会,商讨如何分享祭祀,但是忘记了湿婆的一份。湿婆大怒,遂制强弓一把攻击诸神,将他们或斫手、或断齿、或抉目。薄伽被挑去了眼睛。后双方和解,薄伽复原。

⑥ 这里的种子指众生的善恶行为(业)。

⑦ 劫波即通常所谓劫,是印度教描绘的宇宙图景中的时间单位之一。计算结果,1劫相当于43.2亿年。印度教创世说认为,世界存在1劫之后,会被劫火烧尽,归于毁灭。此后再过1劫,世上的一切又会重新创造出来,并存在1劫之久。如此往复,以至无穷。劫波还有一个意思,是人的生活习惯和准则。

⑧ 整个宇宙都反映在这面镜子之中。意思是他即宇宙。

⑨ 据说宇宙毁灭时,作为毁灭之神,湿婆会乘这种巨大的浓云出现。

罗①、永恒者、精力充沛者、藏于浓烟者②、身躯深蓝者、肢体可爱者、貌美无双者、不可阻遏者、（80）福惠赐予者、福惠在身者、祭品接受者、祭品分发者、迅行者、结合者、肢体巨大者、大胚种、无上者、年轻者，（81）黑身者、金身者、一切众生的感官、巨足者、巨手者、巨身者、大名者，（82）巨首者、高大者、巨眼者、朝向八方之屋、巨齿者、巨耳者、巨阳者、巨腮者，（83）大鼻者、大喉者、巨颈者、墓地保持者、阔胸者、广腹者、内在之魂、置鹿于膝者，（84）垂吊者③、前伸之唇④、大幻、乳海、巨齿者、獠牙巨大者、长舌者、巨口者，（85）巨爪者、浓毛者、长鬣者、巨辫者、无敌者、仁善者、可信者、以山为武器者，（86）仁爱为怀者、冷酷无情者、不可战胜者、伟大的圣者、以世界之树为形者、以世界之树为标志者、火之神、乘风而行者，（87）光环、居于弥卢山者、天神和檀那婆傲慢的打击者、以阿达婆为头者、以圣诗为口者、以上千的"梨俱"⑤为其无数眼睛者，（88）以"夜柔"⑥为脚臂者、秘密知识、放射光芒者、能动之物、无愿不遂者、仁善者、易于接近者、相貌英俊者，（89）可爱之物施予者、沙尔婆、金子、金山、不可动摇者、宇宙之脐、快乐之源、未来之事、梵卵之主、不可动摇者。（90）

"十二⑦、恐惧之源、一切之始、祭祀、祭祀毁坏者、暗夜、争斗时、摩迦罗、命运崇拜者，（91）信众环侍者、信众收纳者、利乐众生⑧为之驾车者、栖于灰烬者、以灰烬保护信众者、身由灰烬构成者⑨、大树⑩、伽那，（92）无伽那、超越者、灵魂伟大者、一切众生崇拜者、商古⑪、陀里商古、完满者、纯洁者、众生趋拜者，（93）行

---

① 幸运发达之意。
② 指火。
③ 意为众多世界都垂吊在他的身上，就像果实吊在树上一样。
④ 宇宙解体之时，他伸出唇吻，将它吞噬。
⑤ "梨俱"意为光辉、荣耀，更常见的意义是诗节。《梨俱吠陀》经典名即取自于后一义。
⑥ "夜柔"意为祭祀或祭祀用的经文。《夜柔吠陀》经典名即取自于它。
⑦ 指人生的十二个阶段，包括从受胎到死亡的十个，以及天堂和解脱两个阶段。
⑧ "利乐众生"为梵天名号。
⑨ 参见《沙利耶篇》第三十七章第34颂至50颂的故事。
⑩ "大树"指湿婆掌管业报之事，使众生的任何行为都能结果，即获得果报。
⑪ 商古为计数单位，为万亿。此处用此数在于极言其难以度量。

四行期之法者、行飞鸽之法者、无所不能者、无上之主、沙珂、毗沙珂、唇红者、广如汪洋者、坚定不变者、（94）身为棕色者、身非棕色者、雄健英武者、生命、过去、未来、健达缚、阿提底、神秘之物、易于领悟者、善驾长随者、（95）以战斧为武器者、天神、动机引发者、善待亲友者、弹葫芦琴者、震怒可畏者、精液向上者、浮于水面者、（96）令人恐惧者、世系创建者、世系赓续者、竹管清音、无可指摘者、肢体完美者、以幻示人者、善心待人者、风之神，火之神，（97）枷锁、枷锁锻造者、枷锁解脱者、祭祀之敌、欲望之敌、獠牙巨大者、武器精良者、（98）膂力巨大者、无可指摘者、沙尔婆、商迦罗、贫穷商迦罗、不死的主、大神、毗奢神、杀神敌者、（99）巨龙、知识渊薮、解体之神、智慧之神、诃利、阿吉迦波、以骷髅为饰物者、陀里商古、不可战胜者、仁慈者、（100）檀文陀梨①、以烟为标志者、室建陀、韦湿罗瓦那、造物者、天帝释、毗湿奴、密多罗、陀湿多、北极星、一切事物支撑者、（101）超自然力、无处不到的风、阿尔耶摩、萨毗多②、太阳、高于一切者、命运掌握者、曼陀多、利乐众生者、（102）令人欢欣的沐浴圣地、卓有辩才者、所有感官需求的满足者、生于莲花者、子宫巨大者③、面如满月者、愉人身心者、（103）力大无匹者、沉静自若者、久历沧桑者、德闻遐迩者、俱卢之野开辟者、俱卢之野居住者、形如死神者、大自在天、（104）收容一切者、栖于祭草丛者、一切生灵之主、神中主神、无所执求者、存在、非存在、世上珍宝拥有者。（105）

"栖于盖拉娑山巅者、居于喜马拉雅山间者、挟山而行者、高山创造者、知识丰富者、无限福惠施与者、（106）商贾、福利给予者、参天大树、猫鼬、檀香、树叶、颈项粗壮者、锁骨巨大者、沉稳不躁者、贵重草药、（107）助人目的实现者、目的已经实现者、吠陀圣诗和语法的解说者、狮子吼、狮子齿、骑狮行者、驭狮车者、（108）灵魂高贵者、世界结束者、多罗树、造福世界者、大树、萨愣迦、年轻

---

① 檀文陀梨是古代印度的医神，生命吠陀的始祖。据说他曾化身为波罗奈的国王提婆达萨。他向门徒讲授的医学知识后来记载在《阿达婆吠陀》中。

② 萨毗多是印度古代吠陀神祇，象征太阳的创造力。

③ 众生皆诞生于其中。

天鹅、计都摩林、庇荫行旅之树、（109）众生栖所、众生之主、白昼、黑夜、① 无可指摘者、众生指引者、众生居住地、遍在之神、存在者、（110）果实丰盈者、自我制御者、神马、供食者、生命气息保持者、坚定不移者、富有才智者、聪明伶俐者、普受崇仰者、由迦之主、（111）牧牛人、牧人主、牧人庄、衣牛皮者、毁灭者、金臂、入定之人隐修处的保护者、（112）坚韧不拔者、大快乐者、战胜欲念者、控制感官者、乾陀罗、苏罗罗、乐修瑜伽者、身携弓箭者、（113）伟大的圣歌、伟大的舞神、天女环侍者、标志伟大者、身携弓箭者、基本元素②、遍访群峰者、游踪不定者、（114）广被宣教者、应被认识者、馨香和欢愉的散施者、供人出入的门户、供人济渡的舟楫、大风、壕堑环绕的城堡、集一切于一身者、（115）交合、成年、老年、耄年、伽那之首、永恒存在、灵魂之友、众神和阿修罗之王、世界之主、（116）身被锁子甲者、善使双臂者、备受赞美者、阿舍陀、苏舍陀、恒久不变者、诃利诃那、毁灭者、（117）给轮回众生以形体者、至高之善、宽广大路、三思而行的头颅摧毁者③、具有一切吉祥相者、（118）车上之轴、善驭者、联于一切者、膂力巨大者、吠陀、非吠陀④、圣地之神、巨大车乘、（119）无生命者、有生命者、吠陀经文、目光清澈者、粗暴无情者、珍宝无数者、身体红色者、以海当池者、（120）世界树之根、宽阔无垠者、甘露琼浆、显现和未显、苦行体现者、向上攀登者、稳定置身者、力能移山者。苦行之力巨大者、（121）军队之饰⑤、大劫、由迦和非由迦创造者、诃利、形如由迦者、形象巨大者、家祭之火、深渊、高山、（122）乐守规诫者、诗节、博学者、群山之首、戴多花环者、戴大花环者、戴美花环者、多眼者、（123）无边大海、深井、盛开之花、丰收之果、力大公牛、身有公牛标志者、珍宝之树、顶盘发髻者、（124）明月、毗萨罗

---

① 白昼和黑夜的轮替构成永恒的时间。
② 一般指组成世界的基本元素，即地、水、火、风、空；或构成人体的基本元素，即营养液、血液、肉、脂、骨、髓、精。
③ 梵天原有五个头颅，但因对湿婆出言不逊，被他放出眼中的火焰烧去了一个，后因此得名"四首"。这里说湿婆惩罚梵天并非出于一时的愤怒，而是经过考虑的。
④ 指吠陀经典以外的法论、往世书等著作。
⑤ 指军队的勇气。

伽、面容妙好者、修罗、一切兵器①、宽忍者、善于宣说者、生于琼浆者、美妙的乾陀罗、身携大弓者，（125）身戴芬芳花环者、世尊、种种善恶业源、搅动者②、臂膀粗壮者、包括一切者、无所不见者。（126）

"击掌之力、做事之掌、躯干挺拔者、创造者、护卫之伞、上妙护卫之伞、威名远播者、体躯巨大广被全部世界者，（127）头顶光秃者、形容丑陋者、破相者、髡首杖藜者、形体善变者、眼睛褐色者、卓尔不群者、携带金刚杵者、以烈焰为舌者、身生千足者，（128）身有千首者、天神之主、众神合成者③、伟大导师、身生千臂者、肢体完美者、保护提供者、诸界创造者，（129）净化众生者、美妙三圣诗、最年轻者、身色黑棕者、梵杖制造者④、杀百、身携百索者，（130）生于莲花者、子宫巨大者、生于梵胎者、生于洪水⑤者、灿烂之光、吠陀创作者、吠陀研读者、精通吠陀者、婆罗门的归宿，（131）形象变幻无穷者、具有多个自我者、精力炽热者、自有者、灵魂飞腾向上者、兽主、行疾如风者、快如思想者，（132）身敷檀香膏者、红莲的茎尖、香气浓郁者、原初之人、巨大的迦罗尼伽罗花环佩戴者、戴蓝宝石冠冕者、身携毕那迦者，（133）乌玛夫君、乌玛恋慕者、头顶阇诃奴之女者⑥、乌玛之主、恩惠、恩惠发放者、恩惠施予者、无上伊沙神、吼声洪大者，（134）恩惠无边者、伟大驾驭者、勇敢杀敌者、肤色有白有棕者、内心愉快者、约束自我者、驾驭自我者、自性依托者，（135）面朝所有方向者⑦、神秘之物、最高正法法则、可动物及不动物之魂、精妙之魂、上妙公牛、牛中魁首，（136）

---

① 湿婆可以化形为任何兵器。
② 这里说湿婆是宇宙解体时出现的将它彻底搅动的毁灭之风，此处将它比作牧女用来搅动牛奶的棍棒。
③ 即湿婆的身体是由所有天神的身体合成的。
④ 梵杖是梵天手中的武器，为一竹杖。据说他得自大神湿婆，比因陀罗的金刚杵更加厉害。前者可以杀死它击中的任何生命，而后者连尚未出生的生命也能杀掉。
⑤ 指宇宙毁灭后无边的滔滔洪水。
⑥ 阇诃奴之女即恒河。阇诃奴为远古印度补卢族国王。一次恒河泛滥，淹没了他的净修地。盛怒之下，他把恒河一饮而尽。后应跋吉罗陀王的要求，他又将河水从耳朵放出，并收养她为女儿，恒河因此得名"阇诃奴之女"。恒河下凡时，湿婆用头接住了她。
⑦ 湿婆一说长有五面，四面分别朝前后左右，一面朝上。

成道仙人、婆薮神、阿提迭、毗婆薮、萨毗多、悲悯者、毗耶娑、他的作品①——节略的和广说的及反复说明的、领袖群伦者,(137)季、年、月、半月、期末圣日、伽罗、伽湿陀、罗婆、摩陀罗、穆呼罗陀,②日、夜、刹那,(138)无垠沃壤、众生种子、世间第一林伽、无可指摘者、存在、非存在、显现、未显、众生之父、众生之母、众生祖先,(139)通往天国之门、众生诞生之门、解脱之门、陀利毗湿吒波③、涅槃、欢乐施予者、梵界④、最胜之道⑤,(140)众天神及阿修罗的创造者、众天神及阿修罗的最后归宿、众天神及阿修罗的导师、众天神及阿修罗所崇仰之神,(141)众天神及阿修罗的摩诃摩陀罗⑥、众天神及阿修罗的依靠者、众天神及阿修罗的监督者、众天神及阿修罗的领导者,(142)凌驾于诸神之上的神中之神、神中圣贤、众天神及阿修罗的施恩者、众天神及阿修罗之主、众天神及阿修罗的伟大之主,(143)众神合成者、不可思议者、众神内在之魂、自身产生自身者、三步覆盖三界者、学识深厚无比者、无尘垢者、超越毁灭者,(144)应当赞颂者、不可抵御之象、神中之虎、神中之狮、人中雄牛、上上之智者、最高之神、神中上上者,(145)勤修瑜伽者、容光焕发者、雷电、伊沙那、力大无穷者、不朽者、为人导师者、美貌动人者、恒久不变者、创造者、无比清净者、带来一切者,(146)高山峰巅、喜游峰巅者、肤色红棕者、王中之王、从无过尤者、令人愉快者、众神聚集者、结束一切者、完成一切者,(147)额头有眼者、宇宙之躯、身色棕黄者、梵之光耀、不动物之主、彻底控制感官者,(148)一切事成者、一切众生福利的体现者、不可思议者、以真理为规诫者、心地纯洁者、戒行之主、最胜之神、大梵、解脱者的最高归宿,(149)得解脱者、解脱能力、幸福、福增,以及天地世界。上面,我按照重要性的不同,依次诵出了可敬大神的名号。(150)既

---

① 指毗耶娑的作品,如大史诗、往世书等。
② 自"伽罗"至此,皆为古代印度计时单位。
③ 陀利毗湿吒波为古代印度俱卢之野中的一个圣地,据说到这里的圣河沐浴并敬拜湿婆的人,可以升入天国。陀利毗湿吒波也有天国的意思。
④ 梵界是真理之界,只有信仰正确,掌握真理的人才能达到。
⑤ 这里的"道"指众生在轮回中的不同归趣。
⑥ 摩诃摩陀罗意为赶象人。这里说湿婆是驱赶引导众天神和阿修罗的大神。

然诸大仙人和以梵天为首的诸神不能颂扬这值得尊敬,值得称颂,值得崇拜的宇宙之主,那么由谁来颂扬他呢?(151)因此,我在表达了对这祭祀之主的尊敬,并在得到了他的同意以后,便颂扬了这充满智慧、崇高无比的大神。(152)

"湿婆的名号可以给人带来不断增长的福祉。一个灵魂纯洁的人,一心一意地用它们来称颂这位举世仰望的大神,就能通过他自己的努力而实现他内在的自我。(153)大梵天、众仙人和众天神们就是这样吟唱颂歌,称扬无比崇高,自生自在的梵的。(154)湿婆听到别人用自己的名号称颂他,定会非常高兴。这备受敬仰的大神对于崇拜他的人一向十分爱护,总是给他们很多恩惠。(155)他们出于信仰和虔诚,在许多世代中坚持赞颂大神,以致在众人中显得突出不凡。(156)在数百亿各种各样的轮回转生之中,无论是在醒时还是在梦中,是行在路上还是驻留某处,他们始终不停地赞美大神。他们在受到别人称道的同时,自己也获得了满足和快乐。(157)一个生灵净化了自己的罪愆,就会产生对于跋婆的崇拜。这是一种全心全意,舍此无他的景仰之情。(158)这种崇拜可以使这个生灵获得全面的解脱。不过,这在众神中已属罕见,在人世间就更无从谈起了。(159)由于楼陀罗普施恩惠,人们便会在心中产生对于他的虔诚崇拜。这种崇拜能使他们将自己和大神同一起来,从而达到最高成就。(160)对于那些资质超卓,因而能够以全部身心亲近大神的人,他会爱他们有如亲子,使他们脱离轮回。(161)除了具有苦行之力的大神能够救拔人们,使之出离轮回之苦,其他神明一概无能为力。(162)黑天啊,前面说的,就是那内心纯净,同因陀罗不相上下的当棣,对于存在物和非存在物的主人,身穿兽皮,地位崇高的大神的颂词。(163)这一颂词原是由世尊梵天记在自己心中的。后来大梵天把它说给了天帝释。天帝释又把它说给了死神①。(164)死神把它说给了楼陀罗诸子。当棣就是从楼陀罗诸子那里学来的,那时他靠大苦行达到了梵天神国。(165)当棣将它说给太白金星。这位婆利古的后代②又把它说给了乔答摩。摩豆族的后代啊,乔答摩又把它教给了毗婆薮婆陀·摩

---

① 死神之名可以用于阎摩、毗湿奴、毗耶婆等等。下面提到了阎摩,故这里应不指他。
② 在印度古代神话中太白金星被人格化为婆利古的儿子。他也是众阿修罗的老师。

奴。(166)摩奴接着把它讲给了智慧不凡的那罗延,那可爱的沙提耶①。后来,不会毁灭的世尊那罗延·沙提耶又把它说给了阎摩。(167)世尊毗婆薮婆陀·阎摩再将它传给那吉揭陀。苾湿尼族②的后代啊,那吉揭陀复将它讲给摩根德耶。(168)遮那陀那(黑天)啊,作为对于我自制生活的报偿,我从摩根德耶那里得到了它。今天,杀敌者啊,我又将这非常有名的赞词告诉了你。这赞词能使人富足,精力充沛,还能祛除灾病,保持长寿,并且引导人去往天国。(169)凡是知道这赞词的人,任何檀那婆、药叉、罗刹、毕舍遮、亚杜达那③、俱希迦④和蟒蛇都不能侵扰他。(170)一个人不间断地诵唱这些赞词达一年之久,他就能够获得与举行马祭相当的果报。"(171)

以上是吉祥的《摩诃婆罗多》中《教诫篇》第十七章(17)。

一八

护民子说:

后来,岛生黑仙(毗耶娑)这位大瑜伽行者对坚战说道:"孩子啊,你就来唱诵这些赞词吧,大自在天一定会对你表示满意。(1)大王啊,过去,为了求子,我曾在弥卢山腰修习严厉的苦行,那时我吟诵的就是这些赞词。(2)般度之子啊,我终于如愿以偿。因此,通过唱诵赞词,你也必会从沙尔婆(湿婆)那里得到一切欲望的满足。"(3)后来,天帝释的心腹好友四首说了如下一番话。四首多有悲天悯人之心,又以阿阗巴耶那之名著称于世。他说:(4)"从前,我曾经到戈迦尔纳山去,在那里修习苦行达一百年。后来,般度王之子啊,蒙沙尔婆的恩典,我得到了一百个儿子。(5)这些儿子无待妇女子宫而生,他们善于自制,深通正法,精力充沛,永远年轻,远离灾

---

① 那罗延为众小神灵沙提耶之首。
② 即黑天所属的雅度族。
③ 亚杜达那为一种邪恶的精灵。
④ 俱希迦为一种半神半人的小精灵,是财神俱比罗财宝的保护者。

病,能活上百千年。"(6)接着,世尊蚁垤又对坚战说了如下的话:"有一次,我同几个仙人发生了争吵。他们指责我,说我是杀婆罗门的人。结果,婆罗多后裔啊,他们话音刚落,我就被一种违背正法的负罪感抓住了。(7)于是,我便前去找纯洁无瑕的伊沙那(湿婆),希望得到他的保护。在那里,我洗刷了自己的罪愆,痛苦消失,并获得解脱。尔后,这位三城击破者对我说道:'你将会获得非凡的伟大名声。'"(8)亲爱的人啊,这时食火仙人之子(持斧罗摩)也对贡蒂之子(坚战)说了话。在谨守正法的人中,他是最优秀的。在诸大仙人之间,他像太阳一般,闪耀着光芒。他说:(9)"般度的长子啊,我曾经杀死婆罗门父亲①,并因此而痛苦地受着折磨。国王啊,为了消除自己的罪愆,我去找世尊大神(湿婆),寻求他的帮助。(10)我呼唤着大神的名号,唱诵着对他的赞词。这使跋婆(湿婆)非常高兴。他赠给我一把战斧,还有许多其他武器。(11)'从今以后,你不再有罪。你还会成为不可战胜的人,连死神也对你无可奈何。此外,你还将获得伟大的名声。'(12)这位尊神对我这样说。他顶上束发,呈吉祥之相。后来,由于这智慧卓越之神的恩惠,我果然获得了他所说的一切。"(13)这时,阿私多·提婆罗也对般度的儿子说道:"贡蒂之子啊,我曾经受到天帝释的诅咒,失去了所有行善积来的功德。但是,多亏跋婆,后来我失去的一切功德、非凡的名声和寿数又都恢复了。"(14)接着,天帝释的密友,称作揭罗慈摩陀的仙人对阿阇弥吒(坚战)说了话。这位可敬的揭罗慈摩陀有着像毗诃波提一般高贵的气质。他说:(15)"从前,不可思议的百祭(因陀罗)举行了一次延续千年的苏摩祭。当祭仪按部就班进行,我正在诵念经文的时候,遮刍舍·摩奴的儿子,名叫极裕的仙人来了。他对我说:(16)'最优秀的再生者啊,你把"罗弹多罗"念错了。最高的再生者,再检查一下对错,停止念诵吧。你这愚蠢的人啊,行祭出错就会导致大罪!'(17)说着说着,极裕仙人变得怒不可遏,并且对我恶狠狠地说道:'你将失去智力,陷入悲苦,永远处于惊恐之中,在荒凉的树林里游荡,就这样过一万年,再加上一千八百年!(18)那里没有水,

---

① 原文如此。事实上食火仙人并非为其子所杀。

没有草，其他动物都躲着你。那里也没有可供祭祀用的树木，常常光顾的只有鲁鲁①和狮子。你将变成一头受伤的鹿，经受巨大的不幸和痛苦。'（19）他的话音刚落，普利塔之子啊，我就变成了一头鹿。我只好去到大自在天那里，寻求他的庇护。这位瑜伽行者对我说：（20）'你将不会变老。你将长生不死。再也没有什么痛苦会搅扰你。你将永远幸福。你同因陀罗神的友谊将一如既往，而你们二位的祭祀活动也将越来越多。'（21）可敬的宇宙之主就是这样赐予人们各种恩惠的。他永远是众生幸福的散播者和他们苦难的解除者。（22）湿婆大神是不可能以常人的身、口、意来把握理解的。亲爱的人啊，你是战士中最杰出的一位。在学识上，也没有一个聪慧的学者可以和你相比。"（23）

吉舍毗耶说：

坚战啊，过去，在波罗奈城，孔武有力而又受人景仰的大神曾将王国的八个特征教给了我。（24）

迦尔戈耶说：

般度之子啊，我所做的心祭曾使大神十分高兴，于是他便在娑罗私婆蒂河岸边将奇妙的知识教给了我，包括关于时间的知识和六十四支的学问。（25）他还给了我一千个儿子，他们精通吠陀，个个的优点都不亚于我。我和他们的寿命全能达到一百万年。（26）

波罗奢罗说：

国王啊，以前我曾经盼望得个儿子，这个儿子要有婆罗门的身份，并且是个伟大的苦行者、杰出的瑜伽行者，具有超人的精力和光荣的名声，善于编纂吠陀经典，一生兴旺发达，而且富有同情之心。我怀着这个想法，去谋求大神的欢心。（27）"让大自在天赐给我一个儿子吧！"我想。这无上之神看出了我的心思，便对我说：（28）"既然你把求子的希望寄托在我的身上，那么就让你生一个名叫黑仙（毗耶娑）的儿子吧！在称作萨瓦尔那②的摩奴期中，他将成为七大仙人之一。（29）你的儿子将从事整理吠陀经典的工作，并为俱卢族的延续做出贡献。他还将撰述历史传说，为整个世界的幸福而献身。（30）

---

① 一种野生鹿。
② 萨瓦尔那·摩奴是十四位摩奴中的第八位。

波罗奢罗啊,你的儿子将成为大贤人,成为大因陀罗神的亲密朋友。他将不会衰老,长生不死。"(31)坚战啊,说过如上一番话后,这可敬的大瑜伽行者、勇力非凡的不灭者和不可击破者,便倏然消失不见了。(32)

曼陀仙人说:

我曾经遭受冤枉,被人怀疑犯了偷盗罪,并因此陷入肝胆俱裂的极度痛苦之中。于是我便开始敬拜大神。后来大自在天出现,并对我说:(33)"有智慧的人啊,你会从痛苦之中解脱出来的,并将活到一千万岁。你再也不会经受烦恼苦闷。焦虑和疾病也将离你而去。(34)牟尼啊,你的本我原是源自正法的第四只脚①。你在世上将无可匹敌。你在有生之年将硕果累累。(35)你将不乏去圣地沐浴的机会。你也将事事顺利,到处取得成功。有智慧的人啊,我将做出安排,使你永不毁灭,并能进入天国,享受快乐。"(36)说过这样一番话后,大王啊,那无上之神,那光辉灿烂,可敬亦复可爱的大自在天,骑牛者(湿婆)和衣兽皮者(湿婆),便同他的侍众一齐消失不见了。(37)

迦罗婆说:

过去,我曾师从众友仙人。有一次我征得他的同意,回家去看我的父亲。不料,我发现母亲正泪流满面,悲痛欲绝。她对我说:(38)"亲爱的孩子,无辜者啊,你的爸爸再也不可能看到你——他年轻的儿子了,这个儿子从拘湿迦之子(众友)那儿告假回来,已经学会自制,并且满腹吠陀经典了。"(39)听到母亲这样说,我陷入绝望,认为再也见不到父亲了。我抑制住自己的悲痛,前去见大神湿婆。他对我说:(40)"我的孩子,你的父亲、母亲和你将会摆脱死亡的阴影。快快回家去看你的父亲吧!"(41)坚战啊,向大神告辞之后,我赶快跑回家里。亲爱的人啊,我看到了父亲,他刚刚做过每日的家祭出来。(42)他从屋里出来,已经洗过了手,手中拿着沉重的木柴和拘舍草。见到我,他立刻扔掉手中的东西,眼里一下子充满了泪水。(43)般度之子啊,我匍匐在他的面前。他搂住我,亲着我的头,对我说:"谢谢上天,孩子,我真的看到了你。你学好知识回来

---

① "正法的第四只脚"指真理。

了！"（44）

护民子说：

众牟尼道出了这么多大神湿婆的神奇业绩，般度之子听后十分吃惊。（45）这时，智者中的智者黑天又对一向坚持正法的坚战说了如下的话，正如昔日毗湿奴对补卢怙陀（因陀罗）说话一样。（46）他说："太阳、月亮、风、火、天空、大地、水、众婆薮、众毗奢、陀多、阿尔耶摩、太白金星、毗诃波提、众楼陀罗、众沙提耶、伐楼拿、毗陀杲波①、（47）大梵天、天帝释、风神、关于梵的知识、真理、吠陀、祭祀、祭司的酬资、咏诗者、苏摩、祭司、祭品、烧祭之物、护符、净身、各种禁戒、（48）娑娑诃②、婆舍吒③、婆罗门、苏罗佩耶④、正法、轮宝、时间之轮、动物、名声、自制、智者信念上的坚定、善、恶、七大圣人、（49）哲学上由思考而得的最高智慧、感性快乐的实现、诸事成就者、众神明、食蒸汽者⑤、饮苏摩酒者、雷克⑥、苏耶摩神、兜率陀神、梵身⑦、（50）阿跋私伐罗、食香气者、以视代食者、控制言语者、控制心智者、纯洁者、以涅槃为乐之神、以触代食者、以观代食者、食奶油者、（51）有本领随思随得者、神中领袖、其他神明、阿阇弥吒、美翼、健达缚、毕舍遮、檀那婆、药叉、蛇神、遮罗纳⑧、（52）精细的、粗大的、柔软的、不精细的、悲苦的、喜乐的、苦乐参半的、数论、瑜伽、优中最优的——你知道，上面我提到的一切，统统源自沙尔婆（湿婆）。（53）世间所有的存在物都是创造者自身愿望的结果，各个神明则是存在物的保护者。他们降临这古代的大地，保护大神的创造物。（54）前面那些都是我顺口说到的。我称颂真谛，向生命的本原表示恭敬。愿那备受赞誉，不可

---

① 毗陀杲波意为财富的保护者，指财神俱比罗。
② 一种吉祥语，带有祈愿的意思。由于往往在祭祀时向火中投献祭品时用，所以它又被人格化为火神之妻。她的身体被说成是四吠陀，她的肢体则为吠陀六支。
③ 亦为一吉祥语，祭祀时由祭司中的劝请者在一首圣诗咏唱完毕时使用。听此，行祭者即将祭品投入祭火之中。
④ 一种神牛。其母为如意神牛苏罗毗（怡悦）。
⑤ 食蒸汽者为印度神话中一批人类祖先的名称，他们生活在阎摩王的宫殿里。
⑥ 一类遮乌舍·摩奴时代的小神。
⑦ 苏耶摩、兜率陀和梵身都是从属性的神。
⑧ 遮罗纳为天神中的音乐家。

摧毁的大神和宇宙之主，能够不断向众生施与他们一心渴望的恩惠。（55）一个纯洁的，控制了自己感官的人，如果他高声唱诵如上赞词达一年之久，同时不间断地修炼瑜伽，保持自制，他就能够获得只有举行马祭才能得到的果报。（56）一个婆罗门可以因此而掌握全部的吠陀经典。一个王者可以因此而征服全部的土地。一个吠舍可以因此而获得财富和经验。一个首陀罗可以因此而生于善趣从而享受幸福。（57）这种赞词乃是赞词之王。它能够消除一切罪愆，使人保持纯洁，并且给人带来无限的福祉和令誉。谁唱诵它，他就成为归心于楼陀罗的人。（58）婆罗多后裔啊，凡是唱诵这赞词之王的人，准得在天国居住上千百年，其数之多，多如他身上的毛孔。（59）

以上是吉祥的《摩诃婆罗多》中《教诫篇》第十八章（18）。

一九

坚战说：

婆罗多族雄牛啊，我想知道，与女子执手成婚以后，关于夫妇二人共同遵行的法，传承经是怎么说的。（1）古代的伟大仙人曾经宣布过，共同遵行的法，无论是生主式婚姻的法，或者是阿修罗式婚姻的法，都是来自仙人的。（2）不过，我心中还是存在很大的疑惑，觉得其中仍有矛盾之处。人在生时可以共同遵行正法，但是死后怎么办呢？（3）祖父啊，天国是属于死者的地方。如果在那里可以共同履行法的话，那么，既然夫妇之间总是有一个人先死，请告诉我，这时另一个人应该在哪里呢？（4）人们由于做业各异而获得种种不同的果报，而世上之人所做的业也是彼此之间各不相同。同样，为人准备的地狱也会因世人宿业和果报的不一而有种种差异。（5）经文的作者曾经宣称妇女的行为常常不合正法。亲爱的人啊，如果妇女的行为不合正法，那么男子和她们怎么可能来共同实践传承经典中所说的法呢？（6）在吠陀经中，人们的确可以读到某些经句说妇女行为不正。法是制订出来，规范人们行为的法则，自古即为大家所承认。（7）在我看来，尽管法是永远存在的，但又十分不易参透。祖父啊，请你解除我的疑惑,依照传承经典把一切都为我讲清吧。(8)请你讲一讲它究竟应该是什么样子,又是怎样发挥作用的。敬爱的,智慧广大的人啊,请把这一切给我讲明白。(9)

毗湿摩说:

婆罗多后裔啊,在这方面,人们经常引用一个古老的传说,那是八曲仙人和提莎的对话。(10)从前,大苦行者八曲仙人渴望结婚,于是他来到仙人伐陀尼耶隐居的地方,向这位伟大的仙人提出请求,希望娶他的女儿。(11)这个女子因色得名,叫作苏波罗婆[1]。她丽质天成,举世无双,而且品德优异,行为端庄,是一个出类拔萃的女孩。(12)这女子美目流盼,一见之下,八曲仙人的心就被她俘虏了,恰如一片长满各种鲜花的树林夺走了游人的心魄一样。(13)仙人对他说道:"好吧,我把我的女儿给你。不过,请你先听我讲一讲。从这里向吉祥的北方走,你会看到不少东西。"(14)

八曲仙人说:

尊敬的仙人,请你告诉我,在那里我能看到什么。我已经准备好,你怎样要求,我就怎样去做。(15)

伐陀尼耶说:

你首先要穿过"施财宝者"[2]的领地,然后到达喜马拉雅山。过了喜马拉雅山,你就能看到楼陀罗居住的地方,还可以看到常去那里的众悉陀和众遮罗纳。(16)楼陀罗的侍从很多。他们长着各种各样的面孔,快乐地跳着舞蹈。此外还有神仙般身段,服色不一的毕舍遮,以及各种野兽。(17)沙尔婆(湿婆)住在那里。周围的侍从应和着手掌和铙钹的敲击声,兴高采烈地跳着舞。(18)山中这一块美妙的地方,据说就是神明喜爱的去处。人们常能看到大神和他漂亮的随侍们一起出游。(19)传说这也是女神乌玛为了对付商迦罗(湿婆)而修炼极难苦行的地方,因此湿婆和乌玛都喜欢这里。(20)再往北面,附近有一口大井。在那里,季节[3]、毁灭之夜[4]、众神和人

---

[1] 苏波罗婆有美艳照人的意思。
[2] 即财神俱比罗。
[3] 季节有时被人格化为神明,受人祭祀。
[4] 指世界被劫火彻底烧毁的前夜。它又往往被人格化为女神难近母。

类,(21)现身为各自的形象,亲近崇拜湿婆大神。这里是你行程中的必经之地。(22)然后,你会看到一处深绿色的无花果树林,样子就像一团乌云。在树林里,你将看到一位楚楚动人的女子,色貌足以摄人心魄。(23)她正在做着底刹祭[①]。她年高德劭,是一位了不起的大苦行者。见到她后,你要向她诚心诚意,敬拜如仪。(24)看到她以后,你就可以回来,执着我女儿的手,同她结婚了。如果你愿意同我做这样一个约定,那么你就听从我的话,朝着我所说的地方出发吧。(25)

以上是吉祥的《摩诃婆罗多》中《教诫篇》第十九章(19)。

二〇

八曲仙人说：

好吧,一言为定！我听从你的话。我将毫不犹豫地到你指定的地方去。尊敬的贤人啊,希望你也能信守自己的诺言。(1)

毗湿摩说：

于是,非凡的八曲仙人便出发上路,一步步向北走去,最后终于到达了悉陀和遮罗纳常去的山中之王喜马拉雅山。(2)这再生者中最优秀的人到达喜马拉雅山后,又去了神圣的巴胡达河。这是一条能够施人以正法的河。(3)他找到了一处河水清澈,令人乐而忘忧的地方,下去沐浴,并用河水奉祀诸神,使他们高兴。沐浴完毕,他在岸边铺好拘舍草,舒适地躺下来。(4)一夜就这样过去了。第二天清晨,这位再生者早早起来。沐浴过后,他燃起祭火,按照惯例奉献了祭品。(5)然后,他到达楼陀罗尼井。那里有一个湖。他在湖畔休息了一会儿,便又起身,精神饱满地朝盖拉娑山走去。(6)不久,他看到一座金门,光芒四射,犹如燃烧的火焰。附近是曼陀吉尼河和那利尼湖,它们都属于伟大的施财宝者。(7)见有来客,由宝贤领导的罗刹全体出来,对可敬的八曲仙人表示欢迎。罗刹们住在这里,为的是

[①] 一种除去罪愆,求取智慧的祭祀仪式。

保护长满莲花的湖泊。(8) 这些罗刹武力强大，令人畏惧。仙人向他们还礼，并对他们说道："请快向施财宝者通报我的到来吧。"(9) 尊敬的国王啊，罗刹们听到这话后回答说："知道你光临此地，我们的广闻王（财神俱比罗）已经亲自来迎了。(10) 我们杰出的大王知道你来访的用意。快请看吧，这天福护佑者由于精气旺盛而光彩照人。"(11) 广闻王来到纯洁无瑕的八曲仙人面前，礼貌周全地问候他的健康，然后对这位梵仙说道：(12) "尊敬的客人，愿你幸福！请你告诉我你需要什么。再生者啊，我将为你做任何事，只要你肯告诉我你的要求。(13) 再生者中最优秀的人啊，如果你高兴的话，请到我的宫殿去吧。在我尽了地主之谊，而你的事情也已办完之后，尊敬的客人啊，你的回程将一路顺利无阻。"(14) 这样说过以后，他就拉着仙人的手，将他领进自己的宫殿。他把自己的座位让给他，并为他送上濯足水和其他的敬客之物。(15) 待两人坐定以后，俱比罗手下的药叉、健达缚和罗刹们也在宝贤的带领下，坐到他们的跟前。(16) 看到大家全部就座，施财宝者便对仙人说道："尊敬的人啊，我看出你现在很高兴。下面可以让天女们出来跳舞了。(17) 尊贵的客人啊，你值得我们献上最高的礼遇。"见此情状，八曲仙人用甜美的声音说道："开始吧！"(18) 于是，优哩婆罗①、密湿罗吉希、罗姆芭、优哩婆湿、阿楞补娑、诃哩达吉、吉陀罗②、花钏和楼吉③，(19) 摩奴诃罗、苏吉希、苏穆吉、诃悉尼、波罗婆、毗丢陀、波罗舍摩、檀陀、毗调陀和罗蒂，(20) 以及另外许多美丽的天女便跳起舞来，众健达缚则在一旁奏着各种各样的乐器。(21) 大苦行者八曲仙人住下来，日日沉浸在健达缚和天女的轻歌曼舞之中。不知不觉一天年④就这样在娱乐中过去了。(22) 这一天，广闻王对他尊敬的仙人说道："智慧之人啊，自从你来到这里，整整一年已经过去了。(23) 婆罗门啊，这人称健达缚的欢乐歌舞最能耗人时日。敬爱的智慧之人啊，是让它继续下去呢，还是做些别的，请告诉我。(24) 你是我的贵客，理应

---

① 优哩婆罗为财神俱比罗宫中的女仙，善于跳舞。
② 吉陀罗为财神俱比罗宫中的舞女。
③ 楼吉为财神俱比罗宫中的舞女。
④ 1天年相当于360天日。1天日相当于尘世1年。

受到款待。我这里就是你的家。我们随时准备听从你的命令，立即照办。"（25）听到这话，仙人心中十分高兴，于是回答广闻王道："财富之王啊，我已经受到了你的盛情接待，很觉荣幸。现在我要走了。（26）我的确非常高兴。财富之主啊，你也值得受到同样的礼遇。我已经接受了你的恩惠，按照大仙人伐陀尼耶的命令，今天我应该走了。希望你诸事顺遂。"（27）

说过这话，可敬的八曲仙人就离开广闻王的住处，朝北走去。他走过了盖拉娑山、曼陀罗山和金山。（28）然后他又翻过无数的大石山，来到吉罗陀人居住的地方。他围着这美丽的地方右旋绕行①，同时聚精会神，躬身致敬。当他下到地面的时候，他觉得自己已经变得更加纯洁。（29）如此右旋绕行三圈之后，他心情愉快，继续朝北，走过了很多类似的地方。（30）后来，他又看到了一片可爱的树林。林中到处是种种不同季节的鲜果和块根，还有百鸟在鸣啭。这里那里点缀着令人心旷神怡的林间空地。（31）不久，可敬的仙人来到了一处神圣的净修地。他看到了很多珍宝装饰的金山耸立在布满宝石的地面上，山的形状各式各样。此外还有许多长满莲花的水塘。（32）这位灵魂纯洁的大仙又看到无数其他的珍奇可爱之物，内心充满愉悦之情。（33）一座雄伟的金宫出现在他的面前。它美轮美奂，饰满各式珍宝，比起财神的宅第又漂亮了许多。（34）它的周围，也是一座座珍宝做成的小山，还有各色宝石装点的美丽天车。（35）曼达吉尼河流过这里，河上漂着曼陀罗花。岸畔布满各种珍宝，无数的金刚石闪闪发光。（36）宫殿的拱门上装饰着五颜六色的宝石，罩着珍珠穿成的网，网上编结着各式各样的钻石和美玉。周围到处是美不胜收的宝物，让人眼花缭乱，目不暇接。（37）眼看着四周美妙的景物，仙人不觉心花怒放。这时他开始琢磨："我到哪里去住呢？"（38）这么想着，他就朝宫殿的门口走去，然后站在门外喊道："有客人来了，请里面的人让我进去。"（39）话音刚落，只见一些女孩子互相簇拥着从宫殿里缓步走了出来。她们共有七人②，英姿各不相同，而且，国王啊，真是个个让人心旌摇曳。（40）仙人看哪个女孩，那个女孩就会

---

① 右旋绕行，表示礼敬。
② 七人代表八方中除了北方的七个方向。参见下面第22章第4颂。

把他的心夺去。他简直无法自持了。他的心理防线可以说已经崩溃。(41) 然而,这位婆罗门终究还是恢复了自己的控制力。他又成了一个智慧的人。女孩们也变得高兴起来。她们对他说道:"尊敬的人啊,请进来吧!"(42) 听到邀请,这个再生者走进宫殿,心里却始终纳闷这些女孩何以如此美丽。(43) 来到殿内,他见到一位老妇。她穿着十分洁净的衣服,戴着全副首饰,坐在床上,动作因为上了年纪而显得十分迟缓。(44) "祝你吉祥!"八曲仙人向老妇致敬道。她站起身来,礼貌地还以问候,并且对这位婆罗门说道:"请坐。"(45)

八曲仙人说:

请所有的女子都回到自己的住处去,只留一位在这里——留一位既聪慧又娴静的吧。如果愿意的话,其余的人可以离开了。(46)

听到这话,那些女孩便绕着仙人右行一周,然后回到各自的住处去,只有老妇一个人留了下来。(47) 仙人坐在自己金碧辉煌的床上同她谈话。白天就这样过去了,逐渐地,夜已深沉。于是他对老妇说道:"吉祥的人啊,请就寝吧。"(48) 这样一说,他们的谈话只好终止,老妇也就到另外一张十分考究的床上,睡了下去。(49) 但是时间不久,她又起来,四肢发抖,装出身上发冷的样子,走过去上了仙人的床。(50) 可敬的仙人出于礼貌,遂对她说:"欢迎过来。"可是,人中雄牛啊,这妇人爱心冲动,伸出双臂,把仙人拥进怀里。(51) 不过仙人并无反应。看到他无动于衷,竟如木柱石壁,妇人大失所望,于是又开始同他谈话。(52)

妇人说:

婆罗门啊,除了从男人那里获得满足,女人没有什么别的欲望。欲望已经使我难以自持,我才过来找你。你也来享受我吧。(53) 智慧不凡的仙人啊,振作起精神,来同我结合吧。大智之人啊,拥抱我呀。我正在因为你而受着爱的强烈煎熬!(54) 恪守正法的人啊,你通过苦行追求果报,同我结合就在其中嘛。当初一看见你,我就倾倒了。你也来享受正在享受的我吧。(55) 你看这房屋,这树林,以及其他一切,它们都将属于你。不要再对我犹犹豫豫了。(56) 我将会实现你的任何愿望。大智之人啊,在这迷人而又能够满足人所有欲望的树林里,何不同我一起快活。(57) 我是你的妻子,你将同我快乐游戏。无论是天上的，还是人间的，一切愿望我们都能实现。（58）对于女人来说，任何一件可以得到的快乐，都不能和与男人结合这最大的快事相比。（59）女人一旦受到爱情女神的驱使，就会只想着自己的快乐。这时即使走进滚烫的沙漠，她们也不会感觉疼痛。（60）

八曲仙人说：

善良的人啊，我绝不能接近别人的妻子。在法论里，触碰别人妻子的行为是受到诅咒的。（61）吉祥的人啊，你知道我是想结婚的。不过，凭着真理发誓，我从不清楚男女之事。我实在是按照正法订下的规矩，为了家族的延续才结婚的。（62）尽人皆知，有了子孙，我才能享有一切世界。吉祥的人啊，请想一想正法。请你想一想，放弃原来的主意吧。（63）

妇人说：

再生者啊，对于女人来说，无论是风神、火神、水神，还是其他三十三天神，作为情爱对象，都不可意。女人要求的就是实在的男欢女爱。（64）要说忠于自己丈夫的女人，在一千个甚至十万个里，说不定会有那么一个。（65）女人们并不关心自己的家庭、父亲和母亲。她们也不关心自己的兄弟、丈夫、儿子和大小叔子。（66）她们寻欢作乐，甚至摧毁家庭，就像河水冲决堤岸一样。生主就曾说过，女人是蠢人中的蠢人，缺点何止一二。（67）

毗湿摩说：

妇人说过这番话后，仙人仍然不为所动，他回答道："毕竟美貌才能产生吸引力。请你告诉我，现在我该怎么办。"（68）妇人答道："可敬的人啊，决定事情要看时间地点。有大智慧的人啊，住在这里吧。一旦做了该做的事，你就可以离去了。"（69）听到这话，坚战啊，这位梵仙便答应道："好吧。那么我就决定住在这里，不再犹豫。"（70）然而，当仙人注视那妇人老迈的身躯时，他陷入了烦恼的思索。痛苦又在折磨他。（71）这优秀的婆罗门再上上下下打量她的身躯，实在难以从她那已经姿色褪尽的容貌上得到什么快乐。（72）"她是这个宫殿的主人。难道她是因为受到什么诅咒而变丑了吗？我应该先弄清楚其中的原因，而不能贸然同她结合。"（73）仙人这样琢磨，很想弄清其中的道理。这一天其余时间就这样在沉思中过去了。(74)清晨到来，妇人叫道："尊敬的人啊，看呀，太阳出来了，它裹在云霞里，颜色通红。要我为你做什么事吗？"（75）仙人回答说："请把沐浴用的水准备好。沐浴过后，我还要行晨祭，同时控制我的言语和诸根。"（76）

以上是吉祥的《摩诃婆罗多》中《教诫篇》第二十章(20)。

二一

毗湿摩说：

那妇人听到婆罗门的命令后，回答道："好吧！"她取了一些香油和一块擦身用的布给他。（1）在得到这位具有伟大灵魂的牟尼同意以后，她用香油膏揉擦了他身体的各个部分。（2）接受了反复的揉擦之后，这位仙人就向一间专为行沐浴礼而用的房屋走去。进到屋内，他发现里面有一张崭新、闪光、非常漂亮的坐床。（3）等他在床上坐定以后，妇人就开始用她那令人感觉舒适的手擦洗他的身体，手法轻柔，殷勤周到，并且合乎规定的礼法。（4）对于这位严格遵守戒条的仙人来说，长夜就这样在宜人的水温和妇人温柔的抚摸之间不知不觉地过去了。（5）等到从华丽的坐床上爬起来时，他才大吃一惊。这时他看到太阳已经从东方升起到天空。（6）他犹自问道：这究竟是真的，还是假的？于是他对放射千道光线者（太阳）敬拜如仪，然后开言问道："我该怎么办呢？"（7）这时，老妇为仙人备好了一份食品，它的样子和味道都像是甘露一般。不过由于食品太甜，仙人吃得不多。时间不知不觉地过去，转瞬已经夜幕四合。（8）于是妇人又开始催促这可敬的仙人，说："该睡觉了。"随后，她便睡到了仙人的床上。（9）

八曲仙人说：

善良的人啊，我的心是不会属意于别人妻子的。请你起来，宽以待我，自己去睡，不要再打我的念头了。（10）

毗湿摩说：

这位妇人见仙人善于自制，如此坚定地回绝了她，便对他说道：

"我是一个独立的,完全可以自己做主的女子。你无论如何都不会违犯正法。"(11)

八曲仙人说:

女子从来就不可能自己做主。没有一个女子能做自己的主人。生主就曾说过不能让女子独立的话。(12)

妇人说:

婆罗门啊,为了想同你亲近,我已经深深地陷入痛苦。请看看我对你是多么诚敬吧!你若不同样以爱怜待我,那才真是罪过呢。(13)

八曲仙人说:

世上的罪过多种多样,它们足以将那受欲望驱使的人毁灭掉。我的决心是永远不会动摇的。吉祥的人啊,请你回到自己的床上去吧。(14)

妇人说:

婆罗门啊,我要向你俯首致敬。请你施恩于我。无瑕者啊,我五体投地,匍匐在你面前。请你做我的庇护者吧。(15)如果你认为有意于他人之妻会使你陷入罪恶,那么我是自愿将自己奉上的。再生者啊,请你执住我的手吧。(16)确确实实地讲,绝不会有罪责落在你的身上。你应该知道,我是能够自己做主的。倘若真有罪责的话,就让它们统统落在我的身上好了!(17)

八曲仙人说:

吉祥的人啊,你怎么会是可以自主的人呢,请你告诉我。在这个世界上,至今还没有哪一个妇女是能够自己做主的。(18)年幼的时候,父亲保护她。青年时期,丈夫保护她。老年时,儿子保护她。没有任何女子是可以独立,自己做主的。(19)

妇人说:

自年幼起,我一直遵守梵行。到今天我依然是少女之身。这是无可怀疑的。婆罗门啊,不要再疑惑了。不要破坏我对你的信念啊。(20)

八曲仙人说:

我对于你的想法和你对于我的想法其实是一样的。[①] 不过,我担

[①] 这句话的意思是,彼此在情欲上的吸引固然是存在的。

心这会毁了仙人①的初衷。(21)这事确实奇异无比,我怎样做才好呢?站在我面前的是一个穿着漂亮衣裙,戴着贵重首饰的少女。(22)为什么她变得绝顶美丽,而过去她又是怎样用老弱之相掩盖她曼妙身躯的呢?今天她看上去是一个妙龄佳人。可是谁知道以后她又会是个什么样子呢?(23)我无论如何不能失去自制力!失去它绝不会有好结果。保持它才能实现远大目标。(24)

以上是吉祥的《摩诃婆罗多》中《教诫篇》第二十一章(21)。

二二

坚战说:

八曲仙人态度严厉,为什么这个女子却不怕他的诅咒?了不起的仙人又是怎样离开那里的呢?可敬的人啊,请讲给我听。(1)

毗湿摩说:

八曲仙人问这女子:"我,一个婆罗门,很想知道你是怎样改变了自己容貌的。请你如实告诉我,不说假话。"(2)

妇人说:

最优秀的婆罗门啊,无论在天上,还是在地下,情欲这件事总是存在的。拥有真理之力的人啊,请你倾耳细听,我将把全部情况告诉你。(3)你要知道,我是北方的化身。女人的水性杨花,你是领教过了。掌握真理的人啊,你有不屈不挠的意志。凭借这种意志,你征服了世界。(4)无瑕者啊,前面的考验就是我设计的,好试一试你的意志力是否坚强。即使是老年女人,她想同男人交接的愿望依然强烈,并为此饱受折磨。(5)老祖宗(梵天)对你的所作所为十分满意。以因陀罗为首的诸神也是一样。可敬的人啊,你已经通过自己的行为达到了目的。(6)再生者中最优秀的人啊,你是被那智慧的婆罗门,那女孩的父亲派到这里来的,好让我来给你一番必要的教训。这一点我已经全部做到了。(7)你可以安全地回家去了,路上也不会有劳顿之

---

① 指让他到北方去的伐陀尼耶仙人。

感。智慧之人啊,你将会得到那个姑娘,她还会给你生个儿子。(8)我用情欲来引诱你。你给了我合格的回答。在所有三界之内,同异性结合的欲望是很难克服的。(9)回家去吧,你已经做了很好的功德。充满智慧的八曲仙人啊,还有别的事要听我讲吗?我会一五一十告诉你的。(10)再生者中最优秀的人啊,那位仙人(伐陀尼耶)派你到这里来使我非常高兴。为了对他表示敬意,我向你讲了如上的话。(11)

听到她这一番言词,八曲仙人双手合十,以示铭感,然后征得她的同意,便出发回家去了。(12)回到家中稍事休息以后,他即依礼遍拜了族人。接着,俱卢之子啊,他又按照规矩,前去拜访仙人伐陀尼耶。(13)伐陀尼耶客气地问候他,他也心情愉快地讲述了此次外出的见闻。他说:(14)"我遵从您的指示离家以后先到了香醉山①。然后我又到了它北面的一处地方,在那里见到了一位伟大的神祇。(15)可敬的主人啊,我在那儿接受了那位神祇的种种教诲。听过她的说教以后,我又返回家来。"(16)八曲仙人汇报过后,伐陀尼耶仙人便对他说:"根据星象选择一个良辰吉日吧,你可以把我的女儿领去了。可敬的人啊,你是我择婿的最佳人选。"(17)

毗湿摩说:

八曲仙人说:"好吧!"不久他便娶了伐陀尼耶的女儿。一心执守正法的八曲仙人十分满意。(18)就这样,他娶了一位绝代佳人为妻,然后在自己的净修处过起了无忧无虑的愉快生活。(19)

以上是吉祥的《摩诃婆罗多》中《教诫篇》第二十二章(22)。

二 三

坚战说:

婆罗多族俊杰啊,博学多识者通常把什么样的婆罗门视作值得给

---

① 印度神话传说中的山脉,在喜马拉雅山以东,山中长满吐着香气的树木,故名。据说只有修得苦行力的人才能攀上此山。

13.23.1

予施舍的呢？是那种佩戴自己种姓标志的，还是那种不佩戴自己种姓标志的？(1)

毗湿摩说：

大王啊，那些十分注意履行自己种姓职责的婆罗门，不管是否佩戴了自己的种姓标志，都是值得给予施舍的，因为这两种人都是虔诚者。(2)

坚战说：

祖父啊，如果一个纯洁的人怀着虔敬之心将祭神和祭祖的供品施舍给了再生者，他会犯什么过失吗？(3)

毗湿摩说：

亲爱的人啊，即使是一个性格暴戾难驯的人，他也会因为虔诚而变得纯洁。大地之主啊，无论在什么情况下，他的行为都会变得纯洁。(4)

坚战说：

据说，在请婆罗门举行敬神仪式的时候，从来不应该对他进行考查。然而又听有学问的人说，如果请婆罗门举行敬祖仪式，对他进行考查还是可以的。(5)

毗湿摩说：

在敬神的仪式中，人们是直接从神明那里获得功德的，而与主祭的婆罗门无关。通过祭祀仪式敬拜神明，神明就会将恩惠施与敬拜者，这是肯定无疑的。① (6) 婆罗多族俊杰啊，婆罗门应该永远是吠陀真理的宣教者。智慧不凡的仙人摩根德耶就曾说过这样的话。(7)

坚战说：

如下的五种人中，哪一种是应该给予施舍的：陌生人、有学问的人、姻亲、苦行者，还有依例行祭的人？(8)

毗湿摩说：

就前三种人来说，如果他们出身纯洁，勤于分内的工作，博学多识，心地善良，谦逊知耻，待人诚恳，出言信实，那么他们就是合格的人。② (9) 普利塔之子啊，请听我说。我要把如下四位的看法告诉

---

① 这里没有说出的意思是，当仪式与祖先有关时，婆罗门的资格就需要考查了。
② 似乎暗示对于后两者不必有如上要求。

你,即大地女神、迦叶波仙人、火神和摩根德耶。(10)

大地女神说:

把一块泥巴投入大海,它很快就会溶化掉。同样,任何一种罪愆也会在人所做的三种事情中消融掉。①(11)

迦叶波说:

通晓全部吠陀以及吠陀六支、数论哲学和往世书,再加上出身良好,所有这一切,国王啊,都不能为一个行为不端的人开脱罪责。(12)

火神说:

一个从事学问研究的婆罗门,如果自以为识见不凡,甚至凭借自己的学识去破坏别人的名声,那么他就是犯了背叛真理罪。任何一个快乐世界都不会再收纳他。(13)

摩根德耶说:

把一千次马祭和真理分别放在天平的两端,进行称量。我不知道前者是不是能够达到后者的一半重。(14)

毗湿摩说:

这四位——大地女神、迦叶波、火神和长寿的婆利古的后代②——都是具有无限精力的。他们说过上面这些话后,很快就离开了。(15)

坚战说:

在这个世界上,如果一个发誓过禁欲生活的婆罗门吃了他人祭献给祖先的供品,那么这种由行祭者施给他的食物还能够带来功德吗?(16)

毗湿摩说:

杰出的国王啊,那种学过全部吠陀,并且正在过梵行期生活的婆罗门,如果吃了你所说的食物,就是违背了禁戒。③(17)

---

① 所谓"三种事情"即主持祭祀、教授吠陀和接受施舍。只有婆罗门才做这三种事,因此这里实际上是说婆罗门不会为罪愆所困扰。参见以下第36颂有关注释。

② "婆利古的后代"指摩根德耶,他是大仙人婆利古的曾孙。

③ 这一颂隐藏的意思是食物本身并未受到玷污,仍可给行祭者带来功德。

97

坚战说：

曾有智慧的圣贤说过，正法有不止一个目的，也有许多门径。①祖父啊，请你告诉我，对此有无定说。(18)

毗湿摩说：

不伤生命、坚持真理、避免发怒、仁慈、自制、正直，这些品质是道德的标志。杰出的国王啊，这就是定说。(19) 不过，国王啊，却也有这样的人，他们在大地上漫游，到处颂扬道德如何美好，可是从不实践自己所宣传的东西，反倒做出种姓杂染之类的事。②(20) 一个人如果把自己的珍宝、黄金、牛或者马等施舍给这种人，他就会落入地狱，在那里生活十年，取食粪溺，(21) 那些梅达③和卜罗迦婆④的粪溺，那些住在城镇郊外的人⑤的粪溺，以及那些受情绪支配或纯属愚蠢而将他人有何作为或有何失误的事四处张扬的人的粪溺。(22) 杰出的国王啊，那些愚笨到了不肯将祭祖的供品施与坚持梵行的婆罗门的人，将会到充满悲苦的世界去受罪。(23)

坚战说：

请告诉我，祖父，比梵行更高的是什么？正法的最高标志是什么？至纯至洁的标志又是什么？(24)

毗湿摩说：

亲爱的人啊，戒食蜂蜜和肉类，是比梵行更高的戒行。遵守规矩就合乎正法。纯洁的标志是平静。(25)

坚战说：

请告诉我，祖父，什么时候应该履行正法？什么时候可以追求物质利益？什么时候可以享受幸福？(26)

毗湿摩说：

人应该在早年集聚财富，然后是遵行正法，再后是追求享乐。但是无论如何不要过分耽于其中的某一种。(27) 人应该尊重婆罗门，

---

① 这里的意思是遵行正法所得的果报不止一种，而借以求得果报的行为方式也多种多样。
② 古代印度教视不同种姓之间的婚姻为大忌。
③ 一类杂种姓。
④ 一类地位非常低贱的杂种姓。
⑤ 贱民住在市镇郊外，比如制革匠、收尸人等。

敬事师长，善待一切众生，举止温和，出言悦耳。（28）在公堂上编造谎言，在国王面前诽谤他人，恶劣地对待师长，所有这些行为应与杀婆罗门等量齐观。（29）不要伤及国王的身体，不要打母牛。这两种行为应与杀胎罪等量齐观。（30）不要忘记照管祭火，不要放弃吠陀学习，不要对婆罗门扬声高叫。所有这些行为应与杀婆罗门等量齐观。（31）

坚战说：

什么样的婆罗门是高尚而值得尊重的？向什么样的婆罗门施舍可以获得上好果报？什么样的婆罗门应该给他食物？祖父啊，请告诉我。（32）

毗湿摩说：

能够摆脱愤怒，积极完成正法要求的职责，永远坚持真理，不以自制为苦——具有这些品质的婆罗门是高尚而值得尊重的。向这样的婆罗门施舍，可以获得上好果报。（33）戒除傲慢，容忍一切，目标明确，控制感官，为所有众生谋利益，仁爱为怀，向具有这样品质的婆罗门施舍，可以获得上好果报。（34）能够抑制贪欲，保持身心纯洁，饱有学识，有羞耻心，出语诚信，努力尽职，向具有这样品质的婆罗门施舍，可以获得上好果报。（35）一个学习所有四吠陀及其附属各支，同时又能积极履行六种职责①的婆罗门，古代仙人们说过，就是有资格接受施舍的人。（36）向具有如上品质的婆罗门施舍，就能够获得上好果报。向一个品质确实良好的婆罗门施舍，还可以使自己的功德增加一千倍。（37）一个婆罗门，如果智慧不凡而又精通吠陀天启知识，同时还能严格履行典籍上具明的职责，那么他一个人就能够救度整个家族。（38）一个人，如果能向这样的婆罗门广施牛、马、财物、食品和诸如此类之物，或者施舍别的东西，那么他就可以避免在来世陷入悲苦的境地。（39）一个最优秀的再生者可以独力拯救整个家族。② 总之，重要的是选择一个有资格的施舍对象。（40）因此，一旦听说某个婆罗门具备优良品质并为有德者所敬仰，就应该不

---

① 婆罗门的六种职责是教授吠陀、学习吠陀、祭祀、替他人祭祀、施舍和接受施舍。该说普遍见于各法经和法论。

② 这里的家族指施舍者的家族。

远长途，将他请来，以一切可能的方式得体地敬奉他。(41)

以上是吉祥的《摩诃婆罗多》中《教诫篇》第二十三章(23)。

二四

坚战说：

祖父啊，希望你对我讲一讲，神仙们对于祭神和祭祖有过什么指教。(1)

毗湿摩说：

行祭人首先要认真净身，然后举行吉祥的仪式。祭神在上午进行，祭祖则在下午。(2)将东西施舍给人的事要在中午做，同时怀着诚敬之心。施舍物品时间不当，这些物品的实际享用者就会是罗刹。①(3)有的物品有人从上面迈过，或者被人舔过，或者施舍的时候发生了争吵，或者被月事中的妇女看到过，这些物品的实际享用者就会是罗刹。(4)婆罗多后裔啊，当众宣布要施舍的东西，被邪恶的人吃掉过一部分的或者被狗接触过的食品，它们的实际享用者就会是罗刹。(5)有的食物掉进了毛发或者蠕虫，或者被唾液弄脏，或者被狗看到了，或者掉进了眼泪，或者落上了尘土，它们的实际享用者就会是罗刹。(6)婆罗多后裔啊，有的食物人在取食前没有说"唵"，或者取食者身携武器，或者这个人心怀叵测，它们的实际享用者就会是罗刹。(7)有的食物在一个人吃时已经被另外的人尝用过了，有的食物未经敬献神明或祖宗就先吃了，它们的实际享用者就会是罗刹。(8)受到诅咒之物，不祥之物，带着愤怒的心境对神明或祖先所献之物，它们的实际享用者就会是罗刹。(9)最优秀的人啊，三个种姓的人②在祖祭上敬献食品而未诵圣诗，或未按规定仪式办事，其所献之物的实际享用者就会是罗刹。(10)食品应在将酥油投入祭火的

---

① 古代印度传统观点认为，施舍物品如果时间不当，便不会带来福惠。它或者无效，或者反会带来祸害。据说违时的施舍，所施的东西会被罗刹劫夺而去。即使是一日三餐，倘不适时取食，也不能营养自身，而会养肥罗刹或者别的恶鬼。

② 指婆罗门、刹帝利和吠舍三个再生者种姓。

祭典上先行奉献给神明或祖先。没有经此仪式而径行敬客，或者事前被行为不端者尝用了，这类食品的实际享用者就会是罗刹。（11）婆罗多族雄牛啊，上面我已经说明了什么样的食物最后会归罗刹享用。下面我要讲述对婆罗门进行施舍的规定，请你听好。（12）婆罗门中那些被逐出种姓之外的，那些呆傻痴愚的，缺乏理智的，国王啊，在为神明或祖先举行的祭仪上不能请他们来。（13）那些有白斑病的，有麻风病的，缺乏生育能力的，有痨病的，有癫痫病的，瞎了眼的——这些人，国王啊，是不能请他们来的。（14）那些游方郎中，那些侍奉偶像的，奉行错误戒条的，售卖苏摩酒的，国王啊，举行祖祭时不能请他们来。（15）那些以歌唱、跳舞、耍把式、奏乐、说故事为业的，或者是上阵打仗的，国王啊，举行祭仪时不能请他们来。（16）那些为首陀罗举行祭祀的，做首陀罗的导师的，当首陀罗的学生的，国王啊，举行祭仪时不能请他们来。（17）婆罗多后裔啊，那些授学而收钱的婆罗门，那些从人学习而目的却在获得补助金的婆罗门，举行祖祭时不能请他们来。他们应被视为买卖吠陀知识的人。（18）那种曾经在祖祭刚刚开始就接受施舍的人，那种同低种姓人结婚的人，国王啊，即使他们具备所有的知识，举行祭仪时也不能请他们来。（19）那些不能保持自己家庭祭火的，工作同尸体有关的，[1]有偷盗行为的，以及在其他方面表现堕落的婆罗门，国王啊，举行祭仪时不能请他们来。（20）那种先祖情况不明，或者身世低贱，或者是布陀哩伽布陀罗[2]的婆罗门，婆罗多后裔啊，举行祖祭时不能请他们来。（21）那种放债的，或者从放债这类事情上获利的，或者靠出售动物谋生的再生者[3]，国王啊，举行祭仪时不能请他们来。（22）那种惧内的人，或者靠做有夫之妇的情夫来生活的人，或者每天不能按规定默祷的人，婆罗多族雄牛啊，举行祖祭时不能请他们来。（23）

婆罗多族雄牛啊，什么样的婆罗门可以请他祭神和祭祖，以及具

---

[1] 在火化场里，先要为尸体举行一定的仪式，方能将其火化。这里指的就是主持这种仪式的婆罗门。

[2] 有的男子没有男性后裔，遂立女儿代之。他在觅定女婿时与他立约，规定所生儿子为他自己的儿子，这儿子就是布陀哩伽布陀罗。

[3] 这里指三个再生者种姓中地位最高的，即婆罗门。

有何种功德的人才能给予或者获得施舍,请听我说。(24)一个婆罗门如果能够信守戒条,或有诸多的道德优点,或谙熟萨维德利圣诗①,或能够辛勤劳作,即使不过是以种田为生,国王啊,这样的婆罗门是可以请他到祭祀仪式上来的。(25)一个婆罗门,只要他出身高贵,就要请他到祖祭上来,即使他曾经奉行刹帝利的法,执戈阵前,也没有关系。然而,亲爱的人啊,倘若这个人以经商为业,那么就不能请他来了。(26)一个婆罗门,如果能够按照要求定时向祭火中投献祭品,或者能安静地生活在自己的村落里,或者不曾偷人东西,或者懂得殷勤待客之道,国王啊,这些人是可以请到祭祀仪式上来的。(27)婆罗多族雄牛啊,一个婆罗门,如果能够在三时②轻吟萨维德利圣诗,或者以正当的乞食为生,或者能够谨行规定的日常祭祀,国王啊,这些人是可以请到祭祀仪式上来的。(28)一个婆罗门,如果他早上是个富翁,晚上却一贫如洗;或者早上一贫如洗,而晚上已成富豪;③或者他能恪守不伤生灵的原则,或者仅有小过,那么,国王啊,这些人是可以请到祭祀仪式上来的。(29)婆罗多族雄牛啊,一个婆罗门,如果他没有恶行,或者头脑清晰却不肯沉溺于哲学思辨,或者挨户乞讨以为生计,那么,国王啊,这些人是可以请到祭祀仪式上来的。(30)一个婆罗门,如果他不能严守戒条,或有欺骗行为,或偷过东西,或做过靠出售动物谋生的事,或曾经经商,然而此后他正好在祭祀仪式上喝过苏摩酒,那么,国王啊,这些人是可以请到祭仪上来的。(31)一个婆罗门,如果他曾以艰辛的农耕劳动集聚起财富,而后来又把财富全都用在了敬事宾客上,那么,国王啊,这些人是可以请到祭祀仪式上来的。(32)

一个人,如果他是通过出卖吠陀知识,或是依靠女人之手得到了财富,那么这些财富就不能用来祭祀天神或祖先,因为它们是通过不光彩的手段得来的。(33)婆罗多族雄牛啊,在祖祭行将结束的时候,

---

① 萨维德利为古代印度吠陀圣诗的格律之一,又称伽耶德利。《梨俱吠陀》中有很多圣诗是用这种格律写成的,其中最神圣的是献给太阳神的那些。婆罗门在其晨昏两次的敬神仪式中必须默念它们。据说这种圣诗颇具神功。念一千首可使人升入天堂,念无数遍能实现任何愿望。有罪者日念三千,不论罪恶多大,一月后皆可涤除。

② 三时即一天的早、中、晚。

③ 这里指迅速变贫或致富。前者尤其指将大量财富集中地施舍出去。

如果再生者（婆罗门）拒绝说"由迦陀"，那么他就是违反了法的要求，其过失等于在母牛的问题上作伪证。①（34）祖祭要选朔日举行，坚战啊，此前还要敦请合适的婆罗门祭司，准备好乳酪、纯净酥油和野生动物肉。（35）在婆罗门举行的祖祭结束的时候，应该说一声："萨婆陀！"希望接受祭祀的神或祖先感到祭品可口。如果是刹帝利举行的祖祭，就应该说："愿先人高兴！"（36）婆罗多后裔啊，在吠舍举行的祖祭结束的时候，应该说："愿一切天长地久！"而在首陀罗举行的祖祭结束时呢，婆罗多后裔啊，就应该说："兴旺发达！"（37）在婆罗门举行的祖祭上，说出敬神之词"补尼耶诃"②的时候，同时要说"唵"。但是在刹帝利举行的祖祭上，则要免掉"唵"这个音节。在吠舍举行的祖祭上，应该说"愿诸神高兴"以代替"唵"。（38）现在请你听好，婆罗多后裔啊，我要讲解按照经典的规定，人生各种仪式的先后顺序是怎样的。这里包括三个种姓从一出生即要举行的一系列仪式。坚战啊，对于婆罗门和刹帝利来说，还有吠舍也包括在内，在有关仪式举行时，都要伴随着念诵圣诗。（39）婆罗门的圣带应该用蒙吉草③来做，王族的用穆罗瓦④，吠舍的用巴罗瓦吉⑤。坚战啊，这些都是法论书中明确规定好的。（40）下面我要说一说施舍者和接受者的行为在什么情况下是合于正法的，在什么情况下不合正法。对于婆罗门来说，说谎是不合正法的，是一种足以剥夺种姓的罪行。一个刹帝利犯此过失，其罪为婆罗门的四倍。一个吠舍犯同样的过失，其罪为婆罗门的八倍。这些都是自古即有的说法。（41）一个婆罗门，一旦接受另外一个婆罗门邀请，那么他就不能再到别的地方去吃饭。他会由此而降低身份，而所犯的过失则与杀生相当。⑥（42）如果先前邀请他的是一个王族，或一个吠舍，那么他也会因此而降低

---

① 在祖祭结束时由司祭的婆罗门向主人说"由迦陀"等语的仪规一直保留着。它的意思是仪式已经照规矩圆满完成。

② 意思是愿接受祝福者一天愉快。

③ 蒙吉草为一种灯心草属植物。用来做圣带的是它的纤维。

④ "王族"即刹帝利。穆罗瓦为大麻的一种，其纤维用于制弓绳。所以刹帝利的圣带也往往说要用弓绳来做。

⑤ 巴罗瓦吉为一种蟋蟀草属植物。

⑥ 这里指在除了祭祀以外的场合杀生。

身份，不过所犯的过失可算作杀生罪的一半。（43）一个婆罗门，如果在婆罗门等①为了祭神或祭祖而举行的仪式上不先沐浴就吃了饭，那么，国王啊，他就等于在有关母牛的问题上作伪证。（44）一个婆罗门，如果他在婆罗门等为了祭神或祭祖而举行的仪式上吃了饭，但他本人却不纯洁②，并且事先也自知这种不纯洁，只是为了贪心才到人家的仪式上去，那么，国王啊，他所犯的罪过与前者同。（45）为了贪图物质财富，舍弃一顿饭而去吃另一顿饭，婆罗多后裔啊，这样的人所犯的过失就是欺骗。这是自古即有的说法。（46）坚战啊，任何属于三个高级种姓的人，如果一面口诵圣诗，一面向那些不学吠陀，不肯守戒或者行为不端的婆罗门施饭，就是做了违反正法的事，其过失等于在母牛的问题上作伪证。（47）

坚战说：

祖父啊，我想知道，把那些敬献给神明或祖先的祭品送给什么样的人才能获得上好的果报。（48）

毗湿摩说：

坚战啊，应该把布施给予这样的婆罗门，他们的妻子等待食用他们吃剩的食物，犹如农民盼望天降甘霖。（49）国王啊，那些能够约束自己行为的人，那些甘守贫寒，连基本生活之资也不足，专为得到必需品才前来求施的人，把东西给予他们，可以获得上好的果报。（50）国王啊，那些视早晚餐饭、妻子儿女、家中财物和来世福祉为生活中主要操心对象的人，把东西给予他们，可以获得上好的果报。（51）坚战啊，那些终日为盗贼或者其他滋扰所苦，前来求施只是为了饭食的人，把东西给予他们，可以获得上好的果报。（52）那些能够保持自身纯洁，向自己也是靠求乞维生的同一种姓的人乞食的婆罗门，把东西给予他们，可以获得上好的果报。（53）那些在巨大的灾难中失去一切，也失去了妻子的婆罗门，前来求施只是希望能有所得，把东西给予他们，可以获得上好的果报。（54）那些谨守戒条，宁愿将自己置于种种约束之中并使个人的所作所为符合吠陀经典一切要求的婆罗门，他们前来求施不过是要将得到之物用于完成应做之

---

① "婆罗门等"包括婆罗门、刹帝利和吠舍三种姓。
② 指宗教上的不纯洁，如遇到亲戚中有人生育或有人去世等。

事，把东西给予他们，可以获得上好的果报。（55）那些难以脱离充满异端邪说的周围环境，缺乏力量，缺乏资财的人，把东西给予他们，可以获得上好的果报。（56）那些被强权剥夺了一切个人所有的无辜者，他们所求不过是糊口而已，把东西给予他们，可以获得上好的果报。（57）那些为了别的苦行者和致力于苦行的人而进行乞讨的人，那些开口求施，但望能有，好坏多少，在所不计的人，把东西给予他们，可以获得上好的果报。（58）

婆罗多族雄牛啊，我已经告诉你关于通过施舍获得上好果报，经典上是怎样说的。现在，请你听好，我将要说一说做什么事可以升天堂，或者入地狱。（59）坚战啊，一个人说谎，如果不是为了帮助导师达到目的，不是为了保护那种担惊受怕的人，他就要入地狱。（60）那种抢夺别人妻室的人，触摸别人妻子的人，同别人的妻子苟合的人，他们都要入地狱。（61）那些夺取别人财产，破坏别人财产，张扬别人隐私的人，他们都要入地狱。（62）那种破坏水塘、公共议事厅、桥梁或者他人房屋的人，婆罗多后裔啊，他们都要入地狱。（63）那种欺骗无助的妇女、女孩、老妇、受过惊吓的女子或者女苦行者，使她们走弯路的人，他们都要入地狱。（64）那种断绝别人生计，毁坏他人住宅，强暴别人妻子，破坏他人友谊，使人丧失希望的人，婆罗多后裔啊，他们都要入地狱。（65）毁谤中伤，挑拨离间，倚靠他人生活，对朋友的帮助不知感激的人，他们都要入地狱。（66）那种怀抱异端观点，不肯遵行正法，破坏已有契约，或者由于过失而失去种姓身份的人，他们都要入地狱。（67）有的奴仆受苦受累做活，指望获取应得的报酬和食物，有的人却设法使他们的主人解雇他们，这种人要入地狱。（68）那种只管自己吃，却不肯给妻子、祭火、仆人或者客人留一份饭食的人，那种不为祖先和神明举行祭祀的人，他们都要入地狱。（69）那种出卖吠陀的人，亵渎吠陀的人，或者将吠陀书写下来的人[1]，他们都要入地狱。（70）那种不肯按照四行期的规定生活的人，那种处处与天启教导相抵触的人，那种以不合正法要求的职业谋生的人，他们都要入地狱。（71）国王啊，那些出卖毛发，

---

[1] 远古印度注重吠陀知识的记忆和口耳相传。文字发明后，在相当长的时期内不能用来书写吠陀经典。

出卖毒药，出卖牛奶的人，他们都要入地狱。（72）那些干涉婆罗门的生活，干涉母牛的生活，或者干涉女孩的生活的人，坚战啊，他们都要入地狱。（73）坚战啊，那些出卖武器的人，那些制造弓，或者制造箭的人，他们都要入地狱。（74）婆罗多族雄牛啊，那些或用蒺藜，或用桩柱，或用地洞阻断道路的人，都要入地狱。（75）婆罗多族雄牛啊，那些无端驱逐并无过失的老师、仆人或其他忠心耿耿之人的人，一定要入地狱。（76）那些牛龄尚小，不加驯化便将它投入使用的人，那些在牛鼻上穿孔以利控制的人，那些总是把牲畜拴着不放的人，他们都要入地狱。（77）那类不愿尽职保护人民，反而向他们收取六一税，结果聚敛了大量不义之财的国王，那些手头宽裕，却又不肯施舍的人，他们都要入地狱。（78）有的人见到事情已经做好，便将那些帮助过他的宽忍为怀的人、能够自制的人、饱有智慧的人以及长久往来的人统统赶走，那么他们就一定要入地狱。（79）那些管自吃饭，而不肯分一些给眼前的孩子、老人或者奴仆的人，一定要入地狱。（80）

婆罗多族雄牛啊，前面我已经说过了什么人会入地狱。下面我要讲谁会是进入天堂的幸运者。（81）婆罗多后裔啊，当婆罗门正在敬神的时候，任何人只要对他加以干扰破坏，就会面临丧失子嗣和牲畜的报应。①（82）那些按照正法的要求规范自己的行为，做到了慷慨施舍，勤修苦行，真诚无欺的人，坚战啊，一定能够进入天堂。（83）那些服从师长，坚持苦行，从而获得了天启知识的人，那些从不指望从别人那里得到东西的人，一定能够进入天堂。（84）那些能够帮助他人摆脱惧怕，远离罪恶，脱离贫穷，走出困境，消除疾病的人，一定能够进入天堂。（85）那些具有坚忍的品格，聪明善思，一切行为无不合于正法，并能时时向神明祈求幸福的人，一定能够进入天堂。（86）那些远离蜂蜜和肉类，远离他人的妻室，远离醉人的酒浆的人，一定能够进入天堂。（87）婆罗多后裔啊，那些为苦行者建立净修林，那些创立家族世系的人，那些建立农村，建立城镇的人，一定能够进入天堂。（88）那些散施衣服和饰物、食品和饮料，那些助人

---

① 这里的意思是，不做这种事的人就可以升入天堂。

成立家庭并给予资助的人，一定能够进入天堂。（89）那种任何生命都不伤害的人，那种任何事情都能容忍的人，那种所有众生都视之为庇护所的人，一定都能进入天堂。（90）那些上能敬事父母，下能友爱兄弟，能够控制感官的人，一定能够进入天堂。（91）有的人尽管富有、年轻、强壮、聪敏，却能成功地控制自己的感官，婆罗多后裔啊，这样的人定能进入天堂。（92）有的人温文有礼，对朋友充满爱心，即使对于有罪的人也和气相待，还能谦恭地为他人的福祉而尽力，这样的人定能进入天堂。（93）有的人为上千人提供食物，有的人向上千人布施其他物品，有的人保护成千上万的人，所有这样的人都能进入天堂。（94）有的人布施黄金，有的人布施母牛，有的人布施车辆，有的人布施可供骑乘或拉车的牲畜，婆罗多族雄牛啊，这些人都能进入天堂。（95）坚战啊，有的人为别人提供女儿结婚需用的陪嫁，如女仆、衣裳等等，这样的人也能进入天堂。（96）有的人为公众建造游戏场所、公园、水井、娱乐用的厅堂以及河流的堤坝等等，这样的人一定能进天堂。（97）有的人向那些需要者布施住房、土地或足以过夜的住处，婆罗多后裔啊，这样的人能够进入天堂。（98）有的人将种子施与他人，有的人将自己种植的谷物，自己制造的甘甜饮料施与他人，这样的人能够进入天堂。（99）那些生于良好家庭，育有众多子息，得有百年高寿，富有同情之心，制驭了愤怒情绪的人，一定能够进入天堂。（100）婆罗多后裔啊，上面我所说的，就是同敬拜天神和祖先有关的若干事宜，目的在求来世之福。此外，我还解释了施舍合于正法与否的问题，这些都是古代仙人的观点。（101）

以上是吉祥的《摩诃婆罗多》中《教诫篇》第二十四章（24）。

二五

坚战说：

国王啊，请你告诉我，有时一个人没有杀婆罗门，却又被认为犯了杀婆罗门罪，这是因为什么。（1）

毗湿摩说：

王中首领啊，过去我也曾就这个问题请教过毗耶娑。请你专心倾听，我将要告诉你他是怎样说的。（2）"牟尼啊，"我对他说，"你是极裕仙人的第四代孙。你能说给我听吗，为什么有的人并没有杀婆罗门，却被当做是犯了杀婆罗门罪呢？"（3）伟大的国王啊，听到我这么问，这位正法在他已经烂熟于心的波罗奢罗之子（毗耶娑）便说了如下这番入情入理，令人信服的话：（4）"一个人如果主动延请一位贫穷的婆罗门到自己家，以便对他有所施舍，可是等他来到以后却对他说：'我家里没有东西！'这就如同犯了杀婆罗门罪。（5）婆罗多后裔啊，如果一个人傻到竟去断绝一位学识渊博，无所执著的婆罗门的生计，那么他就被看作是犯了杀婆罗门罪。（6）大地之主啊，如果一个人在一群干渴难耐，要去喝水的母牛的路上设置障碍，那么这个人就应被看作是犯了杀婆罗门罪。（7）一个人，如果自己不懂世代相传的天启经典，也不懂古代圣贤著述的传承经典，却偏要对它们说三道四，那么这个人就应被看作是犯了杀婆罗门罪。（8）一个人，如果他不肯把自己已经长大，也很漂亮的女儿嫁给一个具有杰出才能的合适青年，那么这个人就被看作是犯了杀婆罗门罪。（9）一个人，如果他愚蠢非常，一向好做非法的事，恶待再生者①，致使他们的内心痛楚如焚，这样的人就被看作是犯了杀婆罗门罪。（10）一个人，如果他将失目的人、跛足的人或者弱智的人的财产抢劫一空，那么这个人就被看作是犯了杀婆罗门罪。（11）一个人，如果他失去理智，纵火焚烧出家者的净修林、树林、村庄或者城镇，那么这个人就被看作是犯了杀婆罗门罪。"（12）

以上是吉祥的《摩诃婆罗多》中《教诫篇》的第二十五章。（25）

二六

坚战说：

婆罗多族雄牛啊，据说，朝拜圣河，或者在这样的圣河中沐浴，

---

① 这里的再生者仅指婆罗门。

或者哪怕只是听人谈谈圣河，都可以获得功德。智慧非凡的人啊，我很想听你讲些这方面的事情。（1）婆罗多族雄牛啊，在这片大地之上，给人带来福祉的圣河都在哪里呢？国王啊，请你讲一讲吧，我非常想听。（2）

毗湿摩说：

光彩夺目的人啊，鸯耆罗仙人曾经谈到过这样的圣河。请你细听我讲，它将给你带来无上的福德。（3）有一次，我到一个苦行者的净修林里去拜访这位充满智慧的伟大圣者。英雄啊，在那里我听到以严守戒条著称的乔答摩正在向鸯耆罗仙人提出问题。（4）他说："世尊啊，我对于圣河能否给人带来福德有些怀疑。我很想听到这方面的所有说法。伟大的圣者啊，请你讲给我。（5）圣者啊，在那些圣河里沐浴，人可以获得什么样的善果呢？智慧无边的人啊，许给他的来世又是个什么样子呢？请你一一告诉我。"（6）

鸯耆罗说：

一个人把世间的俗务放在一边，到旃陀罗薄伽河①中连续沐浴七天，或者在波浪有如花环的毗陀私陀河②中连续沐浴七天，同时禁食，他就能变得如贤者一般纯洁。（7）在迦湿弥罗③地区有很多大河。它们全都汇入了信度河（印度河）。一个品行端正的人到那些河中沐浴，必能在死后进入天堂。（8）在补湿迦罗、波罗婆沙④、乃密沙⑤诸圣地，在大海里面，在提毗伽⑥、因陀罗摩罗迦⑦和司瓦罗那宾度⑧等地方沐浴，可以使人幡然觉悟，并有天车可乘，受到众天女的礼赞。（9）怀着对于金点山⑨圣河的虔敬之心投身河水之中，并以美好的言词赞美它，然后再去神圣的拘歇舍耶⑩沐浴，一个人就可以涤除他

---

① 即今巴基斯坦境内的奇纳布河。
② 即今巴基斯坦境内的杰卢姆河。
③ 即今克什米尔。
④ 古代印度圣地，在今西海岸索拉什特拉一带。
⑤ 古代印度的著名圣地，那里有乃密沙罗尼耶，即飘忽林，地点在今北印锡塔普尔一带。
⑥ 古代印度圣地。传说在这里的圣河中浸身，其功德同做一次祭祀相若。
⑦ 古代印度的圣河。传说在这里的河水中浸身，就可以升入天堂。
⑧ 印度古代圣地，具体位置不详。
⑨ 印度古代圣地，在喜马拉雅山附近。
⑩ 印度古代传说中七大洲之一拘舍洲上的六座高山之一。

以往的罪愆。（10）去过香醉山附近的因陀罗兜耶，再到拘楞迦地方的迦罗兜耶，在那里绝食三天，然后以禁欲之志和纯洁之心入水沐浴，其功德不啻举行一次马祭。（11）一个人如果能到恒河之门①、拘舍伐罗陀②、毕罗伐迦③、轮缘山以及迦那客罗④等地沐浴，他就能涤除自己的罪愆，并且去往天堂。（12）一个过着梵行生活的人，能够克制自己的怒气，信守诺言，并且绝不伤害生灵，那么他在湖水中洗浴过后，其所获功果可与举行瓦阇贝耶祭⑤相当。（13）在跋吉罗提—恒河⑥向北流去的地方，有一个大自在天喜爱的去处。在这里戒食一个月，并且用圣水淋洗自己的身体，就能看到众神了。（14）一个人如果能在七恒河，或者三恒河，或者因陀罗摩罗迦这样的地方用圣水供奉祖先，那么，倘若这个人尚未摆脱轮回的话，他一定能饮到诸神享用的琼浆。（15）一个人，如果做到身心清净，按时举行火神祭，并且坚持戒食一个月，只要他再去摩诃湿罗摩圣地沐浴，便可在一个月之内达到任何目的。（16）一个人，如果摆脱了欲念，又曾戒食三天，那么只要能在婆利古峰圣地的大湖中入水沐浴，即使像杀婆罗门这样的罪恶也能涤除。（17）一个人，如果到女儿池沐浴，又在钵罗伽照规矩洗了身，那么，即使在众神之间他也能赢得卓著的名声，并且由于容貌俊美而显得光彩照人。（18）一个人，如果能选择合适的时间到孙陀利迦湖去沐浴，并且找到了合适的地点，⑦或者到名叫阿湿温的圣地去濯身，那么他就会获得出众的美貌。（19）一个纯洁无瑕的人，如果能做到绝食半月，并到大恒河或者吉提冈伽罗迦去沐浴，那么他日后就能升入天国。（20）一个人，如果能到威摩尼迦，或者到井吉尼迦净修处去沐浴，那么他就会无往不利，并能在天女国中享受无上尊荣。（21）一个人，如果能抑制自己的怒气，在到达伽利迦净修处后坚持过三天梵行生活，并在断索河沐浴如仪，那么他就能获得

---

① 指喜马拉雅山麓恒河发源之处。
② 古代印度圣地，具体位置不详。
③ 古代印度圣地，可能在恒河之门附近。
④ 古代印度圣地，在恒河岸边。
⑤ 瓦阇贝耶祭为苏摩祭的一种。
⑥ 跋吉罗提是恒河的另一名称，有时也包括它的主要支流。
⑦ 据说，在孙陀利迦湖畔有一处叫做孙陀利迦衮陀的地点，只有在这里洗浴，才能获得美貌。

解脱。(22)一个人,如果能在吉提迦①的净修林内沐浴,向自己的祖先献上圣水,并使大神高兴,那么他就会成为一个纯洁的人,最终去往天国。(23)一个人,如果他能禁食三天,并到摩诃补罗入水沐浴,那么,他就可以免除对于一切动物、不动物和两足物②的恐惧之心。(24)一个人,如果能够去到提婆达鲁林沐浴,以清净之身在那里居住七天,并用圣水供奉自己的祖先,他就能够祛除自己的罪愆,到达众神之界。(25)一个人,如果能到憍哂陀、拘舍私檀钵或德罗纳舍罗摩波陀的瀑布中去沐浴,他就会上达天界,接受众天女的服侍。(26)一个人,如果能到奇陀罗古吒、阇那私檀那或者门陀吉尼之水这样的地方去沐浴,并且禁食,那么他就会变得像国王一样幸运和富足。(27)一个人,如果能到舍耶摩的净修处去,在那里住上三天,入水沐浴,他就能前往并生活在快乐的健达缚城。(28)一个人,如果能到美丽的乾闼陀利迦沐浴,并在那里绝食一月,那么他获得的果报就是可以随意隐身。(29)一个人,如果能到憍湿吉门沐浴,在那里戒除贪心,仅以空气为生,③ 如此这般二十一天之后,他就能够上升天国。(30)一个人,如果能到摩腾伽湖洗浴,不出当夜他就能够实现自己渴望的事。一个人,如果能够控制自己的感官,并且或在阿那滥波,或在永恒的安陀加,(31)或在乃密沙,或在司瓦罗迦这样的圣地沐浴,同时以圣水供奉自己的祖先,那么过一个月后,他就可以获得如同举行人祭一样的果报。(32)一个人,如果能在恒河池塘,或在优陀波罗林沐浴,同时以圣水供奉自己的祖先,这样过一个月后,他就可以获得同举行马祭一样的功德。(33)一个人,如果能在恒河与阎牟那河的交汇处,或者在羯楞阇罗山,或者在舍湿提湖这样的圣地沐浴,那么他所获得的功德,就没有任何施舍可比。(34)

婆罗多族雄牛啊,在补罗耶伽圣地,集中着一万个洗浴处,此外还有三千万个散在这里那里。(35)一个能够自我节制并遵守严格戒

---

① 据印度古代神话,湿婆之子室建陀诞生后,诸神即派了六位乳母去喂养他。这些乳母的名字就叫吉提迦。
② 两足物指人。
③ "仅以空气为生"意为绝食。

111

条的人，只要在摩伽月①到补罗耶伽圣地沐浴，就能洗刷掉自己过去的罪愆，进而上达天国。（36）一个人，如果能到风神的圣地，到自己先人常去的净修地，或者到毗婆薮之子（阎摩）的圣地去沐浴，他就能使自己成为纯洁的人，并且像众人向往的圣地一样神圣。（37）一个人，如果能够去梵天之首圣地，或跋吉罗提圣地，在那里向过世的祖先供奉圣水，并绝食一个月，他就能进入月神世界。（38）一个人，如果能到鸽子圣地，或者到八曲仙人圣地，在那里沐浴，并用圣水供奉过世的祖先，再绝食十二天，那么他获得的功果，便堪与举行人祭相比。（39）一个人，如果能去到蒙阇波罗湿陀②，或者尼哩提神山，或者到第三个地方，即迦龙遮波第，在那里用圣水供奉过世的祖先，他就能洗清自己杀婆罗门的罪恶。（40）一个人，如果能到迦罗湿湖沐浴，他就能够得到大量的水。一个人，如果在火神城的水中沐浴，在毗沙罗向过世的祖先供奉圣水，或在神湖中洗身，那么他就能与梵合一，并由此而放出荣耀之光。（41）一个善于自制而又从不伤害生命的人，如果能够到补罗波瓦罗陀那、难陀，或者摩诃难陀，在那里沐浴，他就能住在欢喜园中，接受众天女的侍奉。（42）一个人，如果能怀着忠诚之心，在昴宿交合的那天去劳醯陀耶的优哩婆湿圣地，在那里全神贯注，进行沐浴，那么他获得的功果，便堪与举行莲花祭相比。③（43）一个人，如果去罗摩湖沐浴，在毗沙罗向过世的祖先供奉圣水，再戒食十二天，他就能涤除自己过去的罪愆。（44）一个人，如果能以清净之心前往大湖沐浴，并且坚持绝食一个月，那么他就能达到同食火仙人一般的地位。（45）一个一向热爱真理而又从不伤害生命的人，如果能够使自己在文底耶山饱受烈日煎烤之苦达六月之久，复能坚持独脚站立满一个月，他就会变得无比纯洁。（46）一个人，如果能到纳马达河，或到苏罗波罗迦④的水域中沐浴，并绝

---

① 约当公历一至二月间。
② 地在喜马拉雅山。
③ 原文"优哩婆湿"和"昴宿"两字相连，放有学者认为"优哩婆湿"应该也是一星宿名，而原文的意思乃是"当优哩婆湿和昴宿交合时……"实际上，古印度二十七（或二十八）宿中既没有"优哩婆湿"这个名称，星宿交合在天文学上也不可能，所以此说难以成立。所谓"交合"，对象当指月亮。
④ 即今喀拉拉邦。

食半个月,那么他就能得到王子的地位①。(47) 一个善于自我控制的人,如果能去往赡部摩罗迦圣地,在那里一心一意沐浴三个月,那么他就能够在一个日夜之间达到自己向往的目的。(48) 一个人,如果能到旃陀栗迦净修地去,并在布谷喙圣地沐浴,同时穿树皮,食野菜,这样他就能在日后娶十个美丽的妻子。(49) 一个人,如果能卜居于女儿湖畔,他就永远不会到毗婆薮之子居住的地方去②,并能在日后上升到天神居住的世界。(50) 一个人,如果精神集中而绝不旁骛,能在新月之夜到波罗婆沙圣地沐浴,那么即使仅只一夜,巨臂啊,他也会实现目的,并且获得再生。(51) 一个人,如果能到优阇那迦,到阿哩湿底赛那的净修地,或到禀伽的净修地去沐浴,那么他就能洗净自己的所有罪愆。(52) 一个纯洁的人,如果能绝食三日,并到鸠罗耶圣地去沐浴,同时吟诵阿喀摩罗舍那圣诗,那么他获得的功德就能与举行莲花祭相比。③(53) 一个人,如果能在宾达罗迦住上一夜,并在那里沐浴,那么他在次日晨曦初现时就会变成纯洁的人,所得功果与举行火神祭无异。(54) 一个人,如果能到婆罗摩色罗圣地去,那里有很多称作法林的树木,那么他在到达的次日晨曦初现时,就会变成纯洁的人,所得功果与举行莲花祭无异。(55) 一个人,如果能制伏自己的欲念,去往迈那伽山沐浴,并在晨昏之时虔心拜神,这样一个月过后,他所获得的功果便可以同举行全祭④相比。(56) 著名的喜马拉雅山是吉祥的象征。这座神山也是商迦罗的岳父⑤,还是一切珍宝不竭的源泉。众多圣贤和游方的艺人都愿意到那里去。(57) 精通吠陀的再生者认识到生命的脆弱。他们依照经典的规定进行绝食,毫不顾惜地摒弃自己的身体。(58) 他们在那里颂扬神明,敬拜贤者。他们因此而成就大愿,去往永恒的梵界。(59) 一个人如果能够控制自己的欲望、怒气和贪求之心,并能卜居于圣地,那么仅凭居于圣地这一点,他就能够无往而不利。(60) 对于那些几乎

---

① 即获得王权。
② 毗婆薮之子即死神阎摩。去到他住的地方意味着死亡。
③ 阿喀摩罗舍那为《梨俱吠陀》圣诗。另有说法认为站在水中吟诵这一圣诗三遍,便可除去一个人的所有罪恶。
④ 一种苏摩祭,祭期长达10天。
⑤ 商迦罗即大神湿婆。湿婆之妻雪山神女是喜马拉雅山的女儿。

不可到达的圣地,那些充满险阻或者崎岖难行的圣地,应该在心中认为它们夷如平地,这样就没有什么地方不可到达了。(61)可以说,到圣地去沐浴就是祭祀,就能带来幸运,就能获得幸福,就能到达天国。这是一大神秘之事。众神明常去沐浴,也是因为它具有涤清罪愆的作用。(62)前面这一番道理,应该讲给再生者,讲给高尚善良的人,讲给自己的儿子听。此外,还要在好朋友的耳边,在忠诚地追随自己的弟子耳边,常讲此事。(63)

大苦行者鸯耆罗仙人把前面的一切讲给了乔答摩。而鸯耆罗本人则学自聪颖智慧的迦叶波和其他导师。(64)大仙人们都认为前面的话具有崇高的净化作用,值得反复讲说。谁能坚持经常讲诵,他就会成为无瑕之人,并能在日后升入天国。(65)鸯耆罗传下的这些话是一大神秘之说。谁听到它,就能在来世生于上好人家,并能忆及往世生活的情形。(66)

以上是吉祥的《摩诃婆罗多》中《教诫篇》的第二十六章(26)。

二七

护民子说:

恒河之子(毗湿摩)像毗诃波提一样智慧高超,像梵天一样宽容忍让,像天帝释一样孔武有力,像阿提迭一样光彩照人。(1)现在,这位充满光辉的人在战场上被阿周那打败了。坚战和他的兄弟们以及许多其他人都来向他表示敬意。(2)他躺在英雄床上,等待着那个吉祥时刻的到来。众多的大仙人都来了,来看一看这位婆罗多族中最伟大的人。(3)来者中有阿多利仙人、极裕仙人、婆利古仙人、补罗斯迭①、补罗诃仙人、迦罗都仙人、鸯耆罗仙人、乔答摩仙人、投山仙人②、身体健康的苏摩提、(4)众友仙人、巨首仙人③、商婆尔多④、

---

① 印度古代仙人,为梵天的"心生子"之一,也是生主之一。
② 古代印度吠陀仙人。
③ 印度古代仙人,据说他也生活在《罗摩衍那》故事发生的时代。
④ 古代印度仙人,鸯耆罗之子。

谋远仙人、陀摩仙人①、优沙那②、毗诃波提、毗耶娑、行落仙人、迦叶波仙人、陀鲁婆仙人、（5）敝衣仙人、食火仙人、摩根德耶仙人、伽罗婆仙人③、婆罗堕遮仙人、吟赞仙人④、谷购仙人⑤、老三⑥、（6）私荼罗刹、沙迦罗刹仙人、干婆⑦仙人、美陀底提仙人、迦哩沙仙人、那罗陀仙人、波尔伐多仙人⑧、苏檀伐仙人⑨、老大、老二、（7）尼檀菩仙人、菩伐那仙人、烟氏仙人、百喜仙人、阿讫多弗罗那仙人⑩、食火仙人之子罗摩（持斧罗摩）以及其他多位仙人。这些具有伟大灵魂的大仙人聚集这里，就是想看一看毗湿摩。（8）坚战和他的兄弟们向来访的大仙人们依次一一致敬如仪。（9）受到礼遇的仙人们舒适地坐下以后，便开始互相攀谈起来。他们用甜美柔和的语调谈论着毗湿摩，听上去让人感到全身愉快。（10）这些灵魂纯净的仙人们关于毗湿摩的谈话，他自己也听到了。他的内心获得了无上的满足，觉得似乎已经身处天国。（11）未几，大仙人们起身向毗湿摩和般度族兄弟告辞，随即从人们的眼前消失不见了。（12）福惠无限的仙人们消失以后，般度族兄弟还在不断行礼，口中诵念着对他们的赞美之词。（13）俱卢族最优秀的人们心中感到安慰和鼓舞。他们守候在恒河之子（毗湿摩）的身旁，就像精通吠陀圣诗的婆罗门守候着正在升起的太阳一般。（14）般度族的兄弟们看到那些仙人的苦行威力使得四面八方光辉闪耀，个个十分吃惊。（15）想到众大仙人的无上福惠，般度之子们就同毗湿摩一起议论起这奇异的现象来。（16）议论一阵之后，般度的后代，人称正法之子的坚战便用自己的头去触毗湿摩的双脚，然后向他提出了有关正法的问题。（17）他问道："祖父啊，请

---

① 古代印度仙人，身世不详。
② 古代印度仙人，婆利古之子，太白金星之师。
③ 古代印度仙人，众友仙人之子。
④ 坚战宫廷中的著名仙人，莺耆罗之子，婆罗堕遮之友。
⑤ 印度古代仙人，亦为莺耆罗之子。
⑥ 古代印度圣者，与老大、老二俱为大仙人乔答摩之子。
⑦ 干婆为古代印度著名仙人，属莺耆罗家族，《梨俱吠陀》圣诗的主要作者之一。他还是沙恭达罗的义父。
⑧ 那罗陀仙人的外甥。
⑨ 莺耆罗之子。
⑩ 一位学问广博的仙人，为持斧罗摩的弟子。传说最早在飘忽林中寿那迦大师的祭祀大会上向众仙人讲述《摩诃婆罗多》故事的歌人就是他的弟子。

你告诉我,究竟哪些国家,哪些地区,哪些净修地,哪些山,哪些河,是公认最为纯洁神圣的呢?"(18)

毗湿摩说:

关于这个,坚战啊,人们经常引用一个古老的传说来说明,那是两位圣者的谈话。他们一个是发誓以拾穗为生的婆罗门,一个是成就非凡的圣者。(19)从前,有一个在大地上到处云游,遍历名山大川的婆罗门。这位人中至尊经常访问一些同样尊贵的行家祭者①。(20)这一天,他来到一个发誓以拾穗为生的婆罗门家,受到主人的殷勤接待。在做了应做的一切以后,主人便靠近成就非凡的客人坐下来。(21)这两个具有伟大灵魂的人凑到一起,舒适地坐定以后,就开始谈论吠陀以及与吠陀有关的学问,还有其他有价值的问题。(22)到了讨论快要结束的时候,发誓以拾穗为生的婆罗门向成就非凡的客人谨慎致意,然后,这位智者提出了方才你向我提出的同样问题。(23)

拾穗者说:

究竟哪些国家,哪些地区,哪些净修地,哪些山川是公认最为纯洁神圣的呢?请你讲给我听。(24)

圣者说:

凡是河流中最伟大的跛吉罗提——恒河流过的国家、地区、净修地和山川,都是最圣洁的。(25)一个人在恒河边住一住就能达到的目的,即使是靠苦行、梵行、祭祀或禁欲也无法达到。(26)一个人如果曾经用恒河水洒身,或将身体浸入恒河洗浴,那么他在进入天堂以后就再也不会跌落下来。(27)婆罗门啊,一个人如果在做任何事时都用恒河的水,那么他就有资格在死后居住在天堂之内。(28)一个人如果在早年犯有种种罪行,而后来又到恒河边上居住过,那么他仍旧能够在来世取得上好归趣。(29)一个能够约制自身的人用纯洁的恒河水沐浴过后所能得到的功德,即使是适时地举行上百次祭祀也无法获得。(30)一个人如果能把他的骨头放进恒河水中,那么他就能够进入天堂,在那里享受崇拜,达一千年。(31)一个人如果用恒河的水洒在身上,那么他就可以涤除过去的罪恶,并且放出精神的光

---

① 严格按规定奉行每日祭祀的虔诚的婆罗门。

彩,恰如太阳升起,便会驱除无边的黑暗,放出光芒一样。(32)任何国家,任何方位,如果没有吉祥的恒河水,就像是黑夜没有了月亮,树木没有了花朵。(33)世界上没有恒河,就像是不同种姓和不同行期①的人缺了各自应守的道德准则,或者祭祀仪式上缺了苏摩。(34)毫无疑问,任何国家,任何方位,只要没有了恒河水,就会像天空没有了太阳,大地没有了山峰,空中没有了风一样。(35)三界里的一切生灵都享受着吉祥的恒河水带来的满足,其他任何东西都不能带来同样的结果。(36)一个人通过饮用太阳晒暖的恒河水所获的功德,比起那种发誓靠从牛粪中检拾大麦粒生活的人能得的功德,远为胜上。(37)为了纯洁自身,一个人举行一千次月祭,其效果同饮用恒河之水相比孰大孰小,很是难说。(38)一个人或是单腿站立一千由迦②,或是在恒河边住上一个月,其效果究竟相当,还是不等,确很难说。(39)一个人发誓低头不举达一万由迦,其所获功德尚不能与在恒河边随意住上若干时间相比。(40)棉花遇到火便会化为灰烬。同样,最优秀的再生者啊,在恒河沐浴一过,人的一切罪孽也会顿时消失于无形。(41)对于所有内心苦恼,正在寻求解救途径的生灵来说,没有比恒河更好的去处了。(42)任何蛇蟒,只要看到金翅鸟,它的毒液便不见了。同样,一切罪愆,只要面对恒河,也会消失。(43)任何人,只要不能获得合于正法的保护,恒河就会保护他,就会成为他的避难所和逋逃薮。(44)一个犯过种种邪恶罪行的奸慝之人,当他堕入地狱时,恒河就会前来将他救度而去。(45)一个经常到诸神常去的恒河边沐浴的人,可以获得和伟大的贤者,和以因陀罗为首的天神相比的地位。(46)

智慧的人啊,那些不守教诫,行为恶劣的坏人,只要常去恒河畔住,就会变得谦和仁厚。(47)恒河之水对于人,其价值犹如甘露之于神,私瓦陀③之于列祖,苏陀④之于神龙。(48)孩子饥饿了,就会

---

① 指一个再生者一生经历的四个生活阶段,即梵行期、家居期、林栖期和遁世期。处在不同阶段的人都要按照正法要求的不同行为规范来生活。
② 参见前第14章第23颂注。这里等于5年,偶然亦等于6年。长时间单腿站立是印度古代常见的一种修习苦行的姿势。
③ 祭祀时献给祖先的食物和饮料,如谷物、牛奶、精制的酥油、苏摩汁等。
④ 意为美妙的饮料,主要指植物的蜜汁等。

跑到母亲的身边去。同样，人的心中有了崇高的愿望，也会到恒河边去。（49）人们说自存者（梵天）的地位至高无上。同样，人们也说恒河之水在一切供人沐浴的河水中无与伦比。（50）据说，诸神及其他各种神灵是靠奶牛来生活的。同样，一切生命也靠恒河来养活。（51）天神靠饮用甘露来生活。它是太阳和月亮上的东西，诸神从大苏摩祭等各种祭祀得到它。对于人来说，相当于甘露的就是恒河水。（52）从阇诃奴之女[①]的岸上捧起沙土涂抹全身，一个人就会在想象中觉得自己已经住进了美妙的天堂。（53）一个人如果从阇诃奴之女岸边取一块泥土，置于头顶，他就会变得像太阳一般光辉灿烂，驱除周围的黑暗。（54）携带着恒河水雾的风拂过人身，也会将他过去的罪愆即刻拂去。（55）有的人由于过去的罪过而痛苦不堪，几臻毁灭之境。然而顷刻之间，他的痛苦烟消云散，欢乐之情油然而生，那全是因为来到恒河，看到了她。（56）河面上回荡着天鹅的吟唱，杜鹃的啼叫，以及其他种种鸟类的鸣啭，凭着这些歌声，恒河可以同健达缚一较高低。她还有高高的堤岸。凭着这些堤岸，恒河也可以同大山一较高低。（57）甚至连上天看到聚集在恒河上的天鹅和其他种类无数的禽鸟，看到在岸上食草的无边牛群，也会忘掉自己。（58）即使是住在天上，事事遂愿，这种快乐也与住在恒河岸畔所享受的无上快乐完全不同。（59）那些由于过去的口业、意业和身业充满邪恶而备受折磨的人，只要看到了恒河，就会罪恶尽除。对于这一点，我毫不怀疑。（60）一个人看到了恒河，或者接触到了恒河的水，或者在河中沐浴过，他就可以救度他祖上七代和后辈七代的亲人，乃至许多其他本宗的人。（61）一个人，只要听到过恒河的声音，怀抱过朝拜恒河的愿望，见到过恒河，接触过恒河的水，喝过恒河的水，或者在恒河里沐浴过，他就可以救度父系和母系两家的亲人。（62）通过注视恒河，接触恒河，取饮河水或者称颂恒河，成百上千有罪的人洗刷掉了自己的罪恶。（63）一个人如果希望他的诞生、他的生命或者他的学问不同凡响，那么他就应该到恒河去，用恒河之水奉敬祖先和众神，使他们高兴。（64）一个人通过恒河沐浴所获功德之高，是通过

---

① 参见第 14 章第 37 颂注。

生儿育女、聚积财富或者勤恳做业所获得的功德无法比拟的。(65)那些连使人获福的吉祥之水——恒河都不想看一眼的人，即使有能力，也和天生的瞎子、瘸子，乃至已死的人，没有区别。(66)

以因陀罗为首的众神明，以及确知过去、现在和将来之事的大仙人，都是恒河的敬仰者。那么，还有什么人会不崇拜恒河呢？(67)所有的林居者、家居者、梵行者、苦行者和大学者无一不以恒河为归宿。那么，还有什么人会不寻求恒河的庇护呢？(68)一个懂得自制的人，在他气息将尽，意识尚存的时候，心中想到了恒河，那么他便会在死后去往至善之境。(69)那些住在恒河边上直至死去的人，从不惧怕危险、罪愆和国王这类可怕之事。(70)当初在天上，恒河女神曾经受到普遍的崇拜。当这吉祥的圣河从天上坠落的时候，大自在天（湿婆）用自己的头接住了她。(71)此后，恒河便用她闪闪发光的三条支流装饰着三界。而所有使用恒河之水的人便会事事成功。(72)若论地位，恒河之于世上所有河流，正如光芒四射的太阳之于天上诸神，月神之于列祖列宗，王者之于百姓。(73)人们因失去父母、儿子、妻子或财富而遭受的痛苦，无论如何不能同失去恒河相比。(74)人们通过隐居林间，通过祭祀活动，通过儿子，通过聚集财富无法获得的快乐，到恒河边上去看一看就可以获得。(75)通过注视恒河而获得的快乐，可以同注视一轮明月所获得的快乐相比。(76)那些将自己的虔诚奉献给恒河的人，那些将所有心思都集中于恒河的人，那些将全部身心都托付给恒河的人，那些使自己的感情统统为恒河所占有的人，那些以惟一的忠诚之心崇拜恒河的人，都是恒河最亲近的人。(77)一切众生，无论生活在大地，还是生活在空中、天堂，乃至上上下下无所不往，全都常在恒河沐浴，因为这是一切善事中的至善之事。(78)恒河的威名因其神圣而响遍三界。她曾经将娑伽罗儿子们的灰烬带往天庭。[①] (79)恒河在疾风中卷起浪涛，闪着耀眼的

[①] 传说阿逾陀城日种王朝的国王娑伽罗曾经举行了一次盛大的马祭。他的六万个儿子奉命追随并保护祭马。祭马跑到海边倏忽不见。为寻找祭马，他们掘开大地，直到波陀罗地狱。在那里，他们见到正在入定的迦比罗仙人和拴在一边的祭马。祭马是因陀罗神牵来的，但王子们误以为是迦比罗偷来的，正欲对他动手，他忽然睁开眼睛，王子们顿时被他眼中放出的火焰烧成灰烬。后娑伽罗王的五世孙跋吉罗陀在喜马拉雅山麓修习一千年苦行，并从天上请来恒河。恒河随他来到波陀罗地狱，将众王子的骨灰净化，最终使他们获救升天。

光,咆哮着飞速向前。洗浴的人们同样闪耀着光辉,就像是放射着千万道光芒的太阳。(80)恒河的水像投入祭火的牛乳和纯净酥油一样圣洁,能给人带来无上的福祉。那些来到恒河,投身湍急而又难以涉足的水流,将自己的肉体就此捐弃的人,具有伟大的智慧,必能获得与天神相等的地位。(81)恒河水面宽阔,多姿多彩,名声显赫,广受以因陀罗为首的天神、牟尼和人类的崇拜。她能够满足盲人、傻子或无财产者的任何愿望。(82)恒河分作三条支流,用甘甜的河水哺育着众生。她是吉祥之河,是三界的保护者。所有托命于恒河的人,都可以升入天堂。(83)那住在恒河边上,整日看到她,谈论她的人,诸神会给他送去幸福。由于经常看到她,接触她,在他死后,诸神也会将他送往他想去的地方。(84)恒河能够拯救有罪的人。在人们眼中她等同于大地。她源远流长,一般人难于达到。她会给人带来福利和长寿。她清澈明亮,如同星夜,美丽动人,是一切众生可靠的栖息地。谁到恒河去了,谁就可以在死后升入第三天①。(85)

恒河的名声是永恒的,存在于空中、天堂和大地,遍及各基本方位和居间方位。②任何使用这世间第一河水的人,都会取得伟大的成功。(86)一个人来到恒河,并说:"这就是恒河!"这个人就获得了人生稳固的立足点。恒河是孕育古诃的母亲。③她也是孕育黄金的母亲。在清晨时间,"三条水道"④的水有如祭祀时投入祭火的纯净酥油,能够涤除人的罪过,免除他的痛苦。恒河之水来自天上,为的是哺育万物。(87)恒河是大地支撑者⑤的女儿,是诃罗(湿婆)的妻子。她作为美丽的衣带装饰着天国和大地。国王啊,在流过地面时,她优雅、美丽、光彩夺目。恒河是三界福利的施予者。(88)恒河是蜜糖的河,装饰着她的是泛着酥油颜色的浪花和众多前来沐浴的婆罗门。她从高高在上的天国倾泻而下。她发源于大地支撑者之巅。她是装饰第三天的美丽花环。(89)恒河是世上一切的孕育者。她纯洁而

---

① 亦可音译忉利天。印度传说认为天堂有三重,第三重最为神圣。
② 基本方位指东、南、西、北。居间方位指东南、西南、东北和西北。
③ 古诃即战神室健陀。传说大神湿婆的种子掉入火中,后又在恒河中孕育,最后诞生为古诃。
④ 即恒河。
⑤ "大地支撑者"指高山,这里指喜马拉雅山。

不染一尘。她的身段苗条动人。她的水量充沛，滔滔不绝。她是美名的施予者。她又叫毗湿婆伐底①。她可以有种种不同的形态。她是众人企望的对象。对于所有去恒河沐浴的人，她又是通往天国之路。(90) 婆罗门认为恒河在伟大的宽容方面，在具有保护力和支持力方面，是与大地相同的；在具有夺目的光彩方面是与火和太阳相同的；在始终仁慈地对待婆罗门方面，是与古河相同的。(91) 阇诃奴之女（恒河）一直在受着仙人的歌颂，她发源于毗湿奴之足，有着极其古老的历史。恒河中流淌着吉祥的水。任何人如能一心一意思考恒河沐浴的事，这样的人不难达到梵天境界。(92) 她具备一切美德，全心全意引导一切世界，犹如母亲引导儿子。正因为如此，一个希望达到梵界的人应该怀着自身的愿望，经常去崇拜恒河。(93) 恒河是生产甘露的母牛，是众人前往朝拜的对象。她将充沛的水量供给所有的人，濯洗他们的身体。她总是给人带来舒适的感觉。她有时像天上的闪电，光辉灿烂。她像大地支撑者一样富有。她是虔诚者的归宿。她是不朽之河。她本身也是求梵者。每一个能够制御自身，追求成功的人，都应该到恒河去。(94) 跋吉罗陀以他严酷的苦行使诸神和遍入天②高兴，遂使恒河降至地面。此后，任何人只要去过恒河，那么无论今生来世，他都无所畏惧。(95) 其实，前面我对你讲的，只是恒河善德的一部分。它们来自旁人教我的知识和我自己的观察与思考。把这条圣河所有的善德都观察到并讲出来，我无论如何没有这个能力。(96) 人们倾其全力，可以数出弥卢山的石头，或者量尽大海里的水，然而却没有人能把恒河之水的善德一一认识，并将它们讲述出来。(97) 我怀着虔诚和信仰之心讲述了阇诃奴之女的善德。人们应该同样怀着虔诚和信仰之心，以自己的思想、言语和行为对她表示崇拜。(98) 由于听到了我对于恒河善德的叙述，你的名声就会传遍三界，你也会取得别人难以实现的巨大成功。你很快就会处身在恒河为你创造的称心如意的世界之中。(99) 让无上光荣的恒河用她的种种善德和我们自身应当履行的正法给你和我至诚的心带来永久的快乐

---

① 毗湿婆伐底意为包容一切者。
② 一般指梵天、毗湿奴、湿婆等神。这里指湿婆。跋吉罗陀以苦行谋得湿婆欢心后，湿婆才答应在恒河下凡时接住她。

吧。众人来到恒河岸畔，对她虔诚敬拜。她也总是爱护忠诚信仰她的人，把幸福赐给他们。(100)

毗湿摩说：

以上就是"三条水道"（恒河）的种种善德，是那位具有无上智慧的婆罗门向发誓以拾穗为生的婆罗门娓娓道出的。他描述了她各式各样的真实形象。然后，这位有大成就的婆罗门便升入了光辉灿烂的天穹。(101)以拾穗为生的婆罗门听了大成就婆罗门的这番话后，顿时憬悟，便循着一定的规则去恒河沐浴，并因此取得了极为难得的成就。(102)所以，贡蒂之子啊，你也要怀着无上虔诚之心不断地到恒河去。你一定会因此而取得极大的成功。(103)

护民子说：

听过毗湿摩讲述的赞美恒河的古代传说以后，坚战和他的兄弟们感到了巨大的满足。(104)任何人，只要听到或是吟诵了这充满赞叹之词的有关恒河的古代传说，他一定能从所有曾经犯过的罪愆中解脱出来。(105)

以上是吉祥的《摩诃婆罗多》中《教诫篇》第二十七章(27)。

二八

坚战说：

尊者啊，你饱有学识，精通天启，行为端正，讲究道德，备具优点，久经沧桑。因此，优秀的执法者啊，我想在正法的问题上向你请教。(1)王中俊杰啊，一个刹帝利，或者一个吠舍，或者一个首陀罗，应该怎样才能取得婆罗门的地位呢？请你为我讲讲。(2)通过严厉的苦行，通过伟大的行为，通过掌握天启经典，祖父啊，他们能够取得婆罗门的地位吗？请你明以教我。(3)

毗湿摩说：

亲爱的人啊，婆罗门的地位不是刹帝利等三个种姓可以轻易达到的。坚战啊，它是世上一切众生所能获得的最高地位。(4)无数的众生在轮回中一次又一次投胎转生，循环不已，其中或会有某一个诞生在婆罗门的家庭。（5）坚战啊，这方面的事，人们常引用以下这个古代传说加以说明，那是摩登伽同一头牝驴的对话。（6）从前有一个再生者[1]，他有一个与他种姓相同的儿子，名叫摩登伽。摩登伽是一个备具优点的人。（7）贡蒂之子啊，有一天，摩登伽的父亲派他去为将要举行的祭祀准备些东西。受到差遣，他就将一辆轻快的车套上驴子，出发了。（8）国王啊，这头驴子还很年幼，跑起来总是向它的牝驴妈妈那边偏。于是摩登伽就用一根棍子不断打它的鼻子。（9）牝驴看到自己的孩子挨打后伤痕累累，心中难受，便对它说道："孩子啊，不要在意你所受的折磨。驾车的是一个旃荼罗！（10）婆罗门的个性中没有粗暴。人们都说婆罗门仁爱为怀，是一切众生的老师和管理者。一个婆罗门怎么会虐待生灵呢？（11）这个人这样做是有罪的。他对于幼小的生灵缺乏同情心。他这样做就表明了他的出身。什么本性就会有什么行为。"（12）听到牝驴这一番刺耳的话，摩登伽急忙从车上跳下，对它说道：（13）"天佑的牝驴啊，请你讲讲，什么原因使我的母亲受到了玷污。你怎会知道我是一个旃荼罗。牝驴啊，请马上告诉我！（14）为什么我会生为旃荼罗？为什么我丢失了婆罗门的地位？智慧不凡者啊，请你原原本本全部如实地讲给我听！"（15）

牝驴说：

你是由一个动了情的婆罗门女同一个首陀罗理发匠所生的儿子。因此，你生下来就是旃荼罗，当然也就不会有婆罗门的地位。（16）

听到这话，摩登伽便返身走回家去。看到儿子回来，做父亲的问他：（17）"为了做好祭祀，我把繁重的准备工作交给了你。你为什么半途回来了呢？有什么不舒服吗？"（18）

摩登伽说：

惟有无孕而生者，或者出自至高之种的人[2]，才会感觉舒服。父亲啊，如果遇上我这样的母亲，人还能觉得舒服吗？（19）父亲啊，那个看起来甚至比人类还高明的牝驴告诉我，我是婆罗门女所生，而父亲是首陀罗。因此，我要去修炼大苦行。（20）

---

[1] 这里的再生者指婆罗门。
[2] 分别指神明和婆罗门。

毗湿摩说：

对父亲讲过这话以后，摩登伽就毅然决然地离开了家。不久他来到一座大树林，在那里修起极严厉的苦行。(21) 摩登伽渴望取得称心如意的地位，遂持续不断地修炼苦行，结果烤热了众天神。(22) 一天，他正在照常修炼，驾褐色马者（因陀罗）出现了，对他说道："摩登伽啊，你为什么要放弃人间的享乐，倒来修炼这样的苦行？(23) 让我给你一个恩惠吧，来，选择一下，看看你想要什么。凡是你心里想要的东西，请全部告诉我，切莫迟疑。"(24)

摩登伽说：

我渴望得到婆罗门的地位，为此我才修习这样的苦行。得到它我就回家。这就是我的选择。(25)

听摩登伽这样说，毁城者（因陀罗）回答道："你渴望婆罗门地位，但灵魂不纯洁的人是无法得到它的。(26) 那是一切众生中最高的地位，苦行也不能超越它。这种太高的要求会迅速导致你毁灭的。(27) 人一旦生为旃荼罗，就无论如何不可能达到那在天神、阿修罗和人类中公认的最纯洁的地位。"(28)

以上是吉祥的《摩诃婆罗多》中《教诫篇》的第二十八章(28)。

二九

毗湿摩说：

发誓制御自身的摩登伽虽然听到因陀罗这样说，但信心依然坚定。不可毁灭者啊，他单腿独立，站了一百年。(1) 于是，天下无人不知的天帝释再一次出现在他面前，对他说道："摩登伽啊，你所期望的最高地位是极难达到的。(2) 孩子，还是不要做这种胆大的事吧。对你来说，它不是合乎正法的正路。你不可能由此达到目的。你急于成功，反会很快招来杀身之祸。(3) 摩登伽啊，我曾经劝阻你不要去求那最高的地位。你指望通过苦行达到目的是根本不可能成功的。(4) 任何畜类要想越过界限，生为人类，即使成功，最初也只能生作补罗迦萨①，或者是旃荼罗。(5) 他只能先投生于某些罪恶之胎，生为娼妇之子，并在这种地位中辗转游荡很久很久。(6) 如此经过十倍的年数，他才能取得首陀罗的地位。然后他又要在首陀罗的地位中反反复复，辗转游荡。(7) 如此经过三十倍的年数，他可能取得吠舍的地位，并且在这种地位中辗转游荡很长时间。(8) 此后再经过六十倍的年数，他就能生为王者种姓。在王者种姓里，他又要游荡很久。(9) 如此再经过六十倍的年数，他始得生入婆罗门的家庭。在婆罗门的家庭中，他又会生活很长时间。(10) 这样再经过二百倍的年数，他才能取得'背箭者'②的地位。在这一地位中，他要生活很长时间。(11) 再经过三百倍的年数，他便取得了再生者的地位。③ 得到这种地位之后，他又要生活很长时间。(12) 如此再经过四百倍的年数，他就会生为精通三吠陀的婆罗门。在这个三吠陀精通者的地位上，他又要经历很长时间。(13) 孩子啊，此后，愤怒、兴奋、欲望、仇恨、傲慢、粗暴等等就会设法控制他，使他成为一个邪恶的再生者。(14) 如果征服了这些敌人，他就能达到至善之境。如果反过来它们制服了他，那么他的处境就像从棕榈树巅跌下来，摔到地面一样。(15) 摩登伽啊，考虑到以上所说的那些情况，我还是建议你另做选择，因为婆罗门的地位实在是太难达到了。"(16)

以上是吉祥的《摩诃婆罗多》中《教诫篇》第二十九章(29)。

三〇

毗湿摩说：

听了因陀罗的这番话后，摩登伽陷入了深深的忧愁。他于是到伽雅河去，在那里坚持做只用单个大足趾立地的苦行。一百年就这样过去了。(1) 单趾立地的瑜伽苦行是极其难做的。他的身体逐渐虚弱下去，青筋暴露，只剩下了皮和骨。终于，这个心向正法的人由于过度

---

① 一种受人鄙视的杂种姓。
② 一种靠制箭和其他武器为生的婆罗门。
③ 这里的再生者指地位较高的婆罗门，他们有资格为人诵诗行祭。

衰竭，仆倒下去。（2）婆薮之主（天帝释）迅速赶来，一把抱住跌倒的摩登伽。婆薮之主专心为众生谋福利，是一切恩惠的赐予者。（3）

天帝释说：

摩登伽啊，你一心求取婆罗门的地位，然而障碍太多。谁崇敬这一地位，他就能获得幸福。谁不崇敬它，他就会遭受痛苦。（4）婆罗门是众生福利的保护者。只有通过婆罗门，人们才能使神明和自己的祖先感到愉快。（5）摩登伽啊，人们都说婆罗门是一切众生的魁首。婆罗门所做的，正是人们所渴望的事。（6）陷于轮回的众生要经过无数次的投胎和转生，在反反复复的转生过程中，或有可能在某一次机会里诞生为婆罗门。（7）

摩登伽说：

你为什么要我这个已经备受煎熬的人再受打击，让我这个已经死亡的人再次去死呢？如果已经拥有婆罗门地位的人不想活了，我不会为他难过。（8）百祭（因陀罗）啊，虽然对于三个种姓①的人来说，婆罗门的地位难于达到，然而就是有人在获得了这样难得的地位之后却往往不珍视它。（9）那种生为婆罗门而又对之不加爱护的人，就如赢得了难得的财富而不加保守的人一样，应该说是罪人之中罪恶最大的。这种人是邪恶者中最邪恶的！（10）毫无疑问，婆罗门的地位是十分难得的，而即使得到了，又十分难于保持。难于得到的东西得到了却不着意保护，人们总是这样。（11）上面所说的人尚且能做婆罗门，天帝释啊，像我这样自爱自足，摆脱对立②，摒弃执著，不杀生，善自制，好施舍，为什么反倒不能做一个婆罗门呢？（12）让我可以随心所欲地选择任何享乐，随意变形，或腾空而行吧。让我受到婆罗门和刹帝利的共同尊重吧。毁城者啊，让我拥有不朽的名声吧。（13）

因陀罗说：

你将会以圣诗之神而广为人知，并且成为女性的崇拜对象。（14）

毗湿摩说：

赐予摩登伽这样的恩惠以后，婆薮之主便消失不见了。随之摩登伽也断绝呼吸，获得了最高的地位。（15）婆罗多后裔啊，大因陀罗

---

① 指除婆罗门以外的三个种姓：刹帝利、吠舍和首陀罗。
② 意为已能做到对于对立的事物如冷热、喜忧、男女等漠然置之。

神说得正确，那称作婆罗门的至高地位是很难得到的。(16)

以上是吉祥的《摩诃婆罗多》中《教诫篇》第三十章(30)。

三一

坚战说：

俱卢族后裔啊，我已经听你讲述了这个伟大的传说。最高明的叙述者啊，你指明了婆罗门的地位是何等地难于达到。(1) 不过，我曾听说，古昔之时，众友仙人取得了婆罗门的地位。最优秀的人啊，你方才说这是难以取得的。(2) 此外，恒河之子啊，我还听说，王仙毗陀诃伐耶也曾获得过婆罗门的地位。这究竟是怎么回事，强有力者啊，我实在想听听。(3) 通过合乎正法的行为可以取得婆罗门地位吗？通过无比严厉的苦行可以吗？最伟大的国王啊，请你一一告诉我。(4)

毗湿摩说：

国王啊，请听我说。毗陀诃伐耶是一位英名远扬的国王。这位非凡的刹帝利确实取得了普世景仰的婆罗门地位。(5) 亲爱的人啊，当伟大的摩奴正在依照正法精神治理万民的时候，喜得一子。这儿子性好正法。他的名字沙利雅提很快就广为人知。(6) 最强大的征服者啊，后来，在沙利雅提的家族里又诞生了两个王，海诃夜①和陀罗江喀。他们同出于婆蹉族。(7) 婆罗多后裔啊，海诃夜后来娶了十个妻子。她们为他生了一百个儿子。人人知道他们都是不会从战场脱逃的英雄。(8) 他们容貌相像，膂力强大，勇敢无畏，娴于战术，不但熟读吠陀，对于诸般武器的研究也不遗余力。(9) 最强大的征服者啊，在迦尸国有一个国王，他是名王提兀达萨的祖父，以诃罗耶湿婆这个名字广为人知。(10) 后来，人中佼佼者啊，毗陀诃伐耶的儿子们来到恒河和阎牟那河之间的地带，在这里的战场上打败了诃罗耶湿婆王。(11) 毗陀诃伐耶的儿子们总是驾着宽大的车乘冲锋陷阵。这些

---

① 海诃夜即毗陀诃伐耶。

无畏的战士杀死了了不起的诃罗耶湿婆王,然后返回了婆蹉国①美丽的都城。(12)与此同时,诃罗耶湿婆王的儿子苏提婆灌顶成为迦尸王。他有着天神一般的形体和容貌,在德行上也与天神无异。(13)这位道德高尚的迦尸国快乐王子统治他的国家,直到毗陀诃伐耶的儿子们再度来侵,并且在战斗中败于其手。(14)在战场上打败了苏提婆之后,毗陀诃伐耶的儿子们又回到了他们自己的都城。在迦尸国,苏提婆的儿子灌顶为王。他就是提兀达萨。(15)提兀达萨深知毗陀诃伐耶的儿子们是伟大的战士,武力强大。于是,这位精力充沛的国王便依照天帝释的建议,建立了波罗奈城。(16)城里住满了婆罗门和刹帝利,还有无数的吠舍和首陀罗。市场商栈鳞次栉比,各色货物堆积如山。(17)王中翘楚啊,这个城市从恒河的北岸一直延伸到憍摩提河②的南岸,壮观美丽,像似天帝释的永寿天宫。(18)婆罗多后裔啊,堪称王中之虎的伟大国王(提兀达萨)就住在这座城里。不久,海诃夜的儿子们再一次离开本国,率军来攻。(19)于是,这位容光焕发,膂力过人的国王提兀达萨出城迎战,冲向敌阵。两军战得天昏地暗,恰似诸神同阿修罗厮杀搏斗。(20)战事延续了一千余日。大王啊,提兀达萨的军队损失惨重,参战的牲畜大批死亡。他自己也陷入了悲苦绝望之中。(21)国王啊,提兀达萨的战士不断阵亡,财力亦消耗殆尽。于是他舍弃城市,准备逃走。(22)屈敌制胜者啊,这位国王来到智慧非凡的婆罗堕遮仙人的净修林,双手合十敬礼,寻求他的保护。(23)

国王说:

尊敬的仙人啊,毗陀诃伐耶的儿子们已经在战场上将我的族人屠杀殆尽。我仅以身免,沮丧至极,来到此地,向你寻求保护。(24)请保护我,尊敬的仙人啊,像老师怀着感情保护学生那样保护我!那些邪恶的人已经把我的家族全都杀死了。(25)

听到尊贵的国王这么说,有大福的婆罗堕遮仙人安慰他道:"不要怕!苏提婆之子,不要怕!你的恐惧会过去的。(26)我马上就要

---

① 婆蹉国是古代印度列国时代所谓十六国之一,国都是憍赏弥。
② 即今古姆提河。

举行祭祀，为你求一个儿子。人民之主啊，这样你就可以战胜毗陀诃伐耶成千上万的人马。"(27)于是，仙人婆罗堕遮便举行了一次祭祀，为提兀达萨求子。结果，提兀达萨获得一子，取名刺穿。(28)婆罗多后裔啊，这个孩子刚刚生下，马上就长成了一个十三岁的少年。他迅速地掌握了全部吠陀，诸般武器也无不精通。(29)实际上，这是智慧非凡的仙人婆罗堕遮凭着他的瑜伽力进入了这个孩子的身体。他收集了全世界的精气，将它输入这个王国。(30)刺穿身被铠甲，控弓携箭，看上去闪闪发光，就像燃烧的火焰一般。他大步行走，强弓舞动，又像正在泼撒雨珠的雨云。(31)苏提婆之子（提兀达萨）见儿子出脱得如此不凡，心花怒放。在这位国王的想象中，毗陀诃伐耶的儿子们已经被打得落花流水。(32)他很快将刺穿立为王储。感到自己该办的事已经办好，国王的忧愁一扫而光。(33)接着，老王便派遣他的儿子，善屈人兵的刺穿王率军出征，讨伐毗陀诃伐耶的儿子们。(34)勇力超群的刺穿王，这位攻城略地的能手，乘坐战车，飞快地跨过恒河，直捣毗陀诃伐耶的儿子们所在的城市。(35)毗陀诃伐耶的儿子们听到了战车逼近的隆隆之声。他们也登上自己的战车，向城外奔去。他们的战车就像移动的城堡，能够轻易摧毁敌人的车辆。(36)这些人中之虎尽是杰出的战士。他们身被铠甲，高举武器，冲杀出来，射出的箭像大雨一般落向刺穿王。(37)坚战啊，他们驾着战车，潮水般地涌向刺穿王。投向他的标枪和射向他的箭各式各样，密集如雨，犹如浓密的乌云把暴雨倾注到喜马拉雅山腹。(38)勇力无穷的刺穿王以枪迎枪，以箭扫箭，用雷电烈火般的武器将敌人格杀殆尽。(39)国王啊，在月牙箭的击杀下，毗陀诃伐耶儿子一方的头颅纷纷落地，计有百千之数。破碎的身躯倒在血泊之中，就像遭到砍伐的金苏迦树①纷纷倒地一样。(40)毗陀诃伐耶见他的儿子和众战士皆已阵亡，便一个人逃出城去，奔往仙人婆利古的净修林。(41)人中之主毗陀诃伐耶前来向婆利古寻求庇护。国王啊，婆利古出来见他，答应保护他。他为他提供住宿，收他做自己的学生。(42)岂料刺穿王跟在毗陀诃伐耶的后面尾随而来。来到婆利古的

---

① 热带乔木，紫铆属，开有无香但十分美丽的红花。

净修林后，这位提兀达萨的儿子大声说道：（43）"喂！喂！谁在这里，在这个净修林？伟大的婆利古的学生们，我希望见到这位贤人。请通报他，我来到了。"（44）知道是刺穿王来了，婆利古从净修林走出来，以种种最高的礼遇对他表示欢迎。（45）然后他询问道："王中之王啊，请问你来此有何贵干？"刺穿王将自己所来之意告诉了他：（46）"婆罗门啊，请把毗陀诃伐耶国王交给我。他的儿子毁灭了我的整个家族，践踏迦尸国并将那里所有的财产和宝物劫掠一空。（47）毗陀诃伐耶凭勇力傲视一切。如今我已经把他的一百个儿子消灭掉。婆罗门啊，只要再将他杀死，我就算清偿了欠我父辈的债责。"（48）婆利古仙人深明正法，然而又是个同情心重的人。他对刺穿王说："这里没有任何刹帝利①。这里所有的人都是再生者②。"（49）婆利古的话理应符合事实，刺穿王听后匍匐在地，一再触摸仙人的双足，然后怀着满足的心情说道：（50）"尊敬的仙人啊，既然如此，我相信我已经完成了自己的任务。由于我勇敢作战，毗陀诃伐耶国王不得已放弃了自己的出身。（51）婆罗门啊，请允许我告辞，并请为我祝福。婆利古世系的传人啊，是我迫使他放弃了自己的出身。"（52）征得仙人同意之后，刺穿王便离开了他的净修林，循原路归去，正像一条蛇吐尽毒汁以后，返回了自己的洞穴。（53）

既然婆利古说了上面的话，大王啊，毗陀诃伐耶国王也就因此而获得了婆罗门仙人的地位，成为一个精通吠陀经典的人。（54）后来毗陀诃伐耶又生了一个儿子，取名伽罗陀萨摩多。他的体貌酷似因陀罗神。提迭诸神常将他误认为天帝释，着实给他带来不少的烦恼。③（55）人民之主啊，在《梨俱吠陀》中有一种广为人知的说法，那就是，无论伽罗陀萨摩多走到哪里，他都会受到那里婆罗门的景仰和崇拜。（56）这位婆罗门仙人过着梵行生活，逐渐成为一个学养深厚的人。他有一个聪明的儿子，自然也是再生者。（57）这个儿子名叫苏代阇。苏代阇的儿子名婆尔遮。婆尔遮的儿子名毗诃伐耶。毗诃

---

① 王族为典型刹帝利种姓，所以这样说。
② 这儿的再生者仅指婆罗门。
③ 提迭是诸神的对头，专与他们作对。提迭常将伽罗陀萨摩多误认为天帝释（因陀罗），这就给他带来不少麻烦。

伐耶的儿子名毗陀迭。(58) 毗陀迭的儿子名萨迭。萨迭的儿子是仙人森陀。森陀的儿子名悉罗瓦萨。悉罗瓦萨的儿子名陀摩。(59)陀摩的儿子名波罗迦沙。他是一位了不起的再生者。波罗迦沙的儿子名伐金陀罗。他在各种场合中都是最了不起的胜利者。(60) 伐金陀罗的儿子名叫谋远。他对于吠陀、吠陀支颇有研究。谋远的儿子由天女露浓所生,取名羚羊。(61) 羚羊的妻子是嬉姑,她为他生了儿子修那迦。他是一位梵仙。修那迦的儿子名寿那迦。(62) 最优秀的刹帝利啊,就是这样,尽管身为国王,属刹帝利种姓,毗陀诃伐耶还是承仙人婆利古之恩而变成了婆罗门。(63) 大王啊,至于他的儿子伽罗陀萨摩多世系传承的情况,上面已经详细地说过了。那么,你现在还有别的问题吗?(64)

以上是吉祥的《摩诃婆罗多》中《教诫篇》第三十一章(31)。

三二

坚战说:

婆罗多族雄牛啊,什么人应该受到崇拜,什么人应该对他礼敬有加呢?请你仔细地说给我听。对于你所叙说的事情,我是百听不厌的。(1)

毗湿摩说:

关于这个问题,人们经常引用古代传说中那罗陀和婆薮提婆之子(黑天)的对话来说明。(2) 一天,那罗陀正在双手合十,虔诚敬拜几位第一流的婆罗门,美发者(黑天)看到了他,便向他请教:"尊敬的人啊,你敬拜的是些什么人呢?(3) 你如此崇敬的都是些什么样的婆罗门呢?如果可能,我希望听你就此讲讲。优秀的知法者啊,请你把这方面的事讲给我听!"(4)

那罗陀说:

乔宾陀(黑天)啊,请听我告诉你哪些是我乐于礼敬的对象。克敌制胜者啊,除你之外,在这个世界上还有哪一个人更适合于听我讲这些事呢?(5) 伐楼拿、伐由、阿提迭、波尔阇尼耶、知众生者(火神阿耆尼)、斯塔奴、室建陀、吉祥天女、毗湿奴和梵天，(6) 言语之主、月神、水神、大地之神和智慧女神等等神明，凡是坚持对他们进行崇拜的婆罗门，都是我礼敬的对象。(7) 那些具有苦行功的人，精通吠陀的人，潜心学习吠陀的人，自身价值很高的人，苾湿尼族之虎啊，我崇敬这样的人。(8) 那些即使饥肠辘辘也不忘敬神的人，摆脱了傲慢自负之心的人，知足常乐的人，生性宽厚的人，国王啊，我崇敬这样的人。(9) 那些懂得正确地举行祭祀的人，学会了忍耐的人，善于自制的人，控制了自己感官的人，乐于施舍自己的谷物、财产和牛群的人，雅度族后裔①啊，我崇敬这样的人。(10) 那些坚持修炼苦行的人，住在森林里，仅以块根和野果为生的人，绝不把今天的事情堆起来推到明天的人，总能按照规定行祭的人，雅度族后裔啊，我崇敬这样的人。(11) 那些一向善待仆从的人，经常殷勤待客的人，总是先行致祭，而后再食残余祭品的人，雅度族后裔啊，我崇敬这样的人。(12) 那些精研吠陀，因而具有不可抗拒之力的人，善于解经、辩才无碍的人，主持祭仪一丝不苟，施教于人认真负责的人，雅度族后裔啊，我崇敬这样的人。(13) 那些对于众生永远怀抱仁爱之心的人，研习吠陀，直到太阳烤热了后背的人②，雅度族后裔啊，我崇敬这样的人。(14) 那些一心希望从导师那里获得恩典的人，勤苦学习，以求掌握吠陀的人，恪守戒条，坚持而不动摇的人，敬从师长的人，摆脱了妒忌之心的人，雅度族后裔啊，我崇敬这样的人。(15) 那些谨守誓言的人，视沉默为金的人，友善地对待婆罗门的人，重然诺的人，在祭神祭祖的仪式上奉献供品的人，雅度族后裔啊，我崇敬这样的人。(16) 那些以所得施舍为生的人，取食不足，瘦极而衰的人，住在师父家里的人③，远离舒适生活的人，轻视财富的人，雅度族后裔啊，我崇敬这样的人。(17) 那些对于世俗之物不感兴趣的人，不同人争辩的人，善于避免耻辱的人，所求无多的人，不伤害生命的人，坚决维护真理的人，能够自制的人，静而不躁的人，美发者啊，我崇敬这样的人。(18) 那些礼敬神明，尊重来客的人，规规矩矩过

---

① 指黑天。黑天属于雅度族。
② 意为学习勤苦，从清晨直学到中午。
③ 处在梵行期的学生按规定应该住在自己师父的家中。

家主生活的人，如鸽子般过活的人①，雅度族后裔啊，我崇敬这样的人。(19)那些在生活中注意三要②，同时又不会堕落的人，依照正确的行为准则安排生活的人，对于他们，我总是十分崇敬。(20)在三界之中，实践了三要的婆罗门，戒除了贪欲的人，严守道德准则的人，美发者啊，我崇敬这样的人。(21)那些仅仅以水为生的人，仅仅以空气为生的人，仅仅以花蜜为生的人，严格遵守各种戒条的人，摩陀瓦啊，我崇敬这样的人。(22)那些执意守身，不畜妻室的人，娶妻育子，家有祭火的人③，乐于接纳婆罗门的人，乐于庇护一切众生的人，对于这样的人，我是十分崇敬的。(23)那些创造世界的仙人，世所宗仰的人，可以作为知识的依托的人，驱走了暗昧无知的人，点燃了世界之光的人，黑天啊，我永远崇敬他们。(24)苾湿尼族后代啊，你也要永远崇敬这些再生者。无瑕者啊，这些理应受到尊重的人受到了崇敬，他们便会给你送来幸福。(25)无论在这个，还是在其他的世界上，他们永远是幸福的赐予者。因此，你崇敬他们，他们就会给你幸福。(26)那些凡有来者，无不待如宾客的人；除了对于婆罗门、牛群和真理以外，别无感情的人，对于他们来说，没有不可逾越的困难。(27)那些一生寂静平和的人，从不心怀妒忌的人，永远坚持吠陀学习的人，对于他们，没有不可逾越的困难。(28)那些虔诚地敬拜所有神明，并把自己交托给某一神祇的人，信仰坚定的人，善于自制的人，对于他们，没有不可逾越的困难。(29)那些能够对优秀的婆罗门表示崇敬的人，严格遵守自己誓约的人，乐善好施的人，对于他们，没有不可逾越的困难。(30)那些不断为祭火添加柴薪的人，能够按照要求完成自己社会职责的人，在苏摩祭上依礼敬献祭品的人，对于他们，没有不可逾越的困难。(31)苾湿尼族之虎啊，能够像你一样无时不对父母和导师表示尊敬的人，在他们面前同样没有困

---

① 这里指靠捡拾遗穗生活的人，他们像鸽子一样，只求一时果腹，不多积存以待来日。
② 三要指法、利、欲三个人生目标。法指正确的行为，包括社会要求于人的种种责任、义务、规矩和宗教仪节。利指人的物质所得，实际上除经济所得外，还包括权力、名声以及行政、司法、作战、外交等经世治国之术。欲首指情爱，旁及各种耳目之娱和权力、名望带来的享受。三要中，法起统摄作用，即只有合乎正法要求的利和欲才是允许的，值得追求。这三要（后来又加上解脱，成为四要）乃是两千多年以来印度人价值观念的重要基础。
③ 即过家居生活的人。

难不可克服。(32)

因此，贡蒂之子啊，你应该依照规矩以虔诚之心敬事祖先、神明、婆罗门和上门的宾客。这样做了，你就一定能够达到自己预想的目的。(33)

以上是吉祥的《摩诃婆罗多》中《教诫篇》第三十二章(32)。

三 三

坚战说：

祖父啊，在国王应该处理的事务当中，比较起来，哪些是较为重要的呢？哪些事情他做了就可以在今生和来世享受幸福呢？(1)

毗湿摩说：

婆罗多后裔啊，对于一个正式灌顶登极的国王来说，最重要的是依照婆罗门的指教行事。如果他希望国家安宁幸福的话，那么就应该永远敬重那些精通吠陀，富有经验的婆罗门。(2) 他应当对那些博闻多识的婆罗门躬身礼敬，用温和的言词称颂他们，将可供享受的物品赠送给他们，无论他们住在城市，还是住在乡村。(3) 一个国王需要经常注意这些最应该做的事情。他应当悉心保护他们，恰像他保护自己或者自己的孩子一样。(4) 对于婆罗门中最值得崇敬的那些人，他要更加谦恭地礼敬有加。只要这些人生活得无忧无虑，他就能够轻松地统治整个国家。(5) 他们理应受到礼敬和崇拜，就像父亲理应受到敬拜一样。人民的生存倚赖于他们，正如众生的生存倚赖于婆薮之主一样。(6) 他们是令人畏惧的人物，是真正雄强无比的人物。他们可以利用咒术或者其他的方法折磨人，愤怒时，甚至能凭其能量之火将整个王国摧毁。(7) 他们的影响力无远弗届，能够达到宇宙的尽头。他们愤怒的眼光落在人的身上，会像燃烧的火焰落在树林之上一样。(8) 他们有的凶险异常，也有的温良无限，有的如敷着杂草的陷阱，有的像万里无云的蓝天。(9) 他们有的暴躁动辄用武，有的温和有如草棉，有的狡狯善骗，有的一心致力于修习苦行。(10) 他们有的种地，有的放牧，有的行乞，有的偷窃，有的说谎，有的以表演为业，有的靠跳舞谋生。（11）婆罗多族雄牛啊，婆罗门的行当各种各样，有的默默无闻，有的普普通通。他们的处世方式也往往各不相同。（12）有的婆罗门深通正法，有的婆罗门品格高尚，有的婆罗门在种种不同的行当中选择若干以保证自己的生活来源。对于他们也应该经常地给予赞颂。（13）人众之主啊，那些有大福惠的婆罗门，其地位应在祖先、神明、人类、蟒蛇和罗刹之上。（14）任何神明、祖先、健达缚、罗刹、阿修罗和毕舍遮都不可能战胜婆罗门。（15）婆罗门可以给非神以神性，也可以剥夺神的神性。他们可以使任何人成为国王，只要他们愿意。他们也可以使任何人毁灭，只要他们憎恶此人。（16）有些人愚蠢到会去污蔑婆罗门，结果是他们自身受到嘲弄，进而丧失名誉，陷入不幸。世人的毁誉祸福全都掌握在婆罗门之手。国王啊，那些敌视婆罗门的人，总是要招惹他们愤怒的。（17）谁受到了婆罗门的褒扬，他就会兴旺发达。谁遭到婆罗门的谴责，他就会在旋踵之间遭到毁灭。（18）塞种人①、耶婆那人②、甘波阇人③以及其他刹帝利部落，就是由于从来不接触婆罗门，结果沦落到小人的地位④。（19）达罗毗荼人、羯陵伽人⑤、布邻陀人⑥、优湿那罗人、高罗人、蛇族人、水牛族人以及其他刹帝利部落，（20）也是由于从来不接触婆罗门而沦落到小人地位的。胜利者中的胜利者啊，败在他们手里比战胜他们强。（21）一个人即使是杀光了世上众生，其所获罪

---

① 塞种人初为古代中亚的游牧部落，公元前8—前7世纪曾活动于锡尔河以北、伊犁河及天山北麓。公元前2世纪，部分塞种人南迁至今克什米尔及喀布尔河地区，公元1世纪初更向东扩张，逐渐深入印度内地，占领了直到哥达瓦里河的西印度。4世纪末，塞种政权亡于笈多王朝，其人亦逐渐接受印度教文化，融入印度民族之中。

② 耶婆那人指印度西北边境上的大夏—希腊人。阿育王铭文提到他们时用"庾那"一词，语源上可溯至"爱奥尼亚"，实际上则往往指一切具有希腊血统的人。他们早自公元前6世纪即已开始向东移动，定居在黑海以南、大夏及与西北印度相毗邻的地区。

③ 甘波阇古译剑浮沙、甘谟惹等，为古印度列国时代十六国之一，位于西北印度犍陀罗以北，公元前6世纪末至孔雀王朝建立约二百年间，曾先后处于波斯和马其顿人的控制之下。后并入孔雀帝国。

④ 即首陀罗的地位。

⑤ 羯陵伽作为地名在往世书中所指不一，但主要是指印度东部北起今奥里萨首府布巴内斯瓦尔，南到马德拉斯（今金奈）的沿岸地区。

⑥ 布邻陀为古代印度住在山林中的未开化部落，主要活动在中印、北印和印度河流域。

过也不能同杀一个婆罗门相比。古代最伟大的仙人们说过,杀婆罗门是滔天大罪。(22)在任何情况下都不能恶语中伤婆罗门。见到有谁这样做了,在场的人就应低下头来,沉默不语,或者马上起立,回避走开。(23)同婆罗门吵架后还能一辈子过得愉快舒心,这样的人世界上从未见到过;以后也不可能出生。(24)就像手抓不住风,摸不到月,头顶不起大地一样,在这片土地上,战胜婆罗门是不可能的。(25)

以上是吉祥的《摩诃婆罗多》中《教诫篇》第三十三章(33)。

三四

毗湿摩说:

一个人应该始终对婆罗门保持高度尊重。他们以苏摩为王,并且主宰着人们的幸福和不幸。(1)国王也应当永远像对待自己的父亲一样尊崇、礼敬和保护婆罗门,同时还要施与他们食物和装饰品,以及他们希望得到的任何东西。国家的安宁全仰赖婆罗门,正像众生仰赖婆薮之主一样。(2)让品行端正而又有第一流学识的婆罗门出生在王国之内吧!让王族都是伟大的战士,都能置强敌于必败之地!(3)能有一个出身清白,通晓正法,恪守戒条的婆罗门住在家中,国王啊,没有比这更值得向往的事了。(4)赠给婆罗门的供品,众天神会拿去享用。婆罗门是一切众生之父,地位至高无上。(5)太阳、月亮、风、地、水、天、四方,所有这些都要进入婆罗门的身体。婆罗门吃下去什么东西,他们便享用什么东西。(6)凡是婆罗门不进食的地方,祖先不会在那里进食。凡是憎恨婆罗门的罪人居住的地方,神明也不会在那里进食。(7)国王啊,婆罗门高兴的时刻,也是祖先高兴的时刻。同样,婆罗门高兴的时刻,也是神明高兴的时刻。这一点是无可怀疑的。(8)凡是把祭祀时的供品给了婆罗门的人,都会获得快乐。他们不会遭受灾厄,而能进入最高的理想境界。(9)那些人们用来使婆罗门高兴的祭品,也会使祖先和神明高兴。(10)婆罗门是世上众生产生的原因。婆罗门知道一个生灵自何处来,而又复归何处。(11)他们知道通往天堂的道路,也知道通往地狱的道路,还知道过往之事和当来之事。因此,婆罗门是两足生物中最尊贵的。婆罗多族俊杰啊,他们知识广泛,也知道自己应行何种正法。(12)谁能在行动上追随婆罗门,谁就无往而不利。他们不会遭遇厄运,也不会面临失败。(13)教化和陶冶使得婆罗门具有伟大的灵魂。谁听从了婆罗门的指教,谁就没有灾祸之虞。(14)具有勇武精神和强大臂力的刹帝利凭借自己的精神和臂力摧毁一切。然而遇到婆罗门时,它们就无法施展了。(15)婆利古的后人打败了陀罗江喀的后人①,鸯耆罗仙人的儿子们打败了尼波人,婆罗堕遮仙人打败了毗陀诃伐耶的儿子们和爱罗人②,婆罗多族雄牛啊,这些都是婆罗门战胜刹帝利的例子。(16)尽管刹帝利能够使用诸般武器,以黑羚羊皮为标志者③还是打败了他们。谁将盛物的罐子放在他们的面前,他就能够实现自己心中的目标。④(17)在世界上,凡是说出的、听到的和看见的东西,统统来自于婆罗门,就像火焰来自于木柴一样。(18)为了说明这个问题,婆罗多族雄牛啊,人们经常引用古代传说里婆薮提婆之子(黑天)和大地女神的一段对话。(19)

婆薮提婆之子说:

吉祥的女神啊,我有一点不明白,请你,一切众生的母亲,帮我弄清。一个过家居生活的人,怎样做才能涤除他的罪愆呢?(20)

大地女神说:

涤除罪愆最好的方法,就是侍奉婆罗门。一个人侍奉了婆罗门,他身上的一切污秽就会涤清。(21)此外,他还能获得智慧,兴旺发达,令名远扬。在高低不等的人群里,他会成为优秀者中的拔尖人物。(22)谁受到了婆罗门的褒扬,谁就会步步高升。谁受到了婆罗门的责骂,谁就会在顷刻之间遭到挫折。(23)一块不曾烧制的土块丢进大海,转眼就会溶化。同样,一个恶劣地对待婆罗门的人,厄运到来,也在顷刻之间。(24)看一看月亮的缺陷吧。看一看大海发咸

---

① 陀罗江喀的长子毗提诃多罗与持斧罗摩之间曾有一场大战。持斧罗摩为婆利古的后裔。
② 事见第31章。
③ 指以黑羚羊皮为衣的婆罗门。
④ 这一颂意义不清。或者是指对于婆罗门有所施舍。

的海水。① 大因陀罗神的身上也曾长着上千个女阴。②（25）由于婆罗门的威力，它们后来又变成了一千个眼睛。这就是百祭（因陀罗）的故事。摩豆族的后人啊，看看婆罗门是怎样起作用的吧。（26）克敌制胜者啊，一个品行端正而又希望发达富贵，享有令名和世上诸般好事的人，应该听从婆罗门的指导。（27）

听了大地女神这一番话，诛摩图者（黑天）连说："善言！善言！"并对她敬礼如仪。（28）普利塔之子啊，你已经听到了婆薮提婆之子同大地女神的谈话。你应当永远以虔诚之心敬事婆罗门。这样做了，你就会大有成就。（29）

以上是吉祥的《摩诃婆罗多》中《教诫篇》第三十四章(34)。

三五

毗湿摩说：

婆罗门是生来就有大福气的人。他们受到一切众生的崇拜，并且像客人一样，总是吃最好的东西。（1）对于自己的朋友，婆罗门总是满面春风。他们受到这些朋友的崇拜。通过吉祥的赞语，婆罗门为朋友谋福利。（2）对于憎恶自己的人，婆罗门往往怒火中烧。通过愤懑的诅咒，那些受到非礼对待的婆罗门能将敌人击垮。（3）熟悉昔日故实的婆罗门唱诵着梵歌③中的诗句，它们讲述了创造者如何在创造了婆罗门之后，又一条条地规定了他们的责任。（4）婆罗门不能离开过去的规定，做任何出格的事情。婆罗门自己受到保护，同时也要保护

---

① 月亮的缺陷指它的未被太阳照亮的部分。印度古代神话说，仙人陀刹将他的二十七个女儿嫁给了月神。月神只垂青卢醯尼而置其他二十六个妻子于不顾。于是这些遭到冷落的女儿便向父亲面前告状。陀刹找来月神，劝告他改变态度。然而月神阳奉阴违，一仍旧章。女儿们再次回到父亲家中，并且表示住下不走了。陀刹大怒，遂诅咒月神，使他变成痨病鬼。月亮消瘦下去，大地上的植物逐渐枯萎。诸神见此，便到陀刹面前为月神求情。陀刹答应让月亮只在半个月内消瘦，然后又可复原。自此月亮始有圆缺之变。海水变咸据说也是婆罗门投山仙人诅咒的结果。

② 因陀罗曾引诱乔答摩的妻子阿诃罗耶，被后者发现。后者遂诅咒他身生一千个印记，状如女子性器。不过后来它们还是变成了眼睛，而因陀罗神亦因此而得号"千眼"。

③ 梵歌据称为创造之神梵天所作。下面第12颂中所说的"伟大的智者"即指梵天。

别人。这样做了，他们就能交好运。（5）他们按照正法的要求完成了自己的种姓责任，就能获得属于婆罗门的幸福。婆罗门应该做一切众生的榜样，进而掌握和控制他们。（6）学识渊博的婆罗门绝不能去做规定给首陀罗的工作。做了首陀罗的工作，就会严重妨碍他履行自己的正法职责。（7）通过学习吠陀经典，一个婆罗门能够增长智慧，享有富足的生活和旺盛的精力，获得纯洁而又高尚的品德和足以摧毁一切的力量。（8）通过向神明奉献祭品，一个婆罗门能够达到人人称羡的崇高地位。进食时，他甚至可以排在孩子之前。在尊卑进退的等次上，他也拥有给予婆罗门的特权。（9）心存对众生慈悲为怀的信念，善于约束自己而又勤于吠陀学习，一个婆罗门不难求得心中渴望的一切。（10）无论是人间世界的东西，还是天神世界的东西，婆罗门都能通过苦行、知识和谨守规诫来得到。（11）无瑕者啊，以上我对你讲了梵歌中的诗句。这些诗句是那伟大的智者宣说出来的，他对婆罗门怀有深切的爱护之情。（12）在我看来，比起王者，那些苦行者的力量只能有过之而无不及。此力一旦发动，则势头强劲，难于抵挡，凶猛狂烈，疾不可防。（13）在这些无敌的婆罗门中，有的似雄狮，有的似猛虎，有的似野猪，有的似鹿，有的似象。（14）在这些无敌的婆罗门中，有的柔软有如草棉，有的触之像摩迦罗①；有的可以言语致人死命，有的能凭一瞥断人活路。（15）他们之中，有的性似毒蛇，有的行动迟缓。坚战啊，婆罗门的秉性气质真是多种多样。（16）美迦罗人、达罗毗荼人、崩德罗人②、憍罗吉罗人、匈狄迦人、德罗德人、德罗婆人、角罗人、沙钵罗人、钵尔钵罗人、（17）吉罗陀人、耶婆那人等等，都是刹帝利出身，然而由于从来不接触婆罗门，结果沦落到小人的地位。（18）阿修罗就是因为无视婆罗门的权威，结果不得不住在水里。而诸神因为有婆罗门给予的恩惠，所以便成了天堂的居民。（19）上天之高，不可触摸；喜马拉雅山之固，不可动摇；恒河水之汹涌，不可阻遏。同样，婆罗门生在大地之上，无人可以制服。（20）没有婆罗门的保障，任何人都无法统治一个国家。婆罗门具有伟大的灵魂。他们是神中之神。（21）因此，如果你希望享有四

---

① 摩迦罗为一种传说中的海兽，有的说是鲨鱼，有的说是海豚，还有其他说法。
② 崩德罗为一古代野蛮部落，传说其祖先生自神牛南蒂尼的尾巴。

海环绕的土地,那么你就要永远用慷慨的施舍敬事婆罗门,服侍在他们的左右。(22)无瑕者啊,婆罗门的威力会因为接受施舍而软化。所以,对于那些不肯接受施舍的婆罗门,你需要特别堤防,以保护自己的家族。(23)

以上是吉祥的《摩诃婆罗多》中《教诫篇》第三十五章(35)。

三六

毗湿摩说:

为了说明这个问题,人们常常引用一则古代传说,那是天帝释和商波罗的一段对话。坚战啊,请你仔细听好。(1)有一次,天帝释去看形容丑陋的商波罗。他盘起头发,浑身涂灰,装扮得谁也认不出来。见面后他问道:(2)"商波罗啊,你是凭着什么功德当上了本族首领的呢?为什么人们会认为你该出人头地?请你把道理讲给我听。"(3)

商波罗说:

我的心中对于婆罗门和老祖宗梵天从来不怀恶念。当婆罗门传授经论的时候,我总是满怀喜悦,洗耳恭听。(4)听过以后,我也从不表现出任何轻视态度。我不但从不冒犯这些智者,还经常怀着仰慕之心向他们请益,俯身抚摸他们的双足,以示恭敬。(5)他们也很信任我,常常同我谈话,对我多方指引。即使他们偶然疏忽,我也始终谨慎如故。即使他们偶然入寐,我亦坚持警醒不怠。(6)我始终对婆罗门亲近而不违逆,并把自己的行为局限在法论规定的道路之上。他们是我的导师,不断将智慧灌注到我的头脑中来,犹如蜜蜂将蜂蜜灌注到蜂巢里去一样。(7)他们所说的一切我都爱听,并且尽心尽力,消化掌握。我总是在不断地深思反省,提醒自己注意同他们有位次尊卑之别。(8)我乐于啜食他们舌尖上吐露的真味[①]。由于上述原因,我才得以君临于本族所有成员之上,就像月亮凌驾于众星之上一

[①] 意为吸取他们语言中的精华。

样。(9)婆罗门口中吐出的经论,是大地上无与伦比而又永垂不朽的智慧之光。人们倾听这些经论,并用它们规范自己的行动。(10)我的父亲知道婆罗门所述经论具有强大的威力,所以当他看到天神和阿修罗之间发生斗争①的时候,心中是既吃惊又高兴。(11)他看到了杰出的婆罗门的伟力,便向月神问道:"他们是怎样成功的呢?"(12)

月神说:

婆罗门一向靠苦行取得成功。他们的力量蕴藏在语言之中。刹帝利以双臂显示其英雄本色,婆罗门以语言作为其杀敌利箭。(13)婆罗门离家外出学习吠陀,住在导师的家中,绝无舒适可言。他们戒除傲慢之心,弃绝世俗享乐,平等地看待天下诸物和世上众生。(14)一个婆罗门,即使出身于高贵的家庭,即使学会了所有的吠陀经典,似乎足可骄人,但只要他始终住在父亲的家里,人们还是将他视为恋家者。(15)像蟒蛇会吞食耗子一样,大地也会吞噬这样两种人:拒绝战斗的刹帝利和不肯离家求学的婆罗门。(16)识见短浅的人会因为自高自大而失去原有的幸福。处女会由于怀孕而招致污名。婆罗门会由于恋家而遭到谴责。(17)

以上的话是我的父亲从面庞姣好的月神那里听来的。从此,他开始崇仰婆罗门。我也向他学习,崇仰那些严守戒条的人。(18)

毗湿摩说:

天帝释听罢檀那婆首领口中说出的话,自己也开始崇拜婆罗门,不久他便升到了天国首领的地位。(19)

以上是吉祥的《摩诃婆罗多》中《教诫篇》第三十六章(36)。

三七

坚战说:

祖父啊,如下这三种人里,哪一种最应该得到施舍呢:新来的

---

① 这里可能是指毗诃波提用计帮助天神战胜阿修罗的故事。毗诃波提装成阿修罗的国师太白金星,乘他不在时在阿修罗众中行化十年。后太白金星返回,不为阿修罗所认,遂诅咒他们必败于天神手下。

人、长期离开后又回来的熟人以及远道而来的人？（1）

毗湿摩说：

在布施的对象中，以那种默默恪守誓言的人最为优良。求施者无论要什么东西，我们都应慨然相赠。（2）我们听说的原则是，在施舍时，不应该伤害依靠我们生活的人。让接受施舍的人受到伤害，对我们来说是不光彩的。（3）新来的人是应该给予施舍的。长期离开后又回来的熟人也应该给予施舍。从远道而来的人，有学识的人认为同样应当给予施舍。（4）

坚战说：

按照正法不伤生灵的要求，我们不应该使那些依靠我们生活的人受到伤害。我们应当认清施舍对象，施舍后就不会后悔。（5）

毗湿摩说：

凡是有学问而又有德行的行祭者、国师、导师、学生、姻亲和族人，都应该受到尊敬和崇拜。（6）但是，如果这些人不具备学识和德行，那么他们就不值得礼遇。因此，要永远记住，对于所有施舍对象，都得对他们加以仔细的考察。（7）一个人，只要他不发怒，不说谎，不伤生灵，善于自制，正直可靠，不奸不诈，不骄不躁，谦虚知耻，宽容善忍，修习苦行，安静自处，（8）婆罗多后裔啊，就可以视作行为端正的人，应当尊敬，应当给予布施。（9）不管是离开后又回来的熟人，还是新近来到门前的生人，无论是以前见过面的，还是不曾见过面的，只要具备上述品质，就应当尊敬，应当给予布施。（10）相反，那些反对吠陀权威的，无视法论规范的，或者什么也不信仰的，都是些自取灭亡的人。（11）有的婆罗门自恃聪明，居然诋毁吠陀圣典。有的人沉醉于无用的玄学思辨之术。（12）有的人喜欢在德高望重的人中间挑起辩论。有的人渴望自己辩才无碍，击败他人。有的人经常指责或辱骂婆罗门。（13）有的人对一切都不信任。有的人十分愚蠢。有的人像孩子般无知。有的人出言粗鲁。应该知道，在人们看来，他们都是徒具人形的狗。（14）他们同狗一样，放出来就会叫，就会咬。他们聚在一起谈话，就是为了贬损一切教人向善的法论经典。这些人不懂传承经典，而接触和思考的尽是些邪恶的学说，虽称学者，却不走正道。（15）但是，那些熟悉天启和传承等经典，通晓往世书和森林书的人，却会紧紧追随学识精深而又渊博的真正学者。（16）日常的生活起居，个人应当遵行的正法，自己的福利，这些都是应该注意的。只要注意了这些，任何人都会有好日子过。（17）对于天神、仙人、先人、婆罗门，以及第五者——客人，大家都是负有债务的，应当还清。①（18）一个家主只要行为纯洁正派，保证自己清白无瑕，就不会偏离正法。（19）

以上是吉祥的《摩诃婆罗多》中《教诫篇》第三十七章(37)。

三八

坚战说：

婆罗多族俊杰啊，我希望听你讲一讲妇女的特点是什么。祖父啊，人们说女人是罪恶的渊薮，她们水性杨花。（1）

毗湿摩说：

古代的传说中有一段那罗陀仙人和名叫五髻的天妓之间的谈话涉及到了这个问题。（2）云游四海的神仙那罗陀博学多识。有一次，他遇到了住在梵界的五髻，这天女长得十全十美，无可指摘。（3）圣者看到这位天女肢体柔美，可爱无比，便对她发问道："纤腰美人啊，我心里有一个问题，不太清楚，请你为我解释一下好吗？"（4）听明白仙人那罗陀的意思，天女答道："只要你认为我适合回答你的问题，我一定把我心中的想法如实相告。"（5）

那罗陀说：

美丽的人啊，我自然不会要求你做超出自身能力的事。我想知道女性的特点。面容姣好的人啊，请你告诉我好吗？（6）

毗湿摩说：

听到神仙这样说，这位天女中的佼佼者回答道："我身为女子，是不会说女人坏话的。（7）你是了解女人的，知道女人的特点。所以，神仙啊，你的确不应该让我做这件事。"（8）闻听此话，那罗陀

---

① 清偿债务的方法各不相同：对于天神用举行祭祀，对于仙人用学习吠陀圣典，对于先人用抚育子女，对于婆罗门用布施财物，对于客人用招待饭食。

对她说道："你说得不错。纤腰美人啊，说假话是会犯罪的，说真话就不会了。"（9）见仙人这样对她说，笑靥迷人的天女安下心来。她开始述说确实存在于女性身上的，永远无法摆脱的缺欠。（10）

五髻说：

即使是出身高贵，模样俊美，有人保护，女人还是不愿意遵守为她们规定的闺范。那罗陀啊，这种缺欠的确存在于女人中间。（11）世界上没有什么东西比女人更邪恶了。女人是罪恶的渊薮，这你已经十分清楚。（12）她们的丈夫尽管卓有令名，事业发达，漂亮高雅，对她们惟命是从，她们还是寻找机会对他们拿出不屑的态度。（13）能力不凡的人啊，我们女人就是这样不遵守善法。我们总是把羞耻之心甩在一旁，同那些邪恶的男人眉来眼去。（14）女人喜欢那些专事谄媚的男人，那些惯于盘桓左右，善献殷勤的男人。（15）然而，由于无人前来求爱，或者碍于四周僮仆的口舌，女人虽然视闺范为多余，倒还多半留在了丈夫的身边。（16）对于她们来说，没有什么人是不可接近的，也没有什么年龄上的考虑。美也罢，丑也罢，一概来者不拒，但求欢好。（17）无论怎样，女人守在丈夫身边，都不是为了怕犯过，不是为了夫妻之恩，不是为了财富，以及对于出身、门第和亲友的依恋。（18）哪怕是生活在一个体面的家庭里，一个女人也会嫉妒别的女人，嫉妒她们年轻，有装饰品和好衣物，而嫌自己与这些东西无缘。（19）常有女人在家中备受丈夫的关爱，周围的人也尊敬她，保护她，结果却偏偏看上了驼子、瞎子、傻子或侏儒。（20）神仙啊，她们也会垂青于瘸子，或者别的有缺陷的人。总之，大圣者啊，对于女人来说，这个世界上没有什么人是不可以亲近的。（21）当男人全都外出，而又没有婆罗门会登门的时候，女人们便会出出进进，不愿意呆在家里。（22）只有找不到男人，或者碍于四周僮仆的口舌，或者怕死，怕被抓获，女人们才会守在家中。（23）女人生性朝三暮四，所以很难对付，无法掌握，就像是智慧超群的人所说的那样，往往让人摸不透。（24）木柴永远满足不了火焰，河水永远满足不了大海，众生永远满足不了死亡之神，男人永远满足不了美目流盼的女人。（25）神仙啊，这里有一个对所有女人都适用的秘密：一旦看到了可心的男人，她们的身上就会情不自禁有所表露。（26）女人从来不会对丈夫感到满足，即使她的丈夫出类拔萃，满足了她的所有要求，做了一切她心中渴望的事，在各个方面保护她。（27）她们对于男女欢爱从不厌足，装饰品和各色玩物即使堆积如山也从不嫌多。她们对于享乐的需要向来没有止境。（28）死亡、毁灭者、杀人者、死神、地狱、牝马之口①、利刃、毒药、毒蛇、烈火，所有这些东西统统集于女人一身。（29）自从五大元素存在，创世者梵天安排好宇宙以来，自从男人和女人诞生以来，那罗陀啊，诸种罪恶就在女人的身上孳生了。（30）

以上是吉祥的《摩诃婆罗多》中《教诫篇》第三十八章(38)。

三九

坚战说：

在这个世界上，由于神的安排和幻象的作用，男人总是依恋女人。同样明显的是，女人也依恋男人。任何地方，都是如此。（1）这个大问题使我疑惑不解。它始终在我的心中萦绕不去。俱卢族后裔啊，为什么男人要依恋女人呢？什么样的男人是女人喜欢的，什么样的男人又是女人不喜欢的呢？（2）人中之虎啊，男人怎样才能掌握住女人呢？请你为我解释清楚。（3）人们误入歧途，都是摩耶②所造的幻象发生作用的结果。男人落入女人手中，无论怎样挣扎，总是很难脱逃。就像牛群喜欢新的草场一样，女人也是喜新厌旧。（4）商波罗所造的幻象，那牟吉③、钵利以及瓶鼻④等所造的幻象，女人一概都有。（5）男人乐了，女人也跟着大笑，男人流泪，女人也跟着号啕。只要情势需要，她们可以凭甜言蜜语俘虏一个并不喜欢的男人。（6）优沙那的法论，毗诃波提的法论，⑤其透辟精妙，实不足与女人的智慧比。既然如此，她们怎么会为男人所掌握呢？（7）女人可以把谎言说成

---

① 参见前第17章第54颂注。
② 摩耶是阿修罗的工匠。
③ 那牟吉为一阿修罗，曾击败并俘虏因陀罗，后将他释放，但反而被他所杀。
④ 瓶鼻为一女罗刹。
⑤ 他们分别是众阿修罗和众天神的导师。

是真理,还可以把真理说成是谎言。英雄啊,这样的人怎么能让男人掌握住呢?(8)杀敌者啊,毗诃波提及其他伟大的圣者所著的法论,依我看,很可能是受女人智慧的启发而写成的。(9)男人尊敬的女人,固然可以使男人心荡神移。男人轻视的女人,国王啊,同样也能使男人心荡神移。(10)男人是否有能力掌握女人,我真的十分怀疑。巨臂啊,俱卢族的延续者,请你把这个问题给我讲讲。(11)女人究竟能不能被管住?以前是否有人做到过这一点?俱卢族俊杰啊,请你讲给我听!(12)

以上是吉祥的《摩诃婆罗多》中《教诫篇》第三十九章(39)。

四〇

毗湿摩说:

巨臂啊,你所说的并没有错。国王啊,俱卢族的后裔,你关于妇女的话都是正确的。(1)这里我要给你讲一个古代传说,说的是当初灵魂高尚的毗补罗管住了女人的故事。(2)婆罗多族雄牛啊,大地之主,我要告诉你梵天怎样和如何创造了妇女的事。(3)世上没有比女人更邪恶的东西了。烈火、灯焰、摩耶制造的幻象、利刃、毒药、毒蛇、死神,所有这些统统集于女人一身。(4)巨臂啊,据说世上的人原来都是遵行正法因而有道德的。如此不断进步,竟逐渐接近了神的境界。这一来,倒吓坏了天上诸神。(5)于是,屈敌者啊,他们便一起去到老祖宗(梵天)那里,将心里的话讲了出来。情况摆明后,他们就站在梵天面前,静静地不再说话。(6)老祖宗听清诸神的意思以后,为了扰乱世人的理智,便创造了女人。(7)贡蒂之子啊,女人在这一次创造之前,道德还是很高尚的。不过这一次生主所造的女人就是无德的了。(8)老祖宗将种种物欲赋予了她们。这样,女人们受欲念的驱使,就开始在异性身上下工夫。(9)同时,这位神中之王又把愤怒随欲望搭配给了她们。于是,全体人类就都屈从于欲望和愤怒的力量了。(10)正法没有为女人特别设立她们应当遵行的生活规范。[①]

[①] 古代印度法论所讨论的道德规范基本是针对男子的。

天启圣典曾经明示：女人软弱无力，不懂吠陀，出言不实。（11）生主赋予女性的是床铺、座椅、装饰品、饭食、饮料、低贱的行为、卑俗的语言以及肉体享乐。（12）这样的女人，男子是无论如何控制不住的。宇宙的创造者对她们尚且束手无策，更何况一般的男人呢。（13）无论是语言的劝诫，还是死亡、镣铐的威胁，乃至其他种种使人痛苦的折磨，都不能让女人就范。女人是永远不可控制的。（14）

不过，人中之虎啊，我还是听到过一件古时的事，讲的是毗补罗成功地保护了他导师的妻子。（15）当初，有一位叫做提婆沙尔摩的仙人，他声名远播，福气很大。他的妻子卢吉美丽非凡，全世界罕见其匹。（16）王中之王啊，她的美貌连天神、健达缚和檀那婆都倾倒了，特别是那位杀死弗栗多的诛巴迦者（因陀罗）。（17）大牟尼提婆沙尔摩深知女人的行为特点，于是便集中精神，竭尽全力，将她保护起来。（18）他也知道毁城者（因陀罗）常常垂涎别人的妻子，下手毫不迟疑，所以在保护自己的妻子方面真是办法想尽。（19）这一天，亲爱的人啊，这位仙人想去举行祭祀，于是琢磨怎样才能把妻子保护好。（20）这位大苦行者左思右想，终于想出了好办法。他找来了自己最赏识的学生毗补罗，对这位婆利古家族的后人说道：（21）"我准备出去做一次祭祀，可是，孩子啊，天神之主（因陀罗）对卢吉始终不怀好意。你要在我外出时不遗余力，将她保护好。（22）你要时时警觉，盯住那毁城者。不过，婆利古家族的后裔啊，他可是有本领变幻不同形象的。"（23）国王啊，毗补罗是一位制驭了自己感官的苦行者。他修炼过苦行，浑身透出像火焰和太阳一般强烈的光芒。（24）他精通正法，出言诚信。听了导师的这一番话，他答应道："好吧!"后来，大王啊，导师出发的时候到了，毗补罗问道：（25）"天帝释来的时候会扮作何种形象呢？他的外表会是什么样子？他的威力又会有何表现？牟尼啊，请告诉我。"（26）于是，婆罗多后裔啊，可敬的仙人向具有伟大灵魂的毗补罗描述了天帝释所能幻现的各种形象。（27）他说："婆罗门仙人啊，那位杀死波罗和巴迦者（因陀罗）能够幻现的形象很多。可敬的人啊，他一会儿是这个样子，一会儿又是另一个样子，多得难以胜数。（28）有时他会佩戴顶冠，手持金刚杵；有时他会佩戴王冠，吊着耳环；有时他摇身一变，分明成了个旃荼罗。(29)有时他会高束发髻,有时他会编起发辫,树皮遮身,当做外衣。孩子啊,有时他身高体宽,有时又瘦弱不堪。(30)有时他面皮白皙,有时他肤色黧黯,有时他浑身黝黑。有时他丑陋无比,有时他貌美非常。有时他年轻英俊,有时他老迈蹒跚。(31)这位百祭啊,有时他博学多识,有时他呆钝愚顽,有时他又聋又哑,有时他高如巨人,有时他矮似侏儒。有时他是一个婆罗门,有时他是一个刹帝利,有时他是一个吠舍,有时他是一个首陀罗。有时他像顺婚所生,有时他似逆婚所得。① (32)有时他变成鹦鹉,有时他变成乌鸦,有时他变成天鹅,有时他变成杜鹃,有时他变成狮子,有时他变成老虎,有时他变成大象。(33)有时他是天神,有时他是提迭,有时他是国王。有时他瘦骨嶙峋,有时他臂折腿跛,有时他破了相,有时他又成了飞鸟。(34)有时他会变作各种四脚走兽,有时他会蠢相毕露像个白痴,有时他会变为蜜蜂,有时他会变成蚊蚋。(35)毗补罗啊,他能够赋形无数,谁都比不上,即使是创造出纷繁世界的造物之神也不行。(36)他还可以隐身于无形,惟靠智慧之眼能够察知。也许在什么时候,这位众神之王又会化作一阵清风。(37)诛灭巴迦者总是变来变去,因此,毗补罗啊,我的纤腰美女你须竭尽全力,悉心守护才行。(38)婆利古族俊杰啊,绝不能让那位天王触碰我的妻子卢吉,像一条恶狗舔到那准备用于祭祀的供品一样。"(39)

婆罗多族俊杰啊,说过如上一番话后,天福护佑的牟尼提婆沙尔摩便出去行祭了。(40)毗补罗听了导师的话后,暗自寻思:"天王因陀罗威力强大,我一定要将保护师母不受侵扰的任务完成得万无一失。(41)可是用什么办法才能达到目的呢?天王因陀罗雄强有力,又善于变幻身形,实在很难抵御。(42)诛灭巴迦者能够幻化出种种形象,把净修地圈护起来显然无用。住进树叶屋也是一样。(43)天帝释化作一阵清风,就能接近我的师母。看来我还是钻进她的身体,躲在那里为好。(44)单凭匹夫之勇是不可能完成保护任务的,因为我已经从尊敬的导师那里了解到因陀罗神的幻化之功。(45)我只有靠瑜伽之力保护师母,抵挡诛巴迦者了。让我钻到她的身体里去,用

---

① 顺婚是丈夫种姓同于或高于妻子种姓的婚姻,逆婚是丈夫种姓低于妻子种姓的婚姻。后者的后代地位低贱。

身体来保护身体。(46) 我的导师是一个大苦行者，智慧如神，回来时倘若发现妻子卢吉遭到玷污，必定大发雷霆，对我痛加诅咒。(47) 然而，这个女人却不能像其他女人那样以平常方式加以保护。天王因陀罗通晓幻术。我能否成功，确实难以预料。(48) 导师交代的任务必须完成。如果我真的完成了，人们准会认为我做出了奇迹。(49) 我将凭借瑜伽之力进入师母的身体，并像呆在空气里一般四面不靠。这样我就不会有什么冒犯的过失了。(50) 就像一个旅行者在旅途中寄宿空宅，今天我也不过在师母的身体里暂栖一时。(51) 我将自身置于她的体内，不沾骨肉，就像莲叶上滚动的露珠不沾叶子一般。"(52) 毗补罗如此这般琢磨着，希望自己的行为合乎正法，同时在心中反复诵念着吠陀经典。他还注意着那非凡的苦行，这苦行功是他的导师和他自己都有的。(53) 婆利古的后代（毗补罗）决心下定，准备做出最大的努力，把保护师母的事情办好。国王啊，请你听好，我还要继续讲。(54) 大苦行者毗补罗来到导师妻子的面前。他坐在她的身边，开始同她谈话，吸引这位身段婀娜，无可挑剔的女人。(55) 他的眼睛盯着她的眼睛，他们的眼光交织在一起。毗补罗趁机钻进她的身体，就像一股强风钻入云天一般。(56) 他透过她的眼睛看，通过她的嘴来说。这圣者一动不动地呆在她的身体里，恍如镜中之影。(57) 毗补罗住在导师妻子的身体里，控制着她的行为，而她对此却一无所知。(58) 就这样，国王啊，伟大的毗补罗一直保护着这个女人，直到他的导师做完祭祀，返回家中。(59)

以上是吉祥的《摩诃婆罗多》中《教诫篇》第四十章(40)。

四一

毗湿摩说：

不多时，大神因陀罗来到仙人提婆沙尔摩的净修地。他保留着天神的外表，看上去漂亮而又潇洒。(1) 人民之主啊，这美貌天下无双，有难以抗拒的吸引力，是谁看了都不愿移开眼睛的。带着这般容貌，他进了仙人的净修地。(2) 他先看到了毗补罗。毗补罗坐在那里,身体一动不动,目光凝滞无神,像似画上去的一样。(3) 再看卢吉,她的眼角美丽动人,臀部滚圆,丰乳凸出,大眼睛就像莲叶一般好看,脸庞犹如满月一轮。(4) 她看见不期而至的来客,便想起立相迎。他的美貌使她吃惊,正想问问他是何方人士。(5) 她打算站起致意,不料身体却被定住,动弹不得。国王啊,毗补罗控制了她,使她无法挪动自己的身体。(6) 见此情况,天王因陀罗先开了腔。他用极其甜美的语言对她说道:"笑靥美丽的人儿啊,你知道吗,我是天王因陀罗,是专门来看你的。(7) 我受着无形之神①的折磨,而这无形之神就是由相思唤起的感情。你这秀眉女郎啊,结束我的痛苦吧,时间正在流逝,不欢何待!"(8) 贤者毗补罗藏在师母的身体里,一字不漏地听到了天帝释所说的话,也看到了外面天王所做的一切。(9) 国王啊,那艳丽无双的绝色美人被毗补罗牢牢地控制着,既不能起身相迎,也不能开口致意。(10) 不过,这婆利古族的后裔还是看出了师母的态度。于是,伟力无穷的毗补罗用他巨大的能量和瑜伽功把她抓得更紧,用瑜伽之索将她所有的感官都牢牢地束缚起来。(11) 国王啊,沙姬之夫(因陀罗)发现这美女无所反应,心中有些恼怒。他再一次对这在瑜伽力的作用下变得麻木不仁的女人说道:(12) "过来吧,美人!"她想对眼前这个男子有所回应。毗补罗急忙控制住她,让她不能说话。(13) 然而话已脱口,说的是:"请问到此有何贵干?"这话从她月亮般美丽的口中说出,温文尔雅。(14) 说出这话以后,她又感到有点害羞。这一下毁城者(因陀罗)倒不安起来。(15) 神中之王发现了情况的异常。人民之主啊,这位千眼大神通过他的神眼看清了一切。(16) 他看到了毗补罗藏在他师母的身体之内,就像她在镜子里的影像一般。(17) 毁城者也看到这贤者拥有可怕的苦行力。国王啊,他害怕受到他的诅咒,结果因为恐惧而发起抖来。(18) 这时,大苦行者毗补罗索性从师母的身体里钻出来,返回自己的身躯,对还在恐惧之中的天帝释说道:(19) "你这不知控制感官的家伙!你这欲壑难填,灵魂肮脏的毁城者!你休想再得到天上众神和地上人类

---

① 指爱神。爱神迦摩原为一身骑鹦鹉,佩弓携箭的美少年。他的弓弦是一串蜜蜂,他的箭用甘蔗做成,箭镞上饰有花朵。他曾企图诱使正在修炼苦行的湿婆大神陷入情欲,被后者用额间可以射出神火的眼睛烧成灰烬,所以又称"无形之神"。

的崇拜。(20)天帝释，你好忘性啊。你居然忘记那件事了，那件因为乔答摩的诅咒，你的身上长出了成千个女子性器的印记，后来它们又变成了眼睛的事？(21)我知道你头脑幼稚，教养不足，朝三暮四。愚蠢的家伙，这位夫人是我保护的对象。邪恶的家伙，你从哪里来的，就回哪里去吧！(22)愚蠢的家伙，今天我暂且不用我的能量把你烧成灰。实在是为了可怜你，所以，婆薮之主啊，我不想烧毁你。(23)我的导师是一位伟大的智者，他的苦行力可怕无比。你的心怀不轨倘被发现，他一定会用眼中怒火将你烧成灰烬。(24)天帝释啊，切不可重蹈覆辙。你一定要敬重婆罗门。千万不要连累你的儿子和你的周围臣僚，让他们陪你一同遭受婆罗门神力的无情打击。(25)你可能会想：'我是永生不死的，'于是便为所欲为。但无论如何不要轻视婆罗门。世界上没有什么事是苦行之力做不成的。"(26)

  听了伟大的毗补罗这一番指责后，天帝释什么话也没有说，便面带愧色，悄悄地溜走了。(27)天帝释走后不久，大苦行者提婆沙尔摩就回来了。他做完祭祀，如愿以偿，回到了自己的净修地。(28)国王啊，毗补罗圆满地完成了导师安排的任务，仙人一回来，就把他美艳的妻子完好无损地交还给他。(29)毗补罗一向热爱导师，现在他内心坦然平静，向导师致敬过后，便像往常一样侍立在旁。(30)等导师休息片刻，同他的妻子一起坐定之后，毗补罗就开始汇报天帝释来过的事。(31)高贵的仙人听了十分高兴，对他的苦行功和自制力，对他诚实和优良的行为深表满意。(32)提婆沙尔摩仙人看到徒弟对自己的忠实和虔诚，看到他对于正法的坚定信念，连声夸道："了不起！了不起！"(33)为了对毗补罗表示好感，深通正法的仙人给了他的弟子一项恩惠，使他永远不会背离正法。一向热爱导师的毗补罗非常高兴。仙人允许他离开自己的家。于是他便告别导师，去修炼最为艰难的苦行。(34)大苦行者提婆沙尔摩随后也携妻离家，住到偏僻的树林里去。在这里，他再也不必为那击杀了波罗和弗栗多的大神①而烦心了。(35)

  以上是吉祥的《摩诃婆罗多》中《教诫篇》第四十一章(41)。

---

① 即因陀罗神。

四二

毗湿摩说:

毗补罗按照导师的话完成了要求他做的事以后,便去修炼困难的苦行。最后,他获得了巨大的力量,遂自认为已经是一个成功的苦行者。(1) 国王啊,他云游四海,心情愉快而又无所畏惧,凭着自己的不断奋斗,赢得了伟大的名声。(2) 俱卢族后裔啊,毗补罗认为,他已经靠自己艰难的苦行和业绩,征服了天地两界。(3) 俱卢族后裔啊,时间不断地过去,这一天到了卢吉的妹妹举行布施大会的日子。在这个仪式上,将有大量的谷物和财物散施给众人。(4) 正在这时,一位美丽的天女从空中飞过,她的容貌举世无双。(5) 婆罗多后裔啊,鲜花从她的身体上撒落下来,带着天香的花朵落在了离提婆沙尔摩仙人的净修地不远的地方。(6) 国王啊,那长着莲花眼的卢吉看到了,便去捡了些回来。不久,从鸯伽国有信捎来,请卢吉到那里去。(7) 卢吉的妹妹是鸯伽国奇车王的王后,名叫波罗婆瓦蒂,也是一位绝色美人。(8) 面如皎月团栾的卢吉将捡来的花插在头上,接受邀请,来到了鸯伽国王的宫殿。(9) 那绝色佳人,长着迷人美目的鸯伽王后看到姐姐头上的花朵,十分喜爱,便央求她也给自己弄一些来。(10) 于是,那面貌娇媚的卢吉将妹妹的话如实地传给了自己的丈夫。仙人听后,高兴地接受了她的要求。(11) 大苦行者提婆沙尔摩马上把徒弟毗补罗召来,将取花的事嘱托给他,对他说:"去吧,快去把事办好!"(12) 导师的要求,大苦行者毗补罗毫不犹豫地答应了。国王啊,他说了句:"好吧!"便出发往落花的地点奔去。(13) 到了那里,他发现还有一些从天上掉下来的花朵散在地面上,没有枯萎。(14) 毗补罗将这些美丽的天花捡拾起来,它们一直散发着天香。婆罗多后裔啊,他是凭借自己的苦行力把它们收集在一起的。(15)

导师委托的事完成了,他的心情十分愉快。他飞快地向瞻波城[①]

[①] 瞻波城为鸯伽国的首都,又名摩力尼。其城得名,一说由于城郊多瞻波伽树,一说由于建城者名叫瞻波。此城为古印度一重要商埠,佛典所列八大城市之一。法显、玄奘等中国名僧皆曾往访。

赶去。这个城市的四周长满了茂盛的瞻波伽花。（16）然而，在路边一座荒凉的森林里，他看到两个人。他们手拉着手，在绕圈行走。（17）其中一个人走着走着，步子快了一点，而另一个还在保持原速。拍子乱了。于是他们吵了起来。（18）"你走得太快了！"其中一个人说。"没有！"另一个说，并指责头一个走慢了。亲爱的人啊，就这样，他们互相指责，各不相让。（19）这二人争执不下，便开始发誓赌咒。就在他们赌咒的言词里，出现了毗补罗的名字。（20）他们说的是："我们两人谁要是错了，就让他来世陷入同再生者毗补罗一样的境遇！"（21）听到这话，毗补罗大感沮丧。他思忖："我曾修炼过十分严厉的苦行，可是到头来我的归宿却如此可悲。（22）我到底犯了什么过失，竟使得这两个人把我的处境说成是所有众生中最悲惨的？"（23）最优秀的国王啊，毗补罗低头沉思，心中郁闷，同时也在反省自己到底做错了什么事。（24）没走多远，他又遇到了六个玩骰子的人。他们的骰子是用金子和银子做的。这些人受贪欲的驱使，兴奋得连头发也竖起来了。（25）他们赌咒的内容与前面两个人所说的完全相同。他们也提到毗补罗，说：（26）"我们之中，谁贪心不足，谁就会专做坏事，并且在来世陷入同再生者毗补罗一样的境遇！"（27）俱卢族后裔啊，听到这话以后，毗补罗再次反省自己过去的所作所为。他从出生想起，但无论如何找不到任何像是跟不同种姓的人胡乱婚配那样的违规行为。（28）国王啊，这一次与上次相同的赌咒使他忧心如焚，而且，就像一把火投进了另一把火，旺上加旺。（29）多少个白天和夜晚就这样在焦思中度过，忽然，他想起了保护卢古的事。（30）"我曾经进入师母的身体，用我的肢体代替她的肢体，用我的语言代替她的语言。但是我没有如实向导师讲出一切。（31）这就是我的过错。"毗补罗这样想。俱卢族后裔啊，这无疑就是毗补罗所犯的过失。（32）到了瞻波城后，他把取来的鲜花交给了导师，并怀着对于导师的热爱之心，对他敬拜如仪。（33）

以上是吉祥的《摩诃婆罗多》中《教诫篇》第四十二章（42）。

四 三

毗湿摩说：

见到自己的徒弟远行归来，精力非凡的提婆沙尔摩仙人对他说了如下一番话。请你听我说来。(1)

提婆沙尔摩说：

毗补罗啊，你在那大森林里看到了什么吗？聪明的人啊，那些你见到的人是了解你的。我和卢吉也同样了解你。(2)

毗补罗说：

梵仙啊，那两个人是谁呢？那些玩骰子的又是谁？他们的确了解我。请你告诉我，他们是谁。(3)

提婆沙尔摩说：

婆罗门啊，你看到的那两个人是白天和黑夜。他们如车轮般不停地运转，所以能了解你所犯的过失。(4) 智慧的人啊，那些非常兴奋地玩骰子的人，你应该知道，他们是六个季节。他们也了解你犯的过失。(5) 婆罗门啊，一个人暗地里做了坏事，切不可过分自信，认为绝无外人知道。(6) 人在暗中做了坏事，无论在什么时候，总是会被各个季节看到，也会被白天和黑夜看到。(7) 他们看到了你由于高兴而露出的微笑，以及那些你没有向你的导师报告的事情。可敬的人啊，他们觉得有必要提醒你，所以说了你听到的那些话。(8) 日、夜和六季知道任何时候发生在任何人身上的任何事，无论是善事，还是恶事。(9) 婆罗门啊，他们知道你害怕说出自己违犯了规矩的事，不敢把全部实情告诉我，因此当着你的面说出了那些话，好提醒你。(10) 在他们看来，你应该到那为做坏事的人准备的世界中去。你没有对我讲你做了而别人不曾看见的事。(11) 你是有能力保护那种行为不端的女人的，而且你在保护她的时候也能保证自己不犯错误，所以我对于你是很满意的。(12) 最优秀的婆罗门啊，如果你确实做了错事而且让我知道了，那么我一定会由于愤怒而诅咒你。幸好事情并不如此。(13) 女人都愿意同男人结合。同样，这也是男人非常喜欢的事。然而，你在保护我的妻子时表现却不同。否则，我当会诅咒你，使你落入恶道。（14）你保护了我的妻子。现在，孩子啊，我也弄清了当时的情况。我很高兴。你应该欢喜起来啦。日后你将进入天堂。（15）

毗湿摩说：

感到满意的大仙人提婆沙尔摩对毗补罗说过如上一番话后，便高高兴兴带着妻子和弟子一同去了天堂。（16）国王啊，这就是过去在恒河岸上的一次谈话中，大牟尼摩根德耶对我讲的传说。（17）现在我又把它转述给你。普利塔之子啊，世上的女人，可以分为两类，一类是品行端正的，一类是品行不端的。（18）品行端正的女人有大福气。国王啊，她们是世界之母，支撑着大地，以及大地上的河、海和森林。（19）品行不端的女人常做坏事。她们毁坏家族，有明显的犯过倾向。人民之主啊，她们的身上带着与生俱来的罪恶标志，因此不难辨认。（20）王中之虎啊，女人们应该受到心灵高尚的男人的保护，其他人则不行。（21）人中之虎啊，女人尖利如刀，处事善用尖利的手段。对于女人来说，除了与她交欢的男人之外，没有可爱的人。（22）她们刚离开一个人，又得到一个人，还要抓住另一个人。般度之子啊，在享受上，她们从不以一个男人为满足。（23）人中之主啊，在女人的身上，绝不需要真正用情，也不应该引起她们的忌妒。依据正法勉强地享有女人，是可以的。（24）俱卢族后裔啊，不如此就会遭到毁灭。人中之虎啊，无论在什么地方，还是在什么情况下，理智总是受到推崇的。（25）只有毗补罗一个人在保护女人上是成功的。在这个人类的世界里，再没有别的人能在这方面取得成功。（26）

以上是吉祥的《摩诃婆罗多》中《教诫篇》第四十三章（43）。

四四

坚战说：

在全部正法之中，什么是根本？这些根本的法中，涉及族人、家庭、祖先、神明和客人的内容都有什么？祖父啊，请告诉我。（1）

毗湿摩说：

大地之主啊，据我看，在全部正法之中，有一点最值得重视，那就是怎么样把女儿嫁出去。（2）体面人家首先要根据有关的道德惯例，了解新郎的情况，弄清他的知识、出身和个人行为，以后再把女儿交给他。坚战啊，对于那些道德高尚的婆罗门来说，这是累世不移的法。（3）选择一个中意的新郎，送给他礼物，将女儿嫁给他，对于有教养的刹帝利来说，这是永恒的法。（4）允许女儿自选意中人；她找到了情人，而那个人对她也钟情，在这种情况下，把女儿嫁给她自己选中的人，坚战啊，这就是所谓健达缚式的法，是那些精通正法的人提出来的。（5）用高价买下姑娘，满足她亲人的贪欲，然后将她娶回，国王啊，智者们将这称为阿修罗式的法。（6）将女方的族人打杀一过，取其首级，在他们的哭号声中，从家里掳走哭号着的姑娘，亲爱的人啊，这就是所谓罗刹式法的特点。（7）在前面提到的五种方式中，有三种是合乎道义的，另两种则不。坚战啊，毕舍遮式①和阿修罗式是无论如何用不得的。（8）人中雄牛啊，前述适合婆罗门和刹帝利的两种方式以及健达缚式是合乎道义的。应该肯定，无论是采取单一方式，还是混合交叉实行，都是允许的。（9）婆罗门可以娶三个妻子。刹帝利可以娶两个妻子。吠舍只可以从本种姓内娶一个妻子。无论几个妻子，她们生下的儿子地位都是平等的。（10）在婆罗门家庭中，出身于婆罗门种姓的妻子是最高的。在刹帝利家庭中，出身于刹帝利种姓的妻子是最高的。但是有人说，从首陀罗种姓中娶妻是不行的，即使仅仅以交欢为目的。（11）首陀罗女为前三个种姓的人所生的孩子，有道行的人是鄙视的。一个婆罗门让首陀罗女为他生了孩子，这个婆罗门应该为此赎罪。（12）一个三十岁的男人应该娶一个十岁的天癸未至的女子为妻。一个二十一岁的男人应该娶一个七岁的女子为妻。（13）婆罗多族雄牛啊，如果一个女子没有兄弟，或者已经失去父亲，那么她就不应当出嫁。因为她要代行儿子的职责。②（14）一个女子发身后可待三年，到第四年，她就能够自己寻找

---

① 毕舍遮式是趁姑娘熟睡、酒醉或者昏迷和她亲近，最后达到结婚目的的方式。
② 她以后所生的儿子可能要成为她父亲的继承人。

丈夫了。①（15）这样的女子所生的孩子不应受到轻视。同这样的女子结婚也不受轻视。婆罗多族雄牛啊，如果她采取另外的行为方式，就不免受到生主的谴责。（16）一个女子，可以娶她的男子应该是：从自己的母系上说，他不是饭团分享者②；从自己的父系上说，他不是同族人。这是摩奴颁行的法，人们必须遵守。（17）

坚战说：

有的人为了娶妻，会先付一份定金给女家；有的人则仅仅表示要付礼金；有的人声言要通过暴力抢夺；有的人则不过稍稍露富而已；（18）有的人直接跟意中女执手成亲。祖父啊，这个女儿究竟应该属于谁呢？请告诉我。可敬的人啊，你是所有探求真理者的眼睛。（19）

毗湿摩说：

人的任何行为都是为了达到自己的目的，只要那行为符合圣典要求就好。出言不实或言而无信，都是罪过。（20）倘若一个女子嫁给了不是她当初许诺要嫁的人，那么她和她的丈夫，以及祭司、导师、学生和吠陀老师，统统应受惩罚。不过也有人说不必如此。（21）摩奴不赞赏那种没有爱情基础的结合。答应了情人而又嫁给了另外的人，容易导致不名誉的事件，或者出现违反正法的过失。（22）但是，在婚姻中，如果女方的亲属接受了男方送来的财物，然后又依照一定的仪式将女儿给予男方，那么，婆罗多后裔啊，男方就是合法地买到了媳妇，终无大碍。（23）一旦女方的亲属答应嫁女，接着就应诵唱圣诗，举行祭祀，如此婚姻才算圆满。但是，倘若虽有唱诗行祭，而女方的亲属却没有答应女儿出嫁，那么仍然没有圆满的婚姻可言。（24）圣诗要由新娘和新郎一齐唱诵。如果有亲属也来参加，那么就会更好。（25）按照正法经典的有关教导，丈夫应该视妻子为天赐之物。妻子应该视说谎为必须谴责的行为。（26）

---

① 即如果三年内家族未能为她成功议婚，到第四年，她便有权自择夫婿。

② 饭团指在过世者葬礼上所行祖祭中的上供米团。只有六代之内的亲戚才有资格分食饭团。这里是说，结婚的男女应没有六代之内的血缘关系。六代，一说指前后各三代；一说指前六代，后六代，如《摩奴法论》5.60。

坚战说：

假如做父亲的收了人家的彩礼，尔后又去选了一个在法、利、欲三方面更加合适的女婿，那么他的做法究竟是该受谴责呢，还是情有可原？（27）在这种情况下，如果有错误的话，那么做这样事情的两方面，哪一方面的错误更严重呢？依我看，在所有与正法有关的事情中，这一件是最需要用心考虑的了。（28）可敬的人啊，你是所有探求真理者的眼睛。请把你知道的一切告诉我吧。听你讲述事理，我从不感到餍足。（29）

毗湿摩说：

大家都知道，彩礼并不决定婚姻。付了彩礼的人不能凭它就把姑娘娶走。彩礼不能决定一切。拿了它从来都不意味着非得交出女儿不可。（30）姑娘的家人可以向具有别的优点的人要求礼金，对他说："过来装扮好这位姑娘，然后把她娶走。"只要人选适当，就可以将女儿嫁给他。（31）付出的礼金不能说是价钱，因为在这里不存在买卖。取得礼金而嫁出女儿，是千古不易的礼法。（32）嫁女之前，像"我将把女儿嫁给你"这样的话，无论说了没有，都不作数。（33）实际上，只有在正式的仪式上男女互相牵手了，婚姻关系才告缔结。据说，这还是当初风神赋予女子的选择特权。（34）古代仙人曾经明示，不能把女儿给予那不合理想的人。在我看来，女子实为引发爱欲和繁衍后代而生。（35）仔细看一看就能发现，把并不相和的人捏在一起的婚姻中，弊端是很多的。彩礼根本不能决定婚姻。请听我继续讲下去。（36）以前，我曾经连续打败摩揭陀、迦尸和憍萨罗人，为奇武王夺得两个女子。其中一个已经执手成婚，另一个也有了彩礼进家。（37）我的伯父说，应该放走那个已经执手成亲的女子，而与另一个女子完婚。（38）我对于伯父的话有些怀疑，便去询问另一个女子的意见，结果发现，她比我的伯父更渴望遵行正法。（39）国王啊，我想知道合乎惯例的行为准则，便对我的伯父一再表示："我想如实了解正常的行为准则。"（40）听我这样说，大王啊，我的伯父波力迦，那最坚决的正法维护者，对我说了如下的话：（41）

"如果你们认为婚姻关系的基础不是男牵女手，而在于彩礼授受，那么女家选婿，就成了贪图财利。（42）认为夫妻关系的建立应靠彩礼，而不靠男牵女手，这种说法，通晓正法的人从不承认合乎历来传统所设的规范。（43）值得重视的倒是这种说法，即父母嫁女应该是不计财利而把她送出门去。通晓正法的人并不把彩礼授受看作买卖关系。（44）有女儿不应该嫁给这样的人①，也不能把他们领进自家的门。妻子绝不是买来的。为人父者，也无论如何不能出卖自己的女儿。（45）只有那种为贪欲所蔽以至内心变恶的人，才会处心积虑，买、卖女儿，像买、卖女奴一样。（46）关于这方面的正法，有些人还问过萨谛耶伐陀这样的问题：'如果一个人为娶某女而付了彩礼，可是他未及完婚就死了，（47）那么别的人是否可以同这个女子行礼结婚呢？这个问题我们弄不清楚。啊，大智者，请你解除我们心中的疑惑！你是众所周知的智者。你是所有探求真理者的眼睛。'（48）见众人真心相问，萨谛耶伐陀便回答道：'究竟将女儿嫁给谁，这要由她本家的意愿来决定。这方面他们不必有什么顾虑。男方活着，可以这么办；男方死了，就更无问题。（49）有的人说，她可以嫁给死去男方的弟弟，或者去修炼苦行，成为大苦行者。而如果她对什么人有意的话，也可以嫁给那个人。（50）还有人说，另外的人可以静待时机，时机来到便可加以耕耘②。上面就是有关你所关心的问题的各种意见。（51）只要执手之礼没有举行，就允许为这个女子选一个比已经许给的人更好的人。但是在吟诵过祈福的圣诗以后，再这样做就是犯了说谎罪。（52）男执女手同时吟唱圣诗直至第七步，婚姻即告缔定。女子经过执手礼后始成人妇，而她敬夫的东西则是清水。（53）一个优秀的婆罗门总要选择一个门当户对的姑娘做妻子。她应该由自己的兄弟交给丈夫。行此礼的场合必须燃有圣火，并且辅以若干必要的礼仪。新妇要依一定的规矩绕夫行走。所有这些都应当了解，应当遵守。'（54）

以上是吉祥的《摩诃婆罗多》中《教诫篇》第四十四章(44)。

---

① 即把彩礼授受当作买卖的人。
② 这里可能指发生性关系，但是否可如此理解，研究者始终不能肯定。

四五

坚战说：

一个姑娘接受了彩礼，可是她的未婚夫死了，那么这个接受过彩礼的姑娘应该怎么办呢？祖父啊，请你告诉我。（1）

毗湿摩说：

如果她的父亲没有任何男孩作为继承人，她就应该留在父亲身边。（2）但是，如果彩礼并未退还，那么她依然算作是付彩礼一方买定的人。她甚至可以按照规定为对方家庭养育孩子。（3）但是，任何人都不能按照执手成婚的方式同她结为夫妻。（4）莎维德丽经父亲允许，自己择夫。① 对于她的做法，有人称道，另外一些通晓正法的人则不以为然。（5）有一些人拒绝效尤。可是还有一些颇具道德的人认为这是善行中的善行，为合乎正法的典范之举。②（6）针对这个问题，毗提诃国王遮那迦之孙苏迦罗都曾经发表看法。他说：（7）"如果这不是正当行为之路，为什么古代经典还会谈到它呢？对于它合乎道德这一点，难道还能有什么问题或怀疑吗？（8）忽视正法是不道德的，就等于奉行阿修罗的法。我们从来没有听说可以这样。"（9）妻子和丈夫的关系，像任何男人和女人的关系一样，是服从欢爱这个普遍法则的。这话也是苏迦罗都说的。（10）

坚战说：

在继承男性的财产方面有什么规定吗？对于一个父亲来说，他的女儿和他的儿子权利相当吗？（11）

毗湿摩说：

对于一个父亲来说，他的儿子就是他自己，而女儿又与儿子相等同。父亲视女儿如同己身，怎么可能让财产不归女儿而归他人呢？（12）至于母亲的私财，应该悉归女儿所有。女儿的儿子也可以继

---

① 故事见《森林篇》，大意为莎维德丽公主丽质天成，长大后父亲允许她自寻夫婿。她爱上了王子萨谛耶梵，然而按仙人的预言，王子只能再活一年，但她还是毅然嫁给了他。

② 本颂至第10颂意思不甚清楚。

承外祖父的财产，如果他的外祖父没有儿子的话。（13）在外祖父没有儿子的情况下，女儿的儿子既是向自己父亲祭献饭团的人，也是向外祖父祭献饭团的人。在这个意义上，他的地位与儿子没有什么两样。传承经典中的正法就是这样讲的。（14）如果一个人只有一个女儿，那么这个女儿的儿子应该与她共同分享遗产。否则，[①] 在分享遗产上儿子的地位就应优于女儿的地位。（15）然而，如果一个女儿是被她的父亲出卖的，那么她所生的儿子仅仅属于他自己的父亲。在这种情况下，我看不出这个女儿的儿子有什么理由可以继承外祖父的遗产。（16）这样的儿子不通正法，心怀不满，虚伪狡诈，常会侵吞别人的财产。他们是按阿修罗式的法缔结婚姻所生的孩子，道德行为堪虑。（17）这里有一个古代阎摩所唱的歌，许多熟悉古代掌故的人都会吟唱，这些人精通法论，谨守正法的诸般约束。（18）歌词大意是："有的人靠出卖自己的儿子而获得财富，有的人为换取彩礼而交出自己的女儿来维持生活。（19）这些人死后必入称作大黑的地下七层可怖地狱，在那里以饮食汗水、屎溺为生。"（20）在那种称作仙人式的婚姻中，男方要赠送一对公牛和母牛。有人认为这种做法是错误的，因为所值无论多少，本质上还是买卖行为。（21）尽管有些人一直在这么做，但无论如何还是不能把它看作是合乎正法的行为。在另外那些结婚方式中，我们也不难看到贪图财利的表现。（22）至于那种通过暴力而在女子身上满足自己欲望的人，由于犯有重罪，是一定要沦入最黑地狱的。（23）任何与己无关的人尚不能加以买卖，更何况自己的孩子。靠违背正法的手段获得的财物，是不会给人带来好处的。（24）

以上是吉祥的《摩诃婆罗多》中《教诫篇》第四十五章（45）。

四六

毗湿摩说：

许多熟悉古代掌故的人都会吟唱波罗吉多萨之子（陀刹）的诗

[①] 即那个人既有女儿，也有儿子。

句，诗中说，出嫁姑娘的亲人只要没有接受任何彩礼，她就不算被出卖。(1) 这样的姑娘理应受到尊重，受到最仁慈的对待。一切好的东西也应该无保留地供她享受。(2) 她的父亲、兄弟、公公和小叔都要尊敬她，用种种她所喜爱的东西使她高兴。(3) 一个妻子可能不喜欢她的丈夫，或者不能让他欢心。在这种没有爱也没有欢心的情况下，这个丈夫很难获得子嗣，繁衍后代。(4) 国王啊，女人应当永远受到尊敬，受到爱护。如果女人不受尊敬，那么她丈夫的任何行为都不会有果报。女人面布愁云，家道不会兴旺。(5) 受到儿媳诅咒的房屋，会很快倒塌。国王啊，它会失去曾有的光辉，尽显匮乏迹象，再无发达可能。(6) 摩奴在离开世界，去往天国的时候，曾把女人交给男人，说她们生性脆弱，易受异性勾引，心肠好，也崇尚真理。(7) 她们中有的嫉妒心强，有的爱听吹捧，有的容易发怒，有的心肠太硬，有的缺乏理智。但是，对于值得敬重的女人，男人还是应该给予尊敬。(8) 男人的道德情操有赖于女人。男人的享受和欢乐也完全要靠女人。因此要善待她们，好好地装扮她们。(9) 女人负责生育子女，并在生育后哺育他们。社会生活和日常的家庭生活也缺不了妇女。(10) 能保持对于妇女的尊重，男人就会诸事顺遂，无往不利。毗提诃国王的女儿曾有一首诗值得我们注意。她说：(11) "女子不行祭祀，女子不参加祖祭，女子不守斋戒。服从丈夫是她们的天职。这样做了，她们就能征服天堂。(12) 年幼的时候，父亲保护她们；青年时代，丈夫保护他们；到老的时候，儿子保护她们。女子一生没有独立的时候。"(13) 人称妇女就是吉祥，是受人敬仰的对象。谁希望富足昌盛，他就应该尊重妇女。婆罗多后裔啊，妇女自身就是吉祥女神。(14)

以上是吉祥的《摩诃婆罗多》中《教诫篇》第四十六章(46)。

四七

坚战说：

可敬的人啊，你精通一切道德法规，最懂得有关国王的法和利，

第十三　教诫篇　　　　　13.47.16

你也是最善于释惑决疑的人，并且为此而名满天下。（1）我有一个疑难问题，它存在于我的心中，沉重而令人烦闷。我不知道还有谁可以去请教。祖父啊，还是请你给我来做解答吧。（2）我想知道是，一个希望积极遵行永恒正法的人应该如何注意自己的行为。巨臂啊，可敬的人，请你在这方面指教我。（3）祖父啊，人说一个婆罗门如果渴望满足自己的欲念，他可以娶四个妻子：一个婆罗门女，一个刹帝利女，一个吠舍女和一个首陀罗女。（4）俱卢族俊杰啊，在他的儿子中间，应该以什么样的顺序来继承其父的财产呢？（5）在他们父亲的财产中，谁有资格来分取，分取多少，祖父啊，我想知道。在份额的划分上，古代的传承经典是怎样规定的呢？请你讲一讲。（6）

毗湿摩说：

婆罗门、刹帝利和吠舍，这三个种姓属于再生者。坚战啊，婆罗门的法允许他们在这三者中间缔结姻缘。（7）惩敌者啊，婆罗门纳首陀罗妻，不是出于错误的观念，就是出于贪心，或者出于色欲。此等事情，从未见载于传承经典。（8）一个婆罗门倘与首陀罗女同床，就应该受到严厉的惩罚。他要为此而按照经典的规定修炼各种赎罪苦行。（9）坚战啊，如果有了子女，对他的处罚就要加倍。①婆罗多后裔啊，现在我就来给你讲解有关财产继承的规定。（10）由婆罗门女所生的儿子，应该继承父亲财产中最好的公牛和最好的车辆。（11）坚战啊，余下的财产分成十份，婆罗门女生的儿子取得其中四份。（12）毫无疑问，刹帝利女生的儿子由于母亲的缘故而需要与前者有所区别，因此应取其中的三份。（13）坚战啊，出身第三种姓，也即吠舍种姓的妻子所生的儿子，应该取得其父所遗财产的两份。（14）按照传承经典的规定，首陀罗女所生的儿子本无资格获得其婆罗门父所遗的财产。然而，婆罗多后裔啊，实际上还是要将些许财物留给他们。（15）将婆罗门的财产分成十份后再做处理，这是一向就有的规定。如果他所有的儿子统统出自同一种姓之母，那么这些财产就在他们之间均分。（16）婆罗门与首陀罗女所生的儿子由于不通吠陀经典，所以普遍认为他们不具备婆罗门的纯洁性。而前三个高级种姓的女子

---

① 这里的意思是，仅为爱欲而娶首陀罗女尚情有可原，但为了生儿育女则属严重违戒。

所生的儿子，则被认为是具备这种纯洁性的。（17）自古相传只有四个种姓，而并没有第五个。因此，由首陀罗女所生的儿子可以取得其父财产十份中的一份。（18）但是，他取的这一份应该是父亲给的；父亲不给，则不能取。当然，婆罗多后裔啊，总还是应当有一份财产分给首陀罗女所生的儿子。（19）仁慈堪称第一之法。正是出于仁爱，才应该给首陀罗女之子一份财产。仁慈的感情产生了，通往功德之路便告打通。（20）不过，即使某婆罗门只有一个儿子出自三个高级种姓之女，或者一个这样的儿子也没有，首陀罗女所生之子能够得到的，也不可超过所遗财产的十分之一。（21）倘若一个婆罗门的财产多到了超过三年之用的程度，那么他就应当将它们用于祭祀，而不应让它们放在那里，白白浪费。（22）一个妻子可以得自婆罗门丈夫的财产，其最高之数为三千钱。这些丈夫所给的财产可以由她自由支配。（23）传承经典告诉我们，丈夫给妻子的财物，是供她随意享用的。然而，妻子却不能从她丈夫的财产中随意拿走任何东西。（24）坚战啊，如果妻子有得自自己父亲的财物，那么这些财物就应该由她的女儿来继承，因为女儿与儿子并无不同。国王啊，俱卢族后裔，在获得财产上，女儿同儿子地位相等。（25）婆罗多族雄牛啊，以上就是正法中有关你所提问题的全部说明。你要谨记这些法的内容，倘无实际之用，不要徒然聚集财富。（26）

坚战说：

首陀罗女为婆罗门所生的儿子能够得到其父的财产，尽管只有十分之一，此事所根据的，是否传承经典中的某种特例？（27）一个婆罗门女为一个婆罗门所生的儿子，没有疑问，当然是婆罗门。一个刹帝利女，或者一个吠舍女为婆罗门生下的儿子，同样也是婆罗门。（28）可是，王中最胜者啊，为什么这些儿子在分割财产上的待遇却不平等呢，既然这三种儿子全都具有婆罗门的身份？（29）

毗湿摩说：

惩敌者啊，普天之下的妻子皆用一称："陀罗"。尽管她们共用一名，实际上区别还是很大。（30）如果一个婆罗门先娶了三个外种姓的妻子，后娶了一个婆罗门女，那么这个婆罗门女的地位仍然是最高的。她应当受到尊敬。在所有的妻子中，惟有她举足轻重。（31）在她的住处，应该存有供丈夫沐浴、妆饰、洁齿等用的物品，存有用于涂敷的油膏、敬献给诸神的供品和敬献给祖先的供品，以及其他种种日常用品。(32) 只要婆罗门女在场，与前述各物相关的事情就没有别的妻子的份。坚战啊，惟婆罗门女有资格在这些事情上为丈夫服务。(33) 举凡丈夫的食物、饮料、花环、衣物、饰品等，一概应由出身婆罗门的妻子为他安排，因为她具有举足轻重的地位。(34) 俱卢族后裔啊，以上所述，都是当初摩奴定下的律条。大王啊，它们被视为永恒不变之法。(35) 坚战啊，假如一个婆罗门受欲望的驱使而不守此法，在古代，他这样的人就被视为婆罗门中的旃荼罗。(36) 由婆罗门女所生的儿子和由刹帝利女所生的儿子是同样的，国王啊，两者在种姓上没有区别。(37) 可是，在这个世界上，婆罗门女和刹帝利女所生的儿子在出身上却是不同的。王中翘楚啊，婆罗门女所生的儿子是第一等的。因此，坚战啊，在父亲的财产中，他也应该取得最好的一份。(38) 所以，婆罗门女和刹帝利女所生的儿子说到头来是不一样的。同样道理，刹帝利女和吠舍女所生的儿子也不一样。(39) 坚战啊，福惠、王国、财富等都属于刹帝利。所有这一切已是明文规定好的。四海之内的大地，国王啊，莫非王土。这也是有目共睹的。(40) 刹帝利按照自己的法行事，取得巨大的财富。国王握有象征权力的节杖。没有国王，家园就没有人来保护。(41) 婆罗门是有大福惠者，因为他们是神中之神。国王应该依照古已有之的规矩对他们加以礼拜。(42) 古代的仙人建立了正法。正法之道，万古不移。刹帝利深明此理。他们本着自己种姓的法，保护所有受侵害的百姓。(43) 财富、妻子和种种其他个人物品，常会遭受陀私优人①的劫夺。国王的责任乃是保护所有种姓的安全。(44) 因此，毫无疑问，刹帝利女的儿子应当比吠舍女的儿子更加重要。相应地，坚战啊，他们也应当从父亲那里获得更多的财产。(45)

坚战说：

祖父啊，你已经谈过了婆罗门财产问题上的有关规定。那么对于其他种姓又有什么限制呢？(46)

---

① 吠陀经典说陀私优人皮肤黝黑不事献祭，是"神的敌人"，实际为早期入印的雅利安人对西北土著居民的称呼。以后，他们又被当做野蛮人、强盗和贱民，在《摩奴法论》中划属四种姓之外。

毗湿摩说：

俱卢族的后代啊，刹帝利可以娶两个妻子。此外，他还可以从首陀罗中娶第三个。不过，这后一点虽有实践，却未见为传承经典所认可。(47) 坚战啊，这就是适用于刹帝利的惯例。刹帝利的财产应当分作八份。(48) 刹帝利女所生的儿子分取其中的四份。任何东西只要是他父亲的战利品，也应归他所有。(49) 吠舍女所生的儿子分得其中的三份。第八份由首陀罗女的儿子拿去。不过，他拿的这一份应该是父亲给的；父亲不给，则不能拿。(50) 俱卢族的后代啊，吠舍可以娶一个妻子。此外，他还可以从首陀罗中再娶一个。不过，这后一点同样未见为传承经典所认可。(51) 婆罗多族雄牛啊，在吠舍的妻子当中，吠舍女和首陀罗女之间是有界限的。这已具载于传承经典。(52) 贡蒂之子啊，吠舍的财产应该分成五份。下面我将要告诉你，吠舍女之子和首陀罗女之子应该各得多少。(53) 父亲的五份财产之中，吠舍女所生的儿子获得四份。婆罗多后裔啊，第五份归于首陀罗女所生之子。(54) 不过，他得的这一份应该是他父亲给的；父亲不给，则不能要。首陀罗女为三个高级种姓所生的孩子还是应该有一份财产的。(55) 首陀罗男子只能在本种姓中找一个妻子，而无论如何不能从别的种姓娶妻。首陀罗的财产应该平均分给各子，即使他有一百个儿子。(56) 同种姓妻子所生的儿子在地位上没有区别。传承经典规定，所有同种姓妻子所生的儿子都应得到相同的遗产份额。(57) 儿子中年龄最长的一份应该最大。这一份也须是各份中最主要的。普利塔之子啊，这关于遗产的规定，是由远古的自有之神（梵天）颁布。(58) 可见，国王啊，在同种姓的妻子所生的儿子之间，还是有另外的区别的。在结婚的顺次上，也是年龄较长的应该较早。(59) 在地位相同的儿子中间，年龄最长的应得各份遗产中最大的一份，年龄居中的得中等的一份，年龄最轻的得最小的一份。(60) 在出身于不同种姓的所有妻子之中，那与丈夫种姓相同的地位最高。以上说法出自大仙人迦叶波之口，他是摩利支的儿子。(61)

以上是吉祥的《摩诃婆罗多》中《教诫篇》第四十七章(47)。

四八

坚战说：

杂种姓的形成，有的是因为希图财利，有的是因为屈服于欲望，有的是对于对方的种姓没有摸清，缺乏了解。（1）对出身于杂种姓的人有什么正法上的规定，有什么行为上的要求，祖父啊，请你讲给我听。（2）

毗湿摩说：

当初，为了祭祀的目的，生主神创立了四个种姓，并且分别为他们规定了各自的行为准则。（3）一个婆罗门可以娶四个妻子，在其中两个的身上，他可以使自己再生。① 而下面两个②所生的儿子就是低等的了，此时出身不按父方，而按母方确定。③（4）首陀罗女为婆罗门所生的儿子人称波罗舍婆，意思是死尸之子。④ 他要为自己的家族做服务工作。对他来说，这是不可回避的惟一善行。（5）他应当尽一切努力为这个家族的繁荣而工作。即使生为长子，他还是要服侍其他虽然年幼，但具有再生者地位的弟弟妹妹，将自己获得的东西送给他们。（6）一个刹帝利可以娶三个妻子，在其中两个的身上，他可以使自己再生。他第三个妻子⑤所生的儿子称为乌揭罗，属于低等种姓首陀罗。这是传承经典规定的。（7）一个吠舍可以娶两个妻子。在这两个妻子的身上，他使自己再生。首陀罗只能娶一个首陀罗女为妻，所生儿子还是首陀罗。（8）玷污师父床笫是世上最最卑污之举。所生之子被摒斥于种姓制度之外，不为四个种姓所容。（9）一个婆罗门女为刹帝利所生的儿子称作苏多。苏多不属于任何种姓，其天职是称扬其他人的勋业和功德。一个婆罗门女为吠舍所生的儿子称毗提诃迦，或

---

① 这里的两个妻子一是婆罗门女，一是刹帝利女。这两个妻子为他所生的儿子继续拥有婆罗门种姓，所以说是他自己再生。
② 指吠舍女和首陀罗女。
③ 注意本颂说法与前章第28颂不同。
④ 首陀罗女被视为死尸，因为她像死尸一般不吉利。
⑤ 第三个指首陀罗出身的妻子。

称牟陀伽梨耶。他们都是不能通过入教礼①的。(10) 首陀罗与婆罗门女所生的儿子为旃荼罗。他们资质卑陋,只能住在城镇的郊外,操刽子手之类的营生。前面说的这些人都是家风的败坏者。智者中的智者啊,杂种性的情况就是这些。(11) 吠舍与婆罗门女所生的儿子称万底或摩揭陀。他们靠口才谋生②。首陀罗逾规,同刹帝利女所生的儿子称尼沙陀。他们以捕鱼为生。(12) 首陀罗和吠舍女所生的儿子称阿逾伽瓦。他们在森林中生活,履行农村的法,以木匠为世袭职业。婆罗门不许从他们的手里接受施舍。(13) 一个杂种姓的男子娶同一杂种姓的女子为妻,所生儿子属其本来种姓。如果这个男子娶的是低于自己的杂种姓女子,所生儿子的种姓应低于他。因为在这里母亲的地位要起作用。(14)

  总之,在四个种姓之中,一个男子可以在两个种姓的妻子身上使自己再生,即本种姓和紧挨着自己的下一个种姓。否则,所得儿子即应排除在四种姓之外。(15) 这样的儿子再在本种姓内娶妻,所得儿子亦可归于自己的种姓。倘使他另于别的种姓娶妻,所生儿子的种姓则更卑下。(16) 准此,一个婆罗门女为一个首陀罗男子所生的儿子,便应被排除在四种姓以外。一个被排除在四种姓之外的人,同一个具有纯种姓血统的人结合所生的儿子,则亦应被摒于四种姓之外。(17) 由于逆婚的缘故,可能会从四种姓之外的男子生出更多地位比他还低的后代来。从卑贱种姓生出卑贱的,或者更为卑贱的后代,这样的人,按种姓分,可以多达十五类。(18) 杂种姓的产生,概源于不同种姓之间本不应有的婚配。在被排除于四种姓之外的杂种姓中,有一种是由摩揭陀父亲和塞仑陀罗母亲所生的孩子组成的。该种姓人精通为人修饰打扮一类的服务性工作,虽为自由人,但是过着奴仆的生活。(19) 由某一类摩揭陀父亲和塞仑陀罗母亲所生的孩子还可以组成另一种姓,称作阿逾伽瓦。③ 属于这一种姓的人住在森林里,以织

---

  ① 印度教认为人在一生中有两次获得生命。第一次得自母亲,第二次得自宗教。但四种姓中惟前三种有资格获得第二次的精神生命,成为再生人。为此必须通过入教礼。行礼年龄,通常婆罗门在成胎后第八年,刹帝利在第十一年,吠舍在第十二年,间有提前。
  ② 他们是职业伶工,专事歌颂王室的业绩。
  ③ 原文如此。前面曾说首陀罗父和吠舍母所生的儿子称阿逾伽瓦。

网为生。毗提诃种姓的男子和塞仑陀罗女子所生的孩子称梅磊耶迦。他们的职业是酿造蜂蜜酒。（20）塞仑陀罗女子同尼沙陀男子所生的孩子称穆陀迦罗。他们离不开船只，因为要靠摆渡客人赚钱生活。塞仑陀罗女子与旃荼罗男子所生的孩子称犀婆波迦。他们的本行是看守死尸，因此最为世人所鄙视。（21）摩揭陀女子同刚刚说过的四个卑贱种姓中任何一种的男子所生的孩子，都难免靠虚假的欺骗手段谋生。他们的名称分别是芒萨、婆睹伽罗、苏陀和索犍陀。（22）毗提诃迦种姓男人生的孩子本性卑鄙而又邪恶。他们只能做别人的奴仆。尼沙陀种姓男人生的孩子称摩德罗那薄。他们是驾驴车拉脚的。（23）旃荼罗种姓男人生的孩子称卜罗伽萨。他们吃驴肉，吃马肉，还吃象肉。他们披着从尸体上剥下的衣服，用人们丢弃的破碗吃饭。（24）上述三种孩子皆是他们①同低等的阿逾伽瓦女子结合的结果。毗提诃种姓男人所生的孩子称刍陀罗；还有一种称安陀罗，他们只能住在城镇郊外。（25）尼沙陀女人同遮尔摩迦罗男人所生的孩子称迦罗伐罗。她们同旃荼罗男人所生的孩子称般度索波迦。他们的职业是编制竹器和苇器。（26）毗提诃女子同尼沙陀男子所生的孩子称阿希地伽。毗提诃女子同旃荼罗男子所生的孩子称索波迦。他们的谋生手段与穆陀伽罗耶种姓相同。（27）一个尼沙陀女子和一个旃荼罗男子所生的儿子，只能住在村镇的外面。他们主要活动在荒郊墓地之间，连被排除在种姓之外的人也不愿意接纳他们。（28）由此可见，杂种姓的产生，是由于父母违犯了通婚上的禁忌。无论是在隐秘的地方，还是在公开的场合，他们的职业都应该看得出来。（29）

　　古代圣典对于四个纯种姓所应执行的法是有规定的，对于其他种姓则只字未提。这些种姓是被排除在正法之外的。究竟他们应该如何行事，并无一定之规。（30）那些由于父母一时冲动而出生的人，被排除在祭祀活动之外，失去了过良善生活的可能。还有的人，父母都是被排除在四种姓之外的。他们的职业只能由他们赖以生存的环境来决定。（31）他们一般住在十字街口、郊外墓地，或在山中，或在林间。他们身上戴着这样那样的装饰品，以制作各种家什物品为

---

① 即毗提诃迦、尼沙陀和旃荼罗种姓的男人。

生。(32)他们应该主动帮助别人做事,无论是帮助婆罗门,还是帮助牛群。他们应当表现得恭顺听话,心地善良,诚实不欺。(33)为了救助别人,他们应该不惜牺牲自己的性命。通过这样的行动,他们可以成功地使自己弃恶就善。人中之虎啊,我说的这些,毫无疑问,都是不争之理。(34)鉴于上面叙述中蕴含着的种种教训,一个有知识教养的人就会先考虑成熟,然后在婚配生子上谨依教训行事。劣等地位的妇女生育的儿子,其人生旅途之难,就像一个落在水中的人。他拼命游向对岸,却被身上挂着的石头坠着,往水下沉去。(35)人生在世,无论贤愚,都容易受爱欲和愤怒的摆布。因此,女人常常能成功地引诱男人误入歧途。(36)女人是生就的导致男人毁灭的原因。所以,真正有智慧的人总是避免使自己陷入对可爱女人的依恋。(37)

坚战说:

那些被剥夺了种姓资格的人,以及出身下贱的人,他们的身份是无法辨认的。种姓纯洁和种姓肮脏的人,表面上很难区别。国王啊,我们有什么办法将他们区别开来呢?(38)

毗湿摩说:

出生在肮脏子宫中的人,举止上总会有这样或者那样表现。出生在纯洁子宫中的人,也容易从他们良好的行为上辨认出来。(39)行为不端,态度恶劣,表现懒惰,如此等等,都能显示出一个人的低贱地位和肮脏出身。(40)有人承袭父亲的特征,有人承袭母亲的特征,也有人兼像父母。一个杂种姓的人无论如何也不可能成功地掩盖自己的本性。(41)正像老虎幼崽的身上总要继承它父母的斑纹一样,人出生后,外貌上也会带有源自父母的特征。任何人的出身都是无法掩饰的。(42)一个人身为杂种姓,无论他的家族世系多么隐秘,他的本性多多少少总会显露出来。(43)一个人如果将自己的生活道路伪装起来,使自己的行为显得纯洁而高尚,到头来,他的本性仍然不免暴露,证明他究竟属于这个种姓,还是属于那个种姓。(44)世界上一切众生,无不带有自己的种种特征,以及种种的行为表现,但是没有什么能比出身的纯洁和行为的良善更加重要。(45)人的内在本性总要在各个方面左右他的身体行为。人的本性有高、中、低之分。只要对自己的本性有恰如其分的认识,一个人就能身心愉快。(46)有的人种姓地位很高，但是缺乏善举，因而不值得尊敬。相反，也有人身为首陀罗，但深明自身职分，多有上善之举，因而值得人们尊敬。(47) 人总是凭他的道德操守，他的本性和他的善恶行为向外界展示自己的。此外还要看他的出身是纯洁，还是肮脏。一个人，即使家庭陷于毁灭的悲惨境地，他仍旧可以通过自己的善行使之重放光彩。(48) 所以，真正有智慧的人绝不和杂种姓的女子生儿育女，并为此而避免同她们往来。(49)

以上是吉祥的《摩诃婆罗多》中《教诫篇》第四十八章(48)。

四九

坚战说：

什么样的父亲同什么样的母亲生育什么样的儿子，这些儿子在种姓的归属上又应该怎样确定，如此等等，俱卢族俊杰啊，请你为我们一一分别叙说清楚。(1) 人们都说，由于子嗣身份和归属问题而引起的争论经常发生。我们也确实常被这样的事情弄得晕头转向。国王啊，请你为我们扫除疑惑。(2)

毗湿摩说：

一般认为，对于一个男人来说，儿子无异于他自己。由种姓比自己低一等的妻子所生的儿子也是一样。① 此外还有两种儿子——尼瑜迦陀阇和波罗思罗陀阇。② (3) 丈夫比自己的妻子在种姓上低一等，所生的儿子也是要降等的。除此之外，儿子还有别人给的和自己收养的两种；另外还有一种称阿陀瑜塔③的。(4) 有一种儿子称迦尼那④，还有六种儿子称作阿波陀万萨阇，六种儿子称阿波萨陀。婆罗多后裔啊，你要知道，这就是经典中提到过的几种儿子。(5)

---

① 这里仅指婆罗门娶刹帝利女和刹帝利娶吠舍女两种情况。
② 尼瑜迦陀阇和波罗思罗陀阇的不同为：前者是请外人同自己的妻子所生的儿子，后者是外人在自己不知道的情况下同自己的妻子所生的儿子。
③ 这是一种母亲在结婚以前所怀的他人的孩子。他在出生后不属于生理上的父亲，而属于法律上的父亲。
④ 迦尼那是未婚前即已在娘家怀孕生育的儿子。

坚战说：

六种阿波陀万萨阇都是谁呢？六种阿波萨陀又都是谁？有关这方面的一切，请你为我仔细讲讲。（6）

毗湿摩说：

坚战啊，一个婆罗门同低于他的三个种姓的女子所生的儿子、一个刹帝利同低于他的两个种姓的女子所生的儿子，（7）以及吠舍同低于他的一个种姓所生的儿子，加在一起，这就是六种阿波陀万萨阇。下面我要向你解释六种阿波萨陀，请你听好。（8）首陀罗男子同婆罗门女子所生的儿子称作旃荼罗，首陀罗男子同刹帝利女子所生的儿子称作瓦罗迭，加上首陀罗男子同吠舍女子所生的儿子，这是三种阿波萨陀。（9）吠舍男子同婆罗门女子所生的儿子称作摩揭陀，吠舍男子同刹帝利女子所生的儿子称作伐摩伽。此外，刹帝利男子也可能同种姓上比他高的女子生孩子。（10）他同婆罗门女子所生的儿子称作苏多。传承经典将上面三种儿子也归为阿波萨陀。人民之主啊，不能不承认，这六种人也具有儿子的地位。（11）

坚战说：

有人说，田生子是自己的儿子；有人说，自己下种的才是自己的儿子。这两种儿子的地位是否相同？究竟谁该是这个孩子的父亲呢？[①]祖父啊，请你告诉我。（12）

毗湿摩说：

应该说，谁下种，儿子就是谁的。但如果这个人放弃不要，那么生下的孩子就是田生子，也即田地主人的儿子。前面说的阿陀瑜塔也应准此规矩处理。听懂了我的话吗？（13）

坚战说：

我们知道了谁下种，所生之子就归谁的道理。那么，田生子的概念又是怎样产生的呢？我们也知道，阿陀瑜塔应该是那给了他生命的人的儿子。可是，何以非生身者也可以成为他的父亲呢？（14）

[①] 田生子是一个男子为了获得一人传宗接代，而由亲族中的男子或另外指定的人同他的妻子所生的儿子。但从这里的上下文看，田生子的意义似乎更为宽泛，可以包括妻子所生的任何一个他人之子。

毗湿摩说：

一个人如果生下了自己的儿子，却又为了这样或者那样的原因将他抛弃了，那么他就失去了单凭血缘关系而做这个孩子父亲的资格。此时有资格做父亲的是田主。（15）人民之主啊，一个渴望得子的人为了获得儿子而同一个女子结婚①，由此所生的儿子应该属于他，因为这个儿子是在他自己的田地上诞生的。（16）然而，婆罗多族雄牛啊，田生子尽管应当承认是田主的儿子，但是他与生俱来的生父特征却无法抹掉。（17）坚战啊，一个收养的孩子同样应该被认定为收养者的儿子，另外的人，不管是这孩子的生身父，还是提供田地的人，都没有资格当他的父亲。（18）

坚战说：

婆罗多后裔啊，从外面得到的孩子，在什么情况下才作为养子，归得到者所有，而无论下种者，还是田地所有者都再无拥有权？（19）

毗湿摩说：

如果一个孩子被他的父母弃置路旁，而他的父母又找不到，那么这个孩子被人取去抚育后，就可做这个抚育者收养的儿子。（20）在这种情况下，抚育者就被视为这个无主孩子的主人。孩子亦随抚养者一起，具有了他的种姓。（21）

坚战说：

那么，这个孩子的圣礼应该如何进行呢？在什么情况下才能为他举行圣礼？怎样给他娶亲？祖父啊，请你为我讲一讲这方面的问题。（22）

毗湿摩说：

为这个孩子举行的圣礼应该同收养者本人当初举行的相同。（23）这个孩子既然已被自己的父母抛弃，他就只有归属于收养者的种姓。因此，不退者啊，收养者便应该按照本家族本种姓的规矩，为他举行全部的圣礼。（24）至于娶亲的事，坚战啊，应该给他娶一个与收养者种姓相同的姑娘。不过，这一切做法的前提，应该是孩子母亲的家族和种姓确实无法弄清。（25）迦尼那和阿陀瑜塔应被视作非法所生

---

① 这个女子是已经怀孕的。

之子。然而,他们依然算是收养者自己的儿子,也应为他们举行必要的圣礼。(26)对于田生子、排除在四种姓之外者和阿陀瑜塔这三种儿子,婆罗门和其他种姓的人应该给他们举行像亲生子一样的圣礼。(27)在关于种姓的法论中,我们可以看到如上的规定。我已经对你讲述了全部的有关情况。你还有什么别的事情需要了解吗?(28)

　　　　以上是吉祥的《摩诃婆罗多》中《教诫篇》第四十九章(49)。

五〇

坚战说：

看到他人悲惨的状况,一个人会怎样感觉呢?看到同自己生活在一起的人处境悲惨,一个人又会怎样感觉?还有,母牛能够带来什么大福?祖父啊,都请你告诉我。(1)

毗湿摩说：

好吧,让我告诉你。光辉的人啊,我将要告诉你一段古代伟大的行落仙人和友邻王之间的谈话。(2)婆罗多族雄牛啊,古代的行落大仙人是婆利古的儿子。他发过大誓愿,要在水中生活。(3)这位牟尼克服了自己傲慢、愤怒、欢喜和忧愁的感情,坚守誓愿,准备在水里生活十二年。(4)他鼓励一切众生和一切生活在水中的生物保持自己的信心和纯洁,像是伟大的月亮倾泻着清凉的光。(5)他清除了自身的罪愆,以纯净之身向诸神鞠躬致敬,然后在恒河与阎牟那河的交汇处进入水中,立在那里,像一根挺立的木桩。(6)两河交汇处水流湍急,奔腾咆哮。他让自己的脸冲着上游的方向,迎接那像风一般飞速而来的水流。(7)然而,恒河、阎牟那河,还有那些跟随它们而来的其他河流都不肯猛烈地冲击这位仙人。它们从他的右面绕行而过。①(8)这位大仙人有时在水中恬然入睡,像一根木桩似的。而另外一些时候,婆罗多族雄牛啊,这位智慧之人又会在水中直立不动。(9)所有生活在水中的动物见到他都很高兴。鱼儿们满心欢喜地

---

① 自人或者物体的右面绕行而过是一种尊敬的表示。

为他送来食物。就这样,他在水中生活了很长时间。(10)有一天,一群打鱼的来到这两河的交汇处。光辉的人啊,他们手持鱼网,占据了岸上的一处地方。(11)这群尼沙陀人①实在为数不少。他们一心要多打些鱼。这些人膀阔腰圆,力大无比,十分蛮勇,水性也好,既以捕捞为业,来到这里,便决心满载而归。(12)人中之主啊,他们到了水边,见水中的鱼很多,就把带来的网统统拴在了一起。(13)这些盖瓦罗陀人②人多势众而又同心协力。他们求鱼心切,就把手中的网撒到了恒河同阎牟那河交汇处的水中。(14)他们的鱼网又宽又大,完全用新线织成,撒下去能够罩住很大一块水面。(15)这些身体粗壮的人把网抛出去后,又一齐从四面将那巨大而又稳稳地沉入水中的网收拢来。(16)他们满面红光,兴奋异常,互相呼应,共同劳作,毫不因杀生而显出任何惧怕的样子。就这样,他们捞起了满满的一网鱼和其他水生动物。(17)大王啊,不巧的是,一同捞上来的,还有婆利古之子行落仙人。他被网罩着,裹在鱼儿中间。(18)他的身体四肢布满了水草,胡须和发辫都成了黄绿色的。附着在身上的还有各色各样的螺贝。(19)看到自己的网居然捞上来一位饱读吠陀的仙人,这帮渔人立刻肃然起敬,合掌致礼,然后又匍匐在地,不住地磕头。(20)不过,那些网中之鱼被拉上岸来,既疲劳又害怕,再加上陆地干燥无水,便死去了。(21)这位牟尼看到那么多的鱼遭到屠杀,心中十分难过,遂不断地哀伤叹息。(22)

尼沙陀人说:

请宽恕我们吧!我们由于无知而犯了屠杀的罪过。我们可以做什么好事来弥补呢?大仙人啊,请告诉我们。(23)

毗湿摩说:

听到尼沙陀人对自己这么说,处在鱼群中的行落仙人答道:"好,那么你们听好,仔细注意我最大的愿望是什么。(24)你们可以让我同这些鱼儿一块儿死去,或者把我同它们一起卖掉。我一直在水里和它们共同生活。我不能就这样把它们丢下不管。"(25)尼沙陀们听仙

---

① 参见第48章第12颂。尼沙陀人以打鱼、狩猎为生,有时还结伙抢劫,种姓地位很低。

② 盖瓦罗陀为一杂种姓,是刹帝利和妓女所生的孩子,世以捕鱼为业。这里的"盖瓦罗陀"只是打鱼人的意思。

人这么说，心里害怕，以致颤抖起来。于是他们到友邻王那里，面容沮丧，向他讲述了上面的事。(26)

以上是吉祥的《摩诃婆罗多》中《教诫篇》第五十章(50)。

五一

毗湿摩说：

友邻王听到行落仙人的境遇后，急忙向河边赶去，跟他同行的还有他的大臣和国师。(1) 他首先沐浴洁身如仪，然后屏息凝神，合掌施礼，向伟大的行落仙人介绍了自己。(2) 国王的国师也恰如其分地赞颂了这位仙人。人民之主啊，这仙人坚守誓约，福祉无边，就像天神一般。(3)

友邻王说：

请告诉我，我可以做什么事使你高兴呢？世尊，我将为你做任何事，无论它会多么困难。(4)

行落仙人说：

这些靠卖鱼为生的盖瓦罗陀人已经精疲力竭了。请你按照鱼价连同我的身价把钱付给他们。(5)

友邻王说：

国师啊，请遵从婆利古之子的嘱咐，拿一千钱作为这可敬之人的酬值给众尼沙陀。(6)

行落仙人说：

我的价值并不是一千钱。究竟应该是多少，国王啊，还要看你自己的判断。照你自己的想法做个决定，按你认为合理的价格把钱付给他们就行了。(7)

友邻王说：

那就快快把十万钱给那些尼沙陀吧！就按这个价格，可敬的人啊，你还有什么不同的意见吗？(8)

行落仙人说：

大地之王啊，我的价值也不是十万钱。应该有一个合理的价格。

请你还是同你的大臣商量一下吧！（9）

友邻王说：

国师啊，请给那些尼沙陀一千万钱吧！如果这些钱还不够的话，我还可以多付。（10）

行落仙人说：

国王啊，我的价值不是一千万钱或一千万钱以上。光彩照人者啊，应该有一个合理的价格。请你还是同婆罗门们讨论一下的好。（11）

友邻王说：

那么就把我王国的一半给尼沙陀吧；或者索性整个给他们也行。这个我想就是你的价值了。再生者啊，这样你看行吗？（12）

行落仙人说：

大地之主啊，我的价值不是半个王国，也不是整个王国。应该有一个合理的价格。请你还是同众仙人商量商量吧。（13）

毗湿摩说：

友邻王听了大仙人这番话后，深深地陷入了烦恼。他开始同他的大臣和国师们仔细地考虑到底如何办好。（14）这时，一位牟尼来到友邻王的身边。他是一头母牛生的，住在森林里，日日以采食野果和块根为生。（15）这位优秀的婆罗门先向友邻王致意，然后开口说道："我可以给你一个满意的解决方法。仙人也会觉得满意。（16）我可不是说来哄人的。即使在随意说笑时我也不会拿假话诓人，更何况在别的场合。你一定要毫不犹豫地照我的话做。"（17）

友邻王说：

可敬的人啊，请告诉我那位婆利古家族的大仙人究竟身价如何。请你把我从困难中拯救出来吧，还有我的王国和家庭。（18）那可敬的仙人一旦发怒，能把整个三界统统毁灭，更何况我这个缺乏苦行之力，只有匹夫之勇的人。（19）我们——我和我的大臣及婆罗门祭司——快要沉入深渊了，请你做我们的舟楫！请你赶快确定那位大仙人的价值。（20）

毗湿摩说：

听到友邻王这样说，这位母牛所生，具有苦行神力的贤者说了如下一番话，使得国王同他的大臣们很受鼓舞：（21）"大王啊，婆罗门是各种姓里最高的，因此是无价的。牛也是无价的。大地的保护者啊，那么，就用母牛作为这位仙人的代价吧。"（22）国王啊，友邻王听大仙人这么一说，便高兴起来。大臣和国师也很高兴。（23）他来到婆利古之子，坚守誓愿的行落仙人跟前，对他说了如下的话，使仙人很满意。（24）友邻王说："梵仙啊，起来吧，快请起来！我已经以一头母牛的价格赎买了你。婆利古之子啊，最守正法的人！我想这正是你的价值。"（25）

行落仙人说：

王中之王啊，我站起来了。无瑕者啊，你用恰当的价格赎买了我。不退者啊，我看不出有什么财宝，它的价值可以和母牛相比。（26）谈及母牛，听说母牛，施舍母牛，看到母牛，大地之主啊，所有这些都是值得褒扬的事。英雄啊，它们还能涤除罪愆，带来福惠。（27）母牛永远是幸福之根。母牛身上没有罪恶。母牛总能提供最高等的食物，那就是献给诸神的供品。（28）娑婆诃和婆舍吒[①]也是建立在母牛之上的。母牛是祭祀中的引导者。母牛是祭祀之口。[②]（29）她们带给人类甘露这神奇的不死之药。她们也是甘露产生的源泉，因此广为三界所崇仰。（30）在大地之上，母牛内在的活力和外表的壮美均堪与火焰相比。她们的巨大活力会把幸福带给一切众生。（31）凡是有牛群的地方，一切都在祥光的普照之下。邪恶扫除净尽，众生可以无所畏惧地呼吸。（32）母牛是通往天国的阶梯。她们自己也在那里受到崇拜。母牛是使人们的愿望得以实现的女神。谁也不知道世上还有什么会比她们更高。（33）

毗湿摩说：

大地之主啊，母牛的伟大高贵，我就能说这些。这不过是她们优越之处的一部分。我没有能力将它们统统列举出来。（34）

尼沙陀人说：

牟尼啊，你已经看到了我们，也同我们谈了话。常言道，善人订

---

① 参见18章第49颂注。
② 人们在祭祀仪式上将供品投入祭火，故火焰又被称为祭祀之口。下面第31颂将母牛同火焰相比，故这里也把母牛称作祭祀之口。

交,七言已足。① 主人啊,请给我们一些恩惠吧!(35)升腾的火焰可以享用奉献的全部祭品。你是体现正法的高贵之人。你就是人中之火!(36)学识渊博的人啊,我们愿你高兴。尊贵的人啊,我们向你俯首致敬。作为对于我们的恩惠,请你收下这头母牛吧!(37)

行落仙人说:

贫苦无依者的眼睛,苦行者的眼睛,毒蛇的眼睛,能够把人连根烧毁,就像火焰把干草烧光一样。(38)我可以把母牛拿去,你们渔人也可以从罪孽中解脱出来,连同你们捕获的鱼儿一齐去往天堂。(39)

毗湿摩说:

这样,由于这位充满慈爱之心的大仙人的恩惠,那些尼沙陀连同他们捕来的鱼儿便依着他的一句话统统去了天堂。(40)婆罗多族雄牛啊,看到那些渔人和鱼儿上了第三天,友邻王自己也吃惊不小。(41)后来,母牛所生的仙人和婆利古家族的行落仙人也各自给了这位国王适当的恩惠。(42)婆罗多族俊杰啊,这位大地之主,充满英雄气概的友邻王非常高兴,连忙说道:"我得了最高之福!"(43)他是一位外表可以同因陀罗媲美的国王。接受了由于坚守正法而获得的恩惠后,他心情愉快,走到二位仙人面前,对他们致敬膜拜。(44)此时,行落仙人的誓愿已经圆满完成。他返回了原来的净修地。母牛所生的仙人精气十足。他也回到了自己原住的净修处。(45)人民之主啊,那些尼沙陀和众鱼儿去了天堂。友邻王得到恩惠,也回到自己的城市。(46)亲爱的人啊,以上我讲的,就是对你向我所提问题的回答。坚战啊,我讲的就是看到他人悲惨的状况,或者看到同自己生活在一起的人处境悲惨时会有的感情。(47)我讲的还包括母牛所有的伟大福惠,以及有关正法的一些事。英雄啊,你还有什么别的要了解吗?你的心里还有什么事想知道呢?(48)

以上是吉祥的《摩诃婆罗多》中《教诫篇》第五十一章(51)。

---

① 意思是只要两个都是善人,交谈不必很长就可以成为朋友。

五二

坚战说：

智慧无边的人啊，我有一件事迷惑不解，那迷惑的程度真跟大海差不多。膂力无穷的人啊，请你先听我讲；听过以后，再请给我一个解释。（1）主人啊，使我感到奇怪的是食火仙人之子，那虔心遵行正法的人中最守法的罗摩。请你满足我的好奇心吧。（2）这勇力的确不凡的罗摩是怎样诞生的呢？他生而属于婆罗门种姓，却处处行刹帝利的法，这究竟是为什么呢？（3）国王啊，请你把当时的情况全部讲给我。还有，拘湿迦家族的人就世系讲属刹帝利，可是为什么又成了婆罗门？（4）人中之虎啊，这位伟大的罗摩非常强悍有力，简直可以和众友仙人相比。（5）为什么改变身份的是他们的孙子而不是他们的儿子？为什么不当的事情没有发生在他们儿子的身上呢？请你解释给我听。①（6）

毗湿摩说：

婆罗多后裔啊，关于这个问题，人们经常引用一个古代传说来说明，内容是行落仙人和拘湿迦的对话。（7）有一次，行落仙人，这位智慧无比的婆利古之子，牟尼中的雄牛，以他的慧眼，预见到一桩不当的事就要落到自己家族的头上。（8）他在心中反复盘算了这件事好的方面和坏的方面，以及它有力的方面和脆弱的方面，最后，这以苦行为财富②的仙人认为应该把整个拘湿迦家族毁灭掉。（9）于是，他来到拘湿迦的住处，对他说道："无瑕者啊，我有一件事要同你讲。我想和你同住一段时间。"（10）

拘湿迦说：

可敬的人啊，这方面古代学者曾经制定了同住法。贤者们常让即

---

① 这里"他们"分别指的是食火仙人的父亲利吉迦和众友仙人的祖父拘湿迦。众友出身刹帝利，后变成了婆罗门。所谓"不当的事情"是指身为婆罗门而行刹帝利的法，或身为刹帝利而行婆罗门的法这种逾规行为。

② 意为功力深厚的苦行者。

将出嫁的女儿遵守这种法。（11）以苦行为财富的人啊，你说的和我同住的事逾越了正法界限。不过，只要你同意我违规的话，我就这样做一回。（12）

毗湿摩说：

于是，拘湿迦给大牟尼行落仙人安排了一个座位，他自己由妻子陪着，来到他的面前。（13）这位国王拿来一罐水送到他的脚下，请他濯足。他让人为这尊贵的客人行了一切作为主人该行的礼仪。（14）然后，这位伟大的，严守戒行的国王又不慌不忙地将蜂蜜点心①呈上如仪，请行落仙人享用。（15）按照待客之道做过如上一切之后，他便对这位婆罗门说道："尊敬的人啊，我们二人听命在此。我们可以为你做什么事，请吩咐。（16）无论是王国，是财富，是牛群，还是祭祀上的各色供品，恪守誓言的人啊，需要什么，请告诉我，我一定全部奉上。（17）这座宫殿，这个王国，还有这把正法之椅，你就是它们的主人。它们都可以奉献给你。我是你的仆人。我正听命于你。"（18）听到国王拘湿迦说了这一番话，婆利古之子行落仙人非常高兴，便回答道：（19）"国王啊，我不想要你的王国，也不想要你的财富、你的年轻女子、你的牛群、你的土地或者祭祀上的供品。不过，请听我下面的话。（20）我发誓要做一件事。如果你们二位高兴的话，希望你们能毫不犹豫地帮助我。"（21）婆罗多后裔啊，听到这话，国王和王后十分愉快。他们回答说："仙人，我们遵照你说的办！"（22）然后，拘湿迦高高兴兴地引导仙人进入华丽的宫殿，并把自己的珍玩拿给他看：（23）"这是世尊的床铺。如果你愿意，可以睡在这里。以苦行为财富的人啊，我们将尽全力使你过得舒适高兴。"（24）谈话之间，太阳便落山了。大仙人请国王为他送上食物和饮料。（25）拘湿迦国王躬身问道："你喜欢什么样的食物？我给你送什么样的食物来好呢？"（26）婆罗多后裔啊，仙人很高兴地回答说："把适合我吃的东西拿来就行了。"（27）国王恭敬地听完仙人的吩咐，说道："好吧，"便去拿来适合于他的饭食，奉献给他。（28）吃过饭后，高贵而又懂得正法的仙人对国王夫妇说："我要安寝了。国王啊，

---

① 这是一种专为敬客用的点心，一般用蜂蜜、乳酪、酥油等做成。

我感到很困倦。"（29）于是，这尊贵的仙人魁首走进了卧室。国王和王后也相随而入，侍立在侧。（30）婆利古之子说："我熟睡的时候不要叫醒我。夜间你们要一直醒着，不断地为我揉脚。"（31）拘湿迦是明白正法的人，他痛痛快快地回答道："可以。"他们两人一夜未睡，也没有叫醒仙人。（32）他们依照仙人的指示一丝不苟地做了。大王啊，国王和王后始终一心一意，恪尽职守。（33）那位尊贵的婆罗门在嘱咐了国王以后，沉入梦乡。他单边侧身连续睡了二十一天。（34）俱卢族的后人啊，国王和他的王后守候在仙人的身旁，二十一天没有进食。然而他们还是愉快地侍坐在行落仙人的旁边，高高兴兴，为他服务。（35）二十一天过去，婆利古之子，这以苦行为财富者，自己醒来。起身后他一言未发，径自走出卧室。（36）这时国王和王后已经饥肠辘辘，疲惫不堪。他们跟在他的后面。然而，那位牟尼魁首却连看都不看他们一眼。（37）走着走着，婆利古之子忽然从他们的眼前消失不见了。王中之王啊，拘湿迦王一下子昏倒在地。（38）不一会儿，他苏醒过来。于是，这位光彩照人的国王在王后的陪同下，开始仔细地到处寻找行落仙人。（39）

以上是吉祥的《摩诃婆罗多》中《教诫篇》第五十二章（52）。

五 三

坚战说：

婆罗门行落仙人消失以后，拘湿迦国王，还有他那天福护佑的王后，都做了什么事呢？请你讲给我听。（1）

毗湿摩说：

这位大地的保护者无法找到行落仙人，只好同他的王后一起回王宫去。他满面羞愧，精疲力竭，浑身麻木。（2）进了王宫以后，他神情沮丧，一言不发，只是琢磨那行落仙人的怪异行为到底是怎么回事。（3）国王回到卧室，只觉得心里空落落的。忽然，他看到婆利古之子就在床上躺着。（4）国王和王后大吃一惊。他们猜不透，这怪事究竟该怎么解释。不过，见到行落仙人已经回来，他们也就如释重负了。(5) 他们又站到了原来的地方，开始为他揉脚。大牟尼则熟睡如旧，只不过这一次是翻过身来，面朝着另一个方向。(6) 精气非凡的仙人一下又睡了二十一天才醒来，这期间国王夫妇由于害怕而没敢随意挪动身体。(7) 婆罗多后裔啊，大仙人醒来以后，便对国王说道："人民之主啊，请给我的身上涂些油膏吧，我就要去沐浴了。"(8) 国王和王后虽然已经又饿又累，十分疲乏，还是答应道："好吧，"随后拿来极其名贵的炮制过一百遍的油膏，送到他的面前。(9) 仙人安适地坐在那里，国王和王后继续默默地给他揉脚。到了这个时候，婆利古之子，这大苦行者也没有说一句话，表示够了。(10) 看到这两个人始终没动地方，婆利古之子忽然立起身来，朝浴室走去。浴室里陈放着各种专供王室使用的沐浴用具。(11) 然而，这位仙人并没有使用这里的任何东西，便又消失不见了。婆罗多族雄牛啊，国王发现了这个情况，但是，他和王后二人还是没有因此而生气。(12) 未几，拘湿迦国王和王后发现婆利古之子正坐在狮子宝座上。原来这位世尊已经洗浴完毕。(13) 拘湿迦国王和他的妻子喜笑颜开。他们没有任何态度上的转变，准备像过去一样为仙人奉上做好的食物。(14) 仙人见此，对国王说："拿过来吧！"于是，在王后的陪同下，国王把食物送上前去。(15) 这里有做法各不相同的肉食，有各种蔬菜、调味品以及可口的饮料，(16) 有甜香奶酪、各色糕饼和蜜果。除味道不同的食品外，还有从森林里采来的，(17) 仙人们喜欢吃的野菜和野果，有各种果品以及其他好吃的东西，像枣子、榄仁树的果实、腰果和无花果等。(18) 食品之中有家居者喜欢吃的，也有林栖者喜欢吃的。所有这些都是国王让人悉心搜集来，供给客人食用的，因为他害怕仙人的诅咒。(19) 所有这些食物都端到了行落仙人的面前，在这以前，座位已经摆好，床也为他铺好了。(20) 食物和盛食物的器皿都用洁净漂亮的布盖着。可是，行落仙人，这婆利古之子忽然放出神火，将端上来的一切烧成了灰烬。(21) 不过，国王和王后，这两位严守戒行的人并未因此发怒。接着，仙人当着他们的面再一次消失不见了。(22) 于是，这位高贵的王仙在妻子陪同下又一言不发，直直地站了一夜。至此，他仍旧没有发怒的意思。(23)

此后，每日宫中都备好各种经过细心烹调的食物、第一流的床具和必要的盥洗用具。（24）陈放在那里的还有各色各样的衣服。总之，一切备办得圆满停当，使行落仙人无可挑剔。（25）不料，这位梵仙又对国王拘湿迦提出了新的要求，说："请你和你的妻子为我驾车，我说到哪里马上就去哪里好吗？"① 毫不犹豫地答应了这位以苦行为财富的人，（26）国王说："好！"接着他问："世尊啊，是用游玩的车呢，还是战车？"（27）见国王表现出高兴的样子，行落仙人便吩咐这位屡破敌人城池的国王道：（28）"那就把战车快快准备好吧。战车上要载着各种武器、旗帜、长矛、棍棒等，（29）以及上百个丁当作响的铃铛，还有标枪、短棍、刀剑和无数的利箭。"（30）国王说："好吧，"随即便让人把巨大的战车准备停当。他教他的妻子把住左辕，自己把住右辕。（31）车上放着一根三刃狼牙棒，棒上的尖刺硬如钻石，锐似钢针。一切安排就绪以后，国王便对仙人说道：（32）"世尊啊，我们到哪里去呢？请婆利古之子指示吧。梵仙啊，你说去哪里，这辆车子就将拉到哪里。"（33）听到国王对自己这样说，仙人答道："从这里出发，一步步慢慢拉就是了。（34）这样走，我就不会感觉疲劳。你们应当使我感到舒适，还要让全体人民看到我在乘车游行。（35）不要驱散路上的行人，我准备向他们施舍财物。我还要使那些在路上有事求我的婆罗门愿望实现，满意而去。（36）我要毫不吝惜地散施财物和珠宝。国王啊，让我们不要迟疑，把这一切做好！"（37）听到仙人提出的要求，国王就向仆人发出命令："这位牟尼要什么，你们就给他什么，不必顾虑。"（38）于是，大量的珍宝、漂亮的女子、车辆、山羊和绵羊、金币和纯金、像小山一般伟岸的大象，（39）以及王国大臣们，统统跟随在仙人车子的后面。到处充满了叫喊的声音，城市一下子陷入了混乱。（40）忽然，一阵狼牙棒的痛打落在国王和王后的背上腰上，催他们快走。不过，他们二人并不改色，而是态度依旧，继续拉车。（41）就这样忍饥挨饿，在颤抖之中过了五十夜，他们的身体变得羸弱不堪。这两夫妇显示出英雄的本色，不停地挽着那华美的战车。（42）在不断的狠命刺打下，他们遍体鳞伤，看上去正像两棵繁花盛开的金苏迦树②。（43）看到他们经受

---

① 这时行落仙人显然又出现了，不过这一点此前的文中并未明确说明。
② 参见前第31章第40颂注。

如此巨大的苦难，城里的居民个个充满悲伤。但是他们又怕仙人的诅咒，所以只能心怀恐惧，不吭一声。（44）他们三三两两在底下说："苦行的力量看来真大！尽管心中愤怒，我们还是连看都不敢看那了不得的牟尼一眼。（45）大仙人尊贵而又灵魂纯洁。他固然神力非凡，但国王和王后的坚忍力也了不起！（46）他俩已经筋疲力尽，却依然不停地拉车前进。在他们身上，婆利古之子始终看不出任何态度变化的迹象。"（47）

毗湿摩说：

婆利古之子看到国王夫妇无动于衷，便开始不断地散施财物，就像他是毗湿罗瓦那的儿子①一样。（48）对此，国王同样显得满心高兴。先前仙人怎样指示的，他还是继续怎样做。这使那位尊贵的牟尼魁首感到满意。（49）于是，他从那华美的战车上下来，为国王和王后解下绳套。然后，他恢复了对待国王的礼数，开始同他们谈话。（50）婆罗多后裔啊，他用温和、深沉而又宽厚的声调对他们说："我要给你们二人一件最大的恩惠。需要什么，请告诉我。"（51）婆罗多族俊杰啊，出于慈悲，这位优秀的牟尼伸出双手，开始抚摸他们伤痕累累的虚弱身体。他的抚摸有着甘露一般的治疗效果。（52）这时国王说道："我们已经恢复了气力。婆利古之子啊，由于你的禅定和威力，我们已经解除了疲劳。"（53）尊贵的行落仙人十分高兴。他说："我从来不以谎言欺人。以后也是同样。（54）这里正在恒河岸畔，是个美丽、可爱而又吉祥的地方。国王啊，我正在做我发誓要做的事，还要在这里住一阵。（55）孩子，请回自己的京城，再休息一下。明天你同王后再来这里看我。（56）不要心怀怒气。幸运的时刻就要到来。任何事，只要是你素常渴望的和心中思念的，都将完全实现。"（57）听到这些话，拘湿迦打心底里感到高兴。他对那牟尼之虎说了如下含有深意的话：（58）"我是不会发怒的。相反，可敬的人啊，福祉无边者！我倒是被你净化了。我们变得年轻了，也变得漂亮而有力。（59）你用狼牙棒打在我们身上的伤痕已经看不到。我和我的妻子现在十分健康。（60）在我的眼里，牟尼啊，我的妻子已经变

---

① 指财神俱比罗，他的父亲名叫毗湿罗瓦那。

得像天女一样美丽。昔日俊俏无双的容貌又回到了她的身上。(61)大牟尼啊,所有这些变化都是你的恩惠给我们带来的。尊贵的,具有真正伟力的人啊,这就是我们从你那里得到的最了不起的恩惠了。"(62)行落仙人听到这话以后又对拘湿迦说:"国王啊,明天你还是同你的妻子一起来吧!"(63)仙人说过以后,国王便向他致敬告辞,然后离去。就这样,他回到了自己的京城,漂漂亮亮,有如天上的神中之神。(64)诸大臣和国师都出来欢迎他。出来的还有军队、妓女、政府官员和全体百姓。(65)在众人的簇拥之下,拘湿迦国王像火焰一样闪着美丽的光彩。他愉快地走进城去,在那里又受到宫内乐人的歌颂欢迎。(66)回到城里,他首先做了每日例行的各种祭祀。同妻子一同吃过饭后,这位伟大的国王在宫中舒心地过了一夜。(67)他们互相注视着,发现两个人都容光焕发,变得年轻了,疲劳衰老之态一扫而光,与天上的神明一般无二。再生者中最优秀的人[①]所施的恩惠使他们恢复了青春美貌。他们心情愉快,安然入睡。(68)与此同时,那位以苦行为财富,使婆利古家族的名声广为传播的仙人,凭借他的智慧,将恒河岸上那一片地方变成了装饰着各色珍宝的净修林,其生机勃勃,美丽诱人,连百祭(因陀罗)的天庭也望尘莫及。(69)

以上是吉祥的《摩诃婆罗多》中《教诫篇》第五十三章(53)。

五四

毗湿摩说:

次日清晨,精神高尚的国王拘湿迦自睡梦中醒来。起身后,他首先举行晨祭,然后同王后一起,前往恒河岸上的森林。(1)在净修林里,国王看到了一座全部由纯金建造的宫殿,里面有上千根用名贵宝石做成的柱子,简直就像是天上健达缚的住所。到处显示的也是天国气象。(2)他还看到了使人心旷神怡的峰谷,莲花盛开的池塘,雄伟

[①] "再生者中最优秀的人"指婆罗门,这里专指行落仙人。

气派的娑罗树,各式各样的拱门,以及像黄金地面一样平坦的草地。(3)这里有布满花朵的娑诃伽罗树①、盖陀迦树②、乌陀罗迦③、陀伐④、无忧树、盛开的牟刼衮陀⑤花,以及阿提牟伽陀迦⑥,(4)还有瞻波伽树⑦、提罗迦树⑧、婆瓦耶树⑨、波那萨树⑩、伐莺鸠罗树⑪和繁花似锦的伽罗尼迦罗树⑫,(5)以及舍耶摩⑬、瓦罗那补湿苹和阿湿陀波提迦⑭等攀缘植物,它们缠绕在别的植物身上,姿态优雅,十分好看。(6) 映入国王眼帘的还有一些身上挂满莲花的树木。季节不同的莲花集中在这里,红色的,蓝色的,竞相开放。森林中的宫殿有的像似天车⑮,有的像似大红莲花。(7) 婆罗多后裔啊,有些地方的水是清凉的,另外一些地方的水又是温热的。散布在这里那里的,还有形状和色彩各不相同的坐椅,以及漂亮舒适的睡床。(8) 有的床通体用金子做成,上铺华贵的毛毯。到处都摆着已经准备好的饭食和其他食品,让人享用不尽。(9) 会说话的鹦鹉唱着美妙的歌。此外还有鹆鸟、伯劳鸟、布谷鸟、啄木鸟、田凫、山鹬、(10) 孔雀、蚱蜢、鹧鸪、雉鸡、猴子、天鹅、仙鹤和遮迦罗萨华耶⑯。(11) 国王啊,这里迷人的景象到处可见,悦耳的声音随时可闻。有的地方成群的天女在嬉戏,有的地方一队队的健达缚在游玩。(12) 有的地方健达缚在他

---

① 一种芒果树,有浓烈的香气。
② 一种露兜树属热带乔木。
③ 一种雀稗属禾本科植物。
④ 一种灌木。
⑤ 一种翅子树属乔木,属梧桐科。
⑥ 可能是一种开白色花朵的灌木。
⑦ 一种含笑属乔木。
⑧ 一种山矾属乔木,属安息香科。
⑨ 一种阳桃属乔木,属酢浆草科。
⑩ 一种波罗蜜属常绿乔木(桑科)。
⑪ 黄檀属乔木。
⑫ 亦为一种翅子树属乔木。
⑬ 数种攀缘植物都用这个名称,据说有一种叫作波梨莺鸠的只要经妇女的手触碰就会开花。
⑭ 两种攀缘植物,具体情况不详。
⑮ 这是一些天神乘坐的车,经常出现在神话中。有的状如宝座,载着诸神在天空往来穿行;有的高达七层,显然是一类楼车。
⑯ 一种鸭属的鸟类。

们可爱妻子的簇拥下一同出行。只是这样的事有时可遇，有时又很难见。①（13）不时听到的还有甜美的歌声和琅琅的诵经声。天鹅的叫声也十分动听。（14）见到如此美妙的景象，拘湿迦王不禁心中纳闷："这会不会是梦境？或者是我的神经错乱了？要不果然是真的？（15）哦，我没有舍弃肉身，便到达了无上境界！这里不是至福之地优多罗俱卢②，就是阿摩罗瓦蒂③！（16）无论如何，这儿的景象是太奇妙了！"就在这样暗自捉摸的时候，他看到了那位牟尼雄牛。（17）

在布满宝石柱子的金宫里，婆利古之子正躺卧在一张名贵舒适的天床上。（18）当国王拘湿迦同他的妻子满怀欣喜地奔向行落仙人的时候，这仙人和他的床却忽然不见了。（19）后来，国王又在森林的另外一处发现了他，看到他正坐在一张拘舍草编的垫子上，轻声吟诵圣诗。但是，这位婆罗门仙人却用他的瑜伽力使国王迷惑起来。（20）眨眼之间，美丽的森林，连同成群的天女和健达缚都消失了，树木也不见了。（21）国王啊，恒河岸上阒无声息，只剩下以往就有的拘舍草和无数的蚁垤。（22）拘湿迦国王和他的妻子看到幻化之功带来的如此神变，真是惊诧无比。（23）同时国王也感到异常惊喜。他对王后说："看吧，可爱的人，他人难以值遇的景象，我们有幸见到了。（24）这如果不是婆利古之子凭借他的苦行之力而给予我们的恩惠，又会是什么呢？凭苦行而实现的奇迹，不是凭人的头脑就能想象得出的。（25）连三界的王国也不能同苦行相比。那些以苦行为财富的人，靠修炼到完美程度的苦行，可以玩世上一切于掌股之间。（26）对于具有伟大灵魂的行落梵仙来说，像再创造几个世界这样的事，只要他愿意，凭借苦行的巨大法力就能做到。（27）生在这个世界上而能口出吉祥之语，身行智慧之事的人，只有婆罗门。我们见到的事象，除了行落仙人，又有谁能做出来呢？（28）在这个世界上，取得一个王国不是难事，而达到婆罗门的境界就困难多了。只缘有了婆罗门的法力，我们才能够驾辕拉车，胜任自己的职责。"（29）国王以上

---

① 这里的意思是健达缚能够随时从人的眼前隐去。

② 优多罗俱卢为古代印度神话传说中赡部洲的九部分之一，北起弥卢山，南至尼罗山。这里树花芬芳，果实甘甜，只有至福之人才可能在此居住。

③ 阿摩罗瓦蒂为古代印度神话传说中不死的诸神居住的地方，因陀罗大神即住在这里。

的想法,行落仙人全知道了。于是他对国王说道:"快到我这里来吧!"(30)闻听此语,国王便带着妻子来到大牟尼的面前,恭恭敬敬地向他俯首行礼。(31)人中雄牛啊,智慧非凡的牟尼先向国王说了一些祝福的话,然后让他就座,对他加以抚慰。(32)至此,婆利古之子想做的事已经做了。他用温和的言词将老实的国王鼓舞了一番。(33)他说:"国王啊,你已经完全制御了五根以及第六根——意。① 正因为如此,你才能够经受住我所设的诸般折磨而不为所害。(34)孩子啊,你非常得体地表达了对于我的尊敬。最善辞色的人啊,你已经摆脱了所有的罪愆,毫无所余。(35)你可以离开了,国王。我也将回到我原来的住处。王中之王啊,我对你十分满意。请接受我给你的恩惠吧!"(36)

拘湿迦说:

世尊啊,在你面前,我就像身处火焰之中。婆利古族之虎啊,我没有因此而烧成灰烬就已经很好了。(37)婆利古之子啊,无瑕者,我的所作所为能够使你高兴,而我的家族也因此而得到了净化,这便是我能够得到的最大恩惠了。(38)智慧之人啊,我生存的目的达到了,所以我心满意足。这也是我的王国的目的,是对我的苦行的最高报偿。(39)婆利古之子啊,智慧之人,如果你对我满意的话,那么我心中还有一些疑惑,请你为我释除。(40)

以上是吉祥的《摩诃婆罗多》中《教诫篇》第五十四章(54)。

五五

行落仙人说:

请接受我的恩惠,并请把你心中的疑惑告诉我。人中之王啊,我将会实现你所有的愿望。(1)

拘湿迦说:

可敬的人啊,如果你确实对我感到满意的话,那么请你告诉我为

---

① 六根指眼、耳、鼻、舌、身、意六种感官。

什么要到我的宫殿里来住。婆利古之子啊,我想知道其中原因。(2)牟尼雄牛啊,你睡在我为你准备的床上二十一天而不翻身,然后未发一语便离开了卧室;(3)婆罗门啊,你无缘无故地消失了,然后又出现在我们面前,并在床上一睡又是二十一天;(4)我们为你涂油之后,你又消失不见了;而在宫中为你准备了各种饭食以后,你却用火把它们统统烧掉了,此后你又忽然要求离开宫殿,乘车游行;(5)大牟尼啊,你还大批地散施财物,继而变现出大片森林,林中布满黄金宫殿,(6)以及用宝石和珊瑚作腿的精美卧具;而这一切又在眨眼之间不知去向。其中的原因,我实在很想听到。(7)我日日夜夜反复思考,始终莫名其妙。这一切的答案是什么,我找不到。以苦行为财富的人啊,我很想知道所有这些的底细究竟是什么。(8)

行落仙人说:

请你听好,我就要把促使我做那些事的原因全部告诉你。既然你一再询问,国王啊,我便不能不说。(9)古时候在一次天神的聚会上,老祖先①讲了一席话,我听到过。国王啊,现在我就把它转述给你。(10)从一场婆罗门和刹帝利的争吵中,我得知我的家族面临着一次种姓的混合。国王啊,你的孙子将会在精力和体力上都非常强大。(11)拘湿迦啊,为了保护自己的家族,毁灭你的家族,我打算前来会你,用烈火把你的家族烧成灰烬。(12)于是,大王啊,我来到你的宫殿,对你说我发誓要做一件事,希望你能服从我,照我的要求做。(13)我在你的宫殿里住下来,结果没能发现你做了什么不当的事。王仙啊,正因为如此,你今天还活着。否则事情就是另一个样子了。(14)为了达到目的,我在宫中沉睡了二十一天,以期有人会在我自然醒来以前将我唤醒。(15)然而,你和你的妻子并没有在熟睡时把我叫醒。最优秀的国王啊,这时我开始在心中喜欢你了。(16)正常醒来以后,我便走出卧室。大王啊,此时你一旦问我:"你去哪里?"我就可以抓住机会诅咒你了。(17)不过你没有问。于是我便潜形消失了。后来我又出现在你的宫中,并借助瑜伽力再睡二十一天。(18)人中之主啊,我希望使你们陷于饥饿和疲累,从而对我不

---

① 这里的老祖先指大神梵天。

满。为了达到这个目的,我便设法使你们饿得形销骨立。(19)但是,国王啊,你和王后的心里显然并没有一点愤怒的意思。这也使我对你们发生好感。(20)接着,我又让你们送来饭食,然后放出火来,将它们烧毁,以期你会发火。但是,你们竟也忍住了火气。(21)于是,我又乘车出行,并对你说:"人民之主啊,请你同你的妻子为我挽车。"而你也照我的要求去做了。(22)国王啊,你毫不犹豫地听从我的要求,又赢得了我的欢心。然后我大量散施钱财,同样你也没有任何愤懑的表示。(23)由于你一直使我满意,所以,国王啊,我就在你和王后的眼前变现出一片森林,这你们已经看到。(24)为了教你和你的妻子高兴,我将天国的景象展示给你们。森林中你们看到的那些,国王啊,就是天国的样子。(25)最优秀的国王啊,我让你和王后暂时享受了一下天国的生活,即使你们还处在肉身未除的状态。(26)人中之主啊,我这样做,也是为了显示苦行的力量和遵行正法的福报。你看到天国景象后内心升起的意愿,我也已经知道。(27)大地之主啊,你轻视国王和天王的地位,而渴望具有婆罗门的地位,拥有苦行的力量。(28)你该知道,亲爱的人,婆罗门的地位是很难达到的;达到了婆罗门的地位,再想达到仙人的地位,同样很难;而达到了仙人的地位以后,再想达到苦行者的地位,又很困难。(29)然而,你的愿望将能实现。以后将有一个婆罗门依照拘湿迦这个名字而取名憍湿迦。你的第三代后人将会获得婆罗门的地位。(30)首屈一指的国王啊,智慧之人,借助婆利古家族的精神力量,你的孙子将会成为浑身透射着火焰光芒的苦行者。(31)他还会成为三界之中天、人一概畏惧的人物。我告诉你的,完全是必将出现的事实。(32)土仙啊,接受我给你的恩惠吧,它已经存在于你的内心之中。我马上要到那些有圣水的地方去朝圣。时间正在飞快地流逝呢!(33)

拘湿迦说:

大牟尼啊,我接受你的恩惠。我也很高兴能使你欢心。无瑕者啊,希望你所说的话能够实现!希望我的孙子能够成为苦行者!世尊啊,对我来说,使我的家族获得婆罗门地位正是你给我的最高恩惠。(34)不过,高贵的人啊,我还有个愿望。请你更详细地告诉我,我的家族将会如何获得婆罗门地位。婆利古之子啊,我也想知道,谁

将在这件事上施恩于我,谁将是我未来最尊敬的人。(35)

以上是吉祥的《摩诃婆罗多》中《教诫篇》的第五十五章(55)。

五六

行落仙人说:

人中雄牛啊,人中之主,我当然会告诉你,到底是为了什么原因,我要到这里来毁灭你的家族。(1) 人民之主啊,在祭祀方面,刹帝利得仰仗婆利古家族的帮助。但是,由于天命不可抗拒的作用,他们注定要陷入对立和纷争。(2) 人中之主啊,刹帝利会把婆利古家族所有的人都杀死。他们执行天罚,将这个家族根绝无遗,连腹中的胎儿也不放过。(3) 但是,在婆利古家族中也将诞生一个了不起的人物,叫作股生。他精气非凡,像火焰或者太阳一般发出耀眼的光芒。(4) 他能够燃起熊熊的怒火,把三界统统烧光。他能够把大地连同高山和森林一起化作灰烬。(5) 有时,赶上他怒气稍歇,这位牟尼魁首也会将火焰收敛起来,抛入大海上的牝马之口。① (6) 他将会生一个儿子,名叫利吉迦。无瑕者啊,这个儿子是有大福气的人,而且熟谙所有的用武之道。(7) 由于天命注定,他将诛灭一切刹帝利。他还会把他掌握的用武之道通过瑜伽力传授给自己的儿子食火仙人。(8) 食火仙人灵魂纯洁,也是有大福气的人。这位婆利古族之虎也将用武之道牢牢地记在心里。(9) 王中魁首啊,恪守正法之人!他将从你的家族中娶一个女子为妻,以使家族的光荣遐迩闻名。(10) 这位大苦行者的妻子就是你的孙女,也即伽亭王的女儿。他的儿子名叫罗摩②。罗摩身为婆罗门而履行刹帝利职责。(11) 在你的家族中,也会诞生一个虽为刹帝利却履行婆罗门职责的孩子。他就是伽亭王的儿子,恪守正法的众友。他的苦行无与伦比,若论威力,更同毗诃波提相仿佛。(12) 两个女人导致了两个儿子的互相调换。③ 而这又是祖

---

① 参见前第17章第54颂注。
② 即持斧罗摩。他的母亲名莱奴迦,是拘湿迦的孙女。
③ 详情见前第4章。

父发出的命令。未来的事情必将如此，不会是其他样子。（13）你的第三世孙将会取得婆罗门的地位，而你也就因此而成了灵魂纯洁的婆利古家族的亲戚。（14）

毗湿摩说：

婆罗多族俊杰啊，听了灵魂伟大的行落仙人这番话，拘湿迦国王，这位深明正法的人，感到非常高兴，随即应道："但愿如此！"（15）接着，精气无限的行落仙人又鼓励那人中之王接受他的一个恩惠。对此，国王说道：（16）"大牟尼啊，我自然乐意从你那里接受我梦寐以求之物！让我的家族成为婆罗门。让这个家族的心永远专注于正法吧！"（17）牟尼行落仙人见国王这样说，便回答道："好，不成问题！"然后他向国王道别，出发到有圣水的地方朝圣去了。（18）大王啊，我要讲的全部就是这些。它讲明了为什么婆利古家族和拘湿迦家族成了姻亲。（19）国王啊，后来的事情果然像行落仙人所说的那样发展。罗摩和众友诞生的情况也如他预言的那样，一一应验。（20）

以上是吉祥的《摩诃婆罗多》中《教诫篇》第五十六章（56）。

五七

坚战说：

听了你讲的话，我仿佛仍有困惑未除。我反复想到的是这片大地如今失去了许多富裕的国王。（1）婆罗多后裔啊，我征服了大地，将成百的王国置于自己的统治之下。但是，祖父啊，想到我为此而杀人千万，痛苦就煎熬着我的心。（2）多少优秀的妇女失去了自己的丈夫、儿子、兄弟和舅父。如今她们的境况能是个什么样子呢？（3）我们杀死了俱卢族的人——我们自己的血亲，还杀死了亲密的朋友。毫无疑问，我们将会头颅朝下，堕入地狱。（4）婆罗多后裔啊，我想用严厉的苦行来制御自己的肉体。为此，人民之主啊，我希望得到你的指教。（5）

护民子说：

听到坚战的这一番话后，精神高尚的毗湿摩开动他睿智明敏的头脑，沉思良久，然后对坚战说道：（6）

"婆罗多后裔啊,我要把一个奥秘讲给你听,此事关乎人在死后的归趣。(7)通过苦行,人可以上达天国。通过苦行,人可以获得尊重。众人之主啊,通过苦行,人可以长生不老,尽享诸般现成之福。(8)婆罗多族雄牛啊,通过苦行,人可以获得智慧、知识、健康、美貌、成功和幸运。(9)通过苦行,人可以获得财富。通过沉默,人可以获得知识。通过施舍,人可以获得各种物质享受。通过净行,人可以获得旺盛的生命。(10)那些从不虐杀动物的人,可以得到好的果报和漂亮的外貌。那些谨行祭祀仪式的人,可以出生在上等人家。那些仅以植物的果实和根来充饥的人,可以成功地取得王国。那些靠植物的叶子为生的人,可以上达天国。(11)那些只靠饮水活着的人,可以升入天庭。那些经常沐浴的人,可以获得充盈的财富。那些敬从导师的人,可以获得学问。那些一向例行祖祭的人,定会子孙满堂。(12)那些终年只食蔬菜的人,可以获得大批的牛群。那些仅仅以青草为生的人,定会升入天堂。一日沐浴三次并行相应仪式①的人,终会妻妾成群。仅以吸食空气为生的人,可以获得智慧。(13)那些经常沐浴,并在拂晓和黄昏两次低声诵念圣典经句的人,将会获得与仙人陀刹一般的地位。那些在旷野中礼拜神明的人,可以取得王国。那些长期实行斋戒的人,可以上达天穹。(14)那些肯眠于光秃秃硬地的人,准能有房舍卧具。那些褴褛被体,或以树皮遮身的人,必可得锦衣美饰。(15)那些经常修习瑜伽功法或以苦行为财富的人,能够得到很好的坐具、卧具和车乘。那些能够制御肉体,敢于进入火焰的人,一定会在梵天世界受到尊重。(16)那些能够抵制甘味对于口腹之欲的诱惑的人,将会得到好运。那些远离鱼肉之腥的人,一定能使子孙长寿。(17)那些在水中生活过一定时期的人,必能成为人中之王。最优秀的人啊,那些言语信实的人,有机会同天神共享欢乐。(18)

"通过施舍,人可以获得美好的名声。慈悲而不杀生,人一定能保持身体健康。一个人能尊敬和服从再生者②,必能获得王权,或者取得高尚的婆罗门地位。(19)那些能够施水的人,将会获得恒久不衰的令名。那些能够施舍食物或饮料的人,任何向往的享受都能得

---

① 三次沐浴通常安排在早、午、晚,同时要举行挤压苏摩汁的仪式。
② 这里指婆罗门。

到。(20)那些能使一切众生平静生活的人,可以摆脱任何烦恼和忧愁的搅扰。那些虔心礼敬神明的人,可以得到王国,或者天神一般的美貌。(21)那些能够在黑暗中给人光明的人,可以获得透彻的眼光。那些能将众人艳羡之物割爱让人的人,可以生出强大的记忆力,或获得稳健的理解力。(22)那些不施香膏,不以花环装饰自身的人,可以获得美好的名声。那些蓄须留发,不加剃除的人,可以获得出类拔萃的儿孙。(23)国王啊,那些能够坚持斋戒,谨行祭仪和注意沐浴达十二年之久的人,可以达到连英雄人物都难于达到的境界。(24)人中雄牛啊,那些能够以梵式婚姻嫁女[①]的人,能够获得男女奴仆、漂亮饰物、土地和宅第。(25)婆罗多后裔啊,那些能够定期斋戒的人,可以升入第三天。那些经常散施食物和鲜花的人,可以长期生活于稳定之中。(26)一个人若能将一千头牛拿出来施舍,牛角上饰以黄金,他就能在天神居住的世界里享受幸福。这是牟尼和天神们在聚会时共同宣布过的。(27)一个人如能将棕红色的牛拿出来施舍,牛角尖上饰以黄金,带上黄铜制的奶桶,此外再加上若干别的优点,那么这头牛就会成为他有求必应的如意神牛。(28)这个舍牛的人会得到满意的果报,果报的数目同那牛身上的毛一样多。他还能在另外的世界中救赎自己的先人、子孙和家族里的其他人,使他们免受痛苦,其范围可达七代之遥。(29)一个人如果能把自己的奶牛拿出来送给婆罗门,给它披上贵重的织物,把它的角用黄金装饰起来,使它显得十分漂亮,同时还附上黄铜奶桶,以及芝麻之类其他赠品,他就能够去往天神世界生活。(30)一个人如果由于此世所做不净业的牵累而在死后堕入黑暗无边的地狱,那么施舍母牛的功德便能够在来世拯救他,就像一条鼓足风帆的船能够救援浩瀚大海上的遇难者一样。(31)一个人如果能够以梵式婚姻嫁女,能够将土地赠与婆罗门,能够依照传统的规矩散施食物,他就可以去往城堡破坏者(因陀罗)的世界。(32)一个人如果将一座所有家具一应俱全的宅第赠与通晓吠陀,品行端正,优点众多的婆罗门,他就获得了在优多罗俱卢[②]生活的资格。(33)通

[①] 梵式为古代印度教提出的八种婚娶方式中的第一种,也是最好的一种。它要求女孩的父亲亲自把一位德才兼备的男子请来,为两人换装、献礼,然后把女儿郑重地嫁给他。

[②] 优多罗俱卢为古代印度神话传说中的地名。详见第54章第16颂注。

过施舍干活的公牛,或者施舍马匹,一个人可以去往天神世界生活。施舍金子的人可以升入天国。施舍纯金的人,其果报之隆,更甚于此。(34)一个施舍伞具的人,可以获得华丽的住宅。一个施舍鞋子的人,可以获得车辆。一个施舍衣服的人,所得果报是美丽的容貌。一个施舍香膏的人,可以获得美好的名声。(35)那些把香花、果实、树木施舍给婆罗门的人,可以轻易获得美宅,其中美女如云,财宝无数。(36)那些施舍各色食物和可口饮料的人,可以得到数量远过于此的同样东西。那些施舍房舍和衣物的人,也可以得到同类的东西。这是毫无疑问的。(37)那些向婆罗门施舍花串、香料、香膏、油膏、沐浴用品和花环的人,将会生活在只接待王者的地方,并且身体健康,容貌美丽。(38)国王啊,如果一个人能向婆罗门施舍房舍,房舍中贮满粮食,摆好床具,财宝充盈,气氛祥和,令人愉快,那么他自己便能获得更好的住宅。(39)如果一个人能向婆罗门施舍床具,床上散发着香气,铺着色彩斑斓的毛毯,那么他不用费力就能得到美丽的妻子。这妻子不但端庄可爱,身边还跟着一批仆从。(40)一个人能眠于英雄之床[①],他就算得是未辱先人。这是无与伦比的人生结局——伟大的古代仙人就是这样说的。"(41)

护民子说：

俱卢之子(坚战)听了祖父这番话后,感到十分高兴。他愿意踏上英雄之路,而不想生活在净修林中。(42)于是,婆罗多族雄牛啊,坚战便对其他般度之子说道:"希望祖父的话对你们有所启发。"(43)般度诸子和声誉卓著的黑公主对般度的话表示敬从,一齐说道:"是的！"(44)

以上是吉祥的《摩诃婆罗多》中《教诫篇》第五十七章(57)。

五八

坚战说：

俱卢族雄牛啊,在以往提到的各种施舍中,除去与祭祀有关的那

[①] 指捐躯疆场或在战斗中负伤后,躺在箭床上。

些,你认为哪一种最值得推荐?(1)强有力的人啊,我对这一类事情充满好奇。请你告诉我,可能跟随施主一同去往下一个世界的是什么样的施舍呢?(2)

毗湿摩说:

给一切众生以无畏,给陷于不幸的人以同情,给渴望者以企盼之物,给乞求者以索要之物,(3)给人以自认为应予之物,就是最好的施舍。婆罗多雄牛啊,这些都是能够跟随施主一同去往下一个世界的施舍。(4)黄金、牛和土地是有涤除罪愆之效的施舍物。它们能够将人从恶业的影响下解救出来。(5)人中之虎啊,记住经常把这些东西施舍给善良高尚之人。毫无疑问,它们能够把人的罪愆洗脱掉。(6)希望使自己的施舍成为不朽之施的人,应该把世界上人人渴望的东西,自家里最珍贵的东西,施舍给那些优秀而有价值的人。(7)在这个世界上,一个人能将心爱的东西给人,能以关爱之心待人,他也会得到同样的回报。无论在今生还是来世,他都会被众生当作可爱的人。(8)对于贫穷无助者的呼求无动于衷,不加救助的,是邪恶的人。(9)但是,也有对陷于不幸,境遇悲惨,乃至前来寻求保护的敌人同样给予善待的。这样的人,坚战啊,当属人中翘楚。(10)同样,对于那些由于贫穷而陷于尴尬境地,以及由于缺乏生活手段而备受煎熬的人能够施以援手,使他们免于饥饿的,是无与伦比的人。(11)贡蒂之子啊,应该竭尽全力去帮助那些善于自制,正直善良,妻儿缠身,陷于贫穷境地的人,使他们脱离困苦,即使他们由于羞怯而不肯向人求助。(12)有一种人,无论对人,还是对神,都不祈愿求福。他们地位崇高,生来就意志坚强,并且完全靠取得别人的施舍来生活。(13)这样的人,婆罗多后裔啊,人们视之为毒蛇。① 你要保护自己,免受其害。你应该雇人将这些再生者中的豪杰辨认出来。(14)俱卢族的后人啊,对于他们,你应当以上好的房舍相赠,房舍内仆役成群,各色家具一应俱全,此外还有种种令人喜爱,提供舒适享受的陈设。(15)如果他们接受了那真诚而纯洁的施舍,坚战啊,那谨守正法而又常行惠人之事的施主就应该表示这是他当做的事。(16)有

---

① 这里将需要特别着意供奉的婆罗门比作毒蛇,不易理解;可能是指这样的婆罗门威力强大。

一类婆罗门好学不倦,恪守戒条,过着游方乞食的生活。他们戒行极严,而对于自己精研吠陀,修炼苦行的事则总是绝口不提。(17) 凡是给予那些行为端正,善于自制,仅仅以自己的妻子为满足的人的施舍,都会为你带来福报,无论是在这个,还是在其他世界。(18) 一个心智获得了启发的人由于施与婆罗门财物而获的功德,同一个婆罗门晨、昏两次按照既定的仪式将供品投入祭火①所获的功德相同。(19)这是一种附带散施财物的祭祀,象征着真诚和纯洁。它在所有祭祀仪式中地位最高,因此应按时举行。(20) 在祭祀仪式上,给祖先的供品就是掸在施舍物上的水。② 坚战啊,这样的祭供是偿还对他们的欠债。(21) 一个言语亲切,从不发怒,连一根属于他人的草叶也不肯触动的婆罗门,应该从我们这里得到最高的尊重。(22) 他们不对施主表示感激。而作为施主,对于这样的人却应悉心照顾,就像照顾自己的亲子一样。他们从不使人感到畏惧。我对于他们一向礼敬有加。(23) 凡是吠陀知识深厚,待人和蔼可亲的婆罗门祭司、国师和导师,都是这样的人。在这样的婆罗门面前,刹帝利的武功会变得毫无威力。(24)

坚战啊,如果你只是想:"我是国王!我有力量!"而不先行施舍婆罗门,那么你还是无法施展权力。③ (25) 为了保持力量,为了获得光荣,无瑕者啊,你应当严格遵行自己的正法,并且用自己的财物奉敬婆罗门。(26) 你应该永远对婆罗门礼敬有加,而对于他们根据自己的意愿和喜好所采取的生活方式,则不去过问。你应该使他们高高兴兴,犹如使自己的儿女高兴一样。(27) 俱卢族俊杰啊,除你以外,还有谁能够为这些易于满足,与人为善,要求不高的人提供生活上的方便呢?(28) 在这个世界上,女人只有一个永恒的正法,就是依附于自己的丈夫。他是她的神明。除了他以外,她别无归宿。我们与婆罗门的关系也是这样。(29) 亲爱的人啊,如果我们刹帝利不敬重婆

---

① 这里说的是印度教徒早晚两次在家中举行的火神祭。所献的祭品是食油、牛奶、粥等。
② 施舍时,施主一面用苏摩叶向施舍物上掸水,一面口念:"我施舍此物。"在兼行施舍的祭祀仪式上,这种水代表着对于祖先的供奉。
③ 这里的"不先行施舍婆罗门"是指未将好衣好食施与婆罗门而自己先享用起来。这是不合正法要求的。

罗门，他们就会在我们犯了过失而他们也已看到的时候，不管我们，听由我们沉沦下去，不得改正。(30) 试想，没有婆罗门作我们的倚靠，我们就不懂吠陀，不谙世事，不行祭祀，声誉扫地。那么我们还谈什么生活目的呢？(31) 我将要告诉你，在这方面，什么是永恒的法。国王啊，在过去的年代里，一直是刹帝利侍奉婆罗门。同样，吠舍要侍奉刹帝利，而首陀罗则应侍奉吠舍。自古以来，就是这样说的。(32) 婆罗门犹如火焰，首陀罗总是在一定的距离之外为他们服务。不过，刹帝利和吠舍是通过同婆罗门接触而为他们服务的。(33) 他们为人谦和，行为端正，护卫正法，不遗余力。然而，一旦发怒，他们又会狠如毒蛇。(34) 他们比那些高于任何人的人还要高明。刹帝利因为有充沛的精力和强大的武力而浑身放射光芒。然而当他们的精力和苦行遇到婆罗门时，便会消失得无影无踪。(35) 对我来说，亲生父亲虽亲，也没有婆罗门亲。国王啊，同样，我的祖父、我自己，乃至我的生命，都没有婆罗门亲。(36) 在这大地之上，我再也没有比你更亲的人了。然而，婆罗多族雄牛啊，对我来说，婆罗门比你更亲。(37) 般度之子啊，我要把真理告诉你。我自己也将凭借这真理而去往另一世界，那福身王的世界。(38) 我看到了以梵天为首的那些善人的清净世界。我就要去到那里，在那里永远居住下去。(39) 婆罗多族俊杰啊，我看到了那些世界。因此，国王啊，我对自己曾经为婆罗门服务毫不后悔。(40)

以上是吉祥的《摩诃婆罗多》中《教诫篇》第五十八章(58)。

五九

坚战说：

如果有两个婆罗门，行为端方并无轩轾，知识水平难分高下，出身纯洁彼此相若，而他们的区别仅仅在于一个乞求施舍，一个不求而听凭施主决定。那么，把施舍物给予哪一个人更有价值呢？(1)

毗湿摩说：

普利塔之子啊，人们都说，应该优先考虑的是不求施舍者，而不是求取施舍者。生活贫穷而灵魂坚定者比灵魂不坚定者更值得施舍。(2)刹帝利的坚定表现在对于他人的保护上。婆罗门的坚定表现在不开口乞求上。性格坚定、学养深厚而又乐天知足的婆罗门容易取得神明的好感。(3)婆罗多后裔啊,人说穷人的乞求迹近掠夺。①乞求的人就像抢劫者一样,会吓退人们。(4)乞求会使乞求者死亡,但是施主不会。坚战啊,施舍能增强施主自身的生命力。(5)慈善是最高的正法。人们应当向乞求者施舍。至于那些不肯乞求致使身体虚弱的人,则应当尽一切办法邀请他们,给他们帮助。(6)如果有这样的婆罗门住在你的王国里,而你又能够确定他们是再生者中最优秀的,那么就要小心谨慎,把他们看作是掩盖在灰烬下面的火焰。(7)他们的苦行之火足以把整个大地烧毁。他们苦行和瑜伽双修,形而上和形而下的知识兼通,值得我们诚心崇拜。(8)杀敌者啊,你要时时对这样的婆罗门礼敬有加,把大量各色各样的生活必需品赠给他们,尽管他们自己并没有开口乞讨。(9)一个人向饱有学识,精通吠陀,恪守戒条的婆罗门慷慨施舍所获的功果,同晨、昏两次按照既定的仪式将供品投入祭火所获的功果相同。(10)有的婆罗门受学识、吠陀和戒行的陶冶而使自身臻于纯洁之境,独立谋生而不仰仗他人,谨守戒条,深蓄学养,严修苦行却不自矜自伐。(11)贡蒂之子啊,这样的人都是婆罗门中的杰出人物。你应该邀请他们住进建筑精美、舒适宜人的房屋,附带奴仆和家具,同时赠给他们这样那样的可心可爱之物。(12)坚战啊,有些人深明正法而又眼光敏锐。他们可能会接受你真诚而纯洁的施舍,认为这是他们当做的事。(13)接受施舍的婆罗门饮食完毕,告辞回去的时候,你还应让他们另外带上些东西。此时他们的妻子也许正在家中盼着他们,有如农夫盼望云霓。(14)亲爱的人啊,善于调御自身的净行婆罗门赶上在谁家的早晨苏摩祭时用餐,这一家整天的三次火神祭都会进行得十分顺利。(15)亲爱的人啊,你应当在午间苏摩祭时散施母牛、黄金和衣物,这样,神明便会对你产生好感。(16)第三次苏摩祭②时,你要向诸神、祖先和婆罗门行施,这样你就能使众天神高兴。(17)不杀生,经常同众生分享你

---

① 这里的穷人指不事劳动的职业行乞者。
② 即晚间的苏摩祭。

自己的所有物，调伏身心，慷慨施舍，意志坚定，忠于真理，所有这些都会带来自身的纯洁。（18）亲爱的人啊，这就是真诚而纯洁的，带有施舍活动的祭祀。它是所有祭祀中最高的一种。你应当永远举行这种祭祀。（19）

以上是吉祥的《摩诃婆罗多》中《教诫篇》第五十九章(59)。

六〇

坚战说：

施舍和祭祀是如何在今生和来世带来大功果的？关于两者之中，哪一种带来的功果更大，它们应当怎样进行，何时进行，前人有何说法？（1）婆罗多后裔啊，我想知道这方面的真实情形。智慧的人啊，请你将有关施舍的正法，为我讲讲。（2）出于慈爱而真诚施舍财物是在祭祀的场地之内进行好呢，还是在祭祀的场地之外进行好？祖父啊，你的看法是怎样的，请告诉我。（3）

毗湿摩说：

刹帝利所做的业一向带有凶残的性质。他们只有通过祭祀和施舍使自身保持纯洁。（4）善良正直的人是不肯从有罪的王者手中接受施舍的，因此，他们必须举行祭祀，同时向行祭的婆罗门慷慨付与酬金。（5）如果婆罗门愿意接受给他的酬金，那么国王就要日复一日不断地给他们钱财。只要做出了真诚的奉赠，他就能最大限度地保持自身的纯洁。（6）婆罗门通常仁爱为怀，善良正直，通晓吠陀。他们行为端正，善修苦行。一个恪守誓言的人应该利用举行祭祀仪式的机会，以施舍财物的方式求得他们的欢心。（7）施舍了财物，求得了婆罗门的欢心，也就保障了自身的纯洁。所以，刹帝利不能忘记举行祭祀仪式，将丰厚的酬金送给善良正直的婆罗门，并用可口的食物款待他们。（8）在施舍的时候，你可以把自己想象为人们渴望的施舍物。你应当不断地举行祭祀兼布施财物，而你也可以得到由此所获功德的一部分。（9）你应当支持那些子孙满堂需要抚养的婆罗门。通过这种支持，一个做父亲的可以同样生育众多的子女。（10）道德高尚的人

支持世间的善法。人们也应该支持那些需要抚养众多人口的人。(11)
坚战啊,你是富有的。你应当将母牛、公牛、食物、伞、衣服和鞋子
施与婆罗门。(12) 婆罗多后裔啊,你要把纯净的酥油、饭食、套好
马的车辆、房舍和床具送给主持祭祀的婆罗门。(13) 对于施主来说,
这是一种获得回报的捷径。因此,婆罗多后裔啊,应该尽力去设法发
现那种家境贫寒,个人品德无可挑剔的婆罗门。(14) 要在生活上资
助他们,方式可以是公开的,也可以是私下的。对于刹帝利来说,这
样的施舍带来的好处比举行王祭或者马祭带来的还要多。(15) 它可
以为你汰除罪恶,求得纯洁,使你日后升入天堂。国库的钱财虽会因
为这种施舍而损失,但它对你统治王国却很有利。(16) 实际上,你
终究还会因此而获得丰富的财物,并在来世生为婆罗门。婆罗多后裔
啊,你应该使自己和其他人的生活都有充分的保障。(17) 你要很好
地养育和保护自己的仆役和臣民,如同养育和保护自己的儿子一样。
你要永远保证婆罗门生活得舒适富足。(18) 如果一个国王不能做保
护者,不能做施予者,反而成了不仁不义的偷窃者和掠夺者,那么他
的臣民就应该团结起来,杀死这个坏国王。(19) 有的国王对百姓们
宣称:"我是你们的保卫者,"而实际上并不保卫他们。这样的国王应
该当他是犯狂犬病的狗,把他杀死。(20) 婆罗多后裔啊,国王不保
护百姓,那么百姓犯罪,罪行的四分之一要算在国王的账上。(21)
也有人说罪责应该全部归于国王;还有人说将一半归他即可。不过,
我们最好还是记住摩奴的教导。他的教导也是我的看法。他认为归罪
于国王的应该是四分之一。(22) 婆罗多后裔啊,如果一个国王能竭
尽全力保护百姓,那么,百姓做了善事,其善行的四分之一也要归于
国王。(23) 坚战啊,你要使全体百姓在你的有生之年都以你为庇荫,
就像众生以云雨之神(因陀罗)为庇荫,群鸟以大树为庇荫一
样。(24) 杀敌者啊,希望你的族人和朋友都追随你,正如众罗刹追随
财神俱比罗,众神明追随百祭(因陀罗)一样。(25)

以上是吉祥的《摩诃婆罗多》中《教诫篇》第六十章(60)。

六一

坚战说：

传承经典总是告诉我们："这个应当施舍！那个应当施舍！"作为国王，可以施舍的东西很多，那么，什么是最该施舍的东西呢？（1）

毗湿摩说：

在所有可以施舍的东西中，人们说，土地是首屈一指的施舍物。土地是不可挪动，不会毁坏的。它能够给人带来他渴望得到的最好东西。（2）它能给人衣物、珍宝、牲畜、稻米和大麦。在众生之中施舍土地的人将会永生永世家境富裕。（3）土地的生命有多长，施舍土地者富裕的日子就会有多长。坚战啊，没有比施舍土地更高的施舍了。（4）我们听说，往昔所有的人都曾得到一小块土地。大家既施舍土地，同时也享用着土地。（5）人们依照自己所做的业在此世和来世生活着。大地之神是丰饶之神。她总是向她喜爱的人慷慨施舍。（6）一个大地之主在此生施舍了永不毁坏的土地，他在来世定会生而为人，并且再做大地之主。（7）人在此生做了什么样的施舍，便会在来世享受什么样的果报，这是正法里明确说过的。一个刹帝利应该或者施舍土地，或者捐躯沙场。（8）对于刹帝利来说，这是最大的福祉。我们曾经听说，施舍出去的土地对于施舍者来说，有使他净化的功效。（9）一个人如果犯有杀婆罗门罪或者出言不实的罪过，他可以通过施舍土地将它们洗清。施舍土地能够使人从过去的罪责中解脱出来。（10）从有罪的国王那里，道德高尚的人只接受土地而不接受其他。就像母亲一样，施舍出去的土地可以使人净化。（11）大地女神有一个永远的秘密，就是：她的名字叫"可爱之施"。无论指进行布施，还是指接受布施，对她来说，"可爱之施"这名字都是可爱的。所以，一个国王一旦得到了土地，就应该施与婆罗门。（12）世上的土地无不在国王的掌管之下。不该让理应获得土地的人得不到它。一切希望得到土地的人都应该施舍土地。（13）谁从善者手里拿去了土地，到头来他还是得不到土地。相反，谁向善者施舍了土地，最终他还是能够得到土地。这些内心充满正法的人还会得到伟大的名声，无论是在今生，还是在来世。（14）谁将土地施舍给善者，他的敌人就再也无力夺走他的土地。（15）任何人由于生活贫困无着而犯了过失，只要他肯施舍一张牛皮大小的土地，他的过失就算是洗净了。（16）一个国王，如果他行为不洁，或者凶残暴戾，那么就应该告诉他：土地的施舍是无上之施，是洗清罪责的好办法。（17）古人一向认为，举行马祭和向善者施舍土地本无多大区别。（18）饱学之士即使做了善行，但对于能否获得功德却无把握。然而，对于土地之施是无上之施这一点，他们却满怀信心。（19）聪明的人在施舍金、银、衣物、宝石、珍珠和其他财物的同时，还要施舍土地。（20）苦行、祭祀、学习吠陀、行为端正、戒除贪欲、坚持真理、尊重师长和崇拜神明，所有这一切都没有施舍土地好。（21）为了拯救主人而不计个人安危，捐躯沙场，结果成功升入梵天世界的人，其功德也不能同施舍土地相比。（22）就像母亲用自己的乳汁养育自己的孩子一样，大地也会用种种美味来养育它的施舍者。（23）

  对于土地的施舍者来说，死亡、紧迦罗①、棍棒、火焰的烧烤、洪水、绳索，所有这些凶恶可怕的东西都不能近身。（24）那种心灵宁静而又肯于施舍土地的人，能够以他的行为博得祖先世界的先人和天神世界的神明的欢心。（25）有的人乐于向羸弱不堪、濒临死亡，或为了生计而疲于奔命的人施以土地，使他们能够生活下去。这样的人所做的功德可与举行大苏摩祭相比。（26）恰如乳汁涨溢的母牛奔向待哺的犊仔一样，土地的施予者也带着满载福祉的土地奔向渴望它的人们。（27）有人把土地施予婆罗门，这些土地或者已经耕好，或者撒过了种子，或者布满成熟的庄稼，或者建有供人栖身的房屋。这样的人被称作满足他人愿望者。（28）有人把土地赠与行为端正、家有祭火、戒行纯粹的婆罗门。这样的人将不会落入阎摩王的辖地。（29）像月亮由亏到盈，天天增长一样，所施土地带来的功德，也会随着地里作物的成长而增多。（30）通晓古代故事的人都会诵唱土地之歌。食火仙人之子（持斧罗摩）听到这样的颂歌以后，便把土地

---

① 紧迦罗是罗刹的一种。

赠给了迦叶波。① （31）歌中唱道："接受我吧！施舍我吧！施舍我以后你们还会重新得到我！在今生施舍的定会在来世获得回报！"② （32）一个归命于大梵的婆罗门如果在祖祭上投献供品时咏唱这首诗歌，他就能达到与梵合一的目的。（33）施舍土地可以保护施主，使他在遭受他人恶意诅咒时免受其害。施舍土地具有巨大的赎罪功效，可以为施主的母系和父系各十代人汰除罪愆。（34）你应该相信这首歌的赎罪功效。古今一向就有这个说法，即一切众生无不源出于土地。③ （35）每有新国王灌顶即位，都要对他讲明这个道理。明白了这个道理，他就会慷慨舍地，而不会从善者那里掠取土地。（36）一个不可移易的真理是，国王的所有财富实质上都是婆罗门的。国家繁荣的首要标志是国王通晓正法。（37）一国的国王如果不通正法，不信神明，那么这个国家的臣民便醒不得和乐，眠不得安宁。（38）这样的国王由于多行不义，臣民便会终日处在惶恐之中，而发达富足之家也不会到他的王国来定居。（39）相反，倘若国王智慧而又守法，这个国家的臣民便能醒得逸乐无忧，眠得终宵不惊。（40）国王的行为忠正严谨，诚信高贵，老百姓便能安居乐业。国王行事合于正法，富足之家纷纷涌入，王国也就会随之兴旺发达起来。（41）一个国王只要肯于施舍土地，就是一个出身高贵的人，一个好朋友，一个道德高尚的人，一个慷慨的施主，一个豪勇之人。（42）在这个世界上，那些向精研吠陀的婆罗门施舍肥沃土地的人，往往由于自身焕发的精力而透射出光芒，就像同时升起了许多个太阳。（43）像撒播在地里的种子会不断成长一样，一个人的愿望也会由于施舍土地而一一实现。(44)太阳神、伐楼拿、毗湿奴、大梵天、月亮神、食祭品者（火神）以及尊贵的手持三叉戟者（湿婆），他们统统对舍地者给予称颂。(45)所有的人都生于土地，并在死后还归土地。世上的生物分为四种，④ 但论本性，都与土地密不可分。（46）大地之主啊，土地既是

---

① 为了因杀死过无辜的刹帝利而赎罪，持斧罗摩筑起一个黄金祭台，举行了一次盛大的祭祀，由迦叶波主祭。仪式结束后，他将祭台分割，赠送给众婆罗门，并将所有的土地赠给了迦叶波。
② 这是以土地的口吻唱的歌。
③ 这里指所有的生物都是依赖土地而获得营养，生存下去的。
④ 以四种不同的出生方式来区分，即所谓胎生、卵生、湿生（或称汗生）和种子生（或称芽生）。

世界之父，也是世界之母。国王啊，世上的存在物没有一样可以同它相比。（47）坚战啊，在说明这一问题时，人们常常引用古代传说中毗诃波提和因陀罗的对话。（48）摩珂梵（因陀罗）先举行了一百次祭祀，次次广施财物，然后对辩才第一的毗诃波提提出了如下的问题：（49）

"尊者啊，请你告诉我，施舍什么东西，人就可以进入天堂？最善言词的人啊，施舍什么东西才能获得既有巨大价值，而又经久不衰的幸福？"（50）

听到众神之主如此发问，这位精力充沛的天神之师毗诃波提便对百祭（因陀罗）的问题做了如下解答：（51）

"杀弗栗多①的英雄啊，上智之人舍金、舍牛、舍土地，遂从一切罪责中解脱出来。（52）不过，因陀罗啊，任何施舍也不能同施舍土地相比。在我看来，施舍土地是最高之施。古代伟大的智者们也是这样说的。（53）热心施舍的英雄们捐躯疆场，结果得升天堂。然而，无上之神啊，他们无论如何也不能同施舍土地的人相比。（54）有的人一心为主上的利益而奋斗，置自身的生死于不顾，不辞牺牲疆场。这样的英雄可以在死后上升到梵天世界。然而，他们无论如何也不能同施舍土地的人相比。（55）施舍土地的人可以拯救十一代以土地为归宿者②，即他以前的五代和那以后的六代人。（56）城堡破坏者（因陀罗）啊，大地之主！谁施舍了富有珍宝的土地，他就可以洗清一切污垢，升入天国。（57）一个国王如果施舍了肥沃的，可以满足人种种需要的土地，他就能成为众王之王。因此，土地之施是无上之施。（58）婆薮之主（因陀罗）啊，一个人施舍可以满足一切需要的土地，就是施舍了所有可以享受的福利。（59）千眼之神啊，谁施舍了能够满足一切愿望的母牛，③谁就能够进入天堂。（60）在天堂之中，众神之王啊，土地的施舍者看到流淌着蜂蜜和酥油、牛奶和奶酪的河流，会感到十分高兴。（61）一个国王可以通过施舍土地洗刷自己过

---

① 弗栗多是吠陀神话中的恶魔，主干旱。云雨之神因陀罗曾多次同他战斗，战胜之后大地便普降甘霖。

② "以土地为归宿者"指人。

③ 母牛能哺乳幼仔和人类，在这里借来喻指养育众生的土地。

去的罪责。任何施舍,其功德都不能同施舍土地相比。(62)他以武力征服四面环海的大地,然后又把它施舍出去,他自己也就因此而成为世人谈论的话题。人们不断地谈论他,就像谈论母牛一样久。(63)城堡破坏者啊,土地是吉祥之物,是诸味①的来源。一个人施舍了土地,他由此获得的功德在这个世界上将永远不会消失。(64)天帝释啊,那些希望繁荣昌盛,追求欢乐幸福的国王,应该经常不断地依照一定的规矩,向有资格获得施舍的人赠送土地。(65)一个犯了罪过的人,倘能向婆罗门施舍土地,他就能像蛇蜕老皮一样,摆脱他的罪过。(66)天帝释啊,一个人施舍了土地,也就等于施舍了大海、河流、山岳和森林等等所有一切。(67)一个人施舍了土地,也就等于施舍了湖泊、水井、池塘和溪流。潮湿的土壤可以产生一切诸味。(68)一个人施舍了土地,也就等于施舍了含有乳汁的香草、布满鲜花果实的树木,以及森林和高山。(69)一个人即使举行了火神祭②,并向司祭的婆罗门厚施财物,其所获功果仍然不能与施舍土地者相比。(70)施地者的功德可以惠及施主的母系和父系各十代人。相反,土地已经出手却又收回,那么收回者不仅使自己堕入地狱,还会牵累他母系和父系各十代人,使他们同入地狱。(71)一个人曾经许诺施舍土地而后又食言变卦,或者施舍土地后又无端收回,那么就会有伐楼拿奉死神之命,前来用套索将他绑缚而去,受苦受难。③(72)对于那种尽管自己食不果腹,却能够殷勤待客,而且从不间断祭祀,并按照要求向祭火中投献供品的最优秀的婆罗门,应该悉心关照供养。谁做到了这一点,他就不会去见阎摩王。(73)

"城堡破坏者啊,国土对婆罗门是负有债责的,应当偿还。他还应该保护其他各种姓中软弱无力的人。(74)三十三天之主啊,诸天之王!有人将土地施与贫苦无依的婆罗门,其他任何人都不能再从他手里夺走。(75)土地遭夺,这些婆罗门便会陷入困境。他们穷困无

---

① 味指味道。古代印度认为味道有六种,即甜、咸、苦、酸、辣、涩。这里的意思是,所有各种味道的植物,如甜味的甘蔗、酸味的罗望子等都是从土地里长出来的,或者换一个说法,是它们从土地里吸收了不同的味道。

② 火神祭是一种大祭,要敦请十六位婆罗门司祭,有专人守护祭火,祭品有苏摩等,祭期长达5天。

③ 伐楼拿主掌水域。他用来捉拿罪人的套索称缚龙索。

告，涕泪涟涟。然而他们却是有能力的，有能力将夺地的人前后各三代统统毁掉。(76) 千眼者（因陀罗）啊，那能够使失去王权的国王重新复位的人必将上居天庭，备受崇敬。(77) 有的国王凭借自己的勇力征服了土地，然后又将它们一次次施舍给人，并且连同土地上的东西一起奉赠，如像甘蔗、大麦、小麦，或牛、马等等牲畜，(78) 或埋在地下的矿藏，或遍布地上的珍宝。这样的国王定会在来世生于不朽的快乐世界，而他们的做法也因此被称作拿土地献祭。(79) 他们施舍了土地，也就随之洗刷掉了过去的一切污点，从而获得善人们普遍的好感。在这个世界上，施舍土地的人总是会受到善人们高度尊敬的。(80) 天帝释啊，像滴在水上的油珠会向周围不断扩散一样，施舍土地所获的功德也会随着土地上谷物的生长而时时增加。(81) 英勇的国王和他手下勇敢的战士们面对敌人，捐躯沙场，他们都去了梵天世界。(82) 众神之主啊，当他们到达那里时，凡曾施舍过土地的，照例有能歌善舞的年轻女子，戴着天界的花环，上前欢迎。(83) 能够依一定的规矩向再生者施舍土地的国王，当会在天国受到诸神和健达缚的崇拜，享受幸福的生活。(84) 神中之王啊，当他到达那里时，会有成百的天女戴着只有天国才能见到的花环前来欢迎。(85) 那里始终为施地者准备着法螺、香花、雨伞、宝马、伟岸的大象、成堆的黄金和舒适的床铺。(86) 城堡破坏者啊，他的命令将无人敢于违抗。他到哪里，哪里就发出胜利的欢呼。由于他的到来，天国到处布满了鲜花和果实，(87) 以及金花、药草、拘舍草、庚遮①和碧绿的草地。作为还报，他还会获得甘露流淌的土地。(88) 世界上没有比母亲更重要的长辈，没有比忠于真理更重要的正法，没有比所舍之物更有价值的珍宝，没有比舍地更高的施舍。"(89)

婆薮之主（因陀罗）听了鸯耆罗仙人之子（毗诃波提）如上这番话后，遂将整个大地连同地上的财富和珍宝，一同施舍给他。(90) 在祖祭上吟唱前述赞美施舍土地的颂歌，就不会有罗刹或者阿修罗敢来夺取祭主的祭品。(91) 在这样的祭仪上献给祖先的供品，也因此而长久不会短缺。所以，有学问的婆罗门除在祖祭上享受食物外，还

---

① 一种热带乔木，果实可食。

应该对再生者吟诵如上的颂歌。（92）无瑕者啊，上面我对你讲了所有施舍中最高的施舍。婆罗多族之虎啊，你还有什么希望我讲的事情吗？（93）

以上是吉祥的《摩诃婆罗多》中《教诫篇》第六十一章(61)。

六二

坚战说：

在这个世界上，一个国王想要施舍，那么，婆罗多族俊杰啊，他把什么东西送给那些品质高尚的婆罗门才好呢？（1）施舍什么东西才能使他们高兴？他们高兴以后，又会拿什么来相报呢？巨臂啊，请你告诉我，通过施舍，一个人能够得到什么样的巨大福报。（2）什么样的施舍物在今生和来世都能带来果报呢？可敬的人啊，所有这些我都希望知道。请你将它们一一讲给我听。（3）

毗湿摩说：

以前，我也曾向天神一般的那罗陀仙人提出过这个问题。婆罗多后裔啊，请听我说。我要把他告诉我的话转述给你。（4）

那罗陀说：

在过去的年代里，诸天神和众仙人都曾高度评价过食物的重要。世界的发展和智慧的存在都离不开食物。（5）可以同施食相比的施舍过去从未有过，以后也不会有。所以，人们特别愿意施舍食物。（6）在这个世界上，食物是精力的源泉，食物是生命气息的源泉。国王啊，支持整个无所不在的宇宙的，也是食物。（7）在这个世界上，无论家居者还是乞食者，无不以食物为生。连生命的气息也是从食物中产生的。所有这些都清楚明白而又无可怀疑。（8）因此，一个人只要想兴旺发达，就应该不惜使家里人节衣缩食，自己受苦，而把食物施舍给伟大的婆罗门，或者过乞食生活的人。（9）谁向有学问的婆罗门，向门外的乞食者施舍了食物，他就为自己在来世准备了最有价值的财物。（10）一个一心希望兴旺发达的家居者，在他看见值得尊敬的老人来到自家门前，而这老人又因长途跋涉而疲惫不堪的时候，他就应该以十分虔敬的态度接待他。（11）国王啊，谁克服了自己心中的怨怒之气，使自己变成一个脾气温和，安静而又快乐的人，这样，作为一个舍食者，他就具备了在今生和来世的天堂里享受幸福的条件。（12）不要瞧不起来到自家门前的人，更不能把他们撵走。即使是对于烹狗者或对于狗的施舍，也不会是白做而没有回报的。（13）谁把干净的食物施舍给旅途劳顿的陌生人，他就获得了伟大的功德。（14）人民之主啊，谁向他的祖先、神明、仙人、婆罗门等奉献食物以示敬意，他就会获得巨大的功果。（15）有人犯了罪业，但是，只要他向乞求者或者向婆罗门施舍了丰富的食物，这些罪业就不会再缠附他。（16）向婆罗门施舍食物具有永恒的功效。向首陀罗施舍食物可以获大福报。这就是舍食给婆罗门和舍食给首陀罗所得结果的不同之处。（17）凡遇婆罗门求食，不可盘问他有关家族、籍贯、所作所为以及学习吠陀的情况。任何人来乞食，都不应询问他的出身。（18）国王啊，一个能以食物施舍他人的人，无论在今生还是来世，都能获得食物树和其他种种希望得到的东西。这是无可怀疑的道理。（19）就像农夫盼望好雨一样，祖先也盼望自己的儿孙能向他们奉献食物。（20）婆罗门是人间非凡之物。如果他来到一家门前，乞求道："请给些施舍吧！"那么，只要家主答应了他的要求，无论是否指望福报，他都能得到它。（21）婆罗门是一切众生之客，应当受到最好的待遇。他们经常到各家去求取施舍。（22）他们受到殷勤的招待，然后离去，而行施的家主便会就此兴旺发达，其所得又远远超过当初的付出。婆罗多后裔啊，到了来世，这个家主还会降生在大富大贵之家。（23）在这个世界上，施舍了食物的人，能够登临无上之位。施舍香甜可口食物的人，将会升入天国，受到优待。（24）有食物才有人的生命气息。世间的一切都建立在食物之上。舍食者将会牲畜成群，财宝无数，子孙满堂，享受无边之福。（25）人们说，在这个世界上，施舍食物就是施舍生命，就是施舍一切。国王啊，舍食者必将精力旺盛，美貌常驻。（26）谁依照仪规向登门乞食的婆罗门奉赠了食物，他就能够获得幸福的生活，并且受到神明的尊敬。（27）婆罗门是人间非凡之物。他也是能够行走的两足田地。谁在这块田地上撒播种子，他就会收获巨大的福惠之果。（28）

施舍食物是明白易见的善事,接受者和施舍者都能从中获得愉快。其他施舍得何果报,却是往往隐而不彰。(29)婆罗多后裔啊,要知道,众生的生命来自食物,快乐和幸福也来自食物。法和利来自食物。疾病和死亡也同样来自食物。(30)在古代的经典里,生主说:"食物是不死之药。"食物是大地。食物是天国。食物是空间。所有一切都有赖于食物而存在。(31)缺少了食物,构成身体的五种元素就会解体。缺少了食物,强壮的人也没了力气。(32)人中魁首啊,缺乏了食物,就没有了邀客之举,没有了婚嫁之事,也没有了祭祀的可能,连吠陀经典也不复存在。(33)宇宙间一切动物和不动物统统要靠食物而存在。三界之中的法和利也以食物为基础。因此,聪明的人无不以舍食为己任。(34)国王啊,三界之中,凡是施舍食物的人,他的力量、精力、尊严、幸福和名声,都会不断地增长。(35)仁慈的风神,这生命气息之主,把水置于云端。婆罗多后裔啊,天帝释又使云中之水降临大地。(36)太阳利用自己的光线将土地中的水分收上天空。生主伐由(风神)又从太阳那里把水吹落大地。(37)婆罗多后裔啊,雨水从云端落到大地,大地女神就变得潮湿而柔软。(38)于是,世界赖以生存的谷物便从大地上长出,而肌肉、油脂、骨骼和传宗接代的种子也就随之产生出来。(39)火和苏摩养育着这些种子。接着,大地之主啊,从种子又生出各种生命。(40)据古代的传说讲,食物、太阳、风和种子混合在一起,众生便自这混合之物产生出来。(41)婆罗多族雄牛啊,见有人上门求乞,总是毫不犹豫地把食物送给他,这样的施舍者是把生命和精力送给了众生。(42)

毗湿摩说:

经过那罗陀如上谈话的点拨,我就开始经常地施舍食物。因此,国王啊,你也应该满怀仁爱之心,高高兴兴地将食物施舍给人。(43)国王啊,只要依照正常的规矩,谨慎地向够格的婆罗门施舍食物,你就一定能在未来升入天堂。(44)人民之主啊,让我告诉你属于施食者的世界是个什么样子吧。这些具有伟大灵魂的人居住在天国光芒闪耀的宫室里。宫室的外观和颜色各不相同,梁柱的形状也不一样,(45)装饰四周的是成串的银铃。它们有的放射出月轮一般清澈的光辉,有的又如掩映在太阳初升时艳丽的霞色之中;有的固定不动,有的又可以到处转移。(46) 宫室里培养着数百种动、植物，有的生活在陆地，有的生活在水中，很多都闪耀着吠琉璃①的光泽。还有一些动物和植物索性用金、银制成。(47) 这里长着一种独特的树，可以满足任何人的任何愿望。此外还有大小不同的湖泊和池塘，以及水井和厅堂。(48) 上千辆马车和牛车往来奔驰，隆隆作响。各色食品和其他享乐之物堆积成山。衣物和装饰品也多得不计其数。(49) 大河小溪，牛奶流淌，食物之山，随处可见。宫殿般的建筑像白云一般。宫内的床具闪着金子的光芒。这就是舍食者未来的去处。因此，你也要做一个施舍食物的人。(50) 这就是等待着舍食者的世界，这些人行善积德，灵魂伟大。所以，在我们这一片大地上，有很多人乐于把食物施舍给人。(51)

以上是吉祥的《摩诃婆罗多》中《教诫篇》的第六十二章(62)。

六三

坚战说：

你有关施舍食物的道理我已经明白。现在，请你再给我讲一讲星象同施舍的关系。(1)

毗湿摩说：

为说明这方面的事，人们经常引用古代传说中提婆吉和神仙那罗陀之间的一次谈话。(2) 有一次，容貌酷似天神的那罗陀来到多门城，谙熟正法的提婆吉向他提出了这个问题。(3) 神仙那罗陀依礼一一回答了她提出的所有问题。人民之主啊，请你听好他是怎样回答的。(4)

那罗陀说：

福祉无边者啊，谁在昴宿所指的那天用和着纯净酥油的波耶娑②

---

① 吠琉璃，慧琳《一切经音义》说"其宝青色，莹彻有光"，即天青石。
② 波耶娑是一种加糖加奶煮成的米粥，香甜可口，最宜待客。

招待具有善德的婆罗门,他就能去往至高无上的世界。① (5) 为了清偿对再生者所负的债责,可以在毕宿所指的那天用米饭、酥油,以及肉食和豆饭等请他们享用,并且外加牛奶和饭后饮料。(6) 谁在觜宿所指的那天施舍带着牛仔的母牛,他就能够从人类世界升入无与伦比的天界。(7) 谁在参宿所指的那天实行斋戒,并施舍拌有芝麻的迦罗娑罗②,他就能够在来世克服诸如翻越刀山这样的巨大困难。(8) 美丽的妇人啊,谁在井宿所指的那天施舍糕饼或诸如此类的食物,他就不但能获得美貌,还能名声远播,而在来世更能出生在衣食富足之家。(9) 谁在鬼宿所指的那天施舍金子,无论是经过加工的还是未经加工的,他就会如照耀着黑暗世界的月亮一样,放射光芒。(10) 谁在柳宿所指的那天施舍银子或公牛,他就会成为无所畏惧的人,并能制胜顽敌。(11) 能在星宿所指的那天施舍装满盘子的芝麻,这样的人可以子孙满堂,牲畜满圈,死后也能快活无比。(12) 在张宿所指的那天自行斋戒,同时以拌着帕尼陀汁③的饭食舍与婆罗门,这样的人必能过上美满幸福的生活。(13) 谁在翼宿所指的那天依礼施舍牛奶和纯净酥油以及用舍湿底迦④煮成的米饭,他就能够在来世升入天界。(14) 此时的施舍物会给施主带来永恒而又巨大的功果。这是经典中明确说过的。(15) 谁在轸宿所指的那天自行斋戒,同时施舍驾有四象的巨车,他就能在来世进入妙好无比的世界,享受每愿必遂的快乐。(16) 婆罗多后裔啊,在角宿所指的那天,一个施舍公牛和上等香料的人,必能生活在天女群集的世界,一如诸神生活在因陀罗的乐土。(17) 谁在亢宿所指的那天施舍人家心中最为向往的财物,他就能在来世到达极其美妙的境界,并且获得伟大的名声。(18) 谁在

---

① 这里严谨的表达方式应该是:"谁在月亮住于昴宿的那天用着纯净酥油的波耶婆招待具有善德的婆罗门……"印度古代天文学认为月亮每天经停一宿,故可用"月在某宿"或"月住某宿"这样的说法指称一月中的某日。按照28宿体系计算,完成一周天大致28天;如果按27宿体系算,则是27天。这里采取"谁在昴宿所指的那天……"的译法,是因为原文仅出现昴宿字样,而未及月亮。原文如此,或可估计为一种不言而喻的省略表达方式。

为解决翻译中的天文问题,译者曾先后请教过天文学家卞毓麟先生和钮卫星先生(专治古代印度天文学史),得到了他们宝贵的指导,在此特致诚挚的感谢。

② 迦罗娑罗为一种用稻米、豆子、芝麻加香料做成的食品。
③ 帕尼陀为一种由甘蔗和其他植物的汁液浓缩而成的甜汁。
④ 舍湿底意为六十。舍湿底迦是一种生长期只要六十天的水稻。

213

氐宿所指的那天施舍公牛和正在产奶的乳牛，施舍衣物及大车，车上满载盛着谷物的竹篮；（19）谁能使祖先和神明高兴，他就能在来世进入天国，享受无限欢乐，而不会陷入困境。（20）谁能向婆罗门施舍他开口索要的东西，他自己就能获得任何想要的生活之资，而来世也不致下沉地狱，历受磨难。这是经典中明确说过的。（21）谁在房宿所指的那天自行斋戒，同时施舍上衣及其他衣物，他就能居于天堂达十个由迦之久。（22）谁在心宿所指的那天连根一起向众婆罗门施舍迦罗舍伽①，他就能称心如意，兴旺发达，死后也能投往自己想去的轮回之道。（23）谁在尾宿所指的那天诚心诚意地向婆罗门敬送水果和可食的块根，他就不仅能使自己的祖先欢喜，而且死后还能投往自己想去的轮回之道。（24）谁在箕宿所指的那天自行斋戒，同时将一杯杯的乳酪施舍给出身高贵，行为端正，精通吠陀的婆罗门，他在来世定会降生在拥有庞大牛群的富足之家。（25）谁在斗宿所指的那天施舍加有纯净酥油的牛奶大麦汁和大量的浓蔗汁，他所有的个人愿望都能轻易实现。（26）在牛宿所指的那天，一个恪守正法的人若能向智者施舍搀有蜂蜜和纯净酥油的牛奶，必会在来世升入天堂。（27）谁在女宿所指的那天施舍木质纤维制的衣物，他就能以白马驾车驶往任何世界，无所阻挡。（28）谁在虚宿所指的那天诚心诚意施舍牛车以及衣裳绳索等物，他就会于死后立即投生王室。（29）谁在危宿所指的那天施舍香料和芦荟、檀香等，他就能在来世去往天女云集，香气弥漫的永恒世界。（30）谁在室宿所指的那天施舍王豆②，他就会成为一个食物水果种类繁多，无论何时随取随有的人，而在来世，亦能乐享天福。（31）谁在壁宿所指的那天施舍羊肉，他就能使自己的祖先感到高兴，并在来世获得无尽的享乐。（32）谁在奎宿所指的那天施舍母牛，连同盛奶用的铜桶，这只母牛将在来世陪伴他，满足他的一切要求。（33）谁在娄宿所指的那天施舍驾好马匹的车辆，他在来世就会成为一个精力充沛的人，就能投生到上好人家，拥有众多的大象、马匹和车辆。（34）谁在胃宿所指的那天向婆罗门施舍谷物和牛奶，他就能在来世获得大群的母牛，并且令名远播。（35）

---

① 迦罗舍伽为薄荷之类的调味香草。
② 一种生长在热带的扁豆。

毗湿摩说：

施舍应该如何视星象的不同而不同，前面所讲，就是有关的指导原则。那罗陀仙人将它讲给了提婆吉。提婆吉又把它转述给自己的儿媳妇。(36)

以上是吉祥的《摩诃婆罗多》中《教诫篇》第六十三章(63)。

六四

毗湿摩说：

"谁施舍了黄金，他就等于施舍了世上一切人们想要的东西。"老祖先之子阿多利①曾这样说。(1) 古代国王诃利旃陀罗也曾说过，施舍黄金能使人洗清罪愆，变得纯洁，并能长寿，同时给祖先带来无量功德。(2) 摩奴说过，在诸般施舍之中，供应清水是无上之施。因此，一个人应当致力于挖塘凿井，掘池引水。(3) 一孔水源充足的水井，能不断地召来众生啜饮。凿井人的罪业会有一半因此而被涤除。(4) 常有婆罗门、善者和牛群前来饮水的水源，它的开辟者整家都会获得救度，从而免遭地狱之苦。(5) 有的人开辟了水源，使所有众生都可以在炎热的夏季自由饮用，他在生活中就不会遇到不可逾越的崎岖难行之路。(6) 纯净的酥油是众人敬仰的毗诃波提喜爱之物，也是普善②、跋伽、双马童和火神爱吃的东西。(7) 它是高级的药物。它是祭祀中最紧要的供品。它是众味中的无上之味。奉献纯净酥油能得到最高的果报。(8) 一切希求果报的人，希求名声的人，希求财富的人，都应该以纯净之体和纯净之心，向再生者施舍纯净的酥油。(9) 一个人如能在阿湿婆瑜吉月③向婆罗门施舍纯净的酥油，那么高兴的神明双马童就会将美丽的容貌赐予他。(10) 谁向婆罗门施舍

---

① "老祖先"指大梵天。他有六个儿子，阿多利是其一。他也是十位生主之一。

② 普善为一古老神祇，吠陀时期即已受到崇拜，只是特征不太明确。初似与太阳相关，常同月神一起保护宇宙，并促进昼夜的交替运行。他也是畜群的保护神，因此给人类带来繁荣。后来，他又被视为十二个阿提迭（太阳神）之一。在以后的传说中，他丢掉了自己的牙齿，只能食粥，所以又被称作"食粥者"。

③ 阿湿婆瑜吉月即马月，属于双马童神。

拌有纯净酥油的牛奶粥,他的家里就再也没有罗刹敢来捣乱。(11)谁向婆罗门施舍成罐的清水,他自己就不会由于无水而渴死,不会陷于困苦之境,并能毫无困难地获得任何生活必需品。(12)一个人如能自我节制,并以虔敬之心向最优秀的婆罗门提供施舍,他就能获得婆罗门由沐浴所得功德的六分之一。(13)王中之王啊,谁向具备基本生活条件的婆罗门施舍木柴以帮助他们炊饭和御寒,(14)他将发现自己无论做什么事总能取得成功,所怀目的也能达到。他自己的容貌将变得光彩照人,足以使他的敌手黯然失色。(15)众人景仰的火神会对他表示满意。他自己也将生活上家畜无缺,战斗中常胜不败。(16)一个人如能散施伞具,他自己就会儿孙满堂,丰衣足食。此外他还不会罹患眼疾,并且毋须行祭亦能分得一份祭祀的功德。(17)一个人倘能在骄阳当头的夏季或者阴雨不断的雨天散施伞具,他就再也不会有什么事闹得心焦,再也不会有忧伤悲痛或艰苦困难给他带来烦恼。(18)备受尊敬而又有大福分的仙人商底利耶曾经说过这样的话:在所有的施舍之中,车辆的施舍是最了不起的。(19)

以上是吉祥的《摩诃婆罗多》中《教诫篇》第六十四章(64)。

六五

坚战说:

一个人向脚下受路面烙烫之苦的婆罗门施舍鞋子,他会得到什么样的果报呢?祖父啊,请你为我讲讲。(1)

毗湿摩说:

那向婆罗门施舍鞋子的人能够成功地扫除生活道路上的荆棘,排除他所遇到的种种困难。坚战啊,在同敌人的斗争中,他还能够尽占上风。(2)人民之主啊,他还会拥有饰满金银,闪闪发光的骡车。贡蒂之子啊,为保护别人的双脚而施舍鞋子的功德足以同施舍兽力大车相比。(3)

坚战说:

关于施舍芝麻、施舍土地、施舍牛群和施舍食物的果报,前人是

怎样说的，俱卢族后裔啊，请再为我讲讲。(4)

毗湿摩说：

贡蒂之子啊，请你先听我讲施舍芝麻的果报。俱卢族俊杰啊，请听我说，施舍芝麻的时候，一定要注意谨守仪规。(5) 芝麻生自自有(大梵天)，是献给祖先的最好食物。见到奉献的芝麻，父系的祖先会十分高兴。(6) 谁在摩伽月①向婆罗门施舍了芝麻，他就永远不会见到挤满苦众的地狱。(7) 一个人用芝麻祭拜祖先，就等于怀着愿望去祭拜神明。举行祖祭，用芝麻上供而不怀抱一定的愿望是不对的。(8) 芝麻是从大仙人迦叶波的肢体里出来的。国王啊，在各种施舍之中，据说芝麻之施会有神奇的效验。(9) 施舍芝麻能够给人带来富裕的生活，美丽的容颜，还能为人洗除罪愆。因此，比起诸般其他施舍来说，施舍芝麻可谓非同小可。(10) 那些智慧非凡的人，如阿波私檀巴②、商佉、栗乞陀③，以及大仙人乔答摩④等，都是通过施舍芝麻而得以升入天界的。(11) 那些行为端正，约束自我，节制房事，同时用以芝麻为主的食物行祭的婆罗门，常常被认为和用于祭供的牛奶一般纯洁。(12) 传承经典告诉我们，在各种施舍之中，施舍芝麻至高无上。在所有的施舍之中，只有施舍芝麻功德不朽。(13) 杀敌者啊，过去，在祭供的时候，拘湿迦仙人曾将芝麻撒进三丛祭火，结果获上上大吉。(14) 俱卢族俊杰啊，上面我说了赠送芝麻为无上之施。依照一定的仪规施舍芝麻，已经成为公认的善举。(15) 往下请听我继续讲。有一次，诸神想要举行祭祀。于是，伟大的国王啊，他们就一同去见大梵天这自在者。(16) 国王啊，这些准备在大地上举行祭祀的天神拜访了梵天，要求给他们一块纯净神圣的土地，说："我们打算作祭祀用。"(17)

诸神说：

万众敬仰者啊，你是全部大地之主兼第三天⑤之主。福惠无限者

---

① 古代印历摩伽月跨阳历一、二月间。
② 阿波私檀巴是古代印度的著名法经作者，所著格言体《阿波私檀巴法经》按文献系统上属于《黑夜柔吠陀》，后世注本不少，亦常被人引用。
③ 商佉和栗乞陀都是古代的法论作者，且常常相提并论。
④ 亦为著名的法论作者。
⑤ 参见第27章第85颂注。

啊，我们想征得你的同意，举行一次祭祀。不经同意而在大地上举行祭祀是不会有善果的。（18）你是包括动物和不动物在内的整个宇宙的主人，所以，请你答应给我们一块土地！（19）

梵天说：

诸位神中雄牛啊，我可以给你们一块土地，供你们这些迦叶波的儿子[①]举行祭祀。（20）

诸神说：

万众敬仰者啊，你使我们如愿以偿。我们将要在这里举行祭祀，同时慷慨施舍。让牟尼们永远崇敬这块行祭的地方吧！（21）

毗湿摩说：

于是，投山仙人、干婆仙人[②]、婆利古仙人、阿多利仙人、婆哩奢迦毕[③]、阿私多和提婆罗等，就来到这地方举行神祭。（22）不退者啊，伟大的天神们举行了祭祀。后来，这些神中魁首又按时结束了它。（23）三十三天神的祭祀是在山中第一的喜马拉雅山完成的。然后，他们又将祭祀所获的第六份功德赋予了那片施舍给他们的土地。[④]（24）任何人，即使仅仅施舍了一拃从未开垦的生地，他便再也不会陷于困境，或者遭遇祸患。（25）谁施舍了足以避风，御寒，挡热而又装修停当的房屋，他就可以升入天神之境。即使到了功德已尽之时，他也不会倒霉吃亏。（26）大地之主啊，谁能够施舍他人足以蔽体的住所，他自己就能成为一个聪明的，快活的人，并能同天帝释比邻而居，在天国受到敬重。（27）如果一位婆罗门在一个人家住得满意，而这个婆罗门又精通吠陀，善于控制感官，出身于宗教导师世家，那么这家的主人也将生于无上妙好世界。（28）婆罗多族俊杰啊，谁能为牛群提供棚舍，使之不受寒、雨之苦，他就能因此而救度本家

[①] 关于迦叶波的神话很多，有些并不协调一致。与这里的说法多少相关的是，他是阿提底的丈夫，生有主管十二个月的十二阿提迭神。《毗湿奴往世书》说毗湿奴也是他的儿子，初生时为一侏儒。《百道梵书》还有"一切众生都是迦叶波的后代"的说法。

[②] 参见第27章第7颂注。

[③] 原意"人猿"，为一吠陀神话中的半神，因陀罗之子。不少神祇也用它作为名号，如湿婆、毗湿奴等。这里可能不过是一个隐居仙人的名字。

[④] 古代印度通行六一税，即生产者每年要将自己产品的六分之一以实物税的形式纳与国王。"第六份"一般即指上缴的那一份。"第六份功德"的说法是否与此有关，不清楚。

族达七代人。(29) 孩子啊,谁施舍了可供耕种的田地,他就能有兴旺发达的日子。谁施舍了能产宝石的土地,他的家族就会一代胜似一代。(30) 人无论如何也不应把不毛的盐碱地和燃烧过的土地送给别人,也不要把邻近墓地的或有罪之人占有过的土地送给别人。(31) 谁在他人的土地上为自己的先人举行祖祭,奉献供品,那么土地主人的先人就会使他的祭祀失效。(32) 一个有眼光的人总是自己购买土地,然后再行施舍,哪怕这土地不过是小小的一块。在自己购置的土地上向祖先祭供饭团,其功效才是永久的。(33) 一般认为,举凡森林、高山、河流以及水边沐浴场地等,都是无主的。(34) 人民之主啊,上面所说,是施舍土地所得的果报。无瑕者啊,接着我要谈一谈施舍牛的问题。(35) 对于一切苦行者来说,牛是最宝贵的东西。所以,大自在天这位神明总是愿意在有牛的地方修习苦行。(36) 婆罗多后裔啊,牛住在梵天世界里,和苏摩在一起。那些已经获得诸般成就的梵仙都渴望到那里去,因为那里是最高的归宿。(37) 婆罗多后裔啊,牛为人提供奶、酥油、凝乳、粪、皮革、骨骼、角和毛等。(38) 牛不怕冷,也不怕热。它们总是不停地工作。雨也不能伤害它们,给它们带来困难。(39) 既然牛能够同婆罗门一起达到最高的境界,所以智者们说牛和婆罗门具有相等的地位。(40) 昔日,在兰迪提婆国王举行的祭祀仪式上,无数头牛作为牺牲被杀献祭。结果由牛皮而得以圣化的水便形成了遮尔曼婆蒂河。① (41) 现在,牛已经不再宜于用作牺牲,而应该用作施舍。大地之主啊,谁向婆罗门中的头面人物施舍了牛,他就可以躲过灾难,免除不幸,轻易克服遭遇的困难。(42) 谁施舍了成千的牛,他就不会受地狱之苦,并且,人主啊,无论何地,他都无往不胜。(43) 三十三天之主曾经说过,牛乳就是甘露。因此,谁施舍了母牛,他就是施舍了甘露。(44) 那些精通吠陀的学者认为,投入祭火的供品是不朽的。谁施舍了母牛,他就施舍了不朽的供品。(45) 公牛是牛群之主,也是天堂的化身。谁向道德高尚的婆罗门施舍了公牛,他就会在天堂受到普遍敬重。(46) 婆罗多族雄牛啊,

---

① 传说杀献的牛所剩的皮张堆成了一座小山。后大雨自天而降,从"皮山"上流下的雨水形成了一条河流,因称"皮河",音译遮尔曼婆蒂河。据称,在这条圣河中沐浴,其所获功德与行火神祭相当。遮尔曼婆蒂河即今北印度的昌巴尔河。

据称,牛是一切生灵的生命气息。因此,谁施舍了牛,他就是施舍了生命气息。(47)精通吠陀的学者说,牛是一切众生的庇护所。因此,谁施舍了牛,他就施舍了庇护所。(48)人中雄牛啊,不要把牛施舍给会杀掉它的人。不要把牛施舍给农民①或不信神的人。不要把牛施舍给养牛为生的人。(49)智者们说,任何人,如果他把牛施舍给了这些罪业深重的人,那么他就会落入万世不复的地狱。(50)不要把瘦弱的、易怀死胎的、不能生育的、有病的、瘸腿的或者疲惫不堪的牛施舍给婆罗门。(51)一个施舍了上万头牛的人,可以进入天国,和天帝释一同游乐。一个施舍了十万头牛的人,可以多次生于不朽的欢乐世界。(52)

以上我说了施舍牛、芝麻和土地等所获的功德。婆罗多后裔啊,下面请听我讲施舍食物的功德。(53)贡蒂之子啊,一般认为,食物之施是最重要的施舍。古代兰迪提婆就是由于施舍食物而进入了天堂。(54)大地之主啊,人中之王!谁向饥肠辘辘的或者疲惫不堪的人施舍了食物,他就会见到大福大德的自有者(梵天)。(55)婆罗多后裔啊,无论是施舍金子,施舍衣物,还是施舍马匹,都不能和施舍食物的功德相比。(56)食物是世上第一紧要之物。食物是最为重要的财富。食物是生命、精力、勇气和力量的来源。(57)谁能够一心一意,坚持不断地向真诚善良之人施舍食物,他就不会陷于艰难困苦之境。这是破灭仙人的话。(58)敬神时,应该先对他们行礼如仪,然后奉上食物。国王啊,一个人的食物,也就是他所崇拜的神明的食物。②(59)谁若在迦罗提伽月的白半月③施舍了食物,那么他今生便没有克服不了的困难,而来世又可以尽享永无止境的福祉。(60)一个人如果能将食物施舍给上门来的枵腹之客,婆罗多族雄牛啊,他就能够进入只有知梵者才能进入的境界。(61)一个肯于施舍食物的人,可以轻易克服困难,摆脱灾难不幸,消除过失罪愆,避免恶劣行径。(62)前面说的就是施舍牛、食物、芝麻和土地所获的种种果报。(63)

以上是吉祥的《摩诃婆罗多》中《教诫篇》第六十五章(65)。

---

① 因为农民会让牛在田中干活。

② 后一句话是关于食用供品的传统说法,意思是一个人吃了自己贡献的食物,也就等于他所奉敬的神吃了这些食物。

③ 迦罗提伽月跨阳历十、十一两月。白半月指从新月到满月的那半个月。

六六

坚战说：

敬爱的人啊，你所讲的何种施舍能得何种果报的问题，我已经听清。婆罗多后裔啊，我也知道了，食物的施舍不同一般，值得称扬。(1)那么水的施舍又有怎样的大果报呢，祖父啊，请你仔细地讲给我听。(2)

毗湿摩说：

好吧，婆罗多族雄牛啊，请听我一一给你说来。勇力非凡的人啊，我说的时候，请仔细听。无瑕者啊，我将从水开始，把种种不同的施舍给你说清。(3)人可以由施舍而受善报，这方面，我认为，任何一种施舍都无法同食物和水的施舍相比。(4)可爱的人啊，所有的生命无不依靠食物而存在。因此，人们都说，在这个世界上，在所有的施舍中，食物的施舍是最高的。(5)一切生命体的力量和精力惟有依靠食物才能不断增长。所以，生主说，食物之施，是最高之施。(6)贡蒂之子啊，有大智慧的人！想来你已经听到过莎维德丽所讲的话，那在敬神仪式上讲的高妙言词。(7)一个人施舍了食物，他就等于施舍了生命。这种等同于生命的施舍，是没有别的施舍能出其右的。(8)巨臂啊，你自然知道罗摩沙①说过的话。古时候，尸毗王②为解救鸽子而献出自己生命所达到的目的，通过施舍食物也能达到。(9)民众之主啊，任何人向婆罗门施舍了食物，必能去往理想的归趣。我们曾经听说，献出生命的人，能够去往最好的归趣。(10)俱

---

① 罗摩沙为一善讲故事的仙人。下面尸毗国王的故事就是出自他口。详见《森林篇》。
② 尸毗是古代一位誉满三界的国王。为了看看他是否名实相副，诸神准备设计考验他。于是，火神变作一只鸽子，因陀罗变作一只老鹰，紧追在鸽子之后。鸽子落到尸毗的腿上，求他保护。老鹰来到，向国王讨要鸽子，国王不允。老鹰说："不放鸽子也可，但必须从你的右腿割下与鸽子重量相等的肉给我。"尸毗毫不犹豫地割下一块腿肉，放上天平。他发现天平另一端的鸽子略重一些，便又割下一块肉添上，然而仍是鸽子略重。如此一次次割肉，却总是赶不上鸽子的分量，直到把自己的身肉完全割净，也不济事。他只好自己坐上天平。这时鸽子恢复原形，将实情告诉国王。众神对尸毗的牺牲精神大表满意，预言他将生贵子。同一故事亦见于佛典《大庄严论经》（卷十二）和《众经撰杂譬喻》（卷上）等，可参考。

卢族俊杰啊，食物产生于水。世界上没有一件东西不是从水中产生的。(11) 神圣的苏摩①，这众星之首，本来源出于水。其他如甘露、苏陀②、娑婆诃及婆舍吒③等，也无不自水而来。(12) 大王啊，食物、药草、攀缘植物统统由水而生。所以，民众之主啊，一切生命的气息也都来自于水。(13) 人们都说，诸神以甘露为食，龙蛇以苏陀为食，列祖以娑婆陀④为食，牲畜以攀缘植物为食。(14) 智者们说，人类的气息，亦由食物而来。人中之虎啊，所以说，世上的一切统统来源于水。(15) 如此看来，再也没有比施舍水更高的功德了。一个希望获得财富的人，应该经常不断地施舍水。(16) 人民之主啊，施舍水能给施主带来财富、声望和长寿。贡蒂之子啊，施舍水还能使施主永远凌驾于他的敌手之上。(17) 他不仅能在生时实现自己的种种愿望，获得长久的令名，而且能在死后洗尽所有罪愆，获得永恒的幸福。(18) 光彩照人的人中之虎啊，摩奴说过，施水之人将会进入天堂，进入永不毁灭的至福境界。(19)

以上是吉祥的《摩诃婆罗多》中《教诫篇》第六十六章(66)。

六七

坚战说：

施舍芝麻，施舍灯炬，以及施舍食物和衣服都能获得什么功德，这方面的事情我想请你为我再说一说。(1)

毗湿摩说：

坚战啊，关于这方面的事，人们经常引用古代传说中一位婆罗门同阎摩王的对话。(2) 在中国地区，有一个很大的村镇，住着很多婆罗门。这个村镇所在的地方，具体地说，是在恒河和阎牟那河之间，

---

① 苏摩有两种意思，一为苏摩汁，一为月亮。这里无疑指月亮。然而苏摩汁又与水有联系。因此似乎可以说这里语带双关。

② 苏陀为诸神的饮料。

③ 参见第18章第49颂注。

④ 娑婆陀原意为祭献祖先的甜食，后亦指投献供品时所诵唱的吉祥语。

阎牟那山的附近。① （3）人民之主啊，这个村镇叫作钵罗那婆罗，是个迷人的去处。故事发生的时候，那儿住着许多聪明而有学问的婆罗门。(4) 有一天，阎摩王对一个红眼黑衣，须发倒竖，鼻、眼和腿子长得活像乌鸦的差役发出命令：(5) "去，去到那个婆罗门村镇，把投山仙人家族中名叫舍罗敏的婆罗门给我拘来。(6) 这个人学问深厚，性情沉静，是一位教书先生，但是在当地不受重视。你要注意，别把住在附近，属于同一家族的另一个人错拘了来。(7) 这后一个人与前一个人的特点十分相似，学问同样好，出身也一样。他的德行和后代的情况也与聪慧的舍罗敏差不多。你要记住舍罗敏的特点，把他带回来，但对他要格外尊重。"(8) 这差役出发前去，可是做的事却与阎摩王的命令相反。他逮住并且带回了阎摩王不让他拘的人。(9) 勇力非凡的阎摩王见婆罗门来到，便起立相迎，拜敬如仪，然后对差役说道："你带这个人回去，把另一个带来。"(10) 听到法王（阎摩）这样说，这位已经厌倦了学习的婆罗门便对他开言道："永不毁灭的法王啊，无论我的阳寿还剩多久，我都愿意放弃而住在这里。"(11)

阎摩王说：

我不能决定人的阳寿，无法留你住在这里。我能做的只不过是把人在阳世究竟按正法做了多少事记录下来。(12) 智慧者啊，还是回家去吧。要不，杰出的人啊，若想让我做什么，也请直率地提出来。(13)

婆罗门说：

三界中的魁首啊，你是衡量一切的尺度。请你告诉我，人做了什么事就可以获得大功德。(14)

阎摩王说：

婆罗门仙人啊，请听我讲传统上什么是最好的布施。赠人芝麻是最好的施舍。它能带给人永恒的功德。(15) 婆罗门雄牛啊，人应当倾其所有将芝麻施舍给人。经常地施舍芝麻，施主的任何愿望都会获得满足。(16) 所以，应该依照古来的规矩，向婆罗门施舍芝麻；而在行祖祭时进行施舍，更是受到最高的赞美。(17) 应该经常让婆罗

---

① 古代印度所谓中国，汉译佛典也作"中天竺国"。所指地区，除这里的恒河与阎牟那河之间一说外，还有典籍（如《摩奴法论》）称在大雪山（喜马拉雅山）和文底耶山之间，维那舍那（远古娑罗私婆蒂河消失的地方）以东，钵逻耶伽（恒河与阎牟那河汇合处）以西。

门接触到芝麻，吃到芝麻。那些希望自身兴旺发达的人，应当在自己的家中一心一意，慷慨布施。(18) 不用说，一个人还应该经常地施水给人，为人止渴。为此要开辟水源，大至湖泊，小至水塘，乃至水井。(19) 在这个世界上，如此善举是难得一见的。优秀的再生者啊，你如能常年施水，其功德必将无量。(20) 优秀的婆罗门啊，为了提供饮水，你还应在路边建立水亭。人在吃过东西以后，最需要得到施舍的就是饮水了。(21)

毗湿摩说：

说过如上一番话后，阎摩王即命差役将婆罗门送回家去。此后这位婆罗门便信从阎摩的指教，照他的话去做了。(22) 阎摩的差役把婆罗门送回家后，遂顺道抓起舍罗敏，将他带到法王面前，算交了差。(23) 高贵而威严的法王见这位知法者到来，遂对他敬礼如仪，然后同他交谈起来。谈话结束，他又将婆罗门送回家去。(24) 阎摩王同样给了他如前那一番教导。回去以后，他也全部按照法王的指示去做了。(25) 为了祖先的利益，阎摩王又称颂了施舍灯炬的功德。经常施舍灯炬，能够拯救先人于危难之中。(26) 婆罗多族俊杰啊，施舍灯炬会使神明和祖先眼睛明亮。施主也会得到同样的好处。人们都相信这一点。(27) 百姓之主啊，据说，施舍珍宝也能获得大福报。此外，婆罗门把得到的珍宝卖掉以筹措祭祀需要的费用，一般认为也不为过。(28) 婆罗门获得了珍宝，然后又把它转送给其他的婆罗门，这对于他和原来的施主都是功德无量的事。(29) 一个行为端正的人在获得了别人施舍的珍宝以后，又把它施舍给另一个行为同样端正的人，这两者都能获得永恒的功德。这是深明正法的摩奴说过的话。(30) 一个满足于只与自己的妻子在一起的人如果施舍了衣物，他自己也会得到漂亮的衣服。我曾经听人这么说。(31) 人中之虎啊，关于施舍牛群、黄金和芝麻的事我已经根据吠陀权威的观点讲过了。(32) 人总应该娶妻生子。俱卢族后裔啊，在所有值得获得的东西之中，惟有儿子至关重要。[①] (33)

以上是吉祥的《摩诃婆罗多》中《教诫篇》第六十七章(67)。

[①] 原文如此。本颂显然与前面的正文脱节。

六八

坚战说：

俱卢族俊杰啊，关于施舍，最重要的传统观点是什么，请你再给我讲讲。而且，学问深厚的人啊，请特别谈一谈土地的施舍。（1）刹帝利应当向婆罗门施舍土地。婆罗门也应该依礼接受布施。不过，除了刹帝利，别人是不能施舍土地的。（2）请你为我讲讲，什么东西是任何种姓的人都可以施舍的，如果这些人希望由此得到果报的话；或者说，吠陀经典在这方面是怎样讲的。（3）

毗湿摩说：

世界上形式接近，果报相当的施舍有三种，即牛群、土地和知识①的施舍。它们能使施主获得任何希望得到的果报。（4）一个人如果能把源自吠陀，合于正法的知识教给自己的学生，他就能得到同施舍土地和牛群一样的果报。（5）施舍牛群也同样是受到赞美的事。没有比赠牛更高的施舍了。坚战啊，赠牛的果报旋踵即到，施主的愿望很快便能实现。牛是众生之母，是种种快乐幸福的给予者。（6）谁渴望自己的生活富裕兴旺，日见发达，他就应该施舍牛群。牛是女神，是福利的来源，所以应当永远受到崇拜。（7）往昔，诸神在准备祭祀用地的时候，曾经拿棍棒驱赶犁地的牛群。但是古代典籍从未提到在其他场合也可以这样做。（8）当牛群在牧场吃草，或者在池塘边饮水的时候，明事理的人是不会去惊扰它们的。那些极度口渴的牛仅仅看上一眼，就足以将被看的人和他的族人一齐毁灭掉。（9）无论是祖先之地，还是众神之地，都要靠牛粪使之清洁和神圣。因此说，不可能有比牛更圣洁的东西了。（10）如果一个人能在一年之内做到用饭以前，先想着拿草去喂别人的牛，他就是一个严守戒条的人，这戒条可以使他获得任何愿望都能实现的果报。（11）他还会多子多孙，卓有声望，财富充盈，兴旺发达，厄运消失，噩梦尽除。（12）

---

① 原文婆罗私婆蒂，初为河名，后成女神，为辩才天女，以及知识、文艺等女神。这里强调的是她作为知识女神的一面。

坚战问：

具备什么特征的牛应该施与他人？什么样的牛不能施舍出去？什么样的人应当加以施舍？什么样的人不能给予施舍？（13）

毗湿摩说：

那些行为不端、犯有罪过、贪婪成性、喜好说谎的人以及不能按照规定向神明和祖先敬献供品的人，都不能成为赠牛的对象。（14）至于那些游方乞食、子孙满堂、精通吠陀、保持祭火的婆罗门，倘若有人能以十牛相赠，则施主将会上达极乐世界。（15）一个人因恪守正法而获得福祉作为果报，那么凡是曾经向他施舍从而帮助过他的人，也应分取其果报的一部分。（16）一个人生育了孩子；另一个人保护他，使他免受危害；第三个人为他操心衣食，这三个人都算作是父亲。（17）一个人能对老师敬侍不懈，他就洗除了自己的罪业。一个人自命不凡，他就败坏了自己的名声。一个人若有三个儿子，就没有人会说他可能绝后。一个人拥有十头母牛，就没有人会说他一贫如洗。（18）① 那些精心研究吠檀多哲学的人，那些满腹经纶的人，那些充满智慧的人，那些驾驭了自己感官的人，那些受过教育的人，那些温文尔雅的人，那些严格控制了自我的人，那些总能对众生好言相待的人；（19）还有那些面对饥饿的威胁而仍然不肯背弃正法的人，那些性情温和而有教养的人，那些一向殷勤待客的人——对于这样的婆罗门，理应也有道德教养相当，妻子儿子俱全的施主给他以生活之资。（20）向应当给予施舍的婆罗门赠送牛群是一件善事，由此所获的功德，与从婆罗门手里劫夺财产所获的罪业大小相同。在任何情况下，都不能侵犯属于婆罗门的财物，都应该远离他们的妻子。（21）

以上是吉祥的《摩诃婆罗多》中《教诫篇》第六十八章(68)。

<h2 style="text-align:center">六九</h2>

毗湿摩说：

俱卢族后裔啊，许多正派有德的人曾经讲述过尼伽王的故事，他

---

① 17、18 两颂原文如此，其内容与上下文不甚一致。

由于碰了婆罗门的财物，结果陷入了巨大的不幸。(1) 普利塔之子（坚战）啊，那是以前的事了。据说，那时有一些人来到多门城，在那里见到一眼巨大的水井，井口上覆盖着草丛和攀缘植物。(2) 他们希望从井中找到水源，于是便用很大的力气清除了井口上厚厚的杂草。(3) 扒开井口，他们发现井底盘踞着一只身躯巨大的蜥蜴。为了把蜥蜴挪开，他们又千方百计，花了很大的力量。(4) 他们用皮条将这小山一般的蜥蜴缚住，希望把它拖出井来，但是没有成功，于是只好去找遮那陀那（黑天）。(5) 他们对黑天说道："我们发现有眼井里盘踞着一只巨大的蜥蜴。我们想把它挪开，但是办不到。"(6) 婆薮提婆之子（黑天）随他们来到那里。他把蜥蜴拖了出来，然后问它究竟是谁。它回答说自己是尼伽王的灵魂，过去曾经举行过成千次的祭祀。(7) 摩豆族的后裔（黑天）继续问道："你不曾犯过，而且做了很多虔诚善良之事，然而，尊敬的人啊，你却陷入了如今这样的恶趣之中，这是为什么呢？人中之王啊，请你告诉我，这是怎么回事。(8) 我听说你一次次向婆罗门布施的牛已达数十万头，以后又多次献赠，其数更有八亿之多。①然而，国王啊，结果你却落到这步田地，究竟是为什么呢？"(9)

尼伽王回答道："有一次，一位谨行火祭的婆罗门离家外出，他的一头母牛从牛栏走脱，跑到我的牛群里来。(10) 我有上千头牛。我的牧牛人在点数时也将它算了进去。后来，为求来世的幸福，我把这头牛送给了一个婆罗门。(11) 原来的牛主归来后四处找牛，结果发现它到了别人家中。看见自己的牛在那里，这婆罗门叫道：'这是我的牛啊！'(12) 结果两个婆罗门激烈地争吵起来。他们来到我的面前，一个说：'尊敬的人啊，你是施主！'另一个说：'尊敬的人啊，你拿走了我的东西！'(13) 我劝那接受我牛的人把它退还给我，我可以另给他一万头作为补偿，可他却说：(14) '这头牛是我在正当的时间和正当的地方得到的，况且它产奶很多，奶味甘甜，十分安静，同我们的感情也很好。因此，它永远是我牛栏中的宝贵财富。(15) 况且，我还有个瘦弱的儿子正需要它的奶水哺养，他才刚刚断奶。所以

---

① 这里所说并非确数，数字之大只是极言其多罢了。

我不能离开它。'说完,他就走了。(16)我无可奈何,只好去求另一个婆罗门,对他说:'把这一万头拿去当作那一头牛的补偿吧。'(17)婆罗门说:'我不接受王族的馈赠。我能够自己养活自己。你还是把我原来的那头牛还给我吧。'(18)

"诛灭摩图者(黑天)啊,这婆罗门就是这样对我说的。我又试图给他金、银、马匹和战车,这位婆罗门雄牛照旧是一样不取,反而离我而去。(19)这时候,命运不可抗拒的法则发生作用,我脱离这个世界,到了先祖居住的地方,径直去见法王。①(20)阎摩王对我礼敬有加,然后对我说道: '国王啊,你所行的善德虽已无法计算,(21)但是你却在不知不觉中犯了过失。你横竖是要受报应的,只是迟报早报,选择由己。(22)你曾经说过自己是臣民的保护者。但是,你虽有许诺,却未践言。你从婆罗门那里拿走了本属于他的东西,因此犯了三重罪过。'②(23)我对法王说:'我选择先受罪而后享福。'话犹未了,我已经跌落在大地上。(24)虽然我离开了阎摩,但是还能听到他的声音。他对我大声叫道:'将来会有婆薮提婆之子遮那陀那前来救你。(25)当整整一千年过去,而你的恶业也终于耗尽的时候,你就会去往永恒的幸福世界,那些世界是你通过自己的善德争取到的。'(26)就这样,我发现自己头朝下跌入一口井中,③并在那里进入了动物的子宫。但是我的记忆并没有离开我。(27)今天你把我拯救出来。你一定是用苦行力拯救了我,而不是用什么别的手段。黑天啊,我就要到天国去了,请允许我向你告别。"(28)

驯服顽敌者啊,黑天表示同意之后,尼伽王便鞠躬致敬,然后登上天车,径往天国而去。(29)婆罗多族俊杰啊,俱卢族后裔,见尼伽王去往天国,婆薮提婆之子就唱起了如下的诗句:(30)"婆罗门的财产是不能任意擅取的。谁擅自取用了他们的财产,就会遭到毁灭之灾,正如前面那个婆罗门的牛毁灭了尼伽王一样。"(31)普利塔之子啊,应该知道,同善人交往不会是没有结果的。看吧,尼伽王就是由

---

① "先祖居住的地方"即冥府,"法王"即阎摩王。
② 前面说"臣民的保护者"是指保护他们的财产不受侵犯。此处的"三重罪过"究系何指,不很明白;或指:自诩保护臣民,过于自傲;没有按照许诺保护他们;拿走了婆罗门的财物?
③ 原文如此。前面说跌到大地上,这里又说跌入井中,似不太一致。

于与善人接触而被救出地狱的。(32) 施舍能够带来善果,而擅夺他人财物则会带来恶报。此外,坚战啊,还要注意避免对于牛的任何伤害。(33)

以上是吉祥的《摩诃婆罗多》中《教诫篇》第六十九章(69)。

七〇

坚战说:

通过施舍牛群得到的果报都有哪些,无瑕者啊,请你为我更加充分地讲一讲。巨臂啊,对于你的讲述,我从来不觉厌倦。(1)

毗湿摩说:

关于这方面的事,人们经常引用古代传说中优陀罗吉仙人同那吉开陀的谈话。(2) 有一次,优陀罗吉仙人要举行献祭,便对他的儿子那吉开陀说:"你跟着我,做个帮手。"后来,按照规定将必要的准备做完了,这位大仙人又对儿子说:(3)"我一直忙于沐浴,又集中精力念诵吠陀,结果把要用的木柴、祭草①、鲜花和水罐等全忘记了。你到河边去,把它们取回来吧。"(4) 孩子来到河边,发现所有的东西都已被河水冲走。他只好回来,对父亲说:"我找不到它们。"(5) 当时这位有大苦行力的牟尼优陀罗吉又饿,又累,又渴,遂顺口诅咒他的儿子道:"见阎摩去吧!"(6) 父亲的话如雷霆一般击中了儿子。儿子双手合十,敬礼说道:"愿你如意!"随即扑倒在地,气绝身亡。(7) 做父亲的看到那吉开陀骤然死去,一时悲痛欲绝,几乎昏厥过去。他颓然倒地,自问:"我做了什么事啊!"(8) 他搂着自己的儿子,痛苦撕碎了他心。一天的其余时间就这样过去,繁星闪烁的夜晚慢慢降临。(9) 俱卢族后裔啊,父亲落下的眼泪浸透了那吉开陀的身体,躺在拘舍草上的身体似乎动弹了一下,就像雨水浸泡的种子有了破土的迹象。(10) 儿子终于还阳,有如刚从睡梦中醒来一般,身上还散发着天界的香气。他于是看着这个值得赞美的儿子问道:(11)

---

① 在祭祀时作清扫、铺垫等用的圣草,特别指拘舍草。

"儿子啊,你是凭着自己的业绩去了吉祥世界,又凭着自己的幸运回到了我身边的吗?你似乎具有超乎常人的能力。"(12)那吉开陀,这具有伟大灵魂的人,已经亲眼见过种种世面,于是就当着父亲和众仙人的面,回答了他的问题:(13)

"遵照你的命令,我转瞬之间便到了一个美丽宽广的去处,那是属于毗婆薮之子(阎摩王)的领域。在那里,我见到一座大厅。它闪着金色的光芒,占地广阔,达上千由旬。(14)我面朝着毗婆薮之子一直走去。见我来到,他引我进入一间房屋,并且请我落座。然后,看在你的面上,他用阿罗伽①和其他各种待客之物对我表示敬意。(15)阎摩王坐在高级祭官中间,备受崇敬。我用温和的口气对他说道:'法王啊,我既已来到贵地,就请让我到与我的宿业相称的地方去吧。'(16)阎摩王说:'亲爱的人啊,你没有死。你那苦行功力甚深的父亲说过让你见阎摩的话。他是一个威力有如熊熊烈火的人,是不可能做错事的。②(17)现在你已经见到了我,那么你就回去吧。那创造了你肉体的人正为你而悲伤呢。你心中有什么要求吗?让我来满足你。你是我喜爱的客人。有什么愿望就尽量提出吧。'(18)见法王如此问我,我便回答他道:'我既已来到你的领地,而又难得有人能够从这里再返回去,那么,如果你真是对我特别垂青的话,就请允许我到那些为世上善人保留的美好世界去看看吧。'(19)这位神明答应了我的要求,随后让我上了一乘闪耀着太阳般灿烂光辉的豪华车辆,辕上驾着几匹高头大马。优秀的再生者啊,就这样,他带着我看遍了那为世上善人准备的美好世界。(20)在那里我见到了为行善积德者预备的房舍,它们形式不一,色彩各异,遍饰珠宝,金碧辉煌。(21)它们像美丽的月轮一般闪着光芒,四周还挂着成串的响铃。数百栋建筑都是高层的楼房。清澈的池塘和幽静的树林到处可见。(22)不少房屋铺满了金银,放射着琉璃一般,乃至太阳一般的光彩,远远看去,有如初升的旭日。它们有的固定在一个地方,有的还可以移动。(23)房舍里面,食物和珍玩堆积成山,衣物和卧具多不胜数,如意之果结满了树冠。(24)住房和厅堂之间,遍布着溪流、道

---

① 一种用于敬客的水。
② 即他的诅咒一定要实现。

路、池塘和湖泊。往来于通衢大道的是成千上万的车辆。车轮马蹄，响声不断。（25）牛奶流淌成河、酥油堆积如山，没有一个地方的水不清澈见底。这一次，种种平生未见的景象，毗婆薮之子都让我看到了，而且看到了那么多。（26）因此，在看到了所有这些景象以后，我便开口向强大而又年寿甚高的法王问道：'那些日夜流淌着的牛奶河和酥油山，都是准备让什么人来享受的呢？'（27）

"阎摩答道：'所有这些，都是为世间那些曾经施舍过牛奶的善人准备的。此外还有永远无忧世界，那是为世间一向热诚施牛的人准备的。（28）不过，在这里，施舍的数量并不是评价的标准。需要考虑的，还有受施者的资格、所施牛的品种以及施舍的恰当时机等诸如此类的问题。婆罗门啊，在施舍以前，一定要了解所施对象的资格以及所施牛只的自身情况。此外还得保证牛在新家中不会受日晒火烤之苦。（29）有资格受施的是那些通晓吠陀、修炼严格苦行，以及依例行祭，一丝不苟的婆罗门。至于牛自身的特点，则以那类曾经历受磨难而终于脱离困境的，或是那些穷人送来请求喂养的，最值得称道。（30）施主在施牛前的三天应该仅仅进水而不食其他，睡眠席地而卧而不登床笫，同时将待施之牛喂饱饮足。施牛时不可忽略必要的仪式。所施之牛还应善生良仔，并且带上自己的犊子。施舍后三日之内，施主应仅食牛乳，不食其他。（31）一个人如果施舍了性情温顺而不会逃逸的母牛，并且带着可爱的牛犊以及盛奶用的铜器，那么母牛身上有多少根牛毛，施主就能在天界享受多少年的幸福。（32）一个人如果向婆罗门施舍了公牛，而这公牛又年轻体健，体格壮硕，力气强大，性情驯顺，不畏重活并且合群不野，那么他将会去往为施牛者准备的永恒世界，尽享福祉。（33）那些待牛温和的人，那些以牛为生的人，那些对于别人的施舍知恩感激的人，还有那些生活无着的人，他们都是适当的赠牛对象。而凡遇有人贫困潦倒，有人出现急需，有人要办大事，有人需要犁地，有人需酥油制作供品，（34）有人为了供自己的老师使用，有人为了养育子女，有人需要摆脱某种困境——凡遇此类情况，就是到了慷慨施牛的时候。以上所说，是与施牛有关的时间和地点等问题。至于适于施舍的牛，则是那些自家生养的，用适当的价格买来的，凭借自己的知识挣来的，用别的动物换来

的，靠勇力得来的，以及作为嫁妆得来的。'"（35）

那吉开陀说：

毗婆薮之子讲过如上这番话后，我又问他："那些手中无牛的人也想去往为施牛者准备的世界，他们该怎么办才好呢？"（36）聪明而有智慧的阎摩王为我说明了施牛者未来的归趣是什么，同时指出，依照传统的法，那些虽然无牛可施，但是能用替代物施舍他人的人，也可以获得同施牛者相同的归趣。（37）他说道："一个手中无牛的人，如果能够用酥油做成牛形，施舍给人，同时遵守一定的戒条，那么就会有取之不竭的酥油之河奔他而来，犹如母牛奔向自己心爱的牛犊。（38）一个人倘若连酥油也没有，但是想法用芝麻做成牛形，施舍给人，同时遵守一定的戒条，那么他就能在芝麻牛的帮助下，避免陷入可怕的困境，享受牛奶河带来的种种福惠。（39）倘若手中连芝麻也没有，而一个人却能用水做牛，施舍给人，同时遵守一定的戒条，那么他就能享受大河中的清凉河水，这河水携带着各色福果，用以满足人的种种愿望。"（40）

法王阎摩如此这般为我述说了各种不同的施舍之法。不退者啊，看到那些美妙的前景，我简直高兴已极，只觉得毛发直竖。（41）父亲啊，我还要告诉你一件让人高兴的事。我马上就要举行一次耗资甚少的大祭。这祭祀被认为是源出于我的，与吠陀经典的教谕完全一致。（42）你今天的诅咒对我有很大好处，它使我见到了阎摩法王。我看到了由于施舍而获得的回报是何等的了不起。我如今对施舍的法已毫无怀疑之心，准备好好地遵行它。（43）梵仙啊，见到我，法王十分高兴，一再地叮嘱我说："你曾经由于施舍而成为善于约制自身的纯洁之人。今后你还应特别注意将牛施舍给人。（44）这是一件至为神圣的事。所以，你不能放弃自己原来一直遵行的法，而应在适当的时间和适当的地点对那些有资格的对象加以施舍。你要永远注意把牛施舍给人。对于我这些话，切莫有任何怀疑。（45）过去有不少人心怀慈悲，乐善好施，常将财物赠人。他们不想折磨自身，修习严厉的苦行，而愿意依据能力，进行施舍。（46）久而久之，他们抛弃了傲慢自负的脾性，变得灵魂纯洁，诚实可靠，道德高尚，卓有能力。通过施牛，他们进入了天界，在天穹中发出夺目的光辉。（47）施牛以前，要对受赠婆罗门的资格进行全面的了解，以后才可将通过正当手段获得的赠物①施与他们，时间应该在迦摩耶湿陀弥这一天。② 施舍过后，十天之内，施主只能靠牛奶、牛粪、牛尿生活。（48）谁施舍了一头公牛，他就能与发誓学懂吠陀的人相比，获得同样功德。谁施舍了一对公牛，他就能与已经精通吠陀的人相比，获得同样功德。谁施舍了驾着公牛的车辆，他就能获得与圣河沐浴相同的功德。谁施舍了那种迦比罗母牛③，他过去的罪愆便会洗净。（49）谁施舍了一头通过正当手段获得的迦比罗母牛，他就能使自己从所有犯过的罪行中解脱出来。世界上没有任何佳味能与牛奶相比。人称母牛之施是无上崇高的施舍。（50）母牛通过贡献牛奶而养育着整个世界。母牛生产着全世界都需要的食物。那些明知这个道理，还是不把母牛放在心上的，必是奸慝邪恶，非下地狱不可的人。（51）向道德高尚的婆罗门施舍一千头母牛，或施舍百头、五十头、十头，或仅仅不过一头——对于他们来说，所施之牛都无异于供人沐浴的吉祥圣河。（52）牛给人带来幸福，牛使人兴旺发达，牛保护世上众生，因此，牛同普照大地的阳光一般无二。牛这个词意味着子孙，意味着欢乐。因此，施牛者就像太阳一样，闪耀着灿烂的光芒。（53）一个作学生的想要施牛，首先要就这件事选择一位老师作为指导。因为凡是在这方面有发言权的人，必定就是能够领他进入天国的人。任何懂得规矩的人都知道这是最重要的正法原则。它是首要的规矩。所有其他的规矩都要依它而立。（54）在对受赠婆罗门的资格进行了全面了解以后，就可将通过正当手段获得的赠物施与他们，并设法使他们接受。天神、人类和我们自己——所有笃行善事的人，都称赞你这谦虚诚恳的人。"（55）大仙人啊，这就是浑身浸透正法精神的法王对我所讲的话。听过这一番话后，我对他俯首致敬，准备告辞。毗婆薮之子（阎摩王）表示同意。于是我动身返回，来到了你的脚边。（56）

　　以上是吉祥的《摩诃婆罗多》中《教诫篇》第七十章(70)。

---

① 指牛。
② 迦摩耶湿陀弥为太阴月的第八天。
③ 迦比罗意为猴子一般的颜色，即红棕色。

七一

坚战说：

国王啊，上面你将那吉开陀仙人有关施舍牛的谈话告诉了我。你所转述的这一番谈话确实非同小可。(1) 祖父啊，伟大的思想家！具有伟大灵魂的尼伽王也曾经历痛苦的磨难，而究其原因，不过是一件自己在不知不觉中犯下的过失。(2) 他不得不在多门城呆下来，直到获得解救。解救他的乃是大神黑天。这都是你告诉我的。(3) 不过，国王啊，关于牛的世界我还有一些疑惑不解的地方。我很想更全面地听一听，那为施牛者准备的地方是怎样的。(4)

毗湿摩说：

谈到此事，人们经常引用如下这则古老的传说，因为当初百祭（天帝释）就向莲花生（梵天）提出过这个问题。(5)

天帝释说：

那些居住在牛界中的人们，其光辉灿烂，耀眼夺目，甚至胜过天界居民的光彩。看到这点，我觉得难以理解。(6) 牛界究竟是怎样一种世界呢？可敬的人啊，请告诉我。那居住着施牛者的地方到底是个什么样子，无瑕者啊，我很想知道。(7) 那里是怎样的世界？它会给人什么样的果报？居住在那里的人们能够达到什么样的最高境界？它的优点都是什么？世间的人如何才能摆脱烦恼，去到那里？(8) 施牛者能在那里享受多长时间的果报？施牛数量很大时应该怎样做？施牛数量不大时又应该怎样做？(9) 施牛数量很大的人能够积得什么样的功德，施牛数量不大的人又能积得什么样的功德？怎样做，一个人既不必真正施牛，却同样能成为施牛者？请你把所有这些讲给我。(10) 国王啊，施牛数量大的人和施牛数量小的人是如何取得相同地位的呢？人中之主啊，少施牛者又是怎样同多施牛者并驾齐驱的呢？(11) 在施舍的各种牛中，什么样的才是最优良的？可敬的人啊，希望你将有关的情况如实告我。(12)

以上是吉祥的《摩诃婆罗多》中《教诫篇》第七十一章(71)。

七二

梵天说：

你提出了有关施牛的种种问题。百祭啊，在这个世界上，除你之外，再不会有别人提出这样的问题了。（1）世界本是多种多样的。只是，天帝释啊，你看不到。我看到了这些世界；还有那些从一而终的女子也看到了。（2）善守戒条的仙人们通过自己纯洁的善业可以到达那诸般世界，即使他们肉身尚存，并未毁灭。品行端正的婆罗门也能做到这一点。（3）那些善守戒条的人，在他们由于暂时摒弃肉体意识而获得解脱①，同时心智也变得净无纤尘之时，可以看到那种种世界，它们至美至妙，宛如梦境。（4）千眼（因陀罗）啊，请听我告诉你那些世界是怎样一种胜境。在那里，时间已经停止运行。那里没有衰老，没有罪恶，没有丑陋，没有疾病，没有疲惫。（5）婆薮之主啊，那里的牛，凡是心中想望的，无一不能轻易得到。它们想到哪里就到哪里，想做什么就做什么。它们的愿望总能一个接着一个地实现。这些都是我亲眼目睹的事实。（6）那里到处是池塘、湖泊、河流、山岭，以及长着不同树木的森林和众多的房舍。各色物品更是种类繁多，应有尽有。（7）对于众生来说，所有赏心悦目之事在那里都能看到。如此这般的美好世界是无出其右的。（8）天帝释啊，一切善于隐忍，宽以待人，慈爱幼小，敬事师长，丢弃了自负与傲慢之心的人中翘楚，都可以去往那些世界。（9）凡是不进任何肉食的人，一生从不违逆母亲和父亲意愿的人，坚持真理的人，事事服从婆罗门的人，样样言行无可指摘的人，（10）对于牛和婆罗门从来不发脾气的人，以奉行正法为乐事的人，凡事服从师长的人，毕生行事真诚不伪的人，乐善好施的人，虽遭冒犯而能隐忍不报的人，（11）温文尔雅的人，善于约束自我的人，虔心奉神的人，对于任何上门的客人都能热情款待的人——所有具备上述优点的人，都可以进入那永恒而不会毁灭的

---

① 这里指的是人通过瑜伽或者入定等方式，切断对于外界的意识，进入暂时的解脱状态，或所谓三昧状态。在这种状态里，人可以看到某些幻象，也即至福的境界。

235

牛界。(12) 一个与他人之妻关系暧昧的人是无缘看到牛界的。此外,那些杀害自己老师的人,经常无事闲聊的人,无端责难婆罗门的人,停止学习吠陀的人,与他人罪行有牵连的人,心怀叵测的人,(13) 恶意伤害朋友的人,欺诈成性的人,恩将仇报的人,满口谎言的人,不正直的人,仇恨正法的人,杀害婆罗门的人——所有这样的人,也一概无法看到那惟有行为端正的人才能前往的牛界;即使在想象中也看不到。(14)

诸神之王啊,我已经把牛界所有的情况全都告诉了你。百祭啊,下面我要讲施牛的人会得到什么样的果报,请你仔细听好。(15) 一个人把承袭所得或者以正当手段得到的钱财用来买牛,然后将它施舍出去,他就能够去往那些永不毁灭的世界,享受幸福。(16) 天帝释啊,一个人用赌博得来的钱买牛施舍,能享受善果达一万天年之久。(17) 一个人从自己先人那里合法而得的牛,属于他本人的继承物。施主将这样获得的牛赠与他人,必将在未来生于永恒不灭的幸福之境。(18) 一个人从别人的手中得来牛后,又复以淳朴诚挚之心将它施舍出去,沙姬之主①啊,你听我说,这样的人一定会在未来生于诸多永恒不灭的幸福之境。(19) 一个人自呱呱坠地即能约制自己的感官,不发不实之言,不但顺从自己的老师和婆罗门,而且能事事忍让,那么他在来世所生的境界将不亚于牛界。(20) 沙姬之主啊,一个人应该做到对婆罗门从不恶语相向,即使在私心深处也从不存在害牛的歹意,应该对牛抱有同情慈爱之心,并在自己的行为上学习牛的榜样。(21) 一个热爱真理之法的人将会得到什么样的果报,天帝释啊,请你继续听我说下去。这个人施舍一头牛,其功德足堪与旁人施舍一千头相比。(22) 请你听好,如果这人是一个刹帝利,那么他施舍一头牛所获果报,可以同旁人施舍一百头②相当。有关经典一向是这么说的。(23) 如果这人是一个吠舍,那么他施舍一头牛所获的功德,可以同别人施舍五百头相当。如果这人是一个态度谦恭的首陀

---

① 沙姬是因陀罗的妻子。这里指因陀罗,也即天帝释。
② 与下文刹帝利相当于五百头,首陀罗相当于一百二十五头相较,这里似乎应该更多;应该不是一百,而是介于一千与五百之间。所以另有版本的原文称:"……所获的果报与同样情况下的婆罗门相当。"

罗，那么他施舍一头牛所获的功德，约当前者的四分之一[①]。这是传承经典一向的说法。（24）一个人如能信从以上所说各节，严格持己，并能服膺真理，敬从师长，温文尔雅，待人宽忍，礼拜神明，性情贞静，洁身自好，饱有智慧，恪守正法，不伐不矜，（25）那么他在依照常礼，将奶水充足的母牛施与婆罗门后，定能获得丰厚的果报。因此，准备施牛的同时，还应当做一个始终抱虔诚专一的信仰，敬事师长而无违逆之举的人。（26）一个人如果能努力研读吠陀，对牛心怀敬重，无论何时，见牛即喜，且遇牛致礼，不习自会，天帝释啊，你知道，这样的人应得丰厚果报。（27）一个人举行了王祭，或者施舍了大量的黄金，他就能获得与施牛者相当的最好果报。凡德行圆满，臻于善境的仙人都是这个说法。（28）一个具有智慧，内心宁静，言谈实在，生活像母牛般节俭的人，如果能在一年之间，每当自己取食任何东西之前，总能先将牛群喂好，那么他所获得的功德，就可以同布施一千头牛相比。（29）一个生活像母牛般节俭，同时又对牛抱有同情慈爱之心的人，如果每日仅进一餐，而将另一餐给予牛群，那么他就能在十年之内享受幸福不断。（30）一个人如果日进一餐，而将所余食物节约下来，用于买牛，施舍出去，那么，百祭啊，他这样做了多少天，他就会获得相当于施舍多少个一百头牛的永恒果报。（31）

　　上面所说是婆罗门施牛的功德。下面请听关于刹帝利施牛的说法。传承经典告诉我们，一个刹帝利用这种办法买牛并且予以施舍，他能获得五年幸福生活的果报。一个吠舍用同样的办法买牛施牛，所得善报为前者的一半。首陀罗这样做后得到的善报又是吠舍的一半。这也是传承经典里说的。（32）一个人如果以出卖自身自由为代价买牛，然后施舍出去，他所获得的果报，就是这牛在世界上存在多久，他亦可在天国生活多久。有大福气的人啊，根据传说，这样施舍的牛，它的每一根毫毛上都有一个永恒不灭的世界。（33）憍湿迦啊，你知道，一个人在战争中缴获了牛，然后又把它们施舍出去，他因此而获的永恒功德，同出卖自身以求购牛之资所得的功德相当。（34）在手中无牛的情况下，一个人如能严格约制自我，并用芝麻做牛，加

[①] 即一百二十五头牛。

以施舍，他就能在这牛的救助下摆脱困厄，并嬉游于牛乳河中。(35)然而，施牛并不是判断功德的仅有标准。重要的还有施舍对象的资格、施舍的时机、牛的品位以及施舍时应当遵行的仪节等。智慧者啊，要清楚施舍的时机和牛本身的情况，还要了解牛在接受施舍的人家会不会受火烤日晒之苦。(36)一个人，如果他是饱学吠陀之士，而且出身纯洁，性情贞静，按时行祭，深惮犯过，知恩感激，对牛宽忍，待人温和，虽然自身贫苦，却能保护所有的求助者，这样的人，圣贤们说，就是适合接受施舍的人。(37)在婆罗门中，有的贫苦无依，亟需食物养力以便耕作，有的膝下有通过献祭而得的孩子[①]要抚育，有的有老师需要供养，有的身边有自己生的孩子要养活，他们都有资格接受别人施舍的牛，只是施主要注意选择合适的施舍时间和地点。(38)在牛类中，那些自家原有的，凭借知识挣来的，用其他牲畜换来的，用武力得来的，自己家里生的，从困境中解救出来的，为了求食而自动来到家门的，都是能够施舍的。(39)而其中那些强劲有力的，性情可人的，身上发出香气的，则特别值得称道，适于施舍。正如在所有的河流之中，恒河是最伟大的，在牛类之中，迦比罗牛[②]是最优秀的。(40)施主在禁食，禁近床席三天以后，方可将牛施舍给婆罗门，以满足他们的需要。同时带去的还有奶水喂足，绕它右行的牛犊。此后三天，他的食物也只有牛奶。(41)施舍一头性情温和，外表可爱，不会从家中逃逸，而且带着听话的牛犊的母牛，施主就会在来世享受幸福。这头牛的身毛有多少，他的幸福便会绵延多少年。(42)向婆罗门施舍一头年轻有力，性情温顺，经过驯化足以胜任繁重劳动的公牛，它既善于拉犁，更有无限精力完成其他任务，那么它的施主将会升入其他人施舍十头普通牛方能达到的境界。(43)憍湿迦啊，一个人如果在森林里拯救过婆罗门和牛，他自己也会在遭遇危厄时获得解救。他能得到的报答，请听我说，就是往生与举行马祭得报相同的永恒世界。(44)千眼啊，他提出的任何来世要求，都能在他去世时获得满足。他能够随心所欲，去往各色各样的天神世界。(45)由于自己的善业，他的所有愿望都能实现。在牛的帮助下，

---

① 据称有的婆罗门苦行者可以不靠妇女而仅凭献祭便可获得孩子。
② 参见第70章第49颂注。

他可以到任何想去的地方，在那里快乐生活。（46）一个人倘若放弃了对于果报的追求，成功地约制了自我，使身心纯洁无瑕，并常年在森林里按照一定的规矩追随于牛后，甘以野草、牛粪和树叶为生，（47）这样的人，百祭啊，就可以摆脱欲望的牵缠，和众天神在一起，快活地居住在我的世界或者其他他自己向往的世界里。（48）

以上是吉祥的《摩诃婆罗多》中《教诫篇》第七十二章(72)。

七三

因陀罗说：

有的人明知故犯，把别人的牛偷走。也有的人为了贪求财利而将牛卖掉。我想知道，这样的人，结果将会怎样。（1）

梵天说：

为了杀牛吃肉，为了卖牛求财，或者为了向婆罗门施舍，因此就去偷牛，这样的人究竟应该得何果报，请听我告诉你。（2）有的人不受传统观念约束，做了卖牛，杀牛，或者吃牛肉的事。也有些人为了谋求自身的利得而同意别人杀牛。（3）凡是这些杀过牛，或者吃过牛肉，或者同意别人杀牛的人，都将沉入地狱。那或杀或吃的牛有多少根毛，他就将在地狱里受多少年的煎熬之苦。（4）强有力者啊，前述的各种罪愆，根据传承经典，应该划归破坏婆罗门祭祀、卖牛和偷牛罪。（5）一个人偷了牛，然后又把它施舍给婆罗门，那么，他虽可享受得自舍牛的果报，但也要在地狱受罪，其时间二者等长。（6）大光辉者啊，黄金可以代替牛，作为酬资付给为自己主持祭祀的婆罗门。人们都说，作为付给婆罗门的酬资，黄金无疑是最宝贵的。（7）通过施舍牛，一个人可以救度他的前七代祖先和后七代子孙。以黄金作为行祭的酬资付与婆罗门，据说其功德还要加倍。（8）黄金是最宝贵的施舍物。黄金也是最贵重的酬资。天帝释啊，黄金是使人净化之物。黄金是各种净化之物中最高级的一种。这是传承经典中的话。（9）百祭啊，据称，施舍黄金可以使施主全家得以净化。大光辉者啊，上面我为你简述了如何付给行祭婆罗门酬资的问题。（10）

毗湿摩说：

婆罗多族雄牛啊，这就是老祖先①对因陀罗所说的一番话。因陀罗把它讲述给十车王；十车王又如实把它讲给了罗摩，他的儿子。(11)罗怙的后裔②再将它讲给亲爱的弟弟，著名的罗什曼那。罗什曼那则在树林里把它讲给了众仙人。(12)此后，它便一代代在戒行严格的仙人之间凭着记忆传诵下来。恪守正法的国王们将它记在心中。坚战啊，我的师父也把它传给了我。(13)在婆罗门的集会上，在祭祀仪式上，在舍牛的场合，在二人相遇的时候，一个婆罗门如能不断地讲述它，(14)那么他必能在日后去往各个幸福世界，永远与众天神相伴。这就是最高之神，众所景仰的梵天嘱咐的话。(15)

以上是吉祥的《摩诃婆罗多》中《教诫篇》第七十三章(73)。

七四

坚战说：

对于你宣讲的这些正法，我是深信不疑的。不过，祖父啊，我还是有若干事不甚明白，想说出来，请你解释。(1)遵守戒条的人能得到什么样通常所说的果报呢？这些果报性质如何？大光辉者啊，成功约束自我的人能得什么果报？学习吠陀能得什么果报？(2)抑制了自己欲望的人能得什么果报？善于记诵吠陀能得什么果报？教人学习吠陀能得什么果报？所有这些我都想知道。(3)祖父啊，在这个世界上，拒收施舍的果报是什么？以传统知识教人能得什么果报？(4)恪守自己种姓职责的人，以及表现出英雄气概的人能得什么果报呢？讲话实在而从不说谎的果报是什么？能过净行生活的果报是什么？(5)敬从父亲，敬从母亲的果报是什么？敬从业师和师父的果报是什么？富有同情和怜悯之心的果报是什么？(6)祖父啊，所有这一切，请你毫无保留而又十分详细地讲给我。知法者啊，我怀着强烈的渴望想了

---

① 指梵天。他是印度教神话中的创造之神，天、地、日月星辰、河湖山峰、神与半神、动物植物、人类以及思想语言等无不为他所创造。

② 罗怙是罗摩的曾祖父。其世系为：罗怙—阿阇—十车—罗摩。这里指罗摩。

解它们。(7)

毗湿摩说：

一个人只要做到对于自己当守的戒条忠诚不渝，坚持履行，善始善终，日后他就能生活在永恒的幸福世界。(8) 能够成功约制自我的人，国王啊，即使在这个世界上，他所得到的果报也是有目共睹的。洁身自制和行祭如仪的果报，你自己就曾得到过。(9) 学好吠陀所得的果报，在今生，在来世，都能看到。在这个世界上，学好吠陀的人生活富裕；在来世，他将永远享受幸福。(10) 抑制了自己欲望的人能够得何果报，国王啊，我将详细地告诉你，请你听好。凡善于抑制欲望的人，在任何地方都知足常乐，因为他们无处不能征服自己的欲求。(11) 抑制了欲望的人想去哪里都能到达。他们能够击垮任何敌人。毫无疑问，他们想要什么，便能得到什么。(12) 般度之子啊，善于抑制自我的人，不难在任何地方满足任何愿望。他们靠苦行或勇力而能去天国享受幸福。(13) 人们也可以通过各种施舍或祭祀而进入天国。不过，善于抑制自我的人往往具有宽容精神。施舍者有时难免被心中的怒气所左右，而善于自制的人则不会。因此，抑制自我高于单纯施舍。(14) 当然，慷慨施舍而不生怒气，还是可以进入永恒世界享受幸福的。发怒会破坏施舍者的功德，所以抑制自我高于单纯施舍。(15) 大王啊，天穹中肉眼不见的处所其数上万，这些世界全都属于仙人。人们离开此世，去往那里，在那里也成为神明。(16) 人中之王啊，最优秀的仙人都希望进入高等境界。他们通过约束自我而上达天庭。所以，抑制自我高于单纯施舍。(17) 人民之主啊，那些成为教授学问的业师并按照规定的仪式敬拜火神的人，能够超拔人间苦境，在梵天世界享受永恒的幸福之果。(18) 一个人如能努力学习诸吠陀，常将所学传授给知法懂礼的人，同时还能不断称扬自己师父的言行，那么他就能在天国里获得很高的荣耀。(19) 一个刹帝利如果勤于学习，按时行祭，慷慨布施，在战争中勇敢拯救他人，他就能在天国里获得很高的荣耀。(20) 一个吠舍如果能积极完成自己的种姓职责，慷慨布施财物，他就能获得了不起的果报。一个首陀罗如果能积极完成自己的种姓职责，就能通过默默的忍从而在来世达于天国。(21)

为人称道的英雄人物多种多样。他们究竟能得何种善果，请容我讲给你听。我将告诉你为这些英雄家族中的英雄人物准备的善报都是什么。（22）有勤行祭祀的英雄，有严于律己的英雄，有诚实不欺的英雄，有战场上的英雄，有慷慨施舍的英雄。（23）有满腹经纶的英雄，有宽以待人的英雄，有正直诚实的英雄，有宁静自若的英雄。（24）还有别的许多英雄，他们以种种律条约束自己，不肯放浪。有潜心钻研吠陀的英雄，有谆谆教授吠陀的英雄。（25）有敬从师长的英雄，有敬从父亲的英雄，有敬从母亲的英雄，有游方乞食的英雄。（26）有精通数论的英雄，有修习瑜伽的英雄，有林中隐修的英雄，有操持家务的英雄，有殷勤敬客的英雄。所有这些英雄，都能凭借各自的善业，获得相应的果报，去往不同的幸福世界。（27）那些牢记吠陀经典的人，那些曾往圣地沐浴的人，其功德可与一生出言诚实人相比；但也时有未必。（28）过去曾把一千次马祭和诚实不欺放在天平的两端加以称量，结果表明，诚实不欺重于一千次马祭。（29）太阳靠真诚才能生热，火焰靠真诚才能放光，清风靠真诚才能吹拂。世上的一切无不建立在真诚之上。（30）真诚能使天神愉悦，能使祖先和婆罗门高兴。人们说，真诚是最高之法。因此，没有任何东西可以超过真诚。（31）世上的牟尼皆以真诚为本分，以真诚为力量的泉源，以真诚赌咒发誓。所以，真诚高于一切。婆罗多族雄牛啊，凡是诚实不欺的人，定能在天界享受幸福。（32）只要为人真诚，就不难做到抑制自我。上面这些话，我是诚心诚意说给你听的。凡是谦恭的人，定能在天国里获得很高的荣耀。（33）大地之主啊，我还要告诉你净行的功德是什么。一个人如能从生至死保持净行，那么对他来说，就没有达不到的目的。人民之主啊，事情就是这样。（34）生活在梵天世界的仙人有亿万之数，他们内心真诚，贞洁自爱，律己极严。（35）国王啊，一个婆罗门的净行可以烧毁他以往的一切罪愆。所以人们将婆罗门称作燃烧的火焰。（36）在修习苦行的婆罗门身上，不难看到火神的形象。婆罗门愤怒起来，连天帝释也感到惧怕。仙人们净行之果的伟力是有目共睹的。（37）敬重母亲和父亲的法是什么，让我来告诉你。一个人倘能丢弃私心，事事服从父亲而不招他生气；或者能以这种态度对待自己的母亲、业师和师父，（38）那么，国王啊，你知道，他就能在天国获得最好的处所。一个灵魂纯洁，敬从师

长的人，他和地狱是无缘的。(39)

以上是吉祥的《摩诃婆罗多》中《教诫篇》第七十四章(74)。

七五

坚战说：

按照规矩施牛，人就可以去往所有永恒的幸福世界。那么有关施牛最重要的规矩是什么，我很想听你全面地为我讲一讲。(1)

毗湿摩说：

大地之主啊，没有比施牛更高的功德了。一头以正当手段得来的母牛，将它施舍出去，不旋踵即能救度施主全家。(2) 施牛规矩的制定是为了善人的利益，尔后又向一切百姓公布出来。它从远古时代一直流传至今。国王啊，下面我就把施牛的各种规矩讲给你听。(3) 古时候，有人把几头牛引到曼陀多的跟前。见此情形，他感到不知所措，遂向毗诃波提请求指教。(4)

毗诃波提告诉他说："施牛的前一天，施主要严守戒条，制御身心，会见受施的婆罗门，对他恭敬礼赞，选定次日的施舍良辰。至于施舍的牛，应该是称作楼昔尼①的那一种。(5) 选好后，应该这样招呼它们：'萨蒙吉！跋呼栗！'② 然后进入牛栏，同牛呆在一起，并且念诵如下经文：(6) '母牛是我的母亲。公牛是我的父亲。让我在大地上获得幸福，并能在来世进入天国！'在牛栏里，他要和牛群一起度过整个夜晚。次日施牛的时候，也要敦请圣者唱诵某些经句。(7) 就这样，施主在牛栏中同牛群共同度过一个夜晚，使自己和牛在灵魂上互相结合，而涤除了他过去的罪过。(8) 翌日，当太阳升起的时候，他就可以将母牛连同一头公牛和一头牛犊放出栏去，赠给受施的婆罗门。人称牛有三重特点，它们由于赐福于人而应当受到赞美：(9) 牛群立于大地之上，是力量巨大之物，是智慧不凡之物，是祭祀带来的永生之根。牛是人间兴旺发达的无尽源泉。牛是世上一切

---

① 楼昔尼为一种红棕色的牛。
② 意为"四肢完好！体躯壮硕！"有说是牛的名字。

的来源。为了这些,牛应该受到赞美:(10)'愿牛群为我洗除罪过!愿有太阳和月亮之性的牛群将我带上去往天国之路!愿牛群赐我食物和居所!愿我能获得所有我未曾提到的种种福祉!(11)施舍之后,我将一无所余。我通过自己的行动使我的肉体获得了解脱。牛群降福于施牛者,就像婆罗私婆蒂河赐福给所有人一样。不断地为我带来功德吧。请给我指点一个令人满意的归宿!(12)今天,我变得和你们一样了。施舍了你们,我也就同时施舍了我自己。'这时,受施者应该说话了。他说:'你们脱离了主人,现在已属于我。你们犹如天空中的月亮,闪着耀眼的光芒。'(13)在施牛的时候,施主应该按照规矩诵唱以上颂诗的前一段,这些规矩上面已经讲过。接受施舍的再生者原本懂得规矩,由他一面接受施舍,一面应和,诵唱颂诗的后一段。(14)一个施主如果无牛可施,而是施舍了其他有用之物、衣物或者黄金等以为替代,他同样可以说:'我施舍了牛。'此外他还要说:'这是优陀私耶牛!'或'这是薄哩陀毗耶牛!'或'这是毗湿那毗牛!'[①](15)人在施牛时应当说明牛的种类。[②]作为果报,施主可以去往天界。至于居住的久暂,则分别是两万六千年、八千年,或者两万年不等。(16)施牛或者施舍其他替代物的功德依其所施之物的不同而不同。受施者在回家的路上走到第八步时,施牛者的功德就会到手。(17)谁施舍了牛,他就会成为一个有道德的人。谁施舍了替代牛的贵重物品,他就会成为一个不再为忧惧所困扰的人。谁施舍了黄金,他就不会因为受欲望的驱使而陷入痛苦。婆罗多后裔啊,人们都说,他们能够成为有学问的人,成为毗湿奴的信徒,进入月神的世界。(18)施主施牛以后,应该在三天之内厉行牛戒,[③]然后再与牛群共同生活一天。从阴历的第八天,也即称作迦摩耶的那一天开始,他还要连续三日仅靠牛奶、牛粪和牛溺生活。(19)施舍一头公牛,施主可以得到和恪守吠陀戒[④]相同的功德。施舍一对公牛,施主等于把

---

① 分别说明是以有用之物、衣物和黄金作为替代物的三种牛。
② 种类指替代物的种类。
③ 厉行牛戒意为照牛一样生活,即像牛一般节俭。
④ 婆罗门少年在学习吠陀经典时期内,应按传统要求,过一种严格自律的纯洁生活,常称梵行或净行。恪守吠陀戒即指遵守这一时期的各种戒条。

吠陀学到了手。先举行祭祀，然后又依照规矩赠牛给人的施主，可以去往各个上好世界。然而，不懂得规矩的人则去不成。（20）一个人如果只施舍了一头牛，但是这头牛可以随时产奶，那么他所获得的功德就同将世人追求的一切东西加在一起，统统施人一样大。施舍公牛，与一丝不苟，按照正确的仪规向神明和祖先奉献祭品相比，功德更大，即使奉献的祭品多如汹涌的大河。（21）不应该把有关施牛的规矩讲述给如下的人，以免让他们受益：不是自己门下的学生、破戒的人、缺乏信仰的人和曲解圣典的人。因为它是所有世界的秘密之法，所以任何人都不应随处乱讲。（22）世界上怀有纯洁信仰的人很多。然而在群众之中，也有不少罗刹一般邪恶的人。谁将物品施舍给没有信仰的邪恶之人，他自己也难免陷入不幸。"（23）

　　国王啊，请你注意听我告诉你若干行为端正，道德高尚的国王的名字，他们遵从毗诃波提的教导，按照规矩施牛，从而达到了前面说过的永恒幸福之境。（24）他们是优湿那罗、毗首伽娑、尼伽、跋吉罗陀、著名的优婆那娑之子曼陀多、大王牟朱恭陀①、普利底甬那②、尼奢陀和苏摩迦，（25）补卢罗婆娑③、作为整个婆罗多族始祖的转轮圣王婆罗多、英雄的十车王之子罗摩，以及其他许多名声显赫，有口皆碑的人物。（26）此外还有业绩不凡的国王底梨波等，他们都因为懂得并按照规矩施牛而最终进入了天国。曼陀多便是一位由于按时举祭，积极布施，坚持苦行，恪守王者之法，同时又能慷慨施舍牛群，结果进入了天国的国王。（27）因此，普利塔之子啊，你要注意上面我讲的话，牢记毗诃波提的教导。在取得俱卢族的王位以后，你要以愉快的心情，将吉祥的牛施与婆罗门中的佼佼者。（28）

护民子说：

　　听过毗湿摩这一番话后，法王（坚战）懂得了应守的规矩，于是便依嘱行事，广施牛群。过去，诸神之师（毗诃波提）曾把正确的施牛之法传授给曼陀多王，现在坚战既已闻知，便将它牢记在心。（29）

---

　　① 曼陀多之子，曾协助神众打败阿修罗。他要求诸神给他一个恩惠，使他可以长睡不醒。诸神满足了他的要求，并说明谁打扰了他，谁就会被他放出的火焰焚烧成灰。
　　② 古代传说中阎摩宫廷中的一个国王，曾因施牛而得入天国。
　　③ 印度古代传说中的名王，他与天女优哩婆湿的恋爱故事十分著名。

从这以后,他头上盘起发髻,严格约束身心,夜间席地而眠,而饮食则除大麦的碎屑,以及牛粪和牛溺之外,别无其他。国王啊,他不断地施舍牛群,而自己也学得如公牛一般勤俭,成为王中雄牛。(30)他对于牛格外尽心,常对它们称扬备至。他也放弃了使牛挽车的习惯。到了必须远行的时候,他就改驾良马。(31)

以上是吉祥的《摩诃婆罗多》中《教诫篇》第七十五章(75)。

七六

护民子说:
国王啊,聪明而又谦虚好学的坚战王继续向福身王之子(毗湿摩)提出问题,希望他在施牛这件事上为自己做更详细的讲解。(1)
坚战说:
婆罗多后裔啊,关于施牛的功德,请你再为我仔细讲讲。英雄啊,尽管已经听到了你美如甘露的语言,但我还是不能满足。(2)
护民子说:
国王啊,听到法王(坚战)再次提出请求,福身王之子便对坚战讲述了施牛所能获得的全部功德。(3)
毗湿摩说:
一个人如果向婆罗门施舍了一头身罩布披,跟着幼犊的母牛,它不但年轻,还有若干突出的优点,那么他曾有的一切罪愆就会涤除。(4)然而,一个人如果施舍了一头能吃能喝,却虚弱无力,不生奶水的母牛,那么他在来世就会到那称作阿修罗世界的地方去。(5)一个人倘若施舍的是一头用来出力做活的牛,结果它却老弱无力,不堪重负,一如无水枯井,徒然给受施的再生者增加苦恼,那么这个人就会在死后进入黑暗的地狱。(6)那些宠坏了的,容易发怒的,本身生病的,虚弱无力的,或者是拿到手后却未按约定价格付款的牛,都是不能施舍的。谁要是施舍了牛反而使受施的婆罗门除烦恼以外别无所获,那么他就会在来世去往那不会给他带来勇力和善果的世界。(7)只有那些身强体壮,温和听话,精力充沛,带着某种好闻气

味的牛才是受人称赞，适于布施的。正如恒河在一切河流中最为宽阔雄伟一样，迦比罗母牛①也是牛中的佼佼者。（8）

坚战说：

为什么在善人的眼里，那么多东西的施舍都无分轩轾，惟独迦比罗母牛的施舍应该得到赞扬呢？威力无穷之人啊，我很想知道这些施舍的区别。你是真正能为我把它讲清楚的人。（9）

毗湿摩说：

你所提出的问题，我曾经听老年人讲过。现在让我原原本本地告诉你。事情同楼昔尼②的创造有关。（10）当初，自在神梵天对陀刹发出命令，说道："你来创造众生吧！"考虑到众生的生存问题，陀刹首先创造了使他们得以存在下去的东西。（11）既然诸神是依靠甘露来生存的，那么，大力之人啊，众生也应有他们自己赖以生存的食物。（12）在包括不动物在内的众生之中，动物最高。在动物之中，以人最高。在人之中，当以婆罗门最高。祭祀活动赖有婆罗门方能举行。（13）苏摩非靠祭祀不能获得，而祭祀又与牛密切相关。③全体神众见到祭祀都会高兴。于是陀刹首先造出了众生赖以生存的食物，然后造出了众生。（14）众生刚刚创造出来，就喊着叫着要吃的。众生前去向食物提供者（陀刹）请求，就像孩子去找他们的母亲一样。（15）生主陀刹明白众生是受什么想法驱使而来的，为了使他们获得满足，他自己先饮了能够强身增力的甘露。（16）饮后他感觉非常愉快，一个嗝上来，他吐出了什么东西，散发着一股香气。他发现自己的呕吐物竟是一头母牛，遂称它为口生子苏罗毗④。（17）苏罗毗又生了许多女儿。这些母牛女儿被称作世界之母。它们身色金黄，人称迦比罗。它们是众生的供食母牛。（18）这些看上去同甘露一样颜色的母牛喷射出乳汁。大量的乳汁向四面八方流去，汇成河流。河中波浪滚滚，出现许多泡沫，由甘露产生的泡沫。（19）牛犊们吮吸着乳汁。有些乳汁从它们的口角淌了出来，正好流到跋婆（湿婆）的头

---

① 参见第70章第49颂注。
② 此处即指迦比罗。以下各颂二名混用。
③ 酥油是祭祀中必不可少的供品。它是一种牛奶制品，所以说祭祀与密切相关。
④ 苏罗毗原意即为香气，也有愉快的意思，意译怡悦。

上。这一下惹怒了正在大地上休息的大神。威力无穷的大神抬起头来,向上看去。长在他额头中间的眼睛[①]眼看就要把这些棕红色的楼昔尼烧毁。(20)人民之主啊,发自大神眼中的强大能量犹如穿过云团的太阳,把那些迦比罗牛变成了种种不同的颜色。(21)不过,还是有一些牛逃过神眼,躲到了月神那里。结果它们成功地保住了原本生就的颜色,没有改变。(22)见湿婆动了神怒,生主陀刹便对他说道:"洒在你身上的不是别的,而是甘露。那些从牛口中流出的东西不能认为是不洁的。(23)月亮吸足了甘露,然后又泻下纯洁的清光。同样,楼昔尼生自甘露,它们流出的奶汁也不能认为是不洁的。(24)没有不洁的风。没有不洁的火。没有不洁的金。没有不洁的海。被神饮过的甘露不是不洁的。同样,被犊子吮吸过的牛奶也不是不洁的。(25)这些母牛将会用自己的奶水和供品[②]来支撑所有的世界。而你也将享有那全部来自甘露的吉祥胜境。"(26)说毕,生主陀刹把一头公牛和若干母牛赠了大神。婆罗多后裔啊,生主的话和他的礼物使楼陀罗(湿婆)从心里感到高兴。(27)高兴之余,他决定把公牛当成他的坐骑和旗帜上的图案。从此,湿婆大神便得了一个绰号"以公牛为旗徽者"。(28)出于同一原因,众神也一致把他奉为"兽主"。大神成了牛群的主人。人们称他"以公牛为标志者"。(29)总之,迦比罗母牛成了施舍之物中的无上之选。它有着巨大的精力,有着独特而不易混淆的毛色。(30)母牛是世上无与伦比之物,是全世界食物的供给者。它们以楼陀罗为首领。它们生自流出的甘露。它们是幸运。它们是吉祥。它们满足愿望。它们给予生命。一个人施舍了母牛,就等于施舍了所有的欲求之物。(31)一个人能以纯洁、知足、愉快、喜爱之心经常念诵这有关牛的诞生的诗句,他就能涤除自己以往深重的罪恶,获得儿子、牲畜和财富,生活在幸福之中。(32)国王啊,一个人施舍了母牛,他就等于向神明和祖先敬献了供品,做了足以使人平静,使人愉快的善事,施舍了衣物和车辆,抚养了孩子和

[①] 湿婆的第三只眼长在额头。它可以放出神火。这神火曾经毁灭过引诱他的爱神,烧去过梵天五个头中的一个。

[②] 祭祀时投入火中的供品有谷物、苏摩、牛奶和酥油等。酥油这类奶制品在这里是必不可少的。

老人,因此也能获得同这些善举一样的所有功德。(33)

护民子说:

听到祖父上面的这一番叙述,羊斗的后裔(坚战)和他的兄弟们平静下来。普利塔之子(坚战)向婆罗门中的佼佼者施舍了牛群和金制的奶桶。(34)为了在来世去往幸福世界,赢得令名,坚战举行了多次祭祀,并且赠牛给婆罗门达数十万头,作为他们主持祭祀的报酬。(35)

以上是吉祥的《摩诃婆罗多》中《教诫篇》第七十六章(76)。

七七

毗湿摩说:

当初,甘蔗族国王美奴之子(斑足)曾是一位了不起的施主,极裕则是仙人中首屈一指的人物。(1)极裕仙人满腹经纶,成就圆满,曾经漫游世界。这一天,美奴之子趋前致礼,随之向这位国师提问请教。(2)

美奴之子说:

可敬的人啊,无瑕者!有的经文可以令人纯洁,经常念诵,就能够获得最高的福惠。什么是这样的经文呢?请告诉我。(3)

毗湿摩说:

于是,这位身心纯洁,充满智慧的仙人向躬身俯首的国王敬礼致意,然后对他说了如下大有裨益的话,那是与牛有关的种种奥秘:(4)

"牛一向都是有香味的。它们的身上会发出沉香的气味。牛是众生的遮风避雨之所。牛是带给人福祉的伟大祷词。(5)牛是过去和未来。牛是众生永恒的滋养物。牛是繁荣昌盛之本。任何给予牛的东西都不可能丧失。牛是永不枯竭的食物来源。牛是献给天神的最好供品。(6)'娑婆诃'和'婆舍吒'这样的祈语,一向以牛为基础。牛是祭祀之果。祭祀视牛为根。(7)智慧超群的人啊,晨昏两次,从来都是牛为仙人提供献祭时必不可少的纯净酥油。(8)人中雄牛啊,凡遇危难，施舍母牛者必能化险为夷。但有恶行，施舍母牛者必能罪过尽除。任何灾祸，这样的人都能轻易逃脱。（9）有十头牛而能施舍一头的人，有百头牛而能施舍十头的人，有千头牛而能施舍百头的人——所有这些人都能得到同等的果报。（10）有牛百头，却不肯保持祭火以备日常敬拜之用；有牛千头，却不愿虔诚行祭；虽为巨富，却以寒相示人，所有这三种人都不值得尊敬。（11）一个人如果施舍了一头温和驯顺的迦比罗母牛，带着一头牛犊和接奶的铜罐，并且用布将母牛的身体裹好，那么他就能够征服两界。（12）如果有人向通晓吠陀的婆罗门首领施舍了一头年轻力壮，反应灵敏的公牛。它牛角坚实，戴着好看的装饰，即使在上百头牛中也堪称出类拔萃。（13）那么，克敌者啊，这个人必将生于美丽富足之地，并能一次次诞生在这样的地方。（14）晚间不念诵牛的名字，便不就寝。早上不忆及牛的名字，便不起床。晨昏必向牛恭敬施礼。谁做到了这些，他就能使自己的日子发达兴旺。（15）面对牛粪牛溺任何时候都无厌恶之色，牛肉也从来弃而不吃。谁做到了这些，他就能获得幸福。（16）人应该经常称唱牛名，而绝不对它们表示轻视。夜梦不祥，醒后也应唱诵牛名。（17）人在沐浴时，应该常用牛粪。人在坐时，也应该坐在干牛粪上。人不能将自己的粪尿或其他身体上分泌出来的东西撒到牛粪上去。见牛行走，人也不该挡路。（18）人吃饭时，可以坐在润湿的牛皮上，眼朝西看，闭口不语，取食放在地上的酥油。做到了这些，他就可以获得幸福。（19）人应该将纯净的酥油投入祭火。人可以用纯净的酥油作为礼金，敦请婆罗门为自己祝福。人可以拿纯净的酥油进行布施。人自己也可以取食酥油。谁这样做了，他就能够获得幸福。（20）如果一个人口念称作'憍摩蒂'[①]的吠陀颂诗，拿芝麻做成一头母牛，然后用各色宝石将它装饰起来，施舍给人，那么他无论做了什么事或者没做什么事，都不会感到后悔与懊恼。（21）'像大河奔向海洋一样，让苏罗毗和苏罗毗的女儿，那些母牛，向我走来吧，它们奶水充足，角上装饰着金子。（22）我一直注视着母牛，也让母牛永远注视我吧。母牛属于我们，我们也属于母牛。母牛停在哪里，我

[①] "憍摩蒂"意为"有牛"。该诗在《梨俱吠陀》第十卷，第七十五章。

们就住在哪里。'（23）无论在白天，还是黑夜；无论道路平坦，还是崎岖，一个人如果陷入巨大的恐惧，只要念诵如上的诗句，就能从恐惧中解放出来。"（24）

以上是吉祥的《摩诃婆罗多》中《教诫篇》第七十七章(77)。

七八

极裕仙人说：

当初，众牛在创造出来以后，曾经修习过数十万年极其艰难的苦行。"我们要取得至高无上的地位！"它们说。（1）克敌者啊，它们说："在世界上，我们要做祭祀后赠给婆罗门的各种报酬中最有价值的一种。我们绝不让任何过失玷污自己。（2）任何时候，自身的玷污都会带来内心的痛苦。神也罢，人也罢，他们为实现自身的纯洁，都将使用牛粪。（3）一切众生，无论是能动的还是不动的，都可以通过施舍我们而到达幸福的牛界。"[1]（4）威力巨大的梵天在众牛苦行结束的时候给了它们一项正想得到的恩惠，对它们说："你们的愿望将会得到满足。你们将能拯救世界。"（5）苦行结束之后，这些过去和未来之母站立起来。它们如愿以偿。大王啊，从此众牛就成了世界的最终归宿。（6）所以说，众牛是吉祥之征，圣洁之物，具有至高无上的地位。它们立于众生之首。（7）谁施舍了一头温和驯顺，乳汁丰满的迦比罗母牛，带着一头与它相似的牛犊，并且用布将母牛的身体裹好，那么，这位施主必会在梵天世界里受到崇高的敬仰。（8）谁施舍了一头温和驯顺，乳汁丰满的楼昔尼母牛，带着一头与它相似的牛犊，并且用布将母牛的身体裹好，那么，这位施主必会在日神世界里受到崇高的敬仰。（9）谁施舍了一头温和驯顺，乳汁丰满的舍波罗母牛[2]，带着一头与它相似的牛犊，并且用布将母牛的身体裹好，那么，

---

[1] 由于说不动物能够施舍不合事理，所以有的学者认为可以把第3颂的后半同第4颂的前半合在一起理解，意思变成"诸神和人，为了使能动的和不动的众生变得纯洁，将会使用牛粪"。

[2] 舍波罗母牛即花母牛。在史诗《罗摩衍那》中曾用此名称能满足人多种愿望的"如意神牛"。

这位施主必会在月神世界里受到崇高的敬仰。(10) 谁施舍了一头温和驯顺，乳汁丰满的白色母牛，带着一头与它相似的牛犊，并且用布将母牛的身体裹好，那么，这位施主必会在因陀罗世界里受到崇高的敬仰。(11) 谁施舍了一头温和驯顺，乳汁丰满的黑色母牛，带着一头与它相似的牛犊，并且用布将母牛的身体裹好，那么，这位施主必会在火神世界里受到崇高的敬仰。(12) 谁施舍了一头温和驯顺，乳汁丰满的烟色母牛，带着一头与它相似的牛犊，并且用布将母牛的身体裹好，那么，这位施主必会在阎摩世界里受到崇高的敬仰。(13) 谁施舍了一头皮毛呈水沫颜色的母牛，带着一头牛犊和接奶的铜罐，并且用布将母牛的身体裹好，那么，这位施主必能去水神世界享受幸福。(14) 谁施舍了一头母牛，皮毛呈风卷尘土的颜色，将它的身体用布裹好，同时带上一头牛犊和接奶的铜罐，那么，这位施主必会在风神世界里受到崇高的敬仰。(15) 谁施舍了一头金色皮毛，棕色眼睛的母牛，带着一头牛犊和接奶的铜罐，并且用布将母牛的身体裹好，那么，这位施主必能去财神世界享受幸福。(16) 谁施舍了一头母牛，皮毛呈烧草浓烟的颜色，将它的身体用布裹好，同时带着一头牛犊和接奶的铜罐，那么，这位施主必会在祖先的世界里受到崇高的敬仰。(17) 谁施舍了一头白脖子的肥牛，带着一头牛犊，那么，这位施主必能十分顺利地去到毗奢神世界享受幸福。(18) 谁施舍了一头温和驯顺，乳汁丰满的母水牛，带着一头与它相似的牛犊，并且用布将母牛的身体裹好，那么，这位施主必能去婆薮诸神①的世界里享受幸福。(19) 谁施舍了一头皮毛像白色毯子一般的母牛，带着一头牛犊和接奶的铜罐，并且用布将母牛的身体裹好，那么，这位施主必能去沙提耶诸神②的世界里享受幸福。(20) 谁施舍了一头产于毗罗陀地方③的脊背隆起的公牛，并用种种珍宝装饰其身，那么，这位施主必能去往风暴之神的长生不老世界。(21) 谁施舍了一头带着犊子，浑身黑色的牛，并用种种珍宝装饰其身，那么，这位施主必能去往健

---

① 吠陀神话中的一类神明，为自然现象的人格化。计有八位，分别代表地、水、风、火、光、黎明、月亮和北极星。他们的首领是因陀罗，后又是火神阿耆尼、毗湿奴等。
② 沙提耶为一类地位较低的小神，居于天地之间。一说有十二位，一说有十七位。
③ 毗罗陀可能即今北印贝拉尔地区。

达缚和众天女的美好世界。(22)谁施舍了一头白脖子的公牛,并用种种珍宝装饰其身,那么,这位施主必能一生无虞,并在来世去往生主掌管的各个世界。(23)谁对于施牛善举乐而不疲,国王啊,他就能乘着像太阳般耀眼的天车,穿过浓云,驶往天国。(24)人中翘楚啊,当那些喜欢施牛的人到达天国的时候,会有成千的丰臀美女,盛装相迎,与之共乐。(25)在那里,他可以安静地睡眠,而每日清晨,则被维那琴和瓦罗吉琴美妙的声音,以及天女们清脆的脚铃声和欢笑声所唤醒。这些天女长着瞪羚一般美丽的眼睛。(26)所施的牛身上有多少根毛,施主就能在那里享受多少年的敬仰。当他离开天国的时候,又会降生到人间世界中有牛者的家庭里。(27)

以上是吉祥的《摩诃婆罗多》中《教诫篇》第七十八章(78)。

七九

极裕仙人说:

"母牛为人贡献牛奶和纯净的酥油。它们是酥油的酝酿处,是酥油的产生地,是酥油之河,是酥油的旋涡。让我的家中永不缺少母牛吧!(1)酥油永远存在于我的心里。酥油存在于我的肚脐处。酥油存在于我的四肢之内。酥油存在于我的意念之中。(2)母牛永远在我的前面。母牛永远在我的后面。母牛永远在我的四面八方。我就住在母牛中间。"(3)一个人应该在每日晨、昏之际,漱口之后,念诵以上的诗句。做到了这一点,这个人即使犯了罪过,也能将它洗除干净。(4)谁施舍了一千头母牛,他就能在来世去往健达缚和天女居住的世界。那里黄金宫殿遍布各处,称作善河的溪水缓缓流淌。(5)谁施舍了一千头母牛,他就能在来世去往一个河流纵横的世界,那里河水是牛奶,淤泥是酥油,随波逐流的苔草是奶酪。(6)谁严格按照规矩施舍了十万头母牛,他就能够获得无上福惠,在牛界受到崇高的敬仰。(7)他还能拯救自己过世的父母辈达十代之远,使他们去往至善世界。此外,他还可以使自己的整个亲族得以净化。(8)那用水做牛进行施舍的人,那用芝麻做牛进行施舍的人,死后都不会在阎摩世界里遭受任何煎熬之苦。(9)牛是世上一切净化手段中最高的一种。牛是诸神居所之母。它们是不可测度的。同牛一起外出的时候,人应该走在牛的右面①。人还应看准时机,将牛施舍给合适的接受者。(10)谁能施舍一头头角坚实有力的迦比罗母牛,带着牛犊和接奶的铜罐,并且用布将母牛的身体裹好,那么,这位施主必可成为无所畏惧之人,并能轻易穿过难以逾越的险阻,进入阎摩王的宫廷。(11)"母牛有美妙之形。母牛有多变之形。母牛有宇宙之形。母牛是万物之母。让母牛到我的身边来吧!"这是人们应当经常吟唱的词句。(12)世上没有比施牛更神圣的施舍。世上没有任何施舍能带来比施牛更丰厚的果报。世上众生,没有任何一种能够居于母牛之上。(13)母牛用它的皮、毛、角、尾毛、乳汁和脂肪来保证祭祀的实施。那么,世上还有什么超过母牛的东西吗?(14)母牛是过去和未来之母。母牛存在于宇宙中一切动物和不动物的身体之内。因此,我向母牛俯首致敬。(15)母牛的优越之处,人中精英啊,我已经向你叙述了一部分。世界上没有比施牛更高的施舍了。世界上也没有比母牛更令人向往,值得追求的目标了。(16)

毗湿摩说:

那世界的保卫者(美奴之子)听过极裕仙人的这番话后,感到真是至圣至明之言,于是便约束身心,向婆罗门赠送了大批的母牛。后来,这位具有伟大灵魂的人果然去了吉祥世界。(17)

以上是吉祥的《摩诃婆罗多》中《教诫篇》第七十九章(79)。

八〇

坚战说:

在这个世界上,什么是使人纯洁的手段中最纯洁的一种?什么是世上的至纯之物?祖父啊,请你告诉我。(1)

毗湿摩说:

在这个世界上,惟有母牛是最为伟大之物。它以吉祥之身救度人

---

① 走在右边表示尊重。

类。它用自己的奶水,用那奶水做成的祭品,哺育着世上的众生。(2)婆罗多族俊杰啊,再也没有任何东西比母牛更吉祥了。三界之中,数它们最吉祥,最能使人变得纯洁无瑕。(3)母牛所居的境界,比天神的住处更加高远。人中之王啊,世上聪慧之人总是通过施舍母牛而踏上去往天国之路。(4)优婆那娑之子曼陀多、迅行王和友邻王,他们都是动辄施舍数十万头母牛,从而臻于无上之境的。那是一种连天神也难以到达的无上之境。(5)有些古代的故事说到过他们的业绩。无瑕者啊,让我来把它们讲给你。(6)有一天,智慧的苏迦在做过日常的祭祀后,约束身心,来到他父亲黑仙岛生(毗耶娑)面前。黑仙岛生是仙人中最优异的人物,善于区分世事的高下优劣。这位纯洁正直之人先向他的父亲行礼如仪,然后恭敬问道:(7)"在你看来,各种祭祀之中,哪一种是最高明的?什么样的事一个聪慧之人做了以后,就可以到达无与伦比的美妙天堂?(8)能力无比的人啊,诸神得以享受天堂之乐,通过的是什么手段?祭祀的根本精神是什么?祭祀又是建立在什么基础之上的?(9)在各种施舍物里,什么是至高无上的?此外,什么是使人纯洁的手段中最纯洁的一种?无瑕者啊,请把它们告诉我。"(10)婆罗多族雄牛啊,听到苏迦这样提问,毗耶娑,这通晓最高之法的人,便将一切有关的事情如实地讲给了自己的儿子。(11)

毗耶娑说:

母牛支持着一切众生的存在。母牛是一切众生的归宿。母牛是吉祥之物。母牛是使人纯洁的手段。总之,母牛本身就是纯洁之法。(12)我们曾经听说,母牛过去是没有角的。为了长出角来,它们便去敬拜那永恒不灭的梵天。(13)威力无穷的梵天将这些母牛仔细端详了一番,它们看上去似乎不达目的就不进食,于是便满足它们的愿望,每头牛给了一副角。(14)以后,它们长出了角,如愿以偿。孩子啊,它们长出了色彩各异的角,浑身闪耀着美丽的光泽。(15)这些母牛接受了梵天赐予的恩惠,焕发出诱人的光彩。它们成为吉祥之物,成为使人纯洁的手段,不但给人带来幸运,而且为人提供敬神敬祖的祭品。①它们同时具有神的形体和神的特质。母牛精力充沛,强

---

① 祭祀时投献的祭品牛乳、酥油等,都是母牛提供的。

大如神。施舍母牛成为众人交口称赞之事。(16) 谁心地善良,克服了自私嫉妒之心,加上施舍母牛,就会被视为广施万物,行善积德的人。无瑕者啊,他们将会去往母牛世界,享受无上福乐。(17) 最优秀的再生者啊,那里树上长的尽是美丽的花朵和果实,花儿散发着天香,果子也都甘甜可口。(18) 那里宝石铺地,细金为沙,没有污泥,没有灰尘,触目皆是美景,令人身心舒适。(19) 那里有长满红莲的池塘,莲梗用黄金美玉做成,闪着初升旭日的光芒。(20) 有的池塘开放着众多睡莲,这里那里,点缀着蓝色的莲花。它们的花瓣都是名贵的宝石,花蕊放出金子的光彩。(21) 树林里的夹竹桃竞相开放,树上缠绕着成千上万的藤条。还有一片片的商陀那迦树,① 树冠上繁花似锦。(22) 缓缓流动的河水中,分布着一个个小岛。岛上散落着晶莹剔透的珠玉、黄金和成堆的其他宝物。(23) 有些地方,浓荫匝地,尽是高大的树木。珍珠、黄金布满树头,远远望去,光芒四射,犹如燃烧的火焰。(24) 还有的地方,重峦叠嶂,山上山下,尽是黄金钻石。五彩光耀,夺人眼目,群峰耸峙,美不胜收。(25) 树上的花果四季不败,林间的鸟雀鸣啭不停。婆罗多族雄牛啊,花儿散发着醉人的天香,果实的味道也甜蜜无比。(26) 坚战啊,那些广行善业的人无忧无虑,无嗔无怒,游乐嬉戏,无愿不遂,住在那里,直至永远。(27) 婆罗多后裔啊,他们功成名就,悠游自在,乘着五彩缤纷、舒适安逸的天车,到处游玩。(28) 美丽的天女成群结队,围绕着他们唱歌跳舞。国王啊,这就是为那些施舍了母牛的人准备的世界。(29) 管理这些世界的是普善②和力大无穷的暴风雨之神,以及掌握至高权力的伐楼拿王。(30) 虔诚者啊,一个人应该谨守誓约,经常默祷:"保护我吧,这些负轭者、形体美妙者、形体多样者、形体多彩者、母亲们和生主的后代们③!"(31) 一个人如果能始终恭敬对待,虚心追随母牛,那么对他的行为表示满意的母牛将会给予他别人难以获得的恩惠。(32) 应该让母牛过得舒适,而不能对它们加以伤害,哪怕仅仅是在心里。谁能经常调御身心,高高兴兴,称颂母牛,

---

① 商陀那迦树是因陀罗天国中的五种树木之一,据说它能满足人的各种要求。
② 参见第64章第7颂注。
③ 这些都是母牛的称号。

并对它们俯首鞠躬,崇敬有加,谁就能享受母牛给予他的丰厚报答。(33)

能够使人纯洁的手段中最纯洁的一种,是把纯净的酥油放在头顶上面。那也正是诸神在无上世界里赖以享受幸福的手段。(34)有了酥油,人才有向祭火中投献的东西。有了酥油可以施舍,人才可能从婆罗门那里得到祝福。人应当食用酥油,并且施舍酥油。谁这样做了,他就能得到丰厚的报答。(35)人应该喝三天热的牛溺,再饮三天热的牛奶。在饮过三天热牛奶后,他再吃三天热酥油。吃过三天热酥油后,他再过三天除了喝风以外,不进他食的日子。(36)在此后的一个月内,他只能吃粥,而熬粥的谷粒,应该是从牛粪堆上捡来的。如此这般完成前述过程以后,这个人便洗刷了以往的一切过失,即使有杀害婆罗门的罪恶也无妨。(37)当初,诸神为了打败恶魔,就曾下过这等纯洁自身的功夫。结果,他们恢复威力,取得成功,夺回了自己神的地位。(38)母牛是纯洁的手段,吉祥的化身。它们自身就纯洁得无与伦比。谁向婆罗门施舍了母牛,他就能去往天国,享受幸福。(39)人应该处身在母牛之间,使自己保持纯洁,同时手捧净水,用口啜吸,并在心中默念赞美母牛的颂诗。做到了这些,这个人就成了没有任何瑕疵的纯洁之人。(40)那些行为端正,由于知识渊博,精通吠陀,严守戒行而达到纯洁之境的婆罗门,应该坐在圣火之间,或者牛群之间,或者婆罗门会众之间,(41)向徒众传授赞美母牛的颂诗。默念颂诗的功效可以和虔心行祭相比。一个人斋戒三夜,倾听这样的颂诗,便能使自己的愿望获得满足。(42)一个人如能将母牛服侍好,那么他想得儿子,就会得到儿子;想得财富,就会得到财富;想得夫主,就会得到夫主。毫无疑问,感到满意的母牛会送给他向往的一切。(43)你要知道,母牛福祉无边,是祭祀必需的圣物,是一切愿望的满足者。大家也应当知道,没有任何东西高于母牛。(44)

毗湿摩说:

自从精力充沛的苏迦听到伟大的父亲这一番教导之后,便一直对母牛恭敬有加。那么,坚战啊,你也应该这样做。(45)

以上是吉祥的《摩诃婆罗多》中《教诫篇》第八十章(80)。

八一

坚战说：

我曾听说，牛粪使人惬意，使人兴旺发达。我想知道这究竟是为什么。在这方面，我的心里还是存着很深的疑惑。（1）

毗湿摩说：

国王啊，关于这点，人们常会引用一则古代传说。婆罗多族俊杰啊，那是一段吉祥天女和母牛的对话。（2）有一天，吉祥天女装扮得漂亮而又迷人，走入牛群中间。众牛见她如此美丽动人，很是吃惊。（3）

众牛说：

请问你是谁啊，女神？你是怎样生成这容颜的，它举世无双？有大福气的女神啊，见到你那绝代美貌，我们瞠目结舌。（4）我们想知道你是谁，你还要到哪里去。美丽的女神啊，请把我们想知道的一切告诉我们吧！（5）

吉祥天女说：

愿你们有福！我是众生的好朋友。我有一个大家都知道的名字，叫吉祥。世上的恶魔遭到我的唾弃后，便从这个世界上永远消失了。（6）因陀罗、毗婆薮、苏摩、毗湿奴、阿波①、阿耆尼以及众神和众仙人都曾得到我的帮助，因而诸事顺遂。（7）母牛啊，那些我所厌恶的东西，都会从这个世界上消失。它们不懂正法，现实中的利益和快乐它们都没有份，因而也就无所谓幸福和安乐。（8）母牛啊，谁都应该知道我有这样的威力，是幸福的赐予者。我乐于在你们中间，同你们长久地住在一起。所以，无瑕者啊，我便来到这里，带着使你们吉祥如意的愿望。（9）

众牛说：

你生性朝此夕彼，变幻无常。世界上像你这样的所在多有。我们

---

① 阿波原意为水，一般认为是指水神伐楼拿。

不需要你。愿你有福。爱到哪里，就到哪里去吧。（10）我们全都有美丽的形体，还要你有什么用？你喜欢哪里，就到哪里去吧！你已经使我们很满意了。（11）

吉祥天女说：

母牛啊，你们对我不表欢迎，难道合乎礼法吗？圣善之士本是很难值遇的，你们究竟为什么不接受我呢？（12）"不请自荐，必遭人厌，世情如此，难得一变。"看来当今流传的这个俗话倒是千真万确。（13）无论是神明、檀那婆、健达缚、毕舍遮，还是蟒蛇、罗刹乃至人类自身，只有在修习艰巨的苦行之后方才见得到我。（14）母牛啊，只有接受我才是合乎礼法的。可爱的牛啊，在既有动物也有不动物的三界之内，还从来没有谁以轻蔑的态度对待过我。（15）

众牛说：

女神啊，我们并没有用轻蔑的态度对待你。我们也不讨厌你。只是你自己朝此夕彼，变幻无常，我们才不想同你厮守在一起。（16）多费口舌有什么用？还是请你爱到哪里，就到哪里去吧！无瑕者啊，我们自己已经有了美丽的形体，还要你有什么用？（17）

吉祥天女说：

体面的施予者啊，你们这样抛弃我，今后我就会在全世界成为人们奚落的对象。请你们行行好吧！（18）美丽的，可敬的牛啊，你们都是有大福惠的，都乐于给前来求助的人提供保护。我自己并无过失，希望你们尊重我，保护我。（19）我只想住在你们身上某一个肢体之内，不管它多么该受轻蔑。但是，无瑕者啊，在你们所有的肢体里，我无论如何也找不到哪个应当轻蔑。（20）你们是吉祥之物，你们是纯洁之物，你们是有福之物。我的说法，你们应当同意。请把我可以居住的肢体指给我吧。（21）

毗湿摩说：

吉祥天女的一番说辞，使美丽的众牛动了感情。国王啊，它们互相商量了一阵以后，对她说道：（22）"卓有令名的女神啊，我们当然应当尊敬你。那就请你住在我们的粪溺之中吧，它们也是吉祥的东西。"（23）

吉祥天女说：

愿你们有福！得到你们的恩惠，我很幸运，也很满足。但愿你们

的话能够实现。赐福者啊,善良的母牛,我深感受到了你们的尊重。(24)

毗湿摩说:

就这样,吉祥天女同母牛取得了一致。于是,婆罗多后裔啊,当着诸牛的面,她便倏忽没了去向。(25)方才我讲了牛粪何以地位高贵的缘由。下面我还要再讲些母牛的高贵之处。孩子啊,你仔细听。(26)

以上是吉祥的《摩诃婆罗多》中《教诫篇》第八十一章(81)。

八二

毗湿摩说:

坚战啊,那些施舍母牛的人,那些取食了祭祀后所余酥油之类祭品的人,可以看作是经常举行大苏摩祭的人。(1)按照规矩,没有凝乳和酥油,就不能举行祭祀。端赖于凝乳和酥油,祭祀的精神才得以存在。因此,它们被视为祭祀的基础。(2)在各种施舍物中,母牛是最受称道的。母牛是最为纯净之物,最为圣洁之物。(3)谁想获得财富,谁想求得内心的宁静,他就应该善待母牛。它们的奶汁、凝乳和酥油,足以为人消除一切罪过。(4)据说,无论是在这个世界,还是在未来世界,母牛都代表着非凡的精气。人中雄牛啊,世上能使人纯洁的东西中,没有什么能和母牛相比。(5)坚战啊,在这方面,人们常会引用古代传说中一段老祖先(梵天)和因陀罗的对话。(6)天帝释(因陀罗)在斗争中击败恶魔之后,成为三界之主。一切众生安居乐业,一心致力于真理之法。(7)一次,众仙人、健达缚、紧那罗、蟒蛇、罗刹、诸神、阿修罗、美翼[1]和各路众生之王等聚集一起,围坐在老祖先周围。(8)在座的还有仙人那罗陀、山神、广慈、诃诃与呼呼。[2] 他们应和着天乐的节拍,唱着赞颂神主[3]的歌。(9)风神吹来

---

[1] 指各种鸟类,有时亦专指金翅鸟。
[2] 广慈、诃诃、呼呼均为健达缚。
[3] 这里指梵天。

阵阵天花，各个季节之神也拂来缕缕清香。（10）各路大神济济一堂，所有众生纷纷来朝。天乐之声回荡，神女舞步轻扬。此时，因陀罗起身，向诸神之主（梵天）鞠躬行礼，口唱吉语，诚心发问道：（11）"老祖先啊，我想知道，为什么众牛之地会高于众神也即世界之主之地。（12）自在天啊，母牛幸福地生活在清净无尘而且高于诸神的世界里，凭的是什么苦行，或者是什么梵行呢？"（13）见天帝释如此发问，梵天便对这位诛灭波罗者说道："诛灭波罗者啊，你一向不把母牛放在眼里。（14）正因为如此，你才不了解它们的高贵之处。现在，你听我说。众神之主啊，我要告诉你它们有何种超凡之力，有什么高贵之处。（15）婆薮之主啊，据说，母牛是祭祀的一部分，或者说，就是祭祀本身。因此，没有母牛，就无所谓祭祀。（16）它们用自己的奶水，用自己提供的祭品，哺育着世上众生。而它们的儿子则帮助人耕田犁地。（17）它们生产出谷物和其他各色种子，使人们有了祭神祭祖的供品，而祭祀也因此而得以举行。（18）它们忍受着饥渴之苦，从事着种种繁重的劳作。诸神之主啊，牛奶、凝乳和酥油全是吉祥之物。（19）众牛也用自己的勤劳，养育着世上的牟尼和众生。婆薮之主啊，它们做事，从无欺诈。由于行为端正，它们能永远居住在胜过我们的地方。（20）天帝释啊，出于同样的原因，母牛也居住在高于众神的地方。百祭（因陀罗）啊，这就是我的解释。（21）婆薮之主啊，这些苏罗毗的后代是恩惠的接受者，也是恩惠的赐予者。它们体格健美，本性纯洁，所作所为都是圣善之事。（22）神中的佼佼者啊，现在我来告诉你苏罗毗的后代是怎样来到大地上的。诛灭波罗者啊，请你仔细地听。（23）亲爱的人啊，过去，在诸神时代，伟大的提迷王统治三界。毗湿奴也于此时投胎。（24）阿提底为求生个儿子，便使自己成为一个苦行者。她修炼严格的，一般人无法做到的苦行，方式是长年单足立地。（25）苏罗毗，这位陀刹的女儿，看到伟大的女神修习如此困难的苦行，（26）为了追求正法，自己也高高兴兴修炼起极其严厉的苦行来。她的静修处就选在盖拉娑山巅，那是一个迷人的地方，众神和健达缚常去游玩。（27）她拥有最高的瑜伽力，以致单足独立，竟达一万一千年之久。（28）诸神、诸仙人以及诸大蛇被她的苦行之火烤得不亦乐乎，遂约我一同去拜访那美丽的苏罗毗。（29）我问那具有伟大苦行力的女神：'女神啊，无可指摘者！你为什么要修炼这样严厉的苦行呢？（30）美丽而又有天赐大福的苏罗毗啊，知道你修炼苦行，我很高兴。那么，女神啊，你需要什么恩惠呢？让我来满足你吧。'毁城者（因陀罗）啊，我就是这样对她说的。"（31）

苏罗毗说：

尊敬的世界之祖啊，无瑕者，你对我的苦行表示高兴就是给我恩惠了。（32）

梵天说：

三十三天之主啊，女神苏罗毗说过之后，我马上做了回答。因陀罗啊，沙姬之夫（因陀罗），请听我是如何回答的。（33）我说："女神啊，外有美丽容貌，内有苦行功夫，同时又无贪无欲，见你如此，我很高兴。现在我给你一个恩惠，赐你永远不死。（34）我要给你恩惠，让你居住在高于三界的地方。这个地方将要以牛界这个名称广为人知。（35）你的后代将住在人间，永做善良之事。天赐大福者啊，你所有的女儿都将永远居住在那里。（36）你可以获得天、人之间的任何享乐，只要你想得到。美丽的女神啊，你将享受的是天国之福。"（37）千眼之神（因陀罗）啊，这就是苏罗毗的世界。那是一个任何愿望都能实现的去处。无论是火灾，还是衰老和死亡，都不会侵袭那里。婆薮之主啊，那里也不知道丑陋和忧伤为何物。（38）那里有迷人的树林，还有宏伟的宫殿。婆薮之主啊，那里的天车装饰华美，来往奔驰，驶往车主想去的地方。（39）不过，惟有靠种种戒行和善行，靠圣地沐浴，靠艰难的苦行，靠合乎道德的行为——莲花眼啊，惟有靠着这些，一个人才能去往牛界。（40）克敌制胜者啊，这就是我对于你的问题的全部回答。所以，千万不要轻视母牛啊，天帝释！（41）

毗湿摩说：

千眼之神听了梵天的这番话后，遂对母牛肃然起敬。坚战啊，从此以后，他便时时刻刻对母牛崇拜有加。（42）大光辉者啊，母牛的纯洁，母牛的高贵，母牛何以是使人纯洁的最好手段，所有这些，上面都已讲过。我也对你讲了母牛可以为人洗刷一切罪过的能力。（43）

在举行祭祀仪式的时候,在向诸神和列祖献祭上供的时候,在敬拜祖先的时候,一个人如能集中心思,向婆罗门唱诵如上故实,久而久之,他便能使自己的祖先获得万事如意的无尽福惠。(44)一个男子,倘能以虔诚之心对待母牛,必能获得心中向往的一切。一个女子,如果也能这样对待母牛,她同样会使自己的愿望很快实现。(45)想要儿子的,就能得到儿子。想要丈夫的,就能得到丈夫。希望富有的,就能得到财富。渴望正法的,就能获得正法。(46)想要得到知识的,必能得到知识。想要得到幸福的,就能得到幸福。婆罗多后裔啊,对于一个虔诚对待母牛的人来说,没有什么想要的东西是得不到的。(47)

以上是吉祥的《摩诃婆罗多》中《教诫篇》第八十二章(82)。

八三

坚战说:

上面,祖父已经解释了何以母牛的施舍是无上之施。对于希望奉行正法的国王来说,施舍母牛是功德无量的事。(1)掌握王权一向令人烦恼。这一点在林中隐居的人很难了解。前呼后拥的扈从使人不快。没有经过磨炼的人是无法挑起这个担子的。因此,大多数国王的结局都不甚美妙。(2)通过施舍土地,国王们保持了自己的纯洁。俱卢族后裔啊,你曾对我讲了很多有关正法的事。(3)你讲过尼伽王施舍母牛的事,讲过古代仙人那吉开陀的所见所闻。(4)吠陀经典和奥义书都曾指出,在所有的祭祀,在所有的宗教仪式中,应该把土地,或者母牛,或者黄金付给婆罗门作为报酬。(5)可是,天启经典又说,在所有的报酬里,黄金是最上等的。祖父啊,我想知道究竟哪种说法最有道理。(6)黄金是什么?它是如何产生的?它是什么时候产生的?它的性质怎样?它作为施舍物有何特点?施舍它又能带来什么果报?为什么说它是最好的东西?(7)为什么智者们对于施舍黄金备加赞赏?为什么行祭后赠给婆罗门的报酬中,黄金独得称道?(8)为什么说同土地和母牛相比,金子是最为纯洁之物?祖父啊,黄金在诸

263

种祭祀的报酬中成为最高的一种,请你讲讲,是为什么。(9)

毗湿摩说:

国王啊,有关的说法很多,请你仔细地听我讲。至于黄金的起源,我将尽我所知告诉你。(10)精力充沛的父亲福身王去世以后,我到恒河之门去,打算为他举行祖祭仪式。(11)到那里后,孩子啊,我就准备为我的父亲举行仪式。我的母亲阇诃奴之女助我行祭。(12)首先,我先请诸位仙人就座,他们都是通过苦行而获得大成就的。然后,我开始献水,并做其他事情。(13)我集中精神,依照规定,做完了开始的几项工作。然后严格地按照顺序,敬献了供品。(14)人民之王啊,就在这时,一只手臂从地面钻出来,穿透了我铺好的拘舍草。手臂上戴着漂亮的手镯和其他装饰品。(15)面对突然出现的手臂,我大吃一惊。婆罗多族雄牛啊,我想这一定是我过世的父亲取供品来了。(16)后来,我恢复了理智,便反复琢磨,想从古代的经典中寻找教导。国王啊,我想,吠陀经典内的有关戒规是禁止举行祭祀的人把上供饭团放到祭祀对象手中的。(17)我们已经逝去的祖先任何时候都不会以看得见的方式来取供品。按规矩,供品总是放在铺好的拘舍草上的。(18)这样,我便不再理会父亲的那只手,尽管它表明他就在祖祭的现场。同时我也极力在脑中搜索按照古代经典的要求,正确的规定究竟是什么。(19)婆罗多族雄牛啊,我还是把全部供品都放在了祭草上面。人中雄牛啊,你知道,我是完全按照古代经典提出的要求做的。(20)人中之主啊,于是,我父亲的手臂消失了。后来,在一次睡梦中,已经逝去的先祖们出现了。(21)他们看上去很高兴。婆罗多族雄牛啊,他们对我说:"你保持了自己的判断,没有因为受到迷惑而偏离正法。(22)国王啊,你遵照大仙人们制定的经典行事,使它更具有权威性,也使得你自己,使得正法、传承经、吠陀经和祖先更具有权威性。(23)祖先们、婆罗门、导师和生主都崇尚这种权威,它因此而变得更加稳固,不可动摇。(24)婆罗多族雄牛啊,你今天的做法非常正确。你已经施舍了土地和母牛,为什么不再施舍黄金呢?(25)这样,我们和我们所有祖先的罪愆就能够洗刷掉,因为黄金是最为纯洁之物。(26)施舍黄金的人可以使他的十代先祖和十代后人获得救度。"这就是我的祖先在梦中对我说的话。(27)国王啊,人民之主,我醒来之后,颇感惊异。婆罗多族俊杰啊,我决意施舍黄金。(28)国王啊,请再听听如下这个古代传说,它最早是讲给食火仙人之子(持斧罗摩)听的。它可以给人带来财富和长寿。(29)过去,食火仙人之子罗摩出于巨大的愤怒,曾经三七次①将大地上的刹帝利统统消灭。(30)这位长着莲花眼的英雄罗摩在征服了整个大地之后,举行了一次祭祀,对此婆罗门和刹帝利全都拱手相庆。(31)大王啊,他所举行的,是能够满足人一切要求的马祭。这种马祭还能净化众生,并使行祭者精力增强,更加光彩照人。(32)通过行祭,食火仙人之子变得精力充沛,同时也摆脱了一切痛苦和烦恼。但是,他却无法获得轻松愉快的心境。(33)这一次最高级的祭祀给婆罗门带来了丰厚的酬金。行祭以后,这位高贵的婆利古后代便出发去找那些学养深厚的仙人和天神,向他们请教。(34)食火仙人之子说道:"有福者啊,请告诉我能够使闯下弥天大祸的人最有效地得以净化的东西是什么。"听到持斧罗摩这么请求,那些精通吠陀和其他种种神圣经典的大仙人们便回答了他。②(35)

极裕仙人说:

凡是施舍了黄金的人,都被视作是施舍了神圣之物。火神阿耆尼也曾施舍过黄金。他集所有神圣的特征于一身。可以说黄金就是以火神为本性的。(36)因此,谁施舍了黄金,他就是施舍了所有神圣之物。人中之虎啊,所以说,世上没有比黄金更贵重的施舍物。(37)婆罗门仙人啊,我还要继续讲黄金的崇高之处。精通武艺的优秀战士啊,请注意倾听我如下的唱诵。(38)婆利古族后裔啊,我是从往世书中听到这些说法的。它出自生主摩奴私瓦鸯菩瓦之口。(39)手持三叉戟的楼陀罗(湿婆),这伟大的神明,在大雪山上,(40)同女神楼陀罗尼③完成结婚仪式后,即欲交合。众天神焦虑不安,遂走到这位尊神面前。(41)婆利古后裔啊,诸天神向坐在那里的大神和他的妻子——普施恩惠的乌玛女神躬身致敬,然后对楼陀罗说道:(42)"大神啊,无瑕者!你同女神的结合,是一位苦行者同另一位苦行者

---

① 即二十一次。
② 有学者认为最后一句与上下文不合,应该省略。
③ 即女神乌玛。

的结合,是一位精力充沛者同另一位精力充沛者的结合。你的精力从不衰竭。女神乌玛也是一样。(43)大神啊,威赫之主,你们的后代必将力大无穷。他会将三界的一切耗尽无余。(44)大眼之神啊,世界之主!请给这些正在俯身行礼的神明一个恩惠吧。我们是为了三界的福利而请求恩惠的,希望你在生育后代的时候节制自己那光辉夺目的精力。"(45)婆罗门仙人啊,听到诸天神如上这番话后,那以公牛为标志的大神(湿婆)回答道:"好吧!"(46)既经答应了诸神的要求,这位以公牛为坐骑者(湿婆)便将自己喷出的精液射向上方。从此以后,湿婆便被称作"乌罗陀瓦利陀"①。(47)这一断嗣绝后的事使楼陀罗尼大为愤怒。由于是个女性②,她便不惜用粗话对诸神说道:(48)"我的丈夫希望得子,但是你们却让他放弃自己的意愿。那就让你们这些神众也断子绝孙吧!(49)既然你们使我后继无人,那么,你们也全都休想能有儿孙!"(50)婆利古后裔啊,当楼陀罗尼发出这一诅咒的时候,火神阿耆尼并不在场。结果,受到诅咒的诸神和女神便不再生育。(51)应诸神的要求,楼陀罗将他无与伦比的精力收回了自己的身体,但是有一滴精液不慎落到了地上。(52)那掉落的一滴精液正好蹦入火中,于是便开始十分奇妙地长大起来。这乃是一种精力碰上了另一种精力,如同精液进入了一个子宫之内。(53)与此同时,以因陀罗为首的众天神正遭到名叫多罗迦的阿修罗的侵扰。(54)阿提迭、婆薮、楼陀罗③、摩录多、双马童、沙提耶,所有这些神明都被提底之子④的力量震慑住了。(55)众天神的领地、天车、城镇,以及仙人们的净修处统统被阿修罗们夺走了。(56)于是,天神和仙人们一个个心情沮丧,来找力量永不衰竭的梵天大神,求他保护。(57)

以上是吉祥的《摩诃婆罗多》中《教诫篇》第八十三章(83)。

---

① 意为"精液向上"。
② 这里是说女性不善于控制自己的情绪,易于发作。
③ 这里的楼陀罗不指前面的湿婆。生主迦叶波同其妻阿提底生了33个儿子,有一些称楼陀罗。此外还有一些称阿提迭、婆薮、双马童等。
④ 指多罗迦。

八四

众天神说：

威力无比的神啊，多罗迦这个阿修罗把我们这些天神和仙人欺负得好苦！他曾经得到过你的恩惠。现在请你把他消灭掉。（1）祖宗啊，我们的心里充满恐惧。请你拯救我们。我们除了求你，别无办法。（2）

梵天说：

我对于众生一向一视同仁。我不会容忍违背正法的行为。那折磨众天神和众仙人的多罗迦很快就会死掉。（3）优秀的天神啊，吠陀和正法是不容破坏的。这件事我已经作了安排，你们不必烦恼。（4）

众天神说：

可是，提底之子由于得到过你的恩惠，自恃蛮力强大，而诸神也的确奈何他不得。那么怎样才能将他杀掉呢？（5）祖宗啊，他从你那里获得了恩惠。这恩惠，用他的话说，就是："无论是神明，还是阿修罗，或是罗刹，谁都不能把我杀死。"（6）何况，宇宙之主啊，诸神还受到了楼陀罗尼的诅咒，说他们将会断子绝孙，因为他们劝说过楼陀罗，让他不要生育。（7）

梵天说：

你们有所不知，优秀的天神啊，当楼陀罗尼发出诅咒的时候，那食祭品者（火神）并不在场。为了消灭三十三天的公敌，他将会生一个儿子。（8）这火神之子比任何天神、檀那婆、罗刹、人类、健达缚、蟒蛇和飞鸟都强。（9）他将会用他百发百中，所向无敌的神杵击杀那使你们胆战心惊的敌人。此外，他还将杀败所有别的天神之敌。（10）心愿是一种永恒存在的东西。它又被人们称作欲望。它也就是楼陀罗的精液。这精液有一滴蹦入了熊熊的火焰之中。（11）楼陀罗的精液乃是非凡之物，此物不啻于另一个火神。阿耆尼（火神）会让它在恒河中长大，长成众神之敌的克星。（12）由于楼陀罗尼说话时食祭品者并不在场，所以他便躲过了她的诅咒。诸位神明啊，火神之子不久就会诞生。他将解除你们的忧惧。(13) 去找他吧,再把属于他的使命交给他。至于消灭多罗迦的方法,无瑕者啊,我已经告诉了你们。(14) 精力旺盛者的诅咒,不可能在另一个精力旺盛者的身上起作用。一股力量遇到另一股更强的力量,它自己就会变得无法施展。① (15) 功底深厚的苦行者连那有本领施人恩惠的不死之神也能除掉。心愿、喜好以及同欲望密不可分的火,都是恒久存在之物。(16) 火神是宇宙之主,他不可名状,无所不在,可以创造一切,活动在一切众生的心田之中。他威力无穷,比起楼陀罗神,还要古老。(17) 赶快找到那食祭品者,他就是精力的化身。火神能够实现你们心头涌动的任何愿望。(18)

听过梵天这番话后,伟大的诸神便一起出发,前去寻找那光耀之神(火神)。他们心愿已遂,十分高兴。(19) 众仙人和众天神搜遍三界的各个角落。他们心中只有一个愿望,就是找到火神的踪影。(20) 他们身份高贵,大名远扬,苦行之功,罕有其匹。然而,婆利古后裔啊,尽管走遍了天涯海角,他们还是找不到那食祭品者;他像是藏进了无形的自我之中。(21) 渴望和恐惧占据着他们的心。这时,一只青蛙出现了。它是从地下深处的阴间升上地面的,在那里受尽火力的煎熬,已经身心交瘁。青蛙对诸神说:(22)"众天神啊,阿耆尼如今正在地府。受不住他那烈火的炙烤,我才来到了地面上。(23) 高贵的食祭品者住在水里,处于休眠状态。他把自己的能量注入水中。众天神啊,那水热得简直让我们吃不消。(24) 如果你们想见到那光耀之神,如果你们有事情要请他做,就到水里去找他吧。(25) 到他那里去吧。至于我们,那火神实在可怕,我们只有赶紧逃走。"说过这话,青蛙便急忙跳进了水里。(26) 食祭品者发现青蛙出卖了自己,便来到它的面前,诅咒它道:"你将有口不辨五味!"(27) 这强而有力的火神发出对青蛙的诅咒之后,便移居他处,躲过了众天神的眼睛。(28) 婆利古后裔啊,众天神见青蛙为自己而遭不幸,便给了它们一个恩惠。巨臂啊,我将把它唱诵出来,请仔细听。(29)

---

① 本颂的意思似乎是,火神阿耆尼也不能逃过楼陀罗尼的诅咒,但他威力强大,故可以免受其害。

众天神说：

虽然火神的诅咒，使你们①的舌头失去了辨味的能力。但是，你们却可以发出多种语言。(30) 你们虽然住在洞中，没有食物，逐渐消瘦干枯并且失去感觉，如同死亡一般，但是大地会养育你们。而且，当夜幕降临，黑暗笼罩一切的时候，你们还可以出来走动。(31)

诸神对青蛙说过这话以后，便离开它们，继续漫游世界，寻找火神。然而，费尽努力，他们还是找不到他。(32) 婆利古后裔啊，这时，有一头大象过来向他们说话。它孔武有力，如同天王因陀罗的坐象。它说："当下火神正在阿湿缚陀树中休息。"(33) 这话让火神听到了，他大为光火。婆利古后裔啊，于是他便对所有的大象发出诅咒："你们将长出向后卷曲的舌头。"(34) 说过这话以后，这位被大象告发了住处的火神只好离开阿湿缚陀树，钻入莎弥树身，准备在那里睡个好觉。(35) 勇力非凡的众天神对大象的好意深感满意，遂给了它们一个恩惠。婆利古族俊杰啊，请细听我讲。(36)

众天神说：

你们的舌头虽然卷曲，但并不妨碍你们吃到任何想吃的东西。此外，你们还能发出声音，只不过因为声音太大，不很清楚。

说过这话以后，这些天国的居民（众天神）便又出发去追寻火神了。(37) 火神离开阿湿缚陀树后，就住进了莎弥树里。亲爱的人啊，结果他住在莎弥树的消息被一只鹦鹉说了出去，于是众天神又追到这里。(38) 这一次，鹦鹉也遭到火神的诅咒，失去了说话的能力。食祭品者把鹦鹉的舌头全都卷了起来。(39) 众天神看到了火神。同时，他们也对鹦鹉充满同情，便对它说："鸟儿啊，你并没有失去全部的说话功能。"(40) 这样，尽管鹦鹉的舌头被卷了起来，它们还是能够发出"喀、喀"的声音。这声音就像学语婴儿或无齿老人口中说出的话语一样，虽然含糊难辨，却也自有其美。(41) 说过这话以后，众天神看到了莎弥树里的火神，遂把这种树变成一种适于在所有仪式中

---

① 原文如此。这里的人称改为复数。

点燃祭火用的圣木。(42)从那以后,人们就普遍相信莎弥树的中心是藏着火的。莎弥木也就一直被当作祭祀时最好用的柴薪。(43)当初,火神住在地府的时候,他的热力把地下的水烤得滚烫,于是,婆利古后裔啊,便有带着蒸汽的热水自山泉中喷射出来。(44)此刻,火神看到了众天神,同情之余,就问他们:"诸位来此,有何贵干?"(45)众天神和诸大仙人答道:"我们有事,请你帮助。这件事惟你能做。帮我们做了这事,你就会获得巨大的功德。"(46)

火神说:

我能做什么事呢,请告诉我。可敬的神明啊,我将把你们要我做的事全部完成。我很愿意为你们效劳。请说出来,不必犹豫。(47)

众天神说:

有一个阿修罗,名叫多罗迦。他自恃受到过梵天的恩惠,狂傲不驯。他凭着自己的勇力,打败了我们。请你设法把他杀死。(48)火神啊,请你保护我们这些天神、生主和有大福气的仙人。(49)强有力者啊,请生一个儿子,并将你自己的精力赋予他。食供品者(火神)啊,这位大英雄将会使我们摆脱阿修罗造成的恐惧。(50)我们受到伟大女神的诅咒。除了你的威力,我们再也找不到什么别的可以求助了。请解救我们吧!(51)

听到众天神如此诉求,那供品的取食者慨然应允,说道:"好吧!"然后他便出发,向跋吉罗提,也就是那难以制服的恒河方向走去。(52)他一到那里就同她结合。她怀孕后,腹中的种子不断长大,就像火神自己在不断长大一样。(53)腹中旺盛的精气使恒河十分难受。巨大的热力煎熬着她,教她无法忍耐。(54)就在火神把自己充满精气的种子植入恒河子宫的时候,有一个阿修罗出于恐惧,惊叫起来。(55)阿修罗不自觉的叫声凄厉可怖,使得恒河十分害怕。她的眼睛充满泪水,变得茫然无措。意识一下子失去,她几乎再也兜不住腹内的种子。(56)在火神精气的折磨下,阇诃奴之女(恒河)的子宫痛苦不堪,身体也抖个不停。她向火神央求道:"尊敬的大神啊,我已经无力护住你的种子。(57)我浑身无一自在之处。我已变得麻木不仁。无瑕者啊,我已经内外虚竭,心力交瘁。(58)苦行者中的魁首啊,我的力气已经不足以保住你的胎儿。我就要把它排出体外了,不是想这么做,而是再也受不住痛苦的压迫。(59)火焰之神啊,我并没有感觉到同你的实际接触。光焰闪耀的火神啊,我们的结合是微妙而非肉体的,目的是解除众天神的不幸。(60)食供品者啊,我想,无论这是一件有功德的,还是无功德的事;无论这是一件合于正法,还是不合正法的事,其功其过都应归你。"(61)火神回答她道:"你要保住胎儿,非得设法保住!它凝集着我的精气,会给你带来巨大的功德和善果。(62)你连整个的大地都能够承载,能够保护。如果你拒绝保护我的胎儿,那么你就什么也得不到。"(63)尽管受到火神的阻止,以及诸神的劝说,这众河之首还是把那胎儿排了出来,让它降生在众山之首弥卢山上。(64)她本来最适合怀护这个胎儿,但是楼陀罗的精气把她折磨苦了。[①] 她不堪楼陀罗旺盛精力的炙烤,再也兜不住他的种子。(65)她痛苦地把那放射着太阳般光芒的胎儿排出体外。婆利古后裔啊,火神看到了,便问这众河之首:"摆脱了胎儿,你感觉舒适了吗?(66)女神啊,那是个什么颜色,什么样子的东西,它的能量如何,你能给我说说吗?"(67)

恒河说:

火神啊,那婴儿生着金色的皮肤。他的精神气同你一模一样。他浑身上下,洁白无瑕,金色的光芒照亮了整个弥卢山。(68)苦行者中的魁首啊,他的身上散发出柔和的香气,像是来自迦丹帛树和那长满红、蓝莲花的池塘。(69)万道光芒从这婴儿的身上投射出来,投向大地和高山。万物在这光芒的照耀下,闪射着熠熠金光。(70)高山、河流及泉水,婴儿的光耀无处不在。三界之内的一切动物和不动物都在他的光芒照耀之下。(71)尊敬的食供品者啊,这就是你的儿子。他同太阳一般无二,也同你自己没有区别。他俊美的身躯就像月亮。

说过这话之后,恒河女神就消失了。(72)婆利古后裔啊,精力无限的火神在做了该做的事情之后,自己也离开这里,回到诸神居住

[①] 参见前第83章第53公颂。楼陀罗即湿婆。

的地方去了。(73) 火神成就了如上功德，便从众仙人和众天神那里得到了"金精"这个名号，并在世间以这个名号广受称颂。与此同时，大地女神也获得了婆薮摩蒂的称号。① (74) 那出自火神的婴儿精力无比，在恒河体内度过了一段时间之后，落入了神圣的苇丛。他在那里逐渐长大，出落得漂亮非凡。(75) 这时，吉提迦②看到了这浑身闪光，犹如太阳一般的孩子，便爱如己出，用自己的乳汁将他抚养起来。(76) 这光彩照人的孩子也由此而得名迦缔吉夜。同时，由于他来自于楼陀罗溢出的精液，所以他也被人称作室建陀。③ 此外，他还是在隐秘的苇丛中长大的，结果他还得了另外一个名号——古诃。④ (77) 黄金就是这样作为火神之子而诞生的。所以黄金也就成了世间最上之物，成为诸神喜好的饰品。(78) 从此以后，人们便用阇陀卢钵这个名号来称金子。⑤ 金子就是尊贵的火神阿耆尼，就是伊沙，就是生主。⑥ (79) 最优秀的再生者啊，黄金是所有纯净物品中的至纯之物。它以阇陀卢钵为名，具有火神和苏摩的本性。(80) 它是一切珍宝中的至宝。它是人们身上佩戴的最好饰物。它是所有纯净物品中的至纯之物。它是众生得享的至上之福。(81)

以上是吉祥的《摩诃婆罗多》中《教诫篇》第八十四章(84)。

八五

极裕仙人说：

罗摩啊，过去我曾经听到过称作"梵见"的历史传说。它讲的是灵魂至高无上的老祖先梵天的德业。(1) 大神楼陀罗，这位世界之主，这一次在伐楼拿的王国里呈现的是伐楼拿的形象。(2) 这时，来

---

① 婆薮摩蒂意为富有。这里的意思是，火神的金胎落向大地，大地收留了它。从此，黄金便产于大地之中，大地女神遂成为富有女神。
② 吉提迦是印度古代天文学中昴宿，这里指主宰这一星宿的女神。
③ 室建陀意为溢出。
④ 古诃意为隐秘。
⑤ 阇陀卢钵意为诞生时的颜色。
⑥ 火神阿耆尼、大神伊沙（湿婆，也即楼陀罗）和生主都同胎儿的诞生有关，而胎儿又是金胎，故有此说。

了以火神阿耆尼为首的众神和众圣者,以及以化身形式出现的祭祀支①和祭祀时唱的颂诗。(3)此外来到的还有上千的圣歌和祷词②,各个具有可见的形体。梨俱吠陀也亲自到场,装饰着他的是准确的发音规则。(4)罗刹那③、私伐罗、私豆跛、尼禄多、私伐罗跛底、唵、尼伽罗诃、波罗伽罗诃等④,也统统来到大神的跟前。(5)前来这里的,还有诸吠陀以及相关的奥义、咒语、莎维德利、过去、现在和未来。所有这一切都在备受敬仰的湿婆的掌握之中。他把献祭的供品投入自身。(6)婆利古后裔啊,前呼后拥,一齐来到的,还有诸神的妻子、女儿和母亲。(7)来客们看到伟大的兽主伐楼拿⑤的祭祀,十分高兴。见到如此艳丽的女宾,自有⑥的种子便流溢出来,掉落在大地上。(8)普善神(太阳神)发现以后,便用双手从大地上收起梵天那沾满尘土的种子,将它投入祭火之中。(9)这时苏摩大祭的祭火正在熊熊燃烧,梵天作为主祭者正将供品投入火中。(10)婆利古后裔啊,他用长柄勺子把掉落下来的种子收起,然后口诵祷词,把它投入火中,就像把上供的酥油投入祭火一样。⑦(11)就这样,这位雄强无比的大神创造出了无数的众生。在这个世界上,从"光"中生出心智,(12)从"暗"中生出愚呆。而"真实"则无处不有,同时存在于两者之中。⑧"真实"具有光的性质。存在于"暗"中的,则是无边的空间。(13)真实、光和暗存在于一切众生之中。在投入祭火的种子中,它们表现为三种生存形式。(14)他们都是拥有美丽身躯的男子,只是依出生时环境的不同而有所差异。一个生自婆利戈⑨,故名

---

① 与祭祀有关的方法、器具以及其他必需品的统称。
② 分别载于《娑摩吠陀》和《夜柔吠陀》。本颂前半实际上指的是此二吠陀。加上《梨俱吠陀》,本颂提到的只有三吠陀。
③ 罗刹那是祭祀场地中所画的线。
④ 从"私伐罗"到"波罗伽罗诃"都是语言概念,涉及发音、语源、音变规律、叹词等。下文的"莎维德利"则是一种格律。
⑤ 兽主并不是伐楼拿,而是湿婆(楼陀罗)的名号。这里用在伐楼拿前,显然是因为伐楼拿实为楼陀罗所托之形,实际仍修饰楼陀罗。
⑥ 指梵天。
⑦ 原文如此,与前第9颂的内容略有不合。
⑧ 这里提出的三个概念,与古代印度的数论哲学中"自性"的三种成分即"三德"二同一异,故不便依数论加以译解。有的原文版本提出的则正是"三德"。
⑨ 意为火焰的毕剥声。

婆利古；另一个生自莺迦罗①，故名莺耆罗。(15) 第三个生自莺迦罗僧湿罗耶②，名叫迦毗。据传说，第一个出生时身上不断地喷出火焰，所以依火的声音称作婆利古。(16) 此外，还有一个生自火光，故名摩利支③。后从摩利支又生出迦叶波。据传说，莺耆罗生自燃烧的火炭，而矮仙则生自拘舍草。强有力者啊，生自同一地方的还有阿多利。(17) 从祭火的灰烬中生出了众多的梵仙，即那些善操苦行，嗜读吠陀经书的山林仙。从他④的眼泪中生出了美貌的双马童。(18) 众生主生自他的身体各窍，众仙人生自他的不同毛孔。不洁的欲望，则来自他的汗液。(19) 因此，学识渊博的仙人们依据吠陀权威，说一切天神皆源自于火。(20) 保持火焰熊熊燃烧的木柴是月，木柴中流出的树脂是半月，火神的胆汁⑤是日、夜和穆呼罗陀⑥，火焰刺目的光芒是伐噜那⑦。(21) 根据传说，楼陀罗来自火神的血液。来源于火神血液的还有肤色金黄的密多罗。众所周知的事实还有婆薮诸神诞生于火焰产生的烟雾之中。(22) 楼陀罗诸子生于腾起的火苗。此外，生于火苗的还有光辉灿烂的阿提迭诸神。在天穹中各自的星座里运行的星辰是燃烧的炭块。(23) 第一个世界之主曾经宣称火神是最高之梵，永恒不灭，能够满足众生的一切愿望。所有祭品，任他取食。(24) 托形为伐楼拿的大神，其地位至高无上。他说："这大苏摩祭属我所有。我是这里的家主。(25) 最初从祭火中诞生的三子乃是我的后代。飞行在天空的诸神应当知道这一点。他们是我行祭的结果。"(26)

火神说：

他们都是从我的身体上生出来的，并且视我为依靠。所以，他们是我的儿子。那装扮成伐楼拿的大神说的不对。(27)

---

① 意为火炭。
② 意为已经熄灭的炭。
③ 原文摩利支的意思就是火焰发出的光线。
④ 指阿耆尼，即火或火神。
⑤ 古代印度生理学认为人有三种体液：黏液、胆汁和风液。胆汁分泌于胃肠之间，流过肝脏，并充满脾脏、心脏、眼和皮肤。它具有热的性质。
⑥ 参见第14章第23颂注。
⑦ 伐噜那为计时名称，为第十五个穆呼罗陀。

听到这话，那世界之师，众生之祖梵天说道："这些孩子应属于我，因为把供品①投入祭火的是我。（28）我是颂诗的吟唱者，火中祭品的投献者。谁播下种子，谁才有权收获。这是最根本的道理。"（29）此时诸神来到众生之主面前。他们双手合十，俯首致敬，然后说道：（30）"尊敬的大神啊，我们以及世上所有的动物和不动物都是你的子孙。不过，还是让那光芒四射的火神和那扮作伐楼拿的大神满足自己的愿望吧。"（31）于是，扮作伐楼拿的大神，那诸般海兽之主，便选了浑身上下散射着太阳般光辉的婆利古作自己的后代，他是最先出生的——尽管生自大梵天。（32）那位自在之神，遍知一切真理的老祖先想："鸯耆罗应该成为火神的后代。"于是，他挑选了迦毗。（33）这样，婆利古便被称作伐楼拿的后代，并且自己也接二连三生了不少儿女。高贵的鸯耆罗成了火神阿耆尼的后代。迦毗更是作为梵天的后代而名声大振。后来，婆利古和鸯耆罗在世界上代代赓续，成了多子多孙的象征。（34）这三个人智慧超群，成了众多族系之祖，后来世世绵延，有了大量的后裔。（35）婆利古生了七个儿子，个个具备与他一般无二的优点。他们是行落仙人、金刚头、修吉和股生，（36）还有杰出的金星、毗菩和色伐那。他们是婆利古的子嗣，也是伐楼拿的后代。你同样也属于婆利古的家族。（37）鸯耆罗生了八个儿子，也被称作伐楼拿的子孙。他们是毗诃波提、优多帖、伐耶娑耶和商地，（38）还有寇罗、毗卢波、僧伐罗陀，以及第八个，传说叫作苏陀尼文。这八子也同时被视为火神阿耆尼的后代。他们健康无病，一心一意求学求知。（39）迦毗为梵天之子。他的儿子也被称作伐楼拿的后代。这八个儿子形貌壮伟，精通吠陀，其后亦子孙繁衍，茂盛发达。（40）他们的名字是迦毗、迦瓦耶、毗湿奴、充满智慧的优沙那、婆利古、无尘、迦尸，以及精通正法的威猛。②（41）迦毗的这八个儿子分布在世界各地。他们繁育了众多的后代，所以他们都是生主。（42）鸯耆罗、迦毗和婆利古的后人无处不见。婆利古族之虎啊，就这样，他们的宗族在世界各地赓续绵延，至今不绝。（43）智慧的人啊，由于最初是强而有力的大神扮作伐楼拿的形象，促成了

---

① 这里的供品和下一颂的祭品都是指他的种子。
② 持国也有儿子叫无尘和威猛，与这里的两人仅是同名。

迦毗和婆利古的诞生,所以,按照传承经典的说法,他们也是伐楼拿的后代。(44)促成莺耆罗诞生的是火神这位食祭品者,因此,莺耆罗及其后人就统被视为火神的后代。(45)当时,老祖先梵天对众神十分满意,他们对他说:"让诸位世界之主①拯救我们吧。(46)让他们都成为众生之主。让他们都成为大苦行者。让他们通过你的恩惠不断地拯救这个世界吧。(47)让他们都成为宗族延续的推动者。让你的精气在他们的努力下不断增长吧。让他们都成为吠陀专家。让他们锻炼得卓有辩才。(48)让他们永远同诸神站在一起。让福气永远伴随他们。让他们成为众多族系的开创者。让他们成为伟大的仙人。让他们修得艰难的苦行。让他们的行为符合无上的梵行。(49)主人啊,我们全是你的子孙。祖先啊,你是众神和众婆罗门的创造者。(50)你第一个创造了摩利支。所有称作婆罗伽瓦②的也都是你的后人。祖先啊,我们知道了如上的事实,便决心和睦相处,不相冲突。(51)你的后代将会不断地繁衍增多。在宇宙创生和宇宙毁灭之时,你还将继续生存。"(52)

　　上面说的,就是往昔宇宙创生之时,诸神之首,那伟大的大神扮作伐楼拿举行的祭祀上发生的事情。(53)火神阿耆尼就是梵天,就是兽主,就是沙尔婆,就是楼陀罗,就是生主。黄金是火神之子,这也是人人皆知的事实。(54)在行祭时不能为火坛找到火种的情况下,可以用黄金来替代。食火仙人之子(持斧罗摩)啊,在吠陀天启的权威指示下,那些懂得规矩的人就是这样行事的。(55)在铺于地面的拘舍草上摆好代替祭火的黄金,然后向黄金上投放供品。这样的祭祀,据认为,是能够取悦天神,获得福祉的。(56)我们听说,火神是一切神众之首。火神出自梵天,而黄金则出自火神。(57)我们还曾听说,那些深明正法的人施舍了黄金,就等于施舍了神性。(58)谁施舍了黄金,他就获得了摆脱黑暗的光明世界,他就能去往无上之境。婆利古后裔啊,他还能在自己居住的世界中灌顶为王中之王。(59)一个人在太阳初升的时候依照一定的仪规施舍黄金,同时口诵圣诗,他就能排除一切噩梦的干扰。(60)谁在拂晓时分施舍了黄

---

① 这里世界之主指婆利古、莺耆罗和迦毗及其后代。
② 意为婆利古的后代。

金,他就能消除过去的一切罪过。谁在午间时分施舍了黄金,他就能避免在未来犯罪。(61)一个谨守戒条的人在昼夜交替的薄暮时分施舍黄金,他就能和梵天、伐由、阿耆尼和苏摩等神居住在同一世界。(62)他能够在这个世界洗尽所有的罪愆,获得伟大的名声,尽情享受生活,并在未来去往因陀罗的世界,觅得美丽的居所。(63)还有别的世界,他也能够选择。由于地位崇高,无与伦比,所以任何地方,他都畅行无阻。(64)他获得了永恒和伟大的荣光,再也不会从那样的世界跌回人间。人施舍了永不消融的黄金,就有资格去往那些幸福的世界。(65)一个人在太阳初升之时燃起火焰,并恪守戒条,施舍黄金,他就无事不能遂愿。(66)人们都说黄金可以等同于火神。施舍黄金能够给人带来快乐。同样,它还能使人获得他所向往的功德和成就。(67)

毗湿摩说:

上面就是极裕仙人对高贵的食火仙人之子(持斧罗摩)所说的话。于是食火仙人之子便向婆罗门施舍黄金,从而洗刷了自己往日的罪愆。(68)大王啊,施舍黄金的果报,以及黄金无上珍贵之说的产生,我已经给你解释清楚。(69)因此,你也应当向婆罗门施舍大量的黄金。国王啊,把黄金施舍出去,你也就使自己从罪愆中解脱出来了。(70)

以上是吉祥的《摩诃婆罗多》中《教诫篇》第八十五章(85)。

八六

坚战说:

祖父你已经为我详尽地叙述了施舍黄金的种种功德。它们也是天启经典一向所宣示的。(1)你还为我说明了黄金的起源。那么,多罗迦究竟是如何灭亡的呢?请你讲一讲。(2)大地之主啊,你曾经说过,众神是无法将他杀死的。你也为我详细地说明了他何以能够不死。(3)俱卢族后裔啊,我想知道诛灭多罗迦的全部情况。这件事使我十分好奇。(4)

毗湿摩说：①

国王啊，众天神和众仙人既然无能为力，便去怂恿吉提迦②孕育那个孩子。(5) 因为女神中没有哪一个能够承受知众生者（火神）的种子。(6) 六位神女慨然应允。圣洁者（火神）见她们乐于为自己精气饱满、英机勃发的种子提供子宫，加以养育，十分高兴。(7) 于是，知众生者的精气被植入六个子宫，六吉提迦开始尽其养育之职。(8) 这些胎儿不是凡品。他们在腹中不断长大。他们的精力开始折磨神女的身体，使她们坐卧不宁。(9) 就这样，体内怀着充沛的精气，六吉提迦渐渐到了分娩的时候。结果，人中雄牛啊，她们在同一天，同一时间临盆。(10) 可是，尽管生长在不同的子宫之内，诸子在落生的那一刻又结合成为一体。大地女神在甘底补罗城附近收纳了他。(11) 他长着天神般的外貌，像圣洁者（火神）一样耀眼夺目。这俊美可爱的孩子被带到一片美丽奇妙的苇丛，让他在那里成长。(12) 六吉提迦看着自己的儿子像火神般容光焕发，舐犊之情油然而生。她们开始用自己丰厚的乳汁哺育他。(13) 由于有六吉提迦的养育之恩，这孩子遂以迦絺吉夜之名称闻于包括动物和不动物在内的整个三界。又因为他是从楼陀罗体内掉落出来的种子所生，所以又有一个名字叫室建陀。此外，由于生长在阒无人迹的苇丛之间，他还得了一个名字，古诃。(14) 三十三天神、方位之神、楼陀罗、陀多、毗湿奴、耶若③、普善、阿尔耶摩和跋伽，(15) 鸯舍、密多罗、沙提耶、婆薮、婆薮之主、双马童、水神、风神、云雾之神、月神、星宿之神④、伽罗诃⑤和日神，(16) 以及其他各类神明纷纷来到苇丛，看望这火神之子。众仙人低吟颂诗，健达缚高唱赞歌。(17) 他们赞美这长着六首、十二臂、二十六眼，名叫鸠摩罗的孩子，称颂他肩膀宽

---

① 以下关于室建陀出生和成长的故事是前第84章故事的重述，但情节互有出入。
② 吉提迦意本为昴宿已见前第84章注。该星团中有六或七颗恒星肉眼可见。下文女神数六当与此有关。
③ 因陀罗的名号之一。
④ 印度古代天文学有二十七宿和二十八宿两说。后者与中国的二十八宿大同小异。
⑤ 伽罗诃为印度古代神话传说中若干行星的总称，这些行星可以控制和影响人的命运。一般有五颗，为火星、水星、木星、金星和土星。另说为七颗，即加上罗睺和计都。更有一说为九颗，即再加上日、月。罗睺和计都参见《沙利耶篇》第55章第10颂注。

278

阔，亲近婆罗门，光辉灿烂，犹如地上之火和天上之日。（18）诸天神和众仙人看到这躺在苇丛中的孩子，不由得喜从中来，心想：那阿修罗亡在指日了。（19）天神们给他弄来了种种可爱的东西，看着他愉快地玩耍。他们给他送来了各种鸟儿。（20）美翼（金翅鸟）为他带来了长着五彩缤纷羽毛的孔雀。罗刹们给了他一头公猪和一头水牛。（21）伐楼拿给了他一只公鸡，它的毛色犹如燃烧的火焰。月神给了他一只绵羊。阿提迭给了他耀人眼目的光线。（22）众牛之母①给了他成千上万头母牛。火神阿耆尼给了他一只不同凡响的公羊。伊罗送给他大量的鲜花和果实。（23）苏昙梵（毗湿奴）送给他一辆车子，和另外一辆辕木既粗又长的马车。伐楼拿送给他许多漂亮的水中神蛇。天王因陀罗送给他狮子、老虎、豹子和其他各种牙齿锋利的动物，（24）以及凶猛残忍的食肉兽和各式各样美丽的伞。罗刹和阿修罗也都成群结队地跟在这年幼主人的后面，表示敬从。（25）多罗迦眼看室建陀成长起来，便千方百计，企图将这强壮有力的孩儿杀死，但是都失败了。（26）这时，众神来到苇丛中的隐秘住处，请他出任他们的统帅，并且把多罗迦谋害他的事告诉了他。（27）已经成长起来的古诃，英姿勃发，成为力大无比的天军统帅。后来，他用无往不利的长矛刺死了多罗迦。（28）对于鸠摩罗来说，诛灭阿修罗简单如同儿戏。多罗迦死了，天国的君主也重新复位。（29）天军统帅室建陀精力过人。他成了众神的保护者，所作所为也深得商迦罗（湿婆）的欢心。（30）鸠摩罗一直掌管着天军。这位可敬的火神之子具有黄金般的肤色。（31）因此，可以说，黄金和迦绵吉夜是一同诞生的。它代表着火神的精力。它是不可毁灭的无上珍宝，是吉祥如意之物。（32）俱卢族后裔啊，古代的极裕仙人就是这样对罗摩讲的。所以，人主啊，你也要慷慨地施舍黄金。（33）罗摩施舍了黄金，从而洗尽了自己的罪愆。他还在三界之中取得了常人无法企及的崇高地位。（34）

以上是吉祥的《摩诃婆罗多》中《教诫篇》第八十六章（86）。

---

① 指神牛苏罗毗（怡悦）。苏罗毗为陀刹之女，迦叶波之妻。

八七

坚战说：

无瑕者啊，深通正法之人！你已经对我讲述了四种姓各自应尽的职责。大地之主啊，请你再对我讲一讲有关祖祭的全部规定吧。(1)

护民子说：

听到坚战这样说，福身王之子毗湿摩便开始向他讲述有关祖祭的规定。(2)

毗湿摩说：

国王啊，请你凝神屏息，细听我讲有关祖祭的各种规矩。人的财富、名声和子嗣无一不同它密切相关。它是专为祖先而举行的祭祀。(3) 天神、阿修罗、人类、健达缚、蟒蛇、罗刹、毕舍遮以及紧那罗等从来都是敬拜自己先祖的。(4) 祭拜先祖的仪式应该先举行，然后才是崇拜诸神。每个人都要尽其所能，小心谨慎地祭拜自己的先人。(5) 大王啊，人们都说，对于逝去者的祭奠要在月圆日举行。这样按照祭享的规矩，祖祭就在敬神仪式之前了。① (6) 祖祭无论在哪一天举行，都会使先人高兴。不过，下面我还得讲一下，在不同的日子②举行祖祭各有什么样的优点和缺点。(7) 无瑕者啊，我将要按照顺序的先后，把什么日子行祭究竟能得什么样的果报一个不漏地告诉你，请仔细听。(8) 在白半月的第一天祭奠先人，能够让人将美丽的女子娶回家。这些女人能为家主生养许多可意的儿女。(9) 在白半月的第二天行祭，祭主可以生很多女儿。在第三天行祭，他可以获得奴仆。在第四天行祭，可以获得很多小个子的牲畜③。(10) 国王啊，谁在第五天行祭，他就可以生很多儿子。在第六天行祭，祭主可以获得响亮的令名。(11) 在第七天举行祖祭的人，能够获得一块可耕地。在第八天行祭的人，可以在经商时大获其利。(12) 在第九天举行祖

---

① 按规定，祖祭在月圆日的下午举行，敬神仪式在白半月的头一天（月圆日的次日）举行。
② 这里的日子按阴历计算。
③ 小个子牲畜指山羊、绵羊之类体型较小的牲畜。

祭，可以获得很多奇蹄类牲畜。在第十天行祭的人，他的母牛会大量增加。(13) 国王啊，一个在第十一天行祭的人，能够得到不太贵重的金属器皿①。他还能得到像梵天一样精力充沛的儿子。(14) 一个人如果在第十二天行祭，那么倘若愿意，他就可以经常看到令人赏心悦目的金、银饰物。(15) 假如在第十三天举行祖祭，那么他就能成为自己家族中的显赫人物。然而他家族中的年轻人却一定会夭折。(16) 在第十四天举行祖祭的人一定会陷入战争。在新月之夜向祖先奉献祭品的人将能实现所有的愿望。(17) 从阴历黑半月的第十天到白半月，在这些日子举行祖祭，都是值得称道的事，只不过第十四天例外。黑半月的其他日子都不是这样的吉日。(18) 在后面的半月举行祖祭比在前面的半月②举行强。同样，一天之中，后半天行祭也比早半天③强。(19)

以上是吉祥的《摩诃婆罗多》中《教诫篇》第八十七章(87)。

八八

坚战说：
　　祭献给先人的供品中，有哪些是消耗不尽的？有哪些具有长时间的效用？又有哪些是永恒的？主人啊，请你告诉我。(1)
毗湿摩说：
　　通晓祖祭规矩的人曾经指出过什么样的供品适合于用在这种祭祀上。他们还指出了不同的供品都可以带来哪些不同的果报。坚战啊，听我来告诉你。(2) 国王啊，在祖祭上奉献芝麻、大米、大麦、豆子、水、各种块根和果实等，可以使去世的先人保持愉快达一月之久。(3) 摩奴曾经说过，如果行祭时所用的芝麻数量很大，那么这种奉献就会是消耗不尽的。在所有的食品④之中，芝麻属最上一等。传

---

① 这里指除了金银以外的其他金属器皿，如铜器等。
② 后面的半月即黑半月，前面的半月即白半月。
③ 后半天和早半天分别指下午和上午。
④ 这里显然指素食。

承经典是这么讲的。(4) 用鲜鱼敬献先人，可以使他们保持愉快达两个月之久。如果将羊肉献给先人，那么他们可以保持愉快达三个月。敬献兔肉，愉快可以保持四个月。(5) 国王啊，献上山羊肉，先人会因此而保持愉快达五个月。野猪肉是六个月。鸟肉是七个月。(6) 用羚羊肉奉献给先人，可以使他们保持愉快达八个月；用卢卢①的肉奉献，可达九个月；用迦伐耶的肉②，为十个月。(7) 用水牛肉，可以使他们保持愉快达十一个月。在祖祭上用牛肉奉献，其作用会达到整一年。人们都这样说。(8) 如果用的是牛奶粥加上精炼的酥油，其功效与牛肉相同。在祖祭上用伐陀利那娑③的肉作供品，可以使先人保持愉快达十二年。(9) 如果在先人的忌日用犀牛的肉上供，其功效将是永久的。用名叫迦罗舍伽的野菜祭祖，用名叫劳诃的花瓣，或者用公羊肉，其功效也会是永久的。(10) 坚战啊，当初，曾经有一首歌广泛为我们的祖先所咏唱。后来，令人尊敬的永童将它传授给我。(11) 凡是生在我们家族中的人，都要在太阳南行时的摩卡日，那个黑半月的第十三天，④ 用牛奶粥加精炼的酥油敬献先人。(12) 在摩卡日，他们还应该约束身心，以羊肉和名叫劳诃的花瓣祭献先人。东西要摆在大象拿身躯提供荫凉的地方，这里大象还能用它的耳朵作扇子扇出凉风。(13) 一个人的诸多儿子之中如果有一个去过伽耶城⑤，那么他所有的儿子都会成为众人仰慕的对象。伽耶城的榕树举世闻名。在那里树下奉献的供品具有永久的效用。(14) 在祖先的忌日，献上的任何一点和以蜂蜜的水、块根、果实、肉品或者其他食物，都会具有永久的效用。(15)

以上是吉祥的《摩诃婆罗多》中《教诫篇》第八十八章(88)。

---

① 一种鹿类的动物。
② 一种牛肉。
③ 伐陀利那娑系何所指，不太清楚。可能是某种类型的山羊或牛。
④ 摩卡日为跋陀罗月的黑半月的第十三天。跋陀罗月约当阳历八、九月间，时在夏至之后，日已南行。
⑤ 又称佛陀伽耶、菩提伽耶，其址在今比哈尔邦加雅城南约12公里。它是印度古代七圣城之一，印度教徒常前往朝拜。按照传统说法，每一个印度教徒一生至少要到该地去一次，举行祖祭。

八九

毗湿摩说：

坚战啊，在不同的星宿所指的日子举行祖祭，得到的果报是不同的。阎摩曾对兔丸国王谈到过这方面的问题。现在让我来告诉你。(1)一个人若能经常在昴宿所指的日子举行祖祭，那么，他的做法就等于升好祭火，依礼行祭。他和他的儿子都会因此而避免热病的侵袭。(2) 急求子嗣的人可以在毕宿所指的日子举行祖祭。希望精力充沛的人可以在觜宿所指的日子行祭。在参宿所指的日子举行祖祭的人，被认为是行为凶恶的人。(3) 在井宿所指的日子举行祖祭的人良田无数，年年丰收。希望发财致富的人，应该在鬼宿所指的日子行祭。(4) 在柳宿所指的日子举行祖祭的人，生下的儿子勇敢坚强。在星宿所指的日子举行祖祭的人，将会在家族里出人头地。(5)在张宿所指的日子举行祖祭的人，将会好事连绵。在翼宿所指的日子举行祖祭的人，将会多子多福。在轸宿所指的日子举行祖祭的人，将会有如意果报。(6) 在角宿所指的日子举行祖祭的人，生下的儿女将会美貌惊人。在亢宿所指的日子祭拜祖先的人，必能于商贸往来中大赢其利。(7) 在氐宿所指的日子举行祀祖仪式的人，可望儿孙满堂。在房宿所指的日子行祭的人，当会使王轮常转。① (8) 俱卢族俊杰啊，在心宿所指的日子约束身心，并对祖先虔诚致祭的人，必能取得统治之权。(9) 在尾宿所指的日子举行祖祭的人，能保身体健康。在箕宿所指的日子举行祖祭的人，能够名扬四海。在斗宿所指的日子举行祖祭的人，能够行遍大地，无忧无虑。(10) 在牛宿所指的日子举行祖祭的人，将能求得无上真知。在女宿所指的日子举行祖祭的人，一旦离开此世，必将有一个最好的去处。(11) 在虚宿所指的日子举行祖祭的人，将能立国称王，并且永无不幸来扰。在伐楼拿主宰的星宿②所指的日子举行祖祭的人，将能成为医生。(12) 在室宿所指的日子举

---

① 王轮常转即国王的车辇能遍行大地，意为能做王中之王。
② 即危宿。

行祖祭的人，将能获得成群的山羊和绵羊。在壁宿所指的日子举行祖祭的人，将能获得成千头的母牛。(13)在奎宿所指的日子举行祖祭的人，可以获得许多银器。在娄宿所指的日子举行祖祭的人，可以获得众多马匹。在胃宿所指的日子举行祖祭的人，可得长寿。(14)兔丸王听过阎摩就祖祭所做的种种说明后，便循规行事，结果毫不费力便征服了大片土地，成为号令四方之王。(15)

以上是吉祥的《摩诃婆罗多》中《教诫篇》第八十九章(89)。

九〇

坚战说：

祖父啊，我们应该把祖祭上的供品给予什么样的婆罗门呢？俱卢族之虎啊，请你告诉我。(1)

毗湿摩说：

在祭神时，一个明白施舍之道的刹帝利是不会去考查婆罗门有否受施资格的；而在祭祖时，则应当进行考查。(2)神明只能由那具有神的精神的人去敬拜崇奉。对于婆罗门，人们只能像对待神明一样趋前供奉。(3)但是，大王啊，在祖祭上，应该敦请一位智者来检验婆罗门的资格。内容包括家族出身、个人行为、年龄、外貌，以及学识和名声等。(4)在婆罗门中，有其行为足以玷污婆罗门社会的，有其行为能够净化这一社会的，还有应该排除在婆罗门社会之外的。国王啊，我将把他们的表现一一地讲给你，请细听我讲。(5)赌博者、杀胎者、痨病者、看牲口的、不履行正法责任者、村庄的公仆、高利贷者、以唱歌为生的和卖杂货的，(6)纵火者、投毒者、私生子、卖苏摩的、航海的、国王的仆人、榨油的和作伪证的，(7)同父亲吵架的、听任自己妻子的奸夫进门的、受诅咒的、偷东西的和卖手艺的，(8)违规为人主祭的[①]、好刺探他人隐私的、出卖朋友的、与有夫

[①] 有的祭祀仪式只能在特殊的日子举行，但有些婆罗门为求报酬却在普通日子为人行祭。这是违规的做法。

之妇通奸的、给不守戒者当老师的和弓箭在背的①，（9）带着狗四出活动的②、被狗咬过的、弟弟已婚而自己还没有结婚的、有皮肤病的、玷污师父床笫的、演戏的、取食献给神明的供品的，以及看星象、卜休咎，借以谋生的，（10）所有这些人统统被视为再生者中最低贱的，应该排除在婆罗门社会之外。应当排除在外的还有那些智能低下，专为首陀罗出主意的人。（11）国王啊，一个瞎眼的婆罗门可以玷污六十个合格者。一个缺乏生殖能力的婆罗门可以玷污一百个合格者。一个患麻风病的婆罗门看谁一眼就能把他玷污。（12）祖祭上的供品如果被头上缠布的人吃了，或者被面朝南的人吃了，或者被穿着鞋的人吃了，结果便会统统便宜了阿修罗。（13）一面施食，一面心怀怨怼，或对受施者并无信任之感，那么照梵天立的规矩，所施之物便全都归了阿修罗的首领。（14）无论如何，不能让狗和那类不合要求的人看到祖祭上的供品。因此，祭主应该在一个圈起来的地方施舍供品，并在那里撒上芝麻。（15）如果行祭而没有撒芝麻，或者是行祭时祭主却在发怒，那么，有些食肉的妖怪就会夺走祖祭上的供品，像是耶度陀那或者毕舍遮之类。（16）在祖祭上有多少供品被不合要求的人看到了，那愚蠢的施主就会丢失多少功德。（17）

婆罗多族俊杰啊，我还要告诉你什么样的人是合乎要求的。这样，你就可以将这样的婆罗门自行辨识出来。（18）凡是通晓吠陀，广有知识，谨守教诫，从而使自己变得清白无瑕的婆罗门，都是有资格的人。我还要告诉你都有哪些人合乎要求。（19）那就是，通晓三那吉开陀③的人、升起了五祭火的人、了解三美翼④的人、懂得吠陀六支的人、父辈传授过神圣知识的人、唱诵吠陀圣诗的人、通晓殊胜圣

---

① 即当兵打仗的人。
② 即打猎的人。
③ 那吉开陀的故事可见于前第70章。此外还有一个名叫那吉开陀的人也去过阎摩王处。故事略谓：那吉开陀的父亲伐阇湿罗伐将一些瘦牛施舍给人，那吉开陀为此感到不安，遂要求把他自己也施给什么人。父亲一气之下，说："把你送给阎摩吧！"他果然到了阎摩王的宫殿。在那里他不吃不喝等了三天。阎摩回来后，十分高兴，答应给他三项恩惠。于是，他要求，第一使父亲不再生气，第二告诉他如何能去天国，第三告诉他人死后灵魂是否继续存在。阎摩满足了他前两个要求。第三个问题经他再三坚持后，阎摩才回答。阎摩向他讲的灵魂不死之事，内容即为后来的《迦塔奥义书》。本颂所谓三那吉开陀或即指此。
④ 美翼称有美丽羽翼的神鸟，又喻指太阳、月亮和风。本颂所谓三美翼或即指此。

诗的人，(20) 敬从母亲和父亲意愿的人、熟悉吠陀圣典并且上溯十代统统如此的人、仅同自己的结发之妻[①]行房并且不离得当时机[②]的人，还有那些通晓吠陀，广有知识，谨守戒条从而使自己变得清白无瑕的人——所有这样的婆罗门都是合乎要求的。(21) 那些学习阿达婆湿罗[③]的人、坚持梵行的人、约束自身的人、诚实无欺的人、行为正派的人和忠于职守的人，(22) 以及那些不辞辛劳，前往圣地洗浴的人、在举行祭祀并诵唱了秘咒之后依礼完成自身沐浴的人，(23) 还有那些制御了嗔怒之情的人、克服了摇曳之心的人、遇事宽容的人、调服了自身的人、控制了感官的人、善待一切众生的人——所有这样的人，都可以请到祖祭上来。任何施舍给他们的东西，都会有不朽的功效。他们是真正合乎要求的人。(24) 大王啊，还有另外一些人通常认为也是合乎要求的，比如苦行者、瑜伽行者、通晓解脱之法的人和确实遵守了教诫的人，(25) 加上约束身心，向优秀的再生者教授历史传说的人、将各种经典注疏烂熟于心的人和一心研究语法著作的人，(26) 学习往世书的人、学习法论的人，以及学习之后又能按照它们的准则规范自己行为的人，(27) 在这样的学习期内住在师父家中的人、言语信实的人、成千上万地施舍财富的人、深通全部吠陀和全部其他圣典[④]以致无出其右的人，(28) 还有那些眼睛看到什么，便能使之纯洁的人——所有这样的人都因为其纯洁神圣的本性而被视为合乎要求的人。(29) 精研吠陀的人都说，一个人，只要父辈传授过神圣知识，他就能使方圆三拘卢舍半[⑤]的地域变得圣洁。(30) 即使他不是祭司，不教吠陀，甚至未经别的祭司同意就占据了祖祭上的关键位置，他还是能够从到场者身上祓除恶德的。(31) 而如果他同时通晓吠陀，并且是涤除了一切罪愆的人，那么，国王啊，他就更加不会从那样的位置上跌落下来。(32) 因此，在邀请婆罗门参加祖祭之前，一定要仔细了解他们的情况。他们必须是履行自己职守的

[①] 这里是复数。
[②] 即女子最宜怀孕的时机，通常指行经后第十六天。
[③] 奥义书的一种。
[④] 这里"其他圣典"主要指梵书。
[⑤] 拘卢舍，意为牛吼，计程单位，为牛的吼叫所能达到的距离，约当7、8华里。

人、调伏了身心的人、出生在正派家庭的人，或者学识丰富的人。(33)

只将供品照顾自己朋友的祖祭，是不能使先人和神明满意的。祭主也不可能由此而去往天国。(34) 谁要是在祖祭上只招待同自己有关系的人，他就不可能借平坦无阻的神行之路达到天国。一场只有朋友参加的祖祭，会使祭主远离天国境界，恰像绳子断了，鸟儿就会从拴着它的毕钵罗树上飞离一样。(35) 因此，举行祖祭的人，不该只注意自己的朋友。他可以利用其他场合将朋友集中起来，款待他们。他应该既不考虑敌人，也不考虑朋友，而把祖祭上奉献给先人和神明的供品给那些处在中间地位的人①，让他们来享受。(36) 正如在盐碱地上撒种不会发芽，不撒种也同样无所收获一样，如果祖祭上的供品被不具资格的人食用了，那么无论在今生，还是在来世，它们都不会带来果报。(37) 蓬草燃起的火焰很快就会熄灭，一个不肯学习吠陀的婆罗门也不会有持久的能力。祖祭上的供品不能施与这样的婆罗门，恰像本应投入火焰的供品不能投入燃过的灰烬一样。(38) 在祖祭上施舍供品，凡不问来者的身份是否合格而人人有份的，皆称作毕舍遮式施舍。这种供品不会到达神明或者先人那里。这样的施主会成为功德耗尽者，四处游荡而无所依止，就像失去犊子的母牛，在栏里不断徘徊一样。② (39) 将酥油投入燃烧后的余烬中，是无法到达神明或者先人那里的。同样，将财物给予舞者或歌者，或在祭祀的时候向不通《梨俱吠陀》的人施舍，也都不会带来功德。(40) 向不通《梨俱吠陀》的人施舍，对于施予者和接收者来说，不仅无益，反倒有害。施主亡故的先人也会因此而从神路上跌落下来。这种给人带来伤害的施舍应该加以避免。(41) 坚战啊，诸神深通一切正法，卓有识见。他们认为，只有那些坚持遵行大仙人设定的永恒轨范的人，才称得上是婆罗门。(42) 婆罗多后裔啊，那些刻苦学习吠陀，专心追求知识，坚持修炼苦行，注重个人操守的婆罗门，应该承认，是已经达到了仙人境界的。(43) 祭祖的供品应当给予追求知识的婆罗门。从

---

① 即不是朋友，也不是敌人的人。
② 众生积累功德后即能享受善果。功德享尽后，必须继续行善，再作积累，方得不断享受。有何功德，死后即能去往何种世界。无功德者则难觅去处。

来不冷嘲热讽，论人是非的婆罗门是最优秀的婆罗门。（44）在谈话中总好贬斥他人的婆罗门，祖祭上的供品是不能让他食用的。国王啊，那遭到贬斥的婆罗门是会使贬斥者的家族三代死无遗类的。（45）人中之王啊，山林仙人曾经说过，饱学的婆罗门要从远处仔细观看。喜欢的也好，不喜欢的也好，祖祭上的供品应对他们一视同仁，加以散施。（46）婆罗多后裔啊，向成千上万不通《梨俱吠陀》的婆罗门施食后所得的功德，是只向一位精通吠陀圣典的婆罗门施舍，就可以全部获得的。（47）

以上是吉祥的《摩诃婆罗多》中《教诫篇》第九十章（90）。

九一

坚战说：

是谁第一个想起要举行祖祭的？那是在什么时候？它的实质又是什么？当世界上还只有婆利古和鸢耆罗的后代时，是哪一位牟尼最先立下了祖祭规矩？（1）在祖祭中，什么样的根和果是应该避免供奉的呢？还有什么样的谷物不能用来上供？祖父啊，请你告诉我。（2）

毗湿摩说：

祖祭是怎样时兴起来的，它在什么时候开始举行，它的实质是什么，谁先立下了祖祭规矩，众人之主啊，请让我说给你听。（3）俱卢族的后代啊，当初，自有之神梵天生子阿多利，他是一位了不起的仙人，威武有力。大王啊，后来，人们说，在他的家族里又诞生了达陀利耶。（4）达陀利耶的儿子名叫尼弥，是一个以苦行为财富的人。尼弥的儿子名叫师利摩陀，生得异常俊美。（5）在整整一千年间，师利摩陀不倦地修炼艰难无比的苦行。毕竟时间的法则不可抗拒，最后他还是死去了。（6）尼弥依照圣典立下的规矩举行了一系列净化仪式①。儿子的去世使他非常伤心。他陷入巨大的痛苦之中。（7）在儿子去世后的第十四天，这位具有伟大智慧的父亲，在悲痛的心境中准备了各

---

① 这样的净化仪式一般包括沐浴、剃须和更衣等。

种祭品。第二天清早,他从睡梦中醒来,(8)心头依然笼罩着深深的悲伤。后来,他逐渐将自己的心思从忧伤中摆脱出来,开始考虑其他事情。(9)他集中思想,考虑祖祭的事,考虑吃什么样的根和果实才合适,(10)以及说些什么话,办些什么事才能使儿子高兴。这位以苦行为财富的人在心中反复掂量着种种该做的事。(11)大智者啊,在望日来到的时候,尼弥延请了许多颇孚众望的婆罗门来到自己的住处,请他们坐在拘舍草垫上,然后绕之右行,以示尊敬。(12)到用餐时,他将七位婆罗门请在一起,用不加盐的释耶摩伽①饭款待他们。(13)当这些婆罗门坐在草垫上就餐的时候,他又让人将祭草②铺在他们的脚下,并让草的尖头朝南。(14)行过上面铺草的礼节之后,虔诚而又纯洁的尼弥便向师利摩陀供上饭团,同时口中念着他的名字和家世。(15)不过,这位牟尼中的魁首在做过如上的一切之后,感到自己的做法超出了已有正法的规定,便又大大后悔起来。他想:(16)"以前从没有任何一位牟尼如此做过。我倒做了!如今,怎样才能避免因为婆罗门的诅咒而遭受灾难呢?"(17)他又想起了自己家族的始祖。这么一想,阿多利,这以苦行为财富者,便出现了。(18)

看到他因为失子的伤痛而形销骨立,不灭的阿多利便用同情的言词安慰他,使他恢复了气力。他说道:(19)"尼弥啊,你所举行的仪式是为了纪念祖先的。你不必害怕。这种仪式本为惯例,其实是梵天本人在古昔之时创立的。(20)你所实行的这些规矩,是按照自有之神梵天本人的意志制订的。除了梵天自己,还有谁有资格创立祖祭这样的仪式呢?(21)孩子啊,让我来告诉你有关祖祭的种种仪式规定吧,它们是由自有之神制订的。你要遵循它们行事。现在就仔细听我讲吧。(22)以苦行为财富的人啊,首先,是有关祭火的仪式。行此仪式的时候,要吟唱圣诗。这里通常要向阿尔耶摩、苏摩和伐楼拿奉献供品。(23)此外可以想到的还有一类神明称作毗奢神,他们经常会由逝去的祖先们陪伴着。自有之神也应该有他自己的一份供品。(24)大地女神也应受到赞美,是她生产了供奉先人的谷物。你可

---

① 一种黍类作物。
② 一般就是拘舍草。

以用毗湿那毗和迦叶姒之类的名号称呼她,① 也可以称她'永不毁灭者'。(25) 当水送来的时候,伟大的水神伐楼拿应该受到赞美。无瑕者啊,火神阿耆尼和苏摩神同样需要用供品来取悦。(26) 那称作毕陀利②的神明是自有之神的创造物。乌湿摩巴③也应分得很大的一份供品。各种神明都有自己的一份供品,这是定好的规矩。(27) 在祖祭上敬拜了各路神明之后,祭主的先人便从以往的罪愆中解脱出来。属于自有之神世系的祖辈家族至今已有七个。(28) 所有的神明都是以火神为口的。④ 自古以来,人们就这样说。我要把他们的名号一个个告诉你。他们全都很了不起,应当在祖祭上受到供奉。(29) 他们是萨诃、讫利底、毗波摩、功德行、波伐那、伽罗摩尼、柴漫、萨牟诃和提婆耶萨孥,(30) 毗婆薮、毗罗耶伐陀、诃利摩陀、吉罗底末陀、迦哩陀、毗卜罗瓦、月前和日吉。(31) 此外还有苏摩巴、苏罗耶莎维陀罗、施己、补湿迦梨耶伽、乌湿尼那薄、那朴陀、毗首忧和光耀,(32) 以及遮牟诃罗、苏尾舍、伐由摩利、商迦罗、跋婆、伊沙、创造者、吉罗提、陀刹、菩伐那和天业行,(33) 伽尼陀、五雄、阿提迭、罗湿迷摩陀、七行、月力、宇创和迦毗,(34) 随护、妙护、那波陀哩、伊湿婆罗、制身、贤雄、光毫和怖因,(35) 超业、波罗地多、施者、鸯庶摩陀、尸罗婆、至忿、提娄湿腻和众主,(36) 私罗吉、金刚持和伐栗等等。这些神明统统称作毗奢神。他们福惠无边,永存不朽,洞悉时间过程中发生的任何事情。(37) 至于在祖祭上不能供奉的谷类,则有拘陀罗瓦⑤和补罗迦⑥等。阿魏虽属常用调料,但祖祭上不宜用。此外不宜的还有葱和蒜。(38) 薮蓬阇那迦⑦、前面说过的葱蒜之类、南瓜葫芦之类以及黑盐等,也属不宜。(39) 不能上供

---

① 毗湿那毗是大神毗湿奴的阴性形式,代表女性能力,常借指其妻,宇宙女神难近母。迦叶姒是迦叶波的阴性形式,指大地。在古代印度神话中,持斧罗摩曾将大地赠与生主迦叶波。
② 意为祖先。
③ 意为"食蒸汽者",是生活在阎摩宫殿中的一类毕陀利的称呼。
④ 神明所食,都是投入祭火的供品,故说他们以火(或火神)为口。
⑤ 一种雀稗属谷类,质劣,一般只有穷人食用。
⑥ 一种可食植物,种属不详。
⑦ 一种印度辣木属植物。

的还有家猪肉。黑草、毗吒①、湿陀波吉②、竹笋之类的芽、菱角等亦在禁忌之列。(40) 在祖祭上，供品中什么盐都不能放。蒲桃不能当作供品。任何有唾沫或眼泪溅上的东西也都不能用。(41) 在奉献给神明和祖先的供品中，苏陀罗舍那③也不能用。神明和祖先对于这样的供品会不高兴的。(42) 放供品的地方也要注意勿使旃荼罗或'食狗者'④接近。不能接近的还有穿褐色衣服的人、麻风病患者、逐出种姓者、杀婆罗门者。(43) 此外，后代有杂种姓的婆罗门以及亲属中有人被逐出种姓者，有智慧的人也要注意不让他们接近供品。"(44) 以苦行为财富的世尊阿多利对自己本族的仙人尼弥说过如上这一番话后，便离开他，返回天国，到祖先的行列中去了。这就是那一段古事。(45)

以上是吉祥的《摩诃婆罗多》中《教诫篇》第九十一章(91)。

九二

毗湿摩说：

尼弥按照前面所说的要求举行了祖祭之后，所有的大仙人便群起仿效，按照规定，祭供先人。(1) 这些信念坚定，恪行正法的仙人奉献了丰富的供品，以取悦先祖，所用之水也是各地的圣水。(2) 婆罗多后裔啊，对于四种姓后代奉上的供品，祖宗和神明果然十分高兴，不过很快却感到了不好消化。(3) 消化不良使诸神和祖先颇为苦恼。于是，不堪供品胀腹之苦，他们前往求教苏摩。(4) 见到苏摩以后，他们说道："我们吃了供品后腹中胀满，痛苦不堪。现在来请教你，请你给个办法。"(5) 苏摩回答道："你们希望消除不适，还是去找自有之神吧，他将使你们恢复舒适的感觉。"(6) 婆罗多后裔啊，于是诸神和众祖先便按照苏摩的指示，来到弥卢山巅，老祖宗（梵天）正

---

① 一种煮制而成的盐，有轻微的下泻作用。
② 一种野菜，属豆科植物。
③ 一种蝙蝠葛属草本植物。
④ 也是一类不可接触者，与旃荼罗地位相若。

坐在那里。(7)

众祖先说：

世尊啊，我们吃了祖祭上的供品，胀痛难忍。大神啊，请你施恩，为我们解除痛苦。(8)

听到众先人如此请求，自有之神便说："在我身边的这位火神可以帮助你们，让你们的身体恢复舒适。"(9)

火神说：

亲爱者啊，以后祖祭的供品送上来时，就让我和你们一同吃吧。这样，只要同我一起吃，你们就尽可放心，不再会有消化问题。(10)

祖先们听此话后，个个释怀。国王啊，就是为了这个原因，祖祭上的供品呈上来后，便要首先敬给火神。(11) 人中雄牛啊，祖祭上的供品一旦首先敬给了火神，就连婆罗门罗刹①也不敢破坏它们。见有火神坐镇，这些罗刹就会逃之夭夭。(12) 在祖祭上，饭团应该先敬逝去的父亲，再敬逝去的祖父，然后再敬更远的列祖。这是传自古昔的不变规矩。(13) 在祖祭上，献祭者要专心致志，对着每一个即将奉献的饭团唱莎维德利圣诗，然后还要说："献给苏摩！""祖先请用！"(14) 一个女人，如果正在月事之中，或者双耳破损致残，那么就要对她加以限制，使她远离祖祭现场；其他家族的女人也是一样。(15) 一个人过河或越过别的水面的时候，应该称念自己先人的名字。一个人到了河边，就应该在那里用饭团祭拜祖先，使他们高兴。(16) 人将水奉献给自己家族的先人，也可以使他们高兴。继自己的先人之后，还应双手捧水，奉献给朋友和亲戚的先人。(17) 一个人乘坐黑花牛驾的车子渡河，或者乘船过河的时候，也是他的祖先期待获得祭献之水的时候。知此玄理的人，总会集中精神，应时献水。(18) 黑半月的朔日，应记住是举行祖祭的日子。兴旺发达、孔武有力、健康长寿、吉祥如意，端赖于祖先的护佑。(19) 俱卢族俊杰啊，根据古来的传说，老祖宗（大梵天）、补罗斯迭、极裕、补罗诃、

---

① 一类半神性的妖魔，据称为邪恶婆罗门的死后鬼魂，专以破坏祭祀，蛊惑人心，诈尸弄鬼，咬食人畜为能事。著名的十首罗波那曾为其王。

鸯耆罗、迦罗都以及大仙人迦叶波，都是大瑜伽王。（20）国王啊，他们也应该算作我们的祖先。上面所说，就是极为重要的祖祭仪式。有了族内后人在祖祭上所做的供奉，过世的先辈就获得了解脱。（21）人中翘楚啊，我已经对你讲过了祖祭的起源，这方面的说法古已有之，后又一代代流传下来。下面我再讲一讲有关施舍的事。（22）

以上是吉祥的《摩诃婆罗多》中《教诫篇》第九十二章(92)。

九三

坚战说：

受戒行约束的再生者①如果吃了祖祭上的供品，那么，祖父啊，这种食物怎样实现婆罗门的愿望呢？（1）

毗湿摩说：

坚战啊，如果这个婆罗门应守的戒行并不是吠陀圣典所规定的，那么吃了无妨。不过，倘若他当守的戒行是吠陀圣典所规定的，那么他吃了就是破戒。（2）

坚战说：

常有一些人说，斋戒是一种苦行。那么，斋戒究竟确是苦行，抑或并非苦行呢？请告诉我。（3）

毗湿摩说：

人们一般认为一个月或者半个月的斋戒不算苦行。伤害自己身体的人不能说是苦行者，也不能算是懂得正法的人。（4）自我克制的真正实现才是最高的苦行。此外还应经常实行斋戒，遵守梵行。（5）婆罗多后裔啊，一个婆罗门只有始终如一地做到恪守正法，热爱家庭，从不贪睡，崇拜神明，他才称得上是个牟尼。（6）他应该经常做到食用甘露，保持纯洁，出言信实，约束身心。（7）他应该经常食用毗伽萨②，并且善待来客，不吃肉食，常求身心洁净无污。（8）

---

① 这里的戒行指这个再生者正在实行的斋戒。再生者指婆罗门。
② 敬神敬客以后剩下的食物。

坚战说：

那么，大地之主啊，经常斋戒究竟是什么意思？梵行又当作何解释？怎样才叫食用了毗伽萨？如何行事就算是做到了善待来客？（9）

毗湿摩说：

只在清晨和黄昏进食而在其他时间一概远离食物，就算是做到了经常斋戒。（10）从来只亲近自己的妻子而不招引其他妇女，就算是做到了梵行。能保持慷慨施舍，从不间断，就算是做到了出言信实。（11）没有为了口腹之快而食肉，就算是不吃肉食。① 向他人施舍了财物，就能使自身纯洁。不在白昼睡觉，就算是没有贪睡。（12）坚战啊，你可知道，谁能经常做到让仆人和客人先食而自己随后，他所食用的就是甘露。（13）能做到非待婆罗门食后自己不食的人，必能通过他个人的自制而征服天国。（14）谁能够先将食物奉与天神、祖先、仆从和客人，而仅以剩余归己，人们就将他视为以毗伽萨为食的人。（15）据说，这样的人定将去往梵天居住的无涯世界。百姓之主啊，天女和健达缚会在那里陪伴他们。（16）他们达到了至高归宿，在那里与众多的天神、客人、祖先和儿孙共享快乐时光。（17）

以上是吉祥的《摩诃婆罗多》中《教诫篇》第九十三章（93）。

九四

坚战说：

经常会有人向婆罗门施舍各种财物。那么，祖父啊，施予者同接受者之间有什么区别呢？（1）

毗湿摩说：

这要看这个婆罗门是从善人手里，还是从恶人手里接受施舍了。如果施主是有功德的，那么接受者便无大过。如果施主缺功少德，那么接受者就会堕入地狱。（2）婆罗多后裔啊，这方面的事，人们经常引用古代传说中弗栗沙达毗②同七大仙人的对话来说明。（3）迦叶波、

---

① 祭祀时常会宰杀牲畜。此时取食，不算食肉。
② 弗栗沙达毗为古代优湿那罗国王尸毗的儿子。

阿多利、极裕、婆罗堕遮、乔答摩、众友、食火等七位仙人,以及名叫无碍的贞淑之女①,(4)他们有一个共同的侍女甘吒。她的丈夫名叫兽友,是一个首陀罗。(5)他们一同坚持苦行,漫游大地,希望通过瑜伽冥思到达永恒的梵天世界。(6)俱卢族后裔啊,正在这时,天下大旱,世上众生由于饥饿而羸弱不堪,生命垂危。(7)在此以前,尸毗王之子曾经举行过一次祭祀。作为祭主,他将自己的儿子赠与了为他主持仪式的祭司,以为报酬。(8)国王啊,饥馑到来以后,这个短命的儿子不幸饿毙。于是众仙人围上前来,坐在了他的四周。他们自己也早已是饥肠辘辘。(9)婆罗多后裔啊,这些显赫无比的仙人看着已经死去的祭主之子,饥不择食,开始用一只大釜烹煮他的身体。(10)此时人间世界片食无存,这些苦行者为了活命,急于果腹,便不得已出此下策。(11)这时,尸毗王之子弗栗沙达毗大王云游四海,途经这里,发现了瘦骨嶙峋,正在煮食尸体的仙人们。(12)

弗栗沙达毗说:

请从我这里把施舍拿去吧,它们能帮助你们渡过目前的难关。请接受我的食物吧。以苦行为财富的人啊,我要告诉你们我有多少财富。请听我讲。(13)对我来说,任何一位请求施舍的婆罗门都是值得爱重的人。我将要给你们一千匹母骡。它们各带一匹公骡,都是纯白毛色,健步如飞。(14)我还要给你们成万头种牛,它们全都体躯高大,外表壮美,善于负重,足以承载大地。此外还有同样多的母牛。它们性格温顺,品种优良,刚刚生过第一个犊子。②(15)最好的村庄、稻米、大麦、各色美食、贵重珠宝以及其他难得之物——这其中我能把什么给你们呢?只是那禁食之物你们千万别动。凡可滋补身体的东西,需要什么,我一定奉献。(16)

众仙人说:

国王啊,接受国王的施舍,这样的事,初尝甜似蜜糖,终将发为毒药。你明知此理,为什么还要用那些东西来引诱我们?(17)婆罗门是众神赖以存在的土地。通过苦行,这土地可以变得纯净无瑕。谁取悦了婆罗门,他就同时通过满心欢喜的婆罗门而取悦了众神。(18)

---

① 极裕仙人之妻。
② "刚刚生过第一个犊子"意味着奶水充足。

一个婆罗门接受了国王的施舍,他就可能不待旋踵便失去得自苦行的功德,犹如火焰烧尽森林。(19) 国王啊,愿真正需要帮助的人能够得到你的施舍,并愿这样的施舍都能给你带来福惠!(20)

说罢这话,众仙人便起身离开。这些聪明智慧的人放弃了那尚未烹熟的肉体,进入森林,继续寻找他们需要的食物。(21) 见此,国王便派了几个大臣跟在后面,进入森林。他们收集了一些无花果,准备拿它们作为礼物,送给仙人。(22) 大臣们在几个无花果中装进黄金,然后把它们同其他普通的果子混在一起,希望仙人们能够接受下来。(23) 阿多利发现有些果实显然较重,便拒绝接受。他对大臣们说:"我们没有糊涂到不辨轻重。我们的脑筋并不迟钝,看出来有些无花果里装进了黄金。我们一直很清醒,没有忘记保持警惕。(24) 谁在今生接受了施舍,他就会在来世吃苦头。谁希望在今生和来世都享受幸福,他就不能轻易受礼。"(25)

极裕说:

今生接受一份金钱,来世会按成百上千份算其罪报。今生接受了大笔的金钱,死后必会去往极恶的归趣。(26)

迦叶波说:

大地之上满是稻米、大麦、黄金、牲畜和美女。然而所有这些统统算上,还不能满足哪怕一个人的需求。因此,智慧的人总以保持宁静之心为要务。(27)

婆罗堕遮说:

卢卢的头角露出以后便会随着它身体的成长而越长越长。人们的物欲同样也会不断增长,没有尽头。(28)

乔答摩说:

世上之物统统加在一起,也不能满足哪怕仅仅一个世上之人的欲望。人之为物,犹如大海,永远没有餍足之时。(29)

众友说:

满怀欲望的人一旦欲望满足,新的欲望就会马上产生。对于渴望填满欲壑的人来说,欲望就像利箭一样,总在刺他的心。(30)

食火说:

在施舍面前表现出自我克制,能够使人的苦行立于坚实之地。而

渴望施舍却能使一个婆罗门的苦行财富流失殆尽。(31)

无碍说：

有一种看法认为，积聚财富可以达到发扬正法的目的。[①] 但我却认为，积聚苦行远高于积聚财富。(32)

甘吒说：

我的主人们都是法力高强的人，但是连他们对施舍的财物也怀着强烈的惧怕。像我这样的人，脆弱无力，就更是不胜畏惧了。(33)

兽友说：

婆罗门认为，没有任何财富会比基于正法的财富地位更高。我恭恭敬敬追随在此，就是为了学习怎样处身律己做人。(34)

众仙人说：

愿那慷慨施舍之人能够长得福惠。他是这块地方的人民之主，让你们把中间包裹着黄金的无花果送给我们。(35)

毗湿摩说：

严守誓约的仙人们说过这话之后，便把藏有黄金的果实放在那儿，转身离去。大臣们只好回来晋见国王。(36)

大臣们说：

那些仙人猜出了我们的计谋，把无花果放下走了。大地之主啊，我们现在来据实报告。(37)

听过大臣的汇报后，弗栗沙达毗国王大为愤怒。他回到自己的宫室，决意惩治那些仙人。(38) 这位国王严格地控制身心，来到祭火前面。他一面唱着圣诗，一面向祭火中一件一件地投放准备好的祭品。(39) 未几，火中现出一个女妖，容貌阴森可怖，足使见者浑身颤栗。弗栗沙达毗叫她雅度陀尼。(40) 这黑夜一般可怕的女妖走到国王面前，双手合十，启齿问道："请问要我做什么事？"(41)

弗栗沙达毗说：

我要你到七仙人那里去，同他们在一起的还有无碍、女奴和女奴的丈夫。你要用心记住他们的名字。(42) 弄清楚他们的名字以后，

[①] 即认为通过施舍财富或祭祀活动，可以达到弘扬正法的目的。

就把他们杀掉。① 杀死他们的任务完成了,你便可以离开,愿去哪里就去哪里。(43)

雅度陀尼说:"好吧!"然后出发,直奔众大仙人正在漫游的森林而去。(44)

以上是吉祥的《摩诃婆罗多》中《教诫篇》第九十四章(94)。

九五

毗湿摩说:

国王啊,以阿多利为首的众仙人正在森林中游荡。他们在这里靠野果和野根充饥。(1) 这时,他们看到了一个游方的乞食者。这人生得肩膀宽阔,手脚肥厚,面色红润,肚腹滚圆,四肢丰满。他也在森林中游荡,身边还跑着一只狗。(2) 看到这肢体健壮的游方者,美丽的无碍朝着仙人们叫道:"世尊啊,你们可没有这么体面!"(3)

极裕仙人说:

他看上去不像我们的同道。我们已经无力在晨昏之际的火神祭上供奉祭品,② 而他却能。这位狗友③那么肥。(4)

阿多利仙人说:

他看上去不像我们的同道。我们在饥饿的煎熬下,已是英雄气短,对别人的困难也不再关心。他倒不是。这位狗友那么肥。(5)

众友仙人说:

他看上去不像我们的同道。他还能依照永恒的法论规范行为,而我却像一头老牛,疲惫不堪,饥饿无力,糊里糊涂。这位狗友那么肥。(6)

食火仙人说:

他看上去不像我们的同道。我们无论如何总要为一年的食物和柴

---

① 原始文化中有观念认为一旦掌握了一个人的名字,就在很大程度上掌握了这个人,能够对他施以巫术。在吠陀经典里也可以看到此类文化观念。
② 意为饥荒年代,他们自己已经食不果腹,谈不到行祭了。
③ 狗友指那带狗的人。

薪操心。但他却不必。这位狗友那么肥。(7)

迦叶波仙人说：

他看上去不像我们的同道。我们有四个同胞兄弟，总是"施舍些吧！施舍些吧！"挨门乞讨。① 而他却没有这样的兄弟。这位狗友那么肥。(8)

婆罗堕遮仙人说：

他看上去不像我们的同道。我们之中有些徒具虚名的婆罗门，脑筋糊涂，常常骂了妻子又后悔。他却不是这样。这位狗友那么肥。② (9)

乔答摩仙人说：

他看上去不像我们的同道。我们只有三片拘舍草和一片阑古③皮护身，而且它们也都穿了不止三年。但他却不然。这位狗友那么肥。(10)

毗湿摩说：

这以狗为友的游方者也看到了正在林中游荡的众大仙人。他走上前来，触摸他们的手，以此礼节，表示敬意。(11) 大家互相谈论了一些游方途上食物缺乏，饥饿困苦的话，便离开住脚的地方，一起上路。(12) 他们继续在森林里游荡。大家集中心力，只做一件事，就是寻找挖掘果实和块根。(13) 走着走着，他们看到一片池塘，池水波光粼粼，清澈无比，布满了大红莲花，十分美丽。岸上树木稠广，浓荫匝地。(14) 水面上还点缀着不少蓝莲花，看上去像是早晨初升的太阳。各种莲花的叶子，闪着琉璃的光芒。(15) 各种各样的水鸟麇集在这里。通往池塘的只有一条道路，没有污泥，平整易行。(16) 雅度陀尼，那面貌丑陋的女妖，受国王弗栗沙达毗的派遣，就守在莲池边上。(17) 众大仙人和后加入的游方者想到池中取些莲藕来吃，便一起来到妖怪守卫的池边。(18) 他们看到了面貌丑陋的雅度陀尼站在池岸之上。于是仙人开口，向妖怪问道：(19) "你是谁？为什么一个人站在这里？你有什么事要做吗？请告诉我们，你为什么要守在

---

① 这里"四个兄弟"不知指谁。迦叶波的兄弟不是四个。
② 本颂说婆罗门的坏话，用意不知。
③ 一种羚羊。

这莲池边上。"(20)

雅度陀尼说：

我是谁并不重要。我的事情也不值一提。以苦行为财富的人啊，你们知道，我在这里守卫莲池。(21)

众仙人说：

我们全都饥饿难忍。我们也没有别的什么可吃。你若同意，我们想在这儿采些莲藕。(22)

雅度陀尼说：

采藕不成问题，只不过有个条件要先说好。你们尽管随意采摘，但先得一个个报上名来，而且进塘后要快快摘。(23)

毗湿摩说：

阿多利知道女妖叫作雅度陀尼，也知道她正在寻找机会杀害这几个人。于是这位已经饿得皮包骨头的仙人对她说道：(24)"我叫阿多利。因为我每天要读三遍经，只能把夜间当白天使，这样对我阿多利来说就没有夜晚。美丽的女人啊，你可要记住呀。"①(25)

雅度陀尼说：

大智者啊，你说的那些关于自己名字的话，我实在弄不懂，也记不住。去，到莲池去吧！(26)

极裕仙人说：

我钱财无数，非常富裕。我在世上无人能比。我总是住在自己的家里。因为我住在家里，所以富有。所以我叫极裕。记住我的名字呀。(27)

雅度陀尼说：

你说了那么多同你名字有关的话，句句我都听不懂，也记不住。去，到莲池去吧！(28)

迦叶波仙人说：

家族和家族，太阳和激愤，我是再生者迦叶波。迦叶就是从迦尸国名得来的。所以我才叫迦叶波。你可要记住啊。(29)

---

① 这里阿多利的一番话并无连贯的或者逻辑上的意义，即使有，也是东拉西凑。他只不过围绕自己名字，利用谐音、追溯语源等手法，说了一些绕口令之类的句子，目的在于扰乱雅度陀尼的头脑，使她不知所云，无法记忆。下面几位仙人的话也是一样。

雅度陀尼说：

大智者啊，你说的那些关于自己名字的话，我实在弄不懂，也记不住。去，到莲池去吧！（30）

婆罗堕遮仙人说：

我供养儿子，我供养学生，我供养神明，我供养再生者，我供养妻子，我从来诚实无欺，所以，美人儿啊，我的名字叫婆罗堕遮。（31）

雅度陀尼说：

你说了那么多同你名字有关的话，句句我都听不懂，也记不住。去，到莲池去吧！（32）

乔答摩仙人说：

牛驯，驯牛，无烟，自制，难以看见。告诉你，我叫乔答摩。女妖雅度陀尼啊，你可要听好。（33）

雅度陀尼说：

大智者啊，你说的那些关于自己名字的话，我实在弄不懂，也记不住。去，到莲池去吧！（34）

众友仙人说：

众毗奢神是我的朋友，我也是牛群的朋友。所以我就取名众友。雅度陀尼啊，可要记住我这名字呦。（35）

雅度陀尼说：

你说了那么多同你名字有关的话，句句我都听不懂，也记不住。去，到莲池去吧！（36）

食火仙人说：

我诞生于祭祀之火。我的肤色洁白，渴望取得伟大的胜利。因此，说到我的名字，人称食火。美人儿啊，你可要记住。（37）

雅度陀尼说：

大智者啊，你说的那些关于自己名字的话，我实在弄不懂，也记不住。去，到莲池去吧！（38）

无碍说：

我是丰饶大地的承托者。我永远不离丈夫左右。我总能将丈夫的心约束住。因此，让我告诉你吧，我叫无碍。（39）

雅度陀尼说：

你说了那么多同你名字有关的话，句句我都听不懂，也记不住。去，到莲池去吧！（40）

甘吒说：

甘吒，意思是腮帮。我的腮帮高于其他不是腮帮的部分，于是我因为腮帮高而被称作腮帮。火中诞生的女妖啊，记住我的名字是腮帮。（41）

雅度陀尼说：

你说了那么多同你名字有关的话，句句我都听不懂，也记不住。去，到莲池去吧！（42）

兽友说：

友就是朋友，就是那种保持着友谊的人。我一直是各种畜类的朋友。人们看我有这个特点，就称我作兽友。火中诞生的女妖啊，别忘了我的名字。（43）

雅度陀尼说：

你说了那么多同你名字有关的话，句句我都听不懂，也记不住。去，到莲池去吧！（44）

狗友说：

像前面几位似的，为自己的名字说出那么多缘由，我做不到。雅度陀尼啊，我的名字叫狗友——朋友，记住就行了。（45）

雅度陀尼说：

你并没有把名字说清楚。你说话的声音就含含糊糊，像是这样，又像是那样。再生者啊，请再把你的名字说一遍吧。（46）

狗友说：

我的名字已经说过一遍，可是你偏偏记不住。看来只有拿我的三杖①敲你才行，让你化为灰烬。（47）

毗湿摩说：

说话间，那有如梵杖②的三杖已经落在雅度陀尼的头上。她顿时委地，化作灰烬。（48）杀死了力大无穷的雅度陀尼之后，狗友便将

---

① 三杖是婆罗门苦行者的用具，由三根棍子束在一起做成。
② 有学者认为这里所谓梵杖暗喻婆罗门的诅咒。这种诅咒不但威力强大，而且无远弗届。

他的三杖插进土里，坐在草地上，休息起来。（49）众仙人则在池塘里尽情尽兴，采摘了很多莲花和莲藕，然后欢欢喜喜回到岸上。（50）他们把辛辛苦苦采来的莲和藕扎起来放在岸边，便又到池中取水，以为献祭之用。（51）但是，人中雄牛啊，当他们从水中回到岸上的时候，却发现采到的莲藕全都不翼而飞了。（52）

众仙人说：

我们这些人快成了饿殍。是哪个不怀好意，尽做坏事的家伙把我们亟待充饥的莲藕偷走了？（53）

这些再生者中的佼佼者开始互相猜疑，彼此盘诘。克敌者啊，最后，他们决定一个个发誓赌咒，以示清白。（54）大家一致赞同，说："好主意！"于是，已经被饥饿折磨得虚弱不堪的仙人们，当着狗友的面，开始一个个发起誓来。（55）

阿多利仙人说：

谁偷了莲藕，就让他用脚去触母牛①，让他对着太阳撒尿，让他在不当读经的时候读经。（56）

极裕仙人说：

谁偷了莲藕，就让他无法学习吠陀，让他成为逐狗之辈②，让他去过四处游方却又不守游方规矩的生活。（57）谁偷了莲藕，就让他杀害朋友，杀害前来求庇的人，让他靠出卖女儿生活，让他受利益的驱使去勒索那些贫苦微贱的人。（58）

迦叶波仙人说：

谁偷了莲藕，就让他到各地去买卖各种货物，让他干那种私吞他人定金的事，让他去作伪证。（59）谁偷了莲藕，就让他不守规矩随意食肉③，不守规矩随意施舍④，不守规矩白日交欢。（60）

婆罗堕遮仙人说：

谁偷了莲藕，就让他在对待妇女、家族和母牛上，背弃正法，行

---

① 用脚触牛是大不敬的行为。
② 逐狗狩猎是最低贱的职业之一。
③ 只有在祭祀仪式上屠宰的牲畜才可食用。
④ 施舍而时间选择不当，或向没有资格接受施舍的人施舍等都不合规矩。

为恶劣,让他一心凌驾于婆罗门之上。(61)谁偷了莲藕,就让他学习圣诗和祭祀经文,却又看不起教他的老师,让他向蓬草点的祭火中投献供品①。(62)

食火仙人说:

谁偷了莲藕,就让他向净水中排泄屎溺,让他杀害正在哺乳的母牛,让他在禁忌时间②行房。(63)谁偷了莲藕,让他遭人厌恶,让他亲友疏离,让他靠妻子生活,让他为求回报而到别人家里去做客③。(64)

乔答摩仙人说:

谁偷了莲藕,就让他在学过吠陀后又将它弃置一旁,让他抛弃三圣火,让他出卖苏摩。(65)谁偷了莲藕,就让他同娶了一个首陀罗老婆的婆罗门住在一起,而且这个婆罗门所在的村庄只有一口井。④ (66)

众友仙人说:

谁偷了莲藕,就让他眼看着自己的老师和仆人由别人来养活,让他堕入恶道,让他多生儿子。(67)谁偷了莲藕,就让他失去纯洁,让他成为婆罗门中的骗子,让他变得傲慢无礼,让他终日扶犁耕地,让他总是妒火烧心。(68)谁偷了莲藕,就让他去呼风唤雨,让他受雇在宫廷充当国师,让他为那些本无资格行祭的人充当祭司。⑤ (69)

无碍说:

谁偷了莲藕,就让她成为对婆婆骂骂咧咧的人,让她成为使丈夫天天烦恼的人,让她成为见了美味只知独享的人。(70)谁偷了莲藕,就让她对于丈夫的家里人倨傲不敬,让她在夜间偷吃粗粮,让她终日

---

① 蓬草点的祭火不能经久燃烧,结果等于向灰烬中投献供品。祭主自然无法从这样的献祭中获取功德。

② 指不为求子而行房。

③ 古代印度人认为,招待了别人而又到那人家去做客以求回报,是可耻的行为。它还会破坏已经获得的功德。

④ 只有一口井意味着所有各种姓的人都不得不从同一口井中取水。印度教规定高种姓的人不能同首陀罗或不可接触者共用水源,否则会受到玷污。

⑤ 本颂的国师和第67颂的多生儿子有可能暗指众友的宿敌极裕。极裕曾做古代婆罗多王苏陀婆的国师,助他在著名的"十王之战"中取得了胜利。他有七个儿子。众友和极裕长期构衅,互相斗法的故事十分有名。

不快，让她生了儿子好弄兵习武。① (71)

甘吒说：

谁偷了莲藕，就让她总是出言不实，让她同道德高尚的人龃龉不断，让她为了图钱而嫁女。(72) 谁偷了莲藕，就让她做了饭只顾自己吃，让她过奴隶的生活，让她举止行事总把正法标准抛在一边。(73)

兽友说：

谁偷了莲藕，就让他成为奴隶，让他不能生育，让他终生贫穷，让他不敬神明。(74)

狗友说：

谁要是拿走了莲藕，就让他把女儿嫁给行祭者祭司②，或者咏歌者祭司③，或者守规矩的梵行者；让他成为一个学习《阿达婆吠陀》并虔心沐浴的婆罗门。(75)

众仙人说：

狗友啊，你这发誓赌咒说的都是我们这些婆罗门求之不得的事。那偷莲藕的事一定是你干的。(76)

狗友说：

你们说自己存起来当作食物的莲藕不见了，确是事实。那些莲藕，不错，也是我偷去了。(77) 我在你们的眼皮底下把莲藕拿走了。无瑕者啊，我这样做不过是为了考查一下各位尊者。我来这里，真正的目的是保护你们。(78) 雅度陀尼是个暴虐的女妖。她是受弗栗沙达毗之命，专门前来设法杀害你们的。不过，诸位以苦行为财富的人啊，我已经把她消灭了。(79) 这邪恶而又罪恶多端的家伙当初是诞生于祭火之中的，生出来就是为了杀害你们。所以，智慧的人们啊，我就来了。你们知道吧，我就是婆薮之主（因陀罗）。(80) 你们已经摆脱了贪欲。因此，你们便能够去往凡有愿望，无不获得满足的永恒世界。那么，众婆罗门啊，你们就快快起身，离开这里，往那些美妙世界去吧。(81)

---

① 婆罗门家庭出身的人不兴习武。
② 精通《夜柔吠陀》的婆罗门。
③ 精通《娑摩吠陀》的婆罗门。

毗湿摩说：

诸大仙人闻此，顿时兴高采烈。他们对城堡的破坏者（因陀罗）说："我们照办！"遂与三十三天之主一起，往天国而去。（82）这些伟大的人物尽管饥乏交迫，但面对各式各样好吃好玩的东西，始终毫不动心。他们坚持不向贪欲屈服，终于到达了天国。（83）因此，一个人应该在任何环境中都不为贪欲所左右。戒贪乃是最高的正法。国王啊，古人就是这样说的。（84）谁在众人聚集的场合吟唱上面这个善行故事，幸福就会降临在他的身上，他也永远不会陷于困境。（85）列祖列宗、众大仙人和天上神明都会对他表示满意。这样的人过世以后，便是名声、正法和福惠的拥有者。（86）

以上是吉祥的《摩诃婆罗多》中《教诫篇》第九十五章（95）。

九六

毗湿摩说：

在这方面，人们还常引用一段古代传说，说那众仙人在朝拜圣地时赌誓罚咒的故事。请听我讲。（1）大王啊，婆罗多族俊杰！故事中讲到了因陀罗如何偷走莲藕，众王仙和婆罗门仙人又各自发了什么誓言。（2）这一次，众仙人聚集在西方的波罗跋萨①。他们一起商量，决定："让我们到大地上所有能给人带来幸福的圣地去朝拜吧，这正是我们该做的事。"（3）于是，国王啊，他们便出发了，就中有仙人太白、鸯耆罗、大学问家迦毗、投山、那罗陀、波罗伐陀、婆利古、极裕、迦叶波、乔答摩、众友和食火，（4）伽罗婆、八部、婆罗堕遮、无碍、矮仙、尸毗、底梨波、友邻、安波利沙，以及国王迅行、敦杜摩罗和补卢等。（5）人中之王啊，他们公推力大无比，杀死过弗栗多的百祭（因陀罗）带领队伍。遍游大地之后，他们抵达了吉祥之地憍湿吉河②，时间正当摩伽月③的望日。（6）他们在别的圣地洗尽罪

---

① 古代圣地，在德干高原西的海岸边。
② 可能即今比哈尔邦的柯西河。
③ 时跨公历一至二月。

愆后,来到了至圣的梵湖沐浴地①,一个神明常来的地方。这些堪与火神媲美的仙人们浸入水中,开始采食莲花和莲藕。(7) 国王啊,他们有的人挖出了莲藕,有的人折取了莲枝。忽然间,他们发现投山仙人堆在岸上的莲花不翼而飞了。(8) 于是,投山仙人冲着一起来的仙人魁首们叫道:"是谁把我那么漂亮的莲花拿走了?你们里面一定有人干了这事。快把它们还给我。可敬的人啊,你们怎么能拿人家的莲花呢!(9) 我曾听说,时间能削弱正法的精神。时间来到,违犯正法的事就会增加。趁非法未成气候之前,我要去往未来世界,永不返回。(10) 当婆罗门在村庄的中央大声宣唱吠陀圣典,结果连首陀罗都能听到的时刻来到以前,当一国之主发现非法行为已经普天之下司空见惯的时刻来到之前,我要去往未来世界,永不返回。(11) 当高等人已经不再蔑视中等和低等人的时刻到来之前,趁愚昧还没有笼罩一切之时,我要去往未来世界,永不返回。(12) 在我看到那强者欺凌弱者的世界出现之前,我要去往未来世界,永不返回。我实在不忍见到这样的人间世界出现。"(13) 听到如上这一番话,受了伤害的众仙人便对投山大仙人说道:"我们没有偷你的莲花。你也不该这样羞辱我们。大仙人啊,我们可以用最严厉的誓言赌咒。"(14) 这些大仙人从来以正法为重,于是,百姓之主啊,他们决心下定,一个接一个地发起誓来。同时发誓的还有国王和王子王孙们。(15)

婆利古仙人说:

谁要是拿走了你的莲花,就让他成为一个以骂还骂,以打还打,专吃脊骨肉的人②。(16)

极裕仙人说:

谁要是拿走了你的莲花,就让他成为一个不学吠陀圣典的人,成为四出逐狗之辈,或是在城镇里游方行乞的人③。(17)

迦叶波仙人说:

谁要是拿走了你的莲花,就让他到各地去买卖各种货物,让他干

---

① 在今哈尔邦加雅城附近。
② 婆罗门待人应宽容为怀,对敌对友,一视同仁,故不能以人之道,治人之身,更不能有复仇之举,否则即是对于婆罗门行为规范的严重违犯。牲畜的脊椎骨肉是不能吃的。
③ 理论上,游方者是大地的漫游者,应露宿荒野,不能住在城里。

那种私吞他人定金的事，让他去作伪证。(18)

乔答摩仙人说：

谁要是拿走了你的莲花，就让他成为傲慢不恭的人，让他靠廉价出卖学问谋生，让他终日扶犁耕地①，让他总是妒火烧心。(19)

鸢耆罗仙人说：

谁要是拿走了你的莲花，就让他成为遭受玷污的人，让他成为一个虚伪的婆罗门，让他成为四出逐狗之辈，让他成为伤害婆罗门的人。(20)

敦杜摩罗说：

谁要是拿走了你的莲花，就让他成为对帮过他的朋友忘恩负义的人，成为让首陀罗女子怀孕生子的人，成为凡遇美食必一人独享的人②。(21)

补卢说：

谁要是拿走了你的莲花，就让他以行医为职业，让他靠妻子挣钱养活，让他靠岳父的补贴过日子。(22)

底梨波说：

谁要是拿走了你的莲花，就让他到那种地方去生活，那儿每个村庄只有一口井，而他作为婆罗门却娶了个首陀罗妻。(23)

太白仙人说：

谁要是拿走了你的莲花，就让他成为专吃脊骨肉的人，让他不守规矩白日交欢，让他成为国王的仆人。(24)

食火仙人说：

谁要是拿走了你的莲花，就让他在不当读经的时候读经，让他在自己的祖祭上招待朋友吃喝，让他在首陀罗的祖祭上吃喝。(25)

尸毗说：

谁要是拿走了你的莲花，就让他在未及升好祭火之前死去，让他在别人行祭时设置障碍，让他经常同苦行者发生口角。(26)

迅行王说：

谁要是拿走了你的莲花，就让他放弃吠陀经典的学习，让他同妻

---

① 婆罗门不应以农耕为生。
② 按规矩，有了可口的食物应该同他人分享，尤其是要分给孩子和仆人。

子行房而非其时——不是在盘起头发，履行某种戒条的时候，就是在妻子身体不适的时候。(27)

友邻王说：

谁要是拿走了你的莲花，就让他虽为家主却做赶走来客的事，让他放纵自我，一意孤行，让他教人学问却从中收取报酬。(28)

安波利沙说：

谁要是拿走了你的莲花，就让他对于妇女、族人和牛群多有违背正法的卑污之行，让他犯杀婆罗门罪。(29)

那罗陀仙人说：

谁要是拿走了你的莲花，就让他成为一个无知的人，弄不懂世上学问的奥秘，让他在户外大声朗读法论却在音调和音步上错误百出，让他瞧不起有分量的人物。(30)

那跛伽仙人说：

谁要是拿走了你的莲花，就让他出言不实，让他常同德善之人发生口角，让他为求彩礼而嫁女。(31)

迦毗仙人说：

谁要是拿走了你的莲花，就让他使脚踢牛，让他对着太阳撒尿，让他把前来求庇的人拒之门外。(32)

众友仙人说：

谁要是拿走了你的莲花，就让他成为一个欺骗主人的奴仆，让他去宫廷充当国师，让他做个祭司，去为那种不能为之举祭的人行祭。(33)

波罗伐陀仙人说：

谁要是拿走了你的莲花，就让他做个头目，管理村庄，让他出外行路坐驴车，让他以逐狗为生。(34)

婆罗堕遮仙人说：

谁要是拿走了你的莲花，就让他行为卑鄙，满口谎言，世上劣迹，样样俱足，从生到死，罪业不断。(35)

八部王说：

谁要是拿走了你的莲花，就让他做一个愚不更事的国王，办事随心所欲，恶政接连不断，正法不行，纲纪混乱。(36)

伽罗婆仙人说：

谁要是拿走了你的莲花，就让他成为一个但有施舍，必事张扬的人，让他成为一个恶贯满盈，罪孽之多，难以历数的人。（37）

无碍说：

谁要是拿走了你的莲花，就让她对自己的婆婆恶言恶语，让她对自己的丈夫心怀不满，让她遇到美食就管自独吞。（38）

矮仙们说：

谁要是拿走了你的莲花，就让他单足独立，守在村口，以此谋生，让他虽通正法，却百般规避，力图越轨。（39）

兽友说：

谁要是拿走了你的莲花，就让他成为一个不能日日行火神祭却能夜夜恬然入睡的婆罗门，让他成为游方者却又逞欲妄为，不守游方规矩。（40）

苏罗毗[①]说：

谁要是拿走了你的莲花，就让她被人用跛罗婆遮[②]绳绑住后腿，把奶挤进白铜盆[③]里，同时牵来帮忙的犊子也不是她自己生养的。（41）

毗湿摩说：

俱卢族国王啊，见仙人和国王一一赌咒，发了那么多花样不同的誓言，千眼天王（因陀罗）十分高兴。他先是对着生气的投山仙人看了一阵，（42）然后向他致意，并对他说出了自己的看法。国王啊，摩珂梵（因陀罗）究竟当着众位梵仙、神仙和王仙的面说了些什么，请你细听我说。（43）

天帝释说：

谁要是拿走了你的莲花，就让他把女儿嫁给行祭者祭司，或者咏歌者祭司，或者守规矩的梵行者；让他成为一个学习《阿达婆吠陀》并虔心沐浴的婆罗门。[④]（44）谁要是拿走了你的莲花，就让他学会所有的吠陀圣典，让他恪守正法，举手投足，皆合伦理规范，让他终得去往梵天所在之地。（45）

---

① 苏罗毗因是母牛，故以下她的咒誓，也是母牛口气；所指显然也是一头凶蛮的母牛。
② 一种蟋蟀草属禾草。
③ 白铜器盛的牛奶不能用于敬神或敬客。
④ 参见前章第75颂注。

投山仙人说：

诛灭波罗者（因陀罗）啊，你的发誓赌咒听来好像取走他人之物反可获利得福。那就请把莲花还给我吧。取物还物是千古不易的道理。（46）

因陀罗说：

世尊啊，我不曾为了贪欲而拿走你的莲花。我拿走它们，只不过是想听一听人们关于正法是怎么说的。所以，请你不要生气。（47）在世代传承的教导之中，正法当居首要地位。正法是通向福惠之桥。按照古代仙人的权威说法，正法永远存在，不变不灭。（48）牟尼魁首，智慧之人啊，把莲花拿去吧。世尊啊，无可指摘者，请你原谅我的冒渎。（49）

大因陀罗说过这一番话后，苦行者投山便取回了莲花。这位聪慧的牟尼原来气愤填膺，现在又变得非常高兴了。（50）事情过后，这些林中的居民又游历了许多别的圣地，在那些地方为自己的身体行沐浴礼。（51）谁能在每月的波罗梵日①全神贯注，诵唱上面的故事，他就绝不会有生子愚钝的事，或者忽略自己人生义务的事发生，（52）也不会有任何灾难、悲伤或病苦找上身来。他由于摆脱了世间尘埃的污染，积累了功德，死后必能上达天堂。（53）人中豪杰啊，谁能够认真学习仙人们传留下来的法论经典，他就必会上达永恒不朽的梵天世界。②（54）

以上是吉祥的《摩诃婆罗多》中《教诫篇》第九十六章(96)。

九七

坚战说：

婆罗多族雄牛啊，那在祖祭上施人雨伞和便鞋的习惯是从谁那

---

① 阴历每月的四个日子，即朔、望和由朔到望的中间一天，以及由望到朔的中间一天。

② 法论讲人的正当行为方式，以及人在社会中依身份而定的权利和职责等。本章故事讲了很多违背法论要求的事，广义上也是对法论精神的宣传。

里开始的呢？为什么会有这样的习惯？施伞施鞋，目的是什么？(1)施伞施鞋的习惯不仅表现在祖祭上，也表现在其他吉祥的场合，这是为什么？我希望知道这一切，请你如实而又详细地告诉我。(2)

毗湿摩说：

国王啊，那就请你注意听好，让我把施伞施鞋的缘由详细地讲给你。我要告诉你它是如何起源，以及如何在世界上普及开来的。(3)这种习惯何以变得经久不衰，人们为何认为它是吉祥之举——所有这些，人民之王啊，我都将无一遗漏地全讲给你。(4) 人民之主啊，请听我叙述下面这段古代传说，那是食火仙人同伟大日神的一番对话。(5)强有力的国王啊，古时候，尊者食火，那位婆利古族的后代，经常习箭。他将一支又一支利箭搭上弓弦，放射出去。(6) 不朽者啊，他的妻子莱奴迦在他旁边，来来回回，帮助把射出的箭捡拾起来，送还给他。(7) 就这样，他连续地射，妻子不断地捡。弓弦和飞箭的声音回响在耳边，精力充沛，光彩照人的食火感到十分快活。(8)在太阳到达心宿和尾宿的这一个月中，有一天中午时分，食火射光了身边的箭，便对莱奴迦说：(9) "大眼睛的人儿，去把我射出的箭捡回来吧。美眉啊，我还要继续射呢。"(10) 于是那位漂亮的夫人便跑去拾箭。可是她在半路上停下来，躲到了一棵大树的树阴里去，站在那里，因为灼热的阳光使她的头和双脚疼痛难忍。(11) 在那里站了一会儿，这位黑眼睛的美妇人感到不安起来。她害怕遭到丈夫的诅咒。于是她又走出去，继续前去拾箭。一会儿，这位容貌出众的妇人折了回来，手中拿着捡到的箭。(12) 这位妍丽的女子身上冒着汗水，强忍着双脚的疼痛，一步步向丈夫走去。她心中害怕，浑身哆嗦，担心遭骂。(13) 待这面庞柔美的妇人走到跟前，愤怒的仙人厉声问道："莱奴迦！你为什么去了这么久？"(14)

莱奴迦说：

以苦行为财富的人啊，我的头顶和双脚都被太阳炙得发痛。太阳光那么强烈，我到树阴里躲了一会儿。(15) 就是为了这个原因，婆罗门啊，我耽搁了。以苦行为财富的人啊，我的主子，我已经说明了缘由，请你别再生气。(16)

食火仙人说：

那么，莱奴迦啊，让我今天就用利箭将那光线强烈的太阳射下天空，就是他拿他的利箭之火给你带来了痛苦。（17）

毗湿摩说：

于是，食火聚拢一批长箭，拉圆他的神弓，立定脚跟，仰面朝天，盯住了正在运行的太阳。（18）贡蒂之子啊，太阳神见食火引弓待发，便装扮成再生者的样子，来到他的面前，开口问道："太阳做了什么错事，让你这样不高兴？（19）智慧的人啊，太阳在空中运行，用他的光线从大地吸足水分，然后在雨季降下甘霖。（20）婆罗门啊，只有这样，人类福利赖以存在的食物才得以生长。食物意味着生命，吠陀经典上就是这样讲的。（21）婆罗门啊，太阳将大量的水分隐藏在云层之内，包裹在光线之中，然后遍游七洲，降而为雨。（22）强有力的人啊，雨水使得草本和木本的植物长出绿叶，开出花朵，最后变成食物。（23）出生礼的举行，戒律的遵守，母牛的施舍，婚礼、苏摩祭及种种其他祭祀的举行，（24）施舍的完成，婚姻关系的建立，以及财富的积累等等，无不依赖食物。婆利古后裔啊，你应该知道这个事实。（25）种种游乐之具，种种人生努力，总之，所有一切，无不来源于食物。这就是我要称颂，而你也该知道的事实。（26）婆罗门啊，知道了我所称颂的一切，你就可以息怒了。现在你还坚持把太阳射下来吗？"（27）

以上是吉祥的《摩诃婆罗多》中《教诫篇》第九十七章(97)。

九八

坚战说：

那么，在光芒制造者（太阳神）的一番恳求之后，食火仙人，那精力无限，首屈一指的智者态度改变了吗？（1）

毗湿摩说：

俱卢族后裔啊，尽管受到了如上的恳求，食火仙人，那光彩四射，有如火焰的智者，并没有平静下来。（2）见此，化身婆罗门形象的太阳神双手合十，躬身敬礼，再一次以软语相劝：（3）"聪慧的仙人啊，奔腾的太阳是一个运动不停的目标。你怎么能射中那不断运动的白日制造者（太阳）呢？"（4）

食火仙人说：

通过知识的眼睛，我知道你是时走时停的。今天，我准定会给你一个教训。（5）白日的制造者啊，你运行到午后总有一瞬间是静止不动的。太阳神啊，到那时我就可以将你射中，万无一失。（6）

太阳神说：

聪慧的仙人啊，毫无疑问，你了解我。不过，弓箭手中的佼佼者啊，这样你就是伤害了我——一个前来寻求保护的人，这你也不会不知道。（7）

毗湿摩说：

听此，高贵的食火仙人大笑起来，然后说道："太阳神啊，你既然是来这里恳求保护的，就不必害怕。（8）谁能够超越婆罗门的诚挚，超越大地的坚实，超越月亮的潮湿和阴冷，超越伐楼拿（水神）的深沉，（9）超越火焰的灿烂光芒，超越弥卢山的光明，超越太阳的炽热，谁才会伤害前来请求庇护的人。①（10）谁下手伤害前来请求庇护的人，他也会做玷污师父床笫或杀害婆罗门的事，他就可能是沉迷于酒浆的醉汉。（11）不过，为了使人能避免阳光炙烤，平安行路，还是请你想想办法。"（12）

毗湿摩说：

说过这话以后，那婆利古族的后裔便沉默下来。此时太阳神走上前去，送给他一把伞和一双鞋。（13）

太阳神说：

大仙人啊，这伞可以保护人的头部，使它不为我的光线所伤害。这一双皮革作的鞋子，可以用来保护人的双脚。请你收下它们吧。（14）从今往后，世界上任何吉祥的场合，都要准备伞和鞋。这个规矩将会世世代代存在下去，成为惯例。（15）

---

① 本句的意思是，他不可能超越前述这些东西，所以也不会伤害前来请求庇护的人。

第十三 教诫篇

毗湿摩说：

婆罗多后裔啊，这一赠鞋赠伞的习俗，是由太阳神率先实行并流传下来的。所赠的鞋伞据说也是吉祥之物。(16) 因此，你要向婆罗门广施鞋伞二物。我坚信，通过这样的施舍行为，你一定会获得很大的功德。(17) 婆罗多族俊杰啊，谁向婆罗门施舍了有百条伞骨的白色伞，他在死后必定幸福。(18) 婆罗多族雄牛啊，他将住在因陀罗的世界，永远受到再生者、众天女和众天神的崇拜。(19) 巨臂啊，谁向双足正在滚烫的地面上受苦的婆罗门，向私那陀迦婆罗门①，或者严守戒条的婆罗门施舍了鞋子，(20) 他就能在死后去往受到天神普遍敬仰的世界。他们住在母牛世界②里，享受着无限的快乐。(21) 婆罗多族俊杰啊，施伞施鞋的果报到这里我就全部说完了。(22)

以上是吉祥的《摩诃婆罗多》中《教诫篇》第九十八章(98)。

九九

坚战说：

俱卢族后裔啊，婆罗多族雄牛！植树造林和修造池塘的果报怎样，我也很想听你讲讲。(1)

毗湿摩说：

人们都说，一块看上去生机勃勃，既有庄稼，又有树木，下面蕴藏着各种矿物的土地，是最好的地方。(2) 一块这样的地方，最适合拿出一部分来开凿池塘。下面我要按照次序，对你一一讲述各种水塘的情况。(3) 我还要告诉你这些人工开凿的池塘能给人带来什么功德。三界之中，无论何地，凡是修造了池塘的人，都会受到广泛的崇拜。(4) 那里温暖可爱，犹如朋友的家，也是能使人间友谊不断增长的地方。所以，修造池塘，能够给人带来至高无上的美好名声。(5) 智者们说，同法、利、欲相关的果报都能因此而得以实现。这样开凿的池塘都是胜善之地，是可以放心投奔的安全地方。(6) 池水湖泊是

---

① 完成了梵行期的学习生活，经过一定的宗教仪式后进入家居期生活的婆罗门。
② 天国的一部分。

能够实现众生四要①的去处。任何水域都能把大地装点得无限美丽。(7)所有神明、人类、健达缚、祖先、罗刹乃至一切不动之物，统统视深广的水域为他们可靠的避居地。(8)下面我要告诉你，关于池塘的功德，传承经典中都有什么说法，以及古代仙人们关于池塘建造者所获的果报，又都说了什么。(9)智者们曾经说过，一个人如能保证他的池塘在一年之内水量充沛，那么，他就能够获得相当于举行了火神祭后所得的功德。(10)一个人如能保证他的池塘在秋季水量充沛，那么，他在死后就能获得如同施舍过一百头母牛的功德。(11)一个人如能保证他的池塘在冬季水量充沛，那么，他所获得的果报，同在祭祀仪式上施舍了大量黄金一般无二。(12)一个人如能保证他的池塘在寒季水量充沛，那么，据智者们说，他就能获得相当于举行了颂火神祭所得的功德。(13)一个人如能保证他那建造得很好的池塘在春季吸引大量的人前来，那么，他便能获得同经常行阿底罗陀罗祭②一样的果报。(14)一个人如果能保证他的池塘在夏季水量充沛，那么，据牟尼们说，他便能获得同常行强力酒祭③一样的果报。(15)一个人如果能经常在水面上摆渡他的族人，而他的池塘又是牛群和善人们经常饮水的地方；(16)如果他的池塘里经常有饥渴的牛群、其他动物、鸟类和人来饮水，那么，他就能获得相当于举行马祭的果报。(17)一个开凿了池塘的人，他在多大的数量上为人提供了饮水、在多大的程度上为人提供了沐浴和休憩的方便，那么就会有多大数量和多大程度的功德积攒下来，由他在死后永久享受。(18)亲爱的人啊，水源是十分难得的，特别是在彼世。因此，施水能给人带来永久的福祉。(19)慷慨地施舍芝麻，施水，施灯吧！趁着清醒未睡之时，同你的亲戚们尽情欢乐吧！到了彼世就再也没有这样的机会。④(20)

---

① 指传统印度教为再生者设定的四个人生目标：法、利、欲、解脱。这四个目标构成了公元前8、7世纪以来印度教徒价值观念的重要基础。前三要见第32章第20颂注。解脱指认清现实世界的虚幻本质，摆脱轮回枷锁，达到解脱境地，实现与最高本体梵的结合。

② 光明祭的一部分，主要内容是在夜间三次诵念经文。光明祭是苏摩祭的一种。

③ 苏摩祭的一种。

④ 按照理论，人死后天堂和地狱的生活只是单纯的享乐和单纯的受苦，不再有所谓行为善恶、受报好丑的区别。只有目前的人间才是做业得报的"业之地"。"业之地"在印度教经典《薄伽梵往世书》、《野猪往世书》和耆那教经典《谛义证得经》等中常指"婆罗多地区"，也即印度。

人中之虎啊，施水大有别于其他一切的施舍，也高于其他一切的施舍。所以你要记住将水施舍于人。(21)

上面说的，就是修建池塘的无上功果。下面我要对你讲植树造林的事情。(22)世上的不动物计有六种。它们是树木、灌木、攀缘植物、匍匐植物①、竹类植物和草本植物。(23)它们的种类就是如此。至于功德，凡广植树木的人，必能在人间世界获得巨大的名声，而在死后，仍能有上好的果报。(24)他不仅能在此世令名远播，而且还会受到祖先们的高度尊敬。即使到了神的世界，他的美誉也永远不会消失。(25)一个种植了树木的人，既可救度他的祖辈，又可救度他的后代，无论出自父系，还是出自母系。所以，婆罗多后裔啊，一定要记住广植树木。(26)谁种了树木，树木就成了他的子孙。这是毫无疑问的。到他前往来世的时候，等待他的将是天堂以及其他各个不朽世界。(27)树木会用它们的花朵对众神表示崇敬，用它们的果实对祖先表示崇敬，用它们的阴凉对客人表示崇敬。(28)紧那罗、蟒蛇、罗刹、天神、健达缚、人众，乃至众仙人，统统视树木为他们可靠的避居地。(29)繁花满枝，硕果累累的树木总会使人悦目赏心。植树者将在另一个世界获得手植树木的救度，正如父亲会在另一个世界获得自己儿子的救度一样。(30)因此，任何期求福祉的人，都应该在湖塘岸畔广植树木，并且像爱护自己的子女一样爱护它们。照正法律例和传承经典的说法，树木乃是种植者自己的子女。(31)一位婆罗门无论是开凿了池塘，还是种植了树木，或者举行了祭祀，他都会像始终出言信实的人一样，在天国受到广泛的敬仰。(32)结论是，应该去修建池塘，植树造林，以不同的祭祀方式崇拜神明，永远诚实无欺。(33)

以上是吉祥的《摩诃婆罗多》中《教诫篇》第九十九章(99)。

---

① 这里所说攀缘植物和匍匐植物实际并无重大区别，只是后者的枝干较为粗壮，而前者较为细弱，必须攀附于其他物体如树木等才能生长。

一〇〇

坚战说：

婆罗多族雄牛啊，请你为我全面地讲一讲家居者的法，以及，大地之主啊，一个人应该怎样做，才能保证在此世获得福祉。(1)

毗湿摩说：

婆罗多后裔啊，人民之主！现在我为你讲述一个古代传说，那是婆薮提婆之子（黑天）同大地女神之间的一段对话。(2) 婆罗多族俊杰啊，一次，高贵的婆薮提婆之子来到大地女神面前，唱过赞词后，便向她问起方才你提的问题。(3)

婆薮提婆之子说：

我或者像我这样的人进入了家居期后，必须遵守的规矩是什么？怎样做我才能够获得幸福呢？(4)

大地女神说：

摩陀瓦①啊，请听我说。仙人、祖先、神明和人类都应该受到崇拜，祭祀也应该经常举行。(5) 诛灭摩图者②啊，诸神应该通过祭祀而使之高兴，人类应该通过礼遇而使之高兴。家居者应该经常使他们各遂其欲。这样做了，仙人们也会满意的。(6) 守护好家庭中的祭火，在斋戒后行祭并奉献供品。诛灭摩图者啊，众神会因为家居者做到了这些事而满意。(7) 每天举行祖祭，奉献食物或水，或者用牛奶、块根、果实等上供，好使先人高兴。(8) 将熟食做成的供品按照规矩投入祭火，依次供奉火神、苏摩神、毗奢神和檀文陀梨③。(9) 他要依照先后的顺序，分别将供品奉献给诸位众生之主：(10) 将食物在南方供奉给阎摩，在西方供奉给伐楼拿，在北方供奉给苏摩，在家中供奉给再生者，(11) 在东北方供奉给檀文陀梨，在东方供奉给天帝释，在自己的门前将食物奉与来人。摩陀瓦啊，奉献供品的要求

---

① 即黑天。摩陀瓦指月族世系雅度一支的后裔，黑天属雅度支族。
② 摩图为阿修罗名。"诛灭摩图者"即黑天。
③ 古印度生命吠陀即医学的始祖，曾向门徒讲述生命吠陀知识，其内容《阿达婆吠陀》中曾有记载。

据称就是这些。至于向风神和其他各路神明奉献供品的仪式，则应该在自己的家里举行。（12）向毗奢神奉献祭品的仪式，应该在露天举行。向夜行者①奉献祭品的仪式，应该在夜间举行。（13）家居者在做好上供的食品后，应当按照规矩先献给再生者②。如果没有婆罗门可给，那就应该放弃头一份供品，将它投入祭火。（14）如果一个人要为他的先人举行祖祭，他就要在行祭完毕，（15）使他的祖先高兴满意之后，按照规矩将供品奉与毗奢神，最后诵读祝福词。（16）余下的食物，还可以用来款待来客。大王啊，如上的崇敬之举一定会使众人高兴。（17）常言道，不会长时间逗留的人，就是客人。（18）自己的老师，自己的父亲，自己的朋友和客人，只要他们来了，家居者总应该对他们说："这是我准备奉上的东西。"（19）他们有何要求，他都应当满足，这是正法给我们的指示。黑天啊，只有留下的最后那一份食物才是家居者本人吃的。（20）国王、僧侣、沐浴者③、师父、岳父等人，即使在家中居住了一年，家居者也应该经常用蜜点④款待他们。（21）在每天的晨昏之际，家居者还应该把食物撒在外面的地上，供狗、狗厨⑤和鸟类食用。这种提供食物的方式称作毗奢神式。（22）一个家居者，心怀良善，履行这些家居的法，必能在此世享受福惠，并于死后在天国广受赞誉。（23）

毗湿摩说：

高贵的婆数提婆之子听过大地女神这一番话后，便照着她所说的坚持不懈，一一做去。因此，你也应该照着去做。（24）人中之主啊，以上的家居法，你要很好遵守。这样，你就可以在今生获得令名，并在死后荣升大堂。（25）

以上是吉祥的《摩诃婆罗多》中《教诫篇》第一百章（100）。

---

① 夜行者指罗刹等鬼怪。

② 这里专指婆罗门。

③ 一个年轻的婆罗门在师父的督导下完成了梵行期的学徒生活之后，要沐浴并举行一定的仪式，然后返回家中，过人生第二阶段的生活，即家居者的生活。这样的婆罗门称沐浴者。

④ 这是一种常用的敬客食品，一般用蜂蜜和牛奶做成，有时也用等量的凝乳、蜂蜜和酥油等做。新郎到岳父门前时，往往也用它来招待。

⑤ 即烹狗者，为一类不可接触者。旃荼罗和婆罗门女生的孩子即属于这类人。施食给这样的人不能直接授受，只能将食物放在屋外地上，由其见无人时，自行取食。

— ○ —

坚战说：

婆罗多族雄牛啊，那名叫"光施"的是怎样一种施舍？它是如何起源的？能够带来什么果报？请你讲给我听。(1)

毗湿摩说：

这个问题，人们常引一则古代传说来说明。婆罗多后裔啊，那是生主摩奴同苏伐罗那的一番谈话。(2) 古昔之时，有一位苦行者，名叫苏伐罗那。他之所以叫苏伐罗那，是因为他的肤色金黄。① (3) 这位苦行者血统纯粹，品行端正，在研习吠陀学问上，也达到了很高的程度。由于个人品质优异，即使在本族众多的优秀分子之中，他也显得出类拔萃。(4) 有一回，这位智慧的婆罗门遇到了摩奴，于是便趋前问候。见面后，二人互道安康。(5) 然后，这两个矢志完成一番事业的人，就一起坐在了弥卢金山令人心旷神怡的山巅上。(6) 他们在这里进行了话题广泛的交谈，内容涉及古代伟大的梵仙、神明和提迭等。(7) 交谈中，苏伐罗那向威力无穷的自在者摩奴说道："为了世上一切众生的福祉，我有一些问题向你请教。(8) 众生之主啊，世上众生一向以鲜花等物崇拜神明，这究竟是为什么？这种崇拜是怎样起源的？这样做了能够得到什么果报？请你讲给我听。"(9)

摩奴说：

这个问题，人们常引一则古代传说来说明。那是太白同钵利之间的一番对话。(10) 这一天，婆利古的后裔太白来到钵利跟前。钵利本是毗娄遮那之子，号令三界之主。(11) 见婆利古的后裔来看自己，这位每逢祭仪必定重谢祭司的阿修罗王便依照礼节，向他奉上敬客之水和其他款待之物。等客人落座之后，他自己也坐在一旁。(12) 此后他们的谈话便涉及了你所提出的问题，也就是用鲜花和香、灯等供奉神明能够得到什么样的回报。(13) 提迭王向智慧之主提出了如下

---

① 苏伐罗那的意思也是黄金。

的问题:"知梵者中的魁首啊,用鲜花和香、灯等供奉神明所能得到的是什么果报?再生者中的佼佼者啊,请你把答案讲给我听。"(14)

太白说:

世上产生最早的是苦行,然后是正法,其间出现的是攀缘植物和草本植物。① (15) 大地之上,这样的植物生长了无数。它们都以苏摩为灵魂。然而有的有益于人的健康,有的却含着毒性。另有很多则无益无毒,显示中性。(16) 有益于健康的植物富于营养,往往使人一见就身心舒泰。有毒植物的气味则总是让人难受无比。(17) 有益于健康的植物能够给人带来福祉,有毒的植物能够给人带来灾难。一切草本植物都是有益于健康的,有毒的植物则来源于火焰的能量。(18) 鲜花能够使人身心愉快,为人带来福惠,行为高尚的人称它们"悦心之物"。(19) 正派纯洁的人将鲜花奉献给神明。鲜花使众神心中高兴,所以就被称作"悦心之物"。(20) 提迭王啊,谁怀着求福的愿望选择了自己的神明并向他奉献鲜花,他就会因此而获得幸福。(21) 草本植物种类繁多,所含能量亦高低不等。性味方面,也有辛烈、温和及强劲之分。(22) 至于树木,请注意听,也有适于祭祀使用和不合祭祀使用的区别。有的花环是阿修罗喜欢的,有的则能使神明高兴。(23) 那么,何种花环是罗刹、修罗(即天神)和药叉所欢迎的,何种花环又为祖先和众人所喜爱,下面我要按照顺序,讲给你听。(24) 鲜花有生长在树林里的,有生长在村庄里的,有生长在精心培植的树木上的,有生长在山间的;有长刺的,有不长刺的。不同的花儿,也有气味、味道和颜色形状上的不同。(25) 传统告诉我们,花儿发出的气味有两种:让人感到舒适的和让人难受的。气味让人舒适的花儿应该献给神明。(26) 不长刺的树和花,往往是白色的。这样的花一向为诸神所喜爱。(27) 有眼光的人总是把莲花之类水生植物的花编成花环,敬献给健达缚、蛇和药叉等。(28) 据《阿达婆吠陀》中的圣诗说,草本植物如果生着红色的花,如果散发着刺鼻的气味,如果身上带刺,就最适合于作为材料,在施行魔法、蛊惑敌人时用。(29) 一种鲜花,如果看上去娇艳逼人,或者摸上去很不舒服,

---

① 本颂意思不明,可能是说生主凭借苦行创造了世上一切,而正法则给世界带来使之稳定的秩序。

或者带刺扎人，或者颜色血红，或者颜色墨黑，那么它们就最适宜于送给妖魔鬼怪。(30) 有的花儿令人心旷神怡，或触摸上去使人舒服，或形状颜色可人心意，传统认为，它们就最适合送给人类自己。(31) 不过，生长在敬拜神明的地方和生长在坟地的花，都不宜于带到婚礼仪式上去，以及那些供作欢乐嬉戏的隐秘之地和为求兴旺发达而行某种仪式的地方。(32) 那些生长在高山之巅的，或者使人赏心悦目的花朵，应当供于神前。可以为这些可爱的花朵洒上清水，然后依照一定的习俗，或依某种流传下来的规矩，将它们奉献给神明。(33) 诸神会因为花的香气而欢喜，药叉和罗刹会因为花的美丽而欢喜，蛇会因为花的味道而欢喜，而人则会为所有这三者而欢喜。(34) 谁通过献花取悦诸神，诸神便会立即欢喜起来。欢喜的诸神能使献花者心怀的愿望得到实现。(35) 谁使诸神欢喜，诸神就会使他们欢喜。谁尊敬诸神，诸神就会使他们得到尊敬。谁怠慢诸神，亵渎诸神，诸神就会使那些低贱的人遭到毁灭。(36)

说过这些，下面我将要讲讲有关献香的规矩和相应的果报。请你注意，香各不同，有些吉祥，有的则不。(37) 香按类分，计有三种：溢出物、真正的和人工的；按香气分，又有闻起来舒服和不舒服的两种。详细情形，请听我一一道来。(38) 溢出物中除了乳香以外，都是神所喜爱的。毫无疑问，其中最好的，还是古迦古卢①。(39) 药叉和罗刹等最喜爱的是沉香。提迷们则喜欢乳香之类。(40) 用婆罗树或者其他树的汁液，混以某些香料的提纯物，能够制成人最需要的香。(41) 据传说讲，见到了香，神明、檀那婆和幽灵便会立即欢喜起来。另外还有些香则被人用于愉悦自己的身心。(42) 可以相信，前面所说由敬献鲜花而得的功德，献香也同样可以得到，因为它们在提高情绪的喜悦程度上，没有区别。(43)

下面我要谈一谈施灯能够给人带来的功果，以及谁应施灯，应该在什么时候施舍，和施舍什么样的灯最合适。(44) 光是精力的体现，是名声的代表。人们说它具有向上的性质。既然施舍的是精力，人的精力就会因此而增长。(45) 太阳南行的那一段时间，一般认为是黑

---

① 一种脂檀属（芸香科）树木的树脂。

暗的时期。因此当它北移的时候就应该以光施人。（46）光有向上的性质，是驱除黑暗的手段。因此，一个人应当成为施光者。这是古已有之的传统教导。（47）诸神就是因为施光而精力充沛，光彩照人，声名远扬的。罗刹由于相反的原因而陷于黑暗。所以，人总应该以灯施人。（48）通过施舍光，一个人可以变得眼光锐利，神采奕奕。谁施舍了灯盏，他就不会再去做伤害众生的事。他也不应该再把灯盏拿走，或者使它们熄灭。（49）一个人如果偷了别人的灯盏，他就会变成瞎子。他会变成丑陋的人，来世进入黑暗之地。一个人如果施舍了灯盏，他自己也会像天国中一环美丽的灯盏，闪耀着光彩。（50）在各种发光物中，最高的是燃烧供品的火焰①；用草本植物的汁液②点燃的火焰次之。一个想获得福报的人，绝不能用动物的油脂、骨髓或从它们身体流出的液体点燃来用。（51）一个希望自己能兴旺发达的人，应该经常在山坡上、密林中的小路上、寺庙中和十字路口上施舍灯光。（52）一个施舍了灯光的人必能纯洁自身，光宗耀祖，远近闻名，并在死后同日月星辰居于同一世界。（53）

下面我要讲一讲向诸神、药叉、蛇类、人类、精灵和罗刹奉献供品所能获得的功德和果报。（54）凡是不行祭祀，自己进食而不肯让婆罗门、诸神、客人、孩子先食的人，你应看到，就是罗刹。（55）所以，人应该首先将他得到的食物奉献诸神。他要恭敬俯首，精勤不懈，常将供品献于神前。（56）神明通常是在家中供奉的，而药叉、罗刹、蛇等则是家宅之外的客人。（57）众神是依靠人奉献的供品而生活的。祖先也是一样。因受供奉而欢喜的神明和先人则会将寿命、名声和财富施与供奉者。（58）人们应当把色香俱佳的酥酪，配以鲜花，作为供品，奉与神明。（59）他们还应以丰富的动物血肉和酒浆作为供品，献与药叉和罗刹。在血肉制品上敷以炒熟的稻粉③，能够增色。（60）供品中加上红莲花和蓝莲花，是蛇类所喜爱的。奉献给各种精灵的，最好是芝麻做的糖团。（61）自己未食而先将食品奉送

---

① 祭祀的主要仪式之一是将供品投入祭火之中奉献给神明或祖先。投入的食物一般是谷物、牛奶、酥油、苏摩等。
② 指芝麻油、芥籽油和蓖麻油等。
③ 一般由米粒炒熟后碾成粉状制成。

出去的人，必会体魄雄健，外貌俊美。因此，切切记住，要把到手的食物首先奉献给神明祖先。(62) 怀着求福的愿望，在自用之前将食物首先奉献给家中的神明，他的家宅就会永远有如烈焰，熠熠生辉。(63)

以上这些，就是婆利古的后裔，智慧之主向阿修罗王所做的讲解。后来，摩奴把它转述给苏伐罗那。苏伐罗那又把它讲给那罗陀听。(64) 那罗陀再传至我，盛称施舍各物的诸般功德。孩子啊，你要记住这些有用的话，并切实照它一一做去。(65)

以上是吉祥的《摩诃婆罗多》中《教诫篇》第一百零一章(101)。

一○二

坚战说：

婆罗多族俊杰啊，我已经听清了依照规矩施花施香究竟有何功果。请你再对我多讲一些诸如此类的事吧。(1) 施香施灯的功果还有什么，家居者的供品为什么要投放在地上，所有这些，都请你讲给我。(2)

毗湿摩说：

这方面的事，人们经常引用古代传说中投山仙人、婆利古同友邻的谈话来说明。(3) 大王啊，友邻是一位王仙，也是一位大苦行者。他凭借自己优良的行为进入了天国。(4) 这位友邻王住第三天。他善于调御身心，所作所为有时是神性的，有时又是人性的。(5) 他具有伟大的灵魂。他的行为，人性的也好，神性的也好，统统带着永恒的特点。(6) 收集柴薪，点燃祭火，准备拘舍草、香和灯，用炒熟的稻谷做成祭品①，(7) 这些就是伟大的国王以恬淡愉悦的心情在第三天上，自己家中所做的事。他还常常举行默祭，以及心祭。② (8) 即使成了众神的首领，友邻还是一仍旧章，依照仪规，敬拜诸神。克敌者

---

① 把稻谷炒熟碾碎，然后敷在献祭的食品外面。
② 默祭即口中默念经文，以为行祭。心祭即沉入冥思，以为行祭。

啊，他始终像过去一样，规规矩矩，一丝不苟，做一切事。（9）后来，他觉得自己作为神首前途无量，便傲慢起来。大地之主啊，他放弃了以往所有的善德懿行。（10）那些一向慷慨施与他种种恩惠的仙人们，他让他们把自己驮在肩上行走。丢掉了以往的好品行，友邻变得日渐虚弱。（11）那些以苦行为财富的仙人都是牟尼中的头面人物。这个颐指气使的友邻让他们驮了很久，使他们丢尽颜面。（12）他要仙人们轮流驮负。婆罗多后裔啊，一来二去，渐渐地轮到了投山头上。（13）正在这时，精力充沛，在精通吠陀上无出其右的婆利古来到了投山的净修地。他走上前去，对他说道：（14）"大智者啊，我们凭什么要容忍友邻这个无赖神首如此这般胡作非为呢？"（15）

投山说：

可是，大智者啊，我如何能咒败这个友邻呢？您想必知道，恩惠的施与者①曾经给了他最好的恩惠。（16）当初他去到天国，向大神求得了恩惠。这个恩惠，用他的话说，就是："任何人，只要进入了我的视界，就得任我摆布。"（17）无论是你，还是我，都无法消灭他。别的人，就算他是仙人中的魁首，也不能将他咒倒，或者使他从现在的地位上跌落下来。（18）强有力者啊，他还曾喝过从梵天那里得来的甘露。所以，我们不可能战胜他。（19）大神给了他恩惠，似乎就是为了使众生陷入不幸。这个邪恶的人对再生者做尽了不法坏事。（20）辩才中的辩才啊，请你告诉我们，此时此刻，该怎么办。你怎么说，我们就将怎么做。（21）

婆利古说：

我奉老祖先之命来到这里，就是来收拾那个友邻的，他威力不凡，但是傲慢无礼。（22）今天，这个头脑发昏的神首就要把他的车子驾在你的身上。我将用我的力量剥夺他的神首地位。（23）把这个恶贯满盈，愚不可及的家伙从神首的地位上拉下来后，我还要当着你的面，让百祭（因陀罗）登上这个地位。（24）今天，这个邪恶的神首会把他的脚踏在你的身上，以示侮辱。这个愚蠢的家伙存心要让众神受苦，因此，他将自取灭亡。（25）我对践踏正法，恣意肆虐的行为

---

① 这里指创造主梵天。

嫉之如仇。面对这个罪孽深重，一再伤害再生者的友邻，我将把愤怒化为诅咒，对他说："让你变成土蛇！"（26）伟大的智者啊，当我口中发出愤怒的"呸！"时，这个愚蠢的家伙就会在你的面前应声倒地。（27）这个恶贯满盈的友邻被神首的地位和权力冲昏了头脑。牟尼啊，如果你觉得应该，我将把他打翻在地。（28）

经婆利古这样一说，这位密多罗—伐楼拿的儿子，不可毁灭的投山仙人高兴起来，原先的忧虑也烟消云散了。（29）

以上是吉祥的《摩诃婆罗多》中《教诫篇》第一百零二章（102）。

一〇三

坚战说：

那么友邻究竟是怎样受挫，怎样被打倒在地，又是怎样被剥夺了王权的呢？请你把它们细说端详。（1）

毗湿摩说：

投山仙人和婆利古就这样在一起谈着。如前所述，友邻曾经具有伟大的灵魂。人性的和神性的行为在他的身上同时存在。（2）施舍灯火以及种种利益他人的事情，奉献供品以及种种必要的祭祀活动，所有这些，具有伟大灵魂的神首都依例做到了。（3）人们都说，无论在人的世界，还是在神的世界，总是有许多心智完满者在谨行善业。王中之王啊，任何家居者只要如此行善，舍灯舍香，敬拜神明，都会家道兴旺。（4）饭食做好以后，应当首先施与再生者（婆罗门）。此外，在家中用食品上供，也能够取悦众神明。（5）比起奉献者自身由上供所得的快乐，神明由此所得的快乐要高出百倍。（6）以虔诚之心恭敬礼拜，舍香舍灯，这样的行为一向为德高望重的人所称美。它们能够给施舍者带来有益的功德。（7）聪明的人经过沐浴，敬拜神明，用水行祭，便能取悦神明。按照规定的仪式举行家庭祭，众神也会因此高兴。（8）人中之王友邻采取了上面的明智之举，结果成为众神之首，变得威力不凡。（9）然而，到了某个时候，他的好运开始消失。他不再注意行祭和施舍，到最后索性完全罢手了。（10）由于不再奉献供品，不再像过去那样循例舍香、舍灯、舍水，这位神首的行祭场所便为众罗刹占据了。（11）也就是在这个时候，友邻派人将仙人中的魁首投山召来，让他驾车。这位力大无穷的神首面带笑容，命他快快拉着车子离开娑罗私婆蒂河岸。（12）此时，精气旺盛的婆利古也出现了。他对密多罗—伐楼拿的儿子（投山）说道："闭上你的双眼，等我钻进你的发髻以后再睁开。"（13）精力无比，所向无敌的婆利古是专门为打倒友邻而来的。于是，投山将身子站稳，如同笔直的树桩，让婆利古钻进了自己的头发。（14）这时，神首来到投山仙人面前，准备登车。人民之主啊，仙人对神首说道：（15）"请快把我套上车乘。你要我拉你到什么地方去呢？神中之主啊，你指向哪里，我就把你拉到哪里。"（16）听到投山这样说，友邻便将这位牟尼驾在车上。见此，藏在发髻里的婆利古不禁暗喜。（17）不过，他还是十分小心，不让友邻看到。他深知友邻获得过梵天的恩惠，法力巨大。（18）投山虽然被友邻缚在车上，倒是并不生气。婆罗多后裔啊，这位国王却一个劲儿地拿他的刺棒赶他快走。（19）投山心存正法，仍旧毫不生气。神首友邻更是无名火起，竟用左脚踹投山的头部。（20）投山的头部遭到踢打。藏在发髻里的婆利古怒不可遏，便对灵魂邪恶的友邻发出了诅咒。（21）

婆利古说：

愚蠢的家伙，你既然敢用脚踢打这位牟尼的头部，那么我就让你即刻化作地上爬行的土蛇！（22）

婆罗多族雄牛啊，话音刚落，友邻便陡然委地，连婆利古在哪里都不知道，就变成了土蛇。（23）大地之主啊，幸亏友邻没有看到婆利古的踪影，否则他就不可能利用自己的威力使友邻堕地成蛇了。（24）不过，友邻虽已倒地，凭着多年的施舍之德，凭着自己的苦行之功和坚忍自制，却还保持着意识。他恳求婆利古，央告说："请给对我的诅咒定个期限吧！"（25）投山一时心生怜悯，也开始替他向婆利古求情。最后，婆利古自己也可怜起他来，决定给他一个诅咒的解除条件。（26）

婆利古说：

俱卢家族中将会出现一位大王，名叫坚战。他能把你从诅咒中解救出来。

说罢，他就消失不见了。（27）就这样，大威力的投山完成了对于百祭（因陀罗）的职责，回到自己的净修处，受到了众多再生者的敬礼膜拜。（28）国王啊，后来友邻被你从诅咒中解救出来。当着你的面，人民之主啊，他升入了梵天所在的天庭。（29）至于婆利古，他将友邻诅咒在地之后，便回到梵天所在的天庭，向他汇报了此事。（30）老祖宗（梵天）马上召来天帝释（因陀罗），然后对众天神说道："友邻在接受我的恩惠以后，获得了天国，成为神首。现在，他因为触犯了投山而堕地成蛇。（31）没有首脑，任何时候你们都将一事无成。因此，让我们再使天帝释灌顶为王吧！"（32）普利塔之子啊，众神听老祖宗这样说，非常高兴。他们异口同声地回答道："好啊！"（33）于是，婆薮之主（因陀罗）在大梵天为他行礼灌顶之后，成了天国的主宰。王中之虎啊，他又像过去一样，发出了夺目的光彩。（34）过去，友邻曾经通过僭越的方式取得天国的王位。然而，他靠的毕竟还是自己的功德。（35）因此，一个家居者应该在夜间施舍灯火。施灯者可以在死后获得天眼，还会像中天的圆月一样，放射光芒。（36）一个人施舍了灯火，他美好的容貌和他丰盈的财富就会保持长久，其年数正等于那灯火眨眼的次数。（37）

以上是吉祥的《摩诃婆罗多》中《教诫篇》第一百零三章（103）。

一〇四

坚战说：

那些傻瓜，那些愚蠢的人，那些尽做坏事的人，那些偷盗婆罗门财产的人，婆罗多族雄牛啊，他们的去处在哪里？（1）

毗湿摩说：

这个问题，人们经常引用一个古代传说来说明。婆罗多后裔啊，

那是一位旃荼罗和一位刹帝利的对话。(2)

刹帝利说：

旃荼罗啊，你看上去年龄不小，可行动起来却显得幼稚。你的身上满是狗啊驴啊扬起的尘土，可是你却害怕身体滴上牛奶。这是为什么呢？(3) 善人们嗤之以鼻的事，旃荼罗们却乐意做。身体滴上了牛奶，你们就要到水坑中去洗。这又是为了什么？(4)

旃荼罗说：

国王啊，过去有一次，一个婆罗门的母牛被人偷了。这群母牛乳房中的奶汁滴在了路边的苏摩上。后来，有的婆罗门饮用了这些苏摩做的苏摩汁。(5) 也有国王在祭祀中用了这样的苏摩。这些国王，连同参与行祭的婆罗门，以及前面所说饮用了苏摩汁的人，很快都去了地狱。所有靠这些婆罗门养活的人，也入了地狱。(6) 那些喝了被偷母牛的牛奶，吃了这样的牛奶做成的酥油和奶酪的人，无论是婆罗门，还是刹帝利，统统进了地狱。(7) 母牛还会甩动身体，用她的奶汁杀死偷牛人的儿子和孙子。连他家中的女主人也难免厄运，尽管她可能十分细心地照料过这些牲畜。(8) 国王啊，人民之主！我当时约束身心，谨守梵行，但是恰恰就住在了偷牛者的附近。我乞得的食物沾有牛奶。(9) 由于吃下了这样的食物，我便在今生沦落而成了旃荼罗。偷了婆罗门东西的人，哪怕是国王，死后也是要下地狱的。(10) 所以，无论何时，都不要偷用婆罗门的任何财物。我因为吃的食物上沾有属于婆罗门的牛奶，结果你看，就变成了如今这个样子。(11) 此外，对于聪明睿智的人来说，苏摩也是不可买卖的东西。出卖苏摩是虔诚之人一向谴责的事。(12) 国王啊，凡是买了苏摩的，凡是卖了苏摩的，他们统统注定去见毗婆薮之子[①]，并且沉入牢罗婆地狱[②]。(13) 一个婆罗门，即使精通吠陀经典，如果有意出卖沾了前述奶汁的苏摩，他就会在来世变成一个高利贷者，并且最终陷于毁灭。他会三百次堕入地狱，并以狗屎为生。(14) 有的人德行如狗，有的人傲慢无礼，有的人与朋友的妻子通奸。把所有这些表现放在秤上称

[①] 毗婆薮之子—一指阎摩王，一指摩奴。这里指前者。

[②] 在《摩奴法论》中（4·88），牢罗婆是二十一地狱之一。佛教将它归入八大地狱之一，即叫唤地狱。

量,傲慢无礼是其中最严重的。(15)看看这只犯了罪过的狗吧。它毛色褐黄,暗而无光,瘦弱不堪。就是因为傲慢,前生人而今为狗,在众生的诸道轮回中陷入不幸。(16)国王啊,前一辈子,我落生在一个富有的大家庭中,世上的知识,不论道俗,无不通晓。(17)人的作为,孰恶孰善,我也非常清楚。然而我倨傲自负,头脑发昏,偏是好吃动物的脊椎骨肉。(18)就是因为行为有过,吃食犯忌,我落到了目前的境地。你看,时间的流转带来了多么大的变化。(19)你看我,就像眼见衣角着火,或者遭到马蜂追赶似的,惊魂不定,四处乱跑,灰头土脑。(20)智者们说,通过学习吠陀经典,通过施舍种种财物,一个家居者可以使自己免于所犯罪责的惩罚。(21)大王啊,一个犯了过失的婆罗门,只要能住在净修林里,摆脱一切执著,潜心学习吠陀,也还是能将自己救拔出来的。(22)刹帝利之虎啊,我生为有罪之躯。我看不清如何才能使自己解脱出来。(23)亏得过去的某些功德,我还保持着对于前生情况的记忆。但是,国王啊,我真想通过什么善举使我能够获得解脱。(24)现在我把希望寄托于你。请你为我释惑。最优秀的人啊,我想知道,我应该如何做,才能从旃荼罗的地位中挣脱出来。(25)

刹帝利说:

旃荼罗啊,让我告诉你可以获得解脱的方法。只要你肯为了婆罗门的利益而放弃自己的生命,就能去到你所向往的归宿。(26)舍肉身而供养凶猛的飞禽走兽,为了婆罗门而在战火中捐躯——奉献生命当作供品,而不谋求别的捷径,你就能够得到解脱。(27)

毗湿摩说:

敌人的煎熬者啊,听了刹帝利这一番劝告,那位旃荼罗就抓住时机,为保护婆罗门的财产而捐躯沙场,从而获得了自己向往的归宿。(28)总之,如果你希望日后能够求得永恒无上的归宿,那么,巨臂啊,你就应当以保护婆罗门的财产为己任。(29)

以上是吉祥的《摩诃婆罗多》中《教诫篇》第一百零四章(104)。

一〇五

坚战说：

祖父啊，人们曾说，凡是行善的人，都可以进入同一个世界。那么，他们是不是也有地位上的不同呢？请你告诉我。（1）

毗湿摩说：

普利塔之子啊，众人凭借各自的行为去往各不相同的世界。行善者去往美好的世界，行恶者去往悲惨的世界。（2）这个问题，人们常引一则古代传说来说明。亲爱的人啊，那是牟尼乔答摩同婆薮之主（因陀罗）的一番对话。（3）从前，有一个名叫乔答摩的婆罗门，他生性温和，自律甚严，成功地制御了诸根。一天，他在一座大森林里看到了一头小象，它丢了母亲，悲伤至极。（4）信守誓约而又同情心重的乔答摩收养了它。经过长时间的抚养，它长成了一头强壮伟岸的大象。（5）这一天，天帝释装扮成国王持国的样子来到森林。他抓住了这头额角淌液，正在发情的大象。（6）看到自己的象被人抓住，乔答摩，这从不背离誓约的大苦行者上前致意，对国王持国说道：（7）"伤天害理的持国啊，请不要把我的大象拉走。我千辛万苦将它养大，视它如同己出。人们都说，贤者订交，七言已足。国王啊，可不要做出伤害朋友的事。（8）在这个净修林里，它为我运柴取水，还在我外出时替我看门。它是阿阇黎家族中一个驯顺的成员，能做很多重要的事情。（9）它训练有素，顺从听话，知恩图报，总是那么让人疼爱。大王啊，你不能把它带走，连我的哭诉也不听一听。"（10）

持国说：

可敬的人啊，我会送给你一千母牛，一百女奴和五百黄金，此外还有各种各样的宝贵财物。大仙人啊，婆罗门要大象有什么用呢？（11）

乔答摩说：

大王啊，那些母牛还是留给你自己吧，还有女奴，黄金和珠宝。人中之王啊，各种各样的宝贵财物你也留着。一个婆罗门要这些东西

有什么用呢?(12)

持国说:

婆罗门豢养大象其实并无用处。智慧的人啊,只有刹帝利才需要成群的大象呢。所以,我把大象牵走,给自己当车子用,并不违背正法。乔答摩啊,让我把大象带走吧,不要阻拦!(13)

乔答摩说:

人死之后,到了毗婆薮之子(阎摩)那里,行善的享福,作孽的受罪。你还是把大象还给我的好。(14)

持国说:

那些不履行正法的人,那些没有信仰的人,那些罪孽深重的人,那些时时不忘感官享受的人,都是要到阎摩那里受苦受罪的。持国要去的,可不是那里,而是一个更好的地方。(15)

乔答摩说:

到了毗婆薮之子那里,任何人都再也不能为所欲为。那里不存在谎言,人人都得说实话。那里无力的人可以斗过有力的人。到了那里,我一定要你把大象交出来。(16)

持国说:

有的地方,那里人人尊敬父母长姊如同尊敬师父。大仙人啊,持国要去的不是那里,而是一个比那里更好的地方。(17)

乔答摩说:

广闻王①统治的曼陀吉尼河流域,是为安享富贵的人准备的吉祥福惠之地。那儿到处有健达缚、药叉和天女在轻歌曼舞。即使到了那样的地方,我也一定要你把大象交出来。(18)

持国说:

我知道,住在曼陀吉尼河流域的人恪守誓愿。他们为婆罗门提供栖身之所,习惯在他人吃过之后方才用餐,把热情待客看作不易之道。不过,尽管很好,我要去的还不是那里。(19)

乔答摩说:

弥卢山巅林木葱郁,繁花似锦,美丽的蒲桃树枝叶茂盛,浓荫匝

---

① 使用广闻这个名号的有财神俱比罗和十首王罗波那。这里指前者。

地,紧那罗的欢歌随风荡漾。这样的地方,如果你去了,我也要迫使你把大象还给我。(20)

持国说:

有的地方,那里的婆罗门端庄和蔼,为人真诚,学养深厚,泛爱众生,古代传说,莫不精通。他们常将蜂蜜赠与再生者,亦不忘把祭品投入火中。(21)大仙人啊,即使是这样的地方我也不去。我要选择更好的地方。还有什么著名胜地是你熟悉的呢?请告诉我,我或许会欣然前往。(22)

乔答摩说:

那罗陀有一座树林也十分可爱,那里花木扶疏,令人心旷神怡。飘扬在空中的,还有那紧那罗王的醉人歌声。健达缚和诸天女更是随处可见。这样的地方你去了,我还是要追着你把大象交出来。(23)

持国说:

诸般世界中有那么一种,那里的人们个个能歌善舞。他们愉快地漫游四方,没有谁靠乞讨过活。大仙人啊,即使是这样的地方我也不去。我要寻求更好的去处。(24)

乔答摩说:

有个地方居住着优多罗俱卢人,他们光彩焕发,个个美丽,诸神从游,欢乐无比。人中之王啊,那里的婆罗门,或生于火,或生于山,或生于无。(25)天帝释在那里播撒着一切如意之果。妇女们无拘无束,行动自由。女人和男人也统统摆脱了嫉妒之情。这样的地方你去了,我还是要追着你讨回大象。(26)

持国说:

诸般世界中有那么一种,那里的人对于任何世间的物质享乐都无兴趣。他们断绝肉食,丢弃棍棒,对于动物和不动物从不杀虐。他们是一切众生的灵魂。(27)他们不起贪欲,不以自我为中心,不为个人情绪所左右,不计较得失,也不惊于荣辱。大仙人啊,地方好到如此,我也还是不去。我要寻求更好的去处。(28)

乔答摩说:

此外还有许多闪闪发光的永恒世界,充满着醉人的芳香。那里纯洁无瑕,不知道何为忧伤。伟大的苏摩王就住在那儿。这样的地方你

去了，我还是要追着你讨回大象。（29）

持国说：

诸般世界中有那么一种，那里的人以施舍为义务，经常施舍而不求回报。对他们来说，只要是自己的财物，没有一样不可以施人。他们总是倾其所有，殷勤地招待一切来客。（30）他们信守恕道，宽容为怀，对于他人从无苛评。他们卓有能力，行为正派。大仙人啊，即使是这样的地方我也不去，而要寻求更好的去处。（31）

乔答摩说：

此外还有许多闪闪发光的永恒世界，那里没有黑暗，没有忧伤，没有烦恼，居民个个行为高尚，是太阳神阿提迭的居所。这样的地方你去了，我还是要追着你讨回大象。（32）

持国说：

诸般世界中有那么一种，那里的人敬从师父，好学不倦，乐而无忧，勤修苦行，谨守誓约，坚持真理。他们从不顶撞老师，永远精神抖擞，总是不待长辈开口，就知道如何替他们做事。（33）大仙人啊，那是这样一些人的去处，他们心地纯净，脾性良好，出言谨慎，维护真理，精通吠陀，人格伟大。不过，就是这样的地方我也不去。我要寻求更好的去处。（34）

乔答摩说：

此外还有许多闪闪发光的永恒世界，那里净无纤尘，香气弥漫，人无忧伤。那是伟大的伐楼拿王的居所。这样的地方你去了，我还是要追着你讨回大象。（35）

持国说：

诸般世界中有那么一种，那里的人从来不忘举行称作四月祭①的祭神仪式。他们例行的祭祀多达一百一十种。那里的婆罗门心怀虔诚，依照传统的规矩，日日行火神祭②，达三年之久。（36）他们灵魂高尚，忠于妻子，守职尽责，遵行正道，以法为魂。不过，就是这样好的归趣我也不去。我要寻求更好的地方。（37）

---

① 每年三次，在以四个月为一季的三个季节中的头一个月举行。
② 火神祭每日举行，晨昏两次，向家里的祭火中投献牛奶等祭品。

乔答摩说：

因陀罗的世界不存在烦恼和忧伤，是人人渴望，却又难以到达的去处。国王啊，即使是到了精力非凡的因陀罗的居所，我还是要迫使你把大象交还我。(38)

持国说：

天帝释（因陀罗）的世界是给那样一些人准备的，他们英武雄强，勤诵吠陀，认真祭祀，百年长命。不过，即使是这样的地方我也不去，而要寻求更好的去处。(39)

乔答摩说：

在天穹之上，还有伟大的生主世界。那里充满幸福，而毫无忧虑。它们属于世上一切的创生者，而为一切人所渴望。这样的地方你去了，我还是要追着你讨回大象。(40)

持国说：

充满正法精神，保护自己臣民的国王，在王祭举行之后复行沐浴之礼的国王，在马祭举行之后用水濯洗自己肢体的国王——只有这样的人才能去的世界，即使可能，我也不去。(41)

乔答摩说：

此外还有许多闪闪发光的永恒世界，那里香气袭人，没有烦恼，也没有忧伤。即使你到了这样难以进入而又不可攻破的世界，我还是追着你，要你把大象还给我。(42)

持国说：

有的人拥有一千头母牛，却能每年舍出一百头。有的人拥有一百头母牛，却能每年舍出十头。有的人拥有十头甚至五头母牛，也能每年舍出一头。(43) 有的婆罗门能够修持梵行到老。他们聪明好学，不但谨守吠陀教训，而且常往圣地沐浴。所有这样的人，都注定去往母牛的神宫享受生活。(44) 波罗婆娑①、摩那娑②、补舍伽罗③、摩诃娑罗、飘忽林、巴怙陀和迦罗陀逸尼，(45) 伽雅河、伽雅湿罗私

---

① 波罗婆娑为德干高原西部海岸边的一处圣地。
② 摩那娑为盖拉娑山的一处圣地，有湖泊。每逢季风初起时，总有大批天鹅前去产卵。
③ 补舍伽罗是著名的印度教圣地，分大补舍伽罗、中补舍伽罗和小补舍伽罗三处。以下摩诃娑罗等皆为圣地名。

山、断索河、斯荼罗婆鲁迦河、度湿尼冈伽河、陀娑冈伽河和摩诃诃罗陀，（46）乔达密河、憍湿吉、波迦河、娑罗私婆蒂河、陀罗舍陀德耶河以及阎牟那河等等，都是那些灵魂伟大，恪守誓约的人们常去的地方。（47）在为这些人准备的世界里，他们戴着天国的花环，浑身香气芳郁，个个像天神一般，快乐幸福无比。这样的世界虽然好，我却还是不打算去。（48）

乔答摩说：

还有地方，那里不分寒暑，没有饥渴，没有劳苦，甚至也没有痛苦和快乐的区别。（49）那里既无憎恨，也无欢爱，既无密友，也无仇敌，既无老弱，也无死亡，既无善德，也无罪孽。（50）在那个无忧无虑，祥和安逸的地方，到处是智慧和真理。即使到了那样的纯洁神圣之地，那自有之神（大梵天）的居所，我也要追着你，讨回大象。（51）

持国说：

有些人成功地使自己从一切执著中摆脱出来。他们灵魂纯洁，恪守誓愿，潜心瑜伽，常居天国。（52）他们充满善性，故能达到梵天的神圣居所。伟大的智者啊，即使在那样的地方，你也不会发现我的踪迹。（53）

乔答摩说：

有的地方，罗屯多罗圣歌在高声吟唱，莲花铺满了祭坛周围，常来常往的是驾着棕色骏马，饱饮苏摩酒的婆罗门。这样的地方你去了，我还是要追着你讨回大象。（54）不过，我猜想你是诛灭弗栗多的百祭。你的足迹遍及三界。一定是邪恶的精灵缠附了我的心。但愿我没有说错什么话。（55）

天帝释[①]说：

我来到众生世界，为的就是追逐这头大象。我要向你致敬，并且请你对我发出命令。你提出的任何要求，我都将尽力满足。（56）

乔答摩说：

这头白色的大象我视同亲子。它还非常年轻，不过刚刚十岁。它

---

① 即前面的持国。

生活在这个树林里,是我亲密的伴侣。如今你把它拿走了,天王啊,还是请你把它还给我。(57)

天帝释说:

再生者的魁首啊,这头大象的确像是你的儿子。它正在盯着你看,并且嗅你的身体。它还把鼻子凑过去,闻你的双脚。请你也想一想我的福祉。我在这里向你致敬。(58)

乔答摩说:

天王啊,我一直在想着你的幸福,并且对你敬拜不止。天帝释啊,也请你把幸福赐给我吧。我要接受你作为赠品给我的大象。(59)

天帝释说:

吠陀学问烂熟于心,伟大聪慧而又心向真理的人,世上不少,而惟有你能认出我来。这使我十分高兴。(60)那么,婆罗门啊,你就赶快随我来吧,还有你那视同己出的大象!不出今天,你们就会到达那些美妙的世界。(61)

毗湿摩说:

于是,手持金刚杵者①便让乔答摩和他那头儿子般的大象走在前面,径往天国而去。这天国是连世上的善人也难以进入的。(62)

以上是吉祥的《摩诃婆罗多》中《教诫篇》第一百零五章(105)。

<h1 style="text-align:center">一〇六</h1>

坚战说:

你曾经谈到过种类繁多的施舍,谈到过内心的平静、真理、不伤害众生、只以自己的妻子为满足,以及施舍的果报,等等。(1)祖父啊,你是知道的,苦行之力,无与伦比。那么,最高的苦行是什么样的呢?请你告诉我。(2)

毗湿摩说:

坚战啊,让我来告诉你凭借苦行可以达到怎样的世界吧。在我看

---

① 即因陀罗。他的形象是身体金色(或红色),嗜苏摩酒,乘棕色马拉的神车,右手常携金刚杵,以打击敌人。

来，贡蒂之子啊，没有比斋戒更高的苦行了。(3)关于这个，人们常引一则古代传说来说明。那是一段跋吉罗陀同灵魂伟大的梵天之间的对话。(4)婆罗多后裔啊，据说跋吉罗陀曾经越过众神世界、众牛世界和仙人世界而到达了梵天所在的地方。(5)国王啊,梵天见他来到跟前，便问他道："跋吉罗陀啊，你怎么来了？这是个很难进入的地方。(6)无论是天神，是健达缚，还是人类，只要他没有修炼过严厉的苦行，都是无法进入这里的。跋吉罗陀啊，你是怎样来的呢？"(7)

跋吉罗陀说：

我经常向婆罗门施舍千千万万的食物和其他财物，毫无顾惜。此外，我还始终坚持梵行。然而，我并不是凭借这些行为获得的果报而来到此地的。(8)我曾经举行十次"一夜祭"，十次五夜祭，十一次十一夜祭，一百次光赞祭。然而，我并不是凭借从这些祭祀获得的果报而来到此地的。(9)我曾经居住在阇诃奴之女①的岸边，修习严厉的苦行，长达百年。在那里，我还施舍了大量的女奴和成千匹骡马。但我也不是凭借这些来到此地的。(10)我曾在补湿迦罗湖边向再生者十万次施舍良马，每次达二十万匹。此外，我还施舍了成千头母牛。(11)我也曾施舍六万名绝色女子，她们头戴花环，装饰着美丽的金月②和其他金首饰。不过，我并不是凭借这些而来到此地的。(12)我曾经多次举行献牛祭，在祭祀中施舍母牛，其数达十阿补陀。③每位婆罗门赠牛十头，头头奶水充足，还带着牛犊和黄金，以及盛奶的铜罐。不过，我并不是凭借这些而来到此地的。(13)我曾多次举行阿波头罗耶摩祭④，在祭祀中向每位婆罗门施牛十头，每头都是称作楼昔尼的那种母牛，都是刚刚生过头胎，故而奶汁充盈。不过，我并不是凭借这些而来到此地的。(14)我曾经向婆罗门施与两千万头奶汁充盈的母牛，不过，我并不是凭借这些而来到此地的。(15)我也曾施舍十万匹矫健的巴罗诃白色骏马，个个套着金子做成的花环。不过，我并不是凭借这些而来到此地的。(16)我还曾向婆罗门施舍黄

---

① 即恒河。
② 金月是一种用黄金做成的圆片，妇女用来装饰额头，或用细金线穿起，使之垂于发际。
③ 一阿补陀为一千万。
④ 苏摩祭的一种。

金八亿,并在每次行祭时另施十亿。不过,我仍旧不是靠如此获得的果报才来到此地的。(17)祖先啊,我曾经向婆罗门施舍过一亿匹勇敢矫健的棕色黑耳马,随后又另施了七千万匹,匹匹套着金子做成的花环。(18)我也曾经施舍过七万头体躯庞大,长牙如橼的大象,它们身上装饰着金子做成的花环,旁边还陪伴着母象。(19)众神之首啊,我又曾施舍过一万辆车乘,车辕等等都用黄金做成,车身上也满是黄金饰件,看上去就像是从天国来的。此外,我还施舍了七千辆驾着马匹的车,驾辕的马个个精神抖擞,身上也都是华贵的装饰品。(20)我曾经举行过十次强力酒祭。在这些祭祀仪式上,我依照吠陀经典的要求,将酬金奉与行祭的婆罗门。但是,我并不是凭借这些而来到此地的。(21)祖先啊,我曾经征服过一千位国王,从他们所行的祭祀和表现的勇力看,其英武高贵,实不让天帝释。(22)在后来举行的八次王祭上,我将这些脖颈上戴着金项链的国王统统施与婆罗门,作为祭祀的酬金。但是,我也还不是凭借这些而来到此地的。(23)世界之主啊,财富从我这里流出,一如滔滔恒河。不过,我并不是凭借这些慷慨付酬之举而得以来到此地的。(24)对于每位婆罗门,我连续施舍三次,每次骏马两千匹,匹匹披挂着上百种金饰,外加村庄一百个,个个富庶。我修炼苦行,节制饮食,沉静自守,出言谨慎。(25)我曾在大雪山麓长期修行,其地就在湍急的恒河边上。当初这条河流以不可阻遏之势自天而降,是大神(湿婆)用自己的头顶承接了她。祖先啊,我并不是凭借由此获得的功德而来到此地的。(26)主上啊,我曾经使用莎弥木取火,然后举行各种祭祀达一万次,其中有的可以在一天内完成,有的要延续十三天,或者十二天;此外还有莲花祭[①]。不过,我并不是凭借它们带来的功德而来到这里的。(27)我曾向婆罗门施舍八千头背部隆起的白色公牛,每头牛都有一只角包着黄金。我还向他们赠送了美丽的妻子,她们全都戴着黄金的项链。(28)我也曾散施过大批的黄金和其他礼物,以及堆积如山的珠玉宝石;还有十万个村庄,个个财物丰盈,谷物满仓。(29)我曾经十分积极地举行过多次大祭,并借祭祀之机,向婆罗门赠送了上万

---

① 莲花祭是苏摩祭的一种,一般要举行十一天。

头只生过一胎的小母牛。然而,我并不是凭借这些而来到这里的。(30)主上啊,我曾经行祭达十一天之久,并向主祭的婆罗门支付酬金。我还举行过两次为期各十二天的祭祀,以及十二次阿罗迦耶那祭①和多次马祭。梵天啊,我并不是依靠由此得到的果报而来到这里的。(31)我也向婆罗门施舍过长满刚甲那树②和芒果树的林地,长宽各有一由旬,树上饰满珠宝。不过,我到这里也不是靠的这项功德。(32)三十年间,我从无嗔怒表现,恪守举行长祭的誓愿,不曾稍懈。每天一次,我将八万头母牛施与众婆罗门,未尝中辍。(33)世界之主啊,它们全是那种人称楼昔尼的红色母牛,并且乳汁丰满。此外,我还不断地向他们赠送公牛。不过,神中之王啊,我并不是靠如此积累了功果才来到这里的。(34)梵天啊,我始终不断地崇拜三十火,为此我举行了八次全祭③,七次人祭,(35)以及一千零一十八次全胜祭。④ 不过,神中之主啊,我并不是靠如此积累了功德才来到这里的。(36)在娑罗攸河⑤、巴扈陀河以及恒河河畔,在飘忽林,我施舍过上百万头母牛。然而,我并不是凭借这些而来到这里的。(37)有一个秘密,因陀罗将它保存在自己的内心深处。不过,优沙那,这位婆利古家族的后裔,通过苦行知道了它。优沙那精力充沛,是个光芒四射的人物。后来,我也获得了这个最高的秘密。(38)我依此秘密行事并且获得成功,使得众婆罗门十分满意。上千位仙人也来到那里。他们对我说:"快到梵天所在的地方去吧!"(39)主上啊,既经上千位心中欢喜的婆罗门盛情相劝,我便来到了这梵天世界。事情的原委就是这样。(40)如今,既然宇宙秩序的安排者有所垂问,我只能据实相告。在我看来,所有苦行之中,没有比斋戒更高的了。我向你躬身致敬,神中魁首!希望我的话能够使你高兴。(41)

毗湿摩说:

听过跋吉罗陀王如上这番话后,梵天依照既定的礼数对他表达了

---

① 一种和太阳有关的祭祀。
② 意为"金树",为一果实可食的树种。
③ 全祭为苏摩祭的一种,通常需要十天。
④ 全胜祭为母牛祭的一种。后者属于大苏摩祭。
⑤ 娑罗攸河为恒河支流,可能即今哥格拉河。古代名城阿逾陀即在其畔。

敬意,这种敬意他的确当之无愧。(42)

以上是吉祥的《摩诃婆罗多》中《教诫篇》第一百零六章(106)。

一○七

坚战说:

吠陀圣典有言,人寿尝及百年,而人的勇气亦百倍于今。可是,祖父啊,为什么人们却总是年纪轻轻而夭亡呢?(1)人的寿命既然如此短促,那么怎样才能获得长寿呢?此外,又有什么办法可以获得令名,获得幸福呢?(2)苦行、梵行、默祷、献祭,还有医药,这些能起作用吗?天生的素质或者良好的行为呢?祖父啊,请你给我解答。(3)

毗湿摩说:

好吧,让我来回答你提出的这些问题。让我来告诉你,什么原因使人短命,什么原因使人长寿,(4)人怎样获得令名,又怎样获得幸福,以及应该如何行事,他才能兴旺发达。(5)一个人可以由于良善的行为而长寿,由于良善的行为而得福,由于良善的行为而在今生来世皆得令名。(6)同样,一个人也会因为恶劣的行为而折寿。他总是欺侮众生,让他们害怕。(7)谁希望自己前途发达,他就要多做善事。良善的行为甚至可以清除有罪之身的斑斑劣迹。(8)正法是良善行为的标志。正派人是良善行为的标志。圣者的处世方式,也是良善行为的标志。(9)一个人做事合于正法,常行吉祥之祭,众人就会热爱他,即使他们从未见到,而只是听说他。(10)那些不信神明的人,懒于做事的人,违背师父指教的人,不懂正法的人,行为恶劣的人,都是短命人。(11)那些不守轨范的人,动辄逾矩的人,无视两性大防的人,都是短命的人,都将进入地狱。(12)一个人即使并无吉相可言,但只要勤做好事,笃于信仰,摒弃妒忌之心,他还是能够活上百年。(13)那些从无嗔怒的人,出言信实的人,不伤众生的人,心无恶念的人以及正直可靠的人,都可以活过百岁。(14)那些常常打碎土块的人,折断草茎的人,咬啮指甲的人,不够纯洁的人①,古怪无常的人,都难期长寿。②(15)每天,一个人应该在梵刻③醒来,然后默思法、利二事。既经起床,并且啜水④以后,他应该面向东方,合十行礼,诵念黎明的祷词。(16)同样,他也要在傍晚时分避免同他人交谈,而集中精神诵念适用于傍晚的祷词。任何时候他都要避免直视升起或落下的太阳。(17)那些长期坚持在每日晨昏之际诵念祷词的仙人们,已经获得了长寿。因此每个人此时都应不再谈话,而仅仅诵念祷词,同时面东或面西而立。(18)那些不肯在晨昏之际诵念祷词的再生者,一个恪守正法的国王应该让他们去做首陀罗的工作。(19)任何一个种姓的人在任何时候都不能属意于他人之妻。世界上没有比迷恋他人之妻这样的事更能折人寿命了。(20)梳洗打扮,刷牙,给头发施油膏这些事,要在早上做。敬拜诸神的事也要安排在早上。(21)人应注意不要盯着屎溺看,也不要让脚踩上去。他还要注意,任何时候都不能同行经的妇女交谈。(22)要注意不在田地里,也不要在村庄附近大便。不要在水中大便和小便。(23)吃饭的时候应当面朝东。不要一面吃一面说话,更不要对所吃的食物说三道四。东西不应吃净,而要留下一些。用餐过后,心中要默念一下火。(24)谁吃饭的时候面朝东,他就能获得长寿。谁吃饭的时候面朝南,他就能获得名声。谁吃饭的时候面朝西,他就能获得财物。谁吃饭的时候面朝北,他就能获得真理。(25)注意不要踩在谷壳堆上,不要踩在毛发上、灰烬上和陶瓷碎片上。见有别人沐浴,应该远远地绕开,以免唐突。(26)人须经常行祭以谋求诸神的好感。此外还应常常诵读莎维德利圣诗。吃饭的时候应该坐着。绝不能边走边食。(27)不应该站着大小便。不应该在灰烬上或牛栏边大小便。(28)进食之前应当濯足。不过不能湿着脚就去睡觉。一个经常保持食前濯足习惯的人可以长命百岁。(29)

---

① 这里指宗教上的不纯洁。如祭祀前没有净手,净口,祭祀时手里拿着或者口中含着还没有吃完的食物等,都是亵渎的行为。
② 本颂说的是一些坏习惯,如坐在地上顺手捻碎土块,或拔除草叶以清除出可以坐下的地方等。咬指甲则是不雅的癖好。
③ 太阳还在地平线下,即将喷薄而出的时刻。
④ 从合拢的手中啜取清水以净口。每当行祭以前也要这么做。水是不能吐出的。

无论何时，只要自身不洁，就不要去接触三种能量巨大之物：火、母牛和婆罗门。注意了这些，人就不致自折寿命。（30）无论何时，只要自身不洁，就不要去注视三种能量巨大之物：太阳、月亮和星星。（31）当老年人来到的时候，年轻人应该精神振奋。他要起身趋迎，致以问候，殷勤接待。（32）任何时候年轻人都要对长者加以礼遇，在为他们奉上坐席后，双手合十，侍坐一旁。走路时应该让老人在前，自己在后。（33）损坏的凳子不应再坐。破裂的铜钵不应再用。没用衣服遮蔽上身不应用餐。不得以裸身下水沐浴。不要赤身就寝，也不要在口中还有食物时就去睡觉。（34）一个人在自身不洁的状态下，不要去摸别人的头。因为人的一切生命气息都集中在头内。也要注意不揪别人的头发，不打别人的头部。（35）不要用双手搔头。沐浴时不要把头一次次浸入水中。注意了这些，人就不致折损寿命。（36）沐浴时，浸洗过头部之后，不应再用麻油涂敷身体的任何部位。不要吃芝麻粥。注意了这些，人就可以获得长寿。（37）在自身不洁的时候，既不要去教授，也不要自己学习吠陀圣典。在刮风的时候，在空中有刺鼻气味的时候，应避免心中思考吠陀。（38）熟悉古史的人都会诵唱阎摩曾经吟过的诗句："我要折他的寿命。我要断他的后代。"[①]（39）一个再生者，只要他在自身不洁的时候诵读吠陀或学习吠陀，或者在禁止的时间教授吠陀，就会变得昏头昏脑。因此，无论如何，不要在不当的时刻学习吠陀。（40）小解的时候，不要对着太阳，不要冲着风，不要面对母牛，不要朝着再生者，也不要在当街。这样做会折寿。（41）白天大小解要面朝北。夜间大小解要面朝南。谁守这个规矩，就不会短寿。（42）谁想要长寿，就不可藐视如下三者，尽管他们貌似软弱：婆罗门、刹帝利和蛇。这三者都能发出剧毒。（43）一条毒蛇如果发怒，扫人一眼，就能将他烧灼。一个刹帝利如果发怒，轻轻一触，就能凭他的威力，将人烧灼。（44）无论是谁，婆罗门仅仅运用禅思，就能将他的整个家族毁灭掉。因此，聪明人为免不测，对于这三者总是小心谨慎，礼敬有加。（45）无论如何，也不要同自己的师父顶撞。坚战啊，见到师父发火，只能

---

① 插入本颂的意义不太清楚，可能是作为对于自己的规诫。

对他毕恭毕敬，等他消气。（46）即使是师父完全错了，也不能表现出违逆的态度。因为师父的谴责无疑足以把任何人的寿命烧掉。（47）小解要到远离住宅的地方去。濯足水要倒到远处去。吃剩的东西要扔到远处去。谁想求福，就得这样做。（48）

　　一个人不应独自上路，不要在清晨太早的时候走路，也不要在晚间太迟的时候走路。正午行路也不合适。此外还得注意不与陌生人或首陀罗同行。（49）在道上，凡遇到婆罗门、母牛、国王、老人、负重者、怀孕的妇女或身体衰弱者，都要给他们让路。（50）遇到公认的树王，要从右方绕行。① 来到十字街口，要右行绕圈，寻找自己该去的路。（51）正午和午夜都不要到十字街口去。夜间一般也不要去。拂晓和傍晚都不要去。（52）别人穿过的鞋子，别人穿过的衣服，都不应再穿。要永远遵守梵行。注意不要把一条腿放到另一条腿上。（53）朔日、望日、每半月的第十四日和第八日，应特别注意遵守梵行。（54）不要吃不当食之肉，② 不要吃动物的背肉。出言忌詈骂、指责和诽谤。（55）不要用语言去触碰别人的痛处。不要出口伤人。不要从他人手中接受小恩小惠。不要说那种会使自己堕入邪恶世界的语言。那样的语言也会让别人避他惟恐不及。（56）利剑般的语言从口而出，谁受到它的伤害就会日夜痛苦不堪。这种专门打击他人要害的语言，聪明人绝不去说。（57）被箭镞射伤，或被斧斤砍斫的树木可以重新生长。被粗言恶语刺痛的人，其所受创伤却是无法痊愈的。（58）绝不要嘲笑羞辱那些肢体残缺的人、多生赘肢的人、知识不足的人、上了年纪的人、面貌丑陋的人、穷困少财的人和柔弱乏力的人。（59）应该避免的是无所信仰，诋毁吠陀，蔑视神明，心怀恶意，目中无人，自命不凡，尖刻无礼。（60）不要受怒气的左右，动辄挥棒打人。仅有的例外，是为了教育而责罚孩子和学生，它是古训所允许的。（61）不要对婆罗门加以指斥，不要用手指认天星，不要说出阴历半月的某一天。谁注意了这些，他的寿命就不会折损。（62）大小解之后，或者行路归来，应该把脚洗净。学习吠陀之前或者开始进食之前，也应该洗脚。（63）有三样东西是诸神认为干净的，因此也是

---

① 按照古代印度的习惯，右行有尊重之意。这里的右是接受礼敬者的右面。
② 这里是指未经行祭而宰杀的动物的肉。

适合于婆罗门的。那就是：看不到有不利方面的，已经用水洗净的和值得用语言称赞的。（64）三耶婆、迦罗萨罗、肉类、舍湿鸠利、波耶娑等食物做好了不能自己独食，还应该将它们奉与神明。① （65）人还要注意经常看好自己的祭火，经常施舍财物，用齿木刷牙时不可说话，不要等太阳出来了还在睡觉。如果在这些方面犯了过失，就应该依法赎过。（66）每天早上醒来，第一件事就是问候母亲和父亲，或者问候老师。能这样做的人，就能获得长寿。（67）应该经常注意将用过的齿木随时丢掉。入口的食物一定要是见载于传统经典的。每月月亮盈亏转换的日子②，应该举斋。（68）洁净自身③的时候应该凝神屏思，面朝北方。（69）注意在未曾敬神之前，不要到其他地方去，除非是去看师父、老人、恪守正法之人或者充满智慧的人。（70）

有学问的人不用已经脏了的镜子照自己的容颜。无论何时都要注意不同不认识的女子行苟且之事，也不同怀孕的妇女行房。（71）睡眠时，头不要朝北，也不要朝西。有知识的人睡眠时，不是头朝东，就是头朝南。（72）睡眠的床铺不能是破损的，不能是松了榫的。睡前不能不检查床铺。不能与他人的妻子同睡。不能横着睡。（73）任何时候沐浴都不能一丝不挂。夜间不能洗澡。沐浴过后不要揉擦身体四肢，头脑聪明的人就是这样做的。（74）未曾沐浴之前不应往身上涂抹油膏；既经沐浴之后，也不要振衣使干。不要常穿潮湿的衣服。不要把身上的花环摘掉，也不要把花环戴在衣裳的外面。（75）花环不要用红色的花做。强有力者啊，有学问的人都会放弃蓝莲花和淡红色的莲花，而用白色的花做花环。（76）不过，把红色的花戴在头上并不妨事，哪怕是长在水中的花。④ 金色的花无论如何是不会带来厄运的。人民之主啊，人在沐浴过后，应该往身上涂敷湿润的香膏。（77）有智慧的人从不把衣裳穿颠倒。⑤ 他们不穿别人穿过的衣服，也不穿没有缘饰的衣服。（78）人中翘楚啊，睡觉的时候应该更衣。

---

① 三耶婆是一种白面薄饼，加糖和香料，做成长圆形，用酥油煎食。迦罗萨罗是一种大米粥，内加牛奶、芝麻、糖和香料等。舍湿鸠利也是一种面饼。波耶娑是一种加糖和奶的米饭。
② 指阴历的朔、望两日。有的也包括两个半月的第八天，即共四日。
③ 这里指大小解。
④ 婆罗门有习惯在头顶上戴一朵花。这朵花可以是红色的。
⑤ 即把遮下体的用来遮上体，遮上体的用来遮下体。

在通衢上行路，也要换上不同的衣服。敬拜神明的时候，亦须更衣。(79)有智慧的人涂敷身体四肢的香膏用波厘鸯固、檀香、毕罗婆、陀伽罗、盖娑罗等植物制成。① (80) 实行斋戒的人，要沐浴洁身，并且戴上必要的装饰品。每月月亮都会有盈亏转换。② 凡是这样的日子，都要谨守梵行。(81) 不应该吃别人舔食过的脏东西。不应该吃榨干汁液，失去精华的食物。不应该拒绝施食给乞求者。(82) 无论在何处，有知识的人都不接近不洁的人。正法里禁食的东西，他绝不吃，即使是在背人的地方。(83) 凡是杰出优异之人，为了自身的福祉，都不食毕钵罗树的果子，以及无花果、大麻籽和乌敦波罗③的果实。(84) 羊肉、牛肉、孔雀肉都不应吃，干肉和变了味的肉也不能吃。(85) 有知识的人不会径自用手取食咸盐。他们也不在晚间吃带有凝乳的食物。肉类只要是未经必要的仪式而宰割的，也不应吃。(86) 杂有毛发的食物不能吃。敌人祖祭上的食物不能吃。每个人只能聚精会神，在一早一晚各吃一顿。其余的时间不得取食任何食物。(87) 吃饭的时候要默不作声。身体没有披上必要的衣物不吃饭。没有坐下不吃饭。放在地上的东西不吃。吃饭的时候口中不能发出任何响声。(88) 人民之主啊，一个有知识的人，在自己吃饭之前，必先以水和食物招待来客。一旦开始用饭，则集中精神，心无旁骛。(89) 人中之主啊，与朋友同座吃饭而又不将食物先奉与他的人，人称是吃诃罗诃罗毒药④的人。(90) 饭后剩余的水、牛奶粥、酥油、凝乳、大麦粉和蜂蜜等，应该丢掉，而不应该将它们给任何人。(91) 人中之虎啊，吃饭时切忌犹豫。⑤ 不要因为贪嘴而在饭后还吃凝乳。(92) 吃过饭后，应该用手舀一些水倒在右脚的大脚趾上，加以冲洗。(93) 然后，再把手放在头顶上，并聚精会神，去触一下火焰。能够熟练地掌握这一系列仪规的人，可以在他的族人中获得崇高的地位。(94)

---

① 波厘鸯固是一种攀缘植物，据说妇女触之，即会开花。毕罗婆是一种生长在热带的芸香科带刺乔木。果实可口，半熟时可入药。陀伽罗为一种夹竹桃科热带乔木。盖娑罗为一种藤黄科亚热带乔木。

② 参见前第68颂注。

③ 一种无花果树。

④ 一种致人死命的剧毒药。

⑤ 这里的犹豫指对食物是否太多，自己能否消化和东西是否干净等犹豫不定。

饭后要做的事,还有用舀在手掌中的水来冲洗自己的感觉器官①和肚脐。要注意,光拿湿手抹抹是不行的。(95)

据说,人的拇指顶端和根部之间,称作婆罗门沐浴圣地;小指的背面,称作天神沐浴圣地。(96)婆罗多后裔啊,拇指和食指之间的那一部分是在凡事涉及祖先时方才使用的。②用前要按照规定先蘸一下水。(97)任何时候,一个人都不要说别人的坏话,连不中听的话也不应说。谁为自己的福利设想,谁就不应做那种招致他人愤怒的事。(98)注意不要同那些已被逐出种姓的人交谈。连看到他们也要避免,更不要说和他们接触。谁做到了这些,他就能够获得长寿。(99)注意白昼不得行房,不得同处女行苟且之事,不得与不贞节的女子有染。不得同不洗澡的女子交合。做到了这些,人就能获得长寿。(100)为了给祭祀做准备,要在适当的时间和地点洗浴身体,然后啜水三口,洗唇两次。这样人就算清洁了自身。(101)此外,他还要洗浴自己的各个感觉器官,并往身上洒水三次,这以后,始能依照吠陀所载的规矩祭祖祭神。(102)俱卢族后裔啊,我已经讲述了饭前饭后的例行仪规。现在请听我讲为保持自身洁净,并保证符合婆罗门的利益,应如何做。(103)在所有纯洁自身的办法之中,有一种是用拇指上所谓婆罗门沐浴圣地蘸水漱口,③再把喉中之物吐出,鼻中之物擤掉,并且以手蘸水,这样人就算清洁了自身。(104)在遇到了自己的族人而他又是个老人,或者遇到了朋友而他又正好陷于贫困的时候,谁能将他们请回家门,他就能获得财富和长寿。(105)家中有鸽子和雌雄鹦鹉,财富会滚滚而来。家里有代罗波耶迦④,灾祸便不再入门。(106)如果有萤火虫、山雕、野鸽或者蜜蜂进入家门,那么就要设法求神保佑平安。(107)世上的伟大人物对于这些不祥之物多有诅咒。而伟大人物的秘密则不可泄露。(108)坚战啊,人生在世,不要去找不该接近的女人。不要去找国王的后妃。不要接近医生、弱者、老者和仆人的女眷。(109)不要接近亲友、婆罗门、需要保护的

---

① 这里的感觉器官指眼、鼻、口、耳。
② 在举行祖祭时,祭品要放在这一部位,然后一面口吟圣诗,一面将它奉与祖先。
③ 这里所谓漱口实际上只是象征性地用水触一触口唇部分。
④ 一种鸟。

人和其他有关系的人的女眷。王中之王啊，谁做到了这些，他就能获得长寿。(110) 人中之主啊，有头脑的人为了自己的好处，必会选择由婆罗门和建筑师监造的房屋。① (111) 国王啊，黄昏的时候不能睡觉，不能用于学习知识。有知识的人也不在这个时候吃饭。谁能做到这些，他就可以长寿。(112) 夜间不能做任何敬拜祖先的事。不可在用餐以后装饰自身。夜间也不宜饮水。谁希望获得幸福，他就应该做到这些。(113) 婆罗多后裔啊，夜间应该避免吃大麦粉。席间吃剩的东西即使是干净的，也应该丢弃。席间喝过的水也应如此处理。(114) 晚间待客不要过于殷勤。不要杀鸟来吃。更不要喂过它们以后，又杀食它们。(115)

大智者啊，一个人应娶已经长成的名门闺秀为妻，她们往往优点众多，备受称道。(116) 婆罗多后裔啊，他要使他的妻子为自己生育后代，从而得奏光大门楣之功。他的儿子们应该学习各种知识和家族的法。(117) 这些儿子可以从家庭得到足以自立的遗产。如果生了女儿，他就应把她聘与大户人家聪慧好学的儿子。(118) 任何人在敬拜天神或敬拜祖先之前，应当先洗净自己的头。他要避免在与自己诞生相关的星宿出现时敬祖拜神；前后波娄湿陀波陀和阿耆尼耶（即羯栗底迦）等星宿②也不行。(119) 不能在其下敬祖拜神的还有那种被视为凶煞的星宿③。所有应该避开的星宿，已俱载于吠陀天文支。(120) 修剃胡须的时候，所坐位置应该面朝东，或者面朝北。王中之王啊，这样做了，人就可以获得长寿。(121) 对于他人不要多所责难。对于自己也是如此。婆罗多族雄牛啊，人们都说，责难有悖于正法原则。(122) 人中翘楚啊，男人不应该娶肢体有残疾的女子为妻，无论年龄大小；也不应该娶独眼的女子，同宗的女子，以及出自母系家庭的女子。(123) 不要去沾惹年纪大的妇女、以乞讨为生的托钵女、忠于丈夫的有夫之妇、肤色太暗的妇女以及种姓高于自己的女子。(124) 有经验的人都不去沾惹那出身不清或者出身低贱的女子。你还得注意不娶那棕色皮肤的女子和生麻风病的女子。(125) 应该躲

---

① 婆罗门的作用类似堪舆家，主要负责选取地址，确定方位，择吉开工等。
② 分别相当于室宿、璧宿和昴宿。
③ 如阿沙离沙（相当于柳宿）等。

避的还有那种出身低贱，出生的家庭有癫痫病史或湿毗陀利病史①的女子。人中之主啊，这三种女子都要特别留神。（126）可敬的人啊，应该娶的是那些具备各种吉祥之相的女子，那种优点众多，备受称道的女子，那种面容姣好，清秀文雅的女子。（127）坚战啊，一个关心自己未来福祉的人，应该娶出身名门的，或至少出身相若的女子，而绝不接受出身比自己低，或者因堕落而被逐出种姓的女子。（128）在家庭日常生活中，一个人要精心地燃好祭火，并完成一切当做的事，这些由婆罗门规定的事备载于吠陀圣书。（129）应该消除对于妇女的嫉恨。妻子总是应该受到保护的。嫉恨难免折人寿命。因此摆脱这类情绪十分必要。（130）白日睡眠也会折人寿命。太阳升起后还不起床，人的寿命就会缩短。在清晨或在夜幕初降时睡觉，或未曾洁身便去睡觉，都会折寿。（131）通奸也会使人折寿。婆罗多后裔啊，人在理发后处在不洁状态，此时做事或学习都属不宜。②（132）黄昏来临以后，人就不应该再吃饭，也不应该再沐浴或丢弃垃圾。这时他应该约制自我，不再做任何事情。（133）人中之主啊，一个人如果去敬拜婆罗门，就应该先行沐浴。拜神之前，也要沐浴。去问候师父之前，亦当如此。（134）没有接到邀请，不能去参加人家的祭祀活动，除非仅仅是为了从旁看看。婆罗多后裔啊，任何人未经邀请就自行前往参加他人的祭祀活动，必会折寿。（135）独自一人不应外出漫游。夜晚也不是出行的时间。倘若外出，天黑以前必须返回，留在家中。（136）人中之虎啊，一个人必须服从母亲、父亲和师父的指示，统统照办；无论合理还是不合理，都不能提出疑问。（137）

　　人中之主啊，对于国王来说，还要刻苦学习吠陀和用武之道，练习象上功夫和马上功夫，练习驾驭战车的功夫。众王之首啊，积极致力于以上诸道，即是积极实现自己的福祉。（138）他应该全心全意保护臣民的利益，应该使自己在敌人面前不可战胜，在仆从和族人眼中不可挑战，从而使自己在任何时候都不会受到伤害。（139）婆罗多后裔啊，他要学习推理的学问、修辞的学问和健达缚的学问③，并且精

---

① 湿毗陀利也是一种麻风病。
② 人在理发后应该沐浴。理发之后，沐浴之前一般认为处在不洁的状态。
③ 健达缚的学问指音乐。

通各种技艺①。(140) 一个人还应当经常听讲往世书、古代传说和其他故事,以及伟大人物的生平事迹。(141) 不要同经期中的妻子同房,也不应招她来谈话。有经验的人会在她行经后第四天沐浴之后接近她。(142) 在第五天同房会生女儿,在第六天同房会生儿子。有学问的人在接近妻子的时候会考虑如上的规律。(143) 血亲、姻亲和朋友,都是应该永远受到尊重的。每个人都应该根据自己的实力举行祭祀,并用种种财物作为酬金,赠与主祭的婆罗门。人中之主啊,在家居期的生活结束以后,他就应该进入森林,开始隐居生活。(144) 上面我所讲的,就是获得长寿的诸般条件。至于其他,坚战啊,则只有求教那些精通三吠陀的学问家了。(145) 个人行为是他自身福祉的创造者,是他自身声望的提高者。人的寿命可以由他自己的善行而得延长。但有凶象,亦可以由他自己的善行而得禳除。(146) 昔贤有言,人的行为高于所有知识。人的行为是正法的源泉,而正法乃是延年益寿之本。(147) 高风懿行能给人带来令名、长寿和天堂,使人事事吉祥如意。梵天曾经说过,对于所有不同种姓的人,都要有悲悯慈爱之心。(148)

以上是吉祥的《摩诃婆罗多》中《教诫篇》第一百零七章(107)。

<h2 style="text-align: center;">一〇八</h2>

坚战说:

婆罗多族雄牛啊,兄长应该如何对待自己的弟弟,弟弟又应该如何对待自己的兄长呢?这方面的事,请你对我讲讲。(1)

毗湿摩说:

亲爱的人啊,你的一切行为,应合为兄之道。可敬的人啊,你永远是其他兄弟的长兄。婆罗多后裔啊,你要以师父对待弟子的最高行为标准作标准,对待自己的兄弟。(2) 如果师父缺乏智慧,那么他的弟子就难免行为失当。而如果师父确有智慧和眼光,那么,婆罗多后

---

① 指各类实用艺术和技能,一般认为有六十四种,如歌唱、奏乐、跳舞、绘画、各种瑜伽术的修炼等。

裔啊，他的弟子也会成为智慧不凡的人。(3) 长兄对于兄弟的行为，放得过时要睁眼闭眼；即使心里明白，也尽可装聋作哑。倘若他们真有越轨行为，也只能用迂回的方式加以劝导。(4) 见到他如此善待兄弟，他的敌人就会为他们的和睦幸福而不胜烦恼，乃至痛心疾首。贡蒂之子啊，这些敌人正怀着分裂企图，企图在他们之间散布不和。(5) 长子不是使他的家族繁荣昌盛，就是使他的家族土崩瓦解。如果品质中缺乏为兄之道，他就会把整个家族搞垮。(6) 倘若一个人虽为兄长却做出伤害自己兄弟的事，那么他就失去了兄长的资格，失去了家庭财产中本应属于他的一份。国王也会对他加以惩戒。(7) 毫无疑问，一个诡诈的人是一定会堕入罪恶世界的。这样的人了无所用，犹如芦花①。(8) 一个家族会由于诞生了这样邪恶的人而全面陷入不幸。这样的人只会败坏名声，糟蹋荣誉。(9) 执著于恶行的兄弟全都无权分取家产。在这种情况下，长子无须将财产分给自己的弟弟们，而可将它们据为己有。(10) 如果长子对于父亲的遗产不感兴趣，而是依靠自己的勤劳，挣得了财产，那么，当他外出远游的时候，便不必把辛苦所得分给弟兄。(11) 如果尚未分家的弟兄们共同要求分割财产，做父亲的可以给他们每人一份，但在份额大小上不应有所偏袒。(12) 无论是品行端正的人，还是缺乏检点的人，都不能瞧不起自己的兄长。无论是妻子，还是幼弟，都应该做有益的事。通晓正法的人全知道一个道理："守法为上"。(13) 一个亲教师顶得上十个轨范师。② 一个父亲顶得上十个亲教师。一个母亲顶得上十个父亲，甚至于顶得上全部大地。(14) 没有比母亲更重要的人了。和她同等重要的人也没有。正因为如此，人们才认为母亲重于一切。(15) 婆罗多啊，一旦父亲去世，长兄就具有了与父亲等同的地位。他担负着养活兄弟并保护他们的责任。(16) 所有的幼弟都应当敬事长兄，心悦诚服地听从他的指示。他们在生活上依恃他，就像依恃父亲一样。(17) 婆罗多后裔啊，一个人，父亲和母亲给了他肉体，而轨范师则给了他

---

① 芦花不能用于祭神，故称无用。
② 轨范师负责向学徒期的青少年传授有关吠陀和祭祀规则的一般知识，并在行为原则方面指导他们。亲教师是以授业为生的婆罗门，专门教授某一部分吠陀，或教授吠陀支及梵语语法等。

真实的不老不死的生命。① （18）婆罗多族雄牛啊，一家之中，长姊的地位犹如母亲。长兄的妻子也是一样。因为在弟妹们的幼年时期，长姊长嫂确有养育之恩。（19）

以上是吉祥的《摩诃婆罗多》中《教诫篇》第一百零八章(108)。

<h2 style="text-align:center">一〇九</h2>

坚战说：

祖父啊，所有的人，无论属于哪一种姓，全都看重斋戒。弥戾车蛮子也不例外。原因是什么，我却不知道。（1）我曾听说，只有婆罗门和刹帝利应该节制自我。可是，祖父啊，为什么所有的人都十分注意斋戒这件事呢？（2）国王啊，各种斋戒是怎样举行的？斋戒者要进入什么境界，要达到的最终目的又是什么？请你讲给我听。（3）斋戒就是最高的功德，斋戒就是最终的目的。那么，人中魁首啊，通过斋戒，人能够获得什么样的果报呢？（4）要想消除个人的罪愆，应该怎样去做？怎样才能使自己的行为合于正法？婆罗多族俊杰啊，如何求得福祉，升入天堂呢？（5）实行斋戒之后，又该施舍些什么东西？人中之王啊，哪些正法是人应遵行的，遵行了就能获得财富和幸福？请告诉我。（6）

护民子说：

贡蒂所生，人称法子的坚战通晓正法。见他如此发问，毗湿摩，这深通正法真谛的福身王之子，遂开口答道：（7）

"大王啊，关于依照规矩实行斋戒所能获得的至上功德，古人确实谈过。而他们的话，婆罗多族雄牛啊，也一直流传至今。（8）婆罗多后裔啊，我曾经就你问我的同样问题，问过生主的后代鸯耆罗仙人。我请那以苦行为财富者回答我。（9）那可敬的生于祭火者（即鸯耆罗仙人）听了我的问题后，对我讲述了斋戒的规矩。遵守这些规矩，就能获得幸福。"（10）

---

① 在印度教看来，肉体的诞生只是"产生"；有生就有灭，因此并无价值。得自轨范师的生是精神之生，因此是真实的，不朽的。

鸯耆罗仙人说：

俱卢族后裔啊，按照规定，婆罗门和刹帝利的斋戒应该以三夜为一阶段。不过，人中雄牛啊，斋戒两夜，或者三夜，都是允许的。（11）至于吠舍和首陀罗，如果他们也斋戒三夜或者两夜，必是昏了头脑，其结果亦谈不上兴旺发达。① （12）按规定，吠舍和首陀罗也可以不吃第四餐饭。② 那些精通正法的人和那些阐释吠陀经典的人从未说过他们可以实行三夜的斋戒。（13）在每月的第五、第六两天以及在望日那一天实行斋戒，可以使自己变成一个善于忍让的人，一个美貌的人，一个通晓天启经典的人。（14）只要经常祭祀拜神，供养婆罗门，并在每月的第五和第六天举斋节食，一个人就能成为聪明饱学的人，就不会缺乏子孙，或者陷入贫穷。（15）贡蒂之子啊，一个为严重疾病所苦的人，如果在白半月的第八和第十四天实行斋戒，就会变成一个体魄强健的人。（16）谁能在鹿头月③每日戒食一餐，并以恭敬之心向婆罗门施舍饭食，他就会从疾病和罪愆中解脱出来。（17）他还会事事顺遂，兴旺发达，种种药草，无时或缺，田间谷物，收获丰盛，户内财宝满盈，膝边子孙无数。（18）谁能够在抱舍月④每日戒食一餐，贡蒂之子啊，他就会变得容颜秀美，福星高照，名满天下。（19）谁能够尊敬父亲，并在摩迦月⑤每日戒食一餐，他就会在来世生于豪门，并在家族里占据崇高的地位。（20）谁能够在薄伽提婆月⑥每日戒食一餐，他就能在女子中间广受青睐，她们对他也会百依百顺。（21）谁能够制约自我，并在杰陀罗月⑦每日戒食一餐，他就会在来世生于大户人家，家中贮满黄金、宝石和珍珠。（22）谁能够控制自己的感官，并在毗舍客月⑧每日省去一餐，无论是男人还是女人，都能在家族中崭露头角。（23）谁能够在阇耶湿陀月⑨每日戒食一餐，

---

① 按规定，吠舍和首陀罗举行斋戒的时间是一夜。
② 意思是也可以斋戒两夜。
③ 初为每年的第十个月，后为每年的第一个月，约在公历的 11 至 12 月间。
④ 约在公历的 12 至 1 月间。
⑤ 约在公历的 1 至 2 月间。
⑥ 即颇勒古拿月，约在公历的 2 至 3 月间。
⑦ 约在公历的 3 至 4 月间。
⑧ 约在公历的 4 至 5 月间。
⑨ 约在公历的 5 至 6 月间。

无论是男人还是女人，都能变得出类拔萃，并且获得无与伦比的威力。(24) 谁能够在阿舍陀月①每日坚持只用一餐，而始终不显倦怠，他就能够获得丰足的谷物、大量的钱财和满堂的子孙。(25) 谁能够约制自我，并在湿罗婆那月②每日戒食一餐，那么他到哪里，就会在那里接受灌顶，成为显要人物，从而为家族争光。(26) 谁能够在波劳湿陀波陀月③每日只进一餐，他就会财产丰盈，家道兴旺，生活安稳，并且获得权力。(27) 谁能够在阿湿缚宇迦月④每日戒食一餐，他就会子孙满堂，族系繁盛，车马如簇。(28) 谁能够在迦罗提伽月⑤每日只进一餐，他就会变得骁勇无比，妻妾成群，名震当时。(29)

人中之虎啊，上面我说过了在不同月份实行戒食的果报。大地之主啊，以下请听我讲在各个阴历日实行禁戒的情况。(30) 一个人如果日日戒食，而仅在每半月结束时进餐一次，他就会母牛成群，子息无数，获得长寿。(31) 一个人如果每月戒食三夜，如此连续十二年，他就会在自己周围获得崇高的地位。他还将所向无敌，并有健康的身体。(32) 婆罗多族俊杰啊，我说的那些节制自我的规矩应该遵守十年，另加二年。你自己更应该准此去做。(33) 谁能够做到在清晨和傍晚各用一餐，在这两餐之间不吃不喝，同时又能常向火中投献祭品，认真做到不伤生灵，(34) 那么，毫无疑问，他必能在六年之内成就大业，而所获功果，亦同行火神祭不相上下。(35) 他能够进入天女之国，那里回荡着歌声和舞乐之声。载他出行的车乘则闪射着耀眼的金光。(36) 他还能在死后去往梵天世界，在那里备享荣华整一千年，然后回来，在大地之上获得无比高贵的地位。(37) 谁能每日只进一餐，并且坚持如此，整整一年，其所获功德，可以同行阿提罗陀罗祭⑥相比。(38) 他还能在死后进入天堂，在那里备享荣华达一万年，然后回来，在大地之上获得无比高贵的地位。(39) 如果一个人

---

① 约在公历的 6 至 7 月间。
② 约在公历的 7 至 8 月间。
③ 即婆陀罗波陀月，约在公历的 8 至 9 月间。
④ 即双马童月，约在公历的 9 至 10 月间。
⑤ 约在公历的 10 至 11 月间。
⑥ 阿提罗陀罗祭为苏摩祭的一种，要求连续三夜诵经。

第十三　教诫篇

只吃第四顿饭，① 如此坚持，长达一年，并且始终出言信实，严格控制诸根，从不伤害生灵，（40）那么他所获得的果报，能同举行强力酒祭相比。他还能在死后进入天堂，在那里备享荣华整三万年。（41）贡蒂之子啊，如果一个人只吃第六顿饭，② 如此坚持，长达一年，那么他所获得的果报，能同举行马祭相比。（42）他将乘坐红鹅驾辕的天车四处周游，在天国享乐四万年。（43）如果一个人只吃第八顿饭，如此坚持，长达一年，那么他所获得的果报，能同举行迦婆摩耶祭③的相比。（44）他将乘坐天鹅和仙鹤驾辕的天车四处周游，在天国享乐五万年。（45）国王啊，如果一个人只在每半个月的最后一天进餐，如此坚持，长达一年，那么，照莺耆罗的说法，他所获得的功德，便能同戒食六个月的相比。他还能在死后进入天神世界，在那里生活六万年。（46）人民之主啊，在那里，一夜美梦之后，他将为维那、婆罗吉和吠努④嘹亮而美妙的乐声所唤醒。（47）国王啊，如果一个人每月只饮水一次，如此坚持，长达一年，那么，他所获得的果报，便能同举行毗首吉陀祭⑤的相比。（48）他将乘坐狮子和老虎驾辕的天车四处周游。他还能在死后进入天神世界，在那里享乐七万年。（49）人中之虎啊，规定里没有提到过一个月以上的斋戒问题。普利塔之子啊，有关规定乃是深通正法的人作出的。（50）

有些人没有病魔的困扰，也不受其他灾祸的侵害。他们实行斋戒，并一步步地获得与举行祭祀相当的果报。（51）他们乘着天鹅驾辕的天车去往天神世界。那里有成百美丽的天女同他嬉戏欢乐。（52）任何受困苦折磨，受病魔搅扰的人，只要实行了斋戒，就能在死后去天神世界享福十万年。国王啊，在那里，一夜美梦之后，他将为美女们身上甘吉和努补罗⑥的声响所唤醒。（53）他所乘坐的天车由上千只天鹅驾辕，放着月亮的光彩。婆罗多族雄牛啊，陪伴他嬉戏游乐的天

---

① 古代印度一日两餐。这里意味着两天只吃一餐饭。
② 意味着三天只吃一餐饭。下第44颂意味着四日一餐。
③ 迦婆摩耶祭为苏摩祭的一种，一般要十二天。
④ 维那和婆罗吉都是拨弦乐器，吠努是一种管乐。
⑤ 苏摩祭的一种。
⑥ 甘吉是一种妇女系的腰带，饰有小铃，后背臀部之上有一金或银的圆盘，锃光闪亮，称为"月坠"。努补罗为一种系在踝部的银制脚环。这两种饰物皆能随身体的移动而发声。

女足有百名之多。(54) 这样的人身处幸福之中,那种失去而又复现的快乐对他们来说已经不再稀罕。那种受伤后得到医治,病痛时获得药石,怒火中烧而得到抚慰,(55) 陷入贫困而能得到财物上的帮助和体面上的补偿——如此这般所得到的愉快,与求入天国而如愿以偿的感受,实不能比。(56) 这样的人实现了梦寐以求的愿望,乘坐金光夺目的天车,上趋天神世界。在那里,他全身上下装饰一新。陪他游玩的,是成百的妙容天女。(57) 还有的人身体康健,罪愆尽除,果报到手,幸福安逸。正是由于奉斋禁食,舍弃躯体,他才获得了应有的果报。(58) 他乘坐的天车有如初升的太阳,闪着金色的光芒。车上装饰着猫眼石和珍珠,光彩夺目。维那和穆罗阇[①]奏着和谐的乐声。(59) 旗帜和灯盏交相辉映,天国的神铃丁当作响,成千的倩女随声起舞。无边的福乐让他享受不尽。(60) 般度之子啊,他的身上有多少毫毛,他就能在天神世界享受多少年的幸福生活。(61) 没有任何法论比吠陀地位更高。没有任何人比母亲更重要。没有什么知识比正法更要紧。没有什么苦行比斋戒更高明。(62) 没有任何人比婆罗门更神圣,无论是在天上,还是在地下。没有任何苦行的实践能与斋戒相比肩。(63) 正是依照规矩实行了斋戒,众神才得以上升到第三天。同样是凭着斋戒,众仙人才得以达到圆满境界。(64) 智慧不凡的众友能在一千天年里保持日食一餐,结果成了宽宏大量的婆罗门。(65) 宽厚为怀的大仙人如行落、食火、极裕、乔答摩和婆利古等,都是通过斋戒而达到天国的。(66)

古昔时代,鸯耆罗向诸大仙人解释了斋戒之道。此后,任何人只要传授它,都永远不会陷入灾难和不幸。(67) 贡蒂之子啊,大仙人鸯耆罗把斋戒的规矩依次讲述出来。任何人只要吟诵这些规矩,或者听取这些规矩,就永远不会陷于罪恶。(68) 他就能避免为任何不洁之物所玷污,他的心也不致为任何罪念所俘虏。他还能听懂所有动物的叫声,赢得永久声誉,成为非凡之人。(69)

以上是吉祥的《摩诃婆罗多》中《教诫篇》第一百零九章(109)。

---

① 穆罗阇是一种鼓。

一一〇

坚战说：

伟大的祖父已经向我如实讲述了祭祀的有关规则，以及它为今生和来世所带来的种种功德。(1) 不过，祖父啊，这样的祭祀却不是穷人所能承担的。因为祭仪需要大量的器物，资财耗费数量巨大且又种类繁多。(2) 只有国王或者王公有能力举办这样的祭祀。那些财力不足的人，资质有限的人，形单影只的人，缺乏援手的人是很难通过行祭求取功德的。(3) 那么，祖父啊，请你为我讲讲，所获功德不亚于行祭，而穷人又有能力采取的求福方式，都有什么。(4)

毗湿摩说：

鸯耆罗仙人谈到过所获功德能同行祭相比的求福方式。实行斋戒以期果报，就是这样的方式。坚战啊，请你听我仔细说来。(5) 只在晨昏各进一餐，其余时间不食不饮，并能做到从不杀生，日日按规定向祭火中投献供品，(6) 如此坚持，届满六年，一个人必能于今生成就大事无疑，并在来世得乘金光辉耀的宝车，去往生主世界居住。(7) 那地方光芒四射，如同火焰，众天女轻歌曼舞之声，随处可闻。而这一住就是一万亿年。(8) 谁在三年之内始终日进一餐，并且除自己的发妻之外，不接触任何女子，他就能获得同举行火神祭相若的果报。(9) 谁在十二个月内始终保持每两天仅在第二天进食一餐，日日按规定向祭火中投献供品，且在祭祀上散施连因陀罗也喜爱十分的大笔黄金，(10) 不仅尊重婆罗门，而且出言信实，乐善好施，调御自身，善于忍让，从不发怒，那么，他就能获得至高无上的归宿。(11) 他所乘坐的，将是天鹅驾辕的神车，车身上下，熠熠发光，犹如流动的白云。陪侍周围的是众多天女。在这样的境界中，他会居住整整二万亿年。(12) 谁在十二个月内始终保持每三天仅在最后一天进食一餐，并日日按规定向祭火中投献供品，(13) 他就能获得同举行阿底罗陀罗祭①相若的无上果报。他将乘坐孔雀和天鹅驾辕的天

---

① 一种整夜进行的祭祀。

车,(14)去往天女成群的七仙①世界,在那里居住整整三万亿年。(15)谁在十二个月内始终保持每四天仅在最后一天进食一餐,并日日按规定向祭火中投献供品,(16)他就能获得同举行强力酒祭相若的无上果报。他将乘坐因陀罗之女驾驭的天车,(17)去往大海环绕的因陀罗世界,常有机会观看众神之王嬉戏游玩。(18)谁在十二个月内始终保持每五天仅在最后一天进食一餐,不但日日按规定向祭火中投献供品,(19)而且做到了戒除贪欲,出言信实,不伤生灵,敬婆罗门,摆脱嫌嫉,清除罪愆,那么,他就能获得同经常举行十二日苏摩祭相若的果报。(20)他将乘坐天鹅驾辕的金色天车,去往一座白色的宫殿。那宫殿光芒四射,宛如太阳组成的花环。(21)他在那里安享幸福。所居年数,以"莲"计算,② 为四加十二,再加箭、火之数。③ (22)

有的牟尼在十二个月内始终保持每六天仅在最后一天进食一餐,并日日按规定向祭火中投献供品,(23)从不误沐浴洁身,日行三祭,做到了谨守梵行,戒除嫉妒之心,那么,他就能获得同举行牛行祭相若的无上果报。(24)他还会得到由天鹅和孔雀驾辕,到处用黄金装饰,因而光芒四射,犹如火焰的天车。(25)睡觉时,他将头枕美丽天女的膝头,而清晨则被努补罗的声音和女子腰带饰物的鸣响所唤醒。(26)这样幸福的生活,他将享受一百三十亿年,另加十八"莲"年和二波陀迦年。④ (27)他将在梵天世界广受尊敬,生活的年头难以估算,只能用五百万头熊身上的毛发之数来计量。(28)谁在十二个月内始终保持每七天仅在最后一天进食一餐,并日日按规定向祭火中投献供品,(29)同时做到了言语谨慎,恪守梵行,不爱香花,不施脂膏,戒食蜂蜜,远离肉腥,(30)那么,他就能去往风神世界和因陀罗世界,处处有神女随侍,凡事无不顺遂。(31)其所获果报与举

---

① 七大仙人的名字有多种说法,典型的是:乔答摩、婆罗堕遮、众友、食火、极裕、迦叶波和阿多利;此外还有:摩ги支、阿多利、莺耆罗、补罗诃、迦罗都、补罗斯迭和极裕等说。

② 一"莲"为一万亿。

③ "箭"数为五,因为爱神囊中有五支箭。"火"数为三,因为古印度有三圣火之说。三圣火为家主传薪之火(得自父亲,传诸后代,祭祀中的西方之火)、烧供火(用以燃烧供品,取自家庭里的常燃不灭之火,亦为祭祀中的东方之火),和祭祀中的南方之火。这里的"箭、火之数",即两数相乘,为十五。总数为四、十二、十五相加,得三十一。

④ 波陀迦亦为巨大数字,具体不详。

行祭祀，广施黄金一般无二，足以使他在这样的世界中安享幸福，时间之久，无法计算。（32）一个宽容的人，能在一年之内始终保持每八天仅在最后一天进食一餐，并且日日按规定向祭火中投献供品，无时不将敬拜神明视为头等大事，（33）那么，他就可以获得同举行莲花祭①相若的果报。他乘坐的天车也将呈红莲的颜色。（34）毫无疑问，还会有众多年轻的女子来陪伴他，她们的皮肤或呈黑色，或呈金色，或呈湿耶摩色②，个个年轻美丽，容光焕发，不同凡响。（35）谁在一年之内始终保持每九天仅在最后一天进食一餐，在十二个月里日日按规定向祭火中投献供品，（36）那么，他就可以获得同举行马祭相若的果报，外加一辆莲花般的天车。（37）他驾着莲车在天空遨游，楼陀罗的女儿们陪伴着他。她们戴着惟独天庭才有的美丽花环，光彩照人，犹如辉煌耀眼的太阳。（38）在楼陀罗的世界中，他安享幸福。他要在那里居住一万亿年，外加一劫③及一万八千年。（39）谁在一年之内始终保持每十天仅在最后一天进食一餐，在十二个月内日日按规定向祭火中投献供品，（40）那么，他就可以获得同举行一千次马祭相若的无上果报，而梵天的女儿也会前来就他，那真是足以让世上众生神魂颠倒的美人。（41）时常给他带来欢乐的还有众多的绝色女子。她们有的像蓝莲花一样漂亮，有的如红莲花一般美丽。（42）他将会得到一辆高等的天车。它绕着圈子奔驰，既像浓重的旋状彩云，又似大海里滚动的浪涛，波光闪耀，夺人眼目。（43）装饰车身的线条全用宝石组成，车上支撑精美华盖的柱子上镶满了水晶和钻石。他登上这辆由天鹅和仙鹤驾辕的大车，一路奔驰，法螺呜呜，鼙鼓咚咚。（44）

谁在十二个月内始终保持每十一天仅在最后一天到来时吃一点供品，并日日按规定向祭火中投献供品；（45）平时既不用语言表达，也不使内心升起对于他人妻子的爱慕之情；即使是为了自己母亲或父亲的缘故，也从不说谎，（46）那么，他就有幸见到勇力无比的大神立自己的天车之上，见到自有之神梵天的车乘驶来迎接自己。（47）

---

① 苏摩祭的一种，祭期为十一天。
② 一种黝黑的颜色。据说有这种皮肤的妇女，其身体冬温而夏凉。
③ 一劫约等于43.2亿年。

一群美丽的天女，容光焕发，有如纯金，也在空中为他引路，带他到楼陀罗的辖地，那令人心旷神怡的天上世界。(48) 他要无数年住在那里，或者说直到一万零一百亿年后方才完结。(49) 在那里，他可以天天见到楼陀罗，躬身膜拜这众神和众檀那婆一致崇仰的伟大神明。(50) 谁在十二个月内始终保持每十二天仅在最后一天到来时吃一点供品，那么，他就能获得同举行全祭①相若的果报。(51) 他所乘坐的天车绚丽夺目，有如十二个太阳同时照耀。车身上装饰的，尽是无价的宝石、珍珠和珊瑚。(52) 成串的天鹅和成群的天龙随处可见，孔雀和红鹅发出动听的鸣啭。(53) 国王啊，他将久住的梵天世界楼台高耸，男女无数。如上这些，就是通晓正法，大福大德的鸢耆罗仙人说过的话。(54) 谁在十二个月内始终保持每十三天仅在最后一天到来时吃一点供品，他就能获得同举行提婆娑陀罗祭②相若的果报。(55) 他将得到一辆名叫"红莲绽放"的天车，车身遍饰黄金，镶嵌着名贵的宝石。(56) 他将进入天神世界，那里盛苏摩用的器具比比皆是，美丽的天女随处可见，所有饰物都带着天国的特征，醉人的香气弥漫在空中，(57) 无数的旗幡迎风飘扬。他要在这个世界居住上亿劫，外加四"莲"。(58) 这里的一切都使人心旷神怡。健达缚轻舒歌喉，众天女诵声不断，波那婆鼓和铜鼓的声音彼此应和。(59) 谁在十二个月内始终保持每十四天仅在最后一天到来时吃一点供品，从不提前，那么，他就能获得同举行大祭③相若的果报。(60) 在他前往的世界里，常有众多的神女各乘天车，追随其后。她们身着盛装，戴着臂钏，活泼纯洁，容光焕发，年龄难以确定，④ 美貌令人词穷。(61) 清晨，唤醒他的是天鹅轻柔的鸣叫，以及努补罗和甘吉的美妙声响。(62) 这个神女成群的地方，他要住上恒河沙数之年。(63) 谁谨慎调御诸根，在十二个月内始终保持每半个月仅在最后一天到来时进餐一次，并日日按规定向祭火中投献供品，他就能获得同举行一千次王祭相若的果报。(64) 他将乘坐黄金包身，嵌着各色宝石的车

---

① 苏摩祭的一种，要进行十天。
② 一种延续十二天以上的敬神祭祀，大苏摩祭的一种，要有多位婆罗门参与行祭。
③ 这是一种规模很大的祭祀，要用人作牺牲。
④ 由于青春永驻，年龄难以确定。

子去往美妙的世界。驾车的是天鹅和孔雀。(65) 在他居住的世界里，到处是盛装的贵妇。天国才有的饰物戴在她们身上，更增加了她们的美丽。那里有一根石柱，四道拱门，七座祭坛，由此形成了吉祥的气象。成千面旗帜随风飞舞，悠扬的歌声在空中飘荡。(66) 他在这里乘坐的车子极尽天国神车的优点。遍布宝石、珍珠、珊瑚这类饰物的车身电光闪烁。驾车的是犀牛和大象。他要在这里生活一千由迦①之久。(67)

谁在十二个月内始终保持每十六天仅在最后一天到来时吃一点供品，那么，他就能获得同举行苏摩祭相若的果报。(68) 他将长期同苏摩的女儿住在一起，身上涂着苏摩香膏。此外，他还有一旦意欲何往，即可置身该地的本领。(69) 他乘坐自己的天车出游，侍奉他的尽是美丽迷人的女子。他希望得到的享受，一概会立刻送到他的面前。(70) 他将在四海之内得亿万果报，享受它们达十个大劫以上。(71) 谁在十二个月内始终保持每十七天仅在最后一天到来时吃一点供品，并日日按规定向火中投献供品，(72) 他就能去往伐楼拿、因陀罗和楼陀罗居住的地方，去往风神、优沙那和梵天的世界。(73) 在那些地方，众神女将为他送来坐具。他也得以亲见神仙普利扑婆②的种种面貌。(74) 神中之神的女儿们同他一起游乐，她们身着盛装，优雅迷人，生而具备三十二种妙相。(75) 国王啊，这位大英雄将遍尝琼浆甘露和其他美味食品。他享受这种生活的时间，将同月亮和太阳在天空的运行一样长久。(76) 谁在十二个月内始终保持每十八天仅在最后一天吃一顿饭，他就可以亲见七个世界③。(77) 在他出行所乘的天车后面，总是有众多的神女驾车随侍。车声欢畅，神女亦服饰艳丽，光彩照人。(78) 他自己则满面春风，乘着由老虎和狮子驾辕的上好天车，一路响过，如滚滚沉雷。(79) 既有神女竟日陪伴，嬉戏欢乐，又得畅饮无上甘露，精纯甜美，他将如此这般，过上千劫之

---

① 参见前第 14 章第 23 颂注。
② 普利扑婆为梵天的"心生子"，即大仙人之一。
③ 古代印度一般认为世界有两个，或者三个，即天、地，或者天、地、空。三个世界有时亦指天、地和地下。七个世界的说法则指：大地世界、从大地到太阳之间由圣者居住的天空世界、太阳和北极星之间由因陀罗掌管的天堂世界、北极星以上有婆利古和其他贤者居住的摩诃世界、梵天之子等居住的再生世界、戒欲者居住的苦行世界和梵天居住的真理世界或称梵天世界。

久。(80)谁在十二个月内始终保持每十九天仅在最后一天吃一顿饭,他就可以亲见七个世界。(81)他所乘坐的天车发出太阳般耀眼的光芒。他所居住的无上境界回荡着健达缚甜美的歌声。众多天女,侍奉在他的左右。(82)他身着华丽天衣,心中无忧无虑,同出类拔萃的长寿神女欢乐度日,就这样安享幸福,达数万年。(83)谁在十二个月内始终保持每二十天仅在最后一天吃一顿饭,从不提前,并且忠于誓约,诚实无欺,谨守梵行,(84)不进肉食,普爱众生,那么,他就能够进入众阿提迭的广大神界,享受幸福。(85)每逢出行,他的后面就会有成批的天女和健达缚追随侍奉。他们身涂香膏,戴着天国的花环,坐的车子全用黄金制成。(86)

谁在十二个月内始终保持每二十一天仅在最后一天进餐一次,并日日按规定向祭火中投献供品,(87)那么他就能去往优沙那世界、天帝释世界、双马童世界和风神世界,在那里永享幸福。(88)他乘坐无上天车出行的时候,会有众神女前后服侍。这位强大有力,长寿不死的人将不知忧愁之为何物,生活就在游乐中度过。(89)谁在十二个月内始终保持每二十二天仅在最后一天到来时进餐一次,并日日按规定向祭火中投献供品,(90)为人性格坚定,从不伤害众生,出言信实可靠,绝不对人发怒,那么,他就能去往婆薮世界,本身也会神光四射,有如太阳。(91)任何地方,他都能意到身至。他饮用的是琼浆,乘坐的是无上天车,周身披戴,尽是天国才有的精美饰物。陪他宴乐的,都是美丽的神女。(92)谁在十二个月内始终保持每二十三天仅在最后一天进餐一次,并且调御诸根,饮食有节,(93)他就能去往伐由世界、优沙那世界和楼陀罗世界,受到一拨拨天女的礼敬崇拜。他还能随心所欲,到处旅游,任何地方都可意到身至。(94)他周身披戴的,尽是天国才有的精美饰物。陪他宴乐的,都是美丽的神女。他乘坐的是无上天车,周围拦着一道道护索。(95)谁在十二个月内始终保持每二十四天仅在最后一天进餐一次,并日日按规定向祭火中投献供品,(96)他就能去往众位阿提迭居住的地方,在那里长久生活,快乐度日。他穿着精美的衣服,戴着天国的花环,涂着天国的香膏。(97)他的天车用黄金打造,天鹅驾辕,十分漂亮可人。他将同美丽的神女竟日悠游,上千万年。(98)谁在十二个月内始终保持每二十五天仅在最后一天进餐一次，他就会有无比华美的天车可以乘坐。（99）他的天车精妙无双，令人称羡。追随在他后面的是狮子和老虎拉的各种车辆。（100）乘车的神女银装素裹，美丽非凡。车队行处，如沉雷滚滚而过。时时响起的还有车上的笑语欢声。（101）就这样，他行有成百天女环侍，食有琼浆甘露为餐，享受生活，不下千劫。（102）

谁在十二个月内始终保持每二十六天仅在最后一天进餐一次，并能规范自我，节制饮食，（103）调御诸根，排除欲情，日日按规定向祭火中投献供品，那么，他就会鸿运常驻，广受天女礼敬崇拜。（104）他会去往七风神世界和婆薮世界。他的天车将用水晶做成，装饰着各色宝石。（105）众天女和健达缚对他施礼敬拜。他会身怀神力，在这些世界享受幸福不下两千由迦。（106）谁在十二个月内始终保持每二十七天仅在最后一天进餐一次，并日日按规定向祭火中投献供品，（107）他就能获得巨大果报，上达天神世界，遍受诸神崇拜。在那里，他终日游乐，常饮甘露，生活自在，心满意足。（108）国王啊，他将仿效神仙行事，又以王仙为榜样，作为一个具有神圣自我的人居住在那里。他驾驶的天车，也是精美异常。（109）同他嬉戏欢乐的，尽是美丽动人的女子。他要在天神世界里享受安逸达三千个由迦。（110）谁在十二个月内始终保持每二十八天仅在最后一天进餐一次，并且成功地做到了制御自我，调伏诸根，（111）那么，他获得的巨大果报，就能同举止行为堪与神仙相比的人一样。他运交福贵，体内充沛的精气使他耀眼夺目，发出太阳一般的千道光芒。（112）陪他嬉戏游乐的，尽是楚楚动人而又神采飞扬的年轻女子。她们丰乳肥臀，珠光宝气，不乏天国气派。（113）他乘坐的天车像是光辉的太阳，驾着它可以到达任何想去的地方。妖娆美女，服侍左右，更使他心花怒放。他要如此生活，达百万劫。（114）谁在十二个月内始终保持每二十九天仅在最后一天进餐一次，并将诚实无欺视为最高戒条，（115）他就能去往各个天神世界。它们全都光芒四射，神仙和王仙常来常往。他乘坐的天车，放着月亮一般清澈的光辉。（116）它用纯金打制而成，同时镶嵌着各色宝石。车上坐满天女，浑身上下尽是天国才有的饰物。（117）她们个个春心荡漾，光彩照人，甜蜜妩媚，拂人心旌。天女们同他一路嬉戏，随行的健达缚纵声欢唱。（118）这洪福无边的人俊美伟岸，貌追天神，精气充沛，辉煌夺目如中天之日。（119）婆薮的世界，风神的世界，沙提耶的世界，双马童的世界，楼陀罗的世界，以及梵天世界等，统统是他的去处。（120）谁的心宁静无波，在十二个月内始终保持每个月仅在月末进餐一次，他就能够去往梵天世界。（121）在那里，他常饮琼浆，多食美味，英俊貌美，人人艳羡，由于精气充沛，容光焕发，像有万道光芒，喷射而出。（122）他头戴天国的花环，身施天国的香膏，衣饰华美，修炼瑜伽。他沉浸在幸福之中，不知愁苦为何物。（123）他乘坐在天车之上，接受着众多绝色天女的赞美。楼陀罗和神仙的女儿们也经常对他表示崇敬。（124）触目尽是迷人的美色，入耳尽是动听的拉格①。甜蜜的语言此起彼应，玩乐的样式不一而足。（125）他的天车就是一座小城，闪耀着太阳的光辉。它后面的车子状如月轮，北面的车子状如彩云，（126）南面的车子红光耀眼，下面的车子蓝光逼人，上面的车子杂色斑斓。他端坐在自己的天车之上，接受其他车辆的礼敬。（127）这聪慧之人如此生活在梵天世界，若论久暂，一千个雨季中打在赡部洲上的雨点，即其年数。（128）就是这样，有多少雨滴在雨季降自天穹，他就能以长生不死之身在梵天世界生活多少年。（129）

谁在十年之内始终保持月月斋戒，他就能获得大仙人的地位，并且进入无上天堂，而不必舍弃肉身。（130）那也是一个已经调御自身，沉静自若的牟尼所能达到的境界。他永远地抑制了愤怒，压制了色欲的爆发，日日向祭火中投献供品，并于晨昏之际行祭如仪。（131）一个在诸多方面用戒条约制自己的人，能做到月食一餐，以云为盖②，如此等等，那么对他来说，进入天堂，已无疑义。（132）国王啊，他能携肉身而升天庭，事事如愿，尽享福祉，一如不死之神。（133）婆罗多族俊杰啊，上面所说，就是有关祭祀③的无上方式。

---

① 拉格为印度音乐术语，指具有调式意味的曲调框架，由一组特定的音和独特的节奏型构成，供即兴演奏或歌唱使用。不同的拉格可以表现不同的情绪和气氛，在这里则泛指美妙动听的音乐。

② 以云为盖喻指在户外让大雨淋身，是苦行的一种。

③ 这里所谓祭祀指的就是斋戒。一般认为，无论实际行祭，或者厉行斋戒，其果报相同，故精神实质也是一样的。

我是按照斋戒果报的不同，依次叙述的。(134) 普利塔之子啊，穷苦之人可以通过斋戒获得别人通过祭祀得到的果报。婆罗多族俊杰啊，只要一心敬拜神明和婆罗门，实行斋戒，他就可以达到至高无上的归宿。(135) 以上我全面讲述了有关斋戒的各种形式。人各不同，或善于调御身心，或思虑集中不散，或自身纯洁无瑕，或人格崇高伟大，或绝无欺诈行为，(136) 或拒绝伤害生灵，或具有成熟智慧，或目标坚定如一，或行事从不动摇，婆罗多后裔啊，对这样的人，你当深信不疑。(137)

以上是吉祥的《摩诃婆罗多》中《教诚篇》第一百一十章(110)。

— — —

坚战说：

现在请你告诉我，所有的沐浴圣地中，最好的是哪一个，最洁净的又是哪一个。祖父啊，请你将此问题说个端详。(1)

毗湿摩说：

应该说，任何沐浴圣地都有自己的长处。不过，对于智慧之人哪一个更加洁净，请你集中精神，细听我说。(2) 一个以永恒的真实为人生指归的人，应该到摩那婆这样的圣地去沐浴，它深不可测，澄澈透明，纯净无瑕，以真理为水，以坚定为湖。① (3) 一个圣地，在那里沐浴后人能变得无所贪求，温良不躁，诚实无欺，正派可靠，泛爱众生，慈悲为怀，善于自制，宁和沉静，那么它就是纯洁的。(4) 那些摆脱自私，克服骄傲，超越相违的两边②，放弃了俗世的一切，身心纯洁，以乞食为生的人，都可以当作是圣地。(5) 那些洞悉真谛，已将"我"的观念彻底放弃的人，③ 大家都说是至高无上的圣地。人在任何地方都要密切注意这类纯洁的标识。(6) 谁从自己的灵魂里清

---

① 这里的摩那婆是一个虚构的圣地名。该字由意为"心智"的一个字派生而来。句中的修饰词都可与心智联系，加以解释。
② 相违的两边即极端的两边，如冷、热，悲、喜等。
③ 放弃"我"的观念意味着已将自己与众生等同视之。

除了忧、暗、善这三德，谁不再关心身外之物的纯洁与污浊，而集中注意使个人的生活目的保持纯洁，（7）谁一心致力于弃绝世间的一切，谁天上地下无所不察，谁世上万物无所不晓，谁的目标和行为都纯洁无瑕，他本身就应被目为圣地，具有净化他人的能力。（8）仅仅拿水沾湿肢体，不能算作沐浴。惟有用节制这种手段洗过自己，人才是真正沐浴过了，才是从内到外都纯洁了。（9）谁不再注意自己的过去，谁不再在意世俗的得失，谁的内心不再有欲念升起，他就拥有了最高的纯洁性。（10）知识是人身上一种特殊的东西，其性纯洁。人可以物质上一无所有，而心灵却充实满足。（11）行为的纯洁，会带来心灵的纯洁。圣地沐浴带来的纯洁固然有益，而来源于知识的纯洁才称得上是最高的纯洁。（12）掌握真谛，深入了解灵魂的人会怀着心灵之光，带着知梵之力去摩那婆这样的圣地进行沐浴。（13）那种确实表现出纯洁特点的人，那种永远保持自身真实面貌的人，那种功德圆满的人，只有他们，才是真正纯洁的人。（14）婆罗多后裔啊，上面我所说的，是人身内部的沐浴圣地。大地之上也有许多吉祥的沐浴圣地，下面我要讲给你听。（15）正如人身会展现出种种纯洁的特征一样，大地上许多地方，许多水源，也会显示出神圣的特点。（16）通过对沐浴圣地发出吁求，或者通过在那里沐浴，在那里祭奠祖先，人可以涤除过去的罪愆，并在死后升入天国，过幸福的生活。（17）某些地点，因为它们和这位那位先贤有过关系，因为它们的土地或者水源曾有过某种确定无疑的效验，于是就被确认为吉祥神圣之地。（18）心智上的吉祥神圣之地和大地上的吉祥神圣之地彼此不同。同时在两种圣地沐浴，可使人迅速达到期望的目的。（19）无论是缺乏行动的力量，还是缺乏力量的行动，都不能单独取得成功。一旦两者结合起来，就无往而不利了。（20）人的纯洁，可以通过自身内部的沐浴圣地得到，也可以通过大地上的沐浴圣地得到。然而，同时通过两者获得的，才是最高的纯洁。（21）

    以上是吉祥的《摩诃婆罗多》中《教诫篇》第一百一十一章(111)。

一一二

坚战说：

生有巨臂，通晓一切经典的祖父啊，我希望知道众生轮回所遵循的最高原则是什么。请你讲给我听。(1) 诸王之首啊，生为凡人，有的得入无上天国，他们凭的是什么？有的进了地狱，那又是为了什么？(2) 人一旦死了，便抛掉他的肉体，犹如抛掉一段朽木或者一块土坷垃，离开此世，前往其他世界。那么，此时随他而去的是什么呢？(3)

毗湿摩说：

那边走来了可敬的毗诃波提，他可是学养深厚。你想知道的，是一个永恒的秘密问题，你就询问那富贵吉祥之人吧。(4) 当今之世，除他之外，没有谁能够把这个问题说清楚。能和毗诃波提相比的善言之人，至今还没有见到过。(5)

护民子说：

就在普利塔之子（坚战）和恒河之子（毗湿摩）这样谈着的时候，灵魂纯洁的尊者毗诃波提来到他们的面前。(6) 众人以持国为首全体站立起来，对他施以最高的礼节。(7) 国王坚战趋前问候如仪。然后，这位礼貌周全的正法之子，向可敬的毗诃波提提出了自己的问题。(8)

坚战说：

世尊啊，你遍读一切经典，通晓全部正法。请告诉我，对于一个凡人来说，谁是他始终不渝的伴随者呢，是他的父亲？母亲？儿子？还是师父？(9) 人死去了，便抛掉他的肉体，犹如抛掉一段朽木或一块土坷垃，离开此世，前往其他世界。那么，此时随他而去的是什么呢？(10)

毗诃波提说：

众王之主啊，世上众生，无不孤身而生，孤身而死，孤身克服困难，孤身面对不幸。(11) 凡此际遇，无论父亲、母亲、兄弟、儿子、师父,还是族人、亲戚、朋友,都不会陪伴在侧。(12)人死去了,大家便抛掉他的肉体,犹如抛掉一段朽木或一块土坷垃,然后稍加停留,也就纷纷离去。此后跟随这被遗弃的肉体的,就只有正法了。(13)可见,对人来说,始终不渝的伴随者惟有正法。只有正法才是所有人应该服从的东西。谁服膺正法,他就能去往无上天国。谁背离正法,他就会堕入地狱。(14)因此,有学问的人总是以自己的正当收入去实践正法。正法是人在另一世界的惟一伴侣。(15)可是,人往往出于贪欲,出于糊涂,出于感情,出于畏惧,或者出于知识不足,乃至为了他人而做出不当的事。这时他就是被贪欲之类的东西蒙蔽了。(16)法、利、欲是人在生活中孜孜以求满足的三个方面。为了达到目的,他就要努力避免不合正法的行为。(17)

坚战说:

你的话既符合正法,又对人有益,我一直在洗耳恭听。现在我想弄明白的是人这肉体在来世的情况。(18)死亡而被遗弃的肉体已变得细微而不可辨识。既然无法看到,何以正法还能跟随它呢?(19)

毗诃波提说:

地、风、空、水,以及第五种——光,加上心智和灵魂,始终注意着有识众生那些合于正法和不合正法的行为。(20)它们是众生行为的见证者。众生死后,正法就同它们一起跟随他们的生命而去。(21)大智者啊,这时皮、骨、肉、精液和血都已离开这已被生命抛弃的肉体。(22)那种一直谨守正法的生命将会享受幸福。有关此生和来世的情况,还要我为你说些什么吗?(23)

坚战说:

正法跟随生命而去的问题你已经说清楚了。现在我想知道精液是怎样产生的。(24)

毗诃波提说:

众人之王啊,住在肉体内的诸神,即地、风、空、水、光和心智,吃了食物;(25)这五种元素加上第六种——心智获得满足之后,灵魂纯洁的人啊,精液就产生出来了。(26)然后便是夫妻结合,胚胎诞生。普利塔之子啊,这就是对你问题的回答。你还有什么别的想听我说吗?(27)

坚战说：

胚胎的诞生你已经说明。那么，人究竟是怎样生出来的，这件事能不能请你再讲明白一些呢？（28）

毗诃波提说：

胚胎一旦形成，就为前面说到的各种元素所掌握；等到日后复为诸元素所抛弃时，它就会投往另一归宿。① 这样，一朝胚胎同各元素彼此结合，新的生命即告诞生。（29）寄居于五种元素的诸神，负责观察人的行为，无论它是好还是坏。你还有什么别的想听我说吗？（30）

坚战说：

丢弃了皮、骨和肉之后，生命便一无所有。那么他到什么地方去吃苦受罪，或者享受幸福呢？（31）

毗诃波提说：

实际上，婆罗多后裔啊，生命是带着正法迅速进入精液的，然后接近已经行经的女子，抓住时机，使之受孕。（32）出生以后，生命受苦和死亡之类的大事，全取决于阎摩王的使者。陷入轮回，受苦受难，是不可避免的。（33）大地之主啊，在这个世界上，生命从出生的那一刻起，便以正法为标准，依照自己过去所做的业，享受果报。（34）如果生命从一降生起就竭尽全力履行正法，他就会在来世生而为人，并且长享幸福。（35）如果某个生命始终履行正法，而间有背离，那么他在来世就会先享福而后受苦。（36）如果尽做违犯正法的事，那么他就会去往阎摩掌管的地方，在那里大受其苦。他在来世也只能进入畜生的子宫。（37）生命常会陷于迷惑之中，由于做业不同而在来世进入不同的子宫。这方面的情形，请听我告诉你。（38）法论、历史传说及其他圣诗中都说，世上寿数有限的生命是一概注定要到那阎摩掌管的可怕地方去的。（39）一个学习过四吠陀的再生者，由于糊涂而从堕落的人手里接受了施舍，就会在死后堕入驴子的子宫。（40）婆罗多后裔啊，他将作为驴子生活十五年。驴子死后，他

---

① 这里投往另一归宿的是胚胎经过成长以后的生命。投往另一归宿指死亡。

将生为公牛,生活七年。(41)公牛死后,他将生为梵罗刹。① 以梵罗刹的形态生活三个月之后,他将复生为婆罗门。(42)一个婆罗门如果为堕落的人举行祭祀,将会在来世堕入蠕虫的子宫。婆罗多后裔啊,他将以此形态生活十五年。(43)从蠕虫的形态脱身以后,他还会生成一头驴子。驴子他要做五年。此后的五年内,他是公猪。公猪之后他还要做狗一年。一年的狗生活结束以后,他将复生为人。(44)一个丧失理智的学生如果对他的老师犯下了罪过,可以肯定,他的生命必得在他死后再经三道轮回。(45)王中之王啊,他将首先做狗,然后是食肉动物和驴子。脱弃了驴子的形态之后,他还将在艰难困苦中辗转一段时间,最后复生为婆罗门。(46)一个学生如果在意识中对师父的妻子动了淫念,他就成了有罪的人。他将由于自己内心违背正法的罪过而经受若干轮回。(47)首先他将生而为狗,为期三年。狗的生涯结束以后,他再生为蠕虫。(48)他将以蠕虫之身生活一年。蠕虫生活完结,他才可以复生为婆罗门。(49)一个师父,如果无缘无故杀死了自己原本像儿子一般的学生,那么他这种逞性妄为的做法将使他在死后生为天鹅。(50)

谁如果生为人子却瞧不起自己的父亲或母亲,那么,国王啊,他在死后将变成驴子。(51)作为驴子生活十个月后,他会再生为狗,活上十四个月。接着他还要以猫为身,生活七个月。这以后他始得复获人身。(52)一个人如果对自己的母亲和父亲大喊大叫,那么他必将于来世生为鹈鸟;倘若居然动手,那么,国王啊,他将生为乌龟。(53)做乌龟十年之后,他还要做三年豪猪。此后他将生而为蛇,为期六个月。这样,做蛇期满以后,他便可复生为人。(54)如果一个人一面吃着主人的饭,一面却做出伤害他的事,那么这糊涂透顶的人就会在死后变成猴子。(55)作为猴子,他要活十年。接着他还要做三年老鼠,六个月狗。然后他复得为人。(56)谁把别人寄存的东西随便侵吞了,他就将去往阎摩掌管的地界。他要经历一百次轮回,最后生为蠕虫。(57)婆罗多后裔啊,他要作为蠕虫生活十五年。就这样,在将自己的劣迹逐步削减至尽以后,他才复得转变成人。(58)

---

① 梵罗刹是罗刹的一种,不过地位较高,属于再生等级,就像人间的种姓级别中有再生者一样。《罗摩衍那》故事中的罗波那就是一个梵罗刹。

一个人如果对他人常怀恶意，死后就会生为夏楞迦鸟。一个人如果居心不良，背信弃义，那么死后就会转生为鱼。（59）婆罗多后裔啊，在作为鱼生活八年以后，他还须生而为鹿。为鹿的时期是四个月。往后生为公羊。（60）过了一年之后，公羊死去，他再生为昆虫。等到昆虫死去，他方可复生为人。（61）偷窃人家稻子、谷物、芝麻、豆子、鸠罗陀、芥子、鹰嘴豆、鸠罗耶、① 菜豆、小麦、阿陀丝②或者其他谷类植物的，（62）国王啊，尽是愚昧无知，厚颜无耻的人。这种人会在死后生为老鼠。（63）大王啊，老鼠死后，他会再生为公猪。不过，生为公猪之后，他会因为疾病而立即死亡。（64）接着，这愚蠢的人便会因为他恶劣的行径生而为狗。大地之主啊，作为狗，他将生活五年。然后，他才得以复生为人。（65）一个人如果做了触碰他人妻室的事，就会在死后生而为狼；尔后相继生为狗、豺狼、秃鸠、蛇、苍鹭和天鹅。（66）一个人如果头脑发昏，居心不良，竟至对自己兄弟的妻子有所不轨，国王啊，他就会在死后生为雄杜鹃，以此形态生活一年。（67）一个人倘若情欲发作，不可收拾，从而同朋友的妻子、师父的妻子，乃至国王的后妃通奸，那么他就会在死后生为公猪。（68）他先以公猪之身生活五年，豪猪之身生活五年，以后再作为蚂蚁生活六个月，作为其他昆虫生活一个月。经历过如此数道轮回之后，他还要再生为蠕虫。（69）作为蠕虫，他将生活十三个月。这样把自己违背正法的罪愆逐步削减至尽，他才又复生为人。（70）

当婚礼将要举办之际，或施舍将要开始，祭祀将要举行之时，如果有人无端生事作梗，那么这个人就会在来世生为蠕虫。（71）婆罗多后裔啊，他要以蠕虫的形态生活十五年。待把自己违背止法的罪愆逐步削减至尽，他才可复生为人。（72）一个人如果已将女儿字人，而后又想把她另嫁别家，那么，国王啊，他在死后将会生作蠕虫。（73）坚战啊，他要以蠕虫之身生活十三年。待把自己违背正法的罪愆削减至尽后，他就再将获得人身。（74）有的人为祭神或者祭祖的仪式做了准备，但在尚未行祭以前吃了祭品，那么他就会在来世生

---

① 鸠罗陀和鸠罗耶都是不同种类的豆子。
② 阿陀丝亦为一种谷物。

为乌鸦。(75)作为乌鸦生活十年之后,他复生为公鸡。再以罗婆迦[①]之身生活一个月,然后还至人身。(76)长兄地位如父。谁瞧不起自己的长兄,他就会在死后生为麻鹬。(77)作为麻鹬,他要生活三十二个月。麻鹬命尽之后,他便复生为人。(78)一个首陀罗如与婆罗门女有染,他就会在来世生作蠕虫;如果他同婆罗门女生了儿子,那么他就会在来世生为老鼠。(79)这邪恶之人死后,国王啊,一定要到阎摩王那里去,在那里愤怒的差役将使他大受其苦。(80)他们用三刃枪、铁榔头、尖钉和火罐扎他,捶他,烤他,还把他赶到锋利的剑林、滚烫的沙地和尖锐的刺丛中去。(81)堕入阎摩王领地的人还会受到别的种种刑罚。婆罗多后裔啊,它们酷烈无比,常把人折磨得死去活来。(82)在经受了这些惩罚之后,他将再入轮回,继续流转。他首先生为蠕虫,以蠕虫之身生活十五年;然后进入子宫,却在出生前胎死腹中。(83)他要上百次出入子宫,反复经历轮回之苦,然后生为牲畜。(84)作为牲畜死去以后,他还要受苦多年,其后才得投入最终一胎,生为乌龟。(85)一个邪恶的人,或是为了夺取财产,或不过是心怀敌意,便拿着武器杀死手无寸铁的人,那么,他死后将变成一头驴子。(86)驴子活了两年以后,将同样被武器所杀。此后,他便生而为鹿,并且终生为惊恐不安的情绪所困扰。(87)一年以后这头鹿亦为武器所杀。遭杀的鹿复生为鱼。鱼活了四个月,又被鱼网所捕杀。(88)接着,他变成一头食肉动物。作为食肉动物生活十年之后,他还要作为豹子生活五年。(89)在时间的推动下经历了这些变化以后,他违背正法的罪责已经消耗净尽。于是他便复生为人。(90)如果一个人智力不全,杀死了一个女子,那么他死后就会到阎摩那里去,经受种种苦难,然后轮回转生,达二十次。(91)接下去,大王啊,他会生为蠕虫,并以此形态活二十年。蠕虫死后,他将复生为人。(92)

　　一个人偷了人家的食物,就会在来世生为蜜蜂。他将在蜂群中生活许多年月,待罪孽耗尽以后,复返人形。(93)谁偷了别人的乐器,会在死后生为蚊子。谁偷了人家麻油做的饼子,会在死后生为棕红色

---

① 不知是什么生物。可能是蛇。

毛的讨厌老鼠。（94）谁偷了别人的盐，就会在来世生为蟋蟀。谁偷了别人的酸奶，就会在来世生为苍鹭，浮游在光溜溜的鱼群中间。（95）谁偷喝了别人的牛奶，就会在来世生成为鹤。谁偷吃了别人的麻油，就会在来世生为甲虫。谁昏头昏脑，偷了别人的蜂蜜，就会在来世生为牛虻。（96）谁头脑不清，偷了别人的铁器，就会在来世生为乌鸦。谁偷了别人的牛奶粥，就会在来世生为鹧鸪。（97）谁偷了别人的面饼，就会在来世生为猫头鹰。谁偷了别人的果实、块根或者饼子，就会在来世生为蚂蚁。（98）谁愚钝不堪，偷了别人的铜器，就会在来世生为诃里陀①。谁偷了别人的银器，就会在来世生为鸽子。（99）谁偷了别人的金器，就会在来世生为蠕虫。谁偷了别人的棉布，就会在来世生为麻鹬；麻鹬死后，复生为人。（100）谁偷了别人的布料或毛料，或者擅自拿走别人的亚麻衣服，就会在死后生为兔子。（101）一个人如果偷了别人有多种颜色的东西，就会在死后生为孔雀。谁偷了别人红色的衣料，就会在死后生为石鸡。（102）国王啊，谁为贪欲所左右，偷了别人的油膏或香料等物，就会在来世生为鼹鼠。（103）一个人擅自挪用了别人出于信赖寄存在他那里的财物，他在死后就会生为一条鱼。（104）生而为鱼并且死去以后，他就再次生成为人。不过，尽管生成了人，他也会短命夭折。（105）婆罗多后裔啊，一个人犯下种种罪愆，就必然在来世生为牲畜。这种人完全不懂正法为他规定的行为规范。（106）很多人犯了过失，又力图通过虔诚守戒加以补赎。这样的人未来会兼有福祸，同时也难免疾病的折磨。（107）那些做事常有犯罪倾向，思想糊涂而又容易为贪欲所左右的人，注定要生为弥戾车蛮子，人们避之惟恐不及。（108）那些毕生远离罪恶的人，必将身体健康，美貌常驻，财源茂盛。（109）依照同样的原则，女子如果陷入过失，也会生为如前所说各类生物的妻子。（110）关于侵吞他人财物的罪过，我已在前面讲过。无瑕者啊，我所讲的较为简略。至于有关其他问题的谈话，请听我的进一步阐述。（111）大王啊，前面的话，我是亲耳听梵天说的。我提出问题的时候，众神仙也在场。（112）现在，我已经如实解答了你的所有问

---

① 诃里陀为一种鸽子。

题。大王啊,既然你已听到,就让你的心永远专注于正法吧。(113)

以上是吉祥的《摩诃婆罗多》中《教诫篇》第一百一十二章(112)。

一一三

坚战说:

婆罗门啊,无瑕者,违犯正法者来世的归宿,你已经给我讲过了。现在我想知道恪守正法者将来的归宿是什么。能言善辩的人啊,一个人如果做了恶事,他应该怎么办才能在死后获得好的归趣呢?(1)

毗诃波提说:

一个人倘若为违背正法的思想所左右,就不免因为动邪念而做坏事。这样的人是要入地狱的。(2)不过,如果谁一时糊涂,做出非法的事,却能事后追悔,沉思反省,也不一定必受有罪的报应。(3)人能在多大程度上追悔所犯的罪过,就会在多大程度上获得解脱,就像蟒蛇蜕掉身上的旧皮一样。(4)只要集中精神,沉思反省,即使不施舍什么财物,他也能在来世获得好的归宿。(5)坚战啊,我现在就要告诉你,人进行了怎样的施舍,便算是做了功德,即使他以前曾经犯有罪过。(6)在所有可以施舍的财物中,食物被认为是最重要的。谁渴望获得功德,他就应该首先诚心诚意地施舍食物。(7)食物是人类生机之所系。任何生物没有食物都不能生存。所有世界都是建立在食物之上的。因此食物总是受到赞美。(8)神明、仙人、祖先和整个人类一致强调食物的重要。昔日,拘湿迦就是因为施舍食物而进了天堂。(9)人应该心怀喜悦将食物施与婆罗门。食物须是上好的,用合法手段得来的,因而是适于馈赠的;而婆罗门也须是一心致力于吠陀经典学习的。(10)谁满怀欣喜施舍食物,使上千的婆罗门得以享受它们,这个人就不会在来世生为牲畜。(11)人中之虎啊,即使曾经作恶多端,但是只要能将食物施与人数上万的婆罗门,一个人仍旧可以从违法之罪中解脱出来。(12)一个精通吠陀圣典的婆罗门如果能将自己通过乞讨得来的食物送给别的勤于学习的婆罗门,那么他不待离世就会获得幸福的生活。(13)一个刹帝利如果从不伤害婆罗门,并能依法保护他们,将自己凭勇力得来的食物施与他们,(14)专心致志,以法为魂,虔心侍奉饱读吠陀的婆罗门,般度之子啊,他就能够消除曾经做过的恶业。(15)一个吠舍如果能将自己田中收获谷物的六分之一赠与婆罗门,他就能够从过去的诸多罪恶中解脱出来。(16)一个首陀罗如果能将自己靠艰苦劳作,乃至冒生命之险得来的食物赠与婆罗门,他就能从罪恶中解脱出来。(17)一个人无害众生,在凭自己的力气获得食物后,又将它施与婆罗门,那么他就不会在生活中陷入困境。(18)一个人如能戒除贪欲,以正当手段获得食物,并将它施与精通吠陀圣典的婆罗门,他就能把自己从罪恶中解脱出来。(19)在这个世界上,谁把可以增加力气的食物施与他人,他自己也会变得孔武有力。谁总是选择善路行走,他必能将自己的罪愆清除干净。(20)那由施舍者修建的道路,总会有充满智慧的人在上面行走。施舍食物的人常被看作是施舍生命的人。这种施舍所带来的功德将永存不灭。(21)人应该在任何情况下都靠正当手段获取食物,并经常把得到的食物施与值得施与的人。食物是世上众生不可或缺之物。(22)经常施舍食物的人不会陷入危险的困境。所以,人应当知道施舍食物的必要,只是注意不要用不正当的手段去获取它。(23)作为家主,要守规矩,一定待婆罗门用餐以后,自己再吃。任何人都应注意通过施舍食物,使自己每天的日子都不虚度。(24)谁向上千的婆罗门施舍食物,而这些婆罗门又是通晓吠陀圣典,熟悉社会生活轨范,或注意遵守正法,对古代传说了如指掌的人,(25)那么这个施舍者就会因此而免入可怕的地狱,不再进入轮回。他生时的全部愿望,都会在死后得以实现。(26)他将会处境安逸,远离焦虑,种种乐事,尽情享受。他还会美貌常驻,名声远播,财源充足,永无罄尽。(27)施舍食物的丰富果报,我已经全部讲述完毕。婆罗多后裔啊,与人食物是诸法之根,同时也是施舍之根。(28)

以上是吉祥的《摩诃婆罗多》中《教诫篇》第一百一十三章(113)。

一一四

坚战说：

从不伤害众生，谨依吠陀行事，注重静思，调伏诸根，修炼苦行，敬事师父，对于一个人来说，哪一种是最紧要的？（1）

毗诃波提说：

婆罗多族雄牛啊，这六样都是通向正法的门户。我可以将它们逐一说明，请你细听我讲。（2）哎，我要告诉你，对人来说，什么是最高的善。依我看，谁做到了遵行正法，不伤众生，他就实现了最高的善。（3）谁经常注意抑制自己对于众生易犯的三种过失，戒除贪欲和愤怒，[①] 他就有幸获得人生的成功。（4）为了个人一己的利益而用棍棒之类杀死无害的动物，这样的人死后是不可能获得幸福的。（5）谁把众生看得同自己一般无二，并无区别，因而抑制愤怒，抛弃棍棒，他就可以在来世获得幸福。（6）那种在他的自我和一切众生的自我之间不加区别的人，在自己的身后是不留足迹的。这样，连追寻足迹的神明也会因为无迹可求而被他弄得糊涂起来。[②]（7）凡是己所不欲的事，一定不要施与他人。一言以蔽之，这就是正法的原则。相反，屈服于欲念的摆布，所做必违正法。（8）施舍还是拒绝施舍，幸福还是痛苦，愉快还是烦恼，任何一事当前，都要设身处地，认真考虑。（9）一个人用何种方式对待别人，那种方式必会反过来用于对他自己。人间的事莫不如此。关于正法，我要说的也就是这些了。（10）

护民子说：

那位智慧不凡的众神之师对法王坚战说过如上一番话后，便从众人面前消失，回到天上去了。（11）

以上是吉祥的《摩诃婆罗多》中《教诫篇》第一百一十四章(114)。

[①] 三种过失指贪、嗔、痴。但本句后来只提到贪欲和愤怒，有所省略。
[②] 所谓"不留足迹"是指这样的人已获解脱，与梵合一。既已脱离轮回，故无迹可寻。

一一五

护民子说:

面对卧于箭床的祖父,那善言者中的善言者,精气充沛的国王坚战又复问道:(1)"智慧不凡的人啊,无论是仙人、婆罗门还是天神,都以吠陀权威的教导为出发点,称赞以不杀生为特征的正法原则。(2)大地之主啊,人可能通过自己的行为、思想或语言而犯杀生的过失。那么,他应该怎样做,才能避免临头的悲惨结局呢?"(3)

毗湿摩说:

杀敌者啊,善讲梵理的人们都曾指出,不杀生的美德有四种表现。所行有悖于其中的哪一种,都不能说是有这样的美德。(4)任何四足动物都无法只用三足站立起来。同样,伟大的保护者啊,只拿出三种表现,就不能说是具备了不杀生的美德。(5)任何动物的足印,都只能落在大象的足印之中。任何多足动物,都在大象的包容之下。同样,依正法来说,世界上的任何其他理论都包容在不杀生的原则之内。(6)人会由于行为、语言或思想上出问题而使自己遭到玷污。(7)无论谁,一旦在思想上放弃了不杀生的原则,接着也会在语言上和行为上放弃它。善讲梵理的人就曾指出过三种犯过的方式。(8)罪行总是滋生在思想和语言中,滋生在美味享受之中。所以,有智慧,有苦行之功的人,都拒绝食肉。(9)国王啊,我将会告诉你,食肉的罪恶都有什么。实际上,动物的肉就像是人自己儿子的肉一样。那种食肉的人愚蠢到了完全无法意识到这一点。(10)儿子是母亲和父亲结合的结果。同样,舌头接近了美食,味道也便由此而产生。古代的论著里面说过,人的偏好总是自味道而来。(11)加了盐还是没有加盐,外观上做了修饰还是没做修饰,肉无论做成什么样子,都能给人以感觉。久而久之,人的心智就被它抓住了。① (12)那么,怎么样才能使那些精神麻木,乐于食肉的人转而为鼓、螺、丝弦之类发出的动听音乐所

---

① 第11和12两颂的意义不太明确,总的意思是人一旦开始吃肉,就很难改变习惯而会继续不断地吃下去。

吸引呢？（13）他们沉迷于肉香，对肉食之美大加赞赏，说它不可想象，不可形容，不可预期。然而，尽管他们希望好的果报，赞美肉食本身给人带来的却恰恰是恶行之果。（14）多少德行高尚的人曾经放弃性命，仅仅是为了牺牲自身之肉，以保护其他生命之肉。结果他们都去了天国。（15）大王啊，以上所说，就是跟不杀生原则有关的四种表现。① 我是将法和利的不同方面糅在一起来谈的。（16）

以上是吉祥的《摩诃婆罗多》中《教诫篇》第一百一十五章（115）。

一一六

坚战说：

不杀生是最高的正法，这话你已经说过很多次。然而，可敬的人啊，我曾听说，在祖祭上，那些希望获得幸福的人却会用各种各样的肉食供奉祖先。（1）以前，你在谈到祖祭的规矩时，也曾这样说过。问题是，不杀生，又怎么能取得肉食呢？这不是互相矛盾吗？（2）因此，我对于避免食肉的法规产生了怀疑。那么，食肉的罪责是什么？不食肉的功德又在哪里？（3）自己杀生自己吃，别人杀生自己吃，自己杀生别人吃，买来肉食自己吃，这些不同的做法各有什么罪责或功德呢？（4）无瑕者啊，这样的问题希望你能给我仔细讲讲，好使我毫无顾忌地履行那永恒的正法。（5）怎样才能获得长寿呢？怎样才能成为精力充沛的人呢？怎样才能让四肢永远保持完好呢？怎样才能使自己具备诸大人相呢，请告诉我？（6）

毗湿摩说：

食肉违背正法的道理何在，国王啊，俱卢族雄牛，请听我告诉你有关的最高法则。（7）容貌出众，肢体完美，长生不老，心智健全，精力充沛，膂力强大，博闻强识，所有这些都是有教化的人希望得到的，而它们又统统与戒绝杀生密切相关。（8）俱卢族雄牛啊，众仙人已经多次谈到过这类问题。坚战啊，请听我告诉你他们的看法是什

---

① 四种表现即表现在思想上，语言上，行为上和取食上的不杀生原则。

么。(9)谁拒食蜂蜜和肉,坚战啊,他所获得的功德,和那种坚守戒条,每月举行马祭的人能得的功德,完全相同。(10)国王啊,智慧不凡的七大仙人、众位矮仙和众饮光仙人一致称赞谢绝肉食的做法。(11)自在之神摩奴曾经说过,那种不吃肉,不杀生,也不怂恿他人杀生的人,就是众生的朋友。(12)所有的贤者都认为,一个永远拒绝肉食的人,是没有谁可以战胜他的。世上的一切人也无不对他表示信任。(13)那罗陀是灵魂中充满正法精神的仙人。他说过,可以肯定,那种总是希望用他种生物之肉来增益自己之肉的人,是注定要遭遇不幸的。(14)毗诃波提也曾说过,戒绝食蜜食肉的人,能够获得与施舍、祭祀、苦行等相同的功德。(15)依我之见,谁不吃肉食,他所得的功德,与在百年之内月月举行马祭的人所得的功德相比,无分轩轾。(16)那些不吃蜂蜜也不吃肉的人,可以等同于常行大苏摩祭以敬神明的人,或常向周围施舍财物的人,或常修艰难苦行的人。(17)婆罗多后裔啊,一个人如果原来吃肉,后来彻底改过了,那么他的功德连满腹吠陀的人,或者遍行各种祭祀的人也不能比。(18)对于一个已经知道肉食之美的人来说,抛弃食肉习惯是十分困难的。让他发誓戒肉,使一切众生免于畏惧之苦,更是极其困难。(19)一个学养深厚的人如果将无畏作为礼物施与众生,在这个世界上,毫无疑问,他就是生命的施予者。(20)智慧不凡的人都称道不杀生的原则,说它是最高之法。每个人都热爱自己的生命。其他众生,亦不例外。(21)那些识见高超的伟大人物总是以希望中的别人待己之道,对待众生。即使是知识丰富的人,也会一心追求福祉,而对死亡,则心存畏惧。(22)然而,偏偏有那么一些罪恶之徒离不开肉食,致使健康活泼,热爱生命的动物无辜毙命于暴力之下。(23)所以,大王啊,你应知道,避不食肉是正法精神的最高所在,也是幸福和天国的最高所在。(24)

不杀生是至高之法。不杀生是无上苦行。不杀生是终极真理。一切行为准则无不源自于它。(25)动物的肉不同于草、木、石。总是先杀生命,而后有肉。因此,若论罪过,全在食肉习惯。(26)众神以"娑婆诃"[①]、供品和甘露为食。他们热爱真理,崇尚正直。而那些

[①] "娑婆诃"为祭献供品时念诵的吉祥语。

肉食之徒，实在同罗刹无异。他们狡诈阴险，虚假无信。（27）国王啊，凡是拒绝肉食的人，从来不会有惧怕侵扰其心，无论他身处阴森的林莽，还是陷入无底的深渊，无论在白昼，还是在黑夜，无论在清晨，还是在傍晚，无论在空阔的露天，还是在稠人广众之间。（28）如果没有吃肉的人，就没有杀生的人。杀生者残害动物，就是因为有人想要吃肉。（29）只要人们认为肉不可食，那么杀生就会停止。正因为有食肉者需要满足，鹿和其他动物遭到杀害才不可避免。（30）光彩照人者啊，杀生是要折寿的。凡是希望自己前途光明的人，必须放弃肉食。（31）凶恶的人杀害了动物的生命，他自己就再也休想在危难时找到保护者。他们应当受到威吓警告，就像动物中的猛兽需要加以威吓一样。（32）杀生者沉迷于违反正法的行为，不是由于贪欲，由于智力障碍，由于武功勇力无处施展，就是由于同邪恶有罪的人过从太密。（33）那些希望用他种生物之肉来增益自己之肉的人，将会生活在恐惧之中，而在来世也会出生在凡俗之家。（34）善于调伏自身，地位至高无上的大仙人们说过，拒绝食肉的人当会成为巨富，并且名声远扬，长生不老，坐享天福，事事成功。（35）贡蒂之子啊，上面这些，是我昔日从摩根德耶那里听来的，当时这位仙人正好在谈论食肉的罪过。（36）不愿死于非命的动物，无论是自己死的，还是被人杀的，凡是吃了它的肉的人，都应被看作是杀生者。（37）买肉者利用自己的钱财杀生。食肉者通过自己的吃肉行为杀生。屠夫亲自动手或帮人绑缚从而杀生。这乃是杀生的三种形式。（38）一个人尽管自己不吃肉，却同意别人吃，那么他还是在思想上犯了过失。谁同意别人杀生，他也同样为杀生罪所玷污。（39）一个从不食肉并对众生深怀恻隐之心的人，是没有谁可以战胜他的。他还会长生不老，健康无病，安享幸福。（40）根据古代天启经典，摒弃食肉习惯，可以得到至高无上的功德。施舍黄金，施舍牛群，施舍土地等所能得到的功德加在一起，也不能同它相比。（41）不是依仪规用于祭神祭祖仪式的，而是靠无端杀生取得的肉不能吃。今生吃了这样的肉，来生必入地狱无疑。（42）那种曾经用于献祭，因而具有了圣洁意味的肉，或者明确说是送给婆罗门的肉，吃了仅犯小过。若非如此，则必遭玷污。（43）谁为了有人需要吃肉便去杀生，这种人陷于邪恶，罪责严重。一般说来，吃肉的人,没有杀生的人罪大。(44)有的人虽然是按照天启经典有关祭仪程序的指示而杀生的,但目的却在嘴馋而想吃肉,那么这种愚蠢的人死后同样要入地狱。(45)有的人原先吃肉,但是后来改而摒弃这种恶习,那么他就是积了大大功德。他的罪愆也随之化为乌有。(46)帮助取肉的人、同意吃肉的人、直接杀戮的人、买肉或者卖肉的人、烹调肉食的人以及自己吃肉的人,应该统统看作是杀生的人。(47)

现在,我准备谈谈另外一种古代权威性的观点。它是众位仙人依据吠陀圣典而确定的。(48)王中之虎啊,以前讲的那些话,都是以正法所规定的行为规范为基础的。它们应当由期求果报的人来遵守,所针对的,并不是那些以解脱为生活目标的人。(49)摩奴曾经说过,有的肉食,作为供品用在祭祀祖先的仪式上,由于依照吠陀经典的要求,一边准备一边念诵祷文,从而使之具有了神圣意味,所以应被视为是纯洁的。除此以外的那些靠无端杀生取得的肉,都是不该吃的。(50)婆罗多族雄牛啊,过去凡是吃了肉的人,都像罗刹一般,弄得臭名昭著,而天堂的门也便对他们紧紧关闭。(51)所以,谁希望自己免受种种灾祸的折磨,他就应该不吃任何动物的肉。(52)我听说,在古代的劫经①中,讲到过有人渴望在来世去往福惠之地,遂拿米面来做牲畜,以供祭祀之用。(53)过去,诸仙人曾经在吃肉的事情上存在疑惑,于是便把问题提到了车底国王婆薮面前。他们说:"肉不能吃吧?"但婆薮回答说:"肉能够吃。"(54)结果,这位国王从天上跌到了地上。以后他不断地一次又一次这样说。最后,他堕入了地下。(55)往昔,伟大的投山仙人为了世上众人的利益,曾经凭借苦行的力量,将林中的动物祭献给众神。(56)自那以后,对于祖先和神明的这类献祭就没有放弃。而祖先们接受依照规矩献上的肉,自然也十分高兴。(57)

王中之王啊,无瑕者,请听我说。人民之主啊,我还要告诉你拒绝食肉的所有益处。(58)据我看来,一个人放弃吃肉,他能获得的功德,同百年修习严酷苦行相比,不相上下。(59)人中之王啊,谁

---

① 劫经为吠陀六支之一,用格言体写成。它的下面又分有所闻经,讲祭司的方法;家范经,讲家庭祭和人生不同阶段所应举行的各种礼仪;法经,讲人的社会责任和义务;绳经,讲有关祭坛设置的规矩。

能够戒食任何肉类,特别是在憍牟陀月①的白半月这样做,他必能成就大功德。(60)谁能在每年雨季的四个月完全不吃肉食,他就能获得四大福善——令名、长寿、荣誉和力量。(61)谁能在一个月内谢绝任何肉食,他就能够躲过所有可能的灾祸,生活在健康和幸福之中。(62)谁整个月戒食肉类,或半个月戒食肉类,那么这种放弃杀生的表现,足以使他在来世进入梵天世界。(63)普利塔之子啊,过去,曾经有许多国王在整个憍牟陀月,或者在这个月的白半月不进肉食。他们对待众生犹如对待自己,并且对世上的一切存在物了如指掌;无论是有生命的,还是无生命的。(64)这些国王包括那跋伽、安波利沙、伟大的伽耶、长寿王、阿那罗尼耶、底梨波、罗怙、补卢、(65)作武、阿尼娄陀、友邻王、迅行王、尼伽王、毗首伽娑、兔丸王、优婆那娑、尸毗和优湿那罗王之子。(66)此外,王中之王啊,还有希依那吉陀罗、苏摩迦、狼氏王、奈婆多、兰迪提婆、婆薮、斯楞遮耶、(67)豆扇陀、迦卢沙、罗摩、阿罗迦、那罗、毗卢波湿婆、尼弥、智慧的遮那迦、(68)希罗、普利图、雄军王、甘蔗王、商部、湿威多、婆伽罗、(69)以及其他很多人。王中之王啊,他们在秋天的憍牟陀月不吃肉食,结果全部在来世去了天国。(70)在梵天世界里,他们容光焕发,生活在安逸幸福之中。美丽的天女成千上万,陪侍在前后左右。众健达缚也对他们百般称颂。(71)由于履行了以不杀生为特征的无上善法,这些伟大的人物便高高地居住在天穹之中。(72)那些谨守正法,自出生之日起就从来不吃蜂蜜、肉、酒的人,按照传统,全都称作圣者。他们在自己的族人中间,一定会取得众望所归的地位。(73)即使不幸袭来,他们也不难顺利逃避。即使陷入逆境,他们也不难及时摆脱。即使罹患疾病,他们也不难马上痊愈。即使有了痛苦,他们也不难迅速排解。(74)俱卢族俊杰啊,这样的人必会眉清目秀,智慧不凡,令名远播,且不会转生牲畜。(75)国王啊,我为你讲述了摒弃食肉的问题,也讲述了古代仙人关于行为正确与错误的教诲。(76)

以上是吉祥的《摩诃婆罗多》中《教诫篇》第一百一十六章(116)。

----

① 即前第109章29颂的迦罗提伽月。

一一七

坚战说：

这个世界上，有些人放着那么多种类不同的食品不吃，专好吃肉，乃至不可以须臾离，简直像个罗刹。（1）他们对于各式各样的糕饼，种类繁多的蔬菜，以及味道很好的糖果，远不像对于肉类那样喜欢。（2）这样的弃取态度，实在让我想不通。我想，所以如此，必定是别的东西的味道无论如何都赶不上肉类。（3）人中之虎啊，现在我想知道的是，不吃肉都有什么功德，而吃了肉又有什么罪过。（4）深通正法的人啊，请你按照正法的原则，从各方面将食肉与不食肉的问题彻底讲一讲。（5）

毗湿摩说：

巨臂啊，你所说的，一点不错。婆罗多后裔啊，在这个世界上，比肉还好吃的东西，真的是找不到。（6）对于那些受了伤的，身体弱的，疾病缠身的，纵情贪欢的，或者旅途劳顿，疲乏不堪的人来说，确实没有什么东西比肉更有用。（7）它能为人补充最好的营养，使人迅速增强体质。杀敌者啊，在这方面，没有任何食物可以和肉相比。（8）然而，俱卢族后裔啊，不吃肉食对于人来说，却也是大有功德的事。这方面，请你细听我讲。（9）一心希望用他种生物之肉来增益自己之肉，这样的人，就卑鄙和残忍来说，已是无与伦比了。（10）在这个世界上，没有什么东西比生命更珍贵。因此，人必须像对待自己的生命一样，以怜悯之心对待其他个体的生命。（11）亲爱的人啊，血肉源于精液。所以，杀生食肉，其罪莫大，毫无疑义。（12）懂得吠陀圣典的人都知道，正法是以不杀生为特征的。有人性者都应做到拒不杀生。（13）不过，这样的说法还是有的，即在祭祖和祭神仪式上所用的供品肉，是按照吠陀经典的规定，经过了净化的。因此，食用这样的肉，没有罪过。（14）天启经典曾经说过：行祭之时，当献牺牲。除了祭祀以外，其他的食肉方式都被看作是罗刹式的。（15）现在我要来说在食肉方面对于刹帝利有何规定。一个人如果吃的是自己凭勇力得来的肉，那么他就没有罪过。（16）森林中的全部鹿群都被古代的投山仙人献给了众神。它们是净化过的。所以，国王啊，狩猎是受到尊重的活动。（17）何况，狩猎不可能不冒生命危险。人民之主啊，狩猎者和被猎者处境相当，双方都可能死于非命。（18）婆罗多后裔啊，即使是王仙，也都经常出猎。他们不会因此而犯过，也不会因此而堕落。（19）

俱卢族后裔啊，无论是在当今，还是在未来世界，在怜悯众生这一点上，并无看法上的区别。（20）具有怜悯心的人无所畏惧。具有怜悯心的人和具有苦行功的人，都是同时拥有这个世界和未来世界的人。（21）那种施与一切众生无畏的人，就是具有怜悯之心的人。依我看来，世上众生也同样会让他无畏的。（22）一旦他自己受伤，跌到，疲惫不堪或遭到打击，一切众生也会前来搭救，不管他是在平坦易行之地，还是在崎岖难到之处。（23）无论是蛇蟒、猛兽，还是罗刹、毕舍遮，都不能加害于他。他既曾帮助其他生灵出离困境，那么当自己厄运袭来时，他也必能顺利摆脱。（24）可以肯定地说，没有什么施舍比施与生命更崇高，也没有什么他物比自己的生命更可贵。（25）婆罗多后裔啊，死亡对所有众生来说，都是灾难。当死亡的时刻来到时，没有一个生灵不战栗觳觫。（26）轮回之海中，到处是生、老及种种其他的苦难。所有众生都在这海洋中随波流转，躲避着死亡的袭击。（27）还在子宫里的时候，他们就煎熬在黏液和屎尿之中，各种味道搅在一起，有咸的，酸的，还有苦涩的，刺激强烈，不堪忍受。（28）他们孤立无助，一次又一次被压碎撕裂。吃肉的人就是这样在子宫里备受众苦，无人救援。（29）他们反复地出生，反复地跌入恭毗跋迦地狱①，遭受煎熬。就是在这样的路上，他们死而复生，去而复来，蹒跚前行，无时或止。（30）然而，任何生物，既经落生人世，又无不珍爱自己的生命。于是，那些生性纯洁，善于自制的人，便会对一切生灵怀抱恻隐之心。（31）国王啊，那种自降生之日起就不沾任何肉腥的人，一定能进入天国，广享福地。（32）众生自爱其命，而有人却常食其肉。这样的人，依我看，必定无疑将反过

---

① 意为罐烹地狱。据说恶人在这种地狱中要放在陶罐里烹煮。

来也被众生所食。(33)"既然他吃了我,我要同样吃他!"婆罗多后裔啊,你可明白,这就是肉中所存的肉道。① (34) 杀生者总是不免被杀。绑缚者总是不免遭绑。骂人者总是不免挨骂。恨人者总是不免招恨。(35)谁用他的身体做了什么样的事情,他自己的身体必得什么样的果报。(36)不杀生是最高的正法。不杀生是最强的自制。不杀生是最慷慨的施舍。不杀生是最严厉的苦行。(37)不杀生是最虔诚的祭祀。不杀生是最强大的力量。不杀生是最亲密的朋友。不杀生是最难得的幸福。不杀生是最根本的真理。不杀生是最神圣的天启。(38)所有祭祀上散发的财物,所有圣地中进行的沐浴,所有圣典里规定的施舍——所有这些加在一起,其功德之厚,都不能同不杀生带来的功德相比较。(39)不杀生是永无消歇的苦行。不杀生是永不停顿的祭祀。不杀生是一切众生的母亲和父亲。(40)俱卢族雄牛啊,不杀生的果报还有很多,即使说上百年,也难以穷尽。(41)

以上是吉祥的《摩诃婆罗多》中《教诫篇》第一百一十七章(117)。

一一八

坚战说:

在大祭②上,战士们成批牺牲。他们有的愿意赴死,有的却不愿意。那么他们死后都到哪里去了?祖父啊,请告诉我。(1)在沙场上捐躯对于人来说是痛苦的。知法者啊,我知道,人是极难做到捐弃生命的,(2)无论他是富贵发达,还是贫穷困苦,是貌美动人,还是丑陋不堪。请你告诉我这是什么原因。在我看来,你是无事不晓的。(3)

毗湿摩说:

大地之主啊,人是具有生命的,无论其富贵发达,贫穷困苦,或

---

① 在梵语中,"既然他吃了我,我要同样吃他!"一句中的头两个字可拼合而成"肉"字。作者认为这句话概括了肉这一概念的精义,或说肉这个字中已经先天地包含了食肉有罪的伦理精神。他企图用"既然他吃了我,我要同样吃他!"这句话解释"肉"字的语源,故说它是"肉中所存的肉道"。

② 指战场。

貌美动人，丑陋不堪，都同样是呱呱坠地，而入无尽轮回的。（4）他们各有自己不同的生活方式。你关心的问题，我就要告诉你，请注意听。坚战啊，你的问题确实提得很好。（5）国王啊，让我先来给你讲一件过去发生的事。坚战啊，那是古时候岛生（毗耶娑）和一条蠕虫的一番对话。（6）有一次，同梵天一般无二的婆罗门黑岛生（即岛生）走在游方路上，看到一条蠕虫正从车辆行走的马路中间很快爬开。（7）岛生原本是懂得鸟兽之语的，兼通一切众生的在轮回中的种种归宿。见此情况，这位万事皆通的婆罗门便向蠕虫问道：（8）"蠕虫啊，你看上去是受了惊吓，急忙离开。告诉我，你要到哪里去？你为什么这样惊恐不安？"（9）

蠕虫说：

路上车辆的声音太大，我听见了，很害怕。大智者啊，那边传来的隆隆声实在刺耳。车声已经近了。我想："千万别让它轧死我！"所以逃跑。（10）车子就要到跟前了，我已经听见那些年轻的公牛在车夫的皮鞭下喘息的声音。它们拉的货物太沉重了。我还听到了那驾车人发出的各种声音。（11）像我这样生下来就是蠕虫的东西是受不了这可怕声响的。那巨大刺耳的声音让我害怕，所以我要跑开。（12）对于众生来说，死亡是痛苦的。生命又是那样得来不易。我心惊胆战，不跑不行。我不愿意离开幸福，而进入痛苦。（13）

毗湿摩说：

听到他这么说，岛生又问他道："虫子啊，你果真感到幸福吗？你属于匍匐行走之类。我想，死亡对你来说才是幸福呢。（14）声、触、味、香以及诸如此类的种种享受，你都茫无所感。虫子啊，你莫不是死了更好？"（15）

蠕虫说：

任何生命都是随遇而安的。所以，我虽然生为蠕虫，还是感到幸福。我想，大智者啊，就是为了这个，我渴望继续生存下去。（16）在这个世界上，能够满足我肉体享受的一切，无不具备。人类和爬行动物原本是需求各异，各有特点的。（17）在过去世，我原是人，是一个腰缠万贯的首陀罗。但是，我心怀邪恶，冒渎神圣，爱财如命，以放高利贷为生。（18）我的语言粗恶，还把欺骗当成智慧。世上的任何东西我都要抢夺。我经常利用与他人订立契约的机会钻空子谋利。偷取别人财物成了我的乐事。(19) 无论是仆从还是上门的客人,我经常拿馊了的食物给他们吃。这都同我自私自利,不知餍足,贪求美味,存心不良有关。(20) 由于贪吝钱财,我从不以虔敬之心向神明和祖先行祭献食,尽管敬神祭祖的责任本已明载于典章。(21) 凡是出于惧怕侵害而前来投奔,求一隅之地以为荫庇的人,我往往因为说不清的害怕而将他们逐出不顾。对于那些乞求我为他排除忧惧的人,我也从不同情。(22) 看到他人家道殷实,谷物丰盈,妻子可爱,房屋高大,车乘华美,因而备享幸福,我便无名火起,抱怨连天。(23) 见到别人生活幸福,我会妒火中烧,诅咒他们顿时败落。我任凭自己的私欲膨胀,将他们的三要一一破坏。(24) 我过去的行为充满恶德邪行,每念及此,常感悔恨交加,犹如丧失亲子,痛不欲生。(25) 善行能得善果的道理我还是明白的。因此我总是敬事我的老母,并对婆罗门表达景仰之情。(26) 有一次,一位出身纯正的婆罗门在游方中偶然光临我家。我对他恭敬侍奉,待为上宾。因此,传承经典总算是没有抛弃我。(27) 有了如上的行为,我未来的幸福也就有了希望。以苦行为财富的人啊,这方面的事情,我还希望听你讲一讲。(28)

以上是吉祥的《摩诃婆罗多》中《教诫篇》第一百一十八章(118)。

一一九

毗耶娑说:

你生为匍匐行走之物,却没有变得愚钝无知,是因为你做了好事。不过,虫子啊,你所以没变糊涂,根本还是靠我。① (1) 凭着苦行之力,我能救度众生,方法就是让被救者见到我的容颜。世上没有任何力量可以同苦行之力相比。(2) 我知道,你是由于自己前生的罪愆,而落到生为蠕虫这种下场的。现在既已为正法所化,那么,只要

---

① 这里的意思是,蠕虫能够回忆起前生,是因为它做了好事。而这好事,乃是它有幸见到仙人毗耶娑。

乐意,你还可以实现更高的法。(3)无论是诸神,还是匍匐行走之物,都要依其行为的善恶而尝其果报。在人世间,人们依循正法行事,通过功德而实现愿望和利益。(4)在活着的人中,有的聪明睿智,手脚齐全,能言善辩,有的却愚昧迟钝。但他们全都不会放弃生命。(5)有的婆罗门经常敬拜日月,讲述吉祥故事。他们都是婆罗门中的佼佼者。蠕虫啊,你将要去过他们那样的生活。(6)如果你愿意,我可以引导你去做一个婆罗门。那时候,你将会享受功德带给你的幸福生活。(7)

蠕虫听罢,答应:"好吧。"然后它就停在马路中间不动,结果被大车压碎。在经历了一次又一次的转生之后,他去见仙人毗耶娑。(8)他曾先后投生为豪猪、蜥蜴、野猪、鹿、鸟、食狗者、吠舍和首陀罗,最后生为刹帝利。(9)仙人说:"蠕虫来啦。"蠕虫回忆起这位口出真言的仙人对自己的恩典,遂对他双手合十,匍匐在地,头面礼足。(10)

蠕虫说:

我目前的状况好得无与伦比。它是很多人梦寐以求的,需要不下十种功德方能达到。我先前本是蠕虫,最后获得了王子之身。(11)为王之后,出行所乘为数头黄金装饰,身强力壮的大象,战车上驾的也是甘波阇种上品良马。(12)供我乘坐的还有骆驼和骡子拉的其他车辆。我的周围,总是臣僚簇拥,胜友如云。我吃的是可口的米饭,菜肴中亦不乏肉香。(13)福祉无边的人啊,晚上,我寝于卧榻舒适的夜宫,在此起彼伏的崇敬赞美声中,恬然入梦。(14)时至宵夜,往往还有众多的苏多、摩揭陀①和专唱赞歌的人在颂扬我的业绩,就像众神盛赞伟大的因陀罗一样。(15)恩惠来自你这精气无限,体现真理的可敬之人。端赖于你,我才得以摆脱蠕虫之身,最终获得王族的地位。(16)向你致敬,大智大慧之人!你有什么见教,我当遵旨照办。你的指示基于你的苦行威力。它使我能再生为人,作刹帝利。(17)

---

① 苏多是一种宫廷诗人,由于学识渊博,有时会具有参与政务的臣僚地位。他们同时还是国王的驭者。摩揭陀为职业游吟诗人。

毗耶娑说：

国王啊，今天，你以种种美言对我表达了崇敬之意。你虽曾生为蠕虫，但对于前生的记忆并没有消失。（18）你往昔积累的恶行罪业依然存在。当你还是首陀罗时，曾经以聚敛财富为要务，手段卑劣，为害一方。（19）然而，你虽为蠕虫，却有了善德，那就是你终于得到机会，亲眼见我。你也能以匍匐爬行之身，对我备加颂扬。（20）你还可以从王子的地位更上一层，而得婆罗门身，只要你肯为牛群和婆罗门而在战场上一次又一次挺身捐躯。（21）你可以尽享王子之福，同时应机行祭，慷慨支付酬金。此后，你便能升入天国，作为婆罗门永享福祉。（22）凡是生为匍匐行走之物的，不乏机会生为首陀罗，然后从首陀罗生为吠舍。从吠舍还可以生为刹帝利。一个因履行了职责而足堪自豪的刹帝利将生为婆罗门。一个品行高尚的婆罗门能够尽享天国福祉。（23）

以上是吉祥的《摩诃婆罗多》中《教诫篇》第一百一十九章（119）。

一二〇

毗湿摩说：

国王啊，在摆脱了蠕虫之身以后，作为一个武力雄强的人，他奉行刹帝利法。他没有忘记过去各生的事，开始修习艰难的苦行。（1）这时，婆罗门俊杰黑岛生发现他在修炼艰难的苦行，便来访问这位精通法、利诸学的刹帝利。（2）

毗耶娑说：

蠕虫啊，刹帝利的誓愿应是保护众生。你要牢记这个誓愿，才能在未来成为婆罗门。（3）你要善于自制，保护自己的臣民，同时也要明辨是非善恶。那些怀有善良愿望的，应该使他们获得满足。那些缺点严重的，应该设法使他们得以净化。（4）你要约制自身，知足常乐，以履行自己的正法职责为务。这样，你在抛弃刹帝利身之后，就可以成为婆罗门了。（5）

毗湿摩说：

坚战啊，这位刹帝利又一次回到森林，听从大仙人的教诲，并且按照正法的要求，保护他的臣民。(6)过了不久，王中俊杰啊，他便由于恪守保护臣民之责而在死后取得了婆罗门的地位。(7)看到他已经成为婆罗门，智慧无边，闻名遐迩的黑岛生又一次来到他的身边。(8)

毗耶娑说：

啊，婆罗门雄牛，吉祥富贵之人！你再也不会烦恼。深通正法之人啊，每个人都将以其所行之道，取得相应归宿。谁能多做善事，就能获得善生；谁要多行恶道，他就必得恶生。(9)死亡之惧，对你来说，已经不复存在。所余的，只有对于背离正法的担心。那么，就让最高的正法指导你的行动吧。(10)

蠕虫说：

世尊啊，正是由于你的恩惠，我才得以从幸福走向更大的幸福。我的罪孽已经消除。我的幸福牢固地扎根在正法之上。(11)

毗湿摩说：

蠕虫听从世尊的教诲，最后获得了难以达到的婆罗门地位。国王啊，他用成百根祭柱装点大地。最后，这位吠陀学者中的佼佼者获得了与大梵天居于同一世界的资格。(12)普利塔之子啊，蠕虫终于取得了最高的地位，归附永恒的梵。这乃是他信从毗耶娑的教示，调整自己行为的结果。(13)依其本性，优秀的刹帝利诚当捐躯疆场，由此获得吉祥的归宿。所以，孩子啊，你实在不必为他们难过。(14)

以上是吉祥的《摩诃婆罗多》中《教诫篇》第一百二十章(120)。

一二一

坚战说：

知识、苦行和施舍，这三者之中，哪种最高？善者中的善者啊，这就是我的问题。祖父啊，请你为我解答。(1)

毗湿摩说：

这个问题，人们常引一则古代传说来说明，那是黑岛生和慈氏的一番对话。(2)国王啊，有一次，黑岛生隐去自己的身份，在世界上漫游。这一天来到波罗奈城，便去拜访慈氏。这慈氏论出身属于司卫栗尼家族。（3）见有位气度非凡的牟尼光临，慈氏便起身让座，在一番虔诚的恭敬问候之后，又拿出最精美的食物来，请他品尝。（4）灵魂伟大的黑仙用了献上来的可口食物，感觉它确实让人食欲大增，于是心满意足，坐在那里，笑出声来。（5）慈氏见此情景，便向黑仙问道："深明正法的人啊，请你告诉我，你笑了起来，究竟是为的什么缘故？你是一位苦行者，一位性格坚定的人。你看来十分高兴。（6）智慧之人啊，向你致敬，向你躬身施礼！请问，我的苦行之福是什么，伟大的福惠又是什么？（7）我和你在人格上，在行为上，并无多大区别。可是，在我看来，你却了解什么不同寻常的东西。"（8）

毗耶娑说：

我感到迷惑不解的是吠陀圣典的话和现实的情况颇不一致。古代吠陀的话好像是错了。但是它为什么会错呢？①（9）据称，有三件事情对人来说是最高的誓愿，那就是出言信实、不杀生和慷慨施舍。这话出自古代圣贤，但我们今天仍应遵嘱力行。（10）就施舍来说，即使所施甚微，所得的果报也会十分巨大。以恻隐之心向一个口渴的人施与些许饮水就是这样。（11）你尽管自己腹饥口渴，却能向别的腹饥口渴之人施食施水，就像对我这样。如此，你就能像那些举行过许多大祭的人一样，去往众多的福乐世界。你那能够使人净化的施舍和苦行使我非常高兴。（12）你有吉祥之相。你有吉祥之香。吉祥的香气弥漫在你的周围。这是因为你的所作所为全都符合仪规。（13）亲爱的人啊，施舍胜过沐浴，胜过涂油，也胜过可以使人净化的一切善德，具有无上吉祥的性质。（14）你要赞美吠陀所说的一切，因为它们是最高的教导。而那其中，在我看来，施舍又毫无疑问占据着至高无上的地位。（15）施主们走过的道路，就是世上贤人一直遵循的道路。施主应被视为生命的施予者，他们也是正法赖以建立的基础。（16）同研读吠陀一样，同调伏诸根一样，同舍弃一切一样，施舍是具有无上功德的事。（17）亲爱的人啊，你将会从幸福走向幸福。有智慧的人总是能不断地从幸福走向更高幸福的。（18）我们无疑都

---

① 本颂意思不太清楚，似乎是指吠陀经典称人不行祭百次，便不能达到幸福境界，而现实又是适当施舍的少许物品就能使人达到同样的境界。

亲眼见过这样的事：那些财富充盈的人兴旺发达，施舍得报，祭祀得报，从而福乐不断。（19）大智者啊，我们肯定也能看到从幸福跌入困苦，或因困苦而得幸福的例子。这原本是再自然不过的事。①（20）昔日的贤人们曾经说过，人的行为可以分作三类，即善行、恶行和不善不恶之行。（21）别人的行为如何，不必操心。别人的恶行不妨留意，以为警戒。做好自己分内的事，就不失为一个行为不善不恶的人。（22）愿你享乐人生，愿你兴旺发达，愿你幸福快活，愿你慷慨施舍，愿你按时行祭，愿你永远不被知识渊博的人，不被勤修苦行的人所超越。（23）

以上是吉祥的《摩诃婆罗多》中《教诫篇》第一百二十一章（121）。

<h2 style="text-align:center">一二二</h2>

毗湿摩说：

慈氏是一个行为高尚的人。他出生在一个殷实之家，天资聪颖，博闻强记。在听过黑岛生这一番话后，他又接着问道：（1）"大智者啊，你说的一切都是不容置疑的。可敬的人，能力非凡的人啊，我希望蒙你俯允，再说几句话。"（2）

毗耶娑说：

慈氏啊，你想说什么，你想怎样说，悉听尊便。大智者啊，你的话我正洗耳恭听呢。（3）

慈氏说：

你有关施舍的话十分全面。它义理纯正，无懈可击。我很明白，你是一个善良优雅的人，而你的性格又是建立在深厚学养和善修苦行之上的。（4）说到我从你这可敬而又善良优雅的人那里得到的恩赐，真是太丰厚了。我的理智还告诉我，你是一个苦行之功备极圆满的人。（5）我自己仅仅因为亲见你的面貌，便有巨大的福运降临在身。我想，我得以见你，一定是源于你的恩惠，还有我自己过去的行

---

① 这里指的是人会由于纵欲无度而终尝恶果，或由于自我约制，修习苦行而终得善报。

为。(6)苦行、天启学问和纯洁的出身,这是使人成为婆罗门的三种要素。谁具备了这三种特征,他就有了成为再生者的资格。(7)谁使婆罗门满意了,他自己的祖先和神明也会满意。世界上没有人能够超越通晓天启圣典的婆罗门。(8)就像人能够从精耕细作的田地里获得丰收一样,施舍者也能从享受过自己所赠之物的婆罗门那里获得巨大的功德。(9)如果缺少精通天启,行为方正的婆罗门作为施舍对象,富人也就徒有财物,无所致用了。(10)一个无知的婆罗门吃了施舍的食物,只会对食物造成无谓的破坏。① 而被他所吃的食物也同样会使他遭殃。谁施舍的食物遭到了破坏,这不明智的施主本人也会遭殃。② (11)一个有学识,有能力的婆罗门吃了他人所施的食物,会再生出另外的食物③来。有了再生的食物,施主的行为就是正确无误的了。(12)施舍是使施予者和接受者双方同时获益的事。古代有学识的仙人曾经说过,没有单轮运行的车辆。(13)哪里有精通天启,行为端正的婆罗门,哪里就有作为施舍果报的功德供施主在今生和来世享受。(14)出身纯洁,爱好苦行,慷慨施舍,钻研吠陀,所有这些,一向都被看作是最高的祭祀。(15)古代的善人已经指出了道路,遵循它,人就能清醒而不致误入歧途。他们是指示天国途径的引导者,是永生不灭的行祭者。(16)

以上是吉祥的《摩诃婆罗多》中《教诫篇》第一百二十二章(122)。

一二三

毗湿摩说:

慈氏说过如上一番话后,世尊(指毗耶娑)便回答道:"仗着幸运,你获得了知识。仗着幸运,你有了这样的智慧。人们都在盛赞你的种种优点。(1)任何人,即使他有美貌,或者有财富,或者有年轻的优势,都还是无法胜过你。因为你有幸运。给你恩惠,使你幸运的

---

① 因为这样施舍的食物不会给施主带来善果。
② 施食而无功,于施主同样有罪。
③ 这种再生出的食物可能是指施主所获的功德。

是神明。不过,请听我说。我还要告诉你比施舍更胜一等的东西。(2)无论是传统的经典论述,还是世俗的行为方式,它们都以吠陀为先导。这方面是有先后之分的。(3)我赞美过施舍。现在,可敬的人啊,我还要说一说苦行和天启经典的学习。苦行能使人净化。苦行能够使人步步接近吠陀圣典和天国境界。(4)众所周知,有了苦行和知识的帮助,人就可以获得很大的福乐果报。靠着苦行,人还可以消除恶业。(5)一个人在修炼苦行时怀抱的任何愿望,都可以通过这苦行求得实现。那些吠陀经典烂熟于心的婆罗门也能做到这一点。(6)有什么难以寻求的,难以征服的,难以获得的,难以超越的,有了苦行的帮助,都不再是难事。因为苦行具有无上威力。(7)无论是曾经饮酒,曾经不经同意就拿走别人的东西,还是曾经非法堕胎,曾经玷污过师父的床笫,只要修习了苦行,就能摆脱所有的罪愆。(8)无所不知,眼光敏锐的人,和无论修习何种苦行的人,两者一样,在任何时候都是鞠躬膜拜的对象。(9)一切以天启知识为财富的人,都应当受到崇拜,所有修炼苦行的人也是一样。凡是慷慨施舍的人,也能在今生遍享荣华富贵,来世尽得欢乐幸福。(10)普通世人,倘能遍施食物,以为善举,那么他在来世必能入梵天世界,以及诸多伟大世界。(11)无论他到哪里,所有广受崇拜的人都会崇拜他,所有遍受尊重的人也都会尊重他。至于那类吝于施舍的人,无论走到哪里,都会遭到驱逐。(12)有的人做他该做的事,而有的人却不做,他们都会相应地得到不同结果。人不管是处在高位,还是处在低位,最后都要依其行为的好坏,去往他所当去的世界。(13)你所施舍的一切食物和饮料,最后还将回到你的手里。你是一个饱学之人,出生在良好的家庭,通晓天启经典,也能慈悲为怀。(14)慈氏啊,你年轻,有妻室,恪守誓愿,生活美满。你应该特别记住我的话——我所称道的那些家主应尽的责任。(15)一个丈夫对妻子满意,妻子对丈夫也满意的家庭,总会充满健康和乐的气氛。(16)水可以清除身上的尘垢,火焰的光芒可以驱除黑暗,同样,人的所有罪愆也可以通过施舍和苦行加以涤除。(17)慈氏啊,祝你好运!希望你有高屋广厦!好,我要走了。记住我说过的当做之事。你将因此而得大福惠。"(18)慈氏听此,遂对毗耶娑右行施礼,俯首鞠躬。然后双手合

十，恭敬说道："世尊啊，愿你也好运长随！"（19）

以上是吉祥的《摩诃婆罗多》中《教诫篇》第一百二十三章（123）。

<h1 style="text-align:center">一二四</h1>

坚战说：

祖父啊，我想知道一个贞淑女子的良好行为应该是什么。一切正法无不精通的人啊，请你告诉我。（1）

毗湿摩说：

古时候，羯迦夜族一位名叫妙思的女子曾经就此问题询问过香蒂利。香蒂利是这个世界上无所不知，精通一切正法的聪慧女性。（2）妙思问道："美丽而高贵的人啊，你是通过什么样的善行，采取什么样的生活方式，而使自己涤除所有罪愆，升入天神世界的？（3）你像燃烧的火焰一般，自身散发着光芒。你像众星之首[①]的女儿一样，光辉灿烂，升起在天庭之上。（4）你的身体内蕴藏着千般潜能，不但精神抖擞，没有倦意，连衣饰也一尘不染，洁净无比。你端坐天车，富贵吉祥而又光彩照人。（5）我想，你并不是靠微不足道的苦行、施舍或自制而达此境界的。那么真情是什么呢？请告诉我。"（6）妙思以甜美之声说出以上这番话后，笑靥可人的香蒂利用别人听不到的声音对她说道：（7）"我不穿黄色道袍，不穿树皮衣服，也不剃成光头，不像修道人似地盘起头发。我得与天神为伍，靠的不是这些。（8）无论何时，我都小心谨慎，不以粗言恶语对待丈夫。（9）我以虔诚之心敬神，敬祖，敬婆罗门，以精心而又得体的态度侍奉婆婆和公公。（10）我从不说三道四，无事生非，也不自以为是，自作主张。我从不倚门而立，也不同别人说话聊天，没有个完。（11）我不说谎骗人，也不做坏事害人。我从不放声大笑。他人的事，不管是公开的，还是秘密的，我都不表热衷。（12）丈夫出门做生意回来，我都要为他奉上座位，并以诚挚的爱心，对他表示敬意。（13）凡是我的丈夫没有

[①] 指月亮。

吃过的东西，或者不喜欢吃的东西，我都避而远之。（14）我总是在清晨早早起来，然后将家里事情，无论巨细，只要是该做的，统统做好，或让别人把它们做好。（15）如果丈夫为经营上的事出了远门，我就呆在家里，足不出户，用各种方式祝愿他事事顺利。（16）丈夫不在家的时候，我就减少沐浴，也无心涂油，戴花环，施香膏，化妆打扮。（17）丈夫熟睡的时候，我从不把他叫醒，即使有紧急的事情要他处理。看着他酣然沉睡的样子，我心中高兴。（18）我从来不怂恿自己的丈夫为了家庭而疲于挣钱。我从不泄漏任何秘密。家宅的里里外外，我也都打扫得干干净净。（19）任何一个女子，只要一心一意地诚守正法指出的如上妇道，她就能成为女中的阿容达提[①]，在天庭中广受崇仰。"（20）

毗湿摩说：

对妙思讲述了这一番合于正法的事夫之道后，这位内心虔诚，福德无限的女神香蒂利便消失不见了。（21）般度之子啊，一个人如能坚持在朔、望之日诵读如上各节，那么他就会于来世去往天神世界，在欢喜园中享受无上福乐。（22）

以上是吉祥的《摩诃婆罗多》中《教诫篇》第一百二十四章（124）。

一二五

坚战说：

抚慰和施舍，可敬的人啊，照你的看法，哪一种更胜一筹呢？婆罗多族俊杰啊，请告诉我哪一种更好。（1）

毗湿摩说：

有些人，抚慰能使他安静；有些人，施舍能使他高兴，情况实在是因人而异。每个人依照本性的不同，总是在二者之中，倾向其一。（2）国王啊，让我先对你说说慰藉的言词都有什么好处吧。婆罗多族雄牛啊，即使是暴烈的畜生，抚慰对它也是能起作用的。（3）在

---

① 阿容达提为大熊星座中的一颗暗星，为神话中七大仙人的伴侣。

这方面，人们常会引用一段古代传说，说的是一位婆罗门在森林里被罗刹抓住，后来又被放掉的事。(4) 这位婆罗门是个很有学问的人。他不幸在一片阒无人迹的森林里被罗刹抓住。罗刹打算把他吃掉。(5) 这位通晓传承经典，知识十分渊博的婆罗门明白，害怕是没有用的，所以并没有吓昏头脑，自怨自艾，而是想试试抚慰的办法，看看效果如何。(6) 罗刹对婆罗门倒也在言词上礼敬有加，并对他说：“我可以放掉你。但是你得为我解释清楚，为什么我皮色蜡黄，羸瘦不堪。"(7) 婆罗门沉思了一会儿，然后态度沉着，以美妙的言词回答了罗刹的问题：(8) "也许，你住在一个远离家乡，远离尘世的地方，没有朋友在身边。你不得不忍受无边的孤独生活。因此，你变得黄瘦不堪。(9) 也许，罗刹啊，你待自己的朋友一直不薄，然而他们由于本性恶劣，还是不知满足。于是你就变得既黄且瘦。(10) 也许，有的人腰缠万贯，比你阔绰得多，因而自鸣得意。可是他们在品德方面却不如你。这样的人瞧不起你，成了你既黄且瘦的原因。(11) 也许，你是个品德好，有智慧，有教养的人，可是却看到其他品德不好，头脑愚笨的人受到比你还高的尊重，于是你就变得既黄且瘦。(12) 也许，你由于缺乏生计而陷入困苦，可是，你自恃身份高贵，对眼前摆着的谋生手段不屑一顾，结果只能受罪，于是你就变得既黄且瘦。(13) 也许，你怀着高尚的目的，委屈自己，厚以待人，结果却被当作是生来无能，无奈居人之下，善良的罗刹啊，于是你就变得既黄且瘦。(14) 也许，有的人因为贪心不足或者暴躁易怒，以致陷于恶路，备受苦楚，你看了，对他们心怀悲悯。我想啊，这就是你变得既黄且瘦的原因。(15) 也许，你是一个充满智慧，受人敬仰的人。可是偏偏有头脑愚笨的人要羞辱你，有劣迹斑斑的人惹你生气。于是你就变得既黄且瘦。(16) 也许，有的人本来同你敌对，却摆出一副朋友的面孔，举止行为也冠冕堂皇。后来他把你欺骗一通，远走高飞，于是你就变得既黄且瘦。(17) 也许，你本是一个洞明世事，深究秘要①的人。可是，有人明知如此却不肯尊敬你。于是你就变得既黄且瘦。(18) 也许，有些人惯行恶道，你在他们中间说教，让

---

① 这里的秘要一般指奥义书学问。

他们放弃对于正道的猜疑，结果你的好心相劝被他们当作了耳旁风，于是你就变得既黄且瘦。（19）也许，你原本就缺少钱财、智慧和天启学问，可是你却希望仅凭精力就做出什么不凡的事业。结果你自然就变得既黄且瘦。（20）也许，你一心想避到森林里去修大苦行，然而你的亲戚们却一致反对，于是为了这事，你变得既黄且瘦。（21）

"也许，在众多的富人中间，你说起话来言词雄辩，超凡拔俗，可是环顾左右，无人理会，于是为了这个，你就变得既黄且瘦。（22）也许，有的族人生性愚钝，你反复教他古典学问，他倒心生反感，对你发火，这也会使你变得既黄且瘦。（23）也许，有的人先是让你去做某件你有兴趣的事，而后来他却想方设法夺走你的成果，这也会使你变得既黄且瘦。（24）也许，你心地善良，由于表现出诸多优点而为众人所崇拜，然而却有人说你受尊崇是他们努力的结果，于是你心中不快，结果变得既黄且瘦。（25）也许，你由于面皮太薄而不肯说出私心所愿，结果你的愿望就因遭到忽视而无法实现，为此你也可能变得既黄且瘦。（26）也许，你想凭借自己的才能，将世上想法不同，爱好各异的人们置于自己的控制之下。这自然难于成功。为此你也可能变得既黄且瘦。（27）也许，你智慧缺乏，胆小无能而又财力不足，却昼思夜想，希望获得只有靠智慧、勇力和施舍才能得到的令名，为此你也会变得既黄且瘦。（28）也许，你多年渴望的目的始终无缘达到，而你自己所做的一切却被别人据为己有，这也会使你变得既黄且瘦。（29）也许，你看不到自己犯了什么过错，可是却无缘无故遭到别人的咒骂，为此你难免变得既黄且瘦。（30）也许，看到一生谨慎生活的朋友们无意于解脱，你希望他们回心转意。你还看到那些缺少财富，无甚功德的朋友陷入困苦。于是你就变得既黄且瘦。（31）也许，你看到圣者忙于家庭琐事，无德的人却在森林中走来走去，而已得解脱的人又贪恋于世间俗务。面对这样的现象，你难免会变得既黄且瘦。（32）也许，你的行为总是合乎法和利的原则。你发表议论的时间和地点也总是非常得当。但你就是不见自己有兴旺发达之时。这也会使你变得既黄且瘦。（33）也许，你本也聪明而有思想，但是为了生存，你却从那些品行不甚端正的人手里接受了施舍的财物。这也会成为你变得既黄且瘦的原因。（34）也许，你眼见世界上罪恶抬头，道德沦丧,为此你坚持要设法寻找正派合格之人。这也会使你变得既黄且瘦。(35) 也许,你希望站在对立立场的人们能互相友爱。你也愿意朋友之间不要发生龃龉。这样烦人的事也难免使你变得既黄且瘦。(36) 也许,有些人虽然通晓天启经典,可是所操行当却不合传统规矩。有些人虽然学问很好,可是却不肯在调伏感官上多下功夫。我想,你常念及此,便不免变得既黄且瘦。"(37) 罗刹受到如此的恭敬抚慰,便也以仰慕崇拜之情回报婆罗门。他将婆罗门视为朋友,在送给他很多礼物之后,放走了他。(38)

以上是吉祥的《摩诃婆罗多》中《教诫篇》第一百二十五章(125)。

一二六

坚战说:

祖父啊,精通一切经典的大智者!在我们这个家族中,你是腹中学问饱满,最值得尊重的人。(1) 克敌者啊,我希望听你讲一讲同正法和实利有关的知识,它们对世上众生来说甚是奇妙,而在未来,又会为人们带来幸福。(2) 目前所处的,是一个亲族朋友难觅的年代。婆罗多族雄牛啊,除了你,没有任何人可以在如何继承传统规范上做我们的导师了。(3) 如果我同我的兄弟确有福分的话,无瑕者啊,就请你回答我将要提出的问题吧。(4) 这里这位那罗延,是所有国王公认的杰出人物。他也满怀敬意地侍立在此。(5) 请你为了我的兄弟和我自己的福祉,出于亲情,当着这位那罗延和全体国王的面,为我们讲一讲吧。(6)

护民子说:

听过坚战这番话后,毗湿摩,这跋吉罗陀之子,出于亲情,振作精神,讲了如下的话:(7) "听好吧,国王,那就让我为你讲述那确实令人欢欣鼓舞的故事,讲讲古代毗湿奴的强大威力。那也是我从别处听来的。(8) 我还要讲那以公牛为标志的大神①所具有的威力,讲

---

① 指湿婆。

那楼陀罗（湿婆）之妻的疑惑和楼陀罗夫妇的对话。（9）当初，那以法为魂的黑天，要在长达十二年的时间里践行某一誓约。为了一睹圣事，那罗陀仙人和山神来到他的身边。（10）来到这里的还有黑岛生、最善于默祷的烟氏仙人、提婆罗、迦叶波和诃私底迦叶波①，（11）以及其他道德高尚的仙人，他们性情温顺，恪守教诫。随同前来的还有他们的徒众。这些人貌若天神，全都以苦行为财富。（12）提婆吉之子（黑天）十分高兴，遂殷勤待客，隆礼有加，就像迎接出身名门的贵族或高高在上的天神一般。（13）大仙人们也一样高兴。他们坐在预备好的蒲团上。蒲团拿祭祀用的圣草编成，有绿色的，金色的，带着新鲜的草香。（14）这些以苦行为财富的人一面休息，一面讲着充满正法精神的故事。故事甜美动听，多与王仙和天神有关。（15）这时，那罗延从誓约约束的善行柴薪中站立起来。② 只见由精力构成的火焰从勋业卓著的黑天嘴中喷射出来。（16）这火焰烧着了大山，也殃及山上的树木、蔓藤和灌木，鸟类、鹿群、猛兽和爬虫。（17）山头上但见火舌翻腾，动物们或嘶声哀号，或知觉全无。嗥叫的声音各种各样，无不悲惨而凄厉。（18）猛烈的大火在烧毁一切，惟余灰烬之后，又回到了毗湿奴的身边，抚摸着他的双脚，就像一个驯顺的学徒。（19）毗湿奴，这敌人的折磨者，看了看被大火烧得精光的树林。接着，他再一次将柔和的目光投向那里，转瞬间，树林便恢复了原来的模样。（20）山上再一次布满了繁花似锦的蔓藤和树木，众多的鸟儿在丛中鸣叫，猛兽和爬虫往来出没。（21）众贤者看到这奇妙难言、不可思议的景象，惊诧不已，毛发倒竖，泪眼模糊。（22）那罗延发现了大仙人们吃惊的表情。于是，这位能言善辩者便用亲切甜美的语言，满怀敬意地问道：（23）'众大仙人学养深厚，淡于俗务，是彻底摆脱了一切外界牵缠的，怎么也表现出了吃惊的样子？（24）能否请高洁无瑕、以苦行为财富的众大仙人将原因据实相告，以为我释疑解惑？'"（25）

---

① 诃私底迦叶波是何许仙人，不清楚。
② 这里的那罗延即黑天。本句的意思是，谨守严格的誓约，如同在灼热的火焰中锻炼。取得成功即意味着自火焰中腾现。

众仙人说：

是你释放出所有世界；又是你收回了它们。你是冬天。你是夏天。你使得天降甘霖。（26）对于大地上的众生来说，无论是动物，还是不动物，你就是父亲，就是母亲，就是主人，就是源泉。（27）诛灭摩图者①啊，这就是我们吃惊和我们感到迷惑的原因。吉祥者啊，请你对我们讲讲，何以你的口中会有火焰喷射出来。（28）克敌者啊，诃利！在心中的恐惧烟消云散之后，我们也可以把自己亲耳所闻和亲眼所见的事情讲述给你。（29）

婆薮提婆之子（黑天）说：

从我口中喷出，如熊熊的末日之火把整座大山烧毁的，是毗湿奴的能量。（30）你们都是可敬的仙人，皆已制御怒气，调伏诸根，惯以苦行为财富，可与天神相比肩。然而，你们却受了惊吓，感觉痛苦。（31）我所发出的火，不过是一个严格信守誓约的人，由于履行苦行誓约而得的结果。愿你们不致因它而受到惊扰。（32）我到这美丽的山中，也是为了履行我的誓约，想借助苦行之力，要一个在勇力上同我相若的儿子。（33）结果，我的灵魂就在我的身体里转化成了火焰，并从我的口中喷射出来。这火焰出来，是为了去看那一切世界的始祖，恩惠的施予者。（34）优秀的牟尼们啊，关于生子的事，始祖告诉我的灵魂说，那以公牛为标志的大神，他的精力的一半将生而为我的儿子。（35）于是，火焰便又返回，像一个侍奉师父的学徒，温顺地回到我的脚边。同时，它也恢复了自己原来的模样。②（36）我方才怀着感情对你们透露的，就是有关智慧非凡的莲脐③的秘密。以苦行为财富的人啊，请你们不要害怕。（37）你们是有长远眼光的人。宇宙中的任何地方你们都可以通行无阻。你们是充满智慧的饱学之士，由于严守苦行的誓约而身光闪耀。（38）那些最为奇妙的事，无论是发生在天上，还是发生在地下，不管是你们眼见的，还是耳闻

---

① 有两个阿修罗的名字是摩图，其中一个为毗湿奴所杀。
② 即又从火焰的形态，变回为灵魂的形态。
③ 莲脐是毗湿奴的名号之一。印度的神话传说称，毗湿奴的脐部曾经长出一株莲花，创造之神梵天就生在这株莲花之中。不过，关于梵天的诞生还有多种不同的传说，如生于祭火，生于梵所创的金卵等。

的，可敬的人们啊，请给我讲一些吧。(39) 你们是卜居山林的苦行者。你们吐露的言语甜蜜动听，使听者如饮甘露，确是我渴求不得的。(40) 面目清秀的仙人们啊，我也曾在天上或者地下看到过你们未曾见过的东西，奇妙异常，不可思议。(41) 我在本性上原是处处可到，无所阻挡的。那些我已经看到过，听到过，想到过的东西，对我来说，已无奇妙可言。(42) 那些由虔诚的人说出的事情，那些从善良的人口中听来的事情，都是值得相信的。它们可以长留大地，就像镌刻在石头上的铭文一样。(43) 在这样的聚会上，我实在希望得到诸位善人的口中玉唾，并将它作为引导众人的智慧之灯，日复一日，不断宣讲。(44)

听到此话，黑天身边的牟尼们全都圆睁莲花瓣般的秀眼，恭敬地看着遮那陀那。① (45) 有的对他大声赞美，有的对他躬身致敬。他们用美妙的言词，充满深意的圣诗颂扬这诛灭摩图者。(46) 随后，牟尼们一致将那罗陀推举出来，让他对诛灭摩图者讲话。他乃是一位善于辞令，容貌高贵，犹如天神的仙人。(47) 他们对那罗陀说："有力的人啊，当初，在我们怀着虔诚之心前往圣地沐浴的时候，曾经在雪山看到过奇妙而不可思议的事情。(48) 可敬的那罗陀啊，为了聚在这里众大仙人的福惠，请你把我们见到的一切，据实讲述给诃利希吉婆吧②。"(49) 见众牟尼如此要求，世尊那罗陀便开始讲述那以前曾经发生过的事情。这位神仙把故事讲得有声有色。(50)

以上是吉祥的《摩诃婆罗多》中《教诫篇》第一百二十六章(126)。

一二七

毗湿摩说：

于是，那罗延的朋友，世尊那罗陀仙人便讲起了商迦罗（湿婆）同他的妻子乌玛的一番对话：(1)

---

① 遮那陀那意为"使人激奋者"，是毗湿奴和黑天的名号之一。
② 诃利希吉婆意为"使人毛发倒竖者"，也是毗湿奴和黑天的名号之一。

第十三　教诫篇

"有一天，以正法为灵魂，以公牛为标志的众神之主（湿婆）正在神圣的大雪山修炼苦行。这里乃是悉陀和遮罗纳常去的地方。① (2) 这是个快乐的去处，长满了各种草木，盛开着缤纷的花朵，天女们成群结队，精灵们纷至沓来。(3) 大神十分高兴。周围的精灵三五成群，有上百组之多。他们的皮肤衣饰，五颜六色，身形外貌，各式各样，看上去迷人而奇妙。(4) 他们面貌各异，有的像狮子，有的像老虎，有的像大象，不一而足。还有的像豺狗，有的像豹子，有的像猿猴，有的像公牛。(5) 有的像鸱鸺，有的像鹰隼，有的像婆萨②，个个凶相毕露。还有很多像不同种类的鹿。围在大神身边的还有紧那罗、健达缚、药叉，以及别的各种神怪精灵。(6) 雪山上布满了惟天国才有的各色鲜花，装饰着惟天国才有的美丽花环。天国的旃檀树和点燃的香料散发着馨香。众多乐器发出美妙的声音。以公牛为标志的大神就住在这里。(7) 摩登伽、波那瓦③的击打声，法螺的呜呜声，培梨鼓的咚咚声回响在空中。在大神的周围，精灵和孔雀应和着鼓点，翩翩起舞。(8) 众多的天女也参加进来，纵情歌舞。此外还有许多天仙般的美丽女子。这里的胜景美妙奇绝，让人眼花缭乱，无从描摹。(9) 众生之主的苦行，使得整个雪山光芒四射。(10) 这里还充满潜心于研习吠陀圣典的婆罗门吟诵经典的梵音，蜜蜂嗡嗡的叫声。有了这些，摩陀瓦啊，雪山的圣洁就无与伦比了。(11) 遮那陀那啊，看到大神那摄人心魄的形貌，看到山上一派节日般的景象，这些牟尼真是高兴极了。(12) 福惠无边的牟尼、禁欲的悉陀、风神、婆薮神、沙提耶、毗奢神、(13) 药叉、蛇蟒、毕舍遮、罗伽波罗④、护多舍那⑤以及另外一些低等的动物，也都聚集在这里。(14) 那些季节之神也来到这里，将如锦的繁花撒遍雪山。许多草本植物色如火焰。漫山遍野闪烁着光芒。(15) 鸟儿们欢欣鼓舞，在充满喜庆气氛的山巅上雀跃歌唱。歌声婉转动听，使它们更加惹人喜爱。(16) 山坡上布满

---

① 悉陀为一种半神。遮罗纳为天堂里的乐师。
② 一种食肉猛禽。
③ 摩登伽和波那瓦都是鼓的名称。
④ 罗伽波罗意为"世界保护神"，指守卫八方的八个神明。
⑤ 护多舍那意为"食供品者"，即火，指以圣火为名的若干神明。

晶莹闪亮的矿石。伟大的神明把山坡当作床笫,安坐其上,浑身放射着耀眼的光彩。(17)围在腰际的是一块虎皮,上衣则用狮皮做成。他的圣线是一条蟒蛇,铜制的臂钏套在胳膊上。(18)以公牛为标志的众生之主头发盘结,蓄着棕褐色的胡子。他形容可怖,令天神之敌胆战心惊。但是,他也将无畏赋予崇拜他的一切众生。(19)见此景象,诸大仙人全都以头触地,诚心膜拜。他们全是宽容大度之人,已经涤除污垢,摆脱了一切罪愆。(20)众生之主的周围,景象煞是可怖。那里麇集着巨大的蟒蛇,任何人都无法近前。(21)

"忽然之间,诛灭摩图者啊,山上的一切变得更其神妙。那以公牛为标志者的可怕容貌也展现得清清楚楚。(22)只见雪山之女在雌性众生的簇拥下,款款来到。她的衣饰酷似毁灭者(湿婆),所修戒行也同他相若。(23)她的容貌美丽动人,身边所携金罐,装着取自所有沐浴圣地的水。随她同来的,还有许多漂亮的溪流女神。(24)她一路撒着花雨,来到大雪山的山坡,来到毁灭者的身边。飘飘而落的鲜花五彩缤纷,香气袭人。(25)女神面含微笑,看上去十分可爱。这时她想开个玩笑,便飞快地用双手捂住了毁灭之神美丽的眼睛。(26)就在大神的眼睛被她蒙住的一瞬间,世界突然陷入黑暗,咫尺莫辨。一时间祭祀全部停止,'婆舍陀'[①]的声音也听不到了。(27)人们一下子不知所措,深深陷入恐怖之中。众生之主的眼睛封闭了,就像是太阳消失了一样。(28)然而,就在一刹那间,黑暗消失,世界又突然大放光明。原来有一道巨大而强烈的光,从大神的额头放射出来。(29)在他的前额上,出现了第三只眼,这只眼像太阳一般,燃烧着末日之火。整座山似乎就要葬送在熊熊烈火之中。(30)见此光明烛天之火,雪山神女忙向毁灭者俯首致敬,用她那圆睁的大眼注视着湿婆。(31)大火烧着了山林,林中生长着娑罗树、针叶树、可爱的旃檀树,以及各种各样的草本植物。(32)野兽在惊恐中疾速奔逃。它们逃到大神的身边,寻求保护。这些无处躲避的动物挤满了大神的净修地。(33)烈焰飞腾,上摩云霄,光芒四射,亮过闪电,其情其景,宛若十二个太阳同时并出,又如末日之火吞噬一切。(34)刹

[①] 祭祀行将结束,向祭火中投献祭品时,行祭婆罗门念诵的吉祥语。

那间，大雪山变成火海。布满晶莹矿石的山巅，连同山上的猛兽、树木、丰草，一概没入大火。悲惨和不幸笼罩着世界。(35) 眼见大雪山面临毁灭，雪山之王的女儿便出现在世尊面前，双手合十，恭敬致礼。(36) 沙尔婆（湿婆）见乌玛流露出了温和慈悲的女性心肠，也看出她不愿意自己的父亲（大雪山）陷入这样悲惨的境遇，便向雪山投去善良同情的一瞥。(37) 顷刻之间，他眼前的一切统统恢复了原状，变得像当初一样美丽。鸟儿欢喜跳跃，林中的树木又重新布满了似锦繁花。(38) 看到雪山旧貌重现，纯洁无瑕的女神高兴异常。她对众生之主，自己的夫君大自在天说道：(39) '世尊啊，一切众生之主！方才的变化使我的心中充满疑惑。手持三叉戟者啊，守大戒行者！请你为我解释这一切到底是为什么。(40) 为什么你的额头上出现了第三只眼？为什么大雪山连同山上的一切包括丛林都一下子燃烧起来？(41) 大神啊，你怎样使它们在一瞬间又全部恢复了原样？大自在天啊，已经烧死的树木，又如何能够复活？'" (42)

大自在天说：

纯洁无瑕的女神啊，你像童稚一般无知，捂住了我的双眼。结果，世界在刹那间变得什么也看不见。(43) 山神之女啊，世界没有太阳，就陷入了无边的黑暗。所以我立刻生出第三颗眼睛，光芒普照，以保护世上众生。(44) 然而，这只眼中放出的能量巨大无比，致使雪山遭到重创。后来，女神啊，为了让你高兴，我又教它恢复了原样。(45)

乌玛说：

世尊啊，为什么你的颜面团栾如月，人见人爱；你朝东面、北面和西面的面庞又是那样端庄清秀，温和动人。(46) 可是，你朝南的脸却凶狠可怕。你盘结的头发是深棕色的，而且直竖起来。这又是为了什么？为什么你的脖颈发青，如同孔雀尾翎的颜色？(47) 为什么你的手里总是攥着战弓？为什么你要盘结着头发，像一个梵行者？(48) 无瑕者啊，众生之主！这些都是我疑惑不解的地方。请你把原因讲给我听。以公牛为标志的大神啊，我是你的崇拜者，我还要和你遵行同样的正法。(49)

雪山神女的一番话饱含着智慧和诚敬，手中持弓，强而有力的世尊听后十分高兴。(50) 于是，他对她说："幸运的人啊，那就听我讲吧。面庞甜美的人儿，我将把我何以会成这个样子的道理告诉你。"(51)

以上是吉祥的《摩诃婆罗多》中《教诫篇》第一百二十七章(127)。

一二八

大自在天说：

古时候，梵天创造了一个女儿，取名狄罗德玛。她是用采自世上各种珍宝的粒粒精华造成的，堪称尤物。(1) 美丽的女神啊，有一天，这位举世无双的绝色美人来到我的面前。她绕我右行，以示恭敬。然而她面庞红润，光彩逼人，显然是要动我情欲。(2) 她的洁白皓齿移向何方，女神啊，我便有一个温和可爱的面庞出现在那个方向。①(3) 我实在想常睹芳颜，便用瑜伽力变现出四个面孔。通过变现四面，我也向世人显示了我的瑜伽功力。(4) 用朝向东方的面孔，我行使宇宙的统治权。用朝向北方的面孔，无可指摘者啊，我同你一起嬉戏游玩。(5) 朝向西方的面孔常现出喜庆之色，它能给世上一切生物带来福祉。朝向南方的面孔狰狞可怕，它能使众生陷入困苦不幸。(6) 为了所有世界的幸福，我盘发结髻，做起梵行者来。为了完成众神的事业，我总是牢牢地攥紧手中战弓。(7) 当初，因陀罗神为了夺取我的财富而向我投来金刚杵。它烧坏了我的喉咙，我也因此而得名"福颈"。②(8)

乌玛说：

世上的车辆，漂亮而又华贵的，多不胜数，大神啊，为什么你却要选择公牛作为自己的坐骑？(9)

---

① 表示他为美色所迷。
② 湿婆还有一名号"青颈"。一般认为此处所谓"福颈"可以理解为即是"青颈"。这样更合于上下文。湿婆脖颈变青还有别说，如因为吞下过可以毁灭世界的毒药等。

大自在天说：

古时候，大梵天曾经创造出一头长寿母牛。它乳汁饱满，名苏罗毗。它出生以后，自己又生了许多小牛。这些小牛个个乳汁丰富，且甜美有如甘露。（10）有一天，从它的一头小牛嘴里流出一些口沫，滴到了我的身上。我很愤怒，结果我的怒气把它们烤得斑驳陆离，变了颜色。（11）后来，无所不晓的世界之师平息了我的怒气，并把一头公牛送给我，当我的坐骑，也当我的标志。（12）

乌玛说：

世尊啊，你原来的住宅豪华而美丽，诸般设施，无所不备。如今你把它们全部放弃，高高兴兴住在墓地里，这究竟是为什么？（13）那里骨骼和毛发遍地，骷髅和破罐不辨，秃鹫和豺狼出没无常，焚尸的火堆数以百计，煞是阴森可怕。（14）在这污秽不洁的地方，内脏散落各处，腐肉随地可见，泥土里渗着油脂和血污，豺狼的哀号此起彼伏。（15）

大自在天说：

我曾经日夜周游大地，想寻找一块纯洁神圣的去处，结果发现，没有哪一个地方比墓地更为纯洁神圣。（16）在所有能够住人的地方，只有墓地合我的心意，让我高兴。那里的大榕树枝叶扶疏，浓荫匝地。已经散乱的美丽花环随处可见。（17）面容姣好的美人啊，那里还居住着成群的精灵，嬉戏笑闹。女神啊，没有这些精灵在我的左右，生活就没了意思。（18）这样的处所对我来说就是纯洁神圣的。住在那里，其乐无穷，有如天国。它也是任何渴望得到一个圣洁去处的人都求之不得的吉祥之地。（19）

乌玛说：

世尊，一切众生之主，一切正法遵行者的模范，持弓者，恩惠的施予者！我还有很大的疑惑没有解决。（20）强有力者啊，在这里的众牟尼都是修炼过各种苦行的人。他们外表不一，形貌各异，在这个世界上四处游方。（21）克敌者啊，请为我释疑解惑，这对于众仙人，对于我，都有好处。（22）正法的特征是什么？请告诉我。人们不了解正法是无法去实践它的。知法者啊，强有力者！请把正法解释给我听。（23）

那罗陀说：

这时，在场的众仙人一齐对女神乌玛表示敬意。深明事理的人啊，他们的话里充满着赞词和颂扬。(24)

大自在天说：

不杀生灵、出言信实、怜悯众生、内心平静、量力施舍，对于一个家居者来说，这些都是最高的正法。(25)不近他人之妻、保护好他人委托的财物和女子、非人所施之物不取、不食蜂蜜、不食肉类，(26)这些乃是正法的五项要义。事实上，正法的内容多种多样，无一不能给人带来福祉。任何视正法为无上命令的生灵该做的事，都在正法的范围之内。(27)

乌玛说：

世尊啊，我还有一事想问，希望你能回答，为我释除疑惑。四个种姓各有自己的法，它们能够给守法者带来福惠。(28)婆罗门应该遵守的法是什么？刹帝利应该遵守的法是什么？吠舍应该遵守的法有什么特点？首陀罗应该遵守的法又有什么特点？(29)

大自在天说：

天赐大福的女神啊，你这样提出问题，确实十分得当。在这个世界上，再生者[①]永远是有福的人，永远是大地之神。(30)毫无疑问，对于婆罗门来说，正法就是斋戒[②]。他实践了法和利，就具备了同梵合一的资格。(31)女神啊，只要他正确地履行正法，做到了戒条要求的一切，并且举行了入教礼，那么，他就成了一个再生者。(32)他要以学习吠陀和实践吠陀教导为己任，虔心礼敬师父和神明。此外，任何视正法为无上命令的生灵该做的事，都在应该遵行的正法范围之内。(33)

乌玛说：

世尊啊，我的疑惑尚没有完全解除，还得请你继续讲解。请你把有关四种姓的法详细地告诉我。(34)

[①] 这里专指婆罗门。
[②] 这里泛指节制各种欲望。

大自在天说：

学习秘密知识①，遵守吠陀戒律，恪守誓约，尊重师父，（35）过乞食游方的生活，经常实行斋戒，不断诵习吠陀，这些都是处在梵行期的再生者应当遵行的法。（36）梵行期一旦结束，他就应该在征得师父同意后，返回自己的家，并且依照规矩，娶一位门当户对的女子为妻。（37）正法还要求他不接受首陀罗做的食物。他需要选择正路行走，经常实行斋戒，举止不违梵行。②（38）一个家居者要时时向宅中的祭火添加柴薪，潜心学习吠陀，按时奉献祭品，努力控制感官，节制饮食，只吃剩余之物③，并且出言信实，保持身心内外的纯洁。（39）他要热诚待客，保持好祭祀三火，不忘常行逸失帝祭④，依照规则举行缚牲祭⑤。（40）事实上，祭祀是他最重要的法；不杀生也是如此。还有，后食亦是重要的法，这就是所谓只吃剩余之物。（41）一家之主总要待周围的人⑥全都餐毕之后，方才吃饭。对于一个熟悉吠陀经典而又处于家居期的婆罗门来说，这是特别为他规定的法。（42）家主和他的妻子同为一家之主，他们所应遵行的法也是相同的。他们应当经常以香花和各类供品奉祀家宅之神。（43）正法还要求家主每天把家宅擦洗⑦干净，要求他常行斋戒。一个打扫擦洗得干干净净的家宅，还要有纯净酥油燃烧⑧的烟雾升腾缭绕才好。（44）上述这些，就是家居期婆罗门应该遵守的法。世界正须靠它来支撑。它也是通过优秀的再生者不断实践而建立起来的。（45）女神啊，下面我要谈谈刹帝利的法是什么。这也是你提出的问题。我就要把它讲给你。请你集中精神，仔细听。（46）自古以来，有关正法的传承就规定了，刹帝利的责任是保护他的臣民。同样，依据正法，国王也从百姓那里收取一定数量的生产所得。（47）人民之主按照正法的要求保

---

① 指奥义书的学习。
② 有学者认为，这里的斋戒指除正常时间以外不吃饭，梵行指除发妻以外不与别的女子有染，即使是同自己的妻子，也注意行房禁忌。
③ 这里说的是先以食物敬神祭祖待客，然后才自己取用。
④ 一种比较简单的祭祀，敬神只用酥油、水果等。
⑤ 一种比较大的祭祀，要贡献牺牲。
⑥ 这些人包括所有由他养活的人，也包括仆人。
⑦ 习惯用牛粪和水来擦洗。
⑧ 敬神祭祖时，通常将纯净的酥油投入祭火。

护他的臣民。他在履行了保护臣民的责任之后，便能依法在来世获得诸多美妙世界。(48) 正法对于国王还有另外的要求，那就是约制自我，诵读吠陀，慷慨施舍，学习吠陀，① 并按时向祭火中投献供品。(49) 他还要记住佩带圣线②，按时举行祭祀和其他各种仪式，养活仆人和其他依靠他的人。正法还要求他，凡事一经开始，就要坚持到底。(50) 对于犯法者，他要严格依其罪行加以惩戒。任何祭祀，必须按吠陀圣典的要求来举行。遇有争讼，秉公办理。说话行事，诚实无欺。(51) 作为国王，对于陷于不幸的人要施以援手。这样，无论在今生，还是在来世，他都能受人敬重。为了保卫牛群和婆罗门，他应该表现出英雄气概，虽捐躯沙场而不辞。这样，他在来世就能去往第三天中那些只有举行了马祭才有资格去的美好世界。(52) 按照法规，吠舍应该永远以放牧和耕种为业，按时向祭火中投献供品。此外还应慷慨施舍，学习吠陀。(53) 他也可靠经商为生。他应该约制自我，沉静自若，待客殷勤，遵行正道，对于婆罗门时刻表示欢迎，并肯舍弃财物。这是为吠舍规定的永恒的法。(54) 吠舍倘以经商为业，而他又想走正路，那么他就要注意在任何地方都不卖芝麻、香料和液汁。(55) 对一切上门的客人，他都要殷勤招待。只要能力许可，手段正当，对于人生三要③，他可以随意追求。首陀罗最高的法，乃是永远听命于再生者。(56) 一个首陀罗倘能控制自己的感官而又重然诺，那么他就无异于修炼了严厉的苦行；倘若他乐于听命，待客周到而殷勤，也可以认为他积累了大苦行。(57) 一个首陀罗，如果他不乏智慧，行为善良，放弃了杀生，并且常能虔诚敬拜神明和再生者，那么他就不难获得心中渴望的合于正法的果报。(58) 美丽的女神啊，以上我说的就是有关四种姓的法。我讲了他们各自的职责。除此之外，你还有什么想听我讲吗？(59)

以上是吉祥的《摩诃婆罗多》中《教诫篇》第一百二十八章(128)。

---

① 这里的"学习吠陀"指从师学习，前面所说"诵读吠陀"指自己研读。
② 再生者行人教礼后只有资格佩带圣线（搭于左肩）。有学者认为，这种再生者身份标志原为一件圣衣，或一块鹿皮，后简化为一根圣线。
③ 指法、利、欲这三种人生的主要目标。

一二九

乌玛说：

你已经讲过了为四种姓分别制定的有益的正法原则。世尊啊，请你再把普遍适用于所有人的正法讲给我听。(1)

大自在天说：

创造者梵天，这宇宙的精华，希望做一件至善之事，便创造了婆罗门作为地上之神，让他们教度整个世界。(2) 我将要告诉你，婆罗门的正法是什么，以及通过履行正法，他们会获得何种果报。一般认为，为婆罗门规定的法，是最高的法。(3) 为了在世界上确立正法，自有（大梵天）创造了三种法。可以说，就在大地创生的时候，这些法也被一劳永逸地创造出来了。至于它们都是什么，请你听我继续讲。(4) 吠陀讲述的一切，是最高之法。传承法论位居第二。由圣者体现的法，位居第三。它们是三种永恒的法。(5) 有知识的婆罗门都应当通晓三吠陀。但他不能以教授吠陀赢利谋生。他应该履行三业，克服三敌，① 并有慈悯之心。传统对于再生者就是这样要求的。(6) 世界之主提出了六项行为要求，它们与婆罗门的生计有关。这些要求是什么，请听我告诉你。(7) 自己行祭，为他人行祭，施舍财物，接受施舍，学习吠陀和教授吠陀。谁做到了这六点，他就能获得正法带来的福报。(8) 诵习吠陀，持之以恒，是正法的要求。常行祭祀，也是正法的要求。依照规矩，量力施舍，从来就是为人称道的善行。(9) 所有这些，作为最高的法，一向为高尚的人所遵行。家居者应该身心纯洁，这样就能积大功德。(10) 以五祭②来净化自身，出言信实，不怀恶意，慷慨施舍，善待婆罗门，将自己的住宅打扫得干干净净，(11) 不傲慢，不虚伪，说话温和有礼，乐于款待来客及其他来访者，用餐总在他人之后，(12) 依照规矩向来客献上濯足和洗手水，为他提供座位，提供床席，提供灯盏，提供住所——做到以上这些

---

① 这里的三业是施舍、祭祀和学习吠陀。三敌是贪、嗔、痴。
② 五祭是梵祭、祖祭、天神祭、众生祭和人祭。

的，都是具有正法精神的人。(13) 黎明即起，漱口洗面，然后以食物敬客，并以种种方式殷勤招待他们，而在他们离去时又能送上一程，做到这些的人能够获得永久的功德。(14) 无论日夜，皆能热情招待一切来客，努力追求人生三要，乃是家居者应当履行的法。至于首陀罗的法，归结起来，就是侍奉前三种姓的人。(15)

为家居者规定的法是以入世为特征的。让我来把这特征讲给你，因为它吉祥且有利于众生。(16) 谁希望自己的日子兴旺发达，他就要经常依照自己的能力进行施舍，经常依照一定的规矩举行祭祀。他的行为应该以有益他人为准则。(17) 他应该通过合法的手段获取财富，然后将这合法的财富分作三份。无论做什么事，都应把对于正法的考虑放在第一位。(18) 一个希望自己的日子兴旺发达的人，应该把三份中的头一份用于实施正法，第二份用于享乐，第三份用于增值。(19) 解脱的法有所不同。依照传统的看法，它是以出世为特征的。至于有关的行事方式，我会详细地告诉你。女神啊，请仔细听。(20) 这种法要求人怜悯一切众生，居无定所，摆脱欲望的束缚，追求最后的解脱。(21) 他应该不执著于盛水的器皿，甚至也不执著于水。他还应该不执著于衣物、坐椅、随身的三杖，以及床、火和栖身之处。(22) 他的心应该始终专注于内在的灵魂。他的精神应该趋向于最高的目的①。他要潜心研习瑜伽和数论。(23) 他应该经常栖身树下，或卧于空宅。他也可以睡在河边的沙滩上，或憩息于岸畔。(24) 他应该从一切执著中解脱出来，也不为任何亲情所束缚。他要使自我融入宇宙灵魂，悠游其中。(25) 他立如木柱，常行斋戒，一切行止，都以自身解脱为指归。他漫游四方，一心致力于永恒之法。(26) 他从不长时间滞留一处，也不在一个村庄里久居，甚至不连续宿于同一河岸。他了无牵缠，在大地上到处游荡。(27) 这就是吠陀经典提出的法，为通晓解脱之道者所用。这也是善人走的正路。谁走上这一条路，他的身后就不会留下足迹。② (28) 这样的遁世者共有

---

① 最高目的即与梵合一。
② 意思是因为无所执著，所以没有足迹。

四类，即拘氏遮罗、迦哩透陀伽、杭娑和波罗摩杭娑。① 四类的地位以越靠后越高。(29)世上没有什么能高于它②，也没有什么低于它，或在它的旁边，或在它的前面。③ 它既无所谓痛苦或快乐，也无所谓老或死。它代表吉祥，是永恒不灭的状态。(30)

乌玛说：

你对我讲了家居者解脱的法，那是由善人们所遵行的。对于这个世界上的人来说，你指出的道路能够带来巨大的福惠。(31)知法者啊，我还想听一听有关仙人的无上之法。对于那些居住在苦修林中的圣者，我心仪已久。(32)苦修林中总是弥漫着一种香味，它是从新鲜酥油的烟气④中散发出来的。大自在天啊，见到这样的景象，我的心每每充满欢愉之情。(33)大神啊，我不知道有关这些牟尼的法是怎样的。洞悉一切正法真谛的神中之神啊，请讲给我听吧。请原原本本将我渴望了解的问题统统为我解释清楚。(34)

大自在天说：

好吧，让我把有关牟尼的无上之法讲给你听。美丽的女神啊，那些牟尼以自己的苦行履行这无上之法，由此达到了成就一切的境界。(35)天赐大福的知法女神啊，首先我要把那些一向深明正法，人称"食泡沫者"的仙人们曾经履行的法讲给你听。(36)他们经常大量饮食可口的泡沫，那是梵天饮用的甘露，香甜味美，是自天上流下来的。(37)以苦行为财富的女神啊，这就是那些纯洁的"食泡沫者"依照正法所做的事。下面请听我谈谈众矮仙。(38)众矮仙是以苦行成就一切的牟尼，生活在太阳的光轮之中。他们通晓正法，采取鸟类的取食方式，以捡拾谷粒为生。(39)矮仙的衣服皆用鹿皮或者树皮做成。他们以苦行为财富，摆脱对立，行于正路。(40)他们的身材只有拇指大小，并且各从其类，分属于不同的团体。他们一心一意修炼苦行，获得了大功果。(41)他们几乎与神明不分轩轾，而他们所

---

① 拘氏遮罗意为在家行者，即名为遁世，而实际上并未真正离家，而是靠自己的儿子养活。迦哩透陀伽意为已沐浴者，即已经依规例履行沐浴礼的人，为一种常在沐浴圣地行乞的遁世者。杭娑意为天鹅；波罗摩杭娑意为至高天鹅。后者已经完全控制了自己的感官，与宇宙灵魂合一。

② 这里指波罗摩杭娑这一地位。

③ 本句的意思是，它是包容一切的，因此便不存在它与别物在程度上和位置上的区别。

④ 祭祀时常向祭火中投献酥油作为供品，故有油烟。

以存在，也是为了神的事业。他们以苦行之火烧除了自己所有的罪愆，光彩夺目，照耀四方。(42) 还有一些善良的贤者称作遮羯罗遮罗。他们身心纯洁，奉慈悲为最高之法，生活在苏摩界内。(43) 那里离祖界不远。他们依照规矩，靠捡拾谷粒为生。此外，另有称作三波罗羯湿罗、阿舍摩固吒和弹多卢可利那的贤者①。(44) 他们已经成功地控制了自己的感官，同样靠捡拾谷粒为生，住处离饮苏摩和饮雾气的众神不远。(45) 他们很好地保持着祭火，按时举行五祭，尽心尽意地崇拜祖先和神明。(46) 女神啊，这样的仙人法为那些云游四方的再生者所奉行，他们在游方时也会进入神的世界。下面我还要讲讲其他贤者的事。(47) 若想全面履行仙人法，必须做到控制自我，控制感官。我认为，欲望和愤怒是必须受到控制的。(48) 他们还应该做到：向祭火中投献供品，在达摩罗陀利祭上据有自己的座位，举行苏摩祭，获得特殊知识，以及第五项——支付祭祀酬金；(49) 此外，还应不忘日日行祭，虔诚敬拜祖先和神明，用拾得的谷物烧饭款待一切来客，(50) 避免享用牛奶做的食品，以野菜和树叶为美餐，专心修炼瑜伽，满足于睡在光秃秃的土地上。(51) 他们常以野果、块根或浮萍充饥，或者索性只食风和水。这样的仙人具有强大的自制力，凭借它，他们可以达到一般人难以企及的境界。(52) 当炉火已经熄灭，炊烟不再升起，碾槌没了响动，盘盏已不再来回传递，人们的腹中已经食物饱满，游方乞食者也已消失在街头的时候，(53) 一个期望宾至而并无客来的家主才开始吃那大家剩余的饭食。这样，这种富有坚忍精神，爱好真理正法的家主就真正实践了牟尼的法。(54) 不要傲慢无礼，不要自命不凡，不要粗心大意，不要动辄吃惊。待人仁爱友善，对敌友一视同仁。谁能如此，他就是知法者中的上上之人。(55)

以上是吉祥的《摩诃婆罗多》中《教诫篇》第一百二十九章(129)。

---

① 三波罗羯湿罗意为"洗净"。因为他们每天都把餐具洗得干干净净，不为次日留任何可食的东西。阿舍摩固吒意为"石舂"。因为他们只用两块石片来去除谷壳。弹多卢可利那意为"牙臼"。因为他们用自己的牙齿去除谷壳。

一三〇

乌玛说：

在山间的流泉边，在溪旁的绿林灌丛中，清幽可爱的地方随处可见。（1）还有的地方花木扶疏，果实累累，块根丰富。这些都是谨守戒条，乐于冥思的人卜居的好去处。（2）商迦罗（湿婆）啊，我很想听你讲讲圣典上有关这些贤者的规矩，他们住在林中，自己养活自己。（3）

大自在天说：

请你凝神屏息，听我讲述有关森林隐居者的法。专心致志听过以后，女神啊，你就会成为一个充满正法精神的人。（4）那些卜居林泉的，都是完成了人生事业，成功地驾驭了自身的善人。他们作为林居者应该如何行事，我就要告诉你。（5）每天，他们要沐浴三次，按时敬拜祖先和神明，并向祭火中投献供品，依照规定举行逸失帝祭。（6）他们以摘野果，挖块根或捡拾野生稻谷作为果腹的手段；食油则取自印古陀①、蓖麻或芝麻。（7）这些已经成就了事业的人住在只有胆大的英雄方才敢去的密林里。他们勤修瑜伽，排除欲望和愤怒，睡眠的姿势是所谓英雄式。（8）他们按一定的法式修炼艰难的瑜伽，以使自己达到圣善的境界，包括在炎夏经受五火的炙烤②和以蛙式瑜伽③久坐等等。（9）这些通晓正法的人往往坐取跏趺式，卧选光土地，或习冻瑜伽，或操火瑜伽。（10）他们以水和空气维持生命。浮萍对他们来说已是上好佳肴。倘有谷粒可吃，他们不是只用两块石片除去谷壳，就是索性用牙齿来做这件事。食后的餐具他们也洗得干干净净。④（11）他们用破布片或树叶护身，或用鹿皮缝衣。然而他们的生活却是有规律的，有一定的时间安排，内容也符合有关的正法和

---

① 一种热带榄仁树属灌木。
② 五火是置于身体四面的四火及骄阳之火。
③ 行瑜伽者稳坐不动如蛙，长久进入冥思。
④ 参见前章第44颂注。

相应的规定。(12) 他们住在森林，游在森林，喝在森林，一切皆在森林。这些林栖者来到森林中，就像来到师父跟前，同他生活在一起一样。(13) 他们遵守正法，日日向祭火中投献供品，例行五祭，也遵照吠陀经典的规定，举行蛇蟒五祭①。(14) 须要举行的还有第八日祭②、四月祭③、满月祭④和其他的日常祭祀。(15) 这些牟尼独自居住在森林里，抛却了妻子家庭，摆脱了一切世事的牵缠，也摆脱了一切罪愆。(16) 祭祀用的木勺和水罐是他们最重要的财产。三圣火⑤也在他们的精心保护之下。如此端行于圣道正途，这样的善人就可以在死后去往至高无上的境界。(17) 这些牟尼由于履行了仙人之法而获得成功。他们会去往神圣的梵界，或者永恒的苏摩界。(18) 女神啊，林居者奉行的正法庄严美妙，我已经简略地讲述给你，也谈了一些实践上的细节。(19)

乌玛说：

世尊啊，世上众生无不敬拜的神中之神！研究瑜伽学说的牟尼们奉行什么正法，请为我讲讲。(20) 他们居住在森林里，已经成功地掌握了瑜伽学说，自由自在，有的还带着妻室。关于他们的正法，传承经典是怎样描述的？(21)

大自在天说：

女神啊，那些自由自在的苦行者，应该剃去头发，穿上袈裟。那些携带眷属的，可以在固定的住所过夜。(22) 他们每日沐浴三次；有妻室者还应举行常由仙人举行的大祭。此外还要进行瑜伽冥思，并严格遵守吠陀经典为走圣道正途者所定的其他轨范。(23) 前面所讲林居者的法，也适用于他们。只要切实实践了所有这些法，他们便不难获得属于苦行者的果报。(24) 那些奉行家主之法的人⑥，应当注意控制感官，恪守夫妇之规，只近发妻，而其行房时间亦应局限在合理

---

① 这是何种祭典不详。可能是在每年湿罗婆那月（约在7—8月）的白半月第五天，以及阿舍陀月（约在6—7月）的黑半月第五天举行的一种祭祀活动。
② 阴历每半月的第八天举行，故名。
③ 参见前第105章第36颂注。
④ 在每月的月圆日举行。
⑤ 即西方的家主火、东方的烧供品之火和南方圣火。
⑥ 即携带妻室者。

的生理周期之内。(25) 事实上，为那些乐于奉行正法的人规定的法，也就是众仙人奉行的法。所有真正知法的人，都不会听凭个人一时的好恶而产生其他欲求。(26) 谁能够真正以无畏施与众生，不对他们怒气相向，更不伤害他们，他就是具备了正法的精神。(27) 谁对于众生抱有慈悲之心，立誓对他们诚恳相待，视自己的灵魂与众生的灵魂一般无二，他就是具备了正法的精神。(28) 浸润于吠陀经典之中和诚恳地对待一切众生，这两者应被视为具有同等功德。认为后者略高一筹，亦无不可。(29) "诚恳即法"，有此一说。"诡谲非法"，亦有此说。为人正直诚恳，就是具备了正法的精神。(30) 谁能诚恳地对待众生，他就能永远同不死的天神住于一处。所以，一个人如果希望自己的行为符合正法，就应该永远保持正直诚恳。(31) 谁做到了宽忍、自制、息怒、不伤害生灵、恪守正法且终生衷心热爱正法，他就是具备了正法的精神。(32) 一个人倘能摆脱慵懒，以法为魂，尽其所能，行于正路，崇尚道德，觉悟真理，他就具备了与梵合一的资格。(33)

乌玛说：

大神啊，那些以苦行为财富的贤者住在各自的净修处。他们浑身放光，有如灯炬，究竟是做了什么事？(34) 那些国王们，还有那些公子王孙，无论是家资万贯的，还是相对贫穷的，世尊啊，他们获得如此巨大的果报，到底是做了什么事？(35) 大神啊，那些林居者能够使自己去往永恒之地，身体里散发出旃檀天香。他们凭的是什么作为？(36) 三眼大神啊，何以那些修炼苦行的人能够变得不同凡响？这些都是我疑惑不解的问题。三城的摧毁者啊，请你原原本本，为我讲讲。(37)

大自在天说：

一个人做到了制驭自身，不伤生灵，出言信实，恪守禁食的戒条，完成一切当做的事，他就可以在死后摆脱疾苦，同健达缚一起游乐。(38) 一个懂得正法的人倘能经常以蛙式瑜伽久坐，并按照要求在一定的地点，依一定的规矩施行祭祀，他就可以在来世同神蛇一道游乐。(39) 一个人如果能够经常同鹿群生活在一起，拿它们口中掉出的草来充饥，并且以例行祭仪为乐事，那么他就能够在来世往生阿

417

摩罗伐底城①。（40）一个有戒行的人如果常以收集浮萍或捡拾败叶为生，或者常习冻瑜伽，那么他就能在死后获得最高的归宿。（41）一个人如果能够做到仅以风或水为生，或者只吃野果和块根，那么他就能在死后去往药叉领地的最胜之处，在那里同众天女嬉戏游玩。（42）一个人倘能在炎炎夏日依照规定习火瑜伽，岁岁坚持，达十二年，那么他就能在来世成为大地之王。（43）一位牟尼，如果能在饮食方面厉行斋戒，竟能在荒漠之中②艰苦卓绝，生活十二年，那么他就能在来世生为大地之王。（44）如果有这样的人，他在光秃秃毫无遮蔽的平地上选择一片清洁干净的去处，在那里举行种种祭祀仪式，以此为乐，达十二年，（45）那么，据称，他获得的果报将是漂亮的车乘，舒适的床具，以及价值连城，如明月般清光四射的豪宅。（46）一个人如果能节制自身，常行斋戒，在生活上全靠自己，不仗他人，最终在静谧的森林中抛弃自己的肉体，那么他在死后必能升往天国。（47）谁能够在生活上自力更生，谨奉祭祀仪式达十二年，那么，最终在大河中抛弃自己的肉体后，他必能去往伐楼拿世界。（48）谁能够在生活上全靠自己，谨奉祭祀仪式达十二年，用石片劈破自己的双足，③那么，他必能在死后去往俱希迦④的世界欢喜度日。（49）一个人如果通过自己的力量实现了自我，摆脱对立，断除执著，在十二年内一心一意举行祭祀仪式，那么，他在死后一定能够升往天国，同诸神共享欢乐。（50）谁能够在生活上全靠自己，谨奉祭祀仪式达十二年，不忘向祭火中投献供品，那么，在他抛弃自己的肉体后，定能去往火神世界，在那里备受崇敬。（51）神女啊，一个再生者如能约束自身，摆脱对立，断除执著，按照规矩例行祭祀，置自我于自我之上；（52）且能专心行祭如仪达十二年，后将取火棍⑤缚于树干，赤身露体，出走游方，（53）行踏英雄之路⑥，坐取英雄之式（即跏趺式），那么，

---

① 阿摩罗伐底为神城，是因陀罗居住的地方。
② 这里的荒漠意味一种缺乏食物，甚至连水也没有的生存环境。
③ "劈破双足"云云意义不明，或许指赤足在利石上行走。
④ 一种能够隐身的小神灵，为财神俱比罗的随侍，并负责守卫他的财宝。
⑤ 摩擦取火用的木棍。
⑥ 这里的路指深山密林，胆小者不敢进入的地方。

作为一个实实在在的英雄,他一定能在来世得到属于英雄的归宿。①(54)他将去往天帝释的世界并永远留在那里。他的身上会布满天国的鲜花,散发着旃檀的香气。在天国里,在众神的陪伴下,这充满正法精神的人将过着幸福的生活。他的任何愿望,都能得到满足。(55)一个人如果善于自制,意志坚定,身心纯洁,常行祭祀,抛弃一切,长时期修习英雄瑜伽,那么他必能在来世去往英雄世界。谁能坚持走英雄之路,任何属于他的世界都将永恒不灭。(56)他所乘坐的天车畅行无阻,能把他带往心中想去的任何地方。他体魄健康,幸运吉祥,能够快快活活地生活在天帝释的世界里。(57)

以上是吉祥的《摩诃婆罗多》中《教诫篇》第一百三十章(130)。

— 三 —

乌玛说:

世尊啊,薄伽②眼睛的毁坏者,普善牙齿③的崩掉者,陀刹祭祀的破坏者,啊,三眼之神!我还是有很大的疑问未能解除。(1)早先,自有之神(梵天)创造了四种姓。我想知道的是,犯了什么过失,一个吠舍就会堕落为首陀罗?(2)又是因为做了什么事,一个刹帝利会变成一个吠舍,或者一个再生者④会变成一个刹帝利?大神啊,这样的情况又该如何避免呢?(3)做了什么样的事,一个婆罗门就会堕入首陀罗胎?做了什么样的事,一个刹帝利就会下降到首陀罗的地位?(4)大神啊,请解除我的疑问。此外,无瑕者啊,众牛之主,其他三种姓又如何才能使自己的身份升高到婆罗门的地位呢?(5)

大自在天说:

婆罗门的地位是很难达到的。美丽的女神啊,一个人是通过出身而成为婆罗门的。刹帝利、吠舍和首陀罗,我想,也是由于自己出身

---

① 这里所说的英雄,不是战场上凭借勇力克敌制胜的豪杰,而是善于自制,修大苦行,坚持走正法之路,能够战胜自我的英雄。
② 参见前第17章第73颂注。
③ 参见第64章第7颂注。亦有故事说普善的牙齿是在前注的战斗中被湿婆击落的。
④ 这里仅指婆罗门。

不同而成为不同种姓的。(6) 一个婆罗门会由于行为恶劣而从他固有的地位上跌落下去。因此,一个婆罗门一旦获得了这一最高的种姓地位,便应该设法将它保持住。(7) 一个刹帝利,或者一个吠舍,如果依照婆罗门的法而过婆罗门式的生活,那么他就会在来世成为一个婆罗门。(8) 同样,如果一个婆罗门放弃了本种姓的职责,转而奉行刹帝利的法,那么,他就会从婆罗门的地位上跌落下来,投胎而为刹帝利。(9) 有的人已经获得了难得的婆罗门地位,然而由于心智不足,愚蠢有余,轻易为贪欲所左右,执意采取吠舍的行为方式,(10) 于是便从婆罗门降到了吠舍的地位。同样道理,一个吠舍也会由于采取首陀罗的生活方式,而在来世生成为首陀罗。一个婆罗门如果放弃了自己应当遵行的法,照样也会沦为首陀罗。(11) 这样一个革除种籍的婆罗门,从自己的种姓地位跌落下来,不仅无缘进入梵界,反而会堕入地狱,然后在来世生为首陀罗。(12) 无论是刹帝利,还是吠舍,即使荣华富贵在身,只要他不肯履行属于本种姓的法,而行为举止,一如首陀罗,(13) 那么,他就会从自己固有的地位上摔下来,在来世生为杂种姓。婆罗门、刹帝利和吠舍,都可能因其行为不端而降为首陀罗。(14) 那些通过恪守属于本种姓的法而始终保持自身清净的人,那些有知识,有智慧,身心纯洁的人,那些懂得正法,全心全意热爱正法的人,一定会获得正法为他们带来的善果。(15)

女神啊,大梵天曾经说过如下的话:一心向往正法的善人,总是把实现优越的自我当作个人努力的目标。(16) 女神啊,凡是来自野蛮卑劣者的食物都在禁戒之列。属于众人的食物,为死者所行的第一次祖祭上的食物,宣布的食物,[①] 任何时候都不能吃。首陀罗的食物也不该吃。(17) 女神啊,首陀罗的食物是那些具有伟大灵魂的神明所禁食的。这条权威的禁令也是老祖先亲口宣布的。(18) 一个燃好圣火,正在行祭的婆罗门如果死了,而他的肚子里还残留着首陀罗给他的食物,那么,他在来世必定生为首陀罗。(19) 只要肚子里留着首陀罗食物,就足以使一个婆罗门丧失自己原有的地位,转而生为首陀罗。对于这点,不必有任何怀疑。(20) 婆罗门死时肚子里残存着

---

① 宣布的食物指那种由寺庙或祭祀者通告散施众人的食物。

谁的食物，他在死后就会生而具有那人所属的种姓。他靠谁的食物为生，死后也会生而具有那人的种姓。（21）一个好不容易生为婆罗门的人，如果将自己的优越地位视若敝屣，乱吃不该吃的食物，是必定要从自己再生者的地位上跌落下来的。（22）至于饮酒者、杀婆罗门者、行为卑劣者、偷窃者、破戒者、污浊的人、放弃吠陀学习的人、有罪的人、贪心的人、行骗的人、奸诈的人、（23）未践行誓约的人、娶首陀罗女为妻的人、吃拉皮条饭的人、卖苏摩的人、为低种姓服务的人——所有这样的婆罗门，都会失去自己原有的地位。（24）玷污师父床笫的人、恶意对待师父的人、以凌辱师父为乐的人、痛恨吠陀经典的人——所有这样的婆罗门，都会失去自己原有的地位。（25）女神啊，一个首陀罗凭着自己良好的行为，是可以升为婆罗门的。同样，一个吠舍也可以因此而升作刹帝利。（26）首陀罗应该使自己的全部行为符合既定的法理和规矩，以谨慎的态度，全心全意服从和侍奉高等种姓。首陀罗应该永远守着自己的这一正途。（27）他应该对诸神和再生者表示崇敬，恪守殷勤待客的戒条，坚持约制自我，注意斋戒，与妻子同房一定遵守有关她生理周期上的规定。（28）他应该时刻寻求为神圣和纯洁的人服务的机会，只吃剩余的食物，并且避食任意宰割的肉[1]，做到了这些，一个首陀罗就能在死后生为吠舍。（29）

出言信实，不自我吹嘘，常行祭祀以敬神明，全神贯注学习吠陀经典，摆脱对立，经常保持内心的宁静，保持自身的清净和纯洁，（30）制御自我，善待婆罗门，为一切种姓谋福利，严格遵守为家居者规定的所有戒条，坚持日食两餐，（31）不但总是食在众人之后，而且所食亦加以节制，不为欲念所左右，人前绝不言必称自我，虔诚地行火神祭，依照一定的规矩向圣火中投献供品，（32）殷勤地接待所有上门的客人，按照经典上的规定保护好三圣火。如果一个吠舍做到了这些，那么他就可以在来世生于清净而又伟大的刹帝利之家。（33）一个吠舍在生为刹帝利后如能接受教化，提高素养，行入教礼，恪守誓愿，那么他在下一世还会生为道德高尚的婆罗门。（34）

---

[1] 指未经一定的祭仪而宰杀的动物肉。

如果他已成刹帝利而又渴望升入天堂，那么他就应该慷慨施舍，勤学吠陀，精心护好三火，以种种祭祀礼拜神明，而这些祭祀又有充分的准备在先，丰厚的酬金报答主祭在后。（35）他应依法保护臣民，向不幸的人施以援手，诚实做人和行事，并视此类道德为幸福之本。（36）他应该依据正法施行惩戒，而不能放弃这个权力。他应该以正法正行教化百姓，竭尽努力为他们服务，然后将他们土地收获的六分之一收取上来。（37）作为一个具有正法精神的人，他不应逞性妄为，沉迷声色，而对于何为合法的获利之道，也要清楚。与妻子行房，应注意有关她生理周期的禁忌。（38）他应该常行斋戒，约束自身，以学习吠陀为要务，保持身心的纯洁。他要在火坛的边上铺垫祭草①，以为床席。（39）他要保持心情舒畅，积极追求人生三要②，盛情接待一切来客。首陀罗的吃饭问题也要很好解决。（40）做任何事，他都不能以满足自己的利益或欲望为动机。对于祖先、神明和客人，他都要诚心敬拜。（41）在自己的家中，他要按照规则招待乞食者。每天，他要依照一定的仪式，举行三次火神祭，向祭火中投献供品。（42）为了母牛和婆罗门，他应该在战场上勇敢地面对死亡，或者投身那被咒语净化过的三火，由此而生为婆罗门。（43）一个具有正法精神的刹帝利，如能精通吠陀，富有教养，冶神圣的知识和世俗的知识于一炉，那么凭借自己的作为，他就不难成为婆罗门。（44）

　　女神啊，出身低贱的首陀罗，仍有可能由于行为高尚，善果累累而跻身于富有教养的婆罗门之列。（45）相反，一个婆罗门如果行为恶劣，在饮食方面不守戒条，也可能从原有的优越地位上跌落下来，沦为首陀罗。（46）女神啊，一个首陀罗，如果心灵纯洁，善于制御自己的感官，行为表现无可挑剔，那么，他也应该同样受到婆罗门般的对待。这是梵天说过的话。（47）如果一个首陀罗在符合他身份的行为上有良好表现，依我看，他就与任何行为端正的再生者并无二致。（48）出身、祭祀、吠陀知识以及神圣的仪式，都不足以成为使人具有再生者身份的理由。只有行为才是惟一的判断标准。（49）所有的婆罗门都是以其良好的德行立足于世的。美臀女啊，谁有嘉德懿

---

① 即拘舍草。
② 即法、利、欲。

行，他就具备了婆罗门的资格。(50) 美丽的女神啊，在我看来，梵的本性在任何地方都是一样。它纯洁无瑕而又无迹可求。谁的内心存有梵，他就是一个婆罗门。(51) 梵天是一切恩惠的施予者。女神啊，他在创造世上众生的时候就曾说过，人依照果报而定出生，从而表现出地位的不同。(52) 在这个世界上，婆罗门就是土地——有腿有脚，到处行走的土地。谁在这大块的土地上播种耕种，他就会在来世有所收获。(53) 一个有所追求的婆罗门，应该经常节制饮食，行于正途，踏上梵路。(54) 作为家主，他应该例行各种家庭祭祀，经常学习吠陀经典，坚持念诵。施舍和学习，必须是他生活中不可缺少的内容。(55) 只有这样坚持正途，勤学吠陀，不忘向祭火中添加柴薪的婆罗门，才能被视为合格的婆罗门。(56) 一旦获得了婆罗门的地位，就应该对它悉心爱护。笑靥可人的女神啊，要避免让低种姓人玷污了它，避免接受不该接受的施舍或做其他犯忌的事。(57) 总而言之，一个首陀罗可能由于服从正法而变成婆罗门，一个婆罗门也可能从原有的地位上跌下来，变成首陀罗。(58)

以上是吉祥的《摩诃婆罗多》中《教诫篇》第一百三十一章(131)。

一三二

乌玛说：

世尊啊，一切众生之主！天神和阿修罗共同敬拜的对象！对于人来说，什么是正法，什么是非法？大神啊，强有力者！请为我解释。(1) 行为、思想和语言这三种东西，像绳索和网一样，把人绊住；也同样是这三种东西，使人从羁绊中解脱出来。(2) 大神啊，通过什么样的善德，通过什么样的行为，或者说，有了什么样的习惯、品质和语言，人就可以升入天堂？(3)

大自在天说：

你这明晓法和利的真谛，始终热爱真理，善于调御自身，心情愉快的女神啊，你提出的问题诚有益于天下众生，也能使他们增广见识。那你就听我来回答吧。(4) 凡是爱好真理和正法，放弃所有欲望的善人,以及断除了疑惑,既不为正法,也不为非法所局限的人,(5)摆脱欲情,无所不知,通晓生死真谛,对世上各物一视同仁的人,都是从一切束缚中解脱出来的人。(6)凡是从不用行为、思想或语言伤害他人的人,不执著任何身外之物的人,都不会被行为所束缚。(7)凡不随意侵害生命的人,行为合乎道德的人,善于约制自我的人,具有同情心的人,对敌对友一视同仁的人,都能从行为的束缚中解脱出来。(8)对一切众生深抱同情,对所有生灵怀有信心,从不伤害任何生命的人,必能在死后进入天堂。(9)从不觊觎他人之财,从不垂涎他人之妻,满足于享受自己合法所得的人,必能在死后进入天堂。(10)对待他人之妻,如同对待自己的母亲、姊妹或女儿的人,必能在死后进入天堂。(11)满足于自己已有的财产,从不擅夺他人之物,安心接受既定的生活安排①的人,必能在死后进入天堂。(12)仅以自己的发妻为满足,行房而不违其可行之时,不沉湎于男女之欢的人,必能在死后进入天堂。(13)成功地控制了自己的感官,以遵守道德为人生要务,从不窥视他人之妻的人,必能在死后进入天堂。(14)这是天神所设之路,是供有道德的人行走的。这是摆脱爱憎之路,是供有智慧的人行走的。(15)任何人,无论是为了养家糊口,还是为了求取功德,都应该学习那些喜好施舍,谨守正法,常修苦行的人,以及那些遵循古训,身心纯洁,慈悲为怀的人。凡是希望升入天堂的人,舍此以外,并无别路。(16)

乌玛说:

语言既能束缚人,也能给人带来解脱。大神啊,无瑕者,众生之主!请告诉我,在语言方面,人应该注意什么。(17)

大自在天说:

不管是为了自己,还是为了他人,不管是想要戏谑,还是想要逗笑,在任何场合都不说谎的人,必能在死后进入天堂。(18)不管是为了个人生计,求取功德,还是由于一时的心血来潮,在任何情况下都不说谎的人,必能在死后升入天堂。(19)说话款语软声,美好动听,既无恶意,也不伤人,每有来客,必道欢迎的人,必能在死后升

---

① 这里指由于前生善恶而得的今生果报。

入天堂。(20)从来不说粗话、脏话或唐突他人的话，不以语带贬损为能事的善心人，必能在死后升入天堂。(21)从来不肯背后伤人，不在朋友间挑拨是非，出言必求信实，表达的又总是良好意愿的人，必能在死后升入天堂。(22)平等对待众生，善于约束自己，避免使用尖刻的或者带有敌意的语言的人，必能在死后升入天堂。(23)说话总想让人高兴，从不骗人，言语也不前后脱节的人，必能在死后升入天堂。(24)即使在气头上，说话也不肯伤人心，即使处在愤怒之中，出语也多抚慰之词的人，必能在死后升入天堂。(25)女神啊，上述有关言语的正法，人人都应遵守。这正法美妙吉祥而又合乎常理。凡是有学识的人都是忌讳说谎的。(26)

乌玛说：

大福气的神中之神啊，持弓者！那足以决定人的去向的思想和行为又都是些什么呢？请告诉我。(27)

大自在天说：

美丽的女神啊，那些在思想上紧紧追随正法的人，一定能在死后升入天堂。这方面的事，让我来讲给你听。(28)面庞可爱的女神啊，请听我告诉你，人们是怎样由于思想走了歪路而在外相[①]上表露出来的。(29)在荒凉的森林里看到了别人遗留的东西，即使是在心里也想不到要去动它的人，一定会在死后升入天堂。(30)无论是在空寂的村子，还是在无人的家中，看到了别人的财物丢在那里从不心中窃喜的人，一定会在死后升入天堂。(31)看到别人的妻室单独一人，即使她已有动情的表示，自己也不心旌摇曳的人，一定会在死后升入天堂。(32)无论是见到朋友，还是见到敌人，思想上都能一视同仁，友好相待的人，一定会在死后升入天堂。(33)饱学吠陀，内心纯洁，慈悲为怀，向往真理，对自己所拥有的一切能够心满意足的人，一定会在死后升入天堂。(34)对人全无敌意，相反总是抱着友爱之情的人，对一切众生怀有怜悯之心的人，不必拼死拼活去挣生活的人，一定会在死后升入天堂。(35)有虔诚的信仰，充满慈悲之心，为人纯洁高尚，或乐于与纯洁高尚者接近，深明正法与非法有何区别的人，

[①] 这里的"外相"兼指人的行为方式。这里要说的是人的外貌和行为会反映他的内在品质。

一定会在死后升入天堂。(36) 女神啊,明白在诸果报中,什么是优良行为所得的善报,什么是卑劣行为所得的恶报的人,一定会在死后升入天堂。(37) 遵守传统道德,品质优良,敬拜神明,敬拜婆罗门,对所有众生一视同仁的人,一定会在死后升入天堂。(38) 女神啊,前面我所说的就是人如何由于行为可嘉,厚积功德,最后得以升入天堂的事。除此之外,你还有什么事情想知道吗?(39)

乌玛说:

大自在天啊,关于人本身,我还有一些重大的问题疑惑不解。我想今天请你把它们全部为我讲明白。(40) 强有力者啊,人怎样做才能获得长寿?神中之主啊,修炼什么样的苦行,人就能够获得长寿呢?(41) 无可指摘者啊,在这个世界上,人做了什么事就会短命?大神啊,在寿夭这样的问题上,行为和果报之间的关系如何?请你为我讲一讲。(42) 有的人大富大贵,有的人命途多舛;有的人降生即高门大户,有的人睁眼即贫贱之家。(43) 有的人丑陋不堪,形同朽木;有的人面容喜庆,人见人爱。(44) 有的人才疏智浅,有的人博学多识;还有人学问宏富,兼容并蓄,形上形下,无所不晓。(45) 有的人顺顺当当,有的人坎坎坷坷。大神啊,人会如此不同,究竟是什么原因,请告诉我。(46)

大自在天说:

好吧,女神啊,这行为和果报有何关系的事,就让我来讲给你听。在这个凡俗世界里,所有的人都要亲尝自己行为的果报。(47) 有的人生性残忍,视生命如草芥,常常棍棒在手,动辄杀生。(48) 他们缺乏同情心,往往做出使众生惊魂四散的事。他们居心不善,经常弄得蠕虫、蚂蚁无家可归。(49) 女神啊,这样的人,死后必入地狱。相反,那些具有正法精神的人,必能在来世生而具有美貌。(50) 嗜杀的人,必入地狱,不杀生的人,必升天堂。在地狱中,那些凶恶的人将要受到残酷的惩罚。(51) 离开地狱以后,他们如果生而为人的话,也将寿促早夭。(52) 女神啊,那些热衷于杀生的人,由于行为邪恶而为众生所厌弃,必然是短命的。(53) 那些出身纯洁的人戒绝杀生,丢弃武器,不施刑杖,善待生灵。(54) 他们自己不杀生,也不允许他人杀生,更不让别人为了自己而杀生。他们热爱一切众生,对待他人就像对待自己一般。(55)这样优秀的人,女神啊,迟早会获得神明的地位。他们将享受种种快乐,生活在幸福之中。(56)如果降生在人的世界,他们就会是长寿者,欢乐美满,度过一生。(57)这就是那些行为高尚,多有善举,长生不老者所走的道路。这也是梵天指出的路,他要求人们放弃对于生灵的侵害。(58)

以上是吉祥的《摩诃婆罗多》中《教诫篇》第一百三十二章(132)。

一三三

乌玛说:

升入天堂的,是遵守什么道德规范,奉行什么行为准则的人?他们是通过什么样的善举,施舍了什么样的财物,才达到了这一目的的?(1)

大自在天说:

善待婆罗门,向贫弱无助、失明盲人和其他处境悲惨的人施舍食物、水和衣物,(2)建立住房,建立公共厅堂,挖井汲水,开凿池塘,开设公共饮水屋,定期散施人们需要的各色物品,(3)向人们施舍坐具、床铺、车辆、财物、珍宝、房舍、谷物、牛群、土地和女子(4)——所有如此甘心情愿,慷慨施舍的人,女神啊,死后都将往生天神世界。(5)他将在那里长期生活,享受种种无上快乐。众天女将在欢喜园和其他美丽的园林中陪伴他嬉戏游玩,欢乐度日。(6)女神啊,离开天国以后,他将回到人间,降生在谷物盈仓,财宝成堆的富贵之家。(7)作为一个资产无数,库藏充栋的富翁,他享受着凡有欲求,无不获得满足的快乐生活。(8)女神啊,远在古昔,梵天就曾说过,这些慷慨施舍的人会有大福大德。他们的容貌也使人感到可爱亲切。(9)然而,也有些人在施舍上小气吝啬。他们愚昧无知,尽管手里不乏财物,却对婆罗门的施舍要求置若罔闻。(10)他们只顾个人的口腹之欲,看到贫弱无助、失明盲人和其他处境悲惨的人,看到求乞者和客人来到面前,竟会掉头而去,即使那些人已经伸出了求助之手。(11)无论何时,他们都不肯将财物、衣服、金钱、牛群或者任何食品施与他人。(12)他们缺乏信仰,待人冷漠,贪得无厌,吝于施舍。这种智慧短浅的人,女神啊,死后必会进入地狱。(13)在地狱受苦的期限届满以后,如果还能还归人间的话,他们将生为愚钝之人,进入贫穷之家。(14)他们将在饥渴交迫之中,过着低贱的生活。任何享乐都没有份,徒然翘望,终究无缘。(15)既然生在贫困潦倒的家庭,他们也只好以无福可享为满足。女神啊,皆因前生行为不端,他们使自己陷入了一无所有的境地。(16)还有一些人骄矜自伐,傲慢无礼。他们愚不可及,偏好邪行,连替需要坐下的人搬个座位这样的事,也不肯做。(17)他们智慧短浅,不愿为应该恭让的人让开道路,①或为来客奉上濯足之水。(18)他们不肯依照规矩,用种种殷勤之道,敬侍应当盛情款待的客人。他们智慧短浅,不肯向他们奉上敬客之水或者漱口之水。(19)对于光临自己宅舍的师父,他们也不能以敬爱之心拜迎如仪。自大和贪婪使他们变得不近人情。(20)对于众望所归的人,他们倨傲不敬。对于年高德劭的人,他们轻视怠慢。这样的人,女神啊,统统是要入地狱的。(21)在地狱中受苦多年,终于脱离以后,这些人将会诞生在地位微贱之家。(22)由于蔑视师父,凌辱老人,他们将会投生到食狗者、补罗伽萨②,或诸如此类低贱种姓的家庭,一辈子愚钝不堪,备遭诅咒。(23)

有的人不傲慢,不骄矜。他崇拜神明和婆罗门,对普通人也总是谦恭有礼,俯首致敬。他说话动听,亦为世人所尊重。(24)温文尔雅,笑颜常开,心怀坦荡,语言亲切,对任何种姓的人,他都能以诚相待。对所有众生,他都不忘他们的福利。(25)对于来者,他一律欢迎;对于生灵,他从不伤害。对于尊者,他总能侍奉在侧,口称颂词,精勤服务。(26)对于应该恭让的人,他早早让开道路。对于自己的师父,他以敬师之礼相待。他总以能有宾客为幸,对他们敬事不息。(27)这样的人,女神啊,一定会在死后进入天堂。然后他还会诞生为人,成为名门之后。(28)在珠玉满堂的家庭中,他享受无尽

---

① 按照古代的规矩,地位低的人应该为地位高的人让路。如刹帝利应为婆罗门让路,吠舍应为婆罗门和刹帝利让路,如此等等。

② 食狗者和补罗伽萨都是贱民。前者由刹帝利和乌格罗(刹帝利和首陀罗女所生杂种姓)女子所生,后者为一贱民部落的成员。

428

的幸福。他以恪守正法为人生要务，常常解囊，慷慨施舍。（29）一切众生对他都有好感。世上之人无不对他鞠躬敬礼。他获得了自己善行的果报。（30）行善者日后必能生高门大户，成贵胄之胎。以上我讲述的正法，乃是宇宙创造者自己宣布的。（31）那些行为暴戾的人，专以恐吓世上众生为能事。手、脚、绳、棒是他们迫害生灵的工具。（32）美丽的女神啊，坚硬的土块或者其他东西，也能成为他们折磨众生的手段。说谎和欺诈也被用来制造恐怖。（33）他们经常追逐动物，看它们奔逃求生，惊恐万状。这种邪恶的人，必定在死后堕入地狱。（34）地狱苦尽之后，如能生而为人，底层之家，就是他们的诞生之地。那里众苦毕具，煎熬无度。（35）卑劣下贱，举世所憎，这一切都是自己造孽的结果。女神啊，即使在家族之内，亲戚之间，他们也是恶名昭著。（36）另外有人，完全不同。他们能以同情之心注视众生。他们控制了诸根，故心平气和，目含慈光，对待众生，如同己出。（37）他们约束自己的手和足，从不用它们恐吓众生，杀害众生，因此获得了他们的信任。（38）他们性情温良，慈悲为怀，从不用绳索、大棒、土块或任何武器惊扰众生。（39）这样怀德行善的人，死后必会升往天堂。他们会像天神那样住在天宫里面，终日享乐。（40）功德消尽以后，他们复生为人，没有痛苦折磨，没有灾祸困扰，过着舒适快乐的幸福生活。（41）不消奔波劳碌，也无忧愁恐惧，只有幸福安逸。女神啊，善人前面没有悲伤烦恼的路。（42）

乌玛说：

我发现，世界上有的人聪慧好学，知识完备，形上形下，无不兼赅，既善推理，又能论辩，对于世事，亦洞晓无遗。可是，大神啊，又有些生灵冥顽愚钝，任何知识，无不阙如。（43）那么，究竟是做了什么事，一些人得到了知识和智慧作为果报，另一些人得到的却是短浅的才智和扭曲的眼光？优秀的知法者啊，请你为我解释清楚。（44）大神啊，有些人天生盲目，或疾病缠身，或萎弱无能，那又是为了什么？请告诉我。（45）

大自在天说：

有些人总是日复一日地询问那钻研吠陀，通晓正法，成就非凡的婆罗门，想知道什么事对人有利，什么事对人不利。（46）他们设法避免恶行，多做善事。结果他们在今生永享幸福，死后得升天堂。(47)天堂生活届满后，他们复生为人。作为人，他们学问渊博，智慧不凡，日子过得幸福美满。(48) 有的人浑噩执迷，竟以罪恶之眼，偷窥他人之妻。结果由于根性恶劣，来世遂成为天生盲人。(49) 有的人心怀邪欲，偷窥裸女身体。结果由于行为不端，来世疾病缠身。(50)有的人头脑昏乱，劣迹斑斑，以同低贱女子私合为乐事。这种人智力太低，再次降生为人时，遂变成性无能者。(51) 有的人绑杀动物，或玷污师父床笫，或纵情于杂交野合。这样的人也将生为性无能者。(52)

乌玛说：

神中魁首啊，什么样的行为是应该指责的？什么样的行为是无可指责的？什么样的事情人做了之后，可以使他的地位有所提高？(53)

大自在天说：

积极研究正法，努力建立功德，时常就如何走上更高之路的问题求教于婆罗门的人，能在死后进入天堂。(54) 如果离开天堂后复生为人，那么，女神啊，他就会生为博闻强识，智慧非凡的人。(55) 女神啊，这是应该遵循的善人之法，人生的福祉也系于它。为了人类的幸福，我把它讲述给你。(56)

乌玛说：

有些人学识不足，憎恶正法，不愿接近通晓吠陀经典的婆罗门。(57)有的人恪守誓愿，忠于信仰，以约制自身为毕生要务。但也有人不守誓愿，放纵自身，与罗刹并无二致。(58) 有些人按照规矩，认真致祭，有些人把奉祀神明置诸脑后。到底是各缘什么业果，造成了这种差异？请告诉我。(59)

大自在天说：

人间正法的界限，很早就已定好，并通过吠陀，形成传统。那些谨守权威论断的人，通常就被视为恪守誓愿的人。(60) 有些人陷入愚痴，正法与非法不辨。他们无戒可守，处在毁灭的边缘。这种人称作梵罗刹。(61) 有些人通过不懈的努力始得生而为人，然而却把奉祀神明置诸脑后，从来也不呼"婆舍吒"。这样的人通常被视为最低贱者。(62) 女神啊，为了断除你的疑惑，我讲了这一番话。正法广

大如海。它与世人的幸与不幸密切相关。(63)

以上是吉祥的《摩诃婆罗多》中《教诫篇》第一百三十三章(133)。

一三四

大自在天说：

知法者啊！操行贞淑，善辨高下优劣的女神啊！发端卷曲，蛾眉秀美，卜居苦行林的雪山之女啊！(1) 十指灵巧，娴静自守，摒弃私我，遵行正法的女神啊！如今我也有问题想问你。美臀者啊，请满足我的愿望，回答我。(2) 莎维德丽是梵天之妻，高尚的沙姬是憍湿迦（因陀罗）之妻，突莫纳是太阳神之子（阎摩）之妻，利蒂是毗湿罗瓦那①之妻。(3) 憍利是伐楼拿之妻，苏伐罗吉罗是太阳神之妻，贤惠的卢醯尼是兔宫②之妻，娑婆诃是火神之妻。(4) 阿提底是迦叶波之妻。所有这些淑女都奉她们的夫君为神明。女神啊，你同她们常相闻问，过从甚密。(5) 因此，知法者啊，说法者，我便很想请教，听你讲讲有关女子的法。请你从头讲起吧。(6) 你尝与我遵守相同的正法、戒律和誓愿。你的能力和勇气同我相当。你还曾修炼过严厉的苦行。你能道出非同小可之理。你所宣说的，将成为不可移易的权威标准。(7) 母牛总是到母牛那里去。女性总是特别愿意从女性那里寻求庇护。美臀者啊，世上的事情就是这样。(8) 我的身体只有一半，另一半身体造就了你。你总是做神明应做的事。你使世界得以绵延不绝。(9) 美丽的女神啊，全部女性永恒的法你都了如指掌，因此，请你将女性的法毫无保留地，详细地告诉我。(10)

乌玛说：

世尊啊，所有众生之主！过去、现在和未来一切的源泉！依靠你的威力，大神啊，语言才会在我的心里产生出来。(11) 诸神之首啊，众多的大河，带着所有的沐浴圣地，流到你的面前，供你洗浴之

---

① 这里指财神俱比罗。
② 原意为"有兔子的"，指月亮。这里代表月神。

用。(12) 同她们①商议过后，我将依照次序把你提出的问题讲一讲。谁本身已经出类拔萃，却依然不愿张扬自我，他才称得上是一个真正的人。② (13) 众生之主啊，女子总是跟在女子后面跑。这些河流中的翘楚会因为我同她们商议而倍感荣耀。(14) 娑罗私婆蒂是众河中的魁首。这百川宗仰的吉祥之河波浪滔滔，奔向大海。(15) 此外还有断索河③、毗陀私陀河④、旃陀罗婆伽河⑤、伊罗瓦底河⑥、百溪河⑦、提毗迦河⑧、憍湿吉河⑨、憍摩底河⑩，(16) 以及那聚拢了众多沐浴圣地，自天降至大地的神河——人称女神的恒河，她是天下第一的大河。(17)

说过如上一番话后，这神中之神的妻子，善守正法，无与伦比的女神便微笑着开始同众河流对话。(18) 以恒河为首的众河流都深通妇道。热爱正法的湿婆大神之妻向她们征询有关女性的法。她说：(19) "世尊提出了关于女性正法的问题。我想先同你们商讨一下，然后再回答商迦罗。(20) 无论在天上还是地下，我看不出有任何一门知识可以由单个人独力掌握。你们长途奔流到海，见多识广，所以我才同你们商议此事。" (21)

毗湿摩说：

乌玛想要与之商议的河流都是神圣而吉祥的，并非寻常之辈。人称神河的恒河被推举出来，向她致意并回答问题。(22) 这位恒河女神笑容灿烂，学识丰富，十分精通关于女性的正法。而女神乌玛，这位雪山之王的女儿，也是仁慈而又吉祥的，善于为人涤除罪愆。(23)

---

① 这里"她们"指河流。前面"大河"是一个阴性字。
② 这是赞美湿婆的话，意思是，湿婆无所不知，但并未因此而自负起来，为使乌玛高兴，反倒愿意向她讨教。摒弃虚荣而肯虚心向人的人，才是一个真正的人。
③ 即今比阿斯河。
④ 即今杰卢姆河。
⑤ 即今奇纳布河。
⑥ 可能即今拉维河。
⑦ 即今萨特累季河。
⑧ 即今拉维河的支流底格河。
⑨ 可能即今库西河。
⑩ 即今印度河支流戈马尔河。

恒河其实是无所不知的，然而深厚的学养却使她益发谦虚有礼。这位满腹经纶的女神面带微笑，说出了如下的话：（24）"你的垂问，使我们深觉荣幸，也非常感激。女神啊，我们的确把遵行正法当作生活的最高目标。不过，无瑕者啊，你是整个世界都景仰的，而我却只是一条河流。（25）谁本身已经出类拔萃，但依然能向他人虚心请教，或表示敬重，这种道德完满的人，才真正称得上是有大学问。（26）谁能向兼通神圣和世俗学问，既善推理，又能论辩的说教者经常请益，他必不致在生活中陷入困境。（27）相反，如果一个人有丰富的知识，常在稠人广众间发表宏论，然而却生性傲慢，妄自尊大，不肯请教他人，那么他说的话也一定价值有限。（28）女神啊，你长期生长在天界的道德环境之中。你具备神圣的知识，是天界中最优秀的一员。因此，你最有资格为我们讲述女性的正法。"（29）

毗湿摩说：

在受到恒河女神的盛赞以后，美丽的乌玛女神开始全面讲述女性的正法：（30）"我将要尽我所知，如实讲述女性的正法。（31）女性的正法早在她结婚的时候，就已经由她的亲族规定好了。婚礼仪式的火焰一旦燃起，就意味着她将成为一个与自己的夫君共同履行正法的女性。①（32）一个遵行正法的女性，应该品性正派，举止端庄，外貌可人，语言动听，别无其他心思，而独惟丈夫意志是从。（33）一个女性，倘能谨守道德，视自己的夫君为神明，那么她就是一个关心正法，将全部身心投入正法的女性。（34）一个女性，倘能听从和服侍自己的丈夫，就像他是一位神明；倘能恪守誓愿，忠贞不贰，任何时候都表现得高高兴兴；（35）倘能注视丈夫的脸，就像注视亲生儿子的脸一样欣喜，行为端正，循规蹈矩，那么，她就是一个遵行正法的人。（36）一个女性，倘能注意什么是家主和主妇的法，愉快地与她的夫君共同履行这样的法，做到惟丈夫的意志是从，毫无非分之想，那么，她就是一个遵行正法的人。（37）即使丈夫对她厉言相刺，或恶眼相视，而她却照常笑脸相迎，那么，这位女性就是一个真正忠于丈夫的人。（38）一个女性，体态优美，除了夫君以外，不看月亮，

---

① 印度教的教义认为，男女结婚，并不是一种契约的建立。男女两性结合为一，实际上是为了更好地履行正法规定的职责。

不看太阳，不看树木，不看任何具有阳性名字的东西，那么，她就是一个遵行正法的人。（39）一个女性，不管自己的丈夫是贫穷，罹病，还是由于长途跋涉而变得疲惫不堪，她都能待他一如对待自己的儿子，那么，她就是一个可与丈夫分享功德的人。（40）一个女性，倘能约束自身，聪明能干，生儿育女，挚爱夫君，视之如自己的生命，那么，她就是一个可与夫君分享功德的人。（41）一个女性，倘能谦恭有礼，高高兴兴，全心全意地听从并服侍好丈夫，那么，她就是一个可与丈夫分享功德的人。（42）一个女性，倘能将自己的感情完全集中在丈夫身上，而对于个人的享受、欢乐、出人头地和欲望的满足等却很少关心，那么，她就是一个可与丈夫分享功德的人。（43）有的女性对于长辈的要求无不依从；黎明即起，天天用牛粪把房屋里外擦得干干净净；（44）从不忘保持好家庭祭火，用鲜花和其他供品敬奉神明；同丈夫一起，按照一定的规矩和一定的方式，将食物奉与神明、客人和仆从，（45）看着他们心满意足，然后自己食用余下的部分——这样的女性，可以称得上已经与正法融为一体。（46）如果一个有德性的女性，能够使自己的婆婆和公公全都满意，对自己的母亲和父亲也是尽心尽意，那么，她就是一个以苦行为财富的人。（47）一个女性，倘能经常以食物接济婆罗门，他们或者体弱乏力，或者双目失明，或者可怜无助，或者命途多舛，那么，她就是一个可与丈夫分享功德的人。（48）一个女性，倘若经常以柔弱之躯，承担繁重之职，无时无刻，不以夫君之福为福，一思一念，都在夫君身上，那么，她就是一个可与夫君分享功德的人。（49）一个能以丈夫之职为己职，以辅佐丈夫为生活目的的妇女，是幸福的人。对她来说，这些就是她的苦行，她的功德，她的永恒的天堂。（50）丈夫就是她的天神，丈夫就是她的朋友，丈夫就是她的归宿。对她来说，没有可与丈夫相比的归宿，也没有可与丈夫相比的天神。（51）丈夫的恩惠和天堂，在妻子的心目中，或意义相同，或彼此不同。大自在天啊，我不想要天堂，如果你对我不高兴的话。（52）如果丈夫很穷，或有病，或落难，或落入敌人之手，或受到婆罗门的诅咒，（53）而他又要求妻子去做某件违背正法乃至危及生命的事，这时，这个妻子就要根据危机法，毫不犹豫地去做那件事。（54）上面就是我应你的要求讲述

的女性正法。谁遵照这样的法去规范自己的行为,她就会成为一个可与丈夫分享功德的人。"(55)

毗湿摩说：

诸神之主听了雪山神女这一番话后,向她深表敬意,然后解散了聚此听讲的会众,以及同来的诸随从。(56) 与会的众生,各条河流,以及健达缚和天女们,一齐向跋婆(湿婆)俯首致敬,然后四散离去,各还本处。(57)

以上是吉祥的《摩诃婆罗多》中《教诫篇》第一百三十四章(134)。

一三五

护民子说：

听了如上有关正法的诸多理论,以及净化自身的种种方法以后,坚战又向福身王之子(毗湿摩)提出问题：(1)"谁是世界上的唯一之神？什么是世人追求的唯一目标？崇拜了谁,或者赞颂了谁,人们就能获得好运？(2)在你看来,什么是一切法中的最高之法？念诵什么圣诗,一个生灵就可以从生死轮回中解脱出来？"(3)

毗湿摩说：

一个人应该抖擞精神,经常颂赞那神中之神,宇宙之主,无限存在的众生之首,念诵他的千种名号,(4)要以景仰之心,赞美那不灭的原人,沉思他,颂扬他,对他俯首致敬,祭祀崇拜。(5)谁经常歌颂无始无终,永恒存在的毗湿奴——那世界的监督者,全宇宙的大自在天,他就能够成功地摆脱一切烦恼和不幸。(6)毗湿奴是世界的保护者,是超自然的存在,是一切众生起源的原初之本。他是知梵者。他精通全部正法。任何人的令名,无不凭借他而得以传扬。(7)因此,我认为,他是不可超越的法中之法。人们应该永远以美妙的赞辞,称颂那长着莲花眼的大神。(8)他是最伟大的精气。他是最伟大的苦行。他是最高的梵。他是终极归宿。(9)他是神圣中的至圣。他是幸福中的至福。他是神中之神。他是一切众生的不灭之祖。(10)宇宙创始之初,一切众生都源出于他。宇宙消亡之时,他们都又复归于他。(11)大地之主啊,毗湿奴是世界领袖,宇宙之主。请听我告诉你他的一千个名号。这些名号具有涤除罪愆,化险为夷的作用。(12)广为人知的大神名号皆取自于他自身的固有特征。众仙人曾经唱诵过它们。现在,为了众生的福利,我要再将它们念诵一遍。(13)

遍在者、毗湿奴、婆舍吒伽罗①、过去将来现在之主、众生的创造者、众生的支持者、存在者、众生的灵魂、众生的起因,(14)纯洁的灵魂、最高的灵魂、解脱者的最高归宿、不变者、原人②、见证者③、知领域者④、不灭者,(15)瑜伽、知瑜伽者的导师、自性和原人共同之主⑤、赋形人狮者⑥、吉祥者、美发者、人中魁首,(16)等同一切者、沙尔婆、慈祥者、不可动摇者、第一存在、收纳者、不变者、自生者、促成果报者、世界支撑者、万物的源泉、力大无穷者、万物所有者,(17)自在者、行善者、太阳之精、蓝莲花眼、大声、无始无终者、支撑者⑦、安排者⑧、胜于宇宙创造者⑨,(18)不可测者、使人毛发倒竖者、脐生莲花者⑩、诸神之首、宇宙建造者、人类制作者、巨大无边者、至古至老者、不可移易者,(19)不可把握者、永恒者、体黑者、眼红者、毁灭者、富有者、居三处者、洁净者、幸福者、至高者,(20)伊沙那、气息赋予者⑪、生命气息、最古老者、

---

① "婆舍吒伽罗"意为"叹语婆舍吒"。祭祀时,四祭官中的劝请者在所唱诵诗的末尾发出这一叹语。听此,行祭者便将奉献给神明的供品投入祭火。
② 这里当指《梨俱吠陀》第十卷第九十首中所说的原人。诗中他被形容为原初的,威力无穷的,具有创生功能的宇宙灵魂。在往后的数论哲学中,该词则为其基本概念之一,又译"神我",即相对于物质实体"自性"的精神实体。
③ 意为他能直接看到任何事象,无须其他媒介。
④ 这里的"领域"指身体。"知领域者"即灵魂。
⑤ 数论哲学认为自性是一种物质尚未展开的状态,它和原人(神我)结合,即可发为万物。这里原文的意思是,尽管万物皆源于自性和原人的结合,但毗湿奴仍高于二者,为其主宰。
⑥ 人狮是毗湿奴的化身之一。阿修罗金座凭多年苦行而得梵天恩惠,做了三界转轮王。他与大神毗湿奴为敌。后大神化作人狮,除掉了他。
⑦ 宇宙的支撑者。
⑧ 指安排众生的行为果报。
⑨ "宇宙创造者"指梵天。
⑩ 毗湿奴脐部长有莲花,世界创造者梵天就生在这原初的莲花之中。
⑪ 即毗湿奴是充满世界的灵魂,能给一切生物以生命气息。

无上生主①、腹有金胎者、腹有土胎者②、摩豆族人、诛灭摩图者③,(21)万物所有者、雄强者、携弓者、博学者、跨步者④、跨步者之步、无上者、不败者、知行者、行动者、有我者⑤,(22)神首、庇护所、获福处、一切种子、众生之源、日、年、蟒蛇、信念、遍见者,(23)非生者、众生之主、成道者⑥、成道、万物之始、不灭者、人猿、灵魂不可测者、不与别物结合者,(24)婆薮、婆薮之心、真理、灵魂公正者、共量、平衡⑦、无误、莲花眼、阳刚之行,具阳刚之行者,(25)楼陀罗、多首者、发色深棕者、宇宙子宫、令名清净者、不死者、长存者、不可动摇者、善骑者、大苦行者,(26)遍行者、遍知者、焰光、遍军、折磨敌人者、吠陀、知吠陀者、知全支者⑧、吠陀支、吠陀诗人,(27)世界监督者、众神监督者、正法监督者、已作与未作、四我、四现身⑨、四獠齿、四臂⑩,(28)放光、食物之施、所施之食、宽忍者、宇宙之先⑪、无瑕者、胜利、胜利者、宇宙子宫、一再居于此地位者,(29)因陀罗弟⑫、侏儒、巨人、无误、纯洁者、伟力、超因陀罗、全聚、始创、持我⑬、制他、自制,(30)应知者、通医道者⑭、常修瑜伽者、杀英雄者、摩豆族人、

---

① 生主为印度古代吠陀神话中的众生之主,一切存在物的创造者;后也用来称梵天诸"心生子",即若干大仙人。"无上生主"意为毗湿奴是生主中最高的。
② 以土地为胎,意为大地上所有的一切都在他的腹中。
③ 摩图为两个阿修罗的名字,其一为毗湿奴所杀。
④ 来自毗湿奴三步可以跨过三界的神话传说。他化身侏儒请钵利王赐以三步之地,获允后,立刻变成巨人,将天、地两界两步量去,留冥界给钵利去统治。
⑤ 意为众生生有肉体,生有感官,而毗湿奴则仅有灵魂和自我,从不依赖任何外在之物。
⑥ 即通过修炼而达到完满的精神境界的瑜伽行者。他们地位神圣,具有飞升等超自然能力。
⑦ 不倾向于哪一边,即从不变化。
⑧ 即了解全部吠陀支者。吠陀支又称"六支",指六种典籍,讲述为正确诵读、理解吠陀经典和进行吠陀祭祀所必需的知识。
⑨ 毗湿奴作为四位一体的最高存在,能以四身示现于人,即:黑天、黑天之兄大力罗摩、黑天之子、黑天之孙。前面的"四我"或译"四灵魂",亦指四位一体的毗湿奴。
⑩ 四臂手中分别持法螺、仙杖、轮宝和莲花。
⑪ 宇宙未形成时已经存在。
⑫ 因陀罗是迦叶波和阿提底的儿子。毗湿奴为帮助众神从钵利王手里夺回失去的三界,便投胎于阿提底,生为侏儒。他生为侏儒时,因陀罗已诞生于前,故为其弟。
⑬ 意为他能支持自己的存在,不受生、长和死亡的影响。
⑭ 意思是,人最严重的疾患就是俗世的束缚,毗湿奴可使人获得解脱,故说他精通医道。

蜂蜜、超感官者、①大幻②、大能、大力，(31) 大觉、大勇、大才干、大光辉、不可见者、吉祥者、灵魂不可测者、大山高举者③、(32) 大弓、大地托负者④、吉祥女神的居所⑤、善者的归宿、所向披靡者、神喜、得牛、知牛者之主，(33) 光耀者、训育者、天鹅⑥、美翼、蟒蛇魁首、金脐、善苦行者、脐生莲花者、生主，(34) 不朽者、天眼通狮子、养育一切者、生活宁静者、坚忍者、非生者、不可制驭者、立法者、令名远播者、杀神敌者；(35)

众生之师、无上之师、众生栖息处、真理、真勇无敌者、闭眼者、睁眼者、⑦戴花环者、辩才之主、非凡之智，(36) 引导者、众生引导者、吉祥者、法理、领导者、赋形风神者、千首、宇宙之魂、千眼、千足，(37) 转动者、脱离者、障目者、粉碎者、日、毁灭一切者、祭火、风之神、身负大地者，(38) 施福者、慈悲心、宇宙支持者、宇宙哺育者、无所不在者、行善者、世所景仰者、圣者、阇诃奴、那罗延、那罗，(39) 不可数者、灵魂不可量者、非凡者、教化者、纯洁者、实现目的者、成道所愿者、助人成道者、成道保证者，(40)公蛇、雄牛、毗湿奴、关节强壮者、牛腹、增财者、增加者、杰出者、天启之海⑧，(41) 妙臂、难持、辩才、大王、施财者、婆薮、多身、巨身、遍光、照亮众生者，(42) 巨力、巨能、持电光者、灿烂的灵魂、热之源、兴盛者、清纯之音、秘咒、明月之光、日耀之光，(43) 甘露之光、起源、光芒、兔影⑨、天神之主、药草⑩、贯通宇宙之路、真法之力，(44) 过去将来现在之首、净化者、无垢者、风之神、灭欲者、启欲者、可爱者、爱之神、施爱者、力大无穷

---

① 对于信奉他，使他高兴的人，他如同蜂蜜。对于不信者，他是不可感知的。
② 他有强大的幻力，足以迷惑人、神。
③ 传说牛增山上的牧牛人放弃了对因陀罗的崇拜，因陀罗大怒，放出滂沱大雨，欲把该山淹没。黑天（毗湿奴）以单指将山托起七天，使它免遭灾难。
④ 恶魔金眼将大地拖入海底。毗湿奴化身野猪，与之斗争一千年，终于把它杀死，将大地托出水面。
⑤ 吉祥女神是毗湿奴的妻子，故名。
⑥ 毗湿奴曾化身天鹅，当着梵天的面，为大仙人讲授瑜伽。
⑦ 睁眼看合乎正法的行为，闭眼不看不合正法的行为。
⑧ 喻其吠陀知识渊博。
⑨ 即月亮。
⑩ 治疗执着于俗世一切而不能觉悟的疾病。

者，(45)由迦①始动者、由迦运行者、诸幻制造者、巨食者、隐形者、多形者、败千敌者、败敌无数者，(46)众生所望、优秀者、优秀者所望、头饰孔雀翎者、那怙舍、公牛、制怒者、致怒者、宇宙创造者、宇宙之臂、大地支持者，(47)不灭者、令名广布者、生命气息、气息赋予者、婆薮王之弟、贮水者②、在上者、专注者、坚立者，(48)室建陀、室建陀支持者、宇宙背负者、施恩者、挟风而行者、婆薮提婆之子、雄强伟岸者、初始之神、城堡破坏者，(49)无忧者、救度、救度者、勇敢者、勇力、人类之主、可意者、头有百束发者、手持莲花者、眼如莲花者，(50)脐生莲花者、莲花眼、莲胎、有骨肉之躯者、大智者、富有者、古老之魂、大眼者、以金翅鸟为旗幡者，(51)无与伦比者、舍罗婆③、可怖者、识机缘者、取供品者、任何特征无不具备者、幸运者、战无不胜者，(52)超越毁灭者、身红者、正道、一切之因、腰系带者④、容忍者、大地支持者、大福、迅疾者、食无量者，(53)诞生促成者、激励者、提婆、吉祥之胎、无上之主、构成宇宙者、宇宙之因、宇宙创造者、宇宙促变者、不可深入者、秘不可见者，(54)决定者、众生居所、共同居所、居所提供者、不可移易者、无上福祉、最高者、可见者、满足者、丰富者、貌美者；(55)

罗摩、停止者、结束者、正道、被引导者、引导者、无引导者、英雄、力过群雄者、正法、知法者之首，(56)毗贡陀⑤、原人、生命气息、气息赋予者、神圣音节、宽阔者、腹有金胎者、杀敌者、广布者、风之神、车轴下生，(57)季节、日轮、时间、居高位者、仁慈者、有力者、牛、聪敏者、栖息所、全能者，(58)展开者⑥、静止者、不可动摇者、权威者、不朽种子、目的、非目的、大睾、大福

---

① 又译"时"，为古代印度宗教思想家所构想的大尺度时间单位，计分四种：圆满时、三分时、二分时、争斗时，分别长4800天年、3600天年、2400天年、1200天年。1天年合360天日，1天日合尘世1年。参见前第14章第23颂注。
② 贮存毁灭世界的大水。
③ 舍罗婆是一种八足神鹿，住在雪山之上，其勇健可胜过大象和狮子。
④ 黑天幼小时，他的养母耶索达曾将他系在一块沉重的臼石上，而他却拖着臼石跑来跑去。后带子崩断，但还有一截留在腰上，他遂得名腰系带者。
⑤ 为毗湿奴天国的名称，一说在北海，另说在弥卢山东峰之上。
⑥ 意思是宇宙在他的内部展开。

乐、大财，(59)从不委顿者、已入解脱者、存在者、正法柱石、大祭、众星拱卫者、众星在握者、①胜任者、坚持者、欲求者，(60)祭祀化身、享祭者、大享祭者、大祭的化身、大苏摩祭、善者的归宿、见一切者、解脱之魂、知一切者、无上之知，(61)守善戒者、面容喜庆者、敏感者、善发妙音者、赐福者、善待众生者、令人销魂者、制怒者、英雄巨臂、撕碎者，(62)催眠者、独立不羁者、遍布宇宙者、非一相者、非一业者、年、爱众生者、有犊者②、珍宝在腹者、财富之主，(63)正法保卫者、正法执行者、正法的本源、存在、非存在③、可消亡者、不消亡者、不可知者、千道光、安排者、因善而著名者，(64)光线之轮、住于众生之间者、狮子、众生大王、神中元老、大神、众神之主、诸神支持者之师，(65)超越者、牛主、护牛者、凭知接近者、古老者、有身体者之主、猴王、酬值丰厚者，(66)饮苏摩者、饮甘露者、月亮、胜多、众之首、戒律、征服者、践言者、陀沙诃人后裔、沙特婆多族之首，(67)生命掌握者、戒律制定者、观察者、穆昆陀、步阔不可测者、所有水的容纳者、无限灵魂、偃卧于大洋者、毁灭者，(68)非生者、杰出者、自然者、制敌者、施乐、欢喜、令喜、快乐、真正之法、三步，(69)大仙人、迦比罗阿阇梨、知恩者、大地之主、跨三步者、三十三天掌管者、大角、果报实现者，(70)大野猪、得牛、妙军、戴金臂钏者、隐秘者、深不可测者、难以领悟者、保护者、手持轮宝仙杖者，(71)虔诚者、自体、不可征服者、黑天、坚定者、耕种者、不灭者、伐楼拿、伐楼拿之子、大树、蓝莲花眼、大意念④，(72)世尊、毁薄伽者、欢喜者、戴林中花环者、以犁为武器者⑤、阿提底之子、发光者、阿提底之子、忍耐者、最终归宿，(73)携良弓者、以斧斫敌者⑥、凶狠者、施财富者、高可触天者、无所不见者、毗耶娑、语言之主、非胎生者，(74)三娑摩、吟娑摩者、娑摩、寂灭、药剂、药师、遁世者、

---

① 分别指北极星和月亮。
② 意思是世间众生都是他的犊仔。
③ 意为世间存在的一切都是幻象，而真实的宇宙是非存在的。
④ 毗湿奴可以仅凭意念创造、保护或毁灭世界。
⑤ 即大力罗摩。他是黑天的长兄，毗湿奴的第八个化身。
⑥ 指持斧罗摩。持斧罗摩是毗湿奴的第六个化身。

安静者、无躁者、心安者、终极归宿；(75)

妙肢者、安抚者、创始因、晚莲、卧于百合者、利牛者、牛主、护牛者、牛眼、爱牛者，(76) 不退缩者、收束灵魂者①、宇宙毁灭者、抚慰者、仁爱者、胸生旋毛者②、吉祥天女住所、吉祥天女之夫、众吉祥者之首，(77) 吉祥施予者、吉祥之主、吉祥之居、吉祥所在之地、吉祥显示者、吉祥在握者、吉祥实现者、优秀者、吉祥具备者、三界安处之地，(78) 美目者、美肢者、百喜、喜乐、光辉、信众之主、自我制约者、自我稳定者、美名远扬者、疑惑消除者，(79) 超然在上者、眼顾八方者、至高无上者、永恒不变者、坚不动摇者、卧于大地者、装点大地者、具有能力者、脱离忧患者、驱除忧患者，(80) 光耀夺目者、遍受赞颂者、水罐、灵魂纯洁者、使人清洁者、不可阻遏者、所向披靡者、势强无比者、步阔不可测者，(81) 杀迦罗内弥者、英雄、勇敢者、梭利、人类之主、三界之魂、三界之主、美发者、杀盖辛者、诃利，(82) 遂欲之神、欲望满足者、欲神、可爱之神、知识丰富者、无法形容者、毗湿奴、英雄、无际涯者、战利品丰富者，(83) 虔诚者、祈祷者、梵、梵天、梵增、知梵者、婆罗门、有梵者、明梵者、爱婆罗门者，(84) 大步、大行、大能、大蛇、大祀典、大祭司、大祭仪、大祭品，(85) 当颂者、喜颂者、颂赞诗、唱颂诗、唱颂者、喜斗者、已获满足者、令人满足者、祥瑞、祥瑞之名、无病者，(86) 迅疾如思想者、开辟人生道路者、金种子、施金者、施金者③、婆薮提婆之子、婆薮、婆薮之心、祭品，(87) 善者之道、善者之行、善者之性、善者之福、善者归宿、英雄军队、雅度之首、善者之居、苏阁牟那，(88) 众生居所、婆薮提婆之子、一切生命之居、火之神、抑制傲慢者、令人自豪者、自豪者、难于把握者、不可征服者，(89) 宇宙形象、巨大形象、灯炬形象、不具形象、不一形象、未作显现、百个形象、百面，(90) 一、非一④、鼓舞者、谁、什么、哪个、那个、无比阔步、世界之友、世界之主、摩豆族后

---

① 收束灵魂，使之不执著于外在俗世。
② 毗湿奴胸前生有白色旋毛，有吉祥意味。
③ 原文如此。此名重复。
④ 能显示种种幻象，所以称作非一。

人、爱其崇拜者,(91) 全身金色者、肢体金色者、肢体美丽者、戴檀香木臂钏者、击败英雄者、举世无双者、空、嗜好酥油者、不动者、动者,(92) 谦虚者、敬重他人者、值得敬重者、世界主人、三界支持者、妙知、生于祭祀者、幸福、真知、大地支持者,(93) 精气充沛者、正义之牛、持电光者、携兵器者第一、受供者、制御自身者、心静不惊者、非一角者、伽陀之兄,(94) 四相、四臂、四现身、四趋、四灵魂、四要①、知四吠陀者、单足;(95)

驱动者、灵魂摆脱执著者、不可战胜者、不可超越者、难于得到者、难于企及者、难近者、难住者、杀难杀之敌者,(96) 妙肢者、世界之金、妙纱②、纱增、因陀罗业、大业、成业、传统建立者,(97) 出身高贵者、文雅者、孙陀、脐宝、美目、日神、施食者、有角者、必胜者、全知者、征服者,(98) 身有金斑者、从不激动者、辩才中的辩才、大湖、深洞、粗大③、大收纳者,(99) 晚莲、恭陀罗、素馨、雨之神、净化者、风之神、食甘露者、不死之身、知一切者、面朝所有方向者,(100) 易得者、妙誓、成道者、败敌者、炙敌者、大榕树、无花果树、圣无花果树、杀案达罗的遮奴罗者④,(101) 千道光、七舌⑤、七火焰、七骏马、无形象、无瑕、不可思议者、令人畏惧者、畏惧驱除者,(102) 精微者、粗大者、纤弱者、厚重者、有特性者、无特性者、巨大者、无法把握者、受到把握者、面容妙好者、族系古老者、族系扩大者,(103) 背负重担者、饱闻吠陀者、瑜伽行者、瑜伽师之首、一切愿望满足者、净修地⑥、游方乞食者、不辞疲倦者、美翼、挟风而行者,(104) 带弓者、娴于箭术者、惩戒之棒、训育者、训育术、不败者、容忍一切者、约束者、自制者、修身之道,(105) 精力充沛者、心怀善德者、真理化身、献身真理正法

---

① 参见前第32章第20颂注,第99章第7颂注。
② 这里将宇宙比作毗湿奴手中的织物。
③ 区别于精微元素的粗大元素——空、风、火、水、地。
④ 遮奴罗是黑天舅父刚沙王的保镖。刚沙王邀请黑天来访,企图让遮奴罗等将他杀死,结果遮奴罗反为黑天所杀。
⑤ 这是对火焰特征的说明。"七舌"为:深蓝、亮红、浓烟色、迸火花、燃烧、疾如思想、可畏。
⑥ 意思是他为所有希望静心修炼和沉思的人提供隐修地。

者、众所向往者、当受敬爱者、值得崇拜者、善待众生者、广增福利者、(106) 行迹在天者、电光闪耀者、貌美难得者、取食供品者、无所不在者、日、照明之神、太阳、萨毗多①、以日为眼者，(107) 无限者、取食供品者、享用者、赐福者、多施者、首生者、无悲者、宽宏大度者、世界依托者、令人惊异者，(108) 早已存在者、久远无比者、色棕如猴者、神猴、不变者、幸运给予者、幸运实现者、幸运在身者、幸运享受者、幸运散施者，(109) 无凶相者、戴耳环者、携轮宝者、勇敢非凡者、恪守古训者、超越言说者②、言说能解者、使人凉爽者、繁星之夜创造者，(110) 和蔼可亲者、机敏者、聪颖者、正直者、最能宽容者、知识最富者、无所畏惧者、善名远播者，(111) 拯救者、惩恶者、吉祥者、噩梦驱除者、杀英雄者、保护者、为善者、生命、充满宇宙者、(112) 身形无量者、吉祥无限者、制驭怒气者、恐惧驱除者、四方、精神深邃者、居间方向、次居间方向、基本方向，(113) 无始者、菩罗、菩婆罗、以吉祥女神为伴者、勇气长存者、臂钏精美者、创生者、众生诞生之源、可怖者、勇力骇人者，(114) 容纳并供栖所者、世界支撑者、笑容如花者、警觉者、在上者、行正道者、生命气息施予者、神圣音节"唵"、财富充盈者、(115) 权威标准、生命栖息处、生命维持者、生命激励者、真理、知真理者、唯一精神、超越生死老者，(116) 菩罗、菩婆罗、私婆罗、③ 树木、救度者、萨毗多、老祖先、祭祀、祭主、主祭、祭具、行祭，(117) 祭祀支持者、祭祀制定者、多祭者、享祭者、祭祀促成者、祭祀完成者、祭祀奥秘、食物、受食者，(118) 自我孕育者、自生者、钻入者④、吟唱娑摩者、提婆吉之子、一切创造者、大地主人、罪愆涤除者，(119) 携法螺者、携难陀迦者、携轮宝者、携角弓者、持棒者、持车轮者⑤、不可撼动者、种种武器在身者。(120)

如上所诵，无一遗漏，就是伟大的美发者（黑天）的一千个神圣

---

① 太阳神名之一，强调太阳的内在方面，即它的活跃、激发之力。
② 语言不足以描绘毗湿奴的伟大。
③ 这是三个含义神秘的字，合称"大语"。它们的意义是地、空、天，据称分别来自《梨俱吠陀》、《夜柔吠陀》和《娑摩吠陀》，诵之能够获福。
④ 指毗湿奴钻入大海，救出大地的故事。参见前第33颂"大地托负者"注释。
⑤ 这里的车轮实即毗湿奴手中常见的轮宝，仅用字不同。

名号。(121)谁能经常聆听这些名号,或者经常念诵它们,就不会在生活中陷入困境,无论是在今生,还是在来世。(122)一个婆罗门可以因此而顺利地掌握吠檀多。一个刹帝利可以因此而百战不殆。一个吠舍可以因此而财富充盈。一个首陀罗也能因此而获得幸福生活。(123)一个渴望功德的人,可以因此而功德圆满。一个追求财富的人,可以因此而财源滚滚。一个喜好肉体快乐的人,可以因此而不乏声色之娱。一个需要后代传宗的人,可以因此而子孙绕膝。(124)一个人如果内心纯洁,态度虔诚,常在思想上追随婆薮提婆之子,并能日日抖擞精神,念诵他的一千个名号,(125)那么他不仅能获得大好名声,在家族中出人头地,而且会家道兴旺,永不衰落,福惠之大,无有其匹。①(126)他还会获得巨大的勇气和精力,无论何时都不为恐惧所烦恼。病痛之苦不会再来,他将变得身强力壮,精神焕发,容貌出众,气质不凡。(127)罹患疾病的,能够得到充分的疗治;受到束缚的,能够从困境中解放出来;惶惶不安的,能够摆脱惊恐的威胁;陷入困境的,能够脱离不幸,远避灾祸。(128)一个人如果经常怀抱真诚之心,崇拜众生之首(毗湿奴),称颂他的上千名号,那么任何艰难险阻,都能迅速克服。(129)谁将自己交付给婆薮提婆之子,以他为最终的追求目标,他就能清除一切罪愆,以纯洁的自我,实现与梵的永恒结合。(130)只要虔信婆薮提婆之子,任何人都将彻底告别困苦;对于生、死、老、病的忧惧,也当不复存在。(131)谁怀着信仰崇敬之心,念诵如上的名号以为赞词,他就能使自己获得灵魂的安宁,获得宽容的性格、坚定的意志、好运、记忆和名声。(132)在那些虔诚信奉众生之首,已经积累功德的人身上,愤怒、妒忌、贪婪或者歹念都不会再出现。(133)所有天空的一切,包括月亮、太阳、星辰,以及苍穹、方位、大地和海洋,全都依靠婆薮提婆之子的勇力来维系。(134)整个宇宙,包括所有能动和不能动的部分,包括天神、阿修罗、健达缚、药叉、蛇蟒和罗刹等,全在黑天的控制之下。(135)种种感觉、思想、智慧、生命、潜能、力量和意志,都以婆薮提婆之子为其灵魂。领域和知领域者②也是如此。(136)

---

① 这里的大福惠应是指最终的解脱。
② 见前第15颂注。

在传承经典所有的论题中,最重要的一项是行为。正法也是以行为为基础的。永恒的婆薮提婆之子是正法之主。(137)仙人、祖先、天神、粗大元素①、身体元素②、宇宙中所有动和不动者,统统起源于那罗延(毗湿奴)。(138)瑜伽、知识、数论、科学、技艺、行为、吠陀、法论、常识,所有这一切都来源于遮那陀那(黑天)。(139)毗湿奴虽为单一的伟大存在,却能化现出互不相同的大量存在物。在充满三界之后,众生的灵魂(毗湿奴)便开始享受这些存在物。他是宇宙永存不灭的享有者。(140)以上就是毗耶娑称扬世尊毗湿奴的颂词。所有希望获得幸福,追求最高境界的人,都应当念诵它。(141)宇宙之主生着蓝莲花眼。它是非生之神,是宇宙之因。谁崇拜他,谁就不会在人生之途遭遇失败。(142)

以上是吉祥的《摩诃婆罗多》中《教诫篇》第一百三十五章(135)。

一三六

坚战说:

谁应当受到崇拜?谁应当受到礼敬?面对不同的人应该如何分别行事?祖父啊,又应该怎样因地制宜,才不致犯错误?(1)

毗湿摩说:

欺辱了婆罗门,就是触犯了神明。坚战啊,谁对待婆罗门毕恭毕敬,他就不会犯错。(2)他们是应该受到崇拜的。他们是应当接受礼敬的。你对待他们应该像有子女的人对待后辈一样。正是靠着这些智者,各个世界才得以维系。(3)在各个世界中,婆罗门都是通向正法的伟大津梁。他们以抛弃财产为幸福,以节制语言为快乐。(4)他们严守戒条,为众生带来欢乐。他们是众生的庇护所、引导者,是世上一切法令的制定者,一向卓有令名。(5)苦行是他们永恒的财富,言语赋予他们无穷的力量。他们是正法的源泉。由于精通正法,他们眼

---

① 见前99颂有关注释。
② 构成身体的元素为营养液、血液、肌肉、油脂、骨骼、骨髓和精液,共七种。另有五种说,即耳、鼻、口、心、腹。

光敏锐,洞幽察微。(6)他们热爱正法,恪守正法,通过自己的善行,成为通向正法的津梁。一切世人,大分四类,而其生活,则无不依赖婆罗门。(7)他们是众生当行之路。他们是所有人的向导。他们永远是祭祀的举行者,背负着先辈们沉重的负担。(8)他们不会因为负担沉重而蹒跚,就像强壮的牛,即使走在崎岖的道路上,也不会跌倒。他们凡事必先考虑祖先、神明和客人的需要,也最有资格享用祭献的供品。(9)由于享用了这些食物,他们便担负起保护世界的责任,使其免受恐怖的威胁。他们是一切世界的灯炬,是所有有眼之物的眼睛。(10)他们以各种知识和技艺为财富,聪明练达,洞幽察微。他们知道一切众生的归宿,一心思考的,是同最高精神结合的问题。(11)他们知道一切世事的发端、中间和结束,心中也就不再有疑惑存在。他们了解世间诸事的高下区别,注定去往最高的归宿。(12)他们已经洗脱自己的罪愆,摆脱对立,摒弃执著,获得了灵魂的解脱。他们是值得永远敬重的人,也的确受到了灵魂高尚的智者们的尊敬。(13)无论是檀香膏,还是肮脏的污泥,无论是美味食品,还是不可食之物,在他们看来,都是一样。无论是细布衣、亚麻衣,还是麻布衣、兽皮衣,在他们看来,也都一样。(14)他们可以坚持戒食,连续多日,致使身体虚竭,瘦弱不堪。他们抑制感官,专心诵习吠陀经典。(15)他们能够使神变成非神,也能使非神转变为神。怒气上来,他们可以创造出另外的世界和世界保护者,以取代当前的世界及其保护者。(16)这些具有伟大灵魂的人可以通过他们的诅咒使海水变得无法饮用。弹宅迦林中的怒火至今也没有熄灭。(17)他们是神中之神,源中之源,权威中的权威。世上有哪个聪明人敢于羞辱他们?(18)凡是婆罗门,无论老幼,都应该受到尊重,因为他们在苦行和智慧上不同凡响。他们自己也是互相尊重的。(19)即使缺少学问,只要是婆罗门,就应该视他为神明,承认他具有使人纯洁的伟大能力。有学问的婆罗门犹如滔滔大海,作为神明则更高一等。(20)凡是婆罗门,无论有学问,还是无学问,统统具有伟大的神性。只要是火,无论被圣诗祝福过,还是不曾祝福过,全都具有伟大的神性。(21)明亮的火,即使是在墓地里,也不会受污染。在祭祀中,它还是光辉灿烂,携去供品。(22)同样,一个婆罗门,哪怕他的行为

在很多方面都有毛病，也照样应该受到尊重。你要知道，无论如何，婆罗门都是至高的神明。(23)

以上是吉祥的《摩诃婆罗多》中《教诫篇》第一百三十六章(136)。

一三七

坚战说：

人中之主啊，对婆罗门表示崇拜，能够得到什么回报？或者，你对他们表示敬仰，所期望的又是什么样的成功？大智者啊，请告诉我。(1)

毗湿摩说：

婆罗多后裔啊，关于这个，人们常引用一则古代传说来说明，那是风神和阿周那的一段对话。(2)古时候，在水牛城里，住着一位名叫作武的世界之王，他相貌堂堂，孔武有力，长着一千只臂膀。(3)这位海诃夜族的首领是位真正勇敢的人。他统治着海洋环绕的广大土地，还有众多的岛屿，蕴藏着丰富的宝石。(4)他努力学习经典，遵行刹帝利法和其他各种戒律，并不断地利用机会，将自己的财物施舍给仙人达陀陀利耶①。(5)成勇之子（作武）对牟尼达陀利耶崇敬有加，使他十分高兴。于是这位再生者提出给他三项恩惠。(6)国王作武听说能够得到恩惠，欣喜异常。他要求道："我希望在率军战斗的时候有一千只手臂，而在家中则仍然依旧。(7)让我的将士们在战场上看到我有一千只手臂。誓愿宏大者啊，让我能凭勇力征服整个大地。让我能依正法获得它，并以不倦的精力保护它。(8)不过，再生者中的魁首啊，我还想向你请求第四个恩惠。无可指摘者啊，愿你在给了我前面的恩惠以后，还能给我这第四个：我希望，当我误入歧途的时候，会有善人来指教我，使我改正。我是依靠你的人。"(9)对于国王提出的这些请求，再生者回答说："好，就这样吧！"于是，那位精力充沛，光彩照人的国王便一下子得到了所有的恩惠。(10)他

---

① 大仙人阿陀利耶之子。其母为阿那苏耶。传说梵天、湿婆和毗湿奴在他的身上都有自己的化身。

登上战车，浑身放射着太阳般炽热的光辉。于是他自恃勇武，头脑发昏，说道："天下俊杰，舍我其谁！难道有人能在气魄、坚定、美貌和纯洁上，或在威武、精力上，同我相比吗？"（11）岂知话音刚落，空中便传来了一个不见说话者的声音："糊涂人啊，你哪知道，所有的婆罗门都永远高于刹帝利。刹帝利只有同婆罗门结合在一起，才能保护臣民。"（12）

阿周那（作武）说：

只要高兴，我就可以创造出成批的众生；一旦生气，我又能够置众生于死地。再生者无论在行为方面，心智方面，还是在言语方面，都不如我。（13）有人说婆罗门高于刹帝利。有人说刹帝利高于婆罗门。你说两者协作才好。我看他们之间区别明显。（14）事实上，婆罗门要靠刹帝利来生活，而刹帝利却不靠婆罗门。在这个世界上，婆罗门虽说以教授吠陀为生，其实吃饭还要靠刹帝利。（15）刹帝利保护臣民的职责与生俱来。婆罗门也是从刹帝利那里获得生计的。有什么道理说婆罗门更高一等？（16）婆罗门在一切众生中人称最上。他们靠乞食过活，却自视甚高。如今我要将他们置于我的控制之下。（17）伽耶特利女神在天国所说的话[①]可能是对的。然而，我却要让这些穿兽皮衣，独立不羁的婆罗门统统受制于我。（18）三界之中，谁也不能动摇我的王权统治。人不能，神也不能。我必定要胜过婆罗门。（19）如今的世界诚然是婆罗门占上风。然而，我却要使刹帝利更高一等。在战场上，谁也无力胜过我。（20）

听到阿周那这样说，那位天行者（伽耶特利）大为吃惊。住在天上的风神也说了话：（21）"放弃这种错误的想法吧，赶快向婆罗门致敬！对他们犯下这样的罪过，你的王国必会陷入混乱。（22）大地之主啊，那些力量巨大的再生者会消灭你，或在削弱你的力量以后，把你逐出王国。"（23）国王听到天上的话音，便扬声问道："你是哪一位？"风神答道："我是众神使者，风之神。只是为了你好，我才对你

[①] 伽耶特利本是献给太阳的吠陀圣诗，又称萨维德利，后人格化为女神，成为大梵天之妻和前三个再生种姓（婆罗门、刹帝利和吠舍）之母。这里她所说的话即婆罗门是独立的，并优于刹帝利。

讲了上面的话。"（24）

阿周那说：

你既然如此虔诚崇拜婆罗门。那么，请告诉我，在这大地之上，众生之中，婆罗门究竟有什么特点呢？（25）请告诉我，优秀的婆罗门像风吗？或者像水？像太阳？像天空？（26）

以上是吉祥的《摩诃婆罗多》中《教诫篇》第一百三十七章(137)。

一三八

风神说：

糊涂人啊，请听我讲。我将把灵魂伟大的婆罗门的优点告诉你。国王啊，凡是你能说出的人，婆罗门都在他们之上。（1）当初，大地同鸯伽国王斗气，丢弃了自己的大地特性，走向毁灭。是婆罗门迦叶波挽救了她。①（2）国王啊，无论在天上，还是在人间，婆罗门是永远不会毁灭的。古昔之时，鸯耆罗仙人凭借他的非凡精力，独自饮尽了所有的水。（3）这位大苦行者如同饮奶一般不觉满足，于是又引来了倾盆大雨，使滔滔之水，遍布大地。（4）因此，当鸯耆罗仙人生气的时候，我便离开世界，逃避而去。由于惧怕他，我有很长时间都藏身在火神祭里。（5）那位受尊敬的堡垒破坏者（因陀罗）由于垂涎于阿诃莉雅，遭到乔答摩仙人的诅咒。②仅仅为了法和利，仙人才饶他一命。（6）人民之主啊，大海原来充满了纯洁甜蜜的水，后来因为受到婆罗门的诅咒，国王啊，那水就有了咸味。（7）燃烧的火原来是没有烟的，金色的火焰腾向上方。在鸯耆罗仙人愤怒的诅咒下，它失去了这些原有的特点。（8）你可以看到，风由于嘲笑大海，结果遭到金

---

① 鸯伽国王打算献出大地，于是大地女神便放弃自己的身体，投奔梵天而去。后迦叶波通过瑜伽力进入大地女神无生命的身体，使之复活。

② 阿诃莉雅是乔答摩仙人的妻子。传说因陀罗大神爱上了美丽的阿诃莉雅，一次趁乔答摩外出沐浴之机，来到他们居住的净修林，乔装成这位仙人，与她共度春宵。岂料，不待因陀罗溜走，乔答摩已经返回。愤怒的仙人对他们二人发出诅咒：因陀罗失去睾丸，阿诃莉雅变为石头。后因陀罗去往天界，在那里，诸神为他配了一副山羊睾丸。另外的故事说，乔答摩诅咒因陀罗身生一千个印记，状如女子性器。它们后来变作眼睛，因陀罗因得名号"千眼"。

色皮肤再生者的诅咒,变成了千万细尘。①(9)你永远不可能与再生者同日而语。人民之主啊,你宜好自为之。即使是还在母腹中的婆罗门,任何国王见了都要对他躬身行礼。(10)弹宅迦林中的伟大国家是被婆罗门毁灭的。伟大的刹帝利多罗詹伽也是被一个名叫股生的婆罗门打败的。(11)你有广袤的国土,有力量,守正法,也学习过天启经典。所有这些都来之不易,没有达陀陀利耶的恩惠是办不到的。(12)阿周那,你为什么天天奉祀火神,而火神不正是一个婆罗门吗?他负责在世界各地递送供品,②这你难道不知道?(13)优秀的婆罗门是世上众生的保护者,也是生命世界的创造者。是什么使你昏了头脑,连这点也弄不明白?(14)作为众生之主的梵天并不显现,但这广大无边的宇宙,连同其中一切动物和不动物,都是他创造的。(15)有的人无知无识,想象梵天是由卵所生。那卵破裂以后,便生出了高山、方位、水、土地和天。(16)没有人看到过这样的过程。怎么能说最高的创造者是卵生的呢?还有人说广袤的空间即是原始之卵,老祖宗就是从这样的空间中产生出来的。(17)既然虚空中什么也没有,你也许要问:"他立足何处呢?"那么就会有这样的回答:"立足于自我意识。它强大有力,具有一切潜能。"(18)国王啊,事实上并无原始之卵。但梵天却是存在的。他是世界的创造者。

听了风神这番话后,阿周那沉默不语。见此,风神又继续说下去。(19)

以上是吉祥的《摩诃婆罗多》中《教诫篇》第一百三十八章(138)。

一三九

风神说:

当初,一位称作鸯伽的国王打算把自己的土地施与婆罗门,作为对他们行祭的酬谢。可是大地想到:(1)"我是梵天之女,是一切众

---

① 本颂所述不知出自何典。
② 在祭祀中,供品投入祭火燃烧后,就意味着已经被火神带着送到了诸神或祖先那里。

生的承载者。这位国王中的佼佼者既然得到了我,为什么又要把我送给婆罗门呢?(2)我要放弃我的土地特性,到梵天跟前去。让这个国王,连同他的王国,再也无法存在。"这样想过以后,她便自行离去。(3)迦叶波看到了正在离开的大地女神。于是,他沉思入定,转瞬间脱离自己的身体,进入了大地的体内。(4)国王啊,有迦叶波的灵魂在体内,大地生长出各种植物,花草树木,茂盛繁荣。世间充满正法精神,众生心中的恐惧也消失了。(5)就这样,大地怀着迦叶波的灵魂过了三万天年,① 不知疲倦地做出无数奉献。(6)三万天年过后,大地从梵天那里回来。大王啊,她向迦叶波躬身致敬,从此成为灵魂伟大的迦叶波的女儿,得名迦叶碧。(7)迦叶波是一个婆罗门。他所做的,就是一个婆罗门能做的事。请你为我指出一个刹帝利,他能强于迦叶波。(8)

国王阿周那依旧沉默不语。于是风神接着说道:"国王啊,让我再来讲一个鸯耆罗家族中优多帖仙人的故事。(9)苏摩有一个女儿,名叫婆陀罗,丽质天成,罕有其匹。苏摩看中了优多帖,认为他配得上做她的夫君。(10)而这位福气大,名声大的女儿,也修炼起严厉的苦行,以求争取到那同样有大福气的优多帖做丈夫。(11)为了成为他的妻子,她将他请来,送给他丰厚的礼物。优多帖接受了丰富的馈赠后,便按照传统的礼仪,娶回了这位有名的女子。(12)其实,在此之前,漂亮的伐楼拿对于婆陀罗久已垂涎。这一次,他来到阎牟那河畔的树林中,设法将她劫了去。(13)得手之后,这位水神便把她带往自己的城市。巨大的城市瑰丽壮观,仅湖泊就有六十万座。(14)世界上再也找不到什么城市能比它更美丽了。这里到处是豪华的宫殿、迷人的天女以及种种天国才有的享乐。国王啊,水神和她就在这里竟日游乐。(15)未几,妻子遭劫的消息传到了优多帖那里。(16)他是从那罗陀仙人那儿听说的。于是,他向那罗陀求告:'请你到伐楼拿那里去,要求他放回我的妻子,并用我的话,措辞严厉地对他说:"你为什么要做掠夺人妻的事?(17)你是世界的保护

---

① 一天年合三百六十天日,一天日合尘世一年。

者,不是世界的破坏者。我的妻子是苏摩给的,如今你却把她强夺了去!'"(18)那罗陀仙人接受了优多帖的要求,去见水神。他对水神说:'放掉优多帖的妻子吧!'不料却遭到伐楼拿的拒绝:'她现在属于我。我不能放走这漂亮的妻子。'(19)得到这样的答复,那罗陀只好回去见牟尼优多帖,心情抑郁地对他说:(20)'大牟尼啊,伐楼拿抓住我的脖颈,把我搡了出来。他不打算把妻子还给你。现在你愿意怎样就怎样做吧!'(21)听那罗陀这么说,鸯耆罗(即优多帖)怒火中烧。这位大苦行者将水固化,然后调动能量,把它统统吸干。(22)见水全部吸光,水神和他的朋友们大为惊恐。然而即使如此,他还是不肯交出婆陀罗。(23)于是,愤怒的优多帖,这婆罗门中的魁首对大地说道:'贤者啊,请你把那六十万座湖泊变成见底的干地吧。'(24)随即,大海应声退缩,干涸的不毛之地裸露出来。这位优秀的再生者又对流经那里的河流说道:(25)'胆小者啊,请你将自己隐去。娑罗私婆蒂啊,还是流向沙漠吧。美丽的女神啊,离开这里。这个地方将成为不祥之地。'(26)当整个地区都变成了荒漠的时候,护水之神(伐楼拿)带上婆陀罗,到鸯耆罗的住处,把妻子还给了他。(27)妻子回到身边,优多帖欣喜异常。既然一切如故,海河夜族的首领啊,他也就解除了曾经折磨世界和伐楼拿的痛苦。(28)妻子失而复得之后,知法者优多帖,这位精力充沛的婆罗门便对伐楼拿说道:(29)'水神啊,我靠苦行之力找回了自己的妻子,也使你一度受苦而悲痛哭号。'说过这话以后,他就带着妻子,返回了自己的住处。(30)国王啊,以上就是婆罗门雄牛优多帖的故事。听了这个故事,你还能说有哪个刹帝利会优于优多帖这样的婆罗门吗?"(31)

以上是吉祥的《摩诃婆罗多》中《教诫篇》第一百三十九章(139)。

一四〇

毗湿摩说:

阿周那听后还是默不作声。于是,风神继续说道:"国王啊,让我再给你讲讲婆罗门投山仙人不平凡的故事吧。(1)从前,诸神曾为

452

阿修罗所败，祭祀遭到洗劫，祭祖的供品也被席卷一空。神明们一时变得十分沮丧。（2）海诃夜族雄牛啊，由于檀那婆的破坏，人类的祭祀活动也停止了。据说，高贵的众天神失去了权力，只好在大地上四处流浪。（3）有一天，国王啊，他们遇到了投山仙人。这位仙人誓愿宏大，精力无限，光彩照人，犹如中天之日。（4）众天神看到了这位灵魂高尚，声誉卓著的仙人，遂向他致礼问候。然后，人民之主啊，他们抓住时机，对他说道：（5）'我们在战斗中被檀那婆打败，原来光彩荣耀的地位也失去了。牟尼雄牛啊，请你把我们从无边的恐惧中解救出来吧！'（6）听到诸神的诉说，投山仙人也变得十分激动。这位精气旺盛的仙人燃烧起来，焰势猛烈，犹如毁灭世界的末日之火。（7）强烈而又密集的光线烧着了檀那婆。大王啊，他们成百上千地从空中跌落下来。（8）这些提迷（即阿修罗）在投山巨大能量的照射下，遍体烧灼，纷纷离开两界，向南方逃去。（9）此时，檀那婆的首领钵利正在大地上举行马祭。他和那些正好在天上和地下的大阿修罗没有遭到炙烤之苦。（10）诸神重新获得了世界，一切归于平静。接着，众神又对仙人提出了新的要求：'请你把地下的阿修罗也打败吧。'（11）对于众神的要求，投山回答说：'我不能去烧灼那些地下的阿修罗。烧了他们，我的苦行力就会受到损失。'（12）就这样，这位可敬的仙人用他的能量烧死了众檀那婆。国王啊，灵魂纯洁的投山靠的是他的苦行力。（13）无瑕者啊，这就是投山仙人的故事。听了这个故事，你还能说有哪个刹帝利会优于投山这样的婆罗门吗？"（14）

面对风神的提问，阿周那依然不吱一声。于是，风神又说下去："国王啊，让我再给你讲讲大名鼎鼎极裕仙人的丰功伟绩吧。（15）当初，众阿提迷住在摩那娑湖①畔时，听说大仙人极裕住在附近，就在想象中拜望他，求他做他们的祭司。（16）后来他们举行祭祀。有一群名叫喀林的檀那婆，体大如山，看到他们聚精会神，一心行祭，身体因此衰弱下来，便生了加害之心。（17）这些称作喀林的檀那婆中凡是受过伤

---

① 摩那娑湖在盖拉娑山的南面，为一沐浴圣地。每年季风刮起的时候，常有野天鹅来此产卵。盖拉娑山在喜马拉雅山间，是湿婆大神居住的地方，财神俱比罗也住在这里。

的,甚至丢了命的,只要抛进摩那娑湖里洗浴一番,就能恢复生机。这是当初梵天许下的恩惠。(18)他们经常手持巨大而令人生畏的棍棒、树木乃至山峰搅动湖面,使得湖水翻滚,白浪滔天,其浪之高,竟达一百由旬。(19)他们还组成成千上万的大军攻击众神。众神不胜其苦,遂来到婆薮之主跟前,请求保护。(20)众神的诉说也使天帝释心烦意乱。他便去找极裕。可敬的仙人极裕答应保护众神,为他们驱除恐惧。(21)这位极其仁慈的牟尼同情正在受苦的诸神,不费吹灰之力,就用自己的能量将喀林全部烧死了。(22)这位大苦行者把流向盖拉娑山①的恒河引到摩那娑湖,让它穿过这神湖。(23)恒河穿过摩那娑湖以后再次出现,取名萨罗优河②。喀林们被消灭后,他们居住过的地方如今就叫作喀林那。(24)曾经接受了梵天所施恩惠的提迭们被伟大的仙人消灭了。这就是极裕仙人保护因陀罗和第三天居住者③们的故事。(25)我为你讲述了大仙人极裕的业绩。听了这个故事,你还能说有哪个刹帝利会优于极裕这样的婆罗门吗?"(26)

以上是吉祥的《摩诃婆罗多》中《教诫篇》第一百四十章(140)。

一四一

毗湿摩说:

面对风神的提问,阿周那还是沉默不语。于是,风神继续说道:"海诃夜族俊杰啊,让我再给你讲讲灵魂伟大的阿多利的业绩吧。(1)当初,众神和檀那婆曾在黑暗中互相混战,因为天光④用他的利箭刺

---

① 见前第16颂注。
② 萨罗优为古代印度著名的圣河之一,是今哥格拉河的支流。古代名城阿逾陀即在其侧。
③ 第三天为最高的一重天。第三天的居住者即神。
④ 即罗睺。印度古代神话说,当初众神搅乳海,得甘露后,正在畅饮,一阿修罗装扮成老婆罗门也来到天国,企图分享。负责守门的日、月二神发现了这个秘密,遂将它报告了大神毗湿奴。毗湿奴用他的轮宝砍断了阿修罗的脖子,同时阿修罗正在下咽的甘露也被劈成两半。这样,他虽然身首异处,但由于甘露的作用,两者皆得不死。后阿修罗的身子和头颅分别变成了罗睺和计都。罗、计对日、月二神始终怀恨在心,但使机会到来,就会吞噬他们,由此造成日食和月食。在印度古代天文学中,罗睺和计都被设想为两颗隐星,与日、月食有关。实际上,它们分别是白道的升交点和远地点。

454

穿了月亮和太阳。(2) 王中之虎啊,众天神不惯黑暗,遂遭檀那婆们杀戮,力量也随之大大削弱。(3) 天国的居民(诸神)在阿修罗的打击下伤亡惨重。这时,他们看到了正在大森林里修炼苦行的婆罗门阿多利。(4) 众神对这位成功地控制了诸根,平息了一切怒气的仙人说道:'阿修罗的利箭刺穿了月亮和太阳,致使日月无光。(5) 黑暗笼罩着我们,使我们惨遭敌人的杀戮。如今我们天天不得安生。强有力者啊,请你把我们从恐惧中解救出来吧。'(6) 阿多利问道:'我怎样来保护你们呢?'众神说:'你可以变作月亮。你可以变作驱逐黑暗的萨毗多(太阳),或变作杀陀私优者①。'(7) 阿多利看上去像月亮一样可爱。听到诸神这么说,他也发现了当时月亮和太阳处境困难。(8) 大地之主啊,看到月亮和太阳暗淡无光,阿多利便运起苦行之力,发出强烈的光芒,将战场照得通亮。(9) 整个宇宙也因此而变得明亮无比。接着,阿多利又运用自己的威力,制服了麇集在一起的众神之敌。(10) 看到阿修罗被阿多利烧得焦头烂额,诸天神也发挥威力,在阿多利的保护下,对阿修罗大举进攻。(11) 阿多利运用他无穷的能量,给萨毗多(太阳)以光芒,使月亮恢复皎洁的面貌,解救了诸神,消灭了阿修罗。(12) 王仙啊,看吧,这就是身着兽皮,口念圣诗,常以野果充饥的牟尼,独一无二的阿多利创造的业绩。(13) 我为你讲述了这位伟大仙人的功业,现在你还能说有哪个刹帝利会优于阿多利这样的婆罗门吗?"(14)

不管风神一再发问,阿周那仍是不肯开口。于是风神又说下去:"国王啊,让我再给你讲讲灵魂伟大的行落仙人的丰功伟绩吧。(15) 当初,行落仙人将诸言许给双马童后,曾去找降巴迦者(因陀罗),对他说:'请你允许双马童也和其他诸神一样,能够饮苏摩酒吧。'"②(16)

---

① 即因陀罗。陀私优人在吠陀经典中是天神的敌人,不虔诚者,后又成为野蛮人、强盗等的代称。研究者认为实际上即雅利安人入印时所面对的西北印度土著居民。

② 在一次大梵天举行的祭祀活动中,因陀罗曾禁止双马童饮用苏摩酒,使他们很不满意。后来他们帮助年老体衰的行落恢复了青春。作为回报,行落仙人答应帮助他们取得饮用苏摩酒的权利。

因陀罗说：

他们两个已经被我们排除在外，怎么还能饮苏摩酒呢？他们是不能与我们这些神明同日而语的。还是请你不要提这回事吧。（17）恪守大誓愿的人啊，我们不想和双马童一起饮苏摩酒。其他的神愿意怎样，尽可随便，反正我绝不同他们共饮！（18）

行落仙人说：

杀波罗者啊，如果你不肯照我的话做，那么我只有强迫你在祭祀上同他们共饮苏摩酒了，而且就在今天。（19）

于是，行落仙人马上为双马童举行了一场仪式。他念出的咒语把众神明统统镇住了。（20）世尊因陀罗见行落举行仪式，大为光火。他的眼中充满怒气，立刻带着他的金刚杵，高举起一座大山，朝着行落扑去。（21）见因陀罗冲向前来，行落仙人运苦行力，往他的身上掸了一点水。因陀罗立即定在那里，连手中的金刚杵和大山也定住了。（22）在仪式上，大牟尼行落通过咒语，利用供品创造出了一个同因陀罗作对的巨口大怪。这家伙面目狰狞，名叫摩陀。（23）它的下巴贴着地，上唇顶着天，嘴里长着成千的牙齿，个个长一百由旬。无比尖锐的獠牙长二百由旬。（24）众天神和婆薮之主（因陀罗）站在它的舌根上，就像在汹涌波涛中，鱼儿掉进了巨鲸嘴里。（25）众天神在摩陀的口中商量了一阵，然后一齐对天帝释说道："你还是向那个再生者低头吧。只要能摆脱目前的困境，就让我们同双马童共饮苏摩酒好了。"（26）天帝释只好同意，遂向行落鞠躬行礼，答应照他的要求办。就这样，行落仙人使双马童饮到了苏摩酒。（27）后来，这位牟尼把摩陀召回，将它一分为四，让它分别潜藏到骰子、狩猎、酗酒和女人中去，伺机逞威。（28）国王啊，谁接触了这几样东西，就不免走向灭亡。因此，任何人都要时刻注意远远地避开它们。（29）国王啊，这就是行落仙人的业绩。听了这些，你还能说有哪个刹帝利会优于行落这样的婆罗门吗？（30）

以上是吉祥的《摩诃婆罗多》中《教诫篇》第一百四十一章(141)。

一四二

毗湿摩说：

此时的阿周那还是一言不发。于是，风神又继续说下去："人民之主啊，请听我再讲些婆罗门的著名功绩吧。（1）当初众天国的居民和他们的首领因陀罗还呆在摩陀口里的时候，行落仙人趁机夺走了大地。（2）众神想到一下子失去了两界，自然感到十分难过。他们忧心忡忡，来到了伟大的梵天那里，寻求保护。"（3）

众天神说：

普世敬重之神啊，我们不幸在摩陀的口中饱尝浸泡之苦后，发现属于我们的大地被行落拿去了，天国也成了迦波①的手中物。（4）

梵天说：

以因陀罗为首的神明啊，还是快快到婆罗门那里去求他们保护吧。只要让他们高兴了，你们就能够夺回原先属于你们的两界。（5）

于是诸神又赶往婆罗门那里，寻求他们的保护。婆罗门问他们："你们希望我们去降伏谁呢？"诸神回答："请你们去降伏众迦波。"婆罗门说："先把他们弄到地上来，然后我们就可以制伏他们。"（6）言毕，众婆罗门便着手准备一个仪式，以设法置迦波于死地。迦波听到这个消息后，急忙派遣一个名叫陀尼的使者来见婆罗门。（7）陀尼捎来了迦波的话，对婆罗门说："众迦波与您众位品格相若，目前的仪式要对他们怎么样呢？（8）他们全是深通吠陀的智者，做到了谨守戒条，慎行祭仪，各方面都与诸大仙人不相上下。（9）吉祥天女常同他们一起嬉戏游乐。他们自己也感觉十分幸运。他们从不随意与自己的妻子同床，也不吃在祭祀以外宰杀的牲畜。（10）他们天天向旺盛的祭火中投献供品，对于师父和长辈的话无不诚心敬从。他们全都成功地约制了自我，进食时必将儿童们先行喂饱。（11）外出乘车必相携

---

① 迦波是一种阿修罗。他们趁众神败在行落手下之时，攻陷了天国。

而行,① 接近妻子必避其不便,每逢用餐必在客人长辈之后,日落之前必不高卧而眠。(12)除此之外,众迦波还有种种优点,为什么你们却要制伏他们?请放弃原来的打算吧,这对你们也有好处。"(13)

众婆罗门说:

迦波是我们一定要制伏的。我们和众神明必须一致,这是传承经典的明示。迦波有罪,罪不容诛。陀尼啊,你从哪里来,还是回到哪里去吧。(14)

陀尼按照婆罗门的指示,回到迦波那里,向他们做了汇报:"婆罗门对你们不抱好感。"闻此,众迦波抄起武器,齐向婆罗门疾奔而去。(15)诸再生者看到迦波们高举旗帜而来,便放出熊熊大火,这火焰足以置他们于死地。(16)婆罗门放出的永恒之火吞噬着众迦波。人民之主啊,这火看上去就像是天空的彩云。诸天神见此十分高兴,对婆罗门和声誉卓著的梵天大加赞美。(17)天神的威力和勇气大增。他们获得了长生不朽之身,在三界中广受崇仰。(18)

巨臂啊,一直在倾听风神叙述的阿周那,此时起身对他行礼敬拜,终于开口说话。人民之主啊,他说的是:(19)"有力之人啊,我将永远,并在一切方面,为婆罗门而生。我将始终诚心敬拜梵天和婆罗门。(20)只是由于达陀陀利耶的恩惠,我才得到了如今的勇力,以及世上崇高的名声和巨大的功德。(21)风神啊,今天,我从你那里听到了婆罗门的种种业绩。你所讲述的一切,我都聚精会神,仔细听了。"(22)

风神说:

婆罗门和刹帝利各有各法,明白此理,就能保护好自己的权力。对你来说,严重的威胁还会来自婆利古家族,不过那将是很久很久以后的事。②(23)

以上是吉祥的《摩诃婆罗多》中《教诫篇》第一百四十二章(142)。

---

① 意思是有车大家共乘,不使一人步行。
② 阿周那在统治世界八万五千年后死于持斧罗摩之手。就父系说,持斧罗摩属于婆利古家族。

一四三

坚战说：

国王啊，你始终在称扬那些恪守誓愿的婆罗门。那么，人民之主啊，你是看到了什么善果，才赞颂他们的呢？（1）誓愿宏大的人啊，崇拜婆罗门有什么报偿被你看到，致使你对他们赞美不已呢？巨臂啊，请把这些都告诉我。（2）

毗湿摩说：

这方面的事，智慧非凡的美发者（黑天）可以为你全面论述。这位誓愿宏大者会告诉你崇拜婆罗门能够得到什么果报，所说的都是他亲眼所见。（3）如今，我的力量、听力、语言、心思、眼力和智慧，都已经浑浊不清。我想，不要多久，我就能把我的肉体丢弃了，只是太阳走得似乎太慢。（4）古代传统中有关婆罗门、刹帝利和吠舍应该履行的根本大法，我已经对你讲过了。同古代治术相关的各种问题，我也都已说过。至于那些遗漏而不曾谈到的，普利塔之子啊，今后你可以从黑天那里得到答案。（5）黑天我是很了解的。我知道他的种种情况。我知道他古时曾经表现出哪些伟大的力量。俱卢族国王啊，美发者灵魂无限。你何时在正法上遇到疑难，都可以向他请教。（6）黑天创造了地、空、天。他力大无比，令人生畏。他就是古代支撑大地，使它避免沉没的野猪。有了稳固的大地，才有了空和天，才有了四方和四个居间方向①。创生活动亦随之而来。所以，创造了整个古代宇宙的，就是黑天。（7）一朵莲花从他的肚脐中生出，莲花中又生出精气无限的大梵天。普利塔之子啊，大梵天打破了可怕的黑暗。当初这黑暗广袤无边，连大海也不能比。（8）在圆满时代，黑天表现为完美的正法。在三分时代，他表现为知识。在二分时代，他表现为强权。在争斗时代，他表现为非法，并最终走向毁灭。（9）这原初之神

---

① 即东北、西北、东南、西南。

杀死了提迭。这原初之神是宇宙之主。他是众生的创造者,也代表众生的未来。他是整个宇宙的保护者。(10)当正法衰微的时候,黑天就会诞生在众神或者人类之中。他灵魂纯洁,以正法为根本,周游于高等和低等的世界之间。(11)他会抛弃那些应当抛弃者。他会将阿修罗消灭掉。普利塔之子啊,他是一切善行和恶行的原因。他是已经完成的行为、将要开始的行为和正在实施的行为。你应该知道,他可能一时是神明,一时是苏摩,另一时又是天帝释。(12)他无所不为,无形不备。他支持一切,创造一切,征服一切。他手持三叉戟。他带有血液①,优异杰出。显赫的业绩使他名传四方,在众生中间备受颂扬。(13)时常陪伴他的,有健达缚、天女和成百的神明。环绕在他身旁的,还有众罗刹。他是健康的维护者。他是惟一的征服者。(14)在祭祀中,吟诵者对他殷勤称道,唱婆摩者用罗陀德罗②对他百般颂扬,婆罗门用梵咒对他衷心赞美,行祭者为取悦于他,不断将供品投入祭火。(15)他进入古老的梵洞③,从那里观察原初的大地祭祀。婆罗多后裔啊,他惊走了众提迭、蛇蟒和檀那婆,拯救了大地,在宇宙间功德第一。(16)人们将丰盛的食物奉献给他。作战的武士将各种车乘奉献给他。作为永恒的存在,空、地、天及宇宙中的一切,都处在他的控制之下。(17)是他使得种子进入罐内,而名叫极裕的仙人就从这罐中的种子诞生出来。④他就是风神。他就是强壮的双马童。他就是世上第一之神——万道光芒的太阳。(18)他制伏了所有的阿修罗。他跨三步便将三界席卷而去。他是诸神、人类和祖先的灵魂。他是通晓祭祀者所行的祭祀。(19)他使太阳升起,将时间分割开来。⑤他使一年分成两部分,一向北,一向南。他的光线放射出来,射向上方,射向下方,也射向水平各方,给大地带来温暖。(20)精通吠陀的

---

① 即他有肉体。
② 娑摩圣诗的一种。
③ 指吠陀真知,或由吠陀学问带来的知见。
④ 极裕仙人有过三次诞生。第一次是作为大梵天的"心生子"诞生的,同时出生的还有那罗陀、陀刹、婆利古等大仙人。后来,他死于陀刹的一次祭祀,再生于梵天的祭火。他第二次死于甘蔗王朝国王尼弥的一次诅咒,灵魂飞至密多罗—伐楼拿的净修林,进入其身体。后女神优哩婆湿来访,密多罗—伐楼拿精液溢出,存于一个罐中。数日后罐子爆破,极裕和投山二仙人同时诞生。本颂所说,即是这一典故。
⑤ 即区分出日夜。

婆罗门赞美他。太阳在天空照耀,光芒万丈。月复一月,人们不断地举行祭祀,对他表示崇拜。在种种祭仪上,精通吠陀的婆罗门吟唱着颂扬他的圣诗。(21)他驱赶着时间之轮。它有三个轮毂,套着七匹骏马飞奔,在三处停宿①。黑天的能量无比巨大。全部世界都由他独自支撑。他无所不在,是一切之主。他是消耗者,又是补充者,而自身则亘古不变。普利塔之子啊,快去接近黑天吧,这位一切的创造者。(22)

伟大的毗湿奴曾经隐居在甘味林。这强有力者赋形为火,住在草丛中,十分高兴。他到处行走,制伏了许多罗刹和蛇蟒,将一切作为供品,投入熊熊的祭火。(23)黑天曾以白马赠送阿周那。他是世上一切骏马的创造者。他的车辆乃是世界的象征。它有三个辕轭,三个轮子②,驾有四马③,可以向三个方向行驶④。(24)作为五种元素的共同本原,他创造了地、天和空。他还创造了壮丽的大山。毛竖者⑤(毗湿奴)拥有无限的能量,它像火焰一般,光芒四射。(25)他想要惩罚拿金刚杵打他的因陀罗,便跨越一条条大河,赶走了他。在各种祭祀仪式上,这位大因陀罗本是婆罗门用千万首古老圣诗经常赞美的。(26)国王啊,只有他,毗湿奴,有本领让精气旺盛的敝衣大仙⑥作为客人,留宿在他的家中。这事别人绝做不到。据说,他是古代惟一的仙人。他是宇宙的创造者,赋予万物以特性。(27)他是至上神,负责传授吠陀经典,恪守一切古代法规。任何果报,无论是与爱欲或世俗行为有关的,还是与吠陀经典有关的,都可以在遍军(毗湿奴)那里得到。(28)他是一切世界都可以见到的灿烂明亮的光线。他是三界。他是护世三王。他是祭祀三火。他是三呼唤⑦。他是提婆吉之子,是统合在一起的所有神。(29)他是年、季、半月、日夜、迦

---

① 指三个季节。一说指三界。
② 指数论哲学中"自性"(原初物质)的三种组成成分,即所谓三德:善、忧、暗。
③ 指时间、命定、神的意志和个人的愿望。
④ 指向上、向下和水平三个方向,喻指高、低、中三种出身。
⑤ 毛竖指由于欢喜或惊惧而毛发倒竖。
⑥ 仙人阿多利之子,性情暴躁。
⑦ 指婆罗门每日敬神开始时口中发出的具有神秘意义的呼唤声:"菩罗"、"菩伐罗"、"私伐罗"。一般是先发"唵",然后再发这三声呼唤。

罗①、伽湿陀②、摩陀罗③、穆呼罗陀④、罗婆⑤、刹那⑥。所有这些时间概念都存在于遍军之内。(30)月亮、太阳、曜⑦、星宿、星星、新月、满月、星宿交会点⑧、季节,普利塔之子啊,所有这些,都源于遍军。(31)楼陀罗、阿提迭、婆薮、双马童、沙提耶、毗奢神、风神、生主、诸神之母、阿提底以及七大仙人,他们统统来自于黑天。(32)他赋形为风,使宇宙得以展开。他赋形为火,烧毁宇宙中的一切。他赋形为水,将一切悉行淹没。他赋形为梵天,创造宇宙万物。(33)作为吠陀,他教授诸吠陀。作为法规,他遵守一切与正法、吠陀和权力有关的戒规。你应知道,美发者(毗湿奴)是宇宙中的一切动者和不动者。(34)他赋形为灿烂的雷光闪电,大放光芒。作为孕育于自身的自在者,他首先创造出水,然后又创造出宇宙间所有的其他各物。(35)相续出现的季节,种类繁多的众生,雨云,雷电,彩虹,所有的动物和不动物,这一切统统来自大名鼎鼎的黑天。你要知道,这就是毗湿奴。(36)他是宇宙的居所。他超越于任何特性。他称作婆薮提婆之子。当他以生命的形式存在的时候,他还有几个名字广为人知:商迦尔舍那、波罗底优那和阿尼娄陀。这些就是孕育于自身而又具有伟大灵魂的大神的四个名号。⑨(37)为了创造由五种元素构成的宇宙,他做了五个方面的努力。普利塔之子啊,就是这样,他创生了地、风、空、光、水。(38)他造出了由动物和不动物构成

---

① 古代印度计时单位,合1/900天,即1.6分钟。另说合1/1800天,即0.8分钟。又说合8秒。此外还有若干说法。
② 1伽湿陀合1/30迦罗。
③ 亦为古代印度计时单位,为发一短元音所需时间。
④ 参见第14章第23颂注。
⑤ 参见第14章第23颂注。
⑥ 1刹那的长短有多种说法,如合4/5秒,合24/35秒,合4分钟等。
⑦ 印度古代天文学概念,有时说五曜,即火、水、木、金、土五行星;或七曜,即加上日、月;或九曜,即再加上罗荍和计都。
⑧ 指月亮在运行过程中同不同星宿的交会之点。
⑨ 婆薮提婆之子、商迦尔舍那、波罗底优那和阿尼娄陀四为一体,即所谓"无上者",也即黑天。婆薮提婆是他的父亲,商迦尔舍那是他的同胞长兄,波罗底优那是他的儿子,阿尼娄陀是波罗底优那的儿子。

的世界，而这个世界又分作四个类别①。他造出了土地，还有五类种子②。他造出了天空，天空将丰沛的雨水洒向土地。国王啊，黑天就是这样创造了宇宙。同时，作为孕育于自身的自在者，他又以自己的生命使宇宙充满活力。(39)这位众生之主还创造了诸神、众阿修罗、人类、诸世界、众仙人、众祖先、众子孙以及各色各样的生命世界。(40)世上的一切，无论善恶，无分动静，无不出自于遍军。你也应该知道，所有一切，不管是已经存在的，还是未来出现的，统统都是美发者（黑天）自身的存在形式。(41)任何生命，当他走到尽头的时候，黑天就以死亡的形式出现在他的面前。他永恒不灭，是正法的维护者。即使是已成既往之物，或是闻所未闻之物，它们也一概来源于遍军。(42)世界上的足可赞美之事、高尚神圣之事，乃至任何善恶之事，皆与不可思议的美发者同一不二。舍此以外的其他看法，都有悖实际。(43)这就是关于美发者的种种情况。他是自在者。他是那罗延，至高无上，永存不灭。他坚立不动，处在宇宙的中心。他是世上一切众生的诞生和灭亡。(44)

以上是吉祥的《摩诃婆罗多》中《教诫篇》第一百四十三章(143)。

一四四

坚战说：

诛灭摩图者啊，请你告诉我崇拜婆罗门能够得到什么样的果报。我的祖父了解你，说这桩事你最清楚。(1)

婆薮提婆之子说：

国王啊，俱卢族俊杰！请集中精神听我讲。婆罗多族雄牛啊，我将如实地把婆罗门的优点告诉你。(2)有一次，我的儿子波罗底优那生了婆罗门的气，就来问我："诛灭摩图者啊，崇拜婆罗门的果报是什么呢？他们在今生和来世崇高无上的地位是怎样得来的呢？(3)荣誉的赐予者啊，对再生者表示敬拜，能获得什么样的回报呢？父亲啊，请告诉我。我在这方面还有很多事不明白。"(4)既然波罗底优

---

① 指诞生方式上类别的不同，参见前第61章第46颂注。
② 这五类究竟是什么种子，说法不一。有说芥子、茴香、枯茗、芝麻、罂粟五类的，也有以豆、葫芦、石榴、莲子或其他代替其中某一或某几种的。

那这么问,我便对他说了如下的话。大王啊,请聚精会神仔细听:(5)"艳光之子啊,①请专心听我把崇拜婆罗门的益处讲给你。婆罗门都是月王,是幸福和不幸的安排者。(6)艳光之子啊,我的儿,无论在今生,还是在来世,任何幸福都可以溯源于婆罗门。对此我毫无怀疑。(7)勇力、生命、令名、美貌、膂力,所有这一切都来源于婆罗门。世上众生,世界之主,无一不奉婆罗门为先导。(8)儿子啊,我们怎么能忽略这个事实,硬说:'我是世界的主人'呢?巨臂啊,可不要对婆罗门动辄发怒。(9)无论在今生,还是在来世,婆罗门都高于其他众生。他们对于世事有着直接的知识。一旦怒气发作,他们就能把世界化为灰烬。(10)他们有办法创造另外的世界,并为它们确定主人。为什么有着健全能力的人,不能凭着他正确的意识而归顺于婆罗门呢?(11)亲爱的人啊,过去曾有一个婆罗门住在我的家中。他的肤色褐中带绿,须发和指甲长得很长,身上披着树皮衣,手中拿着木苹果木②做的棍子。他的身材十分高大,世人之中,难有其匹。(12)他经常同别人乃至天神结伴漫游,在广场上或者人群中吟唱这样的诗句:(13)'谁能让叫作敝衣的婆罗门住到他的家里?他是一个行为端正的好人。我在这里求告了,哪位听了能赐我一席栖身之地呢?不过,谁收容了我,可不能给我气受。'(14)看到没有什么人注意他的要求,我便把他领回自己家里。(15)他的食量有时很大,上千人的饭菜只够一顿。不过,有时他也吃得很少。他似乎无意离开,再往别人家去。(16)有时他会无缘无故地大笑起来;有时他又会泪流满面,并无道理。论年纪,这个世界上已经无人能和他比。(17)终于有一天,他离开我们,回到住处,将他的床铺、铺盖和伺候他的盛装女子一把火统统烧掉,然后扬长而去。(18)可是不久,这位严守誓约的牟尼又回来了。他对我说:'黑天啊,我想吃牛奶粥。请快给我弄点来。'(19)其实对他的想法我早已熟悉。按照我的吩咐,家里的人早已将食物和饮料提前备好,各种各样,应有尽有。(20)我把热腾腾的牛奶粥恭敬奉上。他急匆匆吃了一些,然后对我说道:'用这些剩下的粥涂满你的身体吧。'(21)我不假思索,遵

---

① 艳光公主为黑天之妻,波罗底优那之母。
② 木苹果又称孟加拉苹果,其木呈黄色,坚硬而沉重。

旨照办，用余下的牛奶粥涂遍了全身，还有脑袋。（22）这时，他又看到了你面容美丽的妈妈，她正站在我们的旁边。他一面笑着，也把剩粥涂抹在她的身上。（23）接着，他很利落地将你妈妈套上一辆车子，然后翻身上车，离开了我们的家。此刻她浑身上下，已经满是糊糊。（24）这位充满智慧，身上发出火焰般光辉的再生者坐在车上，像武士那样，将手中的刺棒当着我的面打在年轻艳光的身上。（25）然而，我却没有感到丝毫的痛苦，也没有报复这再生者的冲动。车子就这样向宽阔的城市大路跑去。（26）看到这奇怪的景象，倒是路边的陀沙诃人表现得愤怒填膺。他们你一言，我一语，议论纷纷：（27）'让婆罗门活着，别人都去死好啦！别的人谁能上这车子，也让他好好活着吧！（28）毒蛇的毒固然猛烈，可是婆罗门比毒蛇还要狠。婆罗门毒害了谁，连医生也束手无策。'（29）尽管如此，车子还是在崎岖的路上颠簸着，艳光也踉踉跄跄，不断地失足跌到。婆罗门对此视而不见，只是一个劲地催她快走。（30）最后，婆罗门似乎嫌车太慢，忍无可忍，索性跳下车来，沿着一条荒凉的小路，向南跑去。（31）见此，我也沿着这条小路，尾随在再生者的后面，急忙追去。满身米粥已顾不得，只是连声叫着：'世尊啊，请不要生气！'（32）到这时，精气无限的婆罗门才回过头来，朝我看看，然后说道：'膂力强大的黑天啊，你是一个天生制驭了愤怒的人。（33）恪守誓约的人啊，我在你的身上找不到任何过错。你确实使我高兴。乔宾陀（黑天）啊，选一些你希望得到的恩惠吧。我要让你看看，亲爱的人，一个使我满意的人能够得到什么报偿。（34）只要人们还热爱食物，他们就会像热爱食物那样热爱你。（35）同样，只要你正直善良的名声立于三界，你就能在那里享有非凡的地位，以及，遮那陀那啊，一切世人对你的热爱。（36）你有什么东西被我打碎了，被我烧掉了，被我毁坏了，你将看到，它们还会恢复原状，甚至比原来还好。（37）诛灭摩图者啊，你愿意活多久，你身上那些涂了牛奶粥的地方，就会将死亡的威胁抵御多久。（38）孩子啊，当时你为什么没有把脚底也涂上米粥呢？这让我不愉快。①'尽管他这样说，对于我，他还是满意的。经他一

---

① 暗示日后黑天将会因足底受伤而死。

提，我再看自己的身体，果然漂亮了许多。(39) 接着，他又高兴地对艳光说道：'美丽的人儿啊，你将会成为世界上所有女性中最优秀，最著名，最受尊重的一个。(40) 神采奕奕的人啊，你将不会受到老迈、疾病或者色衰之类事情的困扰。你的身体将会散发出令人愉快的香气，从而永远获得夫君黑天的欢心。(41) 在美发者的六万个女眷中，你将是他宠爱最久的一个。'(42) 对你的妈妈说过这番话后，这位精力非凡，犹如火焰的敝衣仙人又转过身来，对我说了离去以前最后的话：(43) '美发者啊，我要让你的智慧同婆罗门不相上下！'言毕，孩子啊，他就从我们的面前消失了。(44) 敝衣仙人离开以后，我就暗暗立下誓言，决心凡是婆罗门要求我做的事，我当无一拖延，努力完成。(45) 儿子啊，我和你的母亲一起下了这个决心，然后怀着无比兴奋的心情，回到我们的家中。(46) 一进家门，孩子啊，我就看到，所有原来打碎烧坏的东西，统统变成了新的。(47) 看着这些簇新而又坚固的家什，我着实吃惊不小。自那以后，艳光之子啊，我的心中就一直对婆罗门满怀崇敬。"(48) 婆罗多族雄牛啊，以上就是我对艳光之子所问问题的回答，讲述的全是优秀婆罗门的伟大之处。(49) 贡蒂之子啊，你也应该永远以语言，或以实物，对天福护佑的婆罗门虔诚敬拜，不稍懈怠。(50) 我获得善报，全凭婆罗门施我以恩惠。此外，婆罗多族雄牛啊，毗湿摩那些关于我的话，也都说得十分正确。(51)

以上是吉祥的《摩诃婆罗多》中《教诫篇》第一百四十四章(144)。

一四五

坚战说：

敝衣仙人的恩惠使你获得了知识。诛灭摩图者啊，请你把这些知识讲给我听。(1) 优秀的智者啊，我还想如实知道这位灵魂伟大者的各种名号和他曾经获得的大福大惠。(2)

婆薮提婆之子说：

好吧，大王，让我先敬拜盘发者（湿婆），然后再向你讲述我所获得的善果和名声。(3) 人民之主啊，请听我说。每天清晨，我约束身心，早早起床，然后双手合十，诵读舍陀卢陀利耶①圣诗。(4) 这些圣诗是作为生主的大苦行者，在修炼了严厉的苦行以后创作的。商迦罗（湿婆）创造了世上众生，包括所有的动物和不动物。(5) 民众之主啊，没有谁能够高于大神。他是三界中一切众生的起源。(6) 任何人都不可能从容站立在这伟大灵魂的面前。三界之内，没有谁能够同他相比肩。(7) 他在战场上一旦动怒，任何敌人只要闻到他身上的气味，就会浑身发抖，扑倒在地，失去知觉，几近毙命。(8) 他的吼声，就像咆哮的沉雷，令人畏怖。即使是众神上阵，听到这样的巨吼，也会闻声丧胆。(9) 愤怒的持棒者（湿婆）只要用他那恐怖的样子看谁一眼，无论是神明或阿修罗，蛇蟒或健达缚，即使躲进洞穴，仍不免失魂落魄。(10) 生主陀刹曾经举行过一次规模宏大的祭祀，结果跋婆（湿婆），这广受崇拜，谁也不怕的大神，盛怒之下，一举捣毁了它。他用神弓放出利箭，同时发出震天的吼声。(11) 当怒不可遏的大自在天（湿婆）突然摧毁祭祀仪式的时候，诸神一下子失去了往日的宁静和快乐，深深地陷入绝望之中。(12) 普利塔之子啊，神弓的巨响使所有世界陷入混乱，众神和阿修罗惊惶失措，意气沮丧。(13) 大海奔腾激荡，承载众宝的大地𪾢𣨼颤抖。高山纷纷移位，天空也迸裂开来。(14) 整个世界笼罩在无边的黑暗之中，咫尺不辨。婆罗多后裔啊，太阳暗淡下来，一切原来发光的东西也都失去了光亮。(15) 恐怖笼罩着众仙人，但他们还是怀着善愿，为众生和自己的祸尽福来，虔诚祝祷。(16) 与此同时，威武勇猛的楼陀罗（湿婆）怒火中烧，冲向众神。他一拳重击，打出了薄伽的眼珠。(17) 接着，这位至美之神又冲向普善，趁他张口取食祭典供品的时候，敲掉了他的牙齿。(18) 战战兢兢的众神只好来到商迦罗（湿婆）的面前，向他鞠躬致敬。但楼陀罗又一次将闪光发亮的利箭搭上他的神弓。(19) 楼陀罗显示的高强武力，使得诸神和众仙人惊恐莫名。于是，那些优秀的大神开始抚慰沙尔婆（湿婆）。(20) 他们双手合十，轻声念起颂扬楼陀罗的舍陀卢陀利耶圣诗。受到三十三天的如此赞美，大自在天

---

① 《夜柔吠陀》中赞颂楼陀罗的圣诗。

(湿婆)高兴起来。(21)诸神和仙人将祭仪上最好的一份供品奉献给楼陀罗。国王啊,三十三天余悸未消,遂求大神予以庇护。(22)当初大神怒而捣毁的祭祀仪式恢复了原状,受伤的肢体也变得完好如初。(23)

　　武力强大的阿修罗有三座天上城池,它们是铁城、银城和金城。(24)摩诃梵(因陀罗)用尽百般武器,竟然攻不破这些城池。最后,无可奈何的众神来找楼陀罗,请他帮助。(25)这些伟大的神明一齐来到他的面前,对他说道:"楼陀罗啊,我们将在所有的仪式上都为你奉上牺牲。荣誉的给予者啊,为了保护三界,请你为我们铲除那些提迭,摧毁他们的城池吧。"(26)听了众神的陈述,大神说:"好吧!"于是动手制作他的利箭。他拿毗湿奴作精美绝伦的箭身,拿火神阿耆尼作箭镞,拿太阳神之子阎摩作箭羽,拿吠陀作弓身,拿女神莎维德丽作弓弦,(27)拿神明作战车。他将所有这些组装在一起,作成三节①三刃之箭,射向众阿修罗。(28)婆罗多后裔啊,这神箭闪着太阳的金光,威力犹如时火②。在楼陀罗神箭的打击下,阿修罗同他们的城堡顿时葬身火海。(29)这时大神变作一个婴儿,头束五髻,坐在乌玛的腰际③。乌玛不知道孩子是谁,于是问道:"这是谁啊?"(30)天帝释见此婴儿却无名火起,竟想用他的金刚杵将他打杀。不料,他那铁门闩一般的胳膊刚刚举起,就同手中的金刚杵一起被大神定住了。(31)诸神和众位生主谁也不知道他就是宇宙之主,一时惊得目瞪口呆。(32)倒是世尊梵天思考一阵后发现他就是勇力不可限量的无上之主,黎明女神乌玛的夫君。明白以后,他便对大神行礼致敬。(33)众神明亦一齐抚慰楼陀罗和乌玛。随后,诛灭波罗者(天帝释)的胳膊恢复了功能。(34)后来,这位勇武的大神化作一个婆罗门,取号敝衣,在多门城我的家中住了很长时间。(35)他在我家做了许多无理的事,尽管难以忍受,我还是以宽容之心统统忍受下来。(36)他是众神之主,他是风神,他是双马童,他是雷电之神,他是月神,他是统治者,他是日神,他是伐楼拿,(37)他是时间,他是

---

① 指箭身的竹节。
② 时火是劫末席卷宇宙的毁灭之火。
③ 印度传统的抱婴儿方式,是婴儿双腿劈开,坐在女子的腰间。

死神，他是死亡，他是黑暗，他是日夜，他是月份，他是半月，他是季节，他是晨昏，他是年。（38）他是支持者，他是安排者，他是工巧天，他无所不知，他是星宿，他是四方，他是居间方向，他是曜①，他以宇宙为形体，灵魂无限，无比光辉。（39）他有时仅存一身，有时分作二身，有时化作三身，有时现为多身，其多可至上百，上千，乃至十万。（40）大神的非凡，由此可见。不过，这位世尊的伟大之处即使说上一百年，也还是无法穷尽。（41）

以上是吉祥的《摩诃婆罗多》中《教诫篇》第一百四十五章(145)。

一四六

婆薮提婆之子说：

巨臂坚战啊，请仔细听。我还要讲述楼陀罗的多种形象和多种名号，以及这位灵魂伟大者的大福大惠。（1）人们说大神就是阿耆尼（火神），就是斯塔奴②，就是大自在天，就是独眼，就是三眼，就是以宇宙为形者，就是吉祥。（2）精通吠陀的婆罗门说，大神有二身。一身慈眉善目，一身令人畏怖。而此二身，又能化现出种种不同之形。（3）凶恶可怖之身可见于火、雷电和太阳。温和慈善之身可见于水、正法和月亮。（4）婆罗多族雄牛啊，人说大神的一半是阿耆尼，而温和慈善的一半则谨守梵行。（5）他那可怕的形体用于毁灭宇宙。他既是伟大的，又是至高天神，所以两者合称，得名大自在天③。（6）他是尖锐的，炽热的，可怕的。他有炙烤之力。他会啖食血肉以及骨髓。所以他得名楼陀罗。④（7）他是众神魁首。他统治着广大的区域。他拥有整个宇宙。所以他得名大神。（8）他尽一切之力，使一切事业得以完成，目的在为众人谋求福利，所以他得名湿婆。⑤（9）他矗立

---

① 参见第143章第31颂注。
② 意为不动者，是说湿婆在修炼苦行时身体如树干般不可动摇。另说见下面第10颂。
③ 此处原文可译为"大天神"。"大自在天"是佛教传统译法。佛教文献称他"于一切世界有大势力"，"此天王于大千世界中得自在"，故为"大自在天"。
④ 楼陀罗意为可怕的。
⑤ 湿婆有仁慈、吉祥、幸福、福利等意思。

着，如同燃烧的火焰。他站立着，为的是生命气息的诞生。他的象征是永远挺立的林伽（男根）。所以他得名斯塔奴。（10）他可以变幻多种形象。他是过去、未来和现在。他是动者和不动者。所以他得名多形。（11）由于他生具烟色，所以人们称他头缠发髻者①。由于他寓有一切神，所以得名宇宙形。（12）他有千只眼。他有万只眼。他每一个方向都有眼。他的眼睛是能量之源。他的眼光无远弗届。（13）他保护一切牲畜，同它们一起游玩，统领它们，所以他得名兽主。（14）他身住林伽之中，坚持常修梵行，备受世人崇敬。所以他得名大自在天。（15）如果有人敬拜这位伟大神明的偶像，而另外的人敬拜他的象征物林伽，那么得到大福惠的永远是后者。（16）所有的仙人、神明、天女和健达缚，都以圣诗赞颂那坚挺向上的林伽。（17）受到如此的崇拜，大自在天感到十分愉快。这也激起了他对于崇拜者的感情。于是他便怀着爱心，赐给他们幸福和快乐。（18）大神经常选择墓地居住。人们常在那里祭供这位出没于英雄之地的大神。（19）作为死亡，他居住在一个个有生命的众生体内。他也作为生命气息居住在众生的躯体中，称作元气和下气。②（20）他还有熊熊烈焰以及其他许多恐怖的形象，同样在世界上广受崇拜。智慧的婆罗门对这些形象十分了解。（21）在吠陀经典中，他有很多依据事实得来的名号——出自他的伟大，以及他显赫的业绩。（22）吠陀中还有婆罗门熟悉的舍陀卢陀利耶颂诗。这非凡的颂诗出自毗耶娑之手，表达了对于这位伟大神明的崇仰之情。（23）人们都说他是伟大的，无所不在的，是一切世界的施与者。婆罗门和众仙人则说他是一切众生中年纪最长的。（24）他在众神里居于首位，火神阿耆尼生自他的口中。利用各种各样的办法，他可以使阻断的生命气息得以畅通。（25）作为仁慈的保护者，他总是给予前来求助的人以庇护。他会给他们生命、健康、权位、财富以及种种享乐。（26）不过，凡是他给予人类的东西，他也随时能够加以褫夺。他在以天帝释为首的众神中享有支配权。（27）三界中的事情，无论善恶，从来都是他在安排。他掌握着人

---

① 烟色与头缠发髻的逻辑关系不太清楚。
② 所谓生命气息计有五种，即正文所说的元气和下气，以及没有提到的行气、上气和中气。除五种外，另有三种、六种、七种、九种乃至十种诸说。

所欲求的所有一切，正因为这样，他才得名掌权者。(28) 因为他是广大世界的自在之主，所以他被称作大自在天。他的种种形象遍及广大宇宙。大神的嘴，乃是大海中的牝马之口①。(29)

以上是吉祥的《摩诃婆罗多》中《教诫篇》第一百四十六章(146)。

一四七

护民子说：

听过提婆吉之子黑天所说的这番话后，坚战又向福身王之子毗湿摩提出了如下问题：(1) "优秀的执法者啊，大智之人！请告诉我，亲身所得的经验和传统经典，两者之中，哪一种在求得结论时更可靠呢？"(2)

毗湿摩说：

在我看来，对这个问题的回答是肯定的。聪明的人啊，你的问题提得好，请听我把答案讲给你。(3) 国王啊，产生一个疑问是容易的，而要得出结论，就困难了。眼见为实的例子和天启可靠的例子，全都数不胜数。疑惑也就由此产生。(4) 那些自以为聪明的逻辑学家认为亲见的一切才有权威性。他们坚称，任何未曾直接亲历的事物都是不真实的，至少是可疑的。依我看，如此断言，没有道理。这些人无论怎样自以为学养深厚，都不免显得幼稚无知。(5) 如果你对于何以只有一个始因②感到不解，那么，我的回答是，要想理解它，必须经过长时间的不懈努力，并且要靠瑜伽的帮助。而且，婆罗多后裔啊，这个人还得依是否适宜为准，避免执守惟一的生活方式③。(6) 除此之外，任何别的方式都无助于对这一始因问题的认识。一旦达到了超越推理的地步，人就获得了无限广阔，无限深入的知识。那知识堪称宇宙之光。(7) 国王啊，凡是依靠亲见或纯由推理得到的知识，

---

① 参见前第17章第54颂注。
② 此处"始因"指宇宙的始因。"一个始因"指宇宙的本原梵。
③ 此句语义含混，似指不能固守已被客观安排好的既定生活方式，而应采取适合获得前述理解的生活方式，尤其是放弃俗事牵缠，专心寻求真理的游方行乞生活。

都是用经典语言无法把握的,所以都应摒弃。(8)

坚战说:

合乎常理的亲身感受、古代经典的教诲和智者的行为,三者之中,哪一种最具有权威性呢?(9)

毗湿摩说:

正法有时面临破坏,破坏者既邪恶又强大。当此之时,就要有人挺身而出,竭尽全力,加以维护。(10)就像陷阱能被茅草掩盖一样,非法也可能以正法的面目出现。遇到这种情况,就需要坚持正法的人去揭穿。坚战啊,这方面的事请你听我往下讲。(11)那些弃绝天启经典和憎恶正法精神的人,都会以卑劣的手段肆行破坏。毫无疑问,他们都是愚蠢的人。(12)贤者之中那些受吠陀启发而获得智慧的人,都是不自满的人。他们以追求至高者为常乐。你应该接近他们,向他们请教。(13)欲和利是贪心和愚痴的产物。已经觉悟的人都会抛弃这两个东西,相信惟有正法才是值得追求的对象。你应该接近他们,向他们请教。(14)祭祀和学习两件事保证了他们的行为不出偏差。行为、始因和正法,三位一体。(15)

坚战说:

不过,我的疑问尚未完全消除,我的思想还处在混乱之中。我身在此岸,寻找渡海的舟楫,可是我却看不到彼岸。(16)如果把吠陀、亲证和行为三者都当作权威,那么就出现了互不相同的三重标准。既然正法是惟一的,怎么同时又能有彼此独立的三种呢?(17)

毗湿摩说:

正法有可能面临邪恶而又强大之敌的破坏。国王啊,如果你认为正法可以分为三重,那你对于它还是不理解。(18)你应该知道,正法是惟一无二的,只是可以从三个方面去看。我就是这样看待前述三者的区别的。(19)三者之中,你可以选择上面说过的道路去走,不要心存疑惑,乃至企图检验正法。(20)婆罗多族俊杰啊,还是永远不去怀疑为好。你要像一个盲人,或一个呆子,我怎样说,你就放心大胆怎样走。(21)不害生灵,诚实无欺,抑制怒气,慷慨好施,无敌的英雄啊,由这四者构成的正法,你应该永远遵行。(22)你要追随你的祖先,像他们那样对待婆罗门。巨臂啊,因为婆罗门是天国的引路人。(23) 缺乏智慧的人往往把并非权威的东西当作权威。他自己既不可能作为权威，还会在人们中间引发纷争。(24) 你要注意经常善待婆罗门，尊重他们，侍奉他们。整个世界都离不开他们。这就是你应该知道的全部。(25)

  以上是吉祥的《摩诃婆罗多》中《教诫篇》第一百四十七章(147)。

一四八

坚战说：

有的人蔑视正法，有的人尊重正法。世尊啊，请告诉我，他们各自归宿如何。(1)

毗湿摩说：

那些憎恨正法的人，他们的心智为忧和暗所蒙蔽，所以必入地狱无疑。(2) 大王啊，那些一向尊重正法，追求真理，为人正派的善人，必能享受天国的生活。(3) 热爱正法，悉心服侍老师，这种诚心敬法的人将会去往天神世界。(4) 无论人类，还是神明，只要能以苦行对待身体，戒除贪欲，放弃仇恨，热爱正法，最后必将获得幸福。(5) 智者们说，正法是梵天的长子。热爱正法的人尊重他，其心之切，就像饥饿的人渴盼成熟可口的果子一样。(6)

坚战说：

恶人是什么样子？善人的行为又如何？可敬的人啊，请你告诉我，善人和恶人应该怎样区别？(7)

毗湿摩说：

行为不端的，语言污秽的，让人感到危险的，都是恶人。善人做事总能谨守道德规范。这方面的表现，看看有学问人的样子就知道了。(8) 王中之王啊，在大路上，在牛群中，在牛栏里，一个遵守正法的人是从不大小便的。(9) 善人在伺候五种对象①吃过饭后，自己才打扫剩余。他们也不会在吃饭时说话，不会在手还潮湿时就睡

---

① 即神明、祖先、客人、亲戚和别的有生命之物。

觉。(10)遇到燃烧的火焰、公牛、神像、牛栏、十字街口、婆罗门、懂法术的人或寺院,他们都会右旋绕行,以示恭敬。(11)遇到老年人、不堪重负的人、妇女、生病的孩子、婆罗门、母牛或国王,他们会为这些人让路。(12)作为保护者,他们会对所有的来客、自己的仆人和前来寻求庇护的人表示欢迎,并提供保护。(13)每天只在清晨和傍晚用餐。这是神明规定好了的。其他时间不应进食。遵守了这个规矩,可以说是就实行了斋戒。(14)就像祭祀时火焰等待上供时间的到来一样[①],妇女也等待经期之后适于行房时间的到来。凡是在适宜的时间以外不近妻室的,都可以说是遵守了梵行规矩的人。(15)甘露、婆罗门和母牛,这三者地位相当。所以,应该依照一定的规矩经常赞颂母牛和婆罗门。(16)念过《夜柔吠陀》经句而宰杀的牲畜,吃它的肉不会遭致厄运。未经诵经而宰杀的牲畜,或者牲畜背脊的肉,就像自己儿子的肉一样,是不能吃的。(17)无论是在自己的土地上,还是在异国他乡,都不能让客人饿着。从师完成学业以后,应该将酬金奉送给师父。(18)见到师父时,应该向师父献上座位,敬拜如仪。凡是敬重自己师父的人,必能寿纪绵长,声望日隆,福乐无极。(19)对于年长者,无论如何不能大声呵斥,也不能将他们随意打发。在老人站着的时候,自己绝不能坐,这样才不折寿。(20)有智慧的人不会偷窥裸女,也不会盯视裸男。男女欢爱,必在隐蔽之处;饮食之事,也是如此。(21)老师是圣地中的圣地,人心是纯洁中的纯洁,智慧是最高的见识,知足是最大的幸福。(22)每日清晨和傍晚时分,都应倾听长者富有意义的教诲。诚心侍奉长者的人,必能获得神圣的知识。(23)学习的时候,用餐的时候,都要注意使用右手。要持久地制驭自己的语言和心智,还有那不肯消停的感官。(24)要以精心熬制的奶粥、米粥、芝麻粥和新鲜酥油作为供品,在八日祭[②]上奉献给祖宗和神明。(25)剃须的时候,要说吉祥语。打喷嚏的时候,要说使人快乐之语。生病的时候,要说保佑生命之语。(26)对于年长的人,无论如何不要用"你"字来称呼,即使深陷逆境,也不应该。对前辈若直呼"你",无异夺他性命。在有学问的人中间,这样的用

[①] 供品是要投入祭火的。这里的意思是火焰等待投来的供品。
[②] 每月望日后第八天举行的祭祖仪式。

语是见不到的。不过,对低于自己的人、与自己地位相当的人或者学生,用这样的称呼是允许的。(27)罪恶的人,他的心常常会通过他的恶行暴露出来。即使是精心策划而得避人耳目的恶行,仍能使他遭到毁灭。(28)品行不端的人可以将自己的作为掩盖于一时,自忖:"没有人,也没有神看到我。"殊不知,做了恶事的人,必为自己的恶行所缠附,来世终归会生于恶道。(29)人的罪责会像借贷的利息一样,不断增长,即使到了来世,也会被人追缴。但罪责若能以正法加以阻止,那么不断增长的就是正法了。(30)如果将水泼在盐上,盐会溶化不见。同样,罪愆只要经过救赎,也能得以消除。(31)因此,犯了过失,不要掩盖,否则只能加重罪责。一旦犯过,即向善者坦白,那么善者就会为他消除罪责。(32)一个人如果不能及时享用他辛苦积攒的财物,那么,这些财物在他死后,就会流散到他人手中。(33)智者们说,众生的心中都有正法的因素,因此他们天生就倾向于正法。(34)人应该履行正法,而不应将它当成招摇的幌子。把它当作招牌的人实际是正法商。他的目的仅在享受它的果报。(35)人应该虔诚地崇拜神明,衷心地服侍师父。他要为来世的生活积累功德,无论是靠施舍的实物,还是靠美好的语言。(36)

以上是吉祥的《摩诃婆罗多》中《教诫篇》第一百四十八章(148)。

一四九

坚战说:

有的人十分不幸,虽有力量,却无法得到财富。有的人幸运,虽然孱弱,或者幼小,反而能财源滚滚。(1)时机不到,纵使日复一日,不懈努力,还是不见财来。时机到了,即便不费力气,也能成为巨富。殚精竭虑而毫无结果的例子真是成百上千。(2)婆罗多族俊杰啊,应该说,任何人只要努力,总是能够得到结果的。只是在不该得到的时候,努力才会无功而返。(3)然而,经过努力而见不到结果的事却经常发生。常常是千方百计,孜孜以求,到底了无所获;与此相反,消极无求,幸福却不期而至。(4)有的人为发财多行不义,终究与财富无缘。另有人虽同样不行正道,却也能家资充盈。(5)有的人奉公守法,仕途上却不顺畅。有的人愚钝不堪,倒也能高官得做,不知何故。有知识的,或者是无学问的,都可能获得财富,也都可能陷入贫穷。(6)如果说人学习了知识就能获得幸福,那么,有知识的人恃其所学,就不该为了生计而投靠缺乏知识的人。(7)依靠饮水,人能解决口中的干渴。同样,依靠知识,人也能达到既定的目的。因此,人们应该努力追求知识。(8)命不当终,就是百箭穿身,也不会死。大限既到,就是一片草叶,也能致人死命。(9)

毗湿摩说:
一个抱定目标,不断努力的人,如果得不到想要的财富,就该修炼严厉的苦行。不播种就不会有收获。(10)慷慨施舍,可以在来世获得种种享受;悉心侍奉老人,可以得到智慧;不伤众生,可以延长寿命——这是智者们说过的话。(11)因此,人生在世,应该多施舍,少索取,求内心纯洁,求有益他人。逢人说话要吉言善语,对道德高尚的人要表示尊敬,遇到生灵切不可恶意伤害。(12)人的幸运与不幸,都有其必然的原因,这就是由他昔日行为所决定的个人本性。即使对于蚊子、小虫、蚂蚁来说,也是如此。坚战啊,这一点你应该坚信不疑。[①](13)

以上是吉祥的《摩诃婆罗多》中《教诫篇》第一百四十九章(149)。

一五〇

毗湿摩说:
一个人自己做善事,或鼓励他人做善事,便会成为善者,能得善报。应该相信善行得善报,恶行遭恶报。(1)时间[②]可以进入众生的思想,驱使他们行动,或遵循正法,或追求利得,到时候给予奖

[①] 这里反映的是业报思想,意思是,善行不得善报,恶行不得恶报,是因为有过去积累的恶业或善业在起作用。

[②] 时间在这里成为实现业报的力量。按照轮回业报的理论,业报的实现是在时间过程中完成的,因此时间可以说就是业力的代表。

惩。(2)一个人如果有合于正法的观念,也曾亲见果报的实现,他就会对上面的说法产生信心。而如果一个人对正法的本性缺乏认识,他就可能对上面的说法满怀狐疑。(3)对于以上问题的认识,实为个人智慧高低的标志。明白何事应当做,何事不当做,并且懂得应时而动,人就不难使自己的行为达到预期的目的。(4)优秀的人常会通过殷勤关切对他人表示尊重。同样,信守正法的人也尊重自己的灵魂。(5)在任何情况下,时间都不会使正法受非法的影响,为非法所污染。应该知道,遵行正法的人,必有纯洁的灵魂。(6)正法永远受着时间的全面保护。它像是明亮而纯洁的火焰,非法根本无法靠近。(7)时间保证了上述二事①的实现。因此,正法是所向无敌的。它是照亮三界的光辉灯炬。(8)不过,哪怕是智者,也还是做不到拽住某个不义的人,强使他回归正路。即使他一时接受了正法,也是由于畏惧而做出的伪装。(9)

以上是吉祥的《摩诃婆罗多》中《教诫篇》第一百五十章(150)。

一五一

坚战说:

在这个世界上,对人最有益的事情是什么?人怎样做,就能获得幸福?怎样摆脱罪恶?怎样涤除污垢?(1)

毗湿摩说:

诸神的世系,各大仙人的世系,应该在每日的晨昏之际加以念诵。孩子啊,这是涤除污垢的最好方法。(2)应当念诵的有大梵天,他是天神和阿修罗的老师,广受众生敬拜,是不可思议者、不可形容者、生命气息、非胎生者,(3)是老祖先和宇宙之主,以贞淑的莎维德丽为配偶。应念诵的还有:毗湿奴,他是吠陀之源和创造者,亦称雄武的那罗延;(4)多眼的乌玛之夫②、统领天军的战神室建陀、毗

---

① 即正法不为非法所污染和正法受到全面的保护。
② 即湿婆。他有三眼。

沙佉、食供品者①、伐由、发出耀眼光芒的月亮和太阳；（5）沙姬之夫天帝释（因陀罗）、阎摩及妻子突莫纳、伐楼拿及妻子高利、财神（俱比罗）和妻子利蒂；（6）可爱的母牛苏罗毗、仙人毗湿罗伐娑、六季、大海、恒河、其他圣河、众摩录多（风暴之神）；（7）完成艰难苦行的众矮仙、黑仙岛生、仙人那罗陀、波尔伐多、广慈、众哈哈、众呼呼②；（8）冬布鲁、花军、著名的神使、快乐的天仙、众天女；（9）优哩婆湿、美那迦③、罗姆芭④、密湿罗吉希、阿楞补娑、毗湿伐吉、露浓、五鬈、狄罗德玛；（10）众阿提迭、众婆苏、众楼陀罗、双马童、众祖先、正法、真理、苦行、提叉⑤、毗耶婆娑耶⑥、老祖先⑦；（11）黑夜、白昼、大仙人摩利支之子迦叶波、太白金星、毗诃波提、包摩、菩陀⑧、罗苾、沙奈舍遮罗⑨；（12）星宿、季节、月份、晨昏、年、毗娜达之子（金翅鸟）、大海、蛇族迦德卢之子⑩；（13）百溪河⑪、断索河⑫、月分河⑬、娑罗私婆蒂河、信度河、提毗迦、补湿迦罗圣地⑭；（14）恒河、大河、迦比罗、那尔摩达河⑮、建布纳、毗舍利耶河、迦罗陀耶、安部伐昔尼⑯；（15）娑罗优河、犀牛河、伟大的红河⑰、铜河、曙光河、吠多罗婆蒂河⑱、波罗那舍河、

---

① 即火神阿耆尼。
② 哈哈、呼呼都是健达缚名。
③ 天女名，被遣往人间，与众友仙人生沙恭达罗。
④ 罗姆芭及以下六位都是天女。
⑤ 原意献祭，后人格化为苏摩之妻。
⑥ 原意决心。
⑦ 原文如此。前面第4颂已经提到过老祖先。
⑧ 水星，为苏摩之子。
⑨ 土星，为太阳之子。
⑩ 伽德卢是陀刹仙人之女，迦叶波之妻。
⑪ 即今萨特累季河。
⑫ 即今比阿斯河。
⑬ 即今奇纳布河。
⑭ 补湿迦罗意为蓝莲花。此圣地为一湖区。
⑮ 即今纳巴达河。
⑯ 河流名，所指不详。
⑰ 即今布拉马普特拉河。
⑱ 古代名河，为阎牟那河支流。

乔答弥河；（16）施牛河①、维纳河、黑维纳河、石生河、有岩河②、迦吠利河③、旺楚河④、曼陀吉尼河⑤；（17）补罗耶伽、波罗跋娑、神圣的飘忽林、世主地、澄澈湖；⑥（18）著名的遍布沐浴圣地的俱卢之野、天下无比的河流、苦行、施舍、通往赡部之路；（19）喜楞瓦底河、毗陀私陀河⑦、伊楚摩底大河、吠陀私摩哩底河、吠陀悉腻河、摩罗伐萨河；（20）大地上的诸多祥瑞之地、恒河之门、仙人河、祭祀河、奇路河；（21）憍湿吉河、阎牟那河、悉多河、遮尔曼婆蒂河、怖车河、臂施河、摩诃那底河、摩哂陀伐腻河、陀里提伐河、尼梨迦河、娑罗私婆蒂河⑧；（22）难陀河、另一条也称作难陀的大河、大湖、伽耶、颇勒古圣地、诸神常去的正法林；（23）吉祥的天河；梵天造的吉祥圣湖，这湖能涤除一切罪恶，给人带来幸福，因而名满三界；（24）到处是神药仙草的大雪山；盛产各色矿石，生长无数药草，布满沐浴圣地的文底耶山；（25）弥卢山、摩亨陀罗山、摩罗耶山⑨、藏有白银的湿威多山、尖山、曼陀罗山、靛蓝山、尼沙陀山、蛙山；（26）奇峰山、安遮那跋山、香醉山、吉祥的苏摩山以及其他大山；方向、居间方向、大地、种种大树；（27）毗奢神、天空、星宿、行星——以上各位我提到的和没提到的神祇，请永远保护我们！（28）凡是念诵这些名称的人，必能涤除一切污垢。凡是对诸神热情颂扬，殷勤致敬的人，必能摆脱一切恐怖。凡是以愉快的心情赞颂诸神的人，终将消除一切罪行，即使是不同种姓彼此婚媾的重罪。（29）

　　在众神之后，我还要提到若干婆罗门，他们修习苦行，成就非

---

①　即今哥达瓦里河。
②　为娑罗私婆蒂河支流。
③　又称半恒河。据印度古代传说，该河原为优婆那娑之女和阇诃奴之妻，后受其父诅咒，由半条恒河生成，故名。
④　即今阿富汗北部的阿姆河。
⑤　为恒河支流。
⑥　本颂所列的都是宗教圣地。
⑦　即今杰卢姆河。
⑧　原文如此。前第14颂已有此名。
⑨　在南印度西岸西高止山以西，盛产旃檀木。

凡，卓有令名，能为人们清除以往的罪责。（30）他们是谷购①、吟赞②、迦克希凡、奥湿遮、婆利古、鸯耆罗、干婆③、祭客④以及道行圆满的钵尔希，他们全都住在东方。（31）住在南方的有大福惠的闻牟鸠、钵罗牟鸠、牟牟鸠，及雄强有力的娑迭多勒耶；（32）有密多罗和伐楼拿的儿子，高贵的投山仙人，以及坚寿和举臂两位著名的仙人魁首。（33）现在我要讲住在西方的婆罗门，请仔细听。他们是乌舍陀固及其同母异父弟兄、气概不凡的波里维耶陀；（34）长暗、乔答摩、迦叶波；老大、老二、老三这三位仙人⑤；阿多利充满正法精神的儿子和娑罗湿婆多⑥。（35）下面我再讲住在北方的婆罗门，请仔细听。他们是阿多利、极裕、沙迦提（极裕之子）、勇气过人的破灭之子（毗耶娑）；（36）众友、婆罗堕遮、利吉迦之子食火、罗摩、优陀罗迦；（37）白旗、憍诃罗⑦、毗补罗、提婆罗、提婆沙尔摩、烟氏、诃私底迦叶波；（38）毛密、那奇盖多、毛喜、厉声、婆利古之子行落。（39）以上所述，都是第一等仙人和神祇的名字。国王啊，念诵它们，有洗脱一切罪愆的功效。（40）尼伽王⑧、迅行王、友邻王、雅度王、勇武的补卢王、敦杜摩罗⑨、底梨波、高贵的娑伽罗；（41）瘦骏王、幼驹王、花骑王、萨谛耶凡王、豆扇陀王、威名远扬的婆罗多转轮圣王；（42）耶婆那王、遮那迦王、坚车王、人中豪杰罗怙王、十车王；（43）诛灭罗刹的罗摩王、英雄的兔影王、跋吉罗陀王、诃利旃陀罗王⑩、摩奴多、由恒河女神服侍的阇诃奴；（44）幸运的阿罗迦

---

① 婆罗堕遮仙人之子，曾不靠学习而凭严厉的苦行获得吠陀知识。
② 婆罗堕遮仙人之友。他的儿子杀死了谷购，遂遭婆罗堕遮仙人诅咒而有弑父之举。后吟赞死于其子手中。
③ 参见第27章第7颂注。
④ 著名仙人，干婆的父亲。
⑤ 他们是大仙人乔答摩的三个儿子。
⑥ 娑罗私婆蒂的儿子。
⑦ 古代圣者，据传是戏剧的创始人。
⑧ 尼伽王及以下所举，都是国王和王仙的名字。
⑨ 远古日种王朝的国王，据说有一百（一说两万一千）个儿子。在他们的帮助下，他消灭了骚扰仙人的阿修罗敦杜。
⑩ 传说中的古代日种王朝第28代王，曾因慷慨施舍和举行王祭而得去因陀罗的天国，后由于自傲又被驱逐。他在降落地面的过程中表示悔悟并得到原谅，于是降落停止，他和他的臣民便永远生活在一座悬空的城市中。

王、爱罗王①、人中强手迦兰达摩王②、人中之王迦陀牟罗;(45)陀刹、安波利沙、古古罗、大名鼎鼎的罗婆陀、王仙牟朱恭陀、友光、爱行;(46)国王陀罗萨陀私由、王仙中的佼佼者湿威多、著名的摩诃毗奢、尼弥王、八部王;(47)长寿、王仙楚波、人中之主迦奢由、尸毗、奥湿那罗、人中之王伽耶;(48)刺穿王、提沃陀娑③、美奴之子、憍萨罗王、爱罗王④、王仙那罗、生主摩奴;(49)诃毗陀罗、波哩舍陀罗、波罗底波、福身以及王仙林军等。此外还有很多,这里无法一一提及。(50)让我的一生畅行无碍,永不犯过。让我永远取得胜利,来世去往至高归宿。⑤(51)

以上是吉祥的《摩诃婆罗多》中《教诫篇》第一百五十一章(151)。

一五二

护民子说:

讲过这番话后,毗湿摩安静下来。他一动不动,如同描在布上的一幅画像。贞信之子毗耶娑想了一下,对躺卧的恒河之子(毗湿摩)说道:(1)"国王啊,俱卢王坚战和他的兄弟,以及身旁的其他王公已经恢复正常。(2)睿智的黑天也侍立一侧,人中之虎啊,正等待你允许他们告辞回城。"(3)听到世尊毗耶娑这样说,这大河(恒河)之子,大地之王便示意坚战和他的臣子们可以走了。(4)福身王之子(毗湿摩)以温和的语气对坚战说:"回城去吧,国王。希望你心中的烦恼能够离你而去。(5)王中之王啊,你要举行各种祭祀,提供丰富的食品,慷慨酬谢主持仪式的婆罗门,像迅行王那样信仰虔诚,善于自制。(6)你要热爱刹帝利法,时时不忘取悦先人和神明。这样你就会大受裨益。普利塔之子啊,希望你心中的烦恼能够离你而去。(7)

---

① 即补卢罗婆娑王。他和天女优哩婆湿的爱情故事是印度最古老的神话之一。
② 即印度古代甘蔗王朝的苏伐罗王。迦兰达摩意为"吹手"。他曾在强敌压境时吹手祈神帮助,果得大军,击败敌人,故名。
③ 古代迦尸国王,是刺穿王的父亲。
④ 原文如此。前第45颂已有此名。
⑤ 最后这一颂是在念诵上面诸神、仙人和王仙等的名字以后,用来祈福的话。

13.152.8　　　　　　　　　　摩诃婆罗多

你要让自己的臣民生活快乐，经常抚慰他们。那些好心对你的人，你要善待他们，给他们相应的报答，以示诚敬。(8) 亲爱的人啊，希望你的朋友和好心待你的人都能在生活上得到你的照应，就像鸟儿找到了圣地上果实累累的大树，从此能安然栖身。(9) 大地之主啊，当天空中的太阳从南行改往北行的时候，我离开世界的日子就到了。那时请你再到我的身边来。"(10) 贡蒂之子（坚战）答应了祖父的要求，然后带着他的人马，向那以大象为名的城市（即象城）走去。(11) 俱卢族俊杰啊，大地之主坚战请持国和他忠贞的妻子甘陀利走在前面，自己由众仙人、诸兄弟和美发者（黑天）陪伴，(12) 与城乡居民和各位大臣一起，进入了以大象为名的城市。(13)

　　　　以上是吉祥的《摩诃婆罗多》中《教诫篇》第一百五十二章(152)。
　　　　《施舍法篇》终。

毗湿摩升天篇

一五三

护民子说：

贡蒂之子依照传统的礼节向城乡居民表示敬意，然后请他们各自回家。(1) 接着，般度之子去看望那些在战争中失去了丈夫和儿子的妇女，赐给她们丰厚的财物。(2) 智慧不凡的坚战依礼灌顶，登上了王位。这位人中翘楚逐渐使他的臣民安定下来。(3) 这位优秀的执法者赢得了婆罗门、军事首领、商人和各界头面人物的好感和祝福。(4) 人中雄牛坚战在京城里度过了五十夜。他记着毗湿摩的嘱托，准备在他逝世的时候回到这位俱卢族首领的身边。(5) 待看到天空中的太阳从南行改往北行的时候，他就在祭司们的陪同下，走出象城，(6) 随身携带着酥油、花环、香膏、衣物、头等的檀香和沉香等物。(7) 在贡蒂之子为毗湿摩的葬礼准备的物品里面，还有各种贵重的花环和珠宝。(8) 智慧的人中雄牛（坚战）请持国及其声誉卓著的妻子甘陀利、自己的母亲普利塔和兄弟们走在前面。(9) 其后是遮那陀那（黑天）、聪明的维杜罗、尚武和善战等。(10) 大批国王宠爱的

482

随从也紧紧地跟在后头。他们唱着赞美的圣歌。毗湿摩葬礼所用的火种也随着队伍一齐前进。(11) 坚战看上去像个天神首领。人们一路出城,来到俱卢之野福身王之子所在的地方。(12) 在这里,王仙啊,他看到智慧的波罗奢罗之子毗耶娑、那罗陀和提婆罗等围坐在毗湿摩的身边。(13) 围侍在侧的还有从战场上活着回来的国王们。他们来自各地,护卫着这位伟大的人物。(14) 毗湿摩躺在他的英雄之床上。法王(坚战)和他的兄弟们从车上下来,(15) 向他的祖父敬礼,同时也向以岛生黑仙为首的众婆罗门致意。他们亦对他恭敬还礼。(16) 所向无敌的贡蒂之子由个个如梵天般庄严的祭司和诸兄弟陪着,来到躺在箭床上的毗湿摩跟前。诸大仙人环绕在箭床的周围。(17) 法王坚战在兄弟们簇拥下,对静静躺在那里的恒河之子,婆罗多族最优秀的人物说道:(18) "人民之主啊,我是坚战。阇诃奴之女(恒河)的儿子啊,我在这里向你致敬!巨臂啊,如果你还能听到我讲话,请告诉我我应该为你做什么。(19) 强有力的国王啊,我遵嘱按时来到这里,已经把需要的火种带来了。同来的还有众阿阇梨、众婆罗门、众祭司和我的兄弟们,(20) 你的儿子——精力无比的持国王,以及英勇的婆薮提婆之子(黑天)和宫内群臣。(21) 没有战死的国王们也来了,还有俱卢族和疆伽罗族民众。俱卢族之虎啊,请睁开眼睛,看看他们。(22) 当此之时应有的准备,我都已经做好。你所指示的此时此刻该做的事,全部都已完成。"(23)

听贡蒂之子这样说,恒河之子睁开了眼。他看到众多的婆罗多族人聚在一起,站在自己的周围。(24) 他拿皮肤发皱而又颤抖的手抓住坚战强壮的手臂。这位一向擅长言词的长者用轻得像云一样的声音说道:(25) "真是幸运啊,贡蒂之子,能见到你和你的臣民们来到这里。世尊坚战啊,那放射着千道光芒,为我们带来白昼的太阳已经开始掉转头向北运行了。(26) 我在这里已经躺了五十八天。躺在这尖锐的箭床上,简直像是过了一百年。(27) 坚战啊,吉祥的摩伽月①来到了,目前还应该算是在白半月内。这个月还余四分之三。②"(28)

---

① 约在公历1至2月间。
② 按照青项本注的说法,当时是摩伽月中白半月的第八天;按照精校本编者的说法,应该是黑半月的第四天。

向正法之子坚战说过这些话后，恒河之子毗湿摩又转向持国，致意之后，对他说道：（29）"国王啊，你是深通正法的人。在利的方面，你也没有疑惑不解的地方。对于满腹经纶的婆罗门，你更是一向敬重有加。（30）百姓之主啊，无论是四吠陀、吠陀支，还是论述吠陀的种种学问，有关正法的一切知识，你全都十分熟悉。（31）因此，俱卢族后裔啊，你不应感到悲伤。注定要发生的事，总是会发生的。关于诸神的神秘故事，你已经从岛生黑仙那里听到了。（32）国王啊，拿正法来衡量，般度诸子和你的儿子们，无分轩轾。你要站在正法的立场上保护他们。他们是会敬从长辈的。（33）法王坚战是一个心灵纯洁的人。他将会听从你的指教。我知道他本性仁慈，对于师长也能悉心服侍。（34）你的儿子们贪婪易怒，往往居心不良。他们嫉妒心强，而且行为不端。因此你不必多为他们悲伤。"（35）

护民子说：

对于聪慧的持国讲过如上一番话后，这位俱卢族的后裔（指毗湿摩）又转向膂力过人的婆薮提婆之子（黑天），说道：（36）"世尊啊，神中之神，你这天神和阿修罗共同礼拜，三步量去三界的神，你这身携法螺、轮宝和仙杖的神，向你致敬！（37）黑天啊，毗恭吒，人中的佼佼者！请允许我离开这个世界。请你保护般度的后代。你是他们最后的归宿。（38）以前，我曾经对那脑筋迟钝，愚蠢无比的难敌说过，哪里有黑天，哪里就有正法；哪里有正法，哪里就有胜利。（39）我还告诉他们，要听从婆薮提婆之子的忠告，同般度兄弟缔结和平，并且反复强调：'对你来说，此刻是缔和的最好机会。'（40）然而，那个蠢笨的难敌头脑发昏，执意不听我话，结果不仅使大地生灵涂炭，最后连自己的性命也丢掉了。（41）英雄啊，我知道你是一位来自古昔的仙人翘楚，曾经和那罗一起，长久卜居于枣树河畔。（42）那罗陀，还有那伟大的苦行者毗耶娑，都曾告诉过我，说那罗和那罗延（即阿周那和黑天）已经诞生在人间。"（43）

婆薮提婆之子说：

毗湿摩啊，大地之主，我同意你离开这里，去往神的世界。光彩照人者啊，我不曾发现你在这个世界上犯有任何罪愆。（44）王仙啊，你尊重父亲，就像是另一个摩根德耶。正因为如此，死亡反倒要服从

你的意志,像个恭顺的仆从。(45)

护民子说:

婆薮提婆之子言毕,恒河之子又对以持国为首的般度族人①和同来的朋友们讲了这样的话:(46)"我就要放弃生命了,请你们允许我这样做。你们要竭尽努力,追求真理。有真理者,天下无敌。(47)此外,婆罗多后裔啊,你们还要记住永远亲近生性仁慈,善于自制,遵守正法,常习苦行的婆罗门。"(48)嘱咐过后,他又拥抱了所有的朋友。最后,智慧的毗湿摩再次对坚战说道:(49)"人中之王啊,切记要永远敬重婆罗门,尤其是那些富有智慧的婆罗门老师和祭司。"(50)

以上是吉祥的《摩诃婆罗多》中《教诫篇》第一百五十三章(153)。

一五四

护民子说:

杀敌者啊,福身王之子毗湿摩对俱卢族人讲过这些话后,沉默了一会儿。(1)这位伟大的人物逐渐把握住自我。他那已经聚拢的生命气息开始向上涌动。(2)这时,奇迹在围绕着的伟大人物面前出现了。在瑜伽力的作用下,福身王之子解放肢体的哪一部分,哪一部分就摆脱了利箭。②(3)几乎在刹那之间,他的整个身体便从利箭的刺痛中解脱出来。看到如此变化,在场的以婆薮提婆之子为首的伟大人物,连同以毗耶娑为首的诸牟尼,全都惊诧不已。(4)毗湿摩体内各处的生命气息聚在一起,穿过头顶③,升向天国。(5)百姓之主啊,他的灵魂离开头顶,像巨大的流星一般,飞向天空,瞬间便消失不见了。(6)就这样,王中之虎啊,福身王之子,这婆罗多族的后裔,加入了天上神祇的行列。(7)这时,般度诸子和维杜罗取来大批的木头和香料,架起了焚尸的柴堆。尚武和其他人作为观者,立在一

---

① 此处似应为"俱卢族人",因为持国并不属于般度一系。
② 毗湿摩身下的利箭不断脱离,直到他的身体完全悬浮在虚空之中。
③ 印度古人认为人的头顶有一个叫作"梵冈"的窍,人死时,灵魂即由此离开身体而去。

旁。(8)接着，坚战和智慧不凡的维杜罗两人用布匹和花环将恒河之子包裹起来。(9)尚武则擎着一顶巨大的华盖。怖军和阿周那每人手执两个白色牦牛尾拂尘。玛德利的两个儿子①则各自拿着头巾。(10)俱卢王族的女眷们用多罗树叶作扇子，手执叶柄，站在毗湿摩的周围，轻轻地为他扇风。(11)为伟大的毗湿摩举行的祭奠仪式按照规定的程序进行着。祭司们向火中投献祭品。吟唱者口唱娑摩圣诗。(12)毗湿摩的遗体上覆盖着旃檀木、迦栗耶伽②和黑芦荟等各种香木。(13)以持国为首的俱卢族人将恒河之子身上的木柴点燃，然后默默地站立在他的右边。(14)

　　看到恒河之子遗体的点燃仪式已经圆满完成，这些俱卢族的头面人物在众仙人的陪同下又往跋吉罗提河（恒河）岸边走去。(15)跟在后面的是毗耶娑、那罗陀、肤色黝黑的黑天、婆罗多族的女眷，以及同来吊唁的象城居民。(16)这些最优秀的刹帝利和同来的其他人一起，按照一定的仪节，将作为供品祭奠伟大的恒河之子的祭水倾入大河。(17)见到众人祭奠自己的儿子，跋吉罗提女神浮出汹涌奔流的水面。她泪流满面，深深地陷入悲伤之中。(18)陷于悲痛的女神对俱卢族人说道："无瑕者啊，请听我把事情的前前后后讲给你们。(19)他出身高贵，富有智慧，恪守誓愿，是一个举止充满王者威仪的人。对于本族的长者，他一向敬重，对于父亲，则恪尽孝道。(20)他勇力过人，连食火仙人的儿子持斧罗摩，拿着诸般天神武器，也无法占他上风。然而他却被束发杀死了。(21)大地之主啊，我的心原本如磐石般坚强，可是失去了可爱的儿子，我却感到肝胆俱裂的痛苦。(22)在迦尸城选婿大典的竞赛上，他以单车战胜了来自四方的刹帝利王族，赢得并带走了公主。(23)他的膂力，寻遍大地，都无敌手。可是，他却被束发杀死了！听到这个消息，我的心被撕碎了。(24)在俱卢之野的战斗中使食火仙人之子大受挫折的人，结果却被束发毫不费力地杀死了！"(25)看到恒河女神伤心到如此地步，腰系带者（黑天）便说了一番抚慰的话，希望能解除她的痛苦。他说：(26)"希望你镇静，美丽的女神。切莫悲恸过度。毫无疑问，你

---

① 即无种和偕天。

② 一种百合科，黄胶木属热带植物。

的儿子已经取得了最高成就。（27）体态丰盈的女神啊，他本是一位婆薮神，精气旺盛无比，只因受到诅咒，方才来到人间。你不必为他伤心。（28）他是根据刹帝利的法而执锐沙场的，结果死于胜财（阿周那）之手。杀死他的实在不是束发。（29）在战场上，弓箭在手的俱卢族之虎毗湿摩是不可战胜的，即使是百祭（因陀罗）临阵，也敌他不过。（30）面庞姣好的女神啊，他是自愿赴死，去往天国的。不然，即使所有的神明联合行动，对他也是无可奈何。（31）所以，最高贵的河流啊，不要再为这位俱卢族的后裔而悲伤。他既已往生天国，复归为婆薮神中的一员，你就应该把痛苦丢掉才对。"（32）大王啊，经过黑天一番劝慰，众河之首丢掉痛苦，恢复了原来的情绪。（33）以黑天为首的众国王对恒河女神再次行礼，向她告别，然后返回。（34）

以上是吉祥的《摩诃婆罗多》中《教诫篇》第一百五十四章(154)。

《毗湿摩升天篇》终。《教诫篇》终。

第十四　马祭篇

马 祭 篇

一

护民子说：

持国王完成水祭后，大臂者坚战知觉混乱，让持国王走在前面，登上河岸。（1）大地保护者（坚战）眼中含着泪水，登上恒河河岸，犹如被猎人射中的大象，躺倒在地。（2）在黑天催促下，怖军扶起倒地的坚战。粉碎敌军者黑天对他说道："不要这样。"（3）国王啊！般度之子们看到以法为魂的坚战痛苦地倒在地上，连声叹息。（4）看到国王（坚战）精神沮丧，魂不守舍，般度之子们满怀忧愁，围绕他坐下。（5）

富有智慧的大臂者持国王坐在一旁，对承受巨大忧伤的坚战说道：（6）"起来，俱卢族之虎啊！继续完成你的职责。你已经按照刹帝利正法赢得大地，俱卢族后裔啊！（7）与你的弟兄和朋友们一起享受大地吧！人中之主啊！我认为你不应该忧伤，优秀的执法者啊！（8）应该忧伤的是我和甘陀利，民众之主啊！我们失去了儿子们和王国，犹如梦中发财一场空。（9）我没有听维杜罗的话。他灵魂高尚，关心我们的利益，说话意味深长。我太愚蠢，后悔莫及。（10）维杜罗以法为魂，具有神奇眼力，以前对我说过：'难敌的罪行会毁灭你的家族。（11）国王啊！如果你盼望家族幸福，就应该杀掉灵魂邪恶、头脑愚蠢的难敌王。（12）决不要让迦尔纳和沙恭尼见到他。你也要认真阻止他们进行赌博。（13）你要为以法为魂的坚战灌顶，立他为王。他能控制自己，依法保护大地。（14）如果你不愿意贡蒂之子坚战为王，那么，你就自己做主，治理王国，国王啊！（15）你对一切众生一视同仁，人中之主啊！让所有的亲属都依靠你生活吧！

为亲属添福者啊！'（16）富有远见的维杜罗这样对我说，贡蒂之子啊！我却愚蠢地追随邪恶的难敌。（17）我不听取勇士的忠言，尝到了这个大苦果，沉入悲伤的大海。（18）你看，你的年迈的伯父母痛苦不堪，国王啊！但我不明白你为何悲伤？人中之主啊！"（19）

以上是吉祥的《摩诃婆罗多》中《马祭篇》第一章（1）。

二

护民子说：

睿智的持国王说罢，保持沉默。聪明的盖沙婆（黑天）对坚战说道：（1）"人中之主啊！心中过分悲伤，会引起已故的祖先们忧虑。（2）你举行各种祭祀，慷慨施舍吧！用苏摩酒取悦众天神吧！用祭品取悦祖先吧！（3）像你这样的人本不应该这样，大智者啊！该知道的事你都知道，该做的事你也都做了。（4）你已经从跋吉罗提（恒河）之子毗湿摩、岛生黑仙（毗耶娑）、那罗陀和维杜罗那里聆听了各种王法。（5）你不应该采取糊涂的行为，应该遵循祖先的足迹，担起责任。（6）享有声誉的刹帝利无疑能进入天国。任何捐躯疆场的勇士都不会被拒之天国门外。（7）大王啊！抛弃忧愁吧！这一切注定这样发生。你再也不能见到在战场上牺牲的那些人。"（8）

大光辉的乔宾陀（黑天）对法王坚战说完这些话后，坚战对他说道：（9）"乔宾陀啊！我知道你喜爱我，始终同情我，充满友情和爱心。（10）手持飞轮和铁杵者啊！如果你愉快地允许我去苦行林，吉祥者啊！（11）那是对我的最大关心，雅度族后裔啊！因为杀死了祖父（毗湿摩），杀死了在战斗中从不逃跑的人中之虎迦尔纳，我无法平静。（12）克敌者啊！就这么办吧！由此，我可以摆脱残忍，我的心可以得到净化。"（13）

坚战这样说着，通晓正法的大光辉者毗耶娑安抚他，说了这些富有意义的话：（14）"孩子啊！你的思想还不成熟，又耍孩子气，犯糊涂了。我们一次次说的话怎么又被风吹了？（15）你知道刹帝利正法。刹帝利依靠战争存在。国王这样行事，不会与烦恼相连。（16）你已经如实聆听了全部解脱法。我也经常为你消除由欲望产生的疑惑。(17)但是,你冥顽不灵,没有听进去,很快就忘记了。你不要这样,这种无知的行为对你不合适。(18)你知道一切赎罪法,无罪的人啊!你也聆听了一切战争法和施舍法。(19)你通晓一切正法,精通一切经典,怎么还会好像出于无知犯糊涂呢?婆罗多后裔啊!"(20)

以上是吉祥的《摩诃婆罗多》中《马祭篇》第二章(2)。

三

毗耶娑说:

坚战啊!我认为你的想法不对。任何人做事都身不由己。(1)人的善恶都由大神安排。人在事后何必抱怨?(2)你认为自己已经做了恶事,婆罗多后裔啊!请听如何消除罪孽。(3)坚战啊!犯有罪孽的人一向通过苦行、祭祀和施舍消除罪孽。(4)人中之主啊!做了恶事的人通过祭祀、苦行和施舍获得净化,王中之虎啊!(5)灵魂高尚的天神和阿修罗为了获取功德,举行祭祀。因此,祭祀是至高庇护所。(6)灵魂高尚的众天神举行祭祀,日益强大。他们举行祭祀后,征服檀那婆。(7)坚战啊!你就举行王祭、马祭、一切祭和人祭吧!婆罗多后裔啊!(8)你就举行马祭吧!按照规定慷慨施舍,贡献大量的食物和财富,就像十车王之子罗摩,(9)就像你的祖先豆扇陀和沙恭达罗之子、大英雄婆罗多王。(10)

坚战说:

毫无疑问,马祭也能净化大地,而我心中有个想法,请听我讲。(11)婆罗门俊杰啊!我杀死了那么多亲戚,不能只施舍一点儿,而我没有财富。(12)我不能向那些伤口未愈、处境困难的年轻王子们乞求财富。(13)婆罗门俊杰啊!我已经毁坏大地,怎么能为了祭祀,向忧心忡忡的人们征收赋税?(14)由于难敌的罪过,大地和大地上的国王们遭到毁灭,我们声名狼藉,优秀的牟尼啊!(15)难敌耗尽大地的财富。愚蠢的持国之子(难敌)的国库已经空虚。(16)

在祭祀中,大地作为布施,这是古已有之的规则。智者们也允许在特殊情况下变通这个规则。(17) 但我不想违反这个规则,以苦行为财富者啊!在这件事上,请你给我出出主意,尊者啊!(18)

护民子说:

普利塔之子(坚战)说罢,岛生黑仙(毗耶娑)沉思了一会儿,对法王(坚战)说道:(19)"普利塔之子啊!在雪山上,有婆罗门为摩奴多国王举行祭祀后遗留的财富。你去取来吧!贡蒂之子啊!你会有足够的财富。"(20)

坚战说:

在摩奴多的祭祀中,怎么会有这么多财富?这位国王什么时候在位?优秀的辩士啊!(21)

毗耶娑说:

如果你想听,普利塔之子啊!那就听我告诉你这位迦兰达摩族国王、大勇士、大财主什么时候在位。(22)

以上是吉祥的《摩诃婆罗多》中《马祭篇》第三章(3)。

四

坚战说:

通晓正法者啊!我愿意听取这位王仙的事迹,岛生仙人啊!请你讲述摩奴多的故事吧!无罪的人啊!(1)

毗耶娑说:

从前,在圆满时代,摩奴执掌刑杖。他的儿子以生主闻名天下,是大弓箭手。(2) 生主有个著名的儿子名叫楚波。楚波的儿子名叫甘蔗,是大地保护者。(3) 国王啊!甘蔗王有一百个恪守正法的儿子,他把他们都分封为王。(4) 其中,大儿子名叫文舍,是一切弓箭手的楷模。文舍的儿子是吉祥的维文舍,婆罗多后裔啊!(5) 国王啊!维文舍有十五个儿子,个个擅长箭术,尊敬婆罗门,说话诚实。(6) 他们一向热爱施舍和正法,说话和蔼。而长兄克尼奈多罗欺压所有的弟弟。(7) 克尼奈多罗勇敢非凡,排除障碍,赢得王国。但他不能保护

王国，臣民也不爱戴他。（8）他们废黜他，将他的儿子妙光灌顶为王，王中因陀罗啊！那时，大家很高兴。（9）

看到父亲倒行逆施，被逐出王国，他约束自己，为臣民谋福利。（10）他尊敬婆罗门，说话诚实，纯洁，平静，自制。臣民们爱戴这位富有思想、恪守正法的国王。（11）就这样，他遵行正法，而财富和车马逐渐耗尽。一旦国库空虚，藩王们就纷纷前来骚扰。（12）国库亏缺，没有车马，遭受许多敌人骚扰，国王及其侍从和市民痛苦至极。（13）虽然他处在衰落之中，但那些敌人无法消灭他，因为这位国王行为端正，恪守正法，坚战啊！（14）这位国王和臣民们痛苦达到极点时，他吹了一下手，顿时出现军队。（15）于是，他战胜所有边境的国王，国王啊！由于这个原因，他得名迦兰达摩（"吹手"）。（16）

迦兰达摩的儿子出生在三分时代。这位吉祥者不亚于因陀罗，甚至众天神都难以战胜他。（17）那时，所有国王都处在他的统治下。他凭借品行和力量成为他们的大王。（18）他名叫阿毗弃，以法为魂，勇武如同因陀罗。他坚持举行祭祀，忠于职责，控制感官。（19）他的光辉如同太阳，宽容如同大地，智慧如同毗诃波提，坚定如同雪山。（20）这位国王以行动、思想和语言，自制和平静，取悦民心。（21）这位国王按照规则，举行了一百次马祭。聪明睿智的鸯耆罗仙人亲自为他执掌祭祀。（22）

他的儿子名叫摩奴多，品行超过父亲，通晓正法，声誉卓著，成为转轮王。（23）他拥有万头大象之力，犹如另一位毗湿奴显身。他以法为魂，为了举行祭祀，吩咐制作数以千计的金器皿。（24）他来到雪山山坡北面的弥卢山，在一座高大的金山脚下，从事这项工作。（25）金匠们制作金罐、金盆、金锅和金坐椅，不计其数。（26）祭祀的地点就在这里附近。以法为魂的大地之主摩奴多王和所有的国王们一起，按照规则举行祭祀。（27）

以上是吉祥的《摩诃婆罗多》中《马祭篇》第四章(4)。

五

坚战说：

这位能说会道的国王怎么如此英勇？婆罗门啊！他怎么获得这些金子？（1）尊者啊！这些财富现在在哪里？我们怎么能得到它？以苦行为财富者啊！（2）

毗耶娑说：

正如众阿修罗和众天神，生主陀刹的许多后代们，互相发生争执，孩子啊！（3）莺耆罗的两个同样恪守誓言的儿子，大光辉的毗诃波提和以苦行为财富的商婆尔多也是如此。（4）国王啊！他俩互相发生争执，毗诃波提一次又一次骚扰商婆尔多。（5）商婆尔多长期受到兄长骚扰，婆罗多后裔啊！他抛弃财产，赤身裸体前往林中居住。（6）

那时，婆薮之主（因陀罗）战胜和杀死所有阿修罗，取得一切世界的统治地位。他选择莺耆罗的大儿子、优秀的婆罗门毗诃波提担任祭司。（7）过去，莺耆罗是迦兰达摩的祭司。迦兰达摩的勇敢、品行和力量在这世上无与伦比。他以法为魂，恪守誓言，威武庄严，如同百祭（因陀罗）。（8）他有车马、战士和各种财富，国王啊！这些都是他依靠禅定，从嘴中吹气吹出来的。（9）这位国王依靠自己的品德控制所有的国王。他活够满意的时间，带着肉体升入天国。（10）他有个儿子，名叫阿毗弃，像迅行王一样，通晓正法，消灭敌人，统治大地。这位国王的勇气和品行如同他的父亲。（11）他有个儿子名叫摩奴多，勇武如同婆薮之主（因陀罗）。以大海为衣裳的大地迷上他。（12）

这位国王经常与天王（因陀罗）较劲，般度之子啊！婆薮之主（因陀罗）也与摩奴多较劲。（13）大地之主摩奴多身心纯洁，品德优秀，帝释天（因陀罗）作出努力，也不能超过他。（14）骑马之神（因陀罗）超不过他，便和众天神一起，召见毗诃波提，说道：（15）"毗诃波提啊！如果你想让我高兴，你就不要为摩奴多做任何事。你为天神和祖先做事吧！（16）毗诃波提啊！我是三界的统治者，而摩奴多只是大地的统治者。（17）婆罗门啊！你为不死的天王举行祭祀后，怎么能毫不犹豫地为必死的摩奴多举行祭祀？（18）祝你幸运！你或者选择我，或者选择摩奴多。你抛弃摩奴多，愉快地效忠我吧！"（19）

俱卢后裔啊！天王（因陀罗）这样说罢，毗诃波提思索片刻，对天王（因陀罗）说道：（20）"你是众生之主，一切时间依靠你。你杀死了那牟吉、万相和勃罗。（21）你独自为众天神带来至高的吉祥繁荣，英雄啊！你永远支撑着大地和天空，诛灭勃罗者啊！（22）我已经是你的祭司，众神之主啊！我怎么会为注定要死的摩奴多举行祭祀呢？诛灭巴迦者啊！（23）你放心吧！众神之主啊！我决不会为凡人在祭祀中掌勺。请听我的誓言：（24）火可以变水，大地可以旋转，太阳可以不发光，我说出的话决不会改变。"（25）听了毗诃波提的话，因陀罗消除猜忌，称赞他，然后进入自己的住处。（26）

以上是吉祥的《摩诃婆罗多》中《马祭篇》第五章(5)。

六

毗耶娑说：

在这方面，人们引用这个古老的传说，那是毗诃波提和摩奴多的对话，婆罗多后裔啊！（1）国王摩奴多听说鸯耆罗之子（毗诃波提）和天王（因陀罗）作出协议，怒不可遏。（2）迦兰达摩的孙子（摩奴多）心中已经设想举行一场祭祀。他能言善辩，前往毗诃波提那里，说道：（3）"尊者啊！按照老师你的建议，我曾经前来联系祭祀事宜，以苦行为财富者啊！（4）现在，我想举行祭祀，准备工作已经就绪。你作为我的祭司，善人啊！请你来执掌祭祀吧！"（5）

毗诃波提说：

我不能随意为你举行祭祀，大地之主啊！天王（因陀罗）已经选定我，我也答应了他。（6）

摩奴多说：

你是我们家族世袭的祭司，我非常看重你。我没有失去祭主的地

位，请你协助我举行祭祀吧！（7）

毗诃波提说：

我为不死的天神举行祭祀后，不能为凡人举行祭祀，摩奴多啊！不管你走还是不走，我今天不会举行祭祀。（8）我今天不会为你举行祭祀，请你选择符合你愿望的老师吧！他会为你举行祭祀。大臂者啊！（9）

毗耶娑说：

闻听此言，国王摩奴多感到羞愧，心情抑郁，走回家去。途中，遇见那罗陀。（10）这位国王遇见神仙那罗陀，便按照礼仪，双手合十，站立在他面前。那罗陀说道：（11）"王仙啊！你好像不太高兴，你可安好？无罪的人啊！你到哪里去？为何精神沮丧？（12）如果你能告诉我，国王啊！请说说吧！王中雄牛啊！我会竭力消除你的烦恼，国王啊！"（13）

听了大仙那罗陀的话，摩奴多便将遭到老师拒绝的事，全盘托出：（14）"为了举行祭祀，我到莺耆罗之子、天神之师毗诃波提那里，请他担任祭司，但他拒绝了我。（15）遭到他的拒绝，我今天不想活了。我被老师抛弃，成了有污点的人，那罗陀啊！"（16）

听了国王的话，那罗陀作出回答，大王啊！仿佛用语言救活阿毗弃之子（摩奴多）：（17）"国王啊！莺耆罗还有个儿子名叫商婆尔多，遵行正法。他赤身裸体，四处游荡，令众生困惑。（18）你到他那里去吧！如果毗诃波提不愿意担任你的祭司，大王啊！商婆尔多会乐意为你举行祭祀。"（19）

摩奴多说：

那罗陀啊！你的话救活了我。但是，我在哪里能见到商婆尔多？请告诉我，优秀的辩士啊！（20）我应该怎样对待他？他怎么才不会抛弃我？倘若我再遭到他拒绝，我就不能活下去了。（21）

那罗陀说：

他一身疯子装束，随心所欲，四处游荡，经常出没波罗奈城。（22）到了城门口，你安放一具死尸在那里。有谁见到这具死尸，转身就走，这个人就是商婆尔多，大地之主啊！（23）这位勇者走到哪里，你就在后面跟到哪里。到了僻静处，你双手合十，请求他庇护。(24)如果他问你:"是谁把我告诉你的?"你就仿佛为难地说道:"是那罗陀。"杀敌者啊!(25)如果他向你询问我的去处,你就毫不犹豫地告诉他说,我已经进入火中了。(26)

毗耶娑说:

这位王仙回答说:"好吧!"他向那罗陀致敬,获得允许后,前往波罗奈城。(27)到了那里,声誉卓著的摩奴多记住那罗陀的话,按照他的吩咐,在城门口安放一具尸体。(28)恰巧,这位婆罗门进入城门。一看见这具死尸,他转身就走。(29)看到他转身离去,阿毗弃之子(摩奴多)双手合十,跟在后面,希望得到商婆尔多的教诲。(30)在僻静处,商婆尔多见到他,便用灰、土、痰和吐沫泼洒在国王身上。(31)国王纵然受到商婆尔多欺侮,依然双手合十,跟在后面,取悦他。(32)然后,商婆尔多劳累疲乏,在一棵枝叶茂盛的无花果树树阴下,停步坐下。(33)

以上是吉祥的《摩诃婆罗多》中《马祭篇》第六章(6)。

七

商婆尔多说:

你怎么知道我的?是谁告诉你的?如果你希望我满足你的愿望,你就如实告诉我。(1)如果你说真话,你就会实现一切愿望。如果你说假话,你的头就会裂成七瓣。(2)

摩奴多说:

是在路上游荡的那罗陀告诉我的,说你是我们家族祭司的儿子,所以,我非常高兴。(3)

商婆尔多说:

你说的是实话,他知道我是祭司。告诉我,那罗陀现在在哪里?(4)

摩奴多说:

优秀的神仙向我介绍你之后,便与我告别,进入火中了。(5)

毗耶娑说:

听了国王的话,商婆尔多很高兴,说道:"我也能做到这一点。"(6)

然后，国王啊！这位婆罗门像疯子那样，用粗俗的话，一再责备摩奴多，说道：(7)"我得了疯病，行为古怪，随心所欲。你为什么要找我这样一个奇形怪状的人为你举行祭祀？(8)我的兄长有能力，受到婆薮之主（因陀罗）器重。你让他为你举行祭祀吧！(9)我的兄长夺走了我的家产，夺走我为众天神举行祭祀的权利，只让我剩下一个肉体。(10)阿毗弃之子啊！不得到他同意，我决不能为你举行祭祀，因为我十分敬重他。(11)你到毗诃波提那里去，征得他的同意后，便回来。那时，如果你想举行祭祀，我就为你举行祭祀。(12)

摩奴多说：

我已经去过毗诃波提那里，请听我说，商婆尔多啊！他不愿意为我举行祭祀。婆薮之主（因陀罗）已经选定他。(13)"现在，仙人啊！你只能为不死的我举行祭祀，不能为必定会生病和死去的凡人摩奴多举行祭祀。(14)婆罗门啊！这位国王总是与我较劲。"诛灭勃罗和弗栗多者（因陀罗）这样说，你的兄长答应道："好吧！"(15)我满腔热情去见他，可是，他不愿意担任我的祭司。你要知道，他已经投靠天王（因陀罗），牟尼雄牛啊！(16)所以，我愿意花费我的全部财产，请你为我举行祭祀。凭借你的品德，我想超过婆薮之主（因陀罗）。(17)婆罗门啊！我不想再到毗诃波提那里去，因为我已经无故遭到他的拒绝。(18)

商婆尔多说：

你肯定会一切如愿，只要你完全按照我的想法去做，国王啊！(19)你要明白，毗诃波提和摧毁城堡者（因陀罗）知道我为你举行祭祀，就会满腔愤怒，仇恨你。(20)所以，你无论如何要坚定，不要怀疑，否则，我一生气，会将你和你的亲属化为灰烬。(21)

摩奴多说：

如果我背弃你，那么，太阳依然发热，高山依然屹立，而我得不到这个世界。(22)如果我背弃你，无论在知识领域或世俗领域，我都得不到纯洁的智慧。(23)

商婆尔多说：

阿毗弃之子啊！你要将纯洁的智慧用于你的事业，国王啊！我也会这样为你举行祭祀。(24)我保证你的财富不会毁灭，国王啊！你将胜过因陀罗、众天神和众健达缚。(25) 我并不打财富或祭主的主意,我只想做让兄长和因陀罗感到不快的事。(26) 我肯定会让你与因陀罗一样。我会让你高兴。我对你说的都是实话。(27)

以上是吉祥的《摩诃婆罗多》中《马祭篇》第七章(7)。

八

商婆尔多说:

在雪山山脊,有一座山峰,名叫孟阇凡。乌玛之夫尊神(湿婆)经常在那里修炼苦行。(1) 在雪山的树根旁,峭壁上,山顶上,洞穴中,按照自己的意愿,(2) 大光辉的大自在天(湿婆)由乌玛陪伴,手持三叉戟,在各种精灵围绕下,住在那里。(3) 那里还住着众楼陀罗、众沙提耶、众毗奢、众婆薮、阎摩、伐楼拿、俱比罗及其随从。(4) 众精灵、众毕舍遮、双马童、众健达缚、众天女、众药叉和众神仙。(5) 众阿提迭、众摩录多和众妖魔,全都侍奉灵魂高尚、形象多变的乌玛之夫(湿婆)。(6)

俱比罗的随从们奇形怪状,游戏玩耍,尊神(湿婆)与他们一起娱乐,大地之主啊!这座山闪耀吉祥的光辉,看上去如同初升的太阳。(7) 但任何凡人凭天生的肉眼不能看清它的形状和位置。(8) 那里没有炎热,没有寒冷,没有风,没有太阳,没有衰老,没有饥渴,没有死亡,没有恐惧,国王啊!(9) 这座山的四周山坡蕴藏金矿,犹如太阳闪发光芒,优秀的胜利者啊!(10) 灵魂高尚的俱比罗的随从们想要取悦主人,高举武器保护这些金矿,国王啊!(11)

你向尊神(湿婆)致敬吧!他有许多称号:舍尔婆,吠达斯,楼陀罗,青项,妙色,妙光,(12) 迦波尔迪,迦拉罗,黄眼,赐恩,三眼,布湿奴,裂牙,伐摩那,湿婆,(13) 雅密耶,隐髻,善行,商迦罗,忏密耶,黄眼,斯塔奴,原人,(14) 黄髻,孟德,讫利舍,乌达罗纳,跋斯迦罗,苏提尔特,神中之神,迅猛,(15) 螺髻,妙嘴,千眼,密度斯,吉利舍,平静,耶提,褴褛衣,(16) 毗尔婆杖,悉陀,持一切杖,兽中之虎,大弓箭手,跋婆,(17) 婆罗,妙嘴,波修诃斯多，降雨，金臂，优揭罗，方位神，国王啊！（18）兽主，众生之主，雄牛，崇拜母亲，统帅，中间者，（19）掌勺，主子，射手，跋尔伽婆，不生，黑眼，怪眼，（20）利牙，锐利，火神之嘴，大光辉，无肢，金肢，生主，（21）元阳之主，广大，身穿皮衣，佩戴骷髅花环，金头冠，（22）大神，黝黑，三眼，无罪，愤怒，暴戾，温和，臂似娑罗树，（23）持杖，苦行严酷，行为恐怖，千首，千足，娑婆陀，多种形象，利牙，（24）持弓，大瑜伽行者，不变，手持三叉戟，赐恩，三眼，世界之光，（25）摧毁三城，三眼，三界之主，大威力，创始者，一切众生维持者，大地维持者，（26）主宰者，商迦罗，一切，湿婆，宇宙之主，跋婆，乌玛之夫，兽主，宇宙形象，大自在天，（27）怪眼，十臂，以鬼宿和雄牛为旗徽，优揭罗，斯塔奴，湿婆，恐怖，舍尔婆，高利之夫，自在天，（28）青项，不生，元阳，广大，大毁灭，诃罗，宇宙形象，怪眼，多种形象，乌玛之夫。（29）

向这位毁灭爱神肢体的诃罗（湿婆）大神俯首致敬，请求这位护佑一切的四面大神庇护。(30)你向这位灵魂高尚、动作迅猛的大神致敬后,大地之主啊！你将获得那些金子。让这些人前往那里取金子吧！(31)

毗耶娑说：

迦兰达摩的孙子（摩奴多）听后，按照他说的话去做，作出各种非凡的努力，安排举行祭祀。金匠们制作各种金器皿。（32）而毗诃波提听说国王摩奴多繁荣富强，胜过众天神，顿时焦躁不安，（33）他忧心忡忡，脸色苍白，肢体消瘦，心想："我的敌人商婆尔多会享有荣华富贵。"（34）天王（因陀罗）听说毗诃波提焦躁不安，便在众天神陪伴下，到他那里，说了这些话。（35）

以上是吉祥的《摩诃婆罗多》中《马祭篇》第八章(8)。

九

因陀罗说：

毗诃波提啊！你睡得安稳吗？仆从们称你的心吗？婆罗门啊！你为众天神谋利益，众天神是否也保护你？(1)

第十四 马祭篇

毗诃波提说：

伟大的因陀罗啊！我睡得很好，仆从们也都称我的心，帝释天啊！我为众天神谋利益，众天神也努力保护我。（2）

因陀罗说：

你在精神上或肉体上，哪儿不舒服？今天，你为何脸色苍白？婆罗门啊！请你告诉我。我会杀死一切造成你痛苦的人。（3）

毗诃波提说：

摩诃梵啊！人们说摩奴多要举行大祭祀，慷慨施舍。我听说商婆尔多担任他的祭司，而我不希望商婆尔多为他举行祭祀。（4）

因陀罗说：

婆罗门啊！你作为众天神的祭司，念诵经咒，实现一切愿望，超越生死，婆罗门啊！商婆尔多现在还能对你怎么样？（5）

毗诃波提说：

你繁荣昌盛，看到仇敌也繁荣昌盛，就会感到痛苦。你和众天神驱逐那些阿修罗，想把他们连同亲友一起杀尽。（6）天王啊！我听说我的仇敌繁荣昌盛，因此，我脸色苍白，摩诃梵啊！你采取一切手段制止商婆尔多或国王摩奴多吧！（7）

因陀罗说：

火神啊！来吧！你去把毗诃波提交给摩奴多，说道："毗诃波提为你举行祭祀。他会使你成为不死的天神。"（8）

火神说：

帝释天啊！作为你的使者，我现在就去把毗诃波提交给摩奴多，让因陀罗你的话兑现，也向毗诃波提表示敬意。（9）

毗耶娑说：

于是，灵魂高尚的火神去了。他任意踩蹦树林和灌木，犹如冬末的狂风呼啸，席卷而过。（10）

摩奴多说：

奇怪啊！今天，我看到火神显身，来到这里，牟尼啊！请拿坐垫、洗脚水和牛来。（11）

火神说：

感谢你的坐垫和洗脚水，无罪的人啊！你要知道，我是受因陀罗

指派，作为他的使者来到这里。（12）

摩奴多说：

火神啊！想必天王吉祥幸福，对我们都很满意，众天神也都服从他。请你详细告诉我这一切，天神啊！（13）

火神说：

王中因陀罗啊！帝释天称心如意。他对你满意，希望你不衰老，众天神也都服从他，国王啊！请听天王（因陀罗）的指示。（14）他派我到你这里来，是让我把毗诃波提交给你摩奴多，国王啊！让这位老师为你举行祭祀，使你这位必死的凡人变成不死的天神。（15）

摩奴多说：

婆罗门商婆尔多将为我举行祭祀。毗诃波提双手合十，但他已经为大神因陀罗举行祭祀，现在不适宜为凡人举行祭祀了。（16）

火神说：

如果毗诃波提为你举行祭祀，依靠天王（因陀罗）的恩惠，你将到达崇高的天神世界，赢得天国，声誉卓著。（17）人中因陀罗啊！如果毗诃波提为你举行祭祀，你将赢得人间世界、天神世界和生主世界，乃至整个天国。（18）

商婆尔多说：

你不要再来这里把毗诃波提交给摩奴多，火神啊！你要知道，一旦我发怒，我会用可怕的眼光焚烧你。（19）

毗耶娑说：

犹如无花果树叶，火神害怕遭到焚烧，惊慌地回到众天神那里。灵魂高尚的帝释天看到火神站在毗诃波提身旁，便说道：（20）"火神啊！我派你把毗诃波提送到摩奴多那里去，那位想要举行祭祀的国王说了些什么？他接受我的意见吗？"（21）

火神说：

摩奴多没有接受你的意见。他推开毗诃波提合十的双手，反复对我说道："商婆尔多将为我举行祭祀。"（22）他说："如果我与他达成协议，我可以获得人间世界、天神世界和生主世界。但是，我不愿意这样。"（23）

因陀罗说：

你再去见这位国王，传达我的话。如果他再不听我的话，我就会

用金刚杵打击他。(24)

火神说：

婆薮之主啊！让健达缚王担任使者，去那里吧！我害怕去那里。商婆尔多遵奉梵行，满腔愤怒地对我说道：(25)"如果你再来这里把毗诃波提交给摩奴多，惹我生气，我会用可怕的眼光焚烧你。"帝释天啊！你要知道这一点。(26)

因陀罗说：

火神啊！只有你能焚烧一切。除了你之外，没有人能把其他一切化为灰烬。一切世界都害怕接触你火神啊！你说的话不可信。(27)

火神说：

天王啊！你凭借自己的臂力拥有整个大地和天国，帝释天啊！即使这样，怎么从前弗栗多还会夺取天国？(28)

因陀罗说：

发怒的母象，我们不必在意，火神啊！我不喝敌人的苏摩酒，我不向弱者施展金刚杵，哪个凡人会给我造成痛苦？(29) 我将那些迦罗盖耶逐出大地，我将那些檀那婆逐出天国，我将钵罗诃罗陀带到天国，哪个凡人会给我造成痛苦？(30)

火神说：

伟大的因陀罗啊！你应该记得从前行落仙人为沙利耶提举行祭祀，擅自和双马童一起享用苏摩酒。你愤怒地阻止沙利耶提的祭祀。(31)摧毁城堡者啊！你握紧可怕的金刚杵，想要狠狠打击行落仙人。这位婆罗门怒不可遏，凭借苦行的威力，抓住你握着金刚杵的手。(32)出于愤怒，他又为你创造了一个面目狰狞的仇敌。这个阿修罗名叫摩陀，顶天立地。你一见到他，就吓得闭上双眼，(33) 这个巨型的檀那婆，下颚搁在大地上，上颚顶到天国，有一千颗锋利可怕的牙齿，每颗一百由旬长。(34) 四颗粗大的獠牙如同银色的柱子，有两百由旬长。他高举可怕的铁叉，咬着牙追赶你，想要杀死你。(35)你看到那个可怕的怪物，同时，所有的人也看到你的表现。你恐惧地双手合十，走向大仙，请求庇护，诛灭檀那婆者啊！(36)婆罗门的威力胜过刹帝利，没有比婆罗门更强大者。我完全了解婆罗门的威力，帝释天啊！我不愿意到商婆尔多那里去。(37)

以上是吉祥的《摩诃婆罗多》中《马祭篇》第九章(9)。

一〇

因陀罗说：

确实，婆罗门的威力更大，没有比婆罗门更强大者。但我不能容忍阿毗弃之子（摩奴多）的威力，我要用可怕的金刚杵打击他。(1) 持国啊！我派你到与商婆尔多联合的摩奴多那里去，告诉他说："国王啊！你拜毗诃波提为师吧！否则，我要用可怕的金刚杵打击你。"(2)

毗耶娑说：

持国到达人中因陀罗（摩奴多）那里，传达婆薮之主（因陀罗）的话："你要知道，我是健达缚持国，人中因陀罗啊！来到你这里有话要说。(3) 王中之狮啊！请听灵魂高尚的世界之主因陀罗说的话：'你选择毗诃波提担任祭司吧！如果你不照我的话做，我要用可怕的金刚杵打击你。'这位行动不可思议的天神说了这些话。"(4)

摩奴多说：

你知道，摧毁城堡者（因陀罗）、众毗奢神、众婆薮和双马童也都知道，在这世上犯下背叛朋友之罪，永远无法救赎。(5) 让毗诃波提担任最优秀的天神、最优秀的手持金刚杵者、伟大的因陀罗的祭司，让商婆尔多担任我的祭司，国王啊！无论是你或者是他说的话，我都不同意。(6)

健达缚说：

你能听到婆薮之主（因陀罗）在空中发出的可怕吼声，王中之狮啊！显然，伟大的因陀罗要向你投掷金刚杵，国王啊！考虑一下自己的安危吧！到达最后时刻了！(7)

毗耶娑说：

持国这样说罢，国王听到婆薮之主（因陀罗）的吼声，便向坚持苦行、通晓正法的商婆尔多请教怎么办？(8)

摩奴多说：

云雨正在附近飘浮，说明因陀罗现在就在不远处，婆罗门中的因陀罗啊！我请求你庇护，请你赐予无畏！优秀的婆罗门啊！（9）持金刚杵者（因陀罗）具有可怕的神力，照亮十方，向这里走来，参与祭祀的人们个个胆战心惊。（10）

商婆尔多说：

王中之狮啊！你解除对帝释天的恐惧吧！我马上使用锁定术，驱除这种大恐怖。你不必害怕，保持愉快。（11）我会锁定所有天神投来的武器，国王啊！你不用惧怕帝释天。（12）让金刚杵投向四方，让风吹拂，让雨落入树林，让雨水在空中徒然泼洒，闪电耀眼，你不要害怕。（13）让火神保护你吧！让婆薮之主（因陀罗）随意下雨吧！可怕的金刚杵在暴雨中飞行，让风为它定位吧！（14）

摩奴多说：

听到金刚杵的霹雳声和大风的呼啸声，我的心中一阵阵紧张，婆罗门啊！我惶恐不安。（15）

商婆尔多说：

现在，你解除对猛烈的金刚杵的恐惧吧！我会借助风，驱除金刚杵。人中因陀罗啊！你抛弃恐惧，选择一个恩惠吧！我会依靠苦行的威力，实现你的任何愿望。（16）

摩奴多说：

婆罗门啊！但愿因陀罗立即显身，来到这里。但愿他在祭祀仪式上接受我的祭品。但愿众天神也来分享祭品，接受榨出的苏摩酒。（17）

商婆尔多说：

国王啊！在我的经咒召唤下，饮苏摩酒的因陀罗乘坐马车，和众天神一起来参加祭祀了。请看，他的身体随着我的经咒显现。（18）

毗耶娑说：

天王（因陀罗）和众天神一起，坐在许多骏马驾驭的车上，来到阿毗弃之子（摩奴多）的祭场，想喝这位无与伦比的国王的苏摩酒。（19）摩奴多和祭司起身迎接前来的天王（因陀罗）和众天神，满怀喜悦，按照经典规定的礼仪，表达崇高的敬意。（20）

商婆尔多说：

欢迎你光临，因陀罗啊！智者啊！有你在场，这个祭祀仪式大添

光彩,诛灭勃罗和弗栗多者啊!请喝我刚榨出的苏摩酒吧!(21)

摩奴多说:

你看,我不胜荣幸。向你致敬!你来出席祭祀,我这一生也就没有白活,天王啊!毗诃波提的弟弟正在为我举行祭祀。(22)

因陀罗说:

我知道你的老师是毗诃波提的弟弟,以苦行为财富,威力无比。由于他的召唤,我才来到这里,人中因陀罗啊!我现在很高兴,对你的怒气全部消失。(23)

商婆尔多说:

天王啊!如果你高兴,你就亲自指导祭祀吧!天王啊!你亲自安排全部进程吧!让全世界都知道,天神啊!(24)

毗耶娑说:

莺耆罗之子(商婆尔多)这样说罢,帝释天便亲自命令众天神:"建造大厅和房屋吧!富丽堂皇,数以千计。(25)赶快搭好宽大的台阶,供健达缚和天女们使用。数以千计的天女们要在那里跳舞。祭场要布置得像天国广场。"(26)众天神听后,兴高采烈,迅速按照因陀罗的吩咐完成任务,人中因陀罗啊!然后,因陀罗满心喜欢,向国王摩奴多表示敬意,说道:(27)"国王啊!我和你相会,已故的先王们和众天神都很高兴,接受你供奉的祭品,国王啊!(28)让这些优秀的婆罗门按照我的指示,供上一头属于火神的红牛,一头属于毗奢神的花斑蓝牛,全身洁净,生殖器晃动。"(29)

于是,国王的祭祀场面热烈,众天神在那里亲口品尝食物,以马为坐骑的天王帝释天备受婆罗门崇敬,在那里成了祭官。(30)灵魂高尚的商婆尔多站在祭坛上,光彩夺目,犹如第二个火神。他高兴地大声召唤众天神,念着经咒,将祭品投入火中。(31)诛灭勃罗者(因陀罗)首先饮苏摩酒,然后,众天神也饮苏摩酒。他们全都心满意足,愉快地告别国王,返回天国。(32)然后,国王满怀喜悦,将金子堆放各处。他向众婆罗门分发大量财富。这位杀敌者光彩熠熠,犹如财神俱比罗。(33)他尽量将各种财富藏进宝库。然后,他征得老师同意,回去继续统治直到海边的整个大地。(34)

在这世界上,这位国王具有这样的品德,在他的祭祀仪式上,拥

有这么多金子，人中因陀罗啊！你去取回那些财富吧！你要让众天神满意，按照规则举行祭祀吧！（35）

护民子说：

般度族国王（坚战）听了贞信之子（毗耶娑）的话，喜形于色，决定用那些财富举行祭祀。于是，他再次与大臣们商议。（36）

以上是吉祥的《摩诃婆罗多》中《马祭篇》第十章(10)。

一一

护民子说：

行为神奇的毗耶娑对国王说完这番话，大光辉的婆薮提婆之子（黑天）接着说话。（1）他知道国王由于亲友们遭到杀害，精神沮丧，犹如遭遇日食的太阳和笼罩烟雾的火。（2）苾湿尼族后裔（黑天）知道普利塔之子（坚战）心情抑郁，便安慰这位正法之子（坚战）。（3）

婆薮提婆之子（黑天）说：

欺诈导向灭亡，正直导向梵境。这就是知识对象，为何还要唠叨呢？（4）你的业还没有耗尽，你的敌人还没有制服。你怎么不知道敌人就在你自己的身体中？（5）在这方面，我依据正法，按照我听说的，告诉你因陀罗和弗栗多之间发生的战斗。（6）

国王啊！从前，弗栗多占有大地。看到弗栗多占有大地，香的领域遭到劫夺，臭便侵占大地。（7）香的领域遭到劫夺，百祭（因陀罗）很生气。他愤怒地将可怕的金刚杵投向弗栗多。（8）弗栗多在大地上遭到威力强大的金刚杵打击，立刻钻入水中，夺取味的领域。（9）弗栗多占有水，夺取味的领域，百祭（因陀罗）很生气，向水中投掷金刚杵。（10）弗栗多在水中遭到威力强大的金刚杵打击，立刻钻入光中，夺取色的领域。（11）弗栗多占有光，夺取色的领域，百祭（因陀罗）很生气，向那里投掷金刚杵。（12）弗栗多遭到强大的金刚杵沉重打击，立刻钻入风中，夺取触的领域。（13）弗栗多占有风，夺取触的领域，百祭（因陀罗）很生气，向那里投掷金刚杵。(14)弗栗多遭到威力无比的金刚杵打击，立刻逃向空中，夺取声的领域。(15)弗栗多占有空，夺取声的领域，百祭（因陀罗）很生气，向那里投掷金刚杵。(16)弗栗多遭到威力无比的金刚杵打击，立刻钻入因陀罗的体内，夺取他的感官对象。(17)弗栗多附体，因陀罗变得神志迷糊，朋友啊！极裕仙人用娑摩颂诗唤醒他。(18)婆罗多族雄牛啊！然后，我们听说，百祭（因陀罗）用无形的金刚杵杀死体内的弗栗多。(19)

国王啊！你要知道，这个正法的奥秘是因陀罗讲给大仙们听的，而仙人们又告诉我。(20)

以上是吉祥的《摩诃婆罗多》中《马祭篇》第十一章(11)。

一二

婆薮提婆之子（黑天）说：

有两种病痛：精神的和肉体的。两者互相产生，从不摆脱互相影响。(1) 肉体中产生的病痛毫无疑问是肉体的病痛，精神中产生的病痛则是精神的病痛。(2) 冷、热和风是身体的三种性质，国王啊！人们说这三种性质协调和谐，是健康的标志。热制约冷，冷制约热。(3)善性、忧性和暗性相传是灵魂的三种性质。人们说这三种性质协调和谐，是健康的标志。如果其中之一过量，就需要调整。(4)喜制约忧，忧制约喜。任何一个遭遇痛苦的人都愿意回想过去的快乐；任何一个获得快乐的人都愿意回想过去的痛苦。(5)

你痛苦时，不愿意回想痛苦；你快乐时，不愿意回想快乐，贡蒂之子啊！因为命运的力量更强大。(6) 或许，这也是出于你的天性，普利塔之子啊！不愿意回想黑公主处在经期，身穿单衣，当着般度族兄弟们的面，站在大厅中。(7) 你不愿意回想离开城市，身穿鹿皮衣，流亡大森林。(8) 你不愿意回想辫发阿修罗的欺侮，与奇军的战斗，信度王的欺侮。(9) 你不愿意回想在隐姓埋名生活时，祭军之女（黑公主）遭到空竹脚踢，普利塔之子啊！(10)

正如过去你与德罗纳和毗湿摩发生战斗，你要投入眼前这场惟独与思想的战斗,克敌者啊!你应该挺身迎接这场战斗,婆罗多族雄牛啊!(11)依靠自己的行动摆脱无形的敌人。这里,不需要动用箭、随从和亲友,只需要你独自一人进行战斗。(12)如果在战斗中失败,你会落到什么境地?贡蒂之子啊!明白了这一点,你会完成使命。(13)把握这种智慧,认清众生的来龙去脉,你继承祖先的事业,正确地治理王国吧!(14)

以上是吉祥的《摩诃婆罗多》中《马祭篇》第十二章(12)。

一三

婆薮提婆之子〔黑天〕说:

婆罗多后裔啊!抛弃身外之物,并不能获得成功。而抛弃身内之物,或许成功,或许不成功。(1)抛弃身外之物,却执著身内之物,让我们的敌人去获得这种方法和快乐吧!(2)由两个音节组成者是死亡,由三个音节组成者是永恒的梵。两个音节"我的"(mama)是死亡,三个音节"无我的"(na mama)是永恒的梵。(3)国王啊!梵和死亡这两者同时存在于众生的灵魂中。毫无疑问,它们不被看见,但互相斗争。(4)婆罗多后裔啊!如果众生确定不会毁灭,那么,人们就不会劈开肉体,杀害众生了。(5)得到了整个大地,连同一切动物和不动物,而认为这不是我的,这样的人还会做什么呢?(6)普利塔之子啊!一个隐居林中的人,依靠野生植物维生,还执著财物,念念不忘是"我的",那么他就处在死亡之口了。(7)婆罗多后裔啊!你要看清外在和内在敌人的本质。看也不看它一眼,这样的人能摆脱大恐怖。(8)

在这世上,人们不赞美充满欲望的人。但是,没有欲望,也就没有任何行动。施舍、诵习吠陀和苦行,这些符合吠陀的行为都怀有欲望。(9)明白这一切,智者不怀着欲望恪守誓言、举行祭祀、遵守戒律和修习禅瑜伽。怀有欲望,正法不成其为正法。戒律是正法之根。(10)通晓古事的人们吟唱《欲望之歌》,坚战啊!请听人们吟唱的这些偈颂吧!(11)"没有手段,任何人都不能杀死我。谁通晓武力,竭力杀死我,我就会出现在他的武力中。(12)谁依靠各种祭祀和施舍,竭力杀死我,我就会出现在他面前,仿佛是一切动物中的行动之魂。(13)谁通晓吠陀和吠陀支,竭力杀死我,我就会出现在他面前,仿佛是一切不动物中的平静之魂。(14)谁以真理为勇气,意志坚定,竭力杀死我,我就会化作他的形态,让他认不出我。(15)谁恪守誓言,修炼苦行,竭力杀死我,我就会出现在他的苦行中。(16)谁成为智者,追求解脱,竭力杀死我,我就会出现在这位热衷解脱的人面前跳舞和狂笑。我是惟一的永恒者,一切众生都不能杀死我。"(17)

因此,你就遵行正法,举行各种祭祀,慷慨施舍,大王啊!(18)你就按照规则举行马祭,施舍财富吧!还要举行其他各种盛大的祭祀,慷慨施舍。(19)你不要念念不忘死难的亲友们,忧伤烦恼。你再也不能见到那些战死疆场的人们了。(20)你举行盛大的祭祀,慷慨施舍,就会在这世上获得至高的荣誉,达到至高的归宿。(21)

以上是吉祥的《摩诃婆罗多》中《马祭篇》第十三章(13)。

一四

护民子说:

那些以苦行为财富的牟尼说了许多话,安抚失去亲友的王仙坚战。(1)尊者黑天、岛生黑仙(毗耶娑)和提婆斯塔纳都亲自开导他。(2)还有那罗陀、怖军、无种、黑公主、偕天和睿智的阿周那,(3)以及其他许多人中之虎和精通经典的婆罗门,坚战王消除心中的忧伤、痛苦和烦恼。(4)坚战王再次祭供亡故的亲友们,敬拜众天神和众婆罗门。然后,他以法为魂,继续统治以大海为衣裳的大地。(5)

俱卢后裔坚战王已经获得自己的王国,内心平静,对毗耶娑、那罗陀和其他在场的人说道:(6)"经过你们这些年高德劭的牟尼雄牛的安抚,我已经没有一点儿痛苦。(7)我已经获得大量财富,可以用来祭供天神。有你们鼎力相助,我们将举行祭祀。(8)祖父啊!我们将在你的保护下，前往雪山。我们听说那里充满神奇，婆罗门俊杰啊！（9）尊敬的神仙那罗陀和提婆斯达纳也对我们讲了许多美妙吉祥的话。（10）没有哪个不幸的人，在患难中会得到这么多杰出的老师和朋友。"（11）

国王这样说罢，所有的大仙告别国王、黑天和阿周那，在大家目送下，消失不见。（12）然后，正法之子坚战王坐下。他们没有耽搁很长时间。（13）他们为已故的毗湿摩举行净化仪式，慷慨施舍众婆罗门。（14）然后，又与持国一起祭供毗湿摩、迦尔纳和其他俱卢族阵亡者，俱卢后裔啊！（15）般度族雄牛（坚战）给予众婆罗门大量施舍后，让持国走在前面，返回象城。（16）以法为魂的坚战安抚以智慧为眼的伯父（持国），与弟兄们一起继续统治王国。（17）

以上是吉祥的《摩诃婆罗多》中《马祭篇》第十四章(14)。

一五

镇群说：

婆罗门俊杰啊！般度族兄弟们赢得胜利，国泰民安，黑天和阿周那这两位英雄在做什么？（1）

护民子说：

般度族兄弟们赢得胜利，国泰民安，民众之主啊！黑天和阿周那十分高兴。（2）他俩满怀喜悦，在美丽的林中和山顶平地游乐，如同天王夫妇在天国游乐。（3）在可爱的山峦、池塘和河流中游乐，如同双马童在欢喜园游乐。（4）婆罗多后裔啊！灵魂高尚的黑天和阿周那在天帝城娱乐，进入可爱的大会堂娱乐。（5）国王啊！他俩在那里反复讲述奇妙的战斗故事和经历的艰难困苦。（6）这两位灵魂高尚、古老优秀的仙人高兴地讲述仙人和天神谱系。（7）擅长判断的盖沙婆（黑天）向普利塔之子（阿周那）讲述了许多美妙的故事，句义清晰。（8）梭利·遮那陀那（黑天）又说了许多话，安慰失去儿子和数千亲友而悲痛的普利塔之子（阿周那）。（9）通晓法则的大苦行者黑天安慰他后，仿佛身上卸下重担，可以松一口气。（10）

随后，乔宾陀（黑天）又用甜蜜的语言安抚浓发（阿周那），说了这些合情合理的话：(11)"左手开弓者啊！依靠你的臂力，正法之子坚战赢得整个大地，折磨敌人者啊！(12)法王坚战凭借怖军和孪生子的威力，享受大地，消除仇敌，人中俊杰啊！(13)坚战王依靠正法获得王国，消除荆棘，通晓正法者啊！依靠正法，在战斗中杀死难敌王。(14)持国之子们灵魂邪恶，说话粗野，热衷违法，贪得无厌，他们连同追随者一起毁灭了。(15)普利塔之子啊！正法之子坚战在你的保护下，享受这和平宁静的大地，俱卢后裔啊！(16)般度之子啊！我与你一起在这些树林里游乐，粉碎敌人者啊！只要有你在，有普利塔（贡蒂）在，(17)有正法之子坚战王在，有大力士怖军在，有玛德利的孪生子在，我就无比喜悦。(18)婆罗多后裔啊！这些可爱圣洁的大会厅如同天堂，我与你一起在这里游乐，无罪的人啊！(19)我已经很久没有见到苏罗之子（婆薮提婆）、大力罗摩和其他苾湿尼族雄牛们，俱卢族后裔啊！(20)现在，我想去多门城，人中雄牛啊！你就高高兴兴让我走吧！(21)

"坚战王在忧愁烦恼时，我们和毗湿摩已经向他讲了许多道理。(22)经过我们开导，灵魂高尚的般度之子坚战王已经听从我们的话。(23)正法之子（坚战）通晓正法，知恩图报，说话诚实，他的地位必定稳固，真理、正法和高尚的思想也永久常在。(24)阿周那啊！如果你乐意，就请你去见灵魂高尚的坚战王，把我们要走的消息告诉他。(25)即使需要献出生命，我也不会做对他不利的事，大臂者啊！因此，不必介意我去多门城。(26)普利塔之子啊！我做的一切都是为了你的幸福和利益，俱卢后裔啊！我对你说的全是真话，没有半点虚假。(27)阿周那啊！我已经完成住在这里的使命，持国之子难敌王及其军队和随从已经毁灭。(28)以大海为衣裳的大地，连同高山、森林和园林，都已处在睿智的正法之子俱卢王（坚战）的统治下，拥有各种财宝，般度之子啊！(29)让通晓正法的国王依法保护整个大地吧！灵魂高尚的众悉陀侍奉他，歌手们永远赞颂他，婆罗多族雄牛啊！(30)今天，你与我一起去见俱卢族振兴者坚战王，告诉他我要去多门城，俱卢族之虎啊！(31)思想博大的俱卢族国王坚战始终令我喜欢和尊敬，普利塔之子啊！我已经将我的身体和家中的财物全部都托付给他了。(32) 大地已经由你和行为高尚的长兄坚战统治,普利塔之子啊!除了你之外,我没有理由再住在这里了。"(33)

灵魂高尚的遮那陀那(黑天)这样说罢,无比英勇的阿周那向遮那陀那(黑天)行礼致敬,仿佛艰难地说道:"好吧!"(34)

以上是吉祥的《摩诃婆罗多》中《马祭篇》第十五章(15)。

一六[①]

镇群说:

灵魂高尚的黑天和阿周那消灭敌人后,住在大会堂中,互相谈了些什么?婆罗门啊!(1)

护民子说:

普利塔之子(阿周那)恢复自己的王国后,满怀喜悦,与黑天一起在可爱的大会堂中消遣度日。(2)有一次,他俩兴致勃勃,在自己人陪伴下,偶尔来到大会堂的一处宛如天国的地方,国王啊!(3)般度之子阿周那十分高兴,凝视着可爱的大会堂,对黑天说道:(4)"大臂者啊!在大战即将开始时,你曾让我知道你的伟大,提婆吉之子啊!也让我知道你的自在天形象。(5)盖沙婆啊!出于友情,你对我所说的一切,人中之虎啊!当时我心情恶劣,现在都已忘却。(6)主人啊!我现在又对那些话题产生好奇,摩豆族后裔啊!可是,你不久就要回多门城了。"(7)

闻听此言,优秀的辩士、大光辉的黑天拥抱颇勒古拿(阿周那),回答道:(8)"我已经为你讲述永恒的奥秘,让你知道正法的原貌和一切永恒的世界,普利塔之子啊!(9)你没有理解,没有接受,我很不高兴,般度之子啊!你缺乏诚心,头脑迟钝。(10)这个正法充满梵的学问,我不可能再原原本本复述一遍。(11)我是运用了瑜伽力,讲述这种至高的梵。我现在就这个问题,为你讲述古老的传说。(12)优秀的执法者啊!请听我为你讲述这一切。依据这种智慧,你能达到至高归宿。(13)曾

[①] 第16章至第50章通常称作《续歌》(Anugīt!?),意思是《薄伽梵歌》(Bhagavadgīt!?,见《毗湿摩篇》第23章至第40章)的续篇。

经有位婆罗门从天国来到我们这里,克敌者啊!他来自梵界,难以抗衡,受到我们供奉。(14)婆罗多族雄牛啊!经我们询问,他以神奇的方式讲述一切,普利塔之子啊!请你专心听取。"(15)

婆罗门说:

黑天啊!你的询问涉及解脱法,旨在怜悯众生,铲除愚痴。(16)诛灭摩图者啊!我现在如实为你讲述,请你专心听我讲述,摩豆族后裔啊!(17)有位婆罗门名叫迦叶波,具备苦行,精通正法。他遇见另一位通晓正法来龙去脉的婆罗门。(18)这位婆罗门通晓万物来龙去脉的知识和学问,通晓世界的真谛,通晓快乐和痛苦。(19)通晓生死真谛,通晓善恶,洞察各类众生的业报归宿。(20)他像一位获得解脱的悉陀那样游荡,内心平静,控制感官,闪耀梵的吉祥光辉,足迹无所不至。(21)迦叶波听说他通晓隐身术,与隐身的悉陀和持轮者一起游荡。(22)他与他们一起坐在僻静处交谈,随意游荡,无所执著,犹如清风。(23)

婆罗门俊杰(迦叶波)聪明睿智,热爱正法,具备苦行,内心寂静,遇见这位婆罗门,怀着至高的虔诚,按照礼节拜倒在他的脚下。(24)迦叶波看到这位婆罗门俊杰的神奇本领,惊讶不已,竭力侍奉这位富有学问的老师,令他满意。(25)折磨敌人者(迦叶波)具有学问和品行,满怀喜悦,以侍奉老师的方式侍奉他,令他满意。(26)老师对这位学生表示满意,高兴地对他说了这些话,遮那陀那啊!你盼望获得至高成就,那就听我告诉你吧!(27)

"依靠各种行为和功德,凡人们达到各自的归宿或升入天国。(28)哪里也没有无穷的幸福,哪里也没有永恒的居处。一次又一次从高位坠落,获得痛苦。(29)由于作恶,我遭逢痛苦和不幸,充满欲望、愤怒、贪婪和愚痴。(30)一次又一次死,一次又一次生,我吃过各种各样食物,吸吮过各种各样奶头。(31)我见过各种各样母亲和父亲,经历过各种各样幸福和痛苦,无罪的人啊!(32)我经常与可爱的人分离,与不可爱的人相聚。我千辛万苦获得的财富,最终又失去。(33)我受到自己人和别人的轻视和凌辱;肉体和精神痛苦不堪。(34)我蒙受极大的屈辱,遭到残酷的杀戮和囚禁。我堕入地狱,在阎摩殿中受尽折磨。(35)衰老和疾病经常袭击我。我体验

到这个世界充满对立的痛苦。(36)

"后来,有一天,我感到忧郁、压抑和屈辱,痛苦不堪,便抛弃世俗生活方式。由于灵魂的平静,我获得了成功。(37)我将不再返回这个世界。我观看一切世界,直至成功,直至世界再创造。这是我的美好归宿。(38)婆罗门俊杰啊!获得这个崇高的成就后,我将前往彼岸,进而到达更高的境界,到达宁静的梵的境界。对此,你不要怀疑。(39)我不会再回到这个凡人世界,折磨敌人者啊!我对你满意,大智者啊!请说说我能为你做什么?(40)你想要达到什么目的,现在正是时候。我知道你来这里的目的。不久,我将离开人世,因此,我现在提醒你。(41)智者啊!我对你的品行十分满意。你提问吧!我会满意地答复你。(42)我认为你富有智慧,很尊敬你。正因为你是智者,才会认识我,迦叶波啊!"(43)

以上是吉祥的《摩诃婆罗多》中《马祭篇》第十六章(16)。

一七

婆薮提婆之子(黑天)说:

触摸了他的双脚后,迦叶波询问了一些难以回答的问题,而这位优秀的执法者回答了所有这些问题。(1)

迦叶波说:

身体怎样失去?又怎样获得?处在轮回中的人怎样摆脱痛苦的轮回?(2)身体怎样与灵魂结合,又怎样脱离?灵魂脱离了身体,又怎样获得另一个?(3)人怎样享受自己的善业和恶业?失去身体后,业在哪里?(4)

婆罗门说:

经迦叶波询问,这位悉陀依次回答这些问题,苾湿尼族后裔啊!你听我告诉你。(5)

悉陀说:

依靠各种业维持生命和荣誉。在各种业耗尽时,获取另一个身体。(6)生命耗尽时,行为就会反常。毁灭临近时,智慧就会消灭。(7)灵魂不纯洁的人不知道自己的性质、力量和时间,贪吃对自己有害的食物。(8)他会做出一些极端的行为,有时暴饮暴食,有时什么也不吃。(9)或者吃腐败的食物,粗糙的食物,互相禁忌的食物,难以消化的食物。(10)操劳过度,性交过度,或者,贪图业绩,忙于工作,抑制生命的冲动。(11)或者,贪吃流体食物,或者,喜欢白天睡觉。一旦食物不消化,就引起自己体内失调。(12)由于自己体内失调,便得病,最终死亡。也有人采取上吊自缢等等反常行为。(13)由于这些原因,人的生命脱离身体。你要如实记住我对你说的这一切。(14)

在身体中,猛烈的风激发热量,传遍全身,影响所有的气息。(15)你要知道,在身体中激发的热量过分强烈,就会损伤各种要害部位。(16)于是,生命感到痛苦,迅速衰亡,婆罗门俊杰啊!你要知道,随着各种要害部位崩裂,人充满痛苦,抛弃身体。(17)所有的人永远承受生死的痛苦,婆罗门雄牛啊!但见人们抛弃身体后,(18)又进入子宫,然后爬出,遭受同样的痛苦。(19)关节几乎脱位,湿漉漉,黏糊糊,承受痛楚。在身体中,风在寒气激发下,依靠五大元素。(20)风依靠五大元素,依靠元气和下气,艰难地向上运行,脱离人体。(21)一旦风脱离身体,也就见不到呼吸。那时,人就没有热气,没有呼吸,没有美貌,没有知觉。(22)梵离开了他,也就是说他已死去。人具有身体,通过各种感官感知感官对象。现在,他不能通过各种感官感知由食物产生的呼吸。(23)

永恒的生命在身体中起作用,造成五大元素在各个部位聚合,你要知道,这些就是经典所说的身体要害部位。(24)一旦这些要害部位崩裂,生命向上运行,进入人的心脏,迅速抑制活力。这时,人虽然还有知觉,却什么也不知道。(25)黑暗覆盖知觉,笼罩各种要害部位,生命无所依托,遭受风的折磨。(26)大口喘气,呼吸沉重,剧烈颤抖,身体失去知觉。(27)生命脱离身体后,被自己的业包围,带有自己善业和恶业的印记。(28)富有知识、熟谙经典规定的婆罗门依据这些印记知道是善业还是恶业。(29)正如有眼睛的人看到黑暗中飞来飞去的萤火虫,以知识为眼睛的人看到生命。(30)这样的悉陀凭借天眼,看到生命离开身体,投胎转生,进入子宫。(31)

从经典中得知，生命的去处有三种。凡人所在的地方称作业地。(32)所有的人行善或作恶，按照各自的业，在这世获得高低不同的果报。(33)作恶者由于自己的业，坠入地狱。恶人倒悬在地狱中，备受煎熬。要从那里得救，十分困难。因此，一个人应该努力保护自己。(34)请听我如实告诉你人们向上到达的地方。听了之后，你将通晓业报，获得坚实的智慧。(35)你要知道行善之人到达的地方，以自己的光辉照亮太阳、月亮和所有的星星。(36)随着善业的消耗，他们一次又一次下降，天国也有高、中、低不同层次。(37)看到更加光辉的吉祥幸福，即使在天国也不会知足满意。这些是我一一为你讲述的各种归宿。(38)接着，我告诉你生命进入子宫的情况，婆罗门啊！请你专心听我讲述。(39)

以上是吉祥的《摩诃婆罗多》中《马祭篇》第十七章(17)。

一八

婆罗门说：

今生的善业和恶业不会消失，一次又一次进入另一个身体，都会产生果报。(1)正如果树成熟时，结出许多果子，怀着纯洁的心做善事，也会获得丰收。(2)同样，怀着邪恶的心做恶事，就会获得罪孽。在这世上，每个人做事，都是思想先行。(3)请听我讲，人充满欲望和愤怒，在业的指引下，进入子宫。(4)精子混合着血进入妇女的子宫，到达由业产生的或善或恶的生存领域。(5)由于梵的微妙和不显现性，生命进入身体，不接触任何部分。因此，它是永恒的梵，一切众生的种子。依靠它，人们得以生存。(6)生命进入胎儿身体的各部分，很快具有思想，居住在呼吸领域。这样，胎儿有了思想，开始转动肢体。(7)正如熔化的铁水浇在模子里，采纳模子的形状，生命进入胎儿也是这样。(8)正如火进入铁球，烧热它，你要知道，生命也是这样出现在胎儿中。(9)犹如一盏点燃的灯，照亮住所，思想也是这样照亮身体。(10)

生命必定享受前生所做的业，不管是善业，还是恶业。(11)这些业耗尽后,又会积聚其他的业,在遵循解脱法之前,不会觉醒。(12)贤士啊!我将告诉你在轮回转生中导向幸福的正法。(13)施舍、恪守誓愿,梵行,遵守经典规定的戒律,自制,平静,怜悯众生。(14)守戒,仁慈,不占有他人财物,不危害大地上一切众生。(15)孝顺父母,供奉天神和客人,尊敬老师,善良,纯洁,永远控制感官。(16)人们说这些高尚行为是善人的生活方式。由此,形成正法,永远保护众生。(17)在善人中,总能看到这样的行为。善人永远是行为的可靠依托。善人遵循的行为体现正法。(18)在善人中实施的正法是永恒的正法。履行正法的人不会走上邪路。(19)因此,世界混乱时,会受到正法制约。而瑜伽行者和解脱者胜过所有人。(20)只要遵行正法,经过长期努力,就能超越轮回。(21)所有的人都享受自己前生所做的业,由此构成今生变化的一切原因。(22)

生命最初依据什么占有身体?这是世上人们的疑问,我现在为你解答。(23)一切众生的祖宗梵天首先创造自己的身体,然后创造三界以及一切动物和不动物。(24)然后,他创造原初物质。众生的意识遍及一切。世上人们认为它至高无上。(25)世上事物都会毁灭,至高者不会死亡,不会毁灭。每个人各不相同,但全部都由三者中的两者①构成。(26)首先创造出来的生主创造一切众生、不动物和五大元素。这是古已有之的传说。(27)祖宗(梵天)又确定时间规则,让它在众生中来回运转。(28)

现在,如同认识灵魂的智者,我将如实讲述有关前生的一切。(29)一个人始终正确地认识到苦乐无常,身体是污秽不洁的聚合,与业相联系,注定毁灭;(30)记得任何快乐最终都化作痛苦,这样的人将越过难以跨越的可怕的轮回之海。(31)懂得原初物质的人,虽然也受生、死和病的束缚,但能平等看待一切具有意识的众生的意识。(32)追求至高境界的人漠视一切,贤士啊!现在,我将如实为你提供这种教诲。(33)婆罗门啊!我为你讲述永恒不变的境界,你要充分理解这种崇高的知识。(34)

以上是吉祥的《摩诃婆罗多》中《马祭篇》第十八章(18)。

---

① 可能是指可灭、不死和不灭(三者)中的可灭和不灭(两者)。

一九

婆罗门说：

潜心惟一者，沉默不语，不思考其他一切，依次摒弃一切，无所作为。(1) 一切人皆是朋友，承受一切，一视同仁，控制感官，摒弃恐惧和愤怒，灭寂欲望，这样的人获得解脱。(2) 对待一切众生如同对待自己，自制，纯洁，不虚荣，不傲慢，这样的人获得解脱。(3) 生和死，苦和乐，得和失，爱和恨，一视同仁，这样的人获得解脱。(4) 不贪图他人财物，不轻视任何人，摆脱对立，摒弃欲望，这样的人获得解脱。(5) 没有敌人，没有亲属，没有后裔，摒弃正法、利益和爱欲，无所企求，这样的人获得解脱。(6) 无所谓合法，也无所谓不合法，抛弃从前积累的一切，听任元素消耗，灵魂平静，摆脱对立，这样的人获得解脱。(7)

无所作为，无所企求，看透世界无常，不安稳，不自由，永远受生死轮回迷惑。(8) 智慧用于弃绝欲望，经常注意热恼的弊端，这样的人很快就能摆脱束缚。(9) 认为灵魂无香，无味，无触，无声，无所执著，无色，不可知，这样的人获得解脱。(10) 认为灵魂没有五大元素的属性，没有形体，不受污染，享受属性而没有属性，这样的人获得解脱。(11) 凭借智慧摒弃一切精神和肉体的愿望，渐渐达到涅槃，犹如燃尽燃料的火。(12) 摒弃一切潜在印象，达到永恒而至高的梵，平静，坚定，神圣，不灭。(13)

接着我向你讲述至高无上的瑜伽论。瑜伽行者通晓这种理论，在这世上看到完美的灵魂。(14) 你要如实理解我所熟悉的这种理论，由此入门，看到自身中永恒的灵魂。(15) 收回感官，思想集中在灵魂，首先实施严厉的苦行，然后循序修习。(16) 实施苦行，摆脱欲望，摒弃虚伪和自私，聪明睿智，这样的婆罗门看到自身中的灵魂。(17) 如果一位善人将思想集中在自己的灵魂上，信仰惟一者，他就能看到自身中的灵魂。(18) 始终约束自己，控制感官，这样的善人能看到自己的灵魂。(19) 正如一个人在梦中看到某个人，修习瑜伽的善人看到这样的灵魂。(20) 正如一个人看到从蒙阇草中抽出的纤维,瑜伽行者看到从身体中牵出的灵魂。(21) 人们说身体是蒙阇草,灵魂是其中的纤维。这是通晓瑜伽的人使用的绝妙例证。(22)

一个有身体的人在瑜伽中看到灵魂,那么,甚至包括三界之主在内,任何人都不能主宰他。(23) 他能随意采纳各种身体,摆脱衰老和死亡,不喜不悲。(24) 他控制自己,修习瑜伽,甚至能获得神性。他抛弃无常的肉体后,达到永恒不变的梵。(25) 即使世界毁灭,他也无所畏惧。众生痛苦烦恼,他从不痛苦烦恼。(26) 执著和爱欲产生可怕的痛苦和忧伤。而潜心瑜伽的人没有欲望,内心平静,不受这些影响。(27) 武器穿不透他,死亡找不到他,在世界任何地方,没有比他更幸福的人。(28) 正确修习瑜伽,看到自身中的灵魂后,即使百祭(因陀罗)显身,他也无所企求。(29)

瑜伽行者决不应该悲观绝望,他应该像信仰惟一者那样修习瑜伽,请听我说!(30) 按照经典指示的方向,高尚的思想应该住在城内,而不是城外。(31) 思想应该住在城内的住宅中,在住宅中维系内外一切。(32) 高尚的思想住在身体中,在身体中而不是身体外,沉思整座住宅。(33) 在寂静无人的林中,控制各种感官,专心致志,沉思整个身体内部。(34) 沉思牙齿、上颚、舌头、咽喉、脖子、心脏和心脏连接物。(35)

我讲述这些后,聪明的学生又询问我难以解答的解脱法问题,诛灭摩图者(黑天)啊!(36) "一次又一次吃下的食物怎样在胃中消化?怎样变成流汁?怎样变成血液?怎样滋养肌肉、脂肪、筋腱和骨骼?(37) 所有人的身体是怎样增长的?那些无用的污秽之物是怎样分别排泄出来的?(38) 气怎样吸进又呼出?灵魂住在身体中哪个部位?(39) 生命怎样运动,维持这个身体?思想进入身体,什么颜色?什么样子?尊者啊!请你如实告诉我,无罪的人啊!"(40)

摩豆族后裔啊!经婆罗门这样询问,大臂者啊!我按照我所听说的作了回答,克敌者啊!(41) "正如一个人将财宝放进自己的库房,就会念念不忘这财宝,思想进入自己的身体,控制各种感官,毫不松懈,在那里寻找灵魂。(42) 他始终这样努力,满怀喜悦,仿佛不久就会发现梵。一旦见到梵,他就成为通晓原质者。(43) 肉眼不能把握它，任何感官都不能把握它，只有凭借思想之灯，才能看到自身中的大我（梵）。（44）到处有它的手和脚，到处有它的眼睛、头和嘴。生命看到灵魂从身体中离去。（45）抛弃自己的身体，把握惟一的梵，他仿佛微笑着，依靠思想看到灵魂。（46）婆罗门俊杰啊！我为你讲述了这一切奥秘。我向你告辞，我要走了，学生啊！你也到你要去的地方去吧！"（47）黑天啊！这位具有大苦行的婆罗门学生听了我的话，已经解除疑惑，高兴地走了。（48）

婆薮提婆之子（黑天）说：

普利塔之子啊！这位婆罗门雄牛认真依据解脱法，对我讲述了这些话后，消失不见。（49）普利塔之子啊！你是否专心致志听明白了？这也就是你过去在车上听到的。（50）我认为思想混乱、概念不清、焦躁不安、灵魂不纯洁的人无法理解这些。（51）婆罗多族雄牛啊！我为你讲述的这种天神中的奥秘，其他任何人都没有听说过，普利塔之子啊！（52）除了你之外，没有人有资格听取，无罪的人啊！内心混乱的人无法理解这种奥秘。（53）贡蒂之子啊！天神世界充满热衷行动者，而灭寂肉体的人不向往天神世界。（54）普利塔之子啊！永恒的梵是至高的归宿。在那里，达到不死，没有痛苦，永远幸福。（55）只要遵守这种正法，即使出身低贱，即使是妇女、吠舍和首陀罗，也能达到至高归宿。（56）更何况是学问渊博的婆罗门和刹帝利，普利塔之子啊！他们始终履行自己的职责，一心向往梵界。（57）它的规定有理由，它的成功有方法，认清痛苦，获得解脱的成果，婆罗多族雄牛啊！没有比这更高的幸福。（58）般度之子啊！一个具有知识、信仰和勇气的人，抛弃平庸的世俗生活，依靠这些方法，迅速达到至高归宿。（59）要说的就是这些，没有比这些更重要的话，普利塔之子啊！持续修习六个月，瑜伽就会起作用。（60）

以上是吉祥的《摩诃婆罗多》中《马祭篇》第十九章(19)。

二〇

婆薮提婆之子（黑天）说：

在这方面，人们引用一个古老的传说，普利塔之子啊！那是一对夫妇的对话，名为无畏。（1）一位婆罗门妻子看见精通知识和学问的丈夫坐在僻静处，便说道：（2）"我依靠你这样的丈夫，会前往哪个世界？你放弃行动，呆坐着，穷困潦倒，麻木不仁。（3）我们听说妻子获得丈夫创造的世界。我有你这样的丈夫，会得到什么归宿？"（4）

闻听此言，内心平静的婆罗门仿佛微笑着，对她说道："吉祥女啊！我不对你说的话生气，无罪的人啊！（5）行动可以把握，可以看到和听到。热衷行动的人总是忙于这件事和那件事。（6）而无知的人从事行动，只能导致愚痴。在这世上，一刻也不能摆脱行动。（7）一切众生从出生到形体毁坏，都用行为、思想和语言行善和作恶。（8）一旦可见的物质和行动遭到罗刹破坏，我立足灵魂，依靠灵魂，看到梵的位置。（9）那里有摆脱对立的梵，有苏摩（月神）和火神。智者经常在那里运作，维持众生。（10）那里有梵天和其他天神，修习瑜伽，崇拜不灭者。那里还有恪守誓愿的智者，灵魂平静，控制感官。（11）

"不能用鼻子嗅到，不能用舌头尝到，不能用触觉触到，只能用心体会到。（12）不能用眼睛看到，也超越听觉，无香、无味、无触、无色、无声、永恒不变。（13）世界从那里启动，在那里安息。元气、下气、中气、行气和上气，（14）从那里启动，又进入那里。元气和下气在中气和行气中间运行。（15）入睡后，中气和行气安息，上气弥漫在下气和元气中间。因此，元气和下气不离开睡着的人。（16）由于能控制元气，人们称之为上气。因此，宣梵者修炼具有这种性质的苦行。（17）

"这些气息在身体中运行，互相吞噬，从中产生名为毗首那罗的火，有七种火舌。（18）鼻子、舌头、眼睛、皮肤和耳朵这五种，加上心和觉，就是毗首那罗的七种火舌。（19）可嗅者、可尝者、可见者、可触者、可听者、可想者和可理解者，这些是我的燃料。（20）嗅者、尝者、见者、触者和听者这五位，加上想者和觉者，这七位是至高的祭司。（21）这七位富有学问的祭司分别将祭品投入可嗅者、可尝者、可见者、可触者和可听者等七种火中，让它们在各自的子宫中出生。（22）地、风、空、水和光这五种，加上心和觉，这七种称作子宫。（23）一切属性变成祭品，进入火的嘴中，居住在里面，然后在各自的子宫中出生。而在万物毁灭时,它们滞留在那里。(24)从那里产生香,从那里产生味,从那里产生色,从那里产生触,(25)从那里产生声,从那里产生疑问,从那里产生决定,这些就是七种出生。(26)古人也是用这种方法把握这一切。依靠这些丰富的祭品,他们达到光辉的圆满。"(27)

以上是吉祥的《摩诃婆罗多》中《马祭篇》第二十章(20)。

二一

婆罗门说:

在这方面,人们引用一个古老的传说。你要知道,那是关于十位祭司①的设置。(1)一切都是认知对象,思想关注知识。体内的精子具有形体,因而认知者具有形体。(2)家主之火具有形体,由此引出另一种火。那是祭供之火,祭品投入其中。(3)然后,产生语言之主,关注四周一切。然后,形态显现,跑向思想。(4)

婆罗门妻子说:

为什么语言先产生?为什么思想后产生?通常是经过思想考虑,然后说话。(5)凭什么说意图依据思想产生,而自己不知道?是什么阻碍了意图?(6)

婆罗门说:

一旦下气成为主人,它就展示下气性。人们说意图属于思想,因此,思想关注意图。(7)你询问我语言和思想的问题,因此,我告诉你它俩的谈话。(8)语言和思想一起到达万物的灵魂那里,询问道:"请你说出我俩谁更优秀,主人啊!消除我俩的疑问。"(9)尊者对语言女神说道:"是思想。"语言说道:"我能满足你的愿望。"(10)思想说道:"你要知道,我有两种思想:静止的和活动的。静止的在我身边,活动的在你身上。(11)咒语、字母和语音进入你的领域,形成活动的思想,因此,你更重要。(12)美女啊!你自动跑来跟我说

---

① 十位祭司指五种知觉器官和五种行动器官。

话，而遇到呼吸，你将不再说话，语言女神啊！（13）语言女神一向住在元气和下气之间，大有福分的女子啊！一旦她陷入下气，失去元气，便跑到生主那里，乞求道：'尊者啊！请开恩！'（14）然后，元气出现，让语言复原。因此，语言遇到呼吸，决不说话。（15）语言向来有两种：有声的和无声的，而无声的比有声的更重要。（16）正如良种母牛永远产出优质牛奶，宣梵的语言产生永恒。（17）笑容可爱的女子啊！由于具有神圣的和世俗的威力，语言就是母牛。请看，语言具有这两种微妙的区别。"（18）

从前，在语言没有出现的时候，受创造欲激励，语言女神说了些什么？（19）依靠元气，语言在身体中产生。元气转到下气，又与上气合一，离开身体，依靠行气遍及四面八方。（20）然后，语言居住在中气中。以前，语言女神也就是这样说的。因此，思想以静止为特征，语言以活动为特征。（21）

以上是吉祥的《摩诃婆罗多》中《马祭篇》第二十一章(21)。

二二

婆罗门说：

在这方面，人们引用这个古老的传说，吉祥女啊！那是关于七位祭司的设置。（1）鼻子、眼睛、舌头、皮肤和耳朵，加上心和觉，这七位祭司各自独立，又互相依存。（2）他们处在微妙的位置，互相看不到，美女啊！你要知道这七位祭司有各自的性质。（3）

婆罗门妻子说：

它们怎么处在微妙的位置，互相看不到？尊者啊！他们各自有什么性质？请你告诉我，主人啊！（4）

婆罗门说：

不知道事物的性质，就不知道这事物；知道事物的性质，就知道这事物。这七位都不知道互相的性质。（5）舌头、眼睛、耳朵、皮肤、心和觉都不知道香，而鼻子知道香。（6）鼻子、眼睛、耳朵、皮肤、心和觉都不知道味，而舌头知道味。（7）鼻子、舌头、耳朵、皮肤、心和觉都不知道色,而眼睛知道色。(8)鼻子、舌头、眼睛、耳朵、心和觉都不知道触,而皮肤知道触。(9)鼻子、舌头、眼睛、皮肤、心和觉都不知道声,而耳朵知道声。(10)鼻子、舌头、眼睛、皮肤、耳朵和觉都不知道疑问,而心知道疑问。(11)鼻子、舌头、眼睛、皮肤、耳朵和心都不知道判断,而觉知道判断。(12)在这方面,人们引用一个古老的传说,那是感官和心的对话,美女啊!(13)

心说:

没有我,鼻子不能感知香,舌头不能感知味,眼睛不能感知色,皮肤不能感知触。(14)没有我,耳朵也决不能感知声。我是一切元素中最优秀者,永恒者。(15)没有我,感官就没有光彩,犹如空荡荡的房屋,犹如光焰熄灭的火。(16)没有我,一切众生单凭感官的努力,不能感知对象和性质,犹如干柴和湿柴。(17)

感官们说:

如果没有我们以及我们的对象,你能获得享受,那么,这就真正如同你想象的那样。(18)如果我们灭寂,你能获得享受,品尝美味,维持呼吸,心满意足,那么,这就如同你想象的那样。(19)如果我们灭寂,感官对象还存在,你还能如愿获得享受,那么,这就如同你想象的那样。(20)如果你认为你永远能成功获取我们的对象,那么,你就用鼻子获取色,用眼睛获取味吧!(21)你就用耳朵获取香,用舌头获取判断,用皮肤获取声,用觉获取触吧!(22)强者无所忌惮,弱者才循规蹈矩,你就获取前所未有的享受吧!你不应该享受别人吃剩的食物。(23)正如学生到老师那里,为了求取学问,而获得学问后,他就沉浸在学问中。(24)你也这样看待我们在醒时或梦中展现的过去和未来的各种对象。(25)那些智慧浅薄、困惑迷茫的人,也依靠我们的对象发挥作用,维持生命。(26)即使设计许多计划,耽于梦想,一旦受饥饿折磨,就会投身感官对象。(27)耽于幻想,无视感官对象,这样的人随着生命衰竭而安息,犹如燃烧的火焰随着木柴燃尽而熄灭。(28)确实,我们在各自的性质中相遇;确实,我们互相不感知对方的性质。但是,没有我们,你不能感知;没有我们,你不能快乐地享受。(29)

以上是吉祥的《摩诃婆罗多》中《马祭篇》第二十二章(22)。

二三

婆罗门说：

吉祥女啊！在这方面，人们引用这个古老的传说，那是关于五位祭司的设置。（1）这五位祭司是元气、下气、上气、中气和行气，智者们认为是至高的存在。（2）

婆罗门妻子说：

出于本性，我原先以为有七位祭司。请你说说作为至高存在的这五位祭司吧！（3）

婆罗门说：

由元气维持的风产生下气。由下气维持的风产生行气。（4）由行气维持的风产生上气。由上气维持的风产生中气。（5）从前，它们一起到早就出生的生主那里，问道："请你说说我们中间谁最年长，能成为我们中的最优秀者？"（6）

梵天说：

随着它消失，一切有生命的身体中的生命也都消失；随着它活动，一切又都活动。它就是最优秀者。你们到你们愿意去的地方去吧！（7）

元气说：

我消失时，一切有生命的身体中的生命也都消失；我活动时，一切又都活动。因此，我是最优秀者。请看，我消失了。（8）

婆罗门说：

元气消失，随后又活动，美女啊！中气和上气对它说道：（9）"你不像我们这样弥漫一切，住在这里。你不是我们中的优秀者，元气啊！只有下气受你控制。"于是，元气继续活动，下气对它说道：（10）"我消失时，一切有生命的身体中的生命也都消失；我活动时，一切又都活动。因此，我是最优秀者。请看，我消失了。"（11）下气这样说罢，行气和上气对它说道："下气啊！你不是最优秀者。只有元气受你控制。"（12）于是，下气继续活动。行气又对它说道：

"我是一切中最优秀者,请听理由。(13)我消失时,一切有生命的身体中的生命也都消失;我活动时,一切又都活动。因此,我是最优秀者。请看,我消失了。"(14)行气消失,随后又活动。元气、下气、上气和中气对它说道:"你不是我们中的最优秀者,行气啊!只有中气受你控制。"(15)行气继续活动,中气又对它说道:"我是一切中的最优秀者,请听理由。(16)我消失时,一切有生命的身体中的生命也都消失;我活动时,一切又都活动。因此,我是最优秀者。请看,我消失了。"(17)中气消失,随后又活动。元气、下气、上气和行气对它说道:"中气啊!你不是最优秀者。只有行气受你控制。"(18)中气继续活动,上气又对它说道:"我是一切中的最优秀者,请听理由。(19)我消失时,一切有生命的身体中的生命都消失;我活动时,一切又都活动。因此,我是最优秀者。请看,我消失了。"(20)上气消失,随后又活动。元气、下气、中气和行气对它说道:"上气啊!你不是最优秀者。只有行气受你控制。"(21)

然后,生主梵天对它们说道:"你们都不是最优秀者,或者,你们都是最优秀者。你们都具有自己的性质。你们在各自的领域中都是最优秀者。你们互相保护。(22)惟一者活动和静止。由于性质不同,有五种风。我的灵魂是惟一者,但表现多样。(23)互相友好,互相促进,互相支持吧!请走吧!祝你们幸运。"(24)

以上是吉祥的《摩诃婆罗多》中《马祭篇》第二十三章(23)。

<h1 style="text-align:center">二四</h1>

婆罗门说:

在这方面,人们引用这个古老的传说,那是那罗陀和仙人提婆摩多的对话。(1)

提婆摩多说:

人在出生后,元气、下气、中气、行气和上气,哪一种气首先运行?(2)

那罗陀说:

人依靠哪种气出生,这种气就首先走向人。应该知道气都是成对

的，横向和纵向。（3）

提婆摩多说：

人依靠哪种气产生？哪种气首先走向人？请你告诉我成对的气，横向和纵向。（4）

那罗陀说：

喜悦产生于愿望，也产生于声，也产生于味，也产生于色。（5）也产生于触，也产生于香。喜悦产生于交欢。这是上气的位置。（6）爱欲产生精子，爱欲产生味。中气和行气产生精子和血液的结合。（7）由于精子和血液结合，首先产生元气。精子随着元气变化，随后产生下气。（8）元气和下气成对，上下运行，行气和中气成对，横向运行。（9）

吠陀教诲说："火是一切之神。"这种充满智慧的学问产生于婆罗门。（10）烟是火的暗性形态。灰是精力充沛的火的忧性形态。投入祭品之处是火的善性形态。（11）精通祭祀的人知道中气和行气是基础。元气和下气分担酥油，火在它俩中间。婆罗门知道这是上气的最好位置。（12）请听我告诉你这种不成对的气。（13）白天和黑夜是一对，火在它俩中间。婆罗门知道这是上气的最好位置。（14）来路和去路是一对。火在它俩中间。婆罗门知道这是上气的最好位置。（15）真实和虚假是一对，火在它俩中间。婆罗门知道这是上气的最好位置。（16）善和恶是一对，火在它俩中间。婆罗门知道这是上气的最好位置。（17）有和无是一对，火在它俩中间。婆罗门知道这是上气的最好位置。（18）首先，中气起作用。然后，依靠中气，行气起作用。接着，又是中气起作用。（19）平静是永恒的梵，婆罗门知道这是上气的最好位置。（20）

以上是吉祥的《摩诃婆罗多》中《马祭篇》第二十四章（24）。

二五

婆罗门说：

在这方面，人们引用这个古老的传说，那是关于四位祭司的设置。(1) 我将如实讲述有关这种设置的一切，贤妻啊！请听我告诉你这个至高的奥秘。(2) 工具、行动、行动者和解脱，这四位祭司，囊括这个世界，美女啊！(3) 请听这些祭司的成就。鼻子、舌头、眼睛、皮肤和耳朵，加上心和觉，应该知道这七种以性质为原因。(4) 香、味、色、声和触，加上所想和所觉，这七种是以行动为原因。(5) 嗅者、尝者、看者、触者和听者，加上想者和觉者，应该知道这七种以行动者为原因。(6) 有性质者享受自己的性质，或善或恶。而我（灵魂）没有性质，这七种以解脱为原因。(7)

对于觉醒的智者，这些性质在各自的位置上具有神性，永远按照规定享受祭品。(8) 无知的人吃各种食物，变得自私。他永远为了自己消化食物，结果毁于自私。(9) 吃禁忌的食物和饮酒，会遭到毁灭。毁坏食物，也会遭到毁灭。(10) 智者吃了食物，再产生食物。他在饮食上几乎从不越轨。(11)

心中所想者，语言所说者，耳朵所听者，眼睛所见者，(12) 皮肤所触者，鼻子所嗅者，在控制以心为第六的各种感官后，这些都成为祭品。(13) 纯洁的祭火为我点燃，瑜伽祭祀为我举行，产生于知识、梵和思想，以元气为赞美诗，以下气为颂歌，以舍弃一切为酬金。(14) 梵天担任我的祭官，指导仪式，诵唱赞歌。按照他的经典，解脱是酬金。(15) 知道那罗延的人们也念诵梨俱吠陀。过去，他们杀牲供奉大神那罗延。(16) 他们也诵唱娑摩吠陀。你要知道，羞怯的女子啊！他们举例说明，大神那罗延是一切的灵魂。(17)

以上是吉祥的《摩诃婆罗多》中《马祭篇》第二十五章(25)。

二六

婆罗门说：

有一位统治者。除他之外，没有第二位统治者。我的行动受他约束。这位统治者住在心中，进行统治。仿佛受他控制，水从深谷流出。(1) 有一位老师。除他之外，没有第二位老师。他住在心中，我现在讲述他。由于这位老师的教导，所有的檀那婆经常遭受挫折。(2)有一个亲人。除他之外，没有第二个亲人。他住在心中，我现在讲述他。由于他的教导，人们有亲人，七仙人在空中发光。(3)有一个听者。除他之外，没有第二个听者。他住在心中，我现在讲述他。通过与这位老师共同生活，帝释天获得一切世界的不朽地位。(4)有一个仇恨者。除他之外，没有第二个仇恨者。他住在心中，我现在讲述他。由于这位老师的教导，世上所有的蛇充满仇恨。(5)

在这方面，人们引用这个古老的传说，那是蛇、天神和仙人在生主面前的对话。(6)天神、仙人、蛇和阿修罗围坐在生主身边，向他求教："请你为我们讲述至福吧！"(7)尊者回答这些求教至福者，说道："那就是'唵'，一音之梵。"听完这话，他们走向各处。(8)他们走向各处，展示自己的教义。首先，蛇出现咬人的脾性。(9)阿修罗出现天生的骄傲脾性，天神施舍，大仙自制。(10)在同一位老师那里获得一字之教，蛇、天神、仙人和阿修罗却产生不同的脾性。(11)

一个人聆听老师讲解，如实理解。然后，又有人询问他，他被认为是另一个老师。(12)得到他的同意后，行动开始。老师、智者、听者和仇恨者都在心中。(13)在这世上作恶，便成为作恶者；在这世上行善，便成为行善者。(14)热衷感官快乐，便成为恣意享乐者；坚持控制感官，便成为奉守誓愿者。(15)抛弃誓愿和行动，惟独归依梵，与梵同一，在这世上游荡，便成为梵行者。(16)梵是他的燃料，梵是他的火，梵是他的座位，梵是他的水，梵是他的老师。他沉思梵。(17)智者们理解这种微妙的梵行，在知领域者（灵魂）指引下，遵照执行。(18)

以上是吉祥的《摩诃婆罗多》中《马祭篇》第二十六章(26)。

二七

婆罗门说：

以欲望为牛虻和蚊子，以忧愁和喜悦为冷热，以愚痴为黑暗，以贪婪为毒蛇猛兽，(1)以感官对象为险路，以爱欲和愤怒为阻碍，我

已经越过这个大险境，进入大森林。（2）

婆罗门妻子说：

大智者啊！这座森林在哪里？有哪些树木？有哪些河流？有哪些山岳？这座森林有多远？（3）

婆罗门说：

没有什么事物脱离它。没有什么事物与它相同。没有什么事物不脱离它。没有什么事物比它更遥远。（4）没有什么事物比它更小。没有什么事物比它更大。没有什么事物比它更痛苦。没有什么事物与它同样幸福。（5）婆罗门进入里面，既无忧愁，也无喜悦；既不惧怕任何人，任何人也不惧怕他。（6）在这座森林里，有七种大树，七种果子，七位客人，七座净修林，七种禅定，七种净身仪式。这就是这座森林的风貌。（7）这座森林布满树木，长出神奇的五种颜色的花和果。（8）这座森林布满树木，长出美丽的两种颜色的花和果。（9）这座森林布满树木，长出神奇的四种颜色的花和果。（10）这座森林布满树木，长出吉祥的三种颜色的花和果。（11）这座森林布满树木，长出芳香的一种颜色的花和果。（12）这座森林布满大树，长出许多不显现颜色的花和果。（13）

这里，有一种火，有善心的婆罗门，以五种感官为燃料。摆脱那些感官，有七种净身仪式。各种性质是果子，供客人们享用。（14）在这里，七仙人受到款待。款待完毕，森林闪发光辉。（15）这里，以誓言为树木，以不执著成果和平静为树阴，以知识为庇护，以知足为流水，以知内在领域者（灵魂）为太阳。（16）善人们理解了它，再也不会恐惧。它的上中下都无尽头。（17）这里住着七位女性，低垂着头，容光焕发，具有生育能力，赐予众生乳汁。（18）以极裕为首的七仙人住在那里，欣欣向荣，获得成就。（19）声誉、光辉、幸运、胜利、成功和威力，犹如七颗行星追随太阳。（20）

这里，有各种山岳，有各种河流，流动着源自梵的水流。（21）这里，有河流的汇合处，供奉三圣火的地方。调伏自我、内心满意的人们从这里前往祖宗（梵天）那里。（22）他们削弱欲望，一心恪守誓愿，用苦行焚毁罪孽，进入自身中的灵魂，侍奉梵。（23）通晓知识森林的人们念诵梨俱吠陀，走向这座森林，沉着坚定。（24）婆罗

门知道这座神圣的树林，在知领域者（灵魂）的指引下，住在里面。(25)

以上是吉祥的《摩诃婆罗多》中《马祭篇》第二十七章(27)。

二八

婆罗门说：

我不嗅香，我不尝味，我不观色，我不接触，我不听各种声音，我不产生任何想法。(1) 喜爱自己喜爱的东西，这是本性。仇恨自己仇恨的东西，这是本性。爱和恨出自本性，以元气和下气的方式进入人体。(2) 也有与它们中的无常性不同的东西。应该在身体中看到众生的灵魂，我住在其中，决不受爱欲、愤怒、衰老和死亡影响。(3) 我不向往任何可爱的东西，也不仇恨任何可恶的东西。我不受本性污染，犹如莲叶上滴水不沾。(4) 永恒者看到各种本性，依然保持永恒性。从事行动，而不执著享受，犹如阳光不执著天空。(5)

在这方面，人们引用这个古老的传说，那是祭官和耶提的对话。请听，声誉卓著者啊！(6) 看到一头牲畜即将在祭祀中遭到宰杀，耶提责骂坐着的祭官，说道："这是杀生！"(7) 祭官回答道："这头山羊不会毁灭。如果按照经典的说法，这头山羊将获得至福。(8) 它属于地的部分将回归地，属于水的部分将回归水。(9) 眼睛回归太阳，耳朵回归四方，呼吸回归空中。我遵照经典行事，没有任何过失。"(10)

耶提说：

如果你认为这头山羊失去生命，获得至福，那么，这场祭祀是为这头山羊举行的，对你还有什么意义？(11) 你应该征得这头山羊的父母、兄弟和朋友的同意，带着这头不能自主的山羊，去与它们商量吧！(12) 你应该询问它们，征得它们同意后，你才能这样做。(13) 这头山羊的生命回到自己的源头，留下的只是没有生命的躯体。这是我的想法。(14) 失去生命的躯体如同燃料。渴求幸福的人进行杀生，以牲畜为燃料。(15) 一切正法中，不杀生最高，这是长辈的教诲。

我们知道应该做的事是不杀生。(16) 应该发誓不杀生。如果我还要说的话，我要说你已经做了许多恶事。(17) 我们永远不愿意杀害任何众生。我们依靠自己的感觉确立这一点。我们不依靠感觉以外的东西。(18)

祭官说：

你享受地的香，你品尝水的味，你观看光的色，你感受风的触。(19) 你听取空的声，你用心思考。你认为所有这些元素构成生命。(20) 你始终执著生命，从事杀生。不杀生，便没有生命的运动。对此，你怎么想？婆罗门啊！(21)

耶提说：

不灭和可灭是灵魂的两种表现。据说不灭是至高存在，可灭是本性。(22) 呼吸、舌头、心、善性、本性和忧性，摆脱所有这些，消除对立，摒弃欲望。(23) 对一切众生一视同仁，克服私心，控制自我，超脱一切，这样的人在哪儿都无所畏惧。(24)

祭官说：

优秀的智者啊！应该与善人相处。听了你的想法，我的想法也变得明确。(25) 尊者啊！受到你的智慧启发，我要说我举行祭祀，没有过错，婆罗门啊！(26)

婆罗门说：

听他这么说，耶提沉默不语。而祭官解除困惑，举行盛大祭祀。(27) 婆罗门都知道解脱十分微妙，他们在知领域者（灵魂）指引下，追求解脱。(28)

以上是吉祥的《摩诃婆罗多》中《马祭篇》第二十八章(28)。

二九

婆罗门说：

在这方面，人们引用这个古老的传说，那是成勇之子（阿周那）和大海的对话，美女啊！(1) 有位国王是成勇之子，名叫阿周那。他有千臂，依靠弓箭征服直至大海的大地。(2) 我们听说，有一次，他沿着海边漫游，自恃强大有力，向大海发射了数百支箭。（3）大海双手合十，向他行礼，说道："英雄啊！别再射箭了。请说吧！我能为你做什么？（4）你发射的那些箭杀死投靠我的生物。王中之虎啊！请你赐给它们无畏吧！"（5）

阿周那说：

如果你见到有哪位弓箭手在战场上像我一样，那么，他应该在战场上与我交手。请你告诉我。（6）

大海说：

国王啊！你是否听说大仙人阇摩陀耆尼？他的儿子应该按照礼仪接待你这位客人。（7）

于是，这位国王怒气冲冲出发，到达那个净修林。他发现罗摩在那里，（8）他和亲属们一起冒犯罗摩，引起灵魂高尚的罗摩恼怒。（9）无比光辉的罗摩施展自己的威力，燃烧敌人的军队，莲花眼啊！（10）罗摩举起斧子，猛烈砍倒千臂国王，犹如砍倒一棵枝叶茂盛的大树。（11）看到国王倒地而死，国王的亲属们聚集一起，高举刀枪，包围婆利古后裔（罗摩）。（12）而罗摩迅速拿起弓，登上战车，发射箭雨，消灭国王的军队。（13）

于是，那些刹帝利在杀死阇摩陀耆尼后，逃入崎岖难行的深山中，犹如鹿群受到狮子折磨。（14）它们惧怕罗摩，不能履行自己的职责。他们也见不到婆罗门，以致后代都成为首陀罗。（15）由于偏离刹帝利职责，达罗毗荼人、迦舍人、崩德罗人和沙钵罗人都成为首陀罗。（16）那些刹帝利英雄的遗孀与婆罗门生下刹帝利儿子，一次又一次遭到阇摩陀耆尼之子（罗摩）杀戮。（17）在第二十一次杀戮结束时，从天国传来无形而甜蜜的声音，全世界都能听到：（18）"罗摩啊！罗摩啊！住手吧！你一再剥夺这些低级的刹帝利的生命，有什么好处？"（19）大福大德者啊！就这样，以利吉迦为首的祖先们对灵魂高尚的罗摩说道："住手吧！"（20）而罗摩不能忍受父亲遇害，对那些仙人说道："尊者们啊！你们不应该阻止我。"（21）

祖先们说：

优秀的胜利者啊！你不应该杀死这些低级的刹帝利。你作为一个

婆罗门，不应该杀死国王们。（22）

以上是吉祥的《摩诃婆罗多》中《马祭篇》第二十九章(29)。

三〇

祖先们说：

在这方面，人们引用这个古老的传说。听了以后，你就照着去做，婆罗门俊杰啊！（1）有位王仙名叫阿罗迦，修炼大苦行，通晓正法，言而有信，灵魂高尚，恪守誓言。（2）他用弓箭征服直至海边的大地。完成难以完成的事业后，他一心用于微妙者。（3）他抛弃伟大的王国，坐在树根旁，思考微妙者，大智者啊！（4）

阿罗迦说：

我的心变得强大有力。只有征服了心，胜利才能持久。在敌人包围下，我向别处射箭。（5）它变化不定，想做一切事。我要向心发射顶端锋利的箭。（6）

心说：

阿罗迦啊！这些箭绝不可能穿透我，而只会穿透你的要害部位。要害部位破裂，你也就死了。（7）你看看有什么其他的箭可以杀死我。

闻听此言，阿罗迦想了想，又说道。（8）

阿罗迦说：

鼻子嗅了许多香气，贪恋香气。因此，我要向鼻子发射锋利的箭。（9）

鼻子说：

阿罗迦啊！这些箭决不能穿透我，而只会穿透你的要害部位。要害部位破裂，你也就死了。（10）你看看有什么其他的箭可以杀死我。

闻听此言，阿罗迦想了想，又说道。（11）

阿罗迦说：

舌头尝到许多美味，贪恋美味。因此，我要向舌头发射锋利的

箭。(12)
舌头说：
阿罗迦啊！这些箭决不能穿透我，而只会穿透你的要害部位。要害部位破裂，你也就死了。(13) 你看看有什么其他的箭可以杀死我。

闻听此言，阿罗迦想了想，又说道。(14)
阿罗迦说：
皮肤接触各种对象，贪恋触觉。因此，我要向皮肤发射各种羽毛箭。(15)
皮肤说：
阿罗迦啊！这些箭决不能穿透我，而只会穿透你的要害部位。要害部位破裂，你也就死了。(16) 你看看有什么其他的箭可以杀死我。

闻听此言，阿罗迦想了想，又说道。(17)
阿罗迦说：
耳朵听到各种声音，贪恋声音。因此，我要向耳朵发射锋利的箭。(18)
耳朵说：
阿罗迦啊！这些箭决不能穿透我，而只会穿透你的要害部位。要害部位破裂，你也就死了。(19) 你看看有什么其他的箭可以杀死我。

闻听此言，阿罗迦想了想，又说道。(20)
阿罗迦说：
眼睛看到各种形态，贪恋形态。因此，我要向眼睛发射锋利的箭。(21)
眼睛说：
阿罗迦啊！这些箭决不能穿透我，而只会穿透你的要害部位。要害部位破裂，你也就死了。(22) 你看看有什么其他的箭可以杀死我。

闻听此言，阿罗迦想了想，又说道。(23)
阿罗迦说：
觉依靠智慧作出各种决断。因此，我要向觉发射锋利的箭。(24)

觉说：

阿罗迦啊！这些箭决不能穿透我，而只会穿透你的要害部位。要害部位破裂，你也就死了。(25)

祖先们说：

于是，阿罗迦修炼难以实施的、严酷的苦行，但也不能依靠苦行的威力，将箭射向这七种感官。然后，他聚精会神，进入沉思。(26) 婆罗门俊杰啊！阿罗迦沉思了很久时间，没有达到瑜伽的水平，优秀的智者啊！(27) 他又将思想集中一点，毫不动摇，修习瑜伽，获得威力，很快用一支箭就杀死了这些感官。他依靠瑜伽进入了灵魂，获得至高的成就。(28) 这位王仙充满惊奇，念诵偈颂道："以前我们把持王国，多么可怜！后来，我才知道，没有比瑜伽更高的幸福。"(29) 罗摩啊！你应该知道这些，不要杀害刹帝利了！你修炼严酷的苦行吧！然后，你将获得至高的幸福。(30)

婆罗门说：

听了祖先们的话，阇摩陀耆尼之子（罗摩）便修炼严酷的苦行。这位大福大德者获得难以获得的成就。(31)

以上是吉祥的《摩诃婆罗多》中《马祭篇》第三十章(30)。

三一

婆罗门说：

相传在世界上有三种敌人，按照性质分为九类。喜悦、自满和骄傲，这三类属于善性。(1) 忧愁、愤怒和狂暴，这三类属于忧性。昏睡、疲倦和愚痴，这三类属于暗性。(2) 意志坚定，不知疲倦，控制感官，灵魂平静，这样的人用利箭抵御和粉碎这些敌人。(3) 在这方面，通晓古事的人们念诵一些偈颂，那是统治王国的安波利沙王念诵的。(4)

当时，恶人横行，善人遭殃，安波利沙用武力夺取王国。(5) 他惩治邪恶，崇尚善行，获得巨大成功，吟唱了这些偈颂：(6) "战胜各种邪恶，杀死所有敌人，但是，还留下一个罪恶，没有除掉。(7)

由于这个罪恶，人还不能摆脱欲望。受欲望折磨，人走向深渊，还不知道。（8）由于这个罪恶，人沉溺于不该做的事情。用利箭斩断这个害人的贪欲吧！（9）从贪欲中产生渴望，从渴望中产生烦恼。一个充满欲望的人获得许多忧性。（10）这些性质成为身体聚合的纽带，一次又一次出生，渴望行动。一旦生命衰竭，身体瓦解，又走向死亡。（11）因此，应该看清和控制这种贪欲，努力统治自己。应该知道只有这种统治，没有其他的统治。这里的国王是惟一获胜的国王。"（12）声誉卓著的安波利沙斩断贪欲，吟唱这些关于统治术的偈颂。（13）

以上是吉祥的《摩诃婆罗多》中《马祭篇》第三十一章（31）。

三二

婆罗门说：

在这方面，人们引用这个古老的传说，美女啊！那是婆罗门和遮那迦的对话。（1）有位婆罗门触犯经典，遮那迦王想要教训他，说道："你不能住在我的领域。"（2）闻听此言，婆罗门对这位优秀的国王说道："国王啊！请你告诉我，你统治的领域范围。（3）我想住到另一位国王的领域，大地之主啊！我愿意按照经典规定，服从你的命令。"（4）

听了这位声誉卓著的婆罗门的话，国王感到阵阵发热，呼吸急促，无以对答。（5）犹如罗蔌遮住太阳，沮丧的情绪突然笼罩无比光辉的国王，他坐在那里陷入沉思。（6）国王缓过气来，消除沮丧，仿佛过了一会儿，对婆罗门说道：（7）"在这祖传王国统辖的地区中，我思考整个大地，也不知道我的领域。（8）在大地上找不到，我就在密提罗国中寻找，在密提罗国中找不到，我就在自己的臣民中寻找。（9）在自己的臣民中也找不到，我的情绪顿时沮丧。在沮丧缓解后，我的理智恢复。（10）我认为我没有领域，或者，一切都是我的领域。甚至这个身体也不是我的，或者，整个大地都是我的。因此，你愿意住哪里就住吧！愿意享受什么就享受吧！"（11）

"在这祖传王国统辖的地区中,请你告诉我,你凭借什么智慧,摆脱自私?(12)依据什么智慧,你断定一切都是你的领域?依据这种智慧,你既认为你没有领域,又认为一切都是你的领域。"(13)

遮那迦说:

我知道世上一切事情都有开始和结束,因此,我不知道什么东西可以说是我的。(14)正如吠陀中说道:"这是谁的?""谁的财物?"我凭智慧不知道什么东西是我的。(15)依据这种智慧,我摆脱自私。请听这种智慧吧!依据它,一切都是我的领域。(16)我不希望鼻子嗅到的香成为我自己的感官对象,所以,我征服了地,地永远在我的控制下。(17)我不希望嘴中尝到的味成为我自己的感官对象,所以,我征服了水,水永远在我的控制下。(18)我不希望眼睛看到的光成为自己的感官对象,所以,我征服了光,光永远在我的控制下。(19)我不希望皮肤感受的触成为自己的感官对象,所以,我征服了风,风永远在我的控制下。(20)我不希望耳朵听到的声成为我自己的感官对象,所以,我征服了声,声永远在我的控制下。(21)我不希望心中的想法成为我自己的感官对象,所以,我征服了心,心永远在我的控制下。(22)我从事的所有行动都是为了天神、祖先、众生和客人。(23)

于是,婆罗门笑了笑,又对遮那迦说道:"你要知道,我是正法神,今天来到这里是为了考察你。(24)你是一位转轮王,梵是轮毂,智慧是轮辐,善性是轮辋,永远不逆转。"(25)

以上是吉祥的《摩诃婆罗多》中《马祭篇》第三十二章(32)。

三三

婆罗门说:

羞怯的女子啊!我在这个世界上,没有按照你的智慧所设想的那样生活。我是婆罗门。我是解脱者。我是林居者。我已经履行家居法,现在遵奉梵行。(1)我不是你用肉眼看到的那样,吉祥女啊!我遍及世界上的一切。(2) 你要知道，我是世界上那些动物和不动物的毁灭者，犹如火是木头的毁灭者。(3) 或是统治整个大地或天国，或是这种知识，两者之中，我以知识为财富。(4) 这是婆罗门的惟一道路。遵循这条道路，人们过着家居生活、林居生活、求学生活和乞食生活。有多种表现形式，但崇尚同一智慧。(5) 采取不同的生活方式，但他们的智慧都以平静为核心，通向同一种存在，犹如河流通向大海。(6) 这条道路依靠智慧达到，而不依靠身体达到。行动有开始和结束，身体受行动束缚。(7) 因此，吉祥女啊！你不要对未来怀有恐惧。你热爱我的存在状态，就会接近我的灵魂。(8)

以上是吉祥的《摩诃婆罗多》中《马祭篇》第三十三章(33)。

三四

婆罗门妻子说：

灵魂渺小和不纯洁的人不能理解这种智慧。我的智力浅薄，思想混乱。(1) 请你告诉我获得这种智慧的方法。我想通过有效的方法启动这种智慧。(2)

婆罗门说：

你要知道智力是下面的钻火木，老师是上面的钻火木，苦行和学问是摩擦力，因此，产生知识之火。(3)

婆罗门妻子说：

梵的标志称作知领域者（灵魂）。从哪里着手把握它的特征？(4)

婆罗门说：

它没有标志，没有性质，没有原因，我现在告诉你方法，或者能把握它，或者不能把握它。(5) 正确的方法如同蜜蜂，依靠行动，获取智慧。出于无知，才以为它仿佛具有各种知识的标志。(6) 并没有为寻求解脱者规定应该这样做，或者不应该这样做。关于灵魂的智慧产生于看者和听者。(7) 一个人应该尽可能适应显现和不显现的事物，数以百计，数以千计。(8) 适应各种不同的事物，适应各种感觉和推理，在实践中得知没有比它更高者。(9)

婆薮提婆之子（黑天）说：

随着知领域者（个体灵魂）消亡，婆罗门妻子的思想超越知领域者，另一个知领域者（梵）开始运转。（10）

阿周那说：

黑天啊！婆罗门妻子在哪里？婆罗门雄牛在哪里？他俩获得这样的成就，永不退却者啊！请你告诉我。（11）

婆薮提婆之子（黑天）说：

你要知道，我的心是婆罗门，我的智慧是婆罗门妻子，所说的知领域者就是我，胜财啊！（12）

以上是吉祥的《摩诃婆罗多》中《马祭篇》第三十四章(34)。

三五

阿周那说：

你应该向我讲述至高的知识对象梵。由于你的恩惠，我的思想热爱微妙者。（1）

婆薮提婆之子（黑天）说：

在这方面，人们引用这个古老的传说，那是学生和老师关于解脱的对话。（2）折磨敌人者啊！有一位聪明的学生询问坐着的、严守誓言的婆罗门老师："什么是至善？（3）我来到你这里寻求至善，婆罗门啊！我俯首向你致敬，请求你回答我的问题。"（4）普利塔之子啊！学生这样说罢，老师回答道："你说吧！我会回答你的疑问，婆罗门啊！"（5）俱卢族俊杰啊！听了老师的话，学生怀着对老师的敬爱，双手合十，提出询问，大智者啊！请听我说。（6）

学生说：

我来自哪里？你来自哪里？请你告诉我至高的真理。一切众生，动物和不动物生自哪里？（7）众生依靠什么生存？他们的寿命有多长？什么是真理？什么是苦行？哪些是善人所说的品德？婆罗门啊！哪些是吉祥之路？什么是快乐？什么是恶行？（8）尊者啊！请你详尽、如实、正确地回答我的这些问题吧！优秀的婆罗门仙人啊！（9）

婆薮提婆之子（黑天）说：

这位学生谦恭地前来求教问题。他具有品德，内心平静，追随老师，如同老师的影子。他克制自我，过着耶提（苦行者）和梵行者的生活。（10）普利塔之子啊！老师富有智慧，誓言坚定，俱卢族俊杰啊！确切地回答所有问题，克敌者啊！（11）

"这个正法已由梵天讲述，为优秀的仙人们所遵循。它依据吠陀知识，包含存在的真谛和意义。（12）它规定过去、现在和未来的正法、爱欲和利益。这些规定年代久远而永恒，悉陀们都知晓。（13）大智者啊！现在我将告诉你这个崇高的目标，智者们知道了它，就在这世上获得成功。（14）从前，仙人们聚在一起，互相求教。他们是毗诃波提、婆罗堕遮、乔答摩和跋尔伽婆，（15）还有极裕、迦叶波、众友和阿多利。他们走完了所有的路，身体疲倦。（16）以年长的鸯耆罗仙人为首，这些婆罗门在梵宫见到摆脱污垢的梵天。（17）大仙们谦恭地向悠闲地坐着的、灵魂伟大的梵天求教至善，问道：（18）'善人应该怎样行动？怎样摆脱罪孽？对于我们，哪些是吉祥之路？什么是真理？什么是恶行？（19）依靠什么达到两条行动之路？依靠什么获得伟大？众生怎样出生、死亡和解脱？'（20）优秀的牟尼们这样说罢，祖宗（梵天）做了回答。我将告诉你这一切，学生啊！请听着！"（21）

梵天说：

诸位恪守誓言者啊！你们要知道，一切众生，动物和不动物产生于真理。他们依靠苦行生存。（22）由于他们自己的行为，他们又返回自己的本源。真理与性质相连，也就具有五相。（23）梵是真理，苦行是真理，生主是真理，一切众生产生于真理，真理是伟大的存在。（24）因此，婆罗门永远依靠真理，潜心瑜伽，摆脱愤怒和烦恼，克制自己，以正法为桥梁。（25）这些婆罗门互相约束，富有学问，以正法为桥梁，永远为世界谋求福利。（26）智者们说正法经常一分为四，因此，有四吠陀、四种姓和四个生活阶段。（27）

诸位婆罗门啊！我现在为你们讲述带来幸福的吉祥之路。过去，智者们总是沿着这条路达到与梵同一。（28）我现在为你们讲述这条难以理解的至高之路，诸位大福大德者啊！你们要充分理解这个至高目标。(29) 人们说梵行期是第一阶段,家居期是第二阶段,然后是林居期,最后是与内在灵魂相关的至高阶段。(30) 光、空、太阳、风、因陀罗和生主,一个人不理解内在灵魂,也就不理解这些。我现在告诉你们理解内在灵魂的方法,你们首先要掌握它。(31) 牟尼们居住在树林里,依靠果子、根茎和风维生。这是为三类再生族规定的林居生活。(32) 所有种姓都要履行居家生活。智者们说正法以信仰为特征。(33) 我为你们讲述了这些天神之路。善人和智者从事行动,遵行这些道路,以正法为桥梁。(34) 恪守誓言,分别履行这些生活阶段,到时候,就会理解众生的生和死。(35)

我现在依据道理,如实讲述在感官对象中活动的各种成分。(36) 伟大的灵魂、未显者(原初物质)、我慢(自我意识)、十一种感官和五大元素,(37) 还有五大元素的特殊性质。这是吠陀的教导。我已经为你们讲述这二十四谛。(38) 知道这些成分的产生和消亡,他就是一切众生中的智者,不会陷入愚痴。(39) 如实知道这些成分、所有的性质和所有的天神,他就涤除罪恶,摆脱束缚,享受一切纯洁的世界。(40)

以上是吉祥的《摩诃婆罗多》中《马祭篇》第三十五章。(35)

三六

梵天说:

应该知道它不显现,不清晰,弥漫一切,永恒,持久,构成九门城,具有三性和五大元素。(1) 在十一种成分中,心以辨别为特征,觉是主人。(2) 有三道水流在里面长流不断。这三道流动的水流以性质为核心。(3) 人们称它们为暗性、忧性和善性。它们互相配对,互相依存。(4) 它们互相依靠,互相追随,互相结合。五大元素具有这三性。(5) 善性和暗性配对,忧性和善性配对。善性也和忧性配对,暗性也和善性配对。(6) 暗性受到抑制,忧性活动;忧性受到抑制,善性活动。(7) 应该知道,暗性以黑夜为特征,在三性中称作愚痴。它也以非法为标志,经常出现在恶行中。(8) 人们说忧性以活动为特征，促使事物运转。可以看到它在一切众生中活动，以产生为标志。(9)在一切众生中，善性表现为光明、轻盈和虔诚，如同善人。(10)

我现在或综合，或分别，依据合理或不合理，说明这些性质的特征，你们要如实了解这些。(11)愚痴，无知，执著，做事犹豫不决，昏睡，骄傲，恐惧，贪婪，忧愁，诋毁善行。(12)健忘，幼稚，没有信仰，破坏行为规范，缺乏辨别能力，盲目，行为卑劣。(13)做不到的事，吹嘘自己做到，不知道的事，吹嘘自己知道，不怀好意，生性邪恶，没有信仰，头脑愚痴。(14)不正直，不协作，行为邪恶，知觉迟钝，固执，消沉，不自制，堕落。(15)众婆罗门啊！我讲述的所有这些都是暗性。这些和其他类似状态在这世上都称作愚痴。(16)

凡是暗性控制的地方，总会有人诋毁天神、婆罗门和吠陀学说。(17)执著，骄傲，愚痴，愤怒，不宽容，仇恨众生，这些都是暗性行为。(18)行动徒劳无益，施舍徒劳无益，饮食徒劳无益，这些都是暗性行为。(19)诽谤，狭隘，妒忌，傲慢，无信仰，这些都是暗性行为。(20)

在这世界上，行为邪恶，践踏规则，这样的人是暗性之人。(21)我现在讲述这些作恶者的投胎，或者堕入地狱，或者变成牲畜。(22)它们变成不动物或动物、驮物的牲畜、食肉野兽、蛇、蛆虫、昆虫和鸟。(23)卵生动物、四足兽、疯子、聋子、哑巴和患有可怕疾病的人。(24)作恶者陷入暗性，以自己的行为显示暗性特征，随流而下。(25)

我现在讲述怎样拯救和提高这些人，让他们获得行善之人的善行世界。(26)这些处境悲惨者努力从事行动，通过净化仪式，向上提升。(27)他们到达与热爱自己职责、追求幸福的婆罗门相同的世界，到达天神们的天国。这是吠陀的教导。(28)这些处境悲惨者努力从事行动，按照轮回法则，又转生为人。(29)这些投入恶胎的旃陀罗、哑巴和结巴，能够依次轮回，提高种姓级别。(30)而那些暗性越过首陀罗子宫，回到水流中，在暗性中运转。(31)

相传执著爱欲是最大的愚痴。仙人、牟尼和天神们追求快乐，都陷入愚痴。（32）黑暗、愚痴、大愚痴、愤怒的黑暗、盲目的黑暗和死亡。（33）诸位婆罗门啊！我已经如实为你们讲述暗性的一切，它的状态、性质、子宫和本质。（34）谁能真正理解？谁能真正看清？视不真实为真实，这便是暗性的本质特征。（35）我已经如实为你们讲述暗性的方方面面。一个人知道了这些性质，他就会摆脱一切暗性。（36）

以上是吉祥的《摩诃婆罗多》中《马祭篇》第三十六章(36)。

三七

梵天说：

诸位俊杰啊！我现在为你们如实讲述忧性，诸位大福大德者啊！你们要全面了解忧性的活动方式。（1）伤害，美貌，辛勤，苦乐，冷热，权力，争执，联合，辩论，不满，宽容。（2）力量，勇气，骄傲，愤怒，努力，争吵，妒忌，愿望，怨恨，战斗，自私，保护。（3）杀戮，捆绑，折磨，买卖，粉碎，砍伐，穿透，打击别人要害。（4）凶猛，残忍，谩骂，指导别人理财，思考世界，忧虑，嫉恨，指责。（5）谎言，虚假的施舍，犹豫，责备，贬斥，赞美，称颂，勇猛，满足。（6）侍奉，顺从，服务，渴望，庇护，分配，缺乏教养，懈怠，烦恼，执著。（7）

在这世上流行的男人、女人、动物、财物和住所的各种装饰。（8）焦躁，怀疑，誓言，戒规，施舍而盼望回报，念念不忘"这是我的"！（9）念诵萨婆陀，念诵萨婆诃，念诵伐舍吒，为别人举行祭祀，传授吠陀，接受施舍。（10）源自这种性质的贪恋，希望"这是我的，这也是我的"。背叛，欺骗，狡诈，傲慢。（11）偷盗，杀害，诽谤，烦恼，觉醒，固执，骄傲，激情，虔诚，喜悦，高兴。（12）赌博，流言蜚语，沉溺女色，迷恋音乐、舞蹈和歌曲，诸位婆罗门啊！我讲述的所有这些都属于忧性。（13）

在这大地上，人们思考过去、现在和未来，热衷于人生三要：正法、利益和爱欲。（14）他们受欲望驱动，以满足一切欲望为乐事，随流而下。他们是充满忧性之人。(15)他们在这世界上不断转生,高高兴兴,贪恋今世,渴求来世。他们施舍,接受施舍,念诵咒语,供奉祭品。(16)我已经如实为你们讲述忧性的方方面面,一个人知道了这些性质,他就会摆脱一切忧性。(17)

以上是吉祥的《摩诃婆罗多》中《马祭篇》第三十七章(37)。

三八

梵天说:

接着,我讲述第三种优秀的性质。它在这世界上,为一切众生谋利益,成为善人的法则,不受谴责。(1)欢喜,喜悦,高尚,光明,快乐,不吝啬,不愤怒,满意,虔诚。(2)宽容,坚定,不杀生,平等待人,真诚,正直,不发怒,不妒忌,纯洁,机敏,勇敢。(3)一位奉行瑜伽的人,认为知识、行动、服务和辛劳都无用,他在来世获得永恒。(4)摆脱自私,摆脱我慢,无所企求,对一切一视同仁,不受欲望折磨,这是善人永恒的正法。(5)信任,知廉耻,宽容,弃绝,纯洁,勤奋,不残忍,不愚痴,怜悯众生,不毁谤。(6)高兴,满意,惊奇,有教养,品行优良,平安,纯洁,智慧出色,解脱。(7)淡泊,梵行,舍弃一切,摒弃自私,摒弃欲望,不违背正法。(8)施舍无用,祭祀无用,学习无用,誓言无用,接受施舍无用,正法无用,苦行无用。(9)在这世界上,这些婆罗门智者依靠善性,立足于本源梵,具有真知灼见。(10)

抛弃一切罪恶,摆脱忧愁,不老不死,这些智者赢得天国。(11)这些灵魂高尚的人获得主宰力、控制力和轻盈性,随意变化,如同众天神。(12)他们沿流向上,成为随意变化的天神。他们到达天国,按照自己的心愿获得和享受一切。(13)诸位婆罗门雄牛啊!我已经为你们讲述善性的活动方式。正确理解这些,就会如愿获得一切。(14)我已经如实为你们讲述所有的善性及其活动方式,一个人知道了这些性质,就能享受这些性质,而不受这些性质支配。(15)

以上是吉祥的《摩诃婆罗多》中《马祭篇》第三十八章(38)。

三九

梵天说：

忧性、善性和暗性不可分割，不能分别一一讲述。（1）它们互相结合，互相依存，互相庇护，互相追随。（2）只要有善性存在，无疑也会有暗性存在。只要有暗性和善性存在，也会有忧性存在。（3）它们聚合在一起，共同行动。不管有没有原因，它们集体行动。（4）它们各自发展，以足量和过量的方式运动，互相伴随。（5）

在低等生物中，暗性过量，那么，忧性就少，善性更少。（6）在中等生物中，忧性丰富，那么，暗性就少，善性更少。（7）在上等生物中，善性丰富，那么，忧性就少，暗性更少。（8）善性是促使感官变化的根源，光辉明亮，没有比它更高的性质。（9）善性之人向上发展，忧性之人位于中间，暗性之人向下堕落。（10）暗性存在于首陀罗，忧性存在于刹帝利，优秀的善性存在于婆罗门。三性就是这样存在于三种姓。（11）

即使站在远处，也一望而知暗性、善性和忧性聚合在一起，共同行动。我们从不听说它们单独存在。（12）看到太阳升起，行为邪恶的人就会害怕，路上的行人就会感到炎热，干渴难受。（13）太阳就是所说的善性，行为邪恶的人是暗性，行人感到的炎热是忧性。（14）太阳的光明是善性，太阳的炎热是忧性，日食时的阴影是暗性。（15）就这样，这三性存在于一切发光体中。它们依次在这里或那里，以这种方式或那种方式运转。（16）暗性存在于不动物和牲畜，忧性变化不定，善性具有湿润性。（17）白天有三性，夜晚有三性，半月、月、年、季和换季期也都有三性。（18）施舍有三性，祭祀有三性，世界有三性，吠陀有三性，知识有三性，行程有三性。（19）过去、现在和未来，正法、利益和爱欲，元气、下气和上气都有三性。（20）

世界上的一切都具有三性。三性运转，而永不显现。善性、忧性和暗性，这三性的创造是永恒的。（21）幽暗，不显现，永远吉祥，不生，源泉，永恒，原始，变化，毁灭，根本，产生，消亡。（22）

不发展，不减少，不摇，不动，稳固，存在，不存在。相传所有的三性都不显现，只有那些思索内在灵魂的人知道这些名称。（23）如实知道未显者的这些名称，知道三性及其活动方式，洞悉各种区别，摆脱身体束缚，这样的人摆脱所有三性，安然无恙。（24）

以上是吉祥的《摩诃婆罗多》中《马祭篇》第三十九章(39)。

四〇

梵天说：

从未显者中首先产生伟大的灵魂。它是大智者，一切性质的源头，称作第一创造。（1）伟大的灵魂又称作思想、毗湿奴、一切、英勇的商部（湿婆）、智慧、获得智慧、声誉、坚定和记忆。（2）婆罗门智者知道伟大的灵魂的这些同义词，不会陷入愚痴。（3）到处有它的手和脚，到处有它的眼睛、头和脸，到处有它的耳朵，遍及一切世界。（4）这位原人具有大光辉，住在一切人的心中。它微小，轻盈，无处不到。它是主宰者，光辉者，不变者。（5）

具有智慧，一心弃绝世界，坚持修习禅定和瑜伽，奉守真理，控制感官，（6）有知识，不贪婪，控制愤怒，思想清净，沉着坚定，摒弃自私，摒弃我慢，摆脱一切束缚，达到伟大。（7）智者知道伟大灵魂崇高而神圣的归宿，在一切世界中都不会陷入愚痴。自生者毗湿奴是一切原始创造的主人。（8）知道这位躺在洞穴里的主人是古老的原人，以宇宙为形体，由金子构成，是一切智者的至高归宿，这样的智者就能超越智慧而生存。（9）

以上是吉祥的《摩诃婆罗多》中《马祭篇》第四十章(40)。

四一

梵天说：

首先产生的大称作我慢。意识到"我"，形成第二创造。（1）我慢是众生的源头。相传它是造成变化者。它是光辉，知觉，要素，创造众生的生主。（2）它是神，众神的创造者，思想的创造者，三界的创造者。它认为我是所有一切。（3）始终把握内在灵魂的知识，灵魂纯洁，诵习吠陀，举行祭祀，富有成就，这些牟尼的世界永恒。（4）依靠我慢（自我意识）感受这些性质。众生的源头作为众生的创造者，就是这样进行创造。它造成一切变化，促使一切运动。它以自己的光辉照亮整个世界。（5）

以上是吉祥的《摩诃婆罗多》中《马祭篇》第四十一章(41)。

四 二

梵天说：

从我慢中产生五大元素，它们是地、风、空、水和光。（1）处在五大元素中，在声、触、色、味和香的作用下，众生变得愚痴。（2）五大元素消亡，世界临近毁灭，诸位智者啊！众生陷入大恐怖。（3）每种元素回归出生地。它们依次出生，逆向回归。（4）一切动物和不动物毁灭时，诸位智者啊！具有记忆者决不毁灭。（5）声、触、色、味和香，与行动的原因相关，变化无常，称作愚痴。（6）它们出生于贪欲，没有差别，没有价值，只是与血肉相连，互相依存。（7）它们处在灵魂之外，卑微可怜。元气、下气、上气、中气和行气，（8）这五种风经常接近灵魂。它们与语言、思想和智慧一起，构成世界的八种核心成分。（9）

控制住自己的皮肤、鼻子、眼睛、舌头和语言，思想纯洁，智慧不动摇。（10）这八种火永远不会燃烧他的心。他达到圣洁的梵。没有比梵更高者。（11）人们说所有十一种感官产生于我慢，诸位婆罗门啊！我现在讲述这些。（12）耳朵、皮肤、眼睛、舌头、鼻子、双脚、肛门、生殖器、双手和语言。（13）这些感官加上心，合计十一种。首先要制服这个感官群，梵才会发光。（14）人们称五种感官为知觉器官，五种感官为行动器官。以耳朵为首的五种感官是知觉器官。（15）其他五种行动器官没有差别。心兼顾这两类，觉是第十

二。(16)我依次讲述了这十一种感官。智者们知道了这些，便认为一切都已完成。(17)

一切众生有三种生存地方，没有第四种。它们是土、水和空。而出生有四种方式。(18)卵生、芽生、湿生和胎生，这是所能见到的众生四种出生方式。(19)低等动物，空中飞行的鸟类，地上的爬行动物，都是卵生。(20)昆虫和其他类似的动物是湿生。这是第二类比较低级的出生方式。(21)经过一段时间，破土而出，人们称这些植物为芽生，诸位婆罗门俊杰啊！(22)两足、多足和各类牲畜，诸位俊杰啊！你们要知道这些是胎生。(23)应该知道永恒的梵的子宫有两种：苦行和善行。这是智者们的行为规则。(24)应该知道善行有两种：祭祀和祭祀中的施舍。诵习吠陀是每个出生者的善行。这是长辈的教诲。(25)如果知道了这一点，就能获得解脱，诸位婆罗门雄牛啊！你们要知道这样的人摆脱一切罪恶。(26)

空是第一种元素，它的灵魂是耳朵，对象是声，主宰之神是方位。(27)风是第二种元素，它的灵魂是皮肤，对象是触，主宰之神是闪电。(28)光是第三种元素，它的灵魂是眼睛，对象是色，主宰之神是太阳。(29)第四种元素是水，它的灵魂是舌头，对象是味，主宰之神是月亮。(30)第五种元素是地，它的灵魂是鼻子，对象是香，主宰之神是风神。(31)相传在这五大元素中，四个一组。接着，我讲述所有三个一组的感官。(32)

洞悉真谛的婆罗门说，双脚作为灵魂，对象是走动，主宰之神是毗湿奴。(33)下气向下运动，灵魂是肛门，对象是排泄，主宰之神是密多罗。(34)一切众生的生殖器作为灵魂，对象是精液，主宰之神是生主。(35)熟悉灵魂的人们说，双手作为灵魂，对象是行动，主宰之神是帝释天。(36)语言作为灵魂，以思想为先导，涉及所有天神，对象是说话，主宰之神是火神。(37)心作为灵魂，追随五大元素，对象是思考，主宰之神是月亮。(38)觉作为灵魂，驱动六种感官，对象是知识，主宰之神是梵天。(39)

我已经如实向你们讲述灵魂的规则，诸位知法者啊！这是具有智慧的人才能获得的知识。(40)一个人应该将各种感官、感官对象和五大元素放在一起，用思想把握它们。(41)一旦所有这些在心中消失，他就不会追逐世俗生活的快乐。智者们依靠知识获得真谛，认为这是真正的快乐。（42）接着，我为你们讲述采取或软或硬的手段，摆脱一切元素，达到吉祥的微妙状态。（43）

将有性质视同无性质，摆脱执著，独自行动，持续不断，按照婆罗门的方式生活，人们认为这是幸福的源泉。（44）智者收缩一切欲望，犹如乌龟收缩肢体。摒弃忧性，摆脱一切束缚，这样的人永远幸福。（45）控制心中的欲望，灭寂渴望，沉思入定，善待一切众生，亲切友好，这样的人达到与梵同一。（46）阻止一切感官追逐感官对象，舍弃城乡社会，这样的牟尼点燃灵魂之火。（47）犹如用燃料点燃的火，火焰大放光芒，通过抑制感官，伟大的灵魂大放光芒。（48）灵魂平静的人在自己心中看到五大元素，他就达到自己的本源，比微妙更微妙的至高无上者。（49）

火形成色，水形成液汁，风形成触，地形成可怕的污浊物，空形成声。（50）身体充满贪欲和忧愁，贯穿五条水流，充满五大元素，有九门和两神。（51）身体充满忧性，不忍目睹，具有三性，三要素（风、胆汁和黏液），喜欢接触，充满愚痴。（52）在这生命世界上，身体依靠善性，难以行动。在这世界上，身体是时间之轮，不断运转。（53）身体是可怕的、深不可测的大海，称作愚痴。它释放，它收缩，它提醒世界和天神。（54）

通过抑制感官，一个人能摒弃难以摒弃的贪欲、愤怒、恐惧、愚痴、敌意和虚伪。（55）一个人在这世界上战胜三性和五大元素，就能在天国获得至高永恒的位置。（56）以爱欲为河岸，以思想为恐怖的水流，以艰险为湖泊，应该越过这条河，战胜爱欲和愤怒。（57）摆脱一切罪恶，就能看见至高者。将心安于心中，就能看见自身中的灵魂。（58）通晓一切者在一切众生中看到自己的灵魂，或单一，或多种多样。（59）他肯定看到许多形象，犹如源自一盏灯的一百盏灯。他是毗湿奴，密多罗，伐楼拿，大神，生主。（60）他是创造者，维持者，面向一切的主人，一切众生的心，伟大的灵魂，光辉明亮。（61）所有的婆罗门、天神、阿修罗、药叉、毕舍遮、祖先、鸟、罗刹、鬼怪和大仙永远赞美他。（62）

以上是吉祥的《摩诃婆罗多》中《马祭篇》第四十二章(42)。

四三

梵天说：

在人中间，刹帝利王族具有中等性质，犹如坐骑中的大象，林中的狮子。（1）犹如祭牲中的山羊，洞穴中的蛇，牛中的公牛，女人中的男人。（2）榕树、瞻部树、毕钵果树、木棉树、申恕波树、羊角树和竹子，所有这些无疑是世界上的树中之王。（3）雪山、巴利耶多罗山、萨希耶山、文底耶山、三锋山、白山、青山、跛娑山和迦湿吒凡山，（4）妙肩山、摩亨陀罗山和摩利耶凡山，这些是山中之王，如同伽那中的摩录多。（5）太阳是行星之王，月亮是星宿之王，阎摩是祖先之王，大海是河流之王。（6）伐楼拿是水之王，密多罗是众生之王，阿罗迦是炎热之王，月亮是发光体之王。（7）火是五大元素之王，毗诃波提是婆罗门之王，苏摩是药草之王，毗湿奴是强者之王。（8）大匠是形态之王，湿婆是众兽之王，祭祀是施舍之王，仙人是吠陀之王。（9）北方是方位之王，威力强大的苏摩酒是婆罗门之王，俱比罗是药叉之王，摧毁城堡者（因陀罗）是天神之王。创造是万物之源，生主是众生之王。（10）

由梵构成的大我是万物之王，没有比我或毗湿奴更高者。（11）伟大的毗湿奴是由梵构成，是王中之王。我们知道他是自在天、主人和生主。（12）他是人、紧那罗、药叉、健达缚、蛇、罗刹、天神、檀那婆和那伽的主宰。（13）最受多情男子迷恋的女子是眼睛美丽的大女神，名叫波哩婆提。（14）要知道在女子中，乌玛女神最吉祥。在给人快乐的女子中，众天女最有魅力。（15）

国王热爱正法，婆罗门以正法为标志，因此，国王应该努力保护婆罗门。（16）善人们在国王的领地里感到沮丧，那么，这样的国王没有尽到自己的职责，死后必定堕落。（17）善人们在国王的领地里受到保护，这样的国王灵魂高尚，今生享受快乐，死后获得无穷幸福，诸位婆罗门雄牛啊！（18）下面，我讲述正法的永恒标志。正法以不杀生为标志，非法以杀生为标志。（19）天神以光辉为标志，人以行为为标志,空以声为标志,风以触为标志。(20)光以色为标志,水以味为标志,维持一切众生的地以香为标志。(21)由音和义组成的语言以真理为标志,心以思想为标志,也有说心以觉为标志。(22)依靠心思考事物,依靠觉判断事物,毫无疑问,觉以判断为标志。(23)伟大者以禅定为标志,未显者以善人为标志,瑜伽以活动为标志,知识以弃绝为标志。(24)因此,智者推崇知识,弃绝一切。依靠知识,弃绝者达到至高归宿。他摆脱对立,超越黑暗、死亡和衰老。(25)

我已经向你们如实讲述正法的标志,下面,我讲述如何把握性质。(26)属于地的香通过鼻子把握。鼻中的气息用于感知香。(27)水中的要素味永远通过舌头把握。安住在舌头中的苏摩用于感知味。(28)光的性质色通过眼睛把握。眼中的太阳用于感知色。(29)属于风的触通过皮肤把握。皮肤中的风用于感知触。(30)空的性质声通过耳朵把握。耳中的一切方位用于感知声。(31)心的性质思想通过智慧把握。心中的意识用于感知心。(32)觉通过判断把握,大通过禅定把握。毫无疑问,经过判断,才能把握未显者。(33)

知领域者(灵魂)没有性质,永远不能通过性质把握。因此,没有性质的知领域者(灵魂)惟独以知识为标志。(34)未显者(原初物质)居于领域(身体)中,性质忽生忽灭,虽然隐藏其中,我却能看到、听到和知道。(35)原人知道它,因此,被称为知领域者(灵魂)。知领域者(灵魂)感知所有性质的运动。(36)性质一次又一次产生,但它们并不知道自己没有知觉,而有开始、中间和结束。(37)惟独知领域者(灵魂)知道真理,达到超越性质的全高伟大者。(38)因此,洞悉真谛的人抛弃性质和实体,消除罪孽,进入知领域者(灵魂)。(39)摆脱对立,不必俯首致敬,不必念诵萨婆陀,坚定不移,居无定所,这就是至高的主人知领域者(灵魂)。(40)

以上是吉祥的《摩诃婆罗多》中《马祭篇》第四十三章(43)。

四四

梵天说：

现在我如实讲述一切具有开始、中间和结束者的名称、标志以及把握它们的方法。（1）首先是白天，然后是黑夜。月份是以白半月为先，星宿以危宿为首，季节以寒季为首。（2）地是香之源，水是味之源，光是色之源，风是触之源，空是声之源，这些是元素的性质。（3）

下面，我讲述一切事物中的为首者和最高者。太阳是一切发光体之首，火是一切元素之首。（4）莎维德丽是一切学问之首，生主是众天神之首，"唵"是一切吠陀之首，呼吸是一切语言之首，所有这些在世上常常被称作圣线。（5）伽耶特利是一切诗律之首，山羊是一切祭牲之首，母牛是一切四足兽之首，再生族是一切人之首。（6）鹰是一切鸟之首，火祭是一切祭祀之首，蛇是一切爬行动物之首，诸位婆罗门啊！（7）毫无疑问，圆满时代是一切时代之首，金子是一切珍宝之首，大麦是一切植物之首。（8）食品是一切可吃者之首，水是一切可饮者之首。（9）无花果树是一切不动物之首，相传最早产生，永远是梵的圣地。（10）

毫无疑问，我是一切生主之首，而灵魂不可思议的自生者毗湿奴高于我。（11）大弥卢山是一切山岳之首，相传最早产生。上方是一切方位之首，相传最早产生。（12）行经三路的恒河是一切河流之首，相传最早产生。大海是一切湖泊之首，相传最早产生。（13）一切天神、檀那婆、鬼怪、毕舍遮、蛇、罗刹、人、紧那罗和药叉中，大自在天是主人。（14）由梵构成的毗湿奴大神是一切世界之首，在三界中没有比他更高者。（15）毫无疑问，家居生活是一切生活方式之首。未显者（原初物质）是世界的起源，也是一切的结束。（16）

太阳落山，白天结束；太阳升起，黑夜结束。幸福的尽头是痛苦，痛苦的尽头是幸福。（17）一切积蓄以耗尽为结束，一切上升以跌落为结束，一切结合以分离为结束，一切生命以死亡为结束。（18）

一切创造以毁灭为结束,一切生物以灭亡为结束。在这世界上,一切动物和不动物都变化无常。(19)祭祀、施舍、苦行、诵习、誓愿和戒行,一切都以毁灭为结束,惟独知识没有结束。(20)因此,灵魂平静,专心致志,摒弃自私,摒弃我慢,这样的人依靠纯洁的知识摆脱一切罪孽。(21)

以上是吉祥的《摩诃婆罗多》中《马祭篇》第四十四章(44)。

四五

梵天说:

以智慧为精髓,以思想为支柱,以感官群为连接,以五大元素为轮辐,以瞬间为轮圈。(1)充满衰老和忧愁,伴随疾病和灾厄,依据地点和时间,以辛苦和劳累为声音。(2)以日夜为转动,以冷热为圆周,以苦乐为污垢,以饥渴为钉子。(3)以阳光和阴影为车辙,以瞬间为颤动,充满可怕的痴迷的人群,永远运转而无知觉。(4)以月和半月计算,与时间同行,坎坷不平。以累积的暗性为泥沼,以冲动的忧性为动力。(5)以众生的装饰为亮点,以各种性质为圆周,以喧嚣为轮毂,以各种忧愁为运转。(6)具有行动和手段,伴随欲望延伸扩大,以贪婪和渴望计数,以无知为源泉。(7)以恐惧和愚痴为随从,以众生愚痴为制造者,以欢乐和喜悦为维持者,以欲望和愤怒为执掌者。(8)以大为起源,以各种特殊性为结束,不停地产生和消亡,速度如同思想,时间之轮不知疲倦地运转。(9)应该知道时间之轮无知无觉,依靠对立,释放和回收连同天神在内的世界。(10)

一个人如实知道时间之轮的运转和停止,那么,他在众生中,不会陷入愚痴。(11)摆脱一切烦恼,超越一切对立,摆脱一切罪孽,牟尼达到至高的归宿。(12)家居、梵行、林居和乞食,这四个生活阶段以家居为根本。(13)在这世界上,履行任何经典规则,都有益处,永远受到称赞。(14)出生在品德优秀的家族,首先举行净化仪式,按照规定奉守誓愿,通晓吠陀后,返回家中。(15)钟爱自己的妻子,克制自己,品行优良,控制感官,怀抱信仰,举行五大祭祀。(16)吃天神和客人的剩食,热爱吠陀礼仪,尽力按照规定祭供和施舍。(17)手脚不乱动,语言和肢体不乱动,这样的牟尼堪称优秀。(18)

佩戴圣线,身穿白衣,奉守纯洁的誓言,克制自己,慷慨施舍,经常与贤士交往。(19)克制性欲和食欲,待人友善,一心保持优良品行,携带竹竿和水罐。(20)自己学习,也教授他人学习;自己举行祭祀,也为他人举行祭祀;自己施舍他人,也接受他人施舍,应该遵行这六种行为方式。(21)其中三种是婆罗门的生活方式,即为他人举行祭祀、教授他人学习和接受纯洁的施舍。(22)其他三种行为方式是施舍、学习和举行祭祀,都与正法相连。(23)自制,友善,以宽容之心平等对待一切众生,通晓正法的牟尼应该精进不懈,履行这三项职责。(24)居住家中,严守誓言,身心纯洁,尽力履行这一切,这样的婆罗门赢得天国。(25)

以上是吉祥的《摩诃婆罗多》中《马祭篇》第四十五章(45)。

四六

梵天说:

依据上面讲述的道路,尽力按照规定学习吠陀,遵奉梵行。(1)牟尼热爱自己的正法,有学问,控制一切感官,关心老师的爱好和利益,潜心真理和正法,身心纯洁。(2)经老师同意后,吃食物,不抱怨。吃乞讨来的祭品,或站或坐或散步。(3)凝思静虑,身心纯洁,一天两次供奉祭火,始终手持贝尔伐木棍或巴拉舍木棍。(4)再生族的衣服应该是亚麻的、棉布的和鹿皮的,或者棕红色的。(5)他应该束有蒙阇草腰带,束有发髻,每天沐浴,佩戴圣线,诵习吠陀,摒弃贪欲,奉守誓言。(6)经常以纯洁之水取悦天神,控制心情,这样的梵行者值得称赞。(7)凝思静虑,克制性欲,这样的梵行者赢得天国,获得至高地位,摆脱生死轮回。(8)

经过各种净化仪式,遵奉梵行,然后,牟尼离开村庄,成为出家人,居住林中。(9)身穿兽皮或树皮,早上自己完成净化仪式,始终住在林中，再也不返回村中。（10）及时供养客人，提供庇护，以果子、树叶、根茎和夏摩迦草维生。（11）以水、风、一切野生植物乃至野草维生，不知疲倦地按照净身的要求食用这些食物。（12）永远不知疲倦地用根茎和果子供养前来的客人，将自己拥有的任何食物用作施舍。（13）控制语言，永远首先供奉天神和客人，专心致志，节制饮食，皈依天神。（14）自制，友善，宽容，留有发髻和胡须，举行祭祀，诵习吠陀，潜心真理和正法。（15）鄙弃身体，常住林中，机敏能干，凝思静虑，控制感官，这样的林居者赢得天国。（16）

家居者、梵行者和林居者盼望获得解脱，那就应该依靠高尚的行为。（17）牟尼应该赐予一切众生无畏，摒弃一切行动，为众生谋福利，友善，控制一切感官。（18）不贪婪，满足于不经乞求、不招麻烦、偶然得来的任何食物。（19）依靠正当手段获取食物，进食只是为了维持生命，不放纵欲望。（20）除了食物和衣服之外，不接受其他一切。只接受必需品，不接受其他一切。（21）不接受别人的礼物，也不赠给别人礼物。众生贫困无助，智者经常与人分享食物。（22）不占有他人财物，不接受未经请求的施舍。享受了任何感官对象，不渴望再度享受它。（23）在这世上，只获取公开的泥土、水、石头、树叶、花朵和根茎。（24）不以工艺谋生，不渴望一天进两次食，不仇视他人，不好为人师，纯洁无瑕，吃清净的食物，回避恶兆。（25）

不执著虚妄的生活，不与一切众生交往。点燃祭火，在炊烟已停、用餐已毕的地方游荡乞食。（26）通晓解脱的人在餐具已经收起的地方乞食。得到食物，不欣喜；得不到食物，不沮丧。（27）进食仅为维持生命，他等待时间，凝思静虑，游荡乞食。他并不希望得到与别人同样的施舍，也不愿意在别人侍奉下进食。作为乞食者，他愿意隐匿自己，避免受人侍奉。（28）不吃辛辣苦酸的食物，也不吃甜食，只吃仅够维持生命的食物。（29）通晓解脱的人不希望打扰众生。乞食时，不愿意跟随他人乞食。（30）他不张扬自己的德行，摒弃激情，在僻静处游荡，以空宅、树林、树根、河边和山洞为住所。（31）夏季，在一个地方住一夜；雨季，固定住在一个地方。他的路程由太阳指引，像昆虫一样在地上行进。（32）他怜悯众生，走路时，眼睛盯着地面。他不积聚财物，也不与朋友同住。（33）

通晓解脱的人每天都用洁净的水净身，经常自己打水。（34）不杀生，遵奉梵行，真诚，正直，不发怒，不妒忌，自制，不毁谤。（35）控制感官的人恪守这八种誓愿，永远不会有欺骗狡诈的邪恶行为。（36）追逐欲望、杀生或执著尘世生活，他自己不这样做，也不指使别人这样做。（37）超越一切事物，无所倚重，出家游荡，平等对待一切动物和不动物。（38）不打扰别人，也不受别人打扰，一切众生信任他，这样的人称作通晓解脱的优秀者。（39）

不思考未来，不怀念过去，注重现在，凝思静虑，等待时间。（40）他不用眼睛、思想和语言玷污任何事物，不做任何坏事，无论公开或隐蔽。（41）控制一切感官，犹如乌龟收缩全身肢体。削弱感官和心智，摆脱感官，凝神观察。（42）摆脱对立，不俯首行礼，不念诵萨婆诃，摒弃自私，摒弃我慢，摒弃荣华富贵。（43）对一切众生无所企求，无所执著，无所依赖，通晓一切，摆脱一切，毫无疑问，这样的人获得解脱。（44）

灵魂没有手、脚和背，没有头和肚子，没有性能，没有污垢，持久稳定。（45）没有色、香、声、味和触，没有皮肤、骨头、骨髓和肌肉。（46）没有忧虑，永恒不变，经常住在心中。死亡之人不能看到寄寓一切众生的灵魂。（47）智慧、感官和天神都不能到达那里，吠陀、祭祀、世界、苦行和勇气也都不能到达那里。只有具备知识的人能到达那里，相传没有可以把握的标志。（48）因此，智者通晓正法，恪守正法，不依靠标志，而依靠深藏的正法，没有明确的行为方式。（49）虽然不愚痴，却以愚痴的方式行动而不玷污正法，以致其他人经常蔑视他。（50）遵循善人之路而不玷污正法，具有这种行为方式的人堪称优秀的牟尼。（51）感官、感官对象、五大元素、心、觉、自我（灵魂）、未显者和原人，（52）正确理解所有这些，舍弃一切，纯洁无瑕，他便摆脱一切束缚，获得天国。（53）洞悉真谛，在临终时明了这一切，沉思惟一者，他不依靠任何人，就能获得解脱。（54）摆脱一切执著，犹如空中之风，耗尽积蓄，没有烦恼，他达到至高归宿。（55）

以上是吉祥的《摩诃婆罗多》中《马祭篇》第四十六章(46)。

四七

梵天说：

洞察事理的长辈们说弃绝就是苦行。婆罗门立足于梵的源头，认为知识是至高的梵。（1）梵十分遥远，依靠吠陀知识达到。它摆脱对立，没有性质，永恒不变，不可思议，神秘莫测。（2）智者内心清净，摆脱激情，纯洁无瑕，通过知识和苦行，发现它的踪迹。（3）通晓梵的人们永远坚持舍弃一切，追求至高者，依靠苦行，一路平安。（4）人们说苦行是明灯，正法依靠行为实现。知识是至高者，弃绝是至高的苦行。（5）洞悉真谛，知道知识无所阻碍，知道灵魂寄寓一切众生，这样的人无所不至。（6）智者看清聚合和分离，看清统一性和个别性，摆脱痛苦。（7）在这世上，既不贪恋什么，也不蔑视什么，他就达到与梵同一。（8）

通晓原质和性质的真谛，通晓一切众生的安排，摒弃自私，摒弃我慢，毫无疑问，这样的人获得解脱。（9）摆脱对立，不俯首行礼，不念诵萨婆陀，依靠平静，达到没有性质和对立的永恒境界。（10）抛弃由性质构成的一切善业和恶业，抛弃真实和虚假，毫无疑问，这样的人获得解脱。（11）以未显者为种子，以智慧为树干，以我慢为枝干，以感官为嫩芽，（12）以五大元素为枝条，以感官对象为小枝条，永远长着树叶，开着花朵，结出甜果或苦果，这就是维系一切众生的、永恒的梵树。（13）用至高的知识之剑砍倒它，劈开它，抛弃它，摆脱生死，达到不朽，摒弃自私，摒弃我慢，毫无疑问，这样的人获得解脱。（14）两只永恒的鸟是朋友，都无知觉，相传有知觉者不同于这两只鸟。（15）内在灵魂有善性而无知觉，一旦意识到高于善性者，这位以善性为智慧的知领域者（灵魂）便超越性质，摆脱死亡的束缚。（16）

以上是吉祥的《摩诃婆罗多》中《马祭篇》第四十七章(47)。

四八

梵天说：

有些人认为梵是树，有些人认为梵是伟大者，有些人认为梵是不显现的原人，有些人认为梵是安然无恙的至高者，他们认为一切产生于未显者，回归于未显者。（1）即使奄奄一息，在临终时保持平静，与灵魂融合，达到不死境界。（2）即使只有一眨眼时间，他能控制自身的灵魂，凭借灵魂的平静，达到只有智者才能达到的永恒境界。（3）通过调息法，一次又一次控制呼吸，十次或十二次，甚至超过二十四次。（4）首先达到灵魂的平静，然后获得愿望中的一切。一旦未显者的善性占主导地位，便达到不死境界。（5）通晓善性的人们赞美善性，认为没有比善性更高者。依据推理，我们知道原人依靠善性，诸位婆罗门啊！不可能通过其他手段达到原人。（6）

宽容、坚定、不杀生、平等待人、真诚、正直、知识、施舍和弃绝，这些是善性行为。（7）智者们通过这种推理，认为原人和善性同一，毋庸置疑。（8）有些信奉知识的智者说知领域者（灵魂）和善性同一。这种观点并不正确。（9）有些人认为两者永不相同。这种说法也欠考虑。事实上，应该认为两者有同有异。（10）既有统一性，又有个别性，这是智者们确认的看法。人们从蚊子和无花果树的关系中，就看到这种统一性和个别性。（11）正如鱼在水中，又不同于水，两者的关系就是如此。这种关系也如同水珠和荷叶的关系。（12）

老师说：

听了这些话后，那些优秀的婆罗门又产生疑惑，询问世界之祖（梵天）。（13）

仙人们说：

在各种职责中，哪种职责更值得履行？我们发现各种职责之间似乎有矛盾。（14）一些人说人死后还存在，另一些人说不存在。一些人说一切都可疑，另一些人说不可疑。（15）一些人说永恒者不永恒，另一些人或肯定，或否定。一些人说有一种形式或两种形式，另一些人说是混合形式。一些人说同一，另一些人说差别，还有一些人说多样。（16）一些洞察真谛的婆罗门智者认为应该头束发髻，身穿兽皮，另一些人认为应该削发和裸体。（17）一些人不愿意沐浴，另一些人喜爱沐浴。一些人希望进食，另一些人热衷斋戒。（18）一些人称赞行动，另一些人称赞平静。一些人注意地点和时间，另一些人不注意。有些人称赞解脱，另一些人称赞各种享受。（19）

一些人向往财富，另一些人安于贫穷。一些人盼望受侍奉，另一些人不盼望。（20）一些人坚持不杀生，另一些人热衷杀生。一些人看重功德和声誉，另一些人不看重。（21）一些人热衷善行，另一些人充满怀疑。一些人出自痛苦，另一些人出自幸福，陷入沉思。（22）一些智者主张祭祀，另一些人主张施舍。一些人称赞一切，另一些人不称赞。（23）一些人称赞苦行，另一些人称赞诵习。一些人主张知识和弃绝，另一些思考元素的人主张本性。（24）

大神啊！正法呈现多种多样的流向，我们感到糊涂，无法判断。（25）人们按照各自的立场，说这个最好或那个最好。谁热爱某种职责，他就推崇这种职责。（26）我们的智慧受挫，思想混乱，大神啊！我们希望知道哪一种最好。（27）请你接着为我们讲述这个奥秘，即善性和知领域者（灵魂）两者的关系。（28）

听了诸位婆罗门的这些话，以法为魂、聪明睿智的世界创造者尊神（梵天）如实为他们讲述。（29）

以上是吉祥的《摩诃婆罗多》中《马祭篇》第四十八章（48）。

四九

梵天说：

好吧！我现在解答你们询问的问题，诸位贤士啊！听了之后，你们要履行这一切。（1）不伤害一切众生，这是最高的职责。没有烦恼，这是最佳的境界，正法的标志。（2）洞察真谛的长辈们说知识是至善。因此，依靠纯洁的知识，摆脱一切罪孽。（3）在这世上，热衷杀生，没有信仰，充满贪欲和愚痴，这样的人必定走向地狱。（4）怀抱欲望，不知疲倦地从事行动，这样的人在这世上不断再生，高兴快乐。（5）智者们怀抱信仰，从事行动，摒弃欲望，修习瑜伽，具有真知灼见。（6）

下面，我讲述善性和知领域者（灵魂）如何结合和分离，诸位贤士啊！请听！（7）这种关系据说是对象和享有对象者的关系。相传原人永远是享有对象者，而善性是对象。（8）正如前面已经说明，它们如同蚊子和无花果树。作为被享受的对象，善性没有知觉，一无所知。而享受者知道享受对象。（9）人们说善性具有性质，陷入对立，变化无常，而知领域者（灵魂）没有性质，摆脱对立，不可分割，永恒不变。（10）到处都可以看到它依靠知识，享受善性，犹如莲叶上的水珠。（11）智者即使接触一切性质，也不受污染，犹如在莲叶上滚动的水珠。毫无疑问，原人也是这样不受污染。（12）结论是：善性是原人的原料，两者的关系是原料和制作者的关系。（13）正如有人拿着灯在黑暗中行走，向往至高归宿的人拿着善性之灯行走。（14）只要有原料和性质，灯就会照亮，而缺少原料和性质，灯光就会熄灭。（15）善性是显现者，原人是不显现者，诸位婆罗门啊！你们要知道这一点。好吧！我再告诉你们一些事情。（16）

即使掌握一千种方法，愚者也不能获得繁荣，而即使掌握四分之一方法，智者也能获得幸福。（17）这样，应该知道完成职责需要方法。通晓方法的智者获得无穷幸福。（18）一位旅行者没有带旅行用品，必定历尽千辛万苦，甚至中途夭亡。（19）同样，应该知道行动可能有成果，也可能无成果。明辨善恶对于人的灵魂大有益处。（20）不洞悉真谛，如同一个人匆匆忙忙，徒步走上漫长而陌生的旅程。（21）而智者的人生进程如同乘坐马拉的快车，登上旅途。（22）一个人登上高山后，不会观看地面。他会看到乘车人颠簸劳累，昏昏沉沉。（23）因此，有车道，智者驾车前进；没有车道，智者弃车而行。（24）智者通晓真谛和瑜伽规则，具有大智慧，明白这些情况，按照步骤，向前行进。（25）

正如一个人没有船，跃入可怕的大海，出于愚痴，想用双臂泅渡，毫无疑问，走向死亡。（26）而智者善于判断，依靠船和桨，并不费力，很快渡过河。（27）渡过河，到达彼岸，便舍弃船，毫不执著。这正如前面说到的乘车和步行。（28）由于执著，陷入愚痴，犹如渔夫执著船，这样的人在这世上行动，充满自私。（29）乘船不能在陆地上运行，同样，乘车不能在水中行驶。（30）各种行动涉及各种对象。在这世上采取什么行动，就会产生什么结果。（31）

无香、无味、无色、无触和无声，牟尼们依靠智慧认定这是原质。（32）原质是未显者。未显者的性质是大。大作为原质，性质是我慢。（33）我慢作为原质，性质是五大元素。而五大元素的性质是各自的对象。（34）未显者具有种子的法则，以产生为本质。我们听说伟大的灵魂具有种子的法则，是产生者。（35）我慢具有种子的法则，一次又一次产生。五大元素也具有种子的法则，是产生者。（36）人们说五大元素的对象具有种子的法则，但不产生什么。它们有各自的特性。（37）

据说，空有一种性质，风有两种性质，光有三种性质，水有四种性质，（38）地包括动物和不动物，有五种性质。这位女神产生一切众生，展现善恶。（39）声、触、色、味和香，诸位婆罗门俊杰啊！应该知道这些是地的五种性质。（40）香属于地，相传有许多种。我现在详细讲述香的许多特性。（41）香有舒服的、不舒服的、甜的、酸的、辣的、散发的、浓密的、湿的、干的和纯洁的。应该知道地的香有这十种。（42）声、触、色和味相传是水的性质。我现在讲述味的知识。相传味有很多种。（43）甜、酸、辣、苦、涩和咸，相传水的味有这六种。（44）声、触和色据说是光的三种性质。光的性质色相传有许多种。（45）白、黑、红、蓝、黄、棕、短、长、大、小、方和圆。（46）光的色据说有这十二种。婆罗门通晓正法，宣示真理，永远应该知道这些。（47）声和触据说是风的两种性质。风的性质触相传有很多种。（48）冷、热、苦、乐、湿润、干净、坚硬、油腻、细腻、滑润、粗糙和柔软。（49）通晓正法、富有成就和洞悉真谛的婆罗门如实指出风的性质触有这十二种。（50）相传空只有一种性质声。我现在详细讲述声的许多特性。（51）具六、神仙、持地、中令和第五，应该知道还有近闻和明意。（52）此外，还有舒服的和不舒服的，汇合的和分散的。应该知道由空产生的声有这样许多种。（53）

空是五大元素中最高者。我慢高于空，觉高于我慢，灵魂高于觉。(54)未显者高于灵魂，原人高于未显者。通晓一切众生的高低优劣，这样的人达到永恒的境界。(55)

以上是吉祥的《摩诃婆罗多》中《马祭篇》第四十九章(49)。

五〇

梵天说：

心是五大元素的主人。或控制，或释放，心是五大元素的灵魂。(1)心永远统治五大元素，觉显示权力，这些称作知领域者（灵魂）。(2)心驾驭各种感官，犹如车夫驾驭骏马。知领域者（灵魂）永远驾驭感官、心和觉。(3) 五大元素的灵魂登上套有五大元素和由觉控制的车，驰骋四方。(4) 套上感官之马，以觉为缰绳，以心作车夫，构成伟大的梵车。(5) 智者永远知道这样的梵车，在一切世界中不会陷入愚痴。(6)

以未显者为起始，以特殊对象为终结，充满动物和不动物，从太阳和月亮接受光亮，装饰有各种星星。(7) 到处装饰有河流和山岳，到处装饰有各种水源。(8) 它是一切众生的生命和归宿。知领域者（灵魂）永远在这座梵林中漫游。(9) 在这世界上，所有的动物和不动物先解体，然后，产生构成元素的各种性质。从这些性质中产生五大元素。这就是元素的产生过程。(10) 天神、人、健达缚、毕舍遮、阿修罗和罗刹，所有这些产生于本性，不产生于行动或其他手段。(11)那些创造世界的婆罗门一次又一次诞生。由他们创造的一切到时候都会解体，融入五大元素，犹如海浪融入大海。(12) 从创造的世界万物走向五大元素。而摆脱五大元素，就会走向生主。(13)

伟大的生主依靠苦行创造这一切，同样，仙人们依靠苦行通晓吠陀。(14) 按照苦行的规则，以果子和根茎维生，凝思静虑。依靠苦行获得成功的人们看到三界。(15) 药草、药物和各种知识都依靠苦行获得。苦行是成功之根。(16) 难以获得者、难以学会者、难以征服者和难以通晓者，这些都能通过苦行解决，因为苦行难以超越。(17)喝酒、杀害婆罗门、偷盗、杀害胎儿和玷污老师床笫,通过严厉的苦行可以摆脱这些罪孽。(18)人、祖先、天神、牲畜、鹿和鸟,这些和其他一切动物和不动物,(19)都潜心苦行,永远依靠苦行获得成功。大福大德的众天神也是依靠苦行升入天国。(20)

怀抱欲望,不知疲倦地从事行动,充满我慢,这样的人出现在生主跟前。(21)通过纯洁的禅瑜伽,摒弃自私,摒弃我慢,灵魂高尚,这样的人到达崇高伟大的世界。(22)通过禅瑜伽,灵魂纯洁,思想永远愉快,这样的人进入不显现的幸福境界。(23)通过禅瑜伽,摒弃自私,摒弃我慢,这样的人进入不显现的崇高伟大的世界。(24)从未显者中产生,再次举行同样的祭祀,摆脱暗性和忧性,惟独依靠善性。(25)摆脱一切罪孽,舍弃一切,不可分割,应该知道这是知领域者(灵魂)。通晓吠陀的人知道这一点。(26)从思想到思想,牟尼应该坐着,控制自己。心中想什么,会成为什么,这是永恒的奥秘。(27)

以未显者为起始,以特殊对象为终结,相传这是无知的标志。听我告诉你们这个标志具有哪些性质。(28)两个音节是死亡,三个音节是永恒的梵。自私是死亡,不自私是永恒的梵。(29)一些头脑愚钝的人称赞行动,而那些灵魂高尚的智者不称赞行动。(30)由行动产生的生物具有形体,由十六种成分组成。无知创造不可把握、饮用甘露的原人。(31)因此,那些洞察彼岸的人不执著行动。相传原人由知识组成,而不由行动组成。(32)知道它是前所未有、永不变化的不死者,知道它是不可把握、饮用甘露的灵魂,这样的人通过这些手段肯定成为不可把握的不死者。(33)驱除一切意念,控制自身的灵魂,这样的人知道纯洁的梵,没有比梵更高者。(34)

依靠善性达到平静。平静的特征如同梦中景象。(35)这是立足知识的解脱者们的归宿。他们认清一切变化活动的方式。(36)这是摆脱执著的人们的归宿。这是永恒的正法。这是智者的目的地。这是无可指责的行为方式。(37)平等对待一切众生,无所贪恋,无所欲求,一视同仁,这样的人能达到这个归宿。(38)我为你们讲述了这一切,诸位优秀的婆罗门仙人啊!你们照此去做,很快就会获得成功。(39)

老师说：

灵魂高尚的牟尼们听了老师梵天的这些话，照着去做，获得一切世界。（40）大福大德者啊！你也按照梵天的话去做，灵魂纯洁者啊！你也会获得成功。（41）

婆薮提婆之子（黑天）说：

学生听了老师的话后，履行崇高的正法，获得解脱，贡蒂之子啊！（42）学生完成应尽的职责后，达到永无忧愁的境界，俱卢族后裔啊！（43）

阿周那说：

黑天啊！这位婆罗门是谁？这位学生是谁？遮那陀那啊！如果我能听的话，请你告诉我，主人啊！（44）

婆薮提婆之子（黑天）说：

你要知道，大臂者啊！我就是这位老师，思想是我的学生。出于对你的喜爱，我告诉你这个秘密，胜财啊！（45）如果你喜爱我的话，俱卢族后裔啊！听了这种灵魂的教诲后，你就照此行动吧！恪守誓愿者啊！（46）这种正法得到正确实施，灵魂涤除一切罪孽，你就能获得彻底解脱，俱卢族后裔啊！（47）以前，大战来临之时，我曾经为你讲述过这种正法，大臂者啊！你把思想集中在它上面吧！（48）婆罗多族俊杰啊！我很久没见到父亲了。你若同意，我想去见他，颇勒古拿啊！（49）

护民子说：

黑天说罢，胜财（阿周那）回答道："黑天啊！我俩现在就去象城。（50）在那里会见灵魂高尚的国王坚战，征得他的同意，你就能返回自己的城市。"（51）

以上是吉祥的《摩诃婆罗多》中《马祭篇》第五十章（50）。

五一

护民子说：

于是，黑天命令达禄迦说："套马备车！"仿佛一会儿工夫，达禄迦回禀道：“车已备好。”（1）同样，般度之子（阿周那）命令随从们说：“你们做好准备，我们要去象城。”（2）士兵们听罢，做好准备，回禀威力无比的普利塔之子（阿周那）：“准备就绪。”（3）于是，黑天和般度之子（阿周那）两人登车出发，一路上高兴地交谈，民众之主啊！（4）

　　婆罗多族俊杰啊！大光辉的胜财（阿周那）对坐在车上的婆薮提婆之子（黑天）说了这些话：（5）"苾湿尼族后裔啊！由于你的恩惠，国王取得胜利，消灭所有敌人，王国已经清除荆棘。（6）诛灭摩图者啊！有了你，般度族有了保护者。以你为船，我们渡过了俱卢之海。（7）你是宇宙创造者，宇宙之灵魂，以宇宙为事业，向你致敬！我知道你，如同我是你的心。（8）诛灭摩图者啊！祭火永远源自你的光辉，游戏娱乐源自你，天和地是你的幻影，主人啊！（9）世界一切动物和不动物都依靠你，你造成永恒的元素群发生变化。（10）你创造天和地，动物和不动物。皎洁的月亮是你的微笑，季节是你的一系列感官。（11）永远运动的风是你的呼吸，永恒的死亡是你的愤怒。莲花女神蒙受你的恩惠，吉祥女神永远依赖你，大智者啊！（12）你是欢爱、满意、坚定和宽容。一切动物和不动物依靠你。而在时代末日，你又称作毁灭，无罪的人啊！（13）即使用很长时间，我也无法说尽你的品德，莲花眼啊！你是至高的灵魂，我向你致敬！（14）

　　"我从那罗陀、提婆罗、岛生黑仙（毗耶娑）和俱卢族祖父（毗湿摩）那里知道你，难以抗拒者啊！（15）世界一切都依靠你。你是惟一的人中之主。出于对我的恩宠，你为我讲述了这一切，无罪的人啊！（16）我将遵照这一切去做，遮那陀那啊！你宠爱我们，为我们创造了奇迹。（17）那就是在战斗中杀死邪恶的俱卢后裔、持国之子（难敌）。由于你焚烧他的军队，我才在战场上战胜他们。（18）由于你的业绩，我才获得胜利。依靠你的智慧和力量，我们在战场上杀死难敌。（19）同样，按照你指示的方法，我们杀死迦尔纳、邪恶的信度王和广声王。（20）我受到你的宠爱，提婆吉之子啊！我会毫不犹豫地按照你说的去做。（21）见到以法为魂的坚战王，知法者啊！我会敦促他，让你走，无罪的人啊！（22）我赞同你返回多门城，主人啊！你不久就会见到我的舅舅，诛灭摩图者啊！还会见到不可抵御的

力天（大力罗摩）和其他苾湿尼族雄牛。"（23）

他俩这样说着，到达象城，进入这座充满欢乐人群的城市。（24）他俩进入如同帝释天宫殿的持国宫殿，大王啊！见到人中之主持国。（25）见到大智者维杜罗、坚战王、难以抵御的怖军、玛德利的孪生子和坐在持国王身边的不可战胜的尚武。（26）他俩还见到大智慧的甘陀利、普利塔（贡蒂）、美丽的黑公主、以妙贤为首的所有婆罗多族妇女以及所有侍奉甘陀利的妇女。（27）这两位克敌者走向持国王，通报自己的姓名，行触足礼。（28）这两位灵魂高尚者也向甘陀利、普利塔（贡蒂）、法王（坚战）和怖军行触足礼。（29）他俩也向奴婢子（维杜罗）致敬问好。然后，他俩与众人一起坐在老王（持国）身边。（30）

夜晚来临，大王啊！睿智的持国遣散所有的俱卢族后裔，也让遮那陀那（黑天）回房休息。（31）他们辞别国王，回到各自住处。勇武的黑天住在胜财（阿周那）的房中。（32）在那里，睿智的黑天受到礼遇，一切称心如意，在胜财（阿周那）陪伴下，睡了一夜。（33）天亮之后，他俩做完晨祷，备受尊敬，前往法王（坚战）住处。思想高尚的法王（坚战）和大臣们坐在一起。（34）这两位大力士进入宫中，会见坐着的法王（坚战），犹如双马童会见天王（因陀罗）。（35）苾湿尼族雄牛（黑天）和俱卢族雄牛（阿周那）拜见国王，国王欣喜地盼咐他俩坐下。（36）

睿智的国王发现他俩有话要说，于是，这位优秀的辩士、王中俊杰对他俩说道：（37）"雅度族和俱卢族的两位英雄啊！我想你俩有话要说，说吧！不必犹豫！我会立即照办。"（38）闻听此言，善于辞令的颇勒古拿（阿周那）谦恭地走上前去，对法王（坚战）说道：（39）"国王啊！威武的婆薮提婆之子（黑天）离家已经很久，他希望征得你的同意，回去看望父亲。（40）如果你认为合适，就同意他去阿那尔多城吧！你也应该同意。"（41）

坚战说：

莲花眼啊！祝你好运，诛灭摩图者啊！你今天就去多门城看望休罗之子（婆薮提婆）吧！（42）大臂者啊！我赞成你去，盖沙婆啊！你很久没有见到我的舅舅和提婆吉王后了。（43）大智者啊！你要以我的名义，按照仪规向婆薮提婆舅舅和力天（大力罗摩）致敬，摩豆族后裔啊！（44）你也要经常想念我，想念优秀的力士怖军、颇勒古拿（阿周那）、无种和偕天，摩豆族后裔啊！（45）你看望阿那尔多族、你的父亲和苾湿尼族后，大臂者啊！再回来参加我的马祭，无罪的人啊！（46）你去吧，拿上各种宝石和财富，喜欢什么拿什么吧！沙特婆多族后裔啊！（47）由于你的恩惠，摩豆族后裔啊！我们消灭敌人，获得整个大地，英雄啊！（48）

俱卢族后裔法王坚战这样说罢，人中俊杰婆薮提婆之子黑天说道：（49）"大臂者啊！如今所有的宝石和财富以及整个大地都属于你。我家里的所有财富也属于你，主人啊！你永远是它们的主人。"（50）

英勇的伽陀之兄（黑天）获得正法之子（坚战）同意后，去见姑母（贡蒂）。他受到致敬，也依礼向姑母右旋绕行。（51）他接受姑母和以维杜罗为首的所有人祝福。然后，伽陀之兄、四臂诃利（黑天）乘坐神车，从象城出发。（52）大臂者遮那陀那（黑天）让美丽的妹妹妙贤上车，告别坚战和姑母（贡蒂），在市民们簇拥下出发。（53）以猿猴为旗徽的英雄（阿周那）和萨谛奇，以及玛德利的孪生子、智慧深邃的维杜罗和勇似象王的怖军都跟随着摩豆族后裔（黑天）。（54）英勇的遮那陀那（黑天）请维杜罗和所有的俱卢族英雄们止步，然后，对达禄迦说道："策马上路！"（55）于是，悉尼族俊杰（萨谛奇）跟随杀敌者遮那陀那（黑天），一起前往阿那尔多城，犹如百祭（因陀罗）杀死敌人后前往天国。（56）

以上是吉祥的《摩诃婆罗多》中《马祭篇》第五十一章(51)。

五二

护民子说：
就这样，苾湿尼族后裔（黑天）前往多门城。征服敌人的婆罗多族雄牛们拥抱他后，和随从们一起返回。（1）颇勒古拿（阿周那）一再拥抱苾湿尼族后裔（黑天），依依不舍，目送他远去。（2）普利塔之子（阿周那）好不容易才收回凝视乔宾陀（黑天）的目光，不可战胜的黑天也是如此。（3）灵魂高尚的黑天在行进途中，出现许多神奇的征兆，请听我告诉你。（4）车前阵阵清风吹拂，扫除路上的沙土、灰尘和荆棘。（5）婆薮之主（因陀罗）在手持角弓者（黑天）前面，降下芳香洁净的雨水和天国鲜花。（6）

大臂者（黑天）在平坦的荒野上行进，遇见威力无比的优秀牟尼优腾迦。（7）勇武的大眼（黑天）向牟尼致敬，也受到牟尼致敬。然后，他问候牟尼安康。（8）牟尼受到问候后，向诛灭摩图者（黑天）致敬。然后，婆罗门俊杰优腾迦询问摩豆族后裔（黑天）：（9）"梭利啊！你到俱卢族和般度族宫中，是否巩固了他们的兄弟情谊？请你告诉我。（10）他们是你的亲戚，你一向喜欢他们，盖沙婆啊！你促成这些英雄和好，现在回来了，苾湿尼族雄牛啊！（11）般度五子和持国之子们将会与你一起在这世界上娱乐，折磨敌人者啊！（12）在你的庇护下，俱卢族获得和平，所有的国王能在各自的王国中享福，摩豆族后裔啊！（13）孩子啊！我一向敬重你，黑天啊！你对婆罗多族所做的事取得成果。"（14）

婆薮提婆之子（黑天）说：

婆罗门啊！我努力恢复俱卢族的兄弟情谊，但他们热衷非法，不能和解。（15）于是，他们连同儿子和亲属全都走向死亡。既然命中注定，凭借智慧或力量都无法逃脱，大仙啊！你肯定理解这一切，无罪的人啊！（16）他们违背我的想法，不听毗湿摩和维杜罗的话，互相杀戮，一个接一个走向阎摩殿。（17）般度五子活了下来，而他们的朋友和儿子都死了。所有的持国之子以及他们的儿子和亲属也都死了。"（18）

黑天这样说罢，优腾迦顿时满腔愤怒，瞪大眼睛，说道：（19）"黑天啊！俱卢族和般度族是你喜爱的亲戚，你却不能拯救他们。为此，我肯定要诅咒你。（20）你没有迫使他们停战，因此，我要愤怒地诅咒你，诛灭摩图者啊！（21）俱卢族俊杰们陷入虚妄的行为，你有能力拯救他们，却漠然置之，摩豆族后裔啊！"（22）

婆薮提婆之子（黑天）说：

请听我详细告诉你，婆利古后裔啊！请接受我的好意，因为你是一位苦行者。（23）你听我讲述灵魂后，再对我发出诅咒。但没有人能依靠一点儿苦行征服我。（24）优秀的默祷者啊！我不希望你的苦行毁灭。你具有光辉的大苦行，老师们对你满意。（25）婆罗门俊杰啊！我知道你从小奉行梵行。因此，我不希望你苦修得来的苦行毁于一旦。（26）

以上是吉祥的《摩诃婆罗多》中《马祭篇》第五十二章(52)。

五三

优腾迦说：

盖沙婆啊！请你如实讲述无可指责的灵魂。听了之后，我或者为你表示祝福，或者向你发出诅咒，遮那陀那啊！（1）

婆薮提婆之子（黑天）说：

你要知道暗性、忧性和善性都依靠我，婆罗门啊！同样你要知道众楼陀罗和众婆薮全都由我产生。（2）你要知道，一切众生在我之中，我也在一切众生之中，对此不必怀疑。（3）同样，你要知道，所有的提迭、药叉、罗刹、蛇、健达缚和天女全都由我产生，婆罗门啊！（4）人们所说的存在和不存在，显现者和未显者，可灭者和不灭者，全都以我为灵魂。（5）你要知道，所有四个生活阶段规定的职责，所有供奉天神的礼仪，全都以我为灵魂，牟尼啊！（6）无论是不存在，或者既存在又不存在，或者超越存在和不存在，宇宙一切中，没有比我这位永恒的神中之神更高者。（7）

婆利古后裔啊！你要知道，我是由唵产生的吠陀，我是众天神的仪式。（8）婆利古后裔啊！你要知道，我是吟诵者祭司，我是祭品，我是行祭者祭司，我是监督者祭司，我是精心装饰的供品。（9）我是大祭中的咏歌者祭司，歌唱赞美诗，婆罗门啊！我是净化仪式中平静吉祥的言词。婆罗门俊杰们永远赞颂我是宇宙创造者。（10）你要知道，正法是我的长子，从我的心中产生，婆罗门俊杰啊！它的实质是怜悯一切众生。(11) 我不断活动，采取各种人体，投胎转生，婆罗门俊杰啊！(12) 为了保护正法，确立正法，我在三界中采取各种形体和容貌，婆利古后裔啊！(13)

我是毗湿奴，我是梵天，我是帝释天，我是生和死。我创造万物，收回万物。(14) 在动荡混乱的时代，一切众生陷入非法，我便架起正法之桥。为了众生的利益，我投生各种子宫。(15) 婆利古后裔啊！我投胎天神，毫无疑问，我的一切行为就像天神那样。(16) 我投胎健达缚，我的一切行为就像健达缚那样，婆利古后裔啊！(17) 我投胎蛇，我的行为就像蛇那样。我投胎药叉和罗刹，我的行为就像他们那样。(18) 我投胎人，我的行为就像人那样。我恳求他们慈悲为怀。但他们陷入愚痴，不接受我的忠告。(19) 我也曾展示大恐怖，恐吓俱卢族，然后又恢复我的原样。(20) 但他们陷入非法，在时间法则驱使下，在战斗中合法地战死。毫无疑问，他们升入了天国。(21) 般度之子们在世界上赢得声誉，婆罗门俊杰啊！我已经为你讲述你询问的一切。(22)

以上是吉祥的《摩诃婆罗多》中《马祭篇》第五十三章(53)。

五四

优腾迦说：

我知道你是世界的创造者，遮那陀那啊！毫无疑问，这确实是你对我的恩惠。(1) 永不坠落者啊！我的心皈依你，变得平静，折磨敌人者啊！你要知道我的怒气已经平息。(2) 遮那陀那啊！如果我值得你恩宠，请你显示你的大自在形体，我想看看。(3)

护民子说：

黑天满心喜欢，显示自己永恒的毗湿奴形体，与睿智的胜财（阿周那）看到的一样。(4) 婆罗门看到灵魂高尚的大臂者（黑天）的具有宇宙形象的大自在形体，惊讶不已。(5)

优腾迦说：

宇宙创造者啊！向你致敬！你具有这样的形象，双脚覆盖大地，头顶覆盖天空。（6）肚子覆盖天地之间，双臂覆盖四面八方，永不坠落者啊！（7）现在，请收回你的至高不灭的形象吧，大神啊！我想再看到你自己的形体，那也是永恒的。（8）

护民子说：

镇群王啊！乔宾陀（黑天）满怀喜悦，说道："你选择一个恩惠吧！"优腾迦说道：（9）"大光辉者啊！今天我已经获得你的恩惠，看到你的生死相，黑天啊！"（10）而黑天再次对他说道："不要耽搁时间。这是必须要做的事。你见到了我，不能毫无收获。"（11）

优腾迦说：

如果你一定要这样做，那么，我希望我想得到水，就能得到水，因为在这荒野，水很难得。（12）

护民子说：

大自在天（黑天）收回自己的威力，对优腾迦说道："你想要水的时候，就思念我。"说罢，他前往多门城。（13）这样，有一天，尊者优腾迦走在荒野中，口渴想要喝水，便思念永不坠落者（黑天）。（14）然后，智者（优腾迦）在荒野中看到一个摩登伽（贱民）赤身裸体，沾满污泥，有一群狗围绕着。（15）他面目狰狞，佩着刀，带着弓箭。婆罗门俊杰看到他的下身排尿口流出许多水。（16）就在婆罗门思念黑天时，这个摩登伽仿佛笑着对他说道："优腾迦啊！过来，你从我这里接水吧！婆利古后裔啊！见到你干渴难忍，我大发慈悲。"（17）听罢，睿智的牟尼不愿意接受这水，甚至用严厉的言词责备永不坠落者（黑天）。（18）摩登伽一再对他说道："你喝水吧！"而婆罗门不喝。他忍受干渴，心中充满愤怒。（19）遭到这位灵魂高尚者的坚决拒绝，摩登伽带着那些狗，从那里消失，大王啊！（20）见此情景，优腾迦心中感到羞愧，认为自己受到杀敌者黑天蒙骗。（21）

然后，大臂者（黑天）佩戴着螺号、飞轮和铁杵，沿着这条路走来。优腾迦对他说道：（22）"人中俊杰啊！你把摩登伽尿出的水给优秀的婆罗门，这样做不合适，主人啊！"（23）听他这样说，大智大慧的遮那陀那（黑天）用温和的话语安慰优腾迦，说道：（24）"我以这种合适的方式给你水，只是你不理解。（25）为了你，我请求手持金刚杵摧毁城堡者（因陀罗）：'你将甘露化作水，赐给优腾迦吧！'（26）天王（因陀罗）回答说：'凡人不能获得不死性，你赐给他另外的恩惠吧！'他说了不止一遍，婆利古后裔啊！（27）我坚持对沙姬之夫（因陀罗）说：'应该赐给他甘露。'于是，天王（因陀罗）安抚我，说道：（28）'大光辉者啊！如果一定要赐给他，那我就变成摩登伽，把甘露赐给这位灵魂高尚的婆利古后裔。（29）如果他接受，我就把甘露给他，主人啊！如果他拒绝，我就不赐给他。'婆利古后裔啊！（30）婆薮之主（因陀罗）这样约定后，以这种面貌站在你面前，赐给你甘露，你拒绝接受。这位尊神乔装旃陀罗（贱民），而你犯了一个大错误。（31）我能再次实现你的愿望，难以抵御者啊！我会落实你对水的愿望。（32）在这些天内，婆罗门啊！一旦你需要水，荒野中就会出现饱含雨水的云。（33）这些云会赐给你美味的水，婆利古后裔啊！它们在这世界上将被称作'优腾迦云'"。（34）

听了黑天的这番话，婆罗门很高兴。如今，优腾迦云依然在荒野中下雨，婆罗多后裔啊！（35）

以上是吉祥的《摩诃婆罗多》中《马祭篇》第五十四章（54）。

五五

镇群说：

大苦行者优腾迦具有什么苦行，居然想要诅咒大神毗湿奴？（1）

护民子说：

镇群王啊！优腾迦具有伟大的苦行。他忠于老师，具有威力，不敬拜任何其他人。（2）所有的牟尼之子都希望自己能像优腾迦那样侍奉老师，婆罗多后裔啊！（3）镇群王啊！乔答摩对优腾迦的喜欢和钟爱，超过对其他许多学生。（4）乔答摩喜欢优腾迦的自制、纯洁、勇敢行为和精心侍奉。（5）乔答摩曾经允许数以千计的学生学成回家，而对优腾迦格外钟爱，不愿意让他回家。（6）孩子啊！天长日久，这位大牟尼渐渐衰老，而他一心侍奉老师，自己没有意识到。（7）

一天，优腾迦出去为老师捡柴，王中因陀罗啊！他捡回一大捆柴。(8)克敌者啊！他一路背负回来，劳累和饥饿，将柴捆扔在地上，国王啊！ (9)有一绺银色的白发缠在柴上，与这捆柴一起坠落地上。(10)背柴劳累，饥饿折磨，这位婆利古后裔看到老年的标志，呜呜哭泣起来。(11)老师的女儿臀部优美，大眼如同莲花，通晓正法。她按照父亲的吩咐，低着头，用手去接优腾迦的眼泪。(12)她的双手受到泪滴烧灼，只能扔掉泪滴。而大地也不能承受这些泪滴。(13)乔答摩怀着爱心，对优腾迦说道："孩子啊！今天，你的心情为何如此悲伤？你慢慢地告诉我，婆罗门啊！我想听你说说。"(14)

优腾迦说：

我一心想着你，一心为你做好事，一心忠于你，一心追随你。(15)我没有意识到衰老，也不懂得享受快乐。我在你这里住了一百年，你也不允许我回家。(16)许多比我年纪小的学生，成百成千，学成之后，你都允许他们回家，婆罗门俊杰啊！(17)

乔答摩说：

我喜欢你，你也孝敬老师，这样不知不觉过了很长时间，婆罗门雄牛啊！(18)如果今天你想离去，婆利古后裔啊！我表示同意。你回家去吧！不要耽搁。(19)

优腾迦说：

我给老师什么礼物？请说吧！婆罗门俊杰啊！给了礼物后，我得到你的同意，就要离去，主人啊！(20)

乔答摩说：

贤士们说："老师满意就是酬金。"婆罗门啊！毫无疑问，你的行为令我满意。(21)你知道，我对你完全满意，婆利古后裔啊！如果你今天成为十六岁的青年，(22)我就把我的女儿给你做妻子，婆罗门啊！除了她以外，没有其他女子能够侍奉你这样的光辉者。(23)

于是，优腾迦变成青年，娶了这位声誉卓著的女子。他得到老师同意，又对师母说道：(24)"为了酬谢老师，我应该给你什么礼物？请你吩咐吧！我愿意用财富甚至生命，让你感到满意。(25)在这世界上，任何难以获得的神奇宝石，我能依靠苦行为你带来，毋庸置疑。"(26)

阿诃莉雅说：

孩子啊！我一向对你十分满意，这已经够了。祝你好运！孩子啊！到你想去的地方去吧！（27）

护民子说：

大王啊！优腾迦再次说道："请吩咐我吧！母亲啊！我应该做一件让你高兴的事情。"（28）

阿诃莉雅说：

祝你好运！请你带来绍陀沙（斑足）之妻的那副神奇的珍珠耳环。这样，你也就很好地酬谢了老师。（29）

优腾迦回答道："好吧！"镇群王啊！为了取悦师母，他决定去取回这副耳环。（30）婆罗门雄牛优腾迦立即前往食人肉的绍陀沙那里，乞求珍珠耳环。（31）而乔答摩询问妻子："今天怎么没有看见优腾迦？"妻子回答说："优腾迦去寻找耳环了。"（32）乔答摩对妻子说："你这样做不合适，因为这位国王受到诅咒，成为食人者，肯定会杀死这位婆罗门。"（33）

阿诃莉雅说：

尊者啊！我不知道这个情况，才让这位婆罗门去了。依靠你的恩惠，他不会遭遇任何危险。（34）

闻听此言，乔答摩对妻子说道："就这样吧！"这时，优腾迦在空旷的森林里见到绍陀沙王。（35）

以上是吉祥的《摩诃婆罗多》中《马祭篇》第五十五章（55）。

五六

护民子说：

看到这位国王面目狰狞，留有长须，沾有人血，（1）婆罗门并不畏惧。这位国王威力巨大，如同阎摩，令人恐惧，站起身，对婆罗门说道：（2）"多么幸运，贤士啊！在这第六时分，我寻找食物的时候，

你来到我的身边。"(3)

优腾迦说：

国王啊！你要知道，我是为了老师来到这里。智者们说为老师办事的人不应该遭到杀害。(4)

国王说：

婆罗门俊杰啊！这第六时分是我固定的进食时间。现在，我肚中饥饿，不能放弃这个机会。(5)

优腾迦说：

好吧，大王啊！我们订个契约吧！等我完成老师的事情，我就听你摆布。(6) 王中俊杰啊！我听说我为老师寻找的东西在你这里，王中因陀罗啊！我向你乞求，人中之主啊！(7) 你经常将各种宝石施舍给优秀的婆罗门，人中之虎啊！你是大地上的施舍者和接受施舍者，王中俊杰啊！你要知道，我也是一位有资格接受施舍的人。(8) 获得你掌握的老师要的东西后，克敌者啊！我就依照契约，听你摆布。(9) 我向你保证言而有信。我甚至在闲谈中也从不说假话，更何况在其他场合。(10)

绍陀沙说：

如果我有什么你的老师要的东西，如果我是一个有资格施舍的人，那么，你就说吧！(11)

优腾迦说：

人中雄牛啊！我一向认为你是一个有资格施舍的人，因此，我来这里向你乞求一副珍珠耳环。(12)

绍陀沙说：

婆罗门仙人啊！这副美丽的珍珠耳环是我妻子的。请你选择另一件东西吧！我会给你的，恪守誓言者啊！(13)

优腾迦说：

如果我们说话算数，那你就不要寻找借口。请将耳环给我吧！你要言而有信，国王啊！(14)

护民子说：

闻听此言，国王便对优腾迦说道："你去吧！贤士啊！以我的名义对王后说：'请给吧！'(15) 你以我的名义说了之后，毫无疑问，

这位笑容美丽的女子会将耳环给你，婆罗门俊杰啊！"（16）

优腾迦说：

我在哪里能见到你的妻子？人中之主啊！为什么你不亲自去她那里？（17）

绍陀沙说：

今天，你会在一个林间水边看到她，因为，现在是第六时分，我不能看到她。（18）

优腾迦听了他这样说后，独自前往，见到摩陀衍蒂，说明自己的来意，婆罗多族雄牛啊！（19）镇群王啊！这位大眼女郎听到绍陀沙的话后，对大智者优腾迦说道：（20）"正是这样，伟大的婆罗门啊！你说的一点不错，无罪的人啊！但是，你应该带来一点我丈夫的凭证。（21）因为我的珍珠耳环十分神圣，那些天神、药叉和大蛇总是千方百计寻找机会，想要偷走它。（22）如果这副耳环放在地上，就会被蛇偷走。如果戴在不洁净的人身上，就会被药叉偷走。如果戴这耳环的人陷入沉睡，就会被天神偷走。（23）婆罗门雄牛啊！由于可乘之机难得，那些天神、罗刹和蛇始终保持警觉。（24）无论白天或黑夜，这副耳环都闪耀金光，婆罗门俊杰啊！在夜晚，它盖过星星的光辉。（25）尊者啊！这副耳环消除饥渴和恐惧，摆脱来自毒药、烈火和野兽的危险。（26）如果矮小的人佩带，它会相应变小，如果高大的人佩带，它会相应变大。（27）我的耳环如此奇妙，闻名三界，备受推崇。请你带来我丈夫的凭证吧！"（28）

以上是吉祥的《摩诃婆罗多》中《马祭篇》第五十六章（56）。

五七

护民子说：

优腾迦回到善待朋友的国王那里，请求给予凭证。甘蔗族俊杰（绍陀沙）便给予他凭证。（1）

绍陀沙说：

我现在身处逆境，找不到出路。你知道这是我的愿望，请献出珍

珠耳环①吧！（2）

护民子说：

优腾迦听后，将这话告诉他的妻子。她听后，便将珍珠耳环交给他。（3）得到耳环后，他又对国王说道："国王啊！我想知道这些暗语是什么意思。"（4）

绍陀沙说：

自从创世以来，刹帝利尊敬婆罗门。然而，我们也对婆罗门多有冒犯。（5）我一向敬重婆罗门，却得罪一个婆罗门。我以摩陀衍蒂为伴侣，找不到出路。无论是进入天国之门，还是留在人间。（6）因为遭受婆罗门报复的国王不能生活在人间，死后也不会得到幸福。（7）现在，我已经按照你的愿望，将自己的耳环给了你，你也兑现我们订立的契约吧！（8）

优腾迦说：

国王啊！我肯定会兑现诺言，回来听你摆布。我有个问题想问你，折磨敌人者啊！（9）

绍陀沙说：

婆罗门啊！你心里怎么想，就怎么说吧！我会毫不犹豫地回答你的话，解除你的疑惑。（10）

优腾迦说：

精通正法的人们说朋友遵守诺言。他们懂得，为难朋友，如同盗贼。（11）国王啊！你现在已经成为我的朋友，优秀的智者啊！请你给予我一个智慧的建议。（12）我现在已经达到目的，而你是一个食人者，我该不该再回到你的身边？（13）

绍陀沙说：

如果依我说的话，婆罗门俊杰啊！你无论如何不应该再回到我的身边。（14）我认为你这样做，对你有利，婆利古族后裔啊！你若回来，婆罗门啊！必死无疑。（15）

护民子说：

睿智的国王提供了这个有益的建议，优腾迦便告辞国王，前往阿

---

① 这些话中暗含的意思是：我受到沙迦提仙人的诅咒，变成食人的罗刹。我希望献出耳环，积下功德，获得赎救。

诃莉雅那里。(16)为了让师母高兴,他拿着这副神奇的耳环,快速前往乔答摩净修林。(17)他按照摩陀衍蒂所说的那样保护耳环,将耳环包在黑鹿皮里。(18)走了一段路后,他感到饥饿,看到一棵吉祥果树,硕果累累,便爬了上去。(19)他将黑鹿皮挂在树枝上,克敌者啊!黑鹿皮里包着耳环。(20)由于没有系紧,黑鹿皮掉到地上。这时,有一条蛇看到了这副珍珠耳环。(21)这条蛇出生在爱罗婆多家族。它立刻用嘴咬住这副耳环,钻进蚁垤。(22)

　　看到耳环被蛇抢走,优腾迦痛苦不安,怒不可遏,从树上下来。(23)他拿起木棒,挖掘蚁垤。这位婆罗门雄牛满腔愤怒,浑身发热。(24)大地女神不能承受他的暴力,肢体被木棒捅破,痛苦地颤抖着。(25)婆罗门仙人不停地挖掘地面,决心要打开一条通往蛇界的路。(26)这时,手持金刚杵的大光辉者(因陀罗)乘坐马车来到这里,看到这位婆罗门俊杰。(27)他为优腾迦的痛苦而痛苦,变成婆罗门模样,对优腾迦说道:"孩子啊!你这样做没有用。(28)因为从这里到蛇界,有数千由旬,我认为用木棒不可能获得成功。"(29)

　　优腾迦说:

　　婆罗门啊!如果我不能在蛇界找回耳环,我就会当着你的面抛弃生命,婆罗门俊杰啊!(30)

　　手持金刚杵者(因陀罗)看到优腾迦的决心不可改变,便将金刚杵的威力注入他的木棒。(31)在金刚杵的打击下,大地裂开,形成一条通往蛇界的路,镇群王啊!(32)沿着这条路,优腾迦进入蛇界,看到蛇界方圆数千由旬。(33)有一道道金子筑成的围墙,装饰有一串串宝石,大福大德者啊!(34)他看到配有水晶台阶的水池,水质清纯的河流,众鸟栖息的树木。(35)婆利古后裔(优腾迦)看到蛇界的大门有五由旬高,一百由旬宽。(36)优腾迦眺望蛇界,心情沮丧,对找回耳环失去信心。(37)这时,有一匹白尾黑马,脸和眼睛古铜色,精力充沛,犹如燃烧的火焰,俱卢族后裔啊!它对优腾迦说道:(38)"婆罗门啊!你对着我的肛门吹气,就会得到被爱罗婆多之子抢走的耳环。(39)你不要不愿意做这事,孩子啊!你过去在乔答摩净修林里,也是经常做这事的。"(40)

优腾迦说：

我怎么知道你在我的老师的净修林中？我想听听我过去是如何做这事的？（41）

马说：

孩子啊！你要知道，我是你老师的老师，燃烧的火神。由于是老师，我经常受到你的供奉。（42）你身心纯洁，婆罗门啊！由于受到你的供奉，我要为你做好事。照我说的做吧，别耽搁！（43）

听了火神的话，优腾迦照着去做。火神很高兴，燃起火焰，想要焚烧一切。（44）一经吹气，从它的所有毛孔中冒出浓烟，给蛇界带来恐怖，婆罗多后裔啊！（45）浓烟越冒越多，婆罗多后裔啊！蛇界中什么也看不清了，大王啊！（46）整个爱罗婆多蛇宫中充满以婆苏吉为首的众蛇的叫喊声，镇群王啊！（47）浓烟弥漫宫殿，笼罩森林和高山，一片昏暗，婆罗多后裔啊！（48）众蛇眼睛被熏红，备受火神威力的折磨，从宫中出来，到威力无限的婆利古后裔（优腾迦）那里，想知道事情的究竟。（49）听了威力无限的大仙（优腾迦）说明缘由，众蛇胆战心惊，依礼向他致敬。（50）众蛇让年老的和幼小的排在前面，一起双手合十，俯首行礼，说道："尊者啊！请开恩吧！"（51）然后，众蛇向婆罗门献上洗脚水和食品，又将神奇的、装饰精美的耳环交给他。（52）

威严的优腾迦接受众蛇供奉后，向火神右旋绕行，前往老师的净修林。（53）国王啊！他很快回到乔答摩的住处，将神奇的耳环交给师母，无罪的人啊！（54）就这样，灵魂高尚的优腾迦漫游三界，镇群王啊！他取回这副珍珠耳环。（55）优腾迦牟尼凭借至高无上的苦行，具有这样的威力，婆罗多族雄牛啊！我已经回答你的问题。（56）

以上是吉祥的《摩诃婆罗多》中《马祭篇》第五十七章（57）。

五八

镇群说：

婆罗门俊杰啊！声誉卓著的大臂者乔宾陀（黑天）赐给优腾迦恩

惠后，接着做了什么？（1）

护民子说：

乔宾陀（黑天）赐给优腾迦恩惠后，与萨谛奇一起乘坐大马车，快速前往多门城。（2）经过各种湖泊、河流和森林，到达可爱的多门城。（3）莲花眼（黑天）在萨谛奇陪伴下，走近此城时，恰好遇上奈婆多迦节日。（4）奈婆多迦山上挂满各种装饰品，到处是金制的迦舍花，光彩熠熠，人中雄牛啊！（5）高山上到处是赏心悦目的金制花环、各种服饰和如意树。（6）金色灯柱上灯光日夜明亮，洞穴中和溪流边始终如同白昼。（7）四周彩旗飘扬，伴有铃铛声响，男男女女闹闹嚷嚷，仿佛在歌唱。这座高山十分迷人，犹如充满牟尼的弥卢山。（8）

男男女女兴高采烈，放声歌唱，声音仿佛从高山直达云霄，婆罗多后裔啊！（9）到处回响喜悦、兴奋乃至疯狂的欢叫声，为这座高山增添迷人的气氛。（10）有许多店铺和摊位，各种美味食品，成堆的衣服和花环，还有琵琶、笛子和小鼓。（11）各种搀酒的食物不断施舍给穷人、瞎子和可怜的人们。这座高山闪发喜庆节日的吉祥光彩。（12）英雄啊！还有许多圣洁的房屋，里面住着有功德的人。苾湿尼族英雄们在奈婆多迦节日中尽情娱乐。这座山上住宅遍布，犹如天国。（13）

婆罗多族雄牛啊！就这样，黑天到达时，这座高山犹如因陀罗的宫殿。（14）乔宾陀（黑天）备受尊敬，进入美丽的宫殿。萨谛奇也进入自己的宫殿。（15）乔宾陀（黑天）长期在外，完成了难以完成的业绩后，现在满怀喜悦进入宫中，犹如在檀那婆中的婆薮之主（因陀罗）。（16）博遮族、苾湿尼族和安陀迦人都上前迎接灵魂高尚的苾湿尼后裔（黑天），犹如众天神迎接百祭（因陀罗）。（17）睿智的黑天向他们致敬问好，然后，高兴地向父母请安。（18）大臂者（黑天）接受父母拥抱和抚慰，然后坐下，苾湿尼族英雄们也围绕他坐下。（19）大光辉的黑天洗了脚，消除疲劳后，经父亲询问，开始讲述大战之事。（20）

以上是吉祥的《摩诃婆罗多》中《马祭篇》第五十八章（58）。

五九

婆薮提婆说：

苾湿尼后裔啊！我经常听到人们讲述这场无比神奇的战争，儿子啊！（1）你亲眼目睹这场战争，知道一切事情，大臂者啊！请你如实讲给我听，无罪的人啊！（2）这场伟大的战争发生在灵魂高尚的般度之子们和毗湿摩、迦尔纳、慈悯、德罗纳、沙利耶等人之间。（3）还有其他许多精通武器的刹帝利，具有不同的服饰和模样，来自不同的地区。（4）

听了父亲的话，莲花眼（黑天）当着母亲的面，讲述俱卢族英雄们战死疆场的经过。（5）

婆薮提婆之子（黑天）说：

那些灵魂高尚的刹帝利的神奇事迹实在太多，几百年也讲不完。（6）请听我简要地讲述国王们的一些重要业绩，天神般光辉的人啊！（7）俱卢族后裔毗湿摩是俱卢族十一支大军的统帅，犹如婆薮之主（因陀罗）是众天神的统帅。（8）睿智的束发在睿智的左手开弓者（阿周那）保护下，成为般度族七支大军的首领。（9）灵魂高尚的俱卢族和般度族大战十天，令人毛发直竖。（10）在大战中，束发在手持甘狄拨弓者（阿周那）协助下，用许多利箭射杀不可抵御的恒河之子（毗湿摩）。（11）毗湿摩躺在箭床上，如同一位牟尼，直至太阳离开南路，进入北路时，他才死去。（12）

然后，德罗纳成为统帅，犹如金星成为提迭之主。他是优秀的精通武器者，俱卢族国王的英雄。（13）这位婆罗门俊杰以战斗为自豪，率领剩下的九支大军，由慈悯和雄牛（迦尔纳）等人保护。（14）猛光精通强大的武器，威武有力，受到怖军的保护，犹如伐楼拿受到密多罗保护。（15）这位灵魂高尚者（猛光）率领五支大军，牢记德罗纳对他父亲的伤害，渴望与德罗纳较量，在战场上创造了伟大的业绩。（16）在德罗纳和水滴王之孙（猛光）交战时，许多来自不同地区

的、英勇的国王走向死亡。（17）这五天的战斗尤为可怕，最终德罗纳筋疲力尽，死在猛光手下。（18）

接着，迦尔纳成为难敌军队的统帅，在战斗中率领剩下的五支大军。（19）而般度族有三支大军，受到毗跋蕤（阿周那）保护，在战斗中杀死许多敌军勇士。（20）车夫之子（迦尔纳）和普利塔之子交战，第二天就走向死亡，犹如飞蛾扑火。（21）迦尔纳死后，俱卢族人精神沮丧，失去斗志，剩下的三支大军跟随摩德罗王（沙利耶）。（22）般度族人也损失许多战马，剩下一支大军精神沮丧地跟随坚战。（23）俱卢王坚战创造了难以创造的业绩，开战半天，就杀死摩德罗王（沙利耶）。（24）沙利耶死后，思想高尚、无比勇敢的偕天杀死了罪魁祸首沙恭尼。（25）

沙恭尼死后，持国之子难敌王损失大部分军队，灰心丧气，手持铁杵逃离战场。（26）威武的怖军满腔愤怒，紧紧追赶，发现他躲在岛生湖水中。（27）般度五子带着剩下的军队，兴奋地包围躲在湖中的难敌。（28）躲在水中的难敌遭到语言之箭的猛烈射击，拿着铁杵从水中出来，迎接战斗。（29）在这场激战中，怖军在众国王面前大显身手，杀死了持国之子难敌王。（30）

此后，般度族残剩的军队夜里在军营中入睡后，被德罗纳之子（马嘶）杀死，因为他不能容忍自己的父亲遭到杀害。（31）只有我、萨谛奇和般度五子活了下来，而他们的儿子、军队和朋友都被杀死。（32）慈悯、博遮王（成铠）和德罗纳之子（马嘶）死里逃生，还有投靠般度族的俱卢后裔尚武幸免一死。（33）俱卢族国王难敌及其亲友被杀死后，维杜罗和全胜都站到法王（坚战）这边。（34）就这样，这场战争持续了十八天，主人啊！那些战死的国王都升入了天国。（35）

护民子说：

大王啊！听了这个令人毛发直竖的故事，苾湿尼族人悲喜交加。（36）

以上是吉祥的《摩诃婆罗多》中《马祭篇》第五十九章(59)。

六〇

护民子说：

威武的婆薮提婆之子（黑天）当着父亲的面，讲完婆罗多族大战的故事。（1）这位思想高尚的英雄略去了激昂战死一事，以免婆薮提婆悲伤，婆罗多后裔啊！（2）他不希望婆薮提婆听到外孙死去，而陷入忧伤和痛苦。（3）可是，妙贤注意到他略去了她的儿子战死一事，便说道："黑天啊！你讲讲我的儿子的死。"说完，跌倒在地。（4）看见女儿跌倒在地，婆薮提婆满怀悲痛，失去知觉，也跌倒在地。（5）

然后，婆薮提婆为外孙之死哀伤，痛苦不堪，大王啊！他询问黑天，说道：（6）"莲花眼啊！你在这世上以说真话著称，杀敌者啊！今天你怎么没有告诉我外孙战死的情况？（7）请如实对我讲述你外甥战死的情况，主人啊！他的眼睛和你一模一样。他怎么会在战场上被敌人杀死？（8）苾湿尼后裔啊！人不到死期，想死也难，因此，我的心充满痛苦，却不碎成百块。（9）在战场上，他对母亲妙贤说过什么话？莲花眼啊！我的这位眼睛灵活的、可爱的外孙对我说过什么话？（10）希望他不是逃离战场而被敌人杀死，乔宾陀啊！希望他在战斗中面不改色。（11）黑天啊！他具有强大的威力，常在我的面前幼稚地讲述自己获取的胜利，仿佛自我吹嘘。（12）我希望这个孩子不是死于德罗纳、迦尔纳和慈悯等人的阴谋诡计，躺倒在地。请你告诉我，盖沙婆啊！（13）因为我的外孙总是在战场上向德罗纳、毗湿摩和优秀的勇士迦尔纳挑战。"（14）

父亲痛苦地说个不停，乔宾陀（黑天）痛苦倍增，对父亲说道：（15）"他在战场上冲锋陷阵，面不改色。尽管战斗艰难，他也不临阵脱逃。（16）他杀死成百成千位国王后，遭到德罗纳和迦尔纳围攻，最终死在难降之子手中。（17）主人啊！如果始终一对一交战，那么，即使是手持金刚杵者（因陀罗）也不能杀死他。（18）普利塔之子（阿周那）在战场上迎战敢死队。这样，他在战斗中，被愤怒的德罗纳等人包围。（19）父亲啊！你的外孙在战斗中杀死了许多敌人，最后死在难敌之子手中,苾湿尼后裔啊!(20)他肯定已经升入天国,大智者啊!你消除忧伤吧!贤士们无论在哪里遭遇不幸,都不会消沉。(21)他在战场上对抗德罗纳和迦尔纳等人,如同伟大的因陀罗,怎么不会升入天国?(22)不可抵御者啊!抛弃忧伤,不要陷入愤怒。这位征服敌人城堡者已经达到战死者的归宿。(23)

"这位英雄战死后,我的妹妹妙贤悲痛欲绝。她见到普利塔(贡蒂),失声痛哭,犹如一只雌鹗。(24)她见到德罗波蒂(黑公主),痛苦地问道:'高贵的夫人啊!孩子们在哪里?我想见他们。'(25)听了她的话,所有的俱卢族妇女都用双臂拥抱她,号啕大哭。(26)妙贤对至上公主说道:'贤女啊!你的丈夫在哪里?他一回来,你就马上告诉我。(27)毗罗吒公主啊!过去,他一听到我的声音,马上就会从宫中出来。今天,你的丈夫为什么没有出来?(28)激昂啊!你的大勇士舅舅们平安无事。你来到这里参战,他们都祝福你平安。(29)今天,你仍像过去一样,告诉我战斗情况吧,克敌者啊!我哭着说话,为什么你不回答我?'(30)

"听了苾湿尼族女子(妙贤)的哭诉,普利塔(贡蒂)痛苦不堪,轻声地对她说道:(31)'妙贤啊!虽然婆薮提婆之子(黑天)、萨谛奇和他的父亲在战场上奋力保护他,这孩子还是被杀死了,逃不脱时间的法则。(32)雅度族女子啊!死亡的法则就是如此,不必悲伤。你的难以抵御的儿子已经达到至高的归宿。(33)莲花眼啊!你出生在灵魂高尚的刹帝利家族,不要悲伤,眼睛灵活的女子啊!(34)你看看至上公主,她怀孕在身,美女啊!你不要悲伤。这位吉祥的女子即将生下儿子。'(35)

"雅度族后裔啊!贡蒂这样安慰了她之后,摆脱难以摆脱的忧伤,为激昂举行丧礼。(36)贡蒂通晓正法,征得坚战王、怖军和如同阎摩的孪生子同意,慷慨布施。(37)雅度族后裔啊!苾湿尼族女子(贡蒂)赐给众婆罗门许多牛,满怀喜悦,对毗罗吒公主说道:(38)'毗罗吒公主啊!你不要忧伤烦恼,声誉卓著的女子啊!为了丈夫,好好保护你腹中的胎儿,臀部美丽的女子啊!'(39)贡蒂说完这些话后,大光辉者啊!我征得她的同意,将妙贤带来这里。(40)摩豆族后裔啊!你的外孙就是这样战死的,不可抵御者啊!抛弃烦恼,不要

忧伤。"（41）

以上是吉祥的《摩诃婆罗多》中《马祭篇》第六十章(60)。

六一

护民子说：

听了儿子这番话，以法为魂的苏罗之子（婆薮提婆）抛弃忧伤，为激昂举行至高的祭奠。（1）婆薮提婆之子（黑天）也为灵魂高尚、受父亲钟爱的外甥举行升天仪式。（2）大臂者（黑天）按照礼仪向六百万婆罗门提供各种食物。（3）他施舍衣服，解除众婆罗门对财富的渴求，自己也高兴得汗毛直竖。（4）众婆罗门接受金子、牛、床和衣服，说道："太丰富了。"（5）陀沙诃族婆薮提婆之子（黑天）、大力罗摩、萨谛奇和萨谛迦为激昂举行丧礼，悲痛至极，不能平静。（6）

同样，居住在象城的般度族英雄们失去激昂，也不能平静。（7）王中因陀罗啊！毗罗吒公主失去丈夫，悲痛不已，连续多天不思饮食，凄惨可怜，腹中的胎儿几乎夭折。（8）睿智的毗耶娑凭借天眼知道情况，来到那里。这位大光辉者对大眼睛的普利塔（贡蒂）和至上公主说道："抛弃忧愁吧！（9）声誉卓著的女子啊！由于婆薮提婆之子（黑天）的威力和我的承诺，你会生出一个大光辉的儿子。在般度之子们去世后，他会保护大地。"（10）

婆罗多后裔啊！毗耶娑当着法王（坚战）的面，望着胜财（阿周那），说了这些话，仿佛令他高兴：（11）"大臂者啊！你的这位孙子将成为思想高尚的王子，保护直到海边的大地。（12）因此，俱卢族俊杰啊！抛弃忧愁吧！粉碎敌人者啊！不必怀疑，这事肯定会实现。（13）苾湿尼族英雄黑天过去这样说过，肯定会兑现，毋庸置疑，俱卢族后裔啊！（14）激昂凭借自己的业绩，赢得永恒不灭的天神世界，孩子啊！你和俱卢族人不应该为他忧伤。"（15）

听了祖父的话，以法为魂的胜财（阿周那）抛弃忧伤，喜形于色，大王啊！（16）你的通晓正法的父亲在胎中按时长大，大智者啊！犹如白半月的月亮日益增长。（17）然后，毗耶娑敦促正法之子坚战

王举行马祭。说完话,他消失不见。(18)睿智的法王(坚战)听了毗耶娑的话,一心为举行马祭准备财物,孩子啊!(19)

以上是吉祥的《摩诃婆罗多》中《马祭篇》第六十一章(61)。

六二

镇群说:

婆罗门啊!灵魂高尚的毗耶娑敦促举行马祭,国王听后,采取什么行动?(1)请你告诉我,婆罗门俊杰啊!他怎样获得摩奴多藏在地下的珍宝?(2)

护民子说:

听了岛生(毗耶娑)的话,法王坚战及时召集所有弟弟,对阿周那、怖军和玛德利的孪生子说道:(3)"英雄们啊!你们听到了灵魂高尚、聪明睿智的黑天为了俱卢族的利益,出于友情所说的话。(4)你们听到了盼望朋友富裕、通晓正法、业绩神奇和苦行卓绝的毗耶婆老师所说的话。(5)你们听到了毗湿摩和睿智的乔宾陀(黑天)的话,般度之子们啊!牢记这些话,我想照着去做。(6)宣梵者们的话现在和将来都对我们有益,会给我们带来吉祥幸福。(7)诸位俱卢族后裔啊!整个大地财宝匮乏,因此,毗耶娑告诉我们摩奴多的财宝,诸位国王啊!(8)如果你们认为这些财宝已经够多了,那么,我们怎样把它们运回呢?怖军啊!你认为应该怎么办?"(9)

国王这样说罢,俱卢族后裔啊!怖军双手合十,对王中俊杰(坚战)说道:(10)"大臂者啊!我赞成你说的话,运回毗耶娑告诉我们的财宝。(11)如果我们得到阿毗弃之子(摩奴多)的财富,主人啊!我们就能完成祭祀,大王啊!这是我的看法。(12)我们应该向灵魂高尚的山神(湿婆)俯首致敬,供奉这位贝壳发型的大神,然后,带回财宝。祝你幸运!(13)我们用语言、智慧和行为取悦这位神中之主及其随从们,肯定能达到目的。(14)只要以公牛为旗徽的大神(湿婆)满意,那些守护财宝、形貌可怕的紧那罗肯定会听从我们。"(15)听了怖军的话,婆罗多后裔啊!正法之子坚战王感到高兴。

以阿周那为首的其他人也都高兴地说道:"就这么办吧!"(16)

于是,般度之子们决定去取财宝,在北极星宿日,命令军队出发。(17)般度之子们供奉神中魁首大自在天(湿婆),在众婆罗门的祝福声中出发。(18)般度之子们用糖果、牛奶粥和肉饼供奉这位灵魂高尚的大神后,兴高采烈地出发。(19)它们出发时,优秀的婆罗门和市民们满怀喜悦,说着吉祥的祝福话语。(20)般度之子们向那些侍奉祭火的婆罗门俯首右旋绕行,启程出发。(21)他们告别满怀丧子悲痛的持国王及其妻子(甘陀利),告别大眼睛的普利塔(贡蒂)。(22)他们留下持国之子尚武,在聪明睿智的婆罗门和市民敬拜下,启程出发。(23)

以上是吉祥的《摩诃婆罗多》中《马祭篇》第六十二章(62)。

六三

护民子说:

他们满怀喜悦,启程出发。人欢马叫,车声隆隆,响彻大地。(1)他们受到歌手和吟游诗人赞颂,在自己的军队簇拥下,犹如太阳闪射光芒。(2)头顶上撑着白色华盖,坚战王光彩熠熠,犹如满月之夜的月亮。(3)人中雄牛、般度之子(坚战)一路上按照礼仪,接受人们满怀喜悦的胜利祝福。(4)国王啊!就这样,军队跟随国王前进,喧嚣声充斥天空。(5)大王(坚战)越过各种湖泊、河流、森林和丛林,到达山区。(6)

王中因陀罗啊!这里是藏有财宝的地方。般度王(坚战)和军队在吉祥和平坦的地点安营,婆罗多族俊杰啊!(7)他将那些具有苦行、知识和自制力的婆罗门,精通吠陀和吠陀支的家庭祭司,安置在前面,俱卢族后裔啊!(8)众婆罗门和家庭祭司从前面的营帐中出来,按照礼仪向四面八方为国王祈求平安。(9)众婆罗门按照规则将国王和大臣们安置在中间,有六条道路,九个据点。(10)王中因陀罗(坚战)让人按照规定为那些狂暴的大象安排营地。然后,他对众婆罗门说道:(11)"诸位婆罗门俊杰啊!在这个吉祥的星宿日,你们认为应该怎么做，就怎么做吧！（12）我们停留在这里，不想荒废时间，诸位婆罗门俊杰啊！你们决定怎么做，就着手做吧！"（13）

听了国王的话，众婆罗门和家庭祭司想要取悦法王（坚战），高兴地说道：（14）"今天是吉祥的星宿日，我们要努力举行至高的仪式，国王啊！我们今天饮水维生，你们也要斋戒。"（15）听了这些婆罗门俊杰的话，人中因陀罗们当晚实行斋戒，愉快地躺在拘舍草上，犹如祭祀中点燃的祭火。（16）他们聆听众婆罗门的谈话，度过这个夜晚。纯洁的黎明来到，这些婆罗门雄牛对正法之子坚战王说道。（17）

以上是吉祥的《摩诃婆罗多》中《马祭篇》第六十三章（63）。

六四

众婆罗门说：

国王啊！现在供奉灵魂高尚的三眼大神（湿婆）吧！供奉之后，我们努力实现我们的目的。（1）

护民子说：

听了婆罗门的话后，坚战按照礼仪向山神（湿婆）献上供品。（2）家庭祭司按照规定用酥油满足祭火，念着咒语煮牛奶粥。（3）他拿着经过咒语净化的须曼花，用糖果、牛奶粥和肉饼供奉火神。（4）他精通吠陀，用各种须曼花和炒米，按照规定完成祭供仪式。然后，又向紧那罗们供奉上等祭品。（5）接着，他供奉药叉王俱比罗、妙珠以及其他药叉和鬼怪。（6）供给他们的是芝麻肉饭，国王啊！神中之神（湿婆）的这个地区光彩熠熠。（7）

供奉了楼陀罗（湿婆）和各处的伽那之后，国王让毗耶娑领路，走向埋有宝藏的地方。（8）再次向财神俯首致敬，供上各种须曼花、糕饼和肉饭。（9）威武的国王向各种财宝和所有的财宝守护者致敬，接受婆罗门俊杰们祝福。（10）在婆罗门吉祥的祝福声中，光辉的俱卢族俊杰（坚战）满怀喜悦，开始挖掘宝藏。（11）各种杯盘、水罐、形状可爱的灯罩、净瓶、锅、缸和碗碟。（12）法王坚战挖掘出各式

各样奇妙的容器,数以千计。(13)国王啊!三十万件容器分装在大箱子中,两个箱子一对,犹如天平的两端。(14)

民众之主啊!般度之子(坚战)的运输队有六万头骆驼和十二万匹马。(15)还有十万头大象,大王啊!小车、大车、母象、驴子和人,不计其数。(16)坚战发掘的财富如此之多,以一万六千金币、八千金币或两万四千金币分装。(17)般度之子(坚战)用这些运输工具装完财物,再次供奉大身(湿婆),然后,返回象城。(18)经岛生(毗耶娑)同意,人中雄牛(坚战)让家庭祭司走在前面,每天行程四里。(19)国王啊!这支庞大的军队运载沉重的财宝,艰难地向京城前进,俱卢族后裔们满怀喜悦。(20)

以上是吉祥的《摩诃婆罗多》中《马祭篇》第六十四章(64)。

六五

护民子说:

这时,英勇的婆薮提婆之子(黑天)和苾湿尼族人一起,前往象城。(1)人中雄牛(黑天)知道马祭的日期,那是他返回自己城市时,正法之子(坚战)告诉他的。(2)带着始光、萨谛奇、遮奴提湿纳、商波、伽陀和成铠,(3)还有英雄沙罗纳、尼沙陀和乌尔穆迦,黑天由妙贤陪伴,让大力罗摩走在前面,(4)前来看望德罗波蒂、至上公主和普利塔(贡蒂),安抚失去丈夫的刹帝利妇女们。(5)看到他们回来,持国王和思想高尚的维杜罗按照礼仪接待他们。(6)大光辉的人中雄牛(黑天)接受维杜罗和尚武的敬拜,住了下来。(7)

苾湿尼族人住在这里时,镇群王啊!你的父亲,杀敌英雄继绝王出生了。(8)大王啊!这位国王在胎中曾经遭受梵宝打击,生下后,一动不动,令人又喜又悲。(9)人们高兴地发出狮子吼,响彻四方,但很快就停息下来。(10)黑天在萨谛奇陪同下,迅速进入后宫,感官紊乱,心中痛苦。(11)他看到自己的姑母(贡蒂)哭着跑来,不断地呼喊他。(12)在她后面跟随着德罗波蒂、声誉卓著的妙贤和其他哀伤痛哭的女眷们,国王啊!(13)

王中之虎啊！见到黑天，贡蒂公主含泪哽咽诉说道：（14）"大臂婆薮提婆之子啊！提婆吉生下你，成为优秀母亲。你是我们的归宿和依靠。这个家族完全仰仗你。（15）雅度族英雄啊！这是你的外甥的儿子，主人啊！他遭到马嘶杀害，盖沙婆啊！你救活这个孩子吧！（16）雅度后裔啊！当初马嘶的爱湿迦法宝击中胎儿时，你许诺说：'如果生下死婴，我会救活他。'主人啊！（17）现在，他生下成为死婴。你看看他，人中雄牛啊！你应该保护至上公主、妙贤、德罗波蒂和我，摩豆族后裔啊！（18）你应该保护正法之子（坚战）、怖军、颇勒古拿（阿周那）、无种和偕天所有这些人，不可抵御者啊！（19）这孩子维系着般度之子和我的生命，维系着祭供般度和我的公公的饭团，陀沙诃啊！（20）也维系着祭供同样可爱的激昂的饭团。祝你好运！你为死去的激昂做做好事吧，遮那陀那啊！（21）杀敌者啊！至上公主经常说起激昂对她说过的可爱的话，黑天啊！毫无疑问，这些话也是出于对你的挚爱。（22）陀沙诃啊！阿周那之子（激昂）曾经对毗罗吒公主说道：'贤妻啊！你的儿子会到我的舅舅家去。（23）到了苾湿尼和安陀迦家族，他会掌握弓箭术，精通各种武器和政事论。'（24）孩子啊！毫无疑问，不可抵御的杀敌英雄妙贤之子（激昂）真心诚意地说了这些话。（25）我们向你俯首行礼，诛灭摩图者啊！请求你为了这个家族的利益，做一件大善事吧！"（26）

对苾湿尼族后裔（黑天）说完这些话，大眼睛的普利塔（贡蒂）高举双臂，痛苦不堪，和其他妇女一起倒在地上。（27）大王啊！所有的妇女都眼含泪水，说道："婆薮提婆之子（黑天）的外甥生下来就死了。"主人啊！（28）闻听此言，遮那陀那（黑天）扶起倒在地上的贡蒂，安抚她，婆罗多后裔啊！（29）

以上是吉祥的《摩诃婆罗多》中《马祭篇》第六十五章(65)。

六六

护民子说：
普利塔（贡蒂）站了起来，妙贤望着哥哥，哀哀哭泣，痛苦地说道：(1)"莲花眼啊！你看看睿智的普利塔之子（阿周那）的孙子，在俱卢家族衰落的时候，他短命夭折。(2) 为了杀死怖军，德罗纳之子（马嘶）施展爱湿迦法宝，击中至上公主、阿周那和我。(3) 这个燃烧的法宝扎进我的心中，不可抵御者啊！因此，我不能看到孙子，主人啊！(4) 以法为魂的法王坚战会怎么说？怖军、阿周那、玛德利的孪生子会怎么说？(5) 听到激昂的儿子一生下就死去，苾湿尼族后裔啊！般度之子们仿佛受到德罗纳之子（马嘶）愚弄。(6) 毫无疑问，激昂受到叔伯们钟爱，黑天啊！听到这个消息，这些被德罗纳之子（马嘶）法宝击败的人会怎么说？(7) 遮那陀那啊！激昂的儿子一生下就死去，我认为没有比这更痛苦的事，克敌者啊！(8)

"黑天啊！我现在向你俯首行礼，请求你垂恩，人中俊杰啊！你看看普利塔（贡蒂）、德罗波蒂和这些妇女。(9) 摩豆族后裔啊！德罗纳之子（马嘶）杀害般度族妇女们的胎儿时，诛灭敌人者啊！你愤怒地对他说道：(10) '卑鄙的人啊！我会叫你失望，婆罗门败类啊！我将救活阿周那的孙子。'(11) 听到你的这些话，我知道你的力量，不可抵御者啊！我请求你垂恩，让激昂之子复活吧！(12) 如果你作出承诺，却不兑现光辉的诺言，苾湿尼族之虎啊！你要承担我死去的责任。(13) 英雄啊！如果激昂的儿子不能复活，即使你活着，对我有什么用？不可抵御者啊！(14) 犹如乌云下雨救活庄稼，请你救活激昂的儿子吧！不可抵御者啊！他的眼睛与激昂一样，英雄啊！(15)

"盖沙婆啊！你以法为魂，言而有信，真正勇敢，你能兑现诺言，克敌者啊！(16) 如果你愿意，甚至能复活灭亡的三界，何况这个刚生下就死去的可爱的外孙？(17) 黑天啊！我知道你的威力。因此，我请求你赐予般度之子们这个最大的恩惠吧！(18) 大臂者啊！请你怜悯我吧！我是你的妹妹，儿子已经死去，只能求助于你。"(19)

以上是吉祥的《摩诃婆罗多》中《马祭篇》第六十六章(66)。

六七

护民子说：

王中因陀罗啊！诛灭盖辛者（黑天）听了这些话，痛苦难忍，高声说道:"好吧!"仿佛要让人们高兴起来。(1)确实,人中雄牛(黑天)用这话使人们高兴起来,犹如受炎热折磨的人获得清凉的水。(2)随后,他迅速进入你父亲出生的房间,人中之虎啊!这个房间按照礼仪供奉着许多白色花环,(3)到处安放着装满水的罐子,还有酥油、丁土伽木炭和芥末子,大臂者啊!(4)四周安放着锃亮的武器和祭火。那些讨人喜欢的老妇人进进出出。(5)周围有许多技术高明的医生,英雄啊!光辉的黑天也看到精明能干的人们按照规则在各处设置消灭罗刹的器物。(6)看到你父亲出生的房间设备齐全,感官之主(黑天)高兴地说道:"好啊!好啊!"(7)

苾湿尼族后裔(黑天)面带笑容,这样说着,德罗波蒂赶紧走到毗罗吒公主那里,对她说道:(8)"贤女啊!你的舅公来了。他是古代仙人,诛灭摩图者,灵魂不可思议,不可战胜。"(9)毗罗吒公主止住哽咽的话语和眼泪,整理衣服,如同众天神那样等待黑天。(10)可怜的公主满怀悲痛,看到乔宾陀(黑天)走来,伤心地哭诉道:(11)"莲花眼啊!看看我们这两个失去儿子的人,遮那陀那啊!激昂死了,我同样也死了。(12)苾湿尼族后裔啊!诛灭摩图者啊!英雄啊!我向你俯首行礼,请求你救活我的儿子吧!他被德罗纳之子(马嘶)的法宝烧死。(13)莲花眼啊!如果当初法王(坚战)、怖军或你说过这样的话:(14)'让这个爱湿迦法宝杀死失去知觉的母亲吧!'那么,我也就死去了,不会有现在这样的事情发生。(15)邪恶的德罗纳之子(马嘶)做出这样残忍的事,用梵宝杀死一个胎儿,应该遭到什么报应啊?(16)

"杀敌者啊!我俯首请求你垂恩,乔宾陀啊!如果这孩子不能复活,我也不想活了。(17)善人啊!我在他身上寄托的种种希望都被德罗纳之子(马嘶)破灭了,我何必还要活着?(18)黑天啊!我希望能够怀抱这个孩子,遮那陀那啊!我会向你致敬,天啊!这个愿望已经落空。(19)眼睛灵活的激昂的儿子已经死去,人中雄牛啊!我心中的所有希望都化为泡影,黑天啊!(20)过去,你宠爱眼睛灵活的激昂,诛灭摩图者啊!现在,你看看他的儿子已被梵宝杀死。(21)这孩子像他父亲一样无情无义,不顾及般度族的繁荣昌盛,就这样去了阎摩殿。(22)我曾经发誓说,一旦激昂在战场上死去,我立刻跟随他去，盖沙婆啊！（23）我热爱生命，没有兑现这个诺言，多么残忍！现在我到了颇勒古拿之子（激昂）那里，他会说什么呢？"（24）

以上是吉祥的《摩诃婆罗多》中《马祭篇》第六十七章(67)。

六八

护民子说：

可怜的至上公主一心渴望儿子，像疯人那样哭诉着，最后倒在地上。（1）看到至上公主丧失亲人，跌倒在地，衣裳脱落，贡蒂和所有的婆罗多族妇女痛苦不堪，放声痛哭。（2）国王啊！般度族宫殿仿佛顿时充满痛苦的哭喊声，不忍目睹。（3）王中因陀罗啊！毗罗吒公主这会儿为儿子忧伤痛苦，失魂落魄，英雄啊！（4）

随后，至上公主恢复知觉，婆罗多族雄牛啊！她把儿子抱在怀里，说道：（5）"你是通晓正法者的儿子，知道什么不合正法，而你没有向苾湿尼族英雄表示问候。（6）儿子啊！你到了你父亲那里，向他传达我的话：'时候未到，活着的人很难死去，英雄啊！（7）我失去你这位丈夫和儿子，失去吉祥，一无所有，应该死去，却还活着。(8)大臂者啊！如果得到法王（坚战）允许，我会吞下烈性毒药，或者投火自焚。（9）亲人啊！由于难以死去，虽然失去丈夫和儿子，我的心仍然没有碎成千块。'（10）起来吧，儿子！看看你的痛苦的祖母！她痛苦不堪，沉浸在忧伤的海洋中。（11）看看高贵的般遮罗公主，这位可怜的沙特婆多族公主！看看我，犹如被猎人射中的小鹿，痛苦万分。（12）起来吧！看看这位睿智的世界庇护者（黑天）的脸！他有一双莲花眼，像你父亲的眼睛一样灵活。"（13）

看到至上公主这样哭诉，又跌倒在地，所有的妇女们再次将她扶起。（14）摩差国公主站起来后，振作精神，双手合十，匍匐在地，向莲花眼（黑天）行礼。（15）人中雄牛黑天听了她的这番哭诉，用水净身，摄取梵宝。（16）永不坠落的陀沙诃（黑天）答应救活这孩子。这位灵魂纯洁者向一切世界宣布：（17）"至上公主啊！我不说假话，言而有信。我会当着一切人的面，救活这孩子。（18）我即使在平时说笑中也从不说假话,在战场上也从不临阵脱逃,由此,让这个孩子复活吧!(19)凭借正法对我的热爱,特别是众婆罗门对我的热爱,让这个刚出生就死去的激昂之子复活吧!(20)我和阿周那之间从不发生龃龉,凭此真话,让这个死去的孩子复活吧!(21)真理和正法永远扎根于我,凭此真话,让死去的激昂之子复活吧!(22)我按照正法杀死刚沙和盖辛,凭此真话,让这个孩子复活吧!"(23)

婆薮提婆之子(黑天)这样说罢,婆罗多族雄牛啊!这个孩子渐渐开始动弹,有了知觉,大王啊!(24)

以上是吉祥的《摩诃婆罗多》中《马祭篇》第六十八章(68)。

六九

护民子说:

国王啊!黑天取出梵宝后,你父亲的光辉照亮整个房间。(1)所有的罗刹逃离这个房间,空中响起欢呼声:"好啊!盖沙婆!好啊!"(2)燃烧的梵宝回到祖宗那里,人中之主啊!你的父亲恢复生命。这个孩子按照他具备的勇气和力量,开始动弹。(3)婆罗多族妇女们满怀喜悦,国王啊!按照乔宾陀(黑天)的命令,她们让众婆罗门祷告祝福。(4)所有的婆罗多族雄狮们的妻子仿佛乘船到达彼岸,高兴地赞美遮那陀那(黑天)。(5)贡蒂、德罗波蒂、妙贤、至上公主和其他人中之虎的妻子们个个心情愉快。(6)摔交手、演员、鼓手、占星家、起居侍者、歌手和吟唱诗人都赞美遮那陀那(黑天),颂扬和祝福俱卢族,婆罗多族雄牛啊!(7)

至上公主适时地站起身,高兴地抱着儿子,向雅度族后裔(黑天)致敬,婆罗多后裔啊!黑天高兴地赐给这个孩子许多珍贵的宝石。(8)其他苾湿尼族之虎们也赠送礼物,大王啊!信守诺言的遮那陀那(黑天)为你的父亲取名,说道:(9)"激昂的儿子出生在家族几乎灭绝的时候,因此,给他取名继绝吧!"(10)人中之主啊!随着时间推移,你的父亲渐渐长大,人见人爱,婆罗多后裔啊!(11)

你的父亲满月之时,英雄啊!般度之子们带着大量的财宝回来了，婆罗多后裔啊！（12）听说般度之子们就在附近，苾湿尼族雄牛们出来相迎。人们用花环装饰象城。（13）市民们用绚丽多彩的旗杆和旗帜装饰所有住宅，国王啊！（14）维杜罗一心为般度之子们做好事，吩咐人们在各个神庙中进行供奉。（15）皇家大道装饰有须曼花，整座城市光彩熠熠，喧嚣之声犹如大海波涛。（16）舞伎们跳舞，歌手们唱歌，这座城市如同财神的住处。（17）在四周僻静处，许多美丽的妇女陪伴那些吟唱赞歌的人，数以千计。（18）各种旗帜在风中飘扬，仿佛为俱卢族人指示南北方向。（19）王室官员大声宣布道："今天彻夜游乐，庆贺获得宝藏。"（20）

以上是吉祥的《摩诃婆罗多》中《马祭篇》第六十九章(69)。

七〇

护民子说：

听说般度之子就在附近，杀敌者婆薮提婆之子（黑天）在大臣们陪同下，前去迎接。（1）般度之子们与苾湿尼族人会合，一起进入象城，国王啊！（2）大军浩浩荡荡，马蹄声和车轮声充满整个天地之间。（3）般度之子们心情愉快，在大臣们和朋友们陪同下，让财宝走在前面，进入自己的京城。（4）他们按照礼仪，首先会见持国王，通报各自的名字，向他行触足礼。（5）见过持国后，这些婆罗多族俊杰拜见妙力之女甘陀利和贡蒂，王中之虎啊！（6）他们拜见维杜罗，会见呋舍女之子（尚武），民众之主啊！这些英雄光彩熠熠，也接受别人敬拜。（7）然后，这些英雄听到关于你的父亲出生的种种无比奇妙的事迹。（8）听到睿智的婆薮提婆之子（黑天）的业绩，他们向值得尊敬的提婆吉之子黑天表示敬意。（9）

过了两三天，大光辉的贞信之子毗耶娑来到象城。（10）俱卢族后裔们按照礼仪向他表示敬意，与苾湿尼族和安陀迦族的人中之虎们一起侍奉他。（11）在进行各种交谈之后，正法之子坚战对毗耶娑说道：（12）"尊者啊！由于你的恩惠，我们已经获得财宝。现在，我想举行盛大的马祭。（13）优秀的牟尼啊！我希望得到你的同意。我们

听从你和灵魂高尚的黑天的安排。"（14）

毗耶娑说：

国王啊！我同意你。你就着手进行吧！你按照仪规，举行马祭，慷慨布施吧！（15）王中因陀罗啊！马祭能净化一切罪过。毫无疑问，你举行这场祭祀，会涤除一切罪过。（16）

护民子说：

以正法为魂的俱卢王坚战听了这些话后，集中思想筹备马祭，俱卢族后裔啊！（17）征得岛生黑仙（毗耶娑）同意后，擅长辞令的坚战王又对婆薮提婆之子（黑天）说道：（18）"人中俊杰啊！提婆吉王后生下你，而成为优秀的母亲，大臂者啊！请你按照我说的话去做，永不坠落者啊！（19）雅度后裔啊！我们享受的一切，都依靠你的威力获得。由于你的勇气和智慧，我们赢得了大地。（20）请你净身举行祭祀吧！你是我们至高的老师，通晓正法者啊！由你举行祭祀，我就能消除罪过，主人啊！因为你是祭祀，你是不灭者，你是一切，你是正法，你是生主。"（21）

婆薮提婆之子（黑天）说：

大臂者啊！你应该这样说，你是一切众生的归宿，克敌者啊！这是我确认的想法。（22）你依靠正法，在俱卢族众英雄中大放光彩，国王啊！他们都成为你的附庸。你是我们的老师。（23）已经得到我的同意，你就举行祭祀吧！我也参加这场祭祀。你想要我们做什么，你就吩咐吧，婆罗多后裔啊！我信守诺言，保证为你做到一切，无罪的人啊！（24）怖军、阿周那和玛德利的孪生子，在你祭祀的时候，他们也会祭祀，婆罗多后裔啊！（25）

以上是吉祥的《摩诃婆罗多》中《马祭篇》第七十章（70）。

七一

护民子说：

听了黑天的话后，睿智的正法之子坚战向毗耶娑说道：（1）"到时候，请你为我净身，如实指导我举行马祭。我的这场祭祀全靠你

第十四 马祭篇

了。"(2)

毗耶娑说：

贡蒂之子啊！毫无疑问，我、拜罗和耶若伏吉耶都会按时完成各种仪式。(3) 在制怛罗满月日，你进行净身，备好各种祭祀用品，人中雄牛啊！(4) 让精通马术的御者和婆罗门仔细检查祭马，以保证祭祀成功。(5) 按照经典规定，放开祭马，让它漫游大海围绕的整个大地，弘扬你的名声，国王啊！(6)

护民子说：

般度之子坚战王听后，说道："好吧！"王中因陀罗啊！他按照宣梵者（毗耶娑）说的一切去做，备好各种祭祀用品。(7) 灵魂不可估量的正法之子坚战王备好一切物品后，报告岛生黑仙（毗耶娑）。(8) 大光辉的毗耶娑对正法之子坚战说道："我们做好准备，按时为你净身。(9) 祭刀、祭草和其他必需用品都应该是金制的，俱卢族后裔啊！(10) 今天，放开祭马，让它在大地上随意游荡，按照经典规定，好好保护它，坚战啊！"(11)

坚战说：

婆罗门啊！我会放开祭马，让它在大地上随意游荡。(12) 牟尼啊！由谁保护这匹在大地上随意游荡的祭马？请你告诉我。(13)

护民子说：

王中因陀罗啊！岛生黑仙（毗耶娑）听了这话后，说道："在怖军之后出生的、最优秀的弓箭手，(14) 具有承受力和抵抗力的吉湿奴（阿周那），他将保护这匹祭马。因为这位毁灭全甲族的英雄能够征服整个大地。(15) 他有神奇的武器，神奇的身体，神奇的弓，这位弓箭手将跟随这匹祭马。(16) 他精通正法和利益，通晓一切知识，王中俊杰啊！他会按照经典规定跟随你的祭马。(17) 这位大臂王子肤色黝黑，眼如莲花。这位英雄是激昂的父亲，会跟随这匹祭马。(18) 威武雄壮、勇敢无比的贡蒂之子怖军和无种能够保护王国，民众之主啊！(19) 聪明睿智、声誉卓著的偕天会按照仪规安排好一切家族事务，俱卢族后裔啊！"(20) 俱卢族后裔（坚战）按照毗耶娑说的一切去做，指定颇勒古拿（阿周那）保护祭马。(21)

坚战说：

阿周那啊！来吧，请你保护这匹祭马！英雄啊！只有你能保护这匹祭马,别人都不行。(22)大臂者啊!各地的国王遇到你时,你尽量不要与他们发生争执,无罪的人啊!(23)你要到处宣传我的祭祀,大臂者啊!与那些国王友好结盟。(24)

以法为魂的坚战对左手开弓的弟弟(阿周那)说完这些话,又指定怖军和无种保护这座城市。(25)征得持国王同意,坚战又指定将领偕天照管家族事务。(26)

以上是吉祥的《摩诃婆罗多》中《马祭篇》第七十一章(71)。

七二

护民子说:

到了净身的时候,那些大祭官按照规则为国王(坚战)净身,以便举行马祭。(1)般度后裔(坚战)净身后,捆绑祭牲。威武的法王(坚战)在祭官们陪伴下,光彩熠熠。(2)无限光辉的宣梵者毗耶娑按照经典规定,亲自放开用作马祭的那匹马。(3)国王啊!正法之子坚战王净身后,脖子上佩戴金花环,犹如燃烧的火焰,闪闪发光。(4)身穿绸衣,外披黑鹿皮,手持木杖,正法之子(坚战)光彩照人,犹如另一位生主出现在祭场。(5)所有的祭官都是同样的装束,民众之主啊!阿周那也如同燃烧的火焰。(6)

胜财(阿周那)驾驭白马,按照法王(坚战)的命令,跟随那匹黑斑马,大地保护者啊!(7)阿周那戴上护指,挽开甘狄拨神弓,高兴地跟随那匹祭马,国王啊!(8)全城的人,包括儿童,都出来观看俱卢族俊杰胜财(阿周那)出发远行,主人啊!(9)他们想要观看那匹祭马和跟随祭马的人,互相拥挤,仿佛摩擦生热。(10)大王啊!他们望着贡蒂之子胜财(阿周那),说话的声音充满四面八方:(11)"贡蒂之子(阿周那)走了。这匹祭马闪亮发光。大臂者(阿周那)握着神弓,跟随这匹祭马。"(12)智慧博大的吉湿奴(阿周那)听到人们这样说:"吉祥如意,来去平安,婆罗多后裔啊!"(13)人中因陀罗啊!另外一些人这样说:"在拥挤中,我们看不见阿周那,只看见他的弓。(14) 这是著名的甘狄拨神弓，弦声可怕。但愿他一路平安，无灾无难。等他回来时，我们还能看到他。"(15) 他听到男男女女反复说着诸如此类甜蜜的话，婆罗多族雄牛啊！(16)

一位耶若伏吉耶的学生熟悉祭祀礼仪，精通吠陀，与普利塔之子（阿周那）同行，以保障安全。(17) 国王啊！许多精通吠陀的婆罗门以及刹帝利和吠舍跟随这位灵魂高尚者，大地保护者啊！(18) 在般度之子们用武器征服的大地上，这匹祭马随意游荡，大王啊！(19) 在这过程中，般度之子（阿周那）经历了许多神奇的战斗，英雄啊！我要讲给你听。(20) 国王啊！你要知道，这匹祭马在大地上右旋绕行，由北方转向东方，克敌者啊！(21) 这匹骏马踏上许多国王的国土，大勇士（阿周那）驾驭白马，慢悠悠地跟随它。(22) 一路上，无数个国王，数以万计失去亲人的刹帝利，与阿周那交战，大王啊！(23) 许多形貌丑陋的吉罗陀野人手持刀和弓，国王啊！还有许多过去在战场上战败的弥戾车人。(24) 许多高贵的国王，兵强马壮，充满战斗狂热，与般度之子（阿周那）交战。(25) 大地之主啊！就这样，不同地区的国王随时随地与阿周那发生战斗。(26) 无罪的人啊！我将告诉你贡蒂之子（阿周那）经历的一些激烈的战斗，国王啊！(27)

以上是吉祥的《摩诃婆罗多》中《马祭篇》第七十二章(72)。

七三

护民子说：

这一场战斗发生在有冠者（阿周那）与三穴国烈士的儿孙辈之间。他们以大勇士闻名，与般度族结有怨仇。(1) 得知这匹上等祭马来到他们的地域，这些英雄全副武装，包围祭马。(2) 他们背着箭囊，乘坐骏马驾驭的精良战车，包围祭马，竭力捕获它，国王啊！(3) 克敌者阿周那知道他们的企图，好言好语劝阻这些英雄。(4) 他们不予理睬，用箭射他。有冠者（阿周那）抵抗这些陷入愚痴和狂热的人们。(5) 婆罗多后裔啊！吉湿奴（阿周那）仿佛微笑着对他们说道："停止吧！不懂正法的人们啊！生命最宝贵。"（6）因为在出发时，法王（坚战）告诫他说："普利塔之子啊！不要杀害那些失去亲人的国王。"（7）记住睿智的法王（坚战）的话，阿周那对他们说道："你们住手吧！"但是，他们不住手。（8）

胜财（阿周那）在战斗中用箭网覆盖三穴国国王日铠，哈哈大笑。（9）马蹄声和车轮声充满四面八方，所有的三穴国士兵冲向胜财（阿周那）。（10）日铠向普利塔之子（阿周那）发射数百支笔直的箭，展示他的娴熟武艺，王中因陀罗啊！（11）其他大弓箭手们跟随他泼洒箭雨，想要杀死胜财（阿周那）。（12）般度之子（阿周那）从自己的弓弦上发射许多箭，粉碎箭雨，使那些箭都坠落地上，国王啊！（13）日铠的弟弟旗铠年少气盛，为了哥哥，与灵魂高尚的般度之子（阿周那）交战。（14）看到旗铠在战场上冲过来，杀敌英雄毗跋蕤（阿周那）用利箭将他射死。（15）

旗铠被射死后，大勇士持铠迅即驾车包围吉湿奴（阿周那），泼洒箭雨。（16）见到少年持铠如此敏捷，大光辉的浓发（阿周那）对他非常满意。（17）因陀罗之子（阿周那）没有看到他取箭和拉弓，只看到他射出的许多箭。（18）他敬重战斗中的持铠，有一阵子，心里喜欢他。（19）俱卢族英雄（阿周那）充满喜悦，仿佛笑对发怒的蛇，没有剥夺持铠的生命。（20）尽管持铠受到无限光辉的普利塔之子（阿周那）的保护，他依然向阿周那射出一支利箭。（21）阿周那的手被利箭射中，剧烈疼痛，一松开，甘狄拨神弓失落在地。（22）神弓从左手开弓者（阿周那）手中跌落，主人啊！形状如同因陀罗的弓，婆罗多族俊杰啊！（23）这张神奇的大弓跌落时，国王啊！持铠在战场上放声大笑。（24）这时，吉湿奴（阿周那）满腔愤怒，抹去手上的血，拿起神弓，泼洒箭雨。（25）各类众生赞叹阿周那的行动，欢呼喝彩之声直达云霄。（26）

看到吉湿奴（阿周那）满腔愤怒，犹如时代末日的阎摩，三穴国士兵们迅速包围他。（27）他们冲上前来围攻浓发（阿周那），想要救助持铠。胜财（阿周那）怒不可遏。（28）他用如同因陀罗金刚杵那样锋利的铁箭，射死十八名士兵。（29）看到三穴国士兵们溃逃，胜财（阿周那）迅速用毒蛇般的利箭射死他们。然后，放声大笑。（30）

在胜财（阿周那）的利箭重创下，三穴国的大勇士们精神崩溃，逃向四面八方。（31）他们向消灭敢死队的人中之虎（阿周那）说道："我们是你的仆人，听命于你。（32）你命令我们吧！普利塔之子啊！你命令我们这些恭顺的仆人吧！俱卢族后裔啊！我们会做一切令你高兴的事。"（33）听了这些话，胜财（阿周那）对他们说道："国王们啊！你们保住性命，听从我的命令吧！"（34）

以上是吉祥的《摩诃婆罗多》中《马祭篇》第七十三章(73)。

七四

护民子说：

然后，骏马走向东光国，在那里游荡。战斗骁勇的福授之子出来迎战。（1）婆罗多族俊杰啊！杵授王看到般度之子（阿周那）的祭马进入他的地域，出来迎战。（2）福授之子杵授王从城里冲出来，袭击这匹祭马，然后，返回城去。（3）见此情景，大臂者俱卢族雄牛（阿周那）立刻挽开甘狄拨神弓，迅速追赶。（4）英勇的国王（杵授）中了甘狄拨神弓发出的箭，神志迷糊，丢开祭马。祭马跑向普利塔之子（阿周那）。（5）王中俊杰（杵授）进入城里，穿上铠甲，骑着大象，再次出来迎战。（6）

这位大勇士头顶上撑着白色华盖，白色拂尘摇晃。（7）由于年幼无知，遇见般度族大勇士普利塔之子（阿周那），也敢向他挑战。（8）他满腔愤怒，驱策颤颤和嘴角裂开的、高山般的大象，冲向驾驭白马的阿周那。（9）这头大象流淌液汁，如同乌云下雨。它按照经典装备齐全，头、耳和腿脚有力，战斗勇猛，能够抵御敌人的大象。（10）这头强大有力的大象在国王的铁钩驱策下，仿佛要掀翻天空。（11）看到大象冲过来，国王啊！胜财（阿周那）愤怒地站在地上，与象背上的国王交战，婆罗多后裔啊！（12）杵授王满腔愤怒，迅速向胜财（阿周那）投掷许多火焰般的标枪，如同一群飞速前进的蝗虫。（13）阿周那用甘狄拨神弓发射许多箭，在半空中将那些标枪折成两半或三截。（14）

福授之子（杵授）看到那些标枪折断，迅速接连不断地向般度之子（阿周那）射箭。(15) 阿周那满腔愤怒，以更快的速度向福授之子（杵授）发射笔直飞行的金翅箭。(16) 大光辉的杵授在战场上被这些箭射中，跌倒在地，但没有失去知觉。(17) 他又骑上大象，渴望在战斗中取胜，镇静地向阿周那射箭。(18) 吉湿奴（阿周那）满腔愤怒，向他发射许多毒蛇般的利箭，如同燃烧的火焰。(19) 那头大象中了许多箭，鲜血流淌，犹如雪山的许多溪流。(20)

以上是吉祥的《摩诃婆罗多》中《马祭篇》第七十四章(74)。

七五

护民子说：

婆罗多族雄牛啊！就这样，阿周那和王中因陀罗（杵授）之间的战斗进行了三天，犹如百祭（因陀罗）和弗栗多之间的战斗。(1) 第四天，大力士杵授放声大笑，对阿周那说道：(2) "阿周那啊！阿周那！等着吧！你不会活着逃脱我的手掌。杀死了你，我将按照礼仪为父亲举行水祭。(3) 我年迈的父亲福授王是你父亲的朋友，而你缩短他的寿命，杀死了他。现在，你就与我这个孩子交战吧！"(4)

说完这些话，杵授王满腔愤怒，驱策大象冲向般度之子（阿周那），俱卢族后裔啊！(5) 大象在睿智的杵授驱策下，冲向般度之子（阿周那），仿佛要掀翻天空。(6) 大象用鼻尖向颇勒古拿（阿周那）喷水，犹如乌云向山峰泼洒雨水，大王啊！(7) 在国王驱策下，大象发出阵阵吼叫，犹如乌云发出阵阵雷鸣，冲向颇勒古拿（阿周那）。(8) 在杵授驱策下，大象仿佛跳着舞蹈，快步冲向俱卢族大勇士（阿周那）。(9)

看到杵授的大象冲来，强壮的杀敌英雄（阿周那）依靠甘狄拨神弓，毫不动摇。(10) 面对事业遇到障碍，想起从前的怨仇，般度之子（阿周那）对这位国王充满愤怒，婆罗多后裔啊！(11) 般度之子（阿周那）愤怒地用箭网阻挡大象，犹如堤岸阻挡住大海。(12) 大象遭到阿周那有力的阻截，身上布满利箭，站住不动，犹如长满硬刺的豪猪。(13)福授之子杵授王看到大象受阻,气得发昏,向阿周那发射许多利箭。(14)阿周那也发射许多箭,挡住那些利箭,大王啊!这仿佛是奇迹。(15)

东光国国王(杵授)愤怒至极,再次驱策恶魔般的大象。(16)看到大象冲过来,强大有力的因陀罗之子(阿周那)发射出火焰般的铁箭。(17)国王啊!大象被铁箭射中要害部位,猛然倒地,犹如山峰被金刚杵击中而崩塌。(18)大象被胜财(阿周那)的铁箭射中倒下,犹如高山被金刚杵击中,倒在地上。(19)

杵授的大象倒下后,般度之子(阿周那)对跌倒在地的国王说道:"不要害怕!(20)因为大光辉的坚战在我出发时,对我说过:'胜财啊!你无论如何不要杀害那些国王。(21)人中之虎啊!你只管完成自己的任务,胜财啊!即使他们挑起战斗,你也不要在战场上杀死他们。(22)你要告诉这些国王以及他们的朋友:请你们都去参加坚战的马祭。'(23)听了兄长的话,国王啊!我不会杀死你。起来吧!不要害怕,放心回去吧!国王啊!(24)在制怛罗满月日,你要来参加睿智的法王(坚战)的马祭,大王啊!"(25)福授之子(杵授)被般度之子(阿周那)击败,听了这番话,回答说:"好吧!"(26)

以上是吉祥的《摩诃婆罗多》中《马祭篇》第七十五章(75)。

七六

护民子说:

接着发生的是有冠者(阿周那)和信度族人的战斗。他们是死里逃生的烈士子弟。(1)听说般度族雄牛(阿周那)驾驭白马进入他们的地域,这些国王不能容忍,出来迎战。(2)他们像毒蛇那样,在边境袭击那匹祭马,对怖军之弟、普利塔之子(阿周那)毫不惧怕。(3)他们冲向手持神弓、站在离祭马不远处的毗跋蒎(阿周那)。(4)这些国王是富有勇气的人中之虎,过去在战场上失败,现在想要取胜,包围阿周那。(5)

他们通报各自的名字、家族和职务,向普利塔之子(阿周那)泼洒箭雨。(6)他们泼洒的利箭,足以阻挡大象。他们包围贡蒂之子(阿周那),想要战胜他。(7)这些英雄望着这位作战勇猛的英雄。他们站在车上,与站在地上的阿周那交战。(8)他们围攻这位消灭全甲族、歼灭敢死队和杀死信度王的英雄。(9)他们用一千辆战车和一万匹战马,团团围住兴奋的贡蒂之子(阿周那),与他交战。(10)

这些英雄想起睿智的信度王胜车在战场上遭到左手开弓者(阿周那)杀害,俱卢族后裔啊!(11)他们像乌云那样泼洒箭雨。箭雨笼罩普利塔之子(阿周那),犹如乌云笼罩太阳。(12)但见般度族雄牛(阿周那)被箭覆盖,婆罗多后裔啊!如同鸟儿被关在笼中。(13)国王啊!贡蒂之子(阿周那)遭受箭雨折磨,整个三界发出"啊啊"的叹声,太阳也黯然失色。(14)大王啊!这时刮起令人毛骨悚然的狂风,罗睺同时吞噬太阳和月亮。(15)许多流星撞击太阳,散落四方,国王啊!盖拉娑高山震动摇晃。(16)七仙人和其他神仙充满痛苦和忧愁,心生恐惧,流下热泪。(17)流星破碎,坠落在月亮上,国王啊!一切异常,呈现凶兆。(18)像驴子那样的赤云携带闪电和彩虹,笼罩天空,洒下血和肉。(19)就这样,这位英雄被箭雨覆盖,婆罗多族俊杰啊!仿佛这个世界出现奇迹。(20)

阿周那被箭网笼罩,一阵昏厥,甘狄拨神弓和腕环从手中脱落。(21)这位大勇士陷入昏厥,精力不支,信度族人迅速撒开更大的箭网。(22)得知普利塔之子(阿周那)陷入昏厥,众天神胆战心惊,失去平静。(23)众神仙、七仙人和众梵仙为睿智的普利塔之子(阿周那)祈祷胜利。(24)众天神激发普利塔之子(阿周那)的勇气,这位聪明睿智、精通至高武艺的英雄犹如高山屹立战场。(25)

然后,这位俱卢族后裔挽开神弓,弓弦不断发出巨大的声响。(26)普利塔之子(阿周那)用神弓向敌人泼洒箭雨,犹如天王(因陀罗)倾泻雨水。(27)那些信度族士兵和将领隐没在箭雨中,犹如火焰隐没在成群的飞蛾中。(28)信度族人被弓弦声吓得瑟瑟发抖,纷纷逃跑。他们忧愁悲伤,流泪哭泣。(29)国王啊!强大有力的人中俊杰(阿周那)如同转动的火轮,到处向敌人撒开箭网。(30)杀敌英雄(阿周那)向四面八方撒开箭网,犹如手持金刚杵的大神因陀罗撒开神网。(31)俱卢族俊杰(阿周那)粉碎敌军,犹如秋天的太

阳驱散乌云。(32)

以上是吉祥的《摩诃婆罗多》中《马祭篇》第七十六章(76)。

七七

护民子说：

这位勇士手持甘狄拨神弓，迎接战斗，不可抵御，犹如巍然屹立的雪山。(1) 信度族士兵重整旗鼓，愤怒地泼洒箭雨，婆罗多后裔啊！(2) 面对前来找死的信度族士兵，大勇士贡蒂之子（阿周那）笑了笑，用温和的话语对他们说道：(3) "你们竭尽全力战斗吧！你们努力杀死我吧！你们采取一切行动吧！因为你们大难临头。(4) 我将挡住箭网，与你们作战。你们热衷战斗，请站住！我将打掉你们的傲气。"(5)

俱卢族后裔（阿周那）手持甘狄拨神弓，愤怒地说完这些话，婆罗多后裔啊！他想起长兄（坚战）的话：(6) "你在战场上要征服，但不要杀死那些想要战胜你的刹帝利。"灵魂高尚的法王（坚战）说过这样的话，人中俊杰颇勒古拿（阿周那）思忖道：(7) "人中因陀罗（坚战）跟我说过不要杀死那些国王，我不能让法王（坚战）的话落空。(8) 我应该执行国王的命令，不杀死这些国王。"他通晓正法，一心为长兄谋利益，这样决定后，对热衷战斗的信度族士兵说道：(9) "无论是谁，在战斗中被我打败，只要说声'我投降'，那么，即使站在我面前，我也不会杀死你们的儿童和妇女。(10) 听了我的话，你们做事要为自己的利益考虑，否则，你们会遭遇麻烦，备受折磨。"(11)

这样说罢，俱卢族雄牛（阿周那）不慌不忙，与那些怒气冲冲、求胜心切的勇士作战。(12) 信度族士兵向手持甘狄拨神弓者（阿周那）发射数十万支笔直的箭，国王啊！(13) 胜财（阿周那）发射许多利箭，在半空中砍断那些毒蛇般可怕的利箭。(14) 他砍断那些快速飞行的、锋利的苍鹭羽毛箭后，又在战斗中用数十支箭射穿一个又一个敌人。(15) 信度族国王们想起胜车遭到杀害，再次向胜财（阿周那）投掷长矛和标枪。（16）思想高尚的般度之子有冠者（阿周那）让他们的企图落空，在半空中砍断所有这些武器，兴奋地发出呼叫。（17）他用许多笔直的月牙箭砍下那些冲向前来、渴求胜利的士兵的脑袋。（18）他们中有些人逃跑，有些人冲上来，有些人停止不动，一片喊叫声，犹如大海咆哮。（19）他们遭到威力无限的普利塔之子（阿周那）杀戮，依然拼死拼活，与阿周那交战。（20）颇勒古拿（阿周那）发射许多笔直的箭，使许多疲惫的战马和士兵失去知觉。（21）

持国的女儿杜沙罗得知他们全都精疲力竭，带着她的孙子，也就是妙车的儿子，走向这位纯洁无瑕的英雄。（22）为了所有士兵的安全，她走向般度之子（阿周那）。到了胜财（阿周那）面前，她失声痛哭。胜财（阿周那）见到她，便放下弓。（23）放下弓后，普利塔之子（阿周那）按照礼仪，询问堂妹："我能为你做什么？"国王啊！她回答道：（24）"婆罗多族俊杰啊！这孩子是你外甥的儿子。他向你致敬，英雄啊！你看看他，人中雄牛啊！"（25）闻听此言，普利塔之子（阿周那）便询问这孩子的父亲情况，说道："他在哪里？"国王啊！杜沙罗回答道：（26）"这孩子的父亲为父亲之死忧愁悲伤，痛苦不堪，命殒气绝，英雄啊！请听我告诉你。（27）过去，他听说父亲在战场中被你杀死，无罪的人啊！现在，他又听说你护卫祭马，来到这里。他经受不住父亲之死的痛苦折磨，抛弃了生命，胜财啊！（28）'毗跋蒎来了！'一听说你的名字，我的儿子倒地而死，无罪的人啊！（29）见他倒地而死，我抱着这孩子，来到你这里，请求你庇护，主人啊！"（30）

说完这些话，持国的女儿失声痛哭，对站在面前神情沮丧、低垂着头的普利塔之子（阿周那）说道：（31）"看看我这个堂妹，看看你外甥的儿子，通晓正法者啊！你应该怜悯我，俱卢族后裔啊！忘记俱卢王（难敌）吧！忘掉愚蠢的胜车吧！（32）正如激昂生下杀敌英雄继绝，妙车也生下我的孙子，大臂者啊！（33）人中之虎啊！我抱着这孩子，来到你身边，为了所有士兵的安全。你听我的话吧！（34）那个愚蠢者的孙子已经来到这里，大臂者啊！你应该爱怜这个孩子。（35）克敌者啊！他和我一起向你俯首致敬。大臂者啊！他向你乞求和平，胜财啊！请走吧！（36）这个孩子失去亲人，一无所知，普

利塔之子啊！请你开恩，不要发怒，通晓正法者啊！（37）忘掉他的卑劣残酷、恶贯满盈的祖父吧！请你开恩吧！"（38）

杜沙罗说着这些可怜的话，胜财（阿周那）想起甘陀利王后和持国王，满怀痛苦和忧伤，谴责刹帝利法，说道：（39）"呸！卑贱的难敌，狂妄自大，贪图王国。由于他，我把所有的亲戚送进了阎摩殿。"（40）说罢，胜财（阿周那）极力安慰她，答应她的请求。他高兴地拥抱她，让她回宫。（41）杜沙罗也劝说所有的士兵停战。向普利塔之子（阿周那）行礼致敬后，这位脸庞美丽的女子返回宫中。（42）人中雄牛（阿周那）征服了信度族士兵，又开始跟随那匹随意游荡的祭马。（43）民众之主啊！这位英雄按照规则，跟随祭马，犹如神中之神持弓者（湿婆）在空中跟随觜宿。（44）祭马随心所欲，到处游荡，增添普利塔之子（阿周那）的功绩。（45）渐渐地，祭马和般度之子（阿周那）走近摩尼城国王的领地，婆罗多族雄牛啊！（46）

以上是吉祥的《摩诃婆罗多》中《马祭篇》第七十七章（77）。

七八

护民子说：

高尚的褐乘王听说英雄父亲来到，让婆罗门带着礼物走在前面，谦恭地出来迎接。（1）睿智的胜财（阿周那）牢记刹帝利法，没有对前来迎接的摩尼城国王表示满意。（2）以法为魂的颇勒古拿（阿周那）生气地说道："你的行为不合适，违反刹帝利法。（3）我护卫坚战的祭马，进入你的地域，儿子啊！你怎么不与我交战？（4）呸！你这个蠢人，不懂得刹帝利法。我来这里作战，你却友好地接待我。（5）你活在世上，却没有人生目的。你是武士，却像妇女那样友好地接待我。（6）如果我放下武器，来到你这里，蠢人啊！你的这个行为才是合适的，卑贱的人啊！"（7）

得知丈夫说了这些话，蛇王的女儿优楼比不能忍受，劈开大地，来到阿周那那里。（8）她看见儿子遭到渴望作战的丈夫反复指责，低头沉思,主人啊!(9)蛇王的女儿优楼比全身美丽,通晓刹帝利法,走近儿子,说道:(10)"你要知道,我是蛇王的女儿优楼比,你的母亲,儿子啊!你按照我的话去做,就能获得至高正法。(11)毫无疑问,这样做,他就会喜欢你。"(12)

在母亲的激励下,大光辉的褐乘王决心作战,婆罗多族雄牛啊!(13)他穿上金铠甲,戴上金头盔,登上系有百个箭囊的大战车。(14)车上备有一切器具,套上快速如同思想的骏马,有优质的车轮和金制的饰物。(15)升起华丽的旗帜,以金狮为旗徽,褐乘王驶向普利塔之子(阿周那)。(16)这位英雄冲向普利塔之子(阿周那)保护的祭马,让那些精通马术的人逮住祭马。(17)看到祭马被抓,胜财(阿周那)心中喜悦,站在地上,阻挡站在车上的儿子。(18)这位国王用数以千计毒蛇般的利箭袭击这位英雄。(19)这场发生在父子之间的战斗无与伦比,犹如天神和阿修罗之间的战斗,双方都感到喜悦。(20)

人中之虎褐乘王用一支笔直的箭射中有冠者(阿周那)的锁骨,笑了起来。(21)这支箭带着羽毛穿过贡蒂之子(阿周那)的锁骨,扎入地面,犹如一条蛇穿过蚁垤。(22)睿智的阿周那感到一阵剧烈的疼痛,他撑在神弓上,借助神力,而看上去像死去一般。(23)人中雄牛(阿周那)恢复了知觉,大地之主啊!因陀罗之子(阿周那)赞美儿子,说道:(24)"好啊!好啊!大臂者啊!花钏之子啊!见到你这样行动,我很高兴,儿子啊!(25)现在我要向你射箭,儿子啊!你要坚定地作战。"说罢,杀敌者(阿周那)泼洒箭雨。(26)褐乘王用许多铁箭将甘狄拨神弓中射出的、金刚杵般的利箭全部砍成三截。(27)普利塔之子(阿周那)用许多神箭射断车上饰有金子的旗帜,如同用剃刀砍断金棕榈树。(28)般度族雄牛(阿周那)微笑着,又射死国王的那些快速勇猛的高头大马。(29)国王迅速下车,愤怒至极,站在地上,与父亲阿周那作战。(30)

般度族雄牛、因陀罗之子(阿周那)对儿子的勇敢十分满意,不再折磨他。(31)而强壮的褐乘王遭到打击后,不管父亲已经转过背去,再次发射毒蛇般的利箭。(32)出于幼稚,褐乘王用一支锋利的羽毛箭射中父亲的心口。(33)国王啊!这支箭威力强大,犹如燃烧的烈火，穿透皮肤，击中要害部位，引发剧烈的疼痛。（34）俱卢族后裔胜财（阿周那）遭到儿子重创，一阵昏厥，跌倒在地，国王啊！（35）这位支撑俱卢族的英雄跌倒在地，花钏之子（褐乘）也顿时昏厥过去。（36）他在战斗中已经竭尽全力，中了许多箭，现在看到父亲死去，因而昏厥过去。（37）看到丈夫死去，儿子倒地，花钏浑身颤抖，进入战场，（38）她的心充满忧愁和焦虑，哀哀哭泣。这位摩尼城国王的母亲看到丈夫死去。（39）

以上是吉祥的《摩诃婆罗多》中《马祭篇》第七十八章(78)。

七九

护民子说：

这位胆怯的莲花眼（花钏）不断哭泣，难以承受这种痛苦，一阵昏厥，跌倒在地。（1）这位具有神奇美貌的王后恢复知觉后，看到蛇女优楼比，便对她说道：（2）"优楼比啊！你看，由于你的缘故，我们的战无不胜的丈夫被我的年幼的儿子杀死，躺倒在战场。（3）淑女啊！你不是通晓正法的吗？你不是忠于丈夫的吗？而由于你的缘故，你的丈夫在战场上被杀死，躺倒在地。（4）如果胜财（阿周那）对你有什么冒犯之处，你就宽恕他吧！我请求你救活胜财（阿周那）吧！（5）淑女啊！你通晓正法，三界闻名，美女啊！你让儿子杀死了丈夫，怎么不悲伤？（6）蛇女啊！我不为儿子之死悲伤，我只为受到儿子接待的丈夫悲伤。"（7）

对蛇女优楼比王后说完这些话，声誉卓著的花钏走到丈夫身旁，说道：（8）"起来吧！你是我的亲人，受到俱卢族国王（坚战）宠爱，这是祭马，大臂者啊！我已经放开它。（9）英雄啊！你应该跟随法王（坚战）的祭马，为什么躺在地上？（10）俱卢族的生命依靠你，俱卢族后裔啊！你是赐予他人生命者，怎么能抛弃自己的生命？（11）优楼比啊！你看看死在战场上的丈夫！你怂恿我的儿子杀死了他，你怎么不悲伤？（12）这个孩子躺在地上，走向死亡。让眼睛发红、头发浓密的阿周那复活吧！（13）吉祥女啊！男人拥有几个妻子，不是罪过，因此，你不必介意。（14）这种关系是创造主确定的，永恒不变。你要理解这种关系，与阿周那团圆吧！（15）你让儿子杀死丈夫，如果今天你不让我看到他复活，我就要抛弃生命。（16）胆怯的女子啊！我失去丈夫和儿子，悲痛欲绝。毫无疑问，我要当着你的面，坐在这里绝食。"（17）

花乘之女（花钏）对同为王后的蛇女说完这些话后，坐在那里禁语绝食，国王啊！（18）

以上是吉祥的《摩诃婆罗多》中《马祭篇》第七十九章(79)。

八〇

护民子说：

王后花钏停止哭泣，抱住丈夫的双脚，坐在那里，盼望儿子苏醒。（1）褐乘王恢复知觉，看到母亲坐在战场上，便说道：（2）"还有什么比这更痛苦？我的养尊处优的母亲陪伴死去的英雄丈夫躺在地上。（3）她看到我在战斗中杀死这位通晓一切武器的杀敌英雄，哎呀！人要死也难。（4）这位王后的心真坚固，看到胸膛宽阔的大臂丈夫死去，也不破碎。（5）我认为时候不到，一个人难以死去。因为无论是我，还是我的母亲，都没有失去生命。（6）

"哎呀！你们看看这位英雄被我这个儿子杀死，躺倒在地，胸前的金铠甲被击穿。（7）哎呀！诸位婆罗门啊！你们看看我的英雄父亲被我这个儿子击倒在地，躺在英雄之床上。（8）受俱卢族俊杰委派跟随祭马的诸位婆罗门，请你们举行禳灾仪式，因为我在战场上杀死了他。（9）请诸位婆罗门指导我怎样赎罪？我是残酷的罪人，在战场上杀死父亲。（10）今天我杀死了父亲，我这个残酷的人应该披上他的皮肤，艰苦地游荡十二年。（11）还要带着他的头盖骨，因为今天我杀死了父亲，没有别的赎罪办法。（12）蛇王的女儿啊！你看，我杀死了你的丈夫。今天，我在战斗中杀死了阿周那，让你高兴。（13）今天，我要跟随父亲而去，美女啊！我自己支撑不住自己。（14）母亲啊！一旦我和手持甘狄拨神弓者（阿周那）都死去，你要高高兴

兴，王后啊！我说话算数。"（15）

说完这些话，大王啊！国王满怀忧愁和悲伤，蘸水净手，痛苦地说道：（16）"听着！一切众生，动物和不动物，母亲啊！我说话算数，优秀的蛇女啊！（17）如果我的父亲婆罗多族俊杰阿周那不站起来，我就在这战场上，毁灭自己的身体。（18）因为我杀死了父亲，不可救赎。我肯定会坠入地狱，遭受杀害长辈之罪的折磨。（19）杀死一个刹帝利英雄，可以用一百头牛赎罪，而我杀死了父亲，无法赎罪。（20）大光辉的般度之子胜财（阿周那）以法为魂，是我的父亲，我怎么赎罪？"（21）这样说罢，思想高尚的胜财之子褐乘王蘸水净手，禁语绝食，国王啊！（22）

以上是吉祥的《摩诃婆罗多》中《马祭篇》第八十章(80)。

八一

护民子说：

摩尼城国王褐乘丧失父亲，满怀悲痛，与母亲一起坐着绝食，折磨敌人者啊！（1）优楼比想起救命的摩尼珠。随即，蛇族的这件宝物出现。（2）俱卢后裔啊！蛇王之女拿着它，说出令士兵们喜悦的话：（3）"起来，儿子啊！不要悲伤。吉湿奴（阿周那）没有被你杀死。任何人，甚至包括因陀罗在内的众天神，都不能战胜他。（4）是我使用了迷幻法术，为了让声誉卓著的人中因陀罗、你的父亲高兴。（5）儿子啊！俱卢族后裔（阿周那）想要知道你的力量，国王啊！这位杀敌英雄来到战场上与你作战。（6）因此，我鼓励你去作战，儿子啊！你不要怀疑自己犯了罪，哪怕是最微小的罪，主人啊！（7）他是大光辉的仙人，永恒不灭的原人，儿子啊！即使帝释天（因陀罗）也不能在战场上战胜他。（8）我带来这枚神奇的摩尼珠，民众之主啊！它一向用于救活死去的蛇士。（9）主人啊！你将它放在父亲的胸口，然后，你就会看见般度之子（阿周那）复活了，儿子啊！"（10）

听了这些话，无限光辉的国王消除负罪感，对父亲充满温情，将摩尼珠放在普利塔之子（阿周那）的胸口。（11）英雄啊！摩尼珠一放上去，主人吉湿奴（阿周那）就复活了，如同刚睡醒的人，起身揉揉红眼睛。（12）看到聪明睿智、灵魂高尚的父亲恢复知觉，站起身来，行动自如，褐乘王向他行礼致敬。（13）具有吉相的人中之虎（阿周那）站起来时，诛灭巴迦者（因陀罗）洒下圣洁的天国须曼花雨，主人啊！（14）铜鼓不捶自鸣，如同云中的雷声。天空中响彻欢呼声："好啊！好啊！"（15）

大臂者胜财（阿周那）站起来后，浑身舒坦。他拥抱褐乘，亲吻他的头。（16）胜财（阿周那）看到不远处，儿子的母亲忧伤憔悴，和优楼比站在一起，便问道：（17）"为什么这个战场看上去充满忧伤、惊奇和喜悦？杀敌者啊！如果你知道，请告诉我。（18）你的母亲为何来到这里？（19）我知道，你是听从我的命令，与我作战。我想知道这些妇女来到这里的原因。"（20）睿智的摩尼城国王经他询问，俯首行礼，说道："请问优楼比吧！"（21）

以上是吉祥的《摩诃婆罗多》中《马祭篇》第八十一章(81)。

八二

阿周那说：

你为何来到这里？俱卢族媳妇啊！摩尼城国王的母亲为何来到战场？（1）蛇女啊！想必你对这位国王抱有善意，眼角转动的女郎啊！想必你也为我着想。（2）丰臀女郎啊！我希望我和褐乘都没有在无意中做了令你不快的事，容貌美丽的女郎啊！（3）体态优美的花乘之女花钏公主与你同为王后，想必她也没有得罪你。（4）

蛇王之女笑了笑，回答道："你没有得罪我，褐乘王也没有，他的母亲也没有。她总是像女仆那样侍奉我。（5）请听我做的这一切。你不要对我发怒，我俯首请求你开恩。（6）俱卢后裔啊！我所做的一切都是为了让你高兴，无罪的人啊！请听全部过程吧！大臂胜财啊！(7)在婆罗多族大战中，你用非法手段杀死福身之子（毗湿摩），普利塔之子啊！我这样做是为你赎罪。（8）英雄啊！你与毗湿摩交战,不能击败他。你就依靠束发杀死他。(9)如果你不净化自己,死了之后,由于这个恶业,肯定会坠入地狱。(10)大地保护者啊!现在,你从儿子那里得到的,就是众婆薮和恒河女神为你安排的赎罪方式,大智者啊!(11)

"过去,我听到婆薮们的谈话。福身之子(毗湿摩)死后,婆薮们来到恒河岸边。(12)这些婆薮神在河中沐浴,见到恒河女神,说了这些可怕的话:(13)'福身之子毗湿摩在战场上不肯与另一个人(束发)交战。结果被左手开弓者(阿周那)杀死,女神啊!(14)吉祥女啊!由于这个罪过,我们要诅咒阿周那。'女神回答道:'好吧!'(15)我恐惧万分,立即报告父亲。父亲听后,也忧心忡忡。(16)父亲到婆薮们那里,为你求情。经过再三恳求,他们对他说道:(17)'大福大德者啊!摩尼城年轻的国王会在战场上用箭将他射倒在地。(18)一旦出现这个情况,他就会摆脱咒语,蛇王啊!你走吧!'听了婆薮们的话,他回来告诉我。(19)我知道后,就用这个方法让你摆脱咒语。即使天王(因陀罗)也不能在战场上战胜你。(20)要知道儿子就是自己,因此,你被他战胜。在这件事上,我认为自己没有过错,而你是怎么想的?主人啊!"(21)

听了这些话,阿周那内心喜悦,对她说道:"王后啊!你做的这一切,我都感到满意。"(22)这样说罢,阿周那又当着俱卢族儿媳花钏的面,对儿子摩尼城国王说道:(23)"坚战的马祭将在制怛罗满月日举行,你带着大臣和两位母亲来吧,国王啊!"(24)听了普利塔之子(阿周那)的话,睿智的褐乘王眼中含泪,对父亲说道:(25)"通晓正法者啊!我会遵照你的命令去的。在盛大的马祭上,我会照料婆罗门的饮食。(26)我请你赏光,带着你的两位妻子进城去吧!杀敌者啊!不要犹豫。(27)主人啊!你在自己的宫中,舒适地住一夜,然后再跟随祭马,优秀的胜利者啊!"(28)

听了儿子的话,以猿猴为旗徽的贡蒂之子(阿周那)笑着对花钏之子(褐乘)说道:(29)"大臂者啊!我遵行净身仪规,不能进入你的城,大眼睛啊!(30)这匹祭马随意游荡。我要跟随它,不能在任何地方耽搁。祝你好运!"(31)诛灭巴迦者(因陀罗)之子、婆罗多族俊杰(阿周那)按照礼仪接受儿子的敬拜,告别两位妻子,启程

出发。(32)

以上是吉祥的《摩诃婆罗多》中《马祭篇》第八十二章(82)。

八三

护民子说：

祭马在大地上四处游荡，直至海边，然后折回，朝象城方向走去，国王啊！(1) 光辉的有冠者（阿周那）跟随祭马随意行走，来到王舍城。(2) 妖连的孙子（云连）奉守刹帝利法。这位英勇的国王向来到附近的阿周那挑战。(3) 云连驾着车，带着弓箭和护套，从城中出来，冲向步行的胜财（阿周那）。(4) 大光辉的云连遇见胜财（阿周那），大王啊！出于幼稚，不恰当地说道：(5) "这匹马怎么看来像受妇女保护？我要抢走这匹马，你就放开它吧！(6) 如果我的父辈在战斗中对你不礼貌，我会对你尽到待客之礼。你动手打击我吧！否则，我就要打击你。"(7)

听了这些话，般度之子（阿周那）仿佛笑着回答道："我要挡住制造障碍的人。(8) 这是长兄为我确定的誓约，国王啊！你肯定知道这一点。你尽你的能力打击我吧！我不会生气。"(9) 闻听此言，摩揭陀王首先进攻般度之子（阿周那），发射数千支箭，犹如千眼（因陀罗）降雨。(10) 英勇的手持甘狄拨神弓者（阿周那）毫不费力，用甘狄拨神弓射出许多箭使那些射来的箭落空，婆罗多族雄牛啊！(11) 以猿猴为旗徽者（阿周那）使那些箭流落空后，发射许多燃烧的箭，犹如一条条嘴中喷火的蛇。(12) 这些箭落在旗帜、旗杆、车杆、车辕、马和战车的其他部位，而没有落在云连和车夫身上。(13) 普利塔之子（阿周那）保护了云连的身体，而云连以为是依靠自己勇敢，又向阿周那发射许多箭。(14)

然后，手持甘狄拨神弓者（阿周那）被摩揭陀王击伤，犹如春季开花的波罗舍树。(15) 摩揭陀王没有被阿周那杀死。因此，他向般度族雄牛（阿周那）进攻，站在这位世界英雄眼前。(16) 左手开弓者（阿周那）满腔愤怒，用力挽开弓，射死那些马，砍下车夫的脑袋。(17)他又用剃刀箭粉碎摩揭陀王的美丽的大弓、护手皮套、旗帜和旗杆。(18)国王失去马,失去弓,失去车夫,痛苦不堪,拿起铁杵,快速冲向贡蒂之子(阿周那)。(19)阿周那用许多兀鹰羽毛箭击碎他的镶金铁杵。(20)铁杵碎成千块,上面的珠宝和绑带也都散落,犹如被人摔在地上的雌蛇。(21)

聪明机智的战斗先锋阿周那不想折磨失去战车、弓和铁杵的摩揭陀王。(22)于是,以猿猴为旗徽者(阿周那)安抚这位精神沮丧的奉守刹帝利法者,说道:(23)"孩子啊!你已经表明自己奉守刹帝利法,走吧!你虽然年幼,但在战场上大有建树,国王啊!(24)坚战王吩咐我不要杀死国王们。因此,尽管你在战场上冒犯我,你仍然活着,国王啊!"(25)闻听此言,摩揭陀王想到自己正是这样,于是,双手合十,向阿周那致敬。(26)阿周那再次安抚他,说道:"你应该在制怛罗满月日来参加我们国王的马祭。"(27)闻听此言,偕天之子(云连)说道:"好吧!"然后,按照礼仪向祭马和优秀的武士颇勒古拿(阿周那)致敬。(28)

然后,长有鬃毛的祭马又随意游荡,沿着海岸来到梵伽国、崩德罗国和盖罗拉国。(29)在这些地区,胜财(阿周那)一次又一次用甘狄拨神弓战胜许多弥戾车族军队,国王啊!(30)

以上是吉祥的《摩诃婆罗多》中《马祭篇》第八十三章(83)。

八四

护民子说:

国王啊!般度之子(阿周那)接受摩揭陀王敬拜后,驾驭白马,跟随祭马,向南方走去。(1)强壮有力的祭马随意行走,又转回来,到达车底国可爱的珠贝城。(2)在这里,大力士(阿周那)先与骄傲的童护之子沙罗跋发生战斗,然后接受他的敬拜。(3)国王啊!接受敬拜后,那匹优秀的祭马走向迦尸国、安达罗国、憍萨罗国、吉罗陀国和坦伽纳国。(4)在这些地区,般度之子(阿周那)受到应有的礼遇。然后,贡蒂之子(阿周那)又转回,前往陀沙尔那国。(5)那里

的国王强大有力,名叫花钏,与阿周那发生激战。(6)

人中雄牛有冠者(阿周那)制服他后,又到达尼奢陀王独斫的领地。(7)独斫之子迎战阿周那。阿周那与尼奢陀人的战斗令人毛骨悚然。(8)战无不胜的英雄贡蒂之子(阿周那)在战斗中打败这位企图阻碍祭祀的国王。(9)大王啊!诛灭巴迦者(因陀罗)之子(阿周那)战胜尼奢陀王,接受他的敬拜后,又朝南边大海走去。(10)在那里,有冠者(阿周那)与达罗毗荼人、安陀迦人、劳德罗人、摩希舍迦人和戈罗山民发生战斗。(11)然后,他跟随祭马,朝苏拉私吒罗国走去,途经戈迦尔纳,前往波罗跋沙。(12)

然后,俱卢族国王的吉祥祭马来到受苾湿尼族英雄们保护的可爱的多门城。(13)雅度族青年们袭击这匹优秀的祭马。这时,厉军出来阻止他们,国王啊!(14)

然后,苾湿尼族和安陀迦族的国王和有冠者(阿周那)的母舅婆薮提婆一起出城相迎。(15)他俩按照礼仪会见满怀喜悦的俱卢族俊杰(阿周那),给予最高的礼遇。然后,阿周那告别他俩,跟随祭马离去。(16)祭马沿着西部海岸行走,渐渐来到富庶的五河地区。(17)俱卢族后裔啊!这样,祭马来到犍陀罗国,在那里随意游荡,贡蒂之子(阿周那)跟随其后。(18)在那里,灵魂高尚者(阿周那)与犍陀罗王发生可怕的战斗。这位犍陀罗王就是沙恭尼的儿子,牢记父辈的怨仇。(19)

以上是吉祥的《摩诃婆罗多》中《马祭篇》第八十四章(84)。

八五

护民子说:

英勇的沙恭尼之子是犍陀罗国大勇士。他带着大批军队迎战浓发(阿周那)。军队中充满象、马和车,还有旗杆、旗帜和花环。(1)这些勇士不能忍受国王沙恭尼遭到杀害,紧握着弓,一起冲向普利塔之子(阿周那)。(2)战无不胜的毗跋蓣(阿周那)以法为魂,劝说他们。但他们不接受坚战的有益的话。(3)普利塔之子(阿周那)好言相劝，他们置之不理，依然围攻祭马。于是，般度之子（阿周那）发怒。（4）般度之子阿周那仿佛毫不费力，用甘狄拨神弓发射箭头锃亮的剃刀箭，砍断他们的脑袋。（5）他们遭到普利塔之子（阿周那）杀戮，忍受不住箭雨折磨，丢开那匹祭马，纷纷掉头逃跑，大王啊！（6）对于抵抗他的犍陀罗族士兵，光辉的般度族雄牛（阿周那）一一瞄准，砍下他们的脑袋。（7）

周围的犍陀罗族士兵在战场上遭到杀戮，国王沙恭尼之子依然围攻般度之子（阿周那）。（8）普利塔之子（阿周那）对这位恪守刹帝利法、坚持作战的国王说道："按照坚战的命令，我不会杀死国王们，英雄啊！停止战斗吧！不要自找失败。"（9）虽然听到这些话，出于无知和痴迷，国王不予理睬，仍向业绩如同因陀罗的阿周那发射利箭。（10）而普利塔之子（阿周那）不慌不忙，用月牙箭削去他的头盔，犹如削去胜车的脑袋。（11）见此情景，犍陀罗族士兵深感惊讶，知道他不想杀死国王。（12）犍陀罗国王子迫不及待逃跑，跟随其后的士兵犹如一群惊恐的小鹿。（13）普利塔之子（阿周那）迅速追赶，用笔直的月牙箭砍断那些士兵的上肢。（14）普利塔之子（阿周那）用甘狄拨神弓发射许多宽头箭。一些人高举的手臂已被砍掉，自己却不知道。（15）整个军队崩溃，死的死，伤的伤，人、象和马乱作一团，节节败退。（16）那些身体中箭的士兵，未见有倒在功勋卓著的英雄（阿周那）跟前的。（17）

然后，犍陀罗王的母亲在老臣们引领下，恐惧地走出城来，向阿周那献礼。（18）她镇定地劝阻奋勇作战的儿子，安抚勤劳不息的吉湿奴（阿周那）。（19）贡蒂之子（阿周那）向她表示敬意，也安抚沙恭尼的儿子，说道：（20）"大臂者啊！我不喜欢你有复仇的想法，杀敌者啊！你是我的表兄弟，无罪的人啊！（21）想起我的伯母甘陀利，也为了持国，国王啊！我杀死你的许多随从，而让你活着。（22）别再这样了！让仇恨平息吧！你不要再有这种想法。你应该在制怛罗满月日，来参加我们国王的马祭。"（23）

以上是吉祥的《摩诃婆罗多》中《马祭篇》第八十五章(85)。

八六

护民子说：

说完这些话，普利塔之子（阿周那）跟随随意行走的祭马而去。后来，这匹祭马转回象城。(1) 坚战从探子那里听说祭马回来了，也听说阿周那安然无恙，他满心喜欢。(2) 听说阿周那在犍陀罗国和其他地区的事迹，这位国王十分高兴。(3) 此时，法王坚战看到现在是摩伽月白半月的第十二日，星宿也吉祥。(4) 大光辉的俱卢后裔（坚战）便召集灵魂高尚的弟弟怖军、无种和偕天。(5)

优秀的执法者（坚战）及时召来弟弟们。他擅长辞令，对勇敢骇人的怖军说道：(6) "怖军啊！听跟随胜财（阿周那）的人们说，你的弟弟（阿周那）带着祭马回来了。(7) 祭祀的时间临近，祭马已在附近。摩伽满月日一到，这个月就要过完，狼腹啊！(8) 因此，让那些精通吠陀的婆罗门智者寻找一个确保马祭顺利完成的地方。"(9) 怖军听后，执行国王的命令。他听说左手开弓者（阿周那）回来了，十分高兴。(10)

怖军带着一些高明的工匠，让那些精通祭祀的婆罗门走在前面。(11) 俱卢后裔（怖军）按照规则选定一个祭祀地点，那里有长满娑罗树的村庄，周围连着大路。(12) 他按照规则建造上等的住宅，包括后妃的住处和点火祭司的住处，都装饰有珍宝和金子。(13) 在祭场各处竖起各种柱子和大型拱门，都用纯金制成。(14) 以法为魂者（怖军）按照规则，也为即将来自各地的国王建造后宫。(15) 怖军按照规定，也为即将来自各地的婆罗门建造各种住所。(16)

同时，怖军按照国王的命令，派遣使者去邀请那些勤劳不息的国王们，大王啊！(17) 高贵的国王们为了取悦俱卢族国王（坚战），带着许多宝石、妇女、马匹和武器前来。(18) 国王们进入数以千计的营帐，发出喧嚣声犹如大海咆哮，直达云霄。(19) 莲花眼国王（坚战）向到来的国王们分发食物、饮料和非凡的床椅。(20) 人中之虎啊！法王（坚战）也为那些到来的马匹安排各种马厩，备有粮草、甘蔗和牛奶。(21)许多念诵吠陀的牟尼也来参加睿智的法王(坚战)的盛大祭祀。(22)那些婆罗门俊杰也都来了,大地之主啊!俱卢后裔(坚战)招待他们以及他们的学生。(23)大光辉的坚战摒弃骄傲,亲自陪同大家前往住处。(24)

建筑师和工匠们完成所有的祭祀准备工作,便报告法王(坚战),国王啊!(25)永不退却的法王(坚战)听说一切准备就绪,无可挑剔,和弟弟们一起面露喜色。(26)

以上是吉祥的《摩诃婆罗多》中《马祭篇》第八十六章(86)。

八七

护民子说:

祭祀开始时,雄辩的因明学家们互相辩论,都想取胜。(1)国王们看到由怖军安排的崇高祭祀犹如天王因陀罗的祭祀,俱卢族后裔啊!(2)他们看到许多拱门都是金制的,许多床椅和住所都镶有宝石。(3)国王们看到许多罐、盆、锅、缸和碟没有一件不是金制的。(4)许多木制的祭柱装饰有金子,光辉灿烂,按照经典念诵经文,及时竖起。(5)

国王们看到各种动物,有陆地上的动物,也有水中的动物,都被带到这里。(6)母牛、水牛、老妇人、水禽、食肉兽和鸟类。(7)他们看到许多胎生、卵生、湿生和芽生的生物以及山中的生物。(8)国王们看到祭场上所有这些牲畜、牛、粮食和财物,惊讶不已。有丰富的美食供应婆罗门和吠舍。(9)整整十万婆罗门享用食物,锣鼓不断敲响,如同雷鸣。(10)鼓声持续不断,一天又一天,睿智的法王(坚战)的祭祀就这样进行着。(11)

国王啊!供奉的食物堆积如山,人们看到凝乳流成河,酥油汇成湖。(12)在国王的盛大祭祀上,聚集着赡部洲所有各个地区的人们,国王啊!(13)数以千计不同出身的人们带着财物来到这里,婆罗多族雄牛啊!(14)国王们戴着花环和锃亮的耳环,侍奉那些优秀的婆罗门,数以百计,数以千计。(15)侍从们将国王们享用的食物和饮

料送给这些婆罗门。(16)

以上是吉祥的《摩诃婆罗多》中《马祭篇》第八十七章(87)。

八八

护民子说：

看到那些通晓吠陀、主宰大地的国王们都来了，坚战王对怖军说道：(1)"这些主宰世界的人中之虎都来了，好好招待这些值得尊敬的人中之主！"(2) 听了声誉卓著的人中因陀罗（坚战）的话，大光辉的怖军和孪生子一起照办，婆罗多后裔啊！(3)

然后，人中俊杰乔宾陀（黑天）由大力罗摩引路，带着苾湿尼族人来到正法之子（坚战）这里。(4) 萨谛奇、始光、伽陀、尼沙陀、商波和成铠陪随他。(5) 大臂者怖军向他们致以最高的敬意。这些人中雄牛进入镶有宝石的住处。(6) 诛灭摩图者（黑天）与身旁的坚战谈话结束时，说起阿周那经历多次战斗而消瘦。(7) 贡蒂之子法王（坚战）反复询问克敌者（黑天）有关弟弟吉湿奴（阿周那）的情况，世界之主（黑天）便说道：(8) "国王啊！我的一位住在多门城的心腹来到这里。他看见般度族俊杰（阿周那）历经战斗，身体消瘦。(9) 主人啊！我的心腹告诉我说，大臂者（阿周那）就在附近，贡蒂之子啊！你做好一切准备，确保马祭成功吧！"(10) 闻听此言，法王坚战回答说："幸运啊！吉湿奴（阿周那）平安归来，摩豆族后裔啊！(11) 我希望你告诉我，般度族这位战斗先锋说过一些什么话？雅度族后裔啊！"(12)

闻听此言，王中之虎啊！苾湿尼族和安陀迦族的主人（黑天）擅长辞令，对以法为魂的坚战说道：(13) "大王啊！那个人告诉我，般度之子（阿周那）讲过这样的话：'黑天啊！到时候，坚战应该听到我说的这些话。(14) 各地的国王都将来到俱卢族，应该向他们一一表示敬意，因为我们有能力这样做。(15) 赐予荣誉者啊！要让国王知道，在接待客人时，不要发生偏差。(16) 国王应该这样做，你也会赞同。国王之间产生仇恨，众生又要遭殃，国王啊！'(17) 贡蒂之子啊！我的心腹还讲到胜财（阿周那）说起一件事，国王啊！请听我告诉你：（18）'大光辉的摩尼城国王、我的可爱的儿子褐乘要来参加我们的祭礼。（19）你要为我按照礼仪向他表示敬意。因为他始终热爱我，忠于我，主人啊！'"（20）听了这些话，法王坚战表示赞同，然后对黑天说道。（21）

以上是吉祥的《摩诃婆罗多》中《马祭篇》第八十八章(88)。

八九

坚战说：

黑天啊！我听到这些可爱的话。这些话值得你讲述，像甘露一样甜蜜，令我心中愉快，主人啊！（1）我已经听说阿周那在各地与国王们多次发生战斗，感官之主啊！（2）普利塔之子阿周那极其聪明，而为了我，经常放弃幸福。想到这一点，我心里就难受。（3）苾湿尼族后裔啊！我暗中常常想到贡蒂之子（阿周那）。他的身上具有一切吉相，黑天啊！是否也有不祥的表征，导致他遭受苦难？（4）贡蒂的这个爱子总是遭受激烈的痛苦，而我没有在毗跋蹉（阿周那）身上看到有什么不合适的表征。如果我能听的话，请你告诉我。（5）

闻听此言，促进博遮王族繁荣的感官之主毗湿奴（黑天）沉思良久，然后，对国王说道：（6）"国王啊！除了这位人中之狮的两条大腿粗了一点，我没有看到他有什么不吉祥的表征。（7）这是这位人中之虎长期出征造成的。此外，我没有看到有什么使他遭受痛苦的表征。"（8）主人啊！听了智者黑天的回答，俱卢族俊杰（坚战）对苾湿尼族之虎（黑天）说道："确实是这样。"（9）而黑公主德罗波蒂生气地斜眼望着黑天。诛灭盖辛者（黑天）赞赏她对他的朋友（阿周那）的爱。感官之主（黑天）作为她的朋友，仿佛是胜财的化身。（10）以怖军为首的俱卢族人和雅度族人听了关于胜财（阿周那）的精彩故事后，都很高兴，主人啊！（11）

他们这样谈论着阿周那，这时，有位使者带来灵魂高尚的阿周那的消息。(12) 这位睿智的使者走上前来,向俱卢族俊杰(坚战)致敬,报告人中之虎阿周那已经来到。(13) 听到这个消息,国王(坚战)高兴得热泪盈眶,赏给带来这个愉快消息的使者许多钱财。(14)

第二天,响起巨大的喧嚣声,般度族的支柱、人中之虎(阿周那)来到。(15) 祭马在阿周那身边跃动,扬起尘土,犹如高耳神马。(16) 阿周那听到人们高兴地说道:"幸运啊!你平安无事,普利塔之子啊!国王坚战交上好运。(17) 除了阿周那外,谁能让这匹优秀的祭马周游整个世界,征服所有的国王后,又返回?(18) 我们没有听说古代的娑伽罗等灵魂高尚的国王们创造过这样的业绩。(19) 未来的国王们也不可能像你这样完成难以完成的业绩,俱卢族俊杰啊!"(20)

听到人们说着这些悦耳的话,以法为魂的颇勒古拿(阿周那)进入祭场。(21) 坚战王带着大臣们和雅度族后裔黑天一起,让持国走在前面,出来迎接阿周那。(22) 阿周那向伯父(持国)和睿智的法王(坚战)行触足礼,向怖军等人致敬,拥抱盖沙婆(黑天)。(23) 与大家团聚,接受敬拜,也依礼回拜,然后,以法为魂者(阿周那)安歇,犹如渡河者到达彼岸。(24)

这时,睿智的褐乘王和两位母亲一起来到俱卢族。(25) 他会见俱卢族人,受到大家欢迎。然后,进入祖母贡蒂的高贵住宅。(26)

以上是吉祥的《摩诃婆罗多》中《马祭篇》第八十九章(89)。

九〇

护民子说:

他按照礼仪,进入般度族宫中,温柔亲切地向祖母致敬。(1) 花钏和蛇王憍罗毗耶之女(优楼比)谦恭地走向普利塔(贡蒂)和黑公主,也依礼会见妙贤和其他俱卢族妇女。(2) 贡蒂赐给她俩各种宝石,黑公主、妙贤和其他妇女也给她俩宝石。(3) 两位王后住在那里,享用精致的床椅,贡蒂为了让普利塔之子(阿周那)高兴,亲自侍奉她俩。(4) 勇武的褐乘王接受款待后,按照礼仪前往持国王那里。(5)然后,这位大光辉者又到坚战王、怖军和其他般度之子那里,谦恭地行礼问安。(6)这些大勇士友好地拥抱他,按照礼仪接待他,愉快地送给他许多财物。(7)同样,这位国王谦恭地拜见手持飞轮和铁杵的黑天,犹如始光拜见黑天。(8)黑天给予这位国王应有的尊敬,送给他一辆配备神马、镶有金子的车。(9)法王(坚战)、怖军、孪生子和颇勒古拿(阿周那)都分别给予他应有的尊敬。(10)

第三天,贞信之子牟尼毗耶娑来到坚战王这里。他擅长辞令,说道:(11)"贡蒂之子啊!从今天起,你就祭祀吧!时间已到,祭祀马上开始,祭司们正在催促你。(12)王中因陀罗啊!你的祭祀准备充分,没有缺漏。由于花费大量金子,可以称作金祭。(13)大王啊!你就提供三倍的祭祀谢礼吧!让祭祀的功德增加三倍,国王啊!在这件事上,众婆罗门是关键。(14)你大量施舍,获得三场马祭的功德,你能涤除杀害亲戚造成的罪孽,国王啊!(15)这是一切净化方式中的最高方式,俱卢族后裔啊!你将完成马祭,然后沐浴,得到净化。"(16)

听了无限光辉的毗耶娑的话,以法为魂的坚战王为了完成马祭,进行净身。然后,举行盛大的马祭。(17)通晓吠陀的祭司们安排各种仪式,国王啊!他们训练有素,精通经典,忙碌不停。(18)这些婆罗门雄牛按部就班,有条不紊,没有差错,没有失误。(19)国王啊!这些婆罗门俊杰通晓正法,举行预备仪式,然后,按照规则榨取苏摩汁。(20)国王啊!这些优秀的饮苏摩者饮用苏摩汁,随后按照经典规定举行祭礼。(21)

在这里,没有可怜的人,穷困的人,饥饿的人,痛苦的人,粗俗的人。(22)大光辉的怖军按照国王的命令,始终不断向求乞食品者发放食品。(23)在场地上,熟练的祭司们每天按照经典规定举行一切仪式。(24)在睿智的坚战王的婆罗门祭司中,没有哪个不通晓六吠陀支,不奉守誓愿,不是老师,不精通辩术。(25)

竖立祭柱时,婆罗多族雄牛啊!有六根是毕尔婆木,六根是佉底罗木,六根是全色木。(26)在俱卢王(坚战)的祭祀上,祭司们竖起两根松木祭柱和一根粘木祭柱。(27)按照法王(坚战)的命令,为了美观,怖军又让人制作了一些金祭柱,人中雄牛啊!(28)这些金祭柱装饰有布料，光辉灿烂，王仙啊！犹如天上走向众天神的七仙人，王中因陀罗啊！（29）为了筑起祭坛，制作了许多金砖。祭坛光彩熠熠，犹如生主陀刹的祭坛。（30）祭坛十八腕尺宽，共有四个，形状如同金翅大鹏鸟。（31）睿智的祭司们按照经典规定，将祭牲捆在祭柱上。这些牲畜和鸟禽分别献给指定的天神。（32）他们念诵经文，捆绑所有的公牛和水禽，点燃火堆。（33）在那些祭柱上，捆绑了三百头祭牲，包括灵魂高尚的贡蒂之子坚战王的那匹马中之宝。（34）

祭祀场面壮观，充满神仙，到处有成群的健达缚和成群的天女。（35）还有唱歌的紧布鲁沙和紧那罗，四周布满成就卓著的婆罗门的住所。（36）在祭场上，有许多毗耶娑的学生。他们都是婆罗门俊杰，精通一切经典，熟谙祭祀仪式。（37）还有那罗陀、大光辉的冬布鲁、毗首婆娑、花军和其他精通歌唱的健达缚。（38）能歌善舞的健达缚为忙于祭祀仪式的婆罗门助兴。（39）

以上是吉祥的《摩诃婆罗多》中《马祭篇》第九十章（90）。

九一

护民子说：

婆罗门俊杰们按照经典规定杀死那些祭牲，然后杀死那匹祭马。（1）国王啊！优秀的祭司们杀死祭马后，让睿智的木柱王之女（德罗波蒂）坐在祭牲旁边。（2）婆罗门雄牛们镇定自若，按照经典规定取出祭马的骨髓，煮熟它们，婆罗多族雄牛啊！（3）法王（坚战）和弟弟们按照规则，嗅闻烧煮骨髓的烟味，用以消除一切罪孽。（4）国王啊！十六位睿智的祭司将剩下的祭马肢体投入祭火。（5）

为光辉如同因陀罗的坚战王完成祭祀后，尊者毗耶娑和学生们向坚战表示祝贺。（6）然后，坚战王按照礼仪赐给祭司们一百亿金币，赐给毗耶娑整个大地。（7）国王啊！贞信之子毗耶娑接受大地后，对婆罗多族俊杰、以法为魂的坚战说道：（8）"王中俊杰啊！这个大地交还给你。你给我酬金吧！因为婆罗门想要钱财。"（9）思想高尚、聪明睿智的坚战和弟弟们当着灵魂高尚的国王们的面,回答这些婆罗门说:(10)"自古以来,举行盛大的马祭,酬金就是大地。因此,我将阿周那赢得的大地赐给祭司们。(11)诸位婆罗门中的因陀罗啊!我要隐居森林,你们享用这个大地吧!按照四类祭官,我把大地分成四份。(12)我不想占有婆罗门的财产,诸位优秀的牟尼啊!这是我和我弟弟们的一贯想法,无罪的人们啊!"(13)他这样说完,他的弟弟们和德罗波蒂表示赞同,说道:"正是这样。"这些话令人快乐得汗毛竖起。(14)随即,空中出现话音:"好啊!好啊!"同时,众婆罗门也发出赞叹之声,婆罗多后裔啊!(15)

岛生牟尼(毗耶娑)听后,当着众婆罗门的面,向坚战致敬,再次说道:(16)"你赐给我的大地,我交还给你。你赐给这些婆罗门金子吧!大地还是归你!"(17)于是,婆薮提婆之子(黑天)对法王坚战说道:"你就按照毗耶娑说的做吧!"(18)闻听此言,俱卢族俊杰(坚战)满怀喜悦,与弟弟们支付三倍的祭祀酬金,数以千计。(19)在这世界上,在摩奴多之后,没有哪个国王像俱卢族狮子(坚战)做到这样。(20)睿智的岛生黑仙(毗耶娑)接受财物后,按四份分给祭司们享用。(21)坚战和弟弟们支付替代大地的酬金后,消除罪孽,赢得天国,十分高兴。(22)

祭司们得到不计其数的金子,与众婆罗门一起尽情分享。(23)得到坚战同意,众婆罗门也分享祭场上的各种金制饰物、拱门、祭柱、罐子、容器和砖。(24)在婆罗门分享后,刹帝利、吠舍、首陀罗和弥戾车人也都获取财物。他们用了很长时间,收集各处的金子。(25)众婆罗门对灵魂高尚的法土(坚战)赐予的财物感到满意,高兴地回家去了。(26)大光辉的尊者毗耶娑向贡蒂行触足礼,将自己分得的大量金子送给她。(27)接受公公的好意馈赠,普利塔(贡蒂)满怀喜悦,在这世上广积功德。(28)

坚战王祭祀后,沐浴净化,涤除罪孽,光彩熠熠,受到弟弟们崇敬,犹如因陀罗受到众天神崇敬。(29)聚集这里的国王们围绕般度之子们,犹如群星围绕五颗行星,大王啊!(30)坚战王赐给这些国王各种宝石、大象、马匹、首饰、妇女、衣服和金子。(31)普利塔之子坚战如同财神向聚集这里的国王们分发无数财物。(32)同样,他召见褐乘王,赐给他大量财物,让他启程回家。(33)坚战在自己的王国中为杜沙罗年幼的孙子灌顶,让他受到舅舅们的保护。(34)善于自制的俱卢族国王坚战让分别受到很好招待的所有国王启程回家。(35)

睿智的法王(坚战)的祭祀就是这样,以大量的食物、财富和宝石为波浪,以美酒为大海。(36)以酥油为湖中泥淖,食物堆积成山,以凝乳为河中淤泥,婆罗多族雄牛啊!(37)但见人们制作和享用各种食品,宰杀的牲畜不计其数。(38)人们酒醉兴奋,青年女子欢乐歌唱,鼓声和螺号声悦耳动听。(39)无论白天还是晚上,"请拿吧!请吃吧!"不绝于耳,犹如盛大的喜庆节日,充满欢乐的人群。各地的人们至今还在谈论这场祭祀。(40)以大量财富、宝石和各种享受作为施舍之雨,涤除了罪孽,婆罗多族俊杰(坚战)达到目的,进入城里。(41)

以上是吉祥的《摩诃婆罗多》中《马祭篇》第九十一章(91)。

九二

镇群说:

请你告诉我,在我的祖父、睿智的正法之子(坚战)的祭祀上,有什么奇事?(1)

护民子说:

王中之虎啊!请听这桩奇事。它发生在盛大的马祭结束之时,主人啊!(2)那些优秀的婆罗门、亲戚朋友以及穷困、眼瞎和不幸的人们都心满意足,婆罗门俊杰啊!(3)四面八方欢呼大布施,婆罗多后裔啊!花雨降落在法王的头顶。(4)有一只猫鼬从洞里出来,半边身子呈现金色,无罪的人啊!它发出雷电般的叫声,民众之主啊!(5)它不断发出叫声,令鸟禽惊恐。这只穴居洞中的大猫鼬用人的语言说道:(6)"国王们啊!这场祭祀还抵不上俱卢之野拾穗者的一把面粉。"(7)

听了猫鼬的话,所有的婆罗门雄牛惊讶不已,民众之主啊!(8)

这些婆罗门一起走近猫鼬，问道："你从哪里来到这个善人聚会的祭场？（9）你有什么至高无上的力量？你有什么学问？你以什么为庇护？我们应该怎样理解你对我们的祭祀的指责？（10）祭司们精通规则，一切仪式按照经典操作，没有违背经典。（11）按照经典供奉一切应该供奉的人，毫不吝啬地布施一切应该布施的人，祭品也都经过净化后投入祭火。（12）婆罗门雄牛们对各种布施满意，刹帝利们对正义战争满意，祖先们对祭祖仪式满意。（13）吠舍们对受到保护满意，优秀的妇女们对实现愿望满意，首陀罗们对仁慈满意，其他人对接受剩余财物满意。（14）亲戚朋友们对我们纯洁的国王满意，天神们对祭品和功德满意，寻求庇护的人们对受到保护满意。（15）你按照你的学问和见识，回答众婆罗门的提问吧，信奉真理者啊！（16）你是智者，说话可信。你具有神奇的容貌，来到婆罗门中间。请如实说吧！"（17）

经这些婆罗门询问，猫鼬笑了笑，说道："诸位婆罗门啊！我说的不是假话，也不是出于狂妄。（18）你们已经听我说过这话：'国王们啊！你们的这场祭祀还抵不上俱卢之野一位拾穗者的一把面粉。'（19）毫无疑问，我会告诉你们，诸位婆罗门雄牛啊！请专心致志听我讲吧！（20）我亲眼目睹这个奇迹，发生在俱卢之野一位拾穗者身上，（21）由此，这位婆罗门和他的妻子以及儿子和儿媳都升入天国，同时，我的半边身子变成金色。"（22）

以上是吉祥的《摩诃婆罗多》中《马祭篇》第九十二章(92)。

九三

猫鼬说：

诸位婆罗门啊！我现在告诉你们一个婆罗门将自己合法获得的微薄收入用作布施，而得到最高的果报。（1）在正法之地，俱卢之野，住着许多通晓正法的人，其中有位婆罗门，像鸽子那样，遵行拾穗的生活方式。（2）他与妻子、儿子和儿媳一起修炼苦行。他已年迈，以法为魂，控制感官。（3）这位婆罗门俊杰奉守誓愿，每天在第六时辰，与他们一起进食。如果这一天的第六时辰没有食物，就在第二天的第六时辰进食。（4）诸位婆罗门啊！那时，发生可怕的饥荒。大量的药草枯萎，物质匮乏。你们要知道，这位婆罗门没有任何储存物。（5）每到进食的时辰，他找不到食物，全家人忍饥挨饿。（6）正值白半月，正午时分，烈日炎炎，这位婆罗门忍受炎热和饥饿的折磨，坚持奉守苦行，捡拾谷穗，但他和家人捡不到谷穗。（7）他实在饿了，就喝点水。这位婆罗门俊杰就这样艰难度日。（8）

有一天，在第六时辰，他捡到了一把麦穗，这四位苦行者将这把麦穗碾成面粉。（9）按照仪规进行默祷，供奉祭火后，这四位苦行者将面粉分成四份。（10）他们正要吃时，来了一位婆罗门客人。看到有客人来，他们满心欢喜。（11）他们向这位客人行礼问安。他们内心纯洁，温和，虔诚，自制。（12）他们不妒忌，不发怒，善良，不吝啬，不骄傲，通晓正法，诸位婆罗门俊杰啊！（13）互相通报自己的族姓和梵行后，他们将饥饿的客人请进小屋，说道：（14）"这是饮料，这是洗脚水，这是坐垫，无罪的人啊！这些是合法得来的干净的面粉，主人啊！我将它给你，贤者啊！请你接受我的这些心意，祝你幸运，婆罗门俊杰啊！"（15）

闻听此言，那位婆罗门就接受这一份面粉，但是，吃下去后，感到还不满足，王中因陀罗啊！（16）拾穗者看到那位婆罗门仍然饥饿，心想还有什么食物能满足他呢？（17）国王啊！这时，他的妻子说道："把我的一份给他吧！让这位婆罗门俊杰吃饱后，到他想去的地方去吧！"（18）贤惠的妻子这样说，而这位以法为魂的婆罗门雄牛知道她也忍受着饥饿折磨，不同意她这样做。（19）他知道年迈的妻子又饿又累，形容憔悴，皮包骨头，颤颤巍巍，便对她说道：（20）"光辉的女子啊！连虫类和兽类中的雌性也都受到保护和照顾，你不能这样做。（21）而丈夫也受到妻子关心、照顾和保护，一旦失去名声，就不能到达光辉的世界。"（22）

闻听此言，妻子说道："婆罗门啊！我俩的正法和利益相同。你拿走四分之一的面粉，满足我的心愿吧！（23）妇女的真理、欢乐、正法、愿望和依靠品德赢得的天国，都依靠丈夫，婆罗门俊杰啊！（24）母亲有月经，父亲有精子。丈夫是至高的神。由于丈夫的恩惠，妻子才有欢爱和儿子。（25）由于你保护我，你是我的主人。由于你供养我，你是我的丈夫。由于你给我儿子，你是我的恩人。因此，你拿去我的这份面粉吧！（26）你年迈而衰老，饥饿而无力，斋戒而疲乏，身体消瘦。"（27）听了妻子的话，他拿着那份面粉，对客人说道："婆罗门啊！你再吃了这份面粉吧，贤士啊！"（28）那位婆罗门接受这份面粉，吃下去后，感到还不满足。拾穗者见此情景，心中犯愁。（29）

儿子说：

人中俊杰啊！你拿走我的这份给婆罗门吧！我认为这是善行，因此，我这样做。（30）我应该尽一切努力保护你，婆罗门俊杰啊！赡养年迈的父亲是一切善人的心愿。（31）经典规定儿子应该赡养年老的父亲，这是三界众所周知的传统，婆罗门仙人啊！（32）只要能维持生命，你就能修炼苦行。在所有人的身体中，生命是最高的正法。（33）

父亲说：

你即使活到一千岁，在我的眼中仍然是孩子。父亲生下儿子，尽到自己的责任。（34）我知道孩子容易饥饿，主人啊！我已经年老，还能维持生命，儿子啊！你应该强壮有力。（35）我已经衰老，饥饿对我无所谓。我长期修炼苦行，不惧怕死亡。（36）

儿子说：

我是你的儿子。众所周知，由于保护父亲，儿子成其为儿子。相传儿子就是自己，因此，你就依靠自己保护自己吧！（37）

父亲说：

你不但容貌像我，戒行和自制也像我。我从多方面考察过你。因此，我就拿走你的这份面粉。（38）

说罢，婆罗门俊杰满怀喜悦，接过这份面粉，仿佛微笑着，递给那位婆罗门。（39）而他吃下这份面粉后，仍然感到不满足。婆罗门俊杰深感愧疚。（40）他的善良的儿媳为他着想，拿着自己的一份面粉，高兴地对长辈说道：（41）"婆罗门啊！通过你的儿子，我也会得到儿子。因此，你拿走我的这份面粉，给这位客人吧！（42）通过生育后代，我的世界永恒不灭。一个人有了孙子，到哪里都不会忧愁。(43)正如以正法为首的人生三要素和祭火三要素，永恒的天国三要素依靠儿孙。(44)我们听说，由于救护父亲，儿子成其为儿子。有了儿孙，一个人永远享有幸福的世界。"(45)

公公说：

奉守誓愿、行为高尚的儿媳啊！看到你风吹日晒，肢体消瘦，面容憔悴，饿得差点晕过去，(46)我怎么能违背正法，拿走你的那份面粉呢？吉祥女啊！请你不要说这话。(47)你奉守誓愿，行为纯洁，生活艰苦，我怎么能看着你在第六时辰没有食物呢？(48)亲人们都喜欢你。你因斋戒而疲乏。你还是个女孩子，却忍饥挨饿，永远应该受到我的保护。(49)

儿媳说：

你是我的长辈中的至尊，神中之神，因此，主人啊！请你拿走我的这份面粉吧！(50)我的身体、生命和职责都是为了孝顺长辈，婆罗门啊！由于你的恩惠，我会到达愿望的世界。(51)经过考察，你知道我对你非常虔诚，你也十分关心我，因此，请你拿走这份面粉吧！(52)

公公说：

你贤淑贞洁，遵守戒行，始终光彩熠熠。你恪守正法和誓愿，关心长辈。(53)因此，我拿走这份面粉，大福大德的女子啊！我不骗你，数来数去，你是最优秀的遵行正法的女子。(54)

这样说罢，他接过这份面粉，递给那位婆罗门。然后，那位婆罗门对这位灵魂高尚、心地善良的婆罗门表示满意。(55)那位婆罗门俊杰是正法之神的化身，擅长辞令，满怀喜悦，对这位婆罗门雄牛说道：(56)"我对你的纯洁的布施表示满意，婆罗门俊杰啊！你努力依法获取食物，尽力布施。(57)你的布施会在天国众天神中得到传诵。你看，花雨从天国洒落地上。(58)天上的神仙和健达缚走在众天神前面，还有天神的使者们，都站在那里称颂你，赞叹你的布施。(59)梵界的梵仙们站在飞车上，想要见到你，婆罗门雄牛啊！你去天国吧！(60)所有在祖先世界的祖先们由于你而得救，未来许多时代的

许多人也由于你而得救。(61)凭借梵行、祭祀、布施、苦行和履行正法,婆罗门啊!你进入天国吧!(62)

"恪守誓愿者啊!你修炼苦行,极其虔诚,因此,天神们对你很满意,婆罗门俊杰啊!(63)在艰难的时刻,你怀着纯洁的心,舍弃自己的财物。凭此业绩,你赢得了天国。(64)饥饿损害智慧,夺走理智,智慧被饥饿压倒的人失去意志。(65)因此,战胜饥饿的人肯定会赢得天国。乐善好施的人不会听任正法沉沦。(66)你顾不上对儿子的爱和对妻子的爱,以正法为重,毫无贪欲。(67)对一个人来说,获得财富微不足道,比不上施舍财富。而及时的施舍更重要,虔诚的施舍则最重要。(68)人们出于愚痴,看不见微妙的天国之门。天国的门闩以贪欲为种子,由欲望把守,难以进入。(69)而那些控制感官、克服愤怒的人,那些修炼苦行、尽力施舍的婆罗门,能够看到天国之门。(70)

"相传,有千金的能力而施舍百金,有百金能力而施舍十金,他们与尽其所能施舍一掬水,赢得的功德都一样。(71)国王兰迪提婆一无所有,怀着纯洁的心献上一掬水,婆罗门啊!由此,他升入天国。(72)孩子啊!正法之神并不喜欢大布施和大果报,而对怀着虔诚和纯洁之心,用合法获得的微薄之物布施,感到满意。(73)国王尼伽曾向众婆罗门布施数千头牛,但他将一头别人的牛用作布施,结果坠入地狱。(74)优湿那罗之子尸毗王恪守誓言,布施自己的肉体,到达善人的世界,在天国享受快乐。(75)人的功德不在于财富。善人依靠自己的能力赢得天国,婆罗门啊!不依靠各种祭祀,而依靠合法所得。(76)愤怒毁灭布施的功果。怀有贪欲,不能进入天国。合法生活,修炼苦行,懂得布施,这样的人享有天国。(77)

"花费大量的酬金,举行许多王祭或马祭,其功果不能与你相比。(78)你用一把面粉就赢得了梵界,无罪的人啊!你随意前往纯洁的梵界吧,婆罗门啊!(79)天车已在这里等候,请你们随意登上吧,婆罗门俊杰啊!请看我,我是正法之神,婆罗门啊!(80)你已经净化自己的身体,在世界上赢得永恒的声誉。你带着妻子、儿子和儿媳,一起前往天国吧!"(81)

听了正法之神的这些话后,婆罗门带着他的妻子、儿子和儿媳登上天车,前往天国。(82)通晓正法的婆罗门带着儿子、儿媳和妻子进入天国后,我从洞里出来。(83)由于面粉的芳香,水的浸润,天花的摩擦,这位善人的微薄布施,这位婆罗门的苦行,我的头变成金的。(84)由于这位信守誓言的婆罗门的微薄布施,我的半边身子变成金的,诸位婆罗门啊!你们看,这位智者的苦行力量有多大!(85)诸位婆罗门啊!心中想着怎样让我的另外半边身子也变成这样,我一再兴奋地前往苦行林和祭场。(86)我听说睿智的俱卢族国王(坚战)举行祭祀,满怀希望来到这里。但是,我的另外半边身子没有变成金的。(87)因此,诸位婆罗门啊!我笑着说这场祭祀完全抵不上一把面粉。(88)就凭这一把面粉,我的身子变成金的,因此,我认为任何盛大的祭祀都不能与之相比。(89)

护民子说:

在祭场上,猫鼬对所有的婆罗门俊杰说完这些话后,就消失不见,国王啊!那些婆罗门也各自回家。(90)征服敌人城堡者啊!我已为你详细讲述发生在盛大马祭上的这桩奇事。(91)国王啊!你不必为祭祀惊讶不已,千千万万仙人都是依靠苦行升入天国。(92)我认为不伤害一切众生、知足、守戒、正直、苦行、自制、诚实和布施,具有同样的功德。(93)

以上是吉祥的《摩诃婆罗多》中《马祭篇》第九十三章(93)。

九四

镇群说:

国王们执著祭祀,大仙们执著苦行,婆罗门安于平静、祥和和自制,主人啊!(1)在这世上,没有什么能与祭祀的功果相比。我确信这一点,从不怀疑。(2)婆罗门俊杰啊!许多国王举行祭祀,今生赢得至高声誉,死后升入天国。(3)大光辉的天王千眼(因陀罗)就是通过举行各种祭祀,慷慨布施,赢得整个天神王国。(4)坚战王以及怖军和阿周那,他们的财富和勇气与天王(因陀罗)一样。(5)为什么这只猫鼬指责灵魂高尚的坚战王的盛大马祭?(6)

第十四 马祭篇

护民子说：

人中雄牛啊！你听我如实为你讲述祭祀的至高规则和功果，婆罗多后裔啊！（7）从前帝释天（因陀罗）举行祭祀时，祭司们忙忙碌碌，安排各种祭祀仪式。（8）德行高超的诵者祭司向祭火中投放酥油，大仙们祭供众天神。（9）众婆罗门精通经典，声音优美，高兴愉快，国王啊！行祭者祭司们动作敏捷，不知疲倦。（10）到了捆绑宰杀牲畜的时候，大王啊！这些大仙心生怜悯。（11）

这些仙人以苦行为财富，看到牲畜们的可怜模样，一起来到因陀罗那里，说道："这种祭祀方式不吉祥。（12）你想要履行伟大的正法，但你的认识有偏差，摧毁城堡者啊！在祭祀上，按照规则，不应该看到牲畜这种样子。（13）主人啊！你的做法损害正法。这样履行正法不符合正法。杀生不是正法。（14）如果你愿意，让祭司们按照经典举行祭祀吧！按照规则举行祭祀，才是履行伟大的正法。（15）千眼神啊！你用精心保存了三年的谷种祭祀吧！帝释天啊！这才是伟大的正法，你要想明白。"（16）

然而，百祭（因陀罗）陷入傲慢和愚痴，没有采纳洞悉真谛的仙人们的话，（17）婆罗多后裔啊！于是，在祭祀上，帝释天和大仙们发生重大争论：应该用动物还是植物祭祀？（18）洞悉真谛的仙人们争论得筋疲力尽，与因陀罗商定，一起去询问婆薮王：（19）"大福大德者啊！按照经典规定，应该用纯洁的牲畜，还是用非胎生的谷种举行祭祀？国王啊！"（20）闻听此言，国王没有考虑问题的轻重，就回答说："准备了什么，就用什么祭祀。"（21）这位国王说完这话，坠入地狱，国王啊！这位车底国国王说了不实之词。（22）

愚蠢的人用非法获得的财物举行祭祀，即使他渴望正法，也不能获得正法的功果。（23）同样，思想邪恶的人想要猎取正法，向婆罗门布施，以便让世人相信。（24）如果婆罗门陷入贪欲和愚痴，依靠邪恶的行为获取财物，毫无节制，他最终会得到污秽的归宿。（25）缺乏理智的恶人给予的布施，再多也无用，最终都遭到毁灭。（26）灵魂邪恶，心术不正，非法行事，热衷杀生，这样的人提供布施，在今生和来世都不会赢得声誉。（27）陷入贪欲和愚痴，一心敛财，思想邪恶，热衷杀生，这样的人危害众生。（28）以这种贪婪的方式获取财富，举行祭祀，提供布施，由于违背经典，也不会获得成功。（29）以苦行为财富的人们遵行正法，尽自己的能力布施谷穗、根茎、果子、野菜和水，赢得天国。（30）这才是伟大的正法。舍弃、布施、怜悯众生、梵行、诚实、仁慈、坚定和宽容，这些构成永恒正法的永恒根基。（31）

我们听说古代的婆罗门和以众友为首的国王，众友、阿私多、遮那迦、林军、阿哩底湿赛耶和信度迪波。（32）这些和其他许多国王都以苦行为财富，诚实可信，用合法所得布施，达到至高成就。（33）那些婆罗门、刹帝利、吠舍和首陀罗都依靠苦行，用布施和正法之火净化自己，升入天国，婆罗多后裔啊！（34）

以上是吉祥的《摩诃婆罗多》中《马祭篇》第九十四章（94）。

九五

镇群说：

尊者啊！如果一切依靠合法的布施，而你精通这一切，请你为我讲述这一切吧！（1）你已经告诉我那位拾穗者布施一把面粉，获得大功果，毫无疑问是真实的。（2）在所有的祭祀中，怎样断定会获得至高功果？婆罗多族雄牛啊！请你详细告诉我。（3）

护民子说：

在这方面，人们引用这个古老的传说，克敌者啊！那是发生在古代投山仙人的大祭上的事。（4）从前，大光辉的投山仙人关注一切众生的利益，举行为期十二年的净身仪式，大王啊！（5）在这位灵魂高尚的仙人的祭祀上，祭司们光辉似火，或以根茎为食，或戒食，或带着石杵，或饮用月光。（6）他们捣碎谷物，吃剩食，沐浴。他们中也有耶提（苦行者）和乞食者。（7）他们全都亲证正法，克服愤怒，控制感官，克制自我，摆脱骄傲和痴迷。（8）这些大仙行为永远纯洁，不为感官所累，侍奉和享受祭祀。（9）在这祭祀上，尊者投山仙人按照自己的能力获取食物，没有任何不合适的行为。就这样，他和其他许多牟尼一起举行盛大的祭祀。（10）

投山仙人这样进行着大祭,婆罗多族俊杰啊!千眼神(因陀罗)停止降雨。(11)在这期间,国王啊!灵魂纯洁的牟尼们谈起灵魂高尚的投山仙人,说道:(12)"投山仙人举行祭祀,慷慨布施食物,而雨云不降雨,怎么会有食物呢?(13)诸位婆罗门啊!这位牟尼的大祭为期十二年,天神也会十二年不降雨。(14)想到这一点,请你们为这位睿智的、修炼严酷苦行的大仙人做点好事。"(15)

听到这些话,大苦行者投山仙人向牟尼们俯首致敬。他擅长辞令,说道:(16)"如果婆薮之主(因陀罗)十二年不降雨,我将举行精神祭祀。这是永恒的规则。(17)如果婆薮之主(因陀罗)十二年不降雨,我将竭尽全力举行其他各种祭祀,立下大誓愿。(18)我将用储存多年的谷种举行谷种祭祀,不会遇到障碍。(19)我的这场祭祀决不会徒劳无益,不管天神降雨还是不降雨。(20)如果因陀罗不愿意接受我的请求,那么,我将亲自成为因陀罗,让众生活命。(21)所有以食物为生者都将一如既往。我还会不断改善,做得格外出色。(22)现在,让金子和三界一切难以获得的财物自动汇聚这里吧!(23)让所有的天女、健达缚、紧那罗、毗首婆薮和其他神灵都来到这里吧!(24)让北俱卢洲的所有财富自动出现在我的祭祀上吧!让天国及其居民和正法之神自动出现在这里吧!"(25)

这样说罢,一切都出现在这位智者面前。牟尼们看到这位牟尼的苦行威力,惊讶不已,说了这些富有意义的话:(26)"你的话使我们感到高兴,但我们不希望你的苦行威力减少。我们对自己的祭祀满意。我们愿意以合法的方式举行。(27)我们希望这样祭祀、净身和祭供。让我们就这样举行祭祀吧!我们别无他求。(28)我们合法地获取食物,恪守自己的职责,遵奉梵行,探讨吠陀。(29)我们完成梵行后,离开家庭,按照正法指示的各种门径,修炼苦行。(30)你摒弃杀生的看法完全正确,主人啊!你应该永远宣布在祭祀中不杀生。(31)这样,我们会感到高兴,婆罗多族俊杰啊!一旦祭祀完成,我们就会离开这个祭场。"(32)

护民子说:

他们这样说着,大光辉的摧毁城堡者、天王(因陀罗)看到这位牟尼的苦行威力,开始降雨。(33)镇群王啊!无比英勇的天王因陀罗不等祭祀结束，就降下大量雨水。（34）天王（因陀罗）让毗诃波提领路，亲自前来安抚投山仙人，王仙啊！（35）祭祀完成时，投山仙人无比高兴，按照礼仪向大牟尼们致敬，送别他们。（36）

以上是吉祥的《摩诃婆罗多》中《马祭篇》第九十五章（95）。

九六

镇群说：

我问你，这只有金头、说人话的猫鼬是谁的化身？请你告诉我。（1）

护民子说：

你先前没有问我，所以，我没有说。请听我讲述这只猫鼬怎么会说人话？（2）从前，食火仙人准备举行祭祖仪式，祭牛自动走来，他便挤了这头祭牛的奶。（3）他将牛奶放在一个坚固干净的新罐子里。这时，愤怒之神亲自进入这个罐子。（4）他想知道一旦得罪这位优秀的牟尼，他会有什么反应？于是，他愚蠢地糟蹋牛奶。（5）牟尼知道他是愤怒之神，没有对他生气。于是，愤怒之神显身，双手合十，对他说道：（6）"婆利古族俊杰啊！我已被你征服。说婆利古族的人极其粗暴，世上的这种传言不实，因为我已被你征服。（7）你灵魂高尚，宽宏大量，如今我站在你面前，惧怕你的苦行，善人啊！请你宽恕我吧，主人啊！"（8）

食火仙人说：

愤怒啊！我已经看到你显身。你不用担心，走吧！今天，你没有伤害我，我也不会对你发怒。（9）我准备这些牛奶是为了供奉大福大德的祖先们。你明白了，请走吧！（10）

闻听此言，愤怒之神心生恐惧，从那里消失了。而由于祖先们的诅咒，他变成猫鼬。（11）他恳求祖先们给予诅咒的期限。祖先们告诉他："一旦你指责正法之神，你就会摆脱诅咒。"（12）听了这话，他暗暗地跑到各种祭祀场所和净修林去，遇见这场祭祀。（13）他用一把面粉的布施指责正法之子（坚战）。由此，他摆脱诅咒，因为坚战就是正法之神的化身。（14）这就是发生在这位灵魂高尚者的祭祀上的事。那时，这只猫鼬就在我们的眼前消失不见。（15）

以上是吉祥的《摩诃婆罗多》中《马祭篇》第九十六章(96)。
《马祭篇》终。

第十五　林居篇

林 居 篇

一

镇群说：
我的大福大德的祖父们取得王国后，怎样对待灵魂高尚的持国大王？（1）他的大臣和儿子都已死去，权力丧失，无依无靠。还有声誉卓著的甘陀利情况如何？（2）我的灵魂高尚的先辈们治理王国有多久？请你告诉我这一切。（3）

护民子说：
灵魂高尚的般度之子们杀死敌人，取得王国后，统治大地，尊敬持国。（4）维杜罗、全胜和睿智的俱卢后裔、吠舍女之子尚武侍奉持国。（5）般度之子们凡事都征询这位老王的意见，在他的指点下，统治了十五年。（6）这些英雄遵照法王（坚战）的盼咐，经常来到老王那里，向他行触足礼，陪伴他，为他做一切事情。而他也亲吻他们的头。（7）贡提婆阇的女儿（贡蒂）顺从甘陀利。德罗波蒂、妙贤和其他般度族妇女也都同样孝顺两位婆婆（贡蒂和甘陀利）。（8）坚战为持国提供各种名贵的床榻、衣服和装饰品，还有适合国王享用的一切食品，大王啊！（9）同样，贡蒂像侍奉长辈一样侍奉甘陀利。维杜罗、全胜和俱卢后裔尚武侍奉失去儿子的老王。（10）德罗纳的可爱的妹夫，那位伟大的婆罗门和大弓箭手慈悯也侍奉他。（11）

尊者毗耶娑也常来老王这里居住，为他讲述古代仙人、神仙、国王和罗刹的传说。（12）维杜罗按照持国的盼咐，指导完成各种符合正法的事情。（13）凭借维杜罗的威力，花费少量钱财，就能赢得诸侯们尽忠效力。（14）他释放囚徒，赦免死犯，正法之子坚战从不干预。（15）每当安必迦之子（持国）出游时，大光辉的俱卢王坚战供

645

给他一切用品。(16) 厨师、煮汤者和制糖者像以前一样侍奉老王持国。(17) 般度之子们按照规矩,供给持国昂贵的衣服和各种花环。(18)酒、蜜、肉、有益于身体的饮料和各种食物,都像过去一样,为他专做。(19)

各地的国王来到这里,像过去一样侍奉这位俱卢族老王。(20) 贡蒂、德罗波蒂(黑公主)、沙特婆多族美女(妙贤)、蛇王之女优楼比和花钏公主,(21) 勇旗的妹妹、妖连的女儿和所有的女仆都侍奉妙力之女(甘陀利)。(22) 坚战王经常关照弟弟们,不要让失去儿子的持国感到任何痛苦。(23) 他们听了法王(坚战)语重心长的话,总是照办,惟独怖军是例外。(24) 因为这位英雄心中无法抹去昏庸的持国在掷骰子赌博事件中的责任。(25)

以上是吉祥的《摩诃婆罗多》中《林居篇》第一章(1)。

二

护民子说：

这样,安必迦之子(持国)受到般度之子们尊敬,像过去一样,在仙人们陪伴下,愉快度日。(1) 这位俱卢族支柱(持国)向婆罗门分封土地,贡蒂之子坚战王也表示赞同。(2) 大地之主坚战王慈悲为怀,充满爱心,对弟弟们和大臣们说道:(3) "持国王应该受到我和你们尊敬。谁听从持国的命令,他就是我的朋友;谁违抗他的命令,他就是我的敌人,应该驱逐。(4) 在他为儿子们祭奠的日子里,他想要施舍多少,就让他施舍多少。"(5) 于是,精神高尚的俱卢族老王持国向那些应该施舍的婆罗门施舍了无数钱财。(6)

法王(坚战)、怖军、左手开弓者(阿周那)和孪生子关心持国,总是服从他的一切命令。(7) 他们想到这位年迈的国王遭受丧子之痛是他们造成的,担心他不要因此死去。(8) 他们决心让这位俱卢族老王像儿子们活着的时候一样快乐,享受一切。(9) 这样,般度族五兄弟总是循规蹈矩,听从持国的命令。(10) 持国看到这些英雄谦恭有礼,也始终像老师对待学生那样对待他们。(11) 甘陀利为儿子们举行各种祭奠，满足婆罗门各种愿望，如释重负。（12）就这样，优秀的执法者、睿智的法王坚战和弟弟们一起孝敬这位老王。（13）

以上是吉祥的《摩诃婆罗多》中《林居篇》第二章(2)。

三

护民子说：

大光辉的俱卢族老王在般度后裔（坚战）身上看不到不愉快的情绪。（1）安必迦之子持国王看到灵魂高尚的般度族之子们行为端正，心中高兴。（2）妙力之女甘陀利消除丧子之痛，始终对般度之子们充满爱意，如同自己的亲生儿子。（3）俱卢后裔啊！俱卢后裔（坚战）总是做令奇武之子（持国）高兴的事，不做令他不高兴的事。（4）持国王或声誉卓著的甘陀利提出要做的任何事情，无论轻重，（5）大王啊！杀敌英雄、肩负般度族重任的坚战王都表示尊重，一一照办。（6）

对于坚战的行为，持国感到满意。但是，一想起自己愚蠢的儿子，他就感到愧疚。（7）每天早上，他起床净身，进行默祷，祝愿般度之子们战无不胜。（8）他让婆罗门念诵祷词和向祭火供奉酥油，祝愿般度之子们长寿。（9）这位大地之主（持国）从自己的儿子们那里没有得到的至高快乐，从般度之子们身上得到。（10）婆罗多后裔啊！那时，年迈的婆罗门、刹帝利、吠舍和首陀罗都对坚战表示满意。（11）过去，持国之子们对他犯下的种种罪恶，他都不放在心上，始终善待老王。（12）如果有人做了让安必迦之子（持国）不高兴的事情，睿智的贡蒂之子（坚战）就会表示痛恨。（13）由于惧怕坚战，没有人敢谈论持国王和难敌的任何恶行。（14）

甘陀利和维杜罗对人中因陀罗（坚战）的坚定和纯洁感到满意，但是，对怖军并不满意，杀敌者啊！（15）怖军即使听从正法之子坚战王，也总要嘀咕几句。他一看到持国，心中就愤愤不平。（16）他跟随睿智的正法之子坚战王侍奉老王，但心中极不愿意。（17）

以上是吉祥的《摩诃婆罗多》中《林居篇》第三章(3)。

647

四

护民子说：

国王啊！人们看不到坚战王和难敌的父亲（持国）之间有什么不和睦。（1）而俱卢族老王一想起自己愚蠢的儿子，心底里也怨恨怖军，国王啊！（2）同样，怖军始终心怀不满，不能宽恕持国王，王中因陀罗啊！（3）狼腹（怖军）总是暗中做一些令持国不高兴的事，唆使一些恶人违抗老王的命令。（4）

一次，怖军在朋友们中间，愤怒地拍打自己的手臂，让持国和甘陀利都听到。（5）他想起他的敌人难敌、迦尔纳和难降，怒不可遏，说了这些刺耳的话：（6）"瞎眼国王的儿子们依靠各种武器谋生，我的双臂如同铁闩，将他们全部送往另一个世界。（7）我的双臂如同铁闩，难以抵御。持国之子们就是落到我的双臂中，走向死亡。（8）我的涂抹檀香膏的双臂值得崇拜，难敌及其儿子和亲友都是在我的双臂中送死。"（9）听了狼腹（怖军）这些和其他各种如同利箭的话，持国王精神沮丧。（10）睿智的甘陀利王后通晓一切正法，懂得时运流转，也听到这些难听的话。（11）

十五年过去，持国王一直受到怖军的语言之箭袭击，感到绝望。（12）贡蒂之子坚战并不知情，阿周那、贡蒂和声誉卓著的德罗波蒂也不知情。（13）玛德利的孪生子了解怖军的心思，产生共鸣。他俩庇护怖军的心思，不说任何不利怖军的话。（14）后来，持国向朋友们致敬后，含着热泪，说了这些意义重大的话。（15）

以上是吉祥的《摩诃婆罗多》中《林居篇》第四章(4)。

五

持国说：

你们都知道俱卢族是怎样毁灭的。俱卢族人都知道这一切是我的过错。（1）心思邪恶、头脑愚蠢的难敌给亲友们带来恐惧，是我为他灌顶，立为俱卢族国王。（2）我没有听取婆薮提婆之子黑天的忠告："这个思想邪恶的罪人及其侍臣都应该处死。"（3）我溺爱儿子，所有的智者都向我提出忠告，维杜罗、毗湿摩、德罗纳和慈悯，（4）灵魂高尚的毗耶娑尊者更是不厌其烦，还有全胜和甘陀利。现在，我深感后悔。（5）我没有把祖传的这份光辉遗产给予般度之子（坚战）和思想品德高尚的人们。（6）伽陀之兄遮那陀那（黑天）看着所有的国王走向毁灭，认为这样最好。（7）

　　我经常想起这些痛苦的往事，心中仿佛扎着成千支利箭。（8）我头脑愚蠢，为此忍受煎熬十五年。现在，我努力涤除我的罪孽。（9）每天在固定的第四时辰，有时在第八时辰，我进食，以缓解饥渴。甘陀利知道这个情况。（10）所有的仆人都以为我正常用餐。我怕般度之子坚战知道后，他会焦急不安。（11）我身披鹿皮，躺在拘舍草上，专心默祷。声誉卓著的甘陀利也奉守戒行。（12）我的一百个儿子战死疆场，没有临阵脱逃，我不为他们悲伤，因为他们知道这符合刹帝利正法。

　　说完这些话，俱卢族老王又对法王（坚战）说道：（13）"祝你幸运！雅度族妇女的儿子啊！请听我告诉你，我在这里生活得很好，受到你的关心照顾，孩子啊！（14）我一次又一次举行祭奠，大量布施，孩子啊！我年事已高，尽力行善积德。甘陀利失去儿子们，依然沉着坚定，期待着我。（15）那些侮辱德罗波蒂和抢夺你的王权的暴徒们都已去世，按照正法战死疆场。（16）我对他们没有什么要做的，俱卢后裔啊！他们冲锋陷阵，战死疆场，走向以武器赢得的世界。（17）王中因陀罗啊！我现在要为自己和甘陀利谋利益，请你同意我。（18）你是优秀的执法者，一向热爱正法。国王是一切众生的老师，所以，我对你说这样的话。（19）得到你的同意，英雄啊！我将穿上树皮衣，与甘陀利一起居住林中，国王啊！我在林中会为你祈祷祝福。（20）婆罗多族雄牛啊！在我们家族中，人到老年，就要把王权交给儿子，自己去林中生活，国王啊！（21）住在林中，我将实行斋戒，饮风维生，与妻子一起修炼最严酷的苦行，英雄啊！（22）你也会分享我的

苦行的功果,因为你是国王,分享国内的善果和恶果。"(23)

以上是吉祥的《摩诃婆罗多》中《林居篇》第五章(5)。

六

坚战说：

国王啊！你这样痛苦,这王国也就不会带给我欢乐。哎呀！我真愚蠢,迷恋王权,造成这种疏忽。(1)国王啊！我和弟弟们不知道你睡在地上,节制饮食,实行斋戒,憔悴消瘦,备受痛苦折磨。(2)你智慧深邃,骗过我这个傻瓜。你让我相信你过得快乐,却一直忍受着痛苦。(3)王国和享受对我有什么用？祭祀和幸福对我有什么用？大地保护者啊！你承受着种种痛苦。(4)我也知道治国艰难,我自己也受折磨,人中之主啊！我陷入痛苦之中,对你说这些话又有什么用？(5)你是我们的父亲,你是我们的母亲,你是我们最高的长辈,失去了你,我们怎么生活呢？(6)王中俊杰啊！让你的亲生儿子尚武做国王吧！或者,让你认为合适的人做国王吧！大王啊！(7)我要到森林中去,请你统治这个王国吧！你不要火上加油,折磨我这声名狼藉的人了。(8)

我不是国王,你是国王。我依靠你,怎么敢吩咐你这位通晓正法的长辈呢？(9)无罪的人啊！在我心里,对难敌对我们的所作所为没有任何怨恨。这是命该如此,我们和他们都陷入痴迷。(10)我们和难敌他们一样,都是你的儿子。我对甘陀利和贡蒂也是一样看待。(11)王中因陀罗啊！如果你离开我,我会跟随你,我以我的灵魂发誓。(12)失去了你,这个以大海为腰带的富饶大地就不会带给我快乐。(13)一切都是属于你的,我俯首请求你开恩。我们全都依靠你,王中因陀罗啊！请你消除心中的烈火吧！(14)我认为你得到这一切理所当然,人中之主啊！我有幸孝顺你,我会平息心中的烈火。(15)

持国说：

俱卢后裔啊！我一心向往苦行,孩子啊！对于我们家族来说,我去林中是合适的，主人啊！（16）我在这里住了很久，一直受到你的孝敬，孩子啊！现在我已经老了，你应该同意我，国王啊！（17）

护民子说：

安比迦之子持国颤颤巍巍，对双手合十的法王（坚战）说了这些话后，（18）又对大臣全胜和大勇士慈悯说道："我希望你们劝导国王。（19）我心中烦恼，嘴唇干燥。由于年事已高，我说话吃力。"（20）说罢，这位睿智的、以法为魂的俱卢族老王靠在甘陀利的身上，仿佛突然命殒气绝。（21）看到俱卢族老王这样坐着，失去知觉，杀敌英雄贡蒂之子（坚战）顿时忧心忡忡。（22）

坚战说：

这位臂力如同万头大象的国王，现在靠在女人身上，仿佛失去生命。（23）这位国王曾经用力将怖军的铁像挤碎，现在借力靠在女人身上。（24）呸！我这个不懂正法的人！呸！我的智慧，我的学问！由于我，这位大地保护者才倒在这里，实在不应该。（25）如果这位国王和声誉卓著的甘陀利不进食，我也要像我的长辈一样实行斋戒。（26）

护民子说：

然后，通晓正法的般度族国王（坚战）亲手用清凉的水，轻轻擦拭持国的胸和脸。（27）坚战王的手上戴着宝石和药草，纯洁而芬芳，在触摸之下，持国王恢复知觉。（28）

以上是吉祥的《摩诃婆罗多》中《林居篇》第六章（6）。

七

持国说：

般度之子啊！你继续用手抚摸我吧！拥抱我吧！由于你的抚摸，我仿佛复活了，莲花眼啊！（1）我想吻你的头，想用双手拥抱你，人中之主啊！我的生命还没有离去。（2）现在是第八时辰，我进食的时间，俱卢族之虎啊！由于我没有进食，我不能动弹。（3）我竭尽全力向你提出请求，身心疲惫，仿佛失去知觉。（4）主人啊！我认为接触

到你的手，犹如接触到甘露，我得以复活，俱卢族支柱啊！（5）

护民子说：

婆罗多后裔啊！听了伯父的话，贡蒂之子（坚战）满怀亲情，轻轻抚摸持国的全身肢体。（6）持国王恢复元气，用双臂拥抱般度之子（坚战），亲吻他的头。（7）维杜罗等人痛苦至极，放声哭泣。由于极度痛苦，般度族人面对持国王，说不出话。（8）通晓正法的甘陀利强忍悲痛，鼓起精神，说道："国王啊！不要这样。"（9）其他的妇女和贡蒂一起围绕老王，站在那里，痛苦地流着眼泪。（10）然后，持国又对坚战说道："国王啊！你同意我修炼苦行吧！婆罗多族雄牛啊！（11）我反复请求，身心疲惫，孩子啊！你不要再为难我了。"（12）

俱卢族王（持国）对般度之子（坚战）这样说罢，整个后宫爆发痛苦的哭声。（13）看到老王过着不合适的生活，因斋戒而疲惫，脸色苍白，身体消瘦，皮包骨头，（14）大臂者正法之子（坚战）拥抱伯父，流着痛苦的眼泪，又说道：（15）"人中俊杰啊！我不希罕这个大地和我的生命，国王啊！我只希望做事让你高兴，折磨敌人者啊！（16）如果我值得你垂爱，如果你喜欢我，那么，请你进食吧！然后，我们会知道怎么做。"（17）而大光辉的持国王又对正法之子（坚战）说道："孩子啊！我希望你先答应，然后我进食。"（18）持国王对坚战这样说着话，贞信之子毗耶娑仙人来到，说了这些话。（19）

以上是吉祥的《摩诃婆罗多》中《林居篇》第七章(7)。

八

毗耶娑说：

大臂坚战啊！你不要犹豫，就按照灵魂高尚的俱卢族后裔持国说的办吧！（1）这位国王年事已高，尤其是失去了儿子们，我认为他不可能长期忍受这种痛苦。（2）大福大德的甘陀利聪明睿智，慈悲为怀，坚强地忍受丧子之痛，大王啊！（3）我对你这样说了，你就照我的话做吧！让这位国王得到允诺吧！不要让他徒然死去。（4）让这位

国王遵循古代王仙的道路吧！因为所有的王仙最终都要过林居生活。(5)

护民子说：

听了业绩神奇的毗耶娑的这些话，大光辉的法王坚战回答道：(6)"你受到我们尊敬。你是我们的长辈。你是我们王国和家族的庇护。(7)我是儿子，你是我的父亲、国王和老师。按照正法，儿子应该服从父亲的命令。"(8)

闻听此言，民众之主啊！优秀的执法者、大光辉的毗耶娑又对坚战说道：(9)"大臂者啊！正如你说的那样，婆罗多后裔啊！这位国王已到老年，进入人生最后阶段。(10)你和我都同意他，大地之主啊！让他遂心如意吧！你不要再为难他。(11)这是王仙的至高正法，坚战啊！他们或者死在战场，或者死在林中，自古以来都是这样。(12)王中因陀罗啊！你的父亲般度王像学生侍奉老师那样侍奉这位国王。(13)这位国王举行各种大祭，慷慨布施，食品堆积如山。在他的保护下，儿子们享受一切。(14)在你流亡的十三年中，他依靠儿子享有庞大的王国，布施各种财物。(15)人中之虎啊！这位国王和声誉卓著的甘陀利已经受到你和你的随从们孝敬。(16)你就同意伯父吧！现在正是他修炼苦行的时机，坚战啊！他对你没有丝毫怨恨。"(17)毗耶娑说了这些话，劝说坚战王同意。贡蒂之子（坚战）说道："好吧！"毗耶娑便返回森林去了。(18)

尊者毗耶娑走后，般度之子（坚战）向年迈的伯父俯首行礼，亲切温和地说道：(19)"尊者毗耶娑说的话，你提出的想法，大弓箭手慈悯和维杜罗说的话，(20)还有尚武和全胜说的话，我都照办。因为所有这些人都为这个家族的利益着想，都值得我尊敬。(21)国王啊！我向你俯首行礼，请求你先进食，随后再去净修林。"(22)

以上是吉祥的《摩诃婆罗多》中《林居篇》第八章(8)。

九

护民子说：

得到坚战王同意后，威严的持国王在甘陀利陪同下，回到自己宫中。(1) 睿智的国王体力衰弱，动作缓慢，举步维艰，犹如一头年迈的象王。(2) 智者维杜罗、御者全胜和大弓箭手有年之子慈悯跟随他。(3) 国王进入宫中，做完早祷，布施许多优秀的婆罗门，然后进食。(4) 通晓正法、聪明睿智的甘陀利和贡蒂一起，由儿媳们侍奉进食。婆罗多后裔啊！(5) 持国王吃过饭，维杜罗等人和般度之子们也都吃过饭，然后，大家围坐在俱卢族俊杰持国王身旁。(6)

大王啊！安必迦之子（持国）用手抚摸坐在身旁的贡蒂之子（坚战）的背，说道：(7) "俱卢后裔啊！你要永远精进不懈，把握以正法为首的治国八支①，王中之虎啊！(8) 你是智者，般度之子啊！请听我告诉你怎样保护王国和正法，贡蒂之子啊！(9) 你应该始终尊敬那些有学问的长者，坚战啊！你应该听取他们的意见，毫不犹豫照着去做。(10) 早上起来，你要依礼敬拜他们，国王啊！在采取行动的时候，你要征询他们自己应该怎么做？(11) 你为了国家的利益，尊敬他们，国王啊！他们会向你提供有益的意见，俱卢后裔啊！(12) 你要像驾驭马匹那样，控制一切感官。这样会对你有益，犹如财产得到保护。(13)

"你要任用经过考验的、世袭的、廉洁的、驯顺的以及办事能干的大臣。(14) 你要始终经过考察，派遣密探，以多种方式收集本国和敌国的情报。(15) 你的城堡应该防守严密，有坚固的城墙和拱门。四面八方，六条道路，都要设立瞭望塔。(16) 那些城门应该巨大而结实，分布适当，配有保护装置。(17) 你要让那些通晓事理、出身和品行可靠的人照看你的饮食，婆罗多后裔啊！(18) 无论娱乐或用餐，无论花环、床榻或坐垫，都应该如此，坚战啊！你要让那些出身纯洁、品行端正、知识丰富、年老可靠的人照看妇女们。(19)

"你应该让精通学问、谦恭有礼、出身高贵、秉性正直、熟谙正法和利益的婆罗门担任大臣。(20) 你应该与他们商议大事，而不要与许多人商议大事。有的事与所有的人商议，有的事与少数人商议。(21) 你应该在防卫严密的议事厅里商议，或者在林中，或者在荒野，但决不要在夜里。(22) 模仿人类的猴子和鸟类，还有傻子和瘸

---

① 治国八支是正法、主人、大臣、首都、国土、国库、军队和盟友。

子,都要从议事厅中驱除出去。(23)我认为国王们在协商中意见分歧造成的危害难以补救。(24)国王啊!你应该在大臣中间反复说明意见分歧的危害和意见一致的益处,克敌者啊!(25)坚战啊!你应该了解城乡居民的是非善恶,尽到自己的责任,克敌者啊!"(26)

以上是吉祥的《摩诃婆罗多》中《林居篇》第九章(9)。

一〇

持国说:

孩子啊!你始终要任用可靠满意的人掌管司法,同时要经常派遣密探监督他们,国王啊!(1)婆罗多后裔啊!这些人应该通晓法规,依法惩治应该惩治的人,坚战啊!(2)热衷贪污受贿,玷污别人妻子,凶暴残酷,说谎欺骗,(3)谩骂,贪婪,杀人,随心所欲,在集会和娱乐场所制造事端,玷污种姓,应该根据时间和地点,对这些人处以罚金或死刑。(4)在早上,你应该检查那些出纳人员,然后,梳洗装饰,进餐。(5)你应该经常视察军队,让他们感到高兴。黄昏时,派遣使者和密探。(6)下半夜,你应该安排好要做的事情。午夜和中午,你应该娱乐消遣。(7)你应该及时处理紧迫之事,婆罗多族雄牛啊!同样,在适合的时候,盛装严饰,慷慨布施,孩子啊!你不停地处理各种事务,犹如车轮运转。(8)

你应该努力采用合法手段积累金银财富,大王啊!你要摒弃非法手段。(9)你应该通过密探,查出窥测王国漏洞的敌人,派遣叵靠的人,挑动他们互相残杀。(10)俱卢后裔啊!你应该通过实际考察,选择随从,依靠他们完成各种事务。(11)你的军队统帅应该信守誓言,英勇顽强,吃苦耐劳,令你满意。(12)般度之子啊!所有的城乡居民包括厨师、议员和商人,都应该为你效劳。(13)坚战啊!你应该经常观察敌我双方的弱点和漏洞。(14)对于国内努力履行各自职责的人们,你应该以适当的方式赐给他们恩惠。(15)国王啊!智者追求功德,赢得功德,他们就会像高耸的弥卢山那样,永不动摇。(16)

以上是吉祥的《摩诃婆罗多》中《林居篇》第十章(10)。

一一

持国说：

你要认清各种势力范围，敌方、我方、中立者和中间者。(1) 你要认清四种敌人、各种谋杀者、朋友和敌人的朋友，杀敌者啊！(2) 大臣、居民、堡垒、险隘和军队，都要合乎心意，俱卢族俊杰啊！(3) 这是国王应该认清的十二项，贡蒂之子啊！还有以大臣为首的六十项，总共七十二项，主人啊！(4) 精通政事的老师们宣称这些是势力范围，坚战啊！你要懂得怎样运用六事①。(5) 你要认清强盛、衰弱和稳定，俱卢后裔啊！依靠七十二项实施六事，大臂者啊！(6)

我方强大，敌方薄弱，国王就应该进攻，征服敌人，贡蒂之子啊！我方处于弱势，就应该缔和。(7) 国王应该积聚大量财物，一旦有能力出征，就毫不迟疑，婆罗多后裔啊！(8) 妥善安排一切，不要割让地盘，婆罗多后裔啊！如果迫不得已，也要给予敌人贫瘠的土地。(9) 精通和谈的人不会从对方接受劣质的金子，结交贫穷的朋友。(10) 为了缔和，你应该让对方王子做人质，婆罗多族雄牛啊！遇到灾难，你要努力设法摆脱。(11) 贡蒂之子啊！国王应该体察穷困不幸的人们，逐步或同时解除他们的苦难。(12)

国王应该保护自己的王国，努力打击和遏制敌人，捣毁他们的财库。(13) 不要为了敛聚财富而伤害诸侯，贡蒂之子啊！不要杀害渴望征服大地的国王。(14) 你应该和大臣们一起，采用分化瓦解的办法，惩恶扬善。(15) 弱者也不会永远被强者压服，王中之虎啊！你应该采取芦苇的生存方式②。(16) 如果强大的国王进攻弱小的国王，弱小的国王应该采用求和等等手段逐步平息事态。(17) 如果不能阻止入侵者，他就应该使用金钱和武力，率领大臣、市民和其他忠于自己的人，投身战斗。(18) 如果竭尽全力，无济于事，他就舍弃一切，甚至自己的身体，达到解脱。(19)

以上是吉祥的《摩诃婆罗多》中《林居篇》第十一章(11)。

---

① 六事指联盟、战争、进军、停止、分散和求助。
② 芦苇的生存方式指以柔克刚。

一二

持国说：

王中俊杰啊！你应该考察和平和战争。它们有两种类型、三种手段和多种可能性，坚战啊！（1）考虑到敌方军队强大，斗志昂扬，你就应该避免对立，侍奉他。（2）友好相处的时候，应该提防变卦；受到压迫的时候，应该选择退让，王中因陀罗啊！（3）应该给敌人制造麻烦，分化瓦解他们，削弱他们的力量，让他们感到恐惧，在战斗中给予他们致命打击。（4）精通武艺的国王在准备进攻时，会认真考虑敌我双方的三种能力。（5）具备士气、纪律和计划这三种能力，方可进攻，否则，不能进攻。（6）国王应该具备财政的力量、盟友的力量、雇佣军和正规军。（7）我认为财务的力量和盟友的力量不分高低，正规军和雇佣军也同样重要，国王啊！（8）密探的力量也与以上的力量同样重要，国王啊！在发动进攻的时候，应该懂得运用这些力量。（9）

国王啊！你要知道国王的灾难多种多样，俱卢后裔啊！请听我一一告诉你。（10）般度后裔啊！灾难多种多样，国王应该认真对待，用安抚等等手段平息它们。（11）折磨敌人者啊！国王拥有六种力量[①]，占据军事优势，时间和地点合适，可以出征。（12）一心追求繁荣昌盛，只要军队强大，斗志昂扬，受到挑战，可以出征；即使没有正当理由，也可以出征。（13）国王出征消灭敌人如同江河直下，以木柱为河中石头，以车马为水流，以旗帜为两岸树木，以步兵和大象为河中泥沼。（14）按照优沙那的经典规则，编排车阵、莲花阵和金刚杵阵，婆罗多后裔啊！（15）国王应该消灭敌人的军队，慰劳自己的军队。在自己的领土上作战是这样，在敌人的领土上作战也是这样。（16）征服敌人后，国王应该把获得的财富委托富人保管。国王应该熟悉自己的疆域，施展安抚等等手段。（17）

---

① 六种力量指象兵、马兵、车兵、步兵、财力和智力。

大王啊！无论如何，都应该保重身体，做对自己今生和来世有益的事。（18）在这世界上，国王这样行动，听取吉祥的话，依法保护臣民，死后就能升入天国。（19）俱卢族俊杰啊！你应该这样为臣民谋利益，在今生和来世永远获得成功。（20）这些教诲以前毗湿摩、黑天和维杜罗都对你说过，我出于对你的喜爱，不由自主地也要对你说说，王中俊杰啊！（21）大施主啊！你应该按照规则，做到这一切，这样，你得到臣民爱戴，就会升入幸福的天国。（22）国王举行一千次马祭和依法保护臣民，两者的果报相同。（23）

以上是吉祥的《摩诃婆罗多》中《林居篇》第十二章（12）。

一三

坚战说：

大地之主啊！我会按照你说的去做，王中雄牛啊！我应该继续接受你的教诲。（1）毗湿摩已经升入天国，诛灭摩图者（黑天）已经回去，维杜罗和全胜也要离去，还有谁会教诲我？（2）你今天对我谆谆教诲，都是为了我好，大地保护者啊！我将照着去做，你放心吧！婆罗多后裔啊！（3）

护民子说：

睿智的法王（坚战）这样说罢，王仙（持国）希望得到贡蒂之子（坚战）的允诺，婆罗多族雄牛啊！（4）"孩子啊！休息吧！我太累了。"持国王说罢，进入甘陀利的居室。（5）遵行正法的甘陀利等生主般的丈夫坐下后，抓住时机，询问道：（6）"你已经得到毗耶娑大仙亲口同意，什么时候得到坚战的允诺，前往森林？"（7）

持国说：

甘陀利啊！我已经得到灵魂高尚的父亲亲口同意。一旦得到坚战允许，我立刻前往森林。（8）我想邀请所有的人来到我的宫中，为我的嗜好掷骰子赌博的儿子们举行祭奠，送给他们一些钱财。（9）

护民子说：

持国王这样说罢，派人禀告法王（坚战），大地之主（坚战）按照他的吩咐，带来他需要的一切。（10）持国王从后宫出来，看到所有的朋友、所有的臣民和所有的城乡居民聚集在这里，（11）还有来自各地的婆罗门和国王们。于是，大光辉的持国王开始说话。（12）俱卢疆伽罗地区的婆罗门、刹帝利、吠舍和首陀罗聚集在这里，专心听他说话。（13）"你们和俱卢族人已经相处很长时间，互相友好，互相帮助。（14）现在，到时候了，我要告诉你们一件事，希望你们同意，不要反对。（15）我想和甘陀利一起前往森林。毗耶娑同意，贡蒂之子坚战也同意，请你们也表示同意，不要犹豫。（16）我们和你们始终愉快相处。我认为这种情况在其他王国中是找不到的。（17）现在我年老体衰，又失去儿子们，和甘陀利一起实行斋戒而消瘦，无罪的人们啊！（18）王权交给坚战后，我享受到很大的快乐，诸位人中俊杰啊！我认为这快乐胜过在难敌统治时期得到的快乐。（19）我又瞎又老，又失去儿子们，除了森林，我还能有什么去处？大福大德的人们啊！请同意我吧！"（20）

听了他的话，所有俱卢疆伽罗地区的居民都流泪哭泣，话语哽塞，婆罗多族雄牛啊！（21）他们陷入痛苦忧伤，一时间说不出话来，大光辉的持国王又对他们说道。（22）

以上是吉祥的《摩诃婆罗多》中《林居篇》第十三章(13)。

一四

持国说：

福身王依法统治这个大地。同样，奇武王在毗湿摩辅助下统治这个大地。毫无疑问，这些你们都知道。（1）我的弟弟般度受到你们爱戴，他也依法统治这个大地，你们也都知道。（2）无罪的人们啊！我顺从你们，无论做得恰当或不恰当，你们应该原谅我，因为我已经尽心尽力，大福大德的人们啊！（3）难敌也曾安安稳稳享有这个王国。他头脑愚钝，但没有错待你们。（4）由于他的罪过、愚痴和傲慢，也由于我的失策，造成王族之间的大屠杀。（5）不管我做对还是做错，请你们都不要记在心里。你们应该原谅我。（6）"这位国王老年丧子，忍受痛苦。他是先王的儿子。"这样一想，你们就会宽恕我。（7）甘陀利也是老年丧子，凄惨可怜。她忍受着失去儿子的悲痛，和我一样请求你们。（8）知道我俩都是老年丧子，忍受痛苦，请你们同意吧！我俩请求你们庇护，祝你们好运！（9）

贡蒂之子、俱卢王坚战由你们大家照看，无论处在顺境，还是遇到逆境，他决不会陷入困境。（10）他有四位弟弟作为助手。他们威力巨大，精通正法和利益，如同护世天王。（11）大光辉的坚战如同梵天，是一切众生之主。他会保护你们。（12）我认为应当说的话，就一定要对你们说。我把坚战托付给你们，也把你们托付给这位英雄。（13）如果我的儿子们做了什么错事，还有我做了什么错事，都请你们包涵原谅。（14）你们不要对我过去做的事耿耿于怀。我双手合十，向你们这些忠诚的义士致敬。（15）我的那些儿子思想轻浮，贪婪成性，随心所欲，无罪的人们啊！我和甘陀利请求你们宽恕他们所做的一切。（16）

听了国王的这些话，所有的城乡居民含泪哽咽，说不出话，面面相觑。（17）

以上是吉祥的《摩诃婆罗多》中《林居篇》第十四章(14)。

一五

护民子说：

俱卢后裔啊！听了老王的这些话，城乡居民们仿佛失去知觉。（1）他们含泪哽咽，默不作声，大地保护者持国王又说道：（2）"贤士们啊！我和妻子老年丧子，凄惨可怜，痛苦诉说不尽。（3）我已经得到父亲岛生黑仙（毗耶娑）和通晓正法的坚战同意，去过林居生活，诸位知法者啊！（4）我和甘陀利再次向你们俯首行礼，无罪的人们啊！请你们同意我吧！"（5）

听了俱卢族王这些可怜的话，国王啊！聚集在这里的俱卢疆伽罗地区居民都哭泣起来。（6）他们满怀忧伤，用上衣或双手掩住脸，呜鸣哭泣，犹如离别父母。（7）他们的心变得空空荡荡，承受着离别持国的痛苦，仿佛失去知觉。（8）他们渐渐缓解与俱卢族王分别的忧伤，互相表达自己的意见。（9）国王啊！他们把所有意见集中概括，委托一位婆罗门答复持国王。（10）

这位婆罗门年高德劭，精通义理，熟谙梨俱吠陀，名叫桑波，国王啊！他开始说话。（11）这位聪明果敢的婆罗门代表民众，向国王表示敬意，说道：（12）"国王啊！大家把意见交给我了，我现在告诉你，英雄啊！但愿你喜欢，国王啊！（13）王中因陀罗啊！你说的一切都是事实，没有一点假话。你和我们互相是朋友。（14）确实，在这个王族中，没有一个国王作为臣民保护者不受臣民爱戴。（15）你们像父亲或兄长那样保护我们，难敌也没有对我们做什么不合适的事，国王啊！（16）贞信之子牟尼（毗耶娑）通晓正法，是我们的最高导师，大王啊！你就按照他说的做吧！（17）你离开我们，我们陷入痛苦和忧伤，国王啊！我们会长久思念你的种种品德。（18）

"正如受到福身王和花钏王保护，正如在毗湿摩辅助下，受到你的父亲（奇武王）保护，国王啊！（19）正如受到拥有你的智慧的般度王的保护，我们也受到难敌王很好保护。（20）你的儿子没有一点对不起我们，国王啊！我们信任他，犹如信任父亲，人中之主啊！这些你都知道。（21）同样，我们在睿智而坚定的贡蒂之子（坚战）保护下，享受千年的幸福，国王啊！（22）维系你们家族的古代王仙有俱卢、广覆和睿智的婆罗多。（23）以法为魂、慷慨布施的坚战王遵循他们的行为，无可挑剔，大王啊！（24）在你的保护下，我们一向说话愉快，你和你的儿子没有一点对不起我们」。（25）你说到难敌造成亲族屠杀之事，请听我为你解释，俱卢后裔啊！"（26）

以上是吉祥的《摩诃婆罗多》中《林居篇》第十五章(15)。

一六

婆罗门说：

俱卢族走向毁灭，这不是难敌造成，不是你造成，也不是迦尔纳和妙力之子（沙恭尼）造成。(1) 我们知道，这是命运使然，不可抗拒。人力无法扭转命运。(2) 大王啊！集合起来的十八支大军，在十八天里毁在十位勇士手中。(3) 他们是毗湿摩、德罗纳、慈悯、灵魂高尚的迦尔纳、英雄萨谛奇（善战）和猛光，(4) 还有般度的四个儿子，怖军、阿周那和孪生子，国王啊！这场屠杀由命运的力量造成。(5) 在这世上，刹帝利必定死于战场，被刹帝利用武器杀死。(6) 这些拥有学问和臂力的人中之虎摧毁整个大地，连同它的车、马和象。(7) 你的思想高尚的儿子难敌王没有罪过，你和你的随从以及迦尔纳和妙力之子（沙恭尼）也没有罪过。(8) 数以千计俱卢族优秀的国王们遭到毁灭，完全是命运造成，谁能对此说什么呢？(9) 你是受尊敬的长辈，整个世界的主人，因此，我们宽恕你的以正法为魂的儿子。(10) 让这位国王和他的随从们到达英雄的世界吧！让他得到那些优秀的婆罗门允诺，在天国享受快乐吧！(11) 你也会获得恪守正法的功德，婆罗多族俊杰啊！你熟谙一切功德。(12)

我们亲眼目睹人中雄牛般度之子们的勇气，他们甚至能保护天国，何况大地呢？(13) 俱卢族俊杰啊！不管是处在顺境还是逆境，臣民们都会追随以品行为装饰的般度之子们。(14) 般度之子（坚战）维护先王们的承诺，保持婆罗门的封田和特权。(15) 思想高尚的贡蒂之子（坚战）如同吠湿罗婆那（财神）富有远见，知恩图报，大臣们行为高尚。(16) 他身心纯洁，甚至怜悯敌人，婆罗多族雄牛啊！他聪明睿智，处事公正，始终像保护儿子那样保护我们。(17) 王仙啊！受正法之子（坚战）的影响，怖军和阿周那等人也没有做过令人不愉快的事。(18) 以温柔对待温柔，以毒蛇般的暴烈对待暴烈，这些俱卢族后裔灵魂高尚，关心民众的利益。(19) 贡蒂、般遮罗公主（德罗波蒂）、优楼比和沙特婆多族公主（妙贤）都没有对民众做过任何错事。(20) 你对我们仁慈，坚战又加以发扬，城乡居民都不会忘却。(21) 大勇士贡蒂之子们恪守正法，甚至保护那些违背正法的人。(22) 国王啊！你不必为坚战担忧。你就做一切符合正法的事情吧！向你致敬，婆罗多族雄牛啊！(23)

护民子说：

听了这些符合正法又体现品德的话，在场的人一齐喝彩道："好啊！好啊！"（24）持国反复表示赞赏这些话，慢慢地遣散这些臣民。(25)在臣民们吉祥的目光注视下，持国王双手合十，向大家表示敬意，婆罗多族雄牛啊！（26）然后，持国王和甘陀利一起进入宫中。现在，请听过了这夜之后的事情。(27)

以上是吉祥的《摩诃婆罗多》中《林居篇》第十六章(16)。

一七

护民子说：

夜晚过去后，安必迦之子持国派遣维杜罗到坚战的宫中。(1)大光辉的优秀智者维杜罗到了那里，按照老王的吩咐，对永不退却的坚战王说道：(2)"大王啊！持国已经完成林居生活的预备仪式，国王啊！在羯栗底迦满月日，就要前往森林。(3)俱卢族俊杰啊！他希望从你那里得到一些财物，祭奠灵魂高尚的恒河之子（毗湿摩），(4)也祭奠德罗纳、月授、睿智的波力迦以及他的所有儿子和死难的朋友，如果你同意的话，还有卑贱的信度王（胜车）。"(5)

听了维杜罗的话，坚战和般度之子浓发（阿周那）高兴地表示赞同。(6)而大光辉的怖军记着难敌的所作所为，怒不可遏，不同意维杜罗的话。(7)有冠者颇勒古拿（阿周那）知道怖军的心思，微微俯身，对他说道：(8)"怖军啊！年迈的伯父已经完成林居生活的预备仪式，想要布施所有亡故的亲友。(9)这位俱卢族王想要用你赢得的钱财祭奠毗湿摩等人，大臂者啊！你应该同意。(10)多么幸运，持国如今向我们请求，大臂者啊！过去，总是我们向他请求。你看，时间运转。(11)这位国王曾经是整个大地的主人，而现在，他的儿子们都被敌人杀死，他想去林中生活。(12)人中之虎啊！你不要拒绝施舍，大臂者啊！这样做既有损名誉，也违背正法。(13)你服从长兄坚战吧！你应该施舍，不要拒绝施舍，婆罗多族雄牛啊！"贡蒂之子（阿周那）这样说着，法王（坚战）表示赞同。(14)

而怖军愤怒地说道："颇勒古拿啊！我们可以祭奠毗湿摩，(15)可以祭奠月授王、广声、王仙波力迦和灵魂高尚的德罗纳，(16)还可以祭奠其他的朋友们。贡蒂也可以祭奠迦尔纳,人中之虎啊!但不能让俱卢族王举行这些祭奠。(17)这就是我的想法。不要让我们的敌人高兴!让难敌他们在痛苦中越陷越深。正是俱卢族这些败类,毁灭了整个大地。(18)今天,你怎么忘记了十二年的怨恨?我们乔装改扮,德罗波蒂忧愁倍增。那时,持国对我们的恩情在哪里?(19)你身披黑鹿皮衣,失去一切装饰,和般遮罗公主(德罗波蒂)一起跟着坚战王,那时,毗湿摩和德罗纳在哪里?月授王在哪里?(20)流亡十三年,在林中靠野果维生,那时,伯父没有怀着慈爱关心过你。(21)你怎么忘记了?普利塔之子啊!正是这个行为邪恶的家族败类在掷骰子赌博时,询问维杜罗:'谁赢了?'"(22)

怖军说到这里,睿智的贡蒂之子坚战王责令他住嘴。(23)

以上是吉祥的《摩诃婆罗多》中《林居篇》第十七章(17)。

一八

阿周那说:

怖军啊!你是我的兄长,因此,我不能多说什么。无论如何,王仙持国值得我们尊敬。(1)世上的善人不打破事情的界限,不记住别人的罪过,而记住别人的善行。(2)奴婢子(维杜罗)啊!你按照我的话,对俱卢族王说,他愿意布施儿子们多少,我就给他多少。(3)对毗湿摩以及所有朋友和恩人的布施,都从我的财富中支出,主人啊!不要让怖军为难。(4)

护民子说:

这样说着,法王(坚战)赞赏阿周那,而怖军斜着眼睛看胜财(阿周那)。(5)然后,睿智的坚战对维杜罗说道:"请持国不要对怖军生气。(6)因为,睿智的怖军在森林里饱受寒冷、炎热和风雨的痛苦折磨,这些你都知道。(7)你按照我的话,对婆罗多族雄牛持国王说:'你想要多少钱财,就从我的库房里拿吧!'(8)你要对持国王说:'怖军饱受痛苦,出言不逊,不必放在心上。'(9)你要对持国王说,我和阿周那宫中任何财物,都归他支配,大王啊!(10)让持国布施婆罗门吧！让他随意花费吧！让他今天偿还儿子们和朋友们的债吧！（11）奴婢子（维杜罗）啊！你要对持国王说：'毫无疑问，人中之主啊！你要知道，我的财富，甚至我的身体，都归你支配。'"（12）

以上是吉祥的《摩诃婆罗多》中《林居篇》第十八章(18)。

一九

护民子说：

听了坚战王的话，大智者维杜罗回到持国那里，传达这些重要的话：（1）"我首先向大光辉的坚战王转告了你的话，他听了之后，表示赞同。（2）大光辉的毗跋蔌（阿周那）将他的房屋和房屋中的财物，以至他的生命，全都交给你使用。（3）你的侄子法王（坚战）也同意将他的王国、生命、财产和其他一切都交给你使用。（4）而大臂怖军忘不了蒙受的一切痛苦，唉声叹气，仿佛勉强同意。（5）这位大臂者在遵行正法的坚战王和弟弟毗跋蔌（阿周那）劝导下，才对你表示友善。（6）法王（坚战）请求你不要生怖军的气，他不能忘却过去的怨恨，行为不当。（7）国王啊！这也是刹帝利的行为法则。狼腹（怖军）热爱战斗和刹帝利正法。（8）'我和阿周那请你多多包涵，宽恕怖军，国王啊！你是这里的主人。（9）你想要布施多少钱财，就布施多少吧！国王啊！你是我们王国和生命的主人，婆罗多后裔啊！（10）让俱卢族俊杰用婆罗门的封田布施亡故的儿子们吧！让他取走这里的珠宝、牛羊和男女奴仆，（11）布施婆罗门吧！按照国王的吩咐，布施那些瞎子和穷人吧！（12）维杜罗啊！你要搭起大棚，备足食物和饮料，还有供牛饮用的水池，以及其他各种行善积德的事情。'（13）普利塔之子坚战王和胜财（阿周那）对我说了这些话，请你吩咐接着要做的事。"（14）

听了维杜罗的话，持国满怀喜悦，一心准备在羯栗底迦满月日举行大布施，镇群王啊！（15）

以上是吉祥的《摩诃婆罗多》中《林居篇》第十九章(19)。

二〇

护民子说：

听了维杜罗的话，持国王对坚战王和吉湿奴（阿周那）的行为表示满意。(1) 他经过考虑，邀请数以千计合适的婆罗门和优秀的仙人，为毗湿摩和自己的儿子以及朋友们举行祭奠。(2) 他准备了大量食物、饮料、车辆、衣服、金子、珍珠、宝石和男女奴仆，(3) 毛衣、鹿皮、珠宝、村庄、田地、羊群、装饰品、象和马，还有少女和美女。王中俊杰（持国）一一呼唤死者名字，向婆罗门布施。(4) 他呼唤德罗纳、毗湿摩、月授、波力迦、难敌王和其他所有儿子以及以胜车为首的所有朋友。(5)

按照坚战的意见，这场祭奠办得庄严隆重，布施大量的牛和财宝。(6) 按照坚战的吩咐，计数者和记录者不断询问老王：(7) "你吩咐吧！布施他们多少？"只要老王一发话，布施的财物就送出。(8) 按照睿智的贡蒂之子坚战王的吩咐，持国说一百，就给一百，持国说一千，就给一千，持国说一万，就给一万。(9) 犹如乌云向大地降雨，国王之云以财富之雨满足那些婆罗门。(10) 接着，国王又用食物和饮料的洪流淹没所有种姓。(11) 以衣服为水沫，以珠宝为水流，以鼓声为涛声，以象和马为鳄鱼和旋涡，以女宝为宝藏，(12) 以村庄和封田为深水，以珍珠和金子为波浪，持国的慈善之海淹没整个世界。(13)

就这样，他为亡故的儿孙和祖先，也为自己和甘陀利举行祭奠。(14) 俱卢后裔（持国）做了大量布施后，感到疲倦，结束祭奠布施。(15) 就这样，俱卢族王（持国）完成布施大喜庆，汇聚许多歌舞伎，布施大量食物和饮料。(16) 就这样，安必迦之子持国王布施了十天，偿还了儿孙们的债，婆罗多族雄牛啊！(17)

以上是吉祥的《摩诃婆罗多》中《林居篇》第二十章(20)。

二一

护民子说：

安必迦之子持国王已经定下前往森林的时间，天亮后，唤来般度族的英雄们。(1) 在这羯栗底迦满月日，睿智的持国王和甘陀利按照礼仪欢迎般度之子们，让精通吠陀的婆罗门举行祭供仪式。(2) 他身披树皮和兽皮，首先供奉祭火，然后，在儿媳们陪伴下，走出宫中。(3) 奇武之子（持国）走出宫时，俱卢族和般度族以及其他俱卢族王系的妇女们爆发哭喊声。(4) 国王用炒米和绚丽的须曼花祭供自己的住宅，又向所有的侍从布施财物，然后出发，王中因陀罗啊！(5)

这时，坚战王双手合十，身体颤抖，泪水堵住咽喉，哭喊道："尊贵的大王啊！你去哪里？"说罢，倒在地上。(6) 同样，婆罗多族俊杰阿周那感受到强烈的痛苦，精神沮丧，频频叹息，劝阻坚战"不要这样"，扶起他。(7) 狼腹（怖军）、颇勒古拿（阿周那）、玛德利的孪生子、维杜罗、全胜、吠舍女之子（尚武）、慈悯和烟氏仙人以及其他婆罗门都含泪哽咽，跟随在后。(8) 贡蒂让蒙住双眼的甘陀利行走时把手搭在她的肩上，而国王也高兴地将自己的手搭在甘陀利的肩上，他们一起出发。(9) 黑公主德罗波蒂、雅度族公主（妙贤）、有了儿子的俱卢族儿媳至上公主、花钏公主和其他妇女都跟随国王出发。(10) 国王啊！她们发出痛苦的哭喊声，犹如雌鹗高声鸣叫。然后，刹帝利、婆罗门、吠舍和首陀罗妇女们都从四面八方涌来。(11)

国王啊！持国离城时，整个象城的市民沉浸在痛苦中，就像以前般度之子们在俱卢族大会堂掷骰子赌博失利，遭到放逐时的情形一样。(12) 太阳和月亮从来见不到这些后宫妇女，如今俱卢族王前往大森林，她们满怀忧伤，出现在王家大道上。(13)

以上是吉祥的《摩诃婆罗多》中《林居篇》第二十一章(21)。

二二

护民子说：

国王啊！在宫殿楼阁和大地上，男男女女发出巨大的喧嚣声。(1) 睿智的持国王双手合十，身体颤抖，艰难地走在挤满男男女女的王家大道上。(2) 他通过"繁荣门"，走出象城，一次又一次招呼人们回去。(3) 维杜罗决定与国王一起去森林。御者和侍臣牛众之子全胜也是这样。(4) 持国王将慈悯和大勇士尚武交给坚战，请他们回去。(5) 在市民们停步后，坚战王听从持国的吩咐，准备带着后宫女眷们回去。(6) 婆罗多族雄牛啊！他走向母亲贡蒂，说道："我来送国王，你请回吧！(7) 母后啊！让媳妇们陪着你回城。国王以法为魂，决心修炼苦行，让他走吧！"(8)

法王（坚战）两眼含着泪水，说了这些话，而贡蒂依然扶着甘陀利，说道：(9) "大王啊！你不要怠慢偕天，国王啊！他一向关心我，也关心你。(10) 你要永远记住在战场上从不逃跑的迦尔纳。由于我的愚蠢，这位英雄遭到杀害。(11) 儿子啊！我的心肯定是铁铸的，见不到太阳之子（迦尔纳），它也没有碎成百块。(12) 事情已经这样，我能做什么？克敌者啊！这完全是我的过错，没有公开太阳之子（迦尔纳）的身份，大臂者啊！你要经常与弟弟们一起，(13) 为你的长兄（迦尔纳）进行布施，杀敌者啊！你要始终善待德罗波蒂，粉碎敌人者啊！(14) 你要照顾怖军、阿周那和无种，俱卢后裔啊！家族的重担落在你肩上，英雄啊！(15) 我要陪伴甘陀利住在森林里，身上沾有泥土，实施苦行，侍奉伯父伯母。"(16)

闻听此言，以法为魂、控制自我的坚战与弟弟们一起陷入绝望，说不出话。(17) 正法之子坚战满怀忧虑和悲伤，仿佛沉思了一会儿，对母亲说道：(18) "你怎么做出这个决定？你不应该这样说。请你原谅，我不能同意你。(19) 过去，你用维杜拉训子的故事激励我们，现在，你不能抛弃我们，容貌可爱的母亲啊！(20) 通过人中雄牛婆薮提婆之子（黑天）传达你的智慧，我杀死大地上的国王们，赢得王国。(21) 我曾听到的你的这种智慧到哪里去了？你曾教导我们坚持刹帝利正法，现在却要退却。(22) 抛弃了我们、王国和声誉卓著的儿媳，你在空旷的森林里怎样生活？母亲啊！请你开恩。"(23)

贡蒂听着儿子哽咽的话语，眼中含满泪水，依然往前行走。怖军对母亲说道：(24)"贡蒂啊！你理应享受儿子们赢得的王国，履行王法，怎么会产生这样的想法？(25) 过去，你为何要我们摧毁这个大地呢？现在，你为何要抛弃我们，前往森林呢？(26) 当初，你为何要把我们这些孩子带出森林呢？你看，玛德利的孪生子充满痛苦和忧伤。(27) 母亲啊！请你开恩，不要去森林，声誉卓著的母亲啊！你享受坚战用武力赢得的财富吧！"(28)

贡蒂决心要过林居生活，对儿子们的反复诉说不予理会。(29) 德罗波蒂满面愁容，与妙贤一起，啼哭着跟随婆婆一起前往森林。(30) 大智慧的贡蒂决心已定，继续向森林走去，但不时回头看看哭泣的儿子们。(31) 般度之子们带着侍从和后宫眷属跟随她。于是，贡蒂擦了擦眼泪，对儿子们说道。(32)

以上是吉祥的《摩诃婆罗多》中《林居篇》第二十二章(22)。

二三

贡蒂说：

大臂者啊！正如你说的那样，般度之子啊！过去，你们精神沮丧时，我激励你们，国王啊！(1) 你们掷骰子输掉王国，失去幸福，受到亲戚迫害时，我激励你们。(2) 人中雄牛啊！般度的血脉怎么能中断？他们的名声怎么能毁坏？因此，我激励你们。(3) 你们如同因陀罗，勇敢匹敌众天神，决不能让你们看敌人的脸色，因此，我激励你们。(4) 你是优秀的执法者，如同婆薮之主（因陀罗），不能再到森林中受苦，因此，我激励你们。(5) 怖军拥有万象之力，勇敢刚强闻名遐迩，不应该遭到毁灭，因此，我激励你们。(6) 阿周那是怖军的弟弟，如同婆薮之主（因陀罗），不应该垂头丧气，因此，我激励你们。(7) 无种和偕天一向顺从长辈，不应该忍受饥饿，精神沮丧，因

此，我激励你们。(8)

大眼睛的吉祥女黑公主不应该在大会堂上无端遭受欺凌，因此，我激励你们。(9) 我看到这位恪守妇道、体态完美的女子作为赌注输掉，浑身颤抖，如同芭蕉树。(10) 难降愚蠢地拽她，仿佛她是一个女奴。我知道般度族已经沦亡。(11) 她请求保护，像雌鹜那样哀鸣，以伯父为首的俱卢族人都愁眉苦脸。(12) 邪恶的难降失去理智，揪住她的发髻，我顿时脑子发蒙，国王啊！(13) 你们要知道，为了增强你们的勇气，我那时用维杜拉训子的故事激励你们，儿子们啊！(14)

般度王族怎么能传到我的儿子们这里衰亡？因此，我激励你们，儿子啊！(15) 一旦王族衰亡，国王的子子孙孙怎么能获得美好的世界？(16) 儿子们啊！我过去享受丈夫的显赫王权，做过大布施，饮过苏摩酒。(17) 我用维杜拉训子的故事敦促婆薮提婆之子（黑天），不是为了我自己的利益，而是为了让你们渡过难关。(18) 儿子啊！我并不渴望享受儿子们赢得的王权，我希望依靠苦行到达我的丈夫的圣洁世界。(19) 我侍奉住在林中的伯父伯母，坚战啊！我会用苦行耗尽自己的身躯。(20) 俱卢族俊杰啊！你和怖军他们一起回去吧！你就一心一意遵行正法吧！保持高尚的思想吧！(21)

以上是吉祥的《摩诃婆罗多》中《林居篇》第二十三章(23)。

二四

护民子说：

王中俊杰啊！听了贡蒂的话，般度之子们感到惭愧，和般遮罗公主（德罗波蒂）一起停止前进。(1) 看到贡蒂这样离去，所有的后宫妇女放声痛哭，婆罗多后裔啊！(2) 般度之子们向国王右旋行礼后，停止前进，不再劝说普利塔（贡蒂）。(3) 然后，安必迦之子持国大王扶着甘陀利和维杜罗，说道：(4) "让坚战的母亲贡蒂王后停步吧！坚战说的话完全正确。(5) 谁会像傻瓜那样抛弃儿子们，抛弃儿子的王权和荣华富贵，前往艰苦的森林？(6) 她在王国里也能修炼苦行，

发放布施，奉守誓愿。让她听我的话吧！（7）甘陀利啊！我对媳妇的孝顺深感满意，知法者啊！请你盼咐她回去吧！"（8）

听了国王的话，妙力之女（甘陀利）向贡蒂作了传达，也亲自劝说她。（9）但是，她劝阻不住贡蒂。这位恪守正法的贞妇决心要过林居生活。（10）俱卢族妇女们知道她的坚强决心，看到俱卢族俊杰们已经停止前进，便放声痛哭。（11）普利塔之子们和所有的后宫妇女停止前进，大智者持国王继续前往森林。（12）般度之子们满怀忧伤和痛苦，带着妇女们坐车回到城里。（13）这时，象城全城男女老少仿佛取消喜庆节日，失去欢乐，唉声叹气。（14）般度之子们失去贡蒂，犹如牛犊失去母牛，痛苦不堪，心中郁闷，无精打采。（15）

而这一天，持国走得很远，到达跋吉罗提（恒河）河岸，住了下来。（16）那些优秀的婆罗门以苦行为财富，精通吠陀，按照规则安置和点燃祭火，老王持国也安置和点燃祭火。（17）他按照规则供奉祭火，敬拜黄昏的太阳，婆罗多后裔啊！（18）维杜罗和全胜用拘舍草为俱卢族英雄持国王铺了一张床，也在不远处为甘陀利铺了一张床。（19）奉守誓愿的坚战之母贡蒂躺在甘陀利身旁的拘舍草上。（20）维杜罗等人躺在他们能听到的距离内。婆罗门祭司和随从们睡在各自的地方。（21）婆罗门俊杰们念诵吠陀，祭火燃烧，他们这一夜仿佛是愉快的梵夜。（22）夜晚过去后，他们做完晨祷，按照规则供奉祭火，然后，继续前进。他们凝视北方，实行斋戒。（23）这第一天的林居生活十分痛苦。城乡居民为他们忧伤，他们也不胜忧伤。（24）

以上是吉祥的《摩诃婆罗多》中《林居篇》第二十四章(24)。

二五

护民子说：

按照维杜罗的意见，国王定居在跋吉罗提（恒河）河岸。这里是适合圣人居住的圣地。（1）许多国内的婆罗门、刹帝利、吠舍和首陀罗侍奉他，婆罗多族雄牛啊！（2）他们围绕着国王。持国王与他们热情交谈，按照礼仪向他们和他们的学生表示敬意，然后，让他们离去。（3）黄昏时分，国王和声誉卓著的甘陀利一起到恒河，按照礼仪沐浴净身。（4）同样，维杜罗等人也都分别进入河中，完成一切礼仪，婆罗多后裔啊！（5）沐浴净身完毕，贡提婆阇的女儿贡蒂搀扶年迈的持国和甘陀利上岸。（6）祭司们为国王设置祭坛，信守真理的国王向祭火投放祭品。（7）

睿智的持国王控制感官，带着随从，从恒河岸走向俱卢之野。（8）王仙持国走到那里的净修林，遇见睿智的百柱王。（9）百柱曾经是羯迦夜国的大王，折磨敌人者啊！他将王权交给儿子后，来到净修林。（10）他按照礼仪接待俱卢后裔（持国），陪他前往毗耶娑的净修林，国王啊！（11）在那里，俱卢后裔（持国）完成净身仪式，然后，在百柱的净修林中住下。（12）按照毗耶娑的吩咐，大智者百柱向持国介绍林居生活的一切规则，大王啊！（13）

就这样，思想高尚的持国王自己修炼苦行，也让随从们修炼苦行。（14）王后甘陀利和贡蒂身穿树皮衣和兽皮衣，奉守同样的誓愿，大王啊！（15）他们控制思想、语言、行动、眼睛和一切感官，修炼至高的苦行，国王啊！（16）持国王身披树皮，头束发髻，肌肉干枯，皮包骨头，像大仙一样修炼严酷的苦行，涤除一切污垢。（17）智慧卓越、精通正法和利益的奴婢子（维杜罗）和全胜侍奉国王和王后，也修炼严酷的苦行，身穿树皮衣，控制自我，身体消瘦。（18）

以上是吉祥的《摩诃婆罗多》中《林居篇》第二十五章(25)。

二六

护民子说：

后来，优秀的牟尼那罗陀、波尔伐多和大苦行者提婆罗前来看望国王。（1）岛生（毗耶娑）也带着他的学生前来，还有其他一些聪明的悉陀和年迈的恪守正法的王仙百柱。（2）贡蒂按照礼仪接待他们，大王啊！这些苦行者对她的侍奉表示满意。（3）这些大仙谈吐符合正法，使灵魂高尚的持国王听了很高兴。（4）

交谈之中，洞察一切的神仙那罗陀讲述了这个故事：（5）"从前，有位国王名叫千积,也就是千柱的祖父。他无所畏惧,如同生主。(6)以法为魂的千积王把王国交给恪守正法的长子后,进入森林。(7)这位思想高尚的国王达到光辉苦行的彼岸,进入摧毁城堡者(因陀罗)的领域。(8)国王啊!我曾经多次在因陀罗的宫中见到他,国王啊!他的罪孽已被苦行之火焚毁。(9)同样,福授的祖父谢拉罗耶王也是依靠苦行的威力,到达因陀罗的领域。(10)还有一位国王名叫波哩沙陀罗,如同手持金刚杵者(因陀罗),也是依靠苦行从这里升入天国。(11)就在这座森林里,曼达多的儿子布卢俱差王取得伟大的成就,国王啊!(12)美丽的那尔摩达河成为他的妻子。这位国王在这座森林里修炼苦行,升入天国。(13)还有一位恪守正法的国王名叫兔毛,也在这座森林里修炼苦行,升入天国。(14)

"国王啊!由于岛生(毗耶婆)的恩惠,你也来到这座苦行林,你将获得难以获得的重大成就。(15)王中之虎啊!你在苦行结束时,会充满吉祥,和甘陀利一起到达灵魂高尚的人们的归宿。(16)国王啊!住在诛灭波罗者(因陀罗)身边的般度会经常想念你,帮助你取得成功。(17)通过侍奉你和甘陀利,你的声誉卓著的儿媳贡蒂会到达她的丈夫的世界。(18)她是坚战的母亲,而坚战是永恒的正法,国王啊!我们凭借天眼看到一切。(19)维杜罗会进入灵魂高尚的坚战身中,全胜会通过禅定,进入天国。"(20)

听了这些话,灵魂高尚、聪明睿智的俱卢族王和他的妻子都很高兴,赞赏那罗陀的这些话,向他致以非同一般的敬意。(21)国王啊!所有的婆罗门也为持国王感到高兴,一再向那罗陀致以崇高的敬意。(22)

以上是吉祥的《摩诃婆罗多》中《林居篇》第二十六章(26)。

二七

护民子说:

这些优秀的婆罗门都赞赏那罗陀的话。王仙百柱对那罗陀说道:(1)"大光辉者啊!你增强了俱卢族王的信心,也增强了我和大家的信心。(2) 我想说点关于持国王的话,请你听我讲,举世尊敬的神仙啊!(3) 你具有天眼,洞悉一切事物真谛,看到人们的各种归宿,神仙啊!(4) 你刚才说了许多国王到达因陀罗的世界,但你没有说这位国王到达什么世界,大牟尼啊!(5) 我想问你这位国王什么时候到达什么世界?请你告诉我。"(6)

闻听此言,具有天眼的大苦行者那罗陀当着众人的面,说了这些令人高兴的话:(7) "有一次,我偶然到达帝释天住处,见到沙姬之夫帝释天,王仙啊!般度也在那里。(8) 国王啊!我们谈起持国这位国王正在修炼难以修炼的苦行。(9) 国王啊!我听到帝释天说,这位国王还剩下三年寿命。(10) 然后,持国这位国王将和甘陀利一起生活在俱比罗(财神)的领域,作为王中之王受到尊敬。(11) 他佩戴天神的装饰品,乘坐飞车,随意遨游。他是仙人之子,大福大德,用苦行焚毁一切罪孽。(12) 这位以法为魂者将随意漫游天神、健达缚和药叉的世界。这就是你想要问的。(13) 你们富有学问,用苦行焚毁罪孽。因此,我喜欢你们,向你们透露天神的秘密。"(14)

听了神仙的这些甜蜜的话,所有在场的人和持国王都满心喜欢。(15) 就这样,这些走在成功之路上的智者围坐在持国身旁进行交谈,然后,按照各自的意愿离去。(16)

以上是吉祥的《摩诃婆罗多》中《林居篇》第二十七章(27)。

二八

护民子说:

俱卢族王前往森林后,国王啊!般度之子们充满忧伤和痛苦,也为他们的母亲担忧。(1) 所有的市民也为老王担忧,那些婆罗门经常谈论老王:(2) "年迈的国王在荒无人烟的森林里如何生活?大福大德的甘陀利和贡蒂如何生活?(3) 这位以智慧为眼的王仙过惯舒适生活,如今失去儿子,又住进艰苦的大森林,怎么能适应?(4) 贡蒂做着常人难以做到的事,抛弃王室的荣华富贵,离开儿子,甘愿住在森林中。(5) 维杜罗忠心耿耿侍奉长兄,情况如何?睿智的牛众之子

（全胜）照管主人的饮食，情况如何？"（6）市民们包括儿童在内都怀着忧伤和痛苦，互相之间经常这样谈论。（7）

般度之子们陷入深深的忧愁，他们为年迈的母亲担忧，不能安心长久住在京城中。（8）想到老年丧子的伯父、大福大德的甘陀利和大智慧的维杜罗，（9）他们黯然神伤，对于王国、妇女和诵习吠陀都失去兴趣。（10）他们经常想到老王，想到可怕的亲族大屠杀，心情沉重。（11）想到年轻的激昂和在战斗中从不逃跑的大臂者迦尔纳战死疆场，（12）想到德罗波蒂的儿子们和其他朋友们的死，这些英雄精神沮丧。（13）想到大地失去这些英雄，失去大量财富，婆罗多后裔啊！他们夜不成眠。（14）德罗波蒂失去儿子们，美丽的妙贤也失去儿子，这两位王后也没有欢乐。（15）见到毗罗吒之女（至上公主）的儿子，也就是你的父亲继绝，你的祖父们才维持着他们的生命。（16）

以上是吉祥的《摩诃婆罗多》中《林居篇》第二十八章（28）。

二九

护民子说：

令母亲欣慰的般度之子们，这些英雄的人中之虎思念母亲，充满忧伤和痛苦。（1）过去，他们专心治国，而现在，在京城任何地方，他们都无心处理国事。（2）他们陷入忧愁，对一切失去兴趣，即使有人跟他们说话，他们也没有反应。（3）这些难以抵御的英雄虽然像人海一样深沉，但忧愁伤害理智，他们仿佛失去知觉。（4）这些俱卢族后裔思念着母亲："如今瘦弱的普利塔（贡蒂）怎样侍奉一对老人？（5）国王失去儿子，无依无靠，独自和王后住在野兽出没的森林里，怎样生活？（6）大福大德的甘陀利王后失去亲友，跟随年迈的瞎子丈夫住在荒无人烟的森林里，怎样生活？"（7）他们总是这样诉说心中的担忧，产生前去看望持国的想法。（8）

偕天向坚战俯首行礼，说道："我已经看出你有前去探望的心思。（9）出于对长兄的尊重，我不能自己开口说这话，王中因陀罗啊！

现在马上就可以去了。（10）多么幸运，我将见到正在修炼苦行的贡蒂。她已经年老，束着发髻，躺在带刺的拘舍草和迦舍草上。（11）她在宫殿楼阁中长大，养尊处优，如今困顿劳累，痛苦不堪。什么时候我能见到这位母亲？（12）婆罗多族雄牛啊！人的命运飘忽不定，王族公主贡蒂如今痛苦地住在森林中。"（13）

听了偕天的话，女中佼佼德罗波蒂王后向国王行礼致敬，说道：（14）"什么时候我能见到普利塔（贡蒂）王后？如果她还活着，这样，我们活着才会高兴，国王啊！（15）你就这样决定吧！你今天为我们做好事，王中因陀罗啊！但愿你今后永远热爱正法。（16）你要知道，国王啊！所有的妇女都已经迫不及待，想去看望贡蒂、甘陀利和公公。"（17）

听了王后般遮罗公主（德罗波蒂）的话，婆罗多族雄牛啊！坚战王召集全体军队首领，说道：（18）"让我的军队备好车和象，准备出发。我要去森林看望持国王。"（19）国王又对后宫总管们说道："备好各种车辆和数千顶轿子。（20）备好车辆、货物、衣服、仓库和工匠，让仓库保管员都到俱卢之野的净修林去。（21）凡有市民想去看望老王，一概不要阻挡，而要安排和保护他们前去。（22）用我的那些车辆运载厨师、管家、所有的炊具和各种食品。（23）吩咐明天早晨出发，不要耽搁。今天，也要备好路上使用的营帐。"（24）般度之子坚战王和弟弟们一起这样下达命令。天亮后，国王出发，让妇女和儿童走在前面。（25）在城外，国王保护如潮的人流，住了五天，然后，前往森林。（26）

以上是吉祥的《摩诃婆罗多》中《林居篇》第二十九章(29)。

三〇

护民子说：

婆罗多族俊杰（坚战）命令以阿周那为首的那些护世天王般的勇士保护军队出发。（1）顿时，响起高昂的呼喊声："备车！备车！"而车夫们叫喊道："备好了，备好了！"（2）一些人乘坐车辆，一些人骑着速度快似思想的骏马，一些人乘坐火焰般明亮、如同城堡的车子。（3）一些人骑着大象，一些人骑着骆驼，步兵们带着虎爪标枪。（4）城乡居民乘坐各种车辆，跟随俱卢王（坚战）前去看望持国。（5）乔答摩后裔慈悯大师作为统帅，按照国王的命令，带领军队，前往净修林。（6）吉祥的俱卢王坚战由众婆罗门陪伴，接受许多吟游诗人、赞颂诗人和歌手的赞美。（7）这位俱卢后裔的头顶上张着白色华盖，浩浩荡荡的车队跟随他前进。（8）风神之子狼腹（怖军）业绩骇人，带着弓弦和器械，骑着高山般的大象前进。（9）玛德利的孪生子总是取悦母亲，身披铠甲，撑着旗帜，在骑兵们护卫下前进。（10）大光辉的阿周那控制感官，坐着套有白色神马、灿若太阳的车子，跟随国王前进。（11）以德罗波蒂为首的后宫妇女在女管家们陪伴下，乘坐轿子前进，一路上布施无数钱财。（12）人、马和象熙熙攘攘，笛声和琴声回响，般度族军队雄壮而美丽，婆罗多族雄牛啊！（13）

民众之主啊！一路上，俱卢族雄牛们在可爱的河岸和湖边扎营休息，然后，继续前进。（14）大光辉的尚武和祭司烟氏按照坚战的盼咐守护京城。（15）后来，坚战王渡过无上圣洁的阎牟那河，渐渐来到俱卢之野。（16）他远远看到睿智的王仙百柱和持国的净修林，俱卢后裔啊！（17）所有的人都兴高采烈，立刻欢呼着，进入这座森林，婆罗多族雄牛啊！（18）

以上是吉祥的《摩诃婆罗多》中《林居篇》第三十章（30）。

三一

护民子说：

般度之子们在远处就下车步行，谦恭地弯着腰走向国王的净修林。（1）所有的国内居民和俱卢族英雄们的妻子也都步行跟随。（2）般度之子们到达持国的净修林，那里空空荡荡，散布着鹿群，点缀着芭蕉林。（3）奉守各种誓愿的苦行者们充满好奇，围拢过来，想见见来到这里的般度之子们。（4）坚战王含着泪水，询问他们道："俱卢族的支柱在哪里？我的伯父到哪里去了？"（5）主人啊！他们回答说：

"他到阎牟那河沐浴去了,也为了采花和取水。"(6)

般度之子们沿着他们指点的路徒步走去,在不远处看到了一切。(7)渴望见到伯父,他们加快步伐走去,而偕天快速跑向普利塔(贡蒂)那里。(8)睿智的偕天触摸母亲的脚,失声痛哭,母亲泪流满面,看到可爱的儿子。(9)她用双臂抱住儿子,扶起他,然后,告诉甘陀利说偕天来了。(10)接着,普利塔(贡蒂)看到坚战王、怖军、阿周那和无种,迅速走过去。(11)她走到那对失去儿子的夫妇跟前,牵着他俩一起走。见到母亲,般度之子们昏倒在地。(12)思想高尚、聪明睿智的老王依靠声音和触摸辨认和安慰他们。(13)灵魂高尚的般度之子们流着眼泪,按照礼仪拜见老王、甘陀利和自己的母亲。(14)般度之子们恢复知觉后,受到母亲的安抚。然后,他们亲自担起所有的水罐。(15)

那些人中之狮的妻子、战士们和城乡居民都见到老王。(16)坚战向老王介绍这些人的名字和家族,老王向他们表示敬意。(17)老王在他们陪伴下,眼中充满喜悦的泪水,觉得自己仿佛又回到了象城家中。(18)睿智的国王、甘陀利和贡蒂接受以黑公主为首的儿媳们的问候,表示欢迎。(19)然后,老王回到悉陀和遮罗纳出没的净修林,那里挤满想要见他的人群,犹如满天星斗。(20)

以上是吉祥的《摩诃婆罗多》中《林居篇》第三十一章(31)。

三二

护民子说:

婆罗多族雄牛啊!坚战王和眼似莲花的人中之虎弟弟们停留在净修林中。(1)来自各地的苦行者们想要见胸膛宽阔的般度之子们。(2)他们说道:"我们想知道哪位是坚战?还有怖军、阿周那、孪生子和声誉卓著的德罗波蒂。"(3)

于是,御者全胜向他们一一介绍般度之子们和德罗波蒂以及其他俱卢族妇女:(4)"这位身体灿若纯金,如同成年雄狮,高鼻梁,大眼睛,赤铜脸,他就是俱卢族王(坚战)。(5)这位步姿如同醉象,肤色如同灼热的纯金，肩膀宽阔，双臂粗长，他就是狼腹（怖军）。你们看啊！好好看啊！（6）在他旁边的这位大弓箭手，皮肤黝黑，年轻力壮如同象王，肩膀挺拔如同狮背，步姿如同大象，眼睛如同莲花，这位英雄就是阿周那。（7）贡蒂身旁的这两位人中俊杰是孪生子，如同毗湿奴和因陀罗，在整个人间，没有谁在美貌、力量和品行上能与他俩相比。（8）

"这位女子眼睛如同莲花瓣，似乎接近中年，肤色如同蓝莲花，宛如城市女神，她就是黑公主（德罗波蒂），犹如吉祥女神显身。（9）在她旁边的这位女子，肤色如同纯金，犹如高利女神显身，诸位婆罗门俊杰啊！她就是无与伦比的手持飞轮者（黑天）的妹妹（妙贤）。（10）这位女子肤色如同蓝莲花，是皇家军队统帅的妹妹。那位统帅经常与黑天较劲。她就是狼腹（怖军）的第一夫人。①（11）这位女子是以妖连闻名的摩揭陀国王的女儿，肤色如同占波迦花，她是玛德利的小儿子的妻子。（12）这位女子肤色黝黑如同青莲，坐在地上，眼睛如同莲花，是玛德利的大儿子的妻子。（13）这位女子肤色如同灼热的纯金，抱着儿子，她是维罗吒王的女儿，激昂的妻子。激昂在战场上失去战车，被驾着战车的德罗纳等人杀死。（14）这些女子头发分缝，身着白衣，都是王室遗孀。她们是老王的号称一百个儿子的妻子，现在失去丈夫，失去儿子，无依无靠。（15）根据你们的询问，我已经按照次序向你们介绍了这些王室妇女。她们虔敬婆罗门，天性正直和聪明，心地纯洁。"（16）

就这样，俱卢族老王和王子们相聚。在所有的苦行者们离开后，老王向他们问候安康。（17）士兵们也离开净修林，卸下车马，安顿下来。妇女、老人和儿童也都安顿停当，老王便以礼向他们问好。（18）

以上是吉祥的《摩诃婆罗多》中《林居篇》第三十二章(32)。

---

① 这位夫人应该是指希丁芭，但她的兄长希丁波的情况与这里的描写不一致。怖军还有一位妻子是迦尸国公主力持，但史诗中设有提及她的兄长的情况。

三三

持国说：

大臂坚战啊！你和弟弟们以及全体城乡居民都好吗？孩子啊！（1）依靠你生活的人们都安康吗？你的大臣、侍从和师长们都好吧？（2）你是否遵循古老的王仙行为方式？你没有中断施舍而一味敛聚财富吧？（3）你是否按照规则向婆罗门分封田地？（4）你的敌人、师长、市民、侍从和亲属对你的品行是否满意？婆罗多族雄牛啊！（5）你是否虔诚祭供祖先和天神？王中因陀罗啊！你是否用食物和饮料招待客人？婆罗多后裔啊！（6）在你的疆域内，婆罗门、刹帝利、吠舍、首陀罗和所有的家属都忠于各自的职守吗？（7）妇女、儿童和老人是否不忧愁，不乞讨？在你的宫中，女主人们是否受到尊敬？人中雄牛啊！（8）这个王仙家族遇到你这位国王，声誉没有减退吧？大王啊！（9）

护民子说：

老王问候安康，说了这些话，坚战通晓礼仪，擅长辞令，回答道：（10）"国王啊！你的苦行增长而不劳累吧？我的母亲侍奉你而不劳累吧？国王啊！她的林居生活会有成果吧？（11）我的年迈的伯母风吹日晒、徒步行走而消瘦。这位王后修炼严酷的苦行，不再为她的儿子们忧伤了吧？（12）她的儿子们都是忠于刹帝利正法的大英雄，战死疆场。她不再指责我们是罪人了吧？（13）国王啊！维杜罗在哪里？我们没有见到他。全胜也修炼苦行，他也安康吧？"（14）

听了这些话，持国回答坚战道："孩子啊！维杜罗很好，他修炼严酷的苦行。（15）他饮风绝食，身体消瘦，青筋暴起。一些婆罗门有时会在某个偏僻的林子里见到他。"（16）持国这样说着，维杜罗出现了。他头束发髻，口含石子，身体消瘦，全身裸露，涂抹泥土，沾满花粉。（17）奴婢子（维杜罗）站在远处，看到净修林里的人们后，突然停步。（18）坚战王独自一人跑了过去，而维杜罗进入密林，忽而见到，忽而见不到。（19）坚战一边奋力追赶，一边大声呼喊道：

"喂！维杜罗啊！我是你宠爱的坚战王。"（20）

优秀的智者维杜罗到达林中一个僻静之处，靠在一棵树上。（21）他极其消瘦，只剩下一个躯壳模样，但大智慧的坚战还是认出这位大智者。（22）坚战王站在他面前，说道："我是坚战。"维杜罗示意听到。（23）维杜罗眼睛一眨不眨，紧盯着国王。他凝聚目光，固定在国王身上。（24）然后，智者维杜罗的肢体进入坚战的肢体，呼吸叠合呼吸，感官叠合感官。（25）依靠瑜伽的力量，维杜罗如同闪耀的光辉，进入法王坚战的身体。（26）而维杜罗的躯体依旧靠在树上，坚战王看到他的眼睛呆滞，毫无知觉。（27）

这时，大光辉的法王（坚战）感到自己力量倍增。般度之子（坚战）想起，（28）大光辉毗耶娑知识广博，过去对他讲述过这种瑜伽法，民众之主啊！（29）睿智的法王（坚战）想要为维杜罗举行火葬仪式，这时传来话音，说道：（30）"喂，喂！国王啊！维杜罗的身体不必焚烧。你的身体还在。他是永恒的正法之神[①]。（31）他将前往名为永恒的世界，国王啊！他完成了耶提（苦行）法，折磨敌人者啊！你不必为他悲伤。"（32）

听了这些话，法王（坚战）从那里回来，将这一切告诉奇武之子持国王。（33）光辉的持国王和怖军等等所有在场的人都惊讶不已。（34）持国王高兴地对正法之子（坚战）说道："请接受我的水、根茎和果子吧！（35）国王啊！相传主人吃什么，客人也吃什么。"闻听此言，正法之子（坚战）对持国王说："好吧！"他和弟弟们一起吃了持国王给予的根茎和果子。（36）吃了根茎、果子和水后，他们在树根旁睡下，度过这一夜。（37）

以上是吉祥的《摩诃婆罗多》中《林居篇》第三十三章(33)。

三四

护民子说：

这一夜，星宿吉祥，婆罗多后裔啊！他们在这圣洁的净修林中度

[①] 维杜罗和坚战都是正法之神的化身。

过。(1)他们谈论正法和利益的特征,各种句义,涉及各种经典。(2)国王啊!般度之子们抛弃豪华的床榻,睡在母亲旁边的地上。(3)这些英雄吃了思想高尚的持国王的食物后,度过了这一夜。(4)

夜晚过去后,贡蒂之子(坚战)做完晨祷,和弟弟们一起参观这个净修林。(5)得到持国允许,他带着后宫眷属、侍从和祭司,随意参观各处。(6)他看到许多祭坛燃着祭火,牟尼们向祭火中浇灌酥油。(7)那里供奉着成堆的林中野果和鲜花,酥油的烟雾升腾,牟尼成群,闪耀梵的光辉。(8)鹿群悠闲地在那里憩息,鸟群无忧无虑,仿佛在歌唱。(9)那里回响着孔雀、青颈鸟和杜鹃的鸣叫声,声声悦耳。(10)那里也回响着婆罗门诵习吠陀的声音,随处可以见到成堆的林中野果和根茎。(11)坚战王将带来的铜器、金器和木器送给苦行者们,国王啊!(12)鹿皮、毛毯、大小木勺、水罐、瓦釜和土钵,婆罗多后裔啊!(13)还有各种容器和铜壶,国王啊!苦行者们想要什么,国王就给他们什么。(14)

以法为魂的坚战王参观净修林,施舍完财物,又回来。(15)他看见睿智的持国王做完晨祷,与甘陀利一起安静地坐在那里。(16)以法为魂的坚战王也看见他的永远遵行正法的母亲站在不远处,像学生一样俯首弯腰。(17)他自报姓名,向老王行礼。老王说道:"坐下吧!"他便坐在草垫上。(18)怖军等其他般度之子也向俱卢族雄牛(持国)行触足礼,得到老王允许后,也都坐下。(19)俱卢族老王在他们围绕下,光彩熠熠,犹如毗诃波提在众天神围绕下,闪耀梵的光辉。(20)

他们都坐下后,以百柱为首的大仙们和俱卢之野的居民前来拜见。(21)受众神仙尊敬的、大光辉的婆罗门尊者毗耶娑在学生们陪伴下,也出现在国王面前。(22)俱卢族王(持国)、英勇的贡蒂之子(坚战)和怖军等人都站起身来,向他致敬。(23)毗耶娑在百柱等人围绕下,走上前来,对持国王说道:"坐下吧!"(24)毗耶娑坐在为他准备的崭新的、铺有黑鹿皮和拘舍草的绢布坐垫上。(25)得到岛生(毗耶娑)允许,那些富有威力的婆罗门俊杰,也都坐下。(26)

以上是吉祥的《摩诃婆罗多》中《林居篇》第三十四章(34)。

三五

护民子说：

灵魂高尚的般度之子们坐下后，贞信之子毗耶娑对持国王说道：(1)"大臂持国啊！你的苦行增长吗？你安心林居生活吗？国王啊！(2)你心中还为丧失儿子悲痛吗？国王啊！你所有的知觉都平静了吧？无罪的人啊！(3)你下定决心后，严格遵行林居生活方式吗？我的儿媳甘陀利不再陷入忧伤了吧？(4)这位王后具有大智慧，通晓正法和利益，洞悉来去的真谛，她不再悲伤了吧？(5)贡蒂殷勤侍奉你吗？国王啊！她毫不自私，放弃自己的王国，一心侍奉长辈。(6)你喜欢正法之子坚战、怖军、阿周那和孪生子吗？你安抚他们吗？(7)你见到他们高兴吗？你的心清净了吗？(8)婆罗多后裔啊！在一切众生中，有三种品德最重要：不仇恨，说真话，不伤害，大王啊！(9)你吃林中食物，穿牟尼衣服，对林中生活不再感到痛苦了吧？婆罗多后裔啊！(10)

"国王啊！你已经知道灵魂高尚的维杜罗怎样离去。他是正法之神的化身。(11)由于曼陀仙人的诅咒，正法之神降生为维杜罗①。他是大智者，大瑜伽行者，灵魂高尚，思想伟大。(12)即使天神中的毗诃波提和阿修罗中的金星也不具备这位人中雄牛那样的智慧。(13)曼陀仙人耗尽他长久积累的苦行威力，制服永恒的正法之神。(14)按照梵天的安排，也依靠我自己的威力，大智者维杜罗出生在奇武之子（持国）的领地。(15)大王啊！这位永恒的神中之神是你的弟弟。由于他擅长执持和禅定，智者们知道他是正法之神。(16)这位永恒者的威力随着真诚、自制、戒行、不杀生、施舍和苦行而增长。(17)由于瑜伽的威力，俱卢族王坚战诞生，国王啊！他也是智慧无穷的正法之神。(18)

"犹如火、风、水、地和空，正法之神存在于今生和来世。(19)

---

① 详情参阅《初篇》第101章。

他无处不在,遍及一切动物和不动物,但只有苦行获得成功而涤除罪孽的人们能看到这位神中之神。(20)正法之神就是维杜罗,维杜罗就是般度长子(坚战),国王啊!这位般度之子(坚战)就像谦恭的仆人一样站在你面前。(21)你的弟弟(维杜罗)智慧出众,灵魂高尚,具有大瑜伽力。多么幸运,他已经进入贡蒂之子(坚战)体内。(22)不久,我也会让你获得至高幸福,婆罗多族雄牛啊!你要知道,我来到这里就是为了消除你的疑惑,孩子啊!(23)我会向你们显示我的苦行成果,显示大仙们在这世上从未创造过的奇迹。(24)大地保护者啊!你希望从我这里得到什么非凡的奇迹?你想看什么?问什么?听什么?说吧!我都会照办。"(25)

以上是吉祥的《摩诃婆罗多》中《林居篇》第三十五章(35)。
《林居篇》终。

见子篇

三六

镇群说:

王中之虎持国王和妻子过着林居生活,儿媳贡蒂陪伴。(1)维杜罗功德圆满,进入坚战体内。般度之子们都住在净修林中。(2)无比光辉的大仙毗耶娑说道:"我将创造奇迹。"请你告诉我这个奇迹吧!(3)永不退却的俱卢族王坚战带着人们在林中住了多久?婆罗门啊!(4)灵魂高尚的坚战带着军队和后宫眷属住在那里,吃什么?请你告诉我,无罪的人啊!(5)

护民子说:

国王啊!得到俱卢族王(持国)的同意,般度之子们享用各种食物和饮料。(6)他带着军队和后宫眷属在林中住了一个月。然后,正如我已经讲到,毗耶娑来到那里,无罪的人啊!(7)在国王身边,所有的人围绕毗耶娑而坐,进行交谈,国王啊!还来了另外许多牟尼。(8)他们是那罗陀、波尔伐多、大苦行者提婆罗、毗首婆薮、冬布鲁和奇军,婆罗多后裔啊!(9)得到持国同意,思想高尚的俱卢族王坚战按照礼仪接待他们。（10）接受坚战的招待后，他们都坐在圣洁的草垫上。（11）他们坐下后，俱卢族支柱持国王也在般度之子们围绕下坐下。（12）甘陀利、贡蒂、德罗波蒂、沙特婆多族公主（妙贤）和其他妇女也都坐下。（13）然后，他们进行神圣的交谈，内容涉及正法、古代仙人以及天神和阿修罗，国王啊！（14）

大光辉的毗耶娑精通一切吠陀，擅长辞令，在谈话结束时，又高兴地对以智慧为眼的持国王说道：（15）"王中因陀罗啊！你为儿子忧伤悲痛，我知道你心中想说什么。（16）国王啊！我知道甘陀利心中的痛苦，大王啊！我也知道贡蒂和德罗波蒂心中的痛苦。（17）黑天的妹妹妙贤忍受着失去儿子的剧烈痛苦，我也知道。（18）听说你们都来到这里，国王啊！为了消除你的疑惑，我也来到这里，俱卢族后裔啊！（19）让所有的天神、健达缚和大仙们今天看到我长期积累的苦行威力吧！（20）大臂者啊！请说吧！让我满足你什么愿望？我能赐给你一个恩惠，让你看到我的苦行威力。"（21）

王中因陀罗（持国）听了智慧无限的毗耶娑的话，仿佛沉思片刻，开始说道：（22）"我有幸蒙受你的恩惠，我的生命也就圆满了。今天，我遇到你们这些圣人。（23）今天，我也达到自己向往的归宿，因为遇见你们如同遇见梵天，诸位以苦行为财富者啊！（24）毫无疑问，见到你们，我获得净化，无罪的人们啊！我已经毫不惧怕前往另一世界。（25）我热爱儿子们，经常思念他们。但是，一想起我的儿子愚蠢邪恶，我的心就痛苦不堪。（26）他心肠狠毒，迫害无辜的般度之子们，毁坏整个大地，连同人、马和象。（27）各地灵魂高尚的国王们前来支援我的儿子，结果都丧失生命。（28）这些勇士抛弃儿子、妻子和可爱的生命，前往死神的领域。（29）婆罗门啊！为了朋友战死疆场的人们的归宿是什么？同样，我的战死疆场的儿孙们的归宿是什么？（30）我的心痛苦难熬，想起大力士福身之子毗湿摩和年迈的婆罗门俊杰德罗纳遭到杀戮，（31）那是由我的愚蠢邪恶的儿子造成。他仇视亲友，为了夺取大地统治权，将光辉的家族引向灭亡。（32）一想起这些，我日夜不安，忍受痛苦和忧伤的煎熬，父亲啊！想到这些，我无法安心。"（33）

以上是吉祥的《摩诃婆罗多》中《林居篇》第三十六章(36)。

三七

护民子说：

听了王仙的这些哀诉，又引发甘陀利的忧伤，镇群王啊！（1）贡蒂、木柱王的女儿（德罗波蒂）、妙贤和俱卢族王优秀的儿媳们也是这样。（2）王后甘陀利满怀丧子的悲痛，眼睛蒙着布条，双手合十，站着对公公说道：（3）"优秀的牟尼啊！十六年来，持国王为死去的儿子们悲伤，不得安宁，主人啊！（4）持国王满怀丧子的悲痛，长吁短叹，夜不成眠，大牟尼啊！（5）凭借苦行的威力，你能创造其他世界，为持国王显示他的儿子们到达的其他世界。（6）黑公主德罗波蒂失去儿子和亲人。我最喜欢的这个贤惠的儿媳也很忧伤。（7）黑天的妹妹妙贤说话和善。这位美丽的女子为激昂之死忧伤，痛苦不堪。（8）广声的妻子为丈夫遇难忧伤，痛苦至极，夜不成眠，主人啊！（9）她的太公是俱卢后裔、睿智的波力迦。月授和他的父亲（波力迦）一起在大战中遭到杀害。（10）你的大智慧的儿子（持国）的一百个儿子，从不临阵脱逃，都战死疆场。（11）持国王的一百个妻子也遭受丧子之痛，又增添持国王和我的悲伤，大牟尼啊！她们忍受巨大的打击，来到我身边。（12）这些灵魂高尚的勇士们，我的公公们，以月授为首的大勇士们，他们的归宿是什么？主人啊！（13）尊者啊！依靠你的恩惠，让持国王、我和你的儿媳贡蒂都摆脱忧伤。"（14）

甘陀利这样说着，奉守誓愿而消瘦的贡蒂想起自己与太阳神秘密生下的儿子（迦尔纳）。（15）赐人恩惠的毗耶娑有千里眼和顺风耳，他看到左手开弓者（阿周那）的母亲贡蒂王后满怀痛苦。（16）于是，毗耶娑对她说道："告诉我，你想说什么？大智慧的女子啊！说出你心中的想法吧！"（17）这样，贡蒂向公公俯首行礼，含羞说出过去的秘密。（18）

以上是吉祥的《摩诃婆罗多》中《林居篇》第三十七章(37)。

三八

贡蒂说：

尊者啊！你是我的公公，我的神中之神，我的至高之神，请听我说真言。(1) 有一位易怒的婆罗门苦行者，名叫敝衣，来到我的父亲那里乞食，我殷勤侍奉他。(2) 我怀着纯洁之心，不理会他的刁难。尽管他动辄发怒，而我决不生气。(3) 他感到满意，要赐给我一个恩惠，我说道："好吧！"他又对我说道："你必须接受这个恩惠。"(4) 由于害怕他诅咒，我又说道："好吧！"于是，婆罗门告诉我说：(5) "吉祥的女子啊！脸庞美丽的女子啊！你将成为正法之神的母亲。一旦你召唤天神，他们会服从你。"(6) 说罢，婆罗门消失不见。我惊讶不已，从此，在哪儿都忘不了这件事。(7)

有一天，我在楼阁上望着太阳升起，想要接触太阳，记起那位仙人的话。由于年幼无知，我不觉得有何不妥。(8) 于是，千光神（太阳）来到我的身边。他将自己的身体一分为二，一半在地上，一半仍在空中。一半照耀一切世界，另一半来到我的面前。(9) 我浑身颤抖，他对我说道："你向我求取一个恩惠吧！"我向他俯首行礼，说道："请你离开吧！"(10) 光芒灼热的太阳神对我说道："我不能容忍你无缘无故召唤我，我要毁灭你和赐给你恩惠的那个婆罗门。"(11) 我为了保护无辜的婆罗门免遭诅咒，便说道："天神啊！我希望有个像你一样的儿子。"(12) 于是，太阳神用光芒占有我，令我昏迷，说道："你会有个儿子。"然后，他返回空中。(13)

此后，我仍然住在后宫。为了保护父亲的名誉，我偷偷生下婴儿迦尔纳，将他扔进水里。(14) 确实，由于这位天神的恩惠，我又成为处女，正如仙人对我说的那样，婆罗门啊！(15) 由于我的愚蠢，我没有认他这个儿子，婆罗门仙人啊！你很清楚，这件事一直折磨我。(16) 不管我有罪还是无罪，我已经坦白这件事，尊者啊！你应该消除我的恐惧。(17) 无罪的人啊！你已经知道持国王心中的愿望，优秀的牟尼啊！你今天让他实现愿望吧！(18)

听了这些话，通晓吠陀的毗耶娑回答道："好吧！一切都照你说的办。（19）你没有过错，因此，你又成为处女。众天神具有自在力，能进入人体。（20）众天神通过意念、语言、目光、接触和强迫五种方式，生育儿子。（21）人的法则不适合天神的法则，贡蒂啊！你要知道这一点，消除心中的烦恼吧！（22）具有力量者，一切都合适，一切都纯洁，一切都合法，一切都自如。"（23）

以上是吉祥的《摩诃婆罗多》中《林居篇》第三十八章（38）。

三九

毗耶娑说：

贤惠的甘陀利啊！今天晚上，你将见到儿子们和兄弟们，还有儿媳们和她们的丈夫仿佛刚从睡梦中醒来。（1）贡蒂也将见到迦尔纳，雅度族公主（妙贤）也将见到激昂，德罗波蒂也将见到五个儿子以及父亲们和兄弟们。（2）在持国王、你和普利塔（贡蒂）敦促我之前，我心中已经决定这样做。（3）所有这些灵魂高尚的人中雄牛都忠于刹帝利正法，走向死亡，不必为他们忧伤。（4）无可指摘的人啊！天神们的事业必须完成，他们都是带着天神的身份下凡人间。（5）健达缚、天女、毕舍遮、俱希迦、罗刹、药叉、悉陀和神仙。（6）天神、檀那婆和纯洁的梵仙，他们在俱卢之野的大战中走向死亡。（7）

据说，睿智的健达缚王名叫持国，他在人间就是你的丈夫持国。（8）你要知道，出类拔萃、永不退却的般度来自摩录多神群。奴婢子（维杜罗）和坚战王是正法之神分身。（9）你要知道，难敌是迦利神，沙恭尼是德伐波罗，容貌美丽的女子啊！你要知道，难降等人是罗刹。（10）你要知道，强壮有力、克敌制胜的怖军是来自摩录多神群，普利塔之子胜财（阿周那）是仙人那罗，感官之主（黑天）是那罗延，孪生子是双马童。（11）充满热量的太阳神将自己的身体一分为二，一半照耀大地，一半成为迦尔纳，美丽的女子啊！你是知道的，他是强迫产生的，因此，充满仇恨。（12）般度族后裔妙贤之子（激昂）被六位大勇士杀死。他是月神（苏摩）凭借瑜伽力分身为二。(13)猛光和德罗波蒂一起从火中所生。你要知道,他是光辉的火神的部分化身。而束发是罗刹。(14)你要知道,德罗纳是毗诃波提的部分化身,德罗纳之子(马嘶)是楼陀罗化身。你要知道,恒河之子毗湿摩是婆薮化身为人。(15)

大智慧的女子啊!就这样,这些天神都化身为人,在完成使命后,又回到天国,美丽的女子啊!(16)今天,我将消除你心中积聚已久的痛苦,消除你对另一个世界的恐惧。(17)你们都到跋吉罗提河(恒河)去吧!你们将见到所有战死疆场的人们。(18)

护民子说:

听了毗耶娑的话,所有的人发出狮子吼,朝恒河走去。(19)持国带着大臣,与般度之子们以及聚集这里的优秀牟尼和健达缚们一起前往。(20)人群如潮,渐渐到达恒河,大家随意停下休息。(21)睿智的持国王和般度之子们带着侍从、妇女和老仆人,也在合适的地方停下。(22)他们度过这个白天仿佛度过一百年,等待着夜晚来临,盼望见到死去的国王们。(23)然后,太阳落到圣洁的西山,他们沐浴和晚祷。(24)

以上是吉祥的《摩诃婆罗多》中《林居篇》第三十九章(39)。

四〇

护民子说:

夜晚降临,所有的人完成晚祷,来到毗耶娑那里,聚在一起。(1)以法为魂的持国身心纯洁,凝思静虑,与般度之子们和仙人们一起坐着。(2)妇女们都坐在甘陀利身边,城乡居民们也都按照年龄次序坐着。(3)大光辉的大牟尼毗耶娑进入圣洁的恒河水中,向一切世界发出召唤。(4)召唤所有般度族和俱卢族的勇士,其他各地的大福大德的国王们。(5)

镇群王啊!这时,水中响起嘈杂的声音,犹如过去俱卢族和般度族双方军队的喧嚣声。(6)于是,以毗湿摩和德罗纳为首,所有的国王带着他们的军队从水中出现,数以千计。(7)其中有带着儿子和军队的毗罗吒和木柱王,有德罗波蒂的儿子们、妙贤之子(激昂)和罗刹瓶首。(8)迦尔纳、难敌、沙恭尼和以难降为首的其他持国之子们,他们都是大勇士。(9)妖连之子(胜军)、福授、水连、广声、舍罗、沙利耶、牛军和他的弟弟。(10)难敌之子罗奇蛮、猛光的儿子们、束发的儿子们、勇旗和他的弟弟。(11)不摇、雄牛、罗刹阿罗瑜达、波力迦、月授和显光。(12)还有另外许多人,无法一一列举。所有的人都光彩熠熠,从水中出现。(13)

但见这些英勇的国王每人都穿戴整齐,备有旗帜和车辆。(14)他们穿着天国的服装,戴着发亮的耳环,没有仇恨,没有骄傲,没有愤怒。(15)他们戴着天国的花环,成群的天女簇拥身旁,健达缚们唱着歌,吟游诗人们念诵赞美诗。(16)贞信之子牟尼(毗耶娑)满心喜悦,凭借苦行的威力,赐给持国天眼。(17)声誉卓著的甘陀利具有神奇的智力,见到她的所有儿子和其他战死疆场的人。(18)所有的人惊讶不已,眼睛一眨不眨,目睹这个不可思议的伟大奇迹,汗毛直竖。(19)犹如喜庆节日,男男女女兴高采烈,这样的情景如同画布上的画面。(20)由于牟尼(毗耶娑)的恩惠,持国凭借天眼见到所有这些英雄,满怀喜悦,婆罗多族俊杰啊!(21)

以上是吉祥的《摩诃婆罗多》中《林居篇》第四十章(40)。

四一

护民子说:

这些婆罗多族俊杰已经摒弃罪孽,没有愤怒和嫉恨,他们互相会面。(1)他们遵守梵仙们制定的无上吉祥的规则,心情愉快,犹如天国的天神们。(2)儿子和父母,妻子和丈夫,哥哥和弟弟,朋友和朋友,相聚在一起,国王啊!(3)般度之子们满心喜悦,与大弓箭手迦尔纳、妙贤之子(激昂)和德罗波蒂的儿子们相聚。(4)般度之子们高兴地会见迦尔纳,这些大地保护者态度友好。(5)由于仙人(毗耶娑)的恩惠,所有的刹帝利都摒弃愤怒,摆脱敌意,态度友好。(6)就这样,俱卢族和其他族的人中之虎们与长辈、亲友和儿子们相聚。(7)这些国王心情愉快地度过这一夜,十分满意,认为这里就像天国。(8)这里没有忧愁,没有恐惧,没有疑虑,没有烦恼,没有耻辱,婆罗多族雄牛啊!勇士们互相会面,(9)妇女们与父亲、母亲、丈夫和儿子团聚,抛弃痛苦,无上快乐。(10)

这些英雄和妇女们度过这一夜后,互相拥抱告别,返回原地。(11)优秀的牟尼(毗耶婆)吩咐他们回去,刹那之间,他们就在人们眼前消失。(12)这些灵魂高尚的人连同他们的车辆、旗帜和处所,一起沉入圣洁的恒河。(13)他们中,有些人前往天界,有些人前往梵界,有些人前往伐楼拿那里,有些人前往俱比罗那里。(14)有些国王前往太阳神那里,有些罗刹和毕舍遮前往北俱卢洲。(15)这些灵魂高尚的人步履欢快,带着车辆和随从,与天神们一起返回各自的住处。(16)

大光辉的大牟尼(毗耶婆)遵行正法,始终为俱卢族人谋求利益。在所有这些人消失后,他站在水中,对所有失去丈夫的刹帝利妇女说道:(17)"凡是想要到丈夫的世界去的高贵妇女,赶快进入恒河吧!"(18)听了他的话,那些体态优美、信仰虔信的妇女征得公公同意,进入恒河水中。(19)这些贞洁的女子摆脱人的肉体,与丈夫们团聚,民众之主啊!(20)就这样,所有这些出身高贵、品行端正的妇女都沉入水中,摆脱肉身到达丈夫的世界。(21)她们拥有天神的容貌,佩戴天神的首饰和花环,穿戴天神的服装,与她们的丈夫一样。(22)她们品行优良,摆脱愚痴和疲弱,具备一切美德,到达各自的地方。(23)此刻,精通正法的毗耶婆成了赐予恩惠者,实现每个人的愿望。(24)人们听说这次凡人和天神大团圆,无不兴奋和喜悦。(25)

一个人听取这个亲人团圆的故事,他今生和来世永远都会称心如意。(26)一位智者讲述这个故事,他就会与亲人团聚,无灾无病,获得至高成就。(27)诵习吠陀,履行职责,控制自我,意志坚定,婆罗多后裔啊!这样的人听取这一章,肯定会达到至高归宿。(28)

以上是吉祥的《摩诃婆罗多》中《林居篇》第四十一章(41)。

四二

歌人说：

睿智的镇群王听了祖父们去而复来的故事，很高兴。（1）他针对返回人世的问题高兴地询问道："抛弃肉体的人怎么还会显现原貌呢？"（2）优秀的婆罗门、毗耶娑的学生（护民子）富有威力，擅长辞令，回答镇群王说：（3）"所有的业不会消亡，这是肯定的，国王啊！身体由业产生，具有一定形状。（4）由于依附万物之主，五大元素永远存在，不会消亡。（5）所做的业不会消亡，而会带来果报。灵魂与它们相连，接受快乐和痛苦。（6）尽管如此，知领域者（灵魂）永远不灭，这是肯定的。智者们知道灵魂的永恒性。（7）只要业还没有耗尽，就会形成自己的形体。一旦业已耗尽，人就会采取另一种形体。（8）各种成分构成身体，合而为一。智者们知道这些成分永远存在，明白其中的差别。（9）

"传说在马祭中宰杀祭马，而祭马的生命永远存在，前往另一个世界。（10）如果你感兴趣，我将告诉你一些有益的话，国王啊！你在祭场中，已经听说天神的道路。（11）一旦祭祀顺利进行，天神们就会为你造福。那些来到的天神主宰祭牲的去路。通过祭祀，那些永恒的生命获得归宿。（12）五大元素永恒，灵魂永恒，而思想浅薄的人只看到各种结合体。为分离而过度忧伤，我认为是幼稚的。（13）看到分离的痛苦，那就应该避免结合。在这世上无所执著，没有结合，也就没有分离的痛苦。（14）即使知道高低远近，但骄傲自大，这样的人不会有长进。通晓至高者，接触至高智慧，这样的人摆脱愚痴。（15）来自不可见处，又回到不可见处。我不知道他，他也不知道我。我还没有离欲弃世。（16）一个人不由自主地依靠身体行动，他必定接受身体行动的成果。依靠思想获得思想的成果，依靠身体获得身体的成果。"（17）

以上是吉祥的《摩诃婆罗多》中《林居篇》第四十二章(42)。

四三

护民子说：
持国王原本看不见自己的儿子们，由于仙人（毗耶娑）的恩惠，他看到了貌似自己的儿子们，俱卢后裔啊！（1）人中俊杰持国王通晓王法、吠陀、奥义书和推理判断。（2）大智者维杜罗依靠苦行的力量，获得成功。持国王遇到苦行者毗耶娑，也获得成功。（3）

镇群说：
如果赐予恩惠者毗耶娑让我见到父亲，容貌、服装和年龄一如既往，我就会相信你说的这一切。（4）我会感到高兴，认为自己决定正确，达到目的。依靠仙人之子（毗耶娑）的恩惠，让我的愿望实现吧！（5）

歌人说：
镇群王说完这些话，聪明睿智、富有威力的毗耶娑便赐予恩惠，带来继绝王。（6）这样，镇群王看到光辉吉祥的父亲从天而降，呈现当年的容貌和年龄。（7）他也看到灵魂高尚的沙弥迦仙人和他的儿子独角，还有父王的大臣们。（8）镇群王高兴地进行祭祀后的沐浴。他为父王沐浴，自己也沐浴。（9）沐浴完毕，婆罗多族俊杰（镇群）对耶耶婆罗族的阇罗迦卢之子阿斯谛迦说道：（10）"阿斯谛迦啊！我认为这次祭祀充满奇迹。今天，我见到父亲，消除了我的忧愁。"（11）

阿斯谛迦说：
俱卢族俊杰啊！古代仙人岛生（毗耶娑）是苦行的宝藏。有他在场，祭祀者能赢得两个世界。（12）般度族后裔啊！你听到了这个神奇的故事。群蛇化成了灰，跟随你的父亲的足迹。（13）国王啊！由于你的诚心，多刹迦得以幸免。所有的仙人受到尊敬。你也看到灵魂高尚的父亲的归宿。（14）听了这个涤除罪孽的故事，你掌握了博大的正法。你见到了高尚的人们，解开了心中的愁结。（15）见到这些恪守正法和热爱善行的人，就能消除罪孽，应该向他们致敬。（16）

歌人说：
听了婆罗门俊杰（阿斯谛迦）的这些话，镇群王一再向这位仙人

致敬，表示赞同。（17）随后，通晓正法的镇群王又向护民子仙人询问持国王林居生活的故事结局，人中俊杰啊！（18）

以上是吉祥的《摩诃婆罗多》中《林居篇》第四十三章(43)。

四四

镇群说：
见到了儿孙和其他亲友后，持国王做什么？坚战王做什么？（1）
护民子说：
目睹这个伟大的奇迹，见到自己的儿子们后，王仙（持国）消除忧愁，返回净修林。（2）经持国王同意，所有的大仙和其他人们都按照各自意愿离去。（3）灵魂高尚的般度之子们带着少量士兵，跟随灵魂高尚的持国王和他的妻子。（4）回到净修林后，举世尊敬的梵仙、睿智的牟尼贞信之子（毗耶娑）对持国说道：（5）"大臂持国啊！请听我说，俱卢后裔啊！你已经从仙人们那里听到各种故事。（6）这些仙人学识渊博，行为纯洁，出身高贵，精通吠陀和吠陀支，熟谙正法，擅长辞令。（7）你是智者，不要忧心忡忡，为命运激动不安。你已经从天神模样的那罗陀那里听到天神们的秘密。（8）你的儿子们遵循刹帝利正法，达到由武器净化的光辉归宿。你已经看到他们悠然自得。（9）睿智的坚战偕同弟弟、妻子和朋友们，听从你的吩咐。（10）你吩咐他回去统治自己的王国吧！他们已经在这森林里住了一个多月。（11）王位始终应该得到有力的保护，折磨敌人者啊！因为王国面对许多敌人，国王啊！"（12）

听了无比智慧的毗耶娑的话，擅长辞令的俱卢族王（持国）召来坚战，说道：（13）"无敌啊！祝你幸运！请你们兄弟听我说，由于你的恩惠，国王啊！忧愁不再折磨我。（14）我和你在一起很愉快，就像以前住在象城，孩子啊！由你伴随保护，我生活在快乐中，智者啊！（15）我从你这里得到生育儿子的果报。我对你十分满意，毫无怨言，大臂者啊！现在，你走吧！孩子啊！不要耽搁。（16）见到你后，我的苦行减退。我的身体具有苦行，见到你后，我继续支撑。(17)你的两位母亲以落叶为食物,与我一样奉守誓愿,孩子啊!她俩也将不久于人世。(18)由于毗耶娑的苦行威力,也由于你来到这里,我见到了已在另一世界的以难敌为首的儿子们。(19)我长久活着的目的已经达到,无罪的人啊!如今我想修炼严酷的苦行,请你同意我。(20)祭祖、声誉和家族全都依靠你了,大臂者啊!今天或明天,你就回去吧!不要耽搁,孩子啊!(21)你已经多次听取治国论,婆罗多族雄牛啊!我看,不需要再对你多说什么了,主人啊!"(22)

护民子说:

听了这些话,坚战王回答持国王道:"通晓正法者啊!我没有过失,你不应该抛弃我。(23)让我的弟弟们和随从们离开吧!我要陪随你和两位奉守誓愿的母亲。"(24)而甘陀利对他说道:"孩子啊!你不能这样,请听我说!现在,俱卢族全靠你了,祭奠我的公公也全靠你了。(25)孩子啊!回去吧!我们已经受到充分照顾,备受尊敬。你应该听从伯父的话,照他说的去做。"(26)

听了甘陀利的话,坚战王擦去满眼温情的泪水,对贡蒂说道:(27)"国王抛弃我,声誉卓著的甘陀利也抛弃我,但我的心放不下你,充满痛苦,我怎么能走呢?(28)但我也不能阻碍你的苦行,遵行正法的女子啊!没有比苦行更高者。苦行导致伟大。(29)王后啊!甚至我的思想也不再像以前那样热衷王国了,现在我的心思全在苦行上。(30)整个大地空空荡荡,不能带给我快乐,美丽的女子啊!我们的亲属人数锐减,力量也不如从前。(31)般遮罗族几乎灭绝,只剩下女孩子们,美丽的女子啊!我看不出有谁能振兴他们的家族。(32)他们在战场上死于德罗纳一人之手,化为灰烬。剩下的人也在夜里被德罗纳之子(马嘶)杀死。(33)车底族和摩差族也是如此。只有苾湿尼族受到婆薮提婆之子(黑天)的保护,得以幸免。看到黑天还在,我才想活下去。我活着是为了正法,而不是为了别的什么。(34)请你用吉祥的眼光看看我们吧!今后难以见到你,母亲啊!持国王就要开始修炼严酷的苦行。"(35)

闻听此言,军队统帅、大臂偕天眼中充满泪水,对坚战说道:(36)"王中雄牛啊!你赶快走吧!我不能离开母亲。我要在林中修炼苦行。(37)我要侍奉国王和两位母亲,用苦行耗尽自己的身

695

体。"(38)于是,贡蒂拥抱大臂者(偕天),对他说道:"儿子啊!回去吧!不要这样说。照我说的去做吧!(39)但愿你们平平安安回去,吉祥幸福,儿子们啊!你们在这里会妨碍我们修炼苦行。(40)受到你们的感情束缚,我的至高苦行会减弱。因此,儿子啊!你走吧!我们剩下的日子也不多了,主人啊!"(41)在贡蒂的多方劝说下,偕天和坚战的心情趋于平静,王中因陀罗啊!(42)

俱卢族雄牛们得到母亲和国王(持国)的同意后,向俱卢族俊杰(持国)行礼告辞,说道:(43)"得到了祝福,我们很高兴,就要回去,国王啊!我们涤除了罪孽,得到你的同意,就要回去。"(44)灵魂高尚的法王(坚战)这样说罢,王仙(持国)祝福坚战胜利,同意他离去。(45)持国王安抚优秀的力士怖军,聪明而英勇的怖军谦恭地回礼。(46)俱卢族王(持国)拥抱和祝福阿周那和人中雄牛孪生子,同意他们离去。(47)

他们向甘陀利行触足礼,向她告别。母亲(贡蒂)拥抱和亲吻他们。他们向持国王右绕行礼,犹如吃奶受阻的牛犊围着母牛转。(48)他们反复右绕而行,目不转睛。贞洁的德罗波蒂和所有的俱卢族女眷也都这样。(49)她们按照礼仪,向公公致敬后离去。她们接受两位婆婆的拥抱和祝福,得到同意后离去。她们接受两位婆婆的教诲,知道怎样处世行事,与丈夫们一起离去。(50)这时,响起御者们的叫喊声:"套车!套车!"骆驼和马匹发出嘶鸣。(51)然后,坚战王带着妻子、亲属和军队返回象城。(52)

以上是吉祥的《摩诃婆罗多》中《林居篇》第四十四章(44)。《见子篇》终。

那罗陀来临篇

四五

护民子说:

在般度之子们回京城两年后,国王啊!神仙那罗陀偶然来到坚战那里。(1)俱卢族王大臂坚战擅长辞令,向他行礼致敬,请他坐下后,对他说道:(2)"我好久没有见你来到这里了,婆罗门啊!想必你平安吉祥?(3)你游历了哪些地区?我能为你做什么?请说吧!优秀的婆罗门啊!你是我们喜欢的客人。"(4)

那罗陀说:

我们很久没有见面了,国王啊!我从苦行林来。我游历了许多圣地,也到了恒河,国王啊!(5)

坚战说:

住在恒河岸边的人们告诉我说,灵魂高尚的持国正在修炼至高的苦行。(6)你在那里见到俱卢族后裔(持国),想必他安然无恙?还有甘陀利、普利塔(贡蒂)和御者之子全胜。(7)我的伯父持国王现在过得怎样?如果你见到了他,尊者啊!我想听你讲讲他的情况。(8)

那罗陀说:

国王啊!你要保持镇定,请听我按照在苦行林中所见所闻如实告诉你。(9)自从你们结束林居生活,从俱卢之野回去后,俱卢后裔啊!你的伯父前往恒河门,国王啊!(10)睿智的持国王带着甘陀利、弟媳贡蒂、御者之子全胜和祭司们。(11)你的伯父以苦行为财富,修炼严酷的苦行。这位牟尼口含卵石,饮风维生。(12)这位大苦行者在林中受到所有的牟尼崇敬。这位国王在六个月中就瘦成皮包骨头。(13)甘陀利饮水维生,贡蒂一月进一次食,全胜六天进一次食,婆罗多后裔啊!(14)无论国王在林中能否看到,祭司们按照规则供奉祭火,主人啊!(15)国王在林中居无定所,到处游荡,两位王后和全胜跟随他。(16)在平坦和崎岖的路上,全胜是国王的向导,无可指摘的普利塔(贡蒂)是甘陀利的眼睛,国王啊!(17)

有一天,王中俊杰(持国)来到恒河岸边。这位智者进入恒河沐浴,面朝净修林。(18)随后,大风骤起,引发森林大火,在四面八方熊熊燃烧。(19)林中成群成群的鹿、蛇和野猪遭到火烧,纷纷逃向水池。(20)森林遭此劫难,大祸临头,国王长久绝食,生命衰竭,不能行动。两位母亲也瘦弱至极,不能行动。(21)大地之主啊!国王看到大火从四周席卷而来,便对御者全胜说道:(22)"全胜啊!快走,到火烧不着你的地方去!我们要在这里与火结合,走向至高归

宿。"（23）

全胜擅长辞令，激动地说道："国王啊！无端死于大火并不是你的心愿。（24）我看你也实在没有办法逃脱这场大火。你应该说说下一步怎么做？"（25）听了全胜的话，国王又说道："我们自愿离家出走，这样死去没有什么不好。（26）死于水、火、风或绝食，对于苦行者来说，都值得称道，全胜啊！你走吧！不要耽搁。"（27）对全胜说完这些话后，国王凝思静虑，与甘陀利和贡蒂一起，面向东方坐下。（28）

主人啊！看到持国王这样，智者全胜便向他右绕行礼，说道："你控制自己吧！"（29）睿智的仙人之子持国王按照他说的那样做，控制一切感官，僵直如同木头。（30）大福大德的甘陀利、你的母亲普利塔（贡蒂）和你的伯父持国王都被森林大火吞没。（31）而大臣全胜逃脱这场森林大火。我在恒河岸边看到苦行者们围绕他。（32）后来，光辉的御者全胜告别那些苦行者，前往雪山。（33）

就这样，思想高尚的俱卢族王（持国）去世，你的两位母亲甘陀利和普利塔（贡蒂）也去世，国王啊！（34）在我随意游荡时，我看到持国王和两位王后的身体，婆罗多族雄牛啊！（35）后来，许多以苦行为财富的苦行者来到这个苦行林，听说持国王这样死去，并不为此悲伤。（36）人中俊杰啊！我在那里听到持国王和两位王后遭到火焚的全部情况，般度之子啊！（37）你不必悲伤，王中因陀罗啊！持国王、甘陀利和你的母亲（贡蒂）与火结合，这是好的结局。（38）

护民子说：

听说持国已经去世，灵魂高尚的般度之子们极度悲伤。（39）后宫中爆发痛苦的呼叫声，大王啊！市民们听说持国王去世，也是如此。（40）坚战痛苦地举起双臂，呼喊道："哎呀，天哪！"他想起母亲，哀哀哭泣。以怖军为首的弟弟们也是如此。（41）听说普利塔（贡蒂）这样去世，大王啊！后宫中哭声震天。（42）听说丧子的老王被火烧死，所有的人都为他和可怜的甘陀利悲伤。（43）哭声仿佛出现片刻间歇时，婆罗多后裔啊！法王（坚战）努力止住眼泪，说了这些话。（44）

以上是吉祥的《摩诃婆罗多》中《林居篇》第四十五章(45)。

四六

坚战说：

这位灵魂高尚的国王无依无靠，修炼严酷的苦行，就这样死去，而我们这些亲友还活着。（1）奇武之子（持国）竟然这样死于森林大火，我觉得人的命运难以捉摸。（2）这位国王有一百个光辉吉祥、骁勇善战的儿子，自己也拥有万象之力，却被森林大火烧死。（3）过去，美女们用棕榈树叶为他扇风，如今死于森林大火，兀鹰为他扇风。（4）过去，他在歌手和诗人的诵唱声中醒来，如今由于我的罪过，他躺在野地里。（5）声誉卓著的甘陀利失去儿子，奉守丈夫的誓愿，前往丈夫的世界，我不为她悲伤。（6）但是，我为普利塔（贡蒂）悲伤。她放弃享受儿子的王权和荣华富贵，选择林居生活。（7）

可悲啊！我们的王国、力量、勇敢和刹帝利法，这些导致我们虽生犹死。（8）婆罗门俊杰啊！时间（死神）的行踪实在神秘，她放弃王国，选择林居生活。（9）她是坚战、怖军和阿周那的母亲，怎么会像孤苦无助的人那样被火烧死？想到这些，我就发蒙。（10）左手开弓者（阿周那）在甘味林白白讨好火神。我认为火神无情无义，恩将仇报。（11）过去，火神乔装婆罗门前来乞食，如今他怎么能烧死左手开弓者（阿周那）的母亲？可悲啊，火神！可悲啊，普利塔之子（阿周那）的信誉！（12）

尊者啊！另一件事在我看来更加不幸，大地之主（国王）无端被火吞没。（13）这位俱卢族王仙曾经统治大地，又修炼苦行，怎么会这样死去？（14）在这座大森林中，我的伯父供奉许多由经咒净化的祭火，而他无端被火吞没，这样死去。（15）我猜想普利塔（贡蒂）身体瘦弱，青筋暴露，浑身颤抖，发出惊恐的叫喊："儿子啊！法王啊！"（16）我的母亲陷入森林大火包围时，一定会呼喊道："怖军啊！救我脱险啊！"（17）在所有的孩子中，她尤其喜欢玛德利之子偕天。而这位英雄之子也没有能救出她。（18）

听了坚战王的这些话，所有的人互相抱头痛哭。般度之子们遭受痛苦折磨，犹如世界毁灭时的众生。（19）这些人中因陀罗的哭声充满整座宫殿，响彻天地之间。（20）

以上是吉祥的《摩诃婆罗多》中《林居篇》第四十六章(46)。

四七

那罗陀说：

我听说奇武之子持国王并不是无端被火烧死的，婆罗多后裔啊！我现在讲给你听。（1）我们听说睿智的持国王进入森林，饮风维生。他供奉祭火后，就抛弃祭火。（2）这样，祭司们经常将他的那些祭火遗弃在偏僻的林中，到处游荡，婆罗多族俊杰啊！（3）苦行者们告诉我说，火在林中烧了起来，烧遍这座森林。（4）这就是我对你讲的，持国王在恒河岸边与自己的祭火结合，婆罗多族雄牛啊！（5）无罪的人啊！我在恒河岸边见到的那些牟尼就是这样告诉我的，坚战啊！（6）因此，持国王是与自己的祭火结合，你不必为他悲伤，大地之主啊！他已达到至高归宿。（7）通过侍奉长者，你的母亲也获得了最大成功，般度之子啊！对此，我深信不疑。（8）俱卢后裔啊！现在，你应该为他们举行水祭。你和弟弟们去安排吧！（9）

护民子说：

般度族支柱、大地保护者（坚战）带着弟弟们和妻子出发。（10）城乡居民对国王忠心耿耿，身穿单衣，一起来到恒河。（11）以尚武为首，俱卢族雄牛们进入恒河，用水祭供灵魂高尚的持国王。（12）他们也按照礼仪祭供甘陀利和普利塔（贡蒂），通报各自的名字和族姓。完成净化仪式后，他们就在城外住下。（13）俱卢族俊杰（坚战）派遣一些精通礼仪、办事可靠的人前往持国王烧死的恒河门。（14）坚战王付给这些人酬金，吩咐他们在恒河门安葬死者遗骨。（15）

第十二天，坚战王完成净化仪式，按照礼仪祭奠死者。（16）坚战王指名持国王，向他布施金子、银子、牛、床榻和大量财物。（17）光辉的坚战王呼喊甘陀利和普利塔（贡蒂）的名字，分别给予她俩无上布施。（18）每个婆罗门也得到自己想要得到的财物、床榻、食物、车辆和珍宝。（19）坚战王指名两位母亲，布施车辆、衣服、食物、女奴和仆从。（20）完成慷慨的祭奠仪式后，睿智的坚战才返回象城。（21）

按照国王的吩咐，前去恒河门的那些人安葬完毕遗骨，返回城里。（22）他们按照礼仪供奉各种花环和香料，安葬完毕死者的遗骨，回来报告坚战王。（23）大仙那罗陀向以法为魂的坚战王表示慰问，然后，按照自己的心愿离去，国王啊！（24）

就这样，睿智的持国王在京城过了十五年，在森林里过了三年后去世。（25）他在战争中失去儿子们后，经常布施亲属、亲戚、朋友、兄弟和自己人。（26）而坚战王在失去亲属和亲戚后，担起治国重任，心中郁郁寡欢。（27）

以上是吉祥的《摩诃婆罗多》中《林居篇》第四十七章(47)。
《那罗陀来临篇》终。《林居篇》终。

第十六　杵战篇

第十六章　結論

杵 战 篇

一

护民子说：

第三十六年到来后，俱卢族后裔坚战见到许多不吉祥的征兆。(1)狂风呼啸，吹来可怕的沙尘暴，群鸟自右向左旋转。(2)江河倒流，四面八方烟雾弥漫，流星带着炭雨从天上坠落地面。(3)国王啊！太阳始终蒙上灰尘，在升起的时候，被无头怪们包围，暗淡无光。(4)太阳和月亮绕有可怕的晕圈，呈现三种颜色，边缘又粗又黑，暗红似灰。(5)国王啊！天天都能见到诸如此类险恶的征兆，令人不安。(6)

不久，俱卢族王坚战听说苾湿尼族在杵战中遭到毁灭。(7)般度之子（坚战）听说婆薮提婆之子（黑天）和罗摩已经去世，便召集弟弟们，说道："我们应该怎么办？"(8)般度之子们会面后，得知由于梵杖①的力量，苾湿尼族遭到毁灭，都很悲痛。(9)这些英雄不相信手持角弓者（黑天）会死去，因为婆薮提婆之子（黑天）死去，犹如大海干枯。(10)听到杵战事件后，般度之子们充满痛苦和悲伤，精神沮丧，绝望地坐下。(11)

以上是吉祥的《摩诃婆罗多》中《杵战篇》第一章(1)。

---

① 梵杖是指婆罗门仙人的诅咒。

16.2.1

二

镇群说：

尊者啊！婆薮提婆之子（黑天）怎么会眼睁睁看着安陀迦族、博遮族和苾湿尼族的大勇士们毁灭呢？（1）

护民子说：

第三十六年，苾湿尼族遭遇大难。在死神驱使下，他们用铁杵自相残杀。（2）

镇群说：

苾湿尼族、安陀迦族和博遮族的英雄们受到谁的诅咒，从而走向毁灭？优秀的婆罗门啊！请你详细告诉我。（3）

护民子说：

以婆罗纳①为首的英雄们看到以苦行为财富的众友、干婆和那罗陀来到多门城。（4）他们注定要受到神杖惩处，将商波装扮成女子，推在前面，走到大仙们面前，问道：（5）"这位是无限光辉的跋波鲁②的妻子，想生个儿子，仙人们啊！你们肯定知道她会生个什么？"（6）请听我说，国王啊！这些牟尼闻听此言，深感受到愚弄，便回答说：（7）"黑天的儿子商波将生出一根可怕的铁杵，毁灭苾湿尼族和安陀迦族。（8）由此，你们变得行为邪恶，骄横残忍，成为毁灭整个家族的罪人，只有罗摩和遮那陀那（黑天）能幸免。（9）然后，吉祥的持犁（罗摩）将前往大海，抛弃身体。而猎人遮罗将射死躺在地上的灵魂高尚的黑天。"（10）

国王啊！这些牟尼受到那些灵魂邪恶的人愚弄，气得眼睛发红，互相望着，说了这些话。（11）然后，这些牟尼走到盖沙婆（黑天）那里。（12）诛灭摩图者（黑天）聪明睿智，听到这些话后，知道事情的结果，对苾湿尼族人说道："这事肯定会发生。"（13）说罢，感官之主（黑天）回到自己屋中。这位世界之主不想改变命中注定的

---

① 婆罗纳是黑天的另一位兄弟。
② 跋波鲁是一位雅度族人的名字，也是众友仙人的儿子的名字，因此，更加激起仙人们愤怒。

事。（14）

于是，第二天，商波果真生出一根铁杵，又粗又长如同一位紧迦罗，注定要毁灭苾湿尼族和安陀迦族。（15）人们报告国王，由于仙人诅咒，生出了一根可怕的铁杵。国王神情沮丧，吩咐将铁杵砸成铁屑。（16）按照国王的命令，人们把那些铁屑扔进大海，然后，按照阿护迦的命令，向全城宣布道：（17）"从今天开始，在苾湿尼族和安陀迦族的家中，任何居民都不准酿酒。（18）无论哪里有谁偷偷酿酒，那么，他们全家都要活活钉死在尖桩上。"（19）这样，人们知道灵魂高尚的国王的命令，出于惧怕，都约束自己。（20）

以上是吉祥的《摩诃婆罗多》中《杵战篇》第二章(2)。

三

护民子说：

尽管苾湿尼族人和安陀迦族人约束自己，但死神经常在他们的家中游荡。（1）死神秃顶，面目狰狞，龇牙咧嘴，肤色暗红。死神窥视每个苾湿尼族家庭，而任何人都看不见他。（2）每天刮起一阵又一阵可怕的狂风，令人毛骨悚然，预示苾湿尼族和安陀迦族的毁灭。（3）街头硕鼠乱窜，水罐自己碎裂，鸲鹆鸟在苾湿尼族人家中唧唧喳喳，日夜叫个不停。（4）仙鹤仿效猫头鹰的叫声，山羊仿效豺狼的叫声，婆罗多后裔啊！（5）在死神驱使下，许多红脚白鸽在苾湿尼族和安陀迦族人的家中嬉戏。（6）母牛生下驴子，骡子生下骆驼，母狗生下猫，猫鼬生下老鼠。（7）

那时，苾湿尼族人犯了罪，不感到羞耻。他们仇视婆罗门、祖先和天神。（8）除了罗摩和遮那陀那（黑天）之外，他们轻视师长。妻子欺骗丈夫，丈夫欺骗妻子。（9）点燃的火焰转向左边，发出蓝色、红色和紫色的光焰。（10）太阳在城中升起或落下时，经常被无头怪们包围。（11）婆罗多后裔啊！厨房中精心烹制的食物，在食用时，会发现有许多蛆虫，国王啊！（12）灵魂高尚的婆罗门在吉日良辰念诵祷词时，听到人们奔跑的声音，却见不到任何人。（13）星宿不断互相碰撞,没有人能看到自己出生的星座。(14)"五生"螺号吹响时,在苾湿尼族和安陀迦族人的家中回响刺耳的驴叫声。(15)

感官之主(黑天)看到死神已经来临,现在是新月的第十三日,便对众人说道:(16)"罗睺又要将第十四日和第十五日合在一起。这在婆罗多族大战中出现过,现在又要出现,预示我们的毁灭。"(17)诛灭盖辛者遮那陀那(黑天)认真思考时间,知道第三十六年已经来到。(18)甘陀利失去亲人,为儿子们悲痛忧伤,曾经发出诅咒,现在就要应验①。(19)过去两军对阵时,坚战也曾见到出现这些可怕的征兆。(20)婆薮提婆之子(黑天)这样说罢,想要使甘陀利的诅咒兑现,下令苾湿尼族人朝拜圣地,克敌者啊!(21)按照盖沙婆(黑天)的命令,使者们宣布道:"我们要到海边朝拜圣地,诸位人中雄牛啊!"(22)

以上是吉祥的《摩诃婆罗多》中《杵战篇》第三章(3)。

四

护民子说:

那时,妇女们每天夜里都梦见一个白牙黑女人,笑着跑进多门城抢劫。(1)人们看见可怕的罗刹们抢走装饰品、华盖、旗帜和铠甲。(2)当着苾湿尼族人的面,火神赐给黑天的金刚轮毂的铁盘升入空中。(3)当着车夫达禄迦的面,四匹速度快似思想的骏马拉走黑天的灿若太阳的神车,奔驰在大海上。(4)天女们夺走罗摩和遮那陀那(黑天)崇敬的棕榈大旗和金翅鸟大旗,日日夜夜高喊着:"去朝拜圣地吧!"(5)

于是,苾湿尼族和安陀迦族的大勇士们准备带着后宫眷属前去朝拜圣地。(6)他们准备了各种食物和饮料,大量的酒和肉。(7)这些光辉吉祥、嗜好饮酒的人们驾着车、马和象,走出城去。(8)雅度族人带着妻子和丰富的食物饮料,各家各户都在波罗跂娑住下。(9)听

---

① 甘陀利曾在婆罗多族大战结束后,诅咒黑天的家族在三十六年后遭遇婆罗多族同样悲惨的命运。参阅《妇女篇》第25章。

第十六 杵战篇

说他们在海边住下，熟谙利益、通晓瑜伽的优陀婆①向这些英雄告辞离去。（10）这位灵魂高尚者双手合十，启程出发。诃利（黑天）向他致敬，因为知道苾湿尼族行将灭亡，也就不想挽留他。（11）苾湿尼族和安陀迦族的大勇士们死亡临头，望着优陀婆离去，他的光辉充满天地之间。（12）

这些灵魂高尚的人们为婆罗门准备好食物、酒和香料，却都给了猿猴。（13）光辉的大勇士们在波罗跋婆开怀畅饮，各种乐器数以百计，歌舞伎成群结队。（14）在黑天身边，罗摩、成铠、善战（萨谛奇）、伽陀和跋波鲁都在饮酒。（15）善战（萨谛奇）喝醉了酒，当着众人的面嘲笑成铠，轻蔑地说道：（16）"杀死睡着的人，如同杀死死人，算是什么刹帝利？诃利迪迦之子啊！雅度族人不会容忍你的这种行为。"（17）善战（萨谛奇）说完这些话，优秀的勇士始光表示赞同，鄙视诃利迪迦之子（成铠）。（18）成铠愤怒至极，左手指着萨谛奇，表示蔑视，说道：（19）"你自以为是英雄，怎么会在战斗中下毒手，杀死失去手臂、生命垂危的广声呢？"（20）

闻听此言，杀敌英雄盖沙婆（黑天）感到气愤，怒目斜视。（21）善战（萨谛奇）用萨多罗吉特的珠宝之事②提醒诛灭摩图者（黑天）。（22）真光听到后，怒不可遏，哭着扑到盖沙婆（黑天）怀中，使遮那陀那（黑天）更加气愤。（23）然后，萨谛奇愤怒地站起身来，说道："我发誓追随德罗波蒂五子、猛光和束发的道路。（24）他们在熟睡中遇害，主凶就是灵魂邪恶的成铠，（25）德罗纳之子（马嘶）是帮凶。今天，成铠的声誉和生命已经到头，妙腰女子啊！"（26）说完这些话，萨谛奇冲上前去，当着黑天的面，用刀砍下成铠的头。（27）善战（萨谛奇）接着杀戮其他一些人，感官之主（黑天）跑过去，试图阻止他。（28）而所有的博遮族人和安陀迦族人在死神驱使下，合力包围悉尼之孙（萨谛奇），大王啊！（29）

大光辉的遮那陀那（黑天）知道死神降临，看到那些人愤怒地冲向萨谛奇，也不发怒。（30）愤怒的人们借着酒疯，将喝完的酒罐砸向善战（萨谛奇）。（31）悉尼之孙（萨谛奇）遭到围攻，艳光之子

---

① 优陀婆是黑天的大臣。
② 萨多罗吉特是真光的父亲。他因珠宝而遇害，成铠与此事有牵连。

（始光）怒不可遏，冲上前去解救萨谛奇。（32）萨谛奇与博遮族人和安陀迦族人搏斗。由于寡不敌众，当着黑天的面，两位英雄都被杀死。（33）雅度后裔（黑天）看到自己的儿子和悉尼之孙（萨谛奇）遭到杀害，愤怒地抓起一把灯心草。（34）这把草立刻变成金刚杵般的铁杵。黑天用它杀死所有冲向前来的人。（35）

然后，安陀迦族人、博遮族人、悉尼族人和苾湿尼族人在死神驱使下，吼叫着用箭互相杀戮。（36）国王啊！他们之中无论谁愤怒地抓起灯心草，就会看到灯心草仿佛变成铁杵，主人啊！（37）灯心草变成铁杵，国王啊！你要知道，这是梵杖造成的结果。（38）他们扔出的每棵草都变成像金刚杵那样坚固的铁杵，能穿透任何难以穿透的东西，国王啊！（39）儿子杀父亲，父亲杀儿子，婆罗多后裔啊！他们喝醉了酒，互相攻打厮杀。（40）犹如飞蛾扑火，古古罗族人和安陀迦人遭到毁灭，没有一个想要逃跑。（41）

知道死神降临，诛灭摩图的大臂者（黑天）握住铁杵，站在那里。（42）看到商波死去了，美施、始光和阿尼娄陀也都死去了，摩豆族后裔（黑天）满腔愤怒，婆罗多后裔啊！（43）见到伽陀也躺倒在地上，手持角弓、飞轮和铁杵者（黑天）怒不可遏，便杀绝所有的人。（44）请听我告诉你，这时，征服敌人城堡的大光辉者跋波鲁和达禄迦对黑天说道：（45）"尊者啊！你杀死太多人了，现在去找罗摩吧！我们想到他那里去。"（46）

以上是吉祥的《摩诃婆罗多》中《杵战篇》第四章(4)。

五

护民子说：

于是，达禄迦、黑天和跋波鲁沿着罗摩留下的足迹，一路寻去，发现无限英勇的罗摩在一个偏僻处，靠在一棵树上沉思。（1）找到罗摩后，大威力的黑天命令达禄迦，说道："你快去俱卢族，告诉普利塔之子，雅度族发生大屠杀。（2）让阿周那知道由于婆罗门仙人的诅咒，雅度族遭到毁灭，请他赶快过来。"听到这个命令，达禄迦失魂

落魄，驾车前往俱卢族。（3）

达禄迦走后，黑天看到跋波鲁在身旁，便对他说道："你快去保护妇女们，不要让强盗们图财害命，杀害她们。"（4）跋波鲁沉浸在亲属遇难的痛苦中，又酒醉昏沉，听了黑天的命令，便动身出发。但离开黑天没多远，就被铁杵杀死。这支大铁杵是从猎人那里飞来的，也是婆罗门的咒语所致。（5）看到跋波鲁死去，黑天便对长兄（罗摩）说道："罗摩啊！你在这里等我。我去安排亲属保护妇女们。"（6）

于是，遮那陀那（黑天）回到多门城，对他的父亲说道："你先保护这些妇女们，等待胜财（阿周那）来到这里。罗摩在森林尽头等我，我现在要去见他。（7）我目睹了雅度族毁灭，犹如以前见到俱卢族雄牛们毁灭。我不忍心看到雅度族人的京城里没有雅度族人居住。（8）你要知道，我和罗摩准备在森林里修苦行。"说罢，黑天向父亲行触足礼，然后，迅速离去。（9）然后，城里响起妇女和儿童的哭喊声。听到妇女们的哭喊声，黑天又转身回来，对她们说道：（10）"左手开弓者（阿周那）就要来到这里，这位人中俊杰会消除你们的痛苦。"说罢，黑天离去。他看见罗摩独自一人在森林僻静处。（11）

黑天看到罗摩正在修瑜伽，一条大白蛇从他的嘴中爬出，望着大海爬去。（12）这条蛇有一千个头，身躯跃起如同高山，血红的嘴。它摆脱自己寄寓的人体，爬向大海。大海连同圣洁的蛇群和河流都在那里迎接它。（13）迦拘吒迦、婆苏吉、多刹迦、广闻、伐楼拿、贡阇罗、密什利、螺贝、睡莲、白莲和高尚的持国蛇。（14）诃罗陀、迦罗特、勇猛的青项、遮迦罗曼陀、阿迪香陀、蛇中俊杰丑面和安波利沙，还有蛇王伐楼拿木人，国王啊！他们迎上前来，献上食品和洗脚水，以示尊敬。（15）

大光辉的黑天具有天眼，知道一切归宿。哥哥这样去世后，他在荒凉的森林中游荡，坐在地上沉思。（16）黑天首先想起以前甘陀利对他说过的话，也想起以前敝衣仙人将吃剩的牛奶粥让他抹在自己身上时说过的话[①]。（17）威力的黑天想起安陀迦族和苾湿尼族的毁灭，想起俱卢族的毁灭，认为自己的时候已到，便开始控制感官。（18）黑天控

[①] 敝衣仙人对黑天说过，凡是他身上涂抹过牛奶粥的部分，不会被箭穿透。当时黑天用牛奶粥涂抹了全身，而没有涂抹脚底。参阅《教诫篇》第144章。

制自己的感官、语言和思想,躺下实施大瑜伽。这时,有位勇猛的猎人,名叫遮罗,来到这里捕鹿。(19)猎人遮罗误以为躺在那里实施瑜伽的黑天是一头鹿,用箭射穿他的脚掌,迅速跑上前去,想要拾取猎物。而他看见的是一位正在实施瑜伽的人,身穿黄衣,有许多手臂。(20)他意识到自己犯了罪,惶恐不安,俯首向黑天行触足礼。灵魂高尚的黑天安抚猎人后,升入空中,光辉充满天地之间。(21)

黑天到达天国,婆薮之主(因陀罗)、双马童、楼陀罗、阿提迭、婆薮和毗奢,还有牟尼、悉陀、健达缚和天女,都出来迎接。(22)然后,国王啊!这位大光辉的尊神那罗延(黑天),永恒不灭的万物之源,灵魂伟大的瑜伽导师,光辉充满天地之间,进入自己的无与伦比的住处。(23)黑天会见众天神、众仙人和众遮罗纳,国王啊!还有众多优秀的健达缚、天女、悉陀和沙提耶。他们向他俯首致敬。(24)众天神热烈欢迎他,优秀的牟尼们用语言称颂他,健达缚赞美他和侍奉他,国王啊!因陀罗也兴高采烈欢迎他。(25)

以上是吉祥的《摩诃婆罗多》中《杵战篇》第五章(5)。

<h1 align="center">六</h1>

护民子说:

达禄迦前往俱卢族,见到大勇士普利塔之子们,告诉他们苾湿尼族用铁杵互相残杀的事。(1)听说苾湿尼族、博遮族、古古罗族和安陀迦族人都已死去,般度之子们忧心如焚,惶恐不安。(2)盖沙婆(黑天)的好友阿周那告辞众兄弟,前去看望母舅(婆薮提婆),说道:"一切都完了。"(3)他和达禄迦一起到达苾湿尼族住地,主人啊!这位英雄看到多门城犹如失去丈夫的寡妇。(4)那些妇女过去受世界之主保护,现在无依无靠,看见普利塔之子(阿周那)前来保护她们,哭成一片。(5)婆薮提婆之子(黑天)的一万六千个后妃看见阿周那来到,爆发出哭喊声。(6)这些妇女失去黑天和儿子们,俱卢族后裔阿周那泪眼模糊,不忍目睹。(7)

多门城河以苾湿尼族人和安陀迦族人为河水,以马为鱼,以车为木筏，以乐声和车轮声为波浪，以房屋和台阶为大鳄鱼。(8) 以宝石为水草，以金刚围墙为花环，以街道为水流漩涡，以广场为湖泊。(9) 以罗摩和黑天为鲨鱼。这条多门城河犹如张开死神之网的可怕的吠多罗尼河。(10) 睿智的阿周那看到这条河失去了苾湿尼族雄牛们，也就失去了繁荣和欢乐，犹如寒冬中的莲花。(11) 望着多门城和黑天的后妃们，普利塔之子（阿周那）落泪哀叹，跌倒在地。(12) 萨多罗吉特之女真光和艳光也倒在胜财（阿周那）身旁，放声痛哭，民众之主啊！(13) 然后，她们扶起灵魂高尚的阿周那，让他坐在金椅上。她们围坐在他身旁，向他诉说一切。(14) 般度之子（阿周那）赞颂乔宾陀（黑天），安慰妇女们，然后，去见母舅（婆薮提婆）。(15)

以上是吉祥的《摩诃婆罗多》中《杵战篇》第六章(6)。

七

护民子说：

俱卢族雄牛（阿周那）看到灵魂高尚的英雄婆薮提婆躺在那里，忍受丧子之痛。(1) 胸膛宽阔的大臂者普利塔之子（阿周那）比舅父还痛苦，满含泪水，向舅父行触足礼，婆罗多后裔啊！(2) 年迈的大臂者（婆薮提婆）伸出双臂，拥抱普利塔之子（阿周那）。他想起自己的儿子、兄弟、孙子、外孙和朋友们，满怀忧伤，失声痛哭。(3)

婆薮提婆说：

阿周那啊！这些英雄成百次地征服国王们和提迭们，现在，我看不到他们了，而我还活着，死不了。(4) 阿周那啊！由于你的两位睿智可爱的学生的罪过，普利塔之子啊！苾湿尼族遭到了毁灭。(5) 始光和善战（萨谛奇）这两位大勇士是公认的苾湿尼族英雄，你一向引以为豪。(6) 我的儿子黑天也这样认为，俱卢族之虎啊！可是，这两人成了苾湿尼族毁灭的起因，胜财啊！(7) 但我不责备悉尼之孙（萨谛奇）和诃利迪迦之子（成铠），也不责备阿迦卢罗和艳光之子（始光），阿周那啊！在这件事上，诅咒是根源。(8)

世界之主（黑天）曾经征服盖辛、刚沙和狂妄自大的车底王（童护），普利塔之子啊！（9）曾经征服尼奢陀王独斫、羯陵伽人、摩揭陀人、犍陀罗人、迦尸王和沙漠地区的国王们，（10）还有东方、南方和山区的国王们，这位诛灭摩图者（黑天）怎么会漠视这场灾难？（11）看到儿子、孙子、兄弟和朋友们倒毙地上，他对我说道：（12）"今天，我们家族的末日来临，人中雄牛啊！毗跋蔟（阿周那）会来到多门城。（13）应该告诉他苾湿尼族发生的灾难，主人啊！这位大光辉者得知雅度族遭遇厄运，会立即赶来，对此我深信不疑。（14）你要知道，我就是阿周那，阿周那就是我。你要按照他说的去做，摩豆族后裔啊！（15）般度之子毗跋蔟（阿周那）会及时保护妇女和儿童，也会为你举行葬礼。（16）等胜财（阿周那）离开后，这座城市连同城墙和塔楼，就会迅速沉入大海。（17）我要和睿智的罗摩一起到某个圣地，奉守誓愿，度过时光。"（18）

　　这样说罢，勇力不可思议的感官之主（黑天）带了儿童们离开我，去了某个地方。（19）我想起你的这两位灵魂高尚的表兄弟，想起亲属之间可怕的屠杀，我就吃不下饭，忧愁悲伤，身体消瘦。（20）我不想吃，不想活，幸运的是你来了，般度之子啊！你按照黑天说的，完成一切事务吧！普利塔之子啊！（21）这里的王国、妇女和宝石全都交给你了，普利塔之子啊！我就要抛弃自己可爱的生命了，杀敌者啊！（22）

以上是吉祥的《摩诃婆罗多》中《杵战篇》第七章(7)。

八

护民子说：

　　折磨敌人者毗跋蔟（阿周那）听了舅父婆薮提婆这番话后，心头沉重，神情沮丧地说道：（1）"舅父啊！我无法忍受这个大地缺少这位苾湿尼族英雄（黑天）和摩豆族后裔们，主人啊！（2）坚战王、怖军、偕天、无种、祭军之女（黑公主）和我，我们六个人都是同样的心情。（3）国王去世的时间肯定就要来临，优秀的知时者啊！你要知

道,这个时辰已经到达。(4)我要将苾湿尼族的妇女、儿童和老人带到天帝城,克敌者啊!"(5)

这样说罢,胜财(阿周那)对达禄迦说道:"我马上要见苾湿尼族大臣们。"(6)随即,英勇的阿周那为那些大勇士悲伤,进入雅度族妙法大会堂。(7)他入座后,所有的大臣、婆罗门和市民围绕在他身旁。(8)所有的人失魂落魄,精神沮丧,普利塔之子(阿周那)心情格外沉重,对他们说道:(9)"我要亲自带领苾湿尼族和安陀迦族人到天帝城去,因为大海即将淹没这座城市。(10)你们收拾各种珍宝,备好各种车辆吧!到了天帝城,弗吉罗①将是你们的国王。(11)在第七天,明亮的太阳升起时,我们就出发。你们赶快去准备吧!"(12)听了行为纯洁的普利塔之子(阿周那)的话,为了自身的安全,市民们急忙去准备。(13)普利塔之子(阿周那)在盖沙婆(黑天)的宫中住了一夜,沉浸在强烈的忧伤中,精神恍惚。(14)

天明时分,大光辉的苏罗之子婆薮提婆实施瑜伽,达到至高归宿。(15)在婆薮提婆的宫中,爆发出妇女们可怕的恸哭声。(16)所有的妇女披头散发,摘去首饰和花环,捶胸顿足,号啕大哭。(17)提婆吉、跋德拉、卢醯尼和摩蒂拉,这些优秀的妇女扑倒在丈夫身上。(18)普利塔之子(阿周那)用一辆人拉的大车,装饰有许多花环,将苏罗之子(婆薮提婆)运出,婆罗多后裔啊!(19)多门城的全体市民忍受痛苦和忧伤的打击,跟随在后,人中雄牛啊!(20)车上张着马祭用的华盖,点燃有祭火,祭司们走在前面。(21)盛装的王后们由数千妇女和成千儿媳围绕陪伴,跟随这位英雄。(22)到达这位灵魂高尚者生前喜爱的地方,举行葬礼。(23)四位体态娇美的妻子登上苏罗之子(婆薮提婆)的火葬堆,前往丈夫的世界。(24)般度族后裔(阿周那)用各种檀木和香料焚烧这位英雄和他的四位妻子。(25)于是,响起火焰燃烧的劈啪声、娑摩吠陀的念诵声和人们的哭泣声。(26)然后,以弗吉罗为首,苾湿尼族的王子们和妇女们向这位灵魂高尚的英雄供奉圣水。(27)

颇勒古拿(阿周那)对正法一丝不苟,完成这个职责后,前往苾

---

① 弗吉罗是黑天的孙子。

湿尼族人死难的地方，婆罗多族雄牛啊！（28）俱卢后裔（阿周那）看到那里尸横遍野，痛苦万分，立即动手办事。（29）他为所有的死者举行葬礼。由于婆罗门的诅咒，他们死于灯心草变成的铁杵。（30）他也找到罗摩和婆薮提婆之子（黑天）的遗体，让办事可靠的人为他俩举行火葬。（31）

般度之子（阿周那）按照礼仪为所有死者举行祭奠后，到了第七天，立即登车出发。乘坐马、牛、驴或骆驼拉的车，（32）苾湿尼族的妇女们忧愁悲伤，形容憔悴，啼哭着跟随灵魂高尚的般度之子胜财（阿周那）。（33）安陀迦族和苾湿尼族的仆从、骑兵、车兵和城乡居民也跟随在后，按照普利塔之子（阿周那）的命令，保护失去英雄的老人、儿童和妇女。（34）象兵骑着高山般的大象，和保护象腿的优秀步兵一起出发。（35）安陀迦族和苾湿尼族的所有孩子以及婆罗门、刹帝利、吠舍和富有的首陀罗都跟随普利塔之子（阿周那）。（36）婆薮提婆之子（黑天）的一万六千个后妃和睿智的黑天之孙弗吉罗走在前面。（37）数百数千万博遮族、苾湿尼族和安陀迦族失去丈夫的寡妇们跟随在后。（38）摧毁敌人城堡者、优秀的勇士普利塔之子（阿周那）护送他们。苾湿尼族这支庞大的队伍犹如浩瀚的大海。（39）所有的人撤走后，鲨鱼居住的大海用洪水淹没充满财宝的多门城。（40）多门城居民目睹这个奇迹，越走越快，感叹道："呵，神奇的命运！"（41）

胜财（阿周那）带领苾湿尼族妇女们住在可爱的树林里、山中或河边。（42）到达富饶的五河地区，睿智的主人（阿周那）在牛、牲畜和粮食丰富的地方安营。（43）看到普利塔之子（阿周那）一人护送失去丈夫的寡妇们，盗匪们蠢蠢欲动，婆罗多后裔啊！（44）那些阿毗罗人行为邪恶，面目狰狞，利令智昏，聚在一起商议道：（45）"只有阿周那一位武士带着无依无靠的老人和儿童经过我们这里，这些士兵衰弱无力。"（46）随即，数以千计的盗匪举着棍棒，冲向苾湿尼族人群实施抢劫。（47）在时运的驱使下，他们为了掠夺钱财，发出巨大的狮子吼，分头冲向人们。（48）贡蒂之子（阿周那）和随从们立即停步。大臂阿周那仿佛笑着说道：（49）"对正法无知的人们啊！如果你们还想活，那就住手吧！一旦我用箭射死你们，你们连悲

哀都来不及了。"(50)

虽然这位英雄说了这些话，一再阻止他们，但这些盗匪不予理睬，依然冲向人群。(51) 于是，阿周那挽开永不老化的甘狄拨神弓，仿佛很用力。(52) 在混战中，他费力地挽弓上弦，却想不起来那些法宝。(53) 阿周那发觉自己在战斗中臂力出现异常情况，神奇的法宝也失去作用，感到羞愧。(54) 苾湿尼族所有的象兵、马兵和车兵不能保护遭遇抢劫的人们。(55) 女眷队伍庞大，各处受到袭击，普利塔之子（阿周那）尽力保护人群。(56) 许多高贵的妇女就在所有士兵的眼皮下，被盗匪们抢走，也有一些妇女自愿地跟着盗匪跑了。(57) 普利塔之子胜财（阿周那）在苾湿尼族仆从们协助下，急忙用甘狄拨神弓发射利箭，杀死盗匪们。(58) 一下子，这些利箭就用完了，国王啊！过去，这些嗜血的利箭取之不尽，现在，却用完了。(59)

看到自己的箭已用完，因陀罗之子（阿周那）忍受痛苦和悲伤的打击，用弓尖杀戮盗匪。(60) 普利塔之子（阿周那）眼睁睁地看着弥戾车人从四面八方抢走苾湿尼族和安陀迦族的美女，镇群王啊！(61) 胜财（阿周那）心中想道："这是天命。"他深深地叹息，充满痛苦和悲伤。(62) 法宝失去作用，臂力消失，弓弦不听使唤，利箭用完，(63) 国王啊！普利塔之子（阿周那）想到这是天命，精神沮丧，停止努力，说道："一切都完了。"(64) 然后，大智者（阿周那）带着残存的女眷和财物，进入俱卢之野。(65)

就这样，俱卢族后裔胜财（阿周那）带回残存的苾湿尼族女眷，安排在各处居住。(66) 人中俊杰普利塔之子（阿周那）将成铠之子和博遮王（成铠）残存的女眷安排住在马提迦婆多城。(67) 般度之子（阿周那）将所有失去英雄的老人、儿童和妇女安排住在天帝城。(68) 以法为魂的阿周那将萨谛奇的可爱的儿子以及老人和儿童安排住在娑罗私婆蒂河边。(69) 杀敌英雄（阿周那）将天帝城的王权交给弗吉罗。阿迦卢罗的妻子们不听弗吉罗的劝阻，出家隐居森林。(70) 犍陀罗公主艳光、雪毗雅、海摩婆蒂和瞻波婆蒂[①]都已登上

[①] 这四位妇女是黑天的妻子。

火葬堆。(71)而真光和黑天其他的妻子们都进入树林,决心修炼苦行。(72)普利塔之子(阿周那)分别赏赐跟随自己来到这里的多门城居民,把他们交给弗吉罗。(73)及时完成这一切,阿周那含着眼泪,前往岛生黑仙(毗耶娑)的净修林,看见他坐在那里,国王啊!(74)

以上是吉祥的《摩诃婆罗多》中《杵战篇》第八章(8)。

九

护民子说:

国王啊!阿周那进入贞信之子(毗耶娑)的净修林,看见这位信守誓言的牟尼坐在僻静处。(1)阿周那走到这位通晓正法、奉守誓愿的牟尼身旁,通报自己的名字:"我是阿周那。"(2)大牟尼贞信之子(毗耶娑)满怀喜悦,说道:"欢迎你,请坐。"(3)毗耶娑看到阿周那精神沮丧,情绪低落,长吁短叹,便说道:(4)"你受到了卑贱之人打击?或者,你杀害了婆罗门?或者,你在战斗中失败了?你看来好像萎靡不振。(5)我不知道你是怎么了?婆罗多族雄牛啊!如果我能听的话,你就赶快告诉我吧!普利塔之子啊!"(6)

阿周那说:

吉祥的黑天肤色如同乌云,眼睛如同大莲花,与罗摩一起抛弃身体,进入天国。(7)由于婆罗门的诅咒,苾湿尼族的英雄们在杵战中毁灭。在波罗跋娑发生的这场屠杀令人毛骨悚然。(8)博遮族、苾湿尼族和安陀迦族的勇士们灵魂高尚,力大无比,威风如同狮子,在战斗中互相残杀,婆罗门啊!(9)这些勇士臂似铁闩能够抵御铁杵、铁闩和标枪,却被灯心草杀死。请看,这就是时运!(10)五十万臂力强壮的勇士们混战一场,互相残杀,走向死亡。(11)想到无限光辉的雅度族人和声誉卓著的黑天已经死亡,我久久不能平静。(12)犹如大海干枯,高山移动,天空坠落,火焰变冷,(13)我认为手持角弓者(黑天)遭到毁灭,难以置信。没有黑天,我不想活在这个世上。(14)

还有一件更不幸的事,请听我说,以苦行为财富者啊!一想到这件事,我的心就会碎裂。(15)婆罗门啊!我眼睁睁地看着数以千计苾湿尼族妇女被五河地区的阿毗罗人抢走。(16)我举起神弓,却不能充分拉开弓弦。我已经失去从前的臂力。(17)大牟尼啊!我的各种法宝都失灵了,我的利箭也很快用完了。(18)

灵魂不可测量,手持螺号、飞轮和铁杵,四臂,黄衣,皮肤黝黑,眼似莲花,(19)这位大光辉者(黑天)总是站在我的车前,焚烧敌军,如今我见不到他了。(20)他在前面用光辉焚烧敌军,我在后面用甘狄拨神弓射出的利箭消灭敌军。(21)人中俊杰啊!见不到他,我情绪低落,精神沮丧,心慌意乱,不得安宁。(22)没有遮那陀那(黑天)这位英雄,我不能活下去。只要一听说毗湿奴(黑天)已经去世,我就晕头转向。(23)我现在失去亲友和勇力,心中茫然,四处游荡,人中俊杰啊!请你为我指明方向。(24)

毗耶娑说:

苾湿尼族和安陀迦族的大勇士们是毁于婆罗门的诅咒,俱卢族之虎啊!你不必为他们悲伤。(25)这一切必定发生,因为这是那些灵魂高尚者的命运。黑天即使有能力阻止,也只能视若无睹。(26)黑天甚至能改变包括一切动物和不动物在内的整个三界,何况婆罗门智者的诅咒呢?(27)婆薮提婆之子(黑天)是古代仙人,具有四臂,手持飞轮和铁杵,出于对你的友爱,为你的战车开道。(28)现在,大眼睛(黑天)卸下了大地的重负,抛弃一切世界,回到自己的至高位置。(29)人中雄牛啊!你在怖军和孪生子的协助下,已经创造了众天神才能创造的伟大业绩,大臂者啊!(30)我认为你们圆满完成了自己的使命,离开这个世界的时间已经来到,俱卢族雄牛啊!我认为这是最好的事。(31)

婆罗多后裔啊!在幸运的时候,力量、智慧、光辉和谋略接踵而来,而在背运的时候,一切都会消失。(32)一切都以时间为根源,胜财啊!时间是世界的种子,时间也随意收回一切。(33)一个人成为强者,又会变成弱者;一个人成为主人,又会变成奴仆,听人使唤。(34)那些法宝已经完成使命,现在回归原处。一旦时候来到,它们还会回到你的手中。(35)婆罗多后裔啊!你们到达归宿的时间已经来临,我认为这是你们的至高幸福,婆罗多族雄牛啊!(36)

听了无限光辉的毗耶娑的这些话,征得他同意,普利塔之子(阿周那)返回象城。(37)这位英雄进城会见坚战,禀报苾湿尼族和安陀迦族发生的一切事情。(38)

以上是吉祥的《摩诃婆罗多》中《杵战篇》第九章(9)。
《杵战篇》终。

第十七　远行篇

远 行 篇

一

镇群说：
得知苾湿尼族和安陀迦族遭遇杵战，黑天升入天国，般度之子们做些什么？(1)

护民子说：
听说苾湿尼族遭遇大屠杀，俱卢族王（坚战）一心想弃世，对阿周那说道：(2)"大智者啊！时间煎熬一切众生，我想抛弃行动，你也应该看得明白。"(3)英勇的贡蒂之子（阿周那）听后，同意长兄的话，连连说道："时间！时间！"(4)得知阿周那的想法，怖军和孪生子也同意左手开弓者（阿周那）的话。(5)于是，坚战依法行事，叫来尚武，将整个王权交给这位吠舍女之子（尚武）。(6)般度长子（坚战）为继绝灌顶，让他登基为王，然后，悲伤地对妙贤说道：(7)"你的这位孙子将成为俱卢族国王，雅度族的幸存者弗吉罗已经登基为王。(8)继绝统治象城，雅度族王子弗吉罗统治天帝城。你要保护弗吉罗王，不要产生不正当的想法。"(9)

这样说罢，法王（坚战）用圣水祭奠智者婆薮提婆之子（黑天）、舅父和罗摩等人。(10)他以法为魂，不知疲倦，按照礼仪祭奠所有死者。(11)他赐给那些优秀的婆罗门宝石、衣服、村庄、车辆、马匹和妇女，数以万计。(12)婆罗多族俊杰（坚战）向重视利益的慈悯老师表示敬意，将继绝作为学生托付给他。(13)然后，王仙坚战召集所有臣民，告诉他们自己的意图。(14)听了他的话，城乡居民惶恐不安，不同意他的决定。(15)他们对国王说道："你不能这样做。"而通晓时运的国王没有听从他们。(16)以法为魂的国王劝说城

乡居民同意,他和他的弟弟们决心弃世。(17)

然后,正法之子俱卢族王坚战摘下身上的首饰,穿上树皮衣。(18)怖军、阿周那、孪生子和声誉卓著的德罗波蒂也都穿上树皮衣,国王啊!(19)这些人中雄牛按照礼仪举行最后的祭祀,然后,将祭火投入水中,启程出发,婆罗多族雄牛啊!(20)看到这些人中雄牛和德罗波蒂一起出发,犹如从前他们掷骰子输后流亡森林,所有的妇女哀哀哭泣。(21)知道坚战的心思,知道苾湿尼族已经毁灭,所有的弟弟都乐于弃世。(22)般度族五兄弟,第六位是黑公主,第七位是狗,坚战王带着他们从象城出发。所有市民和后宫眷属相送很远。(23)没有一个人能劝说坚战王回来。最后,市民们都返回。(24)慈悯等人围绕在尚武身边,俱卢族后裔啊!蛇王之女优楼比跳进了恒河。(25)花钏公主去了摩尼城。其他的祖母们围绕在孙子继绝身边。(26)

俱卢族后裔啊!灵魂高尚的般度之子们和声誉卓著的德罗波蒂实行斋戒,面向东方而行。(27)这些灵魂高尚者实施瑜伽,遵循弃世法。他们路过许多地区、河流和大海。(28)坚战走在前面,怖军紧随其后,后面依次是阿周那和孪生子。(29)最后是优秀的妇女德罗波蒂,臀部优美,肤色黝黑,眼似莲花,婆罗多族俊杰啊!(30)有一条狗紧紧跟随前往森林的般度之子们。渐渐地,这些英雄到达红海。(31)出于珍爱宝物,胜财(阿周那)没有丢弃甘狄拨神弓和一对取之不尽的箭囊,大王啊!(32)

般度之子们看见火神显身,站在他们面前,犹如一座高山挡住他们的去路。(33)有七条火舌的火神对般度之子们说道:"喂!喂!英勇的般度之子们啊!你们要知道:我是火神。(34)大臂坚战啊!折磨敌人的怖军啊!阿周那和英勇的孪生子啊!请你们听我说!(35)我是火神,诸位俱卢族俊杰啊!由于阿周那和那罗延的威力,我焚烧了甘味林。(36)让你们的弟弟颇勒古拿(阿周那)放下至高的武器甘狄拨神弓,然后,前往森林吧!它已经没有用处了。(37)灵魂高尚的黑天随身携带的轮宝已经消失,将来到了一定时候,才会回到黑天手中。(38)这张优秀的甘狄拨神弓是我为了普利塔之子(阿周那)从伐楼拿那里取来的,现在,把它还给伐楼拿吧!"(39)

于是，众兄弟敦促胜财（阿周那）照办，他就把这张神弓和一对取之不尽的箭囊扔进海水中。（40）随后，火神消失不见，婆罗多族俊杰啊！英勇的般度之子们朝南走去。（41）经过咸海的北岸，他们朝西南走去，婆罗多族之虎啊！（42）然后，他们向西而行，看到多门城已被海水淹没。（43）这些婆罗多族俊杰又朝北走去。他们奉行瑜伽法，想要右绕大地环行一圈。（44）

以上是吉祥的《摩诃婆罗多》中《远行篇》第一章(1)。

二

护民子说：

他们实施瑜伽，控制自我，朝北走去，看到了大雪山。（1）越过大雪山，看到一片沙漠，然后，又看到最雄伟的大弥卢山。（2）他们奉行瑜伽法，迅速向前行进。这时，祭军之女（德罗波蒂）失去瑜伽，倒在地上。（3）大臂怖军看到祭军之女（德罗波蒂）倒在地上，望着她，对法王（坚战）说道：（4）"折磨敌人者啊！黑公主没有任何非法行为，怎么会倒在地上？国王啊！"（5）

坚战说：

人中俊杰啊！她特别偏爱胜财（阿周那），今天她得到这个果报。（6）

护民子说：

这样说罢，正法之子坚战王不管她，继续向前走。这位睿智的人中雄牛以法为魂，专心致志。（7）然后，睿智的偕天倒在地上。看到他倒在地上，怖军对国王说道：（8）"这位玛德利之子从不妄自尊大，对我们所有人都谦恭有礼，怎么会倒在地上？"（9）

坚战说：

他认为任何人的智慧都不能与他相比，由于这个缺点，这位王子倒在地上。（10）

护民子说：

这样说罢，贡蒂之子坚战撇下偕天，带着弟弟们和那条狗继续前进。(11) 看到黑公主和般度之子偕天倒在地上,热爱亲人的勇士无种也痛苦地倒在地上。(12) 英俊的勇士无种倒在地上,怖军又对坚战王说道:(13)"弟弟无种以完美的正法为灵魂,听从命令,容貌在这世上无与伦比,现在倒在地上。"(14) 听了怖军的话,坚战回答道:"无种以法为魂,是一位优秀的智者。(15) 但他认为任何人的容貌都不能与他相比。他心里一直觉得自己最美。(16) 因此,他倒在地上,狼腹啊!你要知道,一个人必定享受他注定享受的东西,英雄啊!"(17) 看到他们都倒在地上,以白马为坐骑的杀敌英雄般度之子(阿周那)忧伤痛苦,也倒在地上。(18) 人中之虎(阿周那)光辉如同因陀罗,不可抵御,现在倒地死去,怖军对坚战王说道:(19)"我不记得这位灵魂高尚者说过谎话,哪怕是在开玩笑的时候。由于什么过错,他倒在地上?"(20)

坚战说:

阿周那说过:"我会在一天之内毁灭所有敌人。"但是,他没有做到。这位骄傲的勇士现在倒在地上。(21) 颇勒古拿(阿周那)藐视所有的弓箭手。但想要获得繁荣的人应该说到做到。(22)

护民子说:

这样说罢,坚战王继续往前走。这时,怖军倒在地上。他倒下后,又对法王坚战说道:(23)"国王啊!你看,我是你喜欢的人,也倒下了。如果你知道我倒下的原因,请你告诉我!"(24)

坚战说:

你吃得最多,吹嘘自己有力气,而不关心别人,普利塔之子啊!因此,你倒在地上。(25)

护民子说:

这样说罢,大臂者(坚战)没有回头看他,继续往前走,只有那条狗跟随他。我已经多次向你提到那条狗。(26)

以上是吉祥的《摩诃婆罗多》中《远行篇》第二章。(2)

三

护民子说：

然后，天地间响起隆隆声，帝释天（因陀罗）驾车前来，对普利塔之子（坚战）说道："请上车吧！"（1）法王坚战看到弟弟们倒在地上，忧伤痛苦，对千眼神（因陀罗）说道：（2）"我的弟弟们都已倒下。他们应该与我同行。没有弟弟们，我不想去天国，天王啊！（3）还有值得享受舒适生活的娇美的公主（德罗波蒂），也应该与我们同行，摧毁城堡者啊！请你同意吧！"（4）

因陀罗说：

你会见到你的弟弟们和儿子们，他们已经先于你到达天国，还有黑公主。你不要为他们担忧，婆罗多族雄牛啊！（5）他们抛弃肉身，升入天国，婆罗多族雄牛啊！毫无疑问，你将带着肉身升入天国。（6）

坚战说：

过去和未来之主啊！这条狗一向对我忠心耿耿，应该与我同行。丢下它，我于心不忍。（7）

因陀罗说：

你和我一样达到不朽，获得一切荣华和伟大名声，享有天国的种种幸福，国王啊！丢弃这条狗吧！这算不上残忍。（8）

坚战说：

千眼神啊！高尚的人难以做出不高尚的事，贤士啊！我不能贪图荣华富贵，抛弃这条忠心耿耿的狗。（9）

因陀罗说：

在天国，没有狗的位置。而且，那些愤怒之神会剥夺走这种人的功德。因此，你要三思而行，法王啊！丢弃这条狗吧！这算不上残忍。（10）

坚战说：

人们说，抛弃忠诚者，大逆不道。在这世上，与杀害婆罗门同

罪。因此，我决不为了自己的幸福而抛弃这条狗，伟大的因陀罗啊！(11)

因陀罗说：

那些愤怒之神会剥夺这条狗所看到的布施、祭祀和祭品，因此，你丢弃这条狗吧！丢弃了这条狗，你就能升入天国世界。(12)你已经抛弃弟弟们和可爱的黑公主，凭借自己的功德，获得这个世界，英雄啊！你能抛弃所有这一切，为什么不能抛弃这条狗？看来你糊涂了。(13)

坚战说：

世上的人们都知道，死去的人们无所谓聚散离合。我不能让他们复活，因此，我抛弃他们。如果他们活着，我就不会抛弃他们。(14)帝释天啊！我认为抛弃忠诚者，如同拒绝求助者、杀害妇女、偷盗婆罗门和伤害朋友。(15)

护民子说：

听了法王（坚战）这些话，正法之神显露真身，满怀喜悦，用甜蜜的话语赞美人中因陀罗坚战：(16)"王中因陀罗啊！你出身高贵，具有你父亲的品行和智慧，怜悯一切众生，婆罗多后裔啊！(17)过去，在双林中，我曾经考验过你，孩子啊！在那里，你的勇敢的弟弟们寻找饮水，全都死去。(18)你希望对两位母亲一视同仁，于是，宁愿放弃怖军和阿周那两个弟弟，而要救活无种。(19)现在，你顾念这条忠心耿耿的狗，宁愿放弃登天的飞车，因此，在天国中，你无与伦比，国王啊！(20)你将带着肉身获得永恒不灭的世界，婆罗多后裔啊！达到至高无上的天国归宿，婆罗多族俊杰啊！"(21)

然后，正法之神、帝释天（因陀罗）、众摩录多、双马童和其他天神和神仙们请般度之子（坚战）登上飞车。(22)悉陀们也都乘坐自己的飞车。他们纯洁无瑕，言语、智慧和行为圣洁，能随意飞行。(23)俱卢族支柱坚战王登上飞车后，迅速飞升天国，光辉充满天地。(24)住在天国的大辩士、大苦行者那罗陀通晓一切世界，高声说道：(25)"俱卢族王（坚战）的声誉盖过所有来到这里的王仙。(26)除了般度之子（坚战）外，我们没有听说有任何人以自己的声誉、光辉和行为覆盖一切世界，带着肉身升入天国。"(27)

听了那罗陀的话，以法为魂的坚战王对众天神和众国王说道：(28)"我的弟弟们现在的处境无论快乐或痛苦，我想去他们那儿，而不想去任何其他地方。"(29) 听了坚战王的话，摧毁城堡的天王（因陀罗）亲切地对他说道：(30) "王中因陀罗啊！你住在这个地方，是依靠你自己的光辉业绩。你怎么现在还怀抱凡人的感情？(31) 你已经获得了没有人能获得的巨大成功。你的弟弟们也没有取得这样的成就，俱卢族后裔啊！(32) 凡人的感情至今还在触动你，国王啊！这里是天国。你看，这些都是住在天国的王仙和悉陀。"(33)

听到天王因陀罗这样说，睿智的坚战又对他说道：(34) "征服提迭者啊！没有他们，我不能住在这里。我愿意到我弟弟们住的地方去。(35) 我愿意到我心爱的德罗波蒂住的地方去，她是女中佼佼，体态丰满，肤色黝黑，具有智慧、勇气和品德。"(36)

以上是吉祥的《摩诃婆罗多》中《远行篇》第三章(3)。

《远行篇》终。

第十八　升天篇

升 天 篇

一

镇群说:

我的祖父般度之子们和持国之子们进入天国后,住在什么地方?(1)我想听取这些。我认为你通晓一切,受过业绩神奇的毗耶娑大仙的教诲。(2)

护民子说:

以坚战为首,你的祖先们进入天国后的事迹,请听我告诉你。(3)法王坚战进入天国后,看到难敌光彩熠熠,坐在舒适的座位上,(4)他灿若太阳,具有英雄的貌相,由光辉显赫的天神们和行为圣洁的沙提耶们陪伴。(5)坚战一见难敌,就怒不可遏,又见到他享有荣华富贵,便立刻转过身去。(6)他大声说道:"我不愿意与难敌在一起。他贪婪成性,目光短浅。(7)正是由于他,我们以前在大森林中遭受苦难,而大地上的所有朋友和亲戚在战争中遭到我们杀戮。(8)我的王后般遮罗公主德罗波蒂遵行正法,体态无可指摘,竟当着众位长辈的面,被拖进大会堂。(9)吉祥的众天神啊!我不想见到难敌。我愿意到我弟弟们住的地方去。"(10)

那罗陀仿佛笑了笑,对他说道:"不要这样,王中因陀罗啊!住在天国,就应该消除对立。(11)大臂坚战啊!你无论如何不要这样数落难敌王,请听我说。(12)难敌王现在和众天神一起,受到住在天国的善人和优秀的国王们崇敬。(13)他在战斗中献出自己的身体,到达英雄的世界。你们兄弟个个如同天神,曾经与他交战。(14)在大恐怖中,这位国王无所畏惧。他履行刹帝利法,获得这个位置。(15)孩子啊!你不应该心里还记着掷骰子的事情,也不应该还想着德罗波蒂蒙受的痛苦。(16) 你也不应该记着掷骰子给你们造成的其他各种痛苦,无论在战场上,或者在别处。(17) 你按照礼仪与难敌王相见吧!这里是天国,国王啊!不应该怀有敌意。"(18)

听了那罗陀这些话,睿智的俱卢族王坚战向他询问弟弟们,说道:(19) "如果这些永恒的英雄世界属于难敌,这个不懂正法的罪人,毁灭大地,伤害朋友。(20) 由于他,整个大地连同车、马和象都遭到毁灭,我们怒火中烧,想要报仇雪恨。(21) 那么,我的弟弟们灵魂高尚,奉守誓愿,信守诺言,宣示真理,个个都是人间英雄。(22)我想知道他们现在在什么世界?还有灵魂高尚、信守誓言的贡蒂之子迦尔纳,(23) 猛光、萨谛奇和猛光之子们,这些国王奉守刹帝利法,战死疆场。(24) 这些国王都在哪里?婆罗门啊!我没有见到他们,那罗陀啊!毗罗吒、木柱王和以勇旗为首的刹帝利们,(25)还有般遮罗王子束发、德罗波蒂的五个儿子和难以抗衡的激昂,那罗陀啊!我想要见到他们。"(26)

以上是吉祥的《摩诃婆罗多》中《升天篇》第一章(1)。

二

坚战说:

天神啊!我没有见到威力无限的罗陀之子(迦尔纳),还有灵魂高尚的瑜达摩尼瑜和优多贸阇兄弟。(1) 大勇士们在战火中捐躯,国王和王子们为了我战死疆场。(2) 这些勇敢如虎的大勇士们在哪里?这些人中俊杰们赢得了这里的世界吗?(3) 如果所有这些大勇士赢得这里的世界,众天神啊!你们要知道,我就会与这些灵魂高尚的人们住在一起。(4) 如果这些国王没有获得永恒不灭的光辉世界,那么,缺了这些亲友和兄弟,我就不会住在这里。(5)

在祭供水时,我听到母亲说:"向迦尔纳祭供水!"我内心愧疚。(6)看到母亲和威力无限的迦尔纳的双脚一样,众天神啊!我追悔莫及。(7) 我没有追随歼灭敌军的迦尔纳。倘若迦尔纳和我们站在一起,甚至因陀罗也不可能在战场上战胜我们。(8) 无论这位太阳之子在哪里,我都想见到他。我不知内情,才让左手开弓者(阿周那)杀死了他。(9)勇敢骇人的怖军比我的生命还可爱,阿周那如同因陀罗,孪生子如同阎摩,(10)我想见到他们。我也想见到遵行正法的般遮罗公主(德罗波蒂)。我对你们说实话,我不想留在这里。(11)优秀的众天神啊!缺了弟弟们,天国对我有什么用?他们的住处才是我的天国。我认为这里不是天国。(12)

众天神说:

如果你一心要去那里,孩子啊!那就马上去吧!按照天王(因陀罗)的命令,我们要做让你高兴的事。(13)

护民子说:

这样说罢,众天神命令天神使者,让坚战会见他的朋友们,折磨敌人者啊!(14)于是,贡蒂之子坚战王和天神使者一起前往那些人中雄牛的住地,王中之虎啊!(15)天神使者走在前面,国王跟随其后。路途艰难崎岖,作恶者出没。(16)黑暗笼罩,阴森可怖,草地上充满头发和白骨,泥土中充满血和肉,散发着作恶者的臭味。(17)腐烂的死尸到处可见,布满牛虻、蟋蟀、苍蝇和蚊子。(18)遍地是白骨和头发,昆虫和蛆虫麇集,四周燃烧着火焰。(19)到处是铁嘴乌鸦和兀鹰,还有针嘴饿鬼,形成包围圈,犹如文底耶山。(20)到处是丢弃的断臂、断腿、断手、断脚和内脏,带着脂肪和污血。(21)

走在这条散发腐尸臭味、令人毛骨悚然的不祥之路上,以法为魂的坚战王忧虑重重。(22)他看到一条热水沸腾、难以渡过的河流,看到一座布满锋利剃刀的刀叶林。(23)到处是滚烫的热沙和铁石,周围有许多铜罐,装满煮沸的热油。(24)还有刺荆锋利、不可触摸的木棉树。贡蒂之子(坚战)看到了作恶者遭受的种种刑罚。(25)望着这条充满臭味的路,他询问天神使者道:"我们要沿着这条路走多远?(26)请你告诉我,我的弟弟们在哪里?我也想知道这是天神们的什么地域?"(27)听到法王(坚战)这样说,天神使者停步,说道:"你的路就到此为止。(28)众天神命令我到此停步,王中因陀罗啊!如果你累了,可以与我一起回去。"(29)坚战精神沮丧,被臭味熏得神智迷糊,决定回去,便转过身子,婆罗多后裔啊!(30)

以法为魂的坚战充满痛苦和忧伤,正准备回去,听到四周响起可怜的哀叫声：(31)"嗨！嗨！正法之子啊！王仙啊！贵人啊！般度之子啊！请你怜悯我们，再呆一会儿吧！(32)不可抵御者啊！你来到这里时，清风吹拂，带着你的香味，我们浑身感到舒服。(33)普利塔之子啊！看到你，我们就感到快乐，人中雄牛啊！你多停留一些时间吧，王中俊杰啊！(34)大臂者啊！请你呆在这里，哪怕是一会儿，婆罗多后裔啊！只要你呆在这里，我们就不会受痛苦折磨，俱卢族后裔啊！"(35)

就这样，在这个地方，他听到各种凄惨痛苦的哀求声，国王啊！(36)听了这些可怜的话，坚战充满怜悯，站在那里，说道："唉！多么痛苦啊！"(37)般度之子（坚战）不断听到这些痛苦的人们的哀求声，声音似曾相识，但不能确认。(38)正法之子坚战无法辨认这些声音，便说道："你们是谁？为什么呆在这里？"(39)这么一询问，人们从四面八方回答说："我是迦尔纳！""我是怖军！""我是阿周那！"主人啊！(40)"我是无种！""我是偕天！""我是猛光！""我是德罗波蒂！""我们是德罗波蒂的儿子！"他们这样呼喊道。(41)

听到符合此情此景的这些痛苦呼声，坚战王思忖道："难道这是命运安排？(42)难道这些灵魂高尚的人们，迦尔纳、德罗波蒂的儿子们或妙腰女子德罗波蒂，做了恶事？(43)因此，他们呆在这个充满恶臭的可怕地方。但我不知道这些行为纯洁的人们做过什么恶事。(44)邪恶的持国之子难敌王和他的所有随从做了什么，竟然享有荣华富贵？(45)他像伟大的因陀罗一样光辉吉祥，备受尊敬。而这些人由于谁的过失，堕入地狱？(46)这些勇士通晓一切正法，聪明睿智，崇尚真理和吠陀，忠于刹帝利法，举行祭祀，慷慨布施。(47)我现在是醒着，还是在梦中？我是有知觉，还是没有知觉？哦，可能是我思想混乱，产生精神错觉。"(48)

就这样，坚战充满痛苦和忧伤，思想和感官混乱，左思右想。(49)正法之子坚战王愤怒至极，开始谴责众天神和正法。(50)他忍受着强烈的恶臭折磨，对天神使者说道："贤士啊！你是使者，回到你来的地方去吧！(51)告诉他们，我留在这里，不回去了，使者啊！因为有我陪伴，我的弟弟们会感到舒服。"(52)听了睿智的般度之子（坚战）的话，使者回到天王百祭（因陀罗）那里。(53)他向

因陀罗报告法王（坚战）的想法以及他说的一切话，国王啊！（54）

以上是吉祥的《摩诃婆罗多》中《升天篇》第二章(2)。

三

护民子说：

普利塔之子法王坚战呆了一会儿，俱卢族后裔啊！以帝释天为首的众天神来到这里。（1）正法之神显身，亲自来到这里看望俱卢族王坚战。（2）众天神出身和行为纯洁，身体放光，聚集这里，黑暗顿时消失，国王啊！（3）这里不再看到罪人们遭受刑罚，不再看到吠多罗尼河和荆棘树，（4）不再看到恐怖的铜罐和铁石。贡蒂之子坚战王曾经看到的那些残缺肢体，也都消失不见。（5）在众天神身旁，清风吹拂，轻柔舒适，纯洁凉爽，芳香飘逸，婆罗多后裔啊！（6）众摩录多和因陀罗，众婆薮和双马童，众沙提耶、众楼陀罗、众阿提迭和其他天神，(7)所有的悉陀和大仙都来到大光辉的正法之子坚战那里。（8）

天王因陀罗具有至高的光辉，首先安慰坚战，说道：（9）"大臂坚战啊！众天神都喜欢你，来吧！来吧！人中之虎啊！事情已经结束，主人啊！你已经获得成功，国王啊！你属于永恒不灭的世界。(10)你不必生气，请听我告诉你，朋友啊！毫无疑问，所有的国王都应该见见地狱。（11）善行和恶行大量存在，人中雄牛啊！或者先享受善业，然后堕入地狱；或者先堕入地狱，然后享受天国。（12）作恶多端的人先享受天国。因此，为了你好，我把你带到这里，国王啊！（13）在德罗纳的儿子（马嘶）这件事上，你曾经欺骗过德罗纳，国王啊！由于这个欺骗行为，你见到了地狱。（14）与你一样，普利塔之子怖军、孪生子和黑公主德罗波蒂也有欺骗行为而进入地狱。(15)现在，他们已经涤除罪过，人中之虎啊！在战场上为你捐躯的所有国王都已经进入天国，人中雄牛啊！来吧，去看看他们！（16）

"大弓箭手迦尔纳精通一切武艺，你曾经为他悲伤，而他已经获得至高成就。（17）主人啊！你看，这位人中之虎、太阳之子在他自己的位置上，大臂者啊！你解除忧愁吧！人中雄牛啊！（18）你看，你的其他兄弟和追随你的国王们都已经获得各自的位置，你抛弃心中的烦恼吧！（19）你先经受了这点磨难，俱卢后裔啊！从此以后，与我一起无忧无虑地享受快乐吧！（20）大臂者啊！你享受由自己苦行赢得的、善业和布施的功果吧！般度之子啊！（21）现在，让那些衣服不沾灰尘的天神、健达缚和天女侍奉你吧！（22）大臂者啊！你享受由王祭获得、由马祭提高的一切世界吧！享受苦行的大功果吧！（23）坚战啊！你的世界高于其他国王，与诃利旃陀罗一样，普利塔之子啊！你将在那里享受快乐。（24）有王仙曼达多，有跋吉罗陀，有豆扇陀之子婆罗多，你将在他们那里游乐。（25）这是净化三界的天河，也就是位于空中的恒河，王中因陀罗啊！你要在这里沐浴后再走。（26）在这里沐浴后，你就会超凡脱俗，没有忧愁，没有烦恼，没有仇恨。"（27）

天王因陀罗对俱卢族王坚战说了这些话后，正法之神显身，对自己的儿子说道：（28）"哦，国王啊！大智者啊！我喜欢你，儿子啊！你对我虔诚，说真话，宽容，自制。（29）这是我对你的第三次考验，国王啊！你不可能背离自己的本性，普利塔之子啊！（30）过去，我曾经在双林考验过你，你来到那里寻找钻火棍。（31）你的弟弟们和德罗波蒂倒地死去，婆罗多后裔啊！我又化身为狗，前来考验你，儿子啊！（32）这是第三次，你为了弟弟们，愿意留在这里，大福大德者啊！你已经涤除罪过，获得净化，成为幸福的人。（33）普利塔之子啊！你的弟弟们不会呆在地狱，民众之主啊！这是伟大的天王因陀罗制造的幻象。（34）所有的国王肯定都要见见地狱，孩子啊！因此，你也经受了一会儿痛苦。（35）国王啊！无论是左手开弓者（阿周那）、怖军和人中雄牛孪生子，还是说真话的勇士迦尔纳，都不会长久呆在地狱。（36）坚战啊！黑公主（德罗波蒂）也不会呆在地狱，婆罗多族俊杰啊！来吧！来吧！请看这条流经三界的恒河！"（37）

闻听此言，你的祖先王仙（坚战）与正法之神和众天神一起走向恒河。（38）坚战王进入众仙人赞美的、圣洁的天国恒河，摆脱凡人的身躯。（39）法王坚战获得天神的形体，在水中沐浴，摆脱仇恨和烦恼。（40）然后，睿智的俱卢族王坚战和正法之神一起，受到大仙们赞美，在众天神簇拥下离开那里。（41）

以上是吉祥的《摩诃婆罗多》中《升天篇》第三章(3)。

四

护民子说：

坚战王在众天神、众仙人和众摩录多的簇拥下，来到俱卢族雄牛们所在地。（1）在那里，他看见乔宾陀（黑天）呈现梵的形体，与过去见到的一样，容易辨认。（2）他的身体闪闪发光，身边那些威力可怕的、以飞轮为首的天国武器都呈现人体模样。光辉的英雄颇勒古拿（阿周那）侍奉他。（3）在另一处，俱卢族后裔（坚战）看见优秀的武士迦尔纳，与十二位阿提迭（太阳神）在一起。（4）在又一处，他看见尊贵的怖军围在摩录多群神中间，形体优美。（5）同样，俱卢族后裔（坚战）在双马童那里，看见光辉自照的无种和偕天。（6）

他也看见般遮罗公主（德罗波蒂）已经来到灿若太阳的天国，形体美丽，佩戴莲花花环。（7）坚战刚想询问她，尊敬的天王因陀罗就对他说道：（8）"这位吉祥女神为了你，下凡人间，化身为德罗波蒂，坚战啊！她没有从母胎出生，幽香四溢，给世界带来喜悦。（9）为了你们的幸福，手持三叉戟的大神（湿婆）创造了她。她诞生在木柱家族，由你们供养。（10）这五位大福大德的健达缚是德罗波蒂和你们生的儿子，光辉似火，威力无限。（11）请看这位睿智的健达缚王，你要知道，他就是你的伯父持国。（12）这位是贡蒂的儿子，你的长兄。他光辉似火，是太阳之子，人中俊杰，先你而生，而人们称他为'罗陀之子'。你看，他和太阳一起行走，人中雄牛啊！（13）

"王中因陀罗啊！你看，以萨谛奇为首，苾湿尼族、安陀迦族和博遮族的大勇士们都在沙提耶、天神、婆薮和摩录多群神中间。（14）你看，这位是不可战胜的妙贤之子，大弓箭手激昂，和苏摩（月亮）在一起，皎洁似月。（15）这位是大弓箭手般度，与贡蒂和玛德利在一起。你的这位父亲经常乘坐飞车，来到我的身边。（16）你看，这位是福身王之子毗湿摩，与众婆薮在一起。你要知道，那位在毗诃波提身边的是你的老师德罗纳。（17）这些和其他一些国王都是你的战士，现在都与健达缚、药叉和圣仙们同行，般度之子啊！（18）有些

人中俊杰成为密迹天。他们抛弃肉身，赢得天国，语言、智慧和行为纯洁。"（19）

以上是吉祥的《摩诃婆罗多》中《升天篇》第四章(4)。

五

镇群说：

灵魂高尚的毗湿摩和德罗纳，持国王、毗罗吒王和木柱王，商伐和优多罗，(1)勇旗、胜军和真胜，难敌之子们和妙力之子沙恭尼，(2)勇敢的迦尔纳之子们、胜车王、瓶首等等以及其他没有提到的人。(3)他们都是声誉卓著、光辉显赫的国王，请你告诉我，他们将在天国生活多长时间？(4) 优秀的婆罗门啊！他们在这里有永久的位置吗？或者，这些人中雄牛业果耗尽时，达到什么归宿？我想听你告诉我，婆罗门啊！(5)

歌人说：

闻听此言，婆罗门仙人征得灵魂高尚的毗耶娑同意后，回答这位国王的问题。(6)

护民子说：

国王啊！一旦业果耗尽，所有的人都会离去。请听我讲述众天神的秘密，婆罗多族雄牛啊！这是大光辉的毗耶娑说的话，他具有天眼，富有威力。(7) 这位古代牟尼是破灭仙人之子，恪守大誓愿，智慧深邃，通晓一切，知道一切行为的归宿，俱卢后裔啊！(8) 具有大光辉和大威力的毗湿摩已经到达众婆薮那里，因此，现在能见到八位婆薮，婆罗多族雄牛啊！(9) 德罗纳已经融入鸯耆罗族俊杰毗诃波提。诃利迪迦之子成铠已经融入摩录多群神中。(10) 始光回归永童神。持国到达难以到达的财神世界。(11) 声誉卓著的甘陀利和持国在一起。般度和两位王后一起到伟大的因陀罗的住地。(12) 毗罗吒王、木柱王、勇旗王、尼沙陀、阿迦卢罗、商波、跋努、甘波和维杜罗，(13) 广声、舍罗普利、厉军、刚沙和英勇的婆薮提婆，(14) 人中雄牛优多罗和他的兄弟商伐，所有这些人中俊杰都融入毗奢群

神。(15)

具有大光辉和大威力的苏摩之子，名叫婆尔遮，化身为人中之狮颇勒古拿（阿周那）的儿子激昂。(16) 这位大勇士以法为魂，依据刹帝利法投身战斗，无与伦比，在业果耗尽时，融入苏摩神。(17) 人中雄牛啊！迦尔纳融入他的父亲太阳神，沙恭尼融入德伐波罗，猛光融入火神。(18) 持国的儿子们都是剽悍有力的恶魔（罗刹），拥有财富，灵魂高尚，经过武器净化，进入天国。刹帝利坚战王融入正法之神。(19) 尊神无限蛇①按照祖宗（梵天）的安排，进入地下，运用瑜伽力，支撑大地。(20) 与婆薮提婆之子（黑天）成婚的一万六千个女子在命终时，沉入娑罗私婆蒂河，成为天女，回到婆薮提婆之子（黑天）身旁，镇群王啊！(21) 瓶首等大勇士们在大战中捐躯，现在享受天神和药叉的地位。(22) 难敌的朋友们都是著名的罗刹，国王啊！他们都逐渐达到至高无上的世界。(23) 这些人中雄牛分别进入因陀罗、睿智的俱比罗和伐楼拿的世界。(24) 大光辉者啊！我已经详细告诉你俱卢族和般度族英雄们的全部行踪，婆罗多后裔啊！(25)

歌人说：

在祭祀仪式中间，听了这位优秀的婆罗门讲述的这些话，镇群王惊讶不已。(26) 祭司们完成这场祭祀，阿斯谛迦救出那些蛇，十分高兴。(27) 然后，镇群王支付酬金，让所有的婆罗门感到满意。他们接受国王的致敬后，按原路回去。(28) 遣散这些婆罗门后，镇群王从怛叉始罗回到象城。(29)

我已经向你详细讲述护民子按照毗耶娑的吩咐，在蛇祭仪式上向镇群王讲述的一切。(30) 它称为"历史"，圣洁，崇高，吉祥，婆罗门啊！由宣示真理的黑仙（毗耶娑）编定。(31) 他通晓一切，熟谙仪轨，精通正法，超越感官，苦行高深，灵魂净化，身心纯洁。(32) 自由自在，精通数论和瑜伽，通晓各种法则，用天眼观察一切。(33) 他在世界上传播灵魂高尚的般度之子们的名声。(34)

智者经常在朔望吉日吟诵它，就能涤除罪孽，赢得天国，与梵同一。(35) 在祭祖仪式上，即使向婆罗门吟诵其中一句，他就能保证

---

① 黑天之兄大力罗摩是无限蛇的化身。

他的祖先永远得到食物和饮料。(36) 在白天，感官或思想犯有罪过，在黄昏念诵《摩诃婆罗多》后，就能摆脱。(37) 婆罗多族雄牛啊！有关正法、利益、爱欲和解脱，这里有，别处也有，这里没有，别处也没有。(38)

这部名曰《胜利》的历史，凡是盼望繁荣的人，国王、王子和孕妇都应该听取。(39) 向往天国的人会升入天国，渴望胜利的人会取得胜利，孕妇会生下儿子或吉祥幸运的女儿。(40) 岛生黑仙（毗耶娑）热爱正法，用了三年时间，编纂了这部《婆罗多》。(41) 那罗陀向众天神念诵，阿私多·提婆罗向祖先念诵，苏迦向罗刹和药叉念诵，护民子向凡人念诵。(42) 这部神圣的历史与吠陀一样意义重大。一个人将婆罗门置于三种姓之前，听取这部历史，(43) 他就能摆脱罪孽，在今生获得声誉，达到至高的成就，寿那迦啊！对此，我深信无疑。(44) 虔诚地诵习《婆罗多》，即使只诵习其中的一句，也能彻底涤除一切罪孽。(45)

从前，尊者毗耶娑大仙创作了这部本集，教儿子苏迦诵习这四首诗：(46) "数以千计父母，数以百计妻儿，已经经历生死轮回，其他的人们也都会如此。(47) 数以千计快乐场，数以百计恐怖地，每天都在影响愚者，而不影响智者。(48) 我高举双臂，大声呼喊，却没有人听我的。从正法中产生利益和爱欲，为什么不履行正法？(49) 不能为了爱欲、恐惧或贪婪，甚至不能为了活命，抛弃正法。正法永恒，苦乐无常。灵魂永恒，因缘无常。"(50)

一个人清晨起身，吟诵《婆罗多》圣诗，他就会获得《婆罗多》功果，达到至高的梵。(51) 犹如神圣的大海和雪山，两者都被称作宝藏，《婆罗多》也是如此。(52) 一个人专心致志吟诵《摩诃婆罗多》故事，就会获得至高的成功，对此，我深信无疑。(53) 一个人掌握了从岛生黑仙（毗耶娑）嘴唇中诵出的这部神圣、吉祥、驱邪、涤罪的《婆罗多》，何必还要去圣地莲花池沐浴呢？(54)

以上是吉祥的《摩诃婆罗多》中《升天篇》第五章(5)。

《升天篇》终。吉祥的《摩诃婆罗多》终。

译 后 记

《摩诃婆罗多》全诗译稿终于完成了。从第一篇《初篇》出版的1993年算起，迄今已有十年时间，而加上1993年以前做的工作，总共有十多年时间。当然，我们集中全力投入这项翻译工程是在它1996年列入中国社会科学院重点项目之后。无论如何，用"十年磨一剑"形容我们的这部译作，还是十分恰当的。

其实，花费十年或十多年时间翻译《摩诃婆罗多》是正常现象。想当初，印度一批优秀的梵文学者历时近半个世纪，完成了《摩诃婆罗多》精校本。其间，首任主编苏克坦卡尔逝世后，由贝尔沃卡尔接任主编，而贝尔沃卡尔年迈体衰后，又由威迪耶接任主编，真可谓"前仆后继"。在精校本问世前，《摩诃婆罗多》的翻译只能依据通行本。印度学者K. M. 甘古利用散文体翻译的《摩诃婆罗多》（1883—1896）是第一部英语全译本。印度学者M. N. 杜德用诗体翻译的《摩诃婆罗多》（1895—1905）是第二部英语全译本。在这两种英译本产生之前，法国梵文学者福歇（H. Fauche，1797—1869）就已着手翻译《摩诃婆罗多》全诗，但他翻译出版了全诗十八篇中的前八篇（巴黎，1863—1870），不幸逝世而中断。按照他的生卒年推算，倘若他不是在六十多岁，而是在五十多岁时动手翻译，就能在十九世纪六十年代完成《摩诃婆罗多》的法语全译本了。美国梵文学者布依特南（Van. Buitenen）于1967年开始依据精校本翻译《摩诃婆罗多》，相继出版了三卷（芝加哥，1973、1975和1978），包括全诗的前五篇。在第三卷的前言中，按照他的估计，全诗译完出版大约要到1983年以后。可是，他不幸于1979年去世，享年五十一岁。倘若天假其年，他在六十岁以前就能完成全诗翻译，实在令人惋惜。

确实，对于一个梵文学者来说，必须有了充分的学养积累之后，才能着手翻译《摩诃婆罗多》这样一部百科全书式的史诗。也就是说，一个梵文学者决定翻译《摩诃婆罗多》，就意味着要为它奉献自己一生中的学术成熟期。幸运的是，我们这个中文全译本依靠集体的力量，最终得以完成，没有夭折。然而，这项翻译工程的发起人，我的同学赵国华已于1991年英年早逝（享年四十八岁）；我们的老师金克木先生亲自翻译了《初篇》前四章，为我们确立了翻译体例，此后经常关心我们的翻译进程。他也未能见到这项翻译工程完工，而于2000年去世（享年八十八岁）。现在，全诗译稿已经完成，即将付梓出版，也可告慰他俩的在天之灵了。

自1996年这项翻译工程列入中国社会科学院重点项目后，翻译任务由郭良鋆、席必庄、葛维钧、李南、段晴和我共同承担。我作为项目主持人，除了承担翻译任务外，还负责全书译稿的校订和统稿工作。这些年来，我把我的主要精力全都投入这项工作了。随着工作的进展，我越来越感到这是一场持久战，一场"马拉松"长跑，既是对自己学术能力的检验，更是对自己意志和毅力的考验。我有一种愚公移山，天天挖山不止的真切感受。而劳累时，看到眼前已经完成的工作量，又会激发信心和力量。尤其是离最终目标越来越接近的这一两年中，我全神贯注，日以继夜地工作。常常是夜半搁笔入睡后，梦中还在进行翻译。在这些日子里，《摩诃婆罗多》仿佛已与我的生命合二而一，使我将生活中的其他一切置之度外。我能体验到淡化身外之物给人带来的精神愉悦，而这种精神愉悦又能转化成超常的工作效率。我暗自将这称为"学问禅"，也就是进入了思维入定的"三昧"境界。

对于翻译《摩诃婆罗多》的意义，也是随着翻译工作的进展而加深认识。我以前对《摩诃婆罗多》的理解侧重于它的主要故事情节和一些著名的插话。《摩诃婆罗多》中插话的内容包括各种神话、传说、寓言故事以及宗教、哲学、政治、律法和伦理等。我早在1973年就曾作为翻译练习，译出过其中最重要的宗教哲学插话《薄伽梵歌》。[①] 而

[①] 当时，"文化大革命"尚未结束，但我们研究所已经可以非正规地从事科研业务。我翻译《薄伽梵歌》的笔记本上偶然记有译完的时间为1973年5月3日，否则，事隔这么多年，肯定记不清了。这份译稿经过校订加工，收入了这个译本。

这些插话数量之多,大约占据了《摩诃婆罗多》全诗的一半篇幅。由此,《摩诃婆罗多》成了一部百科全书式的史诗。它的内涵溢出了西方的史诗概念。我们这次译出《摩诃婆罗多》全诗,尤其是其中的《和平篇》和《教诫篇》,我对这一点有了更直接的体会。

英语中的史诗(epic)一词源自古希腊语,原意是"言论"或"说话"。正如伏尔泰所说:"习惯使此词变成专指对英雄冒险行为的诗体叙述。"[①] 这是西方传统的史诗概念,或者说,史诗主要是指英雄史诗。按照这种史诗概念,《摩诃婆罗多》可以说是一部以英雄史诗为核心的长诗。然而,《摩诃婆罗多》自称是"历史传说"(itihāsa,意思是"过去如是说")。这样,《摩诃婆罗多》倒是更符合 epic 的汉语译名"史诗"。它是以诗的形式吟唱印度古代历史传说。它涉及创世神话、帝王谱系、政治制度、宗教哲学、律法伦理和天文地理,全都以婆罗多族大战的故事主线贯穿了起来。也就是说,它以古代英雄传说为核心,全方位地记述印度古代历史。它的功能类似中国司马迁开创的纪传体史书。它是印度古人在没有书写习惯的条件下,记述历史和保存文化的一种特殊手段。

史诗和史书存在一些本质的区别。史诗记述历史传说,史书记述历史事实。史诗饱含艺术想象,史书崇尚实有其事。史诗(尤其是原始史诗)以口头方式创作和传播,史书以书面方式写作和传播。然而,史诗内容的传说性主要是指诗中的人物和事件,诗中提供的社会和文化背景并非完全虚构。《摩诃婆罗多》的成书年代处在印度从原始部落社会转化为国家社会的时代,也是从吠陀时期的婆罗门教转化为史诗时期的新婆罗门教(即印度教)的时代。在《摩诃婆罗多》中提供的种姓制度、宗教礼仪、律法伦理和风俗习惯都是当时社会的真实写照。而且,史诗作者依据他们所处的时代,在这部史诗中充分表达了他们的宗教哲学思想和社会理念。这些思想和理念不仅通过直接的说教方式表达,也通过史诗人物和故事形象地表达。可以说,这些思想和理念是印度古人世世代代积累的人生经验和智慧的集中体现。因此,这部史诗在印度古代最终也被尊奉为宗教经典,称作"第五吠陀"。

---

① 《伏尔泰论文学》,丁世中译,人民文学出版社 1993 年版,第 296 页。

基于这种情况,印度古人对两大史诗《摩诃婆罗多》和《罗摩衍那》的文化定位有所不同。他们将前者称为"历史传说",而将后者称为"最初的诗"(ādikāvya)。《罗摩衍那》的人物和故事比较集中,虽然也有插入成分,但不像《摩诃婆罗多》那样内容庞杂。它更接近西方传统的英雄史诗概念。当然,作为史诗中英雄的品质,《罗摩衍那》和《摩诃婆罗多》一样,具有强烈的宗教伦理色彩,也就是以"正法"为规范。这一点明显不同于西方原始史诗中英雄的品质。

印度传统将《罗摩衍那》称为"最初的诗",主要是着眼于艺术形式上的变化。《罗摩衍那》虽然与《摩诃婆罗多》一样,也主要采用通俗简易的"输洛迦"诗体,但语言在总体上要比《摩诃婆罗多》精致一些,开始出现讲究藻饰和精心雕镂的倾向。而这种语言艺术特点在后来出现的"大诗"(mahākāvya)中得到充分体现。"大诗"也就是古典梵语叙事诗。按照檀丁(约七世纪)在《诗镜》中的描述,"大诗"分成若干章,故事取材于传说或真实事件,主角是勇敢高尚的人物,诗中应该描写风景、爱情、战斗和主角的胜利,讲究修辞和韵律,篇章不要过于冗长。① 这说明"大诗"的艺术特征更直接导源于《罗摩衍那》。因此,印度古人将《罗摩衍那》称作"最初的诗",同时把传说中的《罗摩衍那》作者蚁垤称作"最初的诗人"。

我们译出了《摩诃婆罗多》,对于国内学术界来说,起码有印度学和史诗学两方面的研究价值。前面已经说到,《摩诃婆罗多》是一部百科全书式的史诗,堪称印度古代文化集大成者。它为研究印度古代神话、传说、宗教、哲学、政治、军事、伦理和民俗提供了丰富的资料。因此,现代印度学者对《摩诃婆罗多》经常就这些专题进行分门别类的深入研究。国际梵文学界也公认《摩诃婆罗多》对于印度学研究的重要性。美国梵文学者英格尔斯(D. H. H. Ingalls)在评价《摩诃婆罗多》精校本的功绩时,首先强调对于《摩诃婆罗多》的研究"将会成为照亮印度历史的光芒"。接着说道:"然而,没有这部校勘本,没有班达卡尔东方研究所对梵文学术作出的这一伟大贡献,就不可能获得这种光芒。"② 美国学者布依特南在他的《摩诃婆罗多》英

---

① 参阅檀丁《诗镜》第1章。
② S. P. 纳朗主编:《〈摩诃婆罗多〉的现代评价》,德里,1995年版,第8页。

译本第一卷导言中说道:"如果不能充分和自觉地吸收《摩诃婆罗多》中的史料,那么,西方关于印度文明进程的学问是很不完善的。"① 荷兰梵文学者狄雍(J. W. De Jong)则直截了当地说道:"如果不了解《摩诃婆罗多》,怎么能阐释印度文化?"②

而我在翻译过程中,还深切体悟到《摩诃婆罗多》中隐含着一种悲天悯人的精神。与史诗通常的特征相一致,《摩诃婆罗多》中的人物和故事也与神话传说交织在一起。这完全符合史诗时代人类的思维方式。但是,这部史诗并没有耽于神话幻想,而富有直面现实的精神。它将婆罗多大战发生的时间定位在"二分时代和迦利时代之间",也就是"正法"(即社会公正或社会正义)在人类社会已经不占主导地位的时代。这样,《摩诃婆罗多》充分展现了人类由自身矛盾造成的社会苦难和生存困境。而史诗作者为如何解除社会苦难和摆脱生存困境煞费苦心,绞尽脑汁。他们设计出各种"入世法"和"出世法",苦口婆心地宣讲,也将他们的救世思想融入史诗人物和故事中。但他们同时又感到社会矛盾和人类关系实在复杂,"正法"也非万能,有时在运用中需要具有非凡的智慧。

无论如何,史诗作者代表着印度古代的有识之士。他们确认"正法、利益、爱欲和解脱"为人生四大目的。他们肯定人类对利益和爱欲的追求,但认为这种追求应该符合正法,而人生的最终目的是追求解脱。他们担忧的是,人类对利益和爱欲的追求一旦失控,就会陷入无休止的争斗,直至自相残杀和自我毁灭,造成像婆罗多族大战这样的悲剧。因此,《摩诃婆罗多》是一部警世之作。它凝聚着沉重的历史经验,饱含印度古代有识之士们对人类生存困境的深刻洞察。自然,他们的"正法"观也具有明显的历史局限。但是,人类自从进入文明社会以来,历经种种社会形态,生存方式并无根本改变。马车变成汽车,依然是车辆;茅屋变成楼房,依然是房屋;弓箭变成导弹,依然是武器;古人变成今人,依然是人。社会不平等依旧,对财富和权力的争夺依旧,恃强凌弱依旧,由利害、得失、祸福和爱憎引起的人的喜怒哀乐依旧,人类面对的社会难题和人生困惑依旧。所以,

---

① V. 布依特南:《摩诃婆罗多》第一卷导言,芝加哥,1973年版,第35页。
② 参阅《印度伊朗杂志》(*Indo—Iranian Journal*)1994年第1期。

《摩诃婆罗多》作为一面历史古镜，并没有完全被绿锈覆盖，依然具有鉴古知今的作用。我通过这次翻译工作，对《摩诃婆罗多》这部史诗由衷地生出一份敬畏之心。

如今，我们有了印度两大史诗《摩诃婆罗多》和《罗摩衍那》①的汉语全译本，这就为国内学术界提供了研究的方便。新时期以来，国内学者对我国少数民族史诗的研究成绩卓著。最近，译林出版社又出版了一套"世界英雄史诗译丛"，也是对国内学者长期以来翻译世界各民族重要史诗的成果总汇。有感于此，我在为收入"世界英雄史诗译丛"的《罗摩衍那·森林篇》撰写的前言中说道："如果我们能对印度两大史诗、古希腊两大史诗、中国少数民族史诗和世界其他各民族史诗进行综合的和比较的研究，必将加深对人类古代文化的理解，也有助于世界史诗理论的完善和提高。"

我在从事翻译《摩诃婆罗多》的工作中，自然会关注国内学术界有关史诗研究的状况。我发现国内的史诗学理论建设还比较薄弱，尚未对国际史诗学的学术史进行系统的梳理和研究。二十世纪著名的帕里（M. Parry）和洛德（A. B. Lord）的"口头创作理论"也是最近才得到比较认真的介绍。② 长期以来，国内学者在运用西方史诗理论概念时，有一定的随意性。而在史诗研究中提出有别于西方理论的某种创新见解时，也不善于与国外史诗进行比较研究，以促进自身理论的通达和完善。这里，我想从"什么是史诗"出发，提出一些值得商榷的问题。

史诗属于叙事文学。叙事文学分成诗体和散文体。史诗采用诗体，属于叙事诗。据此，我们通常把散文体叙事文学排除在史诗之外。例如，《埃达》和《萨迦》都记述冰岛古代的神话和传说。《埃达》是诗体，《萨迦》是散文体。这样，《萨迦》明显不能称作史诗，而只能称作神话和英雄传说集。现在，译林出版社将《萨迦》也收入"世界英雄史诗译丛"，我以为欠妥。至于《埃达》，是称作史诗，还是称作神话和英雄诗集更适合，还可以讨论。

史诗的分类也很复杂。国际上有口头史诗和书面史诗的分类，与

---

① 季羡林译：《罗摩衍那》，人民文学出版社1980—1984年版。
② 参阅朝戈金译《口头诗学：帕里—洛德理论》，社会科学文献出版社2000年版。

此相应,有原始史诗和非原始史诗的分类。口头史诗是以口头方式创作和传诵的史诗,如《吉尔伽美什》、《伊利亚特》、《奥德赛》、《摩诃婆罗多》、《罗摩衍那》、《贝奥武甫》和《罗兰之歌》等。书面史诗是以书面形式创作和传诵的史诗,如维吉尔的《埃涅阿斯纪》、卡蒙斯的《卢济塔尼亚人之歌》、塔索的《被解放的耶路撒冷》和弥尔顿的《失乐园》等。口头史诗本质上是集体创作,经由历代歌人长期传唱,不断加工和改编,最后定型,并以书面形式记载保存下来。书面史诗(或称文学史诗)本质上是个人创作,是诗人采用或模仿史诗形式。因此,口头史诗可以称作原始史诗,而书面史诗可以称作非原始史诗。国内现在似乎将中国少数民族三大史诗《格萨尔》、《江格尔》和《玛纳斯》称为口头史诗,而将古希腊两大史诗和印度两大史诗称作书面史诗,我以为不妥。应该说,这些都是口头史诗,区别在于中国少数民族三大史诗是"活形态"的口头史诗。实际上,中国少数民族三大史诗现在也正在以书面形式记载保存下来。

帕里—洛德的"口头创作理论"为口头史诗的语言创作特点提供了有效的检测手段。我们在翻译《摩诃婆罗多》的过程中,就发现诗中有大量程式化的词组、语句和场景描写。尽管在字句上并不完全互相重复,但在叙述模式上是一致的,或者说大同小异。这些应该是史诗作者或吟诵者烂熟于心的语汇库藏,出口成章。同时,《摩诃婆罗多》中的一些主要人物都有多种称号,甚至有的人物的称号可以多达十几或二十几种。这些称号有两方面的作用。一方面,这些称号的音节数目不等,长短音配搭不同,这就可以根据需要选用,为调适韵律提供了极大的方便。另一方面,这些称号或点明人物关系,或暗示人物性格和事迹,具有信息符号或密码的作用,能强化史诗作者或吟诵者的记忆,以保持全诗人物性格和故事情节发展的前后连贯一致。这些都是口头史诗明显不同于书面史诗的语言特征。国外已有学者对《摩诃婆罗多》中的惯用语进行专题研究,并编写《〈摩诃婆罗多〉惯用语词典》。[①]

在史诗的一般定义中,通常都确认史诗是长篇叙事诗。而现在国

---

① 参阅 D. H. H. 英格尔斯《论〈摩诃婆罗多〉》,载 S. P. 纳朗主编《〈摩诃婆罗多〉的现代评价》。

内有倾向将在题材和内容上与史诗类似的短篇叙事诗也称作史诗。这在理论上能否成立？如果能成立，那么，我们就应该在史诗定义中去掉"长篇"这个限制词，正如在小说的一般定义中无须加上篇幅的限制词。最明显的例子是，在国内一些论著中，将《诗经》中的《生民》、《公刘》、《绵》、《皇矣》和《大明》等诗篇确认为史诗。倘若此说能成立，那么，接踵而至的问题是，在中国历代诗歌中，凡是涉及重大历史事件和英雄业绩的诗篇，是否也都能称作史诗？而且，在世界各国古代诗歌中，也有许多这类题材的民歌、民谣和短篇叙事诗，其中有些被吸收进史诗，有些与史诗并行存在，是否也可以一律称作史诗？这关乎世界文学史中文体分类的一个大问题，应当慎重处理。

说到史诗的题材和内容，西方传统的史诗概念主要是指英雄史诗。国内现在一般倾向分成创世史诗和英雄史诗两类。创世史诗又进而分成创世神话史诗和创世纪实史诗两类。这主要是依据中国少数民族史诗的状况作出的分类，自有道理。但我们应该注意到，这是对传统史诗概念的延伸。在一定意义上，史诗成了长篇叙事诗的指称。由此，我联想到在印度古代文学中有一类与《摩诃婆罗多》同时发展的神话传说作品，叫做"往世书"，也采用通俗简易的"输洛迦"诗体，总共有十八部。印度古代辞书《长寿字库》（约七世纪）将往世书的主题归纳为"五相"：一、世界的创造；二、世界毁灭后的再创造；三、天神和仙人的谱系；四、各个摩奴时期；五、帝王谱系。其实，《摩诃婆罗多》中也含有这些主题，但它们交织在主线故事中，并非史诗叙述的主体。所以，同样作为长篇叙事诗，《摩诃婆罗多》的叙述主体是英雄传说，而往世书的叙述主体是神话传说。那么，我们是否也应该将往世书称作神话史诗或创世神话史诗？

我的困惑在于，如果我们将史诗概念中的英雄传说扩大到神话传说，长篇扩大到短篇，诗体扩大到散文体，这是对史诗概念的发展，还是对史诗概念的消解？而无论发展或消解，都需要有学理支持。因此，我迫切感到国内学术界应该加强史诗理论建设。否则，我们在史诗理论的表述和运用中难免互相矛盾，捉襟见肘。中国具有丰富的少数民族史诗资源，而且还保存着许多"活形态"史诗，这些是得天独厚的有利条件。但我们必须重视对国际史诗理论学术史的梳理，同时在对中国少数民族史诗的研究中，必须与对世界各民族史诗的研究结合起来进行。这样，在综合和比较研究的基础上，就能提出带有普遍意义的理论创见，以充实和完善世界史诗理论。在这个领域，中国学者大有可为。

  这些年来，我将主要精力全部投入了《摩诃婆罗多》的翻译工作中，对于相关的史诗理论问题无暇进行深入研究。以上只是提出自己的一些理论困惑，企盼获得解决。学术研究的要义就是提出问题和解决问题。而我和我的同事们译出了《摩诃婆罗多》，也就是为国内史诗理论研究增添了一份重要的资料。每门学科的发展都需要有一批甘愿献身于基础建设的学者。这里，我又想起丹麦梵文学者泽伦森（S. Sørensen，1849—1902）花了二十年时间编制《〈摩诃婆罗多〉人名索引》，以致他很晚才获得教授职称。然而，他却于这部索引开始排印的当年逝世，未及见到这部厚重的索引（十六开本，八百多页）面世。但后世从事《摩诃婆罗多》研究的学者都会感谢他的这部索引的。同样的道理，我们的这部《摩诃婆罗多》全译本问世后，如果能受到国内印度学和史诗学学者们的重视和利用，我们这些年来耗费的时日和付出的辛劳，也就得到回报了。

黄宝生
2003 年 6 月